HEYNE BÜCHER

Von der gleichen Autorin erschienen außerdem
als Heyne-Taschenbücher

Der Engel · Band 01/844
Die Ehe der Maggie Hobart · Band 01/966
In einem großen Haus · Band 01/5043
Der Herr der Erde · Band 01/5087
Einst wird kommen der Tag · Band 01/5121
Eine Säule aus Erz · Band 01/5161
Alle Tage meines Lebens · Band 01/5205
Ewigkeit will meine Liebe · Band 01/5234
Mit dem Herzen eines Löwen · Band 01/5294
Um deines Namens willen · Band 01/5345
Melissa · Band 01/5368
Die Turnbulls · Band 01/5401
Ein ruhmreicher Sieg · Band 01/5437
Prolog zur Liebe · Band 01/5518
Der Preis der Macht – Die Armaghs · Band 01/5632
Aspasia · Band 01/5692
In einem großen Land · Band 01/5753
Wolf unter Schafen · Band 01/5799
Nie siegreich, nie geschlagen · Band 01/5873
Wo Licht und Finsternis sich scheiden · Band 01/5910
Alle Macht dieser Welt · Band 01/5972
Und vergib uns unsere Sünden · Band 01/6045
Der Anwalt des Teufels · Band 01/6079
Einer gibt Antwort · Band 01/6171
Das Ende aller Unschuld · Band 01/6217
Durch die Nacht leuchtet der Strom · Band 01/6252
Antworte wie ein Mann · Band 01/6350
Die andere Seite von Eden · Band 01/6422

TAYLOR CALDWELL

DOCTOR FERRIER

Roman

WILHELM HEYNE VERLAG
MÜNCHEN

HEYNE-BUCH Nr. 01/5252
im Wilhelm Heyne Verlag, München

Titel der amerikanischen Originalausgabe
TESTIMONY OF TWO MEN
Deutsche Übersetzung von Hans Erik Hausner

7. Auflage

Genehmigte, ungekürzte Lizenzausgabe
des Paul Neff Verlages, Wien

Printed in Germany 1984
Umschlaggestaltung: Atelier Heinrichs, München
Umschlagfoto: Gilles Lagarde, Paris
Gesamtherstellung: Presse-Druck Augsburg

ISBN 3-453-00615-1

VORWORT

Zum ersten Male hörte ich diese Geschichte von ‚Doctor Ferrier', als ich ein kleines Mädchen war, und ich hörte sie von unserem Hausarzt. So wie die Geschichte der Religion, hat auch die Geschichte der Medizin ihre Märtyrer aufzuweisen. Viele kennen die Namen der Heiligen, die für sie starben, aber nur wenige die der Ärzte, die für sie lebten und kämpften und sich, gleich den Heiligen, der Menschheit weihten.

Nur wenige kennen die Namen jener Männer, die aseptische Wundbehandlung und Immunitätsforschung in unsere modernen Krankenhäuser brachten, und doch verdanken Millionen jetzt lebender Menschen eben diesen Männern ihr Dasein. Dank dem Insulin führen Millionen von Zuckerkranken ein gesundes und arbeitsreiches Leben — aber wie viele von ihnen kennen den Namen ihres Retters? Kinder, die jetzt zur Schule gehen, wären gestorben, hätte es jene Männer nicht gegeben, die Impfstoffe gegen Diphtherie, Pocken und Kinderlähmung fanden, doch wer erinnert sich an sie?

Um uns zu retten, nahmen viele dieser Helden Schmach, Verbannung, Spott und Schimpf auf sich. Manche wurden in den Wahnsinn und zum Selbstmord getrieben. Dennoch harrten sie aus.

Zu ihnen gehörte der Mann, den ich nie kennenlernte und dem ich in diesem Buch den Namen ‚Doctor Ferrier' gegeben habe. Wenn er ein wenig unmäßig und streitlustig scheint, so darum, weil er um das Leben von uns allen kämpfte, die, wie ich, Kinder des zwanzigsten Jahrhunderts sind. Er war einer der Tausenden, der, von keinem beklagt, von keinem geehrt und von keinem besungen, vielleicht nur im Gedenken Gottes lebt.

Dieses Buch ist ein Roman. Die Personen der Handlung sind frei erfunden. Jede Ähnlichkeit mit lebenden Personen oder solchen, die tatsächlich gelebt haben, ist rein zufällig.

Mit Achtung und Bewunderung dem Gedenken an jene Männer zugeeignet, die, wie Jonathan Ferrier, so viel erduldeten und so schwer kämpften, um uns der Segnungen der modernen Medizin teilhaftig zu machen.

ERSTES KAPITEL

Sooft der junge Robert Sylvester Morgan Gelegenheit hatte, seiner Mutter zu schreiben, machte er, was er mit etwas säuerlicher Miene einen ‚ersten Entwurf' nannte. Er tat dies auf Propatriapapier (Sparsamkeit war ihm anerzogen) und kopierte den Text dann auf besserem, das ihm gestattete, seine — ihm verhaßte — elegante Spencerische Schrift auf eine Weise zu verwenden, die seiner Mutter wohlgefiel, wobei er Worte und Ausdrucksweisen gebrauchte, die seine Mutter nicht unangenehm überraschen sollten.

„8. Juni 1901
Hambledon, Pennsylvania
Quäker-Hotel"

„Liebe Mama":

(Er hielt inne. Warum zum Teufel wollte sie nicht, daß er sie Mutter nannte? „Mama", in seinem Alter! Du lieber Himmel!)

„Du wirst erfreut sein, zu erfahren, daß die Dinge sich in der Woche seit meiner Ankunft zufriedenstellend entwickelt haben. Hambledon ist eine wunderschöne Stadt mit etwa fünfundzwanzigtausend Einwohnern, zwar natürlich nicht mit Philadelphia zu vergleichen, aber durchaus zulänglich und lebhaft." (Nach einem Augenblick des Nachdenkens strich er das letzte Wort aus und ersetzte es durch „neuzeitlich".) „Es liegt an einem Fluß, der hier ziemlich breit ist und fast eine Bucht bildet, in der, hier und da verstreut, einige reizende Inseln aus dem Wasser ragen. Sehr pittoresk."

„Die Leute sind nett und freundlich und sehr gesittet." (Ein Lieblingswort seiner Mutter.) „Es gibt eine ansehnliche Zahl von Industriebetrieben, die sich jedoch am Stadtrand angesiedelt haben; die Luft ist daher klar und frisch und für Deine Arthritis und Dein Asthma sehr zu empfehlen. Am Wasser selbst scheint mir die Luft allerdings etwas trocken zu sein. Man sieht nicht viel Armut und die Arbeiterschaft ist regsam." (Das würde seine Mutter gutheißen!) „Die besseren Viertel der Stadt sind sehr gepflegt: breite Straßen, schöner alter Rasen, prächtige Bäume — Ulmen, Birken, Eichen, Kiefern, Fichten — und Häuser, die man auch in Philadelphia bewundern würde. Vier habe ich bereits, vorbehaltlich Deiner Billigung, in engere Wahl gezogen und werde Dich hinführen, wenn Du nächste Woche kommst. Jedes einzelne wird Dich entzücken." (Würden sie das? Es gab nichts, das seine Mutter sehr entzückte. War es lieblos, das von seiner Mutter zu denken? War er gereizt? Noch nie hatte er seiner Mutter gegenüber solche Gefühle gehegt. Verwirrt und nachdenklich schüttelte er den Kopf.)

„Hinter der Stadt erhebt sich eine Bergkette, die im Morgengrauen einen unvergeßlichen Anblick bietet." (Er hatte das Morgengrauen in dieser Woche nur einmal und ganz zufällig erlebt, aber seine Mutter liebte es, vom Morgengrauen zu lesen.) „Die Honoratioren der Stadt bewohnen herrliche Villen an den unteren Hängen der Berge. Was die Krankenhäuser betrifft, die ja jetzt für mich das wichtigste sind, gibt es ein sehr großes, das der ‚Freunde', wie man es hier nennt, wenngleich es eigentlich nicht viel Quäkerisches an sich hat." (Seine Mutter haßte die Quäker.) „Es wird zum Teil von der Stadt erhalten. Das andere ist privat, exklusiv und sehr teuer. Dort als Arzt aufgenommen zu werden, stellt ein erstrebenswertes Ziel dar."

Jetzt kam der schwierige Teil des Briefes und er nagte an seinem Federstiel und betrachtete die Berge, die er so bewunderte, durch das blitzende Fenster seines sauberen, kleinen Zimmers. Schließlich schrieb er weiter:

„Hambledons Krankenhäuser betreuen nicht nur die Stadt, sondern natürlich auch die umliegenden Dörfer und Höfe und genießen einen ausgezeichneten Ruf. Ja, man würde sie selbst in Philadelphia oder Boston oder New York hoch einschätzen. Sehr modern." (Er runzelte die Stirne; seine Mutter vertrug nichts „Modernes". Doch er ließ das Wort stehen.) „Ich gebe zu, ich war angenehm überrascht. Ich habe eine Anzahl Internisten und Chirurgen kennengelernt, alle, mit wenigen Ausnahmen, vorurteilsfreie Männer von großem Ansehen. Da sie Spezialisten auf ihrem Gebiet sind, beruft man sie regelmäßig zu Konsilien nach Philadelphia, Pittsburgh und New York. Du wirst es kaum glauben, aber einer von ihnen" (er verzog schmerzlich das Gesicht) „ist Dr. Jonathan Ferrier. Aber ich habe seine Vorlesungen und seine Artikel in der Zeitschrift der Amerikanischen Ärztevereinigung gelesen und kann Dir versichern, daß er sich größter Wertschätzung erfreut."

Er schrieb jetzt schneller. „Es ist meine feste Überzeugung, die sich auf stetigen Umgang mit Dr. Ferrier stützt, daß man über diesen Mann arg hergezogen ist, obgleich ihn am Tod seiner Frau absolut keine Schuld trifft. Ich brauche Dich ja nicht daran zu erinnern, daß er sich genötigt sah, um die Verlegung des Verfahrens von Hambledon nach Philadelphia anzusuchen, da ihm sonst eine faire Verhandlungsführung nicht gewährleistet erschienen wäre. Doch die Zeitungen in Philadelphia ließen ihm kaum mehr Gerechtigkeit widerfahren als die in Hambledon. Dennoch wurde er, wie Du weißt, freigesprochen. Man gestattete ihm wieder zu praktizieren und setzte ihn auch wieder in seine Stellungen an den Krankenhäusern ein. Aber er ist sehr verbittert. Über die Angelegenheit selbst hat er nur wenig mit mir gesprochen, aber doch genug, um mein

Gefühl zu empören, denn warst nicht Du es, die mich lehrte, die Dinge objektiv und im richtigen Maß zu sehen?“ (Nett gesagt. Wird der alten Dame gefallen. Ich werde noch ein richtiger Diplomat, dachte er.) „Ich habe volles Verständnis für seinen festen Entschluß, in Hambledon nicht länger zu praktizieren. Er war früher der beliebteste Chirurg der Stadt und entstammt einer vornehmen, wohlhabenden und sehr geachteten Familie. Alte Siedler.“ (Seine Mutter liebte „alte Siedler“.) „Doch Du wirst Dich ja entsinnen, daß das alles in den Zeitungen stand. Ich habe seine Mutter kennengelernt, eine Dame, leider ein bißchen invalid. Mrs. Ferrier ist sehr begierig, auch Dich kennenzulernen und willkommen zu heißen.“ (Eine fette Lüge, die jedoch seine Mutter in gehobene Stimmung versetzen würde.)

„Dr. Ferrier ist sich gegenwärtig über seine Zukunftspläne noch nicht im klaren, wenngleich er erwähnte, er wolle für einige Zeit verreisen. Ich nehme an, er wird sich schließlich in New York niederlassen. Er war an der Errichtung beider Krankenhäuser maßgeblich beteiligt, hat dabei sehr freizügig auch seine eigenen Mittel eingesetzt und war den Armen gegenüber immer hilfsbereit.“ (Seine Mutter betrachtete „die Armen“ mit Wohlwollen, sofern sie ihren Weg nicht kreuzten, es wäre denn, um sie mit tüchtigen Dienstboten zu versorgen.) „Nie wieder, sagt er, könne er für die Menschen dieser Stadt freundschaftliche Gefühle empfinden. Er denkt dabei an die Feindseligkeit, die man ihm nach dem Tod seiner jungen Frau bezeugte, an die Tatsache, daß man schon vor und auch während des Prozesses in Philadelphia von seiner Schuld überzeugt war, und an das, was er die ‚Enttäuschung‘ der Leute nennt, als man ihn freisprach. Man hat ihn sehr schofel behandelt.“ (Diesen Satz unterstrich Robert. Obwohl sie ihn nie persönlich kennengelernt hatte, verabscheute seine Mutter Dr. Ferrier, nachdem sie die Zeitungsberichte gelesen hatte, und war von dem Freispruch selbst „enttäuscht“ gewesen. Sie war immer noch von seiner Schuld überzeugt.)

„Nun glaubt die Stadt, das Recht auf ihrer Seite zu haben, wenn sie ihm vorwirft, seine eigenen Leute ‚im Stich zu lassen‘. Jetzt beginnen einige, sich seiner aufopfernden Hingabe zu entsinnen, der freien Stationen, die er bauen ließ, und der ausgezeichneten Kinderkrippen, deren Einrichtung in den Krankenhäusern er durchsetzte. Sie könnten nicht verstehen, behaupten sie, warum er sie verlassen wolle! Ist das nicht bezeichnend für die menschliche Natur? Als Kind hatte ich manchmal den Eindruck, Du legtest der menschlichen Natur einen zu strengen Maßstab an. Heute weiß ich, daß Du recht hattest.“ (Das würde sie etwas weicher stimmen!)

„Es sind allerdings gewisse Strömungen zu verzeichnen.“ (Er starrte auf diese Worte und spitzte den Mund. Dann strich er sie aus. Strömungen jeglicher Art waren seiner Mutter zuwider. Sie betrachtete sie als etwas Dreistes und Ungezogenes, das man nicht dulden durfte. Für vornehme Leute gab es keine „Strömungen"; nur gelassene Heiterkeit — wenn es wirklich vornehme Leute waren.) Statt dessen schrieb er: „Doktor Ferriers Kollegen haben versucht, ihn zu überreden, hierzubleiben, doch er beharrt unerschütterlich auf seinem Entschluß. Seine Mutter verhält sich in dieser Sache neutral. Für mich aber ist seine Entscheidung von glückbringender Bedeutung. Wir haben eine für beide Seiten zufriedenstellende Lösung in bezug auf den Preis seiner Praxis etc. gefunden. Sein Konsultorium, sehr geräumig und bequem, befindet sich in der Nähe seines Hauses, in dem er mit seiner Mutter wohnt, und ist fabelhaft eingerichtet. Er hat eine Telefonverbindung vom Konsultorium ins Haus, so daß man ihn im Notfall anrufen kann und er sofort zur Hand ist. Mit Ausnahme einiger alter Freunde, die auch während seiner schweren Zeit zu ihm hielten, behandelt er jetzt keine Patienten.

Eines der Häuser, die ich im Auge habe, befindet sich ganz in der Nähe des Konsultoriums, wäre also sehr geeignet, wenn ich hier meine Praxis eröffne. Dr. Ferrier hat mich den einflußreichsten Ärzten und anderen Persönlichkeiten bereits vorgestellt und ich darf ohne falsche Bescheidenheit bemerken, daß sie mich und meine Zeugnisse mit Wohlwollen aufgenommen haben, obwohl dies meine erste Praxis sein wird. Daß ich als Assistenzarzt im Johns Hopkins tätig war, hat sie offensichtlich beeindruckt. Sie führten viele eingehende Gespräche mit mir! Ich bin sicher, daß ich nichts gesagt oder getan habe, was sie zu irgendwelchen Zweifeln bewegen könnte.

Die von Dr. Ferrier geforderte Miete ist durchaus angemessen. Du wirst sicher zufrieden sein. Alles in allem glaube ich, mit der Übernahme dieser Praxis außerordentliches Glück gehabt zu haben, obwohl Du es vorgezogen hättest, daß ich in Philadelphia praktiziere. Aber wenn Du Hambledon erst einmal siehst und seine köstliche frische Luft atmest und die Damen der Stadt kennenlernst, wirst Du mich verstehen und Dich mit Deinem Schicksal befreunden. Wie ich erfahren habe, hat es ein junger Arzt in seiner ersten Praxis in Philadelphia recht schwer. Eifersucht seitens der alteingesessenen Ärzte ist in Philadelphia nichts Ungewöhnliches; sie sind auf ihre angestammten Rechte sehr stolz. Diese Einstellung konnte ich in Hambledon nicht feststellen. Sie hießen mich willkommen, obschon sie Dr. Ferrier wegen seines Entschlusses, die Stadt zu verlassen, mit einiger Steifheit begegnen. Ihre Einstellung scheint zu sein: ‚Wir haben dir verziehen. Warum kannst du uns nicht verzeihen?' Ich finde das sehr unvernünftig. Bist Du nicht auch dieser Meinung?" (Natürlich würde sie nicht dieser Meinung sein. Sie würde die Bereitschaft der Ärzte, Dr. Ferrier ein Verbrechen zu „verzeihen", das er nicht begangen hatte, als äußerst großmütig bezeichnen, und seine ablehnende Haltung als „unverzeihlich". Was ist nur in letzter Zeit mit mir los? fragte sich der junge Dr. Morgan. Bevor ich hierherkam, dachte ich nie in dieser Form an meine Mutter; immer war ich der gehorsame Sohn, der „Ja, Mama, du hast ganz recht, Mama" sagte, obwohl ich doch in meinem Inneren verdammt gut wußte, daß die alte Dame nicht nur ein Snob, sondern auch ziemlich dumm und obendrein noch eine Angeberin ist.)

„Ich habe bereits ein hübsches Gespann mit zwei feurigen Pferden gemietet." (Er strich „feurigen" aus und ersetzte es durch ein weniger beunruhigendes Wort.) „Seit seinem Freispruch benützt Dr. Ferrier nur selten irgendwelche Fahrzeuge innerhalb der Stadt. Er reitet und besitzt selbst einige prächtige Pferde."

Der junge Mann überlegte. Dann strich er diese beiden Sätze über Dr. Ferrier. Seine Mutter würde über einen solchen Mangel an „Vornehmheit" entsetzt sein. „Mama", sagte er laut, „du bist eine Kuh." Diese Bemerkung schockierte ihn für einen Augenblick, dann lächelte er spitzbübisch und warf seine jungen Schultern unter dem feinen Wollstoff seines Anzugs zurück. Schließlich und endlich war es an der Zeit für die alte Dame, einzusehen, daß er kein Kind und nicht mehr von ihr abhängig war.

Er zog seine dicke goldene Uhr hervor — sie hatte seinem Vater gehört, der auch Arzt gewesen war —, warf einen Blick darauf und stellte fest, daß es schon fast zehn war und daß Dr. Ferrier ihn nun bald abholen kommen würde. Er steckte die Uhr in seine Westentasche zurück und rückte die schwere goldene Uhrkette über seiner bauchlosen Leibesmitte zurecht. Er schloß den Brief mit einer Fülle zärtlicher Floskeln und machte sich daran, ihn ins reine zu schreiben. Als er dann fertig vor ihm lag, schien es ihm ein recht selbstgefälliger Brief, aber genau das, was seine Mutter von ihm erwartete. Alles Unerwartete war ihr ein Greuel. Leuten aus guter Familie passierte einfach nichts Unerwartetes und, vor allem, nichts Anstößiges. Was für ein Leben! dachte der junge Mann, angeregt von seiner neu gefundenen Objektivität. Wie gerne hätte er sie einmal auf eine Gebärstation gelockt! Oder auf eine für Geschlechtskrankheiten, wenngleich sie vermutlich nie etwas von Geschlechtskrankheiten gehört hatte oder von der überraschend großen Zahl von Leuten „aus der besten Gesellschaft", die sich dort regelmäßig einzufinden pflegten! Sicher hatte sie noch nie etwas von einer Deciduo gehört. Damen besaßen keine Gebärmutter. Ihre Kinder tauchten anmutig aus undefinierbaren Regionen auf.

Mit seiner Ankunft in Hambledon hatte Robert wieder begonnen, das „schmutzige Kraut", wie seine Mutter es nannte, zu rauchen. So zündete er sich jetzt eine Zigarette an und blickte entspannt und lächelnd durch das Fenster. Es war ein herrlicher Junitag. Der Duft ihrer Rosen und Lilien und warmen Rasenflächen, aber auch die Gerüche des Düngers, des angrenzenden Wassers und der Rauchfänge erfüllten die Stadt.

In einer Lawine funkelnden Lichtes ergoß sich die Sonne auf die grünen und purpurnen Berge, und ein Gefühl der Lebensfreude lag in der Luft, wie es das geschäftige Philadelphia nicht kannte. Von seinem Hotelzimmer im fünften Stock hatte er Ausblick auf den Fluß. In schimmernden Farben, Violett, Grün und leuchtendes Blau, zog er eine breite Schleife um die Stadt. Morgan sah die Fähre eilig dem anderen Ufer zustreben und hörte ihre Sirene. Viele andere Schiffe noch glitten dahin. Und dort lag jene Insel mit dem kitschigen Namen „Herzensfried". Ja, sie hatte die Form eines Herzens und erhob sich friedlich gelöst als größte Insel aus dem breiten Strom, aber nur eine Frau hatte einen so widerlichen Namen ersinnen können. Sie schien tief im Wasser verankert, und Robert konnte die Wipfel der sich aneinanderdrängenden Bäume sehen und hier und dort die grauen Granitfelsen, die sie fast zur Gänze schützend umgaben.

Harald, Dr. Ferriers Bruder, und seine Tochter lebten dort ganz allein mit drei Bediensteten. Sonst wußte Robert von der Insel nur, daß der erste Mann von Haralds verstorbener Frau sie gekauft und darauf das sogenannte „Schloß" errichtet hatte, weil er sich während seiner Flitterwochen in den Fluß und in die Insel verliebt hatte. Er war nie ansässig geworden, aber seine Witwe hatte dort vor ihrer Vermählung mit Harald und dann die kurzen zwei Jahre nach der Hochzeit gelebt, die ihr noch geblieben waren. Dr. Ferrier, der anscheinend nicht gern über diese Dinge sprach, erwähnte auch noch, daß sein Bruder ein großes Vermögen von seiner Frau geerbt hatte, beziehungsweise das Einkommen daraus auf Lebensdauer, so lange er auf der Insel wohnen blieb. Die Tochter erhielt nur hundert Dollar im Monat Taschengeld. Sollte Harald jedoch dieses Arrangements müde werden und die Insel für immer verlassen, würde er mit nur fünfzigtausend Dollar abgefunden werden und das ganze Vermögen in Form eines Trustfonds an die Tochter fallen. Jennifer? Jenny? So was Ähnliches. Sollte Harald ein zweites Mal heiraten, würde er von seiner toten Frau nur ein „Hochzeitsgeschenk" in der Höhe von fünfundzwanzigtausend Dollar bekommen.

Mrs. Ferriers erster Mann hatte ein riesiges Stahlwerk in Pittsburgh und Ölquellen in Titusville besessen. Die Erträgnisse erhöhten den Treuhandfonds immer mehr. Sehr, sehr nett. Als Dr. Ferrier Robert diese Tatsachen bekanntgab, klang kein Neid in seiner Stimme mit, aber sein Gesicht nahm einen bitteren, verschlossenen Ausdruck an und Roberts Neugierde war geweckt. „Ist Ihr Bruder um vieles älter?" fragte er mit verzeihlichem Eifer.

„Nein", erwiderte Jonathan Ferrier und schien belustigt, „es ist mein jüngerer Bruder. Ich bin fünfunddreißig, Harald dreiunddreißig."

„Da muß die Tochter ja noch ein Baby sein", meinte Robert.

Das schien Dr. Ferrier noch mehr zu belustigen, aber er wechselte das Thema. Nein, auf das Geld war er nicht neidisch. Er war selbst ein reicher Mann und besaß sowohl ererbtes als auch erworbenes Vermögen. Seine Mutter war eine Farmington aus Philadelphia gewesen und man wußte ja, daß die Farmingtons außerordentlich begütert waren. Man erzählte sich, daß die Ferriers vor über zweihundert Jahren aus Frankreich oder Belgien gekommen waren und immer in dieser Gegend gelebt hatten. Dr. Ferrier besaß drei schöne Höfe in der Nähe, die er verpachtete.

„Man soll das Geld nicht verachten", hatte Dr. Ferrier Robert eingeschärft. „Armut ist keine Schande, aber das glauben die Leute nicht wirklich. Man kann ein Heiliger sein mit allen heldischen Tugenden, aber wenn man kein Geld hat, wird man verachtet. Wie heißt es in der Bibel? ‚Das Vermögen eines reichen Mannes ist seine Festung.' Die Alten wußten, was sie sagten."

Es war diese „Festung" von Dr. Ferriers Vermögen, wie die Zeitungen immer wieder angedeutet hatten, die zu seinem Freispruch geführt hatte, war er doch in der Lage gewesen, sich die besten Anwälte Philadelphias zu „kaufen", einer Stadt, die für ihre Anwälte rühmlich bekannt war.

Während Robert in seinem Hotelzimmer auf Dr. Ferrier wartete, der ihn auf eine Rundfahrt durch die Stadt mitnehmen wollte, dachte er an den Prozeß zurück, der durch Wochen die Titelseiten der Zeitungen Philadelphias gefüllt hatte. Dr. Ferrier war beschuldigt worden, an seiner jungen Frau, Mavis, eine stümperhafte Abtreibung vorgenommen zu haben, an deren Folgen sie zwei Tage später starb. Das war vor knapp einem Jahr geschehen. Die Verteidigung mußte wochenlang kämpfen, um unvoreingenommene Geschworene zu finden. Dr. Ferrier gab zu seiner Verteidigung an, er wäre zu der Zeit, da die Abtreibung vorgenommen worden war, nicht in Hambledon, sondern in Pittsburgh gewesen, und konnte Zeugen stellen. Er habe nicht einmal gewußt, daß sie schwanger war, denn sie habe es ihm nie gesagt. Nein, er habe keine Ahnung, wer der Abtreiber gewesen sein könnte.

„Wir waren seit mehr als drei Jahren verheiratet", sagte er aus. „Wir hatten keine Kinder. Meine Frau wollte keine. Sie war von schwacher Konstitution." Er zögerte. „Ja, ich wollte Kinder. Nein, ich kann nicht einmal raten, wer der Abtreiber gewesen sein könnte. Meine Frau starb natürlich an einer durch den Abortus hervorgerufenen Blutvergiftung. Ich bin Chirurg. Ich kann Ihnen versichern, ich hätte den Abortus nicht verpfuscht."

Diese Bemerkung mißfiel den Geschworenen. Sie schien ihnen herzlos. Sie fanden überhaupt wenig Gefallen an Dr. Ferrier, wie er schlank und groß vor ihnen stand, an seiner Arroganz, seinem verschlossenen, dunklen Gesicht, den scharfen, „fremdländischen" Backenknochen, den funkelnden schwarzen Augen, und seinem Gebaren, das Ungeduld verriet und Abscheu vor allem, was sich in diesem Gerichtssaal befand, Richter und Geschworene nicht ausgeschlossen. Er zeigte keine Trauer um seine junge Frau, ließ weder Mitleid noch Bedauern erkennen. Aufmerksam lauschte er den Aussagen anderer Ärzte, und manchmal drohte die Ungeduld seine Ruhe zu sprengen. Blutvergiftung als Folge einer verpfuschten Abtreibung mit Zerreißungen. „Ich bin Chirurg", wiederholte er. „Bei mir hätte es keine Stümperei gegeben." In seinen Worten lag Geringschätzung.

Und dann schien es, als ob er in seiner bitteren Ungeduld noch etwas hinzufügen wollte. Aber er biß die Zähne nur noch fester zusammen.

Die von der Verteidigung gestellten Zeugen waren selbst angesehene Ärzte und Chirurgen. Sie bestätigten nicht nur, daß Dr. Ferrier eine so stümperhafte Operation nicht zuzutrauen war, sie sagten aus, daß er an den fraglichen Tagen unter ihren bewundernden Augen operiert habe. Gehirntumore. Er habe die Broca'sche Methode verwendet. Er wäre nicht nur an diesen Tagen, sondern schon einen Tag vorher und zwei Tage nachher in Pittsburgh gewesen, um sich zu vergewissern, daß seine Patienten außer Gefahr waren. Insgesamt fünf Tage. Dr. Ferrier schien gar nicht hinzuhören, während diese Männer für ihn aussagten. Er wäre „wie ein Stein" dagesessen, schrieb eine Zeitung, habe nur „finster vor sich hingebrütet" und sich gelegentlich mit der Hand über sein dichtes dunkles Haar gefahren. Es war, als ob er sich im Geist aus diesem Raum in eine düstere, unergründliche Einsamkeit geflüchtet hätte, zu der niemand Zutritt hatte.

Man sprach ihn frei. Widerwillig mußten die Geschworenen den Zeugen Glauben schenken. Es gab kein Wenn und Aber. Dennoch blieb die öffentliche Meinung dabei, wäre er kein reicher, kein sehr reicher Mann, man würde ihn verurteilt haben.

Es tauchten sogar häßliche Gerüchte auf — die im Gerichtssaal nicht zur Sprache kamen —, Dr. Ferrier habe bei der Operation absichtlich „gepatzt", um seine junge, erst vierundzwanzigjährige Frau zu töten. So blieb er in den Augen vieler ein Doppelmörder: der Mörder einer jungen Frau und seines eigenen ungeborenen Kindes. Unter denen, die verbissen an dieser Ansicht festhielten, war auch der Onkel seiner Frau väterlicherseits, Dr. Martin Eaton, ein sehr angesehener Chirurg in Hambledon. Seine Freunde fanden dies seltsam, denn vor Mavis' Tod war Dr. Eaton Dr. Ferrier äußerst zugetan gewesen und hatte ihn, mit Stolz und Bewunderung, als Sohn angesehen. Nach dem frühen Hinscheiden ihrer Eltern hatten Dr. Eaton und Flora, seine Frau, Mavis aufgezogen. Da sie keine eigenen Kinder besaßen, hatten sie sie schließlich adoptiert.

Dr. Eaton, ein großer stattlicher Mann in den Sechzigern, saß die ganzen Tage mit finsterem Gesicht im Gerichtssaal und starrte Dr. Ferrier immer wieder mit unverhülltem Haß an. Als die Geschworenen dann ihr verdrossenes „Nicht schuldig" bekanntgaben, sprang Dr. Eaton auf und schrie verzweifelt: „Nein, nein!“ Dann wandte er sich um, schwankte ein wenig, faßte sich wieder und verließ den Saal. Er kehrte nach Hambledon zurück und erlitt am gleichen Abend einen Schlaganfall, von dem er noch immer nicht ganz genesen war. Hambledon empfand tiefes Mitleid für ihn.

Ja, ja, dachte Robert Morgan und warf wieder einen Blick auf seines Vaters Uhr, in Hambledon gab es fraglos noch „Strömungen“. Kein Wunder, daß Dr. Ferrier die Stadt zu verlassen wünschte. Jemand klopfte an die Tür. Dr. Ferrier wartete unten auf Dr. Morgan.

Zu Roberts Überraschung war Dr. Ferrier diesmal nicht zu Pferde gekommen, sondern in einer eleganten Kutsche, die von zweien seiner wunderbaren schwarzen Pferde gezogen wurde. Es waren wild aussehende Tiere mit weißen Nasen und funkelnden Augen. Rennpferde? fragte Robert sich nervös. Doch wohl nicht. Er und seine Mutter bewegten sich in Philadelphia nicht in Kreisen, die dem Rennsport ergeben waren, und seine einzige Begegnung mit dieser „Verderbtheit“, wie seine Mutter sich ausdrückte, ereignete sich, als er einmal leichtfertigerweise einige Klassenkameraden auf die Rennbahn begleitete und mit einem Einsatz von zwölf Dollar ganz gegen jedermanns Erwartungen hundertzwanzig Dollar gewann. (An den Namen des Pferdes konnte er sich nicht mehr erinnern, und er bezweifelte, ob er ihn je gekannt hatte. Aber irgend jemand hatte ihm einmal eingeredet, daß fünf seine Glückszahl wäre, und so setzte er sein Geld auf ein Pferd mit dieser Nummer, obgleich der Jockei in zwei Farben gekleidet war, die ihm verhaßt waren, ein gräuliches Rosa und ein leberfarbenes Purpur, weil sie ihn an die anonymen Eingeweide auf dem Seziertisch erinnerten. Es war nicht, was man gemeinhin als ein „feuriges Roß“ bezeichnete. Ja, die Trägheit des Tieres am Startpfosten war, außer ihm, allen aufgefallen, und seine Wahl rief brüllendes Gelächter hervor. Spott aber machte Robert immer noch halsstarriger, und so setzte er die zwölf Dollar und gewann. Es war ein heiterer Junitag gewesen, erinnerte er sich, so wie der heutige, ein Tag mit Sonne und Wärme und einer Unterströmung von Erregung.) Er lächelte, als er die Pferde gewahr wurde und wandte sich dann mit aufrichtigem Vergnügen seinem ihm an Jahren überlegenen Besucher zu.

Der wird's schon schaffen, dachte Dr. Ferrier; er ist noch ein wenig naiv, aber ein Arbeitstier. Jedenfalls ist er ehrlich und tüchtig, und das ist mehr, als ich von einer Menge medizinischer Tagelöhner in Gehröcken und gestreiften Hosen behaupten kann. Ein Muttersöhnchen. Das werde ich ihm — hoffentlich — bald abgewöhnt haben.

„Robert“, sagte er, „es fiel mir ein, Sie heute mit der Kutsche meiner Mutter abzuholen.“ Trübe lächelte er den jungen Mann an, der erst sechsundzwanzig war und dessen stämmige Figur ihn kleiner als die ein Meter achtzig erscheinen ließ, die er in Wirklichkeit maß. Robert hatte dichtes, glattes, rotblondes Haar, ein rundes, knabenhaftes, leicht gerötetes Gesicht, treue, große, blaue Augen, eine kurze und eigensinnige Nase, einen freundlichen Mund und Grübchen am Kinn. Er besaß auch einen kleinen Schnurrbart in der Farbe seines Haupthaars und breite Schultern. Groß und eckig waren die Hände und auch die Füße in den blankgeputzten, schwarzen, schweren Schuhen. Der Tag war heiß; dennoch trug er einen Anzug aus dickem schwarzem Wollstoff und was Jonathan Ferrier gewöhnlich als steifen, schwarzen, umgekehrten Nachttopf bezeichnete, obwohl es nur ein New Yorker Derby war. Der Kragen war natürlich hoch und steif, was seine bedauerlich blühende Gesichtsfarbe noch besonders betonte, seine Krawatte schwarz und mit einer Krawattennadel fest verankert.

Zu Roberts Überraschung war der sonst so strenge und korrekte Doktor Ferrier gekleidet, als ob er Golf spielen, jagen oder kegeln hätte gehen wollen. Er trug eine leichte Jacke aus Plaid, hellgraue Flanellhosen und Halbschuhe. Ärger noch, weder Kragen noch Hut. Dennoch minderte diese formlose Garderobe seine angeborene Würde und überlegene Eleganz in keiner Weise herab. „Steigen Sie ein", sagte er in seiner üblichen lebhaften und schroffen Manier.

(Roberts Mutter hatte ihm sein Leben lang eingeschärft, daß sich wirkliche Damen und Herren niemals ohne Hut und ohne Handschuhe in der Öffentlichkeit zeigten, sei es nun zu Fuß oder zu Pferd.)

„Und nehmen Sie diesen obszönen Topf ab", setzte Ferrier hinzu, als Robert sich behutsam neben ihm niederließ. „An so einem Tag! Es muß gute dreißig Grad haben."

Die Pferde setzten sich in, wie es Robert schien, etwas hastigen Trab. Er nahm den Hut ab und hielt ihn auf den Knien fest. Die warme Luft strich mild durch sein Haar. „Die Pferde", sagte er und bemühte sich, die Besorgnis, die er empfand, nicht in seiner angenehmen jungen Stimme anklingen zu lassen, „sind das Rennpferde?"

„Kaum. Aber ich besitze welche, wie ich Ihnen ja schon erzählte. Im Herbst werde ich in Belmont mit zweien an den Start gehen. Ich hoffe, daß eines gewinnt. Ein dreijähriger Hengst. Argentinische Zucht. Sollte eigentlich mit dem Hundefleisch, das wir hier haben, keine Schwierigkeiten haben. Das Vatertier habe ich selbst in Buenos Aires gekauft."

Robert war in Philadelphia geboren. Er kannte Boston und New York recht gut. Aber noch nie war er auf einen so unbekümmerten Mann wie Jon Ferrier gestoßen, der im kleinen Hambledon geboren war und anscheinend alle großen Städte dieser Welt besucht hatte. Robert war mit der Absicht hergekommen, sich huldvoll zu den „Eingeborenen" dieser Stadt herabzulassen, ja vielleicht sogar zu dem berühmten Dr. Ferrier; seine Mutter hatte ihn angewiesen, „gütig" zu sein. Heute kam er sich wie ein Narr vor; eigentlich kam er sich schon die letzten fünf Tage so vor. Er hätte daran denken sollen, daß Dr. Ferrier in Harvard promoviert, in Heidelberg und an der Sorbonne studiert hatte und eine der ganz wenigen Chirurgen war, der Gehirnoperationen durchführte. So ein Mann fand natürlich nichts dabei, sich ein Pferd für seinen Stall aus Argentinien kommen zu lassen.

„Heute wollte ich nicht von Operationssälen und Krankenhäusern sprechen", begann Jonathan. Er lachte kurz auf. „Aber da laufen jetzt diese zwei Stümper im Gehrock herum, die irgendwie zu einem Diplom gekommen sind und noch nie etwas von Pasteur und Liston gehört haben. Heute morgen schneiden sie und sägen sie und bohren sie mit Eilzugsgeschwindigkeit; sollte einer ihrer Patienten überleben, würde mich das überraschen. Die anderen Patienten von ihnen, die nach so einem blutigen Gemetzel am Leben geblieben sind, haben das nur ihrem Schutzengel und ihrer ausgezeichneten Verfassung zu verdanken."

„Warum werden sie von den Krankenhäusern gehalten, Herr Doktor?"

„Wie oft muß ich Ihnen noch sagen, Sie sollen mich Jon nennen? Ich bin doch schließlich noch nicht so alt, daß ich Ihr Vater sein könnte. Warum sie diese Pfuscher halten? Nun, der eine von ihnen ist der Vetter des Gouverneurs und der andere ist Vorsitzender des Ärztekomitees am St. Hilda, unserem so eleganten kleinen Privatkrankenhaus. Seine Frau besitzt Ölquellen; er hat sich seine Stellung erkauft." Er ließ ein trockenes, zynisches Lachen hören. „Jetzt operiert er seine Schwägerin; Eierstocktumor. Ich diagnostizierte es als vermutliches Karzinom, bevor . . ." Er unterbrach sich. „Aber der umgängliche Dr. Hedler hielt und hält meine Diagnose für lachhaft. In diesem Augenblick kommt er vielleicht gerade drauf oder einer der Assistenzärzte teilt es ihm schüchtern mit, oder eine von den Operationsschwestern! Allein würde er das nie merken."

Robert war entsetzt. „Und Sie sagen nichts — Jon?"

Jonathan warf ihm einen kurzen scharfen Blick zu. „Warum sollte ich? Ach ja, vor einem Jahr hätte ich vielleicht Krach geschlagen. Aber jetzt nicht. Warum sollte ich? Sie hat Dr. Hedler gewählt. Er sieht sehr gut aus und die Damen lieben das; er spricht mit der Autorität des Ignoranten. Auftreten. Es ist richtig, ich gehöre immer noch zum Arztpersonal und sitze im Komitee, aber ich habe gelernt, den Mund zu halten. Das empfehle ich auch Ihnen, junger Freund. Zumindest in den ersten Jahren. Ich hatte es gar nicht leicht, als ich zu praktizieren begann und Asepsis in den Operationsräumen einführen wollte, und weiße Hosen und Jacken für die Chirurgen, und Händewaschen und Gummihandschuhe. Nur der Name — und das Geld — meiner Familie hinderte sie daran, mich hinauszuwerfen. Meine Mutter hatte versprochen, dem Sankt Hilda einen neuen Seitenteil zu bauen. Und so tragen die Kurpfuscher immer noch ihre Gehröcke und gestreifte Hosen und wischen die Skalpelle mit herrischer Geste an ihren Ärmeln ab oder am Hinterteil der Operationsschwestern oder was ihnen sonst zur Hand ist. Mit bravourösem Schwung. Und viele von ihnen kommen geradewegs aus dem Seziersaal zur Operation. Einer von ihnen ist Geburtshelfer. Heute morgen entbindet er eine Frau." Er lachte wieder. „Wenn die Patientin nicht an Kindbettfieber stirbt, hat sie Glück gehabt."

„Und da wollen Sie — ich meine, da können Sie nichts dagegen tun?"

„Nein. Würden sie mir denn zuhören, wie die Dinge jetzt stehen? Nein. Ich habe mir erzählen lassen, daß die wenigsten von ihnen mir auch nur ihre Hunde anvertrauen würden."

„Unmöglich!" Roberts Gesicht rötete sich vor Empörung. Dr. Ferrier schien belustigt.

„Sie wissen wirklich nichts von den Menschen, was, mein Junge? Leider werden Sie's noch erfahren. Schauen Sie sich an. Ein Arzt, der errötet. Beachtlich. Denken Sie auch daran: was immer ein Arzt tut oder nicht tut, er trägt nur zur Hälfte zum Überleben des Patienten bei. Die anderen fünfzig Prozent hat der Kranke sich selbst und seinem Glauben an den Arzt zu danken. Hat man Sie das im großen Johns Hopkins nicht gelehrt?"

„Doch, ja."

„Aber Sie glauben es nicht?"

Robert fühlte sich unbehaglich. „Natürlich glaube ich es. Aber trotz allen Selbstvertrauens, trotz des Vertrauens seines Patienten, kann ein Kurpfuscher im Operationssaal zum Mörder werden — oder im Krankenzimmer."

„Richtig. Aber das sind die offenkundigen Fälle. Ich hatte einmal einen Patienten mit einer gutartigen Geschwulst am Hals. Er starb an Schock als Folge seiner Angst. Es wäre eine ganz geringfügige Operation gewesen. Er hatte kein Vertrauen zu mir. Das war vor ein paar Wochen, nach ..."

Nach dem Prozeß, dachte Robert.

„Das und ähnliche Vorkommnisse", sagte Jonathan Ferrier, „haben in mir den Entschluß reifen lassen, von hier fortzugehen."

„Sie haben doch aber nicht vergessen, daß Sie noch mit mir die Patienten besuchen und mir im Operationssaal behilflich sein wollten?"

„Ich habe es Ihnen versprochen, nicht wahr?" brummte Jonathan ungeduldig.

Die granitenen Pflastersteine schimmerten wie poliert in der Sonne. Sie rollten die breiten grünen Straßen eines gepflegten Stadtviertels entlang. Weit zurückgesetzt standen schöne Häuser auf warm glänzendem Rasen unter blühenden Bäumen. Hier und dort war der Rasen mit leuchtenden Blumenbeeten gesprenkelt und hier und dort tranken angebundene Pferde aus steinernen Trögen. In der Ferne hörte Robert das träge Klappern der Fliegengittertüren, das Zischen des Wassers, mit dem das Gras besprengt wurde, und gelegentliche Hammerschläge. Die Sonne brannte auf Gesicht und Hände; die dicken Gummireifen des Phaetons rollten weich über das Pflaster, und der Wagen schwankte kaum merkbar. In der Ferne übergoß ein zarter purpurfarbener Schimmer die Berge und ließ die roten Dächer und weißen Mauern der Häuser plastisch hervortreten. Eine reizende, blühende Stadt, dieses Hambledon. Schon fühlte Robert sich in ihr wohl und empfand lebhafte Zuneigung für alle, die hier lebten und die er noch nicht kannte.

„Ich hoffe, es wird Ihnen hier gefallen", unterbrach Jonathan die Stille. „Sie wissen ja, daß ich zehn Bewerbungen um meine Praxis erhielt. Ich habe mit allen Herren gesprochen. Sie waren der letzte."

Robert errötete vor scheuer Freude, und abermals zeigte Jonathan sich seltsam belustigt. „Ich bin froh, daß Sie mir den Vorzug gegeben haben", sagte Robert und fragte sich, wie es kam, daß er den älteren Kollegen immer belustigte und was ihn so belustigte.

„Sie waren der Beste", versetzte Jonathan. „Zumindest schienen Sie mir der Harmloseste. Seien Sie nicht böse. Es ist sehr wichtig, harmlos zu sein, wenn man Arzt ist. Hat das nicht schon der alte Hippokrates gesagt? Ja. Es ist wirklich so: das größte Kompliment, das man uns machen kann, ist, daß wir keinem wehgetan haben, auch wenn wir ihm nicht helfen konnten. Ich kenne so einen alten Knacker, sehr tüchtig mit dem Skalpell — äußerst geschickt zuweilen, ja sogar erleuchtet —, aber man muß dem Patienten Äther geben, bevor er ihn zu Gesicht bekommt. Von abstoßendem Äußeren und ebensolcher Wesensart. Er könnte einen mit Blicken töten und hat es vermutlich auch getan. Er ist das Gegenteil von harmlos. Man ruft ihn gewöhnlich zu verzweifelten Fällen, nachdem der erste Chirurg so gut wie aufgegeben hat. Er ist wirklich ausgezeichnet. Aber gar nicht harmlos."

Man hatte Robert im Johns Hopkins gelehrt, daß es unter Ärzten nicht üblich sei, untereinander „leichtfertig" über Patienten zu sprechen. Anscheinend hatte man Dr. Ferrier das nicht gelehrt. Manchmal machte er dem armen Robert bange, der ihn so sehr bewunderte, aber sich noch nicht klar darüber war, ob er ihn auch mochte. Er hatte eine gefühllose, bittere, zuweilen verachtungsvolle Art zu reden. Anfangs hielt Robert das für eine Folge des tragischen Prozesses, aber dann flüsterte man ihm zu, daß Jonathan schon immer so gewesen war. „Jetzt ist es natürlich noch ausgeprägter, aber er war schon immer ein Zyniker." Robert konnte sich nicht vorstellen, daß es für einen Arzt gut war, zynisch und zu objektiv zu sein. Er hatte ein sehr weiches Herz.

„Seien Sie nur nicht zu begierig, diese verdammte Stadt an die Brust zu drücken", mahnte Jonathan, während sie schnell durch die Straßen fuhren. „Wir haben eine Menge Neureiche hier: Öl. Jene Art geschraubter Plebejer, die ihr Haus ‚Heim' nennen. Parvenüs. Bescheidenheit ist etwas, das sie weder zu schätzen noch zu würdigen wissen. Sie sehen darin ein Eingeständnis von Minderwertigkeit und trampeln auf einem herum. Wir haben ein paar gute Familien, aber nicht viele. Es ist eine amerikanische Stadt, wie so viele. Vornehmlich von Narren bevölkert. Kommen Sie mit Narren gut aus, Robert? Fein. es sollte Ihnen leichtfallen, sich hier beliebt zu machen. Mir ist es nie gelungen."

Robert konnte Jonathan Ferrier mit vielen Dingen in Verbindung bringen, aber mit keiner Kirche. Immer wieder entdeckte er überraschende, zum Teil verwirrende Züge an ihm.

„Gehören Sie — einer Kirche an, Jon?"

Jonathan drehte den Kopf ein wenig zur Seite und verzog den Mund zu einem unangenehmen, starren Grinsen. „Sozusagen. Überrascht Sie das? Als die Ferriers vor zweihundert Jahren nach Pennsylvanien kamen, hatten sie es gar nicht leicht. Sie waren und sind, was Ihr ‚Papisten' nennt. Auf dem Papier bin ich Katholik. Aber ich habe seit Jahren keiner Messe mehr beigewohnt. Sehen Sie, Bob, ich war auch einmal so ein Milchbart wie Sie. Meine Mitmenschen nahmen mir bald meine Illusionen. Ich war damals siebzehn. Sie sind fast um zehn Jahre älter. Wie zum Teufel können Sie noch so unschuldig sein?"

„So unschuldig bin ich gar nicht", entgegnete Robert mit Würde, und abermals war Jonathan äußerst belustigt und lachte in sich hinein, wie es seine Art war.

„Sie haben doch sicher ein paar Krankenschwestern angelacht und vielleicht gar eines von den leichten Mädchen der Stadt, nicht wahr?"

Von neuem flog die Röte in Roberts Gesicht. Er dachte an seine Mutter. Er war überzeugt davon, daß sie ihn für jungfräulich hielt. Er entsann sich der hastigen, peinlichen Episoden der letzten Jahre, und er wurde verlegen, als er sich jetzt erinnerte, daß er immer die Augen geschlossen hatte, um die Gesichter der Frauen nicht zu sehen. Er fühlte, daß Dr. Ferrier ihn beobachtete und heftete darum den Blick nur umso fester auf die schmalen, sonnengebräunten Hände, die so gelassen die Zügel hielten.

„Ich hatte einmal einen Pflichtassistenten aus einer Methodistenuniversität", erzählte Jonathan mit heiterem Sinnen, „der sich nicht dazu aufraffen konnte, das Wort ‚Scheide' zu gebrauchen. Er zog es vor, von den Schamteilen zu sprechen. Im Krankenhaus oder im Operationssaal gibt es nichts, das weniger ‚schamhaft' wäre als jene so keusch benamten ‚Teile'."

„Man darf nicht vergessen, daß Frauen — eh — zurückhaltend sind", warf der bedauernswerte Robert ein.

„So, sind sie das?" fragte Jonathan und zog eine seiner buschigen, schwarzen Augenbrauen hoch. „Ich kenne nichts weniger Zurückhaltendes oder Sittsames als eine Frau. Gegenüber einer brünstigen Frau kann sich selbst der ungeschlachtetste Mann wie ein Chorknabe ausnehmen."

„Ich nehme an, Sie konnten viele Erfahrungen sammeln", sagte Robert.

„Fein! Sie sind also doch nicht so ein Grünschnabel, Bob, was? Ich wollte mich dessen versichern; ich hatte manchmal ein wenig Angst, Sie wären zu zart besaitet für die blutigen Arenen, die wir Spitäler nennen."

„Im Johns Hopkins hielt man mich für sehr tüchtig", entgegnete Robert steif. „Kaum für einen Grünschnabel. Außerdem war ja auch mein Vater Chirurg, und noch bevor ich mein Studium begann, sah ich ihm bei vielen Operationen zu."

„Ohne dabei in Ohnmacht zu fallen, wie ich hoffen will. Nun gut. Ich nehme Sie auf den Arm. Ich kann Sie wirklich gut leiden, Bob, und ich bin eigentlich dafür bekannt, daß ich die Menschen nicht leiden kann. Sie müssen Ihren Sinn für Humor pflegen. Na, macht nichts. Wissen Sie, was wir heute machen? Wir werden Vögel beobachten."

„Vögel beobachten?"

„Der Tag ist zu schön, um Menschen zu beobachten. Das sollten Sie nur bei trübem Wetter tun, oder wenn es stürmt, wenn Flüsse über die Ufer treten und Häuser brennen. Sehr aufschlußreich. Da sehen Sie sie in ihrer ganzen schäbigen Nacktheit. Ja, ich sprach von Vögeln." Mit einem Senken des Kopfes deutete er auf einen Riemen über seiner Brust, an dem ein Feldstecher hing. „Haben Sie nie Vögel beobachtet?"

Vögel waren für Robert liebenswerte Wirbeltiere, die im Frühjahr sangen und Federn hatten. Mit Ausnahme von Rotkehlchen und Kardinalvögeln konnte er einen vom anderen nicht unterscheiden. Seine Mutter sprach von „ihren süßen kleinen Nestern" und hatte ihm einmal, als er noch ein Kind war, erzählt, der liebe Gott habe sie eigens zum Entzücken der Menschheit geschaffen. Für Mrs. Morgan gab es sonst keinen Grund für ihr Dasein. Es war ihr klar, daß sie Eier legten, doch Robert bezweifelte, daß sie den Tieren auch ein Geschlechtsleben zubilligte, auf Gund dessen die Eier gelegt wurden und junge Vögel zur Welt kamen. Offenbar glaubte sie, daß sie sich, den Blumen gleich, durch Übertragung des Pollens fortpflanzten. Ja, es war nicht ganz einfach mit seiner Mutter. Ob sie wohl zu den Narren gehörte, von denen Dr. Ferrier gesprochen hatte? Möglich. Wahrscheinlich. Wieder stieg ungewohnte Verwirrung in ihm auf, deren Ursprung er nicht entdecken konnte. Immer war er der aufmerksame, zärtliche, seiner Mutter treu ergebene Sohn gewesen. Dies schien ihm nun kindisch und peinlich. Er dachte an seinen Vater und erkannte plötzlich, daß der alte Herr einiges auszustehen gehabt hatte; kein Wunder, daß dieser sterilen Ehe kein zweites Kind entsprossen war.

Auch sie ist eine Plebejerin, dachte Robert. Sie nennt unser Haus „das Heim".

„Warum runzeln Sie die Stirne?" fragte Jonathan. „Wenn Sie keine Vögel beobachten wollen, dann eben nicht."

„Hab' ich das gesagt?" Robert hörte den Ärger aus seiner Stimme heraus. Er ärgerte sich selten über Menschen; dazu war er zu gutmütig. „Ich dachte an etwas anderes. Ja, ich möchte gern Ihre Vögel beobachten. Aber wozu eigentlich?"

„Wozu man Vögel beobachtet? Einige ziehen sogar jetzt noch nach Norden. Wenn man weiß, wo man hinschauen muß, kann man noch ein paar hübsche und ungewöhnliche Exemplare zu sehen bekommen. Wozu? Ich weiß es nicht genau. Ich habe es schon als Kind getan. Mein Vater war ein leidenschaftlicher Vogelbeobachter. Er ging beinahe in die Knie, wenn er den Namen Audubon nur hörte. Wir schenkten der Stadt einen Park in der Umgebung; mein Urgroßvater war der edle Spender. Ein Vogelschutzgebiet. Vögel sind so beruhigend. Nie schmieden sie irgendwelche Intrigen. Sie sind ganz und gar Vögel. Im Gegensatz zu den Menschen, die nur selten im guten Sinne des Wortes menschlich sind. So ist es auch mit allen anderen Tieren. Sie sind, was sie sind — sie führen ein ehrliches Leben. Man steht bei ihnen auf festem Boden. Bei den Menschen weiß man nie, wie man dran ist."

Er hat recht, dachte Robert und war von dieser Wahrheit betroffen.

„Ich besitze sechs Hunde und acht Katzen", fuhr Jonathan fort. „Ein Hund ist in der Stadt, der Rest befindet sich auf meinen Höfen. Jedes Tier hat seine eigene Persönlichkeit und ist hundertprozentig ehrlich. Es gibt keinen Hund, der vorgibt, besser zu sein, als er wirklich ist, keine Katze ohne Selbstachtung. Sogar das Vieh folgt nur seinen natürlichen Instinkten. Und wenn ich es so recht überlege, tut das der Mensch eigentlich auch — fast immer. Fast immer ist er ein Narr, ein Lügner, ein Heuchler, ein Feigling, ein Angeber, ein heimlicher Mörder, ein Dieb, ein Verräter. Nennen Sie mir ein Laster, dem er nicht frönt. Das ist seine Natur. Nur wenn er vorgibt, tugendhaft zu sein, verwirrt er unseren Blick und verleugnet seinen Charakter."

Robert hatte seine Mitmenschen immer gern gemocht. Er war von Natur aus gesellig und vertrauensvoll. Seine neue Reizbarkeit ließ ihn sagen: „Wissen Sie, Doktor, das klingt sehr schülerhaft."

Jonathan brach überraschend in ein Gelächter aus, das erste ungezwungene Lachen, das Robert von ihm gehört hatte. „Woher wollen Sie wissen", fragte er, „daß Schüler immer Schwachköpfe und im Unrecht sind? Einige der aufgewecktesten Menschen, die ich je getroffen habe, waren ein paar Jungen in einer Vorbereitungsschule. Sie sehen die Dinge ganz und sie sehen sie richtig. Dann kommen die Erwachsenen, verderben sie und verblenden sie, erzählen ihnen einen Haufen angenehmer Lügen und stumpfen ihr Empfindungsvermögen ab. Mit siebzehn ist die Zeit der Unschuld leider vorbei. Heraus mit der Sprache, Bob! Hat Sie nie jemand verraten, Lügen über Sie verbreitet oder Ihnen etwas Böses angetan?“

„Doch, natürlich. Aber was macht das schon aus? Meine Hände sind sauber.“

„Gratuliere“, sagte Jonathan.

Robert wurde es heiß in seiner schweren Kleidung. Er löste seine Krawatte und öffnete den Kragen. Er legte seine Jacke ab. Ich bin ein selbstgefälliger Pedant; er hat recht, dachte er. Er krempelte sich die Hemdsärmel auf. Die Sonne brannte; die sanften Schatten der Bäume verwandelten die Straßen in erfrischende Grotten. Hier standen die Häuser nur mehr vereinzelt, von leeren Grundstücken umgeben, die von staubigem, hohem Junigras bedeckt waren. Der Duft von Steinen und Pflanzen erfüllte die ruhige, schimmernde Luft. Es ließ sich viel Gutes über Kleinstädte und Dörfer sagen, dachte Robert. Zumindest rochen sie — ehrlich. Er bemerkte, daß sie sich dem Fluß näherten und daß Jonathan den Wagen zur Uferstraße lenkte. Zwischen Häusern und Bäumen erhaschte er Blicke auf jene Insel, die von irgendeiner Närrin ‚Herzensfried‘ getauft worden war. Jetzt sah er ganz deutlich das rote Ziegeldach des ‚Schlosses‘ in der Sonne glitzern, die hinter Bäumen versteckten Mauern und die granitene Einfriedung. Das Wasser glich gesprenkelter Seide, blau und voll heller purpurfarbener Schatten.

„Sie erinnern mich an Omar Khayyan“, meinte Jonathan.

„Wieder einmal schülerhaft“, sagte Robert. „Was haben Sie gegen den alten Zeltmacher? Wenn seine Wahrheiten verbraucht und farblos wirken, so, weil sie Wahrheiten sind. Was ist denn ein Gemeinplatz? Eine Münze, die durch viele Hände gegangen ist, aber eine echte Münze, denn hätte sie keinen Gehalt, wäre sie schon der Vergessenheit anheimgefallen.“

„Ich könnte wetten, Sie lesen ihn mindestens einmal im Monat.“

Jonathan hatte recht, und Robert ärgerte sich.

„Ich tue es auch“, sagte Jonathan. „Soll ich Ihnen meinen Lieblingsvers sagen?

‚Der Finger gleitet schreibend hin, hält an
Und gleitet weiter, bleibt auf seiner Bahn.
Wie glühend auch Dein Flehen, ein Wort zu streichen —
Trotz aller Tränen wirst du’s nie erreichen!‘ “

Robert war überrascht; erstens, weil der Vers so gar nicht zu Jonathan paßte, und zweitens, weil es auch sein Lieblingsvers war. Er war ihm immer unsagbar quälend und eindringlich tragisch erschienen.

Dann sah er, daß Dr. Ferrier ihn wieder anlachte, und nun waren sie auf der Uferstraße, und jenseits des Wassers schien die Insel nur wenige Meter entfernt zu sein.

ZWEITES KAPITEL

Die Stadt Hambledon hatte ihre Flußufer noch nicht durch Fabriken, Lagerhäuser und Baracken verunstalten lassen. Erfreut stellte Robert das fest, aber Jonathan erwiderte gereizt: „Es wird nicht mehr lange dauern. Wir Ferriers und unsere Freunde konnten es bisher verhindern, aber man wirft uns bereits vor, wir wären ‚rückständig' und ‚stünden der Zukunft im Wege'. In dieser Zukunft wird es offenbar nichts mehr geben als Häßlichkeit und Zweckdienlichkeit, wenn die ‚Fortschrittlichen' einmal freie Hand haben. Genießen wir die schwindende Schönheit Amerikas, solange wir können. Sie wird ohnehin bald dem proletarischen Kult der Eintönigkeit Platz machen."

Robert nickte. „Oder dem Kult der Nützlichkeit eines Karl Marx. Wie Marx die Bauern haßt! Einmal wies er vor einer Karte von Deutschland auf das unverbaute Land zwischen den Städten hin und beklagte diese ‚Verschwendung des Bodens'. Die Städte, meinte er, sollten sich in die Landschaft hinein ausbreiten, damit ‚die Massen' nicht zusammengedrängt leben müssen, damit jeder sein eigenes Stückchen Grund haben könnte. Als man ihn darauf aufmerksam machte, daß man den Boden brauche, um ihn zu bebauen, damit man die Bevölkerung ernähren könne, wies er den Einwand als belanglos zurück."

„Wie ich sehe, haben Sie auch anderes gelernt, als obduzieren und nutzlose Operationen durchführen", sagte Jonathan. „Warum schneiden Sie ein Gesicht? Kein Grund, beleidigt zu sein. Der alte Marx war ein Plagiator. Er hat alle seine Ideen von der Französischen Revolution und von den mörderischen Jakobinern übernommen, die sie ihrerseits wahrscheinlich von dem römischen Verräter Catilina bezogen haben. Das reine Nützlichkeitsprinzip und die Idee von der Herrschaft des undisziplinierten Mobs sind uralt und gehen auf die Söhne Kains zurück. Die Freiheit ist eine sehr zarte Pflanze. Wir sollten uns an ihr freuen, bevor man sie hier in Amerika ausrottet. Sie glauben nicht, daß das geschehen wird? Junger Mann, Sie sind schrecklich naiv."

„Aber das ist doch lächerlich", widersprach Robert mit jugendlicher Überzeugung. „Kein Mensch hört auf Teddy Roosevelt und seine ‚fortschrittlichen' Ideen."

Jonathan knurrte. „Ein neues Jahrhundert ist angebrochen. Ja, ich weiß, daß es sich um eine künstliche, von Menschen gemachte Demarkationslinie handelt. Aber ich habe etwas Erstaunliches festgestellt: Neue Jahrhunderte unterscheiden sich tatsächlich von den vorhergehenden. Natürlich glaube ich nicht an Astrologie. Aber irgendein Narr aus Chicago hat mir die ‚Planetarischen Aspekte des 20. Jahrhunderts' zugeschickt. Ich habe vergessen, wie er heißt. Jedenfalls behauptet er, dieses Jahrhundert werde als ‚das Vorspiel zum Weltuntergang' oder als ‚Jahrhundert der Tyrannen und Katastrophen' in die Geschichte eingehen. Mag sein, mag sein. Gehen wir in dieses Birkenwäldchen und halten wir Ausschau nach den Vögeln." Er grinste Robert an.

In dem Birkenwäldchen duftete es nach Erde, Laub und Fruchtbarkeit. Die Sonne vermochte hier nicht einzudringen; die Luft war kühl wie in einem Keller und erfüllt von dem Rauschen des Flusses und der Zwiesprache geschäftiger Vögel. Wilde Blumen und Pilze bedeckten den Boden. Robert, der Stadtmensch, war entzückt. Er atmete tief und lauschte. Jonathan hielt den Feldstecher vor die Augen und suchte die Wipfel der Bäume und die sonnenbeschienenen Zweige ab. „Da", rief er, „wenn das nicht eine verspätete Schwarzdrossel ist, dann habe ich nie eine gesehen." Er reichte Robert das Glas, der es an die Augen hielt und es auf den Ast richtete, auf den Jonathan zeigte.

Er sah einen großen Vogel mit einem merkwürdig aquamarinfarbenen Schnabel und einer Fülle glänzender Federn. Aber vor allem zeigte ihm der Feldstecher ein großes, wildes, starrendes Auge, in dem sich geheimnisvoll die Erinnerung an Wälder, von Menschen unbetretenen Wildnisse und das Wissen um uralte Zeiten zu spiegeln schien. Noch nie hatte Robert ein solches Auge gesehen, ein Auge, in dessen Tiefe dem Menschen unbekannte Geheimnisse lagen, ein Auge, so groß und weit geöffnet, als lausche es. Er war gebannt und ein wenig eingeschüchtert und fürchtete sich fast, wie sich der Mensch immer vor dem Unerklärbaren fürchtet. Er sagte zu Jonathan, aber so, als spräche er zu sich selbst: „Was wir alles nicht wissen!"

„Sie sind ein geborener Vogelbeobachter", sagte Jonathan. „Ich habe noch keinen gekannt, der eingebildet gewesen wäre; oder einen Zoologen, der den Menschen für die Krone der Schöpfung gehalten hätte; oder einen Astronomen, der geglaubt hätte, der Mensch stehe ‚nur um ein Geringes tiefer als die Engel'." Er gab einen knurrenden Laut von sich. „Das Alte Testament drückt sich geheimnisvoll aus. Es erklärt niemals, welche Engel gemeint sind. Vielleicht jene, die Satan in die Hölle folgten."

Robert sah ihn neugierig an. „Sie haben keine hohe Meinung von Ihren Mitmenschen, nicht wahr?"

„Ich habe die allerniedrigste Meinung von ihnen", antwortete Jonathan prompt. „Ich kenne sie ja schließlich in- und auswendig. Wenn Sie sich eine gute Meinung von den Menschen erhalten wollen, dann kommen Sie ihnen nicht zu nahe. Bleiben Sie in Ihrem Elfenbeinturm und lesen Sie Gedichte oder träumen Sie. Gehen Sie nicht hinaus auf die Straßen, mischen Sie sich nicht unter die Leute. Und vor allem, sprechen Sie, Gott behüte, nicht mit ihnen!" Robert fühlte sich merkwürdig bedrückt. Selbst das Rauschen des Flusses und der Gesang der Vögel schienen etwas Bedrohliches bekommen zu haben.

„Vögel", fuhr Jonathan fort, „mögen Menschen nicht. Bäume mögen Menschen nicht. Sehr klug von ihnen, finde ich. Unsere Edelkastanien sterben aus. Warum? Nicht weil sie von einer Krankheit befallen sind, sondern weil Chemiker und dergleichen fieberhaft nach einer Kur für diese Krankheit suchen und die Bäume damit umbringen. Und so werden auch die anderen Baumarten der Reihe nach auszusterben beginnen, wie sie in China ausgestorben sind, als ihnen die Menschen zu nahe rückten. Deshalb ist China jetzt so kahl und dürr. Auch Amerika wird über kurz oder lang seine Bäume verlieren, eine Art nach der andern. Nein, die Bäume lieben die Menschen nicht."

„Sie sprechen wie ein Druide", sagte Robert, der sich immer mehr bedrückt fühlte.

„Das hat etwas für sich", sagte Jonathan sehr ernst. „Bedenken Sie, daß wir Heiden waren, bevor wir Christen wurden. Damals wußten wir etwas von der Erde. Auch die alten Juden wußten etwas davon." Er lächelte Robert spöttisch an. „Also über die Druiden wissen Sie auch Bescheid? Ich bekomme langsam Respekt vor Ihnen, junger Mann."

„Halten Sie mich für einen Analphabeten?" fragte Robert, ehrlich verärgert. „Mein Vater war zwar Arzt, aber er war ein gebildeter Mann und besaß eine große Bibliothek."

„Eine aussterbende Rasse", sagte Jonathan. „Der Arzt der Zukunft wird Spezialist sein und ein streng eingegrenztes Wissen vom Körper und vom Geist haben. Richten Sie das Glas auf diese verdammte Insel. Sie ist sehr interessant."

Robert gehorchte automatisch. Er war zu sehr abgelenkt durch seine Gedanken.

Die Insel rückte so nahe, daß Robert das Gefühl hatte, sie mit den Händen berühren zu können. Sie sah größer aus, als sie mit freiem Auge erschien, und sie war tatsächlich herzförmig. Ihr breiter und eingekerbter Teil ragte über dem blauen Wasser wie ein Schiffsschnabel empor, während das spitze Ende in fast gleicher Ebene mit dem Fluß zu liegen schien. Er konnte die Einfriedung aus Granit deutlich erkennen, die weißen Mauern des „Schlosses", die Gruppen hoher Bäume und die leuchtenden Farben der Blumen auf dem Rasen. Das Dach des Gebäudes glänzte scharlachrot in der Sonne.

Eine Gestalt in Blau schritt auf das breite Ende der Insel zu. Sie wirkte jung und geschmeidig und stieg leicht und kraftvoll den Abhang hinauf. Manchmal verschwand sie hinter einem Gebüsch, um dann höher oben wieder zu erscheinen. Schließlich hatte sie den höchsten Punkt oberhalb der Einfriedung erreicht und wurde plötzlich voll sichtbar. Ein großes, schlankes junges Mädchen stand da und blickte zu dem Birkenwäldchen hinüber. Das Gesicht schimmerte im Sonnenlicht wie weißer Marmor.

Es war ein schönes Gesicht; wunderbar geformt, zart und streng zugleich. Eine Fülle lockiger, schwarzer Haare, die von einem roten Band gehalten wurden, umrahmte es und fiel über die Schultern. Die hohe, glatte Stirn und der große, hellrote Mund glänzten im Licht. Die Nase war leicht gebogen. Das alles bemerkte Robert, aber was seine Aufmerksamkeit vor allem auf sich zog, waren die Augen. Sie waren groß und von tiefem Blau, von schwarzen Wimpern umrahmt und von sehr dunklen Brauen überwölbt, die schimmernden Vogelschwingen glichen. So intensiv war das Blau dieser Augen, daß das ganze Gesicht von ihrem Leuchten erfüllt zu sein schien.

Diese Augen waren, voll von leidenschaftlichem und unverhülltem Haß, auf das Birkenwäldchen gerichtet. Robert fühlte sich von diesem Haß so stark betroffen, daß er das Glas sinken ließ.

„Sie sieht, daß wir sie beobachten", rief er aus.

„Unsinn", sagte Jonathan, nahm ihm das Glas aus der Hand und führte es an die Augen. „Die Insel ist fast eine Meile vom Flußufer entfernt. So weit kann sie nicht sehen." Er kicherte, während er das Mädchen beobachtete. „Ja, sie starrt auf das Wäldchen, aber sie sieht uns nicht. Sie kann uns nicht sehen." Er reichte Robert das Glas. „Hübsches Ding, was?"

Robert zögerte. Er blickte von neuem durch das Glas. Noch immer schaute das Mädchen herüber. In angespannter Haltung lehnte es an der Granitmauer. Sie war nicht nur einfach groß und schlank; sie hatte eine bezaubernde Figur, deren anmutige Kurven sich unter dem einfachen blauen Kleid abzeichneten. Es war am Hals ausgeschnitten, die Ärmel reichten bis zu den Ellbogen. Über dem Kleid trug sie eine derbe, braune Schürze, wie ein Dienstmädchen oder eine Landarbeiterin.

„Ich glaube noch immer, daß sie uns sieht", sagte Robert voller Unbehagen. „Ja, sie schaut mich an. Und sie mag mich ganz und gar nicht."

„Die Entfernung beträgt fast eine Meile", wiederholte Jonathan. „Ich weiß es. Ich bin einige Male hinübergeschwommen, hin und zurück. Die Strömung ist sehr stark. Nein, sie kann uns nicht sehen. Sie ist voller Haß gegen die ganze Welt, wie immer."

„Wer ist sie, Doktor?"

„Meine Nichte. Technisch gesprochen."

Robert wandte den Kopf und sah ihn erstaunt an. „Was sagen Sie? Ihre Nichte? Wie ist das möglich? Das Mädchen ist mindestens zwanzig, und Ihr Bruder ist jünger als Sie."

Jonathan schwieg eine Weile. Der Schatten der Birkenzweige spielte auf seinem Gesicht, das düster und hart war. Schließlich begann er: „Technisch gesprochen, habe ich gesagt. Mein Bruder Harald heiratete ihre Mutter, eine Mrs. Peter Heger aus Pittsburgh. Sie war zwölf Jahre älter als mein Bruder. Und das ist ihre Tochter aus erster Ehe, Jennifer oder Jenny, wie sie meist genannt wird."

„Sie lebt dort? Mit Ihrem Bruder? Ganz allein?“ Robert errötete bei der Frage.

Jonathan grinste, und Robert fragte sich wieder einmal, ob er den älteren Mann eigentlich mochte oder nicht. Sein Lächeln war höchst unangenehm. Jonathan sagte: „Eine zweideutige Situation, finden Sie. Ja, das ist ein gutes Wort dafür. Die Leute in Hambledon finden es auch gar nicht nett. Aber immerhin sind Dienstboten da, drei im ganzen. Und Jenny macht sich offenbar nicht das geringste aus dem Gerede der Leute. Ihr Vater hat die Insel während der Hochzeitsreise in einem Anfall totaler Verblödung gekauft und dieses lächerliche Haus gebaut, das als Schloß bezeichnet wird. Er hat sein ganzes Vermögen seiner Frau hinterlassen, die, um der Wahrheit die Ehre zu geben, nicht sehr intelligent war. Man kann nie wissen, was eine verliebte Frau mit ihrem Geld anfängt, und Myrtle — ein idiotischer Name, finden Sie nicht? — war in meinen Bruder verliebt. Er ist ein geborener Vagabund und ein Künstler und hatte keinen Cent in der Tasche, als Myrtles Auge auf ihn fiel.“

Jonathan machte eine Pause. „Mein Vater wußte, was er tat, als er sein Vermögen zwischen meiner Mutter und mir aufteilte und dem Künstler Harald nur ein kleines Einkommen auf Lebenszeit hinterließ, das für seine exquisiten Lebensgewohnheiten nicht genügt. Er ist ein sehr schlechter Maler, hält sich aber, wie alle schlechten Künstler, für ein Genie. Er gehört zu den ‚sensiblen‘ Malern. Neokubismus, glaube ich. Ich verstehe nicht viel von Kunst, aber ich weiß, daß Haralds Werke nichts wert sind. Er hat noch nie in seinem Leben ein Bild verkauft. Aber er hat sich in der ganzen Welt herumgetrieben. Ich glaube, die Bekanntschaft mit Myrtle war ein unverhoffter Glücksfall für ihn. Jedenfalls hat er sie geheiratet, und sie lebten ein paar Jahre glücklich miteinander, bis sie starb. Sie litt an einer Mitralstenose und bekam später einen Infarkt. Ich war ihr behandelnder Arzt.“

Robert hatte gespannt zugehört. Jonathans Stimme, von Natur aus nicht sehr weich, war rauh und klang, als müsse er ein Lachen unterdrükken.

„Warum geht das Mädchen nicht fort?“ fragte Robert. „Es kann nicht sehr angenehm für sie sein, hier zu leben.“

„Wie denn? Mit hundert Dollar im Monat, nachdem sie wie eine Prinzessin erzogen worden ist? Dazu ist Jenny zu schlau. Außerdem ist diese Insel, schon bevor sich Harald hier niederließ, ihre Heimat gewesen, denn sie hat ja ihrem Vater gehört. Er starb, als sie noch ein Kind war.“

„Ich nehme an, daß sich die beiden nicht besonders lieben, Ihr Bruder und Jenny?“

Wieder lachte Jonathan auf. „Es gehen Gerüchte, daß sie einander nur zu sehr lieben. In der Stadt nennt man Jenny Lilith.“

Robert kannte seine Bibel. „Lilith?“ sagte er. „Gibt es nicht eine

Legende, daß sie Adams erste Frau gewesen sei oder so etwas? Aber Lilith war ein Dämon ..." Er errötete von neuem. „Das hätte ich nicht sagen sollen."

„Mich beleidigen Sie nicht", antwortete Jonathan amüsiert. „Ich verachte sie beide, die süße Jenny und Harald. Nicht, daß ich etwas auf die Gerüchte gebe, die in der Stadt umlaufen. Ich finde es ganz richtig, daß sie im ‚Schloß' leben. Schließlich sind ja die Dienstboten da. Trotzdem ..."

Robert fühlte einen unangenehmen Geschmack im Mund. Nochmals hob er das Glas an die Augen. Jenny richtete ihre haßerfüllten Blicke noch immer auf das Wäldchen. Dann, während Robert sie beobachtete, senkte sie den Kopf, stieg den Weg, den sie gekommen war, hinab und verschwand. Ein paarmal sah Robert ihren weißen Nacken zwischen den Bäumen aufblitzen.

„Ich bin noch immer überzeugt, daß sie uns gesehen hat", sagte er.

„Nein. Unmöglich. Sie hat einfach ihren Haß auf Hambledon im allgemeinen gerichtet. Sie geht nicht oft in die Stadt. Wenn sie es tut, besucht sie manchmal meine Mutter, sozusagen ihre Großmutter. Die beiden verstehen sich sehr gut miteinander. Aber Jenny verschwindet sofort, wenn ich komme. Ich glaube, sie mag mich nicht."

Ich möchte wissen, wie viele ihn nicht mögen, dachte Robert und schämte sich des Gedankens.

„Wie wär's, wenn wir die Einsiedler besuchten?" fragte Jonathan. „Sie werden Ihre Patienten sein. Es wäre ganz gut für Sie, die beiden kennenzulernen." Sein dunkles, schmales Gesicht hatte einen vergnügten Ausdruck, den Robert nicht deuten konnte, aber es schien eine boshafte Vergnügtheit zu sein.

„Ach", sagte Robert, „muß das heute sein?" Er fühlte sich wieder höchst unbehaglich.

„Warum nicht heute?" Jonathan war plötzlich sehr unternehmungslustig. „Sie haben drei Ruderboote, und eines davon liegt immer an diesem Ufer. Kommen Sie! Sind Sie hier festgewurzelt?"

Robert wußte nicht, was er sagen sollte. Er hatte nicht die geringste Lust, die Bekanntschaft des zwielichtigen Paares auf der Insel zu machen. Aber Jonathan ergriff seinen Arm und zog ihn aus dem Wäldchen. „Ich gehe mindestens zweimal in der Woche hinüber, spaßeshalber. Es gibt sonst wenig Spaß in meinem Leben in letzter Zeit. Kommen Sie. Seien Sie nicht bockbeinig."

Seinen dicken Rock über dem Arm, folgte Robert Jonathan. Aus irgendeinem Grund setzte er seinen steifen schwarzen Hut auf. Sie erreichten das Ufer des Flusses und sahen das Ruderboot mit eingelegten Rudern im dichten Gras liegen. „Vielleicht ist Ihr Bruder nicht zu Hause", sagte Robert hoffnungsvoll.

„Wo sollte er sonst sein? In Hambledon? Können Sie gut rudern?"

Ohne eine Antwort abzuwarten, zog Jonathan seine Jacke aus und ergriff die Ruder, nachdem die beiden Männer das Boot ins Wasser geschoben hatten. „Sie können zurückrudern", meinte Jonathan. Es ist eine ausgezeichnete Körperübung. Ärzte brauchen das, sonst werden sie zu dick vor lauter Würde."

Robert setzte sich im Boot zurecht, während Jonathan die Ruder energisch durch das leuchtend blaue Wasser zog. Der Verdacht tauchte in ihm auf, daß Jonathan diesen Besuch von vornherein geplant hatte, und sein Unbehagen wuchs. Er sagte sich, daß er an „diese Art Menschen" nicht gewöhnt sei. Sein ganzes Leben war er von Leuten umgeben gewesen, auf die man sich verlassen, deren man sicher sein konnte; gute, brave, freundliche, hilfsbereite, anständige Menschen, die zur Kirche gingen, republikanisch wählten und Papisten, Juden und Ausländern mißtrauten. Leute, die sonntags Besuche machten, Visitenkarten abgaben und niemals fluchten oder sich würdelos benahmen. Leute, für die Ehebruch ein bloßes Wort und Sünde etwas war, das man zu vermeiden hatte. Frauen, die züchtig, keusch und nicht zweideutig waren, die niemals ihre Knöchel sehen ließen oder ein unschickliches Wort äußerten. Männer, die sonntags Gehrock und Spazierstock trugen und auch sonst taten, „was sich gehörte". Ich bin wirklich weit weg von Philadelphia, dachte der junge Robert Morgan.

Er sah den bloßköpfigen Jonathan Ferrier an. Dieser Mann war ihm so fremd wie ein Einwohner von Tanger oder Konstantinopel. Er sah „fremdländisch" aus, dunkel, hager, hart, undurchsichtig, und er gehörte seiner eigenen Aussage nach zu den „Papisten" oder hatte wenigstens zu ihnen gehört. Natürlich war seine Mutter, als geborene Farmington, eine wirkliche Dame. Robert stellte diese Tatsache nachdrücklich fest, um des Gefühls der Fremdheit Herr zu werden und die Empfindung zu überwinden, daß er sich in einem fremden Land befinde, wo die bekannten Zeichen in Hieroglyphen geschrieben waren, die er nicht zu entziffern vermochte. Dabei war Hambledon die typische amerikanische Kleinstadt. Aber die Ferriers waren eben „anders". Sie stammten von Franzosen oder Belgiern. Man konnte nicht wissen, was „solchen Leuten" alles einfallen mochte. Sie waren unberechenbar, und Jonathan Ferrier war noch unberechenbarer als alle andern. Unheimlich, dachte Robert, während die heiße Sonne ihm in die Augen stach und das Wasser breite Bänder von Licht zurückwarf. Ja, unheimlich. Hatte er vielleicht doch seine Frau und sein Kind ermordet? Nein, nein, natürlich nicht. Unter dem Anprall einer Welle schwankte das Boot, und Robert hielt sich rasch an den Rändern fest.

„Sie sind doch nicht am Ende seekrank?" fragte Jonathan.

„Nein. Aber hätten wir uns nicht telephonisch anmelden sollen?"

„Das ‚Schloß‘ hat kein Telephon. Myrtle verabscheute das Telephon. Sie wollte auf der Insel ein bäuerliches Leben führen.“ Jonathan grinste und zeigte seine weißen Zähne. „Für Notfälle ist ein Lichtsignal vorgesehen. Sie zünden eine Laterne auf dem Dach ihres lächerlichen ‚Schlosses‘ an. Ich weiß es, denn auf diese Art wurde ich immer zu Myrtle gerufen. Manchmal kam auch einer von den Dienstboten herübergerudert und holte mich aus dem Bett oder aus dem Spital. Seien Sie unbesorgt. Jenny und Harald sind an meine Besuche gewöhnt.“

„Die beiden müssen sich sehr einsam fühlen.“ Robert versuchte zu plaudern, um über sein Unbehagen hinwegzukommen.

„Nein. Eigentlich nicht. Bedenken Sie, daß Harald Künstler ist. Er liebt die Einsamkeit. Behauptet er. Und dann ist doch Jenny da.“

„Ein junges Mädchen. Hat sie keine Freunde in Hambledon?“

„Wenige. Sie ist an und für sich ungesellig und nicht sehr beliebt. Seit dem Tod ihrer Mutter ist das viel ärger geworden. Habe ich schon erwähnt, daß sie mich haßt? Was meinen Bruder anbelangt — wir lieben uns nicht gerade heiß. Da, nehmen Sie die Ruder und probieren Sie sie aus.“

Die Strömung war unerwartet stark, und das Boot schwankte und stampfte. Mit größter Vorsicht tauschten die beiden Männer Platz, und dennoch hatte Robert Mühe, das Gleichgewicht zu halten. Aber Jonathan bewegte sich so leicht und locker wie ein Jüngling und saß schon, bevor Robert noch die Ruder ergriffen hatte. Die Sonne schien wirklich sehr heiß, und die Strömung setzte den Rudern starken Widerstand entgegen, so daß Robert kräftig dagegen arbeiten mußte. Er begann zu schwitzen. Er warf einen Blick über die Schulter. Die Insel schien noch weit entfernt. Schäumend spritzte das Wasser an das Steilufer.

„Sie sind wirklich hinübergeschwommen?“ fragte Robert.

„Es ist nichts dabei. Ich bin ein guter Schwimmer, aber Harald kann überhaupt nicht schwimmen. Als Künstler ist er zu zart besaitet für solche Anstrengungen.“

Robert begann die Wirkung auf seiner hellen Haut zu spüren. Seine Nase brannte, und er fühlte Schweißtropfen am Ansatz seines rotblonden Haares, unter dem Kinn und zwischen den Schultern. Jonathan sah ihn nicht an. Er blickte zur Insel hinüber, und sein Gesicht trug wieder den verschlossenen, angespannten Ausdruck. Er schien Robert gänzlich vergessen zu haben.

„Sie haben weder Gas noch Elektrizität“, begann er plötzlich in abwesendem Ton. „Myrtle wollte die ländliche Note erhalten. Ich habe Ihnen gesagt, daß sie dumm war. Sie haben Petroleumlampen, und im Winter bringt eine Barke Kohle auf diesen lächerlichen Steinhaufen. Die Kamine heizen sie mit sündteuren Scheitern aus Kirschholz, und einmal in der Woche fahren die Dienstboten mit dem Boot in die Stadt und holen Lebensmittel. Sie werden hoch bezahlt, damit sie bleiben. Dieser ganze Unsinn muß ein Vermögen kosten."

Die Wellen schlugen an das Boot, die Sonne glitzerte auf dem Wasser, und Robert fühlte, wie ihm von Minute zu Minute heißer wurde. Jonathan betrachtete ihn kritisch. „Sie rudern schneller, als ich dachte", sagte er. „Halten Sie auf die Schmalseite der Insel zu, dort ist eine Öffnung in der Einfriedung, von der ein Weg zum Haus führt."

Wieder blickte Robert über die Schulter. Zu seiner Freude sah er das Steilufer der Insel hoch über sich aufragen. Ein Duft von Erde und Laub wehte herüber. Geschickt lenkte er das Boot in die Richtung, die ihm Jonathan angegeben hatte.

„Da sind wir", sagte Jonathan, stand auf, stieg über die Bank, auf der Robert saß, und streckte den Arm aus. Er ergriff ein Tau, das von einem Pfosten hing, und band das Boot fest. „Verankert sind wir", sagte er, „aber Sie werden einen halben Meter springen müssen." Bevor Robert sich in dem schwankenden Boot zu erheben vermochte, war Jonathan schon ans Ufer gesprungen, das steiler war, als der junge Mann erwartet hatte. Er sprang ebenfalls, aber sein Fuß glitt auf der feuchten braunen Erde aus, und er wäre ins Wasser gefallen, wenn Jonathan nicht seinen Arm ergriffen hätte.

„Gut so", sagte Jonathan. „Und hier ist der Weg. Was tun Sie? Wozu wollen Sie Ihren Rock anziehen?"

Jenny stand am oberen Ende des Weges und sah zu den beiden herunter. Ihr schönes Gesicht drückte Haß aus.

„Was wollt ihr hier?" rief sie. Ihre Stimme klang angenehm, trotz der Grobheit der Frage.

DRITTES KAPITEL

Robert war peinlich berührt. Er warf Jonathan einen ärgerlichen Blick zu, aber der sah lächelnd zu dem Mädchen hinauf, und ein unangenehmeres Lächeln hatte Robert nie zuvor gesehen.

„Aber Jenny", sagte Jonathan in einschmeichelndem Ton. „Hast du mich denn nicht wie gewöhnlich erwartet? Liebe Jenny, das ist Doktor Robert Morgan, der meine Praxis übernimmt. Bob, das ist meine Nichte, Miß Jenny Heger."

Das Mädchen blieb mit den Händen an den Hüften stehen und starrte zu Boden. Auf die Vorstellung reagierte sie nur mit einem verächtlichen Blick, den sie auf Robert warf. Dann wandte sie sich um und lief den Weg hinauf, flink wie ein Reh. Ihr langer, weiter Rock entfaltete sich hinter ihr wie ein Segel, in das der Wind fährt. Dann war sie verschwunden. Robert setzte seinen Hut wieder auf. Er war wütend. „Ich glaube, wir sind hier nicht willkommen“, sagte er.

„Oh, Jenny heißt nie jemanden willkommen. Machen Sie sich nichts daraus. Wahrscheinlich sagt sie der Köchin, daß Gäste zum Mittagessen da sein werden.“

„Zum Mittagessen? Ich ... ich glaube nicht, daß ich bleiben möchte.“

„Aber Sie müssen Harald kennenlernen, den genialen Maler.“ Jonathan schien ehrlich überrascht. Robert mißtraute ihm mehr und mehr. „Harald hat Gäste gern. Besonders gern hat er mich. Kommen Sie. Sie haben eine Neigung, Wurzeln zu schlagen, wo immer Sie stehen. Machen Sie sich nichts daraus, daß sich Jenny wie eine Bäuerin benimmt. Sie ist schlecht erzogen worden von dieser idiotischen Mutter. Sollte Jenny jemals lächeln wie ein normales junges Mädchen, würde die Welt wahrscheinlich aus den Fugen gehen. Passen Sie auf den Weg auf. Er ist sehr steil und immer feucht. Und voll von Wurzeln. Ich habe mich eines Nachts fast erschlagen, als ich durch dieses theatralische Lichtsignal hergerufen wurde.“

Ich mag ihn ganz und gar nicht, dachte Robert bedrückt. Er macht sich über alles lustig. Er macht sich über mich lustig. Robert begann zu steigen. Alte, seltene Bäume und Sträucher warfen ihre Schatten über den Weg. Es war jetzt viel kühler, und die Erde roch feucht und würzig. Jonathan stieg so rasch bergan, als wäre der steile Pfad ein Gehsteig. Er zeigte auf die Bäume und Sträucher. „Der alte Pete hat das meiste von diesem Gemüse importiert. Er war sehr großzügig. Es gibt sogar einen Garten voll Kakteen neben dem Haus; die können natürlich nicht im Freien überwintern. Es sind monströse Dinger, aber interessant. Sogar Palmen in Töpfen gibt es im sogenannten Tropengarten. Es wurde an nichts gespart. Hat Hunderttausende gekostet. Genug, um einen Trakt für tuberkulöse Kinder an das Spital der Freunde anzubauen.“ Sein Rükken war Robert zugewendet, aber seine Stimme hatte sich verändert. Sie klang jetzt dünn und böse. „Ich habe gewiß nichts dagegen, daß einer seinen Reichtum genießt. Ich bin kein Puritaner. Aber den Spitälern hätte er etwas hinterlassen können. Vor allem den kranken Kindern. Aber nein — keinen Cent.“

Robert blieb einen Augenblick stehen, um sich den Schweiß vom Gesicht zu wischen. Wieder fühlte er sich unbehaglich und unsicher. Jonathan stieg weiter an. „Myrtle hat mir den Trakt versprochen. Mit großen, ernsten Augen und vor Feierlichkeit zitternder Stimme. Aber es wurde natürlich nichts daraus. Der ‚liebe, arme Pete‘ hatte immer Sparsamkeit gepredigt, und Myrtle verstand es bei Gott, sparsam zu sein, trotz ihrer Dummheit. Das war ihr angeboren. Sie stammte von nach Pennsylvanien eingewanderten Holländern. Sie pflegte ihre Hand auf meinen Arm zu legen, mir gefühlvoll in die Augen zu schauen, zu seufzen und mir geheimnisvoll flüsternd ein Vermögen zu versprechen. Aber in ihrem Testament stand nichts davon. Ich hätte es wissen müssen." Jonathan blickte sich um und war überrascht, als er Robert auf dem Weg stehen sah. „Was ist los mit Ihnen? Sind Sie am Ende müde, in Ihrem Alter?"

„Nein." Robert war mehr denn je verwirrt. „Bedeuten ... bedeuten Ihnen die Spitäler denn so viel, Doktor?"

Dort oben, wo Jonathan stand, war der Schatten sehr tief. Jonathan schwieg, aber Robert konnte die Bitterkeit in seinem durchdringenden Blick geradezu spüren. „Früher einmal ja, aber jetzt nicht mehr", antwortete er schließlich und begann wieder zu steigen. „Warum so formell? Habe ich Ihnen nicht gesagt, daß Sie mich beim Vornamen nennen sollen?" fuhr er fort, ohne sich umzuschauen. Eine düstere Aura schien ihn zu umgeben. Seine große, hagere Gestalt schien über den Weg zu gleiten wie ein Schatten. Dann verschwand er hinter einer Biegung. Von verworrenen und einander widersprechenden Gedanken bedrängt, stieg Robert weiter. Ein plötzliches Kältegefühl zwischen den Schulterblätter ließ ihn erschaudern.

Auf einmal war der Weg zu Ende, und Robert trat in strahlenden Sonnenschein. Der Geruch nach Moder, nassem Moos und feuchter Erde war verschwunden. Robert wußte nicht, warum — aber ein Gefühl ungeheurer Dankbarkeit überwältigte ihn. Alles war wieder gut, die Welt war wieder schön, freundlich und sauber. Nichts Böses, Unheimliches oder Düsteres existierte mehr in diesem klaren, beglückenden Sonnenlicht. Ja, der Mensch war gut, der Mensch war unkompliziert, der Mensch war Gottes Kind.

Er stand auf ebenem, grasbewachsenem Boden, ganz erfüllt von Wärme und Wohlbehagen. Im ersten Moment sah er Jonathan Ferrier nicht, der etwas weiter oben auf ihn wartete. Jonathan blickte Robert forschend an, und ein Gefühl der Traurigkeit überkam ihn. Armer Teufel, armer, vertrauensvoller Junge. Für ihn war wohl alles licht und schön. Nichts erschien ihm kompliziert, verworren, böse, verräterisch, grausam, diesem Robert Sylvester Morgan, der eben erst aus dem Mutterleib gekommen war, sich noch kaum von der Nabelschnur gelöst hatte. Armer Teufel, dachte Jonathan Ferrier noch einmal. Ich muß ihm helfen. Er muß die Wirklichkeit kennenlernen, so lange er jung genug ist, sie mit Gleichmut hinzunehmen und weiter zu leben. „Hier bin ich", rief er.

Lächelnd und winkend wie ein kleiner Junge kam Robert auf ihn zu. „Ich habe bloß ein wenig Luft geschnappt", sagte er, während er entzückt in die Runde blickte. In einiger Entfernung erhob sich auf dem Rasenplatz das Miniaturschloß mit seinen Erkern und Türmchen. Dahinter wehten die Kronen hoher Bäume im Wind, und vor dem Gebäude gab es Blumenbeete und Hecken und mit Ziegeln gepflasterte Wege und kleine Teiche mit Wasserrosen. Es duftete nach Fichten und blühenden Sträuchern, und alle Farben leuchteten in der reinen, wasserklaren Luft. Anmutig umströmte der Fluß die Insel, schloß sie in seine Arme. Kühle strömte aus kleinen Grotten, um Bogen aus weißem Holz rankten sich rote Kletterrosen und blaue Glyzinien in Fülle. Das alles hätte nicht bezaubernder sein können. Nichts kam Robert abgeschmackt oder kitschig vor, nicht einmal die Architektur des Schlößchens. Er hätte sich sogar noch einen Graben und eine Zugbrücke dazu gewünscht. Er lauschte den Stimmen der Vögel, dem Rauschen des Flusses und dem fröhlichen Pfeifen des Fährbootes. Wie europäisch das alles anmutete! Weit hinter der grünen Böschung des anderen Ufers ragten die Berge blau-violett in den Himmel. Es hätte eine Landschaft am Rhein sein können, den Robert zwar nie gesehen, von dem er jedoch viel gehört hatte. Er lächelte beglückt. Jonathan, der dieses Lächeln sah, runzelte die Stirn und zuckte die Achseln. Er war einigermaßen enttäuscht von dem jungen Bob. Für einen Menschen, der Kitsch nicht auf den ersten Blick zu erkennen vermochte und mit einem spöttischen Grinsen quittierte, war wenig Hoffnung vorhanden, „Kommen Sie", rief er.

Begeistert schritt Robert auf Jonathan zu, den Kopf von einer Seite zur anderen wendend, um all die Schönheit in sich aufzunehmen. Er empfand keinen Neid. Er fand alles wunderbar. Als er Jonathan erreicht hatte, gingen die beiden schweigend zum Eingang des Schlosses. Der Weg war mit weißen Marmorplatten belegt, und drei breite Marmorstufen führten zu einer Bronzetür, die von zwei lebensgroßen steinernen Löwen flankiert war. „Wie finden Sie es?" fragte Jonathan.

„Wunderschön", sagte Robert. Jonathan gab ihn als hoffnungslos auf. „Das Traumhaus eines Emporkömmlings", murmelte er. Aber Robert hörte die bissige Bemerkung nicht.

Die Flügel der Bronzetür öffneten sich, bevor sie vor ihr angelangt waren, und ein hochgewachsener junger Mann in einer dunkelroten Samtjacke kam ihnen leichten Schrittes über die Marmorstufen entgegen. Im hellen Mittagslicht sah Robert seinen Kopf, sein ungezwungenes Lächeln. Ein auffallend gut aussehender Mann, mit rötlichem Haar und edel geschnittenen offenen Zügen. Er trat mit ausgestreckten Händen auf die beiden zu, als seien sie ungeduldig erwartete, willkommene Gäste. Nun sah Robert auch seine großen, braunen Augen, die vor guter Laune blitzten, und sein fröhliches anziehendes Lächeln, das blendend weiße Zähne enthüllte. Seine ganze Art war herzlich, knabenhaft und vergnügt.

„Jon", rief er. „Jenny hat es mir eben gesagt. Und ..." Er sah Robert mit offenem, erwartungsvollem Blick an. Seine Stimme ähnelte der seines Bruders, nur war sie etwas weicher.

„Mein Nachfolger", sagte Jonathan, „Robert Morgan, genannt Bob."

„Sehr erfreut. Ich habe von Ihnen gehört, Doktor Morgan. Wie gefällt Ihnen unsere Stadt?"

„Gut, sehr gut", antwortete Robert mit einer Begeisterung, die Jonathan ein verzerrtes Lächeln entlockte. Robert schüttelte Harald Ferriers Hand. An diesem Bruder war nichts „Fremdes", Sonderbares oder Geheimnisvolles. Er war so durchsichtig wie das Sonnenlicht und ebenso wärmend. Es war, als kenne man ihn schon lange, und man mußte sich zurückhalten, ihn nicht zu umarmen wie einen alten, lange nicht gesehenen Freund. In seiner Gegenwart überkam einen ein Gefühl der Sicherheit, des Behagens und des Geborgenseins.

„Ich freue mich, ich freue mich wirklich. Kommt herein. Ich hoffe, ihr bleibt zum Mittagessen."

Ja, die Stimme glich der Jonathans, aber sie tönte nicht nach wie die seine, und es fehlte ihr der harte, rauhe Unterton. Robert, eingelullt durch so viel Herzlichkeit, zögerte. „Ich . . . ich weiß nicht", sagte er und sah Jonathan an.

„Natürlich bleiben wir", sagte Jonathan. „Bleibe ich denn nicht immer zum Mittagessen?"

„Ja, außer wenn du zum Abendessen kommst", sagte Harald lachend. Er blinzelte Robert zu, als teile er ein lustiges Geheimnis mit ihm. „Wir langweilen uns hier ein wenig, wenn wir keine Gäste haben. Ich bin eine gesellige Natur. Ich habe gern Menschen um mich. Aber die meisten unserer Freunde scheinen es anstrengend zu finden, über den Fluß zu rudern. Schwächlinge."

Robert murmelte ein paar passende Worte. Noch vor wenigen Minuten hatte er etwas Häßliches über Harald Ferrier gedacht. Was war es bloß gewesen? Er wußte es nicht mehr, aber er schämte sich. Was für ein reizender Mensch! So ungezwungen, einfach und humorvoll.

Sie traten in eine quadratische Halle, deren Boden mit weißen und schwarzen Marmorfliesen belegt war. Vor jeder der mit Nußholz getäfelten Wände stand eine Ritterrüstung. Eine Holztreppe mit gotischer Schnitzerei führte zu einer Galerie mit Fenstern in Glasmalerei. Es roch nach uralten Dingen, ein ganz klein wenig modrig, aber nicht unangenehm, und Robert sah, daß hoch oben an den Wänden Fahnen in verschiedenen Farben hingen.

„Gehen wir doch auf die Terrasse, um Himmels willen! Nur fort von all diesem gefälschten Kram", sagte Jonathan.

Harald lachte, ohne im geringsten verletzt zu sein. „Jon findet alles gefälscht", sagte er zu Robert. „Dabei hat sich der gute Pete diese ganze Halle aus Deutschland schicken lassen. Also was soll daran gefälscht sein? Alle Räume des Schlosses sind mit echten antiken Möbeln eingerichtet, die in ganz Europa zusammengekauft wurden. Sheraton, Chippendale, italienische Renaissance und eine Menge aus schottischen

Schlössern. Aber bitte, gehen wir auf die Terrasse." Freundschaftlich ergriff er Roberts Arm. „Hören Sie nicht auf Jon. Er versucht, allen Menschen die Lebensfreude zu nehmen."

„Nicht allen", sagte Jonathan, „aber dir möchte ich gern ein wenig davon nehmen."

„Guter, alter Jon", sagte Harald, ohne jeden Groll. „Hier hinaus, bitte, Doktor Morgan." Er öffnete eine breite, geschnitzte Eichentür, und ein Schwall von Sonnenlicht ergoß sich in die Halle. Dahinter erstreckte sich die von jungen Fichten umrahmte Terrasse, auf deren glattem Steinboden exotische Topfpflanzen und schöne Gartenmöbel mit Kissen aus Chintz standen. Dazwischen waren kleine Rohrtischchen mit Blumenvasen verteilt. Die weiße Wand des Schlosses warf einen scharfen blauen Schatten über alles. Der Rasen fiel sanft von der Terrasse zu der Graniteinfriedung ab. Das blaue Wasser des Flusses glitzerte, und das jenseitige Ufer mit den fernen Bergen im Hintergrund gab dem schönen Bild einen friedlichen Rahmen. Irgendwo murmelte eine Quelle. Eine Brise brachte den Duft von feuchtem Stein und üppigem Gras.

Hastig zog Bob seinen Rock an. Er errötete verlegen, weil er das nicht schon früher getan hatte. Dann setzte er sich. Jonathan saß mit lässig übereinandergeschlagenen Beinen neben ihm und wandte ihm sein Profil zu, als ob er seine Anwesenheit vergessen hätte. Harald war die Liebenswürdigkeit selbst. „Wie wär's mit einem kleinen Drink vor dem Essen?" fragte er und lächelte Robert zu. Seine Augen strahlten soviel Wärme und Zuneigung aus, als kenne er Robert seit Jahren und betrachte ihn als lieben, alten Freund.

„Whisky und Soda für mich, wie gewöhnlich", sagte Jonathan, auf den Fluß starrend. Robert überlegte. Seine Mutter lehnte starke alkoholische Getränke ab, und im College, als Medizinstudent und sogar als Arzt im Johns-Hopkins-Spital hatte er nur Bier, Wein und Sherry gekannt. Aber er wußte nicht recht, ob solche Getränke in dieser Umgebung am Platz seien ... „Sherry", sagte Jonathan, als könne er Roberts Gedanken lesen. Robert ärgerte sich, weil er rot wurde. „Nein", sagte er, „ich bitte auch um einen Whisky".

„Gut", sagte Harald. Er drückte auf eine Klingel, die auf dem Tischchen neben ihm lag. Der Laut unterbrach die friedliche Stille. Einen Augenblick später erschien ein älterer Mann in einer weißen Jacke. „Drei Whisky mit Soda, Albert", sagte Harald mit seiner freundlichen Stimme. „Bitte", fügte er hinzu.

Der alte Mann lächelte ihn an wie ein Vater. „Gewiß, Mr. Ferrier", sagte er. „Sofort."

„Und würden Sie so gut sein, Albert, Miß Heger hierher zu bitten. Sie können den Sherry für sie gleich mitbringen."

„Whisky", sagte Jonathan, ohne den Kopf zu wenden.

„Aber Jon. Sei doch nett. Jenny trinkt doch keinen Whisky. Sie ist eine Dame."

Jonathan gähnte. „Für gewöhnlich trinkt sie Whisky. Bobs wegen brauchst du nicht anzugeben."

Harald lächelte noch immer. Aber seine Augen hatten einen gequälten Ausdruck, und er tat Robert leid. Harald nickte dem Diener zu. „Vier Whisky also." Er zögerte. „Du wirst uns bei Doktor Morgan in schlechten Ruf bringen, Jon."

„In der Stadt wird er Schlimmeres hören", antwortete Jonathan gleichgültig. Er sah Robert an. „Meine Mutter trinkt Whisky, und zwar gern. Und warum auch nicht? Was für ein Blödsinn, Frauen für besser oder für schlechter zu halten als Männer."

Robert wußte nicht, was er sagen sollte. Er wünschte, Jonathan wäre weniger unerträglich gewesen. Aber Harald rief begeistert: „Hambledon ist eine wunderschöne Stadt. Wirklich. Es wird Ihnen gefallen, Doktor. Mit Philadelphia ist es natürlich nicht zu vergleichen, aber in vieler Hinsicht ist es viel netter . . ."

„Warum konspirierst du dann dauernd mit Anwälten, um von hier fortzukommen?" fragte Jonathan.

Harald wurde plötzlich ernst. Er beugte sich zu Jonathan hinüber und sagte eindringlich: „Aber Jon. Du weißt, daß das nicht wahr ist. Ist Hambledon nicht meine Heimat? Bin ich nicht immer wieder zurückgekommen, wenn . . ."

„Wenn das Geld, das dir Papa schickte, zu Ende war, oder wenn er dir nichts mehr schicken wollte."

Harald lachte. „Hör doch auf, Jon. Doktor Morgan ist zum ersten Male bei uns und . . ."

„Er soll keinen schlechten Eindruck gewinnen. Ich weiß. Aber glaubst du, daß man ihm in der Stadt nichts über uns erzählen wird? Es gibt Hundert von alten Klatschbasen männlichen und weiblichen Geschlechts, die nur darauf warten, ihn über die Ferriers aufzuklären. Besser, er erfährt alles aus erster Hand."

„Du stellst uns als eine verrufene Familie hin."

„Das sind wir auch."

Harald schwieg, aber er lächelte noch immer. Die Tür öffnete sich und Jenny trat auf die Terrasse. Sie hatte die braune Schürze abgelegt, aber ihr blaues Baumwollkleid hatte Flecken von Erde, als wäre sie von der Gartenarbeit geholt worden. Ihr Gesicht trug einen abwesenden und verdrossenen Ausdruck. Sie sah die Männer nicht an und schien nicht zu bemerken, daß sie sich zu ihrer Begrüßung erhoben hatten. Mit den raschen, ungelenken Bewegungen eines Füllens ging sie auf einen Stuhl in der entferntesten Ecke zu, setzte sich, wandte das Gesicht ab und faltete ihre großen, weißen Hände im Schoß.

Robert betrachtete verstohlen ihr Profil. Aus solcher Nähe erschien sie ihm fast unwahrscheinlich schön. Die Stirn, die feine Nase und das weiße Kinn hoben sich scharf vom Hintergrund des bewegten Wassers ab. Das schwarze Haar fiel wie das eines Schulmädchens über den langen, blassen Hals und die geraden Schultern auf den steif aufgerichteten Rücken nieder. Sie hatte bemerkenswert schöne Brüste, hoch angesetzt und fest. Ihre Taille war sehr schmal. Die Wölbung der Hüften zeichnete sich weich unter dem Stoff des Kleides ab. Robert dachte, daß er noch nie ein so außerordentlich schönes Mädchen erblickt habe. Zwischen den schwarzen Wimpern glitzerten die Augen in intensivem Blau. Sie blickten wie die eines Tieres, so unbewegt, aber wachsam und voll Feindseligkeit.

„Ich habe Whisky und Soda für dich bestellt, Jenny", sagte Harald mit sanfter, fast flehender Stimme. „Ich freue mich, daß du zu uns gekommen bist."

Sie tat, als hätte sie ihn nicht gehört. Der verdrossene Ausdruck ihres Gesichts änderte sich nicht. Aber sie haßt ihn ja, dachte Robert. Dann fiel ihm etwas anderes ein. Nein, es war Jonathan, den sie haßte. Sie hatte ihn, Robert und Jonathan also doch in dem Birkenwäldchen gesehen. In dieser reinen Luft vermochte ein gutes Auge jemanden auf eine Meile Entfernung zu erkennen. Robert fühlte sich unbehaglich. Während er das Mädchen anstarrte, spürte er, wie seine breiten, rötlichen Hände zu prickeln begannen. Seine Augen hefteten sich auf Jennys Hals, in dessen Höhlung das Licht zitterte wie auf windbewegtem Wasser. Das Prickeln breitete sich über seinen ganzen Körper aus. Er konnte sich nicht erklären, was es war. Seine Blicke ruhten auf der Brust des Mädchens und vermochten sich nicht abzuwenden. Er bemerkte nicht, daß Jonathan ihn amüsiert beobachtete.

Albert trat ein. Auf einem silbernen Tablett brachte er Gläser, den Whisky und eine Flasche Sodawasser. Die Männer sahen ihm schweigend und wie gebannt zu, während er die Gläser füllte. Offenbar fühlten sie sich durch das Schweigen des Mädchens innerlich beunruhigt, was Jenny jedoch nicht im geringsten zu stören schien. Albert brachte ihr ein gefülltes Glas, das sie ohne ein Wort oder einen Blick entgegennahm.

„Zum Wohl", sagte Harald und nickte Robert freundschaftlich zu. „Alles Gute, Doktor, und hoffentlich bleiben Sie recht lange bei uns."

„Danke", sagte Robert. Und nach einer Pause fügte er hinzu: „Bitte nennen Sie mich Bob." Er lächelte schüchtern wie ein kleiner Junge. „In Philadelphia nennt mich niemand Bob. Hier in Hambledon möchte ich den Anfang damit machen."

„Ermutigen Sie Ihre Patienten nicht dazu, Sie mit einem Kosenamen zu nennen", bemerkte Jonathan. „Wenn Sie sich schon durchaus mit ihnen anfreunden wollen, wozu ich Ihnen nicht raten möchte, dann lassen Sie sich Robert nennen — aber auch das erst nach einer langen Bewährungsfrist."

„Sie dürfen nicht auf Jonathan hören", sagte Harald nachsichtig. „Obwohl er die konventionelle Kleidung — Gehrock und gestreifte Hose — ablehnt, ist er sehr förmlich." Harald wurde ernst. „Man wird ihn hier vermissen, aber unter den gegebenen Umständen ist es wohl klüger, wenn er fortgeht."

Jonathan tat einen tiefen Zug aus seinem Glas. „Und dir ist es auch angenehmer."

„Aber, Jon. Warum sollte es mir angenehm sein?"

Jonathan nahm das Glas von den Lippen und sah seinen Bruder an. Aber er sagte nichts. Harald schien erleichtert zu sein. Doch Robert, der für gewöhnlich wenig Gefühl für das besaß, was seine Mutter „verborgene Strömungen" nannte, spürte, daß irgend etwas Dunkles, Drohendes zwischen die Brüder getreten war. Jonathan hielt die Augen mit eiskaltem Blick auf Harald gerichtet. Aber der schien das nicht zu bemerken. Er nippte gelassen an seinem Glas. Auch Robert trank. Er hatte bisher nur ein einziges Mal in seinem Leben Whisky gekostet. Als er ein Kind war, wurde ihm von seinem Vater eine Mischung aus Whisky, Honig und heißem Wasser als Medizin gegen Bauchschmerzen eingeflößt. Es hatte ihm nicht geschmeckt; es schmeckte ihm auch heute nicht. In seinen Ohren begann es leicht zu sausen, was er als nicht unangenehm empfand. Er war noch leicht verwirrt durch die plötzliche Spannung der Atmosphäre. Dann bemerkte er, daß Jenny ihn ansah, aber ohne jedes Interesse, wie eine Statue. Ihre Augen starrten in die seinen, verschleiert und abwesend, blauer als der Fluß und viel ruhiger. Nur das zitternde Licht in der Höhlung ihres Halses schien zu leben.

Aber Robert wußte, daß sie ihn mit kalter Gründlichkeit studierte. Plötzlich wünschte er, daß sie ihn sympathisch finden möge. Er schluckte und zwang sich zu sprechen, obwohl sich seine Kehle zusammenzog. „Lieben Sie die Gartenarbeit, Miß Heger?"

Entweder hatte sie ihn nicht gehört, oder sie beabsichtigte nicht, ihm zu antworten. Nach einer Weile zuckte sie die Achseln und sagte in gelangweiltem Ton: „Ich arbeite nur im Rosengarten. Mein Vater hat ihn angelegt, aber er hat es nicht mehr erlebt, die Rosen blühen zu sehen." Der Ausdruck ihres Gesichts blieb unverändert.

„Wie traurig", sagte Jonathan. Robert zuckte zusammen. Mußte er sich über alles mockieren, selbst über den sehr begreiflichen Schmerz, den ein junges Mädchen über den Tod seines Vaters empfand?

Jenny sah Robert noch immer an. Sehr traurig sagte sie: „Er hat nicht einmal das fertige Haus gesehen. Nicht einen Tag hat er hier gelebt." Sie sprach ohne jede Erregung, aber das Licht in der Höhlung ihres Halses zitterte heftiger.

Harald sagte: „Jenny war ein kleines Mädchen, als ihr Vater starb. Sie liebten einander sehr. Dann zog Myrtle, Jennys Mutter, hier ein, und seither lebt Jenny hier. Es ist ein angenehmer Ort."

„Sehr, sehr angenehm. Schön, beglückend, charmant, zauberhaft ..." Jonathan stellte sein Glas mit hartem Aufschlag auf den Tisch. „Und sentimental."

„Werde nicht beleidigend, Jon", sagte Harald in sanftem Ton. „Uns gefällt es hier, Jenny und mir. Es war der Traum des lieben Pete. Wirklich traurig, daß er es nicht erlebt hat, hier wohnen zu können."

„Aber umso besser für dich", sagte Jonathan.

Robert wünschte plötzlich, er hätte die Einladung nicht angenommen. Das Unbehagen, das ihn erfüllte, war kaum mehr zu ertragen. Dann bemerkte er, daß Jennys Gesicht zum ersten Male Jonathan zugewandt war. Es drückte Haß aus, heftigeren und unversöhnlicheren Haß denn je. Aber es lag noch etwas darin, etwas Geheimnisvolles und ebenso Starkes. War es Verzweiflung? Robert hatte nie eine sehr starke Phantasie besessen. Er hatte die Dinge so genommen, wie sie dem äußeren Anschein nach waren, und nicht nach verborgenen Bedeutungen gesucht. Es wäre ihm nie in den Sinn gekommen, das zu tun. Aber jetzt war er fasziniert vom Ausdruck dieses Gesichts, das noch mehr erblaßt war, wie unter dem Einfluß tiefen Leides. Die Finger des Mädchens krampften sich so fest um das Glas, daß ihre Spitzen weiß wurden.

Jonathan blickte wieder abwesend auf den Fluß hinaus, als wäre er allein auf der Terrasse. Harald sagte zu Robert: „Sie dürfen ihm solche häßlichen Bemerkungen nicht übelnehmen, Bob. Wir sind sie gewöhnt, und sie sind nicht persönlich gemeint, das können Sie mir glauben."

„O doch, ganz persönlich", sagte Jonathan. „Rede keinen Unsinn, Harald. Ich bin ein Gentleman. Ich beleidige niemanden unabsichtlich." Du Schuft, dachte Harald, krampfhaft lächelnd, ganz Gelassenheit und Nachsicht. „Wie geht's Mutter heute?" fragte er.

„Das ist dir doch egal. Aber wenn du es wissen willst — es geht ihr so gut wie möglich."

Den Blick auf ihr Glas geheftet, sagte Jenny: „Geht es ihr immer noch nicht besser? Ich habe sie vor einem Monat zum letzten Male gesehen. Damals sah sie nicht gut aus."

„Ein Herzleiden", sagte Harald in bedauerndem Ton zu Robert. „Nicht sehr besorgniserregend, aber zeitweise recht unangenehm. Myrtle ging es ebenso. Sie mußte regelmäßig Digitalis nehmen."

„Das tut mir leid", sagte Robert mit einem Gefühl der Hilflosigkeit.

Jonathan antwortete Jenny. „Es geht ihr nicht sehr gut. Sie hat viel durchgemacht."

„Sprechen wir nicht von so traurigen Dingen", sagte Harald. „Es läutet zum Mittagessen. Bitte, Jenny."

Das Mädchen erhob sich rasch und schritt mit hoch erhobenem Kopf vor den Männern ins Haus. „Bitte, Bob", sagte Harald, und Robert folgte Jenny. Sie verschwand eben durch eine hohe Tür, die sich gegen die Halle zu geöffnet hatte, so daß ein Streifen hellen Sonnenlichts in den düsteren Raum fiel.

Das Eßzimmer war geräumig und hatte eine hohe, spitz zulaufende Balkendecke. Die Wände waren mit kostbarem rosa Brokat tapeziert, und Vorhänge aus dem gleichen Stoff umrahmten die hohen, schmalen Fenster, durch die man den Fluß erblickte. Der Raum war mit antiken spanischen Möbeln eingerichtet, um den Eßtisch standen geschnitzte Stühle mit roten Samtkissen. Ein sichtlich echter Aubussonteppich in sanften Braun- und Blautönen bedeckte den Boden. Der lange Refektoriumstisch, auf dem ein gesticktes Tuch lag, war mit Kristall und Silber gedeckt. Ein riesiger Kamin aus roh behauenem weißen Granit erhob sich an der einen Schmalseite. So geschmackvoll und luxuriös der Raum auch ausgestattet war, er wirkte doch kalt und unwohnlich. Jenny saß bereits, mit niedergeschlagenen Augen, stumm und verschlossen wie zuvor.

Harald hatte seinen Platz an der einen Schmalseite des Tisches und Jenny ihm gegenüber, dort, wo ihre Mutter zu sitzen pflegte. Robert saß zur Rechten, Jonathan zur Linken Haralds. „Dieser Raum", sagte Jonathan, „eignet sich hervorragend für eine Leichenhalle."

„Fang doch nicht schon wieder an", meinte Harald. „Das hast du schon hundertmal gesagt. Glaubst du, es freut Jenny, zu hören, wie du über das Haus ihres Vaters denkst?"

Jonathan gähnte. Er betrachtete das riesige Büffet aus altersschwarzem Holz, auf dem schmiedeeiserne Kerzenleuchter standen. „Ich bleibe dabei — eine Leichenhalle", wiederholte er. „Warum, zum Teufel, vermacht ihr dieses verdammte Haus nicht der Stadt als Museum?"

„Jenny könnte etwas dagegen haben. Es ist schließlich ihr Heim." Harald schien amüsiert.

Auch er mag dieses Haus nicht, dachte Robert erstaunt.

„Hättest du etwas dagegen, Jenny?" fragte Jonathan.

Sie gab keine Antwort. „Na, Jenny", drängte Harald, „sei nett und antworte deinem lieben Onkel Jon."

Das Mädchen blieb stumm. Wieder wünschte Robert, er wäre nicht hierher gekommen. Die sonderbare Feindseligkeit, die zwischen diesen Menschen herrschte, war ihnen auch in diesen Raum gefolgt.

„Antworte deinem lieben Onkel Jon", wiederholte Harald.

Jenny sprang auf. Sie hatte Tränen in den Augen. „Ich möchte auf meinem Zimmer essen", sagte sie, und bevor sich die Männer erhoben hatten, war sie hinausgeeilt.

„Schau, was du wieder angerichtet hast", sagte Harald, aber es lag kein Vorwurf in seiner Stimme. Er lächelte Robert entschuldigend zu.

„Ich weiß nicht, was mit den beiden los ist. Jon kann es nicht lassen, Jenny zu ärgern, und sie kann ihn nicht leiden. Man sollte doch meinen, daß sich die beiden beherrschen würden, besonders, wenn ein Gast da ist."

„Hör auf, den perfekten Gastgeber zu spielen", sagte Jonathan, den Jennys turbulenter Abgang nicht im geringsten beeindruckt zu haben schien.

Du Schuft, dachte Harald wieder. Er kann sich nicht eine Minute anständig benehmen. Hoffentlich geht er bald weg von hier. Völlig gelassen wandte er sich an Robert. „Wie ich sehe, gibt es Schildkrötensuppe und einen guten, frisch gefangenen Fisch. Ich hoffe, daß Sie das gern haben. Darf ich Ihnen Wein einschenken?"

Das Essen war hervorragend zubereitet und serviert. Robert erfreute sich für gewöhnlich eines gesunden Appetits, und er war vorher hungrig gewesen. Aber der Hunger war ihm vergangen. Er hatte nur den einen Wunsch, dieses Haus zu verlassen und der Gesellschaft der beiden Brüder zu entrinnen, die einander so offensichtlich haßten. Er war entsetzt. Brüder, die einander haßten, waren ihm noch nie untergekommen. Er hatte nicht geglaubt, daß es so etwas geben könne. Nach der Ursache fragte er nicht. Er nahm zur Kenntnis, daß es so etwas gab, und war tief erschüttert. Das war gegen die Natur!

„Sie essen nichts", sagte Jonathan, und zum ersten Male hörte Robert aus dieser dunklen Stimme echte Anteilnahme.

Robert sah ihn an, und wieder war er verblüfft und bestürzt. Es schien, als ob Jonathan ihn bemitleidete! Plötzlich fühlte er, wie seine Verwirrung in Zorn umschlug.

VIERTES KAPITEL

Nach dem Mittagessen, das Robert trostlos erschienen war, wollte ihm Harald das Haus zeigen. „Vergiß das Atelier nicht", rief Jonathan. „Das muß er unbedingt sehen." Harald verlor die Ruhe nicht. „Was für ein Witzbold", sagte er mit strahlendem Lächeln, während er Roberts Arm ergriff.

Der riesige Salon befand sich im Turmflügel und hatte daher einen ovalen Grundriß. Die Deckenbalken bestanden aus Mahagoni, den Boden bedeckten Orientteppiche in gedämpften Juwelenfarben, die dunkelgrüne Samttapete trug ein fleur de lys-Muster, an den Fenstern hingen Gobelinvorhänge. Der Kamin aus weißlichem Granit war noch breiter als der im Eßzimmer. In diesem würdevollen Prunk nahmen sich die französischen Möbel geradezu frivol aus: zierliche goldene Stühlchen, kleine samtbezogene Sofas, Lampen aus Gold und Kristall, Boulle-Vitrinen mit kostbaren Nippes und Meißner Porzellanfiguren aus dem achtzehnten Jahrhundert, gobelinüberzogene Schemel. Offenbar hatte irgendein Innenarchitekt versucht, das Massive des Raumes ein wenig aufzulockern. Aber selbst Robert, der nichts von Proportionen, Stil oder Ausgewogenheit verstand, empfand die Zusammenstellung als absurd, ohne sich erklären zu können, warum. Er blickte zum Fenster hinaus und sah wieder die Bläue des Flusses, das gegenüberliegende Ufer und die violett schimmernden Berge.

„Grotesk, nicht wahr?" fragte Jonathan. Harald lächelte bloß. Robert sagte: „Ein sehr schöner Raum." Jonathan kicherte. Robert hatte das Gefühl, daß sich diesmal beide Brüder über irgend etwas amüsierten, und das Unbehagen stieg von neuem in ihm auf.

„Nun, was würdest du statt dessen auf dieser Insel errichten?" fragte Harald gut gelaunt seinen Bruder.

„Ich habe es dir schon oft gesagt. Ein richtiges Bauernhaus aus Stein oder allerhöchstens ein Haus im georginischen Stil. Armer alter Pete mit seinem Größenwahn und seinen falschen Vorstellungen von Vornehmheit! Ein Bauer, der von einem Palast träumt."

„Gegen Träume ist nichts einzuwenden", sagte Harald. „Wie kann man leben, ohne von etwas zu träumen, das größer ist als man selbst?"

„Du ziehst dich gut aus der Affäre. Das hast du immer gekonnt", sagte Jonathan.

„Du bist so geistreich!" erwiderte Harald. „Ich glaube, du weißt manchmal selbst nicht, was du sagst."

Sie besichtigten das Frühstückszimmer, einen freundlichen Raum mit Möbeln aus Birken- und Ahornholz im amerikanischen Kolonialstil, die Robert sofort gefielen. Dann kam das „Vormittagszimmer", wie Harald es mit einem merkwürdigen Ausdruck in den Augen nannte — dunkles Eichenholz und heller Chintz — und schließlich die Bibliothek, ein sehr schmaler, langer, düsterer Raum, von Büchern gesäumt, die offensichtlich nie jemand las und deren Ledereinbände einzig und allein ihres Farbeffekts wegen gewählt worden waren. Die Sitzmöbel, mit schwarzem, dunkelblauem und rotem Leder überzogen, waren wuchtig und alles eher als einladend. Die Luft roch leise nach Moder, als ob der Raum seit Jahren nicht benutzt worden wäre. An jedem Stückchen Wand, das von Bücherregalen frei war, hingen riesige nachgedunkelte Porträts von vollbärtigen Herren und steifen, gezierten Damen aus der viktorianischen Zeit. „Die illustren Ahnen unseres lieben Pete", sagte Jonathan.

„Spotte nicht", meinte Harald. „Daß Pete sich Ahnen erfand, schadet niemandem. Und er ist nicht der einzige in Amerika."

Robert hatte alles ziemlich satt, nicht nur das Schloß, das ihm jetzt viel weniger bezaubernd erschien als auf den ersten Blick, sondern auch das Gezänk der Brüder. Er hörte aus den eher unpersönlich klingenden Beleidigungen, die sie austauschten, einen Unterton von Bösartigkeit heraus, der ihn bedrückte. Harald, dachte er, war wenigstens tolerant und besaß Sinn für Humor. Jonathan dagegen legte es darauf an, beleidigend und grob zu sein. Merkwürdig, dachte Robert, ich hätte ihm nie zugetraut, daß er mit Absicht grausam sein und jemandem weh tun könnte. Dieses arme Mädchen! Wenn er es wirklich haßt, dann sollte ihn seine gute Erziehung davon abhalten, es zu zeigen.

„Und jetzt das Atelier", rief Jonathan mit gespielter Begeisterung. „Das ‚Herz' des Schlosses, die Rechtfertigung seiner Existenz."

„Ach sei doch still", sagte Harald gutmütig lächelnd. „Meine Klecksereien interessieren Bob nicht." Aber Robert, dem Harald immer besser gefiel, im Gegensatz zu Jonathan, den er immer weniger leiden konnte, sagte: „Ich verstehe nicht viel von Kunst . . ."

„Aber Sie wissen, was Ihnen gefällt", unterbrach Jonathan mit gespieltem Ernst. Robert errötete. Harald faßte ihn am Arm, als wolle er ihn im Scherz trösten. „Ich mache Sie nochmals darauf aufmerksam, daß Sie nicht auf Jon hören dürfen. Ein ungeschliffener Diamant, unser lieber Jon. Wollen Sie wirklich mein Atelier sehen? Es liegt im zweiten Stock und hat gutes Nordlicht."

Er ging voran über die Treppe aus dunklem Eichenholz, auf die durch ein bemaltes Glasfenster nur wenig Licht fiel. Hier war die Luft so dumpf, daß Robert wieder von diesem sonderbaren Gefühl der Beklemmung befallen wurde. Oben mündeten auf den schmalen Korridor mehrere schwere, geschnitzte Eichentüren, die kalt und abweisend wirkten. Harald öffnete eine der Türen. Ein eisiges, sonnenloses Licht fiel in den Korridor, und sie betraten einen großen, kahlen Raum. Stapel von ungerahmten Bildern waren gegen holzgetäfelte Wände gelehnt. Das vorhanglose breite Fenster ging auf den Fluß hinaus, das zu breit, zu kalt und zu leer wirkte. Ein paar von den Bildern hingen bereits an den Wänden. Eine große Leinwand stand auf einer Staffelei. Es roch nach Farbe und Terpentin, nach Holz, Staub und abgestandenem Wasser.

Robert bemerkte sofort, daß nicht eines der fertigen oder unfertigen Bilder mit irgend etwas vergleichbar war, das er je gesehen hatte, denn keines zeigte einen erkennbaren Gegenstand. Da gab es Wirbel von grellen Farben, unregelmäßige rote, orangefarbene und blaue Flecken, schwarze Linien in geometrischer Anordnung, ineinander verflochtene Spiralen, Farbstreifen, die nirgends hinführten.

Robert war bestürzt.

„Sehen Sie sich das an", sagte Jonathan und zeigte auf eines der an der Wand hängenden Bilder, das wildeste von allen. Robert näherte sich zögernd. Im Mittelpunkt glühte eine scharlachrote Sonne, aber ihre Strahlen, das heißt die gebogenen Linien und Spiralen, die sie umgaben, waren in Violett, Grün, Lila, Rosa, Blau, Scharz, Gelb und in allen nur möglichen Zwischentönen gehalten. In der linken oberen Ecke saß ein leuchtend weißer, schwarz gesprenkelter Fleck.

„Prachtvoll, nicht?" fragte Jonathan im Ton höchster Bewunderung.

„Ich verstehe nichts von Kunst dieser Art", sagte Robert, der versuchte, in dieser wilden Farbenorgie eine Bedeutung zu entdecken. „Ich kenne nur das, was man im New Yorker Metropolitan-Museum zu sehen bekommt. Leider."

„Sie sind provinziell", meinte Jonathan. „Ich werde Ihnen sagen, was dies hier darstellt. Es ist Haralds Impression vom Krieg, an dem er nicht teilgenommen hat, weil er zu jener Zeit in Paris saß, während ich mir in diesem verdammten kubanischen Dschungel eine Malaria holte."

„Es sieht aus wie ein Dschungel", bemerkte Robert, der nie einen Dschungel gesehen hatte.

„Es ist kein Dschungel", sagte Harald ohne jeden Ärger. „Es soll meine Impression von der amerikanischen Kleinstadt darstellen."

Er scherzt, dachte Robert. Dann sah er, daß Harald es ernst meinte.

„Ich wollte die verborgenen unterirdischen Strömungen darstellen — Gewalttätigkeit und Rachsucht, unvernünftige Kraftausbrüche, eine stagnierende Sonne, die über dem Nichts auf- und untergeht, schlecht verhüllte Animosität und Vorurteile, schmutzige kleine Laster, ziellose Gier — kurz alles, was für fast jede amerikanische Kleinstadt kennzeichnend ist."

„Es ist dir tatsächlich gelungen", sagte Jonathan, der den Kopf schief gelegt hatte, als wollte er das Bild kritisch betrachten, „einen Eindruck von Gestank wiederzugeben. Finden Sie nicht, Robert?"

„Ich dachte, Sie hätten Hambledon gern", sagte der arme Robert zu Harald.

„O ja, doch. Ich habe es gern. Aber das hindert mich nicht, es zu sehen, wie es ist."

„Ach so", murmelte Robert. Jonathan brach in Lachen aus.

„Ich habe für dieses Bild in New York einen Preis bekommen", sagte Harald ohne Groll. „Man hat mir fünfhundert Dollar dafür geboten, aber ich kann mich nicht davon trennen." Er zeigte auf ein rotes Bändchen am unteren Ende des Bildes. „Ich bin stolz darauf." Er lächelte Jonathan an. „Provinzler können es natürlich nicht verstehen. Aber dies ist die künstlerische Ausdrucksform der Zukunft. Sie werden sehen."

„Würde mich nicht wundern", meinte Jonathan. „Sicherlich steht uns das Zeitalter der Ungebildeten und Analphabeten bevor, der Künstler ohne Kunst, die ihr Handwerk nicht erlernt haben und nicht einmal zeichnen können. Es wird ein Zeitalter sein, in dem die Farbenblinden Maler werden."

„Die Kunst soll schockieren, nicht beruhigen", sagte Harald noch immer gleichmütig. „Das Zeitalter der Behaglichkeit ist vorbei und auch das der gedankenlosen Engagements mit ihrer ziellosen Betriebsamkeit."

Robert war jetzt überzeugt, die Feindschaft zwischen den Brüdern rühre daher, daß Jonathan in dem jüngst vergangenen Krieg gedient und Harald sich schlau herauszuhalten gewußt hatte. Er selbst hätte sich gern Teddy Roosevelts Reitertruppe angeschlossen, aber seine Mutter hatte hysterisch protestiert, und auch seine Lehrer hatten ihm vorgehalten, daß er in seinem Beruf dem Vaterland besser dienen könne als im Feld.

„Die Republikanische Partei", sagte Harald, während sie die dunkle Treppe hinabstiegen, „ist für meinen Geschmack zu radikal, zu expansionistisch. Ich arbeite an einem Gemälde, das meine Impression von ihr wiedergeben soll. Ich ziehe die Demokratische Partei vor, die konservativ ist und den Imperialismus verabscheut."

„Aber gleichzeitig liebst du William Jennings Bryan", sagte Jonathan.

„Eine farbige Persönlichkeit. Jeder Zoll ein Künstler."

Robert machte sich nichts aus Mr. Bryan. Am Ende der Treppe sagte er entschuldigend: „Alle unsere Freunde in Philadelphia sind Republikaner, und sie scheinen mir recht nüchterne Bürger zu sein, Harald."

„Tut mir leid, Ihnen widersprechen zu müssen, mein Lieber. Diese Leute sind voll von dem, was sie dynamische Begeisterung nennen; und das bedeutet nichts anderes als Ausbeutung. Denken Sie doch daran, was sie nach dem Bürgerkrieg gemacht haben: Sie haben unbesonnenerweise eine Horde von ehemaligen Sklaven auf die Bevölkerung losgelassen. Radikale. Plebejer, Menschen ohne hergebrachte Maßstäbe, ohne Wissen um den historischen Imperativ."

„Er hat nicht die leiseste Ahnung, wovon er redet", sagte Jonathan. „Er weiß nicht einmal, wer den Ausdruck ‚historischer Imperativ' geprägt hat. Es war Karl Marx im ‚Kapital'. Aber Marx war, was Harald ebenfalls nicht zu wissen scheint, der schlimmste aller Konservativen. Er haßte das, was er ‚die Massen' nannte. Diese Stadtmenschen! Sokrates hat gesagt, die ärgsten Feinde des Volkes seien in Städten geboren und aufgewachsen. Das stimmt. Je weiter sich einer von der Scholle entfernt, desto gefährlicher wird er."

„Du sagst das, weil du ein Bauer bist", meinte Harald im Ton liebevollen Verständnisses.

Sie traten hinaus in den warmen Sonnenschein, und Robert fühlte sich erleichtert. Er fürchtete weitere Komplikationen und versteckte Feindseligkeiten und hatte keine Ahnung, was die Brüder meinten.

Als er aus Philadelphia und von der Johns-Hopkins-Klinik hierhergekommen war, hatte er angenommen, daß er in Hambledon die ganze Schlichtheit und Unkompliziertheit des alten Amerika vorfinden werde. Das Gespräch zwischen den beiden Brüdern hatte ihn mehr als beunruhigt. Kleinstädter waren nicht, wie er geglaubt hatte, einfache Menschen, gutherzig, unkompliziert in ihren Gefühlen und von ehrlichem, gutem Willen erfüllt. Seine Mutter hatte herablassend gesagt: „Mag sein, daß Hambledon gewisse Vorteile hat — frische Luft, Naturbelassenheit, Gemütlichkeit, Harmlosigkeit der Menschen. Du kannst dort ein gutes Werk tun, Liebling, indem du den rückständigen Leuten in einem gewissen Ausmaß großstädtische Kultur beibringst." Wie dumm seine Mutter doch war!

Harald erbot sich, seine Gäste zum Anlegeplatz des Bootes zu begleiten, aber Jonathan sagte: „In diesen eleganten Lackschuhen? Mach sie dir doch nicht schmutzig — ich bitte dich."

Also verabschiedete sich Harald am Tor des Schlosses, winkte Robert noch einmal freundschaftlich zu und ging hinein.

„Ein liebenswürdiger Schuft, nicht wahr?" sagte Jonathan. „Lächeln, immer nur lächeln. Und dabei so ein Schuft!"

Robert war noch nie jemandem begegnet, den er weniger für einen Schuft gehalten hätte als Harald, und so antwortete er nichts auf diese bösartige Bemerkung. Sie trafen Jenny, die ihre braune Schürze wieder angelegt hatte und kniend in einem Rosenbeet arbeitete. Ihr blaues Kleid hing über ihre Absätze. Jonathan ging weiter, aber Robert blieb stehen. Jenny nahm keine Notiz von ihm. Ihre Hände waren mit Erde beschmutzt.

„Diese Rosen sind herrlich", sagte Robert. Sie wandte den Kopf ein wenig. „Danke", sagte sie verdrossen, ohne aufzublicken. Auf ihrer weißen Stirn standen Schweißperlen, ihre vollen Lippen waren sehr rot, das dichte, schwarze Haar fiel in lockigen Strähnen über ihren Rücken.

„Ich habe diesen Besuch sehr genossen", fuhr Robert fort.

Sie starrte ihn an: „Warum?"

„Alles ist so schön hier." Sie heftete ihre Augen auf seinen rotblonden Schnurrbart.

„Wirklich?" fragte sie kurz und begann wieder in der Erde zu graben.

Jonathan stieß einen ungeduldigen Pfiff aus, und Robert zuckte zusammen. Es fiel ihm schwer, seine Augen von der schönen, jugendlichen Gestalt loszureißen, und er fühlte wieder das Prickeln auf seiner Haut. „Ich komme", rief er. Dann sah er, daß Jenny aufgehört hatte zu graben und ihren Blick auf Jonathan richtete, mit diesem Ausdruck von Verzweiflung oder was es sonst sein mochte, den er schon früher beobachtet hatte. Von neuem verwirrt, setzte er sich in Bewegung, um Jonathan einzuholen.

Schweigend ruderten sie über den Fluß. Robert war sich die ganze Zeit über bewußt, daß Jonathan ihn mit grausamer Neugierde beobachtete. Schließlich sagte Robert: „Ich wußte, daß die Leute über den Besuch nicht erfreut sein würden." Er ärgerte sich.

„Natürlich waren sie erfreut. Harald liebt Gesellschaft. Er liebt alle Menschen. Er sagt es selbst."

„Es ist doch nichts Schlechtes, die Menschen zu lieben", meinte Robert, während er die Ruder kräftig durch das Wasser zog.

„Ich habe sie nie geliebt."

„Wie konnten Sie dann Arzt und Chirurg werden?"

Jonathan lachte. „Ich kann noch Mitleid empfinden, hin und wieder." Er erhob sich in dem schaukelnden Boot. „Lassen Sie mich das letzte Stück rudern."

Als sie am Ufer angelangt waren, befreite Jonathan seine Pferde, die er nahe einer winzigen, sprudelnden Quelle angebunden hatte.

„Kommen Sie noch mit mir zu meiner Mutter zum Tee."

Die Sonne sank bereits gegen Westen, und die Hitze hatte sich verstärkt. Der Fluß leuchtete wie pures Gold.

„Danke. Lieber nicht", sagte Robert. „Ich ... ich habe eine Menge zu tun. Bevor Sie mich abholten, erhielt ich ein Telegramm von meiner Mutter. Sie kommt vier Tage früher hierher, als ursprünglich geplant. Ich ... ich habe Vorbereitungen zu treffen. Sie wünscht ein Appartement im Hotel ..."

Jonathans schwarze Brauen zogen sich zusammen. Er zuckte die Achseln. „Gut. Dann ein anderes Mal. Meine Mutter mag Sie gern, Bob."

Und wie ist es mit Ihnen? dachte Robert. Er setzte sich neben Jonathan in den Wagen, und sie fuhren rasch der Stadt zu.

Jenny Heger arbeitete im Rosengarten ihres Vaters weiter, als die Gäste gegangen waren. Aber jetzt liefen Tränen über ihre Wangen, die sie wie ein Kind mit dem Handrücken wegwischte, so daß Schmutzstreifen zurückblieben.

Nach einer Weile fühlte sie starke Hände auf ihren Schultern, und dann glitten sanfte Finger durch die Fülle ihres schwarzen Haares. Ohne den Kopf zu heben, sagte sie: „Ich habe dich gebeten, mich nicht anzurühren. Eines Tages wirst du mich dazu bringen, dich zu töten."

„Süße Jenny", sagte Harald, „du bist wie ein junges, ungezähmtes Füllen".

„Laß deine Hände von mir."

Harald richtete sich auf und seufzte. „Ich liebe dich, Jenny. Ich möchte dich heiraten. Was ist daran so beleidigend?"

„Ich werde dich wirklich töten", sagte Jenny. Sie setzte sich auf die Fersen und sah ihn haßerfüllt an. Ihre Augen schossen blaue Blitze.

„Ich werde dich bestimmt töten", wiederholte sie. Sie legte ihre ganze jugendliche Kraft in ihren Blick, und nach einer Weile schlenderte er davon.

FÜNFTES KAPITEL

Das warme Juniwetter war plötzlich umgeschlagen. Nun war der Himmel grau und verhangen und die Luft kühl und feucht. Weißer Nebel hüllte die Berge ein, und Nässe tropfte von Bäumen und Sträuchern und Dachrinnen, obwohl es nicht regnete.

Jonathan Ferrier und seine Mutter Marjorie saßen im Frühstückszimmer ihres soliden roten Ziegelhauses mit den weißen Fensterläden und Türen und den blank geputzen Messingbeschlägen. Die Fenster waren fest geschlossen, die blauen Vorhänge halb zugezogen. Der Gasleuchter brannte, und ein munteres kleines Feuer knisterte im weißen Kachelofen. Es war behaglich hier in dem achteckigen Raum mit den hellen Wänden. Es roch nach Lavendel und gepflegter Häuslichkeit, nach Kaffee und brennendem Holz.

Marjorie Ferrier, fünfundfünfzig Jahre alt, war groß und schlank. Sie hatte sich die Figur und die Anmut ihrer Mädchenjahre bewahrt. Sie trug eine gut sitzende Bluse aus weißem Batist und Spitzen mit einem hohen, fischbeingestützten Kragen und einen langen, schmalen Rock aus weicher schwarzer Seide. Ihr hochgekämmtes dunkles Haar war von grauen Strähnen durchzogen, kleine Perlen schmückten die Ohren. Sie glich ihrem Sohn Jonathan. Auch ihr Teint war dunkel, ihr Gesicht schmal, mit einem strengen Mund, einer scharfen, ein wenig zu langen Nase, und schwarzen, geraden Brauen. Aber die Augen waren groß und von einem leuchtenden Braun wie die ihres Sohnes Harald. Jonathan hatte sein „fremdartiges" Aussehen von seiner Mutter, der geborenen Farmington, geerbt und nicht von seinem Vater, dessen Vorfahren aus Frankreich stammten. Harald glich seinem Vater, der, im Gegensatz zu seiner von Angelsachsen stammenden Frau, typisch angelsächsisch ausgesehen hatte.

Mrs. Ferrier war eine schöne Frau, elegant und reserviert. Nur eine gewisse Blässe um ihren Mund verriet, daß ihre Gesundheit zu wünschen übrig ließ. Sie sprach nie von Krankheit oder Gebrechen, denn sie war eine Dame. Auch in Gespräche über persönliche Angelegenheiten ließ sie sich selten ein. Es entsprach ihrer zurückhaltenden Natur, ihr innerstes Wesen selbst vor ihren Kindern zu verbergen. Keiner ihrer Söhne kannte sie wirklich gut, Jonathan noch weniger als Harald. Sie hatte sie nie selbst bestraft, als sie klein waren; ein strenger Blick hatte genügt, um sie zur Ordnung zu rufen. In vieler Hinsicht hatten sie Angst vor ihr; sie wußten nicht, daß ihre Mutter sie von Herzen liebte.

Es gehörte zu Marjorie Ferriers Überzeugungen, daß das Familienoberhaupt ein Mann sein müsse. Seit dem Tod ihres Gatten war Jonathan das Familienoberhaupt. Gentlemen lasen oft beim Frühstück die Zeitung, und daher beleidigte es sie nicht, daß Jonathan las. Sie begnügte sich damit, seine Tasse aus der silbernen Kaffeekanne nachzufüllen und die

Klingel unter ihrem Stuhl mit dem Fuß zu betätigen, um frischen, heißen Toast zu bestellen.

„Ha!" rief Jonathan aus. „Unser lieber, netter, dicker Mr. Taft nennt die Filipinos ‚unsere kleinen braunen Brüder!' Wie glücklich wird das diese Leute machen, die stolzes, spanisches Blut in den Adern haben!" Er kicherte. „Und hier ist die Antwort eines unbekannten amerikanischen Soldaten: ‚Mag sein, daß sie Bill Tafts Brüder sind, aber meine sind sie nicht.' Wie ekelhaft herablassend diese Politiker sein können!"

„Es scheint eine Menge Unruhe in der Welt zu geben", sagte Marjorie Ferrier in sanftem Ton. „Nun, der Burenkrieg ist jedenfalls zu Ende."

„Erinnerst du dich, was ‚Life' über diesen Krieg schrieb? Ein kleiner Junge mit Diamanten ist einem erwachsenen Einbrecher mit Erfahrung nicht gewachsen."

„Ich habe für die Buren nie etwas übrig gehabt", sagte Marjorie, während sie Jonathans Tasse füllte.

„Nein, natürlich nicht. Du bist eine der wenigen, die das mächtige britische Empire bewundern."

„Du mußt doch zugeben, Jon — das britische Empire erhält das Gleichgewicht in der Welt. Erinnerst du dich an die Karikatur in einer Londoner Zeitung voriges Jahr — es war, glaube ich, die ‚Times' —, wo Rußland und die Vereinigten Staaten gemeinsam nach der Weltkugel griffen und England als ganz kleine Figur darunter stand? Ach, das wird doch hoffentlich nie geschehen. Auf keinen Fall, solange England stark ist." Ihre Stimme war tief wie die Jonathans, aber von hellerer Klangfarbe.

Jonathan legte die Zeitung hin und sah mit düsterem Blick darauf nieder. „Es gab eine viel frühere Karikatur. Ich habe eine Reproduktion davon gesehen. Sie erschien im ‚New York Herald', 1857, glaube ich. Von einem großartigen Zeichner. Er stellte darin dar — vor vierundvierzig Jahren —, wie der bärtige Iwan und Onkel Sam miteinander um die Aufteilung der Welt kämpfen würden."

„Das ist absurd", meinte Marjorie. „Warum sollte Amerika imperialistische Ambitionen haben? Völlig absurd. Und dieses barbarische Rußland samt seinem Zaren hat genug damit zu tun, das eigene aufständische Volk zu unterdrücken. Es sind Orientalen, die wir nicht verstehen können. Wie in aller Welt sollte Amerika überhaupt jemals in Kontakt mit ihnen kommen? Handelsbeziehungen — vielleicht, aber ansonsten gibt es doch gar keine Möglichkeit eines wirklichen Kontakts zwischen unserem Land und Rußland."

„Man kann nicht in die Zukunft blicken", entgegnete Jonathan. Seine Mutter lachte.

„Wir sind ein großes Land", sagte sie, „und wir haben eben erst begonnen, uns zu entwickeln. Es gibt noch immer Territorien, die keine Bundesstaaten sind. Es wird noch Jahrhunderte dauern, bevor Amerika von einer Küste zur andern bevölkert ist. Wir haben gerade genug zu tun, auch ohne imperialistische Ambitionen."

„Man kann nie wissen", wiederholte Jonathan. „Warum bist du so sicher, daß wir nicht in fünfundzwanzig oder fünfzig Jahren ‚Ambitionen' haben werden? Sollten wir sie nicht haben, so wären wir einzigartig in der Geschichte der Welt und der Menschheit."

„Wir sind einzigartig", sagte Marjorie in ruhigem Ton. „Wir haben keine Ambitionen gehabt, nicht einmal im letzten Krieg. Wir werden Kuba bald seine Freiheit wiedergeben."

Jonathan trank, in Gedanken versunken, seinen Kaffee. „Einzigartig", wiederholte er. Er schüttelte den Kopf. „Nein, das sind wir nicht. Wir haben begonnen wie das alte Rom. Wir werden wahrscheinlich auch so enden, in blutiger Tyrannei, mit Diktatoren und schließlich vielleicht mit Cäsaren."

„Wie pessimistisch du heute bist", sagte Marjorie. „Aber du warst schon als Kind immer sehr ernst." Sie lächelte ihm liebevoll zu, aber er sah es nicht.

„Auf eines kannst du dich immer verlassen", sagte Jonathan. „Daß es sehr unklug ist, den guten Willen der Menschheit zu überschätzen. Wir sind in bezug auf Menschlichkeit im Lauf von fünftausend Jahren buchstäblich keinen einzigen Schritt weitergekommen. Wir sind noch immer die gleichen verd . . ." Er unterbrach sich, aber Marjorie lächelte bloß.

„Nicht in Amerika", sagte sie. „Der Spanisch-Amerikanische Krieg war kein Krieg im wirklichen Sinn des Wortes. Wir haben Frieden seit 1865 — über fünfunddreißig Jahre. Wir werden nie solche Kriege haben wie die Europäer — Gott sei Dank!"

„Sei nicht so sicher. Auch uns wird eines Tages der Hafer stechen. Das liegt in der menschlichen Natur."

„Aber wir haben zwei gewaltige Ozeane, die uns schützen und isolieren, ebenfalls Gott sei Dank."

„Ozeane können zusammenschrumpfen. Das mußten Griechenland und Ägypten erkennen, und dann Ägypten und Palästina, als Rom seine Muskeln zu dehnen begann und nach neuen Welten Ausschau hielt, um sie zu erobern und auszubeuten."

Marjorie reichte ihm das Marmeladenglas. „Mein lieber Jon, du bist heute wirklich pessimistisch. Du hast nicht den geringsten Glauben an dein eigenes Land. Habe ich dir übrigens gesagt, daß Jenny heute zum Tee kommt?"

„Die liebe, süßte Jenny", sagte Jonathan und schnitt eine Grimasse.

„Aber Jon! Ich hoffe, daß Harald sie herüberbringt. Bei diesem Wetter ist es nicht angenehm, über den Fluß zu rudern."

„Der liebe Harald", sagte Jonathan. „Übrigens — was für neue Skandalgeschichten laufen in der Stadt um?"

„Schrecklich", sagte Marjorie, „wie schlecht die Menschen sind!"

„Wenn es sich um Harald handelt, wundert mich das nicht."

„Jon, kannst du nicht endlich aufhören, häßliche Bemerkungen über deinen Bruder zu machen?"

Er sah sie mit einem harten Blick an. „Verzeih. Ich vergaß, daß er immer dein Liebling war."

Nein, dachte Marjorie tief traurig. „Harald hat keinen sehr starken Charakter", sagte sie. „Ich hoffte, daß er eine energische Frau heiraten würde, die ihn lenken und leiten könnte. Aber er hat Myrtle geheiratet."

„Ihres Geldes wegen."

„Arme Myrtle. Man soll nichts Schlechtes über Tote sagen."

„O gewiß nicht. Ich habe nichts Schlechtes über Myrtle gesagt, Mutter. Aber ich sage alles Schlechte über Harald. Eine energische Frau? Wie Jenny zum Beispiel?"

Seine Mutter sah ihn mit einem merkwürdigen Blick an. Es erschien ihr manchmal so unglaublich, daß Jonathan so blind sein konnte, er, der sonst von so durchdringender Scharfsichtigkeit war. „Jenny", sagte sie mit ihrer sanftesten Stimme, „ist ein wunderbares Geschöpf. Ich habe sie sehr lieb. Du bist so hart gegen sie. Du bist völlig im Unrecht und die Stadt mit ihrem Gerede ebenso."

„Ich weiß — eine unberührte Lilie. Schon gut." Er stand auf.

„Wohin gehst du an diesem unfreundlichen Morgen, mein Lieber?"

„Ich werde versuchen, diesen alten . . . ich meine den alten Louis Hedler zu überreden, daß er seine Zustimmung zur Aufnahme Bob Morgans in den Stab des St.-Hilda-Spitals gibt." Er machte eine Pause. „Könntest du dich entschließen, dich von fünfundzwanzigtausend Dollar zu trennen, die ich meinen eigenen fünfundzwanzigtausend zulegen würde, um einen Schwesterntrakt für das Spital zu bauen?"

Marjorie zog die Brauen hoch. „Das ist eine große Bestechungssumme", meinte sie. „Für einen jungen Mann, den du kaum kennst."

„Aber du wirst dich erinnern, daß du schon vor einem Jahr daran gedacht hast." Sie sahen einander an. Tatsächlich hatten beide diese Summen dem Spital zugedacht — vor dem Prozeß.

„Ja", sagte Marjorie.

„Darf ich es also Louis Hedler gegenüber erwähnen? Der Schwesterntrakt wird wirklich dringend gebraucht, wie du weißt."

Marjorie seufzte. Sie spielte mit dem Henkel ihrer Tasse. Dann sagte sie: „Jonathan, kann dich nichts dazu bewegen, deine Absicht zu ändern?"

„Nichts."

Sie sagte: „Eines sollst du wissen, lieber Jon. Wenn du mich bei dir haben willst, gehe ich mit dir, wohin immer es sei."

„Du würdest die süße Jenny und deinen Liebling Harald verlassen? Aber Mutter!"

Die Blässe um ihren Mund vertiefte sich. Es widersprach ihrer Natur und ihrer Erziehung, impulsiv die Hand auszustrecken, ihren Sohn an sich zu ziehen, ihn zu küssen und ihm zu sagen, wie lieb sie ihn hatte. Also schwieg sie. Nach einer Weile sagte sie: „Gut, ich halte mein Versprechen. Aber ist es notwendig?"

„Ja. Deshalb habe ich das Thema angeschnitten. Der alte Hedler ist zu dick befreundet mit Martin Eaton. Eaton hat sich zwar noch immer nicht von seinem Schlaganfall erholt und lernt eben erst gehen, aber ..."

Er wird niemals vergessen und niemals verzeihen, dachte Marjorie. Er war immer starrköpfig, schon als Kind. Sie fragte: „Jonathan, verdient Doktor Morgan, daß du dich so für ihn einsetzest?"

„Ich glaube ja. Ich hoffe es. Übrigens, seine Mutter kommt heute an. Er hat mir viel von ihr erzählt, aber ich habe den Eindruck, daß sie ... na sagen wir eine ziemlich vulgäre, affektierte Person sein dürfte. Aber sein Vater war ein Gentleman. Ich hoffe, Bob mit der Zeit dem Einfluß seiner Mutter entziehen zu können und ihn dazu zu bringen, ein Mädchen von der Art zu heiraten, die du früher erwähnt hast: energisch und charaktervoll und eine Dame. Anderseits braucht er vielleicht eher einen weicheren Typus, der seine latente Männlichkeit zutage fördert."

Er beugte sich ein wenig steif nieder und küßte seine Mutter auf die Stirn. Sie gab ihm einen leichten Kuß auf die Wange. Sie sah ihm nach, als er ging, und ihr Herz war schwer. Sie dachte an Mavis Eaton, Jonathans verstorbene junge Frau, und ihr blasser Mund zog sich schmerzlich zusammen. Sie hatte Mavis nie gemocht, die vitale, verführerische, lachende, hübsche, blonde Mavis mit der fröhlichen Stimme. So lebendig und munter, so dumm und zärtlich und grausam! Wie Jonathan sie angebetet hatte! Wie merkwürdig, daß ein Mann von seinem Scharfblick sie nicht auf den ersten Blick durchschaut hatte. Aber Männer waren sonderbar, wenn es um Frauen ging. Die dümmste Frau vermochte den klügsten Mann zu täuschen. Marjorie hatte vor der Heirat tausendmal ihre Einwände gegen Mavis auf feine Weise angedeutet, damit jedoch höchstens Jonathans Zorn erregt. Natürlich hatte sie an der Hochzeit teilgenommen, ruhig, heiter, lächelnd, während sie innerlich von bösen Vorahnungen erfüllt war. Sie hatte Mavis in ihr Haus aufgenommen und war ihr stets freundlich und liebevoll entgegengekommen. Es hatte alles nichts genützt.

Marjorie erschauerte. Sie drückte die Hände an die Augen und stützte die Ellbogen auf den Tisch. Sie wagte kein Wort zu sagen. Ein Wort würde Unheil bringen. Es durfte nie gesprochen werden.

„Mein Junge", sagte Doktor Hedler, der Pfuscher, wie ihn Jonathan bei sich nannte. „Das ist ein phantastisches Angebot, wirklich phantastisch. Wie gut von dir und von der charmanten Marjorie. Ich kenne sie und ihre Familie von Philadelphia her, wie du weißt."

„Ja, ich weiß. Alle Welt behauptet, Mutter ‚von Philadelphia her' zu kennen", sagte Jonathan. Und dann — er konnte es nicht unterdrücken — fügte er hinzu: „Übrigens, es tut mir leid, daß das mit deiner Schwägerin passiert ist."

Das weiche, fette, ältliche Gesicht ihm gegenüber veränderte sich, die vorquellenden Augen bekamen einen harten Blick. „Ja. Zu traurig. Aber es gab keine Möglichkeit, vor der Operation festzustellen, daß es sich um ein Karzinom handelt. Es blieb uns nichts übrig, als sie wieder zuzunähen und es ihr zu verheimlichen."

Jonathan hatte seine brutale Bemerkung bereut, aber nun wurde er sich bewußt, daß er tatsächlich eine kleine Erpressung ausgeübt hatte, und daß er für Doktor Hedler eine Gefahr bedeutete. Denn Doktor Hedler wußte, daß Jonathan schon vor einem Jahr auf die Möglichkeit einer Krebserkrankung hingewiesen hatte. Seine Diagnose war jedoch unbeachtet geblieben, und Doktor Hedler hatte sich geradezu darüber lustig gemacht. Er war zwar Chefarzt des St.-Hilda-Spitals, aber jedermann wußte Bescheid über seine dürftige medizinische „Ausbildung", und besonders die jungen Ärzte machten sich über ihn lustig. Von Doktor Ferrier dagegen wußten selbst seine Feinde, daß er ein hervorragender Chirurg und Diagnostiker war, und nun hatte die Operation seine Diagnose bestätigt. Ja, ich bin ein gefährlicher Mensch, dachte Jonathan erfreut.

Sie saßen in dem mit diskretem Luxus ausgestatteten Büro des Chefarztes. Getäfelte Wände, schwere rote Samtvorhänge, ein kostbarer Teppich, Bilder von ausgezeichneter Qualität, gut gearbeitete Mahagonimöbel. Im schwarzen Marmorkamin brannte ein Feuer. Draußen hatte es zu regnen begonnen. Ein warmer, sanft murmelnder Regen, der ein geheimnisvolles Versprechen zu enthalten schien. Die Tropfen flossen als silberne Bächlein an den hohen Fenstern herab.

„Ich habe mir eine Meinung über den Krebs gebildet", sagte Jonathan sehr ernst. „Ungefähr sechs von zehntausend Menschen sterben an der einen oder anderen Form von Krebs. Das ist wenig im Vergleich zu anderen tödlichen Krankheiten, wie Tuberkulose, Lungenentzündung, Influenza oder Diphtherie. Die sind im Augenblick unsere schlimmsten Mörder, während das Karzinom relativ selten ist. Aber es wird nicht immer so bleiben. Vor zwanzig Jahren starb einer unter zehntausend daran. Und in vierzig oder fünfzig Jahren? Wenn wir eine Krankheit besiegt haben, tritt eine andere an ihre Stelle. Das ist der Ausgleich in der Natur. Aber der Krebs ist die bösartigste Krankheit von allen."

„Der Krebs wird immer selten sein", sagte Doktor Hedler in dem herablassenden Ton des Erfahrenen, der einem Jüngeren widerspricht, „und außerdem erkranken in den meisten Fällen nur sehr alte Leute daran. Ich muß allerdings zugeben, daß Georgia nicht alt ist. Aber jung ist sie natürlich auch nicht. Weißt du, daß sie erst der zehnte Fall ist, den ich in meiner langen ärztlichen Praxis zu sehen bekommen habe?"

Ich zweifle nicht daran, dachte Jonathan ohne Nachsicht, aber er begnügte sich mit einem Kopfnicken.

„Ich habe zum Beispiel nur von einem einzigen Fall von Leukämie gehört", fuhr Doktor Hedler fort.

„Ich habe ungefähr acht Fälle gehabt", sagte Jonathan. „Ich glaube, daß auch diese Form des Krebses im Zunehmen begriffen ist."

Doktor Hedler lächelte und schüttelte den Kopf. „Das bezweifle ich. Nun, sehen wir uns noch einmal die Zeugnisse des jungen Morgan an." Er setzte seinen Kneifer auf. „Hm. Assistenzarzt im Johns Hopkins. Recht gut." Er seufzte, und es klang, als fiele ein Pudding zusammen. „Ich habe schon mit Martin Eaton über den jungen Mann gesprochen, wie du weißt."

„Und er hat den Daumen nach unten gedreht."

Doktor Hedler war verletzt. „Jonathan, Martin ist ein durchaus vernünftiger Mann und der Begründer des St.-Hilda-Spitals, das sein ganzer Stolz ist. Er hat eine Viertelmillion Dollar dafür geopfert — eine enorme Summe. Ich habe ihm Doktor Morgans Zeugnisse gezeigt. Er — hm — er meint, daß wir genug Ärzte haben."

„Genug Ärzte!" rief Jonathan verächtlich. „Wir brauchen alle Ärzte, die wir bekommen können für Hambledon und Umgebung. Sobald wir keine neuen Leute mehr aufnehmen, werden wir der Nachfrage nicht genügen können, und unsere Spitäler werden sich verschlechtern."

„Wir müssen dafür sorgen, daß sich das Einkommen der angestellten Ärzte nicht verschlechtert, Jon."

„Natürlich, das ist die Hauptsache. Soll das Publikum der Teufel holen. Wer hat das nur gesagt? Der alte J. P. Morgan oder einer von den Vanderbilts? Na, ist ja egal. Das Publikum verdient eine bessere Behandlung von seiten seiner Ärzte und Spitäler. Wozu sonst sind wir da?"

„Wir können es nicht zulassen, daß uns frisch gebackene Ärzte in ihrer jugendlichen Begeisterung alle unsere Betten belegen. Das tun sie nämlich gern. Damit schaffen sie sich einen Ruf. Aber was machen wir dann mit den Leuten, die wirklich Betten brauchen?"

„Wir können immer unsere Autorität einsetzen, wenn ein junger Arzt zu ehrgeizig wird", sagte Jonathan. „Aber um auf den guten Martin zurückzukommen. Er handelt aus Rachsucht, und du weißt das, Louis. Ich weiß, daß die übrigen Ärzte sich mit dir einverstanden erklären werden, wenn du Doktor Morgans Anstellung befürwortest. Du hast dich jahrelang von dem alten Martin tyrannisieren lassen. Zeige jetzt deine Unabhängigkeit."

Doktor Hedlers Gesicht lief dunkelrot an, aber er beherrschte sich. „Eines Tages, mein Lieber, wird deine Zunge dich an den Galgen bringen ..." Er unterbrach sich brüsk, aber Jonathan grinste nur.

„Einmal war es schon fast so weit", sagte er. „Aber wir kommen vom Thema ab. Die Bevölkerung von Hambledon und Umgebung nimmt dauernd zu, seit wir immer mehr Industrie hierher bekommen. Auch die Zahl der Ärzte muß zunehmen, damit wir Schritt halten können. Wenn man den jungen Ärzten Stellungen in unseren Spitälern verweigert, werden sie anderswo hingehen, und wir sind die Leidtragenden. Wir können uns glücklich schätzen, daß ein tüchtiger junger Arzt wie Bob Morgan sich um eine Stelle bei uns bewirbt. Lassen wir etwas frische Luft herein."

Er wartete. Doktor Hedler schwieg. „Louis", rief Jonathan ungeduldig, „der alte Martin wird nie mehr imstande sein zu praktizieren, das weißt du genau. Wenn du dich über seine Meinung hinwegsetzt, wozu du als Chefarzt das Recht hast, dann wird er eine Zeitlang grollen, aber bald wird alles vergessen sein. Außerdem weißt du ja, daß ich gehe. Wen hast du als Ersatz für mich im Auge?"

Bevor er die Worte zurückhalten konnte, sagte Doktor Hedler: „Martin hat jemanden im Auge. Der junge Mann beendet seine Assistentenzeit im September."

„In welchem Spital?"

Doktor Hedler schüttelte bloß den Kopf. Er sah sich noch einmal die Zeugnisse an. Jonathan sagte: „Fünfzigtausend Dollar, Louis! Wo willst du eine solche Summe finden? Auf der Straße?"

Doktor Hedler starrte schweigend auf die Zeugnisse. „Louis", sagte Jonathan, „nimm doch Doktor Morgan. Oder ich bleibe, und was fängt Martin dann mit seinem Protegé an? Ich will dir etwas sagen. Wenn ich bleibe, trifft Martin noch einmal der Schlag. Was, nebenbei bemerkt, nicht das schlechteste wäre. Du tust ihm einen ausgesprochenen Gefallen, Louis, wenn du Morgan nimmst."

„Wenn du es so darstellst ... Ich verstehe, was du meinst. Gib du mir Gelegenheit, noch einmal mit ihm zu sprechen, Jon. Du hast recht — fünfzigtausend Dollar sind eine Menge Geld, und wir brauchen den Schwesterntrakt dringend." Doktor Hedler wurde liebenswürdig. „Laß mich dir danken, Jon. Und der lieben Marjorie."

Also das wäre in Ordnung, dachte Jonathan. Erpressung, Bestechung, eine Gelegenheit, Rache zu nehmen. Wer könnte all dem widerstehen? Der alte Louis gewiß nicht.

„Nein, nein, keine Blumen", sagte Robert Morgan zum Hoteldirektor, der eben eine riesige Vase mit stark duftenden roten Rosen hereingebracht hatte. „Meine Mutter verträgt Blumen im Zimmer nicht. Aber jedenfalls vielen Dank." Er sah die Rosen sehnsüchtig an. Sie erinnerten ihn an Jenny Heger. „Ich hätte sie aber gern in meinem Zimmer", fügte er hinzu. Nie mehr würde er Rosen sehen können, ohne an Jenny zu denken. Bei dem Gedanken an sie krampfte sich sein Herz zusammen.

Er befand sich im besten Appartement, das das Hotel zu bieten hatte. Es würde seiner Mutter gefallen. Der geräumige Salon hatte einfache, aber neue und gepflegte Möbel, einen roten türkischen Teppich und braune Samtvorhänge an den sauber geputzten Fenstern. Er warf einen Blick in das Schlafzimmer mit seinem breiten, von einem braunen Samtüberwurf bedeckten Messingbett, dem soliden Waschtisch mit dem geblumten Porzellangeschirr und den Handtüchern aus gutem Leinen. Es war nicht prunkvoll, aber mehr als annehmbar.

„Wir werden uns freuen, Mrs. Morgan hier begrüßen zu dürfen", sagte der Hoteldirektor. „Wollen Sie ihr bitte ausrichten, daß das Personal ihr mit Vergnügen zu Diensten stehen wird."

Die sie auch reichlich in Anspruch nehmen wird, dachte Robert, schämte sich jedoch gleich des Gedankens.

„Sie haben noch kein passendes Haus gefunden, Doktor?"

„Noch nicht. Aber ich habe bereits vier Häuser in engere Wahl gezogen, und wenn meine Mutter kommt, werden wir eines davon nehmen."

„Es wird uns leid tun, Sie als Gast zu verlieren, Doktor." Die Tür schloß sich hinter dem Direktor. Robert begab sich in sein Zimmer. Es erschien ihm ungewöhnlich klein und kahl an diesem trüben Regentag. Er sah auf die Uhr, In einer Stunde sollte seine Mutter ankommen. Er mußte sich sofort nach einem Wagen umsehen, denn sie pflegten von den Straßen zu verschwinden, wenn es regnete. Er setzte seinen Hut auf, zog die Handschuhe an und ging schnellen Schrittes zum Aufzug. Er hatte nicht vergessen, das weiße Seidentaschentuch in die Brusttasche zu stekken und den Gehrock und die gestreifte Hose anzulegen — den einzigen Anzug, den seine Mutter eines Arztes würdig hielt. Sogar seinen Spazierstock hatte er mitgenommen. Er musterte sich im Spiegel des Aufzugs, während er hinunterfuhr. Er hatte sich den Schnurrbart ganz kurz schneiden lassen, was seiner Mutter sicherlich mißfallen würde, die ihn am liebsten mit einem Vollbart gesehen hätte, wie es sich für einen Arzt gehörte.

Vor einer Stunde hatte ihn Jonathan Ferrier ans Hoteltelephon bitten lassen und ihm mitgeteilt, es sei praktisch sicher, daß er, Bob Morgan, in das Ärzteteam des St.-Hilda-Spitals aufgenommen würde und sehr bald auch in das des Spitals der „Freunde". „Es kann sich nur mehr um wenige Tage handeln. Ich wollte, daß Sie es gleich erfahren."

„Das ist sehr freundlich von Ihnen", sagte Robert.

Du weißt nicht, was die Freundlichkeit gekostet hat, dachte Jonathan etwas verärgert, daß der junge Mann die Nachricht als so selbstverständlich hinnahm. Er sagte: „Sie haben sehr viel Glück gehabt."

Robert war überrascht. Nach einer Pause meinte er: „Nun, man hat mir immer gesagt, ich sei unter einem glücklichen Stern geboren. Hallo?" Aber Jonathan hatte bereits abgehängt. Robert starrte das Telephon an. Diese Kleinstädte! Immer unterbrach die Zentrale die Gespräche. Er dachte nicht an diesen Anruf, als er jetzt mit dem Aufzug hinunterfuhr. Er war nie auf die Idee gekommen, daß sein Ansuchen um Aufnahme in den Stab des Spitals abgelehnt werden könnte. Er kam auch jetzt nicht auf die Idee. Hatte Jonathan einen andern, nicht eingestandenen Grund gehabt, ihn anzurufen? Welchen? Wieder mußte Robert an Jenny Heger denken. Merkwürdig, daß sie ihm so oft einfiel, und daß er ihr schönes Gesicht so deutlich vor sich sah, die erstaunlichen blauen Augen, die Art, wie sie sich bewegte, die Fülle ihres schwarzen lockigen Haares. Es war unverzeihlich, daß Jonathan Ferrier sie so grausam behandelte und seine Abneigung gegen sie so offen zeigte. Robert hatte den Klatsch vergessen, den er in Hambledon über Jenny und Harald gehört hatte. Er ärgerte sich nur über Jonathan.

Jonathan verbrachte den trüben, kühlen Nachmittag in seiner Ordination mit Vorbereitungen für seine Abreise aus Hambledon.

Seine Mutter hatte ihm dieses Haus zum Geschenk gemacht, als er vor zehn Jahren seine Praxis eröffnet hatte. Wie das Haus, in dem er geboren war — und auch sein Vater und sein Großvater vor ihm —, war es ein roter Ziegelbau, einstöckig, mit weißen Läden und Türen und einem dunklen Schieferdach. Marjorie wäre der Gedanke, daß ihr Sohn seine Sprechstunden in dem geräumigen Familienhaus halten könnte, nicht ausgesprochen unangenehm gewesen. Jetzt lebten ja nur mehr sie und Jonathan und zwei Dienstboten darin, und es gab überflüssige Räume genug. Aber sie wußte, daß Jonathan ebenso wie sie selbst ein Einzelgänger war, der ein zu enges Zusammenleben haßte, das sie beide als vulgär und ein wenig unmenschlich empfanden. „Das, was den Menschen am meisten vom Tier unterscheidet", pflegte sie zu sagen, „ist seine Vorliebe für das Alleinsein, für ein gelegentliches sich Absondern von seinen Mitmenschen. Es ist animalisch, sich zusammenzudrängen, einander in die Töpfe zu gucken, sich um die Angelegenheiten anderer zu kümmern, sich ‚freundschaftlich' in ihr Leben einzumischen." Sie hatte auch mit Ekel und Abscheu an eine Invasion von Patienten in ihrem Haus gedacht, wenn sich das auch in einem anderen Flügel abgespielt hätte. So hatte sie zu Jonathans Freude dieses Haus am Ende des Parks bauen lassen. So mancher von den älteren Ärzten hatte sich darüber gewundert, denn es war Sitte, in dem Haus zu praktizieren, in dem man wohnte. Nur die ärmeren und jüngeren Ärzte richteten sich ihre Ordination in Miethäusern und sogar oberhalb von Geschäftsläden ein. Sobald einer jedoch genug verdiente, baute er sich ein Haus, in das er auch seine Ordination verlegte.

Jonathans Konsultorium bestand aus einer kleinen, aber gut eingerichteten Apotheke, wo er seine eigenen Arzneien herstellte oder die fertiggekauften verbesserte, einem bequemen Wartezimmer, dem holzgetäfelten Ordinationszimmer, das einen Gaskamin besaß, einem kleinen Büro für seine Angestellte — Stenotypistin und Buchhalterin in einer Person (eine unverheiratete „fortschrittliche" Pastorentochter), einem Raum für die Aktenschränke und zwei Behandlungsräumen, die ebenfalls mit Gas beheizt wurden. Marjorie hatte auch elektrisches Licht einleiten lassen, obwohl sie es für ihr eigenes Haus als zu grell ablehnte. Es gab ein Telephon, das mit dem Wohnhaus verbunden war, und einen Anschluß an die Zentrale.

Regale, voll mit Büchern und medizinischen Zeitschriften, säumten die Wände des Ordinationszimmers. Es war ein schöner Raum, groß, ruhig und warm. Hier hatte Jonathan die acht glücklichsten Jahre seines Lebens verbracht. Hier saß er heute an dem mächtigen Schreibtisch aus Nußholz, ging den Inhalt der Schubladen durch und leerte sie. Mit einem Male fühlte er sich entsetzlich bedrückt. Er stand auf und begann rastlos durch alle Räume zu wandern. Die Pastorentochter war nicht mehr da. Er hatte sie vor ein paar Monaten entlassen, da er nur mehr wenige Patienten empfing. Alles war still, bis auf das Tropfen des Regens und das gelegentliche Aufrauschen des Windes. Die Räume wirkten bereits verödet und verlassen. Er blieb im Wartezimmer stehen, das seine Mutter besonders geschmackvoll eingerichtet hatte. Nie mehr würden seine Patienten hier auf ihn warten; sie würden bald Bobs Patienten sein. Er ging in das Büro, in dem seine Buchhalterin gearbeitet hatte. Die Schreibmaschine war zugedeckt, der kleine Schreibtisch leer. Zögernd betrat er die Apotheke und sah die Tiegel und Flaschen und Pillenschachteln an, die wie wartend dastanden. Dann ging er in die Behandlungsräume mit ihren modernen weißen Untersuchungstischen und den Glaskästen voll von kostspieligen Instrumenten für kleinere Operationen und für Untersuchungen.

Schließlich fand er sich in der Halle mit den vielen Türen. Lange Zeit stand er in der tiefen Stille und dachte nach. Er mußte noch die Krankengeschichten seiner Patienten sichten und mit Anmerkungen für Bob versehen. Diese vielen Mappen, deren jede ein Menschenleben enthielt, mit all seinen Leiden, seiner Geschichte, seinen Ängsten und schließlich seinem unausweichlichen Todesurteil. Er ging in den Raum mit den Aktenschränken, schloß einen auf und starrte die Rücken der grünen Mappen an. Nur er besaß den Schlüssel zu diesen Schränken. „Das Leben eines Menschen gehört nur ihm selbst."

Stimmte das? In ein paar Monaten würde sein, Jonathans, Leben nicht mehr ihm gehören, es würde niemandem gehören, nicht einmal ihm selbst. Er war bereits ein Verbannter. In kurzer Zeit würde ein anderer in diesem geliebten Haus arbeiten, und er würde vergessen sein. Wo würde er sein? Er zuckte die Achseln. Er wußte es nicht. Seine Mutter hatte keine Ahnung, daß er vorhatte, nie mehr zu praktizieren, sondern daß er irgendwo ruhig und allein zu leben beabsichtigte, vielleicht in Cornwall oder in Chartres, vielleicht in Spanien oder in Berlin. In der Welt, die er kannte, war kein Platz für ihn; aus ihr hatte er sich selbst verbannt. Er hatte nie eine besondere Zuneigung für seine Mitmenschen empfunden, aber vor allem war er der Ansicht, daß eine zur Schau getragene Liebe zu den Mitmenschen beleidigend sei, weil sie immer etwas Herablassendes an sich hatte. Er glaubte nicht an eine „Herzenswärme", die sich auf alle Menschen erstreckte. Aber er fühlte Mitleid mit allem, was lebte, besonders mit kleinen Kindern, jungen Müttern und sehr alten Leuten. Leiden und Schmerzen waren ihm verhaßt. Er fand daran nichts „Edles", sah darin keine „Sühne", wie die Geistlichen behaupteten. (Auch aus diesem Grund hatte er sich von der Kirche losgesagt.) Leiden schien ihm der Menschenwürde zu widersprechen; es sollte nicht ermutigt werden. Es war eine Verschwendung der Zeit, die man besser der schwierigen Aufgabe widmen sollte, ein wirklicher Mensch zu sein. Ja, das Leiden war untrennbar mit dem Leben verbunden, aber es sollte das geistige Leiden sein, das zum Streben nach wahrem Menschentum gehört. Körperliche Schmerzen erniedrigten den Menschen zum Tier, und daher hatte Jonathan diese Schmerzen mit der grimmigen Energie, die seinem Abscheu davor entsprang, bekämpft und für gewöhnlich mit Erfolg. Ältere Ärzte hatten ihn oft als „Pillendreher" verhöhnt. Sie hielten ein gewisses Maß von Schmerzen für „heilsam", weil es die „Demut" fördere, was aber natürlich nicht für sie selbst und für die Mitglieder ihrer Familien galt. Diese Ärzte mißtrauten selbst dem neuen Medikament Aspirin und ärgerten sich, daß man es ohne Rezept zu kaufen bekam. Jonathan hingegen gab es seinen Patienten schachtelweis für billiges Geld. „Was soll an Zahnweh oder rheumatischen Schmerzen Heroisches sein?" pflegte er zu fragen. Diese Heuchler! Sie selbst nahmen beim kleinsten Wehwehchen Morphium. Er wußte, daß viele Ärzte bereits morphiumsüchtig waren, und war empört, daß man diese Männer Operationen durchführen ließ. Er beteiligte sich an den Untersuchungen der Amerikanischen Ärztevereinigung über die Gefahren der Suchtgifte, während viele seiner Kollegen noch immer hartnäckig behaupteten, daß Morphium „harmlos" sei.

Ein junger Priester hatte zu ihm gesagt: „Der Schmerz ist die Strafe Gottes für den Sündenfall."

„Sie sind also dagegen, daß man einer Gebärenden Äther oder Chloroform gibt, um ihre unerträglichen Schmerzen zu lindern? Haben Sie je eine schwere Geburt gesehen, eine Steißgeburt zum Beispiel? Sind Sie der Ansicht, daß man Operationen ohne Narkose durchführen soll?"

„Aber nein, Jon. Natürlich nicht. Ich bin doch nicht verbohrt. Aber die Frauen sind nun einmal dazu verurteilt, unter Schmerzen zu gebären."

„Unter normalen Schmerzen vielleicht. In solchen Fällen bin ich auch gegen ein Eingreifen, außer während der letzten zehn Minuten etwa; es könnte für Mutter und Kind gefährlich sein. Wenn Sie Ihre Gedanken logisch zu Ende dächten, müßten die Ärzte verfemt werden, wie das in den ersten Jahrhunderten des Christentums der Fall war, oder sie müßten als gewöhnliche Bader und als Gotteslästerer verachtet werden wie im Mittelalter. Wenn Christus Kranke heilte, sagte er: Deine Sünden sind dir vergeben. Aber das geschah in einem anderen Zusammenhang und aus einem anderen Grund, wie Sie ja sicher wissen. Heute glauben wir nicht mehr, daß ein Kind verkrüppelt, blind oder schwachsinnig geboren wird, weil es „sündig" ist. Oder daß der Krebs eine Strafe Gottes ist, die auch solche trifft, die kaum je in ihrem Leben gesündigt haben. Erinnern Sie sich, daß Menschen, ja sogar Kinder, die erkrankten, im Mittelalter als Verbrecher betrachtet wurden, die ein angeblich barmherziger Gott gestraft hatte? Manchmal wurden sie gesteinigt. Jawohl! Das wissen Sie doch, Vater!"

„Ja, ja, Jon, ich weiß es. Aber Ihr verbissener Kampf gegen den Schmerz — der wirklich exemplarisch ist — scheint für Sie eine persönliche Sache zu sein, als beleidige der Schmerz Sie selbst."

„Das kommt daher, daß ich an die Würde des Menschen glaube."

Er glaubte nicht mehr daran. Es interessierte ihn nicht mehr, was mit seinen Mitmenschen geschah, weil sie ihm so Unsägliches angetan hatten, weil selbst die, denen er so unermüdlich geholfen hatte, ihn mit Haß und Verachtung überhäuft hatten. Wären es nur einige wenige Menschen gewesen, die ihn kaum vom Hörensagen kannten, so hätte er ihnen verzeihen können. Aber es waren seine Freunde, seine Patienten gewesen, die ihm das Allerschlimmste zugetraut hatten. Viele trauten es ihm noch immer zu. Sie waren enttäuscht, daß er freigesprochen worden war.

Ich war kindisch, dachte er, während er die Mappen voll Zorn und Bitterkeit anstarrte. Ich glaubte, es gäbe wenigstens ein paar Menschen, die Menschen sind und ein Gefühl für Gerechtigkeit besitzen. Ich glaubte an Freundschaft. Was für ein Idiot ich war! Niemand hat einen wirklichen Freund. Wir hassen einander instinktiv. Wir wollen einander vernichten. Welche Erklärung gäbe es sonst für die dauernden Kriege, für die Ungerechtigkeiten, die wir einander antun? Nichts freut einen Menschen mehr, als seinem Bruder Schmerzen zuzufügen. Selbst eine Ratte ist ihren Artgenossen gegenüber weniger bösartig.

Wenn er, was selbst jetzt noch gelegentlich geschah, freundlich gegen seine Mitmenschen handelte, verachtete er sich. Er hatte sich vor Monaten geschworen, nie mehr einen Finger zu rühren, um anderen zu helfen. Er dachte an den jungen Doktor Morgan. Warum, zum Teufel, hatte er

Erpressung und Bestechung angewendet, um seine Aufnahme in den Stab des Spitals zu erzwingen? Zornig über sich selbst, schlug Jonathan mit der Handfläche auf die Rücken der Mappen und dachte an alle die Leiden, von denen die darin aufbewahrten Blätter erzählten, an die Hoffnungen gegen jede Hoffnung, an die Verzweiflung . . ., und er sagte laut: „Gut."

Der junge Priester hatte gesagt: „Sie dürfen die Menschen nicht im Stich lassen, Jon."

Er hatte geantwortet: „Die Menschen haben mich im Stich gelassen. Ihre Leiden interessieren mich nicht mehr, Vater."

„Das ist eine Sünde gegen Gott. Er hat Sie zum Arzt gemacht."

„Eben deshalb höre ich auf, Arzt zu sein." Er hatte gegrinst. Aber er wollte nicht mehr Arzt sein, weil er, wie er hoffte, nie mehr Mitleid fühlen würde.

„Wenn die Priester sich von der Sündhaftigkeit der Menschen, die ihnen im Beichtstuhl entgegentritt, ebenso beeinflussen ließen, gäbe es keine Geistlichen mehr."

„Ich bin kein Priester, Vater."

„Alle echten Ärzte sind Priester, Jon. Einst waren nur Priester Ärzte, das wissen Sie doch."

Jonathan hatte keine Antwort gegeben. Er hatte sich schweigend umgewandt und einen der wenigen Menschen verlassen, die an ihn glaubten.

An all das mußte er jetzt denken. Er empfand einen heftigen Zorn gegen den jungen Vater McNulty, für den das Leben so einfach war. Vater McNulty „liebte" die Menschen. Du lieber Himmel! Was gab es an ihnen zu „lieben"? Plötzlich mußte er an Jenny Heger denken. Diese Schlampe! Er wandte sich um, ging ins Ordinationszimmer zurück und setzte sich an den Schreibtisch. Lustlos begann er die Laden auszuräumen.

Eine kleine gerahmte Photographie seiner verstorbenen jungen Frau Mavis fiel ihm in die Hände. Er stellte sie auf den Schreibtisch und starrte lange auf das hübsche, von blonden Haaren umrahmte Gesicht, den schlanken Hals, den vollen, lächelnden Mund, die niedrige, breite Stirn, das Grübchen im Kinn. Aus den nicht sehr großen Augen leuchtete Lebenslust. Mavis, die schöne, lächelnde Mavis mit der weiblichen Brust, der schmalen Taille, den schwellenden Hüften, den runden Armen und Schenkeln! Er nahm das Photo sorgfältig aus dem Rahmen und zerriß es in kleine Stückchen, die er in den Papierkorb warf. Nach einer Weile schleuderte er auch den Rahmen hinein.

„Ich bin froh, daß du tot bist, Mavis" sagte er. „Ich habe oft Lust gehabt, dich umzubringen."

Plötzlich wurde die Stille durch das schrille Läuten des Haustelephons auf dem Schreibtisch unterbrochen. Jonathan zuckte zusammen, dann nahm er den Hörer ab.

„Jon“, sagte seine Mutter, „möchtest du nicht auf eine Tasse Tee herüberkommen? Jenny ist da.“

„Nein, danke.“

„Du solltest nicht allein dort drüben sitzen und grübeln. Das ist nicht gut für dich.“

„Es ist sehr gut für mich.“

„Bitte, komm.“

„Nicht, solange sie da ist.“

Marjorie seufzte. „Es beginnt dunkel zu werden, Möchtest du Jenny nicht mit dem Wagen bis zum Ufer bringen?“

„Nein, Mutter. Das habe ich ja noch nie getan. Ist Jim nicht da?“

„Doch, aber ich möchte nicht, daß du grübelst.“

„Ich grüble nicht. Ich mache Ordnung in meinen Papieren.“

Wieder seufzte Marjorie. „Gut, Jon. Aber komm bald, Jenny ist im Begriff zu gehen.“

„Grüße sie von mir.“ Er knallte den Hörer auf die Gabel. Dann starrte er lange vor sich hin, während die Dämmerung hereinbrach. Ein ganzes Menschenleben! Die besten Jahre seines Lebens! Und was war daraus geworden? Vernichtet in einem einzigen Augenblick. So viele Jahre ausgelöscht, als wären sie nie gewesen. Der Rest seines Lebens war finstere Leere. Er öffnete den Schrank, nahm eine Flasche Whisky und ein Glas heraus und begann zu trinken.

Mrs. James Morgan besichtigte das Appartement, das ihr Sohn so sorgfältig für sie vorbereitet hatte. „Nicht sehr elegant“, stellte sie fest.

„Mama, es ist das beste, das es hier in der Stadt gibt. Ich weiß es.“

Sie stützte sich auf ihre beiden Stöcke, und ihr Gesicht drückte Unzufriedenheit aus. „Ich bin das in meinem Heim nicht gewohnt.“

Robert konnte sich nicht helfen. Er sagte: „Du meinst Haus, Mama.“

Sie zog die Augenbrauen zusammen, aber aus irgendeinem Grund machte das auf Robert heute keinen Eindruck. „Heim, mein lieber Robert.“

„Mama, ein Haus, in dem man wohnt, wird für die, die darin leben, zum Heim, aber man spricht davon nicht als Heim. Und auch die Häuser anderer Leute bezeichnet man nicht als Heim.“ Er holte tief Atem. „Es ist vulgär, das zu tun.“

„So? Hast du solche Dummheiten in dieser Kleinstadt gelernt, über die man sich in Philadelphia nur lustig macht?“

„Ich habe eine Menge Dinge gelernt, von denen ich keine Ahnung hatte, Mutter. Hambledon mag klein sein, aber es ist lebendig.“

„Ich glaube nicht, daß es mir gefallen wird. Aber warum nennst du mich Mutter?“

„Weil du meine Mutter bist, und weil ich kein Kind mehr bin.“

Sie sah ihn mit einem harten Blick an, aber er senkte die Augen nicht und lächelte. „So etwas!“ sagte sie. Aber sie hatte Angst bekommen. Sollte sie ihren Sohn verlieren, wie sie ihren Gatten verloren hatte? Der Gedanke war nicht zu fassen. Aber Robert war auf merkwürdige Art verändert. Er wirkte größer und sehr männlich. Es war schrecklich. „Ich glaube, ich werde ohnmächtig“, stammelte sie. Robert führte sie zu einem Stuhl. „Ich hätte gern ein Glas frisches Wasser.“ Robert brachte es ihr. Sie lächelte ihm zu. „Ich fühle mich nicht wohl“, klagte sie. „Diese Feuchtigkeit!“

„Möchtest du ein Aspirin?“

„Robert! Ich nehme doch nie Medikamente. Ich ertrage meine Arthritis, wie es sich für eine Christin gehört.“

„Wenn es möglich ist, sollte man sich seine Schmerzen erleichtern. Es hat keinen Sinn, unnötige Schmerzen zu ertragen.“

„Wie du dich verändert hast, Robert. In so kurzer Zeit. Ich fürchte, dieser entsetzliche Mensch, dieser Doktor Ferrier, hat dich mit seinen Ansichten infisziert.“

„Infiziert, Mutter, nicht infisziert.“

„Robert“, rief sie außer sich. „Du erlaubst dir, mich auszubessern?“

„Mutter, du bist hier unter Fremden. In Philadelphia warst du von Freunden umgeben, die dir deine Fehler nachsehen. Verzeih mir, aber es ist so.“

„Mein Vater war Geistlicher und sehr gebildet. Er war der Ansicht, daß eine Dame nicht zu studieren braucht, aber er unterrichtete mich selbst.“

Er hat dir nicht viel beigebracht, dachte Robert ungerührt. Dann sagte er in liebevollem Ton: „Ich will dir nur helfen, Mutter.“

„Du bist frech, Robert. Du bist undankbar. Zuerst weigerst du dich, in Philadelphia zu praktizieren, wo wir gute alte Freunde haben. Dann entschließt du dich, in dieses elende Nest zu ziehen und läßt dich von den Ansichten eines Verbrechers infiszieren — ich meine infizieren —, der bei achtbaren Leuten ausgespielt hat. Du bringst mich in dieses feuchte Klima mit meiner Arthritis, verlangst von mir, daß ich alle meine Freunde aufgebe ...“

„Mutter, du brauchst nicht hier zu bleiben, wenn es dir nicht gefällt. Du kannst in Philadelphia leben ...“

„Und dich hier allein lassen? Allein unter Verbrechern? Du mußt mich wohl für eine vollkommen unnatürliche Mutter halten. Robert, wie kannst du nur auf diese Idee kommen?“

Robert schwieg. Sie fuhr fort: „Außerdem habe ich unser Heim bereits sehr günstig vermietet. Du bist alles, was ich habe, Robert.“

„Du hast deine Schwestern und deine Basen in Philadelphia.“

„Mein einziges Kind! Unter lauter schlechten Menschen!“

Ich muß Geduld haben, dachte Robert. Seine Mutter fuhr fort: „Dieser Mörder! Nicht auszudenken, daß mein einziges Kind von einem solchen Menschen beeinflußt wird. Es ist verbrecherisch. Man sollte ihn ausweisen."

Robert seufzte. „Er ist freigesprochen worden, Mutter."

„Weit haben wir es gebracht, wenn es möglich ist, daß man Verbrecher auf die Menschheit losläßt." Sie drückte das Taschentuch an ihre trockenen Augen. „Eines kann ich dir sagen, Robert, unser Heim wird er nicht betreten, solange ich lebe."

„Ich glaube nicht, daß er uneingeladen kommen wird, Mutter. Möchtest du dich nicht vor dem Abendessen ein wenig niederlegen?"

Das war verlockend, nicht weil sie wirklich Schmerzen hatte, sondern weil das Bett immer ihre Zuflucht gewesen war und ihr Gelegenheit geboten hatte, an ihrer Familie Rache zu nehmen. Aber Robert war „sonderbar" und ihre Angst nahm zu. Sie mußte dieses Geheimnis aufklären, um ihren Schlachtplan entwerfen zu können. Sie sagte also: „Ich bin nach dieser entsetzlichen Reise mit all dem Ruß und Lärm zu erregt, um ausruhen zu können."

„Es waren doch nur vier Stunden, Mutter, und du bist im Pullmanwaggon gereist."

„Vier qualvolle Stunden, Robert. Du weißt nicht, was es heißt, eine zarte Frau zu sein."

Gott sei Dank, nein, dachte Robert. „Aber jetzt ist es ja vorüber", sagte er, „jetzt können wir Pläne machen. Was die vier Häuser betrifft, von denen ich dir geschrieben habe — das Haus, das der Ordination am nächsten liegt, ist kleiner als die drei andern, aber bequem. Vier hübsche Schlafzimmer mit schöner Aussicht. Und die Dienstboten sind hier billiger als in Philadelphia. Das Haus hat einen reizenden Garten mit gepflegtem Rasen, und der Preis ist auch durchaus annehmbar. Ich glaube, es wird dir gefallen."

„Nur vier Schlafzimmer? Eines für dich, eines für mich, die beiden andern für die Dienstboten. Wo sollen unsere Gäste schlafen?"

„Wir können anbauen. Es ist ein großes Grundstück dabei."

„Das kommt teuer. Was verlangen sie für das Heim?"

„Nur zehntausend Dollar."

„Zehntausend Dollar? Das ist Wahnsinn. In diesem Bauernnest!"

„Es liegt in der besten Gegend. Übrigens, Mrs. Ferrier hat dich für morgen zum Tee eingeladen, falls du dich wohl genug fühlst. Sie gilt als die erste Dame von Hambledon, Mutter."

„Ich denke nicht daran. Erste Dame, sagst du? Wie ist das möglich? Die Mutter eines Mörders ..."

„Mutter, der Richter und die Geschworenen haben entschieden, daß Jonathan Ferrier kein Mörder ist! Bitte nimm das zur Kenntnis. Du kannst wegen Verleumdung geklagt werden, wenn du ihn als Mörder bezeichnest. Gut, ich werde also in deinem Namen für die Einladung danken und dich entschuldigen."

„O wie weh mein Kopf tut! Du verwirrst mich vollkommen, Robert. Habe ich denn gesagt, daß ich die Einladung ablehne? Ich weiß gar nichts mehr, weil du mich so verwirrst."

„Du kannst es dir ja morgen noch überlegen. Vielleicht fühlst du dich dann wohler."

„Ich glaube kaum. Wenn ich in diesem Bett schlafen soll!" Ihre hohe Stimme war voller Selbstmitleid. „Wahrscheinlich ist Ungeziefer darin."

„Mutter, ich versichere dir, hier ist alles sehr sauber."

Er blickte auf sie herab. Sie war hager und fast so groß wie er. Die ganzen Jahre seit dem Tod ihres Mannes hatte sie hartnäckig Trauerkleider getragen, wie „es sich gehört". Sie war sechzig Jahre alt, denn sie war schon nicht mehr die Jüngste gewesen, als sie James Morgan, einen um acht Jahre jüngeren Arzt aus einer verarmten Familie, geheiratet hatte. Er hatte sie, um die Wahrheit zu sagen, ihres Geldes wegen genommen. Ihr Vater, ein Geistlicher, hatte von einem kinderlos verstorbenen Onkel ein beträchtliches Vermögen geerbt, das er nach seinem Tod seiner unverheirateten Tochter hinterließ, denn seine beiden Söhne hatten es durch Fleiß und Tüchtigkeit zu einigem Wohlstand gebracht. Der Vater hatte angenommen, daß die „arme Jane" mit ihrem langen, strengen Gesicht, ihren kalten grauen Augen, dem schmallippigen Mund und dem schütteren braunen Haar und, was noch schlimmer war, ihrer Dummheit und Engstirnigkeit nie mehr einen Mann finden würde. Nie hätte er es sich träumen lassen, daß lange nach seinem Tod ein junger, eben promovierter Arzt auf die Idee kommen würde, Jane zu heiraten.

Das schüttere Haar war jetzt weiß, und Jane Morgan bedeckte es hartnäckig mit einem schwarzen Spitzenhäubchen, denn seit ihrer Jugend war sie überzeugt, daß Damen, die in ihrem „Heim" kein solches Häubchen trugen, keine wirklichen Damen seien. Ihre lange Nase war im Lauf der Jahre noch länger und spitzer geworden und hing über den harten, von scharfen Falten gesäumten Mund herab. Alles an ihr war hart und streng. Als Robert geboren wurde, war sie vierunddreißig Jahre alt und in ihrer Lebensweise und ihren Ansichten bereits erstarrt gewesen. Daß sie sich einem Mann hingeben mußte, hatte sie als fürchterlich empfunden, und über das „schändende" und unwürdige Erlebnis der Geburt ihres Sohnes war sie nie ganz hinweggekommen. Und doch hatte sie auf die alten Jungfern eigene fiebrige und unerbittliche Weise ihren jungen Gatten angebetet und ihn beinahe verschlungen.

Er hatte sich, woran sich Robert jetzt nicht ohne mitfühlendes Verständnis erinnerte, mit einer jungen, lustigen Witwe und einer Reihe anderer Damen von unbeschwerter Lebensauffassung getröstet, die er als

Patientinnen kennengelernt hatte. In seinen Knabenjahren war Robert darüber empört gewesen, daß seine Mutter „auf so gemeine Weise betrogen und in ihrer Frauenwürde beleidigt“ wurde. Heute verstand er seinen Vater und freute sich nachträglich für ihn, während er jetzt auf seine Mutter herabblickte. Er lächelte, als ihm einfiel, daß vermutlich selbst sein Großvater, trotz seinem geistlichen Stand, den jungen James Morgan nicht verurteilt hätte.

Robert sagte: „Ich habe für das Abendessen, das man uns hier, in deinem Salon, servieren wird, ein nettes, kleines Menü zusammengestellt. Alles, was du gern hast, Mutter: Hühnersuppe, Lammkoteletts, Kartoffelpüree, Salat, Torte, Obst und Käse. Soll ich es jetzt bringen lassen?“

„Ich fürchte, ich kann höchstens etwas Toast und Tee zu mir nehmen, Robert.“

Noch vor einem Monat hätte er sie bedauert und ihr zugeredet. Jetzt sagte er: „Gut, dann werde ich dir Tee und Toast kommen lassen, und ich werde im Speisesaal essen. Es wäre sicher nicht angenehm für dich, wenn ich vor deinen Augen ein komplettes Abendessen einnähme.“

„Ich soll dich allein in einem öffentlichen Speisesaal essen lassen? Robert!“

„Ich habe fast jeden Abend dort gegessen, und bisher bin ich nicht verführt worden.“ Leider, fügte er innerlich hinzu.

„Robert! Was ist das für eine schamlose Ausdrucksweise! Nein. Ich werde meinen Ekel dir zuliebe überwinden. Bestelle das Essen, Robert.“

„Nur eines? Für mich?“

Sie sah ihn mit einem scharfen Blick an. Dieser leichte, gleichgültige Ton, den sie von ihrem sonst so um sie besorgten Sohn nicht gewöhnt war, mißfiel ihr im höchsten Grad. „Ich werde mich dir zuliebe überwinden“, wiederholte sie. Robert lächelte unter seinem rotblonden Schnurrbart. Er bestellte das Abendessen für zwei und ging dann in sein Zimmer, um sich die Hände zu waschen. Auf dem Gang summte er vor sich hin. Arme, alte Frau! Wie langweilig sie war mit ihrer lächerlichen Geziertheit, und wie vulgär!

Kaum hatte ihr Sohn das Zimmer verlassen, als sich Mrs. Morgan erhob, die Stöcke beiseite stellte und zum Fenster ging, um auf die Stadt hinauszuschauen. Über die Gehsteige, die in der Dämmerung feucht glänzten, wanderten Scharen von Menschen unter Regenschirmen. Die Gaslaternen brannten und warfen ein trübes, gelbes Licht in den Regen. Aber es gab wenig Laternen, und nur hin und wieder fuhr ein Wagen vorbei. Schreckliches, kleines Nest! Robert würde es bald satt haben und nach Philadelphia, in die Zivilisation zurückkehren wollen. Morgen würde sie zu dieser Frau zum Tee gehen und sie merken lassen, daß eine Mrs. Morgan sich zu ihr, der Mutter eines Mörders, herabließ.

„Ich kann mich wirklich nicht zwingen, etwas zu essen", sagte sie, als der Tisch in ihrem Zimmer gedeckt und die Mahlzeit aufgetragen war.

„O wie schade", meinte Robert und griff begeistert nach seinem Suppenlöffel. „Die Suppe ist wirklich delikat. Du mußt sie wenigstens kosten."

Sie aß schließlich mehr als Robert, jedoch nicht ohne dazwischen zu klagen, zu jammern und zu seufzen. Als sparsame Hausfrau wickelte sie zwei mit Butter bestrichene Brötchen in ihr Taschentuch, um sie später, wenn sie wie gewöhnlich nachts erwachen würde, zu verzehren. Verschwendung war sündhaft, und außerdem waren die Sachen ja bereits bezahlt. Man durfte das Personal nicht dazu ermutigen, sich auf Kosten anderer anzuessen. „Zwei Dollar verlangen sie für ein solches Essen, Robert? Halten sie dich für einen Millionär?"

SECHSTES KAPITEL

„Eine schreckliche Person", sagte Marjorie Ferrier zwei Tage später zu ihrem Sohn. „So affektiert. Sie war die ganze Zeit herablassend, hat ein feines Benehmen an den Tag gelegt und ‚kultivierte' Konversation gemacht. Wie kommt ein so netter, wohlerzogener junger Mann wie Robert Morgan zu einer solchen Mutter?"

„Und wie kommt eine so reizende Mutter wie du zu so schrecklichen Söhnen?" fragte Jonathan. „Es handelt sich da um Erbgut von irgendwelchen Urahnen."

„Meine Söhne sind nicht schrecklich", sagte Marjorie. „Koste von diesem englischen Jam, mein Lieber. Du ißt zuwenig in letzter Zeit. Was für ein herrlicher Morgen. Endlich ist es wieder schön und warm. Ich glaube, ich werde heute im Rosengarten arbeiten. Wohin gehst du jetzt, Jon?"

„Ich mache mit dem jungen Sir Galahad Visite, wie gewöhnlich. Ich möchte sicher sein, daß . . ."

„Was mein Lieber?"

„Ach, es ist nicht wichtig. Nichts ist mehr wichtig."

Aber alles war dir immerzu wichtig, mein Sohn, dachte Marjorie mit einem Seufzer, nachdem Jonathan sie auf die Wange geküßt hatte und gegangen war. Sie ballte die Fäuste und schloß die Augen. Würden ihre Gebete nie erhört werden? Wie sollte sie ohne Jonathan hier in dem großen Haus leben? Alle ihre Träume waren in nichts zerronnen. Sie hatte keine Enkelkinder, kein frohes Lachen schallte durchs Haus, kein fröhliches Kommen und Gehen gab es mehr, wie zur Zeit, da Mavis noch lebte und Jonathan eifrig tätig war. Jonathan! Wann hatte er aufgehört zu lächeln? Dieses rasche Lächeln, das sein dunkles Gesicht plötzlich erleuchtete. Ein Jahr, nachdem er Mavis geheiratet hatte? Oder zwei, drei Jahre? Nein, schon sechs Monate danach.

O Gott, dachte Marjorie. Wäre Mavis doch nie geboren worden. Hätte Jonathan sie doch nie erblickt. Aber tragischerweise schien das Leben aus lauter „wäre" und „hätte" zu bestehen.

Sie wußte, daß es für Jonathan das beste war, Hambledon zu verlassen und nie mehr zurückzukehren. Aber dieses Wissen beruhte nicht auf den gleichen Gründen, die Jonathan zum Weggehen veranlaßten. Es gab Zeiten, da sie es nicht erwarten konnte, daß er gehen möge. Denn jeder Tag bedeutete eine Gefahr, jeden Tag fiel es ihr schwerer, sich zu verstellen.

„Das ist eine hübsche Kutsche, die Sie da haben", sagte Jonathan zu Robert Morgan. „Und ein gutes Pferd. Wann haben Sie das gekauft?"

„Gestern", sagte Robert mit strahlendem Lächeln. „Gefällt es Ihnen? Mir auch. Das Pferd soll von einem Ihrer Pferde abstammen. Meine Mutter war entsetzt."

„Warum?"

„Das viele Geld! Sie hat gemeint, ich solle zuerst einen Wagen mieten, statt gleich einen zu kaufen. Ich glaube nicht, daß es ihr hier gefällt. Außerdem ist Mutter — wie soll ich sagen — ziemlich sparsam. Ich glaube, ich habe Ihnen gesagt, daß mein Vater wenig eigenes Geld hatte. Er behandelte viele seiner ärmeren Patienten umsonst. Zu viele, nach Mutters Ansicht. Alles, was wir haben, gehört Mutter. Das macht die Dinge manchmal schwierig, obwohl ich der einzige Erbe bin."

„Na ja, Witwen müssen an die Zukunft denken."

„Ich bin kein geborener Verschwender, den man kurzhalten muß", sagte Robert. „Ich habe während meiner Schulzeit als Verkäufer gearbeitet. Meine Mutter fand, das ‚gehöre sich nicht', und erzählte allen ihren Freunden, daß ich darauf bestanden hätte, weil ich durchaus unabhängig sein wolle. In Wirklichkeit war es immer sehr schwierig, aus Mama Geld herauszuholen. Sie meinte, wenn ich keines hätte, würde ich mich nicht mit lockeren Mädchen einlassen oder dergleichen. Ich brauchte mehr als die zwei Dollar wöchentlich, die sie mir gab, solange ich in die Mittelschule ging, also arbeitete ich. Auch als Kellner gelegentlich. Manche Mitschüler verachteten mich deshalb, obwohl ihre Eltern nicht halb so wohlhabend waren wie Mama!"

„Und woher haben Sie das Geld für Wagen und Pferd genommen?"

Robert lachte, während er voll Stolz die Zügel hielt. „Ich habe meine Mutter damit belasten lassen. Sie wird die Rechnung bald genug bekommen. Das Merkwürdige ist, daß sie mich nicht gefragt hat, wo ich das Geld her habe. Offenbar ist sie der Meinung, daß es, solange man nicht davon spricht, keine Rechnung geben wird."

„Sie werden bald genug Geld verdienen, wenn Sie sich hier eingearbeitet haben. Ich habe Ihnen gesagt, welche Honorare ich verlangte. Bleiben Sie dabei. Sie liegen etwas höher als die üblichen, aber dafür sind Sie ein erstklassig ausgebildeter Arzt und kein Quacksalber. Noch etwas wollte ich Ihnen sagen. Als ich ein Kind war, hatten die meisten Ärzte nur ein Minimum an Ausbildung. Sie lernten zwei, drei Jahre bei einem Arzt, machten die Visiten mit ihm und studierten medizinische Bücher. Die meisten richteten natürlich entsprechend viel Schaden an, aber es gab immer ein paar, die eine Menge Gutes taten. Sie entwickelten einen ‚Riecher' für Krankheiten oder besaßen ihn von Natur aus. Kaum betraten sie ein Krankenzimmer, ‚rochen' sie sofort die Krankheit und stellten die richtige Diagnose. Eine Art sechster Sinn. Und auch heute, in der Zeit der ‚wissenschaftlichen Diagnose', muß jeder richtige Arzt diesen sechsten Sinn besitzen, wenn man das auch nicht mehr wahrhaben will. Je mehr wir uns auf Laboratoriumsbefunde verlassen, desto mehr schlechte Ärzte werden selbst aus guten medizinischen Schulen hervorgehen, denn jeder Sohn wohlhabender Eltern kann Arzt werden, ob er dazu berufen ist oder nicht. Einfach des Prestiges halber. So daß wir Leute, die sich zum Tischler oder Schmied eignen, in den Operationssälen haben werden. Nun, ich habe gewiß nichts gegen Laboratoriumsbefunde. Davon mache ich selbst eine Menge. Da gibt's dann kein Herumraten. Aber die Sache kann übertrieben werden. Ich habe einige tragische Fehldiagnosen gesehen, wenn sich ein Arzt ausschließlich nach den Laboratoriumsbefunden gerichtet hatte und den gesunden Menschenverstand außer acht ließ. Natürlich wären die Nichtskönner außerstande, den ärztlichen Beruf auszuüben, wenn es keine Laboratorien gäbe, die also doch ihr Gutes haben, denn dank ihnen wird schließlich so manches Leben gerettet. Aber nichts geht über den sechsten Sinn, von dem ich gesprochen habe."

„Und Sie fürchten, daß er mir fehlt?"

„Das werden wir sehen, und zwar schon heute. Selbst wenn Sie ihn nicht besitzen und sich einzig und allein auf Laboratoriumsbefunde verlassen, können Sie nicht viel Schaden anrichten. Als ich ein Kind war, kannte ich einen Arzt. Er trug die damals übliche Kleidung: Gehrock und gestreifte Hose, Zylinder, Spazierstock mit goldenem Knauf, Uhrkette und Gamaschen. Hatte einen wallenden Vollbart und eine Stimme wie eine Orgel. War beinahe ein Analphabet. Hatte bei einem ebenso gut ‚ausgebildeten' Arzt Medizin ‚studiert'. Eine eindrucksvolle Erscheinung, wenn auch alles bloß Angabe war. Und doch bin ich selten einem besseren Diagnostiker begegnet und auch bis heute keinem Arzt, der Krankheiten schneller heilen konnte."

„Ich hatte es, wie man damals sagte, ‚auf der Brust'. Das ganze Klassenzimmer stank nach dem Kampferbeutel, den mir meine Mutter um den Hals gehängt hatte, und überdies nach Gummiharz. Das ist der Grund, warum ich ein guter Boxer wurde. Das hatte ich nämlich dringend nötig. Am Abend schmierte man mich mit Gänsefett ein, steckte mir die Füße in heißes Wasser und gab mir eßlöffelweise Rizinusöl ein. Ich sollte ‚es' herausschwitzen. Nun, eines Winters war meine Lunge schlimmer als je, und unser Hausarzt hatte Influenza. Also holte man Doktor Butzemann. Er betrat mein Krankenzimmer, in dem ich mir die Lunge aus dem Leib hustete, schnüffelte ein wenig nach allen Seiten, sagte ‚Aha', trat an mein Bett, untersuchte meine Nase und meinen Hals und fragte: ‚Wo ist die Katze?' "

„Nun hatten wir immer Katzen im Haus, zwei oder drei mindestens, denn wir liebten Katzen. Meine Mutter war überrascht, aber ich griff unter das Bett und holte meine Lieblingskatze hervor. ‚Das ist der Missetäter oder die Missetäterin', sagte Dr. Butzemann, nahm mir die Katze aus den Händen und schob sie sanft zur Tür hinaus. Anscheinend war ich überempfindlich gegen Katzen, aber niemand war bisher auf den Gedanken gekommen. Ich halte noch immer Katzen, aber nie im Haus selbst, sondern in einem Nebengebäude. Und ich bekomme noch immer die gleichen Anfälle wie in meiner Jugend, wenn ich mich in einem Haus aufhalte, in dem es Katzen gibt. Alle haben Dr. Butzemann ausgelacht, aber wie Sie sehen, hatte er recht. Und alle, die ihn auslachten, konsultierten ihn in Fällen, bei denen sich wirkliche Ärzte nicht auskannten. Er hatte eben den gewissen Riecher."

„Heute können wir Überempfindlichkeit gegen Tiere oder was immer ohne diesen ‚Riecher' diagnostizieren", sagte Robert.

„Stimmt. Man bezeichnet solche Überempfindlichkeiten jetzt als Allergien. Aber sie sind noch immer mysteriös. Warum fällt der eine um, wenn er ein Ei ißt, während der andere ein halbes Dutzend zum Frühstück verschlingen kann, ohne Schaden zu nehmen? Niemand weiß genau, warum manche Proteine für den einen tödlich und für den anderen unschädlich sind. Dr. Butzmann wußte es auch nicht. Er hat bis zu seinem Tod nichts von Allergien gehört. Aber er wußte, daß es sie gibt, so wie Aristoteles über das Wesen des Atoms Bescheid wußte, ohne je ein wissenschaftliches Instrument gekannt zu haben. Und heute sprechen unsere Gelehrten über ‚das Atom', als ob nie jemand eine Theorie darüber aufgestellt hätte. Ich wette, Dr. Butzemann hätte alle unsere Medizinprofessoren von der Johns-Hopkins-Klinik in puncto Diagnose ausstechen können, obwohl er den Namen der Krankheit nicht richtig aussprechen konnte und Latein nicht von Sanskrit zu unterscheiden vermochte. Er brauchte nur sein Ohr für einen Augenblick an die Brust des Patienten zu legen und ihm in die Augen zu schauen, um genau zu wissen, an welchem Leiden sein Herz erkrankt war. Und die Tränklein, die er in seiner schmutzigen, kleinen Apotheke zusammenbraute, hatten eine fast magische Wirkung, obwohl ich beinahe sicher bin, daß er nicht wußte, worum es sich bei den einzelnen Ingredienzen handelte und wie und warum sie wirkten."

„Mein Vater hat mir von solchen Männern erzählt", sagte Robert. Dann fügte er zögernd hinzu: „Ich... ich bin ein richtiger Laboratoriumsdiagnostiker."

Aber Jonathan lachte nicht. „Das ist nicht genug", sagte er. „Ich erwarte mehr als das von Ihnen. Deshalb habe ich Sie den anderen Bewerbern vorgezogen."

„Danke", sagte Robert.

„Die anderen", fuhr Jonathan fort, „waren reine Wissenschaftler. Und das ist nicht genug. Wir gehen zuerst ins St.-Hilda-Spital. Es gibt dort ein paar Fälle, die Sie diagnostizieren sollen."

„Mit einem sechsten Sinn?"

„Mit Ihrem sechsten Sinn. Ich habe das Gefühl, daß Sie ein wirklicher Arzt sind. Ich möchte nicht enttäuscht werden. Denken Sie an Leonardo da Vinci. Er entwarf Unterseeboote, und man hat ihn deshalb jahrhundertelang ausgelacht. Und heute? Heute wissen wir nicht nur dank ihm, daß Unterseeboote möglich sind, sondern wir beginnen selbst welche zu entwerfen. Er zeichnete auch Flugmaschinen. Heute gibt es Männer, die an solchen Dingern arbeiten, und, ehrlich gestanden, ich habe Angst vor ihnen. Je schneller wir mit unseren Mitmenschen in Kontakt kommen werden, desto schneller werden wir sie hassen lernen. Sentimentale Leute erklärten voller Freude, daß das Telephon, indem es eine sofortige Verbindung zwischen Menschen herstellt, zur Beseitigung aller Mißverständnisse beitragen und den Geist brüderlicher Liebe fördern werde. Statt dessen ist es zum Instrument der Invasion geworden. Wenn du ein Telephon hast, kann jeder in dein Haus eindringen und dir deine Zeit stehlen. Und weil er dir die Zeit stiehlt, verfluchst du ihn. Die Wissenschaft wird die Welt zu einem sehr gefährlichen Aufenthaltsort machen."

„Sie sind ein Gegner des Fortschritts, wie ich sehe."

„Spotten Sie nicht, junger Mann. Je mehr Waffen man dem Menschen in die Hand gibt, desto gefährlicher wird er, und die Wissenschaft ist im Begriff, die Menschheit mit enorm mächtigen Waffen zu versorgen. Die meisten von ihnen sind unpersönlich. Solange im Krieg Mann gegen Mann gekämpft wurde, gab es noch eine Achtung vor dem Leben, selbst wenn im Namen dieser oder jener Sache getötet wurde. Aber ein Gewehr oder eine Kanone sind bloße Instrumente der Vernichtung. Man sieht den Mann, den man mordet, nicht, wie kann man also Achtung vor seinem Leben haben? Vorsicht! An dieser Ecke laufen immer Kinder über die Straße."

Das Pflaster dampfte in der heißen Junisonne, und die Schatten der hohen, alten Bäume tanzten auf den Rasenflächen der Gärten. Ihre

Bücher an Riemen schwenkend, liefen Kinder zur Schule, Knaben in Pumphosen, Mädchen in hellen Baumwollkleidern mit bunten Schleifen im Haar. Kleinstädte, dachte Robert, während er den Wagen geschickt durch den Verkehr lenkte, haben viel für sich. Man ist den anderen Menschen irgendwie näher. Er sagte: „Sich zu isolieren scheint mir nicht der beste Weg, um mit anderen auszukommen."

„Aber es ist um soviel sicherer. Übrigens, wer braucht die Zuneigung der anderen? Darum zu werben ist schäbig und ordinär, wie meine Mutter sagen würde. Mir genügt ihre Achtung. Eine Insel ist besser als ein Ameisenhaufen. Mit der Zeit wird es immer weniger Inseln jeder Art geben, und dann wird man Massaker erleben, von denen wir uns nichts träumen lassen. Ganze Völkerschaften werden ausgerottet werden. Beten wir, daß wir das nicht erleben. Der Mensch hält seine Mitmenschen in Massen nicht aus."

„Sie machen mich melancholisch."

„Die Griechen haben die Melancholie sehr hoch geschätzt. Unterschätzen Sie sie nicht. Haben Sie je einen Dummkopf gesehen, der deprimiert war — wirklich deprimiert? Nein. Melancholie und alle anderen Geisteskrankheiten scheinen das Vorrecht der Intelligenten zu sein. Man muß die Welt kennen, um zu dem Schluß zu kommen, daß sie unerträglich ist."

Robert zögerte. Schließlich fragte er: „Darf ich Sie etwas Persönliches fragen? Waren Sie immer schon so menschenfeindlich, auch bevor Sie diese . . . Unannehmlichkeiten hatten?"

„Sie meinen, bevor ich des Mordes an meiner Frau und an meinem Kind angeklagt wurde. Wozu die Umschreibungen? Ja, ich glaube, bis zu einem gewissen Grad war ich immer ein Menschenfeind. Sollten Sie bisher noch keiner sein, so rate ich Ihnen, einer zu werden. Dann kann niemand Sie betrügen oder Ihnen einen Dolchstoß in den Rücken versetzen. Denn Sie werden immer auf solche Dinge gefaßt sein und werden nicht enttäuscht werden. Sie werden gewarnt sein, und das ist gut."

Die Glocke in der Schule begann zu läuten, und von den Kirchen schlug es neun Uhr. Aus der Ferne klang Hundegebell. Ein Spritzwagen rumpelte langsam durch die Straßen und ließ kleine Rinnsale zwischen den Pflastersteinen zurück. Ein nicht unangenehmer Geruch von feuchtem Staub erhob sich, und von irgendwo kam der süße Duft blühender Linden herübergeweht. Wie freundlich das alles ist, dachte Robert.

„Wir alle werden lernen müssen, daß der Friede nicht mehr lange eine selbstverständliche Grundlage unserer Existenz sein wird", sagte Jonathan. „Woher ich das weiß? Ich lese die ‚London Times'. Das Parlament zeigt sich höchst beunruhigt darüber, daß Deutschland die Engländer aus ihren angestammten Märkten — wie sie es nennen — verdrängen will."

„Na und?"

„Nun, wofür haben denn die Menschen im Lauf der Geschichte sonst gekämpft als um Märkte und neue Gebiete und um das Recht zur Ausbeutung oder um Geld? All die großen Worte sind bedeutungslos. Unser eigener Bürgerkrieg wurde, wie Lincoln selbst erklärte, nicht geführt, um die Sklaven zu befreien, sondern um die Union aufrechtzuerhalten. Und Lincoln wollte die Union aufrechterhalten, weil er wußte, daß das Bestehen zweier schwacher Staaten auf einem Gebiet, auf dem es früher einen starken Staat gegeben hatte, eine Einladung für europäische Abenteurer bedeuten würde. Und unsere amerikanische Revolution? Die Burschen, die sie machten, betrachteten sich fast bis zuletzt als ‚treue Untertanen Seiner Majestät'. Sie nahmen es bloß mit Recht übel, daß man ihnen ihr Geld — bitte das wohl zu beachten: ihr Geld — in Form von Steuern zugunsten der alten Heimat wegnehmen wollte. Ohne Privateigentum gibt es keine Freiheit, und Geld ist Privateigentum, und dafür haben wir gekämpft — um das Recht auf unser Eigentum, das unsere Freiheit bedeutete. Deshalb war ich so bestürzt, als ich hörte, das britische Parlament sei ‚höchst beunruhigt', wie sie sich auf ihre zurückhaltende englische Art ausdrücken, über das Eindringen der geschäftigen Deutschen in die britischen Märkte. Ich habe eine Todesangst bekommen."

Robert glaubte nicht daran, daß Jonathan Ferrier aus irgendeinem Grund Todesangst zu empfinden vermochte. Er erinnerte sich der Zeitungsberichte über die Verachtung und die Ungeduld, die Jonathan Richtern und Geschworenen gegenüber an den Tag gelegt hatte, und doch lag sein Leben in der Hand dieser Männer. Aber er hatte keine Furcht vor ihnen gezeigt.

„Da sind wir. St. Hilda, das Juwel unserer Stadt, wie eine Dame das Spital einmal genannt hat."

Sie waren am schmiedeeisernen Tor des kleinen Krankenhauses angelangt. Dahinter lagen breite Kieswege, gepflegte, von Ulmen beschattete Rasenflächen, Blumenbeete und Bänke für Rekonvaleszente. Das Gebäude selbst war ein weiß gekalkter Ziegelbau mit roten Schornsteinen und blauen Fensterläden. In den teuren Privatzimmern gab es sogar Vorhänge. Es glich eher einem englischen Herrenhaus als einem Spital. Schwestern in Weiß führten Patienten über den Rasen oder schoben sie in Rollstühlen über die Kieswege. Alles glänzte vor Sauberkeit. Ein Duft von frisch gemähtem Gras schwebte in der warmen Luft.

„Es sieht aus, wie ein Spital aussehen soll", meinte Robert. Kaum waren sie die Auffahrt hinaufgefahren, als ein Mann herbeilief und die Zügel ergriff. Die beiden Ärzte stiegen aus und traten durch die weit offene Tür. Drinnen war es kühl und hell. Auf dem glänzenden gelben Linoleumbelag standen Tische und bequeme Stühle. Eine Krankenschwester, die an einem Schreibtisch saß, hob den Kopf. Ihre Züge verhärteten sich, als sie Jonathan erblickte. Sie sagte: „Guten Morgen, Doktor Ferrier. Guten Morgen, Doktor Morgan."

Das Gebäude hatte vier Stockwerke. Die Korridore waren trotz Jonathans Protest mit dicken Teppichen belegt worden. Man hatte ihm erklärt, daß die Patienten, die sich das St.-Hilda-Spital leisten konnten, empfindliche Nerven hätten und keinen Lärm vertrügen. „Hygiene kommt erst in zweiter Linie", sagte Jonathan zu Robert. „Ein Wunder, daß sie nicht auch den Operationssaal und die Klosetts mit Teppichen belegt haben. In den teuren Privatzimmern gibt's natürlich auch Teppiche. Eine ganze Menge von eingebildeten Nichtskönnern glaubt nicht an Bakterien. Wenn man sie zwingt, sie unter dem Mikroskop anzusehen, bezeichnen sie sie als ‚interessante kleine Tierchen'."

Die ganz wenigen Patienten, die Jonathan in letzter Zeit angenommen hatte — Leute, die selbst in den bösesten Zeiten an ihn geglaubt hatten —, waren im zweiten Stock untergebracht. Die beiden Männer gingen die breite Treppe hinauf. Schwestern huschten an ihnen vorbei, Ärzte mit Instrumententaschen begegneten einander und tauschten ein paar Worte. Jonathan beachtete sie nicht, selbst wenn sie ihn grüßten. Robert war verlegen. Er kannte schon ein paar von den Ärzten, und wenn sie ihn freundlich anredeten, nicht ohne den stummen Jonathan mit einem flüchtigen Blick zu streifen, antwortete er mit übertriebener Lebhaftigkeit. Der Griff seiner Ärztetasche fühlte sich glühend heiß an.

Jonathan stieß eine Tür auf, die in einen bequemen, sonnigen Raum führte. Sein Verhalten änderte sich gänzlich. „Na, wie geht's uns heute, Martha?"

Ein kleines Mädchen, nicht älter als zehn Jahre, lag teilnahmslos, den Rücken durch viele Kissen gestützt, im Bett. Das blonde Haar floß auf die Schultern herab. Robert hatte das Kind noch nie gesehen. Jonathan blickte flüchtig auf die Tafel mit der Fieberkurve und runzelte die Stirn. „Das ist Martha Best", sagte er zu Robert, „die Tochter eines meiner besten Freunde, des Anwalts Howard Best. Sie ist mein Patenkind. Nicht wahr, Martha?" Sein Gesicht hatte alles Düstere verloren. Er beugte sich über das Kind und küßte es auf die Wange. Martha griff nach seiner Hand. Ihre blauen Augen blickten ihn angstvoll an.

„Ich darf bald nach Hause, nicht wahr, Onkel Jonathan?"

„Ich hoffe es", sagte er. „Willst du nicht Doktor Morgan begrüßen?"

Das Kind betrachtete Robert mit scheuem Blick. Als er sagte: „Guten Morgen, Martha", senkte es den Kopf, und das goldene Haar fiel wie ein Vorhang über die Wangen.

„Aber Martha, Doktor Morgan will mir helfen, dich gesund zu machen", sagte Jonathan. „Er sieht aus wie ein großer roter Bär, nicht wahr, aber ich weiß ganz sicher, daß er kleine Mädchen nicht beißt. Wirklich."

Das Kind kicherte krampfhaft und sah Robert von unten herauf an. Jonathan hatte die Tafel mit der Krankengeschichte vom Nachttisch genommen und reichte sie Robert. Akute Anämie. Unbeeinflußbares Fieber, 39 Grad. Schwere Halsentzündung, jetzt im Abklingen. Derzeit leichter Schnupfen, Lungenentzündung und Gelenkschmerzen. Zeitweilige Blutung aus Mund, Nase, Darm und Nieren. Leichte Leberschwellung. Milz deutlich vergrößert. Lymphknoten tastbar. Blässe. Müdigkeit. Diagnose Doktor Louis Hedlers bei der Aufnahme: Rheumatisches Fieber mit geringen Symptomen von Endokarditis. Diagnose des Hausarztes Doktor Ferrier liegt noch nicht vor.

Robert legte die Krankengeschichte auf das Nachttischchen zurück. Er sah das kleine Mädchen prüfend an, seine geisterhafte Blässe, die fast weißen Lippen, die bläulichen Schatten unter den Augen. Er dachte an etwas. Ein Gefühl der Übelkeit stieg in ihm auf. Er hatte noch nie einen derartigen Fall gesehen . . .

Jonathan beobachtete ihn scharf. „Martha hat sich seit vier Wochen nicht wohl gefühlt, sagten mir ihre Eltern. Eine kleine Erkältung, meinten sie. Und vor zwei Tagen wurde sie ernstlich krank, da haben sie mich gerufen. Gestern ist sie ins Spital eingeliefert worden. Nun?"

Zögernd trat Robert näher an das kleine Mädchen heran, das ihn jetzt forschend ansah. Er ergriff die Hand des Kindes. Sie war kalt und zitterte leicht. Er schaute in den Hals, nahm sein Stethoskop heraus und horchte das Herz ab. Es schlug ein wenig schneller als bei einem Gesunden, doch waren keine Geräusche zu hören. Die Zunge war sehr blaß, der Gaumen geschwollen. Ein kleines Heiligenmedaillon aus Gold hing an einem dünnen Kettchen um den Hals des Kindes, und auf dem Tischchen neben dem Bett lag ein Rosenkranz mit einem silbernen Kreuz. Robert starrte schweigend darauf nieder.

„Nun?" wiederholte Jonathan. Seine Stimme klang wie erstickt.

„Haben Sie Blut abgenommen? In der Krankengeschichte ist nichts darüber vermerkt. Ich . . . ich möchte mir gern die roten Blutkörperchen ansehen, aber auch die weißen . . ."

Jonathan seufzte. „Bin ich sehr krank?", fragte das kleine Mädchen ängstlich. „Onkel Louis sagt, daß ich Rheumatismus habe. Werde ich zum Krüppel werden?"

„Onkel Louis ist ein alter . . ." Jonathan unterbrach sich. „Natürlich wirst du nicht zum Krüppel werden, Martha. Sobald das Fieber ein wenig heruntergeht, darfst du aufstehen, und ein bißchen später kannst du nach Hause."

Eine Krankenschwester mit Grübchen in den rosigen Wangen trat lächelnd ein. „Guten Morgen", rief sie fröhlich. „Heute geht es uns ausgezeichnet. Wir haben unser Frühstück mit Appetit gegessen. Es war ein gutes Frühstück, nicht wahr, Martha?"

„Ja, Schwester", antwortete Martha höflich.

„Und so ein hübsches Nachthemd", fuhr die fröhliche Schwester fort. „Darin muß es sich gut schlafen."

„Bob", sagte Jonathan, „das ist eine von Marthas Privatpflegerinnen, Mrs. Chapman. Mrs. Chapman, das ist Doktor Morgan, der an meine Stelle tritt".

„Sehr erfreut", sagte sie.

„Bringen Sie mir einen Objektträger aus dem Laboratorium", sagte Jonathan. „Rasch, bitte."

Er setzte sich auf das Bett und sah das Kind mit großer Zärtlichkeit an. „Martha, ich werde dich ins Ohr stechen und dir einen Tropfen Blut abnehmen. Es tut nicht sehr weh. Nur ein ganz klein wenig. Du bist ein tapferes Mädchen und wirst stillhalten, nicht wahr?"

Angst stand in den Augen des Kindes. Jonathan ergriff Marthas Hand und drückte sie. „Ich kann kein Blut sehen, Onkel Jonathan. Mir wird übel, wenn ich Blut sehe."

„Du wirst es nicht sehen. Du machst die Augen zu, und wenn ich sage ‚Augen auf', wirst du kein Blut sehen. Wie geht es Tommy?" fragte er. „Tommy ist Marthas kleiner Bruder", sagte er zu Robert.

„Er ist auch erkältet", antwortete das Kind, „aber nicht so arg wie ich. Seine Knie sind auch nicht geschwollen." Martha lächelte. „Mit ihm kann ich besser spielen als mit allen meinen Puppen."

„Das glaube ich. Deine Mutter wird herkommen, Martha, sobald sie Tommy versorgt hat. Dann werden wir schon wissen, was dir wirklich fehlt und wann du nach Hause kannst."

„Und ich habe keinen Rheumatismus?"

Jonathan warf Robert einen Blick zu, und auch das Kind sah ihn an. „Nein", sagte Robert. „Du hast keinen Rheumatismus, Martha." Er versuchte Jonathans Blick festzuhalten. Jonathan wandte die Augen ab. Plötzlich herrschte eine drückende Stille im Raum.

„Was fehlt mir denn?" fragte Martha mit kindlicher Neugierde.

„Das müssen wir erst feststellen", sagte Robert, und das Gefühl der Übelkeit verstärkte sich.

„Sie glauben nicht, daß es etwas Arges ist?" fragte Martha mit ihrer zwitschernden Stimme. Sie schien ein wenig enttäuscht zu sein.

Vor dem Patienten hat man sich stets munter und optimistisch zu zeigen, hatte man Robert eingebleut. Niemals darf man durch Stimme oder Gesichtsausdruck merken lassen, daß der Patient schwer krank ist oder im Sterben liegt. Er hielt das für Unsinn, wenn er das seinen Lehrern auch nie gesagt hatte.

Wie sagt man einem Kind: Du mußt sterben?

Lieber Gott, betete er innerlich, gib, daß ich mich irre.

Schließlich habe ich noch nie einen solchen Fall gesehen. Ich kann mich irren. Gib, daß ich mich irre. Er blickte auf das Kind hinunter. Wie süß sein Gesicht war, wie vertrauensvoll ihn die blauen Augen ansahen! Er wandte sich ab, trat ans Fenster und blickte hinaus, aber er sah nichts. Junge, schöne Geschöpfe sollten nicht sterben müssen. Sie dienten der Verherrlichung des Lebens. Das Leben an sich war kein Freudenfest, das wußte er, denn als Arzt war er mit Leid und Tod und Verzweiflung mehr als genug vertraut geworden. Aber ein Kind hatte ein Recht auf seinen Lebensfrühling. Er hörte, wie die Tür geöffnet und geschlossen wurde. Mrs. Chapman hatte das Glasplättchen gebracht.

„Also Martha“, sagte Jonathan, „mach jetzt die Augen zu. Du wirst einen ganz kleinen Stich spüren. Was macht die Schule?“

„Ich mag sie nicht, Onkel ... Au!“ rief sie.

„Schon vorüber. Halte die Augen noch eine Sekunde geschlossen. Bist ein braves Mädchen. Mrs. Chapman, bringen Sie das ins Laboratorium. Wir kommen in ein paar Minuten nach. Augen auf, Martha. Alles ist vorüber. Es hat gar nicht weh getan, nicht wahr?“

Martha schluchzte trocken auf. Dann lächelte sie. Robert wandte sich um. Die Sonne wob einen Heiligenschein aus dem seidigen Haar des Kindes. „Nein, es hat wirklich nicht weh getan. Nicht sehr. Onkel Jonathan, Vater McNulty hat im Spital angerufen, er will mich heute besuchen kommen. Ist das nicht nett von ihm?“

„Sehr nett“, sagte Jonathan. Robert sah sein Gesicht und wandte sich von neuem ab. „Und jetzt“, fuhr Jonathan fort, „verlassen wir dich für ein paar Minuten, um die kleinen roten Scheibchen in dem Blutstropfen zu zählen, den wir dir abgenommen haben.“

Er stand auf, und die beiden Ärzte verließen das Zimmer. Langsam und schwerfällig schloß Jonathan die Tür hinter sich. „Nun, Doktor, welche Diagnose haben Sie auf den ersten Blick gestellt?“

Robert konnte sich nicht erinnern, wann er sich zum letzten Male ähnlich elend gefühlt hatte. „Hoffentlich irre ich mich“, sagte er. „Schließlich kenne ich — es — nur aus den Lehrbüchern. Ich habe noch nie einen Fall gesehen.“

„Wovon?“

Robert zögerte. „Von akuter Leukämie. Sie ist äußerst selten.“ Robert schwieg mit gesenktem Kopf. „Sagen Sie mir, daß ich mich irre“, begann er dann. „Dieses süße, kleine Geschöpf ...“

„Schauen wir uns das Präparat an“, sagte Jonathan. Schweigend gingen sie den langen Korridor entlang und ebenso schweigend kehrten sie wenige Minuten später in Marthas Zimmer zurück. Sie hörten das Kind lachen, als sie die Tür öffneten. Doktor Louis Hedler saß in einem mit Chintz überzogenen Lehnstuhl neben dem Bett. Offenbar hatte er Martha eben etwas Lustiges erzählt. Er wandte den Kopf, als die beiden jüngeren Ärzte eintraten, nickte ihnen wohlwollend zu und reichte ihnen seine weiche, dicke Hand. Mehr als je glich er einer freundlichen Kröte. Schädel und Gesicht waren völlig unbehaart, und die Nase war stumpf und breit.

„Guten Morgen, Jon", rief er. „Ich begrüße Sie, Doktor Morgan. Freut mich, daß Sie einer der Unsern werden. Hoffe, daß es Ihnen bei uns gefallen wird." Er schüttelte Roberts Hand heftig. „Aber was höre ich da? Sie haben Martha Blut abgezapft?" Das breite Lachen stand noch immer auf seinem Gesicht, aber der Blick der vorquellenden braunen Augen war hart und durchdringend.

„Ach bloß zum Spaß", sagte Jonathan. „Es freut uns, kleine Mädchen zu quälen, Louis."

„Wie aus der von mir angelegten Krankengeschichte hervorgeht, bin ich der Meinung, daß Martha sowohl an Anämie wie an — hm — Rheumatismus leidet. Was haben dir deine köstlichen Präparate gezeigt?"

„Anämie."

„Natürlich, natürlich. In diesem Alter ist das sehr häufig. Kein Grund zur Aufregung. Nur die Gelenkschmerzen machen mich besorgt, und der Verdacht, daß mit ihrem Herzen . . ."

Man hatte Robert gelehrt: Sprechen sie nie vor einem Patienten über seine Krankheit. Aber von Jonathan wußte er, daß Doktor Hedler bloß einen „Schnellsiederkurs" in Medizin absolviert hatte. Dort war ihm offenbar beigebracht worden, daß ein Patient kaum bemerkt, was um ihn vorgeht, und daß er von nichts eine Ahnung habe.

„Onkel Jonathan glaubt nicht, daß ich sehr krank bin", sagte das Kind, das bei der Erwähnung des Zustandes seines Herzens von neuem Angst bekommen hatte.

„Natürlich bist du nicht sehr krank", rief Doktor Hedler mit lauter und fröhlicher Stimme. „Ich . . . oder vielmehr Onkel Jonathan wird dir ein Eisenpräparat verschreiben, und bald wirst du wieder kerngesund sein. Ich verspreche es dir." Er stand auf und klopfte Martha auf die Wange, aber sie richtete ihre Augen zweifelnd auf Jonathan.

„Mach dir keine Sorgen, Martha", sagte er. „Dein Herz ist ganz gesund." Doktor Hedler runzelte die Stirn. „Louis", sagte Jonathan, „ich habe da drüben einen Fall liegen, den ich mit dir besprechen möchte."

„Einen deiner Fälle? Erzähle mir doch nicht, Jon, daß du auch nur das Geringste auf meine Ansicht gibst."

„Die Dinge können sich ändern", meinte Jonathan. „Kommen Sie mit, Bob? Martha, ich komme noch einmal zu dir herein, bevor ich gehe."

Jonathan schloß die Tür sorgfältig hinter sich, und die drei Ärzte standen allein in dem teppichbelegten Korridor. „Nun", rief Doktor Hedler ungeduldig, „wo ist der Patient?"

„Du hast ihn eben gesehen, Louis. Und wir sind gerade aus dem Laboratorium gekommen, wie du weißt."

„Ja, ja, ich weiß. Du mit deinen Präparaten und Laboratoriumtests. Du hast doch selbst gesagt, daß es Anämie ist. Stimmt das?"

„Für Martha ja, für dich nicht." Jonathan wandte sich an Robert. „Doktor Morgan hat es auf den ersten Blick geahnt; der Bluttest hat es bestätigt. Bob, sagen Sie Louis, was wir gefunden haben."

„Akute Leukämie", sagte Robert.

Doktor Hedler riß den Mund auf; sein Unterkiefer fiel hörbar herunter. Die Augen traten ihm aus den Höhlen. Es schien, als wolle er sich auf Jonathan stürzen. „Jon, bist du verrückt geworden? Jon, du wirst doch nicht glauben, was ein grüner Junge behauptet, der eben seine Assistentenzeit beendet hat?"

„Ja, ich glaube es, und ich habe es schon gestern vermutet, bevor die Blutprobe gemacht wurde."

„Verrückt, vollkommen verrückt. In meinem ganzen Leben ist mir ein solcher Irrsinn noch nie untergekommen. Diese Krankheit ist doch derart selten, daß kaum einer von uns je einen Fall zu sehen bekommt. So selten wie ein Engel in der Hölle."

„Es kommt auf die Art der Engel an", sagte Jonathan. „Hör doch auf zu schreien, Louis. Das Kind hat akute Leukämie. Ich würde dir gern erklären, was uns der Abstrich gezeigt hat, aber es wären leere Worte für dich. Du mußt mir glauben."

„Du eingebildeter grüner Junge, mit deinen ‚wissenschaftlichen' Ideen!" Doktor Hedler war dunkelrot angelaufen. „Weißt du, was du tust? Du verurteilst dieses süße kleine Mädchen zum Tod!"

„Nicht ich", sagte Jonathan. „Gott tut es."

„Gotteslästerung auch noch!" Doktor Hedler schwitzte, obwohl es auf dem Korridor kühl war. Er sah Jonathan haßerfüllt an. „Nein, ich glaube dir kein Wort. Das Kind hat Rheumatismus."

„Du bist nicht Marthas Arzt, Louis. Ich bin es."

Doktor Hedler atmete schwer. Ungläubig fragte er: „Willst du Marthas Eltern diese Ungeheuerlichkeit sagen . . . diese Vermutung . . .?"

„Es ist keine Vermutung. Ich habe im Lauf der letzten zehn Jahre acht Fälle gesehen. Die Krankheit ist im Zunehmen begriffen. Vor zwanzig Jahren ist einem von tausend Ärzten ein Fall untergekommen. Vor dreißig Jahren einem unter fünftausend Ärzten. Aber die Griechen hatten einen Namen dafür: die weiße Krankheit. Erinnerst du dich? Hippokrates nannte sie so. Er hat sie diagnostiziert."

„Ich verbiete dir, es den Eltern zu sagen. Es wäre arg genug für Howard und Beth, wenn es wahr wäre. Aber auf bloße Vermutung hin . . ."

„Es ist keine Vermutung. Louis, sie ist nicht deine Patientin. Du kannst mir nicht verbieten, den Verwandten meiner Patientin die Wahrheit zu sagen, auch wenn du Chefarzt bist. Das Kind hat nicht mehr lange zu leben. Es gibt keine Behandlung, Louis."

„Blutkrebs. Das ist es doch, was du meinst, nicht wahr? Krebs in diesem Alter!"

„Eines unter zwanzigtausend Kindern hat heute Krebs in irgendeiner Form, Louis. Liest du keine medizinischen Zeitschriften?"

Doktor Hedler konnte sich offenbar nur mit Mühe zurückhalten, Jonathan ins Gesicht zu schlagen. „Das Kind hat Rheumatismus", schrie er. „Ich habe Hunderte von Fällen gesehen. Ich habe mich nicht ein einziges Mal geirrt. Und ich werde Howard und Beth sagen, daß du ein Narr bist und daß sie dir nicht glauben sollen. Leukämie! Kompletter Irrsinn!" Er schlug mit der Faust gegen die Wand und entfernte sich, zitternd vor Wut.

„Hambledons höchste medizinische Autorität", sagte Jonathan. „Der immer lächelnde alte Louis."

„Sollten wir nicht ein Konsilium abhalten?" fragte Robert. „Mit jemandem von Johns Hopkins?"

Jonathan sah ihn mit gerunzelten Brauen an. „Trauen Sie Ihrer Diagnose nicht? Und der meinen?"

„Ich habe noch nie einen solchen Fall gesehen", antwortete Robert.

„Ich habe Ihnen gesagt, daß ich acht solche Fälle gesehen habe. Nicht in diesem und auch nicht in dem anderen Spital der Stadt. Aber in Pittsburgh, in New York, in Boston, in Philadelphia. Martha ist ein klassischer Fall. Nun?"

Robert blickte auf seine großen rötlichen Hände hinunter. „Es gibt keine Heilung, keine Behandlung. Es gibt wohl Remissionen . . ."

„Nicht für lange und nicht in jedem Fall. Wollen Sie die Eltern des Kindes anlügen, Bob?"

„Nein, nein, natürlich nicht. Sie meinen doch nicht, Jonathan, daß ich es den Eltern sagen soll?"

„Nein, das meine ich nicht." Jonathans Lächeln war voller Mitleid. „Aber ich möchte, daß Sie dabei sind. Damit Sie sich daran gewöhnen. Und was meine übrigen Patienten anbelangt, Bob, die überlasse ich Ihnen jetzt mit meinen besten Glückwünschen."

SIEBENTES KAPITEL

Jonathan öffnete eine Tür, die in ein aus Salon, Schlafzimmer und Badezimmer bestehendes Appartement führte. Es war sehr elegant eingerichtet. Die Sonne flutete durch die offenen Fenster herein, und überall standen Blumen. Jonathan legte seine Hand auf Roberts Arm und flüsterte ihm zu: „Das ist ein sehr interessanter Fall. Jonas Witherby, achtzig Jahre, alte Familie, alter Reichtum, altes Herrenhaus, sichere Anlagepapiere, großer Grundbesitz. Ich möchte Ihre Meinung hören."

Sie gingen durch den Salon in das Schlafzimmer. In einem Schaukelstuhl saß ein alter Mann. Ein so schönes, ruhiges Gesicht hatte Robert noch nie an einem alten Menschen gesehen. Der Mann war klein und zart, er hatte winzige Hände und Füße, den edel geschnittenen Kopf bedeckte eine Fülle lockiger, weißer Haare. Seine Augen waren wie die eines Kindes — klar und blau und ruhig blickend. Er hatte eine Stumpfnase und rosige Ohren, und sein Mund lächelte. Er saß am Fenster in der Sonne, und als er sich den beiden Männern zuwandte, stieg ein warmes Gefühl in Robert auf, das fast an Liebe grenzte.

„Ah, der liebe Jonathan", sagte Mr. Witherby und streckte beide Hände aus. „Ich freue mich immer, Sie zu sehen. Wie geht es Ihnen an diesem herrlichen Tag?"

„Schlecht, ganz schlecht, Jonas", antwortete Jonathan. „Alles geht schief. Übrigens, das ist mein Nachfolger, Doktor Robert Morgan."

Der alte Mann hielt Jonathans Hand fest und lächelte Robert freundlich zu. „Ich freue mich, Sie kennenzulernen", sagte er. Dann wurde sein Gesicht traurig. „Alle Leute werden heutzutage immer jünger. Sie müssen Jonathan überreden, hier zu bleiben. Was soll aus Hambledon werden ohne ihn?"

„Es wird genau so widerlich bleiben, wie es ist", sagte Jonathan. Er setzte sich in einen Stuhl neben Mr. Witherby, schlug die Beine übereinander, steckte die Hände in die Taschen und betrachtete den alten Mann mit einem zweideutigen Ausdruck. „Lassen wir das. Sprechen wir ausnahmsweise nicht über das Thema, Bob zuliebe. Da er mein Nachfolger ist, übergebe ich Sie ihm. Mit Ihrer Erlaubnis natürlich."

„Gewiß, gewiß, lieber Freund." Mr. Witherby lächelte noch strahlender und sah Robert aufmerksam an. „Wer von Ihnen empfohlen ist . . ."

Jonathan erhob sich. In seinem dunkelblauen Anzug wirkte er außerordentlich mager. Er warf einen Blick auf die Krankengeschichte und runzelte die Stirn. „Sie sind noch immer sehr schwach, wie ich sehe. Sie essen wie ein Vögelchen. Ich kenne die Vögelchen. Sie fressen pausenlos den ganzen lieben Tag. Aber Ihre Pflegerinnen schreiben: ‚Hat zum Frühstück gegessen wie ein Vögelchen.' Dumme alte Hexen! Wie haben Sie geschlafen?"

Mr. Witherby seufzte. „Bitte, setzen Sie sich, Doktor Morgan. In diesen Sessel; er ist sehr bequem. Ich sehe gern junge Gesichter. Nun, Jonathan, Sie wissen, daß man in meinem Alter nicht sehr gut schläft. Ich glaube, ich habe die ganze Nacht kein Auge zugetan."

„Und es geht Ihnen eine Menge im Kopf herum. Das glaube ich." Jonathan, der noch immer stand, sah Robert an. „Unser alter Jonas hier war Witwer. Er hat zwei Söhne, der eine dreiundfünfzig, der andere einundfünfzig. Beide waren verheiratet, beide wurden von ihren Frauen verlassen. Bill ist in einer privaten Heilanstalt für Geisteskranke, Donald ist chronischer Alkoholiker. Immer wieder Delirium tremens. Macht dann eine Entziehungskur in einem Privatsanatorium, das er regelmäßig vorzeitig verläßt. Mr. Witherby hat keine Töchter, keine Enkel. Seine Frau", sagte Jonathan im trockenen Ton eines Arztes, der eine Krankengeschichte abliest, „hat Selbstmord begangen. Ein sehr trauriges Schicksal, finden Sie nicht?"

Robert war peinlich berührt. Er fand diese unpersönliche Aufzählung von Schicksalsschlägen grausam. Verlegen sah er Mr. Witherby an, als müsse er sich bei ihm für Jonathan entschuldigen. Mr. Witherbys schönes altes Gesicht hatte einen melancholischen Ausdruck angenommen. Resigniert faltete er die Hände über den Knien. „Man hat immer gesagt, daß ich von Geburt an alles hatte, was ein Mensch nur haben kann. In Wirklichkeit habe ich jetzt im Alter nichts."

Jonathan zog eine Rosenknospe aus einer Vase und steckte sie in sein Knopfloch. Er benahm sich, als wäre er allein im Zimmer. Er sagte: „Müdigkeit, Lustlosigkeit, Schwäche, Appetitmangel, unbestimmte, aber stark behindernde Schmerzen, manchmal starker Kopfschmerz, obwohl der Blutdruck nicht erhöht ist, häufig Herzklopfen, gewisse Anzeichen von Dickdarmentzündung, gelegentlich Geräusche in der Lunge. Sonst keine diagnostizierbaren Krankheitssymptome. Nun, Bob, wollen Sie den Fall untersuchen?"

Wortlos öffnete Robert seine Tasche und entnahm ihr das Stethoskop sowie einige andere Instrumente. Zweifellos litt der arme alte Mann an einigen psychosomatischen Krankheiten, dachte er, die auf sein unglückliches Familienleben und auf die Enttäuschungen, die er erlebt hatte, zurückzuführen waren. Er nahm eine gründliche Untersuchung vor. Mister Witherby ließ das geduldig über sich ergehen, als ob ihm alles gleichgültig wäre. Schließlich packte Robert seine Instrumente wieder ein und sah den alten Herrn mit einem Blick an, in dem tiefes Mitleid lag.

„Keine diagnostizierbaren Krankheitssymptome", wiederholte er.

Jonathan trat unruhig von einem Fuß auf den andern. Das lag gar nicht in seiner Art, so daß Robert sich wunderte. Schließlich ging Jonathan zum Fenster, starrte eine Weile hinaus, gähnte und fragte dann: „Wann soll Priscilla heute kommen?"

„Prissy?" Mr. Witherby hatte wieder sein charmantes Lächeln. „In ein, zwei Stunden, denke ich." Jonathan sah Robert über die Schulter hinweg an. „Priscilla oder Prissy ist die zweite Frau unseres guten Jonas. Dreißig Jahre alt oder ein wenig älter. Ein leckeres Stück."

Mr. Witherby lachte entzückt auf. „Das ist sie, mein Junge, das ist sie."

Robert riß die Augen auf. Darüber mußte Jonathan lachen. „Ein

Wüstling von Format, dieser Jonas", meinte er. Robert errötete. Mister Witherby lachte. „Sie dürfen nicht auf den guten Jonathan hören", sagte er und legte seine Hand auf Jonathans Arm. „Es freut ihn, die Leute zu schockieren. Sie müssen Prissy kennenlernen. Neben ihr sehen alle anderen Frauen wie Hexen aus. Es gibt in ganz Pennsylvanien nur ein Mädchen, das schöner ist als Prissy" — er blinzelte Jonathan lächelnd zu — „das ist Jennifer Heger, die Jonathan gern als seine Nichte bezeichnet."

Eigentlich darf man es dem alten Herrn nicht übelnehmen, dachte Robert bei sich, er braucht ein wenig Glück in seinem Leben. Jonathan sagte: „Priscilla war das teuerste Flittchen der Stadt. Ich nehme an, Sie wissen, was ein Flittchen ist, Bob?"

„Aber Jonathan", sagte Mr. Witherby, nicht im geringsten beleidigt. Ja, er lachte sogar. „Hat nicht auch David, als er alt war, eine blühende Jungfrau in sein Bett genommen, auf daß sie ihm die alten Knochen wärme?"

„Na, Prissy war bestimmt spätestens mit sechzehn keine Jungfrau mehr. Aber sie hat sich nicht billig gemacht, das muß man ihr lassen. Hat nie für weniger als fünfzig Dollar mit jemandem geschlafen. Meistens hat sie mehr verlangt", sagte Jonathan. „Schauen Sie Bob an. Er errötet schon wieder."

Bob sah ihn hilflos an. „Na", rief Jonathan ungeduldig. „Wo ist Ihre Nase? Riechen Sie nichts?"

„Was für ein Bösewicht Sie sind, Jonathan", sagte Mr. Witherby freundlich, während er Robert mit neu erwachtem Interesse betrachtete. „Ich bin ein alter Mann, der mit so vielen Leiden geschlagen ist wie Hiob, und Jonathan weiß nichts Besseres zu tun, als sich über mich lustig zu machen. Ich bin nach einem Kollaps hierher gekommen . . ."

„An diesem Kollaps ist irgend etwas Merkwürdiges", meinte Jonathan nachdenklich. „Zuerst dachte ich, Sie wollten Prissy beweisen, daß Sie noch ein Mann sind, und dieser Versuch hätte Sie fast das Leben gekostet. Dann fiel mir ein, daß Prissy Ihnen vielleicht etwas eingegeben haben könnte, damit sie das Haus verlassen kann, um ein wenig frische Luft zu schöpfen. Los, Jonas, sagen Sie endlich, was es war."

„Lieber Freund", sagte Mr. Witherby, „Sie sind lästig und unhöflich. Doktor Morgan wird eine merkwürdige Meinung von mir bekommen." Er sah Robert mit einem strahlenden Lächeln an. „Ich kenne Jonathan seit seiner Geburt, und er war schon immer so wie jetzt. Immer hat er versucht, die Leute mit den schrecklichsten Ausdrücken zu schockieren. Aber ich kenne ihn! Er ist der gütigste Mensch, der je gelebt hat, mit einem Herzen von Gold und . . ."

„Hören Sie auf zu salbadern, Jonas", sagte Jonathan. Er warf Robert unter gerunzelten Brauen einen scharfen Blick zu. „Nun, wo ist Ihr Riecher?"

Was um Himmels willen möchte er von mir hören, fragte sich Robert voll Zorn. Er beleidigt diesen reizenden alten Mann und seine junge Frau ... Mit einem Ruck hob Robert den Kopf. Da waren diese beiden ältlichen Söhne, der eine geisteskrank, der andere ein Säufer; da war die Frau, die durch Selbstmord geendet hatte. Robert richtete den Blick auf Mr. Witherby und beobachtete ihn mit konzentrierter Aufmerksamkeit. Und dann glaubte er tatsächlich etwas wahrzunehmen. Der Gestank des Bösen, dachte er bei sich.

Der Gedanke entsetzte ihn. Mr. Witherby legte, wie er es früher bei Jonathan getan hatte, die Hand auf Roberts Arm, dessen Muskeln sich unwillkürlich versteiften. „Rieche ich schlecht?" fragte Mr. Witherby in sanftem, überredendem Ton. „Ich habe eben ein Bad genommen und bin gepudert worden wie ein Baby."

Roberts Arm festhaltend, wandte er sich an Jonathan. „Sie haben mich fast schon überredet, mein guter Junge, einen Beitrag zu diesem Tuberkulosetrakt für arme Kinder zu leisten. Noch ein wenig mehr von Ihrer anregenden Konversation, und ich überreiche Ihnen einen Scheck. Einen gedeckten." Er lachte fröhlich.

Ich muß mich irren, dachte Robert, der in steifer Haltung dastand. Jonathan hat mich beeinflußt. Es ist pure Einbildung, daß ich moralische Verderbnis zu riechen glaube.

„Wenn Sie mir diesen Scheck geben", sagte Jonathan, „dann wird es die erste gute Tat Ihres Lebens sein. Es könnte sogar sein, daß Sie dafür ins Fegefeuer kommen, statt direkt in die Hölle. Aber Sie glauben weder an das Fegefeuer noch an die Hölle, nicht wahr?"

„Jonathan! Ich bin ein Christ! Fragen Sie Mr. Wilson, den Pfarrer. O Jonathan, Sie machen sich schon wieder lustig über mich."

Nun sahen beide Männer Robert an. Er sagte: „Mr. Witherby, Sie haben ... Sie zeigen einige der üblichen Alterssymptome ..."

Der alte Mann erblaßte sichtlich und hörte auf zu lächeln. „Sagen Sie ihm das nicht", rief Jonathan. „Wenn er etwas haßt, dann ist es der leiseste Hinweis auf den Tod. Haben Sie noch nicht bemerkt, daß das für alle bösen Menschen typisch ist? Bezeichnen Sie einen solchen Menschen als was immer Sie wollen, als Mörder, Lügner, Dieb, Meineidigen, Verräter, Sadist — er wird es Ihnen nicht übelnehmen. Aber erinnern Sie ihn daran, daß er sterblich ist, und Sie haben sich einen Todfeind geschaffen. Und Jonas Witherby zum Todfeind zu haben, ist besonders furchtbar. Selbst von seinem Krankenbett aus findet er Mittel und Wege, einen Menschen zu vernichten."

Robert hörte sich sagen: „Aber Mr. Witherby, Sie sind außergewöhnlich gut erhalten, und wenn Sie sich entsprechend pflegen, können Sie noch ... noch lange leben."

Die Farbe kehrte in Mr. Witherbys Wangen zurück. „Das gedenke ich auch zu tun, Doktor. Bei Gott! Meine Eltern sind beide weit über neunzig Jahre alt geworden. Ich liebe das Leben, Doktor. Ich finde es immer wieder faszinierend und amüsant. Ich habe es immer geliebt. Sie dürfen nicht auf Jonathan hören, der selbst einem Heiligen eine Menge vorzuwerfen hätte. Ich habe es nie nötig gehabt, jemandem Böses anzutun. Ich habe viel Geld geerbt und es noch vermehrt. Mein Familienleben war nicht glücklich. Meine arme erste Frau stammte aus einer belasteten Familie, und meine armen Söhne haben ihre Veranlagung geerbt. Aber ich darf Sie nicht mit meinen Sorgen belasten. Jonathan, wann kann ich hier heraus?"

„Heute. Wenn Prissy kommt. Sie wird entzückt sein, wenn Sie ihr die freudige Nachricht mitteilen. Aber wenn ich Sie wäre, würde ich mir einen Hund halten und ihm alles, was man mir vorsetzt, zuerst zu fressen geben."

„O Jonathan, Sie dürfen nicht so häßliche Dinge sagen." Mr. Witherby kicherte wie ein kleiner Junge. „Prissy kennt mein Testament. Ich lasse mich obduzieren."

Robert wußte nicht, ob der alte Mann im Ernst sprach. Er war völlig verwirrt; unwillkürlich trat er einen Schritt zurück.

„Ausgezeichnet", sagte Jonathan. „Aber falls ich die Obduktion vornehmen sollte, würde ich, selbst wenn ich Zyankali fände, ‚natürliche Todesursache' in den Befund schreiben. Prissy hat Sie schließlich drei Jahre ertragen müssen. Sie verdient eine gewisse Rücksicht. Was gibt's, Bob?"

„Ich möchte gern draußen einen Augenblick mit Ihnen sprechen", sagte Robert.

„Warum denn? Warum?" rief Mr. Witherby und blickte erschrocken von einem zum andern. „Wollen Sie mir etwas verheimlichen? Fehlt mir etwas Ernstes?"

„Leider nicht", antwortete Jonathan. „Leider finde ich nichts Ernstes, obwohl mir dieser Kollaps noch immer ein Rätsel ist. Immerhin werde ich Prissy darauf aufmerksam machen, daß sie in Zukunft nicht zu hitzig sein soll." Er machte eine spöttische Verbeugung gegen den alten Mann und folgte Robert aus dem Zimmer. Auf dem Korridor sagte Robert ärgerlich: „Ich verstehe nicht, was das alles bedeuten soll?"

„Haben Sie nichts gerochen?"

Robert preßte die Lippen zusammen. Dann sagte er: „Vielleicht bin ich durch Sie beeinflußt. Jedenfalls schien es mir, als hätte ich ..."

„... einen Gestank gerochen?"

Robert runzelte die Stirn. Jonathan sagte: „Sie haben recht gehabt, und ich bin zufrieden mit Ihnen. Dieser Mensch ist das Verächtlichste und Bösartigste, was Ihnen bisher untergekommen ist, und ich glaube kaum, daß Sie in Ihrem Leben einem ähnlichen Ungeheuer begegnen werden. Er hat seine Frau in den Tod getrieben; er hat einen seiner Söhne in den Irrsinn gejagt und den anderen zum Alkoholiker gemacht. Und das alles mit in Liebenswürdigkeit verpackter Bosheit. Ich bin sicher, daß er nie ein hartes Wort oder gar eine Drohung ausgesprochen hat, ich wette, daß er nie gewalttätig geworden ist oder Ausdrücke gebraucht hat, die jemandem Angst einflößen könnten. Und doch haben Frau und Kinder sich so vor ihm gefürchtet, daß die Frau den Tod einem Leben an seiner Seite vorzog und die Söhne in den Irrsinn und in die Süchtigkeit flohen. Sie sehen, daß weiche und sanfte Charaktere besonders anfällig für das Böse sind. Aber mir macht er nichts vor. Ich weiß alles über ihn."

Robert warf unwillkürlich einen Blick auf die geschlossene Tür. „Sie glauben nicht, daß ein Mensch von einem Dämon besessen sein kann, nicht wahr", fuhr Jonathan fort. „Aber ich glaube daran. Ich glaube an vieles nicht, aber ich glaube an einen persönlichen Teufel. Jonas hat nie geflucht; die Pfarrer lieben ihn. Die Kinder lieben ihn — welch schöner Beweis für den sprichwörtlichen ‚Instinkt der Kinder'. Die vielen Blumen da drinnen stammen nicht von Schmeichlern, sondern von Menschen, die den alten Schurken wirklich verehren. Aber ich gehe nie da hinein, ohne das Zeichen gegen den bösen Blick zu machen." Jonathan lächelte, ballte die rechte Hand zur Faust und streckte dann zwei Finger aus. „Das kommt von meiner katholischen Erziehung. Meine Kinderfrau war enorm abergläubisch."

Er begann den Korridor entlang zu gehen, und Robert mußte ihm folgen. Jonathan steckte die Hände in die Taschen und senkte den Kopf. „Irgend etwas in Ihnen hat Sie irgend etwas riechen lassen, und wenn ein Arzt das Böse nicht zu riechen vermag, dann ist er kein richtiger Arzt. Es gab Häuser, die Doktor Butzemann nicht für tausend Dollar in Gold betreten hätte, und ich weiß warum. Er hatte Angst."

„Wovor?" fragte Robert, der sich sicherer zu fühlen begann.

„Vor Ansteckung. Er sagte mir als sehr alter Mann, daß man sich an einer kranken Seele ebenso anstecken könne wie an einem kranken Körper. Und das ist wahr. Er meinte auch, daß es tödliche Krankheiten der Seele gebe, und das ist ebenso wahr. Gehen Sie bösen Menschen aus dem Weg. Es gibt mehr von ihnen, als Sie denken."

„Das ist doch Aberglaube", sagte Robert. „Ein seelisch Kranker . . ."

„Halten Sie den alten Jonas für seelisch krank?"

„Hm. Nein, ich glaube nicht . . . Aber man kann nie wissen. ein Grenzfall vielleicht. Ich habe einiges von Freud gelesen . . ."

Jonathan lachte auf. „Freud? Dieser blutschänderische Wüstling? Ja, er hat Blutschande begangen, müssen Sie wissen. Ganz offen und mit Vergnügen, und er hat seine eigenen Perversionen auf die ganze Menschheit projiziert. Natürlich hat er mit seinem höllischen Licht ein paar dunkle, schmutzige Winkel in den Seelen anderer Menschen ausgeleuchtet, weil er solche Winkel in seiner eigenen Seele kannte. Aber guten Menschen gegenüber war er verloren. Tatsächlich verloren. Es war ihm nie möglich, das Gute anzuerkennen. Er hielt es für Heuchelei, Lüge oder Hysterie. Ich rate Ihnen, sich ihn näher anzusehen."

„Das Gebiet der seelischen Erkrankungen ..." begann Robert in einigermaßen lehrhaftem Ton.

„Gut, gut, erforschen Sie es", unterbrach ihn Jonathan. „Aber denken Sie an die antiken Ärzte mit ihren Schlangengruben. Sie haben Menschen geheilt. Durch Schock, sagt man. Mag sein. Ich glaube, daß sie ihnen mit Hilfe der Angst den Teufel ausgetrieben haben. Eine brutale Methode der Teufelsaustreibung."

Er grinste Robert an. Plötzlich rief jemand: „Ach, da sind Sie ja, Jon!" Robert wandte sich um und sah drei Leute, die sich lächelnd mit ausgestreckten Händen näherten. Ein untersetzter junger Priester mit einem freundlichen, knabenhaften Gesicht; eine elegante junge Dame in grauem Seidenkostüm mit Spitzenjabot und mit einem strengen flachen Strohhut auf dem hochgekämmten blonden Haar. Der dritte war offenbar der Gatte der Dame — ein schlacksiger junger Mann, mit dichtem, rötlich braunem Haar und großen, hellen Augen. Aus irgendeinem Grund fühlte sich Robert erleichtert, so als wäre er aus einem dunklen, modrigen Keller plötzlich ans Licht getreten. Er sah offene, ehrliche Gesichter, die Vertrauen einflößten, und eine mit jugendlicher Lebhaftigkeit ausgedrückte aufrichtige Freude.

„Wie geht's, Vater McNulty?" fragte Jonathan und tauschte einen kurzen Händedruck mit dem Priester. „Guten Morgen, liebe Beth. Hallo, Howard." Er deutet auf Robert. „Mein Nachfolger, Doktor Robert Morgan. Frisch wie ein Veilchen, nicht wahr? Und ebenso unschuldig, dafür garantiere ich."

Von neuem verwirrt, schüttelte Robert den dreien die Hände. „Das sind Marthas Eltern", sagte Jonathan, „Beth und Howard Best."

Robert erschrak. Er blickte von einem der lächelnden Gesichter zum andern und hatte den Wunsch, davonzulaufen. Aber Jonathan hatte ihn am Arm gefaßt. „Gehen wir ins Wartezimmer", sagte er. „Ich komme eben von Martha und möchte mit euch über sie sprechen.

Fröhlich plaudernd gingen sie den Korridor hinunter, und Robert dachte an das sterbende Kind, das seine Eltern erwartete. Beth sagte: „Ich habe mir solche Sorgen um Martha gemacht, aber Howard meint, dazu sei kein Grund vorhanden. Er hat doch recht, Jon, nicht wahr? Wann können wir sie nach Hause nehmen?" Sie lächelte Robert ein wenig schüchtern zu. „Ich hoffe, daß Ihnen Hambledon gefallen wird, Doktor. Es ist eine sehr nette Stadt und gar nicht rückständig. Wie ich höre, kommen Sie aus Philadelphia. Wir werden schon dafür sorgen, daß Sie sich wohl fühlen, Sie werden sehen. Aber versuchen Sie doch, unsern lieben Jon zum Bleiben zu bewegen. Wir können uns nicht von ihm trennen. Wir haben ihn zu gern."

Robert fand keine Antwort. Der Priester gesellte sich zu ihm und sah ihn neugierig an. „Aus Philadelphia sind Sie, Doktor? Dort war ich Hilfsgeistlicher, aber nur kurze Zeit, Gott sei Dank." Er lachte. Sein Lachen klang warm und herzlich. „Der alte Pfarrer war ein Tyrann. Er war der Ansicht, daß man uns junge Priester zurechtbiegen, uns die Hoffart austreiben, uns auf unser zitterndes Nichts reduzieren und schließlich nackt hinauswerfen müsse, auf daß wir dem, der uns aufhebt, uns den Staub abwischt und uns heim nimmt, entsprechend dankbar seien."

Meine Mutter hat recht, dachte Robert. Die katholischen Geistlichen sind leichtfertig. Aber sogleich schämte er sich des Gedankens. Vater McNulty war kaum älter als er selbst. Was sollte er ihm antworten? „Nun ja, ich glaube, daß jeder Beruf seine Schattenseiten hat", sagte er schließlich und kam sich schrecklich dumm vor. Aber der junge Priester sah ihn mit dem freundlichsten Lächeln der Welt an. Er hatte ein Gesicht wie ein Apfel, mit einem leichten Doppelkinn und einem Grübchen in der rechten Wange. Sein Haar war hell und weich, und seine Augen leuchteten wie warmes Gold.

Der Warteraum war leer. Die Sonne schien herein. Beth setzte sich sogleich in einen der bequemen Polsterstühle, zog die Handschuhe aus und sah Jonathan, der sich dicht neben ihr niederließ, voller Zuneigung an. „Ist das nicht ein herrlicher Tag? Howard, bitte zünde jetzt nicht diese schreckliche Pfeife an. Nicht hier im Spital. Wir haben Vater McNulty eben getroffen", sagte sie zu Jonathan gewandt. „Auch er wollte Martha besuchen. Ist das nicht nett von ihm?" Ihr hübsches Gesicht strahlte.

„Meine Pfeife ist nicht schrecklich", sagte Howard Best und klopfte seine Frau auf die Schulter. „Sie riecht jedenfalls besser als diese Sargnägel, die Jon raucht, und vor denen er selbst alle Leute warnt. Also Jon, wann können wir unser Kind nach Hause nehmen?"

„Sobald das Fieber abnimmt", antwortete Jonathan. Er spielte mit seiner goldenen Uhrkette. Dann sah er den Priester an. „Ich bin froh, daß Sie da sind", sagte er.

Howard Best nahm langsam die noch unangezündete Pfeife aus dem Mund. „Was heißt das? Ist irgend etwas nicht in Ordnung — mit Martha?"

Beth hatte zu lachen aufgehört; die rosige Farbe war aus ihren Wangen gewichen. „Martha? Was ist mit Martha?"

Auf geheimnisvolle Weise hatte Vater McNulty verstanden. Er sah den ernsten Ausdruck in Jonathans Gesicht, sah, wie sich die Haut über seinen Backenknochen spannte, sah das Ausweichen der Augen. Er wandte sich an Mrs. Best. „Nur ruhig, Beth. Wir wollen hören, was Jonathan zu sagen hat."

„Es besteht doch keine Gefahr für unser Kind?" fragte Howard Best mit völlig veränderter Stimme. „Der alte Louis Hedler hat doch gesagt, es sei Anämie . . ."

„Martha!" rief Beth in dem uralten Ton der Mutter, die ihr Kind bedroht sieht. Der Priester griff nach ihrer Hand und hielt sie fest.

Robert war in einiger Entfernung stehen geblieben. Wieder wäre er am liebsten weggelaufen. Aber er mußte bleiben, auch wenn jetzt niemand von ihm Notiz nahm.

„In gewisser Weise", sagte Jonathan mit leiser Stimme, „ist es tatsächlich Anämie. Ich habe heute morgen eine Blutprobe gemacht. Ich weiß nicht, warum man das nicht schon früher getan hat."

„Also doch Anämie", meinte Howard. „Das ist doch nichts Ernstes?"

„Nein, es kann nichts Ernstes sein", rief Beth beschwörend. „Unsere liebe, kleine Martha."

Im Verkehr mit dem Patienten und seinen Angehörigen zeige man sich stets optimistisch, war Robert gelehrt worden. Man lasse ihnen immer noch ein wenig Hoffnung. Warum auch nicht, dachte Robert. Hatte er nicht selbst erlebt, daß aufgegebene Patienten sich plötzlich erholten, daß Sterbende die Augen öffneten und ins Leben zurückkehrten? Aber bei keinem dieser Fälle hatte es sich um akute Leukämie gehandelt, um diese sehr seltene, fast unbekannte, geheimnisvolle Krankheit, die „weiße Krankheit" der Griechen, das stumme Gespenst, dessen Schlag immer tödlich war.

Es war falsch, es war grausam, Hoffnung zu spenden, wenn es keine Hoffnung gab.

Jonathan blickte fest in Beths weit geöffnete Augen. „Martha hat akute Leukämie, Beth."

Das Ehepaar entspannte sich sichtlich. Von dieser Krankheit hatten sie noch nie gehört. Auch der Priester offenbar nicht. „Was ist das?" fragte Howard. „Eine von euren neuen Krankheiten, die ihr mit Hilfe des Mikroskops entdeckt?"

„Nein. Die Krankheit ist sehr alt. Aber auch sehr selten." Jonathan zögerte. „Und es gibt keine Heilung."

Mit einer ruckartigen Bewegung hob Beth die Hand an den Mund. „Du meinst", flüsterte sie, „so wie . . . Tuberkulose?"

„Meine liebe Beth", sagte Jonathan, „ich wollte, es wäre Tuberkulose. Die können wir heute heilen — manchmal. Akute Leukämie ist unheilbar."

„Du meinst, sie wird ihr ganzes Leben darunter zu leiden haben wie an den Folgen dieser . . . dieser Kinderlähmung?" fragte Howard. Er saß merkwürdig steif da, als hätte er Angst zu zerbrechen. „Was kann man dagegen tun? An die See gehen? Oder in die Berge?" Er machte eine Pause. „Was, zum Teufel, ist es also?" rief er dann heftig.

Der Priester umfaßte Beths zuckende Hand fester. Jonathan sagte: „Ich schwöre dir, daß ich die Krankheit lieber selbst hätte, als es dir sagen zu müssen, Howard. Nichts kann man tun, nichts. Wir nennen es Blutkrebs."

„Krebs", schrie Beth auf. Sie befreite ihre Hand aus dem Griff des Priesters und sprang auf. Ihr Gesicht war schrecklich verzerrt. „Ich glaube es nicht, ich glaube es nicht. Kinder können keinen Krebs bekommen, nur alte Leute. Martha hat keinen Krebs. Ich will es nicht glauben. Es ist ein Irrtum, und es ist grausam von dir, Jon, so etwas zu sagen. Grausam, grausam, grausam."

„Aber es ist wahr", sagte er fast unhörbar. Howard stand auf und nahm seine Frau in die Arme. Zitternd verbarg sie ihr Gesicht an seiner Schulter, schüttelte immer wieder den Kopf und stöhnte: „O Gott, o Gott, o Gott."

„Ich habe noch nie von dieser Leuk . . . wie hast du gesagt? — gehört", sagte Howard. „Blut? Krebs? Tumor? Martha hat doch keinen Tumor." Hilflos sah er den Priester an, und sein junges Gesicht war verzerrt. „Es muß ein Irrtum sein. Krebs? Unsere kleine Martha? Krebs bei Kindern — das ist unerhört!"

„Leider nicht", sagte Jonathan, der aufgestanden und an das junge Ehepaar herangetreten war. „Die Ärzte sprechen bloß nicht davon. Die Krankheit ist in letzter Zeit häufiger geworden. Ich habe außer Martha acht Fälle gesehen, Howard. Acht! Und sie alle sind . . ."

„Gestorben", ergänzte Howard mit ausdrucksloser Stimme.

„Ja, gestorben", sagte Jonathan.

Howard umfaßte seine Frau fester und sah Jonathan an wie man einen Scharfrichter ansieht, verzweifelt und mit einem instinktiven Haß.

„Wie lange?" flüsterte er.

„Ich weiß es nicht, Howard. Ich weiß es wirklich nicht. Vielleicht ein paar Tage, vielleicht ein paar Wochen oder Monate. Aber nicht länger als ein Jahr, und auch das nur, wenn es zu einer vorübergehenden Remission kommen sollte."

„Ich glaube dir nicht", rief Howard. „Der alte Hedler hätte es uns gesagt. Er hat gesagt, daß es Anämie ist. Er hat das Kind gestern abend gesehen. Er wüßte es, wenn es . . . wenn es . . ."

„Howard", sagte der Priester und legte seine Hand auf die Schulter des jungen Mannes. Aber Howard starrte ihn an wie einen Fremden und schüttelte die Hand ab. Er keuchte. Beth lag steif in seinen Armen.

„Wir werden andere Ärzte konsultieren, erfahrene Ärzte, Ärzte, die ihr Handwerk verstehen", brüllte Howard. „Keine jungen Quacksalber, keinen Mann, der . . ."

„Howard“, rief der Priester in strengem Ton.

„Es ist mir ganz egal“, schrie Howard. „Er lügt. Ich weiß nicht warum, aber er lügt. Er möchte ... ich glaube ihm nicht. Wir werden Martha nach Philadelphia bringen, zu guten Ärzten ... auf eine Klinik ... Er lügt“, keuchte Howard außer Atem, „der verdammte ...“

Wieder schüttelte er die Hand des Priesters ab, die sich auf seine Schulter legen wollte. Er drückte seine Wange an die seiner Frau. „Weine nicht, Liebste, weine nicht. Das sind lauter Lügen. Martha wird gesund werden. Sie darf dich nicht so sehen. Wir werden Martha heute nach Hause nehmen. Wir werden ...“ Er konnte die Tränen nicht mehr zurückhalten und sah Jonathan haßerfüllt an. „Wie bringst du es fertig, so etwas zu sagen? Einem Vater und einer Mutter!“

„Ich würde mein Leben geben, um es nicht tun zu müssen. Das schwöre ich dir, Howard. Aber es ist wahr. Es gibt keine Hoffnung. Ihr müßt euch darauf vorbereiten ...“

„O nein“, sagte Beth mit dem Mund am Hals ihres Gatten. „Es ist nicht wahr. Martha wird gesund werden. Es ist nur eine Infektion. Eine starke Erkältung. Martha ist noch nie in ihrem Leben krank gewesen.“

Jonathan seufzte. Zum erstenmal sah er Robert an. Dann sagte er zu dem Priester. „Sie dürfen ihnen keine Hoffnung machen. Es gibt keine. Helfen Sie ihnen, so gut Sie können.“

Howards Stimme überschlug sich. „Er ist ein Mörder. Jeder weiß das. Deshalb sagt er solche Dinge. Er möchte, daß auch andere Menschen sterben. Wahrscheinlich bringt er sie um. Er ...“ Howard drohte zu erstikken. „Ich werde ihn töten“, keuchte er, „ich werde ihn töten.“

Der Priester wandte sich an Jonathan. „Nehmen Sie es ihm nicht übel, Jon. Er weiß nicht, was er redet in seinem Schmerz. Sie machen sich doch nichts daraus, nicht wahr?“

„O doch. Wie können Sie annehmen, daß ich mir nichts daraus mache?“

„Armer Jon“, sagte der Priester.

Der große, sonnendurchflutete Raum kam Robert auf einmal wie die Hölle vor. Jemand lachte auf dem Korridor, von draußen hörte man das Knarren von Rädern auf dem Kies, das Geräusch eines Rasenmähers, den Gesang der Vögel. Alles war so schön und friedlich, so voller Leben. Er konnte es nicht ertragen. Ein Kind mußte sterben, und da draußen kümmerte sich niemand darum, und wenn es tot war, würde alles weitergehen.

„Gibt es wirklich nichts?“ fragte der Priester.

„Nichts“, sagte Jonathan. Langsamen Schrittes verließ er das Zimmer, und Robert folgte ihm. Draußen lehnte sich Jonathan an die Wand, wie in völliger Erschöpfung, und sagte mit einem bösen Ton in der Stimme: „Jesus Christus.“ Aus dem Wartezimmer hörte man Howards Geschrei und die ruhige Stimme des Priesters, aber keinen Laut von Beth.

„Ich verstehe jetzt, warum Sie gehen müssen“, sagte Robert. „Es ist schon schlimm genug, den Leuten so etwas sagen zu müssen, aber das . . .“ Er schwieg vielsagend.

„Jesus Christus“, wiederholte Jonathan, als hätte er nichts gehört. Er stieß sich von der Wand ab und ging den Korridor hinunter. Robert folgte ihm. Wir haben ihn zu gern, hatte Beth gesagt. Robert hatte Lust, mit den Fäusten gegen die Wand zu schlagen.

„Das kleine Kind“, murmelte Jonathan. Er schien zu sich selbst zu sprechen. „Und der alte Witherby. Es ist kein Sinn darin. Es ist alles ohne jeden Sinn.“

Im nächsten Augenblick hatte sich Jonathans Gesicht völlig verändert. Alle Bitterkeit war daraus geschwunden. Er öffnete eine Tür und sagte: „Guten Morgen, Mrs. Winters. Wie geht es Ihnen heute?“

Eine ältere Frau, sehr mager, mit schütterem weißem Haar saß von vielen Kissen gestützt in ihrem Bett. Das Zimmer erschien Robert, der noch völlig erschüttert war, merkwürdig leer und verlassen, obwohl die Sonne hereinschien und Blumen auf dem Nachttisch standen. Es war, als sei niemand hier, als sei nie jemand hier gewesen, als sei die alte Frau nur ein Schatten. Sie sah auch aus wie ein Schatten, mit ihrer Blässe, den bläulichen Lippen, den fast farblosen Augen. Aber sie lächelte Jonathan beglückt an, und als er ihre magere Hand ergriff, zog sie ihn zu sich herunter und küßte ihn auf die Wange wie eine Mutter. „Mein lieber Junge“, sagte sie mit leiser, zitternder Stimme. Aber ihre Augen hatten einen wachen, intelligenten Ausdruck. „Was ist los, mein Lieber?“ fragte sie. „Hat man Sie gekränkt?“

„Nicht mehr als gewöhnlich“, antwortete er. „Aber machen Sie sich meinetwegen keine Sorgen. Wie haben Sie heute Nacht geschlafen?“ Er hob die Krankengeschichte auf und studierte sie sorgfältig.

„Ausgezeichnet“, sagte er. Inzwischen betrachtete die alte Dame Robert mit einer gewissen Neugierde. Sie hatte ein sehr beherrschtes Gesicht, mit feinen, aristokratischen Zügen, und ihr Nachthemd war aus gesticktem Batist. Jonathan fuhr fort, die Krankengeschichte zu studieren. „Das ist der junge Doktor Morgan, Mrs. Winters. Er ist mein Nachfolger. Robert, das ist Mrs. Elizabeth Winters, meine Lieblingspatientin und eine Heilige.“

„Er redet Unsinn“, sagte Mrs. Winters und streckte Robert die Hand entgegen. Er ergriff sie. Sie war sehr kalt, obwohl es im Zimmer heiß war. „Wir lassen Jonathan nicht fortgehen, nicht wahr, Doktor Morgan?“

Herzversagen, dachte Robert. Ein Fläschchen mit Digitalis stand auf dem Nachttisch. Es war sehr merkwürdig, daß der Raum so leer wirkte, als wäre die Frau schon tot. Was hatte sie gesagt? ‚Wir lassen ihn nicht fort?‘ Jonathan legte die Krankengeschichte weg und trat ans Bett.

„Können Sie besser atmen?“ fragte er.

„Viel besser, dank Ihnen, Jonathan. Ich bin sicher, daß ich mich wohler fühle als Sie.“

„Das glaube ich. Denn schlechter als ich können Sie sich nicht fühlen.“

Trotz der Anstrengung, die es sie kostete, lächelte sie. Dabei forschte sie in seinem Gesicht. „Wenn Sie mich verlassen, werde ich einem andern unter den Händen sterben.“ Nach einer Pause fügte sie hinzu: „Ich hoffe es, Jonathan. Warum wollen Sie mich alte Frau am Leben erhalten? Ich kämpfe dauernd gegen Sie.“ Sie unterbrach sich wieder, um Atem zu holen. „Sie sind einfach pervers.“

„Natürlich bin ich das. Ich erhalte die Leute gern am Leben. Außerdem gibt es wenig gute Menschen auf dieser Welt. Wenn einer davon sie verläßt, wird sie ärmer. Deshalb möchte ich, daß Sie leben.“

„Wozu?“ Ihre Stimme war jetzt zu einem Flüstern geworden.

„Für mich, wenn Sie wollen.“ Jonathan nickte Robert zu, der seine Tasche öffnete. „Doktor Morgan wird Sie untersuchen, Mrs. Winters, damit auch er weiß, wie man einen guten Menschen solange als möglich am Leben erhält.“

„Er ist so jung“, sagte sie freundlich. Ihr Atem ging schwerer. Robert untersuchte sie mit dem Stethoskop und wußte sofort, daß sie verloren war. Ihr Herz schlug zu schnell und zu unregelmäßig, die Herztöne waren verwischt, und der Puls begann immer wieder plötzlich zu rasen. In der Lunge hörte er lautes Rasseln. Akutes Versagen der linken Herzhälfte. Es konnte nicht mehr lange dauern, bis sich das auch auf die rechte Herzhälfte erstrecken würde. Nachdenklich sah Robert das Digitalisfläschchen an.

„Warum“, sagte Jonathan, „glauben Sie, daß ich das verschrieben habe? Seien Sie offen. Mrs. Winters ist tapfer und kennt keine Furcht.“

„Sie haben es wegen des rapiden Vorhofflimmerns verschrieben“, sagte Robert nach kurzem Zögern. (Besprich den Zustand des Patienten nie in seiner Gegenwart, auch nicht mit einem anderen Arzt, hatte man ihn gelehrt.)

„Stimmt“, sagte Jonathan.

„Ja. Opiate und Quecksilberverbindungen. Haben Sie noch etwas vorzuschlagen, Doktor?“

Wieder zögerte Robert. Ich möchte ihr Hoffnung geben, dachte er.

Jonathan lächelte. Er sah die Blumen an. „Danke für die Blumen, Jonathan“, sagte Mrs. Winters. Sie hustete, drückte das Taschentuch an den Mund und rang nach Atem. Nachdem der Krampf vorüber war, fuhr sie fort: „Ich weiß es. Es war keine Karte dabei. Und wer sollte mir Blumen schicken, außer Ihnen, mein Lieber?“

„Oh, ich wüßte eine Menge Leute. Die Schwestern beten Sie an."

Sie war so erschöpft, daß sie bloß verneinend den Kopf auf dem Kissen hin- und herwandte und lächelte. Jonathan beugte sich nieder und küßte sie auf die Wange. „Bleiben Sie am Leben", sagte er. „Ich brauche Sie." Dann fügte er hinzu: „Meine Mutter wird Sie heute nachmittag besuchen."

„Die liebe Marjorie", sagte Mrs. Winters und schloß die Augen. Jonathan verließ das Zimmer, und Robert folgte ihm. Hinter der Tür blieben sie schweigend stehen. Nach einer Weile sagte Jonathan: „Das ist das klassische Beispiel, wie man seine Kinder nicht behandeln soll."

„Sie hat keinen Lebenswillen, nicht wahr?"

„Nein. Die Hoffnung ist für solche Fälle von Herzversagen die beste Medizin. Aber sie hat keine Hoffnung. Was wollte ich sagen? Auch Mrs. Winters entstammt einer vor Generationen eingewanderten Familie. Sie ist Witwe. Sie hing bis zu einem gewissen Grad an ihrem Gatten, aber ihre ganze Liebe gehörte ihren Kindern, zwei Töchtern und einem Sohn. Sie hat von ihren Eltern ein Vermögen geerbt und ein zweites von ihrem Mann. Jetzt hat sie nicht einen Cent."

„Was hat sie mit dem Geld gemacht?"

„Sie hat es nicht verschwendet. Sie ließ sich von ihren Kindern überreden, es ihnen bei Lebzeiten zu übergeben. Sie würden der lieben Mama alle Sorgen abnehmen und ihr ein herrliches Leben verschaffen. Die arme Mama verstehe nichts von Geld, und es wäre auch besser für die geliebte Mama, wenn sie sich mit finanziellen Angelegenheiten nicht befassen müßte. Mama sollte ihr Leben genießen, und Bertha und Grace und Jim würden ihr die Verhandlungen mit Anwälten und Bankiers und all das langweilige Zeug abnehmen. Ja, Mama verdiente es, das Leben zu genießen und von ihrer Familie umsorgt zu werden."

Jonathans Stimme hatte wieder den bitteren Ton angenommen, den Robert nun schon so oft gehört hatte.

„Nun, Mama hörte auf die liebevollen Stimmen ihrer Kinder. Sie sind alle verheiratet. Die Töchter leben in Philadelphia. Söhnchen Jimmy übersiedelte nach New York, sobald er seine schmutzigen Hände auf das viele Geld gelegt hatte. O nein, sie lassen ihre Mutter nicht verhungern. Sie bezahlen das Hotelzimmer, in dem sie wohnt, und die Medikamente. Sie schicken zu Weihnachten ein bescheidenes Geschenk und manchmal, wenn sie gerade nicht allzu sehr damit beschäftigt sind, Mamas Geld auszugeben, schreiben sie eine Karte zum Geburtstag. Manchmal. Und einmal im Jahr schreiben sie ihr gemeinsam einen Brief. Sie haben so schrecklich viel zu tun, verstehen Sie?

Es ist zwanzig Jahre her, daß sie sich um ihr Geld bringen ließ. Sie hat inzwischen sechs Enkel bekommen. Davon hat sie einen kennengelernt, als er ein Baby war. Jetzt studiert er in Princeton. Die anderen hat sie nie gesehen. Man hat ihr nie zugeredet, zu Besuch zu kommen. Dazu ist Mamas Gesundheit zu zart, hieß es. Und sie, die Kinder, sind nie nach Hambledon gekommen. Wozu auch? Sie haben, was sie haben wollten. Mrs. Winters besitzt nicht einmal ein Photo von den Enkelkindern.

Sie weiß das alles. Sie macht sich nichts vor. Sie ist keine sentimentale Gans. Die Karten und Briefe, die ihr die Kinder senden, wenn sie sich daran erinnern, daß sie noch lebt — leider, wie sie wahrscheinlich finden —, hebt sie nicht auf. Sie besaß ein Photo der drei herzlosen, habgierigen Teufel. Bis vor fünf Jahren. Dann zerriß sie es. Wenn man sie fragt, ob sie Kinder habe, sagt sie nein. Sie hat ja auch tatsächlich keine. Hat nie welche gehabt. Sie hat ihnen zuviel von ihrer Liebe, zuviel von ihrer Zeit gegeben, sich zu sehr für sie aufgeopfert. Natürlich nahmen sie das alles und gaben nichts dafür zurück. Und sie weiß das. Sie weiß, daß es ausschließlich ihre Schuld ist, und sie verurteilt ihre Kinder nicht. Sie hat sich das alles selbst angetan. Sie versteht, daß die Kinder, wenn sie ihr Geld noch besäße, sie umschmeicheln und verwöhnen würden.

Aber solche Liebe will sie nicht. Sie will keine erkauften Küsse und Liebkosungen, keine verlogen zärtlichen Briefe. Wenn sie keine wahre Liebe haben kann, möchte sie lieber gar keine. In gewisser Weise ist es eine Erleichterung für sie, daß man ihr nichts vormacht. Wenn sie jemandem böse ist, dann nur sich selbst, nicht weil sie ihr Vermögen hergegeben hat, sondern weil sie ihr Leben und das ihres Gatten vergeudet hat. Was sie ihm gegeben hat — den Rest, der an Liebe übrig blieb —, war nicht genug. Und jetzt trauert sie um ihren Mann und möchte so bald als möglich mit ihm vereinigt sein, um ihn um Verzeihung zu bitten für ihre Blindheit und Selbstsucht."

„Tragisch", sagte Robert, den die Erzählung erschüttert hatte. Er dachte an seine Mutter, die den Geldbeutel zuzuhalten wußte, und sagte zu sich selbst: Ein Punkt für dich, Mutter.

„Es ist tragisch, die zu verlieren, die einem am teuersten sind, oder Schmerzen leiden zu müssen", fuhr Jonathan fort. „Aber viel tragischer ist der Gedanke, daß man sich sein Leben selbst verdorben hat. Das ist am schwersten zu ertragen." Er sah Robert an und lächelte schwach. „Das habe ich getan, und ich habe dafür bezahlt."

„Ich überlege", sagte Robert, „ob ich meine Mutter nicht bitten soll, Mrs. Winters zu besuchen. Sie liebt Leute, die aus ‚alten Familien' stammen, und sie hat eine Vorliebe dafür, ‚die Kranken zu besuchen', wenn es sie nicht mehr kostet als ein paar Blumen oder eine Schachtel Bonbons."

„Nein", sagte Jonathan. „Ich kenne Ihre Mutter noch nicht, aber ich kann sie mir sehr gut vorstellen. Sie würde Mrs. Winters sagen, daß sie alles falsch gemacht hat, womit sie vollkommen recht hätte. Aber es würde der Patientin nicht gut tun."

„Sie ist fest entschlossen zu sterben."

„Ja. Und was mich anbelangt — ich bin froh, daß ich es sein werde, der ihr die Augen zudrücken darf. Ich habe Auftrag gegeben, mich sofort zu verständigen, wenn sie im Sterben liegt. Wenn das Boot die Segel setzt, muß jemand da sein, der vom Ufer winkt. Es wird sie freuen."

Ein Kind, das sterben muß und eigentlich leben sollte, ein böser alter Mann, der am Leben bleiben will, und eine alte, von ihren Kindern verlassene Mutter, die sterben will. Wie Jonathan gesagt hatte: Das alles hatte keinen Sinn.

Als Robert in den Sonnenschein hinaustrat, hatte er die Empfindung, um Jahre gealtert zu sein. Er fühlte sich müde und verbraucht. Er war noch nicht fähig, objektiv zu sein.

ACHTES KAPITEL

Vier Tage später, knapp vor Mitternacht, besuchte Pater Francis McNulty Jonathan. Das Wohnhaus war dunkel, aber in Jonathans Konsultorium brannte Licht. Der Mond glitzerte eisig, denn es war wieder kalt geworden. Der Priester klopfte und trat ein. Er fand Jonathan in einem Lehnstuhl, mehr liegend als sitzend, ziemlich betrunken, eine Flasche Whisky vor sich auf dem Schreibtisch. So ist das also, dachte der junge Priester traurig. Aber er zwang sich zu einem Lächeln, und seine goldfarbenen Augen leuchteten auf. „Sind Sie überrascht, mich zu sehen?" fragte er und bemerkte selbst, wie töricht die Frage war.

Jonathan, der schon lange vorher Kragen und Krawatte abgelegt hatte und in Hemdsärmeln dasaß, sah vernachlässigt und ungepflegt aus. Seine Augen waren trüb und blutunterlaufen. „Der Teufel taucht immer unerwartet auf", sagte er, und die Flasche schwenkend, fügte er hinzu: „Wollen Sie einen Schluck? Da steht ein zweites Glas."

„Ich glaube ja", sagte der Priester und setzte sich. Er goß ein wenig Whisky in sein Glas und trank langsam. Dabei bemühte er sich, sein Entsetzen und sein Mitleid nicht merken zu lassen. Aber Jonathan sah ihn nicht an. Er gähnte ausgiebig und verdrossen. Dann griff er nach der Flasche. „Nicht jetzt, Jon", sagte der Priester. „Ich möchte mit Ihnen sprechen!"

„Um diese Zeit?" Jonathan sah mit verschwommenem Blick auf die Uhr, klappte den Deckel zu, suchte die Tasche, fand sie nicht und ließ die Uhr an der Kette baumeln. „Wo waren Sie? Bummeln?" Er stellte die Flasche nieder und versuchte seine Augen auf den Priester zu richten. „Was ist los?" fragte er. „Ist Gott sei Dank jemand gestorben?"

„Ja."

„Ich gratuliere."

„Seien Sie nicht kindisch, Jon."

„Wenn Sie hier den Beichtvater spielen wollen, Frank, dann verschwinden Sie lieber. Ich habe keine Lust, traurige Geschichten anzuhören." Er sprach stockend und mit schwerer Zunge. „Und ich habe keine Lust, Ihnen traurige Geschichten zu erzählen." Er geriet in eine gewisse Erregung, und seine Betrunkenheit schien zuzunehmen. „Waren nicht Sie es, der mich vorigen Dezember immer wieder und wieder fragte, ob ich ‚schuldig' sei? Ich habe es nicht vergessen, glauben Sie mir."

„Ich tat nur meine Pflicht, Jon, das wissen Sie. Es bestand immer die Gefahr . . ."

„Daß ich im Stand der Todsünde hingerichtet werden könnte. Warum gehen Sie nicht nach Hause, sprechen Ihre Gebete und lassen mich zu Bett gehen?"

„Ich habe nicht geglaubt, daß Sie Mavis ermordet haben."

„Ja, nachdem ich Sie schließlich davon überzeugt hatte. Zuerst haben Sie es geglaubt."

Der Priester schwieg. Er sprach ein stilles Gebet. „Ich möchte, daß Sie jemandem verzeihen. Ich möchte es ihm — ihr heute sagen, daß Sie verziehen haben."

Jonathan richtete sich mit Mühe auf, stöhnte und griff sich an den Kopf. „Wem, um Himmels willen, und warum? Und was geht mich das an? Sind ein paar Schweine zu der Überzeugung gelangt, daß ich Mavis nicht umgebracht habe, und haben Sie zu nachtschlafender Zeit hierher geschickt? Können Sie sie nicht bis morgen in ihrem eigenen Saft schmoren lassen?"

„Sie warten auf meine Nachricht, Jon. Jetzt in diesem Augenblick. Am Telephon. Die Leute haben auch so genug zu ertragen, Jon. Der Gedanke an Sie macht alles noch viel schwerer."

„Fein. Lassen Sie sie schmoren. Sagen Sie ihnen: Nein." Er goß Whisky in sein Glas und stürzte ihn hinunter.

„Jon", sagte der Priester. „Die kleine Martha ist vor drei Stunden gestorben."

Jonathan hob die Arme, ließ sie schwer auf den Schreibtisch fallen und legte den Kopf darauf. Er hat nicht wirklich begriffen, dachte der Priester, er ist eingeschlafen. Er blickte auf Jonathans schmalen Kopf, auf das dunkle unordentliche Haar, auf die eingefallene Wange, die wie aus Holz geschnitzt wirkte. Plötzlich sagte Jonathan mit einer Stimme, die von weit her zu kommen schien: „Ich habe es nicht gewußt. Ich habe sie seit vier Tagen nicht gesehen. Die Bests und dieses Schwein Louis Hedler haben Auftrag gegeben, mich nicht zu ihr zu lassen. Hatte ich nicht schon genug ‚Böses' getan, indem ich ihnen Lügen erzählte, ihnen Angst einflößte, ihnen Leid zuzufügen versuchte? Sie haben sogar den Schwestern verboten, mir irgend etwas über Martha mitzuteilen."

„Ja, ich weiß, Jon, ich weiß. Aber nachdem der erste Schock vorüber war, wandten sich Howard und Beth an mich. ‚Glauben Sie, wird er uns verzeihen können?' fragten sie. Ich sagte, ich wisse es nicht. Und sie baten mich, sofort zu Ihnen zu gehen, nicht morgen. Sie können das Warten keine Stunde länger ertragen. Sie müssen es wissen."

„Um diese Zeit, da Martha eben gestorben ist. Sie können jetzt an so etwas denken?" Jonathan hob den Kopf, und sein Gesicht war nicht mehr starr, sondern verzerrt. „Was ist los mit ihnen?"

„Sie haben schon heute morgen gewußt, daß es mit Martha zu Ende geht. Sie haben Sie gesucht, aber Sie waren nicht im Spital."

Jonathan fuhr sich mit dem Taschentuch über die trockenen, geschwollenen Lippen. Seine Augen waren ganz rot. „So werden Sie also die Totenmesse lesen müssen?"

„Jon, bitte!'

„Sprechen Sie nicht mit dieser gequälten Stimme zu mir. Was Martha anbelangt — sie hat Glück gehabt. Jeder hat Glück, der nicht zu leben braucht."

„Sie wissen nicht, was die beiden leiden, Jon."

Jonathan starrte den Priester mit einem bösen Ausdruck an. „Sollen sie sich ihren Trost bei diesem alten Pfuscher Louis holen."

Der Priester stand auf. „Sie wollen ihnen also nicht verzeihen?"

Er wartete. Jonathan schwieg. Aber dann begann er zu sprechen. „Ich soll also ein Heiliger sein, nicht wahr, und jedem Schuft verzeihen, der mir ein Messer in den Bauch sticht und es auch noch umdreht. Warum eigentlich? Sagen Sie mir, warum?"

„Weil Sie, obwohl Sie nicht mehr zur Kirche gehen, doch ein Christ sind. Und ein Mann, wie ich hoffe."

Jonathan lachte. „Worte, Worte." Er deutete unbeholfen auf das Telephon. „Gut, sagen Sie es ihnen. Sagen Sie ihnen, daß ich vor ihnen niederknie und sie um Verzeihung bitte . . ." Er unterbrach sich. „Zum Teufel, sagen Sie ihnen, daß mir das Herz bricht, und dann schauen Sie, daß Sie hinauskommen."

Der Priester trat ans Telephon und nahm den Hörer ab.

Marjorie saß mit ihrem Sohn Harald in ihrem Boudoir im ersten Stock des großen, alten Hauses. Hierher lud sie nur sehr selten jemanden ein. Sie zitierte gern den Satz: In der Einsamkeit sind wir am wenigsten allein. Jonathan verstand sie; aber Harald pflegte im neumodischen Jargon zu bemerken, daß eine solche Einstellung selbstsüchtig sei und von Gleichgültigkeit gegen die Mitmenschen zeuge. Leider hatte Jonathan diese Bemerkung einmal gehört und zornig erwidert: „ ‚Ich bin mir selber teurer als ein Freund.' Shakespeare. Mutter kann die Menschen nicht leiden. Ein Zeichen, daß sie eine sehr kluge Frau ist."

Der sanfte Juniregen fiel wieder, aber es war warm. Die breiten Fenster standen offen, und durchdringender Rosenduft strömte in den behaglichen Raum. Marjorie strickte. Sie liebte diese Beschäftigung und fertigte für ihre Söhne, für ihre Freunde und für arme Leute eine Menge gestrickte Kleidung an. Harald trank Cognac. Er hatte den Tee abgelehnt, der auf einem niedrigen Marmortischchen neben dem Stuhl seiner Mutter stand. Er mochte den kleinen Raum mit den getäfelten Wänden, den gerafften Voilevorhängen, dem rosa Teppich und den zarten Mahagonimöbeln nicht. Er erinnerte ihn zu stark an die Augenblicke seiner Kindheit, da ihn Marjorie hierher geführt hatte, um ihm mit ruhiger Festigkeit irgendeine Untat vorzuwerfen. Das war ihm jedesmal schrecklich gewesen, denn sie hatte ihn nur zu gut gekannt. Er zog es vor, hin und wieder von seinem Vater ausgescholten zu werden. Der alte Knabe hatte seine Kinder nicht verstanden, und das war ein Segen gewesen.

Harald betrachtete seine Mutter, ihr ruhiges Gesicht, ihre edel geschnittenen Züge, den weichfallenden Rock und die strenge, weißseidene Hemdbluse. Um die schlanke Taille legte sich ein brauner Ledergürtel. Ihre geschickten Hände bewegten die blitzenden Nadeln. Die Wimpern ihrer braunen Augen, die denen Haralds so sehr glichen, warfen flatternde Schatten auf ihre blassen Wangen. Ihr Kopf war über die Arbeit gebeugt. Ebenso gut hätte sie allein sein können.

Aber plötzlich sagte sie: „Du weißt, mein Lieber, daß ich Jenny eingeladen habe, bei mir zu wohnen. Aber sie hat abgelehnt."

„Ich weiß. Na ja, die Insel war der Traum und das Entzücken ihres Vaters." Er sprach mit leichter Bitterkeit. „Sie liebt die Insel leidenschaftlich und betrachtet mich als Eindringling." Er lächelte. „Ich hasse dieses blödsinnige Haus, und sie weiß es. Aber sie weiß auch, daß ich es nicht wage, länger als fünf Monate im Jahr wegzubleiben. Ich wette, sie zählt die Tage, und wehe mir, wenn ich die fünf Monate auch nur um ein paar Stunden überschreite ..." Er fuhr mit dem Finger über seinen Hals wie mit einem Messer.

„Es war ein dummes Testament", sagte Marjorie. Sie sah ihren Sohn an. „Jenny glaubt, du hättest gehört, daß ihre Mutter, bevor sie starb, zu ihr sagte, sie wolle ein neues Testament machen."

Harald zögerte. Er trank einen Schluck aus seinem Glas. „Ja, sie hat recht. Ich habe es gehört. Aber ich hatte keine Ahnung, daß Jenny das weiß. Ich war froh, Mutter. Ich kannte Myrtles altes Testament und ärgerte mich darüber. Ich hoffte, sie würde durch mein dauerndes Zureden Vernunft annehmen. Jenny weiß also, daß ich es gehört habe. Was hat sie dir erzählt?"

Seine Mutter sah ihn mit einem schwer zu deutenden Blick an. „Sie hat es bloß erwähnt, Harald. Auch sie findet das Testament dumm. Und unfair — gegen sie."

„Das ist es auch. Myrtle hätte ihr Vermögen zu gleichen Teilen zwischen uns beiden aufteilen sollen. Dann hätte ich Hambledon für immer verlassen, und Jenny hätte ihre verdammte Insel haben und dort als die Einsiedlerin leben können, die sie im Grunde ist.“

Marjorie beobachtete ihn noch immer. Harald hörte ihren leisen Seufzer nicht. Er goß noch ein wenig Cognac in sein Glas. Er war der besser aussehende von Marjories Söhnen, worauf jedermann immer wieder hinwies. „Du weißt, daß ich Jenny einen Heiratsantrag gemacht habe, Mutter?“

„Ja, mein Lieber, sie hat es mir gesagt.“

„Es ist nicht des Geldes wegen, Mutter. Was hat sie denn schließlich, bevor ich sterbe? Schäbige hundert Dollar im Monat. Ich liebe Jenny. Ich möchte sie heiraten.“

„Ja“, sagte Marjorie. Und nach einer Pause fügte sie hinzu: „Wer glaubst du, ist es, der diese häßlichen Gerüchte über dich und Jenny verbreitet, Harald?“

Er antwortete nicht gleich, und Marjorie fühlte eine leichte Übelkeit in sich aufsteigen. O Harald, dachte sie. Du selbst bist es. Du möchtest Jenny durch dieses Skandalgerücht zwingen, dich zu heiraten. O Harald, du warst schon als Kind falsch. Aber was du jetzt tust, ist zu entsetzlich. Die Übelkeit nahm zu.

„Ich weiß es nicht“, sagte Harald.

„Aber alle Welt glaubt daran.“

Er zuckte die Achseln. „Die Leute sind zu dumm. Wie kann jemand etwas Häßliches von der armen Jenny glauben? Sie ist so sinnlich wie eine Marmorstatue.“

„Jon glaubte diese Geschichten.“

„Ach, Jon. Der glaubt von allen Menschen das Schlechteste. Das war schon immer so.“ Ein gewinnendes Lächeln flog über sein Gesicht. „Als wir noch Kinder waren — er fragte nie, wer etwas kaputt gemacht hatte, was ihm gehörte. Er nahm von vornherein an, daß ich es war; zuerst klebte er mir eine, dann fragte er. Er hatte ja meistens recht. Es machte mir richtigen Spaß, ihn zu necken; er war immer so feierlich.“

Marjorie ließ ihr Strickzeug sinken. „Jon war schon als kleiner Junge unnachsichtig. Für ihn war alles entweder völlig schwarz oder völlig weiß. Die grauen Stellen sah er nicht. Er hatte etwas Leidenschaftliches an sich. Für ihn gab es keine Kompromisse. Wer ihn einmal hinterging, dem verzieh er nie. Du hingegen —“

„Ich lebe auf den grauen Stellen. So wie du, Mutter. So wie alle vernünftigen Leute.“

„Ja.“

Er lächelte ihr zärtlich zu. „Wäre er ein Narr, ich könnte es verstehen. Doch das ist er nicht. Jedenfalls kein großer. Ich könnte verzeihen und vergessen. Obwohl mein Vater toleranter und verständnisvoller war, der alte Knabe zog ihn mir immer vor. Manchmal vergaß er, daß ich auch noch da war. ‚Jon dies und Jon das', hieß es stets. ‚Mein Sohn Jonathan.' " Harald lächelte immer noch, aber es war jetzt ein anderes Lächeln. „Mein Vater hat mich nie ernst genommen."

„Mag sein, Harald. Aber dein Vater war ein sehr ernster Mann."

Harald gähnte gemächlich. „Ich weiß. Er zitierte immer Thomas a Kempis: ‚Überall suchte ich nach Ruhe und fand sie erst, als ich mit einem Büchlein in der Hand für mich in einem Winkel saß.' Er und seine kleinen ‚Winkel'. Stundenlang saß er da mit Jon darin."

Immer noch ruhten Marjories Hände auf ihrem Strickzeug. „Wir wollen Jons Kummer nicht so einfach abtun. Denken wir an Mavis und den — den —"

Gedankenverloren blickte Harald auf die offenen Flügelfenster. Das purpurfarbene Zwielicht überzog allmählich den Regenhimmel. „Er hatte keine Ahnung von Mavis. Er kannte sie praktisch seit ihrer Geburt. Aber er sah sie nie, wie sie wirklich war. Ich schon. Sie war seicht und dumm und frivol und schlau und berechnend. Das weißt du doch, Mutter. Du hast nie etwas gesagt, aber es blieb mir nicht verborgen, daß du es kaum ertragen konntest, als er sie heiratete. Es wäre allerdings auch einiges zu ihrer Verteidigung vorzubringen. Jon stellte unmögliche Anforderungen an sie. Von einem Tag zum andern hätte sie intelligent, geduldig und aufopfernd werden sollen, und das konnte sie einfach nicht. Sie hatte immer nur für Marvis Eaton gelebt, und nun wollte man sie zwingen, für Jon und seine Interessen zu leben! Sie hätte Geschmack an Büchern und an wissenschaftlichen Problemen finden sollen und an den langweiligen, abgedroschenen Bildern der Präraffaeliten. Bildlich gesprochen hätte sie auf einmal mindestens zehn Zentimeter in die Höhe wachsen müssen. Sie aber wollte nur tanzen, plaudern, sich über Kleider und Leute unterhalten, reisen, singen, spielen — ein lustiges Leben führen. Jon mag Grund zur Klage gehabt haben, aber Mavis auch, und ich glaube fast, daß sie mir mehr leid tat. Auch Schmetterlinge muß es geben, nicht nur steinerne Denkmäler."

„Die Stadt wird es nie vergessen", sagte Marjorie. „Trotz allem, was Jon für sie getan hat, trotz seiner leidenschaftlichen Sorge um die Kranken und trotz seines Kampfes gegen den Schmerz, sie wird es nicht vergessen. Keiner macht den Mund auf, aber sie glauben immer noch, daß er Mavis auf dem Gewissen hat."

„Weil sie es glauben wollen, Mutter. Die Menschen wollen immer das Ärgste von ihren Mitmenschen glauben."

O Gott, betete Marjorie in ihrem Inneren, laß mich nicht weitersprechen! Aber sie sagte: „Du hast das doch keinen Augenblick geglaubt, nicht wahr, Harald?"

„Keinen Augenblick! Ich kenne doch Jon! Für mich hätte es doch dieser ärztlichen Zeugen aus Pittsburgh nicht bedurft! Jons Wort genügte mir." Er unterbrach sich.

Marjorie nahm ihre Strickarbeit wieder auf. Sie fürchtete, Harald könnte bemerken, wie ihre Hände zitterten. „Gieß mir bitte frischen Tee ein."

Sie beobachtete Haralds flinke Hände, als ob ihr ganzes Leben von seiner kleinsten Bewegung abhinge. „Obers? Zucker? Bitte sehr. Du hast ja deine erste Schale gar nicht angerührt."

„Danke dir, Harald. Denk doch an all die Monate, die Jon im Gefängnis zubringen mußte! Nun ja, es ist vorbei und man soll die Vergangenheit ruhen lassen. Aber für Jon kommt sie nicht zur Ruhe, Immer wieder zerren die Leute sie hervor. Er denkt, ich wüßte es nicht, doch ich weiß es nur zu gut. Er verbringt die Nacht oft in seinem Konsultorium und trinkt."

„Jon?" Harald starrte sie an und runzelte die Stirne. Geht es ihm wirklich nahe? fragte sich Marjorie.

„Er denkt, ich wüßte es nicht. Und ich weiß noch etwas anderes. Er war untröstlich, als Bests Kleine starb. Sein Zynismus war nur gespielt. Ihre Eltern verwarfen seine Diagnose und das ganze Krankenhaus schmähte ihn. Die Krankenschwestern und auch einige Ärzte hatten des armen Howard Best Wutausbrüche und Drohungen mitangehört, als Jon ihn die entsetzliche Wahrheit wissen ließ. Aber er hatte recht, und bald darauf starb das kleine Ding. Manchmal kann ich nicht schlafen, Harald. Und so weiß ich, daß Vater McNulty Jon noch in der gleichen Nacht in seinem Konsultorium aufsuchte. Ich weiß nicht genau, zu welchem Zweck. Aber Jon wollte nicht zum Begräbnis gehen. Wie ich hörte, will er mit Howard und Beth nichts mehr zu tun haben. Das war vor zwei Wochen. Er liebte dieses kleine Mädchen; er liebt Kinder. Ist das nicht seltsam?"

Harald hatte aufmerksam zugehört. „Mir kommt es nicht seltsam vor", meinte er. „Ich verstehe Jon sehr gut. Soviel ich weiß, gehörten sie zu seinen besten Freunden und waren immer auf seiner Seite gestanden."

„Was ist ein ‚bester Freund', Harald? Manchmal weiß ich es nicht. Ich habe nie jemandem restlos vertraut. Wir sind eigentlich immer allein. Bis vor kurzem hatte Jon so eine Art — er erwartete das Beste von den Leuten oder zumindest ein normales menschliches Verhalten. Howard hatte ihn im Gefängnis besucht, und er war es, der ihm die besten Anwälte verschaffte und wütend auf jeden losging, der es sich einfallen ließ, Jon für schuldig zu halten. Und jetzt das." Sie stellte ihre Teeschale nieder. „Wenn Jon noch irgendwelche Zweifel hatte, ob er Hambledon verlassen sollte, jetzt hat er bestimmt keine mehr. Ich hoffe nur, er beeilt sich. Ich hoffe, daß er bald abreist."

Das hoffe ich auch, dachte Harald. Wenn's nach mir geht, kann es gar nicht bald genug sein. Er streckte den Arm aus und tätschelte die Hand seiner Mutter. „Sei nicht so traurig, liebste Mutter. Es war für uns alle eine schreckliche Zeit. Jetzt ist es vorbei. Die Leute werden vergessen. Jon wird an einem schöneren Ort eine neue Praxis aufmachen."

„Jon wird es nicht vergessen, Harald. Er wird weder das Gefängnis noch den Prozeß vergessen."

Abermals nahm sie ihre Strickarbeit auf, obgleich es schon recht dunkel im Zimmer geworden war. „Nein, danke. Ich kann auch ohne Lampe stricken. Sollte Jon jemals die Wahrheit herausfinden, er könnte —"

„Ach, er war immer schon gewalttätig. Und was für eine ‚Wahrheit' meinst du? Irgendein Kurpfuscher brachte ihr eine Verletzung bei, und dann, als die Infektion einsetzte, ging sie zu ihrem geliebten Onkel, dem alten Eaton, und der sauste mit ihr ins Krankenhaus und versuchte ihr mit einer Operation das Leben zu retten. Aber es war zu spät. So lautete doch seine Aussage vor Gericht, nicht wahr? Und das geschah alles, als Jon in Pittsburgh war. Wenn der alte Eaton immer noch glaubt, daß Jon gepatzt hat, dann kann ihn niemand von seiner Meinung abbringen. Jeder glaubt, was er glauben will. Und genau so ist es mit Jon."

Laß mich nicht weiterreden, betete Marjorie. „Es war allgemein bekannt, daß Jon sich Kinder wünschte", sagte sie. „Nie hätte er so eine Operation an Mavis vorgenommen."

Schweres Schweigen hing plötzlich im Raum. Und dann sagte Harald um eine Spur zu leise: „Außer er hätte sie töten wollen."

Er wartete. Seine Mutter sagte nichts. Sie war nur ein blasser Schatten.

„Aber das glaube ich nicht", fuhr Harald fort. „Wir kennen ja die Wahrheit. Er war fünf Tage nicht in Hambledon. Alles geschah in seiner Abwesenheit."

„Ja", sagte Marjorie. Sie fürchtete, in Ohnmacht zu fallen. Ihr Herz klopfte unregelmäßig, Schweiß stand auf ihrer Stirne. „Darum wurde er freigesprochen. Doktor Eatons ärztliches Gutachten. Jons Zeugen. Es war unmöglich."

„Wie kamen wir nur auf dieses traurige Thema?" Harald stand auf, als könnte er die Düsternis nicht länger ertragen. Er zündete eine Lampe an. Groß und stattlich stand er da und starrte lange auf das Licht. „Wir haben schon so oft darüber gesprochen. Du darfst nicht morbid werden, Mutter. Ich dachte, wir wären übereingekommen, nicht mehr daran zu rühren."

„Ja, mein Lieber." In ihrem Blick lag leidenschaftliche Liebe, aber auch tiefer Kummer. „Der Tod der kleinen Martha hat alles wieder aufgerührt. Und Jons Trinken. Er war immer mäßig. Ich habe Angst um ihn, Harald. In seiner Verzweiflung ist er zu allem imstande."

„Ach, komm. Du glaubst doch nicht, daß er sich etwas antun würde?" Harald lachte.

„Ich weiß es nicht. Wenn es zum Schlimmsten kommt, wird die Wahrheit ans Tageslicht kommen müssen."

Harald drehte sich langsam um und sah seine Mutter an.

„Was für eine Wahrheit, Mutter? Meinst du den Namen des Kurpfuschers, der sie verpatzt hat?"

„Harald. Bevor Mavis ins Krankenhaus gebracht wurde, erzählte sie mir, Jon habe — habe — ihr das getan."

Harald erblaßte. „Das kann ich nicht glauben!"

„Sie hat es mir gesagt, Harald. Noch bevor sie zu ihrem Onkel ging. Ich bemerkte sofort, daß sie nicht in Ordnung war — und da erzählte sie mir's."

„Aber das ist doch unmöglich! Jon war doch gar nicht da!" Er blickte sie unverwandt an.

„Sie erzählte es auch ihrem Onkel."

„Sie log", sagte Harald. „Mavis war immer eine Lügnerin."

„Das weiß ich. Aber das war es, was sie mir und ihrem Onkel mitteilte."

„Wenn das so war, warum hat der alte Martin darüber nichts ausgesagt?"

„Das hat auch mir zu denken gegeben. Versuchte er Jon zu schützen, obwohl er ihn hassen mußte? Du weißt ja, wie Ärzte zusammenhalten. Aber ich las, daß er lauthals protestierte, als der Freispruch verkündet wurde."

Immer noch starrte Harald seine Mutter an. „Ich hoffe zu Gott", sagte er dann mit verbissener Wut, „du hast mit niemandem darüber gesprochen!"

Sie hob ihre großen haselnußbraunen Augen zu den seinen, die den ihren so glichen. „Nein, mein Lieber, ich habe zu niemandem darüber gesprochen. Und sollten mir Gerüchte zu Ohren kommen, Harald, würde ich wissen, wer sie in Umlauf gebracht hat."

Mutter und Sohn starrten sich bewegungslos an. „Ich werde es nicht sein", sagte er dann. „Wie kannst du so etwas nur denken? Warum schaust du mich so an?"

„Weil ich weiß, daß du Jon haßt. Ich weiß es seit Jahren. Ihr habt euch schon als Kinder nicht gemocht. Dein Vater hat daran viel Schuld. Wenn es zum Ärgsten kommen sollte, Harald —"

„Das wird es nicht", beruhigte er sie schnell. „Laß doch die Toten ihre Toten begraben."

„Aber die Toten bleiben nicht immer tot."

Sie erhob sich. Sehr groß und schlank und aufrecht stand sie da und blickte ihren Sohn fest an. „Harald. Versuche nicht, Jenny zu zwingen, dich zu heiraten. Ich weiß, daß du sie liebst. Aber mach ihr das Leben nicht zur Hölle. Sie will dich nicht, Harald."

Eine unhörbare Drohung lag in der Luft. „Wie könnte ich Jenny denn zwingen, mich zu heiraten?“ fragte er, als ob er der Sache kein Gewicht beimäße. „Wir leben doch nicht mehr im Mittelalter.“

„Du darfst sie nicht zwingen, Harald. Sie ist nicht so widerstandsfähig wie sie aussieht. Sie ist ein sehr empfindsames Mädchen. Du darfst sie nicht zwingen.“

Die Drohung wurde stärker. Harald wich einen Schritt vor seiner Mutter zurück. „Sollte Jenny mich je heiraten, wird es ihr freier Entschluß sein. Das verspreche ich dir.“

„Ja, mein Lieber“, sagte sie und hätte weinen mögen. „Ja, mein Lieber.“ Sie schlang ihre Arme um ihn, und es war, als hielte sie wieder ihren so verwundbaren kleinen Jungen, den kleinen Jungen, der immer lachte, wenn man ihm weh tat. Aber für Jon hatte sie mehr empfunden. Wie sollte sie sich das verzeihen?

„Ja, ich weiß wirklich nicht, Robert“, klagte Jane Morgan mit ihrer wie immer unzufriedenen Stimme. „Die Zimmer sind nicht sehr elegant.“

„Aber Mutter, sie sind ausgezeichnet proportioniert.“

„Ich dachte, wir wollten elegant wohnen, wie es unserem Stand entspricht.“

„Hier — haben wir noch keinen Stand.“

„Ach, wie kannst du das behaupten? Diese elende kleine Stadt!“

„Die Stadt ist nicht elend, und die Damen, die du mittlerweile kennengelernt hast, haben dir gut gefallen. Du sagtest selbst, sie wären sehr ‚gesittet‘. Die meisten haben Verwandte in Philadelphia.“ Die du nicht kennst und nur allzu gerne kennen möchtest, fügte Robert im Geiste hinzu. Er stand mit seiner Mutter im Empfangszimmer des wirklich schmucken georginischen Hauses. Die Räume waren tatsächlich ausgezeichnet proportioniert — Jonathan Ferrier hatte es so ausgedrückt —, hoch, die Decken mit erhabenen Mustern verziert, und besaßen fein ausgewogene Türen, weiße Marmorkamine und schöne helle Parkettböden.

„Sieh dir doch den Rasen an“, sagte er, „und die prachtvollen alten Ulmen, Eichen und Walnußbäume, und die Aussicht auf den Fluß aus dem Frühstückszimmer und den Schlafzimmern. Zu dem Preis findest du auch in Philadelphia nichts Schöneres.“

Auf ihre Stöcke gestützt, sah Jane Morgan sich nochmals unzufrieden in dem großen Raum um. Mit ihrer trotz des heißen Tages schweren, schwarzen Witwenkleidung und dem weißen Seidenhäubchen mit Spitzenbesatz am Kopf schien sie den „modernen Bräuchen“ eine klare Absage erteilen zu wollen. Ihre lange, dünne Nase zuckte; von unausgesprochenen Gedanken bewegt, verzog sie mürrisch den Mund. Ihre kleinen grauen Augen glitten verdrießlich über die im Schatten liegenden Wände, um verborgene Fehler und Risse zu entdecken.

„Ich kann nicht sagen", meinte sie, „daß diese Stadt höheren Aufsprüchen genügt."

„Du meinst, ‚Ansprüchen', Mutter."

„Robert! Ich bin deiner frechen Bemerkungen über meine Sprechweise müde!"

Mit ihren kalten Augen sah sie ihn prüfend an. „In Philadelphia warst du ganz anders! Du bist völlig verändert. Sicher ist das dieser schreckliche Ferrier! Ich wußte, ich würde ihn nicht ausstehen können, und jetzt, da ich ihn kennengelernt habe, sehe ich meine Meinung von ihm bestätigt. Welch widerwärtige Kreatur! Hast du nicht die weißen Wülste um seinen Mund bemerkt, die er ganz grundlos hervortreten läßt?"

„Das tut er, wenn die Leute ihn verdrießen — was sehr oft der Fall ist, wie ich zugeben muß."

„Er hat einen schlechten Charakter, das ist alles, Ich habe einiges gehört." Sie nickte bedeutsam und klopfte mit ihren Stöcken auf den Parkettboden.

„Das will ich gerne glauben. Was Klatsch betrifft, kann Hambledon es wohl mit Philadelphia aufnehmen. Also, Mutter. Wir müssen uns entscheiden. Wie du siehst, ist das Haus nicht weit von den Ferriers und ganz in der Nähe des Konsultoriums, das ich mieten werde. Es gefällt mir. Es ist billiger als die anderen Häuser, die du gesehen hast, und wir haben Glück. Es würde weit mehr kosten, wenn die Anwälte es nicht eilig hätten, den Nachlaß abzuwickeln."

„Ich hatte mir ein reicher ausgestattetes Heim vorgestellt. Ich kann nicht sagen, daß ich an diesem Heim Gefallen finde —"

„Mutter." Robert war es müde. „Das ist noch kein ‚Heim'; wir wohnen noch nicht hier. Daher ist es immer noch ein Haus."

„Heim", wiederholte Mrs. Morgan. Sie seufzte vor Mißvergnügen. In Wirklichkeit gefiel ihr das Haus recht gut, aber es entsprach nicht ihrer Wesensart, irgend etwas gutzuheißen. „Na schön", sagte sie mürrisch, „wenn es dir gefällt, muß es mir wohl auch gefallen. Aber ich weiß: die Nähe eines Mörders wird mich nicht schlafen lassen — ich sagte den Damen —"

„Mutter!" Roberts Stimme klang rauh. „Du hast doch um Himmels willen Jon Ferrier nicht einen Mörder genannt! Mein Gott! Das ist ja Verleumdung. Doch nicht hier in Hambledon, um Christi willen!"

Sie bemerkte, daß er ehrlich erschüttert war. Sie lächelte verschmitzt. „Ich hoffe, du vertraust meiner Diskretion, Robert. Ich bin doch nicht blöde. Es gibt eine Menge wichtiger Leute in der Stadt, die viel von ihm halten; denen würde ich schon dir zuliebe nicht nahetreten. Und nenne den Namen Gottes nicht eitel — das ist Lästerung. Deine neuen Manieren gefallen mir gar nicht. Aber nicht alle bewundern ihn, so wie du es tust, und verschiedenen Bemerkungen konnte ich entnehmen ... Nun ja, es tut nichts zur Sache."

„Mutter, laß dich auf keine Tratschereien ein. Das könnte mich hier für immer unmöglich machen."

„Du vergißt, Robert, daß ich nicht nur die Mutter eines Arztes bin, sondern auch einen Arzt zum Mann hatte. Aber ich kann mir ja wohl nicht die Ohren zupicken und so tun, als ob ich nichts gehört hätte. Das wäre äußerst unhöflich."

Sie stieß einen schwachen Schrei aus, und Robert drehte sich rasch um. Ein hellbraun gefleckter Hund, fast so groß wie eine Dogge, kam eifrig schnüffelnd ins Zimmer, die spitzen Ohren zuckend aufgerichtet. „Ach, das ist bloß Jons Hund", sagte Robert, hockte sich nieder und schnippte mit den Fingern.

„Fort mit dem Untier!" schrie Mrs. Morgan und vergaß, daß sie an Arthritis litt, denn sie eilte flugs ans Fenster und kauerte sich schreckerfüllt in die Ecke. „Robert! Rühr ihn nicht an! Vielleicht ist er tollwütig. Er kann Flöhe haben. Er kann uns töten!"

„Unsinn", sagte Robert. Der Hund hatte jetzt seine breiten Vorderpfoten um Roberts Hals gelegt und küßte ihn voll Begeisterung; seine klaren Augen funkelten entzückt. „Schau ihn dir an", brachte Robert hervor, während er ohne viel Erfolg versuchte, sich den Liebkosungen des Tieres zu entziehen. Er lachte. „Ein Boxer. Jon ließ ihn aus Deutschland kommen. Er heißt Montgomery Sears Ward Roebuck. Das ist einer von Jons kleinen Scherzen, weil Monty in einer Kiste dieses Versandhauses geliefert wurde, als er drei Monate alt war. Na, mein Junge", wandte er sich nun an den Hund, der plötzlich Interesse für Jane Morgan bekundete. So seltsame Laute, solch schrilles Blöken hatte er noch nie gehört. Außerdem schwenkte Jane, vor Angst außer sich, drohend ihr Taschentuch hin und her. Robert hielt ihn fest am Halsband, denn Monty schien fest entschlossen, dieses seltsame Phänomen näher zu untersuchen. „Hör doch auf zu schreien, Mutter", sagte Robert. „Jon muß irgendwo in der Gegend sein; Monty ist nie ohne seinen Herrn unterwegs."

Als der Hund den geliebten Namen hörte, war er auf Jane nicht mehr neugierig. Er riß das Maul zu einem breiten Grinsen auf, sah zur Tür hinüber und bellte kurz auf. In Reitdreß betrat Jon das Empfangszimmer. „Da ist er ja", sagte er, verbeugte sich knapp in Janes Richtung und begrüßte Robert mit einem Lächeln. „Er muß Ihre Stimmen gehört haben; plötzlich schoß er davon wie eine Pistolenkugel. Es gibt nichts Neugierigeres als einen Boxer. Sie sind schreckliche Klatschtanten, und darum wollen sie wissen, was rings um sie vorgeht."

Der Hund stand jetzt auf den Hinterbeinen, die Pfoten auf Jonathans Brust und schleckte ihm liebevoll die Wangen. Jane wandte sich schaudernd ab. „Ich wäre Ihnen sehr verbunden, Doktor Ferrier, wenn

Sie das Tier hinausbrächten. Ich bin einer Ohnmacht nahe. Ich habe entsetzliche Angst vor Hunden."

„Ach so? Das tut mir leid. Komm, Monty", und Jonathan führte ihn zur Tür, schob ihn geschickt hinaus und schloß die Tür. „Er würde wirklich keiner Maus etwas zuleide tun. Er macht ein großes Gezeter, wenn er Hasen sieht, aber seitdem er voriges Jahr einem Skunk ins Gehege kam, macht er einen Bogen um alles, was einen Pelz trägt. Aber er ist ein ausgezeichneter Wachhund."

Jane hatte sich einigermaßen erholt. „Ich hoffe, Sie lassen ihn nicht frei herumlaufen. Ich hätte Angst, in meinen eigenen Garten zu gehen, und das Gefühl, in meinem Heim bedroht zu sein."

Robert zog eine schmerzliche Grimasse. Doch Jonathan lächelte freundlich. „Sie brauchen sich keine Sorgen zu machen. Außerdem werde ich ihn ja mitnehmen." Er sah die ängstliche Dame an und versuchte, seine Abneigung und Verachtung zu verbergen. Er wandte sich an Robert.

„Es wird Sie freuen zu hören, daß ich die alte Mrs. Winters heute morgen abgefertigt habe."

„Ach ja?" Und an seine Mutter gerichtet, sagte Robert: „Mrs. Winters war Jons Patientin. Sie starb heute morgen."

Jane war von Jonathans Ausdrucksweise angesichts des Todes und seiner Selbstzufriedenheit entsetzt. „Eine Ihrer Patientinnen?" fragte sie in bedeutungsvollem Ton. „Sie ist gestorben und Sie sind froh darüber?"

„Sehr, sehr froh, Mrs. Morgan. Ich war glücklich — für sie." Seine Augen waren kalt und glanzlos, als er Roberts Mutter einen Blick zuwarf.

Sie schluckte und führte dann geziert ihr Taschentuch an die Augen, um dem, wie sie ihn nannte, ‚erbarmungslosen Schnitter' ihre Reverenz zu erweisen. „Vielleicht litt sie starke Schmerzen?" meinte sie.

„Eigentlich nein. Es wäre denn, daß sie an den Schmerzen des Lebens litt. Aber jetzt hat sie alles überstanden, und ich — ich war schon lange nicht mehr so froh."

„War sie arm?" fragte Jane.

„Nein. Sie hatte eine Menge Geld geerbt." Robert, der jetzt errötete, war es klar, daß Jon sich auf Mrs. Morgans Kosten amüsierte. „Und sie war auch nicht sehr alt. Sie stand etwa in Ihrem Alter, Mrs. Morgan."

„Und Sie freuen sich, daß sie tot ist!" Und Jane warf ihrem Sohn einen bedeutungsvollen Blick zu.

„Sehr. Ich bin meistens froh, wenn Menschen sterben. Sterben ist nichts. Die Schmerzen sind das Unerträgliche."

Für Jane war der Tod der König des Schreckens; aus Aberglaube besuchte sie nie ein Haus, wo er kürzlich zu Gast gewesen war, und ging nie auf Friedhöfe. Fassungslos starrte sie Jonathan an; dann kniff sie die Augen zusammen, als ob sich etwas bestätigt hätte, was sie seit langem vermutete, etwas außerordentlich Unerfreuliches, ja Unaussprechliches. Sie nickte; ja, sie hatte recht behalten. Dieser scheußliche Mensch! dachte sie. Ein wahres Ungeheuer! Was war es nur gewesen, was hatte ihr kürzlich eine Dame erzählt, mit der sie bekannt geworden war? Da gab es noch eine andere Patientin, ein kleines Mädchen, bei deren Tod es auch nicht mit rechten Dingen zugegangen war — wieder erschauerte Jane, und diesmal verstellte sie sich nicht.

„Ich fühle mich wirklich matt", sagte sie zu Robert, und schenkte Jonathan schnell ein einfältiges Lächeln, als wollte sie ihn versöhnen, wie man einen Dämon zu besänftigen versucht, bevor man die Flucht ergreift. „Du mußt mich jetzt ins Hotel zurückbringen."

„Ja, Mutter." Robert seufzte. „Sind wir uns also einig mit dem Haus? Ich muß den Anwälten heute nachmittag Bescheid geben."

„Ich bin von diesem Heim nicht gerade begeistert", antwortete Jane, machte einen vorsichtigen Bogen um Jonathan und schlug mit den Stökken hart auf den Boden. „Aber ich bin ja nur deine Mutter, Robert. Was dir gefällt, muß auch mir gefallen. Du brauchst nicht die geringste Rücksicht auf mich nehmen."

Robert knirschte mit den Zähnen. Er wußte nicht, wen er im Augenblick mehr verabscheute, seine Mutter oder Jonathan. Dieser lächelte müßig vor sich hin und klopfte mit der Reitpeitsche gegen seine Stiefel. Dann ging er zur Tür und öffnete, doch Jane schrak zurück. „Kommst du, Robert?"

„Ja, Mutter." Beachtlich, wie es ihn seit Tagen gelüstete, irgend etwas zusammenzuschlagen. Er warf Jonathan einen mörderischen Blick zu, aber dieser hob nur fragend seine schwarzen Augenbrauen. „Ich hoffe, Ihr Hund wird meine Mutter nicht belästigen", sagte Robert. „Wo ist er jetzt?"

„Monty? Wahrscheinlich jagt er Eichhörnchen. Ich gehe wohl besser vor und lege ihn an die Leine. Wenn Sie mich pfeifen hören, können Sie sich sicher fühlen. Völlig sicher." Jonathan hob die Reitgerte an die Schläfe, womit er sich von Jane verabschiedete, und ging schnell aus dem Zimmer.

„Ach", sagte Jane, „ich kann ihn nicht ertragen. Ich kann ihn wirklich nicht ertragen. Mit seinem komischen Lächeln ängstigt er mich fast zu Tode und —"

„Sein Lächeln ist nicht komisch, Mutter. Er versucht nur, dich in Harnisch zu bringen, und das gelingt ihm auch. Ich begleite dich gleich ins Hotel zurück." Er hörte einen scharfen Pfiff.

Jonathan wartete draußen; den Hund hielt er fest. Die sich fächerförmig ausbreitende Treppe schimmerte wie Marmor in der Sonnenglut. Es war ein reizendes Haus, das da ruhig und allein auf dem Rasen und inmitten der Bäume stand, deren Laub ihm Schatten spendete. „Ich dachte“, sagte Jonathan, „Sie würden auch noch eine andere Patientin sehen wollen, Bob. Meine allerletzte, die letzte, die ich angenommen habe. Sie sollten Sie einmal untersuchen.“

Ein unschuldiges Lächeln umspielte seine Lippen, doch seine schwarzen Augen blickten müde und zerstreut. „Wo treffen wir uns?“

„Im Krankenhaus“, antwortete Robert kurz angebunden. „St. Hilda?“

„Diesmal nicht. Bei den ‚Freunden‘. Meine Patientin ist nicht reich.“

Jane schnitt ein Gesicht, um Robert damit zu bedeuten, er solle ablehnen, doch ihr Sohn sagte: „In einer halben Stunde, also.“ Er blickte nicht zurück, während er seine Mutter den langen, gewundenen Pfad zur Straße und zum Wagen hinuntergeleitete. Jonathan sah ihnen nach. Armer Teufel, dachte er. Da werden wir uns ins Zeug legen müssen. Er betrachtete Janes hageren, schwarzen Rücken, wie sie mühsam neben ihrem Sohn dahinhumpelte. Eine Schwindlerin. Wenn sie Arthritis hatte, hatte er, Jonathan, Lepra. Er kannte diese hypochondrischen Frauen, die ihre Familien mit vorgeblichen Krankheiten beherrschten. Gelegentlich, sagte er sich, während er Monty streichelte, der Lust zeigte, Robert zu begleiten, werden wir sie entlarven müssen, und das wird einen Heidenspaß geben. Einen Tritt in den Hintern, und sie wird geheilt sein. Aber wir müssen dabei diplomatisch vorgehen.

Er nahm den Hund zu dem weißen Zaun hinunter, der das Haus vom Konsultorium trennte, schob das widerspenstige Tier durch das Tor und schloß es. „Marsch nach Hause“, sagte er. „Sicher hat Mary einen Knochen für dich. Grins mich nicht an.“ Er langte über den Zaun und zupfte zärtlich Montys Ohr. Dann ging er pfeifend zur Straße hinunter, wo er sein Pferd angepflockt hatte. Es war ein großer schwarzer Wallach, der sich großer Tage erinnerte, denn er hob den Kopf, zeigte die Zähne und stampfte auf, als er seinen Herrn erblickte. „Du bist auch so ein Schwindler“, brummte Jonathan, während er sich gewandt hinaufschwang und dem Krankenhaus zuritt.

Robert war immer noch verdrossen, als er Jonathan in der Halle des großen, düsteren Gebäudes erblickte. Es war schlimm genug, eine törichte Mutter zu haben; unhöflich aber war es, sie vor seinen Augen zum besten zu haben. Jonathan begrüßte ihn freundlich. „Miß Meadows wird sich freuen, Sie kennenzulernen“, sagte er und nahm den widerstrebenden Robert am Arm.

Das Krankenhaus der „Freunde“ war rein utilitaristisch eingerichtet, war jedoch dank Jonathan, wie die älteren Ärzte meinten, ‚viel zu modern und steif‘. Jonathan war es gewesen, der das einigermaßen veraltete Lehrsystem der Krankenschwestern reformiert und eine unter rigoroser Disziplin funktionierende Schwesternschule eingerichtet hatte. Er hatte auch darauf bestanden, die einzelnen Stationen zu teilen, so daß nun keine mehr als zwölf Patienten umfaßte, hatte Fenster aufgerissen, die dunkelbraunen Wände mit hellen Farben übertünchen und die Böden mit weißem Linoleum überziehen lassen. Auch die vier Operationssäle waren seinen kritischen Blicken nicht entgangen. Wer bei Operationen zusehen wollte, ordnete er an, mußte einen weißen Mantel, Mütze und Maske tragen, um jede Verunreinigung der Luft zu vermeiden. Für Doktor Humphrey Bedloe, den Chefarzt, und viele seiner Kollegen waren das alles närrische Einfälle, doch da Jonathan sich erbötig gemacht hatte, die Modernisierung der Operationssäle aus eigener Tasche zu bezahlen, erklärten sie sich mit nachsichtigem Lächeln einverstanden.

Doch wie im St. Hilda war es ihm auch hier nicht gelungen, alle älteren Chirurgen dazu zu bewegen, ihre traditionellen Gehröcke und gestreiften Hosen abzulegen und sich moderner antiseptischer Methoden zu bedienen. Die jüngeren und an besseren Hochschulen herangebildeten sympathisierten mit ihm und versicherten ihm, daß die Zeit das ihre tun würde, um diesem Übelstand abzuhelfen. „Inzwischen begehen diese Pfuscher hier buchstäblich Mord und Totschlag“, hatte er gesagt. „Wir haben hier ein richtiges Leichenschauhaus.“

Im Gegensatz zu St. Hilda verfügte dieses Spital über kein ausgedehntes Gelände. Seine harten Granitmauern reckten sich an einer belebten Straße empor, und seine Fenster waren hohe, vertikale Schlitze, in einem älteren Stil nach oben abgerundet. Doch es war sauber, oder doch so sauber, wie Jonathan es mit seinem dauernden Nörgeln machen konnte. Es besaß zwei Geschosse mit zwar kleinen, aber lichtdurchfluteten Privatzimmern; in den anderen zwei Stockwerken lagen die Stationen, die Laboratorien, Operationssäle und Küchen, die Büros und ein Aufenthaltsraum für die Schwestern. Die Ärzte hatten ihre eigenen Quartiere sowie auch eine Art Restaurant, zu dem die Assistenten keinen Zutritt hatten; sie mußten sich mit einem kärglichen Mahl zufriedengeben, das die Hilfsschwestern ihnen bereiteten — wenn sie gerade daran dachten.

So oft Jonathan jetzt herkam, fühlte er sich als Fremder, der mit der Anstalt nichts mehr zu schaffen hatte. Er war hier nicht so beliebt wie im St. Hilda; vielleicht darum, weil er und seine Familie für das private Krankenhaus mehr Geld gespendet hatten. Gar oft stieß er auf Widerstand, mürrische Feindseligkeit und wachsame Augen. Er achtete dessen nicht. „Der Tag wird kommen“, sagte er jetzt zu Robert, „da es ärgere Spitäler als dieses geben wird. Oh, sie werden sauberer und moderner und sehr, sehr groß sein, aber völlig indifferent und unpersönlich. Schon jetzt beginnen wir, Patienten als Lebern, Mägen, Gebärmütter, Dickdärme, Gallenblasen und Rekta zu sehen und nicht als Menschen. Man kann den Menschen nicht seines Menschentums entkleiden, ohne ihm seine Würde zu nehmen. Und die nimmt man ihm, wenn man ihn nur als eine Kollektion von diversen Organen betrachtet; man verletzt ihn geistig und sogar körperlich. Ein Ameisenhaufen ist eine feine Sache für Ameisen, gemeinschaftliche Leistungen sind das Richtige für Ameisen. Aber der Mensch ist keine Ameise. Vor kurzem habe ich H. G. Wells gelesen. Er findet das Ameisenleben ideal. Er bewundert ja auch Karl Marx, der den Ameisenstaat für die wünschenswerteste Lebensform hält."

Sie näherten sich einem der großen Aufzüge. Lebhaftes Tun und Treiben erfüllte die Korridore. Jonathan spitzte die Lippen. „Erinnern Sie sich an Shakespeares Lobrede auf die Bienen?"

„,Die singenden Baumeister goldener Dächer!' Nun, Baumeister wird es immer geben, Millionen und Millionen, aber sie werden nicht singen und die Dächer werden nicht golden sein. Ich glaube nicht, daß ich an diesem Jahrhundert Gefallen finden werde. Es hat schon den Geruch eines Bienenstocks oder eines Ameisenhaufens, der ,den Menschen herabwürdigt und ihn im Schatten von seiner Hände Arbeit sterben läßt'. Aber das ist ja nichts Neues. Alexandrien, Athen, Rom, Theben und wie sie alle hießen, erlitten das Schicksal menschlicher Ameisenhaufen, denn der Mensch ist keine Ameise und wird es nie sein. Zumindest nicht, wenn er in den kommenden Dezennien dessen eingedenk bleibt. Das hat er in der Vergangenheit nie getan. Wahrscheinlich wird er es auch in Zukunft nicht tun."

„Sie sind so ein heiterer Mensch."

„Nein. Nur ein Historiker. Und ich habe die Ruinen gesehen, eine Zelle neben der anderen, wie ein Bienenstock, und das viele Land ringsum. Vielleicht irre ich. Vielleicht ist der Mensch wirklich nicht mehr als eine Biene oder eine Ameise. Manchmal denke ich darüber nach. ,Geschöpfe sind's, von der Natur bestimmt, die Ordnung unser Menschenreich zu lehren.' Wieder Shakespeares kleine Lieblingsbienchen. Doch die Ordnung wandelt sich zum Chaos — unaufhaltsam. Der Mensch hat eine anarchistische Ader, und ich persönlich bedaure das gar nicht. Es ist unser einziger Schutz vor der Tyrannei."

Sie betraten den Aufzug. „Dabei fällt mir etwas ein. Hier in Hambledon wird der 4. Juli sehr ausgiebig gefeiert. Auf dem Hauptplatz. Mit einem Orchester und Fahnen und schreienden Politikern. Vielleicht unterhält es Sie, zu sehen, wie das Volk sich unterhält."

„Jetzt hassen Sie die Stadt schon sehr, nicht wahr?" Robert war immer noch mißlaunig.

„Formulieren wir's doch so: ich glaube nicht an unerwiderte Liebe."

Seine heitere Gelassenheit ärgerte Robert; er wußte nicht, warum. Der junge Mann zupfte an seinem rötlichen Schnurrbart und warf Jonathan einen versteckten Blick zu. Nie konnte er mit dem älteren Kollegen zusammensein und sprechen, ohne sich erregt, verwirrt, beunruhigt, traurig oder verärgert zu fühlen. Es gab Zeiten, da er Hochachtung oder Rührung empfand; weit häufiger aber hätte er Jonathan eine verpassen mögen. Kaum bewunderte er ihn, überkam ihn schon die Wut. Jonathan war ihm zu vielgestaltig. Er fürchtete den Tag, da er allein zurückbleiben würde; im nächsten Augenblick konnte er Jonathans Abreise kaum erwarten. Es war unmöglich, ihm nahezukommen. Der kleinste Versuch in dieser Richtung stieß auf eisige Ablehnung oder eine sarkastische Bemerkung.

Der Rücken des alten Mannes, der den Aufzug bediente, hatte sich versteift, und als Jonathan und Robert ausstiegen, warf er Jonathan mit listig-schlau herabgezogenen Mundwinkeln einen Blick abgrundtiefen Hasses zu. Obwohl Robert Jonathan gegenüber im Moment keine ausgesprochen freundschaftlichen Gefühle empfand, blieb er doch einen Augenblick stehen und sah den alten Mann tadelnd an, der sogleich den Kopf einzog und die Aufzugstür schloß. „Was ist los?" fragte Jonathan, doch Robert gab keine Antwort.

Sie gingen einen langen Korridor entlang. „Ich dachte, Ihre Patientin läge auf einer Station", sagte Robert dann.

„Dort lag sie. Ich ließ sie auf meine Kosten in einem Privatzimmer unterbringen. Sie ist in ihrem ganzen Leben nie ungestört gewesen; sie verdient es, jetzt in Ruhe gelassen zu werden. Ich habe Ihnen noch nichts von ihr erzählt. Krebs im letzten Stadium — Rektum und Dickdarm. Die arme alte Seele konnte sich keine Frühbehandlung leisten, obwohl ich, offen gesprochen, nicht glaube, daß es bei dieser Erkrankung eine Heilung gibt. Man kann sie — manchmal — aufhalten und bei einzelnen Fällen von Hautkrebs — manchmal — etwas dagegen tun. Ich stehe mit meiner Meinung natürlich allein da, aber ich halte den Krebs für eine systematische und keine örtliche Erkrankung, selbst dann nicht, wenn er lokal auftritt. Wäre Miß Meadows vor einem Jahr oder wenigstens vor sechs Monaten gekommen, wir hätten vielleicht etwas tun, zumindest ihr Leben verlängern können. Früher oder später allerdings ... Was sind schon ein paar Jahre mehr — wenn man alt ist und nie gelebt hat?"

„Eine zweite Mrs. Winters?"

„Nein. Das genaue Gegenteil. Sie muß einmal hübsch gewesen sein; sie war meine Lehrerin in der ersten Klasse, und ich sehe sie noch vor mir: hübsch und rundlich und knusprig wie ein Kuchen, der eben aus dem Ofen kommt. Sie muß eine Menge Verehrer gehabt haben, wie unsere Eltern das nannten. Aber sie hatte jüngere Geschwister und Vater und Mutter, und irgendwie kommen Lehrerinnen immer zum Handkuß, wenn es darum geht, die Familie zu erhalten. ‚Es ist ihre Pflicht', sagt man, wo doch der gesunde Menschenverstand, von der Religion ganz zu schweigen, die Leute lehren sollte, daß ihre vornehmste Pflicht darin besteht, ihre eigene Persönlichkeit zu entwickeln, bevor sie etwas für andere tun. Aber ich habe festgestellt, daß Lehrerinnen die geborenen Märtyrerinnen sind. Sonst wären sie keine Lehrerinnen. Hingebungsvolle Wesen. Wieso eigentlich? Ich kann Ihnen Kinder zeigen, bei denen ich schon jetzt weiß, daß sie den Lehrberuf ergreifen werden. Sie sind von einer Aura ruhigen Verantwortungsbewußtseins umgeben.

So erhielt also Miß Anne Meadows, die hingebungsvolle, verantwortungsbewußte Seele, die für alle Welt Liebe empfand, ihre Eltern und zog ihre Brüder und Schwestern auf — wie eben nur Lehrerinnen das zustande bringen. Sie tat nur, ‚was sich gehörte'. Keiner war ihr dankbar; keiner dachte daran, daß die arme Anne ein Recht auf ihr eigenes Leben hatte; keiner verschwendete einen Gedanken daran, daß Anne vielleicht heiraten und eigene Kinder haben und mit dem verdammten Stumpfsinn Schluß machen hätte wollen, sich mit widerspenstigem Kroppzeug abzuplagen, das sowieso nichts lernen will. Sie war eben Anne Meadows, eine Lehrerin mit ‚Pflichten'. Sie beklagte sich nicht.

Nun, nachdem sie dank ihrer Schwester eine Erziehung genossen hatten, flogen die Brüder und Schwestern aus, und was sie betraf, war es ganz selbstverständlich, daß Anne auch weiterhin die Verantwortung für ihre Eltern trug. Dem muß sie wohl beigepflichtet haben. Damals war sie schon fünfzig; ich habe bemerkt, daß die Eltern von Lehrerinnen unglaublich alt werden. Schließlich war sie sechzig, und die Eltern lebten immer noch, mürrisch und nörgelnd und senil, und nach einem Tag voller Arbeit mußte Anne sie den ganzen Abend lang ertragen. Und dann war sie fünfundsechzig und Gott erbarmte sich ihrer — etwas spät — und nahm ihr die Sorge um die Eltern ab.

Ein Bruder und ein Neffe wohnten den Begräbnissen bei. Meine Mutter und ich waren auch da — ich war der einzige von ihren früheren Schülern. Ich hatte sie im Lauf der Jahre oft gesehen und sie immer wieder zu überzeugen versucht, daß sie vor allem ihren Pflichten gegenüber sich selbst nachkommen müßte, aber die arme Frau war von meinen Reden ehrlich schockiert. Das ist auch so ein Symptom der Lehrerinnenkrankheit. Jetzt ist sie achtundsechzig. Ihre Augen wurden schwach und sie mußte sich zur Ruhe setzen; mit der erbärmlichsten Pension, die man sich vorstellen kann. Ich hörte davon und schickte ihr anonym jeden Monat einen Barscheck, sonst hätte sie verhungern oder Fußboden waschen oder sonst so etwas machen müssen, um existieren zu können. Von ihrer Familie hört sie nichts; die haben sie vergessen. Man weiß doch, daß Lehrerinnen ‚große Gehälter' beziehen! Anne konnte sich nie einen Pfennig sparen. Aber sie klagte nie.

Sie führte das Leben einer Märtyrerin. Wenn es so etwas wie Heilige gibt, Anne ist eine. Sie besitzt all die heldenhaften, pathetischen Tugenden — wo ich doch so wenig mit Heiligen anzufangen weiß. Wie sie uns arme Sünder plagen! Übrigens: sie betrachtet meinen monatlichen Scheck als zartes Angebinde ihrer Geschwister und vergißt nie, ihnen herzlich dafür zu danken."

Robert konnte das nicht fassen. „Und haben Sie es ihr nie gesagt?"

Jonathan blieb stehen und sah ihn belustigt an. „Aber keine Spur. Wissen Sie denn gar nichts über ihre teuren Mitmenschen? Die glauben wahrscheinlich, daß sie senil ist oder sich über sie lustig macht. Darum antworten sie ihr nie. Sie wieder glaubt, daß ihre Verwandten keinen Dank haben wollen. Darum strickt und näht sie kleine Geschenke und schickt sie ihnen mit aller Liebe zu Weihnachten. Du lieber Gott!

Ich kann nichts für sie tun. Aber ich habe eine Operation vor, die den Pfuschern die Haare zu Berg stehen lassen wird; sie sind ja so fromm und glauben immer noch, leiden sei ‚des Menschen Los'. Ich habe sie schon einmal durchgeführt, sie ist ziemlich kitzlig. Sie können ja morgen zusehen. Ich schneide die Nerven durch, die zu den karzinomatösen Gegenden führen. Das stillt auf jeden Fall die Schmerzen und sie leidet ja entsetzlich, wenn sie keine Opiate bekommt. Und stellen Sie sich das vor: sie hat mich erst vor drei Tagen rufen lassen und hat Monate lang Höllenqualen erduldet. Na ja — ihr ganzes Leben war eine Hölle, und eine Qual mehr hat ihr fast nichts ausgemacht."

Robert schüttelte den Kopf. „Wenn die Menschen ihrer selbst nicht achten und aus freien Stücken zu Märtyrern werden, kann man da andere verurteilen, wenn sie das ausnützen?" Dennoch war er betroffen.

Um Jonathans Mund traten die harten weißen Wülste hervor. „Wer wissentlich einen anderen ausnützt, ihn seiner Substanz beraubt, auf seine Kosten lebt und von seiner Arbeit dick und fett wird, ist kein Mensch. Er ist ein Parasit, der sich selbst noch mehr Schaden zufügt als seinem Opfer. Er wird geistig und körperlich zu einer wesenlosen Masse, wie Parasiten immer wesenlose, fast primitive Massen sind. Sie haben ja Parasiten unter dem Mikroskop, ja sogar mit bloßem Auge gesehen. Sie verlieren ihre Bewegungsfreiheit und die Fähigkeit ohne ihren Wirt zu überleben. In gewissem Sinne ist der Wirt schuldiger als der Parasit, gerade weil er ihn erduldet. Schon der heilige Paul sagte: ‚Wer nicht arbeitet, soll nicht essen.' Das war eine Warnung, mehr an den Wirt als an den Parasiten gerichtet. Niemand hat das Recht, andere von sich abhängig zu machen, selbst wenn es im Namen christlicher Nächstenliebe geschieht. Mildtätigkeit muß eine Notmaßnahme und von kurzer Dauer sein, wenn man die Seele des Empfängers nicht zerstören will. Die Puritaner wußten das; sie stellten einen Menschen rasch wieder auf die Füße und sahen darauf, daß er sich schnellstmöglich wieder allein fortbrachte. Für Drückeberger gab es keinen Platz. Er arbeitete oder er krepierte."

Robert lächelte. Sein Unmut war verflogen. „Sie hätten Lehrer werden sollen oder einer von diesen neuen Soziologen." Jonathan stieß sich von der Wand ab, gegen die er gelehnt hatte. Er schien außerordentlich müde und seine Augen waren blutunterlaufen. „Dieses verdammte Jahrhundert gibt mir ein sonderbares Gefühl", brummte er. „Als ob es nicht ganz sauber wäre." Sie gingen ein paar Schritte weiter, bis Jonathan vor einer

Tür stehen blieb und auf ein sauber geschriebenes Schild deutete. Er lachte in sich hinein, und Robert las im grellen Licht der nackten elektrischen Birne, die von der Decke hing:

BITTE KLOPFEN UND AUF ERLAUBNIS WARTEN EINTRETEN ZU DÜRFEN

„Das hat Miß Meadows selbst geschrieben, und ich find's wunderbar." Jonathan lachte. „Ihr ganzes Leben war sie von Menschen umringt — ihre Parasitenfamilie, die Tausende von Kindern, die sie unterrichtete, und die lieben Verwandten, die sie immer wieder drängten, ‚ihre Pflicht zu tun', das heißt, sie nicht zu belästigen. Ihr Leben bestand aus Weckern und Windeln, Schultafeln und Scheuerbesen, stampfenden Füßen und störenden Stimmen, Staub, Kreide, schmutzigen Tellern, Geklapper, Geklirr, Krach und Radau. Jetzt endlich darf sie allein sein. Nicht einmal die Schwestern wagen es, ohne anzuklopfen und ohne ihre Erlaubnis einzutreten. Allein sein. Das ist eine wunderbare Sache, allein sein. Wir wissen das gar nicht richtig zu schätzen. Und ich hab' so ein verdammt komisches Gefühl, daß wir eine Zeit erleben werden, in der man nicht mehr allein gelassen, in der die private Sphäre nicht mehr anerkannt werden wird. Alles im Namen des ‚Sozialgefühls', wie dieser Idiot Horace Mann es bezeichnete."

Er klopfte, und kurz darauf ließ sich eine etwas abweisend klingende Frauenstimmen vernehmen: „Wer ist draußen?"

„Jon Ferrier, Miß Anne."

„Oh, komm, komm nur!" Sie betraten ein großes, weißgetünchtes, sonnendurchflutetes Zimmer, und Robert sah die kleine, rundliche Gestalt im Bett aufsitzen und das erstaunlich dichte schwarze Haar aus dem vollen, aber aschfahlen Gesicht zurückstreichen. Er hatte erwartet, die sterbliche Ruine einer armen alten Frau zu Gesicht zu bekommen, doch Miß Meadows sah recht gut aus, sie strahlte ihre Besucher an, und nur ihre Farbe verriet ihr schweres Leiden. Als er näher kam, bemerkte er allerdings, daß ihre ausdrucksvollen braunen Augen von den Opiaten umnebelt und glasig waren; plötzlich gähnte sie, lächelte dann und streckte Jonathan ihre kleine plumpe Hand entgegen.

„Miß Anne", sagte der Arzt und nahm ihre Hand in die seine, „das ist Dr. Morgan, mein Nachfolger, von dem ich Ihnen schon erzählt habe."

Sie nickte Robert freundlich zu und betrachtete ihn prüfend mit dem Verstand und dem lebhaften Einfühlungsvermögen einer Lehrerin, der ein neuer Schüler vorgestellt wird, von dem sie sich ein genaues Bild machen will. „Was für ein netter junger Mann", meinte sie und reichte ihm ihre andere Hand. Sie fühlte sich heiß und zittrig an. „Ich könnte mir vorstellen, daß Sie in Ihrem Leben noch nie jemandem Kummer gemacht haben; stimmt das nicht, Doktor Morgan?"

„Da mögen Sie recht haben. Vielleicht ist das ein Fehler."

Sie lachte, und es war ein liebenswürdiges, verständnisvolles Lachen. „Jonnie hier war der schlimmste Junge, den ich je unterrichtet habe. Über alles mußte ich mit ihm disputieren. Er wußte immer alles besser. Ein stürmischer kleiner Junge. Ihm war ein unglaubliches Gefühl für Gut und Böse angeboren, wie ich seiner Mutter schon immer sagte; Kompromisse lehnte er ab." Wieder gähnte sie. Ein plötzlicher heftiger Schmerz spannte ihre schlaffen Gesichtsmuskeln, doch sie lächelte weiter. Selbst unerträgliche Pein ließ sie die Selbstbeherrschung der Lehrerin nicht vergessen. „Ich betete ihn an", fuhr sie fort, „und prügelte ihn doppelt soviel wie irgendeinen anderen Schüler. Er war auch abscheulich zu seinem kleinen Bruder Harald."

Sie blickte Jonathan zärtlich an, und schalkhafte Zuneigung erhellte ihre umwölkten Augen. „Ich weiß, daß du dieses Zimmer bezahlst, Jonnie. Ich fragte eine der Schwestern aus, und das arme Mädel, eine Anfängerin, mußte es zugeben. Macht nichts, Jonnie. Du weißt, ich habe mir noch nie etwas schenken lassen. Darum habe ich meinen Anwalt gestern zu mir gebeten und dir Papas altes Haus vermacht und die paar Dollar, die auf der Bank liegen. Bitte sag nichts. Das Haus ist nicht viel mehr als zweitausend wert, aber die Grundstückpreise steigen. Gib es einer wohltätigen Stiftung, wenn du willst. Ich wollte nur sichergehen, daß du es bekommst — und niemand sonst." Ihre Stimme ließ nach.

„Na ja", sagte Jonathan. „Was wird Ihre Familie dazu sagen?"

Ein seltsames Lächeln umspielte ihre Lippen. „Jonnie, ich bin eine alte Frau, und alte Frauen machen manchmal merkwürdige Entdeckungen. Oder vielleicht sind sie nur wißbegierig. Ich weiß, daß du es warst, der mir die geheimnisvollen monatlichen Schecks geschickt hat. Bitte leugne es nicht ab."

Ihre Stimme, ihre Augen, ihr Haar und ihre Art waren die eines jungen Mädchens, und Robert entsann sich, daß die meisten Lehrerinnen, die er gekannt hatte, diese eigenartige Jugendlichkeit auch noch im hohen Alter ausstrahlten. War das die Folge ihres Umgangs mit Kindern oder einer angeborenen Geisteshaltung?

Sie hielt immer noch Jonathans Hand fest, beugte nun den Kopf vor und legte wie eine Mutter ihre Wange daran. „So ein braver Junge", sagte sie. „Du darfst niemals von hier fortgehen, Jonnie. Du darfst dich von ihnen nicht verjagen lassen. Du würdest es nicht überleben. Ich möchte mich nicht in dir getäuscht haben. Es mangelte dir nie an Mut."

„Aber, Miß Anne", unterbrach sie Jonathan. „Sie sind doch nicht mehr meine Lehrerin. Ich bin jetzt ein großer Junge. Wie haben Sie die Nacht verbracht?"

„Sehr gut. Besser als seit langer Zeit."

„Sie hätten früher zu mir kommen sollen."

Sie lächelte ihn mit eindrucksvoller Offenheit an. „Sieh mal, Jonnie, ich wußte, daß du viele Leute behandelst, ohne etwas dafür zu verlangen. Ich wußte, daß du auch mir keine Rechnung schicken würdest. Darum kam ich nicht. Ja, ich weiß, ich hätte zu anderen Ärzten gehen können — aber da hätte ich zahlen müssen, und das konnte ich mir nicht leisten. Eine arme Frau hat's schwer."

Jonathan setzte sich auf die Bettkante und sah sie ernst an. „Miß Anne, Sie wissen, daß ich Sie morgen operieren und damit Ihre Schmerzen zum Großteil lindern werde. Sie wissen aber auch, daß es auf lange Sicht gesehen nicht viel helfen wird, nicht wahr?"

„Ja, Jonnie, ich weiß. Ich bin dir dankbar, daß du mich nicht täuschen willst. Ich hatte nie viel Zeit, um an Gott zu denken, weißt du, aber jetzt tue ich es. Es ist sehr interessant. Es ist irgendwie das Aufregendste, das ich je erlebt habe, dieses Nachdenken über Gott und den Weg, den ich nun gehen werde. Wenn meine Augen es zulassen, lese ich in der Bibel, die ich mir mitgebracht habe. ‚Gewißlich lebt der Mensch noch einmal.' Das ist sehr tröstlich. Ich hoffe nur", fuhr sie heiter lächelnd fort, „daß ich nicht wieder Lehrerin werden muß. Ich hoffe, ich darf in einer kleinen Holzhütte im Wald leben, von Rosen umgeben und dem Gesang der Vögel lauschen. Ganz allein."

Jonathan antwortete nichts und streichelte nur ihre fiebernde Hand.

„Das glaubst du wohl nicht, Jonnie, nicht wahr?"

„Nein", antwortete er, „ich glaube es nicht. Aber ich mag mich täuschen. Um Ihretwillen hoffe ich, daß ich mich täusche."

Sie seufzte und richtete einen fragenden Blick auf Robert. „Sie sind sicher ein frömmerer junger Mann als Jonnie, Dr. Morgan." Dann wandte sie sich wieder an Jonathan und ihr Gesichtsausdruck wechselte. „Verlaß mich nicht, Jonnie! Jonnie, verlaß mich nicht!" Panische Angst schwang in ihrer Stimme.

„Nein, nein, Sie wissen doch, daß ich das nicht tun werde." Er zögerte. „Ich weiß, Sie sind nicht katholisch, aber wäre es Ihnen recht, wenn ein Freund von mir Sie besuchen käme, um ein wenig zu plaudern, Vater McNulty? Er wird Ihnen keine Predigten oder Vorlesungen halten. Aber er kann Ihnen Dinge erzählen, die Sie vielleicht interessieren könnten; das ist schließlich seine Spezialität."

„Ja, lieber Freund, das wäre mir sehr recht." Die Angst war aus ihrer Stimme geschwunden. „Ich danke dir, Jonnie. Und wir werden gemeinsam einen Plan aushecken, um dich hier zu behalten, wo du so sehr gebraucht wirst."

Eine Schwester trat ein, eine Morphiumspritze in der Hand, aber es war Jonathan, der Miß Meadows Arm mit einem Tupfer reinigte und die Nadel einstach. Sie wandte den Blick nicht von ihm ab, den nachdenklichen Blick einer Lehrerin. „Jetzt werde ich schlafen", sagte sie, „und ich wollte doch eigentlich nachdenken."

In seiner Assistentenzeit hatte Robert Hunderte von Patienten gesehen, doch nie zuvor solch überzeugten Mut und Stärke. Er wußte, daß sie entsetzlich leiden mußte. Und dennoch galt ihre Sorge Jonathan. Während die Schwester die Kissen zurechtrückte und Leintuch und Decke glättete, sagte sie: „Du darfst nicht fortgehen, Jonnie, du darfst nicht. Es wäre für immer dein Ende. Weglaufen hilft nicht; man muß dem Ungemach die Stirne bieten, selbst wenn man mit dem Rücken zur Wand steht. So hast du's gehalten, als du ein kleiner Junge warst — so will ich dich in meiner Erinnerung behalten. Jonnie?"

„Ich bin kein Feigling", antwortete er. In wenigen Augenblicken war sie eingeschlafen und jetzt zeigten sich die tiefen Furchen ihrer Qual auf der Stirne und rings um den Mund. „Oh, Doktor Ferrier", sagte die Schwester. „Der Chefarzt, Doktor Bedloe, wünscht Sie dringend zu sprechen. Er meinte, es wäre überaus wichtig."

„Zum Teufel mit ihm", brummte Jonathan. Er blickte auf die Schlafende hinab. „Ich wünschte, sie würde so einschlafen und nicht mehr erwachen. So etwas kann den tapfersten Patienten zermürben. Ich möchte sie nicht sehen, wenn sie diesen letzten Zustand erreicht."

„Ich glaube nicht, daß es sie zermürben wird", bemerkte Robert in seiner jugendlichen Unerfahrenheit.

„Doch, doch", sagte Jonathan. „Sie ist nicht die einzige, die mich noch an diese Stadt fesselt. Ich kann nicht gehen, solange sie nicht gegangen ist. Und bei dieser Krankheit kann man nichts prophezeien; sie mag noch eine Woche haben oder auch sechs Monate." Er warf Robert einen bitteren Blick zu. „Ich weiß, es ist unsere Pflicht, sie am Leben zu erhalten. Aber manchmal frage ich mich, wozu."

Die Schwester sah ihn entrüstet an und wiederholte: „Doktor Bedloe wünscht Sie dringend zu sprechen, Herr Doktor."

„Das haben Sie schon gesagt. Und ich habe Ihnen geantwortet: zum Teufel mit ihm." Er nahm Robert beim Arm. „Ich kann Ihnen jetzt nicht mehr schaden. Sie gehören bereits zum Stab. Und Bedloe wird Ihnen ganz besonders zu schaffen machen. Einer dieser Stümper, die sich ihr Diplom ersessen und nicht ein Zehntel soviel Verstand haben wie Doktor Butzemann."

Robert erinnerte sich an Doktor Bedloe als einen hochgewachsenen, stattlichen Mann mittleren Alters mit blaßroter Gesichtsfarbe, kalten blauen Augen, herrischem Wesen und selbstsicherer Stimme. Wie so viele seiner Art, nannte er einen Wust seidigen, weißen Haars sein eigen; es hieß, er besäße Ölquellen in Titusville und sei sehr wohlhabend. „Ich würde Bedloe als Anus bezeichnen", sagte Jonathan, während er mit Robert das Zimmer verließ, „wenn ich damit nicht einen hart arbeitenden und geduldigen Körperteil verunglimpfte, den man so oft schmäht und der nur selten Anlaß zur Sorge gibt, außer Menschen, die sich einer zu seßhaften Lebensweise befleißigen. Vielleicht sollte ich ihn einfach Kloake nennen, was freilich der Kloake nicht schmeichelt, die ja schließlich einen Zweck erfüllt, was bei Bedloe nicht der Fall ist. Allerdings schafft er auf seine Art und fein säuberlich die blutigen Abwässer fort, die seine Lieblingsschlächter in den Operationssälen auswerfen. Fein säuberlich, so daß keiner was merkt, außer ein paar von uns jüngeren Ärzten, die es zumeist nicht wagen, etwas zu sagen. Ich habe mir nie ein Blatt vor den Mund genommen. Darum haßt er mich bis auf den Tod."

Die Schwester folgte ihnen auf den Korridor. „Doktor Bedloe", begann sie abermals in ihrer lehrhaften Stimme; dann leuchtete ihr Gesicht auf. „Ach, da ist er schon!"

Tatsächlich stieß Doktor Bedloe wie ein Adler auf sie herab. „Jon!" rief er. „Ich bin so froh, daß ich Sie hier treffe! Es ist sehr wichtig."

„Was habe ich denn jetzt angestellt?" fragte Jonathan und lehnte sich lässig gegen die Wand. „Ich habe ohnehin schon kaum mehr als ein halbes Dutzend Patienten in diesem Zuchthaus." Dann heftete er einen neugierigen Blick auf den alten Chefarzt. „Was ist denn los, Herr Doktor? 'Ne kleine Angina im Anzug?"

Dr. Bedloe war wirklich blaß und schien sehr erregt. Auf seinen kurzen Wink hin eilte die Schwester davon. Er warf einen mißtrauischen Blick auf Robert. „Ich muß Sie allein sprechen, Jon. Es ist von allergrößter Wichtigkeit."

„Heraus mit der Sprache", sagte Jonathan, ohne sich zu rühren.

„Bob ist mein Ersatzmann. Es wird seine Aufgabe sein, nach euch Schlächtern sauber zu machen. Also erzählen Sie schon."

Doktor Bedloes Erregung nahm zu. Er warf Robert einen vernichtenden Blick zu. Noch vor zwei Wochen hätte Robert sich auf Grund solchen Augenspiels diskret zurückgezogen; jetzt aber stand er unbeweglich auf seinen langen Beinen und tat nichts dergleichen. Eine Sekunde lang gab Doktor Bedloe seinem Ärger offen Ausdruck und seine Augen blitzten unheilverkündend.

„Es ist eine sehr private Angelegenheit, Jon."

„Nichts ist privat. Jedenfalls für mich nicht mehr."

Der Chefarzt biß sich wütend auf den Schnurrbart. „Es handelt sich um meine Nichte", sagte er dann. „Hortense Nolan. Sie kennen sie ja. Sie waren bei ihrer Hochzeit. Sie hat den jungen Nolan geheiratet. Verdammt nochmal, Jon! Soll ich hier stehen und das ganze Krankenhaus informieren?"

„Wenn ich mich recht entsinne", entgegnete Jonathan, „haben Sie schon einmal das ganze Krankenhaus informiert. Über mich. Noch vor meiner Verhaftung. Sie entließen mich schon, bevor noch Anklage gegen mich erhoben wurde. Sie sind ein sehr voreiliger Mann, Kollege. Ein väterlicher Freund."

„Mein Gott!“ rief Doktor Bedloe aus, und Robert las echte Verzweiflung in seinen Zügen. „Wozu kommen Sie denn jetzt damit? Ist das nicht Wasser über den Damm? Ich denke an Hortense. Ich habe Ihnen vieles angelastet, Jon. Immer schon. Aber ich hielt Sie nie für böswillig.“

Jonathan sah ihn scharf an. „Da scheint tatsächlich etwas geschehen zu sein. Also, was ist mit Hortense? Hübsches Mädel, soweit ich mich erinnern kann. Lange rote Haare und schöne weiße Zähne. Neunzehn? Also?“

„Es ist . . . Sie wissen ja davon, Jon! Sie war schwanger —“

„Ja. Ich entsinne mich. Ich empfahl Ihnen den jungen Harrington, als Sie mich ersuchten, das Mädchen zu entbinden. Aber moderne, junge Ärzte sind ja für Sie und Ihre Familie nicht gut genug, nicht wahr? Sie sagten mir damals, der alte Schaefer würde sie entbinden. So war es doch, nicht wahr?“

„Ja.“ Doktor Bedloe ließ den Kopf sinken. „So war es. Er hat sie im St. Hilda entbunden. Vor fünf Tagen. Ein süßes Kind, ein Junge.“

„Und?“

„Es ist so, Jon . . .“

„Jetzt erzählen Sie mir um Himmels willen nicht, daß das Mädel Kindbettfieber hat!“

„Peritonitis.“

Jonathan stieß sich von der Wand ab und sah Doktor Bedloe mit Abscheu und offenem Haß an. „Ich habe Sie gewarnt. Den alten Schaefer dürfte man nicht einmal eine Kuh entbinden lassen. Er wäscht sich nicht die Hände; das hat er sich zum Prinzip gemacht, seitdem vor Jahren die aseptische Behandlung propagiert wurde. Er glaubt auch heute noch nicht an Bakterien. Aber er ist ja so ein freundlicher alter Bastard und macht den Mädchen Mut und tätschelt so nett ihre Wangen, bevor er ihnen das Chloroform über die Nasen stülpt. Mein Gott, Peritonitis! Haben Sie etwas anderes erwartet?“

„Sie liegt im Sterben, Jon. Ich liebe sie wie meine eigene Tochter. Ich hatte ja nie Kinder. Und sie liegt im Sterben. Sie haben mich soeben vom St. Hilda angerufen. Sie — seit gestern hat sie Fieber, und heute —.“

„Und das alte Schwein mit seinen tätschelnden dreckigen Händen hat sie infiziert. Was hat er denn vorher gemacht? Eine Autopsie?“ Doktor Bedloe breitete die Arme aus. „Sie muß sofort operiert werden — um mit dem Leben davonzukommen. Sie — nach der Geburt blutete sie etwas mehr als üblich. Man glaubte, sie wäre schon außer Gefahr. Sie stirbt, Jon.“

„Operation?“ sagte Jonathan mit lauter Stimme. „Hysterektomie? In ihrem Alter?“

Mit einem Mal sah Doktor Bedloe alt und krank und müde aus. „Es ist noch viel ärger. Das — Baby starb gestern abend. Ein — Gehirnschaden, Geburtsverletzung, glaube ich. Und es ging alles so glatt, obgleich es eine Zangengeburt war. Und ganz plötzlich ... Sie ist erst neunzehn, Jon."

„Allmächtiger Gott", sagte Jonathan.

Robert Morgan erschauderte nicht einmal. Dazu war sein Entsetzen zu groß.

„Louis Hedler meinte, ich sollte Sie sofort rufen, Jon. Wenn jemand Hortense retten könnte, sagte er, wären Sie es."

„Der gute alte Louis." Jonathan schüttelte den Kopf. „Hören Sie, Humphrey, da mische ich mich nicht hinein, nicht einmal für die kleine Hortense. Das ist euer schmutziges Werk; mir werdet ihr das nicht in die Schuhe schieben. Wo ist denn der alte Schaefer?"

„Er weicht keinen Augenblick von ihrer Seite. Es ist — tragisch ..."

„Kann man wohl sagen. Ist sie nicht auch sein Patenkind? Nein, nein, ich will mit dieser Schweinerei nichts zu tun haben. Damit ihr dann überall herumerzählen könnt, es wäre meine Schuld gewesen? Nein, Humphrey. Es tut mir leid, aber ihr müßt schon selber sehen, wie ihr damit fertig werdet."

Dr. Bedloe umklammerte Jonathans Arm. „Jon, bitte." Seine Stimme brach. „Denken Sie an Hortense und nicht an all das andere. Ich verspreche Ihnen —"

„Natürlich. Jetzt versprechen Sie alles. Aber wenn Hortense stirbt — und vermutlich wird sie das —, dann wird es meine Schuld sein. War es nicht Ihre Frau, die überall herumerzählte, der Tod der kleinen Martha Best wäre von mysteriösen Umständen begleitet gewesen? Ja, sie war es. Ich weiß es von meiner Mutter."

„Jon, ich werde im Operationssaal sein. Ein halbes Dutzend Ärzte wird dabei sein."

„Wunderbar. In euren bakterienverseuchten Gehröcken. Nein, danke. Es tut mir leid um Hortense. Rufen Sie doch Harrington, wie Sie es von allem Anfang an hätten tun sollen."

Dr. Bedloe schien den Tränen nahe zu sein. „Ich — ich habe schon daran gedacht. Er hat abgelehnt."

„Einen Punkt für Phil. Hören Sie, Humphrey, ich will ein Gebet für Hortense sprechen, aber lassen Sie mich aus dem Spiel."

Er schüttelte den Kopf und wandte sich ab, aber Roberts Augen hielten ihn fest. „Doch nicht auch Sie?" brummte er ärgerlich.

„Ich komme mit", sagte Robert. „Ich werde Ihnen assistieren."

„Sie und Ihr kleiner roter Schnurrbart!" Jonathan musterte ihn geringschätzig. „Lassen Sie sich warnen: gehen Sie nie nach einem Pfuscher aufräumen! Wenn es dann zu spät ist, wird er in alle Welt hinausposaunen: ‚Der hat's gemacht, der hat's gemacht!' Er wird es Ihnen nie verzeihen, daß Sie eine anständige ärztliche Ausbildung genossen haben."

„Bitte, Jon", ließ Doktor Bedloe sich vernehmen.

„Was kann mir diese verstunkene Stadt noch antun? Höchstens wird man sagen, ich hätte auch Hortense ermordet. Kommen Sie, Bob? Wir gehen ins St. Hilda hinüber."

NEUNTES KAPITEL

Nach einer schnellen Fahrt durch die Stadt trafen Jonathan und Robert im St.-Hilda-Krankenhaus ein. Sie hatten kein Wort miteinander gewechselt, wenngleich Jonathan Robert so manchen finsteren und vorwurfsvollen Blick zugeworfen hatte, als ob dies alles des jungen Mannes Schuld wäre und Robert ihn in diese gefährliche Situation hineinmanövriert hätte. Doch Robert lächelte unter seinem Schnurrbart. Sie begaben sich sogleich in das luxuriös eingerichtete Appartement der jungen Hortense Nolan und fanden dort Doktor Emil Schaefer an Hortensens Bett sitzen, die weinerlich protestierte, während der Arzt sie zart und liebevoll drängte, doch ‚eine Kleinigkeit' zu essen. „Die gute Suppe. Dieses schmackhafte Stückchen Huhn. Dieser schöne, frische Butterkuchen. Du mußt Kräfte sammeln."

Jonathan trat ein, im Laufschritt fast, entriß dem Arzt den Löffel, hob das volle, dampfende Tablett vom Bett und schleuderte es krachend gegen die Wand. „Verdammt!" rief er. „Wollen Sie das Mädel ganz umbringen? Raus, raus! Ich wünsche eine sofortige Besprechung mit euch allen." Doktor Schaefer, ein kahlköpfiger kleiner Mann mit rosigem Gesicht und einem starken grauen Bart, starrte ihn an wie einen tollwütigen Hund und erhob sich langsam. Doktor Bedloe, der Jonathan auf den Fersen gefolgt war, warf einen bestürzten Blick auf die Reste des ‚nahrhaften Essens', sagte aber dann mit aller Ruhe, die ihm zu Gebote stand: „Emil, ich habe Jon Ferrier gerufen — er ist mit diesen Dingen vertraut — und wir möchten gerne mit Ihnen konferieren."

„Sie haben diesen — diesen —", stammelte Doktor Schaefer.

„Sie ist meine Nichte, Emil. Sie wissen ja, es gibt da moderne Erkenntnisse —"

Das fette rosige Gesicht Doktor Schaefers wurde sehr blaß. „Wenn er sie anrührt, muß ich den Fall zurücklegen, Bedloe."

„Auch Louis Hedler hat Jon um seine Hilfe ersucht", sagte Doktor Bedloe, von tödlicher Angst erfüllt, Jonathan könnte sich weigern. „Bitte, Emil."

„Ich habe es mir überlegt", sagte Jonathan. „Er soll hierbleiben. Ich möchte ihm einige Fragen stellen. Ich möchte auch die zwei Assistenzärzte vom Vorjahr hier haben, Moe Abrams und Jed Collins. Sie hatten ja unter den Pfuschern genug zu leiden. Und Louis. Holen Sie sie, Humphrey." Er sprach zu dem Chefarzt der ‚Freunde', als wäre dieser ein Lakai. „Solange ihr nicht alle hier seid, schaue ich mir die Patientin gar nicht an. Und sagen Sie Moe und Jed, sie möchten ihre Notizbücher mitbringen. Das geschieht nicht nur zu ihrer Ausbildung, sondern auch zu meinem Schutz."

Sein hageres, dunkles Gesicht war sehr blaß und seine Augen funkelten Doktor Bedloe drohend an. Doktor Schaefer nahm sein Taschentuch heraus und wischte sich den Schweiß von Stirne und Händen. Jonathan trat auf ihn zu, ergriff das Taschentuch, starrte den kleinen Mann an, sah auf seine Hände hinunter und warf ihm das Taschentuch ins Gesicht. „Erkältet sind Sie also auch, nicht wahr? Wie oft haben Sie sie heute mit diesen Händen voller Bakterien schon untersucht, Sie verbrecherischer Narr?"

„Das lasse ich mir nicht gefallen", rief Doktor Schaefer aus, „diese Beleidigungen eines unfähigen Laffen, dessen Fahrlässigkeit sogar —"

„Emil, um Gottes willen!" unterbrach ihn Doktor Bedloe verzweifelt.

„Es war absichtlich", trumpfte Doktor Schaefer auf, der einem Schlaganfall nahe schien.

„Kümmern Sie sich nicht um ihn, Humphrey", sagte Jonathan. „Gehen Sie jetzt diese Leute holen. Lassen Sie ihn da stehen und plärren. Er wird es schwer genug haben, meine Fragen zu beantworten."

Er stieß seine Hände in die Taschen, als steckte er Dolche in die Scheide. Muß er sich so gewalttätig verhalten? ging es Robert durch den Kopf. Dann trat er langsam an das schöne Messingbett heran und blickte auf das junge Mädchen nieder.

Hortense Nolan lag hochgebettet auf einem Keilkissen und Pölstern und Laken aus bestem und feinstem Leinen, und Robert erkannte deutlich, daß sie dem Tode durch Blutvergiftung nahe war. Sie war so zart und schlank und jung, daß sie kaum älter als zwölf Jahre schien, und die Masse ihres roten Haares hob sich fast schmerzlich von der fahlen Blässe ihres Gesichtchens ab. Wie eine Notflagge floß es über die Kissen und ihren pochenden Busen. Ihre halb offenen Augen lagen in dunklen Höhlen, von einem gelblich-grauen Film bedeckt. Ihre Nasengrube war aschfahl und eingefallen, die Lippen schwach purpurfarben. Sie war zart gebaut, mit schmächtigen Armen und überaus zierlichen Händen, mit denen sie jetzt ruhe- und ziellos über die Decke fuhr. Laut hallte ihr keuchender Atem in dem plötzlich stillen Raum. Doch Jonathan sah sie nicht an; er stand am Fenster und starrte hinaus, während Doktor Schaefer seinen breiten Rücken gegen die Wand neben der Tür drückte.

Zwei Schwestern traten ein und eilten auf das Bett zu. Ohne sich umzudrehen, befahl ihnen Jonathan: „Gehen Sie nicht zum Bett und berühren Sie die Patientin nicht!"

Die Schwestern glotzten ihn an und ihre frischen Gesichter erstarrten vor Erstaunen. Dann wandten sie sich mit verständnisinnigem Lächeln an Doktor Schaefer. „Herr Doktor", sagte die eine mit kriecherischer Gebärde, „Mrs. Nolans Eltern und ihr Gatte sind draußen und wünschen Mrs. Nolan zu sehen."

„Ja, Ja", nickte der kleine Mann niedergeschlagen, „natürlich. Lassen Sie sie eintreten."

„Nein", sagte Jonathan. „Wenn die Herrschaften eintreten, gehe ich — hinaus. Und komme nicht zurück."

Doch die Schwestern warteten nur auf Doktor Schaefers Anweisungen, lächelten verächtlich und ignorierten Jonathan. Doktor Schaefer zauderte. Es kostete ihn so viel Mühe, eine Entscheidung zu treffen, daß er puterrot wurde. Mit haßerfüllten Blicken starrte er auf Jonathans Rücken hinüber. „Ich — wir — wir halten ein Konsilium ab", murmelte er. Die ältere Schwester tat erstaunt einen Schritt zurück. „Mit Doktor — Ferrier?"

„Mit Doktor Ferrier", bestätigte Doktor Schaefer. Die zwei jungen Frauen starrten ihn an. Dann wandten sie langsam die Köpfe und sahen zu Jonathan am Fenster hinüber. Ihr Erstaunen wuchs ins Ungemessene. „Lassen Sie uns allein", wies Doktor Schaefer sie mit erstickter Stimme an. Die Schwestern verließen verwirrt das Zimmer; ihre langen weißen Röcke raschelten. Sie konnten es kaum erwarten, ihren Kolleginnen über diese unglaubliche Szene zu berichten. Robert hörte sie in aufgeregtem Geplapper den Gang hinuntereilen. Und wieder trat Stille ein, bis auf das gequälte Atmen des sterbenden Mädchens, das sich der Anwesenheit der Männer überhaupt nicht bewußt zu sein schien. In der hellen Nachmittagssonne blähte ein sanftes Lüftchen die gefältelten Vorhänge an den Fenstern. Die Kranke war in jenen Zustand des Losgelöstseins und innerer Freiheit versunken, der das Vorzimmer des Todes ist. Doch Jonathan schenkte ihr keinen Blick; Robert sah seine fahlen Wangen, die kantig vorspringenden Backenknochen und die Spannung seines ganzen Körpers, als würde er jeden Augenblick die Beherrschung verlieren.

Die Tür flog auf und Doktor Hedler, gefolgt von Doktor Bedloe und den zwei jungen Assistenzärzten, betrat eilig das Zimmer. „Jon!" rief Doktor Hedler aus. „Es ist sehr freundlich von dir, an diesem — eh — Konsilium teilzunehmen! Sehr liebenswürdig!"

Jonathan drehte sich vom Fenster weg, faßte jedoch die zwei Assistenzärzte ins Auge, als er erwiderte: „Ich möchte eines klarstellen: ich wurde unter Druck gesetzt, um hierherzukommen. Mein gesunder Menschenverstand riet mir, abzulehnen. Ich bin gegen meinen Willen hier und weil ich eine sentimentale Schwäche für die jugendlichen Opfer halsstarriger Pfuscher habe, die noch im Mittelalter zu leben glauben, noch nie etwas von Lister und Semmelweis gehört haben und nach Belieben einen Mord nach dem anderen begehen. Ich bin gekommen, um sie so bloßzustellen, wie die Amerikanische Ärztevereinigung sie bloßgestellt sehen will. Ich möchte die Spitäler von ihnen befreien. Ich darf mir von meinen Bemühungen nicht allzuviel erwarten, aber die Zeit wird ihnen schon den Garaus machen."

„Jon", unterbracht ihn Louis Hedler, „kannst du dir diese Beschimpfungen nicht für später aufheben? Hortense ist schon beinahe in extremis."

Doch Jonathan sah immer noch die Assistenzärzte an. „Moe Abrams", sagte er, „es war Ihr Glaubensgenosse Ignaz Semmelweis, der im Jahre 1847 die Ursache des Kindbettfiebers entdeckte. Mangel an Asepsis war es und das Betreten der Gebärstationen mit Blut aus den Seziersälen auf den ‚ärztlichen' Händen. Sein Vorgesetzter, Johann Klein, vertrieb ihn aus seiner Heimat Ungarn, nachdem er ihn zuvor mit Haß und Verleumdungen überschüttet hatte, nur weil er in seiner maßlosen Einbildung die ‚modernen Methoden' geringschätzte. Er brachte Semmelweis an den Rand des Wahnsinns. Und dann kam Joseph Lister. Auch er wurde verlacht. Noch heute werden diese Pioniere von den Pfuschern und Stümpern verhöhnt und verspottet."

„Jon", versuchte Doktor Hedler ihm ins Wort zu fallen.

„Louis", sagte Jonathan, „du und Schaefer und Bedloe, ihr habt nicht einmal das Recht, Hunde zu behandeln. Ich würde euch Monty, meinen Boxer, nicht anvertrauen, das weiß ich. Ihr würdet ihn umbringen."

Die zwei Assistenzärzte lächelten sich kurz an und hefteten dann ihre bewundernden Blicke auf Jonathan.

„Ich", fuhr er fort, „würde mir nicht einmal eine Verbrennung ersten Grades von euch behandeln lassen." Er deutete auf das Bett. „Und dennoch habt ihr vermutlich die kleine Hortense hier auf dem Gewissen." Er trat ans Bett und betrachtete die beiden Assistenzärzte mit feierlichem Ernst. „Meine Herren", sagte er, „ich möchte Sie bitten, sich ausführliche Notizen zu machen. Ich werde meine Fragen langsam stellen, damit Sie mitschreiben können. Notieren Sie bitte auch die Antworten."

„Das widerspricht der Ethik!" empörte sich Doktor Schaefer und warf seinen Freunden Hedler und Bedloe hilfesuchende Blicke zu. Doch beide wichen seinen Augen aus. „Stehe ich hier unter Anklage?"

„Jawohl. Sie und die anderen." Jonathan öffnete seine Tasche, rückte einen Stuhl ans Bett und richtete nun zum ersten Male seine ungeteilte Aufmerksamkeit auf Hortense. Er betrachtete sie mit höchster Konzentration, indem er sich über sie beugte, sie aber nicht berührte. „Lassen Sie sofort eine Spritze mit 15 mg/cc Morphium kommen", sagte er dann.

„Morphium?" rief Doktor Schaefer aus. „Wo sie kaum atmen kann?"

„Louis", sagte Jonathan, ohne den Kopf zu heben.

Doktor Hedler zauderte, klingelte dann nach einer Schwester und gab ihr, als sie erschien, den Auftrag.

„Er bringt sie um", flüsterte Doktor Schaefer in verzweifeltem Ton. Jonathan warf den Assistenzärzten einen Blick zu. „Morphium verringert die Peristaltik, wie Sie wissen. Hier haben wir es nicht nur mit Kindbettfieber, sondern auch mit extensiver Peritonitis zu tun." Er begann jetzt die junge Frau zu untersuchen. Sie stöhnte schwach. Er zog die Bettdecke fort und stieß den gemeinsten Fluch aus, den Robert je gehört hatte. „Ein dreckiger Tampon! Ein schmutziger, dreckiger Tampon! Wozu? Um die Blutung zu stillen? Schauen Sie sich das an!" Er hob das Ding hoch in die Luft. „Voll mit dem, was unsere Freunde hier ‚heilsamen Eiter' nennen! Wann zum Teufel hat sie aufgehört zu bluten, Emil?"

Doktor Schaefer war sichtlich unangenehm davon berührt, daß die Assistenzärzte eifrig mitschrieben. „Bis gestern früh — blutete sie nur wenig. Darum ließ ich den Tampon einlegen."

Die Schwester kehrte mit der Morphiumspritze zurück und reichte sie Jonathan mit einer verächtlichen Geste; geschickt injizierte dieser die Flüssigkeit in Hortenses Arm. Sie stöhnte schwach auf. Mit einem gezierten Lächeln zog sich die Schwester zur Tür zurück und blieb dort stehen. Sie würde ihren Kolleginnen soviel Spaßiges zu erzählen haben. Robert sah ihr Grinsen und seine Überzeugung von der „Güte" der menschlichen Natur geriet erneut ins Schwanken. Wie hatte Jonathan es ausgedrückt? „Der Mensch ist schlecht, seiner Natur nach bösartig und gemein und wünscht auch seinem Mitmenschen alles Schlechte." Nun ja. Daran schien viel Wahres zu sein. Zuviel Wahres für den eigenen Seelenfrieden.

Jonathan warf den gelb verfärbten Tampon in eine Schüssel und hielt sie den Assistenzärzten hin. Während sie den Inhalt mit Entsetzen betrachteten, fragte er: „Also, Emil. Haben Sie die Risse genäht?"

„Das habe ich." Dr. Schaefer fühlte sich unsäglich gedemütigt. Seine Augen brannten und seine Blässe nahm zu.

„Nach Verwendung der Geburtszange? Ja. Haben Sie die Geburtszange sterilisiert? Nein. Haben Sie die modernen antiseptischen Methoden in bezug auf Ihre Hände angewendet? Nein. Gummihandschuhe? Nein. Haben Sie das alles, meine Herren?"

„Jawohl, Herr Doktor", erwiderte der junge Doktor Abrams mit übertriebener Feierlichkeit.

„Gut. Also, Emil. Haben Sie darauf geachtet, ob die Plazenta restlos abgegangen ist?"

Doktor Schaefer stützte sich schwer gegen die Wand. „Ich denke schon. Es — schien so."

Jonathan stürzte sich förmlich auf ihn. „Sie ‚denken schon'? Wissen Sie es nicht, Herr — Doktor?"

Doktor Schaefer antwortete mit lauter, sich beinahe überstürzender Stimme: „Ich habe Tausende — Tausende — Entbindungen vorgenommen! Ich müßte es ja wohl wissen!"

„Und wie viele Ihrer Patientinnen sind daran gestorben, Herr Doktor? An Blutungen? An Kindbettfieber? An extensiver Peritonitis?"

„Darauf muß ich Ihnen nicht antworten! Darauf gebe ich keine Antwort!"

„Nein", sagte Jonathan. „Das fünfte Verfassungsänderungsgesetz bewahrt Sie davor, sich selbst belasten zu müssen. Also — wir haben hier durchaus mit der Möglichkeit zu rechnen, daß Reste der Plazenta zurückgeblieben sind, was allein schon genug Schaden angerichtet haben könnte. Ein weiterer verhängnisvoller Aspekt liegt in der Tatsache begründet, daß der normale Ausfluß gehemmt und durch Eiter ersetzt wurde." Er sah Doktor Hedler an. „Ich bitte, sogleich einen Operationssaal vorbereiten lassen zu wollen."

Doktor Hedler nickte der Krankenschwester zu, die, vor Neuigkeiten fast platzend, eilig hinausstürzte.

Während er die Untersuchung fortsetzte, sprach Jonathan langsam weiter. „Hohe Pulsfrequenz. Erbrechen. Bauchdecke hart. Sie werden bemerken, Doktor Abrams und Doktor Collins, daß ich keine Vaginaluntersuchung vornehme. Das hat die Patientin heute schon sechsmal über sich ergehen lassen müssen. Mit schmutzigen Händen."

„Das lasse ich mir —" begann Doktor Schaefer wild schreiend und wandte sich ungestüm seinen Kollegen zu.

Doktor Bedloe sah ihn ärgerlich an. „Seien Sie ruhig, Emil", sagte er.

Jonathan fuhr fort. „Seit gestern abend 40 Grad Fieber. Heftige Sepsis. Wir wollen hoffen, daß sich nicht irgendwo eine Embolie gebildet hat." Aufmerksam untersuchte er die schlanken weißen Beine des Mädchens. „Bis jetzt noch nicht, soweit ich erkennen kann."

„Hysterektomie?" fragte Doktor Bedloe.

„Ich weiß es nicht. Noch nicht. Hier neben dem Uterus finde ich einen Abszeß. Extensive Peritonitis. Breitet sich rasch aus. Beten wir, daß der Abszeß verschlossen ist. Ohne vollständige Asepsis ist niemand in den Operationssaal zuzulassen: Mäntel, Masken, Hauben, Gummihandschuhe. Sie, Doktor Schaefer, sind überhaupt nicht zugelassen. Ihre ‚Erkältung' hat zu der Infektion beigetragen."

„Meine Patientin! Wie soll ich wissen, was Sie mit ihr machen werden — Sie kleiner Scharlatan?"

Jonathan erhob sich und starrte ihn angewidert an. „Scharlatan? Ich? Schauen Sie sich in den Spiegel, Emil. Wenn ich dieses Mädchen rette — was ich noch sehr bezweifle —, werden Sie damit keine Ehre einheimsen."

Doktor Schaefer wandte sich mit ausgebreiteten Armen an seine Kollegen: „Louis! Humphrey! Sie wissen doch, was los war! Mit seiner Frau. Soll er das auch mit Hortense tun dürfen?"

Robert konnte es Jonathan nicht verübeln, daß er jetzt rasch auf Doktor Schaefer zutrat und ihm brutal ins Gesicht schlug. Doktor Schaefer wankte zurück und griff sich an die Wange. Die Anwesenden standen stumm, entsetzt und unbeweglich da; nur die beiden Assistenzärzte starrten betroffen auf ihre Schuhe.

„Ich werde Sie wegen tätlicher Beleidigung verhaften lassen!" rief Doktor Schaefer aus.

„Und ich", entgegnete Jonathan, „werde Sie wegen gewissenloser, sträflicher Unfähigkeit belangen lassen, wegen Ihrer Ignoranz und Dummheit und weil Sie nicht qualifiziert sind, ein Krankenzimmer auch nur zu betreten. So wahr mir Gott helfe, Emil, wenn dieses Mädchen stirbt, werde ich ihren Gatten veranlassen, gerichtlich gegen Sie vorzugehen." Er sah Louis Hedler an. „Und gegen dieses Krankenhaus, weil es diesem Mann seine Einrichtungen zur Verfügung gestellt und ihm Beihilfe und Vorschub geleistet hat." Seine schwarzen Augen funkelten.

Für Hortense wurde eine Tragbahre hereingebracht; sie schnarchte unter dem Einfluß des Morphiums. Jonathan würdigte die älteren Ärzte keines Blickes. Zu Robert und den Assistenzärzten gewandt, sagte er: „So schnell wie möglich alles vorbereiten. Notizbücher nicht vergessen." Er schüttelte den Kopf. „Hier lag Hortense in einem für alle Welt zugänglichen Zimmer in der Geburtenabteilung! Wissen Sie, wie gefährlich das ist? Die Infektion kann auf die anderen Mütter übergreifen. Wenn sie aus dem Operationssaal zurückkommt, muß sie streng isoliert werden — sofern sie die Operation überlebt, was ich, wie gesagt, bezweifle. Vollständige Isolierung! Und keiner, der sie betreut, darf andere Patientinnen betreuen. Mein Gott!"

Doch Jonathan hatte etwas sehr Wesentliches übersehen. Als er den Aufenthaltsraum des Appartements betrat, sah er dort Hortenses Eltern, Mr. und Mrs. Horace Kimberley, und ihren jungen Gatten, Jeffrey Nolan, versammelt. „Ach —", flüsterte Jonathan und noch ein zweites für Robert unaussprechliches Wort. Doktor Schaefer sprach schon mit der den Tränen nahen Mutter, die das gleiche flammend rote Haar wie ihre Tochter besaß und dick und rundlich war wie eine freundliche Henne in mittleren Jahren. Ihre feuchten Augen glichen großen Kupfermünzen. Sie steckte bis zu den Knöcheln in einem sorgfältig angelegten Durcheinander aus rosa Rüschen und trug einen breiten Strohhut, der sich unter der Last großer gleichfärbiger Rosen beugte. Ihr Mann war nicht viel größer als sie, aber schlank und von jugendlicher Gestalt und jugendlichem Aussehen, und besaß einen enormen schwarzen Schnurrbart. Jeffrey Nolan, Hortenses Gatte, war ein ernsthafter junger Mann mit einem Pincenez, blondem Haar und einem glattrasierten, nervösen Gesicht, ein sehr wohlhabender junger Mann, der „altes" Geld geerbt hatte und daher hoch über jenen Plebejern stand, denen es durch „diese schmutzigen Ölquellen" zugefallen war.

Louis Hedler und Humphrey Bedloe waren peinlich berührt, und der letztere legte seine Hand beschwichtigend auf Jonathans Arm. Doch Jonathan schob sie von sich und ging mit kaltem und ärgerlichem Gesicht auf die vier zu. Offenbar hatte Dr. Schaefer heftig auf sie eingeredet; sein Gesicht war gerötet und eine Wange zeigte noch die blutigen Spuren von Jonathans Züchtigung. Es war Jeffrey Nolan, der sich Jonathan zuwandte, während die erschrockenen Eltern ihm verwirrte und angstvolle Blicke zuwarfen.

„Hallo, Jon", sagte er und hielt ihm seine trockene, schmale Hand entgegen. „Was höre ich da? Humphrey hat dich gerufen? Aber Doktor Schaefer sagt uns, daß es Hortense eigentlich schon besser geht — eine Operation! Jon, sie ist doch erst neunzehn und das Baby ist tot!"

„Einen Augenblick, bitte", entgegnete Jonathan, wobei er Doktor Schaefer ignorierte und seine Worte an den jungen Mann und die Eltern richtete. „Ich muß mich kurz fassen, weil wir praktisch keine Zeit mehr haben. Keine Zeit. Hortense hat Kindbettfieber und Peritonitis. Lassen Sie mich bitte aussprechen. Hat Schaefer Ihnen das nicht gesagt? Sie muß ‚gereinigt' werden, Jeff; wir nennen das Kürettage — mehr weiß ich selbst noch nicht. Auch der Abszeß muß entleert und Drainage vorgenommen werden. Sie ist schon fast in extremis. Verstehst du das, Jeff? Sie überlebt keine vierundzwanzig Stunden, wenn ich nicht operiere. Das steht fest."

„Ich teile Ihre Meinung nicht!" schrie Doktor Schaefer. „Sie macht deutliche Fortschritte! Sie erwacht schon zeitweise aus ihrer Bewußtlosigkeit! Ihre Herztöne sind stärker. Sie braucht nur Nahrung, damit sie zu Kräften kommt, und gute Pflege!"

„Jon?" fragte der junge Gatte mit einer Stimme, die so trocken war wie seine Hand. Aber in seinen Blicken lag quälende Ungewißheit.

„Sie wird sterben, und zwar bald, wenn ich nicht operiere", wiederholte Jonathan. „Das kann ich dir versichern. Ich habe mich nicht darum gedrängt, Jeff; ich wollte Schaefer für die Schlächterei bezahlen lassen, der er sich schuldig gemacht hat, für sein Unwissen und die Geringschätzung, die er den, wie er sie nennt, ‚modernen Methoden' entgegenbringt. Harrington wollte nichts mehr damit zu tun haben, und er hat gute Gründe für seine Weigerung. Du brauchst es nur zu sagen, Jeff, und ich ziehe mich zurück. Ich habe das Unheil nicht angerichtet."

Doktor Schaefer redete auf die Eltern ein. „Habe ich dich nicht von zwei Kindern entbunden, Julie? Hast du dabei gelitten?"

„Nein", gab die weinende Frau zu, „es war alles in Ordnung. Horace, ich weiß nicht, ob wir die Erlaubnis geben sollen. Ich bin so durcheinander, ich kann keinen klaren Gedanken fassen."

„Mrs. Kimberley", sagte Jonathan, „die Entscheidung liegt nicht in ihrer Hand. Es ist der Gatte, der sie treffen muß. Also, Jeff?"

Jeffrey warf Louis Hedler und Humphrey Bedloe, die mittlerweile hinzugetreten waren, verzweifelte Blicke zu. „Es ist so, wie Jon sagt“, bestätigte Doktor Hedler, und Doktor Bedloe nickte zustimmend. „O Gott“, wisperte der junge Mann. Er packte Jonathan am Arm.

„Sag es mir, Jon! Wenn du operierst — wird sie am Leben bleiben?“

„Ich weiß es nicht. Wie es jetzt aussieht, glaube ich es nicht, Jeff. Sie hat Sepsis. Sie ist durch und durch infiziert. Ich will nicht ins Detail gehen; du würdest es sowieso nicht verstehen. Ohne Operation stirbt sie bestimmt; mit der Operation hat sie eine Chance unter tausend. Mehr kann ich dir nicht versprechen. Sie ist schon sehr schwach.“

„‚Sehr schwach?‘ Kannst du uns keine Hoffnung geben, Jon?“

„Nicht viel. So gut wie keine. Ich kann nur versuchen, den angerichteten Schaden wiedergutzumachen, soweit es in meiner Macht steht.“

„Ich verbiete es“, mischte sich Doktor Schaefer ein; seine heisere Stimme schien brechen zu wollen. „Es wäre kriminell, diese junge Dame für alle Zukunft der Möglichkeit zu berauben, Kinder zur Welt bringen zu können! Das ist es, was er tun will! Glatter Mord wäre das!“

„Wenn sie stirbt“, sagte Jonathan zu dem jungen Gatten, „ist es tatsächlich Mord. Aber nicht ich habe ihn begangen. Wenn ich nicht muß, werde ich die Gebärmutter nicht entfernen, Jeff. Ich werde sehen. Ich weiß, daß mir verdammt wenig Wahl gelassen sein wird. Mag sein, daß Hortense sterben wird, sei es auf dem Operationstisch oder ein paar Stunden später — oder ohne die Operation — mag sein, daß sie nach der Operation am Leben bleiben, aber keine Kinder mehr bekommen wird. Es liegt nicht an mir.“

„Gibt es keine andere Möglichkeit?“

„Die äußerst schwache, daß sie die Operation überlebt und auch weiterhin Kinder bekommen kann. Eine äußerst schwache Hoffnung. Es wäre grausam, wollte ich dir mehr versprechen. Was ich dir bieten kann, ist mein Können und die Zusicherung, daß ich alles tun werde, was in meiner Macht steht, alles, was menschenmöglich ist.“

Abermals wandte Doktor Schaefer sich an die Eltern. „Zählt denn meine Erfahrung nichts im Vergleich zu dem ‚neuen‘, oberflächlichen Wissen dieses Mannes? Soll er noch einmal —“ Er unterbrach sich, aber die Eltern wußten, was er beinahe ausgesprochen hatte.

„Ich weiß es nicht, ich weiß es nicht“, jammerte die Mutter und klammerte sich an ihren Mann.

Jonathan seufzte und sah auf die Uhr. „Mit jeder Minute verringern sich Hortenses Chancen. Wie lautet deine Entscheidung, Jeff? Sie liegt in deiner Hand.“

Doktor Bedloe legte seine Hand auf die Schulter der Mutter. „Du hast gehört, Julie. Die Entscheidung liegt nicht bei dir. Ich kenne Jon Ferrier. Jawohl“, setzte er hinzu und in seiner Stimme klang tiefe Scham mit,

„ich kenne ihn. Ich habe ihm Unrecht getan, Julie. Auch ich hatte Angst vor ihm, weil er mehr wußte als ich, und darum haßte ich ihn."

Jonathans schwarze Augenbrauen hoben sich in düsterem Spott. „Na, Jeff?"

„Ich gebe meine Erlaubnis", sagte der junge Mann. „Wo ist das verdammte Formular? Eile dich, Jon, um Christi Willen, eile dich!"

Die Feder zitterte in seiner Hand, als er unterschrieb. „Sie haben das Kind zum Tode verurteilt!" rief Doktor Schaefer aus.

„Nein", sagte Jonathan, „das haben Sie getan". Er faltete das Papier zusammen. „Aber ich werde versuchen, Sie vor dem Exekutionsbefehl zu retten."

Er warf Robert einen Blick zu und die beiden verließen das Zimmer. Im Korridor begann er zu laufen und Robert rannte hinter ihm her. Im Wachsaal angelangt, wuschen sich die beiden jungen Männer immer wieder und immer wieder die Hände, während die Schwestern schweigend dabeistanden und skeptische und bedeutsame Blicke tauschten. Jonathan schien sich jetzt zu entspannen. „Der alte Bedloe ist ein Stümper und hat es immer gewußt. Jetzt gibt er es zu. Das ist, als ob die Sonne im Westen aufginge. Da mag es für ihn ja noch Hoffnung geben. Aber wie bin ich in diese Sache hineingeschlittert? Hortense ist doch nicht meine Patientin! Zwicken Sie mich, Bob, zwicken Sie mich fest!"

„Sehen Sie eine Chance?"

„Wer kann das sagen? Ich nicht. Werden meine Pferde im September in Belmont gewinnen? Darauf gibt es ebensowenig eine Antwort wie auf Ihre Frage. Hat man Sie im Johns Hopkins nicht gelehrt, daß ein Arzt solche Fragen weder stellt noch beantwortet? Wenn man Sie das nicht gelehrt hat, haben sich die Leute dort meine Hochachtung verscherzt. Los, noch einmal einseifen. Siebzehnmal, haben Sie das vergessen? Das ist eine kabbalistische Zahl, denken Sie nicht?"

Jetzt erkannte Robert, daß Jonathan sich bewußt entspannte und eine objektive Haltung einnahm, bevor er sich der Zerreißprobe im Operationssaal unterwarf. Er lieferte ihm auch sogleich den Beweis dafür, indem er meinte: „Eines spricht für die Patientin. Sie ist sehr jung, und die Jugend straft den Arzt oft Lügen." Für ihn war Hortense jetzt ‚Patientin' geworden und Robert fühlte in seinen eigenen Schultern, wie die Spannung nachließ.

„Habe ich Ihnen schon einmal die Geschichte von dem alten Chirurgen und der jungen Krankenschwester erzählt?" fragte Jonathan und seifte sich abermals die Hände ein. Worauf er, der Verlegenheit der schweigend danebenstehenden Schwestern nicht achtend, eine äußerst schlüpfrige Geschichte zu erzählen begann und sie mit eindeutigen Gesten seiner tropfenden Finger begleitete, Gesten, die auch den Unschuldigsten unter ihnen nicht unverständlich bleiben konnten. Die Schwestern hielten steif den

Kopf gesenkt; Robert warf ihnen einen Blick zu und lachte laut auf. „Das ist schon eine alte Geschichte", bemerkte Jonathan erfreut. „Wollen Sie behaupten, daß Sie sie im großen Johns Hopkins nie gehört haben?"

„Man war dort sehr darauf bedacht, unsere zarten Gefühle zu schonen", erwiderte Robert.

„Wie nett", sagte Jonathan. „Vermutlich hat man Sie nie davon unterrichtet, daß auch Krankenschwestern sich gelegentlich einen Tripper holen, oder?"

„Man deutete es mir an." Die Schwestern traten entrüstet von einem Fuß auf den anderen.

Mit Mänteln, Mützen, Masken und Handschuhen versehen betraten die beiden Ärzte den strahlend hell erleuchteten Operationssaal. Es roch nach Tünche und Seife und Äther und Karbolsäure. Doktor Bedloe, Doktor Hedler und die zwei Assistenzärzte warteten schon in gleicher Ausrüstung. Es war Doktor Bedloe, der Hortense Nolan den Äther verabreichte; ihr Haar war in ein Handtuch eingebunden und sie schien erschütternd schmächtig und leblos auf dem Operationstisch zu liegen. „Das verstehst du ja noch am besten, Humphrey", sagte Jonathan. Seine Stimme drang halb erstickt durch die Maske. „Zumindest hast du das gelernt. Steht auch der Sauerstoff bereit?"

Er musterte die Schwestern, konnte aber keine Verletzung der aseptischen Vorschriften feststellen. Prüfend betrachtete er die Instrumentschale. „Ich hoffe, es wurde alles sterilisiert?"

„Jon", sagte Louis Hedler, „willst du nicht mit dem leichtfertigen Gerede aufhören?"

„Ach, ich mache gern meine Späße, erwiderte Jonathan und nickte der Operationsschwester zu. „Zuerst die Karbollösung. So ist's recht. Jetzt reinigen Sie das Operationsfeld mit Alkohol und ich hoffe, es ist Alkohol und daß nicht jemand den Alkohol ausgesoffen und durch Wasser ersetzt hat."

Er sah die tödliche Blässe auf Hortenses Wangen und hörte das keuchende Stöhnen, mit dem sie den Äther einatmete. Ihre Augen waren geschlossen und die Lider waren von der Bläue des Todes umschattet. „Sie schläft", sagte Doktor Bedloe und griff nach ihrem Puls. „Ich wage es nicht, ihr mehr zu geben, Jon."

Die Instrumentenschwester legte ein Skalpell in Jonathans behandschuhte Hand. Das war der Augenblick, den Robert immer noch fürchtete. Die Operationen an sich bereiteten ihm kein Unbehagen mehr, denn er hatte bei vielen assistiert und etliche Dutzende einfachere selber durchgeführt. Doch immer noch zog sich sein Herz vor dem kaum sichtbaren Einschnitt des Skalpells auf der weißen Haut und der darauf folgenden roten Spur angstvoll zusammen. Manchmal schien es ihm, als ob nur ein Sadist so unbesorgt an die Verletzung eines menschlichen Körpers gehen könne; gerade die Zartheit der ersten Schnitte wirkte grausam und gefühllos. „Habe ich einem der Anwesenden schon einmal den Witz von der ältlichen Hausfrau erzählt, die glaubte, schwanger zu sein?" fragte Jonathan, während die Schwestern mit Tupfern und Nähmaterial näher an ihn herantraten.

„Ja", antwortete Doktor Hedler. „Vorige Woche. Höchst anstößig."

Die Spannung im Operationssaal nahm zu. Alles schwieg, nur die Assistenzärzte machten fleißig Notizen. Fahle Blässe lag auf Doktor Bedloes Stirne, denn er dachte daran, daß er es gewesen war, der Jonathan gerufen hatte. Bewegungslos verfolgte er die Operation; seine Augen waren starr auf die Hände des Operateurs gerichtet.

„Eines wissen wir jetzt genau", begann Jonathan dann, während ein Instrument nach dem anderen in seine Hand klatschte. „Die Infektion hat sich bis zum Endometrium ausgebreitet. Und schauen Sie sich diesen Abszeß an der Gebärmutterwand an! Gott sei Dank ist er verschlossen. Das bekommt man kaum je zu sehen. Na ja, die Jugend und eine robuste Konstitution. Jetzt entleeren wir ihn und legen Schläuche für die Drainage ein. Weder Salpingitis noch Parametritis. Noch einmal Gott sei Dank. Wie ist es dem Kind nur gelungen, dem zu entgehen, nachdem der alte Emil doch sein Bestes getan hat, um sie umzubringen? Ich brauche noch Tupfer; hoffentlich haben Sie nicht vergessen, sie zu zählen? Binden Sie die Arterie ab, Bob! Was ist los, sind Sie plötzlich versteinert? Los, los, schneller!"

Die Minuten verstrichen. „Das gefällt mir nicht", ließ Doktor Bedloe sich vernehmen. „Ihr Puls wird schwächer. Blutdruck ist auf 92/110 gesunken." Seine Stimme bebte.

„Es ist ja auch keine Mandeloperation", sagte Jonathan. Der Schweiß stand ihm auf der Stirne. Er drehte den Kopf zur Seite und eine Schwester trocknete ihn ab. Er warf einen Blick auf die Uhr, die unheilvoll an der Wand tickte. Fast eine Stunde war vergangen.

„Der Blutverlust", sagte Doktor Hedler.

„Ich weiß, ich weiß", brummte Jon. „Schnell! Dieser Blutstrahl! Verdammt, Bob, schneller!"

„Ich fürchte, es geht zu Ende", flüsterte Doktor Bedloe.

„Schaut euch die teuflischen Nähte an, die der alte Emil da verbrochen hat! Kein Wunder. Und, wie ich vermutet habe, Plazentareste. Jemand sollte ihm die Kehle durchschneiden und es würde mir persönlich ein Vergnügen sein —"

Doktor Bedloe drehte den Sauerstoffhahn auf. „Wie lange noch?" fragte er flehend. „Ich muß versuchen, sie zu wecken, Jon."

„Mach nur. Hopp oder tropp." Seine Hände flogen. Er sondierte, säuberte, nähte. „Der Uterus ist jetzt jedenfalls in Ordnung. Hab' ich euch schon einmal erzählt —"

Ein tiefes Stöhnen entrang sich der Brust des Mädchens auf dem Operationstisch. „Gut gemacht, Hortense", sagte Jonathan. „Bleib schön bei mir, Schätzchen. Bob, du kannst mit der Schneiderei anfangen."

Robert bemerkte, daß seine Hände zitterten. Puls und Blutdruck der jungen Frau wurden stärker und ihr Bauch begann sich zu versteifen. „Äther", sagte Jonathan. „Nicht viel, nur gerade genug, daß der Bauch sich entspannt."

Er beobachtete kritisch, wie Bob seine sauberen Stiche machte. „Gut", lobte er. Er achtete nicht auf seine Patientin und schien sich auf Roberts Arbeit zu konzentrieren. „Ich muß ihr wieder Oxygen geben", warnte Doktor Bedloe.

„In Ordnung. Gib ihr. Paß auf den Lappen dort auf, Bob. Ich hoffe, ihr habt alle Tupfer, Mädels?"

Seine Hände waren blutig, wie auch sein Mantel. Er stand da und beobachtete und seine Augen flogen vom Gesicht des Mädchens zu Roberts Händen. Wieder stöhnte Hortense auf, ein schrecklicher Klang in dem nun stillen Saal. „Sie schläft immer noch tief", sagte Jonathan. „Mach dich nicht an, Humphrey. Sie ist immer noch entspannt. Gib ihr jetzt ein paar Minuten lang kein Oxygen."

Zwei Stunden waren vergangen, als man Hortense in striktester Isolierung, weitab von der Gebärstation, unterbrachte; sie wurde von Schwestern betreut, die den anderen Patientinnen nicht in die Nähe kommen durften. Nachdem sie sich von den in Bewunderung ersterbenden Assistenten verabschiedet hatten, begaben sich die vier Ärzte in den Aufenthaltsraum des Appartements, in dem Hortense vorher gelegen war. Die Eltern und der Gatte der jungen Frau stürzten ihnen mit aufgeregten Rufen entgegen. „Wo ist mein Kind?" stieß die Mutter hervor und starrte sie mit angsterfüllten Augen an. „Warum haben Sie sie nicht zurückgebracht?" Ihre Hände flogen zum Mund. Sie wagte es nicht, die entscheidende Frage zu stellen.

„Sie befindet sich in einem isolierten Raum", beruhigte sie Jonathan. „Sie kann nicht hierher zurückkommen. Jeff? Jetzt hören Sie mir einmal alle zu. Sie hat eine Chance; aber auch nur eine Chance. Doch selbst diese, an ein Wunder grenzende Chance besteht nur so lange, als dem alten Emil mit seiner netten kleinen Infektion und seinen netten, neugierigen, alten Händen der Zutritt zu ihrem Zimmer verwehrt wird. Wenn Sie ihn hineinlassen, und wäre es auch nur für einen Augenblick, will ich mit dem Fall nichts mehr zu tun haben. Ist das klar, haben wir uns verstanden?"

Jeffrey Nolan hatte zu weinen begonnen. Die Eltern hielten sich umklammert. Aus erschöpften Augen lächelte Jonathan sie an. „Eine Chance", wiederholte er, „nur eine Chance. Ich würde nicht allzuviel darauf setzen, aber Sie können ein wenig hoffen. Und noch etwas. Wenn sie am Leben bleibt — wenn, sage ich —, wird sie Kinder haben können, obwohl ich immer noch nicht verstehen kann, warum man eine unschuldige Seele mit der Bürde des Lebens belasten sollte. Das ist eines jener Mysterien, die mich noch in meinen Träumen verfolgen."

„Jon", sagte Doktor Bedloe und nahm seine Hand, „ich kann Ihnen nicht sagen —"

„Nicht doch", wehrte Jonathan ihn ab.

„Jon", sagte Doktor Hedler, „ich werde mich persönlich um Hortense kümmern."

„O Gott", sagte Jonathan, „erspare uns das, Louis. Wenn während meiner Abwesenheit ein Arzt hier Zutritt hat, muß es entweder Moe Abrams oder Bob oder Jed Collins sein. Sonst keiner. Sind wir uns diesbezüglich klar?"

Doktor Hedler, der wahrhaftig einer ausgebleichten Kröte glich, lächelte gequält. „Schon gut, Jon. Du brauchst uns nicht zu beleidigen. Ist es denn wirklich nötig?"

„Unbedingt", antwortete Jonathan. „Ich habe das nicht alles durchgemacht, um es von irgendeinem Dummkopf wieder zerstören zu lassen. Ich weiß, ihr seid alle nette Kerle, aber ich will euch nicht in Hortenses Zimmer haben. Zu jeder Zeit strikte Asepsis. Ich, Abrams, Collins. Ja, und Bob hier. Bei ihm bin ich sicher, daß er sich immer die Hände wäscht. Er weiß alles von Lister und Semmelweis. Es wäre eine ausgezeichnete Idee, wenn du dich einmal über sie informieren würdest, Louis."

„Im St. Hilda achten wir auf absolute Asepsis und Sterilität, Jon."

„Nun, das ist sehr löblich. Trotzdem aber ist die Tatsache nicht wegzulegen, daß Leute wie der alte Emil Zutritt zum Kreißsaal und zur Geburtshilfeabteilung haben. Was nützen die ganzen Vorsichtsmaßnahmen, wenn ein einziger Mann sie in einem einzigen Augenblick zunichte machen kann?"

Doktor Hedler zögerte. Er sah Doktor Bedloe an. „Ich denke", sagte er schließlich, „wir werden Emil seine Sonderrechte entziehen. Ihn seines Postens entheben."

Jonathan lächelte. „Wenn ich heute schon nichts anderes erreicht habe, so zumindest das. Nun werden also ein paar arme Mädels leben und nicht sterben, wenngleich ich wirklich nicht weiß, warum manche Leute so auf das Leben erpicht sind. Sollte es Whisky oder Brandy im Haus geben, bringt ihn herbei. Jeff und Julie und Horace brauchen sowas, sonst haben wir bald noch mehr Patienten am Hals."

Jeff folgte ihm zur Tür und bemühte sich, etwas zu sagen. „Ist ja schon gut", meinte Jonathan. „Spar dir deine Kräfte für das Gebet, Jeff. Vergiß nicht, die junge Frau schwebt noch in äußerster Gefahr. Es werden noch mindestens zwei Tage vergehen, bevor wir sicher sein können, daß sie davonkommt. Bete, Jeff."

ZEHNTES KAPITEL

Bevor sie das Krankenhaus verließen, sahen die beiden jungen Ärzte nach Hortense. Sie würde nun bald aus der Narkose erwachen. Jonathan fühlte ihren Puls und nickte schweigend. Doktor Abrams saß in ihrer Nähe. „Einmal öffnete sie die Augen", flüsterte er. „Ich muß Ihnen sagen, Doktor, ich habe noch nie eine so wunderbare . . ."

„Unsinn", unterbrach ihn Jonathan. „Sie sind hier nur ein Assistenzarzt, Moe. Sie werden viel Besseres zu sehen bekommen. Und viel Schlechteres. Wie steht's mit Mrs. Nolans Blutdruck?"

„Ausgezeichnet. Fast normal. Ich bleibe so lange bei ihr, bis Jed mich ablösen kann. Wir werden uns abwechseln, wie Sie es angeordnet haben."

„Und keiner darf herein, solange ich nicht das Gegenteil verfüge. Weder ihr Mann noch ihre Eltern noch ein Praktikant noch ein anderer Arzt außer Doktor Morgan. Und passen Sie mir auf die Krankenschwestern auf!"

Gemeinsam verließen die Ärzte das Krankenhaus. „Jetzt spielen wir aber wirklich die erste Geige", meinte Robert. „Wer führt jetzt dieses Krankenhaus? Sie?"

„Das möchte ich schon gerne. Auf ein paar Monate. Den alten Louis würde ich als ersten an die Luft setzen. Armes altes Schwein. Ich beneide Sie nicht, Bob, wenn Sie jetzt meine Stelle einnehmen. Es wird Zeiten geben, da werden Sie sich wünschen, ich hätte ihm einmal in meiner Zerstreutheit im Operationssaal das Skalpell an die Kehle gesetzt."

Purpurnes Zwielicht umhüllte sie auf der geschäftigen Straße. Jonathan zündete sich eine Zigarette an. „Stinkzeug", sagte er. „Aber ich habe noch nicht die Kraft, um mich mit einer Pfeife herumzuschlagen. Irgendwie tut mir der alte Pfuscher Emil leid."

„Ärzte müssen immer zusammenhalten", meinte Robert und brannte sich seine Pfeife an.

Jonathan lachte. Es klang matt und erschöpft. „Ja, das müssen wir wohl. Was wäre, wenn unsere Patienten uns sehen würden, wie wir wirklich sind? Haben Sie sich übrigens bezüglich des Hauses schon entschlossen? Ich hätte es Ihnen sagen sollen. Es hat Mrs. Winters gehört. Ihre Kinder haben es zum Verkauf angeboten."

Robert dachte einen Augenblick nach. „Ja", sagte er dann mit fester Stimme. „Ich habe mich entschlossen."

„Gut. Sie wollten fünfzehntausend haben, aber ich habe sie auf zehn gedrückt. Für Sie. Gute Nacht. Aber schauen Sie vor Mitternacht noch einmal bei Hortense vorbei. Sie ist ja Ihre erste Patientin."

Die Julinacht war heiß und sehr still. Langsam und müde ritt Jonathan heimwärts. Die Augen schmerzten ihn und seine Hände zitterten ein wenig. Schon vor langer Zeit hatte er gelernt, seine Fälle objektiv zu beurteilen, doch manchmal gingen sie ihm nicht aus dem Kopf. Bezüglich Hortense war er nicht so sicher, wie er sich gegeben hatte. Die Chancen, daß sie überleben würde, daß es gelungen war, die Infektion zum Halten zu bringen, waren gering. Jetz, dachte er, war sie, wie es so schön hieß, in Gottes Hand. Und auf diese Hand würde ich mich keinen Augenblick lang verlassen! Nicht mehr, nachdem ich gesehen habe, was sie anzurichten imstande ist, wenn Ihn die Lust ankommt.

Die Straßen der Stadt schienen voll klebrigen Dunstes, und ein beißender Geruch stieg aus Kanälen und Rinnsteinen. Regenbogenfarbene Ringe umgaben die Gaslampen. Jon hörte das Rattern der Räder auf den Pflastersteinen, heiseres Lachen in dunklen Gäßchen und körperlose Stimmen auf den Veranden. Hambledons Düfte deuchten Jonathan Ferrier gleichermaßen sehnsuchtsvoll und zu schwer. Er konnte den Fluß riechen, der in der trüben Hitze dahinglitt, die Süße der Lindenbäume, die nahezu betäubende Fraganz der aufgeblühten Rosen und den Staub auf dem Gras. Tritte und das Geklapper von Pferdehufen hallten in der heißen Nacht wider. Türen öffneten sich, schlossen sich und wurden zugeknallt. Von irgendwoher kam der winselnde Gesang eines Grammophons, der ferne Schrei eines Knaben, das Weinen eines Kindes, der Ruf einer ängstlichen Mutter, das Gekicher eines Mädchens. All das war um ihn, doch er selbst fühlte sich ungesehen, ungehört, ungekannt. Es war ihm, als besuchte er, ein einsames, schweigsames Gespenst, altvertraute Plätze. Das war gut so. Bald würde er fort und alles so sein, als ob er niemals gelebt hätte. Er sah zu den Bergen hinüber und sie waren nur tiefe Schatten auf einem trüben, von den ersten Sternen erhellten Himmel. Er richtete seinen Blick auf die Häuser, an denen er vorbeiritt; flüchtig bekam er ein kleines Wohnzimmer mit alltäglichen Möbeln zu sehen, und Männer in Hemdsärmeln, die unter einer Lampe lasen, oder eine Mutter, die ihr Baby schaukelte, oder Kinder, die an einem Tisch Domino spielten. Er, Jonathan Ferrier, sah das alles, aber es war fremd und fern und er hatte nicht mehr Teil daran. Er hatte kein Heim hier. Er hatte niemanden.

Liebe Mavis, dachte er. Ich hätte dich schon vor langer Zeit umbringen sollen, auf nette, ruhige Weise.

Er kam an den Schwingtüren der Spelunken vorbei; rauhes Gelächter drang an sein Ohr. Er war durstig. Es gelüstete ihm nach einem kalten Bier. Es fiel ihm ein, daß viele Stunden vergangen waren, seitdem er etwas gegessen hatte. Er hielt sein Pferd an. Dann ritt er weiter. Bei einer Kreuzung richtete er den Blick zur Seite und sah in der Entfernung den Platz mit der eisernen Statue General Shermans. Es war ein Traum oder eine gemalte Dekaration, aber keine Wirklichkeit. Die Gasflammen blinkten und blinzelten. Er ritt weiter, und jetzt, da er sich dem Viertel näherte, in dem er wohnte, schien es etwas kühler zu werden, die Luft frischer, und vom Fluß her kam eine leichte Brise. Die Häuser wurden größer und standen abgesonderter, von den Bäumen halb verborgen, inmitten dunklen Rasens. Seine Vorfahren hatten mitgeholfen, diese Stadt zu bauen, an der er nicht mehr Teil hatte und nie mehr haben würde.

Er wurde mit jedem Augenblick müder. Als er die Stallungen erreichte, wo er seine Stadtpferde einstellte, konnte er sich kaum aus dem Sattel fallen lassen und die Tasche heben. Einer der Stallburschen sprang eifrig auf ihn zu. „Guten Abend, Doktor Ferrier! Du liebe Güte, das Pferd sieht ja ganz erschöpft aus."

„Das ist es auch." Jonathan sah dem Pferd nach, das weggeführt wurde. Bald würde er es nicht mehr reiten können. Die Höfe würden ihm bleiben. Würde er sie jemals wieder besuchen? Er wußte es nicht. Er hoffte es nicht. Bis auf einen sollte er alle verkaufen und den einen für seine Mutter erhalten, die ihn liebte. Er würde sich das morgen überlegen. Er blickte die Straße hinauf und sah das dunkle Winterhaus, das Robert und seine Mutter bewohnen würden, und zwischen diesem und seinem, dunkel und still, seine Klinik. Es gab dort nicht mehr viel zu tun. Eigentlich gab es mit seinem ganzen Leben nicht mehr viel zu tun. Er dachte an den Whisky in der Klinik und zögerte. Dann ging er den langen Weg ins Haus hinauf. Die Schatten der Bäume fielen auf ihn, doch selbst diese altvertrauten Freunde gehörten ihm nicht mehr.

Das Haus war alt und fest und hoch und breit und lang und in einigen Fenstern brannte Licht. Großvater hatte diese riesige Veranda zugebaut, die um das ganze Haus herumlief. Sie schien von der Außenwelt abgeschieden und erinnerte an eine Kolonnade, war aber ganz aus Holz und prächtig weiß angemalt. An Regentagen hatte er hier mit seinem Bruder gespielt oder allein gesessen, den Vögeln zugehört oder gelesen, oder mit seinem Vater geplaudert. Worüber hatten sie gesprochen? Er wußte es nicht mehr. Die Stimme seines Vaters klang ihm im Ohr — tief, gedankenvoll, sinnend. Aber verflixt und zugenäht, von all den Worten, die sein Vater an jenen Tagen, in all den Jahren, an ihn gerichtet hatte, konnte er auch nicht eines zurückrufen. Seltsam allerdings, daß er sich fast all dessen entsinnen konnte, was seine Mutter ihm bei den wenigen Gelegenheiten, da sie mit ihm auf dieser Veranda kurze Gespräche führte, gesagt hatte. Es war in der Dämmerung eines heißen Sommertages gewesen, daß sie sich mit einiger Strenge an ihn gewandt hatte: „Du mußt wirklich aufhören, Harald auszulachen. Du weißt nicht, wie weh du ihm tust." Damals war er fünfzehn gewesen.

Und es war an einem Abend zu Frühlingsanfang gewesen, daß er, aus der Schule kommend, hier den Schritt verhalten hatte. Den ganzen Tag war der Regen gefallen, sein flüsterndes Rauschen hüllte das Haus ein, geheimnisvoll raschelte er in den neuen Blättern, und ein Windstoß fuhr seufzend durch die lange, leere Veranda. Dann vernahm Jon ein mattes, klägliches Schluchzen, drehte sich zur Seite und ging ein kurzes Stück die

Veranda entlang. Im duftigen Halbdunkel hallten seine Schritte wider. Da fand er den damals zwölfjährigen Harald auf dem Boden kauernd, den Kopf und die rechte Schulter an die Hauswand gepreßt. Als Jonathan sich näherte, hob er den Kopf und hörte auf zu schluchzen, blieb aber traurig hocken.

„Was zum Teufel machst du da?" fragte Jonathan. „Warum heulst du wie ein Baby?"

Es vergingen einige Augenblicke, bevor Harald antwortete. „Vater hat über eines meiner Bilder gelacht. Er hat gesagt, ich habe kein Talent."

Jonathan kannte seines Vaters Geschmack in der Malerei. Ihm gefielen glatte, seidige Flächen, gedämpfte Farben, kunstreiche Posen, und, das mußte Jonathan sich schon damals eingestehen, sentimentale und unkomplizierte Sujets. Ganz besonders gefiel ihm zum Beispiel ein Gemälde, das der Künstler ‚Sturm' getauft hatte. Es zeigte einen überfütterten Jüngling mit pomeranzengelben Locken, der vor einem Hintergrund samtener Dämmerung neben einer Maid mit drallen Beinen, niedlich angeordnetem Gewand und fliegenden Haaren dahineilte. Über den Kopf des Mädchens hielt der Jüngling einen Umhang, dessen seidige Glanzlichter erraten ließen, daß er sich im Winde blähte. Jonathan fand keinen Gefallen daran, wußte aber nicht warum. Bis zu Adrian Ferriers Tod ‚schmückte' eine gute und teure Kopie den Kaminsims — dann wurde sie von Marjorie entfernt.

„Ich weiß nicht, ob du Talent hast", ging Jonathan seinen Bruder derb an. „Aber ich weiß, daß Vater keines hat."

Harald hielt den Atem an und erhob sich langsam. Er versuchte Jonathans Gesicht in der feuchten Düsternis zu sehen. „Meinst du das im Ernst, Jon? Ehrlich, meinst du das im Ernst?"

„Natürlich meine ich das im Ernst. Du bist so ein Baby. Setzt dich her und weinst, als ob das so wichtig wäre. Du wirst's schon merken, wenn du Talent hast. Das sollte dir genügen. Wenn du anfängst, auf die Leute und ihre Ratschläge zu hören, wirst du es nie zu etwas bringen."

„Hörst du denn nie zu?" Harald war näher an ihn herangetreten, Jonathan verspürte die Intensität seiner Gefühle und wich angewidert einen Schritt zurück.

„Niemals", erwiderte er mit fester Stimme. „Das heißt, ich höre nur Menschen zu, die wissen, wovon sie reden."

„Aber wie erkennst du das?"

„Instinkt, Kleiner, Instinkt." Und Jonathan ging davon und ließ ihn stehen.

Und nun, erschöpft und bekümmert, stand er allein an diesem heißen Juliabend und entsann sich jener regnerischen Dämmerung und Haralds vagen, hoffnungsvollen Blicks. Es war doch wirklich merkwürdig, wie einem manchmal Dinge einfielen, wenn man sie am wenigsten erwartete und sich ihnen nicht zur Wehr setzen konnte. „Instinkt“, spöttelte er laut vor sich hin. „Wo war mein Instinkt, als ich seiner bedurfte? Wo ist er jetzt?“

Er öffnete die Tür und trat ein. Die Halle war lang und breit und wundervoll proportioniert. Es war Marjorie, die das dunkle Holz in ihrer Lieblingsfarbe, blaßgrau, gestrichen hatte, die Leisten in sanftem Silber, und sie war es, die das schwere, dunkle Mobiliar entfernt und durch anmutige und geschmackvoll angeordnete Stücke ersetzt hatte: eine Marmorkonsole mit hohem, schmalem Spiegel, zwei vergoldete Louis XIV. Stühle mit weißer Samtpolsterung, ein Sofa und ein Tisch aus der gleichen Periode, und auf letzterem eine bezaubernde Marmorstatuette eines Fauns mit einem Lamm. Auch die sich rundende Treppe im Hintergrund war grau gestrichen und mit einem mattblauen Plüschteppich ausgelegt. Marjorie hatte die Leuchter von der Wand genommen und dafür einen majestätischen Kristallüster mit Gasflammen an die Decke gehängt. Einige der Flammen brannten jetzt und warfen goldene Schatten auf den Aubussonteppich, der in nebeligem Rosa, Blau und Gelb gemustert war. Nichts gab es hier als Ruhe und Raum und unaufdringliche Farben und Stille.

Marjorie kam durch die Tür zu linken der anmutig geschwungenen Treppe; ihr dünnes, malvenfarbenes Seidenkleid raschelte, als sie auf ihn zutrat. Sie lächelte, aber aus ihren haselnußbraunen Augen sprach die Angst. „Lieber Jon“, sagte sie, „ich habe mir schon Sorgen um dich gemacht. Ach, du siehst so müde aus.“ Sie senkte ihren Blick auf seine Hände. Sie sah, daß sie rot waren und die Haut trocken und wußte, daß er operiert hatte — trotz seines Schwurs, das in Hambledon nie wieder zu tun. Er folgte ihrem Blick und sagte: „Ja, ich habe, und ich weiß immer noch nicht, warum. Frag mich nicht, wen ich operiert habe; ich erzähl's dir später.“

Sie küßte ihn auf die Wange und sah, wie erschöpft er war und wie totenbleich. „Ich habe natürlich mit dem Abendbrot auf dich gewartet“, sagte sie. „Und“, fuhr sie nach einer kurzen Pause fort, „ich habe dir deinen Whisky mit Soda vorbereitet. Nimm vorher noch einen Drink.“

„Danke dir. Ich gehe hinauf, mich waschen und umziehen.“

„Ach, zieh dich nicht um. Weißt du, wie romantisch du im Reitdreß aussiehst?“ Sie lächelte. „Ich kenne keinen Mann, dem Jodhpurs und Stiefel so gut stehen. Mach dich nur ein bißchen frisch. Ich warte im Wohnzimmer auf dich.“ Sie lächelte immer noch, während sie ihm nachsah. Er ging langsam, mit schweren Schritten, ohne den Blick zu wenden. Sein dunkles Haupt war gebeugt. Sie seufzte, preßte die Handflächen aneinander und verließ die Halle.

Sie setzte sich in das geräumige Wohnzimmer und noch nie war es ihr so leer und einsam erschienen. Als Braut und junge Frau hatte sie sich auch hier auf ihren Geschmack verlassen, das massige, finstere Mobiliar entfernt und den Raum mit Zartheit einer früheren Epoche erfüllt; die Wände waren in einem silbrigen Ton gehalten und ein in gedämpften Farben gemusterter orientalischer Teppich bedeckte fast zur Gänze das schimmernde Parkett. Ein anmutsvoller Florentiner Spiegel hing an der Stelle, die der geringgeschätzte ‚Sturm' eingenommen hatte, und vor dem weißen Kamin stand ein Korb blaßgelber Rosen, die einen kühlen Duft von Tee verbreiteten. Die seidenen Draperien an den hohen Fenstern, in der Farbe den Rosen gleich, umrahmten Vorhänge aus importierter Spitze. Sie bewegten sich leicht in der heißen Brise, die durch die halb geöffneten Fenster drang. Während sie auf ihren Sohn wartete, hörte sie den Donner durch die Berge ziehen und sah in der Ferne einen Blitz aufzucken.

Ein Sturm kommt, dachte sie unbewußt. Den ganzen Tag schon war sie so schwunglos gewesen und ihr Kopf hatte sie geschmerzt; jetzt, schoß es ihr durch den Kopf, bin ich des Lebens wirklich sehr müde. Ich werde es nicht ertragen können, wenn Jon fortgeht. Er darf nicht fortgehen. Aber er muß wohl. Es ist hier zu gefährlich für ihn, zu gefährlich für ... Ihr Herz flatterte angstvoll. Sie ließ ihre Blicke über das schweigsame, sanft schimmernde Mobiliar schweifen, über die Empire-Sitzbänke in Blau und zartem Rosa, die geduldigen Stühle in Weiß und Gelb, all das Kristall und Silber, über den Marmor und die vergoldeten Vitrinen mit den Intarsien, die ihre Sammlungen von Porzellan und objets d'art beherbergten, und es schien ihr, als ob nie jemand hier gewohnt hätte und nie wohnen würde. Die Schmerzen in ihrem Herzen waren nicht rein körperlich; es war, als ob eine Ratte im Dunkel unter ihrem Busen nagte.

Köchin und Magd waren in der Küche, aber die lag weit fort hinter dicken Türen. Marjorie konnte in der atemlosen Stille nichts hören als das unfreundliche Rollen des Donners in den Bergen. Nicht einmal die Bäume bewegten sich in dem leichten, brennend heißen Wind. Sie dachte an die leeren Schlafzimmer im zweiten Geschoß. Nur zwei wurden benutzt, das ihre und Jons, und einmal hatte sie gehofft, die fröhlichen Stimmen von Enkelkindern würden früher oder später in den Gängen widerhallen. Aber es gab keine Enkelkinder. Jonathan würde nie wieder heiraten und Harald lebte als Witwer auf dieser dummen Insel und wagte nicht, sie auf mehr als fünf Monate im Jahr zu verlassen. Und selbst wenn er sie verließ, schlief er nicht hier. Sein Zimmer blieb leer, wie auch die anderen. Das Personal schlief im dritten Stock, benützte die hintere Treppe und hatte oben sein Quartier. Wie sollte sie, Marjorie, es nach Jonathans Abreise hier aushalten, das einzige Lebewesen im zweiten Geschoß, die einzige Bewohnerin dieser großen Räume, der einzige Mensch, der im Garten spazieren oder zusehen konnte, wie der Schnee die Bäume einmummte?

An ihren verstorbenen Gatten dachte sie nicht. Sein Geist würde ihr nicht Gesellschaft leisten.

Sie fuhr zusammen, als jemand ihr Handgelenk ergriff. „Jon!" rief sie aus. „Ich habe dich nicht kommen gehört."

Aber er fühlte ihren Puls und faltete ein wenig die Stirne. „Ist dir die Hitze zuviel?" fragte er und legte ihren Arm wieder auf die Sessellehne zurück.

„Ein wenig. Willst du mir auch einen Drink mixen?"

Jonathan ging zu dem Marmortisch hinüber, auf dem eine silberne Tasse stand. Er goß eine reichliche Menge Whisky in ein Glas und mischte es mit ganz wenig Soda; in das andere tat er eine kleine Menge Alkohol und beträchtlich mehr Sodawasser. Dieses brachte er seiner Mutter. Stehend trank er aus seinem hohen Kristallglas, als könnte er die Flüssigkeit nicht schnell genug schlucken. Er hatte das Glas fast zur Gänze geleert, bevor er es absetzte. Er lächelte seine Mutter an und setzte sich. Marjorie war bemüht, ein ausdruckslos-höfliches Gesicht zu zeigen.

„Heute habe ich das Essen für dich gemacht, Jon. Ich fürchte nur, es könnte für einen Abend wie den heutigen zu schwer sein. Wiener Schnitzel; die hast du immer gern gemocht."

„Das tue ich immer noch. Aber du hättest dir nicht die Mühe machen brauchen."

„Es war keine Mühe." Sie bewegte sich ruhelos hin und her. „Ich hoffe, es wird nett werden am Vierten. Wen sollen wir denn — es ist eigentlich schon recht spät — zu unserem gewohnten Picknick einladen?"

„Bob Morgan und seine Mutter habe ich schon eingeladen. Ich weiß. Sie besteht nur aus Korsett, Blähungen und falschen Zähnen."

Marjorie nippte an ihrem Glas. „Ich habe auch Leute eingeladen. Hab' ich dir's nicht erzählt? Sue und Albert Kitchener und ihre Tochter Maude. Sie ist so ein nettes Mädchen, so hübsch und talentiert, und intelligent. So schöne Augen und lockiges, kastanienbraunes Haar, und eine ausgezeichnete Figur."

„Für Harald?"

„Nein, mein Lieber. Harald ist heute nach Philadelphia gefahren. Was ich doch für ein schlechtes Gedächtnis habe! Habe ich dir nicht gesagt, daß er am Fünften eine Ausstellung in Philadelphia eröffnet? Er hat schon zwanzig Bilder hinuntergeschickt. Kennst du diese sehr exklusive kleine Privatgalerie in der Broad Street? Ja."

„Ja", sagte Jonathan, stand auf und füllte sich abermals sein Glas. „Das wird ihn eine schöne Stange Geld kosten."

„Er kann sich's leisten. Und der Eigentümer macht schon seit zwei Wochen Reklame, hat Einladungen ausgeschickt und reges Interesse gefunden. Es wird bestimmt ein großer Erfolg."

„Warum bist du nicht mitgefahren?"

„Ach, ich weiß nicht. Ich habe mir die Reisen nach Philadelphia abgewöhnt. Die meisten meiner Verwandten sind schon tot und das macht mich traurig; und dann war ich ja ein sehr zurückhaltendes Mädchen und hatte nie viel Freunde. Viele sind verzogen. Vielleicht hätte ich doch fahren sollen."

„Und du wolltest mich am Vierten nicht allein lassen."

„Nun ja, es wäre einsam für dich gewesen." Sie warf ihm einen Blick zu. „Ich habe auch Jenny eingeladen."

„Was? Ohne Harald?"

„Jon. Rümpf nicht die Nase. Du schaust dann so häßlich aus und in Wirklichkeit bist du ein attraktiver Mann. Ja, das bist du."

„Unser Harald", sagte Jonathan halb spöttisch, halb nachdenklich. „Ich verstehe ja seinen impressionistischen Stil nicht, aber vielleicht kann er wirklich was. Er wird Philadelphia ganz fürchterlich schockieren und darum wünsche ich ihm alles Gute. Wie ist es dir gelungen, Jenny aus ihrer Insel herauszuschälen?"

Seine Mutter beobachtete ihn wieder sehr aufmerksam. „Ich habe sie eingeladen und sie nahm an. Die arme Jenny."

„Ich weiß. Am liebsten würde sie um unseren Harald Trauer tragen. Ich wundere mich nur, daß er sie nicht in einen Koffer gepackt und mitgenommen hat."

„Mein lieber Jon! Weißt du denn wirklich nicht, daß Jenny Harald — nicht leiden kann? Bist du so blind? Es ist dir doch nicht unbekannt, daß sie verbissen auf der Insel bleibt, weil sie ihr Heim ist, weil ihr Vater, den sie anbetete, das Haus gebaut hat, und daß sie in Harald einen unverschämten Eindringling sieht. Sie will ihm den Besitz nicht allein überlassen und darum sitzt sie dort und wartet auf den Tag, da er nicht mehr zurückkommt."

„Aber Mutter! Das glaubst du doch selber nicht. Wegen unseres Harry bleibt sie dort."

„Du wirst doch den Klatsch in der Stadt nicht für bare Münze nehmen, Jon! Das ist doch nicht möglich! Gerade du! Jon, Harald möchte Jenny heiraten. Er hat es mir selbst gesagt."

Das Glas in Jons Hand wurde ganz still, die gelbe Flüssigkeit unbeweglich wie Stein. Mit Spannung beobachtete Marjorie das dunkle Gesicht, die dichten Brauen und die tiefliegenden Augen ihres Sohnes.

„Harry? Er will Jenny heiraten?"

„Ja. Er hat ihr schon Dutzende von Anträgen gemacht."

„Ich glaube es nicht." Er schüttelte den Kopf. „Ich bin oft bei ihnen gewesen und ich habe sie beobachtet. Sie starrt ihn an, als ob sie — hungrig wäre. Sie lauscht seinen Worten, als ob sie von Gott kämen. Mit ihren großen blauen Augen folgt sie ihm überall hin. Sie sieht keinen anderen Menschen, wenn er anwesend ist. Es ist nicht nur, was die Leute klatschen. Darauf würde ich gar nichts geben. Aber ich habe Jenny gesehen — wenn sie ihren Blick auf unserem Harald ruhen läßt. Und ich habe ein gutes Gefühl für Menschen — das gehört zu meinem Beruf. Wenn er in ihrer Nähe ist, erbebt sie richtig. Und sie wartet. Sie ist eine liebende Frau."

Ja, dachte Marjorie. Laut aber sagte sie: „Jenny ist erst zwanzig, Jon. Und ich sag's zwar nicht gern, aber du verstehst wirklich nicht viel von Frauen, und besonders nicht von jungen Frauen."

„Nein", gab er zu, „du hast ganz recht. Ich wußte es nicht." Er dachte an Mavis. Seine Mutter beobachtete, wie seine Gesichtsmuskeln sich spannten. Er stand auf, als wollte er sich vor ihr verbergen, und füllte abermals sein Glas. Von neuem überkam sie die Sorge, drängender denn je. Er stand neben dem Tisch und hielt sein Gesicht abgewandt. „Du hättest mich mit Schwestern versehen sollen."

„Nun, dazu ist es zu spät, fürchte ich." Marjorie lächelte gequält. Jon sah sie nicht an. „Wenn Jenny sich so beträgt, wie du sagst", fuhr sie fort, „so nur, weil sie Harald haßt. Sie beobachtet ihn ununterbrochen. Ich glaube fast, sie hat irgendwie Angst vor ihm. Ich glaube, sie denkt . . ."

„Was?" Er schlenderte zu seinem Stuhl zurück. „Was denkt denn die süße Jenny, wenn überhaupt etwas?"

Doch Marjorie nippte an ihrem Glas. „Was sie von Harald denkt, ist falsch. Ich kann dir nicht sagen, was sie mir erzählt hat. Es — es ist wahrscheinlich nur Einbildung. Sie ist so jung und hat immer so zurückgezogen gelebt, und Mädchen träumen nun einmal gerne."

„Von unserem Harry träumt sie einmal bestimmt. Es mag schon sein, Mutter, daß ich all die geheimnisvollen Gedanken nicht kenne, die wie Fledermäuse und Schmetterlinge um den Kopf eines Mädchens flattern, aber ich weiß, wann eine Frau —"

Doch sie unterbrach ihn mit ruhiger Stimme: „ — in Leidenschaft entbrennt? Höchstwahrscheinlich. Doch wenn sie liebt — ich glaube nicht, daß du das jemals entdecken könntest!"

„Das will ich auch nicht. Wenn du mich fragst, können die meisten Frauen ohnehin nicht lieben. Sie sind dazu nicht fähig. Sie sind oberflächlich. Für sie ist alles nur protzige Häuser und Kleider und Schmuck und Gesellschaften." Er machte eine wegwerfende Geste. „Und reizende kleine Kinderchen und eine Position und häßliche kleine Ambitionen. Sag mir" — und er wandte sich schroff zu ihr — „hast du meinen Vater geliebt?"

Die Blässe um Marjories Mund nahm zu. „Ich glaubte ihn zu lieben. Am Anfang. Dann nicht mehr. Es dauerte eine ganze Weile, bis es soweit war."

„Und was geschah mit all dieser Liebe?“

„Willst du das wirklich wissen?“

„Ja, warum nicht, da wir uns doch in einer so romantischen und schmelzenden Stimmung befinden.“

„Also schön. Dein Vater war nicht sehr intelligent, Jon. Ich weiß, es schmerzt dich, das zu hören. Du hast ihn so geliebt. Und er hat dich geliebt und wollte dich immer in seiner Nähe haben. Ich glaube, es lag ihm sonst an niemandem und besonders nichts an Harald. Ich war für ihn bestenfalls die Dame des Hauses. Jon? Schmerzt dich das sehr?“

Er ging zu seinem Stuhl zurück. Eine dumpfe Röte bedeckte seine Wangen. Er warf seiner Mutter einen langen harten Blick zu. „Mein Vater war ein guter Mensch“, sagte er schließlich. „Ich schätze Güte. Es gibt in dieser Welt so verdammt wenig davon. Einen guten Menschen sollte man würdigen.“

„Zu Harald war er nicht gut.“

„Weil Harald ein Narr ist.“

„Wieso?“

„Er hörte auf meinen Vater. Man könnte sagen, daß er ihm nachlief.“

„Ja, das stimmt. Armer Harald.“

„War er nicht auch gut zu dir? Er war doch die Rücksicht in Person, will mir scheinen.“

„Nachdem du geboren warst, sah er mich eigentlich gar nicht mehr.“

„Warst du eifersüchtig?“ Er lächelte sie ungläubig und amüsiert an.

„Nein. Es lag mir schon lange nichts mehr dran.“

Er dachte über diese Worte nach. Dann sagte er: „Wenn er so ein Narr war, wie du zu glauben scheinst, dann wäre er Harald doch zugetan gewesen.“

„Aber er wußte ja nie, daß er — ein Narr war. Darin liegt der Unterschied.“

„Ein Narr. Was war er wirklich für dich, Mutter? Ehrlich.“

„Es hört sich merkwürdig an, wenn man von einem so distinguierten, so aristokratischen Mann behauptet, er hätte viele, viele Ansprüche erhoben.“

„Auf was?“

„Auf Geschmack. Auf Intelligenz. Auf Weltlichkeit. Auf Weltbürgertum. Er war ausgesprochen naiv. Und Naivität in einem reifen Mann wirkt nicht gerade betörend, Jon. Außer auf oberflächliche Menschen und ich bin nicht oberflächlich. Er verstand es, überzeugend zu sprechen; er glaubte, eine poetische Ader zu besitzen. Er war mit Literatur, Kunst und Musik äußerst vertraut. Und doch, wenn es darauf ankam, hatte er kein Gefühl dafür. Man nimmt an, nur die Plebejer erhöben Ansprüche, doch die Pseudogebildeten, die sich solcher Unzulänglichkeiten undeutlich bewußt sind, bemühen sich verzweifelt darum, für feinfühliger angesehen zu werden, als sie es wirklich sind." Sie seufzte. „Es ist erschütternd, einen gewöhnlichen Menschen darum kämpfen zu sehen, mehr zu scheinen als er ist, und dein Vater kämpfte darum. Es war entsetzlich für mich, als ich das erkannte. Er tat mir sehr leid. Als er begriff, daß er keinen Eindruck mehr auf mich machte, wandte er sich von mir ab und mied mich. Ich mache ihm daraus keinen Vorwurf. Ich hätte toleranter sein sollen, aber ich war es nicht."

„Und so denkst du wahrscheinlich auch über deine Söhne."

„Sei nicht so hart und unversöhnlich, Jon."

Sanft ertönte die Essensglocke und beide erhoben sich. Einmal schwankte er ein wenig. „Ich weiß nur eines", sagte er. „Du standest Harald näher als mir und dennoch läßt du durchblicken, daß Harald meinem Vater ähnlicher ist. Das widerspricht sich doch. Gehen wir?"

Weder Marjorie noch Jonathan zeichneten sich durch übermäßige Redseligkeit aus, selbst wenn eine Spannung zwischen ihnen herrschte; wenn sie miteinander aßen, tauschten sie einige liebenswürdige Bemerkungen oder gar keine aus. Darin, hatte Marjorie schon einmal überlegt, ähnelte Jonathan ihr. Harald war seinem Vater nachgeraten; beide liebten sie Konversation. Es war, als ob Worte sie irgendwie schützten, eine durchsichtige, abwehrende Mauer um sie errichteten, und um das, was sie immer fürchteten. Was hatten sie gefüchtet? Marjorie war in einer Atmosphäre aufgewachsen, in der man es für unverzeihlich ansah, über jene innersten verborgenen Freistätten menschlichen Geistes bei anderen Erwägungen anzustellen oder gar darüber zu reden. Der seelische Zufluchtsort eines geliebten Kindes oder der Gattin oder des Ehemanns war geheiligt und es wäre unverantwortlich gewesen, in ihn eindringen zu wollen. Man hätte darin die größte Ungezogenheit und Roheit erblickt, ein Voyeurtum ärgster Art, wie man es nur von den Schmutzigen im Geiste erwarten konnte. Wenn also Adrian Ferrier ganz offensichtlich andere fürchtete — und Marjorie gab zu, daß es klug war, alle seine Mitmenschen bis zu einem gewissen Grad zu fürchten —, so war diese Furcht doch in keinem Verhältnis zu der Routine seines Lebens gestanden.

Schließlich aber, hatte sie ihre Gedanken weitergesponnen, zeigen wir den anderen immer eine Fassade, hinter der wir beobachten und warten, hoffen oder fürchten, lieben oder hassen, beten oder fluchen. Hinter dieser Fassade leben wir unser eigenes Leben. Jeder hat seine Einstellung zur Welt und wenn die Furcht Adrians Reaktion auf das Leben darstellte, so war das keineswegs seltsamer als Streitsucht, Argwohn, Liebenswürdigkeit, Vertrauen oder Mißtrauen, Empfänglichkeit oder Teilnahmslosigkeit, Hartherzigkeit oder Nächstenliebe. Selbst die Tiere reagieren individuell auf ihre Lebensbedingungen und Umgebung und jedes auf andere Art.

An jenem Abend nun, als sie zusammen aßen und Wein tranken, verhielten sich Marjorie und Jonathan ganz besonders schweigsam. Das Unwetter war aus seiner Höhle jenseits der Berge ausgebrochen und bestürmte die kleine Stadt und den Fluß mit Blitz und Donner. Mutter und Sohn achteten seiner nicht. Marjorie bedauerte es bereits, von ihren Grundsätzen abgewichen zu sein und zu Jonathan so vertraulich von ihrem verstorbenen Gatten gesprochen zu haben. Es war schändlich. Bis jetzt hatte sie Adrians Geheimnis für sich bewahrt. Er hatte nie vermutet, daß sie es kannte, und sein Leben lang nicht angenommen, daß es an ihm etwas zu vermuten gab. Ihn so entblößt zu haben, selbst vor seinem Sohn, war besonders unanständig, und sie war über ihr Benehmen entsetzt und empört. Sie erinnerte sich noch an jedes Wort, das sie gesagt hatte. Was war nur in sie gefahren, daß sie sich zu solchem Verrat, zu solcher Gemeinheit herabgelassen hatte? Es waren alle diese Monate der Spannung, die nicht ab- und immer nur zunahm, die Angst, in der sie lebte, und der tägliche Alptraum, und Jonathans offenkundiger Verfall und wachsender Hang zum Trinken, und das wilde Tier, dessen Existenz er ableugnete, und das ihn zerfleischte. Und Harald. Und auch Jenny. Die Welt war voll drohender Gefahren. Immer schon gewesen, denn sie war ein geheimnisvoller und verderbenbringender Ort trotz all der Schalmeien von ihren „Wundern“, von „Liebe“ und „Süße“, trotz all der lächerlichen Redensarten vom „Fortschritt des Menschen“. Nur daß die Bedrohung erst sichtbar wurde, sobald sie einem ins Haus kam. Man öffnete die Tür, um sie einzulassen, und erblickte den Abgrund jenseits des Gartens, des unschuldigen, lügnerischen Gartens.

Sie bemerkte, daß Jonathans Erschöpfung zuzunehmen schien. Seine Blässe war erschreckend. Er trank den guten Wein nicht mit Vergnügen, sondern in düsterer Zerstreutheit. Er hatte ihr nichts von der vor wenigen Stunden durchgeführten Operation berichtet und auch nichts von der Person, an der sie vorgenommen worden war. Das war nicht ungewöhnlich; er sprach nur selten von seinen Fällen. Doch Marjorie sah, daß er diese Person völlig vergessen hatte, und das war in der Tat ungewöhnlich.

Sie hätte ihm sagen mögen: ‚Verzeih mir, daß ich dir erzählt habe, was ich von deinem Vater wußte. Ich habe keine Entschuldigung. Es war entwürdigend. Warum ich es dir erzählt habe? Ich weiß es nicht, Liebster. Ich habe nie zu jemandem davon gesprochen. Es war nicht Gehässigkeit, die mich dazu veranlaßte, auch nicht Gleichgültigkeit oder Bosheit. Bis zu dem Tag, da er starb, konnte ich deinen Vater als Menschen gut leiden und war ihm oft herzlich zugetan. Ich weiß immer noch nicht, warum ich es dir erzählt habe. Es war sehr unrecht von mir, denn du liebtest ihn und glaubtest an ihn.‘

Plötzlich hielt sie in ihren Gedanken inne, als ihr einfiel, daß Jonathan keinerlei Einwände erhoben hatte, als sie nach Adrians Tod das absurde, stilisierte Gemälde „Der Sturm“ entfernte. Im Gegenteil: damals, noch keine dreiundzwanzig Jahre alt, hatte er bemerkt: „Ich hab’ das Ding nie mögen. Es ist lächerlich und gespreizt und was weiß ich noch alles, obwohl — Harald findet es wahrscheinlich gut.“ Überrascht legte Marjorie den Kaffelöffel nieder und starrte Jonathan an, der auf seines Vaters Platz unter den im Donnergrollen vibrierenden sanften Lichtern inmitten des gedämpften Glanzes und der blassen Eleganz des Speisezimmers saß. Gewiß, das waren Jonathans Worte gewesen; wie seltsam, daß sie sich ihrer nicht erinnert hatte! Harald war es gewesen, der immer über den „Sturm“ gelacht hatte, nicht Jonathan. Adrian hatte Shakespeare nicht gemocht und Jonathan in der abgelegenen Bibliothek stundenlang Gedichte vorgelesen: Keats und Whitman und Emily Dickinson und Wordsworth und Browning und Tennyson und Longfellow — vor allem Longfellow. Als Jonathan noch ein Kind war, hatte der Vater ihm schon Prosa vorgelesen, aber Dickens und niemals Thackeray; Dumas, aber niemals Zola. Auch Theaterstücke, aber Sheridan und niemals Molière. Byron, „Don Juan“ ausgenommen, Whitman, aber nicht Milton. Der Musik galt seine besondere Wertschätzung, pflegte er zu sagen, aber er liebte Mozart mehr als Wagner, Schubert mehr als Beethoven, Liszt mehr als Bach. Kurzum, es mangelte ihm an Sinn für Größe und Gewalt. Die Namen waren für ihn nur Worte, die er in Wörter- und anderen Büchern aufgelesen, aber nie wirklich akzeptiert hatte. Jonathan war es, der Shakespeare, Milton, Chaucer und Molière liebte, und die gewaltigen teutonischen Komponisten. Jonathan war es, der schon als Kind die Abgründe des Lebens und nur selten die Gärten geschaut, und die Schrecken des Lebens und das Vorhandensein des Bösen erkannt hatte. Erkannt, obwohl sein Vater ihm nie davon gesprochen hatte. Wie kam es also, daß er seinen Vater so geliebt und seiner Mutter jede liebenswürdig scherzhafte Bemerkung über Adrian zumeist übelgenommen hatte? Marjorie nickte dem Küchenmädchen zu und ließ frischen Tee kommen. Jon hatte das Essen nicht angerührt, füllte aber von neuem sein Weinglas. Sein Gesicht war selbst für ihn ungewöhnlich düster und verschlossen. Seine Augen waren glasig; er war fast betrunken. Sein Essen wurde kalt. Der Donner trommelte gegen die hohen, funkelnden Fenster, während grelle Blitze sie immer wieder beleuchteten.

Ich weiß die Antwort, dachte Marjorie traurig. Selbst noch ein Kind, sah er in Adrian ein Wesen, das er vor seiner Familie und dem Leben schützen zu müssen vermeinte. Doch vielleicht mehr noch als alles andere, dachte er, daß Adrian gut war, und für Güte in anderen war Jonathan immer empfänglich gewesen, denn schon als Kind wußte er, daß Güte, wahre Güte, ein gar selten Ding war in dieser Welt, und an diesem Wissen hatte er schwer zu tragen. Armes Kind.

Wie hatte Vater McNulty sich noch vor wenigen Monaten über ihn geäußert? „Jon ist gar nicht so ein schwieriger Mensch, Mrs. Ferrier. Früher einmal glaubte ich es, aber heute weiß ich, daß es nicht stimmt. Er ist, im reinsten, rührendsten Sinn, ein einfacher Mensch. Die Leute halten ihn für schwierig und problematisch, weil er nicht lügt; ist es nicht eines Priesters unwürdig, den Menschen ein so schreckliches Zeugnis auszustellen? Aber es ist die Wahrheit. Der Verschlagene wird von seinen Freunden ‚unvoreingenommen' und ‚aufrichtig' genannt, wo doch gerade das Gegenteil zutrifft. Die Leute können Jons Ungekünsteltheit einfach nicht verstehen. Sie verirren sich darin wie in einem Labyrinth, und damit gebe ich wohl einen traurigen Kommentar zur Beschaffenheit der menschlichen Natur ab. Jon ist, wie er ist, und niemand glaubt einem Menschen das Gesicht, das er der Welt zeigt. Die Leute glauben, daß auch die anderen, wie sie selbst, etwas verheimlichen. Jon aber hat seinen Mitmenschen noch nie ein falsches Gesicht gezeigt. Er besitzt die Merkmale des Heiligen und des Einfaltspinsels — er ist er. Und das ist der Grund seines Kummers und wahrscheinlich auch der Grund, daß er als Kind so unglücklich war, wie Sie mir selbst erzählt haben. Darum kann er Lügen und Gemeinheiten bei anderen nicht vertragen — und zu verzeihen ist seine Sache nicht."

Nach einigem Nachdenken mußte Marjorie ihm zustimmen. „Und Angst kennt er nicht", sagte sie.

„Stimmt", bekräftigte Vater McNulty. „Der Mann, der sich ohne Arglist, Grausamkeit und Verschlagenheit der Welt entgegenstellt, glaubt, nichts fürchten zu müssen. Aber da irrt er. Er vergißt seine Mitmenschen. Ich habe den Eindruck, Jon beginnt zu argwöhnen, daß er fürchten sollte, aber er weist den bloßen Gedanken weit von sich. In einer Welt der Angst könnte er nicht leben; Er würde ersticken. Er fürchtete weder den Richter noch die Geschworenen, denn in seiner Einfalt glaubte er, daß seine Schuldlosigkeit überzeugender Beweis sein müsse. Die Wunden, die er jetzt trägt, wurden ihm durch die Taten und Worte anderer beigebracht, und denen kann er nicht verzeihen."

„Und warum sollte er auch?" fragte Marjorie mit tiefer Erbitterung.

In seinem ganzen Leben hatte Jonathan sich ihr nur zweimal anvertraut und sie wußte nicht, warum. Er hatte ihr von zwei Vorkommnissen erzählt. War es denn denkbar, überlegte sie jetzt, während sie an ihrem Tee nippte, daß er instinktiv erfaßt hatte, daß nur sie, nicht aber sein Vater, ihn verstehen würde, wenn er die Menschheit anklagte?

Der erste Vorfall ereignete sich, als er neun Jahre alt war. Er kam gerade aus der Schule, als er einiger größerer Jungen gewahr wurde, die einen kleinen quälten, einen plärrenden, unbeliebten, kriecherischen Jungen, der über seine Mitschüler herzuziehen pflegte, jetzt aber vergeblich versuchte, sie davon abzuhalten, ihm weiter weh zu tun. Marjorie kannte den Jungen und seine Eltern und hatte Jonathan einmal gefragt, warum er zu dem Bürschchen nicht netter sei. „Er ist so ein elender Feigling", hatte Jonathan verächtlich, aber auch mitleidig geantwortet.

Doch an jenem Wintertag sah er, wie der Junge gepeinigt wurde, und geriet darüber in Wut. Ohne auch nur einen Augenblick zu überlegen — war das nicht heute auch noch seine Art? — stürzte er sich auf die Jungen, die alle älter waren als er, und seine wütende Abscheu vor ihnen und seine Empörung darüber, daß sie einen Schwächeren quälten, verliehen ihm ungewöhnliche Kraft und Ungestüm. Er jagte sie fort und nahm sich ihres Opfers an, das wie gewöhnlich plärrte und nach seiner Mutter rief.

Die vorübergehend Unterlegenen stellten schnell fest, daß es ein einziger Junge war, der sie ihres Opfers beraubt und in die Flucht geschlagen hatte, gingen nun geschlossen auf ihn los und fielen rücksichtslos über ihn her, was ihm zwei blaue Augen und eine blutige Nase einbrachte. Der hemmungsloseste unter seinen Angreifern aber war der Junge, dem er zu Hilfe gekommen war. Als er sich endlich von seinen Mitschülern losriß und davonlief — ungewöhnlich klug, für Jonathan —, kamen die lautesten und verächtlichsten Pfiffe von eben diesem Bürschchen, das er vor Prügeln und Schmerzen hatte bewahren wollen.

„Warum?" fragte er seine Mutter. Die dünnen Beine gespreizt, stand er vor ihr, das aufgerissene, blutende Gesicht herausfordernd und wütend.

„Du wurdest zur unbeliebten Minderheit", sagte sie.

Er schüttelte heftig den Kopf. „Das hat nix — nichts — damit zu tun, daß Timmy auch auf mich losging und mich verspottete. Warum ist er nicht einfach davongelaufen? Warum ist er dageblieben und — und —"

„— hat mit deinen Feinden gemeinsame Sache gemacht? Gegen dich? Es ist schwer, dir das jetzt zu erklären. Jonathan. Es ist etwas ganz Normales und doch sehr Kompliziertes. Es ist nicht sehr vergnüglich, über die menschliche Natur nachzudenken . . ."

Doch unglücklicherweise betrat Jonathans Vater gerade in diesem Augenblick das Damenzimmer. Nach einem Schrei des Entsetzens, in dem Erstaunen und Mitgefühl mitschwangen, nahm er Jonathan in die Arme und drückte ihn mit tröstlichem Gemurmel fest an die Brust. Marjorie beobachtete die Szene, und ihre Züge, gleich denen ihres Sohnes, spannten und verschlossen sich. Schweigend wartete sie, während Jonathan seinem Vater die gleichen Fragen stellte. Jetzt hielt Adrian den Jungen auf den Knien, fuhr im zärtlich übers Haar, und seine ein wenig ausdruckslosen und vorstehenden blauen Augen waren feucht. Sinnend starrte er in den Raum, während er überlegte, wie er Jonathans Fragen beantworten sollte.

„Es ist ganz einfach", sagte er schließlich. „Kinder sind noch nicht gebildet, noch nicht zivilisiert. Sie verstehen das nicht. Kinder sind so lieb und so unschuldig! So rein, so gut. Wenn sie etwas tun, was andere Leute für schlecht halten, so ist es in Wirklichkeit gar nicht schlecht. Es mangelt ihnen eben an Verständnis, oder vielleicht haben ihre Eltern ihnen falsche Lehren erteilt. Du mußt gut von ihnen denken und vergessen und verzeihen, denn du weißt ja, daß der Mensch sich weiterentwickelt und gut wird, sobald er seine Reife erlangt hat."

Marjorie war ein wenig übel geworden, wie das immer geschah, wenn ihr Mann emphatisch und mit weithin schallender Stimme seinen Glauben an die Menschheit bekundete. Jonathan, auf seines Vaters Knien, hatte ihn sonderbar angesehen — wie war es nur möglich gewesen, daß sie das bis heute vergessen konnte? Dann hatte Jonathan ihn angelächelt, wie ein Kind, dem man nicht wehtun durfte, und ihr einen seiner grimmigen Blicke zugeworfen, als wollte er sie warnen, den Mund aufzutun.

Der Donner schien sich in dieser Nacht das alte, schöne Haus zu seinem speziellen Feind erkoren zu haben, denn plötzlich gab es einen betäubenden Krach. Weder Marjorie, in Gedanken versunken, noch Jon, der immer betrunkener wurde, achteten des Unwetters. ‚Jon sah mich immer so an', sagte Marjorie im Geist zu sich, ‚aber, Gott möge es mir verzeihen, erst jetzt erinnere ich mich daran und verstehe seine Blicke. Ich war immer so verdammt zurückhaltend — nie ging ich den Dingen nach. Ich hielt es für unpassend und unanständig. Ja, schon als kleiner Junge beschützte Jon seinen Vater. Er würde es mir übelgenommen haben, hätte ich ihn ahnen lassen, daß auch ich wußte, daß sein Vater ein Narr war. Wie sonderbar ist doch die menschliche Natur! Wir beschützen, was am wenigsten wert ist, beschützt zu werden, und lassen das ungeschützt, was beschützt werden müßte — um unserer Seele willen.'

Nie wieder erwähnte Jonathan den Zwischenfall, aber noch lange Zeit beobachtete er Marjorie scharf, bis er überzeugt war, daß sie ihn vergessen hatte und er somit keine Gefahr mehr für ihren Mann und dessen ruhig-heitere Gewißheit darstellte, daß es die Gemeinheit dieser Welt nicht gab, wenn man sie nur einfach ignorierte oder mit Gemeinplätzen bemäntelte.

Er war also doch ein Feigling, dachte Marjorie, und ich habe es bis heute nicht gewußt. Oder doch?

Jonathan war ein sehr religiöser Knabe. Er war auch Ministrant. Einige Male sprach er allen Ernstes vom Priesteramt. „Nicht doch", sagte Marjorie, die Protestantin, mit leisem Lächeln vor Gatte und Sohn. „Das ist nichts für dich, Jon. Du wärst der Schrecken des Beichtstuhls. Du würdest keine Geduld für die menschliche Natur aufbringen. Du verstehst das alles nicht, und jetzt bist du fünfzehn. Du haßt das Böse, aber du begreifst seine Ursachen nicht und wie tief es in der menschlichen Seele verborgen liegt. In foro interno, wie die Lateiner sagen."

„‚In foro interno.' " warf Adrian gewichtig ein. „Das bestreite ich,

Marjorie. Das Böse steht außerhalb des Menschen, es liegt nicht in ihm. Wie Rousseau sagte —"

„Warum sagst du das nicht Vater McGuire?" fragte Marjorie, die, ganz gegen ihre Gewohnheit, die Geduld verloren hatte. „Er würde dich darauf hinweisen, daß es eine Doktrin der Kirche ist, wonach der Mensch in Sünde empfangen und in Sünde geboren wird, keine eigenen Verdienste besitzt und keine erwerben kann. Die, die er besitzt, hat Gott ihm gegeben, Gott allein. Von sich aus kann er weder gut noch verdienstlich sein, er ist unfähig, seine eigene Seele zu retten — denn, wie Salomon sagte, ‚sündhaft ist der Mensch von seiner Geburt an'."

„Du scheinst mit den Doktrinen der Kirche gut vertraut zu sein, Marjorie", entgegnete Adrian mit plumper Ironie, „und ich frage mich oft, warum du nicht um Aufnahme ansuchst. Übrigens habe ich noch nie etwas von diesen Doktrinen gehört; wahrscheinlich sind sie veraltet. Der Mensch ist gut —"

„Du glaubst also, daß Gott lügt, wenn Er sagt: ‚Keiner ist gut außer Gott'?"

Adrian war erschüttert. „Ich nehme nicht an, daß das in der Bibel —"

Marjorie nickte lächelnd. „Doch. Du findest es im Buch Lukas. Es ist seltsam, aber ich habe festgestellt, daß weder Gott noch Gottessohn sich je in Lobpreisungen über die ‚Güte' des Menschen ergehen. Im Gegenteil! Die Bibel enthält eine ganze Reihe von Hinweisen auf die Niederträchtigkeit des Menschen, seine angeborene Schlechtigkeit, und die Notwendigkeit seiner Erlösung. Aber keinen auf seine Güte."

„Unsinn", entrüstete sich Adrian. Seine gesunde Gesichtsfarbe, so gleich Haralds, war in tiefe Röte übergegangen. Von plötzlicher Reue bewegt, erkannte Marjorie, daß er Angst hatte. „Steht nicht in der Bibel geschrieben von einem Mann, der da sagte: ‚Bin ich der Hüter meines Bruders?' Eine wundervolle Frage!"

„Kain stellte sie", gab Marjorie zu bedenken. „Kain, der Mörder, Vater von Mördern, von Gott verstoßen."

Ein schreckliches Schweigen erfüllte den Raum. Adrian saß da, seine Angst war nun augenfällig; er haßte seine Frau. Jon sah ihn an und hob seine Hand an des Vaters Wange. Es war wieder die Geste des Beschützers, und einen Augenblick lang ärgerte sich Marjorie über ihren Sohn und verachtete ihn. „Gottes Antwort auf diese ‚wundervolle Frage' lautete, wenn ich mich recht entsinne, ‚Die Stimme von dem Blute deines Bruders schreiet von dem Boden auf zu mir.' So war es immer und so wird es immer sein."

„Du kennst kein Erbarmen, Marjorie."

Und das, dachte Marjorie jetzt, war das perfekte Beispiel eines falschen Schlusses.

Damals hatte Jon nichts gesagt, sie nur wieder durch einen langen kalten Blick gewarnt und aufgefordert, seinen Vater nicht zu verletzen. Er wußte es, dachte Marjorie jetzt und führte das Mundtuch an die Lippen und wurde nun auch des Unwetters gewahr und der Hitze und der wachsenden Spannung in dem langgestreckten, schönen Speisezimmer, jawohl, er wußte es, doch er wehrte sich dagegen, daß ich von seinem Wissen wußte. Noch heute verübelt er mir das und daß ich seinem Vater ‚wehtat'. Auch das ist schuld daran, daß er es so schwer hat. Wie engstirnig war er doch und ist es heute noch! Immer noch ist er nicht bereit, das Offenkundige zu akzeptieren!

Und da war Harald, der anfangs so wie Jonathan an seinen Vater geglaubt hatte. Aber nur bis zu seinem vierzehnten Lebensjahr. Dann sah er in Adrian das, was er wirklich war! War das der Grund, daß Jonathan, selbst heute noch, solche Abneigung gegen ihn empfand? Wie widersprüchlich und kompliziert und geheimnisvoll und vielförmig war doch die Menschheit und so unendlich sonderbar! Ohne auch nur ein bescheidenes Mitgefühl zu zeigen, bedachte Jonathan in diesen Tagen seine Mitmenschen mit den bittersten Kommentaren; er sprach mit Zynismus, ja mit Haß. Glaubte er wirklich daran oder sprach die Verzweiflung aus ihm und die Hoffnung, widerlegt zu werden? Wollte er sich vor ihnen verbergen, um wieder in Frieden leben zu können? Was oder wen schützte er? Das Andenken seines Vaters?

Darin, stellte Marjorie mit einigem Erstaunen fest, glich Harald ihr, daß er alles mit Nachsicht und belustigtem Verständnis hinnahm und es ablehnte, sich von der Welt verdrießen zu lassen. Wenn er sich gelegentlich, wie sie auch, in spöttischen Maximen gefiel, so war es jedermann klar, daß sie scherzhaft gemeint waren — jedermann außer Jon.

Mit siebzehn Jahren war Jonathan einem seiner privaten höheren Schule angeschlossenen Wanderverein beigetreten und begab sich mit einer größeren Gruppe auf Fahrt. Der Ausflug dauerte zwei Wochen. Als er heimkam, war er schweigsamer als sonst, kalt und verschlossen und sprach nur mit seinem Vater. Er schien sich unglücklich zu fühlen. „Hat Jon dir etwas über seine Wanderung erzählt?" fragte Marjorie ihren Mann. „Ich erkenne ihn gar nicht wieder."

„Er ist vollständig in Ordnung", antwortete Adrian mit seiner üblichen selbstzufriedenen Lebhaftigkeit. „Er hatte einige interessante Erlebnisse. Sehr, sehr angenehme und höchst erbauliche." Seine großen blauen Augen blickten wie üblich arglos und gelassen. Aber Jon erzählte ihm ja auch nie Dinge von Belang, rief Marjorie sich ins Gedächtnis zurück. „Erbauliche. Ja", fuhr Adrian mit jenem gütigverträumten Blick fort, der Marjorie so auf die Palme brachte. „Heute abend wollen wir uns meine Audubon-Sammlung ansehen und versuchen, die Vögel zu identifizieren, die Jonathan auf seiner so lehrreichen Exkursion erspäht hat. Das wird sehr anregend sein."

Adrian, erkannte Marjorie jetzt mit erdrückender Klarheit, ließ mich fallen, als ich schließlich aufhörte, ihn zu beschützen und mir seiner wahren Natur bewußt wurde, und wandte sich Jon zu, der die Last freudig aufnahm und sie immer noch trägt! Mein Gott, warum sehen und verstehen wir die Dinge erst, wenn es zu spät ist? Und wie kam Jon heute abend auf den Gedanken, ich ‚ließe durchblicken', Harald sei seinem Vater sehr ähnlich?

Jon hat so viel von mir und Harald hat so viel von mir, dachte sie. Irrte sie in der Annahme, daß Haralds leichte Konversation, gleich der seines Vaters, auf Angst beruhte? Oder unterhielt Harald sein heiteres Geplauder einfach nur, um sich die gefährliche Neugier der anderen vom Leib zu halten, weil er den Menschen, wenngleich er an ihnen Gefallen fand, mißtraute? Oder sie zu lächerlich fand, um sie ernst zu nehmen? Jon nahm die Menschen immer zu ernst, obwohl er der erste gewesen wäre, dies ärgerlich entrüstet abzuleugnen. Von wem nur stammten die Worte: ‚Das Leben ist eine Tragödie für den fühlenden und eine Komödie für den denkenden Menschen?' Wenn das stimmte, so war Jon wirklich ein Mensch, der ‚fühlte' und nicht unbedingt ‚dachte'; dann hatte Vater McNulty völlig recht; und war das nicht eigenartig bei einem so jungen Mann? Oder ließ sich die Weisheit nur nach Jahren messen? Marjorie kannte viele, die alt waren und dennoch Toren.

Sie dachte an die Zeit zurück, da Jonathan siebzehn gewesen war.

Für Pennsylvanien war es ein ungewöhnlich warmer Frühling gewesen. Im geheimen hatte Marjorie sich immer um Jonathans Gesundheit gesorgt, denn er war übergroß für sein Alter, machte einen fast ausgezehrten Eindruck und seine bläßliche Gesichtsfarbe grenzte ans Fahle. Im Vergleich zu ihm erschien der vollblütige Harald mit fünfzehn Jahren geradezu ungehörig gesund und kräftig und rundlich. Jonathan zeigte sich von Haralds leichtem, liebenswürdigem Geplauder mehr als gewöhnlich irritiert und darum gab Harald sich um so munterer und gesprächiger und bewußt lästiger. Er konnte seine Freude nicht unterdrücken, daß Jonathan zwei Wochen lang abwesend sein würde, und machte aus seiner Freude kein Hehl. Marjorie mußte einfach darüber lächeln. Jonathan, hatte sie gedacht, war wirklich zu ernst und bedachtsam und betrieb seine Studien zu intensiv und war doch erst siebzehn. Seine Gereiztheit, die er nie so recht zu zügeln verstand, nahm zu. Doch sein Vater, der es geradezu ungestüm ablehnte, Unannehmlichkeiten oder peinliche Situationen zur Kenntnis zu nehmen, sagte: „Meine Liebe, du machst dir zuviel Sorgen um Jon. Er ist kerngesund und quietschvergnügt. Kerngesund und quietschvergnügt", wiederholte er, denn er liebte Klischees und nahm gern Zuflucht zu ihnen. Marjorie wollte ihn schon fragen: ‚Und was ist an einem Kern gesund und warum muß man quietschen, wenn man vergnügt ist?' aber die Bemerkung schien ihr kindisch und sie unterließ sie. Sollte Adrian doch mit seinen Platitüden und Maximen und Klischees glücklich werden. Sie beschützten ihn vor dem Leben und der Wirklichkeit und so mußte man sie wohl hinnehmen.

Als Jonathan nach zwei Wochen heimkam, war er magerer als zuvor, seine Gesichtsfarbe fahler als zuvor; er trug eine düstere Reife zur Schau, die er zeit seines Lebens nicht mehr ablegen sollte. Der schon an sich Schweigsame war noch schweigsamer geworden, doch Marjorie bemerkte, daß er tief und angestrengt nachdachte, denn immer wieder sprangen bisher unbeachtete weiße Fältchen um seinen Mund auf. Marjorie konnte ihn im abgeschiedenen Arbeitszimmer mit seinem Vater sprechen hören, doch seine Stimme, wie immer, wenn er an Adrian das Wort richtete, klang angenehm, fast tröstend. Wie ein Vater, der seinem Sohn zuredet! dachte Marjorie erbittert — und nicht zum ersten Mal. Adrians Stimme aber klang dankbar und milde — oh, diese verdammte Milde! (Sie konnte salbungsvolle Menschen ertragen, denn man wußte ja, daß das Heuchler und Lügner waren und daß sie gefährlich werden konnten. Man kannte ihre Arglist und war gewarnt. Aber Leute mit milden Stimmen waren entweder Narren oder Feiglinge. Auf ihre Art waren sie weit gefährlicher als die Salbungsvollen, denn sie konnten einen leicht und verhängnisvoll täuschen; nicht mit Absicht, nicht aus bösem Willen — einfach aus ihrer Panik heraus.)

Marjorie wartete. Seit seinem neunten Lebensjahr hatte er ihr nichts mehr anvertraut. Auch dieses Mal glaubte sie nicht, daß er es tun würde. Doch eines Morgens kam er plötzlich ins Zimmer, als sie gerade mit der Köchin über den Osterbraten sprach. Als Marjorie ihn erblickte, ersuchte sie die junge Frauensperson, sie allein zu lassen. Sie fühlte instinktiv, daß Jonathan ihr etwas sagen wollte und daß es etwas Wichtiges war. Aber sie lächelte ihn nur an und sagte: „Guten Morgen. Hast du schon gefrühstückt? Wie ich sehe, hast du dir deine Fahrradkluppen angesteckt. Fährst du ein wenig spazieren?"

Er setzte sich ihr gegenüber und antwortete nicht. Er starrte sie nur an, trotzig und herausfordernd; sie kannte diesen Blick. Sie faltete die Zeitung zusammen und legte sie zur Seite, sagte nichts und wartete.

„Du interessierst dich aber verdammt wenig für meinen Ausflug", begann er mit anklagendem Ton in seiner Stimme, „nicht wahr?"

Sie konnte ihren Sarkasmus nicht verbeißen. „Du hast kein Wort darüber verloren und nur mit deinem Vater ein Gespräch darüber geführt, zu dem ich nicht eingeladen war. Was ist denn gewesen? Ist dir etwas Unangenehmes zugestoßen?"

Er sah sie verdrossen an und schlug seine langen dürren Beine übereinander. Er kreuzte die Arme über der Brust. Die weißen Falten spielten wieder um seinen Mund. „Ich konnte nicht ahnen, daß es dich interessieren würde, was ich gesehen oder getan habe."

„Du hättest es versuchen können“, entgegnete Marjorie. „Hat es deinen Vater interessiert?“

„Ich habe es ihm nicht erzählt. Noch nicht. Aber ich werde es ihm sagen.“

Und wieder wartete Marjorie. Sie tat nichts, um ihn zu ermuntern. Ruhig und gelassen saß sie da, die Morgensonne fiel auf ihr dunkles Haar, und die Jettknöpfe auf ihrem einfachen Gürtel glitzerten. Das Licht schien voll auf das Gesicht des kleinen Kerls, ihres aber lag im Schatten.

Und dann erzählte er.

Im südlichen Teil des Staates, wo ihre Wanderung sie hingeführt hatte, war der Regen in jenem Frühjahr stärker als sonst gefallen. Die Knaben und der sie begleitende Lehrer konnten nur zwei oder drei Stunden im Tag gehen; dann mußten sie schon im nächsten Dorf oder in der nächsten Stadt Unterkunft suchen und hoffen, ein halbwegs sauberes kleines Hotel zu finden. Einige gingen gerade noch an; andere waren schmutzig und verwahrlost. Sie hatten die Bergstraße links liegen gelassen und zogen durch die vom dauernden Regen aufgeweichten schlammigen und rutschigen Ausläufer des Gebirges.

Eines Tages fanden sie die enge Straße gesperrt. Ein Warnschild wies darauf hin, daß ein kleiner Hügel ins Rutschen gekommen war, und Reisenden zu Fuß, zu Pferd und zu Wagen wurde nahegelegt, die Straße auf eine Distanz von mindestens zwei Kilometern zu meiden. Die Knaben und der Lehrer gingen nun etwa dreißig Meter entfernt parallel zu der Straße weiter und betrachteten dabei neugierig die braunen, mit unzähligen kleinen Wasserläufen glitzernden Berge auf der anderen Seite. Es war ein trübseliger, eintöniger Marsch unter einem grauen Himmel; sie fühlten sich sehr verlassen, denn die nächste Stadt lag einen Kilometer weiter gegen Westen zu, hinter einer Hügelkette verborgen.

Plötzlich schrie der Lehrer auf und zeigte nach vorne. Nur wenige hundert Meter weiter spielten ein gutes Dutzend Kinder mitten auf der Straße, denn daneben war die Erde weich und schwammig und sumpfig, und nur auf der Straße war der Boden fest. Und auf sie herab glitt langsam und unaufhaltsam die ihnen zugekehrte Seite eines Hügels.

„Mein Gott!“ rief Marjorie entsetzt aus und setzte sich aufrecht. „Vor einer Woche habe ich darüber in der Zeitung gelesen. Warst du dabei, hast du's selbst gesehen, Jon? Sechs Kinder wurden unter den Erdmassen begraben und starben und acht wurden gerettet!“

„Ja“, entgegnete Jonathan. „Ich war dabei, ich hab's gesehen. Wir hatten kleine Schaufeln in unseren Rucksäcken, das war ein Glück. Wir schickten einen von uns in die Stadt; die anderen begannen sogleich zu graben. Die acht hatten wir bald, denn der Erdrutsch hatte nur ihre Arme oder ihre Beine begraben. Aber die anderen sechs Kinder lagen unter Tonnen von Schlamm und Fels und Wasser. Die Männer aus der Stadt und von den umliegenden Höfen arbeiteten die ganze Nacht und gruben sie aus — aber sie waren schon tot. Wir hatten Laternen und Lampen, und alle Eltern standen herum — die von den geretteten Kindern und die anderen auch. Man zündete Feuer an, und dann kam auch die Feuerwehr und die Polizei und alle arbeiteten und gruben. Es war ziemlich schrecklich."

„Du lieber Gott, das glaube ich dir. Die armen Eltern."

„Ja", sagte Jonathan und sein Blick war brennender und grimmiger denn je zuvor. „Es war arg genug, daß ihre Kinder im Schlamm erstickt waren. Aber es war noch viel ärger durch die anderen Väter und Mütter. Viel ärger." Er schlug sich mit der Faust auf sein gebräuntes Knie. „Verfluch-te Ban-de", sagte er mit der tiefen Stimme eines Mannes, nicht mehr der eines Knaben.

Als man die toten Kinder aus ihrem schlammigen Grab holte, erfüllte das trockene Schluchzen der so hart Betroffenen die kalte Frühlingsluft; es klang wie das Jaulen gequälter Tiere. Die Eltern der geretteten Kinder hockten beisammen und starrten zu den Verzweifelten hinüber, deren Kinder tot waren. Dann, als das letzte Kind geborgen war, das weiße Antlitz noch weißer im Mondlicht, als die Schmerzensrufe immer lauter gellten, begannen sich die Eltern der geretteten Kinder zu rühren. Mit strahlenden Augen und unmenschlicher Genugtuung schoben sie ihre Kinder zu den trauernden Vätern und Müttern hinüber.

Sie schoben sie vor sich her und ließen sie über die armseligen kleinen Leichen steigen, die auf der naßkalten Erde lagen. Mit geradezu gieriger Erregung kamen sie auf die trauernden Eltern zu. Freudige Rufe brachen über ihre Lippen, und ungeduldig drängten sie ihre lebenden Kinder gegen die Väter und Mütter der toten. „Schauen Sie doch", jubelten sie, „meine Susie, meine Mary, mein Tommy, mein — mein — mein —! Nichts ist ihnen geschehen! Schauen Sie sie an! Ist das nicht herrlich? Schauen Sie, schauen Sie nur! Sie leben! Susie, schüttle Mrs. Schwartz am Arm, damit sie dich bemerkt. Schauen Sie, Mrs. Benson! Susie ist in Ordnung! Schauen Sie meine Elsie an! Schauen Sie, schauen Sie! Warum schauen Sie denn nicht?"

„Ich konnte es einfach nicht fassen", erzählte Jonathan. „Da drehten sie sich mit ihren Kindern im Kreis herum, paradierten mit ihnen vor den Eltern der toten, und erwarteten nicht weniger, als daß diese armen Menschen sie umarmen und beglückwünschen und sich mit ihnen freuen sollten — während ihre eigenen Kinder dalagen, tot wie, tot wie ..." Er unterbrach sich und starrte vor sich hin. „Wir entfernen uns. Wir sprachen kein Wort. Ich — ich hätte sie umbringen mögen. Es war das zweite Mal in meinem Leben, daß mich dieses Gefühl überkam. Ich wollte töten, sage ich dir!" rief er und stierte seine Mutter an.

Marjorie sagte nichts. Mit den Händen umklammerte sie ihr Knie.

„Habt ihr Jungen mit dem Lehrer abends noch darüber gesprochen?"

„Ein paar Worte. Wir waren alle ein bißchen durchgedreht und erschüttert. Der Lehrer meinte, die Eltern der geretteten Kinder seien einfach — einfach hysterisch gewesen und glücklich und ihrer Grausamkeit und Brutalität gar nicht bewußt —" Wieder starrte er seine Mutter an. „Ich glaube das nicht. Die toten Kinder lagen da, verkrümmt und zerquetscht und naß und schmutzig. Das mußte man doch sehen. Und man hörte ihre Eltern weinen und beten und sie hielten sich verzweifelt umschlungen, versuchten sich zu trösten, schrien laut auf ... Was zum Teufel ist denn nur los mit den Menschen? Und diese Tiere kreischten vor Freude, als ob es etwas zu feiern gäbe, forderten ihre Freunde immer wieder auf, ihre lebenden Sprößlinge anzusehen, rempelten sie an ..."

Marjorie schwieg und litt mit ihrem Sohn. „Man liest heutzutage so viel in den Büchern, man solle die Menschen ‚verstehen' ", fuhr Jonathan fort. „Und von ihrer ‚angeborenen Güte'. Man gibt sie uns in der Schule. Rührseliges Zeug. Man soll alle Menschen ‚verstehen' — und alle lieben. Ein süßliches, klebriges, verstunkenes Gewäsch. Scheußlich. Horace Mann. Wir lesen, was er schrieb, was er sagte, was er tat — ekliges Zeug. ‚Die Menschheit strebt empor, der Vollkommenheit entgegen.' So ein Quatsch. Er war ein Liberaler. Ein Humanist. Er vergoß Tränen über die Menschheit. Er liebte sie, er strotzte geradezu von Liebe, der Schweinehund!" Jonathan schlug sich mit einer hoffnungslos anmutenden Gebärde wiederum aufs Knie. „Was war denn los mit ihm und all den anderen seines Schlags? Konnten sie die Tatsachen, das wahre Gesicht der Menschen nicht erkennen? Sagten sie sich niemals aufrichtig, ‚was zum Teufel geht mit der Menschheit vor?' Und genau diese Frage will ich jetzt dir stellen. Erzähl mir etwas darüber."

Marjorie dachte an ihren Gatten, Adrian Ferrier, und sein Hohelied auf die Menschheit, sein beständiges, unermüdliches, angstvolles Lied von den Menschen, seine flehentliche Bitte, sein stummes, immerwährendes, begieriges Verlangen nach der Gewißheit, daß die Welt schön sei, daß alle Menschen Brüder wären, die einander von Natur aus liebten und gut waren. Sie schüttelte unmerklich den Kopf und blickte Jonathan an.

„Ich möchte dich nicht belügen, mein Lieber. Ich hab' dich nie belogen, und dir immer die Wahrheit gesagt. Die Menschen sind nicht gut; sie sind nicht freundlich; Gerechtigkeit, Zärtlichkeit und Mitgefühl sind ihnen nicht angeboren. Wir sind die verderbtesten Kreaturen, die diese Welt jemals hervorgebracht hat, und ich bezweifle, daß sich daran etwas ändern wird. Männer wie Horace Mann sind einfach — verängstigt. Sie wissen in Wirklichkeit, wie ihre Mitmenschen beschaffen sind, und lassen sich nicht von der Beredsamkeit, dem liebenswürdigen Wesen und der Beharrlichkeit blenden. Sie wollen es nur nicht glauben. Todesangst erfüllt sie vor der Welt, deren Existenz sie erkennen — und so erfinden sie an ihrer Stelle eine angenehmere und versuchen, darin zu leben. Man sollte sie bemitleiden. Doch man darf auch nicht vergessen, daß jene in einer Traumwelt lebenden Menschen ihre Wahnideen ebenso auf andere übertragen können und sie auf diese Weise verleiten, sich von der Realität abzukehren."

Jonathan aber — jung, hager und empfindsam, mit seinem wehen Herzen, das nun von neuem von Bitterkeit erfüllt wurde, — entsann sich dessen, was sie lange Zeit gesagt hatte, und seine Miene verfinsterte sich immer mehr.

„Ich werde dir ein Unrecht zufügen", fuhr Marjorie fort, „wenn ich dir mit besänftigenden Lügen antworten wollte, nur um dich auf freundlichere Gedanken zu bringen und dich, getröstet durch gefälligen Betrug und falsche Zuversicht, fortzuschicken. Das wäre die weniger schmerzhafte Lösung, doch ich gebe der Wahrheit den Vorzug. Außerdem berücksichtige ich die Tatsache, daß du kein Kind mehr bist, das man mit Märchen abspeist, dessen Kopf man streichelt und dem man als Trostpflaster eine Tasse heißen Kakao und einen Teller mit Kuchen verabreicht. Ja, wir sollten sogar den ganz kleinen Kindern die volle Wahrheit sagen, damit sie sich gegen das Leben wappnen und die Wirklichkeit ertragen können. Lügen sind niemals angebracht."

Jonathan lächelte voll Bitterkeit. „Du hattest nie viel Vertrauen zu den Menschen, nicht wahr? Tut nichts. Auch ich vertraue ihnen nicht, jedenfalls nicht sehr. Aber du hast mir noch nicht erklärt, was mit den Leuten dort unten los war."

„Es ist ganz einfach. Und sehr menschlich. Sie handelten durch und durch egoistisch und urmenschlich. Sie frohlockten und triumphierten. Die Tatsache, daß andere ihre Kinder verloren hatten, ihre Trauer und Verzweiflung, verliehen dem erbärmlichen Stolz, den sie empfanden, weil ihre eigenen Sprößlinge dieses Schicksal nicht teilten, einen besonderen Reiz, besondere Genugtuung. Und weil sie so entzückt und so begeistert waren, so freudig erregt durch den Schmerz der übrigen — du siehst also, wie bestialisch wir in Wirklichkeit sind —, empörten sie sich darüber, daß die Eltern der toten Kinder sie in ihrer Trauer scharf zurechtwiesen. Die meisten Leute beschäftigen sich nämlich ausschließlich mit ihren eigenen Angelegenheiten. Es ist eine Art Schlechtigkeit — aber doch ein begreiflicher Zug des menschlichen Charakters. Kann man ihn auch zeihen?" Jonathans Gesicht wirkte nun gespannt und höhnisch.

„Nein", antwortete sie, „das ist unverzeihlich. Dafür gibt es keine Entschuldigung. Man kann es nicht beschönigen und mit gefühlsseligen Worten ‚erklären'. Wir müssen unsere Mitmenschen ohne Illusionen betrachten und sie eben als die schrecklichen Geschöpfe hinnehmen, die sie sind — wir haben keine Wahl. Wir wenigen, die wir sie ohne rosarote

Brille sehen und ohne furchtsames Herzklopfen, wir, die wir keine Lügner sind.“

Jonathan seufzte, und für Marjorie lag in diesem Laut unaussprechliche Traurigkeit. Dann sagte der Junge: „Horace Mann behauptet, man könne Kinder Güte und Mitleid, Barmherzigkeit und Freundlichkeit lehren —“

„Der arme Kerl war ein Narr, ein wirklich gefährlicher Narr“, meinte Marjorie. „Ich habe kein Vertrauen zu den Menschen. Schon seit meinem vierzehnten Lebensjahr. Ja, mein Vater war ein sehr vernünftiger Mann, der es ablehnte, mich zu belügen. Also gab er alles, was er über die Menschen wußte, an mich weiter.“

„War es schwer für dich?“

„Sehr. Ich kam niemals darüber hinweg. Eine tödliche Wunde kann nie heilen, verstehst du? Man muß damit leben, und hier, fürchte ich, ergibt sich ein innerer Widerspruch. Aber so ist es. Ein ganzes Leben muß man im Bewußtsein dieses Wissens ertragen. Doch selbst dann empfindet man noch Mitleid, auch für eine Kreatur wie den Menschen. Dieses furchtbare Wesen sollte einen erbarmen.“

„Wen?“

Marjorie zögerte. „Vielleicht Gott. Vielleicht die wenigen unter uns, die sich weigern, auf angenehme Lügen und Hirngespinste hereinzufallen. Diese unsere Minderheit.“

Dann stellte Jonathan die pathetischste Frage, die er je in seinem jungen Leben ausgesprochen hatte, und es sollten auch die pathetischsten Worte zeit seines Lebens bleiben, „Wie kann jemand weiterleben, wenn er weiß, wie die Menschen sind?“

Marjorie seufzte traurig und versuchte zu lächeln. „Welche andere Möglichkeit steht uns offen? Man kann der schrecklichen Wirklichkeit nicht entrinnen, außer vielleicht mit Hilfe von Alkohol oder in Augenblicken ungewöhnlichen Glücks. Man kann auch in der Musik oder Poesie Vergessen suchen, oder in der Natur — fern von den Menschen. Ich habe einige deiner Bücher gelesen, die sich mit den Heiligen der Kirche beschäftigen. Viele von ihnen ‚flohen die Welt‘, wie es darin heißt, um Gott näher zu kommen und ein Leben in Keuschheit und Entsagung zu führen. Ich vermute, die Ärmsten konnten ihre Mitmenschen einfach nicht länger ertragen. Sie mußten sich von ihnen und der Welt trennen, wenn sie ihre Seelen und ihren Geist retten wollten.“

Jonathan stand auf. Doch er blickte lange und finster auf den Boden zwischen seinen Füßen.

„Da ist noch etwas, Liebling“, sagte Marjorie, die angesichts seiner Einführung in die Wirklichkeit mit ihm litt. „Wir wenigen, die wir über die Menschen Bescheid wissen, dürfen andere selten merken lassen, daß dies der Fall ist. Sie haben eine Art, einem an die — an die —“

„Kehle zu fahren", ergänzte Jonathan. „Ja, das kann ich verstehen. Sie werden so oder so danach trachten, denjenigen umzubringen, von dem sie das Gefühl haben, er hätte sie durchschaut und wisse alles."

„Ja. Das ist die unverzeihlichste Sünde, die du an deinem Bruder verüben kannst: Ihn merken zu lassen, daß du genau weißt, was er ist. Er wird dich ewig hassen."

Jonathan schritt langsam auf die Tür zu. Dann sagte Marjorie, „Wirst du mit deinem Vater über dieses Erlebnis sprechen?"

Er wandte sich um und blickte sie an, und wieder sah sie jenen geheimnisvollen, warnenden Ausdruck in seinen Augen. „Nein. Er würde es nicht verstehen. Es würde ihn verletzen. Er ist — gut."

Und ich bin es nicht, dachte Marjorie, als ihr Sohn die Türe hinter sich schloß. Das wollte er damit sagen: Ich bin nicht gut. Ich spreche nur die Wahrheit.

„Dieser verdammte Sturm", murmelte Jonathan und stellte die Weinflasche hart auf den Tisch. „Wie lange dauert denn das jetzt schon?"

Marjories geistige Rückkehr in ihr blaßgetöntes, strahlendes Wohnzimmer war in ihrer Gewaltsamkeit beinahe traumatisch zu nennen, so sehr war sie in ihre Erinnerungen versunken gewesen. Sie fuhr auf. „Ein richtiges Unwetter, nicht wahr?" sagte sie.

Die frischen Erdbeeren, Sahne und Tee waren aufgetragen, zum Teil verzehrt und wieder abgeräumt worden, stellte Marjorie fest, obwohl sie sich dieses Vorganges nicht entsinnen konnte. Die Weinflasche war leer. „Bist du soweit?" fragte Jonathan. Seine Wangen wirkten hohl, seine Augen glasig vom Alkohol. Mundwinkel und Hände zitterten leicht.

„Ja, danke", antwortete Marjorie. Er trat zu ihr und schob den Stuhl zurück. Dann ließ er sie stehen und ging zum Büfett. „Ich glaube", bemerkte er, „ich werde eine Flasche Bourbon mit hinaufnehmen. Als Schlummertrunk. Ich bin müde."

Der tosende Regen schlug gegen die hohen, hellen Fenster, und der Wind pfiff durch die Dachtraufen. Jonathan stülpte mühselig und mit beträchtlicher Sorgfalt und Umständlichkeit ein Kristallglas über die Karaffe. Diese heikle Aufgabe erforderte seine ganze Aufmerksamkeit. Dann verließ er, langsam und vorsichtig schreitend, indem er versuchsweise einen Fuß vor den anderen setzte, das Speisezimmer. Seine Mutter hörte ihn schwerfällig und unsicher die Treppe hinauftappen. Sie lauschte während der plötzlich eintretenden Stille, in der man nur das Rauschen des Regens und den Wind vernahm. Jonathan hatte sich in das Arbeitszimmer seines Vaters begeben. Sie hörte den kräftigen Knall, mit dem er die Türe zuschlug.

Ja, lieber Jon, dachte sie, ich habe dir stets die Wahrheit gesagt. Ich habe dich nie belogen. Wäre es besser gewesen, ich hätte es getan? Ich weiß es nicht. Trotz allem, was du wußtest, und trotz allem, was ich dir sagte, bist du ein guter Mensch geworden, ein Arzt, der andere einfach nicht leiden sehen kann. Du gabst dein Bestes, die Schmerzen deiner Mitmenschen zu lindern. Leid war dein persönlicher Feind. Liegt der Grund dafür darin, daß du, du selbst, immer so sehr leiden mußtest, so daß du versuchtest, dich von dem Übel zu befreien?

Ich habe dich nie belogen. Außer einem einzigen Mal. Durch Schweigen. Aber es geschah dir zuliebe, einzig und allein dir zuliebe, Jon.

Dieser Abend voll innerer Offenbarungen und Enthüllungen schien Marjorie wie ein Jahrhundert, eine schreckliche Ewigkeit. Müde stieg sie die Treppe zu ihrem Zimmer empor. Heute konnte sie den Anblick der unteren Räume nicht ertragen, die verlassenen Sofas, die leeren Stühle, die strahlenden, einsamen Möbel, die schimmernden Fenster, in denen sich nichts außer dem Antlitz einer hoffnungslosen Frau widerspiegeln würde.

Durch mein Schweigen log ich, dachte sie. War das besser? Indem ich nicht sprach, ersparte ich dir so viel, Jon, so viel mehr, als du bereits erduldet hast. Ich frage mich, ob du mir wohl dankbar wärest, wenn du wüßtest, was ich weiß. Vielleicht. Wäre das Äußerste besser gewesen?

Sie konnte hören, wie Jonathan im Herrenzimmer telephonierte. Sie blieb stehen, schlich dann zu der verschlossenen Tür und lauschte. „Gut, gut", sagte er gerade im pedantischen Tonfall eines Betrunkenen. „Lassen Sie niemanden hinein. Geben Sie ihr Eiswasser zu trinken, aber nur in kleinen Schlucken — nein, legen Sie ihr lieber kleine Eisstückchen auf die Zunge. Lassen Sie niemanden zu ihr."

Du machtest niemals ein Tor auf, dachte Marjorie. Nein, niemals, mein Liebling. Außer für Mavis.

Lange danach, bevor sie einschlief, sagte sie sich noch einmal, als wolle sie sich damit trösten:

„Er ist verwundet, aber nicht tödlich getroffen. Es wird ihn niederwerfen, und er wird eine Zeitlang bluten. Doch dann wird er aufstehen und weiterkämpfen."

Würde er das tun? Er hatte Mavis nicht vergessen, und nur Marjorie wußte das, Mavis, die innig geliebte Verhaßte.

ELFTES KAPITEL

Jonathan stand im Arbeitszimmer seines Vaters und trank, trank langsam und beständig. Er ließ seinen Blick über den in Braun, Gold und Rot gehaltenen Raum schweifen, der sich seinem Auge im sanften Licht der Lampen so ruhig und gelassen darbot. In seinem warmen, stillen

Schimmer hatte dieses Zimmer für ihn stets etwas Herbstliches. Bücherregale verdeckten die Wände, und die Bücher selbst, ausgewählte Bände, hatten in ihm schon als Kind Mißtrauen erregt, nicht so sehr ihres Inhalts wegen, sondern weil sie in gelblich-braunes, glänzendes Leder gebunden und reich mit Gold verziert waren. Hier gab es kein dunkles Holz, nur Kirsche und ungebeiztes Mahagoni, rotbraun, poliert und lackiert, so daß es glühte wie braunes Glas. Ein kostbarer chinesischer Teppich lag auf dem Boden, ein Teppich, dessen Schattierungen von Gelb über die Farbe ungebleichten Leinens bis zu Zimt, Kupfer und Isabelltönen spielten. Die Vorhänge waren aus goldfarbener Seide. Der gesamte Zierat war aus Bronze und sehr maskulin in seinem Stil. Die Lampen waren aus demselben Material und trugen Pergamentschirme. Kamin und Kaminboden strahlten in braunem, gelbgeädertem Marmor.

Ja, es war sehr still. Dieser Raum hatte immer etwas Ruhiges, Gelassenes, Weites an sich gehabt. Und doch, so seltsam es anmuten mochte, lud nichts in diesem Zimmer dazu ein, sich hierher zurückzuziehen, nachzudenken, zu grübeln, zu stöbern, zu arbeiten — trotz der tiefen Ledersessel, des prachtvoll geschnitzten alten Pultes, der glänzenden Tische mit den kleinen chinesischen Kassetten und Elfenbeinfiguren, des Hauchs von Wärme, der über allem lag, trotz des breiten, durch einen Mittelpfosten getrennten Fensters und seiner mit Samtkissen belegten Fensterbank. Adrian hatte diesen Raum seine ‚Zuflucht' genannt und den größten Teil seiner Freizeit darin verbracht, „mit meinen geliebten Büchern, meinen liebsten Gefährten", wie er sie nannte. Dennoch besaß dieser Ort nicht jene besondere Atmosphäre voller Beschaulichkeit, tiefer Versunkenheit und Ruhe, die das Arbeitszimmer oder die Bibliothek eines intellektuellen Menschen kennzeichnet. Kurz gesagt: es war leer. Immer strahlte es hier vor Sauberkeit. Immer war es schön. Der Raum wirkte einladend. Die makellose Schönheit blieb auch bestehen, nachdem man eingetreten war, doch die oberflächliche, faszinierende Ausstrahlung ließ bald nach, weil sie niemals wahrhaft vorhanden gewesen war. Das Zimmer glich einer erlesen geformten Muschel, die selbst am Anfang nie Leben geborgen hatte, denn Adrian Ferrier hatte dieses Leben nie besessen, das er hätte verschenken können. Es war jetzt genauso leblos wie vor seinem Tode. Es war kein verlassener Raum. Es hatte einfach nie jemand darin gewohnt.

Jon hatte das bereits als Kind begriffen und schon damals seinem Vater dessen Einbildung nachgesehen, daß dies der Thronsaal eines geweihten, gedankenvollen, tiefsinnigen Mannes war, der hier vor einer hektischen, anspruchsvollen Welt in die Abgeschiedenheit seines eigenen genialen Geistes flüchtete. „Immer bin ich erfrischt", pflegte er zu sagen. „Gleichgültig, wie erschöpft ich mich fühle, ich betrete mein Reich, um nachzudenken, zu grübeln, um meiner Phantasie freien Lauf zu lassen.

Während ich so meinen Gedanken nachhänge, spüre ich bald, wie mich Frieden erfüllt und neue Kraft, die mir hilft, die Bürden meines Lebens zu tragen.“ Was er mit diesen Bürden eigentlich meinte, fand Jonathan nie heraus, aber sein Vater erwähnte sie seufzend, wobei er gerne eine seiner feisten weißen Hände mit einer müden Geste einen Augenblick hob und sie dann auf die Lehne seines Stuhles fallen ließ. Dann lächelte er Jonathan an, und in seine verschwommenen blauen Augen trat ein wehmütiger Ausdruck.

In dieser Nacht lehnte Jonathan gegen die Eichentür der Bibliothek und trank langsam und beharrlich. Plötzlich begann er mit der seltsamen Klarheit eines Berauschten zu lächeln und sagte laut: „Lieber Papa, du warst eine schreckliche, aber liebenswerte Witzfigur, und ich habe stets über dich Bescheid gewußt. Ich liebte dich zärtlich und liebe dich noch immer. Du warst ein guter Mensch. Du mochtest mich gern, und ich ließ dich nie merken, was ich über dich wußte, denn ich bemitleidete dich und beschützte dich vor unserer scharfsinnigen, wachsamen Mama, selbst als ich noch ein kleiner Junge war. Unsere scharfsinnige, schlaue Mama. Du wußtest, daß sie dich durchschaute. Sie besaß weder den Humor noch das Mitgefühl, dich das nicht erkennen zu lassen. Aber ich. Und du warst mir dafür dankbar. Du würdest es zwar nie verstehen, doch auf deine Weise lehrtest du mich eine Menge über die Menschen. Als erster lehrtest du mich, einen langweiligen Kerl sofort zu wittern und ihm aus dem Weg zu gehen. Macht nichts, Papa. Du warst ein kleiner Mann, alltäglicher als die meisten und sehr anmaßend. Mein Gott, wäre Mama überrascht, wenn sie ahnte, daß ich all das weiß! Sie glaubt, ich hielt dich für einen Intellektuellen, und ich lasse ihr diesen Glauben. Mich amüsiert die Angelegenheit, und sie ärgert sich darüber.

Du warst schwach und verwundbar, und aus irgendeinem verdammten Grund kriechen mir die Schwachen und Verwundbaren unter die Haut und nisten sich in meinen Eingeweiden ein. Mama verachtet sie und bringt für solche Leute — wahrscheinlich mit gutem Grund — keine Geduld auf. Das wiederum verursacht mir einigermaßen Kopfzerbrechen. Bin ich vielleicht auch ein wenig schwach und verwundbar? War das etwas, das uns verband?“

Stirnrunzelnd blickte er das Glas in seiner Hand an, nahm dann einen Schluck. Ein besonders anrüchiges Wort kam über seine Lippen. „Vielleicht“, sagte er. „Daran habe ich noch nie gedacht. Na, zum Teufel Papa. Armer alter Knabe. Die ganze Zeit über war mir klar, daß deine ewige Güte und Besorgtheit lediglich einen Schutzwall darstellten, den du aus Angst vor deinen Mitmenschen aufbautest. Möglicherweise hattest du eine leise Ahnung davon, wie die Leute wirklich sind, also versuchtest du, sie dir vom Leibe zu halten und mögliche Angriffe dadurch zu verhüten, daß du deinen Glauben an die Menschheit betontest. Ja, sie sei wahrhaft edel, anständig, herzensgut, sie flösse geradezu über vom Honig guten Willens, und wenn sie jemand dazu ermutige, würden ihr glatt Flügel sprießen. Jedem winselnden Landstreicher gabst du Geld, jedem Dieb und verlogenen Bettler, der dich um Hilfe bat, damit man dir wohlgesinnt sein und dich als feinfühligen, mitleidigen Mann preisen sollte. Aber die Wohltätigkeitsvereine konnten dir kaum einen Penny entlocken, ja nicht einmal die Kirche. Da warst du knickerig. Manchmal schämte ich mich für dich, wenn der Priester oder die Schwestern vorbeikamen. Obwohl du sie mit ein Paar Kupfermünzen oder ein bißchen Silber wieder fortschicktest — die armen Teufel —, hielten sie dich für das mildtätigste Wesen, das man sich nur vorstellen kann. Das Komische daran ist, daß sie damit gar nicht Unrecht hatten. Du warst in keiner Weise scheinheilig, wenn ich auch vermute, daß unsere liebe Mama das stets von dir glaubte. Du liebtest dich zwar sehr, doch in aller Unschuld, wie ein Kind. Mein Gott, Papa, du hast mir oft weh getan, als ich noch ein Kind war, und du hast mich behandelt, als wäre ich dein Vater. Mochte ich das? Vielleicht. Möglicherweise war auch das ein Band zwischen uns beiden.

Selbst als ich noch kurze Hosen trug, wußte ich, daß du unfähig warst, Aug' um Aug' und Zahn um Zahn mit anderen fertig zu werden. Deinem Wesen nach warst du eine Frau, vielleicht sogar ein Mädchen. Ich sage das ohne Gehässigkeit, Papa. Ich bin Arzt, und ich weiß daß jede Frau männliche Züge und jeder Mann weibliche besitzt. Das sind die beiden Seelen in unserer Brust. Aber bei dir überwogen die weiblichen Elemente.

„Ich glaube, deine Angst vor den Menschen lehrte dich, harmlose Dinge zu lieben — Vögel und Bäume und Gärten. Sie bedrohten dich nicht. Wovor hattest du Angst, Papa? Ich bin überzeugt, du wurdest dir nie darüber klar. Du hattest sicher nicht die leiseste Ahnung. Du wolltest einfach nicht, daß dir jemand weh tat. Wer will das schon? Leider können wir nicht alle davonlaufen, so wie du dein ganzes Leben lang auf der Flucht warst. Du hattest liebevolle, zärtliche Eltern, also trieben sie dir deine Ängstlichkeit niemals aus. Du wurdest geboren wie du eben warst, mit all deinen zitternden Genen und deiner Furcht. Du konntest nichts dafür. Aber Mama glaubte das Gegenteil."

Jonathan nahm noch einen kräftigen Schluck. Die schimmernden Flächen im Raum blendeten ihn. Vorsichtig streckte er eine Hand aus und ließ sich behaglich in einem Stuhl nieder. Dabei tropfte etwas Whisky auf sein Knie, und er fluchte zerstreut.

„Armer Pa", sagte er. „Deine Eltern und deine Freunde schützten dich. Jeder tat das. Du warst so leicht zu lieben, mit deinen freundlichen Plattheiten und Klischees. Du sprachst nie ein böses Wort. Du konntest dir gar nicht vorstellen, je ein hartes Wort zu gebrauchen, und ich bezweifle auch, daß du jemals schlecht von jemandem dachtest. Dazu warst du einfach zuwenig intelligent, Papa. Die einzige, die sich weigerte, dich zu beschirmen und zu beschützen, war die liebe Mama. Ich glaube, du warst nahe daran, sie zu hassen, soweit du eben hassen konntest. Du ranntest vor ihr davon. Wahrscheinlich beeindruckte sie dich als sanftes, verständnisvolles Mädchen, als ihr beide jung wart, eine neue Mama, um den Platz der verlorenen einzunehmen. Aber Mama war nie eine wirkliche Mutter, obwohl sie dir zwei Söhne schenkte. Außer natürlich, was den lieben Harald betrifft, ihren Augapfel."

Ein letztes Donnerrollen erdröhnte, dann ließ das Gewitter nach. Nun strömte der Regen gleichmäßig nieder und rauschte gegen die Fensterscheiben. Auch der Wind hatte sich gelegt.

„Dir lag viel daran, das volle Vertrauen deines Kindes zu genießen", sagte Jonathan, wobei er den Stuhl anlächelte, in dem sein Vater zu sitzen pflegte. „Ich glaube, du konntest tatsächlich ein schlechtes Gedicht nicht von einem guten unterscheiden, oder ein scheußliches Bild von einem schönen. Aber du hast es versucht. Ich finde das verdammt rührend, und fand es immer schon. Den ‚Sturm' über dem Kamin haßte ich besonders, du dagegen warst von dem Schinken begeistert. Obwohl ich niemals hinsah, wenn ich es vermeiden konnte, wußte ich, daß du das Gemälde liebtest. Für dich war es schön. Das sah dir ähnlich, Papa.

Ja, Papa, du warst liebenswürdig und gut. Vor allem warst du harmlos, und das ist eine verflucht kostbare und seltene menschliche Eigenschaft. Harmlosigkeit. Das schätzte ich an dir. Und ich ließ dich nie auch nur einen einzigen bösen Zug an mir erkennen. Es hätte dich in Panik versetzt, und ich liebte dich zu sehr, zu zärtlich, um dir die Wahrheit zu sagen. Ich hätte es nicht ertragen. Also erfand ich Kleinjungenprobleme, die du leicht mit Aphorismen und besänftigendem Gemurmel behandeln konntest. Es machte dich glücklich. Du starbst im Glauben, Kinder wären unschuldige Lämmer, ‚ziehende Wolken der Herrlichkeit'. Das stammt von deinem Lieblingsdichter, Wordsworth, und er macht mich krank."

Jonathan füllte feierlich sein Glas. Er trank dem leeren Stuhl seines Vaters zu. „Du gehst mir verdammt ab", sagte er. „Ich vermisse deine Harmlosigkeit. Du warst der einzig harmlose Mensch, den ich jemals kannte. Deine Gesundheit, Papa, wo immer du auch sein magst."

Er lachte leise und räkelte sich in seinem Sessel. „Papa, wenn an der Unsterblichkeit irgend etwas dran ist, weiß ich genau, was du jetzt bist und was du tust. Du spazierst mit einem Federwisch in der Hand in den blauschimmernden Himmelshallen umher, und alle Engel tätscheln deinen Kopf, während sie geschäftig an dir vorübereilen. Wahrscheinlich bist du ungefähr sieben Jahre alt. Gott muß dich besonders lieben. Ich wette, du hast in deinem Leben keine Todsünde begangen. Die Todsünden bedeuteten für dich nicht mehr als bloße Worte, nicht wahr? Was erzählst du den Priestern bei der Beichte, Papa? Mußtest du kleine, läßliche Sünden erfinden? Kindersünden?

Du hast nie verstanden, was Mavis wirklich war. Du liebtest sie immer, habe ich recht? Du hast es nicht erlebt, uns verheiratet zu sehen. Für dich war sie ein ‚liebes Mädchen, eine Perle, ein Schatz'. Ja, Papa, das war sie auch. Wirklich. Ich bin froh, daß du niemals wußtest, wie oft ich nahe daran war, sie umzubringen. Tausenderlei Möglichkeiten stellte ich mir vor —"

Das Glas entglitt seiner schlaffen Hand, fiel auf den Boden. Der Whisky versickerte im Teppich, ohne daß Jonathan es merkte oder sich darum kümmerte. Er war total betrunken. Mit leerem Blick starrte er vor sich hin, aber seine Gedanken arbeiteten, und der dunkle Schatten des Schmerzes verdüsterte sein erschöpftes Gesicht.

Mavis, Mavis, Mavis, dachte er. Oh, mein Gott, Mavis! Mavis!

Er war dreiundzwanzig gewesen, und zwei Jahre auf der medizinischen Fakultät lagen hinter ihm, als er Mavis Eaton das erste Mal bemerkte, die Nichte und Adoptivtochter von Doktor Martin Eaton und dessen Frau Flora. Natürlich kannte er das kleine Mädchen von Kind auf; zuerst hatte er es als Baby gesehen, dann bei den ersten Gehversuchen und später als lebhaftes, lautes, lästiges Gör, denn es wurde sehr verwöhnt. (Ihr Onkel und ihre Tante nannten sie, selbst nach der Adoption, nie anders als „Diese süße, elternlose Kleine!") Doch ein so kleines Kind konnte in einem Knaben und dann in einem jungen Mann wohl kaum zärtliche Gefühle erwecken, außer auf eine rein platonische Weise, denn Jonathan liebte Kinder, obwohl er selbst noch so jung war. Also hatte er sie gesehen, hatte sie zerstreut bemerkt und gefunden, daß sie für ein Kind außergewöhnlich hübsch war, und sie müßig bewundert, doch ihre vorlaute Art und die offenkundige Unhöflichkeit, mit der sie ihren liebevollen Onkel und Adoptivvater behandelte, oder die Gewohnheit, wie sie unvermutet in lautes, ein wenig derbes Gelächter ausbrach, zogen ihn nicht an. Später folgte eine Zeit, während der sie schlampig wirkte, und Jonathan, der zwar selbst erst kaum der Pubertät entwachsen war, haßte Schlampigkeit. Noch später verlor sie die Milchzähne, und ihr Haar wirkte stumpf und ungekämmt. Wenn er sie auch im Hause ihres Onkels, das er oft besuchte, höflich behandelte, schien sie ihm doch die strahlende, makellose, samtene Süße vergangener Jahre verloren zu haben.

Sie hatte ihn nicht gemocht. Andere junge Männer, die Medizin studierten und zu Besuch kamen, huldigten ihr ostentativ, auf daß der gefürchtete, reiche, berühmte Doktor Eaton gnädig auf sie herabblickte und sie, wenn möglich, in Zukunft fördere. Jonathan Ferrier dagegen war neutral und unabhängig, und diese Eigenschaften beurteilte die zehn

Jahre alte Mavis als „hochnäsig“ und „von sich eingenommen, aber dabei ist er doch so hausbacken“. Nie brachte er ihr kleine Geschenke, um sie in Gegenwart des lächelnden Doktor Eaton und ihrer Tante Flora außer Reichweite ihrer gierigen Hände zu schwenken. Bei etlichen Gelegenheiten hatte Jonathan, der sich über ihre verdrießliche Miene ärgerte, wenn ihr Onkel und er sich in das Arbeitszimmer zurückzogen, wo sie die Türe hinter sich schlossen, auf die gebieterische Weise, die sie haßte, zu ihr gesagt: „Na, lauf schon, Kleine, und spiel mit deinen Puppen oder plage jemand anderen.“ Mavis fand das empörend, denn hatte ihr Onkel nicht beabsichtigt, mit ihr in den Eissalon zu fahren, bevor der widerliche Kerl erschienen war? Sie begann ihn zu hassen.

Als sie im Alter zwischen zehn und zwölf war, sah Jonathan sie selten, wenn überhaupt, wahrscheinlich deshalb, weil er in der Zeit, während der er zu Hause war, seine Besuche im Haus ihres Onkels so einrichtete, daß sie gerade die Schule besuchte oder mit dem Fahrrad unterwegs war oder an einem der unzähligen Picknicks teilnahm, die ihre Generation mit wahrer Besessenheit abhielt. Manchmal hörte er ihre befehlende Stimme in der Küche oder Diele, doch er begegnete ihr nie.

Das Haus der Eatons lag an einer breiten Straße, die mit ihrer Geräumigkeit und den vielen Bäumen sogar für Hambledon, das sich seiner weiten Verkehrswege rühmte, außergewöhnlich großzügig angelegt war. Es stand weit ab von der Straße, inmitten von zwei Morgen Land, eingehüllt in eine dichte Wolke von Lindenbäumen, die für diese Stadt eine Besonderheit darstellten. Man erzählte sich, daß ganz Hambledon von ihrem Duft erfüllt war, wenn sie blühten, und zweifellos konnte ein feuchter, warmer Wind ihren Hauch meilenweit tragen. Das Haus selbst übertraf die benachbarten Bauten an Höhe, denn Doktor Eatons Vater hatte es auf einen wuchtigen Hügel setzen lassen. So überragte es also die Dächer der übrigen Häuser, und die Fenster des oberen Stockwerkes, wo die Diener schliefen, blickten auf entlegene Straßen und boten eine wundervolle Aussicht auf den nahen Fluß. Tatsächlich erstreckten sich die dunklen, wuchernden Hintergärten sanft abfallend bis zur Flußpromenade, wie die Stadtbewohner gerne die glatten, silbergrauen Planken nannten, die sich an der Rückseite der großen Villen eng neben dem Wasser hinzogen. Doch jeden dieser Gärten umschloß ein niedriger Zaun mit gewöhnlich versperrten Toren, obwohl ein hochgewachsener Junge oder Mann mühelos darüberspringen hätte können.

Jonathan Ferrier fand das Haus und die angrenzenden Gebäude gräßlich, obwohl man sie allgemein für sehr elegant hielt — mit ihren breiten, schattigen Veranden, den Fensterläden, den kleinen Türmchen und lächerlichen Aufbauten, dem Gitterwerk und den bunten Fenstern der Vorhallen, den Doppeltüren aus Eiche, die sich auf schmale Vestibüls und weitere Türen öffneten. „Das trieft nur so von gemarterter Zellulose“, pflegte er über diesen Baustil zu sagen. „Na, ich nehme an, die Zimmerleute finden dadurch Arbeit, aber das ist auch schon alles, was für dieses hölzerne Spitzenzeug spricht, das aus jedem nur möglichen Astloch und jeder Traufe hervorquillt.“ Das Eaton'sche Haus wies sogar noch mehr ‚Holzspitze‘ auf als seine Nachbarn. Es war in einem — für Jonathan — besonders abstoßenden Kastanienbraun gestrichen, mit knallgelben Fensterläden und gelben Schindeln. Auf der Vorderseite prangte links und rechts je ein Turm, und über den Dachfenstern im ersten und zweiten Stock erhoben sich spitze Türmchen voll verschlungenem Schnitzwerk. Nicht genug, daß in die Eingangstüre zur Vorhalle ein Fenster aus buntem Glas eingelassen war, schmückte zusätzlich ein riesiges Fenster von mindestens vier Meter Höhe und zwei Meter Durchmesser genau die Mitte der Vorderfront, hinter dessen Scheiben man die verschwommenen Umrisse der Wendeltreppe im Inneren des Hauses erkennen konnte.

Man nannte es ein „Herrenhaus“, weil es über achtzehn Räume verfügte, darunter sogar einen, von dem man als dem „Ballsaal“ sprach, obwohl er dieser Bezeichnung nicht einmal seiner Größe nach gerecht wurde. (Später, als Mavis älter wurde, traf sie zu.) Die Zimmer waren lang, schmal und selbst am strahlendsten Tag düster, doch darin zeigte sich der Stil — und die Absicht, den Glanz des Holzes und der kostbaren Brokatdrapierungen, den Schimmer der Aubusson- und Orientteppiche zu erhalten. Wenn die Wände nicht getäfelt waren, verdeckte sie im Salon (für die Eatons kamen ‚Wohnzimmer‘ nicht in Frage!) karmesinroter Rosendamast und im Speisezimmer goldfarbener. Mrs. Eaton und ihre Generation fürchteten jedoch die versengenden Strahlen der unmäßigen Sonne so sehr, daß man alle Fenster, außer denen der Dienerzimmer, selbst im Winter mit zumindest halbgeschlossenen Läden antreffen konnte, wenn nicht gerade ein besonders düsterer Tag war. Die Angst vor der Sonne und ihren ‚schädlichen Wirkungen‘ war nicht der einzige Grund für die Dunkelheit im Inneren des Hauses. Man glaubte auch im allgemeinen, daß nur der Pöbel den ganzen Tag über Fenster und Fensterläden aufstieß — wie die Diener — und „keinen Wert auf Zurückgezogenheit legte“. Diener waren natürlich nicht vornehm. Sie hatten kein Privatleben.

Das Haus war prächtig eingerichtet und erschien Jonathan innen ebenso häßlich wie außen. Alle Tische, Sofas und Stühle waren groß und wuchtig, die letzteren mit dunklem Samt oder schwerer Seide bespannt und mit Roßhaar gepolstert, die Kamine mit wahren Massen von Zierporzellan überladen; Elchgeweihe, Vasen, Uhren, kleine, vergoldete Kassetten, Muscheln, Staffordshire-Geschirr und Behälter für künstliche Blumen (aus Wachs oder Kreppapier, auch dann, wenn die Gärten vor Farbe förmlich barsten). Und natürlich standen zu beiden Seiten der Kamine riesige Porzellankrüge mit vergoldeten Sumpfbinsen oder

Straußenfedern oder anderen fremdländischen Gewächsen, an denen die Dame des Hauses Gefallen fand, wie zum Beispiel Palmkätzchen im Frühling, das einzige Zeichen für eine besondere Jahreszeit.

Nur die weiten Gärten mit ihren Gewächshäusern waren wirklich schön, obwohl man auch hier ein strahlend weiß gestrichenes Aussichtstürmchen aus Gitterwerk fand, wo die Damen auf mit Samtkissen gepolsterten Korbstühlen an heißen Sommertagen ihren Tee oder ihr Eis zu sich nahmen. Die Gärten waren nach den Entwürfen eines Architekten, der nun schon lange tot war, regelmäßig angelegt. Sein Nachfolger war ein Genie auf seinem Gebiet, der es verstand, auf zwei Morgen Land die Andeutung von schlanken Pinienwäldern, Grotten, schmalen, unberechenbaren Pfaden, verborgenen kühlen Winkeln und stillen, abgeschiedenen Nischen zu schaffen. Die geschickt angeordneten Rasenflächen wirkten riesig und endlos, denn es gab keine deutlich sichtbaren Begrenzungen, und die Bäume — ein paar Eichen und Ahorne, eine Gruppe von Ulmen und eine spitze Pappel — schienen im Begriff, jeden Augenblick aus diesem Streifen unglaublich grünen Grases hervorzuschießen, das so peinlich genau geschnitten und von keinem einzigen Unkrautpflänzchen verunziert war. Blumengärten in steter Blüte vermittelten den Eindruck, sie wären durch eine gnädige Geste Gottes einfach vom blauen Himmel gefallen, denn sie gediehen nicht in geometrischer Ordnung, sondern wie es ihnen gefiel. Natürlich verbarg sich dahinter kunstvolle Pflege, die jedoch ihrem Zauber keinen Abbruch tat, und Jonathan liebte die Eatonschen Gärten beinahe so sehr wie die seiner Mutter. „Die Kunst kann manchmal so phantastisch sein", pflegte er zu sagen, „daß sie die Natur übertrifft".

Unweigerlich erhielt Mrs. Eaton jeden Sommer den ersten Preis des Gartenklubs zugesprochen, obwohl sich ihre diesbezüglichen Anstrengungen oft darauf beschränkten, jeden Morgen die Arbeit der Gärtner zu inspizieren und scharfe Worte auszuteilen, und jeden Abend in einem leichten, wehenden Kleid umherzuschlendern, um dem duftenden Wind, der sich in der Dämmerung erhob, zu gestatten, in der dichten Flut ihres schimmernden, dunklen Haares zu spielen. Sie war eine magere Frau, zu schlank für die herrschende Mode, doch ihre Garderobe war erlesen, denn sie kaufte alle ihre Kleider in New York, und diese teuren Schätze lenkten die Aufmerksamkeit von ihrem strengen Raubvogelgesicht mit der großen, hageren Nase ab, von dem schmallippigen, farblosen Mund und den kleinen, durchdringend blickenden schwarzen Augen. Alle fanden sie außerordentlich elegant und sagten ihr wundervollen Geschmack nach. Außerdem hatte sie eine große Menge Geld geerbt, die viele kleine hämische Charakterfehler und eine wahrhaft erschreckende Dummheit bemäntelte, von den besonders dicken, schwarzen Brauen, die ihre Augen wie ein einziger Balken überschatteten, ganz zu schweigen.

Doktor Martin Eaton war im Gegensatz zu seiner Frau ein großer, schwerfälliger, linkischer und plumper Mann, außer in den Operationssälen, wo man seine Geschicklichkeit und seinen Takt rühmte. Er hatte ein beinahe quadratisches, fettes Gesicht, kleine, freundliche blaue Augen, eine Nase wie eine geschälte Kartoffel und wulstige, fast negroide Lippen, die ein einmalig gütiges, unerschütterliches, liebenswürdiges Lächeln hervorzaubern konnten, das jedem Mut und Vertrauen einflößte, dem diese Ehre zuteil wurde, Schon mit dreißig war er mit einer fast vollständigen Glatze gesegnet gewesen, und nun glich sein Schädel einer riesigen Kuppel, auf die er — angeblich — sehr stolz war. „Beherbergt ein enormes Gehirn, sagt Flora", pflegte er zwinkernd zu bemerken. „Meine Freunde jedoch behaupten, daß der unmittelbare Vorgänger des Homo Sapiens — wie hieß der Bursche doch gleich? — einen doppelt so großen Hirnbehälter hatte wie heutzutage der Durchschnittsmensch."

Einige Leute, die nicht zu Floras Bewunderern zählten, stellten sich oft die Frage, weshalb er, der Erbe eines beträchtlichen Vermögens, sie wohl geheiratet haben mochte. Wahrscheinlich hätte es sie überrascht zu erfahren, daß die beiden eine bemerkenswert verträgliche Ehe führten, ja sogar eine heitere, denn Flora glaubte fest daran, daß ihr Gatte nicht nur der bestaussehende Mann, sondern auch ein kolossales Genie war. Martin Eaton wiederum liebte seine Frau um der Achtung willen, die sie ihm zollte, weil sie mit hingebungsvoller Sorgfalt seinen geringfügigsten Bedürfnissen und Bequemlichkeiten nachkam, weil sie mit unbedingter Treue an ihrer Familie hing, ihn bewunderte und seine Nichte liebte. Anders als die meisten Frauen neigte sie nie dazu, ihren Gatten manchmal für dumm, kindisch, unvernünftig und unlogisch zu halten. Daher konnte er sich am Abend daheim entspannen und voller Zufriedenheit genießen, daß kein weiblicher Kommentar sich mit seinem Äußeren befaßte oder mit den Leuten, die er behandelte. Es fiel keine Bemerkung über seine speziellen Freunde oder sein Benehmen beim letzten Dinner, das sie gegeben hatten, und niemand erwähnte das Quantum an „Spirituosen" — ein äußerst beträchtliches —, das er gestern getrunken hatte oder heute abend trank. „Männer brauchen ihre Zerstreuung", pflegte Flora im Tonfall absoluter Autorität zu sagen, „und Ärzte haben sie noch viel notwendiger als die meisten anderen."

Das also war Mavis Eatons Hintergrund, die Welt eines Mädchens, das selbst ein ansehnliches Vermögen geerbt hatte und zeit seines Lebens nicht das geringste Leid kennenlernen sollte — mit Ausnahme der letzten Tage ihres Todeskampfes, als sie noch nicht ganz vierundzwanzig Jahre alt war. Manche empfanden diesen Tod tragischer als gewöhnlich, denn Mavis hatte in immerwährendem Sonnenschein gelebt, verehrt, bewundert, umworben, verwöhnt, verzärtelt, reich, schön und restlos bezaubernd. Andere wieder erklärten erbittert, daß sich „in dieses Paradies eines herrlichen Lebens die Schlange Jonathan Ferrier eingeschlichen habe, um es zu zerstören".

„Kein Wort hat sie gesagt, kein einziges Wort", murmelte nach ihrem tragischen Ende ihr gebrochener Onkel auf seinem Bett. „Nie ein Wort gegen ihn, nie. Immer lächelte sie, immer beteuerte sie, alles wäre wunderschön und wie sehr sie ihn liebte. Bis zu der Stunde, bevor sie starb. Da öffnete sie mir die Augen."

„Alles drehte sich nur um ‚Jon hier' und ‚Jon dort', und was sie tun könnte, um Jon noch glücklicher zu machen, als er mit ihr ohnehin schon war, und Jon würde dies oder jenes wollen, oder sie mußte zum Tee nach Hause eilen, denn Jon wollte als erstes immer ihr Gesicht sehen, wenn sie ihm die Tür öffnete. Ihr größter Kummer war, daß sie keine Kinder hatte, mein süßer, süßer Liebling!" So die schluchzende Flora Eaton. „Aber Jon wünschte sich ja nie Kinder, sagte sie."

Es war an einem heißen Augusttag, als Jonathan Ferrier mit seinen dreiundzwanzig Jahren die zwölfjährige Mavis zum ersten Mal bewußt sah. Genauer gesagt, es war der 12. August 1888, ein Datum, das er nie vergaß.

Er war auf seinem Fahrrad zu Doktor Eatons Haus hinübergefahren, denn sein Pferd wurde wegen irgendeiner kleinen Krankheit behandelt. Jonathan war ein großer, außergewöhnlich schlanker, brünetter junger Mann, noch sehr schlaksig, aber doch bereits mit einem Hauch besonderer Anmut und Eleganz und einem klugen, verschlossenen Gesicht, dessen Ausdruck jedoch unter Freunden offen und lebhaft werden konnte. Seine dunklen Augen blickten ruhelos, aber freundlich, und in ihre Winkel hatte so manches Lachen seine Spuren in Form kleiner Fältchen eingegraben. Niemand konnte genau sagen, ob er nun hübsch war oder nicht — oder vielleicht sogar häßlich. Nur ganz wenige hatten die dicken, weißen Wülste gesehen, die sich manchmal um seinen Mund bildeten, also stimmte man nach einiger Zeit im allgemeinen darin überein, daß er „auf eine aristokratische Weise anziehend" wirkte.

Selbstverständlich konnte man ihn — so hieß es — nicht mit seinem heranwachsenden Bruder Harald vergleichen, der strahlend schön war wie ein Theateridol, dem die Mädchen bereits nachliefen und der über einen ‚so netten' Charakter verfügte.

An diesem Augusttag trug Jonathan einen Anzug aus leichtem, grauem Wollstoff, einen steifen Strohhut mit einem fröhlich roten Band, glänzend schwarze Schuhe und ein blaßblau gestreiftes Hemd. Sein Kragen war steif, hoch und schimmernd, die Krawatte von einem höllischen Rot. Sie stammte von der Universität und wirkte in Hambledon etwas schockierend. Er trug keine Handschuhe — das fand man unverzeihlich —, und sein Gesicht und seine Hände waren von der Sonne tief gebräunt — das fand man vulgär.

Er lehnte sein Rad gegen die Stufen der hohen Veranda des Eatonschen Hauses und pfiff eine muntere Melodie, deren Text man in Hambledon nicht bewundert hätte. Er nahm seinen Strohhut ab, fächelte sich damit energisch Luft zu und machte in jugendlicher Überschwenglichkeit ein paar Tanzschritte. Seine Bewegungen waren flüssig, geradezu zünftig, wie er da auf den breiten Steinplatten des Gehweges hin- und herschwenkte. Es gab Augenblicke, da er zu schweben schien. Für einen Dreiundzwanzigjährigen war er zu ernst und würdevoll, meinte seine Mutter, doch heute war er aus irgendeinem Grunde wohlgemut; ja, die Welt konnte ein durchaus erfreulicher Ort sein, wenn man auf Draht war.

Er beendete seinen Tanz mit einer Verbeugung und wollte sich den Hut schon auf sein dichtes, dunkles Haar stülpen, als er ein leichtes Lachen hörte, so zart und rein, daß er glaubte, es wäre das Klirren eines der vielen chinesischen Glasprismen, die in Trauben vom Dach der Veranda hingen. Dann erblickte er ein junges Mädchen, das auf einer gepolsterten Schaukel schwang. Als sie bemerkte, daß er auf sie aufmerksam geworden war, lachte sie ein wenig lauter und klatschte spöttisch in die Hände.

Jonathan errötete vor Ärger und sah erst dann, daß es ‚nur diese verdammte Göre Mavis' war. Er setzte sich den Hut auf; sie war zu jung für Artigkeiten, und er sprang die breiten braunen Stufen zur Veranda hinauf. „Hallo“, begrüßte er sie. „Doktor daheim? Schon fast fünf, weißt du.“

„Er ist da“, antwortete Mavis. „Hallo, Jon. Ich hab' dich schon ein paar Jahre nicht gesehen.“ Sie lächelte. „Du bist groß geworden.“

Diese ungehörige Bemerkung seitens eines Kindes veranlaßte ihn, stehenzubleiben. Er wandte den Kopf und starrte sie an. „Du nicht“, sagte er kurz und schwieg. Denn es war nur allzu augenfällig, daß Mavis ein sehr erstaunliches Maß von Reife erreicht hatte, um vieles mehr, als ihren zwölf Jahren entsprochen hätte. Und ihr Aussehen verriet tiefe animalische Glückseligkeit.

Lächelnd lehnte sie sich in der Schaukel zurück, und er war hingerissen von ihrem Lächeln, denn es war überaus betörend. Das lachende Mädchen, dachte er sogleich, und es freute ihn, daß er in nur ein oder zwei Augenblicken die passende Bezeichnung für Mavis gefunden hatte. Sie war zum Lachen und Gelächter geboren, so wie andere zum Trauern oder zum Arbeiten oder um intelligent oder ein Genie zu sein. Es mußte kein gekünsteltes oder auf Effekt berechnetes Lachen sein — obgleich es auch das sein konnte —, noch ein falches oder vorgetäuschtes oder widerwillig gewährtes. Mavis war Lachen. Es war ein integrierender Bestandteil ihrer Veranlagung und sie lachte, wenn andere nur lächelten oder überhaupt nicht den Mund verzogen. Sie hatte die leichte Reizbarkeit ihrer frühen Kindheit verloren, denn das war nur ein oberflächlicher Zug gewesen. Jetzt war ihre angeborene Neigung, fast alles belustigend und zum Lachen herausfordernd zu finden, zum hervorstechendsten Merkmal ihrer Natur geworden. Und es war ein kräftiges, fröhliches Lachen, das unverzüglich auch Gelächter in ihrer Umgebung wachrief.

Während Jonathan sie anstarrte, dachte er an etwas, das Keats geschrieben hatte. Das war sehr merkwürdig, denn Jonathan verehrte den feinfühligen und tragischen, wenn auch ein wenig blumigen Keats nicht; er neigte den kraftvolleren Poeten zu. Während sein Blick auf Mavis ruhte, die ihn von der Schaukel aus anlächelte, sprach er den Vers im Geist vor sich hin:

„Ob ich wohl heute träumte, als ich sah
Die Psyche, wachen Auges und geflügelt?"

In seinen dreiundzwanzig Jahren hatte Jonathan viele schöne junge Blondinen gesehen, eine hübscher als die andere. Deshalb hätte ihn das runde und vollendete Gesicht, das in seinen jugendlichen Farben an Milch und Aprikosen erinnerte, nicht veranlaßt, so lange dazustehen und sie, wie er sich später ausdrückte, „wie ein schmachtendes Kalb anzuglotzen". Er hatte schon ebenso blaue und leuchtende Augen gesehen und ebenso verschwenderische, goldene Wimpern in bezauberndem Gewirr. Auch ein so rosiger Mund, voll und ein klein wenig schmollend, anmutig geschwungen und geformt, regte ihn nicht auf und er hatte schon hübschere Nasen gesehen, wenngleich er zugeben mußte, daß diese entzückend, fein und fast durchscheinend war. Das dichte goldene Haar, das ihr bis weit unter die Schultern fiel, war zwar von seltenem Glanz und völlig gelb wie eine Butterblume, aber er hatte schon ebenso schönes gesehen, natürliches und gefärbtes. Sie hatte wundervolle Zähne, etwas groß, aber weiß — wie sie ihm schon oft vor Augen gekommen waren.

Er hatte vollere Figuren gesehen, denn trotz der Frühreife ihres grazilen Körpers, ihrer schmalen Hüften und wohlgeformten weißen Arme, war Mavis erst zwölf. Sie war noch ein Kind, obwohl sie schon ihre körperliche Reife erlangt hatte. Sie trug ein blaues Band im Haar, ein blaues Kleid aus Voile mit einer rosa Schärpe und blaue Halbschuhe. Die Kleidung eines Kindes.

Es war etwas anderes, etwas Geheimnisvolles und Bestrickendes, das ihn gaffend festhielt. Es war eine Art strahlender Sicherheit, ruhigen, erhabenen Selbstvertrauens, herzhafter Freundlichkeit, lieblicher Verlokkung, enormer Lebenslust und, vielleicht, innerer Ausgeglichenheit. Wie so viele andere, hatte auch Jonathan versucht, Charme zu beschreiben und zu begreifen, und war, wie alle anderen, gescheitert. Mavis besaß ihn in überwältigendem Maß; Charme umgab sie wie ein Feenmantel, wie eine Segnung, eine Gnade. Er lag nicht in einem besonderen Gesichtszug, nicht im goldenen Nebel ihres Haares und nicht in ihren leuchtenden blauen Augen. An Mavis war nicht der geringste Makel zu bemerken, doch Jonathan hatte schon viele makellose Mädchen gesehen und sie stets unendlich langweilig gefunden. Verwirrt fragte er sich: war Mavis dumm? Er entsann sich des verlotterten, kreischenden Kindes, dem er in all den Jahren aus dem Weg gegangen war, und es schien ihm unfaßbar, daß aus dem schlampigen, kleinen Wildfang ein so bezauberndes junges Wesen hatte werden können. Aber, war sie dumm?

Jonathan haßte Dummheit über alle Maßen und selbst Schönheit war für ihn keine Entschuldigung. Er sah in ihr den Nährboden aller Laster und die Erklärung für alles, was tierisch war an der Menschheit.

Ohne den Blick von ihm abzuwenden, lachte Mavis jetzt wieder ihr so bestrickendes Lachen, das jetzt weder zart noch rein war, sondern ausgelassen und übermütig und voll unwiderstehlichen Feuers und Lebensfreude. Es war ein Lachen, das die ganze Welt einlud, an ihrem Entzücken teilzuhaben. Jonathan mußte lächeln. Er vergaß, darüber nachzugrübeln, ob Mavis dumm war. Er sah nur, daß sie das Leben liebte und von ihrer Umwelt die gleiche Liebe erwartete. Sie genoß das Leben wie ein Vogel es genoß oder ein Geschöpf des Waldes oder ein junger Baum mit rosigen Knospen, der im Frühlingswind schwankte. Für Mavis war das Leben etwas, in das man wie in eine besonders große, saftige und würzige Frucht hineinbeißen mußte. Sie würde nur selten einen Wurm darin finden. Großmütig würde sie die Frucht mit anderen teilen wollen und vergnügt lachen.

Sie war nicht allzu groß und nicht schmächtig; von kindlicher Unreife war nichts mehr zu merken. Sie hätte siebzehn sein können, statt zwölf, denn schon war die Brust unter dem blauen Kleid anmutig gerundet, und die fließenden Falten und der Spitzenunterrock vermochten die weiblichen Kurven kaum zu verbergen. Die Beine, soweit sie zu sehen waren, schienen edel geformt, und die Knöchel schimmerten wie kostbares Porzellan in den weißen Seidenstrümpfen.

Sie war geboren, um zu lachen, zu singen, zu tanzen und in der Sonne zu spielen, dachte Jonathan Ferrier. Sie war geboren, um nie alt zu werden, wie viele Jahre sie auch zählen sollte. Sie war das lachende Mädchen.

Sie kam auf ihn zu, den Kopf ein wenig zur Seite gelegt, um ihn zu mustern. Aus ihren zusammengekniffenen Augen sprach leises Staunen, daß er sie so unverwandt anstierte. Doch dann verschwand das Staunen aus ihrem Blick und Mavis verstand. Jonathan mochte schon alt sein — aber er war wie alle Jungen, die sie kannte, und sie brauchte keine Scheu vor ihm zu empfinden. In ihrer Art war Mavis ein sehr weises Mädchen.

Das Kleid war häßlich nach der Mode jener Jahre, wenn auch von geschickter und geübter Hand geschnitten. Es bauschte sich zu einer Art Tournüre oberhalb und über Mavis' Hüfte, denn es war ja nur das Kleid eines Schulmädchens, aber es tat ihrem Reiz keinen Abbruch. Mavis besaß, was schon viele häßliche Frauen vor ihr besessen hatten, was Könige von ihren Thronen stürzte und große Reiche zerstörte, jenen allgegenwärtigen, durchdringenden Charme, in dem sich, wie in einem Netz, schillernde, mächtige, zuweilen tödliche Schönheit verfing. Es ließ sich nicht erklären, wie Jonathan jetzt wohl wußte. Die einzige Rettung war Flucht. Jonathan floh nicht.

Nun lächelte Mavis und lachte nicht mehr. Dennoch umgab sie die Aura des Gelächters, dichter noch als die Aura ihrer leuchtenden Schönheit. Es war da, in ständiger Erwartung, immer bereit, auf den leisesten Windstoß hin aufzubrechen wie eine hochschießende Welle in einem stillen Gewässer.

Jonathan war sich seiner Gefühlsduselei kaum bewußt, wenn er dachte „Sie ist eine goldene Rose."

„Du bist gewachsen, Mavis", sagte er und empfand nicht das Banale seiner Worte. Er empfand es als etwas Wunderbares, daß das Mavis war, so wie auch Mavis selbst etwas Wunderbares war.

„Das tun Mädchen immer", entgegnete sie. Sie hatte eine kräftige Stimme, die immer vibrierte, als ob das Lachen ungeduldig darunter anschwölle und sich Gehör verschaffen wollte. Sie stand so nah vor ihm, daß er sie hätte berühren können. Zu seinem hilflosen Entsetzen empfand er plötzlich ein tiefes und drängendes Verlangen, sie zu berühren. Er war fassungslos; er, ein reifer Mann von dreiundzwanzig Jahren und das Mädchen vor ihm, fast noch ein Kind! Er erkannte, daß ihn ein mächtiger Geschlechtstrieb beherrschte, gewaltiger als er ihn je zuvor empfunden hatte. Sie stand vor ihm auf der verlassenen Veranda und sah ihm in die Augen und er konnte nicht glauben, was er in den ihren las: ihr Wissen um seine Gefühle und ihre Belustigung. Um Jahre jünger als er, war sie doch unvergleichlich älter und erfahrener.

„Ich hoffe, dir gefällt, was du siehst", sagte sie und lachte stillvergnügt. Abermals war er fasziniert, denn das Lachen war tief und warm und voll, der wissende Frohsinn einer Frau.

„Du hast dich gebessert", sagte er und kämpfte sein verzweifeltes Verlangen mit einem Haßausbruch auf sich selbst nieder. Er bemühte sich, unverfänglich zu klingen. „Ich hatte dich als schmutziges kleines Mädel mit laufender Nase und zerzaustem Haar in Erinnerung."

„Wirklich? Und weißt du, was ich immer von dir gedacht habe, Jon? Du bist dämlich!" Und wieder lachte sie, aber nicht spöttisch, denn, wie Jonathan später an den lachenden Mädchen entdecken sollte, ihr müßiger Spott galt immer nur Liebhabern und Ehemännern, die sie langweilten und deren Nähe ihnen zuwider war.

Er lachte mit, doch immer noch drängte es ihn, sie in die Arme zu nehmen und mit der Leidenschaft und Begierde eines Mannes zu küssen. Er tippte ein wenig spöttisch an seinen Hut, ging zur Tür und zog an der Klingel. Es war ein heißer Tag und nur das heisere Schrillen der Zikaden unterbrach die Stille und das ferne Rumpeln von Wagenrädern auf den Pflastersteinen und das pfeifende Rauschen der Bäume. Sie dröhnten in seinen Ohren wie eine verwirrende Kakophonie, und in den wenigen Augenblicken, da er entschlossen vor der Tür mit ihren bunten Fenstern stand, spürte er die lächelnden Augen des Mädchens auf seinen Schulterblättern brennen.

„Daddy ist im Garten, Mamie hat ihren freien Tag", teilte sie ihm mit, „und Mama ist in der Stadt einkaufen".

Er hörte sie mit leichtem, schnellem Schritt die Stufen der Veranda hinunterlaufen. Er war allein, und als er sich umdrehte, sah er ihr goldenes Haar in der Sonne aufblitzen und hörte ihr belebendes Lachen. Er fuhr heim. Bestürzung überkam ihn erst, als er sein Elternhaus betrat; er stand im kühlen, duftigen Halbdunkel der schönen Halle und verachtete sich. Seine Mutter kam aus dem Frühstückszimmer und zog erstaunt die Brauen hoch. „Ich dachte, du wärest Martin Eaton besuchen gegangen. War er nicht daheim?"

Jonathan hatte nie gelernt, gut oder oft zu lügen, und darum antwortete er: „Doch, er war daheim."

Marjorie kam näher und sah ihn fragend an. „Ist etwas nicht in Ordnung, Jon?"

Ungeduldig warf er seinen Hut auf einen Stuhl; der Hut rollte auf den Boden und Jonathan ließ ihn liegen. Marjorie beugte sich nieder und hob ihn auf. „Was soll denn nicht in Ordnung sein?" sagte er.

„Na ja", meinte Marjorie ein wenig besorgt. Es war ausgemacht, daß Jon seine Pflichtjahre als Assistenzarzt unter den Fittichen von Martin Eatons Freunden machen und daß Doktor Eaton selbst ihn in Hambledon fördern würde. Ob Jonathan sich wohl mit ihm gestritten hatte? Es war keine schicksalhafte Frage, wohl aber eine lästige, auf die sie gern Antwort gewußt hätte. Sie kannte Jonathans Naturell, seine plötzlichen, unbeherrschten Wutausbrüche, seine Abscheu vor Ausflüchten und Unaufrichtigkeit, seine Art, einen Menschen aus dem geringsten Anlaß zum Heuchler zu stempeln, und seine tödliche Auflehnung und Unduldsamkeit gegenüber Schwindelei und Humbug.

„Komm ins Frühstückszimmer", sagte sie. „Ich kann dir eisgekühlte Limonade anbieten und frischen Kuchen, den ich heute nachmittag gebacken habe. Du siehst erhitzt aus."

„Ich brauche einen Drink", erwiderte er kurz angebunden und seine Stimme war rauh. „Und damit meine ich nicht Limonade."

Jonathan trank noch nicht regelmäßig, aber wenn er trank, beunruhigte es seine Mutter, denn er trank ebenso unbekümmert wie er lebte, und immer unter Druck. Sie sagte nichts, als er ins Eßzimmer an die Bar ging, legte den Hut weg und blieb gedankenverloren in der Halle stehen. Sie hätte ins Frühstückszimmer zurückkehren wollen, fürchtete jedoch, er würde ihr nicht nachkommen und sie nur begleiten, wenn sie hier auf ihn wartete. Er erschien mit einem Glas Whisky und Soda und Marjorie bemerkte die dunkle Färbung der Flüssigkeit.

„Wo ist Jung-Harald?“ fragte er.

„Bootfahren“, antwortete sie. „Er ist nach Herzensfried hinübergerudert, um an einem Picknick teilzunehmen.“ Sie lächelte. „Wollen wir uns ins Frühstückszimmer setzen?“ Sie ging voraus, den Kopf hoch erhoben, eine schlanke Gestalt in einem hellgrünen Voilekleid. Sie hoffte, Jon würde ihr folgen, und sie hoffte es brennend und stieß einen Seufzer der Erleichterung aus, als sie seine widerstrebenden Schritte hinter sich hörte.

Sie nahmen im reinen Licht des bezaubernden Raumes Platz. Marjorie nahm ihre Handarbeit auf und beugte sich darüber. Es hatte keinen Zweck, Jonathan zu einer Erklärung zu drängen. Es hatte nie Zweck gehabt, dachte sie, schon als er noch ein Kind gewesen war. Er redete oder er redete nicht, wie es ihm einfiel. „Du hast ja soviel von deiner Limonade gemacht“, sagte er. „Warum trinkst du denn keine?“

„Oh. Ja. Natürlich. Bitte gieß mir ein.“

Er stand auf, goß ihr ein Glas voll und blieb stehen und starrte mit gerunzelter Stirne in sein eigenes. Sie bemerkte die Blässe unter seiner sonngebräunten Haut, als ob er etwas Unerfreuliches erlebt hätte. Aber sie wartete nur. Nach einer kleinen Weile setzte er sich wieder, aber auf die Stuhlkante, und diesmal achtete er nicht so auf seine Hosenfalten.

„Heiß ist es heute“, sagte sie. „Martin mag die Hitze nicht. Ich erinnere mich noch, als wir Kinder waren —“

„Das ist schon lange her.“

Marjorie lächelte. „Nicht gar so lange. Zusammen mit meinen Eltern besuchte ich seine Eltern. Ich weiß, ich war immer mager, und er hänselte mich; er war schon damals ein Dickerchen und darum machte ihm die Hitze so schwer zu schaffen.“ Sie machte eine Pause. „Heute ist der heißeste Tag des Sommers. Der arme Martin muß sehr darunter leiden.“

„Geh doch nicht wie die Katze um den heißen Brei“, brummte Jonathan. „Du möchtest wissen, ob ich ihn gesprochen habe, und wenn nicht, warum nicht. Ich habe ihn nicht gesprochen, obwohl er zu Hause war. Ich wollte ihn nicht sehen.“

„Ich verstehe.“

„Du verstehst gar nichts“, sagte Jonathan und tat wieder einen Schluck. Er drehte das Glas ruhelos in den Händen. In seinem ganzen Leben hatte er sich seiner Mutter nur zweimal anvertraut und beabsichtigte nicht, es jetzt zum dritten Mal zu tun. Was würde sie sagen, wenn er ihr gradheraus erzählen würde: „Ich sah Mavis Eaton und sie ist ein bezauberndes Mädchen geworden, und ich wollte sie hinter einen Busch schleifen und ihr die Kleider vom Leib reißen und sie vergewaltigen, aber nicht zart, sondern brutal und rücksichtslos." Wie sollte ein Mann diese Bestrickung erklären und diesen entsetzlichen Trieb, den er bis heute nicht einmal in sich vermutet hatte? Seine Mutter war eine Dame und sie würde ihn nicht nur nicht verstehen, sondern aufstehen und empört und angewidert aus dem Zimmer gehen und ihn seinem eigenen Entsetzen überlassen. Sie würde nicht in Ohnmacht fallen, wie die Damen es zu tun pflegten, wenn die Gefühle sie übermannten, sie würde nicht nach Riechsalz und Fächer rufen. Aber sie würde ihn verabscheuen. Es hatte ihn nie gekümmert, welche Gefühle seine Mutter für ihn hegte und wie sie über ihn dachte, denn schon vor langer Zeit hatte er sich eingeredet, daß ihm nichts daran lag. Und dennoch ließ ihn der Gedanke, sie könnte ihm einen angeekelten Blick zuwerfen, zurückschaudern. Und das gebührte ihm auch, sagte er sich. Er stand auf. „Ich hole mir noch einen Drink." Marjorie blieb stumm. Sie hoffte nur, er würde zurückkommen. Als er nach einer Weile dann doch wieder ins Zimmer trat, vermutete sie stark, daß das Glas in seiner Hand das dritte, und nicht das zweite war.

„Nimm dir kein Blatt vor den Mund", sagte er und setzte sich. „‚Du trinkst zuviel, Jon. In deinem Alter schadet das der Gesundheit.' "

„Nein", entgegnete Marjorie. „Ich habe mir schon vor einem Jahr vorgenommen, es nie wieder zu sagen. Schließlich bist du kein Junge mehr, nicht einmal mehr ein Jüngling. Du bist dreiundzwanzig Jahre alt und ein Mann und lebst dein eigenes Leben. Und ein Mann muß tun, was er seinem Gefühl nach tun muß."

„Nun, das ist ein sehr feinsinniger Aphorismus", bemerkte Jon in dem spöttischen Ton, den er immer gebrauchte, wenn er glaubte, sich verteidigen zu müssen. ‚Ein Mann muß tun, was er seinem Gefühl nach tun muß. Martin Eaton ist ein Säufer. Das weiß alle Welt. Tut er, was er seinem Gefühl nach tun muß?"

Marjorie legte ihre Handarbeit in den Schoß und sah ihren Sohn lange und ernst an. „Ja", antwortete sie dann.

„Ja? Ja was?"

„Einfach ‚ja', Jon. Du bist nicht der einzige, der zu schweigen versteht."

„Ich schweige über meine eigenen Angelegenheiten."

„Ich auch."

Jon dachte darüber nach und wurde neugierig. „Ach nein", sagte er dann lachend. „Doch nicht du und der alte Martin Eaton? Vor Vater, will ich hoffen."

„Martin und Flora sind glücklich verheiratet", erwiderte Marjorie und nippte an ihrem Glas. „Es war eine sehr standesgemäße Verbindung."

„Sieh mal an!" sagte Jonathan in hämischem Ton. „Er hätte mein Vater werden können!"

„Ich habe es nie ernsthaft erwogen", beruhigte ihn seine Mutter und lächelte ein wenig. „Es ist ja noch nicht gar so lange her. Wir kannten uns schon seit unserer Kindheit und ich konnte Martin recht gut leiden. Du wirst es nicht glauben, aber ich nannte ihn ‚Schweindi'."

Jonathan lachte. Unter dem Einfluß des Whiskys und der beruhigenden Stimme seiner Mutter ließen seine schreckliche Spannung und die Schwäche nach. „Schweindi! Der alte Eaton!"

„Er ist nur fünfundzwanzig Jahre älter als du, Jon, und mit achtundvierzig noch kaum ein Patriarch. Als wir noch sehr jung waren, versprach er mir, er wollte auf mich warten, bis ich erwachsen wäre, und dann —"

Jonathan stellte sein Glas sehr behutsam nieder. „So? Und wie alt warst du damals?"

„Elf? Ja, ich war elf, oder beinahe elf."

„Und er?"

„Er war älter. Sechzehn, glaube ich."

„Ein Mann!"

„Fast. Damals sah man in einem sechzehnjährigen Burschen schon einen Mann; heutzutage sind sie es erst mit einundzwanzig. So absurd. Die Männer sind heute auch nicht jünger, als sie es früher waren."

Jonathan trank wieder, aber bedächtiger. „Sechzehn", sagte er. „Und ausgewachsene sechzehn, sollte ich denken. Hatte wahrscheinlich schon seine ersten Weiber — entschuldige, Mutter."

„Mich schockiert man nicht so leicht. Übrigens hast du vermutlich recht, was Martin betrifft. Er war immer ein sinnlicher Junge und ein sinnlicher Mann. Deshalb hätte ich ihn ja beinahe geheiratet, obwohl ich ihn nie ernst nahm. Er war wie ein Bruder zu mir. Wäre er mir nicht so nahe gestanden, so brüderlich nahe —"

„Und mit elf Jahren wußtest du das alles ja auch nicht."

„Natürlich wußte ich! In Wirklichkeit ist ein Mädchen von elf Jahren viel älter als ein Mann von einundzwanzig! Man sagt doch, daß die Männer im Grunde ihres Herzens immer kleine Jungen bleiben — und ich möchte sehr bezweifeln, daß Frauen jemals kleine Mädchen waren. Ich wußte, daß Martin — wie drückt man sich da salonfähig aus? — mich lieben wollte, und ich fand das sehr aufregend. Kinder sind nicht so unschuldig, wie du vielleicht glaubst, Jon."

„Und du wußtest mit elf Jahren, daß er dich verführen wollte?"

„Du lieber Himmel, welch altmodisches Wort! In mancher Hinsicht bist du so altmodisch und weltfremd —'

„Analysiere mich jetzt nicht", unterbrach Jon sie so schroff, daß Marjorie überrascht aufhorchte. „Wußtest du's?"

Marjorie überlegte rasch. Es war nicht Jons Art, sich auf ein langes Gespräch mit ihr einzulassen. Er fand sie zumeist langweilig oder tat so.

Und es sah Jon gar nicht ähnlich, sich an einem belanglosen, banalen Gespräch über ihre Kindheit und Mädchenzeit so — nun ja, so brennend interessiert zu zeigen. Höflichkeit war nicht seine Stärke. Er ertrug keine Langeweile und plauderte nie so beiläufig daher, am wenigsten mit ihr. Es war nicht der Whisky, der aus ihm sprach, wenngleich Marjorie annahm, daß er dazu beigetragen hatte, Jonathan ein wenig aus seiner Reserve hervorzulocken. Sie sah ihn mit, wie er fälschlich annahm, gelinder Neugier an, doch die Mutteraugen prüften, wogen ab und kamen zu einem erstaunlichen Schluß, obgleich sie noch nicht wußte, auf wen dieser Schluß paßte.

„Ja, ich wußte, daß er mich ‚verführen' wollte." Sie lächelte und ihr zartes Gesicht erhellte sich im Gedenken an die heiteren Bilder ihrer Jugend. „Es war nicht alles so rosig, wie die Erwachsenen das so gern bei Kindern voraussetzen. Kinder sind erdgebunden. Erst später im Leben verklären sie ihre unguten Erfahrungen mit dem rosigen Schleier der Romantik und verbrämen sie mit Poesie und Musik. Je älter wir werden, desto mehr schrumpfen unsere Seelen ein, aber Kinder stehen dem Leben unvoreingenommen gegenüber und fühlen sich weder von schlechten Gerüchen, noch von Widerlichkeiten oder verbrecherischen Handlungen abgestoßen. Weil sie kein Gewissen haben, das ihr Weltbild verwirren könnte. Es sind Wilde, die sich für alle Aspekte des Lebens interessieren, auch für die, die wir ‚schmutzig' nennen. Na, jedenfalls, Martin hat mich nicht verführt, auch nicht, als ich schon vierzehn oder fünfzehn oder noch älter war. Da gab er sich dann schon romantisch und beteuerte mir, er liebe mich."

„Du mußt schon mit elf eine gefährliche Frau gewesen sein", meinte Jonathan.

„Du hast zuviel Marie Corelli gelesen. Laß mich dich aufklären, mein Lieber. Frauen sind schon in der Wiege gefährlich, und manche gefährlicher als die anderen. Ungewöhnliche, sehr ungewöhnliche Frauen sind selbst mit neunzig noch gefährlich. Aber, Gott sei Dank, ist das eine andere Art von Gefährlichkeit. Ich habe nur zwei oder drei dieser Art kennengelernt — es waren tödliche Exemplare."

„In welchem Sinn?"

Marjorie beugte sich vor, stützte die Ellbogen auf die Knie und tat, als ob sie überlegte. Aber die Gedanken schossen ihr noch schneller durch den Kopf und sie fragte sich: Wer, um Himmels willen? Ein ganz junges Mädchen? Kaum den Kinderschuhen entwachsen? Armer Jon. Aber es konnte gefährlich sein.

„In welchem Sinn?" wiederholte sie nachdenklich. „In einem ganz furchtbaren Sinn, mein Lieber. Es waren Frauen, die in ihrem ganzen Leben niemanden liebten. Sie waren dazu nicht fähig. Sie kamen über die Liebesaffäre, die sie schon in der Wiege mit sich selbst eingegangen waren, nie hinweg. Und das machte sie unwiderstehlich. Es sind gerade die Männer, die solche Frauen anbeten, die außerstande sind, außer sich selbst noch jemanden anderen zu lieben. Diese Männer sind davon überzeugt, daß die Frauen guten Grund haben, sich selbst so leidenschaftlich anzubeten — und schließen sich an."

„Narzißtisch, meinst du?"

„Bitte?"

„Ach, das ist so ein Ausdruck, den sie aus Wien importiert haben. Nervenärzte verwenden ihn gern. Es bedeutet, in sich selbst verliebt zu sein. Eine Art Geisteskrankheit."

„Ja. Ein ausgezeichnetes Wort. Aber diese Frauen sind nicht krank, Jon. Du wirst feststellen, daß sie ungewöhnlich gesund und robust sind und eine Atmosphäre von genüßlichem Behagen und überwältigender Lebensfreude um sich verbreiten. Alles ist für sie herrlich und wunderbar: Reiz, Attraktion, Abenteuer. Sie sind nach außenhin nie verärgert und zu jeder Schandtat bereit. Und sie lachen — immer. Eines darf man ihnen nie antun — sie langweilen. Das ist das einzige Verbrechen, das sie nie verzeihen."

„Die lachenden Mädchen", sagte Jonathan.

„Genau." Marjorie lächelte zufrieden und nickte. „Die lachenden Mädchen. Und sie sind die einzigen, wie schön sie auch sein mögen, die nie den Haß und die Eifersucht anderer Frauen erregen. Sie können Frauen ebenso gut wie Männer behexen. Sie sind hundertprozentige Weibchen, und das ist tödlich. Ja. Ich würde sagen, es ist ihr großer Charme, daß sie so ganz Weibchen sind, daß sie es wissen und ausnutzen. Eines der fürchterlichsten lachenden Mädchen, die ich je kannte, war eine Tante von mir, eine Großtante. Sie war damals mindestens achtundsechzig und schrecklich häßlich, mit einer großen Warze auf einer Wange. Sie war klein und dick, so wie die Königin Victoria und hatte schütteres, weißes Haar, Schweinsäuglein und dicke, aufgeworfene Lippen. Keinen Stil und wenig Intelligenz. Aber sie übte eine phantastische Wirkung auf ihre Mitmenschen aus, obwohl ihre Körperpflege viel zu wünschen übrig ließ und sie nichts dabei fand, sich mit dem Handrücken die Nase abzuwischen, wenn sie nicht gleich ein Taschentuch finden konnte. Aber alle Welt verehrte sie, obgleich sie weder Stil noch Benehmen hatte. Die ganze Familie betete sie an, ich eingeschlossen. Ich war ja noch ein Kind, als ich sie kennenlernte. Das ist ein widerliches altes Weib, dachte ich, mit ihrer lauten, heiseren Stimme und schlechten Manieren und schmutzigen Nägeln. Dann hörte ich sie lachen und von dem Augenblick an war ich ihre Sklavin, selbst als ich schon wußte, daß sie nicht den kleinen Finger eines ihrer fünf Ehemänner wert war — die sehr rasch wegzusterben schienen und ihr jeweils enorme Summen hinterließen.

Es war ihr Charme, verstehst du, und ihre Lebenslust. Sie wurde fünfundneunzig Jahre alt, genoß das Leben aus vollen Zügen und beschloß es nur unter Protest. Sie liebte sich abgöttisch und hatte viel Sinn für Humor, soweit er nicht sie selbst betraf und die Dinge, die sie ständig für sich forderte — da hatte der Humor ein Ende. Ein gemeines, böses, altes Weib — von dem Tag an, da man sie in die Wiege gelegt hatte. Frauen ihrer Art nannte man Abenteurerinnen, wenn es Mätressen oder Schauspielerinnen waren oder wenn sie irgendeinen benebelten, reichen, jungen oder alten Mann einwickelten. Die gegenwärtige Favoritin des Prinzen von Wales, die Jersey Lily, wie man sie nennt, ist ein gutes Beispiel. Sie haben alle großen Appetit auf alles."

Jonathan starrte mit gerunzelter Stirne in sein Glas. Marjorie betrachtete seinen gesenkten Kopf. Lieber Gott, dachte sie, wo ist er einer begegnet? Heute?

„Ich glaube, du sprichst als Frau, Mutter", sagte er. „Sie müssen auch noch etwas anderes haben — außer Lachen und Lebenslust — das — die Leute — erregt."

„Richtig", stimmte Marjorie ihm zu. „Ich nenne es Teufelswesen. Nein, warte. Ich will nicht sagen, daß sie bewußt schlecht sind. Wenn sie wüßten, daß andere Menschen das von ihnen denken, sie wären ehrlich schockiert und verletzt. Die bewußt Schlechten sind eine eigene Rasse, aber man erkennt sie leicht und weicht ihnen aus. Nein, die lachenden Mädchen, wie du sie so geistreich bezeichnet hast, haben ein — ein unbewußtes Teufelswesen. Wie eine Naturgewalt. Es liegt in ihnen drin. Und das Teufelswesen — obwohl du ja immer geleugnet hast, daß es so etwas überhaupt gibt — hat seinen eigenen furchtbaren Charme. Ich persönlich war immer der Meinung, daß Luzifer, von allem anderen abgesehen, ein höchst charmanter Engel sein muß."

„Ich wieder meine", sagte Jonathan und machte eine ablehnende Handbewegung, „ihr Charme bestand darin, daß sie so ganz und gar lebendig sind und nach jeder Art Erfahrungen dürsten. Es sind vollblütige Frauen. Das ist es auch, was blutärmere Frauen ihnen so verübeln."

„Ich nehme ihnen gar nichts übel", entgegnete Marjorie. „Ich weiß nur alles von ihnen, obgleich ich in meinem Leben nur zwei oder drei kennengelernt habe. Für mich sind sie interessante Phänomene, wie eine Flutwelle oder ein Komet oder ein Orkan." Sie machte eine Pause. „Ich hoffe, wir führen hier keine akademische Diskussion, Jon. Wahrscheinlich hast du selbst die eine oder andere kennengelernt und sie interessieren dich vom medizinischen Standpunkt."

„Vielleicht", sagte er und stand auf. „Ich hole mir noch was zu trinken." Er schien unentschlossen.

Könnte es sein, daß er mir etwas erzählen will? überlegte Marjorie, nachdem er das Zimmer verlassen hatte. In der größten Hitze war Jonathan mit dem Rad fortgefahren, um Martin Eaton zu besuchen. Er hatte gerade nur Zeit gehabt, dort einzutreffen, sich ein paar Minuten aufzuhalten und war gleich wieder zurückgekehrt, ohne herumzutrödeln. Alles in allem, eine halbe Stunde. Wo konnte er in so kurzer Zeit auf eines seiner lachenden Mädchen gestoßen sein, nota bene da er doch fast ununterbrochen auf dem Fahrrad gesessen war? Er hatte Flora Eaton nicht erwähnt, sie daher vermutlich auch nicht gesehen. Er hatte auch Martin Eaton nicht gesprochen. Er war dort angekommen; hatte den alten Herrn angetroffen — kehrtgemacht, ohne mit ihm zu sprechen. Irgend etwas mußte ihm also eine Art Schock versetzt haben.

Er hatte ein Mädchen gesehen. Marjorie kannte die Töchter aller guten Familien in Hambledon und ließ ihre Gesichter vor ihrem geistigen Auge Revue passieren. Nette, normale Mädchen, ein bißchen kokett die eine oder andere, aber harmlos, und keine, die auf Jonathan einen so starken Eindruck hätte machen können. Außerdem kannte er sie ja alle schon seit geraumer Zeit. Mit Jonathan war etwas geschehen; daran war nicht zu zweifeln. Ein verheerender Zauber hielt ihn gefangen, denn noch nie zuvor hatte seine Mutter ihn so stetig und so viel trinken gesehen. Er war blaß und machte den Eindruck eines Menschen, der unter schwerem Druck stand. Seine Hände zitterten. Es mußte ein Mädchen gewesen sein, das er noch nicht gekannt hatte. Du lieber Himmel, doch nicht eine Straßendirne! dachte Marjorie und mußte dann, trotz ihrer Sorge, beinahe über sich selbst lachen. Das war nicht Jonathans Art und wo sollte er sie in dieser halben Stunde aufgegabelt haben, die er fast zur Gänze auf dem Fahrrad verbracht hatte?

Ihre Gedanken kehrten wieder zu Martin Eaton zurück. War vielleicht eine fremde junge Patientin im Haus oder eine entfernte Verwandte zu Besuch? Aber dann wäre der verhexte Jonathan doch sicherlich länger geblieben, um sich noch mehr behexen zu lassen, und würde auch kein so ausweichendes Verhalten an den Tag legen. Er würde reden. Männer auf Fahrrädern ergreifen vor charmanten Mädchen nicht die Flucht. Sie bleiben und liegen auf dem Bauch vor ihnen, dachte Marjorie, nicht ohne Bitterkeit. Sie bleiben und halten einem zierlichen Füßchen ihren Nacken hin. Da wäre auch Jonathan nicht anders. Brillantere Männer als er waren den lachenden Mädchen schon zum Opfer gefallen. Sie gefielen sich in der Rolle des Opfers. Sie ließen sich ein Leben lang hinschlachten und fühlten sich selig. Sie flohen nur, wenn sie wußten, daß der Gegenstand all dieser Dummheit und Verrücktheit nicht für sie bestimmt war oder über ihren Horizont ging oder ihnen gefährlich werden konnte — und oft flohen sie nicht einmal dann. Sie flohen nur selten.

Es mußte also ein junges, ein sehr junges Mädchen sein. Wer? Langsam erinnerte sich Marjorie an eine Episode, die sich in der vergangenen Woche abgespielt hatte. Sie hatte an einer Zusammenkunft des Gartenklubs unten am Fluß teilgenommen, und Flora Eaton hatte ihre Adoptivtochter mitgebracht, obwohl Kindern der Zutritt nicht gestattet war. Flora hatte sich entschuldigt. Nach einigem ablehnenden Stirnrunzeln hatten die Damen keine Einwände mehr erhoben, denn schon nach wenigen Augenblicken waren sie von Mavis Eaton entzückt gewesen. Ein so respektvolles Mädchen, so bezaubernd, so anmutig, so höflich und hilfsbereit! Und sie lachte so oft und so herzlich, von allem entzückt — vom Flug eines Reihers, vom Tanz eines Schmetterlings, vom Lauf eines verwirrten jungen Fuchses. Es war ein strahlendes und faszinierendes Entzücken, nicht falsch oder auf Effekt berechnet. Sie war, was sie war. Ein lachendes Mädchen. Von allen anwesenden Damen hatte nur Marjorie sofort eine ungewöhnlich starke Abneigung gegen sie gefaßt.

„Wie charmant!“ hatten die Damen gezwitschert, nachdem Flora und Mavis gegangen waren. „Wie bezaubernd! Was wird sie nur den Männern aufzulösen geben, wenn sie erst einmal älter ist!“

Aber sie war nie jung, hatte Marjorie gedacht. Ich kenne ihre Sorte gut.

Sie fuhr zusammen, als Jonathan plötzlich wieder vor ihr stand und sein Glas an die Lippen führte. Er sah ein wenig krank aus, als versuchte er, sich trotz des Whiskys an etwas zu erinnern. Marjorie überlegte ihre Worte. „Schade, daß du Martin Eaton nicht gesprochen hast. Ich hörte vorige Woche, daß er sich nicht wohl fühlt. Flora hat es mir erzählt. Es war wirklich recht lästig; Flora hatte nämlich die kleine Mavis mitgebracht. Du erinnerst dich doch? Mavis, die Nichte, die sie adoptiert haben.“

Sie wußte es sofort, denn einen Augenblick lang zitterte seine Hand ganz heftig und der Whisky spritzte auf seine Finger. Er sah ihr voll ins Gesicht und rund um seinen Mund traten die weißen Wülste hervor, die sie immer gefürchtet hatte. „Was stimmt nicht mit dem Mädchen?“ fragte er.

„Wieso? Stimmt etwas nicht mit ihr?“ Marjorie gab sich erstaunt.

„Das meine ich nicht, verdammt nochmal!“ Fast schrie er. „Ich meine, was hast du gegen sie?“

„Jon, bitte. Die Fenster sind offen. Ich verstehe dich nicht. Warum sollten wir uns über ein kleines Mädchen unterhalten, ein Mädchen, das, ich glaube, in die achte Klasse Volksschule geht? Ein Kind. Gibt es keinen interessanteren Gesprächsstoff als Kinder? So wichtig sind sie doch wohl nicht, eher langweilig, würde ich sagen, und intelligente Menschen —“

„Ich habe dich gefragt, Mutter, was hast du gegen das Mädchen?“

Marjorie bekam fürchterliche Angst. Sie hatte Jonathan noch nie so erlebt, nicht einmal in seiner unbekümmerten Kindheit. Sie ließ einen kalten Ton in ihre Stimme einfließen, als sie sagte: „Sprich nicht so mit mir, Jon, und schrei nicht! Was ist denn los mit dir? Wollen wir das

Thema abschließen? Außerdem muß ich nach dem Essen sehen und —" Sie begann, sich zu erheben.

Trotz ihrer Angst wurde sie ernstlich zornig, als er ihr die Hand auf die Schulter legte und sie auf den Stuhl zurückstieß.

„Ich habe dir eine einfache, vernünftige Frage gestellt", sagte er und es war etwas Hartes, Drohendes an ihm, das ihr fremd war. „Eine ganz einfache Frage."

„Die meines Erachtens zu dumm ist, um sie zu beantworten, und viel zu dumm, als daß sie ein Erwachsener stellen sollte. Ich lehne es ab, über ein junges Ding zu sprechen. Warum sollte ich? Warum solltest du? Bist du betrunken, Jon? Ich fürchte, ja. Vor einem möchte ich dich warnen, mein Junge. Wage es nicht, mich noch einmal so anzufassen. Für mich bist du nicht zu alt, als daß ich dir nicht noch eine feste — eine sehr feste — Ohrfeige geben könnte."

Einen Augenblick lang blieben ihre Augen aneinander haften, und Jonathan sah eisigen Zorn in den Blicken seiner Mutter und er schämte sich. Er stellte sein Glas nieder. „Du hast recht", sagte er. „Ich habe heute zuviel getrunken. Ich habe nämlich eines deiner lachenden Mädchen getroffen." Er versuchte zu lächeln. „Du mußt tapfer sein, Mutter. Ich werde es nicht deinem Martin Eaton nachmachen; ich werde warten, bis das Mädchen erwachsen ist. Und im Gegensatz zu Martin werde ich mich nicht abweisen lassen. Ich werde sie heiraten."

Er starrte sie immer noch an. Sie erkannte, daß er nicht ahnen durfte, daß sie wußte, von wem er sprach. Sie konnte nur beten, daß etwas geschehen würde — Sie fühlte sich plötzlich verwirrt und erschöpft. Doch nicht ihr Jonathan, ihr Liebling!

Sie versuchte zu lächeln. „Ist sie also noch sehr jung? Na ja. Und du bist dreiundzwanzig, ein reifer Mann — und sie ein kleines Mädchen. Ich würde an deiner Stelle niemandem davon erzählen —"

„Glaubst du, ich bin verrückt?"

Wie es jetzt aussieht, wahrscheinlich, antwortete seine Mutter im Geiste. Ja, sehr wahrscheinlich.

„Ich weiß, was mit Männern geschieht, wenn sie sich in Kinder verlieben", sagte er.

„Ach, Jon." Gegen ihren Willen zuckte sie zusammen. „Bitte, sag nichts weiter. Du würdest es später bedauern. Sag nichts weiter! Es ist zu gefährlich."

„Ja", stimmte er zu. „Es ist zu gefährlich. Und ich kann warten." Später wunderte er sich, daß seine Mutter nicht empört, entsetzt und zu Tode erschrocken war.

Er hatte gewartet. Die Worte, die seine Mutter an jenem heißen Augusttag an ihn gerichtet hatte, waren ihm nicht nahegegangen. Er hatte nie etwas auf ihre Meinung — oder sie selbst — gegeben. Wenn er an jenem Tag mit ihr sprach, so nur, weil sein verzweifelter Entschluß übermächtig geworden und der Alkohol ihm zu Kopf gestiegen war. Da sie in den folgenden Tagen nicht mehr auf das Gespräch zurückkam — vermutlich hielt sie das Ganze nur für eine belanglose Angelegenheit —, nahm er erleichtert an, daß sie es vergessen hatte. Nur Angst vor sich selbst, vor dem, was er zu tun imstande war, hatte ihn bewogen, sich auf eine so gefährliche Bahn zu begeben. Aber seine Mutter konnte ja keine Ahnung haben und er verbannte sie aus seinen Gedanken. Sie hatte keine Vorstellungskraft. Sie war ja wirklich nicht sehr intelligent. Sie und der alte Martin Eaton, du lieber Himmel! Martin wußte gar nicht, was er sich da erspart hatte. Bedauerlich, daß sein Vater nicht so klug gewesen war. So dachte Jonathan Ferrier in jenem August seines dreiundzwanzigsten Lebensjahres.

Während der nächsten fünf Jahre sah er Mavis Eaton bei jeder passenden Gelegenheit und hielt sich für besonders umsichtig und schlau. Aber Mavis wußte es von Anfang an und amüsierte sich darüber, daß dieser ‚alte Kerl' sich für sie interessierte. Sie neckte ihn geschickt, wenn sie ihn im Haus ihres Onkels fand oder im Garten, und marterte ihn mit unschuldsvollem Augenaufschlag. Sie war nicht intelligent, aber auf primitive Art klug. Ihre Adoptiveltern sprachen oft vom Vermögen der Ferriers, und da Martin Eaton Jonathan wie seinen Sohn liebte, führte er ständig des jungen Mannes berufliche Zukunft und Erfolge im Mund, und deutete sogar an, er würde Jonathan möglicherweise einen Teil seines Vermögens vermachen. Mit fünfzehn sah sich Mavis bereits als grande dame in Philadelphia oder New York, dem großen Haus ihres erfolgreichen und berühmten Gatten vorstehend, denn sie dachte nicht daran, ihr Leben in dem kleinen Hambledon zu verbringen. Sie wünschte sich Massen von Verehrern und sehnte sich nach Macht und Einfluß. Mit sechzehn erregte sie mehr als die übliche Aufmerksamkeit der jungen Männer in New York, wo sie ein Jahr lang eine Privatschule besuchte, und mit siebzehn kannte sie ihre großen Talente, das Verführerische und Faszinierende ihrer kontinuierlichen Heiterkeit und ihre Schönheit.

Nur wenigen fiel auf, wie klein ihre blauen Augen waren, verschwanden sie doch unter ständigem Lachen zusammengekniffen wie gefranste Mondsicheln unter den goldenen Brauen. Einige Frauen und Mädchen behaupteten, sie hätte „kleine, schlaue Augen", aber das war offenbar nur der Neid. Nur ganz wenige bemerkten das kalte und berechnende Funkeln dieser Augen, denn sie schienen fast immer geschlossen zu sein und in ihren Höhlen versunken. Dieser Makel an ihrer Schönheit, der bei weniger hübschen Mädchen vielleicht sogar häßlich gewirkt hätte, machte sie nur noch betörender und erhöhte den koketten Reiz, den sie auf junge Männer ausübte. Zu jenen, die von Mavis' Augen und deren Verschlossenheit beunruhigt waren, zählte auch Marjorie Ferrier.

Als Mavis achtzehn war, teilte Jonathan seiner Mutter und seinem Bruder schroff mit, er würde das Mädchen in naher Zukunft heiraten.

Marjorie sagte nichts, denn es gab nichts zu sagen. Nur Harald lachte und meinte: „Doch nicht das Goldmädel! Aber sie ist ja ein Drachen! In einem Jahr hat sie dir das Herz aus dem Leib gefressen!"

Der völlig betörte und verblendete Jonathan hörte kaum hin. Erst später sollte er erkennen, daß das Geheimnis ihres Charmes in ihrer völligen Geschlechtlichkeit zu suchen war. Sie trat nicht offen in Erscheinung; sonderbarerweise war es ihr so gut wie nicht gegeben, sich erregen zu lassen. Es mangelte ihr an sinnlicher Leidenschaft. Sie wußte, daß die Männer ihr nicht widerstehen konnten, und mit fünfzehn wußte sie auch schon genau, warum, und darum empfand sie Verachtung und amüsierte Geringschätzung für ihre Anbeter. Doch sie erlernte die Kunst, ihre weiblichen Reize auf taktvollste Weise zur Schau zu stellen, ohne kaum je selbst eine Regung zu verspüren. Das brachte ihr Bewunderung und Verehrung und Geschenke ein, und nur das war es, was sie wirklich ersehnte. Wenn die Männer so dumm waren, zu glauben, daß Mavis sich nach ihnen sehnte, nun, die Narren wurden eben nicht alle.

Als Mavis ihm verdrießlich — aber mit berückendem Lächeln — mitteilte, sie „dächte nicht im Traum daran", ihr Leben in Hambledon zu verbringen, versprach Jonathan ihr leichtsinnig, sie würde zu einem gegebenen Zeitpunkt nach Philadelphia oder New York übersiedeln oder wohin sie sonst wollte. Das beunruhigte Martin Eaton. Er unterhielt sich lange mit Jonathan. „Wir brauchen hier Chirurgen und Ärzte, wie du einer bist, Jon", sagte er. „Du wirst uns doch Mavis' wegen nicht im Stich lassen?"

„Sie ist sehr jung. Ich möchte ihr ja gern den Willen lassen", meinte Jonathan. „Ich könnte mir natürlich in Philadelphia eine zweite Praxis —" Das lag ja alles in wonnevoller Zukunft, und vorläufig gab es für ihn nur Mavis, deren Berührung und Lachen und natürliche Heiterkeit und Schönheit ihn schier verrückt machten. Marjorie Ferrier erschien diese Erniedrigung ihres Sohnes tragisch, denn sie hatte Jonathan mehr Intelligenz und Scharfblick zugetraut — und mehr Geschmack. Mavis hatte etwas Brünstiges an sich, etwas animalisch Geschmeidiges und Triebhaftes, das wollüstige Genüsse versprach. Doch Marjorie wußte, daß diese Genüsse eine Illusion sein würden, denn die lachenden Mädchen fanden Vergnügen nur an sich selbst und ihren Wünschen; an Glück und Freude und Wohlsein anderer lag ihnen nichts. „Unter anderen Umständen und in einer anderen Zeit", hatte Marjorie einmal zu Harald geäußert, „wäre Mavis die perfekte — die perfekte —"

„Dirne", ergänzte Harald. „Konkubine? Dazu ist sie nicht klug genug. Flittchen? Vielleicht. Ich finde Dirne das beste Wort."

„Ach, Harald." Marjorie lächelte traurig, denn sie wußte, daß er recht hatte. „Ich glaube eher Konkubine. Die perfekte Illusion der perfekten Frau.“

„Ohne jede persönliche Beziehung“, fügte Harald hinzu. Oft überraschte er seine Mutter mit scharfsichtigen Kommentaren. Auch jetzt war sie überrascht und stellte wieder einmal fest, daß Harald um vieles klüger war, als die meisten Leute glaubten. Irgendwie paßte es gar nicht zu seinem Charakter, daß er diesen erdhaften Scharfsinn besaß, der Jonathan völlig fehlte.

„Es gibt Menschen“, sagte Harald, „die finden die Welt verachtenswert; sind es gutmütige Menschen, finden sie sie aber auch auf belustigende Weise verrückt. Jon ist nicht gutmütig und daher beständig entsetzt über die Welt und empört über ihre Gemeinheit, Grausamkeit und Dummheit. Keine Minute lang hält er sie für verrückt und wird daher nie fähig sein, über sie zu lachen und sich an ihr zu erfreuen. Und er wird auch die Menschen nie verstehen. Wie könnte er sonst daran denken, eine Mavis zu heiraten, die statt des Herzens einen Stein in der Brust hat?“

(Kurz bevor Jonathan Mavis heiratete, vermählte Harald sich mit Myrtle Heger, aber kein Mensch glaubte, daß er die Frau liebte; man war überzeugt, daß er sie nur ihres Geldes wegen genommen hatte.)

Als Mavis Eaton Jonathan Ferrier an einem sonnigen, heißen Tag angetraut wurde, war dies ein Ereignis, das im ganzen Staat Beachtung fand. Der Gouverneur erschien und Senator Campion und, natürlich, die Bürgermeister verschiedener Städte. Die Eatons waren reich, die Ferriers nicht weniger, Jonathan hatte sich schon einen guten Ruf geschaffen, und seine Mutter kam aus einer „alten Familie“.

Seine Hochzeitsnacht sollte er zeitlebens nicht vergessen.

In einen Lederstuhl hingerekelt schlief Jonathan jetzt im Arbeitszimmer seines Vaters seinen Rausch aus und gedachte in seinen wirren Träumen jener Nacht. Sein dunkles, leicht verschwitztes Gesicht war verzerrt, sein Kopf bewegte sich unruhig hin und her, und selbst im Schlaf war er sich einer schweren Übelkeit und gewaltigen Unbehagens bewußt. Ein einziger Schmerz schien ihn zu verzehren, geistig und körperlich, und von irgendwoher kam ein lautes, wütendes Schrillen, als ob Millionen von Bienen verrückt geworden wären.

Langsam und mühselig tauchte er aus dem tiefen Schlaf empor und sah, daß es früh am Morgen war und daß das Telephon auf seines Vaters Schreibtisch erbarmungslos klingelte. Nichts rührte sich im Haus. Das fahle Licht des jungen Tages fiel schräg durch die Fenster. Fluchend und ächzend streckte Jonathan einen Arm aus und hob den Hörer ab.

„Ach, Jonathan“, begrüßte ihn Vater McNulty, und aus seiner Stimme sprach Erleichterung. „Ich hoffe, ich habe Sie nicht zu früh geweckt. Es ist gleich sieben, ein Viertel vor.“

„Das macht mir überhaupt nichts aus", sagte Jonathan mit schwerer Stimme. Er schluckte. Sein Hals fühlte sich geschwollen an und sehr trokken. „Ich bin immer wach, wie es sich für einen Arzt geziemt. Rufen Sie mich in ein paar Stunden an, vielleicht antworte ich Ihnen dann, vielleicht auch nicht." Er war noch nicht richtig wach. Er blinzelte und schloß die Augen vor dem starken Licht, und sein Magen schien Neigung zu zeigen, in seinen Brustkorb hinaufzuklettern. „Auf Wiederhören", sagte er.

„Jon!" rief der Priester. „Bitte hören Sie mir eine Sekunde zu. Hören Sie mir um Gottes willen zu! Es geht um Leben und Tod —"

„Das interessiert mich nicht mehr. Wann schlafen Sie eigentlich?"

„Ich habe die ganze Nacht nicht geschlafen", antwortete der Priester. „Ich bin soeben nach Hause gekommen und muß um sieben die Messe lesen. Erinnern Sie sich an den jungen Campion, Francis Campion? Sie haben ihn doch vor drei Jahren behandelt Kolitis oder so etwas Ähnliches. Der Sohn von Senator Kenton Campion."

Jonathan gähnte. Er hatte das Gefühl, als ob sein Kopf sich langsam, aber sicher in kleine Stücke zerteilte. „Na und? Ich bin nicht sein Hausarzt. Ich wurde nur gerufen, weil ihrer nicht da war und nachdem er den Jungen fast umgebracht hatte. Warum ruft man ihn nicht, wenn der Junge wieder krank ist?"

Der Priester zögerte. „Da liegen wohl persönliche Gründe vor. Hausarzt und so. Es könnte da zu — einer peinlichen — — — Francis versuchte sich nämlich gestern abend zu erhängen und nur der alte Tom, einer der Diener, hörte ihn und rettete ihm das Leben. Er erhängte sich mit dem Gürtel seines Schlafrocks —"

„Daß doch immer so ein Gschaftlhuber da sein muß", unterbrach ihn Jonathan mit Bitterkeit, „der sich in Dinge einmischte, die ihn nichts angehen. Wenn ein Mensch sterben will, laßt ihn sterben, das ist meine Meinung." Er machte eine Pause und sagte dann, um eine Spur interessierter: „Der wollte sich umbringen? Mit zwanzig? Ich dachte, dem ginge es gut in seinem Seminar. Bereitete er sich nicht auf das Priesteramt vor? Na, der wird einen feinen Priester abgeben!" Jonathan lachte und hustete. „Hat man Sie also gerufen, um ihm die letzte geistliche Züchtigung zu verabreichen?"

„Jon, bitte hören Sie zu. Dieser Tom hat mich gerufen. Sonst hat niemand daran gedacht. Auch die Tante nicht. Und der Senator ist in Washington, obwohl er noch heute erwartet wird, um an den Feiern zum Vierten Juli teilzunehmen. Sie kennen ja die Tante." Der Priester hüstelte verlegen. „Sicherlich eine sehr schätzenswerte Dame, aber sie weiß nicht recht, wie sie sich verhalten soll. So rief mich also der alte Tom. Aber Francis wollte mir nicht zuhören, ja, er wollte mir nicht einmal ins Gesicht sehen. Ich setzte mich an sein Bett und er starrte die ganze Zeit auf die Wand. Ich wäre noch geblieben, wenn ich nicht Messe lesen müßte."

„Eine mitleiderregende Geschichte", sagte Jonathan. „Aber hat sie etwas mit mir zu tun? Nein."

„Ich dachte — ich dachte —" stammelte der Priester. „Sie sollten ihn besuchen. Nein, nicht als Arzt."

Jonathan versuchte den rötlichen Nebel seines Staunens zu durchdringen. „Haben Sie den Verstand verloren, Vater? ‚Nicht als Arzt', sagen Sie. Als was denn?"

„Ich habe gehört, daß der Junge Vertrauen in Sie setzt, Jon. Ein belebender Einfluß, vielleicht. Er braucht etwas. Ich glaube, Sie könnten es ihm geben."

„Nein", sagte Jonathan. „Außerdem müßte ich, wenn ich ihn besuche, bei der Polizei Anzeige erstatten."

„Sie haben ihm schon einmal das Leben gerettet. Vielleicht können Sie es nochmals tun."

„Warum sollte ich? Lassen Sie ihn gehen und segnen Sie ihn."

Nach einer Weile sagte der Priester: „Wollen Sie zu ihm gehen, Jon? Jetzt gleich?"

„Nein", sagte Jonathan und legte auf. Er ließ sich in den Lederstuhl zurücksinken. Sobald er sich stark genug fühlte, würde er ein kaltes Bad nehmen, sich einen großen, kühlen Drink mischen, eine kalte Kompresse auflegen, sich zu Bett legen und seine Mutter davon in Kenntnis setzen, daß er von niemandem und unter keinen Umständen gestört werden wollte. Überhaupt nie mehr gestört werden wollte. Er fühlte sich totenübel, kam jedoch nach einigem Nachdenken darauf, daß die Übelkeit nicht nur in seinem mißbrauchten Körper steckte. Auch seiner Seele war übel. Mavis. Sollte ihm die Erinnerung an sie den Rest seiner Tage vergällen? Sie war Fleisch von seinem Fleisch, die schöne Mavis, die lachende Mavis, die schmeichelnde, neckische Mavis. Er sah ihr Gesicht so deutlich vor sich, als ob sie sich im gleichen Raum befände, und ein schweres Gewicht drückte auf seine Augen, drückte und preßte und füllte sie mit Tränen. Es gab Zeiten, da er glaubte, sie vergessen zu haben oder mit der Erinnerung an sie leben zu können, aber wenn er sich dann nicht vorsah oder zuviel trank, füllte sich das Haus mit ihren Schritten und ihrem Gelächter, dem Knistern ihrer Kleider und ihrem heiseren Singen. Und wieder überkam ihn der Schmerz.

Er arbeitete sich mühsam hoch; ihm schwindelte. Warum habe ich nicht den Mut zu sterben? fragte er sich. Warum habe ich nicht soviel Verstand gehabt, mich schuldig zu erklären und vom Staat hängen zu lassen? Damit hätte er mir die Mühe erspart. Dann dachte er an den jungen Campion, den zwanzigjährigen Francis, der vor wenigen Stunden versucht hatte, sich das Leben zu nehmen. Weshalb wohl in seinem Alter?

Was konnte einen Zwanzigjährigen, noch dazu einen, der Priester werden wollte, so enttäuschen, daß er den Tod suchte? Er stützte sich auf den Tisch. Er dachte daran zurück, wie er dem Jungen vor drei Jahren das Leben gerettet hatte. Durch Jonathans ärztliche Kunst war es gerettet worden, aber auch durch den Lebenswillen Francis'. Und nun, drei Jahre später legte er Hand an sich, der einzige verhätschelte Sohn eines der reichsten Männer im Staat, gegen den man stets nachsichtig gewesen war und der immer hatte tun können, was ihm beliebte.

Nackt bis zur Hüfte fand Jonathan sich im Badezimmer wieder und ließ kaltes Wasser über seinen Körper schwappen. Er betrachtete sein gramzerfurchtes Gesicht, das dringend einer Rasur bedurfte, und sagte laut: „Zum Teufel damit!" Er trocknete sich ab und legte Reitkleidung an. Er runzelte die Stirne, als er bemerkte, wie seine Hände zitterten. Er glaubte vor Durst zu verschmachten und sehnte sich nach einem Drink. Er wußte, daß er es nicht wagen durfte, Wasser zu trinken, denn dann würde er sich erbrechen müssen. Körperlich schwer angeschlagen, ging er aus dem Zimmer; er machte kleine Schritte, um den Kopf nicht übermäßig zu erschüttern.

Immer noch rührte sich nichts im Haus, obwohl es schon sieben war. Der trockene, aromatische Duft eines heißen Sommermorgens, ein Gemisch aus Hitze, Staub und welken Blumen, wehte durch die Räume. Jonathan trat in den hellen Tag hinaus und begab sich zu den Ställen.

Er wußte immer noch nicht, wozu er den jungen Francis Campion besuchen sollte, und was er so früh am Tag außer Haus suchte, noch dazu mit einem ausgewachsenen Kater und einem Gefühl, daß das Leben unerträglich geworden war. Er dachte voll Mißmut und Ärger an Vater McNulty. In alles mischte der Idiot sich ein! Aber diese Priester hatten ja die fixe Idee, das Menschenleben sei heilig und müsse bewahrt werden. Er, Jonathan Ferrier, wünschte, er könnte einmal ein paar von ihnen durch die Krankensäle führen, wo die Menschen an Krebs starben, kleine Kinder eingeschlossen, oder an Geschlechtskrankheiten, Tuberkulose und Tausenden anderen Krankheiten. Sollten sie doch mit eigenen Augen sehen, welche Achtung ihr Gott Seiner Schöpfung schenkte, daß er sie so tief, bis zu brüllender Vertiertheit, hinabstürzte, um sie dann entsetzlichen Qualen und unwürdigem Verfall zu überlassen. Was Gott nicht achtete, sollte auch der Mensch nicht achten.

ZWÖLFTES KAPITEL

Nahezu alle anderen Häuser in Hambledon waren eben das — Häuser; nur das der Campions galt — selbst bei humorvollen Leuten — als ‚Residenz'. Es hieß Pike's Peak nach dem alten Jasper Pike, dem Vater der verstorbenen Mrs. Kenton Campion, der es vor vierzig Jahren erbaut hatte. Campion hatte es zusammen mit einem großen Vermögen aus ihres Vaters Kohlenbergwerke geerbt und man betrachtete es als Hambledons einzigen authentischen Herrensitz im großen Stil. Es war das höchste Gebäude auf dem Berg, der Hambledon überblickte. Die ‚Residenz' umfaßte dreißig immense Räume, eine Marmorhalle und Marmortreppe, Teakholztäfelung in der Bibliothek, aus Italien importierte bunte Fenster und Statuen, Springbrunnen in prächtigen, sich bergan ziehenden Gärten, Möbel aus aller Herren Länder, Quadratkilometer von orientalischen Teppichen, Seiden und Brokaten, exotische Bilder, Vasen, Cloisonnédosen, Lampen mit Gold- und Silberfüßen, Vitrinen aus eingelegtem Holz, vollgestopft mit objets d'art exotischer Herkunft, und enorme, fast fünf Meter hohe, ovale Fenster, die verschwenderisch mit zarten Spitzen und Vorhängen aus glitzernden, mit echtem Gold durchwirkten Stoffen behängt waren. Der Architekt war sich über den Stil, in dem der Bau errichtet werden sollte, nicht im klaren gewesen und hatte daher einen weißen marmornen Säulengang vor dem Hause aufgeführt, der in keiner Weise zu dem spitz aufragenden blauen Schieferdach paßte. „Jede Stadt hat ihre Monstrosität", pflegte Jonathan zu sagen, wenn er einen Blick auf den Berg warf. „Hambledon hat sein Pike's Peak, ein Alptraum geschmacklosen Luxus', Traum aller Plebejer und Analphabeten dieser Welt."

Außer seiner Mutter teilte niemand seine Meinung in bezug auf die ‚Residenz', weil, wie Marjorie oft sagte, die Menschen die Dinge meist mit größerer Nachsicht beurteilten als ihr Sohn. Hambledon war stolz darauf, auch wenn es gelegentlich neidisch darüber lächelte. Mit Ausnahme der Ferriers gab es wohl keine Familie, die nicht beglückt gewesen wäre, zu einer Abendgesellschaft, einem Tee, einem Tanz, einem Empfang oder zu einem Dinner dorthin eingeladen zu werden. Gouverneure der Gliedstaaten hatten zu den Besuchern gezählt, Bürgermeister vieler Städte, reiche Politiker und Geschäftsleute und ‚Aristokraten', und sogar ein Präsident.

Als Knabe hatte Jonathan oft geträumt, wie wunderbar es sein würde, wenn die Berge rings um die Stadt mit Bauten im griechischen oder römischen Stil geschmückt wären — von sommerlichem Grün halb verhüllte weiße Säulen und Mauern. Doch niemand teilte seinen Geschmack und die Häuser dieses ‚exklusiven' Viertels waren protzig, massig und verschnörkelt, von prächtigen Gärten umgeben, mit Privatstraßen, die von den Eigentümern selbst im Winter instand gehalten wurden, und, wie Jonathan sich ausdrückte, „fast zu Tode gepflegten Bäumen". Campions Residenz schien ihm das ärgste Bauwerk dieser Art zu sein.

Mrs. Kenton Campion war vor fünfzehn Jahren gestorben und hatte ihrem Mann den kleinen Francis und ihr ganzes Geld hinterlassen. Damals war Kenton ein einfacher Abgeordneter gewesen, dann aber von der Legislative des Gliedstaates, immer wieder, sechzehn Jahre lang, zum Senator bestellt worden. Man hatte oft von seiner Wahl zum Gouverneur gesprochen; einmal wurde er sogar von enthusiastischen — und ihm verpflichteten — Freunden als Mitkandidat für ein Präsidentschaftsticket vorgeschlagen. Unglücklicherweise machte sich gerade damals ein unvernünftiger, aber allgemeiner Unmut über reiche Männer breit, die alle verfügbaren politischen Positionen einnahmen. Kenton Campion behauptete zwar unentwegt, er wäre im Grunde seines Herzens ein armer Mann — hatte sein Großvater sich nicht, kurz nachdem er aus England gekommen war, als Hausierer sein Brot verdient? — aber keiner glaubte es ihm, und am allerwenigsten Jonathan Ferrier, der ihn „Marzipanbirne" getauft hatte. Senator Campion verstand die Anspielung nur allzu gut, nahm aber zu Recht an, daß nur wenige Mitbürger den Zusammenhang erkannten. Marzipan war in Hambledon praktisch unbekannt, was Jonathan insofern zugute kam, als der Senator Sticheleien und Beleidigungen niemals vergaß oder verzieh.

Er hatte selbst ein kleines Vermögen von seinem Großvater und von seinem Vater geerbt — dem es gelungen war, eine kleine Gießerei in Pittsburgh zu erwerben —, das sich aber mit dem der Pikes nicht vergleichen ließ. Erst durch seine Ehe mit Henrietta Pike — einem verschüchterten Frauchen, die nicht glauben konnte, daß ein so prächtiges Exemplar des männlichen Geschlechts ihr mehr als einen flüchtigen Blick schenken konnte — war es Kenton möglich, sich seine politische Zukunft zu sichern. Er war gut zu Henrietta gewesen, wofür sie ihm ihr Leben lang dankte, denn ihr Vater hatte sie schlecht behandelt. Darum hinterließ sie ihm ihr ganzes Geld, ohne irgendwelche Vorkehrungen zugunsten ihres Sohnes Francis zu treffen. Kurz nach ihrem Tod war die verwitwete Schwester ihres Mannes, eine kinderlose, damals achtunddreißigjährige Frau mit rötlichem Gesicht, gekommen, um der ‚Residenz' vorzustehen und das mutterlose Kind aufzuziehen. Jetzt war sie dreiundfünfzig, groß, stattlich, entsetzlich dumm, aber bäuerlich gutmütig. Wie Jonathan einigen Freunden anvertraute, die es ihm an Respektlosigkeit gleichtaten, waren es die körperlichen Verrichtungen, selbst die niedrigsten, die ihr Leben beherrschten. „Sie genießt sie, sie delektiert sich daran. Stuhlgang und das Entleeren der Blase sind für andere Menschen in jedem Sinn alltägliche Vorgänge. Aber nicht für Beatrice Offerton! Für sie sind es köstliche Höhepunkte ihres Lebens."

Er war nicht ihr Arzt, so daß seine Bemerkungen keine Verletzung der ärztlichen Schweigepflicht darstellten. Er hatte Mrs. Offerton beobachtet und aus diesen Beobachtungen seine Schlüsse gezogen. Die langsamen und — für sie — wohltuenden Bewegungen ihrer schweren Glieder, ihres Hinterteils und Busens beim Gehen, die augenfällige Reinlichkeit ihres massigen, stets rosigen und stark parfumierten Körpers, der von einer Lage rosa-violetten Puders bedeckt war, die Art, wie sie beim Plaudern, einem Liebhaber gleich, über ihren vollen Hals, ihre Arme und Hände strich, waren ihm aufgefallen. Man fand ihr Gesicht schön. (Jonathan teilte diese Meinung nicht.) Etwas größer als das anderer Frauen, wies er wahrhaft vollkommene Züge auf: große, runde, blaue Augen, die Nase einer Statue, einen breiten, rosigen Mund mit Grübchen, ganz zu schweigen von einer Masse hellen, kastanienbraunen Haares, das wie glitzernder Satin über einer weißen, niedrigen, faltenlosen Stirne zu einem glatten Pompadour gerafft war. Das Gesicht war zu jeder Zeit völlig ausdruckslos. Sie konnte lächeln, doch selbst das Lächeln entbehrte jeder Bedeutung, denn es war immer gleich und unverbindlich. Sie war stark, aber nicht dick. Eine Atmosphäre von Selbstzufriedenheit und Eigenliebe umgab sie und es war nicht die Eigenliebe einer Mavis Eaton, ihrer selbst und ihrer Umwelt bewußt, sondern eine fast unbewußte, höchst schlichte und leicht zu befriedigende. Sie schwelgte in ihrem Körper wie ein gesundes Tier und hatte nichts im Kopf und wußte keine Meinung auszudrücken, die über die Vorzüge einzelner Speisen oder Wäsche- und Kleidungsstücke hinausging, über Wärme im Winter, Kühle im Sommer, die Annehmlichkeit eines weichen Bettes und ihre körperlichen Verrichtungen. Nur eines konnte sie erzürnen: Verzögerungen bei Mahlzeiten oder was sonst ihr physisches Wohlbefinden beeinträchtigte.

Das war die freundliche, langweilige, mit Grübchen ausgestattete und nach Streupuder duftende Frau, die einem überaus empfindsamen und stets in Spannung befindlichen kleinen Jungen die Mutter ersetzen sollte, einem Kind, das je nach Laune und Stimmung das Leben unerträglich schön oder unerträglich qualvoll fand. „Beatrice mag eine Kuh sein", vertraute ihr liebender Bruder einmal einem Intimus an, „obgleich es mir fern liegt, eine Kuh beleidigen zu wollen, und sie mag absolut nichts im Hirn haben, aber für Frank wird sie großartig sein. Er ist ein zitternder kleiner Stöpsel. Er gerät meiner armen seligen Henrietta nach. Immer unruhig. Er hat seine Schwärmereien und seine Depressionen, nichts Ernstes natürlich, aber enervierend für einen gesetzten Mann, wie ich es bin. Jetzt lacht er und eine Minute später weint er wie ein kleines Mädel, und kein Mensch weiß, warum. Beatric ist genau die richtige Mutter für ihn: friedlich, gelassen, nicht aus der Ruhe zu bringen; sie sieht das Leben als Spiegelbild ihrer selbst. So war sie schon als Kind. In meinem ganzen Leben habe ich Beatrice nur ein einziges Mal verärgert gesehen: die Schneiderin hatte ihr sechs statt sieben Rüschen auf ein Ballkleid genäht — und ein Wutausbruch war's auch nicht. Mit Beatrice neben sich, wird Frank sich beruhigen. Keine eigenen Kinder, verstehst du, und wie alle großen, dummen Frauen liebt sie Kinder."

Beatrice liebte nichts als ihren Körper und ihren Appetit. Francis Campion war zu einem jungen Mann herangewachsen und hatte in all den Jahren Beatrice Offerton nicht viel stärker beeindruckt als das Hündchen des Gärtners. Fragte man sie, gab sie zu, daß sie den Jungen gern hatte, und sie hatte ihn gern, wenn sie an ihn dachte — was sie nur selten tat — oder ihn sah, aber es war eine verschwommene Zuneigung ohne einen Hauch von Zärtlichkeit oder Mutterliebe. Nur in einer Hinsicht war sie Expertin: sie war eine wunderbare Verwalterin jenes aufgeblähten Herrensitzes auf dem Berg. Sie verwöhnte die Bediensteten und diese beteten sie an. Sie waren so nötig für das perfekte, angenehme, genußreiche und reibungslose Funktionieren ihres Körpers. Sie alterte nicht. Mit dreiundfünfzig sah sie aus wie achtunddreißig, und die Klarheit ihrer Gesichtsfarbe und die schimmernde Geschmeidigkeit ihres Haares hatten nicht im mindesten nachgelassen. Sie pflegte beides mit der einzigen Leidenschaftlichkeit, deren sie fähig war.

Ihre Freundinnen nannten sie „süß" oder „reizend" oder „so erholsam, so verständnisvoll". Sie wären überrascht gewesen, zu erfahren, daß sie ihrer und ihrer Existenzen kaum gewahr wurde. Sie lächelte und ließ ihre Grübchen sehen, wenn die Damen bei ihr Visite machten oder sie die Damen besuchte, während sie unaufhörlich Mutmaßungen anstellte, ob die Köchin diesmal den Blätterteig knuspriger gemacht, oder ob ihre Gastgeberin daran gedacht hatte, daß sie so gern Nußtorte mit Ahornsyrup oder Rumtörtchen oder in Wein getauchtes Biskuitgebäck mit Marmelade und Schlagsahne aß.

Senator Campion hatte seine deliziösen jungen Freundinnen in Philadelphia und Washington, wohltuende junge Geschöpfe, dankbar für den ersten Luxus in ihren kümmerlichen Existenzen, die ersten regelmäßigen Mahlzeiten, schöne Kleider und Pelze und Kutschen und gelegentlich ein Schmuckstück. Sie waren für gewöhnlich in diskreten Miethäusern untergebracht, sie und andere ihrer Art, besonders in Washington, und hingen an ihren Wohltätern und Gönnern, die darauf bedacht waren, keine Beweise ihrer regelmäßigen Besuche zurückzulassen, wie zum Beispiel eine unbedacht hingekritzelte Botschaft, die zu Erpressungen verwendet werden konnte. Senator Campions kleine Freundinnen logierten nur selten länger als sechs Monate in der behaglichen Wohnung, da er dazu neigte, auch des hübschesten Gesichts nach einiger Zeit müde zu werden. Aber er verabsäumte es nie, den Mädchen — keine von ihnen über zwanzig — ein dickes Bündel Banknoten auf den Weg mitzugeben, und alle Kleider und Pelze, die er ihnen gekauft hatte, und das eine oder andere Schmuckstück. Da sie keine Beweise in Händen hatten, wußten sie neugierigen Reportern nichts zu berichten und erinnerten sich gern seiner Großzügigkeit. Bevor er den Mädchen die Wohnung zur Verfügung stellte, ließ er sie von Ärzten seines Vertrauens gewissenhaft untersuchen. Waren sie eingezogen, erhielt er vom Hauswart regelmäßig Berichte, um sicherzugehen, daß sie in seiner Abwesenheit nicht Besuche jüngerer und attraktiverer Männer empfingen. Er wollte sich keine Geschlechtskrankheiten zuziehen.

Er war nicht unmoralischer als andere Politiker auch und sogar herzlicher als die meisten in diesem so wenig herzlichen Beruf. Er war ein Halunke und, weil intelligent und schlau, ein größerer Gauner als seine Kollegen, aber das nahm man ihm in Washington nicht übel. Man bewunderte ihn dort wegen seiner Garderobe, seines guten Geschmacks an kleinen Freundinnen, seines altmodisch würdevollen Benehmens, seiner Erscheinung, seines Witzes, seines Rufes als Wohltäter, seiner herzlichen Freundschaft mit dem jeweiligen Präsidenten, seiner interessanten Reden im Kapitol, seiner Tafel und seines Weinkellers, seiner Freizügigkeit gegenüber Freunden, seines ruhigen Gemüts und heiteren Lächelns, seiner messerscharfen Analysen des Börsengeschehens, seiner Bekanntschaft mit wohlhabenden und einflußreichen Maklern, und der Tatsache, daß er alles andere als ein umständlicher, langweiliger Politiker war. Er war auch kein Heuchler, wenn er sich in Gesellschaft guter Freunde befand, und nahm schlüpfrige Witze nicht übel, selbst wenn sie auf seine Kosten gingen.

Es war seine Erscheinung und seine tiefe und klangvolle Stimme, die Jonathan veranlaßt hatten, ihn Marzipanbirne zu nennen. Er war großgewachsen, fast so groß wie Jonathan, und ebenso massig wie seine Schwester. Doch während sie, zu jeder Tageszeit eingeschnürt, Figur besaß, ähnelte Senator Campion in seiner Gestalt tatsächlich einer Birne. Ein mächtiger Bauch war nicht wegzuleugnen — auch wenn er sich gewöhnlich unter den teuersten und geschmackvollsten Westen aus feinsten Stoffen in gedämpften Farben zu verbergen suchte. Seine Uhrketten waren handgemacht und klirrten mit juwelenbesetzten Anhängern, und immer trug er seines Vaters große goldene Repetieruhr bei sich, zog sie häufig liebevoll hervor und stellte sie zur Schau. (Die Uhr eignete sich trefflich zur Beruhigung nervöser Wähler und darum nannten ihn einige Zyniker auch ‚Alte Zwiebel', obwohl er erst fünfundfünfzig war.) Weil er ein umgänglicher Mensch war und sein Leben genoß — außer in Hambledon, das er haßte —, strahlte er eine Atmosphäre der Freundschaft und Teilnahme und Zuneigung für alle aus — unschätzbare Attribute eines Politikers. Es war nicht nur Heuchelei. Er mochte die meisten Menschen wirklich gut leiden, besonders jene, die ihn verehrten, und war auf

Grund seiner charakterlichen Veranlagung in Washington außerordentlich beliebt. Zwar sagte man ihm nach, er sei anspruchsvoll und unbändig ehrgeizig, beute sein Amt gewinnbringender aus als andere und schrecke vor keiner Lüge zurück, nahm es ihm aber nicht weiter übel. Schließlich war er Politiker und wiederholte selbst genüßlich Ciceros Worte: ‚Politiker werden nicht geboren; sie sind Exkrete.‘

Gleich seiner Schwester hatte er ein übergroßes, stets gerötetes, etwas fettes Gesicht mit Hängebacken, blauen Augen, vollen Lippen und einer großen, wohlgeformten Nase. Doch wo Beatricens Züge abgrundtiefe Dummheit verrieten, zeigten die seinen Wachsamkeit und Intelligenz. Er besaß ihre klare Stirne und ihr helles, kastanienbraunes Haar — dicht und wellig und gepflegt, noch ohne jedes Grau — aber auch eine gewisse Lebhaftigkeit, die ihn den meisten Männern und fast allen Frauen lieb und wert machte, eine gewisse Heiterkeit des Gemüts, in der nur wenige die Sorglosigkeit des wahren Halunken erkannten. Er verstand es auch ausgezeichnet, zu nuancieren. Tief ernst im Gespräch mit einem Geistlichen, aufmerksamer Zuhörer, wenn von einem beharrlichen Wähler bedrängt, war er auch der Star jeder Party, die eine Gastgeberin zu seinen Ehren veranstaltete. Obwohl der gegenwärtige Präsident der Oppositionspartei angehörte, wurde er doch häufiger ins Weiße Haus eigeladen als jeder andere Senator oder sogar Regierungsmitglieder. Der Präsident und er, pflegte er zu sagen, wären ‚zwei Seelen und ein Gedanke‘.

Es gäbe keinen Menschen, meinte er, dem er nicht zugetan sei, keinen, den er nicht verstehen und mit dem er nicht mitfühlen könne. Einen aber gab es doch, und das war Jonathan Ferrier, und zwischen beiden schwelte Haß. „Nun ja“, pflegte der Senator zu sagen, „schließlich war sein Vater ein guter Freund von mir und für Marjorie hatte ich immer schon eine Schwäche. Ich dachte sogar daran, sie zu heiraten, als sie Witwe wurde. Aber Jon ist ein schwieriger junger Mann, und dann kam diese schreckliche Geschichte mit Mavis — ein reizendes Mädchen. Ich war ihr Pate. Ach ja! Die Welt verlor etwas von ihrem strahlenden Glanz, als Mavis — starb. Ein zarter goldener Schimmer weniger, ein Hauch — Tja. Ich muß gestehen, ich eilte unverzüglich zu Jons Verteidigung herbei. Ich führte so manches Gespräch mit —“ Aber man erfuhr nie, mit wem er dieses Gespräch geführt hatte — wenn er es geführt hatte. Jedenfalls vermittelte er den Eindruck, die Sache wäre ohne seine Fürsprache — bei ungenannten Instanzen — nicht so günstig für Jonathan Ferrier ausgegangen. War der junge Arzt ihm wenigstens dankbar? Keineswegs! Er ließ keine Gelegenheit vorbeigehen, ohne eine unfreundliche Bemerkung über die „alte Marzipanbirne“ zu machen und „seine Flötentöne. Ein verdammter Schwindler ist er mit seinem Gegrinse, ein unglaublicher Halunke!“ Jonathan glaubte, einiges über die Tätigkeit des Senators zu wissen, und verfolgte seine Karriere mit großer Aufmerksamkeit. „Man muß ihn bewundern; er ist ein gewaltiger Spitzbube — und ein gefährlicher. Für ein paar Ölquellen oder eine Handelskonzession würde er sein Vaterland verraten. Aber welcher Politiker würde das nicht?"

Nur Jonathan — und sein Gefühl sagte ihm das, denn Beweise hatte er keine —, nur Jonathan hatte erraten, daß der Senator, trotz seines Reichtums, unglaublich geizig und habgierig war und, gleich seiner Schwester, unfähig, für irgend jemanden außer sich selbst wahre Liebe zu empfinden.

Da war der kleine Francis Campion, ein etwas zu empfindsamer Knabe mit einem Hang zu Gefühlsausbrüchen, allem Schönen und Unschuldigen leidenschaftlich ergeben. Auf ganz unerklärliche Weise war in ihm die Liebe zu Gott erblüht. In den Träumen seiner Jünglingsjahre hatte er Gott im Himmel geschaut und überirdisches Entzücken gekannt und sich schließlich entschlossen, für den Rest seines Lebens dem Herrn zu dienen. Kein frommer Bediensteter hatte ihm den Weg gewiesen, kein Freund, kein Geistlicher, kein Verwandter. Er selbst hatte ihn gefunden, nachdem er ein weiß Gott wie düsteres Dickicht von Einsamkeit und kindlicher Verzweiflung, Schweigen und Freudlosigkeit durchwandert hatte. „Gott findet die Seinen", sagte Vater McNulty, was Jonathan für ausgemachten Unsinn hielt.

Er hatte den Knaben gelegentlich im Wagen seines Vaters, von seiner majestätischen Tante begleitet, auf den Straßen Hambledons bemerkt und war trotz seiner Jugend — zwanzig Jahre und noch weniger — von der gequälten Blässe des Kindes, den brennenden, hoffnungsvollen Augen, dem schüchternen Betragen, dem plötzlichen, verschämten Lächeln und der gesetzten, ernsten Höflichkeit tief betroffen gewesen. Es schien des Schutzes zu bedürfen, und obgleich Jonathan es spöttisch abgeleugnet hätte, daß er selbst nie dem Drang widerstehen konnte, Hilflosen Schutz zu gewähren, war es gerade diese fürsorgliche Ader in seinem Naturell, die ihn fünfzehn Jahre lang einen keineswegs sehr hübschen kleinen Jungen nicht vergessen ließ. Er sah Francis Campion sehr selten, kaum häufiger als ein- oder zweimal im Jahr, und mit seinem schmalen, weißen Gesichtchen, den dunklen, forschenden Augen, dem schütteren Haar, seiner so schmächtigen Gestalt und den nervösen Gesten, erinnerte er ihn an eine weiße Maus. Als Kind hatte er den Mund eines Mädchens: ein wenig vibrierend und stets halb geöffnet. Erst mit siebzehn wurde der Mund ruhig und fest und entschlossen, und seine Züge verklärt und erhaben, als hätte er Visionen gesehen. Als Jonathan ihn damals gegen Kolitis behandelte, gelang es ihm kaum, den zurückhaltenden jungen Mann dazu zu bringen, ihm seine Symptome zu schildern. Am Ende aber, und ohne daß Jonathan es wußte, faßte Francis Campion Vertrauen zu ihm und wäre nur allzu gern sein Freund geworden. Mit achtzehn trat Francis in sein Seminar ein; die Tante akzeptierte seine

Entscheidung mit heiterer Gelassenheit, während der Vater seinem Zorn die Zügel schießen ließ. „Es stimmt, seine Mutter war Papistin", erklärte er verstimmten Freunden und Wählern, „aber ich habe ihn nie dazu ermutigt. Wir tun immer unser Bestes für die Kinder und beten für sie und dann enttäuschen sie uns. Stimmt's etwa nicht? Und verdienen wir nicht das Mitgefühl unserer Freunde?" An Mitgefühl mangelte es nie, denn auch andere hatten Kinder, von denen sie enttäuscht wurden. Und dank der liebenswürdigen Vermittlung eines Freundes des Senators erfuhren die im Staat ansässigen Katholiken, daß sein Sohn sich auf das Priesteramt vorbereitete. Bei den katholischen Wählern schadete das dem Senator nicht.

Nun war Francis Campion aus unerklärlichen Gründen aus dem Seminar heimgekehrt und hatte in seinem einsamen Zimmer, das er in dem Steinhaufen des „Herrensitzes" bewohnte, versucht, sich zu töten. Der Versuch war mißglückt, knapp mißglückt.

Jonathan dachte an ihn, während sein Pferd die steile, aber gut instand gehaltene, enge Straße hinaufkletterte, und er verfluchte zornig seine stechenden Kopfschmerzen und den jungen Mann, der der Anlaß war, daß er sich so früh am Tag der Hitze und dem beschwerlichen Ritt auf den Berg aussetzte. Hier war nichts zu hören als die sanft klappernden Rasenmähmaschinen, das sprudelnde Zischen von Wasserschläuchen, oder das gedämpfte Kläffen eines Köters in einem Garten. Das Schleifen und Rumpeln der Straßenbahnen, das Rattern des Verkehrs und die Stimmen der durch die Straßen hastenden Menschen, all das drang nicht herauf in diese glühendheiße, aber duftige Gegend eleganter Villen, ausgedehnter, von Mauern oder hohen Hecken umgebener Rasenflächen, aromatischer Bäume, die, von einem leisen Lüftchen bewegt, in der Sonne glitzerten, und vereinzelter kleiner Bäche, die zwischen Felsen hervorsprangen. Es war eine funkelnde, strahlende Stille, nur unterbrochen vom Zwitschern einiger schläfriger Vögel und flüchtigem Flügelschlag, oder dem überraschten Aufschrecken eines Eichhörnchens oder eines Hasen aus den taufrischen Gräsern zwischen den Bäumen, die ihre schwankenden Schatten auf den heißen weißen Staub warfen, auf den Jonathans Pferd seine Hufe setzte. Es war so heiß, daß die Sonne am milchweißen Himmel, gleich einem glühenden Eisen, auf Jonathans Schultern drückte. Unten im Tal mochte der Rasen verdorrt sein, doch der, den er beim Vorbeireiten erblickte, war saftig und grün, die Gärten blühten in bunten Farben, die Kieswege glitzerten feucht. Ein Duft von Pinien und Rosen und geschnittenem Gras und nassem Staub lag in der klaren und brennend heißen Luft, die so hell leuchtete, daß alles, selbst die Straße, schillerte und flimmerte.

Voneinander durch breite, schräg abfallende Rasenflächen, in Blüte stehende Hecken, und von Kletterrosen und anderen Rankengewächsen gekrönte, starke, weiße Mauern getrennt, wohnten hier die sehr reichen ‚alten' und die reichen ‚neuen' Familien. Blendend strahlte die Sonne auf entfernte Treibhäuser und saubere Schieferdächer empor. Jonathan hielt an, um sich das verschwitzte Gesicht abzuwischen und den Staub aus den Augen zu blinzeln. Gereizt blickte er auf Hambledon hinunter, das in einem bläulichen Dunstschleier zu schwimmen schien, und auf den Fluß, der wie eine weiße Flamme in der Sonne leuchtete. Bei Gott, hier oben war es genügend heiß, aber im Tal unten mußte es schier unerträglich sein — wie, zum Teufel, hatte ihm das nur passieren können? — diese Klettertour zu unternehmen, statt in einem dunklen, kühlen Raum in seiner Mutter Haus zu liegen, eine erfrischende Kompresse auf der Stirne, eine Schale mit Eiswürfeln neben dem Bett, und einen kalten Drink in seiner schwachen Hand.

Der Mensch, davon war Jonathan fest überzeugt, besaß das natürliche Recht, frei zu entscheiden, ob und wann er aus dem Leben zu scheiden und eine Welt zu verlassen wünschte, in die geboren zu werden er sich nicht gedrängt hatte. Vor drei Jahren hatte er einmal seine Kollegen dadurch schockiert, daß er zum Selbstmord einer prominenten Persönlichkeit mit folgenden Worten Stellung nahm: „Der arme Teufel versuchte es bereits zweimal, und irgendein Wichtigtuer konnte ihn stets im letzten Augenblick daran hindern. Nun ist es ihm gelungen, und ich wünsche ihm viel Glück, wo immer er jetzt auch sein mag. Es ist für jeden schwer, dem Tod ins Angesicht zu sehen, gleichgültig, wie krank er ist, und man braucht eine besondere Art von Mut dazu, ihn selbst herbeizuführen. Kommen Sie mir also nicht mit dem Geschwätz über ‚Feigheit'. Ein Selbstmörder ist ein tapferer Mensch." Dann hatte er gegrinst und einen Vers von Omar Khayyan zitiert:

„Oh Du, von dessen Hand der Mensch aus Staub und Erd' erstand,
Und dessen Geist dem Paradies die Schlange fand
Für alle Sünden, die des Menschen Herz in Dunkel hüllen —
Nimm gnädig an die Schuld und laß sie sich erfüllen!"

Diesen Ausspruch erwähnte man im Jahre 1898 oftmals als bezeichnend für Jonathan Ferriers Mangel an „Herz und menschlichem Mitgefühl" und natürlich als Beweis seiner „unverbesserlichen Blasphemie". Ein Geistlicher fühlte sich dazu angeregt, eines Sonntags eine Predigt über „die gegenwärtige Mißachtung der Heiligkeit des Lebens und die Duldung der Sünde" zu halten, wobei seine gesamte Gemeinde begriff, daß er sich auf Jonathan Ferrier bezog. Ein anderer wiederum sprach vom Jüngsten Gericht und dem Höllenfeuer, das Gotteslästerer, Selbstmörder und alle übrigen unversöhnlichen Typen erwartete, die „dem Allmächtigen förmlich ins Antlitz spuckten", und jeder wußte, daß damit Jonathan Ferrier gemeint war. Denn, hatte er nicht geraten, den letzten Willen des Mannes zu ehren, seine Leiche zur Verbrennung nach Philadelphia zu überführen und seine Asche in alle Winde zu streuen — und ohne Beihilfe der Geistlichkeit? Viele argwöhnten mit beträchtlichem Grund, Jonathan Ferrier habe es mit seinem Ehegelübde nicht ganz genau genommen, so daß die meisten der Gemeinde züchtig mit dem Kopfe nickten, als der Priester eine „treulose und ehebrecherische Generation, kalt und ungerührt gegenüber dem Widerwärtigsten aller Verbrechen" anklagte. Niemand war überrascht, als Jonathan nicht an dem prunkvollen Begräbnis des sündigen Selbstmörders teilnahm, der sowohl ein angesehener Bürger als auch einer von Jonathans Patienten und außerdem sein Freund gewesen war. Er sandte nicht einmal Blumen. „Ich will nicht bei einem Jahrmarkt mitmachen, den er bestimmt nicht wollte", sagte Jonathan. „Das Letzte, um das er diese verdammte Welt bat, war, seinen Willen zu respektieren, und diese Bitte wurde ihm nicht gewährt. Zum Teufel also mit Begräbnis, Blumen und Grabmal."

Während sich Jonathan an all das erinnerte, ärgerte er sich mehr denn je darüber, daß er auf einer Bergstraße dem Haus entgegenritt, wo ein junger Mann in der vergangenen Nacht einen Selbstmordversuch unternommen hatte. Wenn der Junge sterben wollte, weshalb sollte er dann schließlich nicht sterben? sagte er sich von neuem. Es war sein Leben; er hatte nicht darum gebeten, doch nun gehörte es ihm. Wütend stieß Jonathan sein Pferd in die Flanke, besänftigte das Tier aber augenblicklich. „Du bist zweimal so gescheit wie ein Mensch", sagte er, indem er den heißen, schwarzen Hals tätschelte, „und es tut mir leid, daß ich dich so völlig sinnlos hier hinaufjagen muß."

Er erreichte die Eisentore des Campion-Hauses, ließ sie hinter sich und trabte den schimmernd weißen, hohen Mauern, den unregelmäßigen Säulen und dem hoch aufragenden Schieferdach entgegen. Der Gärtner und seine beiden Söhne hantierten eifrig mit Schere, Gießkanne und Rechen. Sie zogen ihre Strohhüte, um Jonathan zu grüßen, und starrten ihm dann neugierig nach. In den frühen Morgenstunden war der junge Priester gekommen, und nun erschien der Doktor, doch im Haus blieb es still, und die Türen waren geschlossen. Was ging hier vor, was sollte es bedeuten? Keines der Dienstmädchen kam, um sie zu unterrichten, obgleich sie fest damit rechneten, daß dies schließlich doch der Fall sein würde.

Eine hübsche kleine Bedienstete in schwarzem Seidendreß mit rüschenbesetztem weißem Häubchen und weißer Schürze und vor unterdrückter Erregung rosigem Gesicht öffnete ihm die Tür. Die gnädige Frau erwarte ihn im zweiten Salon, teilte sie Jonathan in gedämpftem Tone mit. Er überreichte dem Mädchen seinen Hut und bat es, zu veranlassen, daß ein Stallbursche sich seines Pferdes annehme. Dann schritt er, staubig und schweißgebadet wie er war, durch das kühle Dunkel der großen Halle und den Marmorgang entlang auf den zweiten Salon zu, wobei er insgeheim ein Stoßgebet zum Himmel sandte, es möge ihm erspart bleiben, Beatrice Offerton hysterisch und im Kreise hilfreicher Mädchen vorzufinden, die ihr Riechsalz unter die Nase hielten.

Der zweite Salon war Jonathans Meinung nach groß wie ein Tennisplatz, doch nicht so groß wie der erste, der, außer zum Empfang einer Schar von Freunden — und wohlhabenden Wählern und „intriganten Politikern" —, nie benützt wurde. Hier waren die riesigen Fenster unverhüllt und wirkten wie ungeheure Landschaften in glühender Farbenpracht, denn sie umschlossen rahmengleich den Ausblick auf die Bäume, den Rasen, die Blumenrabatte und Grotten draußen im Garten. Ein florentinisch anmutender Hauch lag über dieser Weite, im blaudunstigen Schatten der sich jenseits erhebenden Berge, und etwas eindeutig Florentinisches prägte den Charakter dieses Raumes mit seinem schwarzweiß tesselierten Marmorboden, den Aubussonteppichen, den schwarzweißen Marmorsockeln, die zauberhafte kleine Marmorstatuen und -gruppen trugen, den schweren Marmortischen und vergoldeten, mit Damast bezogenen Stühlen.

Jonathan war erstaunt, Beatrice Offerton allein anzutreffen. Sie stand gelassen an einem Tisch in der Mitte des Salons und arrangierte riesige, leuchtend rote Rosen, an denen noch die Frische des Gartens haftete. Ihr Gesichtsausdruck hatte etwas Verträumtes, Gedankenverlorenes an sich, unterstrichen von einem leichten Lächeln, das Jonathan sehr vertraut war. Er hatte es mit den Worten definiert, „Sie lauscht glücklich ihrer Peristaltik". Wenn irgend etwas diese so ganz majestätische Geistesabwesenheit verkörpernde Frau beunruhigte, sah man es ihr nicht an. In ihrem rosa-grün gemusterten Seidenkleid mit einer Kaskade zarter weißer Spitze auf dem mächtigen Busen und dem im klaren Morgenlicht schimmernden und glitzernden Pompadour war Beatrice das Bild einer Gutsherrin, friedvoll in eine häusliche Beschäftigung versunken, die ihre ganze vergnügte Aufmerksamkeit beanspruchte. Man glaubte, sie summen zu hören, obwohl man in dem großen Raum keinen Laut vernahm, außer dem schwachen Klicken der Gartenschere, wenn Beatrice geschickt hier ein totes Blatt und dort eine verwelkte Knospe abschnitt.

Jonathan kochte vor Wut. Man hatte ihm von einer Tragödie erzählt, von der man hier jedoch kein Anzeichen bemerken konnte, wenn auch ein so stumpfsinniger und von sich eingenommener Mensch wie Beatrice wenigstens die geringfügigste Gemütsbewegung hätte zeigen sollen. Noch immer war sie sich seiner Anwesenheit nicht bewußt. Sie bewegte sich leicht, vollendet wie immer, mit sichtbarem Vergnügen an der Realität ihres Körpers. Sie war eine schöne Frau, trotz ihrer Üppigkeit und Größe. Das Kleid umspannte enganliegend, wie es die Mode vorschrieb, ihre überdimensionale Sanduhrfigur und sprang dann unterhalb der Knie in weiche Falten und Rüschen auf. Es begleitete ihre Bewegungen mit einem leisen Rascheln und flatterte um ihre Fesseln. Nahe der Tür sog Jonathan den Geruch von Beatrices unvermeidlichem Puder ein, den selbst der betäubende Duft der Rosen nicht zu überdecken vermochte, und er sah den zarten Flaum auf ihrem Hals und den vollen, frischen Wangen. Als die Rüschen den Blick auf ihre Handgelenke freigaben, bemerkte er ihn auch auf ihren mächtigen, fetten Armen.

Er hatte Lust zu fluchen. Obwohl er kein Geräusch verursachte, wie er so in seinem Reitanzug auf dem Marmor stand, seine Tasche in der feuchten Hand, fühlte Beatrice seine Gegenwart und blickte auf, zerstreut und leicht überrascht. Einen Augenblick lang schien es, als erkenne sie ihn nicht. Reglos, die kleine Schere in der einen, eine große rote Rose in der anderen Hand, musterte sie ihn langsam und systematisch, mit vollkommen nichtssagendem Gesichtsausdruck. Ein gewichtiger Gedanke durchlief anscheinend die ihr zur Verfügung stehenden Erinnerungen. „Kann das etwa Jon Ferrier sein? Wenn ja, weshalb? Heute?“ Ihre starren blauen Augen glichen denen einer Wachspuppe.

„Jon? Jon?“ fragte sie schließlich mit ihrer schönen, tiefen Stimme. „Oh! Du bist's, Jon, nicht wahr?“

„Ich denke schon“, sagte Jon, „außer wir träumen beide“. Sie überlegte, lächelte dann langsam. „Wie nett“, meinte sie. „Du liebe Zeit, siehst du aber erhitzt aus. Komm doch gleich ins Frühstückszimmer, wir lassen uns Erdbeerlimonade und ein paar leckere frische Kuchen bringen. Oder vielleicht wartest du lieber bis zum Lunch? Kenton soll nämlich mit dem nächsten Zug ankommen. Er soll die Rede am vierten Juli halten. Er wird sich so freuen, dich zu treffen, du zählst ja zu seinen erklärten Lieblingen. Er sagte immer, du solltest dich politisch engagieren, aber Washington ist doch so heiß, nicht, und —“

„Ich glaube, man hat nach mir geschickt, Beatrice“, sagte Jonathan. „Oder träumte ich das auch?“

Wieder war sie überrascht, wieder überlegte sie gelassen. Schließlich legte sie die Schere aus der Hand. „Ach Gott“, sagte sie und lächelte ihr reizendes, nichtssagendes Lächeln. „Ein solches Elend, nicht? Ich war sicher, alles wäre völlig in Ordnung, wenn man einfach diese unerfreulichen Dinge vergißt und so tut, als wären sie nie geschehen, und dieser — dieser Priester — er stimmte mir nicht zu. Er sagte, du müßtest unbedingt kommen. Ich habe wirklich nicht nach dir gesandt, Jon, mein Lieber. Offen gesagt, ich war dagegen. So viel Verdruß und Aufregung, und Francis wollte es überhaupt nicht, und ich bin überzeugt, es ist ein Unfall, der sich vernünftig erklären läßt, aber dieser Priester —“

Jonathan war nun restlos verärgert. „Verbessere mich, wenn ich mich irre“, sagte er, „aber ich verstehe die Sache so, daß Francis vergangene

Nacht versuchte, sich in seinem Zimmer zu erhängen. Ein Diener hörte das Krachen des umfallenden Stuhles, rannte hin und rettete ihn noch rechtzeitig. Erhängt mit dem Gürtel seines Morgenrockes, sagte man mir." Er schüttelte die Tasche an seiner Seite. „Also, was ist nun die Wahrheit?"

Beatrice war ein wenig erblaßt. Sie befeuchtete ihre vollen, rosa Lippen und senkte den Blick auf ihre Hände. „Ich bin sicher, das läßt sich alles erklären", murmelte sie. „Wie ärgerlich für Kenton, wenn er davon erfährt. Ich bin sicher, Francis beabsichtigte nicht — der Gürtel war um einen Wandleuchter geschlungen, er hätte sich von selbst dort verfangen können, so etwas kommt vor —"

„Und er legte sich von selbst in eine hübsche kleine Schlinge und warf sich über Francis' Kopf, während er auf einen Stuhl stieg — zweifellos, um zu mitternächtlicher Stunde den Kerzenleuchter zu polieren, weil er ja nach der peinlichen Sauberkeit eines Priesterseminars Staub so sehr verabscheut, und dann stieß er zufällig den Stuhl um — und da hing er nun", sagte Jonathan.

Beatrice nickte tatsächlich und bedächtig. „So könnte es ohne weiteres gewesen sein", sagte sie mit ausdrucksloser Stimme. Dann starrte sie auf die Rosen, befeuchtete ihre Lippen von neuem und betrachtete angelegentlich die Blüten. Sie berührte eine welke Knospe. „Wie ich Rosen liebe", murmelte sie. „Ist es nicht schön, daß wir noch immer welche haben? Kenton betet sie an. Sie machen einen Raum so behaglich, so heimelig —"

Jonathan traute seinen Ohren nicht, obwohl er Beatrice seit ihrer Ankunft in Hambledon vor über fünfzehn Jahren gut kannte. Er schritt auf sie zu und starrte sie an. Seine schwarzen Augen glühten. „Paß auf, Beatrice", sagte er brutal. „Du scheinst das nicht zu begreifen. Ich bin Arzt. Das Gesetz zwingt mich, der Polizei das Verbrechen des versuchten Selbstmordes zu melden. Verstehst du? Der Polizei. Und dann werden sich die Zeitungen darüber hermachen."

Er hatte gehofft, ihr einen Schock zu versetzen, um wenigstens etwas Ähnliches wie Verständnis und Einsicht hervorzurufen. Zumindest sah er, daß ihre Hände schlaff herabsanken und daß sie wieder erblaßte. Ihre blauen Augen starrten ihn weit aufgerissen und mit einem kaum wahrnehmbaren Anflug von Entsetzen an. „Polizei?" sagte sie. „Die Polizei? Nein, daran ist überhaupt nicht zu denken, Jon! Was sagst du? Was wird Kenton dazu sagen? Kenton! Diese Schande! O nein, nicht die Polizei. Dieser schreckliche, gedankenlose Junge — die Polizei. Jon, das ist doch nicht dein Ernst?"

„Ich erlaube mir keinen Scherz. Es wäre also besser, du würdest mir ein wenig zuhören, Beatrice. Um Gottes willen, du bist doch schließlich seine Tante! Fühlst du denn überhaupt nichts für ihn? Wurdest du nicht sofort verständigt, als es geschah? Was hast du unternommen? Weshalb wurde ich nicht sofort gerufen, oder wenigstens irgendein anderer Arzt? Was sagte der Junge zu dir? Zu dem Diener? Wie hat Vater McNulty davon erfahren, und wer holte ihn her? Antworte mir, Beatrice!"

Beatrice blickte zerstreut um sich, sah dann den Stuhl neben ihrem Knie und ließ sich langsam darauf nieder. Zerstreut tastete sie nach dem Taschentuch in ihrem Ärmel, zog es heraus, preßte es kurz an die Lippen und blickte es dann mit der ganzen — allerdings sehr dürftigen — Konzentration, deren sie fähig war, an.

„Eine solche Unannehmlichkeit", murmelte sie. „Und so lästig. Kenton wird durch den ganzen Staat reisen und Reden halten, und das erschöpft ihn so. Er kann nämlich nicht gewählt werden, es ist der Gouverneur, der ihn ernennt, und wenn der davon hört, er, ein so rechtschaffener Mann, ein solcher Christ, aber ein wenig stur — ich wünsche mir wirklich, diese Gesetzesnovelle sollte durchgehen, damit sich die Senatoren direkt an die Leute wenden können und den Gouverneur zu ihrer Wahl nicht benötigen — armer Kenton . . ."

Nun entdeckte Jonathan, daß diese üppige, schöngeformte Skulptur einer Frau sehr wohl eine Gefühlsregung in ihrem selbstherrlichen Körper verbarg, wobei aber alle diese Empfindungen ihrem Bruder galten. Sie bangte — soweit sie dazu eben fähig war — um seine Karriere.

„Beatrice", sagte er, „es ist die gesetzgebende Körperschaft des Staates, die Senatoren ernennt, nicht der Gouverneur. Laß es gut sein. Beantworte meine übrigen Fragen."

Sie dachte mit gesenktem Kopf darüber nach, drehte das Taschentuch langsam in ihren Händen. „Ich verstehe es nicht", sagte sie schließlich. „Ich verstand es nicht, als Francis heimkam. Ich dachte, er sei ein wenig müde und erschöpft, aber dieses ganze Studium — — — und ich hörte, die Priester fassen die Seminaristen sehr hart an. Doch ich dachte, ein paar Tage Erholung — ich bin niemals neugierig, Jonathan. Niemand kann mich jemals beschuldigen, neugierig zu sein. Ich bin stets bereit, zuzuhören, und ich respektiere Geheimnisse, doch ich würde nie in jemanden dringen, sich mir anzuvertrauen. Das ist mein Prinzip. Es war das Prinzip meiner Familie. Ich dachte auch, er wollte Kenton vielleicht gern sehen — der einzige Sohn, nicht? Und ich dachte auch, gutes, gesundes Essen, Frieden und ein ruhiges Heim, ungestörter Schlaf — Aber anscheinend war das gar nicht der eigentliche Kummer. Ich weiß nicht, Jon. Ich gebe zu, ich habe Francis nie verstanden. Ein so seltsamer kleiner Junge, selbst als er noch ein Baby war. Ganz wie Henrietta; sie war ja richtig hysterisch. Eine Schwäche der Pikes —"

Jonathan, der sich nunmehr gegen den Tisch lehnte, betete ein wenig lästerlich um Geduld. Doch er mußte warten, bis die trägen, schwerfälligen Gedanken Ausdruck fanden, ihm zu antworten.

„Kenton ist der einzig wirklich gute Gesellschafter in der Familie", fuhr Beatrice fort und schenkte Jonathan ein schwaches, hoffnungsvolles Lächeln. Jetzt war sie richtig blaß. „Ich bin es nicht. Unterhaltung langweilt mich so. Auch Francis scheint Konversation nicht zu mögen. Ich kann mich nicht entsinnen, daß er jemals viel mit Kenton oder mir gesprochen hätte. Ich respektierte seine — Zurückhaltung. Er hat mir nie etwas erzählt — auch diesmal nicht. Er kam einfach heim. Und dann blieb er in seinem Zimmer. Das war vor zwei Tagen. Er kam nie zu seinen Mahlzeiten herunter. Er ließ sich Speisen hinaufbringen, und ich war so beunruhigt. Ich überredete die Köchin, seine Lieblingsgerichte zu bereiten: Erdbeertörtchen mit Mürbteig, Hühnchen in Wein, ich selbst mag es nicht, aber Francis, und ich weiß nicht, woher er die Idee hatte — mit Honig, geröstetem Schinken und Kastanienpüree, obwohl doch jetzt Sommer ist. Diesen komischen grünen Tee, den er liebt. Doch die Speisen wurden unberührt zurückgebracht. Hat mir die Köchin erzählt. Ich war wirklich beunruhigt."

„Vermutlich hat es dir den Appetit verdorben", sagte Jonathan mit ernsthafter Miene.

Beatrice überlegte. Dann nickte sie. „Ja, das muß ich zugeben. Obwohl ich Hühnchen mit Wein nie mochte, und Schinken im Sommer reizt mich eigentlich nicht. Aber man darf nichts verschwenden. Das ist völlig unchristlich. Ein paarmal hatte ich Sodbrennen. Ach du liebe Zeit! Ich wollte zu Francis gehen und ihn nach seinem Kummer fragen, aber andererseits — diese Zurückhaltung, diese Abscheu, neugierig zu wirken ... Ich bildete mir ein, alles würde sich aufklären, wenn Kenton heimkäme."

Der Junge war über zwei Tage allein gewesen, eingeschlossen in sein Zimmer mit weiß Gott welch finsteren, schrecklichen Gedanken und Vorstellungen. Dann der endgültige Entschluß.

Nun errötete Beatrice. In ihren blauen Augen zeigte sich ein Schimmer, der — kaum zu fassen — von einem Gefühl herrührte. „Es war dieser Diener, der sich einmischte, dieser Tom! Er fand Francis und half ihm in dieser gefährlichen Situation — ich vermute, sie war gefährlich, man kann es zwar nie wissen, und Francis kann manchmal so hysterisch sein. Vielleicht wollte er bezwecken, daß man ihn fand, als er den Stuhl so laut umstieß, er weckte sogar mich damit, obwohl ich sofort wieder einschlief. Und dann klopfte Tom an die Tür. Ich glaube, es war so gegen eins, unmenschlich früh, denn vor Sonnenaufgang bin ich nie ansprechbar. Ein paar Minuten lang konnte ich einfach nicht verstehen, was er sagte. Ganz atemlos war er und aufgeregt. Die einfachen Leute regen sich ja immer gleich so auf. Ich glaube, ich sollte dankbar sein, doch ich bin sicher, selbst wenn Tom nicht dazugekommen wäre — Francis hätte sofort das Bewußtsein wiedererlangt."

„Und den Stuhl unter seine Füße zurückgestellt und die Schlinge gelöst“, sagte Jonathan.

„Ja“, antwortete Beatrice. Sie seufzte. „Und doch, man kann es nie wissen, oder? Tom sagt — aber man darf dieser Sorte Menschen ja nie glauben — er habe — nun, er habe Francis gerettet und ihn wieder zum Atmen gebracht, seinen Hals mit kaltem Wasser behandelt und den Jungen ins Bett gesteckt. Er ließ ihn einen Moment allein, um mir die Sache zu berichten, und dann sagte er, er hätte diesen Priester gerufen. Ich beginne zu glauben, daß er unverschämt war —“

„Ja“, sagte Jonathan, nunmehr rauchend. „Tom überschritt seine Befugnis, aber nicht, weil er nach dem Priester sandte, sondern als er Francis das Leben rettete. Wirf ihn hinaus.“

„In der Tat“, überlegte Beatrice. „Ich werde mit Kenton über seine Entlassung sprechen —“ Dann starrte sie Jonathan an, ihre Augen glichen hervorstehenden Glaskugeln. Sie schluckte. „Was sagst du da, Jon? Tom hätte — hätte —“

„Francis sterben lassen sollen. Natürlich.“

Jetzt sprang sie auf, die glatte Stirne zu dickem, weißem Faltengewirr gerunzelt. „Wie kannst du so etwas sagen, Jon? Francis sterben! Francis sterben lassen! Zulassen, daß er sich tötet! Was glaubst du, würde Kenton fühlen —“ Sie schnappte nach Luft. Dann legte sie eine Hand auf ihren hohen, üppigen Busen. „Das kann nicht dein Ernst sein.“

„Aber ja!“ Jonathan freute sich. Er war überzeugt davon, einen der seltenen Augenblicke in Beatrices Leben zu genießen, wo sie einmal erregt und aufgebracht war. „Ein Mensch hat das Recht zu entscheiden, wann er sterben will, oder? Francis beschloß, vergangene Nacht zu sterben. Zum Teufel mit diesem Tom, was brauchte er sich einzumischen?“

Beatrice blickte wild um sich, als flehe sie jemand herbei, der ihr bestätigen sollte, daß sie nicht wahnwitzigen Worten lauschte, sondern daß alles in Ordnung war und sie es lediglich falsch verstanden hatte. Dann brach sie, zu Jonathans Überraschung und nicht unbeträchtlicher Genugtuung in Tränen aus, vollführte ein paar ziellose Handbewegungen und rannte schließlich schwerfällig aus dem Zimmer.

Ich wette, dachte Jonathan, das hindert sie daran, ihren Lunch restlos zu genießen, doch ich möchte es bezweifeln. Er ging zurück in die Halle, wo er Tom traf, den betagten Diener, der bereits lange für Campion arbeitete und vorher im Dienste des alten Jasper Pike gestanden war. Tom hatte offensichtlich schamlos gelauscht, und Jonathan zwinkerte ihm zu.

„Sie haben die gnädige Frau verstört“, sagte Tom mit feierlicher Miene.

„Allem Anschein nach. Ich schlage vor, du reichst ihr ein wenig Soda zum Lunch, das heißt, knapp davor. Wir können unmöglich zulassen, daß Mrs. Offerton ihr Essen nicht schmeckt, stimmt's? Eine Tragödie. Sag mir, Tom weshalb hast du noch vor Tagesanbruch nach Vater McNulty geschickt? Verlangte Francis nach ihm?"

„Nein, Doktor. Ich fragte ihn, und er sagte nein. Aber sie waren immer so gute Freunde, und Mr. Francis hätte beinahe eine Todsünde begangen; vielleicht hat er es auch getan, durch den bloßen Gedanken daran, und ich — na ja, ich kenne den Jungen seit seiner Geburt. Ich weiß alles von ihm."

„Das glaube ich dir aufs Wort", sagte Jonathan, „und damit bist du der einzige. Erzähle weiter. Als der Priester kam, sprach Francis mit ihm?"

„Nein." Das Gesicht des alten Mannes wurde lang und traurig. „Vater McNulty kam sofort auf seinem Fahrrad her. Es ist ein harter Weg auf einem Fahrrad, selbst für einen jungen Mann, und ich habe mich oft gefragt, warum ihm niemand von seinen reichen Pfarrkindern oder ein paar von ihnen gemeinsam ein Pferd und einen Einspänner kauften."

„Schau dabei nicht mich an", sagte Jonathan. „Ich gehöre nicht zu seiner Gemeinde. Spar dir deine anklagenden Blicke für die McNellans hier oben auf dem Berg, und die Fandrusses und die Temples und solche Leute. Also Francis wollte nicht mit dem Priester sprechen."

„Nein, Doktor. Er lag einfach auf seinem Bett und wandte das Gesicht zur Seite. Er hörte nicht zu und bewegte sich nicht, so als wäre er tot. Vater McNulty blieb, müde und hungrig, bis es schon Zeit zur Messe war. Ich mußte ihm versprechen, Francis nicht lange allein zu lassen, und er sagte, er würde Sie rufen."

Der alte Mann seufzte und schlang seine derben Hände ineinander. „Ich bat Francis, mir etwas zu versprechen. Er sollte — er sollte es nicht wieder tun. Und er sagte, er würde darüber nachdenken. Und, und —" Tränen schimmerten an den gesenkten Lidern seiner müden Augen. „Ja, und ich erinnerte ihn an die Geschichten, die ich ihm immer erzählte, als er noch ein kleiner Junge war, und ich sagte, ich würde mit ihm spazierengehen und ihm spät in der Nacht kleine Leckerbissen bringen, und daß wir einen Weihnachtsbaum auf dem Berg holen würden. Und ich wollte ihm seine Schrammen verbinden und ihn zum Friseur mitnehmen, und alles — Ja, Sir, ich sollte es vielleicht nicht sagen, wo er doch jetzt ein Mann ist, aber er begann zu weinen. Ich tat so, als merkte ich es nicht, weil ich ihn nicht beschämen wollte, während er sich an all das erinnerte. Dann streckte er mir die Hand hin, und ich nahm sie. ‚Tom', sagte er, ‚es gibt nicht nur diese Art von Tod. Ja, ich werde sterben, aber nicht von meiner Hand.' Tom blickte Jonathan flehend an. „Ich verstehe das nicht so recht, Doktor, aber ich habe sein Versprechen."

Jonathan sah auf seine staubigen Reitstiefel hinab und beklopfte sie träge mit seiner Gerte. „Hm!" machte er nachdenklich. Tom wartete.

Dann fragte Jonathan: „Hast du eine Ahnung, weshalb er diese Dummheit gerade jetzt gemacht hat, Tom?"

„Nein, Doktor, ich weiß es nicht, nur, daß der Junge seit über einem Jahr unglücklich ist. Ich fragte ihn zwar, aber er verriet mir nie den Grund."

„Vielleicht kam er bereits vor einem Jahr zu der Erkenntnis, daß er nicht zum Priester geschaffen sei, und hatte nicht den Mut, es seinen Superioren zu gestehen."

„Nein, Sir", erklärte Tom mit unerwartet starkem Nachdruck. „Sie verstehen Mr. Francis nicht, Doktor. Sein Mut reichte immer für drei Jungen, nicht bloß für einen. Er war ein komischer kleiner Kerl, wie er hier so allein lebte, ohne daß sich jemand um ihn kümmerte, nicht einmal die Diener oder der Gärtner. Die meisten Jungen hätte das umgebracht, oder sie hätten groben Unfug angestellt, einfach, um sich zu rächen oder so. Aber Mr. Francis nicht. Er war der tapferste kleine Bursche, den ich je sah, Doktor. Und ein tapferer Mann. Hätte er geglaubt, einen Fehler gemacht zu haben, hätte er es den Patres offen gestanden." Er hielt inne. „Ich nehme an, diesmal war es so. Er sprach nicht darüber, aber ich denke, es war so, doch er brauchte nicht ein ganzes Jahr, um Mut zu fassen, Doktor. Es war etwas anderes."

Jonathan dachte von neuem nach. „Es ist gut, ich werde den Patienten besuchen. Hat er Schwierigkeiten beim Schlucken?"

„Na ja, Sir, sein Hals ist ziemlich angeschwollen und verfärbt sich blaurot. Sieht schlimm aus, aber er trank ein bißchen Wasser, und das schien ihm keine Schmerzen zu bereiten. Ich sage Ihnen, Doktor, als ich ihn dort sah — im Sternenlicht bemerkte ich ihn zuerst nicht, und ich sage Ihnen —" Er beugte den Kopf. „Seine ersten Worte waren, ‚Hol dich der Teufel, Tom!', und er meinte es ernst, Doktor, er meinte es wirklich ernst. Er konnte immerhin sprechen, so eine Art schwaches Piepsen. Jetzt geht's ein wenig besser."

Sie schritten nebeneinander die riesige weiße Marmortreppe hinauf. Dann standen sie im kühlen Dämmerlicht des langen, mit weichen Teppichen belegten Ganges, in dem sich all die geschnitzten Türen geschlossen aneinanderreihten, und Tom legte schüchtern seine Hand auf Jonathans Arm. „Sie werden ihn allein sehen wollen, Doktor, ohne mich", sagte er. „Doktor, ich möchte Sie um etwas bitten. Ich hab' Sie oft gesehen, selbst als Sie noch ein kleiner Junge waren, und später, als Sie zur Schule gingen. Man erzählt sich böse Dinge über Sie, daß Sie ein harter Mann wären und ein — nun, Doktor, ich habe das nie auch nur eine Minute lang geglaubt! Nie! Ich wußte alles von Ihnen, so wie ich alles über Mr. Francis weiß. Und so muß ich Sie wohl nicht bitten, ich glaube, ich muß es nicht, daß Sie gewissermaßen geduldig zu ihm sind und freundlich. Und daß Sie versuchen, ihn zu verstehen."

Jonathan war gerührt. Gleich darauf ärgerte er sich über seine Sentimentalität. „Du bist nicht sein Vater, Tom", sagte er, „und ich bin es auch nicht. Doch ich gebe zu, er braucht anscheinend ein paar Freunde."

Er öffnete die Tür, nickte Tom zu, und betrat ein strahlend helles Wohnzimmer mit einer wundervollen Aussicht auf die sich purpurn färbenden Berge. Doch auf dem Parkettboden lag kein Teppich, und das Mobiliar, das man hier stehengelassen hatte, war dürftig, unbehaglich und schlicht. Daran schloß sich ein helles, ebenso schmuckloses Schlafzimmer, dessen kahle Wände lediglich ein riesiges Kruzifix schmückte. Außer einem schmalen Bett, einem kleinen Schrank, einer Kommode, einem blanken Tisch und einem einzigen Stuhl war der Raum leer. Den Boden bedeckte teilweise eine grobe Strohmatte, die lediglich auf eine Veranda gepaßt hätte. Der Raum erinnerte an eine Zelle. Das war nichts Neues. Der Junge hatte seit seiner frühesten Jugend auf einer so spartanischen Lebensweise bestanden, was Jonathan, der schon vorher hier gewesen war, sehr wohl wußte. Darin fand Francis Campions Persönlichkeit leidenschaftlich Ausdruck, als wollte er damit gegen den im Hause seines Vaters herrschenden Reichtum und Luxus rebellieren.

Der junge Mann lag auf seinem Bett, das weiße Laken bis unter seine Achselhöhlen gezogen. Er blickte nicht das große Kruzifix an, das ihm gegenüber an der Wand hing, sondern durch die von keinem Vorhang verdeckten Fenster auf die Berge. Jonathan hörte eine innere Stimme, „Ich will meine Augen zu den ewigen Bergen erheben, deren Kraft in mich überfließt", und lachte sich dann aus. Ein Mensch besaß einzig und allein die Kraft, die er aus seinem eigenen Wesen bezog, aus seinem Charakter, seinen Erfahrungen und dem Maß der Seelenstärke, mit welcher er geboren worden war.

Er sah den feinen schwarzen Haarschopf auf dem weißen Polster, das eingefallene, bleiche Profil des jungen Mannes, den reglosen Körper, den stillen, blassen Mund. Jonathan trat näher. Die Lederabsätze seiner Stiefel klapperten auf dem nackten Holzboden. Francis Campion bewegte sich nicht, aber Jonathan wußte, daß er nicht schlief. In seinen dunklen Augen spiegelte sich das durch die Fensterscheiben dringende Licht. Jonathan setzte sich und legte Tasche und Reitgerte neben sich nieder. Er zündete sich gemächlich eine Zigarette an, begann zu rauchen, und wartete. Francis verharrte unbeweglich. Jonathan sah, daß dieses Verhalten keiner Verstocktheit entsprang, keinem Groll oder Trotz, auch keiner Scham. Es war nichts als Entrücktheit und Teilnahmslosigkeit und mangelnde Neugier, wer diesen Raum betreten hatte. Francis war jenseits des Punktes angelangt, wo er sich darum kümmerte, wer zu ihm sprach oder wer ihn anblickte. Zweifellos interessierte es ihn nicht mehr, was andere Menschen von ihm hielten oder dachten. Ein Toter hätte nicht gleichgültiger sein können, und wäre das träge Blinzeln seiner Augen nicht gewesen, hätte Jonathan geglaubt, einen Leichnam vor sich zu haben.

„Für Leute, die den Tod erwarten", sagte er schließlich, „ist es üblich, daß sie wenigstens in irgendeiner Weise für jene, die sie zurücklassen, Vorsorge treffen, das heißt, wenn sie anständig sind. Sie, Francis, wollen zum Beispiel auf diese oder jene Art sterben und schmieden also Pläne. Der einzige Mensch jedoch, dem wirklich etwas an Ihnen liegt, soll mittellos zurückbleiben, denn man wird ihm seinen armseligen Posten kündigen, zweifellos weil er so taktlos war, Ihnen das Leben zu retten. Sie besitzen nicht einen roten Heller. Wenn Sie irgend etwas hätten, das Sie Tom Simmons hinterlassen könnten, würde ich sagen, ‚Geh, und Gott geleite dich, wohin dich auch dein Weg führt'. Aber was bedeutet Ihnen Tom denn schon?"

Ein paar Augenblicke lang fürchtete Jonathan, Francis habe ihn nicht gehört und seine Sinne wären tatsächlich dem normalen Leben entrückt — wie auch das Hörvermögen. Dann wandte sich ihm der lange, hagere Kopf auf dem Polster langsam zu, und Jonathan blickte in das totenähnliche junge Antlitz, in diese stillen, harten Züge, und bemerkte auch die stark angeschwollenen Male am Hals. „Tom?" sagte Francis mühsam.

„Tom. Tantchen will ihn Ihretwegen hinauswerfen. Scheint so, als ängstigte er sich nicht nur um Ihr Leben — was ich für eine Dummheit halte —, sondern noch mehr um Ihre unsterbliche Seele. Das ist unverzeihlich. Also kann ihm Tantchen natürlich nicht vergeben. Vielleicht hat sie auch die Freundlichkeit, ihm einen Wochenlohn anstatt der Kündigung in die Hand zu drücken."

Das stumme Leid in Francis' Zügen erstarrte. Er dachte nach, und diese Anstrengung war offensichtlich zuviel für ihn. Er schloß die Augen, dann öffnete er sie wieder.

„Sie besitzen nicht einen Cent", sagte Jonathan. „Ihre treuergebene Mama hinterließ Ihrem Papa jeden Penny. Papa würde sich schon um ihrer beider Liebling kümmern. Das dachte Mama. Nun, bei näherer Betrachtung hat Sie Papa — zumindest körperlich — nicht eben Hunger leiden lassen, noch hat er Sie — körperlich — geschlagen. Er gab Ihnen ein Dach über dem Kopf und kleidete Sie, er gestattete Ihnen ohne viel Aufhebens, Ihre Lebensweise selbst auszusuchen, und wahrscheinlich gibt er Ihnen auch ein Taschengeld. Na, zu dumm! Vielleicht kann ich Tom eine Anstellung als Krankenwärter in einem Hospital verschaffen, aber ich glaube nicht, daß er es lange aushalten würde. Zu harte Arbeit, und er ist schon ziemlich alt, nicht wahr? Fünfundzwanzig Jahre bei Ihrem Vater und vorher ein Vierteljahrhundert beim alten Jasper Pike. Tom muß siebzig sein. Siebzig Jahre, und davon die meiste Zeit im Dienst von Leuten wie Ihr Papa. Und in Ihrem Dienst, Francis. Klingt wie eine Art Epitaph, aber Gott verdamm' mich, wenn ich weiß, welche."

Francis blickte ihn starr an, als wäre der Schmerz, den er — geistig und körperlich — ertrug, zu groß für Worte.

„Ich bin nicht wie Teddy Roosevelt und einige seiner Freunde", fuhr Jonathan fort, „die anscheinend denken, ein Mensch habe das Recht, die Früchte dieser Erde zu genießen, einzig aus dem idiotischen Grund, weil ihn seine Eltern in einem seltsamen Augenblick zeugten, wahrscheinlich ohne es zu wollen, und ihn dann uns allen aufdrängten. Ich bin zu dem festen Glauben gelangt, daß ein Mensch seinen Lohn wert ist, und dieser Lohn sollte auch noch ausreichen, ihm zeit seines Lebens eine anständige Existenz zu sichern und ihm nebenbei ermöglichen, etwas für Alter oder Krankheit zu sparen. Und, verdammt noch mal, warum sollte ein Arbeitgeber nicht besteuert werden, um dafür zu sorgen, daß seine Angestellten während der Jahre, wenn sie einmal nicht mehr schuften und sein Bankkonto und Vermögen mästen können, eine Pension beziehen. Nun, falls Tom hier hinausgeworfen wird — wo er beinahe fünfzig Jahre lang hier gelebt hat, nicht wahr? —, wäre es da nicht schön, wenn Sie ihm testamentarisch ein paar tausend Dollar hinterlassen hätten, und wenn er wüßte, daß er noch über eine Unterhaltsquelle verfügt, bis er neue Arbeit — oder vielleicht nie wieder Arbeit — findet. Aber natürlich gibt es für ihn nichts dergleichen. Das bedeutet für Tom also das Armenhaus oder das Ausgedinge."

Ein kaum wahrnehmbarer Hauch von Verzweiflung huschte über Francis' Gesicht, und er hob den Kopf kurz vom Polster. „Ich werde nicht zulassen, daß sie Tom kündigen", flüsterte er heiser. „Sie können ihm das nicht antun, nur weil er —"

„Oh, aber sie werden es tun", sagte Jonathan höchst vergnügt. „Wenn er nun so vernünftig gewesen wäre, die Tür zu schließen, als er sah, was Sie vorhatten, und gemütlich wieder ins Bett geschlüpft wäre, hätte man Sie am Morgen gefunden und irgendeinen mit der Familie befreundeten Arzt überreden können, eine Bestätigung zu unterschreiben, die beinhaltet, Sie wären eines ‚natürlichen Todes' gestorben. Tom hätte nichts anderes tun brauchen, um den Rest seines Lebens behaglich und wahrscheinlich ohne Arbeit zu verbringen, als Papa oder Tantchen gegenüber unter vier Augen zu erwähnen, daß er Bescheid wüßte, und was sollte nun geschehen? Doch die Welt steckt ja voll verdammter Idioten, Sie und mich eingeschlossen, und besonders Tom."

Der junge Mann antwortete nicht. Aber er begann sich langsam und mit unendlicher Mühe in seinem Bett aufzurichten. Jonathan beobachtete ihn ohne ein Zeichen der Neugierde oder des Interesses und wartete, bis Francis, würgend und keuchend, seine Kissen zurechtgerückt hatte, sich nun in sitzender Stellung niederließ und ihn wieder anblickte.

„Zum Teufel mit Ihnen", sagte Francis Campion nach Atem ringend. „Zum Teufel mit allen. Niemand wird dem armen alten Tom wehtun.

Und wenn, dann werde ich der ganzen verdammten Welt erklären, warum —"

„Gut", meinte Jonathan. „Sie könnten es immerhin zuerst Papa und Tantchen erzählen. Erspart Ihnen eine Menge Verdruß. Übrigens, Ihr Vater soll in den nächsten Stunden eintreffen. Er hält am Vierten seine übliche Trompetenansprache in Hambledon, und wie gewöhnlich werden Sie nicht dabei sein."

Er fragte sich, ob er den Kontakt mit dem Jungen von neuem verloren habe, denn Francis' Antlitz wirkte wieder ausdruckslos und entrückt, als wäre er in überirdische Gedanken versunken. Dann begann er zu Jonathans Freude zu lächeln. Es war kein strahlendes, vergnügtes Lächeln, aber wie es manchmal schon so ist, man konnte es, wenn auch schwach, wenigstens sehen. „Nein", sagte er, „ich werde nicht dabei sein." Dann runzelte er die Stirn.

„Leider aber ich", bemerkte Jonathan.

Nun blickte ihn Francis scharf an, denn er entsann sich, daß er den Doktor seit dessen Anklage, Prozeß und Freispruch nicht mehr gesehen hatte, und nun erinnerte er sich auch anderer Dinge.

„Wenn ich Sie wäre", sagte Francis, und jetzt schwang in dieser matten Stimme echtes Leben, „würde ich in dieser Stadt nirgendwo hingehen und niemanden sehen wollen, und ich würde allen empfehlen, sich zum Teufel zu scheren."

„Reizende Gefühle für einen angehenden Priester", stellte Jonathan fest. „Doch ich bin ganz Ihrer Meinung. Aber im Gegensatz zu Ihnen verschwende ich einen Gedanken an die Menschen, die ich zurücklassen würde. Ich bleibe hier, bis mein Nachfolger eingeschult ist, denn ich bin nicht so verantwortungslos wie Sie. Ich möchte mich vergewissern, daß meine alten Patienten nicht von einem Diplomschlächter zerschnitzelt oder von einem Naturapostel mit ‚garantiert echten und unverfälschten Feld-, Wald- und Wiesenpflanzen' behandelt werden. Wenn sie an meiner Stelle wären, hätten Sie dieser Stadt schon längst den Rücken gekehrt und Ihre Patienten im Stich gelassen. Stimmt's?"

„Sie haben eine bezaubernde Meinung von mir", sagte Francis Campion. Jonathan hörte, daß ihm jedes Wort Schmerzen bereitete. Seine Stimme klang rauh vor Anstrengung.

„Sie ist noch immer besser als das, was Sie von sich selbst halten sollten, Francis. Ich will Ihnen nicht Moral predigen. Mir ist es egal, ob Sie sich fünf Minuten, nachdem ich hier verschwunden bin, wieder aufhängen. Aber Sie haben kein Recht, den armen alten Tom unglücklich zu machen, gleichgültig, welcher wahre oder eingebildete Kummer Sie vergangene Nacht zu dem Entschluß trieb, Gott und den Menschen ins Gesicht zu spucken und hier ein solches Durcheinander anzurichten."

Francis' feine, dünne Nasenflügel spannten sich, und Jonathan sah bestürzt, wie abgezehrt der junge Mann war. Er hatte nie besonders kräftig, sondern stets eher schlank gewirkt, aber jetzt konnte man unter der blassen Haut die Knochen erkennen, und in seiner eingefallenen Oberlippe zeichneten sich die darunterliegenden Zähne ab. Was auch immer in Zeit und Raum Francis Campion in diesen Zustand versetzt hatte, war keine geringfügige Angelegenheit.

Francis lächelte wieder schwach. „Was ist, wenn ich mir Arbeit suche und genug Geld verdiene, um Tom relativ gut versorgt zu wissen — und dann beschließe —“

„Meinen Glückwunsch im voraus“, sagte Jonathan. „Zigarette?“

Francis streckte die Hand aus und nahm eine Zigarette aus Jonathans Silberetui, der ein Streichholz anriß und ihm Feuer gab. „Jedenfalls“, fuhr Jonathan fort, indem er sorgfältig darauf achtete, daß sich Francis angeschwollene Kehle beim Einatmen des Rauches nicht schloß, wie das oft vorkam, „wird es beträchtliche Zeit in Anspruch nehmen, wenn man bedenkt, daß Sie weder ein Handwerk noch einen Beruf erlernt haben. In gewissem Sinne sind Sie ebenso hilflos wie Tom. Vielleicht könnten Sie sich allerdings ein paar tausend Dollar borgen. Ich bin sicher, Papa würde die Schuld mit einem Seufzer der Erleichterung begleichen, nachdem man Sie sauber unter die Erde gebracht hat.“

„Vielleicht würden Sie mir das Geld leihen“, fragte Francis. „Ich gebe Ihnen meine Unterschrift.“

„Ich nicht. Übrigens, Sie verstehen wohl, daß ich Ihren Fall der Polizei melden muß, oder?“

Die durchscheinende weiße Haut auf der Stirn des Jungen runzelte sich in verzweifeltem Entsetzen.

„Damit können Sie’s Ihrem Vater ordentlich heimzahlen“, sagte Jonathan. „Besonders, wenn Sie es noch einmal versuchen.“

Francis rauchte einen Augenblick lang schweigend. Dann sagte er: „Um Gottes willen, bringen Sie mich nicht in Versuchung!“

Jonathan begann zu lachen, und nach einer peinlichen Sekunde stimmte Francis mit einem schwachen Krächzen mit ein. Er fing an zu husten, seine Wangen wurden scharlachrot, und er würgte. Dann rang er mit einem pfeifenden Laut tief nach Luft. „Strengen Sie sich nicht an“, sagte Jonathan munter. „Lassen Sie der Natur ihren Lauf, und sie wird das Geschäft für Sie verrichten, ohne daß Sie einen Finger zu rühren brauchen.“

Das Pfeifen und Würgen dauerte noch ein paar Minuten an, bis sich Francis’ Gesicht dunkel färbte und seine Augen hervorquollen, aber gerade, als Jonathan eingreifen wollte, hörte der Brechreiz auf. Francis wischte sich über seine feuchten Augen. Er legte die Zigarette aus der Hand und sagte mit erstickter Stimme: „Aber Sie werden der Polizei nichts melden.“

„Ich weiß nicht. Eigentlich sollte ich es tun. Andererseits haben Sie nicht nach mir geschickt, und Tantchen auch nicht, und genaugenommen bin ich nicht der Hausarzt. Ich behandle hier niemand, also hat der Besuch technisch gesehen nichts mit meinem verdammten Beruf zu tun."

„Niemand hat Sie gerufen?"

„Nein. Vater McNulty erfuhr von Tom, daß ich Sie ein paar Monate lang behandelt habe, als Sie siebzehn waren — Ihr gewohnter Hausarzt weilte in Europa. Vater McNulty bat mich, Sie zu besuchen. Um völlig ehrlich zu sein, Francis, ich weiß nicht, warum ich hier bin. Tantchen will es nicht, sie hat mich nicht gerufen. Wäre sie keine Dame, würde sie den Gärtner und seine Söhne bitten, heraufzukommen und mich draußen auf meinen Gaul zu werfen. Sie wäre ganz im Recht. Ich bin ein Eindringling. Ich habe hier nichts zu reden. Ich bin nicht einmal ein sehr guter Freund Ihres Vaters, dessenungeachtet, was Sie gehört haben mögen. Tantchen hoffte, sie könne das alles mit Stillschweigen übergehen und nichts davon außerhalb der Familie bekanntwerden lassen. Aber Tom mußte sich einmischen."

Francis' junges Gesicht zitterte. „Sie kamen, einfach weil Vater McNulty Sie darum gebeten hat, Doktor Ferrier?"

„Richtig. So ein einfältiger Idiot bin ich."

„Warum kamen Sie wirklich?"

„Es hat bestimmt nichts mit Ihrem teuflischen Geschäft zu tun, doch wie ich bereits sagte, ich weiß es selbst nicht."

Wieder zuckte ein flüchtiges Lächeln um Francis' Mund. „Einfach aus Verantwortungsgefühl?"

„Möglich. Schließlich hatten Sie mit siebzehn eine schwere eitrige Dickdarmentzündung, und ich kurierte Sie, nachdem Sie die Pfuscher beinahe umgebracht hätten. Die Chinesen sagen, wenn man einen Menschen vom Tod oder Selbstmord rettet, habe man ihn ein Leben lang am Hals, sozusagen als persönliche Verpflichtung. Hart, aber realistisch, die Chinesen, und sehr klug. Ihre Ansicht hat Meriten. Letzten Endes nimmt man, wenn man sich in das Schicksal eines Menschen einmischt, das von geheimnisvollen Wesen vorherbestimmt ist, dieser Einmischung wegen einen Fluch auf sich. Vielleicht wurde ich verdammt, weil ich Sie rettete, als Sie siebzehn waren, vielleicht wird nun Tom verdammt, weil er Sie am Selbstmord hinderte, und es ist möglich, daß er und ich gemeinsam einen Handel mit dem Schicksal ausfechten müssen."

Ein seltsamer Schatten verdunkelte Francis' überwache, sprechende Augen, seine weißen Lippen preßten sich aufeinander. Jonathan beobachtete ihn verstohlen.

„Wie Tantchen sagt, ich bin nicht neugierig", bemerkte er. „Aber, wenn es auch schon lange her ist, was verursachte Ihre Kolitis? Ich zähle nicht zu diesen New Yorker und Bostoner Doktoren, die heutzutage viel zu sehr auf jenen hysterischen österreichischen Hexenmeister, Sigmund Freud, und seine mittelalterlichen Ideen hören; anscheinend glaubt er, daß sich die Ursache für jedes körperliche Leiden in seinem sogenannten Unterbewußtsein finden läßt, oder vielleicht ist es auch das Erbplasma oder das Superego. Offen gesagt, ich glaube lieber, daß sich eine ganze Menge Krankheiten aus dem ergeben, was ich Unterego nenne — nur um einen Ausdruck zu prägen. Ein Mann hat einfach nicht genug Rückgrat, oder Mut, oder Selbstachtung, oder Stolz, um dem Leben die Stirn zu bieten und das Schlechte abzuwehren, sondern er bricht weinend unter dem Sturm zusammen und entwickelt eine Krankheit, um dem Kampf zu entrinnen. Freud hat auch noch eine andere eigenartige Idee. Er glaubt, daß eine Menge von seelischen Störungen, die auch physische Krankheiten hervorrufen, deshalb auftreten, weil man sich zu sehr davor scheut, mit einem willigen Dirnchen ins Heu zu steigen. Er zeigt nicht besonders viel Respekt vor unserer sogenannten jüdisch-christlichen Moral. Er meint, das kann einen Mann an seinem Erbgut schädigen, oder so. Nun finde ich aber, daß Enthaltsamkeit, wenn sie nicht bis zur Grenze vollkommener Absurdität getrieben wird, oder wenn man sie sich mit voller Absicht auferlegt, sehr wohl zu empfehlen ist."

Francis lauschte mit der ihm eigenen Intensität, die Jonathan vor drei Jahren als übertrieben mißbilligt hatte.

„Also", sagte Jonathan, „was zum Teufel quälte Sie wirklich, als Sie siebzehn waren? Sagen Sie ruhig, daß ich neugierig bin."

Francis wandte den Blick von ihm ab und starrte auf seine Finger, die er nunmehr langsam ineinander verflocht und wieder löste. „Wird es Ihnen helfen, Ihren ‚Handel mit dem Schicksal auszufechten' ", fragte er, „wenn ich es Ihnen sage?"

„Vielleicht."

Francis dachte kurz nach und meinte dann: „Sie wissen, daß wir über die Sünden eines anderen nicht sprechen sollen —"

„Ich gehöre nicht seit neuestem zu den Anhängern der Doktrin, und außerdem ist es für mich nicht mehr von Belang —"

Jonathan war ein wenig überrascht, als Francis heftig den Kopf hob und ihn beinahe wütend und leidenschaftlich anstarrte. Doch die Stimme des Jungen klang seltsam ruhig, als er sagte: „Auch für mich ist es nicht mehr von Belang. Ich habe das Seminar verlassen. Sie fragten mich, was mir fehlte, als ich siebzehn war. Es war etwas, das sich über ein Jahr hinzog, vielleicht auch länger. Wird es Sie sehr überraschen, wenn ich Ihnen eröffne, daß ich meinen Vater anbetete — bis damals jedenfalls?"

„Offen gestanden, ja". Jonathan war verblüffter denn je. „Ich habe Daddy nie bewundert."

„Ich weiß." Francis lächelte wieder. „Ich habe gehört, wie Sie ihn Marzipanbirne nannten und noch Ärgeres. Ich glaube, als Kind habe ich

Sie deswegen gehaßt. Haben Sie ihn nicht auch einen Scharlatan geheißen?"

„Wahrscheinlich. Das sähe mir ähnlich."

„Ja, allerdings." Francis wandte seinen Kopf und blickte durch das Fenster. Er sah Jonathan nicht an, als er sagte: „Ich betete ihn an. Ich dachte, er sei ein — Heiliger. Ich dachte, er hätte — Größe. Eigentlich war er sich meiner Gegenwart nie richtig bewußt, doch wenn er mich bemerkte, war er wirklich liebevoll. Jahrelang begriff ich nicht, daß er alle Menschen auf diese Weise behandelte. Liebevoll. Vielleicht mag er die Menschen tatsächlich — doch das spielt keine Rolle. Ich dachte, er sei ein Mann —"

„Sonnenüberglänzt, heilig, unerreichbar, ein Held. Herkules in Gestalt des Sankt Augustinus", sagte Jonathan, als Francis schwieg. „Ich verstehe."

Die hageren Wangen röteten sich. Francis blickte ihn nun ein wenig ärgerlich an. „Dachten Sie von ihrem Vater nicht genauso?"

„Nein, Gott sei Dank. Selbst als kleiner Junge war ich vernünftiger. Ich fand meinen Vater rührend, aber ich hielt ihn auch für einen verdammten Narren und einen langweiligen Kerl. Das hinderte mich allerdings nicht daran, ihn gerne zu mögen. Anscheinend entdeckten Sie etwas an Daddy, das Ihnen Ihre Illusionen raubte, und statt vernünftig zu sein und sich zu sagen, ‚Mein Vater ist auch nicht besser oder schlechter als andere Männer', versuchten Sie sich mit Kolitis umzubringen und vor Ihrer Enttäuschung davonzulaufen."

„Sie stellen mich geradezu als Schwächling hin!" Francis' Stimme wurde lebhafter.

„Na, sind Sie es etwa nicht? Es tut nichts zur Sache, daß Sie sechzehn oder siebzehn waren. In diesem Alter waren Sie bereits ein Mann und kein Kind mehr. Sie hatten lange genug gelebt, um zu wissen, daß es in dieser Welt wenige Helden und Heilige gibt — möglicherweise gar keine. Was hat Daddy schon getan, außer daß er sein gutes, altes, liebevolles Ich war, das sich Ihnen schließlich als irdische Hülle voll offenbarte? Er ist zu vorsichtig, um irgend etwas wirklich Verruchtes zu tun, das heißt, zu vorsichtig, um jemals dabei ertappt zu werden. Haben Sie etwas über ihn herausgefunden?"

„Ja", stieß Francis zwischen zusammengepreßten Lippen hervor. „Einiges. Es ist egal, wie es zu diesen Dingen kam, und wie ich sie entdeckte. Es begann, als ich ihn einmal während der Ferien in seiner Wohnung in Washington besuchte, als er nicht heimkommen konnte. Ich beschloß, ihm eine wunderbare Überraschung zu bereiten", fuhr Francis fort, und in seiner Stimme schwang die alte Bitterkeit, „also verriet ich ihm nicht, was ich vorhatte. Eine Überraschung! Das war es auch."

Jonathan legte in gespieltem Entsetzen die Hände an den Kopf. „Das darf nicht wahr sein!" rief er aus. „Dein Daddy lag in den Armen einer Frau, die nicht seine Gattin war."

„Lachen Sie nur", sagte Francis. „Wahrscheinlich klingt das für Sie sehr komisch, Doktor Ferrier. Aber für mich war es nicht komisch — mit sechzehn."

„Oh, mein Gott", rief Jonathan aus. „Da standen Sie nun mit Ihren sechzehn Jahren; wahrscheinlich hatten Sie schon Ihre eigenen Erfahrungen auf dem Gebiet der ‚Fleischeslust', wie es die Kirche nennt, gesammelt, ein bißchen nächtliches Liebesgeflüster und Geknutsche. Dachten Sie, ihr Vater wäre ein Mönch? Ein Eremit? Er war und ist ein heißblütiger Bastard, und man sagte ihm stets eine heftige Schwäche für die Damen nach. Außerdem war er nicht verheiratet. Sie taten Ihrem Vater Unrecht. Glaubten Sie tatsächlich, er sollte sich Mamas Andenken weihen und sich von der Welt fernhalten?"

„Sie stempeln mich zu einem jugendlichen Narren", sagte Francis, der sich nun, offenbar tief gekränkt, Jonathan zuneigte.

„Natürlich. Das waren Sie und das sind Sie. Hat man denn in dieser Schule, die Sie in Philadelphia besuchten, oder später im Seminar, nie über diese Dinge gesprochen?"

Francis' Gesichtsausdruck wurde kalt und grimmig. „Ja. Aber das war nicht der Grund — ich meine, zuerst war es ein Schock, und dann sprachen die Priester mit mir, und wenn ich das Verhalten meines Vaters auch noch immer ekelhaft fand, so erkannte ich doch, daß es ganz normal war. Nein, das war nicht der Grund, sondern die anderen Dinge, die ich über ihn herausfand."

„Die Sie von anderen Leuten erfuhren?"

„Nein. Ich entdeckte sie selbst. Ich machte es zu meiner Aufgabe, ihnen nachzugehen."

„Was für ein verdammter kleiner Tugendbold Sie gewesen sein müssen! Und außerdem ein wenig gemein."

Francis' große, dunkle Augen blickten Jonathan freimütig an; es waren die Augen eines Mannes. „Ich werde Ihnen nicht erzählen, was ich herausgefunden habe. Hätte es sich dabei um die üblichen Diebereien und Manipulationen eines Politikers gedreht, die üblichen Gaunereien, würde ich sie letzten Endes noch verstanden haben. Im Leben und mit zunehmendem Alter müssen wir verdammt viele Kompromisse schließen, nicht wahr? Ich wäre, wie ich es früher schon getan habe, dazu bereit gewesen, all die gefälligen Philosophien einer zynischen Welt in Kauf zu nehmen, wenn sich die — die Verbrechen meines Vaters im Rahmen des für einen Mann und einen Politiker Üblichen und Anerkannten gehalten hätten, ja sogar dann, wenn man sie als ‚eigenartig' bezeichnet hätte, wie es die Leute oft tun, um die Tatsachen zu verschweigen."

Jonathan lauschte aufmerksam. Er lächelte nicht mehr.

Francis' Züge verschlossen sich von neuem. „Nein, ich kann es Ihnen nicht erzählen. Mit siebzehn dachte ich, ich müßte darüber unbedingt mit — nun, sagen wir, mit bedeutenden Männern, Männern in der Regierung sprechen. Ich dachte, die Sache beträfe mein — Land. Mein Land. Das Land, über das er am Vierten Juli, am Geburtstag von Lincoln und Washington und am Heldentag, den Mund so voll nimmt. Dinge, die er zu beschützen geschworen hat. Sehen Sie, er hielt mich nie für sehr intelligent. Sogar als ich sechzehn und siebzehn war, glaubte er, ich sei noch ein Kind. Also — hörte ich manches. Ich belauschte ihn. In seiner Wohnung in Washington."

Er starrte ausdruckslos auf seine Handflächen. „Und da begann das Elend. Mein Gewissen. Mein Land. Vor allem mein Land. Doch er war mein Vater. Was macht ein Mensch in einer solchen Situation?"

Mein Gott, dachte Jonathan, der diese düstere Enthüllung begriff. Ja, was tat ein Mensch in einer solchen Situation? „Ich weiß es nicht", sagte er. „Das also nagte an Ihnen und ließ Sie innerlich verbluten, war beinahe Ihr Tod."

„Sie hätten mich sterben lassen sollen", sagte Francis, indem er seine mageren Hände faltete.

„Sie haben nie mit ihm darüber gesprochen?"

„Nein. Ihm das zu erklären — ich wäre daran zerbrochen. Ich hätte das tun müssen, wovor ich mich fürchtete. Ich brauchte lange dazu, ihn nicht mehr zu lieben. Sehr lange. Angenommen, Sie hätten etwas ganz Schreckliches über Ihren Vater erfahren, Doktor Ferrier, etwas wirklich — Ungeheuerliches. Etwas so Verbrecherisches, daß es im Interesse Ihres Landes aufgedeckt werden sollte, und das er, wenn man es verschwieg, immer wieder und wieder tun würde, ja vielleicht noch Schlimmeres? Hätten Sie —"

„Ihn angezeigt?" Jonathan schüttelte den Kopf. „Ich weiß es nicht. Ich glaube nicht."

Francis seufzte. „Nun, da haben wir es. Ich schleppte das im Seminar mit mir herum, als ich siebzehn war. Und — lachen Sie mich jetzt nicht aus — ich betete. Wie auch immer, ich schlug es mir aus dem Sinn."

„War ein Irrtum ausgeschlossen? Wäre es nicht möglich, daß Sie aus einer Mücke einen Elefanten gemacht haben? Schließlich waren Sie fast noch ein Kind, und Politiker tun oft sehr zweckdienliche Dinge."

Francis schüttelte den Kopf. „Schenken Sie mir ein wenig Glauben. Ein ganzes Jahr lang versuchte ich mir das selbst einzureden. Ich versuchte, mir vorzustellen, daß er nichts tat, was nicht andere Politiker auch taten, nur für viel mehr Geld, und daß sie alle lediglich eine Art verbotenes Spiel trieben — so wie Würfeln um hohe Einsätze. Aber in diese Wohnung in Washington kamen Männer — Senatoren — und andere."

„Und er erlaubte Ihnen, herumzustehen und Ihre Ohren aufzusperren?"

„Nein, so dumm war er wieder nicht. Ich besuchte ihn auch weiterhin. Zu Zeiten, da er mich nicht erwartete. Ich mußte es wissen. Und ich kam immer bei Nacht an. Schließlich muß er Verdacht geschöpft haben, denn bei meiner Ankunft war er immer auf mich vorbereitet. Meine Tante telegraphierte ihm, daß ich unterwegs war. Auch das fand ich heraus."

„Mein Gott", sagte Jonathan.

„Und jetzt weiß ich überhaupt nichts. Mit Sicherheit ist mir bekannt, daß er am Spanisch-Amerikanischen Krieg eine Menge Geld verdient hat. Das ist alles, was ich Ihnen verrate, Doktor Ferrier. Außer, daß ich in den vergangenen drei Jahren viel, sehr viel, über ein schreckliches Thema gelesen habe. Sagt Ihnen der Name Zaharoff etwas, Doktor?"

„Ja. Es heißt, er sei ein mysteriöser, unheimlicher Mann. Ich hörte von ihm. Hat er nicht etwas mit Kriegsmaterial zu tun?"

Aber Francis antwortete nicht. Völlig erschöpft lehnte er sich in seine Kissen zurück. Jonathan beobachtete ihn voller Respekt vor seinem Ehrgefühl und seinem Leid und fühlte sich dadurch zutiefst betroffen. Was mußte es für einen Jungen bedeuten, eine solche Last jahrelang mit sich herumzutragen! Aber noch furchtbarer erschien ihm Francis' Erkenntnis, daß er, indem er seinen Vater nicht verriet, an etwas unendlich Größerem Verrat übte.

Jonathan sagte mit ungewohnter Sanftheit: „Betrachten Sie es auf diese Weise: Wenn Ihr Vater nicht so handeln würde, und andere mit ihm, gäbe es noch immer einen Mann in seiner Stellung, der sich so verhielte. Ich weiß, das ist ein schwacher Trost, und wenn es zu solchen Affairen kommt, steht man ihnen als einzelner ziemlich machtlos gegenüber, aber —"

Francis' Augen waren geschlossen. Dann sagte er ganz leise: „Sie verstehen mich nicht, Doktor. Das kann mich nicht mehr berühren. Mich kann nichts mehr berühren. Ich habe mir beinahe ein Jahr lang nichts mehr daraus gemacht. Ich habe mir so lange oder noch länger aus nichts mehr etwas gemacht."

Jonathan war betroffener denn je. Er erhob sich langsam und trat an das kahle Fenster, blickte hinaus auf die weiten Rasenflächen, die Brunnen, Bäume und Blumen, betrachtete die dunkelnden Berge in ihrer stillen, einsamen Größe.

Jonathan runzelte die Stirn. Der Raum war zu ruhig, wie in Gegenwart des Todes. Er sagte, ohne sich umzudrehen, „Sie behaupten, Sie hätten sich lange Zeit aus nichts mehr etwas gemacht. Sie haben ein Priesterseminar besucht. Machen Sie sich auch nichts mehr aus — nun, sagen wir, Gott?"

„Nein", erwiderte die ausdruckslose Stimme hinter ihm. „Kann ich es denn? Ich glaube nicht mehr an Seine Existenz. Oder, wenn es Ihn gibt, befaßt er sich nicht mit diesem Fleckchen Staub, auf dem wir leben. Ich habe meinen Glauben verloren. Es dauerte lange, bis es soweit war. Über ein Jahr. Er starb sehr langsam, Doktor Ferrier. Aber Er starb. Ich kann kein Priester sein. Mein Glaube ist tot."

Und deshalb wolltest du auch sterben, dachte Jonathan und fügte in Gedanken hinzu: „In der Tat, was für eine niederträchtige, ekelhafte, abstoßende, widerwärtige Welt das ist!"

Er ging langsam zum Bett zurück und blieb an dessen Seite stehen, den Blick auf den entkräfteten, leidenden jungen Mann gerichtet, der hier vor ihm lag. „Wenn jeder Mensch, der seinen Glauben verliert", sagte er, „wenn jeder Mensch, der ein ehrlich überzeugter Atheist oder Agnostiker ist, gleich daran stürbe, blieben nur wenige Leute auf dieser Welt übrig. Ich behaupte ja nicht, das wäre keine hervorragende Lösung. Ich erkläre lediglich eine Tatsache. ‚Menschen sind gestorben, und Würmer haben sie gefressen', aber nicht Gottes wegen."

„Nein", antwortete Francis, noch immer mit geschlossenen Augen. „Sie vergessen die Märtyrer, die für Ihn starben, und die Heiligen, die bis zum Tode an Ihn glaubten. Darin sehe ich die größte Tragik: Für nichts zu sterben."

„Das tun wir alle", sagte Jonathan. „Wir leben und sterben für etwas, das wir nicht verstehen können, etwas, das keinem vernünftigen Menschen sinnvoll erscheint. Märtyrer, Heilige, Helden, gewöhnliche Menschen, Menschen wie Sie und ich, wie Ihr Vater, wir leben und sterben für nichts. Wir erfinden Götter, wenn wir den Gedanken an dieses Nichts, diese Leere, diese Unvernunft nicht mehr ertragen können. Wir beten sie an, wenn es für uns zu schwer ist, in diesem sinnlosen Universum zu leben, wenn etwas rührend Menschliches in uns nach Trost schreit für all das, was wir sehen und leiden. Religion ist die wahre Unvernunft, aber Gott helfe uns, wir können nicht zu lange oder zu oft vollkommen vernünftig sein. Es gibt noch eine schlimmere Qual als Vertrauen; das mangelnde Vertrauen. Und es gibt eine größere Torheit als Glauben; die Ungläubigkeit."

Francis' Augen öffneten sich langsam und blickten Jonathan unverwandt an.

„Glauben Sie das, Doktor?"

Jonathan zögerte. Die Erregung wütete wie ein Sturm in ihm. Er wußte nicht, was er sagen sollte, und so antwortete er: „Ich glaube es. Zeitweise. Vielleicht entsinnen Sie sich der flehentlichen Bitte eines Menschen an den Herrn: ‚Ich glaube! Hilf Du mir in meinem Unglauben!' "

Francis lächelte traurig. „Ich habe sogar den Willen zu glauben verloren, also brauche ich auch keine Hilfe."

Das war also der Grund, weshalb er nicht mit Vater McNulty

sprechen wollte. Jonathan zog seinen Stuhl an den Bettrand. „Haben Sie mit den alten Priestern im Seminar darüber gesprochen, Francis?"

„Nein. Ich wollte sie nicht verletzen."

„Sie hätten es tun sollen. Denken Sie auch nur einen Augenblick lang, daß diese geweihten, untadeligen Männer nie ihre langen Perioden des Versagens und der Verzweiflung, der Ungläubigkeit durchmachen? Denken Sie, sie sind dem Zweifel nie begegnet und kennen ihn nicht? Die Heilige Teresa von Avila erlebte dreißig Jahre der geistigen Unfruchtbarkeit, und sie war nur eine der vielen Heiligen, die bekannten, sie wären oft vom Zweifel befallen und von der Hoffnungslosigkeit des Unglaubens gequält worden. Und doch hielten sie an den heldenhaften Tugenden fest. Ich hörte sagen, ihr Zweifel und ihr Versagen habe sie lediglich auf die Probe gestellt, ob sie trotz alledem in der Einöde ihrer Seelenqual standhaft bleiben könnten."

„Glauben Sie das, Doktor Ferrier?"

„Ich weiß nicht", erwiderte Jonathan. „Sehen Sie, auch ich, ich selbst habe, als ich siebzehn war, meinen Glauben verloren, und er kehrte nie mehr zurück. Nicht ein einziges Mal, nicht für einen Augenblick."

„Aber wie können Sie dann leben?"

„Ich bin kein Feigling. Die Welt ist voll tapferer Männer, die nicht auf Gott vertrauen. Wir treiben in einem sinnlosen Strudel, und die einzige Wahrheit ist der Mensch selbst. Gerade seine Hartnäckigkeit, seine Geduld, seine Ausdauer und Hoffnung angesichts dieser offenkundigen Sinnlosigkeit verleihen ihm eine ehrfurchtgebietende Würde. Er ist Beobachter und Mitwirkender zugleich. Er ist der Erbauer, der Künstler, der aus Unordnung Ordnung schafft und das Chaos mit schwachem Licht erhellt. Ich empfinde meistens nicht viel Achtung vor meinem Mitmenschen, weil ich seine Schwächen, seine Verbrechen und Dummheiten kenne, derentwegen ich ihn lästere. Manchmal jedoch betrachte ich ihn voller Ehrfurcht, weil er überlebt und nicht im Tode Zuflucht sucht. Er ist eine tragische Gestalt, und diese Tragik macht ihn zum Helden inmitten seiner blinden Ausweglosigkeit."

„Und Sie denken, bloß zu leben genüge, um das Leben zu rechtfertigen?"

„Was sonst können wir tun? Gott fluchen und sterben? Ist das alles, was ein Mensch tun kann? Ja, wenn er ein Kind bleibt und darauf besteht, alles zu zertreten und zu zerstören, nachdem er entdeckt, daß es keinen Weihnachtsmann gibt, und sich aus rein kindischer Wut zu rächen versucht."

„Doktor Ferrier", sagte Francis, „seit meiner Kindheit habe ich mein ganzes Leben auf Gott gebaut. Ich wußte, selbst als ich noch ein kleiner Junge war, daß mein Vater mich nicht wirklich liebte. Auch meine Tante liebte mich nicht. Niemand mochte mich. Ich freundete mich nur schwer mit anderen Kindern an. Ich war zu scheu, zu schüchtern. Ich las zu viel. Ich war ein — ein Träumer. Ich betrachtete die Welt so gerne, und ich liebte sie, und ich liebte ihren großen, liebevollen Meister, weil er ihr soviel Schönheit geschenkt und mich erschaffen hatte, um sie zu genießen. Für mich war Gott Vater und Mutter, Bruder und Schwester, Freund, Gefährte, Lehrer — mein ganzes Leben lang, seit dem allerersten Tag, als ich Seinen Namen hörte." Er hob die Hand und ließ sie wieder sinken. „Und jetzt habe ich nichts mehr, gar nichts."

„Sie haben Ihre Jugend. Ihre Welt — sie ist unverändert. Und vor Ihnen liegt ein ganzes Leben, das Sie — wenn schon sonst nichts — ertragen können. So wie ich es ertrage."

Francis starrte lange in dieses dunkle, müde, gezeichnete Gesicht, das sich über ihn beugte. Dann sagte er: „Sie ertragen es nur — Jon?"

„Ich ertrage es nur. Seit meinem siebzehnten Lebensjahr habe ich es nur ertragen. Übrigens, was war die unmittelbare Ursache für diese Krise, in der Sie sich befinden?"

„Das ist das Allerschlimmste, Doktor. Wäre es eine schreckliche Enttäuschung oder eine Tragödie oder eine plötzliche Umwälzung gewesen, ich fände es besser und vernünftiger. Aber so war es nicht. Ich verlor einfach langsam meinen Glauben, bis schließlich nichts mehr davon übrigblieb. Ich versuchte, mich daran zu klammern, doch er zerrann mir zwischen den Fingern."

Jonathan sagte voll tiefem Mitleid: „Das ist normal, üblich und alltäglich. So geht es den meisten Menschen. So verlieren wir unseren Glauben. Ein paar Monate der Gleichgültigkeit. Eine tragische Erfahrung, auf die keine logische oder mitfühlende Erklärung zutrifft. Man beobachtet, wie Menschen ungestraft Verbrechen begehen, man sieht das unbegreifliche Elend der Gläubigen. Krankheit, grausamer Tod. Die Freude und Befriedigung des Bösen. Die offensichtlich geistlosen Widersprüche. Die Konfrontation von Realität und Doktrin. Dennoch, meistens Kleinigkeiten. Reue. Neue Interessen. Schließlich tritt etwas anderes anstelle des Glaubens. Arbeit. Ehrgeiz. Freude am bloßen Leben. Neue Quellen von etwaigem Vergnügen und Genuß. Neugier. Wissenschaft. Experimente. Heirat und Familie. Angenehme Folgen, wenn unsere Sinne befriedigt sind. Die sieben Todsünden, wenn man es mit wenigen Worten ausdrücken will."

Francis lächelte schwach. Weder er noch Jonathan waren sich dessen bewußt, daß der Arzt Francis' Hand ergriffen hatte und sie nun mit starkem Druck festhielt. „Die sieben Todsünden", wiederholte der junge Mann.

„Ja. Sie wären überrascht, wie unterhaltsam und genußreich einige davon sein können."

Francis lachte leise. „Ich weiß gar nicht, wie man richtig sündigt."

„Dann müssen Sie es lernen."

Wieder senkte sich Schweigen über den Raum. Dann sagte Jonathan: „Ich glaube, an allem, was Sie erlebten, war die Logik schuld. Die Priester im Seminar befassen sich eifrig damit und lieben Aristoteles und Platon. Aber Logik kann höchst vernunftwidrig sein, gefährlich vernunftwidrig. Die Religion bedient sich ihrer mit tödlichem Risiko, denn sie basiert auf dem ursprünglichsten Instinkt der menschlichen Seele, ihren geheimsten Regungen und unerklärlichsten Trieben, die man mit Worten dieser Welt unmöglich beschreiben kann. Der Mensch wird mit all dem geboren. Er erwirbt es nicht. Nur die Logik kann man erlernen und sich aneignen. Ich finde, darüber sollten Sie nachdenken! Ich hörte einmal eine Geschichte über einen Lehrer, der mit seiner Klasse von siebzehnjährigen Jungen auszog, um die Morgendämmerung zu beobachten — als eine Art wissenschaftliche Expedition."

Es war eine ungewöhnlich schwarze Nacht, trotz des abnehmenden Mondes und der Sterne. Die jungen Männer und ihr Lehrer standen auf einem dunklen Stoppelfeld, von wo aus sie die Weite des Himmels ohne störende Gebäude sehen konnten. Gähnend und fröstelnd blickten sie nach Osten. Auf den dürren Halmen und Gräsern funkelten kaum wahrnehmbar die gefrorenen Tautropfen. Dann erhellte unmerklich ein blaugrauer Schimmer den Horizont, ein ganz zarter, heller Hauch. Mit jedem Augenblick verwandelte sich dieser Schimmer in einen blaßgoldenen Schein, während über der Erde eine Stille lag, als wäre dies der erste Tag der Schöpfung, als gäbe es noch kein Leben. Kein noch so schwacher Lichtstrahl berührte die Welt. Eine seltsam verwirrende Scheu ergriff die Jungen. Sie wußten nicht weshalb, aber etwas zwang sie, die dumpfe Trägheit des Studierens abzuschütteln, das Wissen, das sie jahrelang in sich aufgesogen und vor sich hin gemurmelt hatten.

Der erste goldene Schein begann tiefer und stärker zu leuchten, in seiner Mitte erwachte ein pulsierendes Beben wie der Schlag eines reinen, erhabenen Herzens, wie das Brausen unzähliger Schwingen gleißenden Lichts, und der Himmel erglühte, spannte sich weiter und höher, wuchs wie eine riesige Glocke in das dunkle All, erfüllt von der Ahnung einer Herrlichkeit, die Erfahrung oder Vorstellung jener Zuschauer um Unendliches übertraf. Doch die Erde lag schwarz, still und schweigend unter dem Firmament, ohne Form oder Schatten, ohne Leben und Laut. Sie schien zu warten.

Plötzlich stießen in dieses pochende Gold, das mit jedem Atemzug strahlender wurde, die leuchtend roten Fanfaren des Morgens, entbreiteten sich wie ein Fächer bis an die Grenzen des Lichts. Der ganze gewaltige Osten erglühte, erwachte zum Leben, und es schien den Jungen, als könnten sie große rote Banner in seiner Mitte wehen sehen, als schwebten die Heroldsengel majestätisch zur Sonne empor. Diese ungeheure Pracht, stumm und doch voll eines betäubenden Jubels, wie ihn kein Ruf, keine Stimme, keine Trommel erschallen lassen konnte, schien die bevorstehende Ankunft eines — Königs zu verkünden. Doch noch immer war die Erde dunkel, nicht vom zartesten Lichtschein erhellt.

Der Lehrer freute sich, als er sah, daß die Jungen das Schauspiel wie gebannt verfolgten, und sagte: „Nicht wahr, man kann beinahe fühlen, wie sich die Erde ostwärts der Sonne zudreht?“ Aber einige der jungen Männer brachen unwillkürlich in den Ruf aus: „Hosianna!“, und andere stimmten mit „Halleluja! Halleluja!“ ein. Manche fielen zum ersten Mal in ihrem Leben auf die Knie und hoben ihre Hände in andächtigem, begeistertem Gruß dem Morgen entgegen.

Francis hatte dieser Erzählung mit einer Versunkenheit gelauscht, die selbst ihm fremd gewesen war. Tränen glitzerten in seinen Augen.

„Sehen Sie“, sagte Jonathan, „die Worte des Lehrers waren logisch, und er sprach die Wahrheit. Deshalb gelang es ihm nie, ein Herz zu rühren oder einen Gedanken zu beflügeln. Doch die Jungen begriffen das Mysterium. Vielleicht hatten sie in sich selbst und am Himmel etwas erkannt, das jenseits aller Vernunft lag, vielleicht galt ihr Gruß einem höheren Wesen, das nur göttliche Unvernunft begreifen kann. Man kann Glauben nicht erzwingen, Francis. Man lehrte Sie in Ihrem Seminar, er wäre ein Geschenk Gottes. Ich bin überzeugt, Sie haben nie wirklich geglaubt, mit dem Glauben eines Mannes, sondern nur wie ein Kind. Nun liegt ein großes Abenteuer vor Ihnen, die Suche nach Gott, nach der Erkenntnis Ihres Selbst und dem Sinn Ihres Lebens. Und das sollte zumindest ein Leben lang dauern.“

„Und wenn ich Ihn nicht finde?“

„Die Suche allein genügt. Was könnte für einen Menschen mehr bedeuten, was könnte seiner würdiger sein? Aus irgendeinem Grunde aber glaube ich, Sie werden Ihn finden.“ Jonathan lächelte. „Und wenn Sie am Ziel sind, lassen Sie es mich wissen. Ich möchte es selbst gerne begreifen. Ich war nämlich einer jener Jungen auf dem Feld, aber ich gehörte nicht zu denen, die ‚Hosianna!‘ und ‚Halleluja!‘ riefen. Ich hatte meinen Glauben verloren, meinen Kinderglauben, und ich fand ihn als Mann nie wieder. Vielleicht habe ich ihn auch nicht intensiv genug gesucht. Ich weiß nur, daß die Menschen zwischen mir und dem standen, was die einzige Wahrheit sein könnte, die wir wissen müssen.“ Er blickte einen Augenblick lang auf das Kruzifix an der Wand.

Francis konnte nicht sprechen. Stumm sah er zu, wie Jonathan seine Reitgerte und die Tasche ergriff, doch als der Arzt die Tür erreicht hatte, sagte der junge Mann mit brechender Stimme: „Ich möchte Vater McNulty sehen — ich glaube, ich möchte ihn sehen.“

Der Gang war leer, als Jonathan ihn betrat. Er fühlte sich erschöpft, erschöpfter als jemals nach stundenlanger Arbeit im Operationssaal. Langsam schritt er die Treppe hinab, an deren Ende ihn der alte Tom stumm erwartete. „Ich denke, das wird in Ordnung gehen", sagte Jonathan. „Ich möchte mit Vater McNulty telefonieren, damit er Francis sofort besucht. Er will ihn sehen."

„Oh, Gott sei Dank", murmelte der alte Mann. Er begleitete Jonathan zu der verglasten Telefonzelle, die unter der Treppe stand, wo der Arzt die Nummer des Pfarrhauses wählte. Die ältliche Tante des Priesters, die dessen Haushalt führte, antwortete frostig: „Es tut mir leid, Doktor, doch der Vater war die ganze Nacht auf, und dann hat er zwei Messen gelesen. Er ist ganz erschöpft und ruht jetzt ein bißchen, bevor er seine Krankenbesuche beginnt."

Jonathan verlor wie üblich die Beherrschung. „Miß McNulty", sagte er in ausgesucht korrektem Ton, „ich war ebenfalls die ganze Nacht auf, um mich auf des Vaters Bitte mit einem seiner Lieblingsfälle zu beschäftigen, und ich habe heute noch nichts gegessen und muß ins Hospital zu meinen Visiten. Wollen Sie also so freundlich sein, und ihn gefälligst rufen."

Miß McNulty bemühte sich nicht, ihm zu antworten, doch innerhalb weniger Minuten war der Priester am Telefon. „Noch hat man mich nicht aus diesem Haus geworfen", sagte Jonathan, „wenn ich auch dank Ihrer und meiner Unverschämtheit jeden Augenblick damit rechnen muß. Wenn das nächste Mal eines Ihrer Pfarrkinder eine Anwandlung geistiger Umnachtung hat und die Entscheidung trifft, sich der großen Mehrheit anzuschließen, mischen Sie sich bitte nicht in dieses vernünftige Vorhaben ein. Und unterlassen Sie es, mich zu rufen."

„Oh, Jon", meinte der Priester mit kräftigerer Stimme, „dann ist mit Francis also alles gut? Ich wußte ja, ich sollte Sie rufen, ich wußte es!"

„Tatsächlich, wie? Ich will Ihnen etwas sagen, Vater. Ich habe ihn nicht untersucht. Niemand außer Ihnen hat mich hergebeten. Ich besitze in diesem Haus keine Stellung; ich bin nicht der Hausarzt. Daher habe ich den Jungen nicht untersucht, denn hätte ich ihn angerührt und seinen Hals begutachtet, wäre ich der behandelnde Arzt und müßte den Selbstmordversuch der Polizei melden. Doch daran haben Sie nicht gedacht, oder?"

„Ich wußte, Sie könnten es irgendwie einrichten, Jon."

„Dann wußten Sie mehr als ich. Also gut, er will Sie so bald wie möglich sehen, und da er sich jetzt in einer sehr zugänglichen Stimmung befindet, sollten Sie sofort kommen, bevor die Tränen trocknen und er auf neue Ideen verfällt. Darf ich Ihnen einen geistlichen Rat erteilen?

Zitieren Sie keine Gemeinplätze. Zeigen Sie sich in keiner Weise entsetzt über sein Vorhaben. Sprechen Sie um alles in der Welt nicht über Sünde. Der Junge stieß in den vergangenen Jahren auf genug Sünden, um eine ganze Kurie zu beschäftigen. Lassen Sie die Finger von Doktrin oder Dogma. Er hat jahrelang nichts anderes gehört. Keine Aphorismen. Keine Scheinheiligkeit. Sie treiben ihn damit nur zur Verzweiflung. Besuchen Sie ihn als Freund, der sich wirklich um ihn sorgt. Halten Sie so viel wie möglich den Mund, und hören Sie zu, wenn er spricht, und wenn nicht, sprechen auch Sie nicht. Vermitteln Sie ihm — wenn Sie können — den Gedanken, daß Sie mit ihm leiden wie ein Mann mit seinem Bruder leidet, was zwar wieder eine Plattheit ist, denn meistens schert sich gerade der Bruder den Teufel um sein eigen Fleisch und Blut. Sie verstehen mich doch?"

„Ich verstehe Sie, Jon", sagte der Priester sanft. Er zögerte. „Hat er das Seminar endgültig verlassen?"

„Ja, und ich halte es für eine blendende Idee. Später können Sie ihm vorschlagen, er solle eine Weltreise unternehmen oder so etwas Ähnliches und sich in jene Lasterhöhlen hinabbegeben, über die ihr Burschen immer predigt, um einmal kräftig über die Stränge zu schlagen und sich die Hörner abzustoßen. Worüber lachen Sie?"

„Nichts. Nur weiter, Jon."

„Zeigen Sie ihm die Welt, und besonders die Mädchen. Sie erinnern sich doch noch, was der Heilige Augustinus betete: ‚Mach mich keusch, o Herr, doch nicht schon heute!' Das ist es, was Francis braucht. Nachher mag er sich entschließen, in das Seminar zurückzukehren oder vielleicht auch nicht, aber in beiden Fällen wird er ein Mann sein."

„Wie Sie, Jon. Ich hoffe, so oder so, daß er wie Sie sein wird."

„Das ist ein christlicher Gedanke. Na, ich gehe jetzt, und Sie kommen so schnell wie möglich her. Auf Ihrem Fahrrad. Übrigens, ich finde, Sie sollten erfahren, daß er etwas verloren hat, was er seinen Glauben nennt, also lassen Sie ihn damit in Frieden und bringen Sie auch keine Heiligenbildchen mit. Er wird jetzt erwachsen; tatsächlich ist er es schon beinahe."

Der Priester sagte, „Gott segne —", doch Jonathan legte den Hörer auf. In der Telefonzelle war es erstickend heiß. Er wischte den Schweiß von seinem erschöpften Gesicht und seinen Händen, öffnete die Tür und stand, innerlich fluchend, Senator Kenton Campion und Beatrice Offerton gegenüber. Er hatte gehofft, das Haus unbemerkt verlassen zu können, aber da waren sie, der Senator strahlend wie eine Mittagssonne, mit ausgestreckten Armen, Beatrice im Hintergrund, mit noch immer blassem Gesicht und leicht geröteten Augen. Soweit sie konnte, trug sie nicht nur die Mißbilligung, die sie für Jonathan empfand, zur Schau, sondern auch Angst, Groll und Entrüstung.

„Alter Junge!“ rief der Senator, indem er Jonathans Hand mit seinen warmen Patschhänden umschloß. „Wie reizend von dir, daß du gekommen bist!“ fuhr er in seinem bewußt wohlmodulierten Tonfall fort. „Ich kam vor einer knappen Stunde an, und Beatrice erzählte mir, wie du uns in unserer — hm — erschütternden Situation zu Hilfe eiltest! Wie kann ich dir jemals danken? Und welch glücklicher Zufall, daß du es warst und kein anderer —“

„Sehr richtig“, unterbrach ihn Jonathan. „Euer Hausarzt müßte es der Polizei melden, und solche Dinge haben einen üblen Beigeschmack. Ich bin ohnehin in einer schwierigen Lage, denn ich bin Arzt, wenn auch nicht eurer, und Francis war einmal mein Patient. Aber wenn niemand darüber spricht, und wenn du und Mrs. Offerton lediglich erstaunt dreinschaut, falls man die Angelegenheit erwähnt, und wenn du noch deinen gewohnten Einfluß auf den hiesigen Polizeichef ausübst, wird über die Sache vielleicht Gras wachsen. Ich nehme an, die Diener wissen nicht genau, was geschehen ist?“

Der Senator wirkte weniger jovial und strahlend. „Nur der alte Tom“, sagte er, „den Beatrice aber sofort entlassen will, weil er den Haushalt wegen einer — äh — Nichtigkeit durcheinandergebracht hat.“

Jonathan spürte Lust, ihn zu schlagen. „Wegen einer Nichtigkeit, wie? Ist das alles, was du über einen alten Mann sagen und ihm in Aussicht stellen kannst, der deinem Sohn das Leben rettet? Ich weiß, daß dir Francis einen Dreck bedeutet. Es war jahrelang Stadtgespräch. Aber wie, wenn Tom ihn nicht gerettet hätte? Glaubst du, dein Freund, der Gouverneur, der in diesem Herbst zur Wiederwahl kommt, oder deine Freunde in Washington hielten dich dann noch immer für ein mächtig feines Musterexemplar von Gentleman? Würden sie sich nicht fragen, was für einen Vater wohl ein Sohn haben muß, der Selbstmord begeht? Deine politische Karriere wäre vorbei. Zumindest würden die Klatschmäuler sagen, ‚Irrsinn müsse in der Familie liegen‘, und wenn es auch in Washington heute eine Menge Irrsinniger gibt, möchte man deren Zahl doch nicht offenkundig erhöhen. Also, was hast du mit Tom vor?“

Jonathans Miene, das sah der Senator, war gefährlich und böse, und er schwang seine Reitgerte auf eine höchst unangenehme, heftige Art, als sehnte er sich danach, sie zu gebrauchen. Der Senator hustete. Dann legte er seine Hand auf Jonathans staubigen Ärmel.

„Aber Jon. Wie gedankenlos von mir. Natürlich werde ich dem alten Tom ewig dankbar sein! Alter, treuer Diener der Familie und so weiter. Es war meine naturgemäße, väterliche Sorge — vergib mir, einem schwer betroffenen Vater. Ich wurde ganz schwach, als mir Beatrice davon erzählte.“

„Soviel ich riechen kann“, meinte Jonathan, „haben dich ein paar ordentliche Schlucke Whisky wieder belebt.“

Der Senator zeigte sein breites Lächeln. „Und soviel ich sehen kann, würden auch dir einige solcher Schlucke guttun, Jon. Komm, begleite mich in mein Arbeitszimmer."

Es gab nichts, wonach Jonathan im Augenblick mehr verlangte als Whisky, denn während der letzten Minuten hatte er innerlich zu zittern begonnen, in seinem Kopf pochte es wieder, und sein Mund und seine Kehle waren trocken. Doch er blickte den Senator an und dachte, dieser Bastard ist der eigentliche Grund für Francis' Elend und seinen Selbstmordversuch. Und doch hat er mich bis jetzt nicht gefragt, wie es dem Jungen geht!

„Nein, danke", erwiderte er laut. „Ich reite heim und will versuchen, mich eine Stunde oder so auszuruhen, dann muß ich ins Hospital. Ich freue mich, dich Francis' wegen so besorgt und niedergeschmettert zu sehen, aber gräme dich nicht zu sehr."

Dem Senator stieg das Blut ins Gesicht, und in seinen blauen Augen glomm eine Sekunde lang ein feindseliger, bösartiger Funke, während er Jonathan wohlwollend anlächelte.

„Aber sicher, sicher, ein schrecklicher Schock, der einzige Sohn, in den man solche Hoffnungen und weiß Gott was noch alles setzt, ein großartiger Charakter, es ist unvorstellbar, wahrscheinlich muß eine ‚crise de nerfs', wie die Franzosen sagen, schuld daran sein. Heutzutage weiß man nicht, was in diesen jungen Leuten vorgeht. Sie sind so nervös, so leicht erregt, so rastlos und unzufrieden. Sie ziehen von Ort zu Ort, ohne zu wissen, wohin sie wirklich wollen. Höchst verwirrend für die Eltern, höchst beunruhigend. Da tut man sein Bestes — es ist entmutigend, wirklich entmutigend. Ein christliches Leben, Erziehung — es scheint alles nutzlos. Sie verachten die Pflicht und die Ehre, kennen keine Mäßigkeit, kein Verantwortungsgefühl, selbst die Achtung vor dem Namen der Familie fehlt. Nun gut. Anscheinend sind das Dinge, die wir in diesem neuen Jahrhundert ertragen müssen."

„Ja, nicht wahr?" sagte Jonathan. Die riesige, von gleißendem Sonnenschein erfüllte Marmorhalle verursachte ihm abscheuliche Kopfschmerzen, außerdem war ihm nun schlecht, und er zitterte innerlich vor Wut. Da kam ihm ein Einfall. „Übrigens, es war Vater McNulty, der mich verständigte." Der bloße Gedanke war beschämend, daß dieser Goldfasan der Politik sich noch nicht einmal nach dem Zustand seines Sohnes erkundigt hatte und auch nicht danach fragte, ob Francis schwer verletzt wäre!

„Ah, ja, ja, ja", sagte der Senator in singendem Tonfall. „Sehr anständig von dem jungen Mann, sehr anständig. Ich darf nicht vergessen, ihm ein kleines Geschenk zu schicken."

„Sagen wir, fünfhundert Dollar", erklärte Jonathan. „Das wird ihm zu Pferd und Wagen verhelfen, die er so dringend braucht. Er wird bald hier sein — auf seinem Fahrrad — mit dem er in dieser Hitze hier herauffährt, und ich bin sicher, du wirst einen Scheck bereithalten, um ihm, und vielleicht auch mir, deine Dankbarkeit zu erweisen."

Der große, volle Mund des Senators öffnete sich sprachlos, seine Augäpfel quollen förmlich hervor. „Fünfhundert Dollar!" wiederholte er. „Recht wenig als Bezahlung für Diskretion, nicht wahr?"

Der Senator rang nach hochtrabender Rechtschaffenheit. „Ich weiß, daß die Geistlichen immer diskret sind. Sie verbreiten sich nicht über die Privatangelegenheiten, mit denen sie zu tun haben. Bestimmt nicht, Jon."

„Aber ich bin kein Geistlicher, und als Arzt bin ich verpflichtet, das zu melden."

„Du —", rief der Senator.

„Jawohl. Ich bin ein schlechter, niederträchtiger, verachtenswerter, korrupter, verkommener Charakter, Senator, wie du zweifellos stets in Hambledon vernommen hast. Ich habe überhaupt keine Skrupel, und ich empfinde nicht das leiseste Mitleid für dich. Wenn mir Vater McNulty nicht erfreulich bald von deiner einmaligen Großzügigkeit berichtet, dann fürchte ich..." Er schüttelte seinen schmalen, dunklen Kopf. Im Hintergrund schnappte Beatrice Offerton nach Luft und preßte die Hand auf ihre Brust. „Du wirst verstehen, daß ich mich in eine sehr prekäre Situation begebe, wenn ich meinen Mund halte."

„Bist du sicher", fragte der Senator mit samtweicher Stimme, „daß du nicht lieber selbst die fünfhundert Dollar einstreichen würdest, Jon?"

Jonathan starrte ihn an. Er hob seine Reitgerte, und der Senator trat entsetzt und entrüstet einen Schritt zurück. Jonathan ließ die Hand sinken. Dann sagte er: „Ich kenne drei Senatoren in Washington, Kenton, drei großartige Männer. Sie sind meine Freunde. Einem von ihnen habe ich das Leben seiner Tochter gerettet. Ein Wort von mir, Kenton, und ein Wort zum Gouverneur, und ein paar vor dem Kongreß, und du wirst mehr oder weniger anmutig abdanken. Drücke ich mich wohl auch klar genug aus?"

Aber der Senator war kein Kriecher. „Ich bedaure es, dich unterstützt zu haben, Jon", antwortete er. „Ich fürchte, hinter den — sagen wir Kulissen, hat sich mehr abgespielt, als es vor Gericht den Anschein hatte."

„Wie immer, selbstverständlich", entgegnete Jonathan lächelnd. „Was deine ‚Unterstützung' betrifft, bist du ein Lügner. Wenn du, taktvoll wie du bist, überhaupt etwas unternommen hast, bestand es darin, zu bestreiten, daß du die Familie Ferrier ‚gut' kennst. Es spielt keine Rolle. Ich möchte dir einen Rat geben. Bevor du beginnst, dich mit deinem wie üblich herzhaften Lunch vollzustopfen, möchte ich, daß du dich zu deinem Sohn hinaufbegibst und wenigstens fünf anständige Worte an ihn richtest, und zwar weder vorwurfsvoll noch verurteilend, sondern freundlich. Er hat eine leise Ahnung davon, was du wirklich bist, dessen bin ich sicher, wenn er auch lieber sterben würde, als es auszuplaudern. Sei ihm dafür dankbar. Nur ein paar freundliche Worte, falls dir das möglich ist. Dann laß ihn allein."

Beatrice Offerton sprach das erste Mal, und das mit überraschend schriller Stimme. „Wie kannst du es wagen, den Senator derart zu beleidigen, Jonathan Ferrier! Und was sind das für Andeutungen über meinen Bruder, meinen guten, christlichen, rechtschaffenen Bruder?"

„Weshalb fragst du den Senator nicht selbst, Beatrice?" sagte Jonathan, machte kehrt und ging zur Eingangstür. Der Senator blickte ihm nach, und der Ausdruck zufriedenen Behagens und jovialer Liebenswürdigkeit war von seinem Gesicht verschwunden. Die großen, blauen Augen hatten sich zu so schmalen Schlitzen verengt, daß sie zwischen den kurzen braunen Wimpern geradezu farblos wirkten. Jonathans Schritte hallten auf dem Marmorboden.

Ein Feind mehr, dachte Jonathan, während er darauf wartet, daß man ihm sein Pferd zuführte. Es kümmerte ihn nicht im geringsten.

Daheim warf sich Jonathan halbentkleidet auf sein Bett. Die Luft im Haus war dumpf und schwül, obwohl alle Fenster offen standen und die Vorhänge sanft gegen die Scheiben schlugen. Er nahm sich vor, eine Stunde oder höchstens zwei zu schlafen, denn er fühlte sich erschöpft und elend. Gerade als er im Einschlafen war, hörte er leise Musik. Seine Mutter spielte, wie sie es oft tat, im Salon Klavier. In der strahlenden Helle des satten Julitages spielte sie ein Nocturno — getragen, dunkel und trostlos. Jon stützte sich auf den Ellbogen und lauschte. Sie spielte mit tiefer Bewegung und voller Traurigkeit, im Glauben sie sei allein, und ganz gegen seine Gewohnheit war er ehrlich ergriffen. Jeder Ton klang düster, schwermütig und gedankenvoll. Die Musik durchdrang seinen Körper, sie erfüllte ihn mit Einsamkeit und dem Wissen um die Hilflosigkeit eines Menschen angesichts des Seins.

War seine Mutter wirklich so, wie er sie sich vorstellte? Die Frage verwirrte ihn, denn er hatte vor langer Zeit die Gewohnheit angenommen, andere Menschen zu studieren und sie tabellarisch in eine geistige Kartei einzuordnen, deren Blätter er in seinem Gedächtnis ablegte, um sie nie wieder hervorzuholen. Das ersparte Zweifel und nachträgliches Kopfzerbrechen. Plötzlich kam ihm völlig unerklärlich der Gedanke: Was weiß ich eigentlich schon von anderen Menschen? Ich meine, abgesehen von ihren Schmerzen und ihrem oberflächlichen Leben? Er lauschte dem traurigen Nocturno, das der ganzen Einsamkeit des Daseins Ausdruck zu verleihen schien, all der Blindheit und Hoffnungslosigkeit und all dem Elend.

Die Gesamtheit seiner Neigungen und Abneigungen war für die Ewigkeit in Stein gemeißelt und erlaubte, zu keinerlei Kompromiß bereit, weder Änderung noch Ergänzung. Er wollte jetzt nicht daran denken, wie er so auf seinen Ellbogen gestützt dalag und dem gespenstischen Nocturno lauschte. Er hatte Lust, seiner Mutter zuzurufen, „Hör auf! Ich versuche zu schlafen, verdammt noch mal!"

Und dann schlief er plötzlich doch tief und fest, aber von schweren Träumen gequält. Er träumte von Mavis, seiner toten Frau, Träume, die ihn in letzter Zeit verfolgten wie nie zuvor. Er erwachte schweißgebadet und zerschlagen. Er stand auf und wunderte sich, daß es schon spät am Nachmittag war und er so lange geschlafen hatte. Zitternd und hungrig ging er, eine hagere Gestalt, ins Badezimmer, badete und rasierte sich und kam angekleidet wieder heraus. Seine Mutter erwartete ihn, ein Tablett mit einem hohen Glas Eierpunsch, dem ein Schuß Brandy beigefügt war, in den Händen.

„Du kommst spät, oder früh, nicht wahr, mein Lieber?" sagte sie mit gewohnter Gelassenheit. „Du hast weder gefrühstückt noch einen Lunch zu dir genommen. Trink das hier. Du siehst so erschöpft aus."

Wortlos setzte er sich auf sein Bett und trank den Eierpunsch mit seinen üblichen stummen Grimassen. Aber das Gebräu begann ihn zu beleben. Marjorie fragte ihn nie nach seinen Patienten, denn sie wußte, daß er es ablehnte, sich mit einem Außenseiter über sie zu unterhalten. „Der junge Doktor Morgan hat angerufen", sagte Marjorie, „und ich erklärte ihm, du schliefest gerade, nachdem du schon so früh am Morgen fort mußtest; er meinte, in St. Hilda sei alles in Ordnung und du solltest dir keine Sorgen machen. Und Miß Meadows ist gestorben." Sie blickte ihn betrübt an, denn sie wußte, wie sehr er sich den Verlust eines Patienten zu Herzen nahm.

Aber John sagte: „Gut. Ich wollte sie operieren, doch nun brauche ich das nicht mehr zu tun. Ich werde die Vorbereitungen für das Begräbnis treffen." Er trank sein Glas leer. „Ich gehe sofort ins Hospital."

Sie saßen sich schweigend gegenüber. Sie dachten an Mavis. Selbst noch im Tode war sie ein Eindringling in diesem Haus, ein strahlender, dreister Eindringling, der nie seinen Fuß über diese Schwelle hätte setzen sollen. Keiner von beiden kannte die Gedanken des anderen.

Es spielte keine Rolle. Sie dachten beide an Jonathans Hochzeit mit Mavis Eaton an einem heißen Junitag vor etlichen Jahren.

VIERZEHNTES KAPITEL

Jonathan Ferrier und Mavis Eaton hatten in der Ersten Presbyterianerkirche von Hambledon bei Kerzenlicht geheiratet, knapp nach Mavis' zwanzigstem Geburtstag.

„Nicht vor einem Priester?" fragte Marjorie ihren Sohn, als er ihr seine bevorstehende Heirat eröffnet hatte.

„Nun, weshalb auch?" Sein Tonfall war geduldig, aber leicht gereizt. „Ich bin kein Katholik mehr, oder ich sollte vielmehr sagen, ich bin ein abgefallener Katholik, wie die Kirche es nennen würde. Ich verspüre keine mittelalterlichen Neigungen und bin kein Mystiker, beides unerläßliche Voraussetzungen, um Katholik zu sein." Marjorie hatte sich jeder Äußerung enthalten. Sie schwieg auch, als Harald verlegen erklärte, er würde seines Bruders Brautführer sein. Es gibt Augenblicke, dachte sie, wo es völlig unmöglich ist, irgend etwas an einer Situation zu ändern. Man konnte lediglich seine Zunge im Zaum halten und lächeln, als wäre alles in bester Ordnung. Gleichwohl stattete ihr der alte Vater McGuire einen Besuch ab, wahrscheinlich in der vagen Annahme, sie sei mitverantwortlich. Wenn sie sich auch gegenseitig achteten, hatten sie einander doch nie leiden mögen. Er war ein griesgrämiger alter Mann.

„Wahrhaftig", sagte er zu Marjorie, während sie im Frühstückszimmer heißen, starken Tee schlürften, „man kann Jonathan und Harald kaum als praktizierende Katholiken bezeichnen. Ich weiß das sehr wohl! Aber ein getaufter Katholik bleibt immer Katholik, selbst wenn er von seinem Glauben abfällt."

„Ich besaß niemals Einfluß auf meine Söhne", antwortete Marjorie, indem sie ihm auf einem Silbertablett mit Rum gewürzte Nußkuchen anbot, die er so gerne aß. „Das habe ich Ihnen schon öfters erklärt, Vater. Jon stand immer unter dem Einfluß seines Vaters, und Harald war stets ein Einzelgänger, den ich nie verstanden habe."

Der dicke alte Mann hob seine dichten, weißen Brauen und schlürfte einen Moment lang nachdenklich seinen Tee. „Adrian war ein guter Katholik", bemerkte er. „Wenn Jon so sehr unter dem Einfluß seines Vaters stand, weshalb wurde er dann abtrünnig?"

„Ich weiß es nicht, Vater. Ich glaube, er hatte mit siebzehn irgendein entscheidendes Erlebnis." Sie lächelte ihn an. „Ich fürchte, die Menschen haben ihn enttäuscht. Kein ungewöhnlicher Grund, sich von der Religion zu lösen. Jon war immer ein grüblerischer Junge, sogar zu grüblerisch, und er war in seinen Antworten anderen gegenüber zu heftig und ungestüm. Und er war intolerant, wenn seiner Meinung nach eine Überschreitung dessen vorlag, was er ‚zivilisierten Anstand' nannte.

Seiner Natur entsprechend halte ich ihn tatsächlich für einen Calvinisten. Vielleicht floß in Adrians Adern ein wenig Hugenottenblut."

„Nein. Adrian war überaus fromm. Ich kannte ihn gut, zwanzig Jahre lang." Er hielt inne. „Ich habe versucht, mit Jon darüber zu sprechen. Er weigerte sich, mich im Pfarrhaus zu besuchen, obwohl er sich bei mildtätigen Gaben stets sehr großzügig zeigte. Mrs. Ferrier, wußten Sie, daß sich Jon im Kriegszustand mit der Menschheit befindet?"

„Ja, ich weiß."

„Und genauso führt er auch Krieg mit Gott. Ich kenne Jon seit seiner Kindheit. Ich kenne Hambledon seit vielen Jahren. Hier herrschte immer schon eine gewisse Abneigung gegen ihn."

„Ich wußte das", sagte Marjorie ein wenig überrascht über die Intuition des alten Priesters, die sie bis jetzt nur sich selbst zugetraut hatte. „Jons Charakter ist zu ausgeprägt —"

„Ganz recht. Ausgeprägte Charaktere sind dieser Welt unbequem, ob es sich nun um Verbrecher oder Heilige handelt. Die Leute mögen keine Zeitgenossen mit starker Überzeugung, wenn sich diese Überzeugung nicht mit ihrer eigenen deckt, und selbst dann lehnen sie eine leidenschaftliche Vertretung dieser Ansichten ab. Sie mögen auch keinen leidenschaftlichen Tatendrang. Das ist ein Phänomen in einem so jungen und starken und vitalen Land. Und vielleicht ein übles Vorzeichen. Republiken sind gewöhnlich mannhaft und offen."

„Sie glauben nicht, daß Amerika mannhaft ist?"

Er schüttelte den Kopf und dachte ein paar Sekunden lang nach. „Ich stamme aus einem mannhaften Land, Irland. Aber Amerika besitzt keine Ähnlichkeiten mit dieser Art von Mannhaftigkeit, und das halte ich für gefährlich. Republiken sind meistens maskulin, aber kürzlich stellte ich die Vermutung an, daß Amerika beginnt, feminine Merkmale zu zeigen. Das bedeutet in der Regel, daß ein Staat zur Demokratie neigt. Wie sagte doch Aristoteles? ‚Die Republik entwickelt sich zur Demokratie, und die Demokratie entartet zum Despotismus.' Der Populismus* wird in Amerika populär — eine alte Lehre, wenn auch ihre Anhänger Generation für Generation unverändert denken, dies sei eine neue Erkenntnis. Danke, Mrs. Ferrier, diese Kuchen sind köstlich wie immer. Ich bin ein Leckermaul."

„Was sagten Sie, Vater?"

„Nun, Amerika ist zu hitzig bei inkonsequenten Dingen; man liebt William Jennings Bryan und andere seiner Art. Solche Kindereien. Und

---

* Politische Strömung, gegründet 1892, die politische Kontrolle der Eisenbahnen und abgestufte Einkommensteuer befürwortete.
Anmerkung des Übersetzers.

das ist weibisch. Man liebt auch Modetorheiten und Frivolitäten. Auch das ist weibisch. An Amerika findet sich nichts wahrhaft Beständiges, und seine Politiker sprechen immer über die ‚Zukunft'. Ich liebe dieses Land. Es bietet meinem Volk die größten Möglichkeiten, und doch habe ich noch immer Angst. Aber wir wollen auf Jon zurückkommen." Er schenkte ihr ein bezauberndes Lächeln, das sein frisches Gesicht unter dem weißen Haar sehr jugendlich wirken ließ.

„Die gegenwärtige Abneigung Jon gegenüber, die ich hier entdeckte, setzte ja nicht plötzlich mit seinem einundzwanzigsten Geburtstag ein. Sie kam nicht wie ein Donnerschlag, und sie ist auch keine grundlose Böswilligkeit. Nicht zur Gänze. Diese Feindseligkeit war da, während vieler schweigender und flüsternder Jahre. Eifersucht auf seine Verdienste und Fähigkeiten, seine Familie und sein Geld. Ärger, daß er genau das ist, was er scheint, daß er sich zu keinem Kompromiß bereit zeigt und die Vollendung liebt. Er haßt die Mittelmäßigkeit, und man muß zugeben, daß die meisten Menschen mittelmäßig sind, selbst wenn sie sich für außergewöhnlich halten. Jon haßt auch Verstellung und Unfähigkeit, ja sogar die höflichen, gesellschaftlichen Heucheleien. Außerdem ist er sehr tapfer, und wahre Tapferkeit erregt den Argwohn der Leute, die selbst größtenteils überhaupt nicht tapfer sind. Ich fürchte, die Stadt wartet nur auf die Gelegenheit, ihn zu vernichten und ihrer Empörung über ihn Ausdruck zu verleihen."

Marjorie blickte ihn traurig und ein wenig ängstlich an.

„Wir wollen hoffen", sagte der alte Priester, „daß er nie eine solche Unbesonnenheit begeht, die ihn der Böswilligkeit der Gemeinde preisgeben könnte. Ich wünschte, er würde Hambledon verlassen und in eine größere Stadt ziehen. Nicht, daß sich größere Städte einem unverbesserlichen Individualisten gegenüber tolerant erweisen, aber solche Menschen fallen in dieser Umgebung wahrscheinlich weniger auf. Ich wünschte", fuhr er mit der Schwermut seiner Rasse fort, „daß Männer wie Jon mehr anerkannt, gewürdigt und verstanden würden, denn sie sind selten, wenn auch ein wenig furchterweckend. Aber das ist natürlich zuviel verlangt."

„Vielleicht wird man Jon im Lauf der Zeit noch schätzen lernen."

„Ich bezweifle es, Mrs. Ferrier. Jon lehnt sich gegen die menschliche Natur auf, aber sie wird sich nicht Jons glorreicher innerer Vorstellung dessen, was sie sein sollte, anpassen. Er wird lernen müssen, ohne Widerwillen Kompromisse zu schließen oder zumindest, sich mit den Tatsachen abzufinden." Er sah sie an. „Mögen Sie Miß Eaton?" Die Frage kam unerwartet und erschreckte Marjorie. Sie zuckte zurück. Gleich darauf beherrschte sie ihr hübsches Gesicht wieder, doch der schlaue, alte Priester hatte ihre sekundenschnelle Verlegenheit bemerkt. Sie sagte: „Ich gehöre nicht zu der Sorte Frauen, die sich in die Angelegenheiten ihrer erwachsenen Kinder einmischen."

Ach ja, dachte der Priester traurig. Eine stolze Frau, das ist sie, und ein verschlossener Mensch. Ihre Kinder mögen sie achten, aber kaum lieben. Dennoch, Respekt ist oft wertvoller als Liebe. Uneingeschränkte Liebe kann sehr schädlich sein. Schlimmstenfalls ist sie nicht objektiv.

Als er gegangen war, nicht ohne ihr ein paar höfliche Komplimente über ihren Garten und ihr schönes, gepflegtes Haus gemacht zu haben, bestürmten Marjorie bange und vorahnungsvolle Gedanken. Sie hatte um ein Wunder gebetet, das Jon davor bewahren sollte, Mavis Eaton zu heiraten, doch kein Wunder geschah, ihn zu retten. Von leidenschaftlichem, ja ungestümem Wesen, wie der Priester und sie selbst festgestellt hatten, war er unfähig, auch nur den geringsten Fehler an Mavis zu entdecken. Die vergangenen Jahre hatte er ihretwegen in einem Zustand der Verwirrung durchlebt, und jedesmal, wenn er dem Mädchen begegnete, empfand er eine Art freudige Überraschung. Was bedeutete sie für ihn?

Marjorie wußte es nicht. Es schien ihr noch immer unfaßbar, daß Jon, der in jedermann Fehler sah und sie so beredt anklagte, an Mavis Eaton keinen Makel finden konnte. War es der Reiz ihres hübschen Körpers? Doch es gab Scharen hübscher Mädchen in Hambledon, nette junge Frauen. Marjorie dachte an ihre alte Tante, die Kichererbse, wie Jon ihre Art genannt hatte. Viele Männer jedoch fühlten sich von Frauen wie Mavis nicht angezogen. Weshalb Jon? Gerade Jon?

Die große Feldsteinkirche, streng und dunkel selbst an diesem heißen, strahlenden Nachmittag, war erfüllt von Schatten und flackerndem Kerzenlicht, und die Luft war stickig und vom Knistern wippender Fächer durchsetzt. Die geladenen Hochzeitsgäste drängten sich Kopf an Kopf auf den Bänken. Die schwüle Atmosphäre wurde durch das Parfum der Damen und den Duft des verschwenderischen Blumenschmuckes noch drückender. Der Bürgermeister war gekommen, Senator Campion und der Gouverneur höchstpersönlich, Staatssenatoren und andere hochgestellte Persönlichkeiten mit ihren Frauen glänzten durch ihre Anwesenheit. Es war ein Galaereignis.

Jon stand an der Seite seines Bruders, schwitzend vor Verlegenheit und Erwartung. Sein dunkles Gesicht war verkrampft. Er wirkte mürrisch. „Ruhig", flüsterte Harald belustigt. Jon warf ihm einen gereizten Blick zu und errötete. Dann setzte die Orgel ein, und die triumphierenden Stimmen erhoben sich zum Einzugsmarsch. Mavis erschien. Am Arm ihres stolzen Onkels schritt sie langsam durch das Kirchenschiff auf ihren Bräutigam zu.

Sie war kleiner als der Durchschnitt der Frauen. Heute aber wirkte sie größer, denn ihr langes Kleid floß nicht nur bis auf den roten Teppich des Kirchenschiffs, sondern verlor sich noch in eine lange Schleppe, die zwei kleine Knaben trugen, entfernte Cousins, Pagen in blauer Seide. Ein kleines Blumenmädchen schritt ihr voran, und acht Brautjungfern folgten, wie Herbstblumen in goldfarbenen Taft gekleidet. Aber Jon sah nur seine Braut. Ihr Kleid hatte einen züchtig hohen Kragen, der, von Fischbein gestützt, ihren Hals mit dichter, perlenbesetzter Spitze umschloß. Dasselbe Material bedeckte teilweise ihren vollen Busen. Der weiße Satin des Kleides schmiegte sich an ihre wundervolle Figur, zog all die mädchenhaften und doch reifen Linien ihres Körpers nach und betonte ihre zarte Taille und die fraulich gerundeten Hüften, die eine Spur zu breit, aber von vollendet schönem Schwung waren. Der Satin schimmerte im Kerzenlicht, und es lag etwas von verführerischer Unschuld mit einem Hauch von Liederlichkeit in dieser schmeichelnden Zurschaustellung ihres Körpers in dem leuchtenden, kostbaren Stoff. Es war ein Modell von Worth, in Paris gekauft, das die in der Kirche anwesenden Damen zu kleinen Seufzern der Bewunderung und des Neids hinriß. Von den Hüften abwärts war es mit funkelnden Steinen und Perlen übersät. Die dicht mit Juwelen bestickte Schleppe glitzerte wie von der Sonne beschienener Regen. Mavis trug weiße Glacéhandschuhe und Diamantarmbänder. Diamanten blitzten auch an ihren Ohrläppchen. Sie wirkte wie ein einziger Lichtschimmer, exquisit und verführerisch.

Eine schmale Tiara aus Perlen und gleißenden Steinen krönte ihre goldene Pompadourfrisur, von der der Spitzenschleier bis weit unter die Kniekehlen herabfiel. Der Schleier verhüllte ihr jungfräuliches Antlitz, so daß man nur den flüchtigen Anblick einer zartrosa Lippe, einen Schimmer der Augen und den mattgoldenen Schatten ihres Haares erhaschen konnte. Sie trug einen Strauß gelber Rosen mit einer grünen Efeuranke.

Jon blickte ihr starr und überwältigt entgegen, wie sie so am Arm ihres Onkels wiegend auf ihn zuschritt. Der Hochzeitsmarsch ließ die heiße, duftgetränkte Luft erzittern. Jubel und Entzücken stiegen in ihm auf, und er fühlte sich berauscht. Es war nicht nur Mavis' Schönheit, die ihn entflammte und — zu Haralds neuerlicher Belustigung — schwerer atmen ließ. Es war die Verheißung, die das Mädchen für ihn bedeutete, der Fingerzeig für ein neues Leben, ein phantastisches Abenteuer, die Befreiung von der seltsamen, bedrückenden Qual, die sein Leben überschattete, seitdem er denken konnte. Er fühlte, daß er an der Schwelle seiner Wiedergeburt in eine erfreulichere Welt stand, eine Welt voll unendlicher Mannigfaltigkeit, voller Unschuld und Verheißung. Ein Frohsinn erwartete ihn, den er nie gekannt hatte, eine Art verzückte Ausgelassenheit und neue Pläne. Mavis würde ihn von etwas befreien, das sein Leben düster und schwer machte. Er würde frei sein, frei von sich selbst.

Mit Mavis wollte er sorglos sein, wie er nie zuvor sorglos gewesen war, und er wollte jung sein, was er bisher versäumt hatte. Sie würde viel von seiner Heftigkeit einfach fortlachen und ihn mit ihrem Humor das Lächeln lehren, ihn erleichtern. Kurz gesagt, er würde sich unterhalten und erfrischen und selbst einige Dinge leichtnehmen, die er jetzt unerträglich fand. Bis heute war sein Leben ein Kampf gewesen, nun sollte es sich wandeln, sollte leicht, hell und fröhlich werden. Ihre gegenseitige Liebe und Verehrung würde ihm einen Garten weben, einen friedlichen, bunten Garten voll jugendlicher Heiterkeit, licht und erregend. Vielleicht würde er sogar selbst unschuldig und gläubig werden.

Er wußte nichts, aber auch schon gar nichts über Mavis Eaton, die sittsam an seiner Seite stand, den schönen Kopf ehrfürchtig gebeugt, ihr Profil durch den Schleier vor ihm verborgen. Er ertrug die lange Zeremonie mit zitternden Knien und sog Mavis' Parfum ein, das ebenfalls aus Frankreich stammte, für ihn der natürliche Duft ihrer Jugend und Schönheit, Symbol des Wunders, das sie für ihn allein bewahrte. Als die Brautführerin den Schleier lüftete, und er im Kerzenlicht ihr Gesicht sah, fühlte er sich wie betäubt von seinem Entzücken und seiner Wonne, seiner Leidenschaft und Liebe. Er wagte — er wußte, daß er sehr kühn und respektlos war —, ihre weichen kühlen Lippen zu küssen, und versuchte dabei, ihr in die blauen Augen zu schauen. Doch er blickte nur auf die Halbmonde ihrer goldenen Wimpern und hielt ihr Verhalten für mädchenhafte Zurückhaltung und Scham.

Dann setzte der Hochzeitsmarsch mit lautem, begeistertem Klang von neuem ein, und Mavis schritt an seinem Arm durch das Kirchenschiff dem Portal zu, schön wie ein Traum. Sie blickte nicht zu ihm auf, sondern lächelte strahlend den Hochzeitsgästen zu, wiegte sich gekonnt in den Hüften, so daß alle ihr Kleid und ihre Juwelen und den großen Diamanten an ihrem Finger bewundern konnten, den ihr Jonathan geschenkt hatte. Es war der Tag ihres Triumphes, ihre Stunde, ihr Sieg. Jonathan bedeutete für sie nicht mehr als bloßes Zubehör. Sie hatte den begehrtesten und reichsten Junggesellen der Stadt geheiratet — sie war eine Königin. So wie Jonathan nichts von ihr wußte, wußte auch sie nichts von ihm. Entsetzen hätte ihn gepackt, wäre er sich seiner eigenen Unwissenheit bewußt gewesen. Mavis dagegen hätte es nicht das geringste ausgemacht. Sie selbst fand an sich weder Fehl noch Makel. Sie war zu der Ansicht gekommen, Jonathan müsse sich glücklich preisen, sie zu heiraten, und leider stimmte er mit ihr in diesem Punkt überein. Auch die Gäste vertraten diese Meinung, mit Ausnahme von Jonathans Mutter und Bruder.

Der Empfang für Hunderte von Gästen wurde auf den Rasenflächen und Gartenanlagen von Martin Eatons riesigem, gräßlichem Haus abgehalten. Es gab Champagner und Whisky und eine prachtvolle Tafel. Die Bäume warfen lange heiße Schatten, als sich der Tag dem Abend zuneigte. Jenseits des Rasens schimmerte der Fluß wie ein breiter blauer Pfad, und in seiner Mitte lag diese lächerliche Insel Herzensfried, und jenseits des Flusses und der Insel erhoben sich die violetten Berge, vom Glanz der untergehenden Sonne überhaucht.

Mavis bewegte sich voller Anmut und sprühte vor Lebhaftigkeit. Ununterbrochen hörte man das fröhliche, überschäumende Perlen ihres lauten, gutturalen Lachens, während sie sich unter die Gäste mischte und deren Glückwünsche entgegennahm. Man drängte sich um sie, strich über ihr Kleid, küßte sie zärtlich auf die Wangen, tätschelte ihre Hände. Ihr strahlend weißes Kleid ließ sie inmitten all der Farbenpracht hervorstechen. Sie hatte sich ihren Onkel zum Begleiter erwählt. Jonathan und Flora Eaton hielten sich in ihrem Schlepptau, Flora ganz in lavendelfarbenem Taft, einer höchst unvorteilhaften Farbe. Marjorie stand beobachtend abseits, bekümmert und schmerzerfüllt, doch nach außen hin heiter in ihrem Kleid aus mattrosa Seide, das dunkle Haar bedeckt von einem Hut aus rosa Tüll. Ihr Kopf schmerzte, aber nicht nur der Kopf, auch ihr Herz, und in ihren Ohren dröhnte ein Gewirr von Glückwünschen und Fröhlichkeit, von Scherzen und Glück. Vor allen Dingen hörte sie Mavis' Gelächter und ihre plötzlichen Ausbrüche stürmischer Heiterkeit, in Marjories Ohren das gefühlloseste Geräusch, das sie je vernommen hatte, durch und durch roh und widerwärtig, ja sogar abstoßend. Marjorie hatte dem Mädchen einen leichten Kuß gegeben. Dabei öffneten sich Mavis' tiefliegende, geheimnisvolle Augen ein wenig, und Marjorie sah den kalten blauen Schimmer, gleichgültig und doch verschlagen, der von warmer Menschlichkeit so fern war wie Polareis.

Doch niemand außer Marjorie konnte dem lauten Gelächter des Mädchens widerstehen, dieser in der Tat plumpen Heiterkeit. Alle waren durch die Art, wie sie ungekünstelt den Kopf in den Nacken warf und in ihrer Fröhlichkeit die Reihen ihrer starken, weißen Zähne zeigte, wie die Lachfältchen ihre Augen umtanzten und ihre Wangen glühten, in gleicher Weise geblendet wie Jon. Ihre stets lärmende Ausgelassenheit bezauberte jeden, denn sie fegte jegliche Zurückhaltung hinweg und wirkte dreiste und frech. Sie schlug Verehrern mit ihrem weißen, juwelenbesetzten Fächer auf den Arm, fuhr den Gästen fröhlich mit ihrem Brautstrauß ins Gesicht, scherzte übermütig und blickte sich nach neuer Bewunderung und neuen Sympathiebeweisen um. Nichts an ihr erinnerte an die Schüchternheit einer Braut. Wenn Jonathan sich an ihre Seite drängte, starrte sie ihn an und lächelte dann erfreut.

Das Brautpaar sollte die Hochzeitsnacht in der luxuriösesten Suite des Quäkerhotels verbringen, die bereits blumengeschmückt auf sie wartete.

Am nächsten Tag wollten sie zu den Rennen nach Saratoga fahren und anschließend den Rest der Flitterwochen in New York verbringen.

Jonathan konnte Champagner zwar nicht leiden, doch er hielt es für angebracht, heute auf Whisky zu verzichten. Er war überzeugt, seine zarte Braut würde nach Whisky riechenden Atem verabscheuen. Vom Wein wurde ihm übel, obwohl er sich in einer solchen Hochstimmung befand. Er versuchte, an Mavis' Seite zu bleiben, sie für sich zu beanspruchen, doch sie entschlüpfte ihm immer wieder und wandte sich neuen Gruppen liebevoller Freunde und entzückter Verehrer zu. Er hörte ihr Lachen, das ihm als der wunderschönste Laut der Welt erschien, ein Klang, der die Musik seines Lebens und der frische Wind sein würde, der von nun an sein Dasein erfüllen sollte. Er lächelte weiterhin sein stereotypes Lächeln, und sein dunkles Gesicht begann ein wenig zu glänzen. Wie im Traum nahm er Glückwünsche und neue Trinksprüche entgegen, und jeder merkte, wie bezaubert und ungewöhnlich liebenswürdig er war. Als Martin Eaton mit brechender Stimme zu ihm sagte, „Sei gut zu meinem kleinen Herzblatt, Jon", konnte Jonathan nur leidenschaftlich erwidern, „Keine Sorge, Martin. Ich will ihr mein ganzes Leben zu Füßen legen!" Das war so gar nicht nach Jonathans Art, daß Martin durch die Tränen in seinen liebevollen Augen blinzelte. Bewegt wie nie zuvor drückte er Jonathans Hand. „Es ist ein heiliges Versprechen", stammelte er, „ein heiliger Schwur". Jonathan nickte, und seine eigene ungewohnte Rührung raubte ihm plötzlich die Sprache.

Er drehte sich um — und sah Harald, seinen Bruder, in seiner ganzen brünetten Stattlichkeit ein wenig abseits stehen. Harald verbeugte sich spöttisch und trank ihm stumm mit dem Champagner zu. Zum ersten Mal entdeckte Jonathan etwas, das sich nicht lückenlos in dieses angenehme Bild fügte, und runzelte kaum merklich die Stirn. Dann begab er sich wieder auf die Suche nach Mavis im dichten Schwarm ihrer Anbeter. Aber Flora Eaton stand plötzlich vor ihm. Sie wirkte etwas aufgeregt, und ihr schmales Gesicht zitterte. Sie umfaßte seinen Arm mit ihrer dunklen, straffen Hand.

„Jon! Jon! Sei lieb, sei gut! Liebe sie, Jon! Sie ist so zart, so jung, so unerfahren, ein solches Kind! Sie ist uns eine Tochter, Jon, eine Tochter! Oh, niemand verdient unser Kind, niemand! Hüte sie wie ein Heiligtum."

„Das werde ich", antwortete Jon tatsächlich und setzte die Suche nach seiner Braut fort. Marjorie hörte dieses Gespräch und schloß für einen Moment die Augen.

Harald trat lächelnd neben sie, und sie schreckte auf. Er hob sein Glas und sagte, „Auf das Goldkind". Er lachte leise, seine Augen funkelten. „Und auf Jon, er wird es brauchen."

„Weshalb?“ fragte Marjorie.

„Er ist ein blöder, verdammter Hammel“, sagte Harald. „Unsere kleine Märchenprinzessin wird ihm schon einiges beibringen. Hör nur, wie sie lacht! Oder schreit da eine Eselin?“

„Sei nicht gehässig, Harald.“

„Bin ich nicht. Ich bin sachlich. Jon redet immer über ‚sich an die Tatsachen halten‘. Er würde eine Tatsache nicht bemerken, selbst wenn sie ihm einen Tritt in den — na, ins Gesäß verabreichen würde.“ Er war sehr schlank und hübsch, und er lächelte seine Mutter an, als wolle er sie an einem gemeinsamen Scherz teilhaben lassen, aber Marjorie war nicht belustigt. Sie entfernte sich voll böser Ahnungen. „Ich weiß nicht, wen ich am meisten bedauere“, murmelte Harald.

Lampions wurden im Garten entzündet, als die Dämmerung herabsank. Musik wehte über den weiten Rasen, denn Martin Eaton hatte die Deutsche Blaskapelle von Hambledon für diese Gelegenheit engagiert, jedoch so, daß die Blasinstrumente die Geigen und Cellos nicht übertönten. Den ersten Tanz beanspruchte Martin, und er wirbelte mit Mavis in einem temperamentvollen Walzer über den auf Gras gebreiteten steifen grünen Teppich. Mavis' Schleppe hing über ihren weißbehandschuhten Arm, sie hatte den Kopf in den Nacken geworfen, so daß ihre großen, weißen Zähne im Schein der Lampions glitzerten und glänzten, der Schleier wehte hinter ihr her, und ihre volle, reizende Figur bot sich schimmernd in dem enganliegenden weißen Satin den Blicken der Zuschauer dar. Als nächstes tanzte sie mit ihrem Bräutigam. Sie küßte ihn fröhlich auf die Wange, drückte ihre behandschuhten Finger zärtlich in seine Schulter und lächelte zu ihm auf. Glücklich rief er sich in Erinnerung, daß er Mavis niemals in einer ‚Laune‘ erlebt hatte. Er kannte sie nicht anders als in ihrer lebhaften, charmanten Art, eingehüllt in eine Wolke von Lachen und Duft. Außerdem besaß sie eine unerhört robuste Gesundheit, eine höchst angenehme Eigenschaft an einer Frau, denn Gesundheit hat ihren eigenen Zauber. Ihr rosiges Gesicht war feucht von der Hitze und der Anstrengung, doch sie nahm sich nicht die Zeit, die kleinen Schweißtropfen zu trocknen, sondern ließ sie auf ihrer blühenden Haut glitzern. Ein paar Ringellocken lösten sich aus ihrer glatten, goldenen Frisur. Jonathan konnte die geschmeidigen, aber kraftvollen Bewegungen all ihrer Muskeln spüren und dachte an die jungen Stuten auf seinen Besitzungen — seidig und frisch und zitternd vor unbändiger Lebenslust. Er blickte auf Mavis hinab und versuchte, ihr in die Augen zu sehen, aber wie gewöhnlich waren sie in fröhlichen Lachfalten verborgen, verhüllt vom Ausdruck einer rein sinnlichen Freude und an dem Bewußtsein ihrer Schönheit. Man konnte förmlich fühlen, wie das Blut ihr helles Fleisch durchpulste.

Endlich war es Zeit für das Brautpaar, zum Quäkerhotel aufzubrechen. Mavis verschwand mit der Schar der ihr vorausstürmenden Brautjungfern, der Ehrendame und ihrer Tante Flora in dem hellerleuchteten Haus, von dem fröhliches Gekreische herüberdrang, als sie von der Treppe aus ihren Brautstrauß unter die Gäste warf. Die Kapelle spielte weiter, die Gäste tranken und aßen, tanzten, scherzten und lachten. Das Fest würde noch stundenlang dauern, selbst wenn sich das jungvermählte Paar schon längst verabschiedet hatte. Ein wenig später tauchte Mavis wieder auf, zwar noch immer erregt, aber nunmehr erfrischt und leicht gepudert. Sie trug ein weißes Seidenkostüm mit einem Fichu aus exquisiter, weißer Spitze und einem breiten, weißen Strohhut mit blaßblauen Seidenrosen. Der Saum ihres Kostüms endete kühn über dem weißbestrumpften Rist und ließ die zarten Fesseln ahnen. Ihre Schönheit wirkte frisch und blendend wie ein schimmernder Mond.

Keinen Augenblick lang verschwand das strahlende Lächeln von ihrem Gesicht, das die Reihen ihrer prächtigen, weißen Zähne zeigte. Immer wieder warf sie unter schallendem Gelächter den Kopf in den Nacken, und wie gewöhnlich war jeder davon bezaubert und konnte nicht anders, als hilflos miteinzustimmen. Schwatzend stand sie an Jonathans Seite, die Hand auf seinem Arm, tätschelte hier und da zärtlich eine Wange, drückte eine Hand oder verteilte flüchtige Küsse und hielt dabei keine Sekunde still. Sie war die Verkörperung von Verführung, Lebensfreude und jugendlichem Elan, obwohl ihr Lachen in manchen Ohren oft wie ein schrilles Kreischen klang, das sogar die Musik und das liebenswürdige Geplauder der vielen Gäste übertönte.

Das Brautpaar fuhr in Floras zweisitzigem Einspänner ab, den auch Floras Kutscher lenkte. Mavis lachte und winkte bis zuletzt und rief den Gästen, die ihnen gute Reise wünschten, Abschiedsworte zu. Jonathan hatte das Gefühl, neben einem duftenden, atmenden und stark pulsierenden Generator zu sitzen. Erst als sie auf der Straße dahinrollten, wurde sich Mavis offensichtlich seiner Gegenwart bewußt. Vergnügt drückte sie seinen Arm und meinte ungeheuer gutgelaunt: „War das nicht eine hinreißende Hochzeit, Jon?"

„Ja, Liebling", antwortete er und hob ihre Hand, um einen Kuß darauf zu drücken. Mavis blickte zärtlich auf sein dichtes schwarzes Haar hinab. „Ich liebe dich", flüsterte sie. Jonathan hob tiefbewegt den Kopf und entsann sich plötzlich, daß sie ihm diese Worte das erste Mal sagte. Er zog sie in seine Arme, eingehüllt von einer Wolke Rosenduft, und küßte sie leidenschaftlich. Sie schnurrte unter den Liebkosungen seiner Lippen wie ein großes, zufriedenes Kätzchen, befreite sich dann aus seiner Umarmung und sagte: „Ich wünschte, wir würden doch nach Europa fahren, nach Paris."

„Ich habe dir schon erklärt, Liebling, daß ich in zwei Wochen etliche Operationen vornehmen muß."

„Ich weiß." Ihre tiefe Stimme klang immer ein wenig heiser, nun aber hörte man diese Eigenheit besonders stark. „Onkel Martin und Tante Flora haben mich darüber aufgeklärt, was es bedeutet, die Frau eines Arztes zu sein." Dann sah er im flackernden Licht der Straßenlampen ihre tiefen Grübchen. „Aber ich werde nicht zulassen, daß du stumpfsinnig wirst und die ganze Zeit nach Äther riechst wie Onkel Martin, oder daß wir nie mehr lustig sind."

„Vielleicht reisen wir im nächsten Sommer nach Europa", sagte Jonathan. Er war erschöpft und doch unternehmungslustig, und er dachte an ihre bevorstehende gemeinsame Nacht.

„Mhm", machte Mavis, tätschelte seine Wange und begann dann leise den Hochzeitsmarsch vor sich hinzusummen. „Eine hinreißende Hochzeit", stellte sie noch einmal fest. „Am liebsten möchte ich jeden Tag heiraten."

„Warum?" fragte Jonathan mit zärtlicher Bewunderung.

„Es macht mir solchen Spaß", erklärte Mavis vergnügt. Er wußte nicht weshalb, aber blitzschnell durchzuckte ihn Enttäuschung. Er blickte auf Mavis' Gesicht, das so ohne jedes Zeichen von Scheu und Nervosität aus dem Dunkel leuchtete. Als er sie wieder küßte, erwiderte sie seinen Kuß zerstreut, und ihre Lippen lächelten. Er fühlte, daß sie seine Gegenwart kaum bemerkte, sondern eigenen genußreichen Gedanken nachhing, die sie meilenweit von ihm entfernten.

Die Hochzeitssuite erstrahlte im Schein von Kristallüstern und war erfüllt vom schweren Duft Hunderter von Blumen. Mavis besaß die Gabe geschmeichelter Dankbarkeit und ging von Raum zu Raum, um die Großzügigkeit der Freunde lauthals zu bewundern, die Silberkörbchen und Schalen mit erlesenen Früchten, Buketts und Unmengen kleiner Abschiedsgeschenke gesandt hatten. „Alle lieben mich", sagte sie und blickte Jonathan herausfordernd an.

„Kein Wunder", antwortete er. „Auch ich liebe dich. Weißt du das noch?"

Aber sie wirbelte wieder davon, trällerte und lachte laut über einige kurze Briefchen, die sie zwischen den Geschenken fand. Sie amüsierte sich köstlich. Ihren Hut hatte sie auf eine mit blauem Damast überzogene Liebesbank geworfen und die Handschuhe obenauf. Jonathans und ihr Gepäck stand in dem großen Schlafzimmer neben dem riesigen, von einem Spitzenüberwurf bedeckten Messingbett. Er begann zu zittern. „Es ist schon fast zehn, Liebling", rief er Mavis zu, „und wir müssen um sechs Uhr aufstehen, damit wir den Achtuhrzug nach Saratoga erreichen."

Sie lief auf ihn zu, faßte ihn an den Armen und hob ihr reizendes, rosiges Antlitz zu ihm empor. „Ich bin hungrig“, erklärte sie munter. Sie preßte ihre Wange kurz, aber heftig gegen sein Kinn. „Hungrig wie ein Wolf. Daran ist die Hochzeit schuld, aber ich kann immer essen, zu jeder Zeit.“

„Du meinst — jetzt?“ fragte Jonathan. Sie nickte mit dem ihr eigenen unerhörten Humor und lachte ihr jauchzendes Lachen. „Ja, ja“, sagte sie. „Zu Hause habe ich kaum einen Bissen gegessen, nur einen halben Teller Rahmhühnchen, eine Scheibe Schinken und ein paar Semmeln und Kuchen. Und“, fuhr sie mit erstaunlicher Munterkeit temperamentvoll fort, „ich möchte noch Champagner!“

Also wurde ein kleiner Tisch in die Suite hinaufgebracht, auf dem dampfende, zugedeckte Silberschüsseln und ein Champagnerkübel standen, und Mavis, noch immer in ihrem weißen Seidenkostüm, strich lüstern um die Gedecke, lächelte ununterbrochen und machte einige scherzhafte Bemerkungen zu dem betörten Kellner. „Oh, wie köstlich das alles duftet“, rief sie, indem sie die Silberdeckel von den Schüsseln hob. Sie schnupperte geräuschvoll, und ließ dann im Vorgeschmack dieser Herrlichkeiten ein langgezogenes, entzücktes „Hmmmm!“ hören. Ihr blonder Kopf nickte nachdrücklich, und sie blickte Jonathan strahlend an. Als er die glitzernden blauen Schlitze zwischen den hellen Wimpern sah, konnte er nicht anders, als in ihr Lachen einzustimmen. Er dachte daran, daß sie sehr jung und außergewöhnlich gesund war. Und unschuldig. Vor allem unschuldig. Er mußte geduldig und zärtlich zu einem Menschen sein, der nichts über die Ehe und ihre Bedeutung wußte.

Bevor Jonathan Platz nehmen konnte, hatte Mavis bereits auf einem Teller riesige Portionen von Fleisch, Soße, Kartoffeln und gedünsteten Tomaten aufgehäuft. Man hörte förmlich, wie sie tief und kehlig vor entzücktem Genuß und Appetit schnurrte. Na gut, dachte er, wenigstens werden wir uns kaum je mit Hypochondrie herumschlagen müssen, und mein Liebling strotzt Gott sei Dank geradezu vor Gesundheit. Er selbst brachte keinen Bissen hinunter, sondern trank mit Mavis Champagner und sah ihr beim Essen zu. Sie aß geziert, aber ganz plötzlich kam sie ihm auch unfein vor, ein Gedanke, den er sofort unterdrückte. Sogar während sie aß, lächelte sie und schnurrte tief in der Kehle vor rein animalischem Vergnügen. Sie trank den Champagner wie Wasser und blickte ihren Gatten über den Rand des Glases zwinkernd an.

„Du bist überhaupt nicht hübsch“, erklärte sie ihm kichernd. „Nicht wie Harald.“

„Ist das wichtig?“ fragte er nachsichtig und umfaßte sie liebevoll mit dem Blick seiner sprechenden dunklen Augen.

„Mhm“, meinte sie. Dann sprang sie plötzlich auf, rannte um den Tisch auf ihn zu und küßte ihn munter auf die Stirne. Bevor er nach ihr greifen konnte, saß sie wieder auf ihrem Stuhl und aß weiter. Ein paar Locken ringelten sich lose über ihren Rücken und schimmerten wie Gold im Licht des Lüsters. Sie winkte Jonathan, ihr Glas nachzufüllen, und lachte laut auf, als ihr die Luftbläschen in die Nase stiegen. Noch nie hatte er ein solches Temperament gesehen. Er malte sich aus, wie wundervoll sein Leben mit Mavis sein würde, wie aufregend, wie fröhlich und erfrischend, nachdem er müde vom Hospital heimkam. Sie würde wie ein klares, moussierendes, duftendes Bad sein, das einen erschöpften Körper belebte, und das Haus würde von ihrer Lebenslust und ihrer lauten Fröhlichkeit widerhallen. Dieser Gedanke bewegte ihn so sehr, daß er sie nur lächelnd anstarren konnte, während ihn eine wirklich rührende Hoffnung erfüllte. Sie würde ihn so viele Dinge lehren, Abenteuer, neue Einblicke, Leichtsinn, Glück, Frieden, und vor allem Freude am Leben. Er hatte vergessen, was Freude war, aber er würde wieder lernen, sie zu empfinden.

„Ich wünschte", sagte sie, den Mund voll mit Gefrorenem, „wir müßten nicht in diesem alten Haus deiner Mutter wohnen, Jon."

„Ich weiß, Schatz. Du hast das schon erwähnt. Aber es ist das Haus meines Vaters und mein Haus, nicht das meiner Mutter, und es ist sehr schön."

„Deine Mutter kann mich nicht leiden", erklärte sie ihm mit strahlendem Lächeln.

„Sie liebt dich, Mavis. Wer könnte dich nicht lieben?"

„Nun, sie jedenfalls." Mavis sprach wie ein boshaftes Kind. „Nicht, daß es mir etwas ausmacht. Ich kann mit jedem zurechtkommen, wirklich. Sie wird mich nicht stören. Und ich sie auch nicht. Mir liegt nicht das geringste daran, einen Haushalt zu führen, und vielleicht sollte ich deiner Mutter dankbar sein, daß sie das weiterhin tun wird und mir meine Freiheit läßt."

„Freiheit wofür, Liebes?"

Sie winkte mit ihrer weißen Hand, auf der Jonathans Diamantring im Licht funkelte. „Oh, für so viele Dinge! Die Partys, auf die wir gehen und die wir selbst geben werden, die Gartenfeste, die Bälle, die Teegesellschaften und Empfänge. Und ich habe Zeit, Einkäufe zu machen und Freunde zu besuchen."

Sie blickte ihn nun mit einem seltsamen Ausdruck an. Ihre kleinen Augen glitzerten schlau und berechnend und ein wenig grausam. Aber das sah er nicht. Er sah nur ihr Temperament.

„Es gibt wichtigere Dinge im Leben, Mavis", sagte er und dachte, was für ein Kind sie doch war.

„Ich möchte wissen, was lustiger sein kann", sagte sie „Hm. Diese reizenden kleinen Kuchen. Marzipan." Sie brach in Gelächter aus. „Ich erinnere mich, wie du Senator Campion genannt hast. Eine Marzipanbirne. Onkel Martin findet das köstlich. Hast du gewußt, daß er sich vor dem Senator fürchtet?"

„Nein. Tatsächlich? Und warum?"

Sie kicherte. „Ich weiß nicht. Wen kümmert's? Aber es ist so. Dabei ist der Senator ein so hübscher Mann, und so freundlich und glücklich. Ich liebe glückliche Menschen, du nicht auch?"

„Ich liebe dich", sagte Jonathan.

Mavis warf den Kopf zurück und begann mit ihrer heiseren Stimme zu singen, „Glücklichsein! Glücklichsein! Die Welt ist groß, weit und wunderbar, die Welt ist groß, weit und wunderbar, die Welt ist groß, weit und schön und so wunderbar!"

Zeig sie mir, dachte Jonathan. Mavis sprang auf und tanzte trällernd und mit ausgestreckten Armen durch den Raum, eingehüllt von der Flut ihres nun lose herabfallenden blonden Haars. Sie hatte die Gegenwart ihres Gatten völlig vergessen, starrte verklärt zur Decke empor und gab sich ihren eigenen wonniglichen Gedanken hin. Als sie ihren weiten weißen Rock hob, sah er die festen, anmutig geschwungenen Waden und ihre zierlichen Knie. Er erhob sich und versuchte, sie in die Arme zu nehmen, diesen Tanz des Lebens mit ihr zu tanzen. Aber sie stieß ihn mit einem ungeduldigen Kopfschütteln von sich und wirbelte davon, als brauche sie zu ihrer Fröhlichkeit niemanden außer sich selbst.

Aber noch begriff Jonathan das nicht, obwohl er eine kaum merkliche Kälte in sich aufsteigen fühlte, als er sah, wie sich seine junge Frau drehte und nur für sich allein singend entrückt durch die Zimmer tanzte. Er beobachtete sie voll heißer Liebe, frohlockend über ihre Schönheit und Lebenskraft.

Ich verdiene das alles nicht, dachte der stolze junge Mann mit seltener Bescheidenheit, diese Schönheit und Jugend und unbändige Lebenslust, diese Hoffnung und all dieses Glück.

Mavis hielt plötzlich ihm gegenüber inne. Sie quietschte vor Vergnügen, beugte sich vor und steckte ihre Hände zwischen die Knie und schüttelte sich vor Vergnügen und Ausgelassenheit. Dann warf sie ihr Haar zurück und rannte auf ihn zu, packte ihn bei den Schultern und küßte ihn herzlich. „Oh, was bist du doch wirklich für ein alter Mann!" schrie sie.

Er umfing sie und drückte sie bebend an seine Brust. „Lehre mich, jung zu sein, Mavis", flüsterte er, indem er seine Lippen in ihr frisches, duftendes Haar preßte.

Aber sie wand sich in seinen Armen, rastlos wie eine Katze. Dann tanzte sie wieder davon. In der Suite war es heiß, und der Geruch der Blumen und der Speisen geradezu überwältigend. Jonathan erhaschte einen flüchtigen Blick auf Mavis' Gesicht und stellte überrascht fest, daß sie nicht mehr lächelte, sondern sogar während sie tanzte einen mürrischen Schmollmund zog. Wie immer verbargen die langen Wimpern ihre schmalen Augen, und sie schien heftig nachzudenken.

„Mavis!“ rief er ihr zu.

Sie hielt sofort inne. Keuchend warf sie ihr Haar zurück und starrte ihn an.

„Was?“ fragte sie, als erinnere sie sich verdrießlich seiner Gegenwart.

„Es wird schon halb zwölf.“

„Na wenn schon!“ rief sie aus. „Bist du so alt, daß du ein paar Stunden Schlaf nicht entbehren kannst, ohne krank oder müde oder sonst irgend etwas zu sein? Kannst du denn nichts genießen?“

Er war bestürzt. Als Arzt lebte er stets mit einem Gefühl für Zeit und ihrem Druck. Er war verwirrt. Dann dachte er, ich muß mich daran gewöhnen, jemanden in meiner Nähe zu haben, der nicht dauernd besorgt ist, der die verstreichenden Augenblicke genießen kann und in der Gegenwart lebt. Ich war so isoliert, so einsiedlerisch.

„Ja, ich kann genießen, Mavis“, sagte er bescheiden. „Aber ich dachte, du müßtest müde sein, nach der Hochzeit und all den Aufregungen.“

„Ich bin nie müde!“ Ihre heisere Stimme klang trotzig. „Ich weiß gar nicht, wie das ist, müde zu sein! Und ich hasse müde Leute! Ich will sie nicht um mich haben — nie!“ Sie schüttelte so heftig den Kopf, daß ihr Haar flatterte. „Ich verabscheue ernste Menschen, diese langweiligen Schnecken!“

Halb erschreckt, halb belustigt neckte er sie, „aber ich bin ein ernsthafter Mensch, Mavis.“

Wieder zogen sich ihre Augen listig zusammen. „Ja, ich weiß“, und dann lachte sie wie über einen großartigen Scherz. „Deine Ernsthaftigkeit macht mir nichts aus, Jon. Sie hilft dir, eine Menge Geld zu verdienen, und verdienst du nicht rasend gern eine Menge Geld?“

Sie ist noch ein Kind, hielt er sich wieder vor. Er hatte noch immer nicht erkannt, daß Frauen wie Mavis niemals Kinder waren.

„Einen solchen Haufen Geld, einen Haufen Geld, einen Haufen Geld!“ sang Mavis und warf ein Bein hoch wie eine Balletteuse, während sie sich auf dem anderen im Kreis drehte. In ihren Bewegungen lag etwas Hektisches.

Dann hörte sie plötzlich auf und starrte Jonathan von neuem an. Wieder hatte ihr Blick etwas Verschlagenes und Nachdenkliches an sich. „Also gut, mein Alter“, sagte sie, „ich werde dich in dein Bett stecken, damit du nicht zu müde bist, um Geld zu verdienen!“

„Aber du hast selbst genug Geld, Liebling“, erwiderte er, „und du bist die Erbin deines Onkels —“

„Niemand hat genug Geld!“ rief sie mürrisch, rannte dann an ihm vorbei ins Schlafzimmer und schlug die Tür hinter sich zu. Er setzte sich nieder. Die Luft in der Suite kam ihm schlecht vor, heiß und erfüllt vom üblen Geruch üppiger Speisen. Er stand auf und rollte den Tisch in den Gang hinaus. Die Champagnerflasche war leer. Plötzlich spürte er das dringende Bedürfnis nach einem Glas Whisky, ja nach einigen Gläsern. Außerdem, das gestand er sich ein, war er sehr müde und merkte, wie sich eine dumpfe Leere und Verlorenheit in ihm ausbreitete. Das Licht im Salon der Suite tat seinen Augen weh. Er erhob sich schwerfällig und löschte alle Lampen bis auf eine. Nun roch es in dem Raum nach Gas. Er öffnete die Fenster, lehnte sich hinaus und sog die schwüle Luft ein, den drückenden Geruch nach heißem Straßenpflaster, Ziegeln und Staub. Die Lichter von Hambledon flimmerten vor ihm in der Dunkelheit. Er gähnte und rieb sich die Augen. Er sah den Fluß in der Ferne glitzern und den Schatten der Berge, die sich gegen den Sternenhimmel abhoben. Von irgendwoher wehte leises Donnergrollen, und ein leichter, staubiger Wind strich über sein schweißnasses Gesicht.

Plötzlich kam ihm zu Bewußtsein, daß er in diesen wenigen kurzen Augenblicken seine Braut vergessen hatte. Wie betäubt sah er sich um. Er fühlte keine Leidenschaft mehr. Er war zu müde.

„Es geht schon!“ hörte er Mavis’ Stimme hinter der verschlossenen Tür. „Du kannst jetzt kommen, wenn du willst! Das Bad ist frei.“

Er ging ins Schlafzimmer, wobei er beschämt Schmerzen in den Beinen und im Rücken feststellte. Er war erst dreißig, fühlte sich aber wie ein alter Mann.

Mavis streifte ihr Kostüm über einen Kleiderbügel und räumte Hut und Handschuhe weg. Nun stand sie vor ihm, eine weißgoldene Säule in ihrem seidenen Nachthemd und Morgenrock. Die Flut ihres langen Haares fiel ihr lose über die Schultern. Sie lächelte ihn an, ohne einen Anflug von Scheu oder Nervosität. Ihr frischgewaschenes Gesicht schimmerte rosig, und ihre Zähne waren wie junges Elfenbein, groß und feucht. Sie duftete nach Parfum, und erschöpft wie er sich fühlte, dachte er, wie unermüdlich sie war, wie jung, wie wunderbar lebendig und lebenshungrig, und er begann von neuem zu hoffen.

Als er gebadet und sich entkleidet hatte, trat er aus dem Badezimmer. In dem großen, schwülen Schlafgemach brannte nur noch eine Lampe. Mavis lag, hoch auf die Kissen gestützt, im Bett und schien in rätselhafte Gedanken versunken. Sie wandte ihm ihre kleinen Augen zu und sagte zärtlich: „Ich habe dein Haar noch nie unordentlich gesehen, Jon. Es gefällt mir.“ Dann streckte sie die Arme nach ihm aus wie ein Kind nach einer Puppe. Ihr Haar bedeckte die Kissen gleich einer goldenen Flut. Ganz plötzlich verspürte er Lust, all dies blühende Leben zu verschlingen, dieses Feuer, diese Unschuld, und dabei zu vergessen, daß das Leben kompliziert und schmerzvoll und meistens freudlos war.

Er setzte sich auf die Bettkante, ergriff eine ihrer kühlen, glatten Hände und blickte auf Mavis hinab. Er zitierte:

„Ach, Geliebte, laß uns einander Treue schenken,
Denn diese Welt, die wie ein Traumland vor uns liegt,
So schön, so jung, so voller Mannigfaltigkeit,
Kennt weder Freud' noch Hoffnung, keine Linderung dem Schmerz —"

Sie sah ihn aus ihren schmalen Augen groß an. „Ich mag das nicht", sagte sie. „Ich mag Poesie überhaupt nicht. Sie ist mir zu trübsinnig. Kommst du nicht ins Bett? Du wolltest das doch, nicht? Was ist los? Oh, ich habe dieses Gedicht nicht verstanden, wie? Na gut, ich hab' es nicht verstanden und werde es nicht verstehen. Dreh das Licht ab. Gleich neben dir."

Er lag im heißen Dunkel an ihrer Seite. Nach einiger Zeit hörte er sie unterdrückt kichern und drehte sich ihr zu. Sie drückte ihr Gesicht an seine Schulter, und seine Hände strichen über ihren prachtvollen, jungen Körper. Sie lachte ihn an. „Was ist, Liebes?", fragte er sie glücklich und voller Zärtlichkeit. Nun würde sie ihn necken, daß seine Müdigkeit verflog.

„Mir fällt nur etwas ein", sagte sie. „Die alte Betsy Grimshaw, eine meiner Brautjungfern. Du weißt schon. Sie ist mindestens fünfundzwanzig und hat noch immer keinen Verehrer! Als sie meinen Strauß auffing, weinte sie beinahe! Die kriegt nie einen Mann."

Er löste seine Umarmung. Sie hob den Kopf von seiner Brust und versuchte, ihn in der Dunkelheit anzublicken.

„Was ist los?" fragte sie scharf. „Zu müde? Oder hast du Angst, mir weh zu tun? Du brauchst dir keine Sorgen zu machen. Tante Flora hat mir alles darüber gesagt. Es ist etwas, das eine Frau eben ertragen muß, meinte sie. Und Onkel Martin hat mir ein Buch gegeben. Ich fürchte mich nicht."

Oberflächlich und dumm, dachte er in einer Anwandlung tödlicher neuer Verzweiflung. Sie besitzt nichts, was mir etwas geben könnte. Es ist nicht ihr Fehler, sie ist ein Kind. Die Schuld liegt an mir und meinen Hirngespinsten. Mein ganzes Leben lang habe ich nur geträumt, ohne es bis jetzt zu wissen.

Ihr Haar streifte an seine Wange. „Armer alter Junge", sagte sie lachend. „Na, leg dich ruhig schlafen. Ich bin auch müde."

Bis zu ihrer zweiten Nacht in Saratoga wurde die Ehe nicht vollzogen. Mavis' Teilnahmslosigkeit und Mangel an Leidenschaft konsternierten ihren Bräutigam. Er sagte sich, das alles wäre neu für sie und würde vorübergehen, und sie würde letzten Endes doch etwas dabei empfinden. Lange Zeit begriff er nicht, daß Mavis unfähig war, für jemand ein Gefühl aufzubringen außer für sich selbst, und daß er, falls ihre Leidenschaft jemals entflammen sollte, nicht der Mann sein würde, der sie erweckte. Sie hatte sich ihm hingegeben, aber nicht resignierend oder kalt, sondern gleichgültig. Er war für sie nur ein Mittel, das Leben fern vom Hause ihres Onkels uneingeschränkter und hemmungsloser genießen zu können. Er war lediglich ein Pförtner, der ihr das Tor zu einem Abenteuer öffnete, doch dieses Abenteuer schloß ihn nicht mit ein. Er war ihr „Alter".

Ihre oberflächliche Neigung für ihn dauerte beinahe ein Jahr. Sie hatte ihm nichts zu geben, daran würde sich auch in Zukunft nichts ändern. Sie konnte niemandem mehr schenken als Vergnügen an ihrem Lachen, ihrem Schwung und ihren Neckereien. Aber für einen Mann wie ihn war das nicht genug.

Er liebte sie noch lange, allerdings aus einiger Entfernung, aus einer schrecklichen, sehnsuchtsvollen Entfernung, und er merkte auch nicht, wie der Haß seine Liebe durchsetzte.

Bevor dieser Haß endgültig überwog — obwohl die hilflose, hoffnungsvolle Liebe lange Zeit bestehen blieb —, nahm Jonathan Mavis nach Philadelphia, Pittsburgh und New York, ja sogar nach Chikago und St. Louis zu Tagungen und Konferenzen mit. Bei diesen Gelegenheiten bezauberte sie wie immer jeden mit ihrem Charme, so daß ihn andere Ärzte um sie beneideten. Damals konnte Jonathan ihre Gegenwart sogar genießen, ihr fröhliches Wesen und ihre verspielte Sprödigkeit, die Gesten der Zärtlichkeit, mit denen sie ihn unvermutet überschüttete, wenn er auch bald erkannte, daß diese Sympathiebeweise oft von spöttischer Herablassung begleitet waren. Ihre sonnengleiche Schönheit zwang sogar Frauen, sie zu bewundern. Allein mit Jonathan erinnerte sie an ein goldfarbenes, schnurrendes Schmeichelkätzchen, das Wonnen versprach, die sich niemals verwirklichten, auf Verständnis hoffen ließ, wo es keine Hoffnung gab, und geistige Erlebnisse verhieß, die sich schließlich nur körperlich erfüllten.

Es ist nicht ihre Schuld, hielt sich Jonathan immer wieder vor. Sie ist eben so. Wie Mavis jedoch wirklich war, erfaßte er beträchtlich lange Zeit nicht restlos. Seit seinem zwanzigsten Lebensjahr sagte er sich nun, man dürfe sich von anderen Menschen nichts erwarten, und es wäre grausam, mehr von ihnen an Liebe und Gefühl zu verlangen, als sie tatsächlich zu verschenken hatten. Als er aber endlich erkannte, daß Mavis nicht nur dumm und oberflächlich war — außer was ihre Forderungen und Ansprüche betraf —, sondern auch habsüchtig, hartherzig und mitleidlos, unduldsam gegenüber Not und Einsamkeit und über alle Maßen geizig, begann er sie zu hassen, obwohl sie ihn nach wie vor bezauberte und noch immer glauben ließ, er brauchte lediglich ihre strahlende Gier und Trivialität zu durchdringen, um ein pochendes Herz voll gütiger Menschenliebe und Zärtlichkeit zu finden.

Einmal fragte sie ihn, während sie sich im Bett an ihn schmiegte:

„Wann ziehen wir nach Philadelphia oder New York, Jon, Liebling?"

„Nie", antwortete er. „Wie kommst du auf diese Idee, Mavis?"

Sie war zutiefst beleidigt. „Du kannst mir wohl kaum zumuten, mein ganzes Leben in dieser armseligen kleinen Stadt zu verbringen, oder?"

„Ich bin hier zufrieden." Er war befremdet und von neuem erschüttert. „Das ist schließlich meine Heimat."

„Jonnie, Jonnie", meinte sie schlau, „weißt du nicht, daß dich hier beinahe jeder haßt? Ich verabscheue diese Stadt um deinetwillen."

„Wie kann man mich hassen?" Er war überrascht. „Ich widme mich nach besten Kräften meinen Patienten und der Stadt, und was die Wohltätigkeit betrifft —"

„Das ist ja gerade der Grund", sagte sie und kicherte hinterhältig. „Leute, die alles geben", sie machte eine Geste des Schenkens, „bekommen nichts als Gegenleistung. Man verachtet sie. In dieser Welt muß man soviel als möglich an sich reißen, dann werden dich die Menschen achten — deines Geldes und deiner Stellung wegen." Sie führte ihre Hand mit einer habgierigen Gebärde an die Brust und schnitt eine beglückte Grimasse.

Damals fühlte er sich von ihr angeekelt und abgestoßen. Er gelangte nie zu der Einsicht, daß Mavis eine zwar animalische, aber sachkundige Menschenkenntnis besaß, wie er sie durch all seine Intelligenz kaum je erwerben konnte, daß sich ihr Dasein auf dem Niveau eines vulgären Realismus abspielte, den er in seiner Kindheit als unerträglich abgelehnt hatte, wenn man leben sollte. Er wußte nicht, daß Mavis furchtlos war, weil sie das Leben so nahm, wie es sich ihr bot, weil sie die Menschen als das ansah, was sie wirklich waren, und um keinerlei Zugeständnisse bat. Und er wußte auch nicht, daß er trotz seiner Tapferkeit doch erwartungsvoll und zu verletzbar war.

Mavis quälte ihn noch mindestens zwei Jahre, sie sollten Hambledon verlassen. Als er sich endgültig weigerte, wurde sie mürrisch und zog sich von ihm zurück. Sie begann ihn leidenschaftlich und unversöhnlich zu hassen. Er aber liebte sie, hilflos wie immer, und pflegte ihrem Lachen, das sein Haus erfüllte, zu lauschen, dem Rascheln ihrer Röcke, dem Geräusch ihrer leichten Schritte, die nie an seiner Tür verhielten. Was Mavis betraf, verlor Jonathan für sie jegliche Bedeutung und wurde zu einem wesenlosen Schatten, dessen einzige Aufgabe darin bestand, sie mit hübschen Kleidern und Juwelen zu versorgen und ihr eine gesellschaftliche Position zu verleihen. Gelegentlich neckte sie ihn und lachte ihn wie üblich aus, ansonsten aber lebte sie für sich allein in ihrer eigenen fröhlichen Welt, in der sie rückhaltlose Bewunderung fand und die für sie nur Liebe bereithielt.

Als er zuletzt voll erkannte, was Mavis war und bis zu ihrem Lebensende bleiben würde, ergriff ihn eine überwältigende Trostlosigkeit. Von da an begann er darüber nachzugrübeln, wie er sie töten und aus der Mitte eines Daseins vertreiben könnte, das für ihn unerträglich wurde. Sie hatte ihn betrogen, dachte er oft, auf die einzige Weise betrogen, die für einen Mann wie ihn zählte.

Mavis verfügte über eine gewisse Bauernschläue. Sie waren erst zwei Jahre verheiratet, als sie bemerkte, daß er sie haßte. Sie war wütend.

Kurze Zeit vor Mavis' tragischem Tod sagte Harald zu seiner Mutter: „Jon wird über die Sache mit Mavis nie hinwegkommen. Er glaubt, er haßt sie, und vielleicht tut er das auch; ich würde ihn deshalb nicht verurteilen. Aber er ist noch immer in sie vernarrt, wie ein Kind, das versucht, ein altes Geduldspiel zu lösen und niemals aufgibt. Er gehört zu jener Sorte Männer, die glauben, Beharrlichkeit führe überall zum Ziel. Bei Mavis wird er sich in dieser Annahme täuschen. Weshalb akzeptiert er sie nicht so wie sie ist, eitel, selbstsüchtig, amüsant, obwohl sie den Verstand einer Porzellanpuppe besitzt und lediglich eine vergnügte, geizige, beschränkte Närrin ist, mit dem Innenleben eines Kätzchens und großen, sinnlichen Gelüsten? Ich vermute, er kann sie nicht akzeptieren, unsere selbstherrliche, fröhliche kleine Bestie. Er ist überzeugt, daß sie irgendwo doch etwas besitzt, was er ‚Seelentiefe' nennen würde, obwohl ihr innerlicher Tiefgang ungefähr einem Erdbeer-Soda gleicht. Er kann es nicht verkraften, daß der allwissende Jonathan Ferrier jemals eine Frau von solch niedrigem, doch gerissenem Intellekt heiraten konnte. Das verletzt seinen Stolz. Also gräbt er unverdrossen weiter, kauft ihr Gedichtbände und zerrt sie in New York in trübsinnige Theaterstücke — Ibsen, du lieber Gott! — und in Symphoniekonzerte und Opern!"

„Ich habe nie verstanden, weshalb sie ihn heiratete", sagte Marjorie. „Er ist nicht ihr Typ."

Harald lachte sie liebenswürdig aus. „Sie bekam, was sie wollte! Die Ferriers sind bedeutender als die Eatons, und sie haben mehr Geld. Nun ist sie der Stern am gesellschaftlichen Himmel Hambledons, und genau das finden Frauen wie Mavis einfach herrlich. In Philadelphia und New York erregte sie ungeheures Aufsehen, und im vergangenen Jahr war sie, wie man mir erzählte, die ungekrönte Königin von London, während unser guter Jon Vorlesungen über eine neue Technik der Gehirnchirurgie hielt. Ja, sie bekam, was sie wollte, alles was er ihr geben konnte, wobei er selbst ihr an sich gleichgültig war. Das zeigte sie deutlich genug."

„Was meinst du damit?" fragte Marjorie, aber Harald schien sich lediglich zu ärgern, daß ihm diese Bemerkung entschlüpft war. Er errötete leicht. „Nein, er wird niemals über sie hinwegkommen, wenn er sich nicht wirklich verliebt, was ich ehrlich bezweifle. Ihretwegen jedoch haßt er alle Frauen und traut ihnen sämtliche Todsünden zu, mit Ausnahme alter Damen, Kranker und Kinder, die er ja für so verdammt unschuldig hält. Weißt du, was er ist? Ein gefühlsduseliger Mensch, ein dummer, von Sehnsucht geplagter, sentimentaler Kerl, der schon seit frühester Kindheit darauf aus war, die Welt und ihre Bevölkerung nach seiner Vorstellung neu zu formen."

„Er ist so unglücklich, so schrecklich unglücklich", meinte Marjorie. „Armer Jon. Ich wünschte, dieses gräßliche Mädchen wäre nie geboren worden."

„Na, ist das nicht reizend?" fragte Harald belustigt. „Gib Mavis nicht die Schuld daran, daß sie eben Mavis ist und nicht die Fähigkeit besitzt, nach ihrer Heirat mit Jon ein ernsthaftes, gesetztes, vernünftiges Hausmütterchen zu werden. Es gibt genug Blaustrümpfe auf der Welt. Warum hat er denn keine solche geheiratet? Aber nein, es muß Mavis sein, und dann verurteilst du sie statt ihn! Er hätte unter Hunderten von Blaustrümpfen wählen können — doch er nahm Mavis. Ich neige zwangsläufig immer mehr zu dem Glauben, daß wir in vieler Hinsicht unsere eigene Hölle und unsere eigenen Teufel sind. Mein Mitleid für Mavis ist bei weitem größer als für Jon, aber sie weiß wenigstens einer verfahrenen Situation das Beste abzugewinnen. Sie bemerkt nicht einmal seine Gegenwart, während er eine Art hat, sie dauernd zu umschleichen, die ein Mädchen wirklich dazu treiben kann, nach seinem Riechsalz zu rufen. Das Phantom der Oper: das ist Jon."

Vier Monate später war Mavis tot, und Jonathan Ferrier wurde unter dem Verdacht verhaftet, sie und ihr ungeborenes Kind ermordet zu haben. Nie mehr erklang in diesem Haus Mavis' perlendes Lachen.

Nun, an diesem heißen Julitag, saßen Jonathan und seine Mutter in seinem Zimmer, und während er den Rest des nach Brandy duftenden Eierpunsches trank, dachten sie beide an die Jahre mit Mavis und an ihren Tod. Bienen flogen gegen die Fensterscheiben, und der Hauch der letzten Rosen wehte durch das offene Fenster.

Marjorie dachte: Warum kann ein Mann die Liebe nicht erkennen, wenn sie ihm begegnet? Weshalb muß er der Liebe mehr als allen anderen Dingen mißtrauen, davor zurückschrecken und an ihr zweifeln, so daß er vielleicht niemals wissen wird, was sie wirklich bedeutet? Er hat Mavis nie wahrhaft geliebt. Er war nur unbeschreiblich betört und bezaubert, und er ist es noch immer. Manchmal glaube ich an Hexerei.

Jonathan erhob sich. „Danke", sagte er. „Ich muß jetzt ins Hospital. Der junge Bob wird in ein paar Tagen in meine Ordination ziehen. Es wäre nun wohl an der Zeit, daß er die Besuche macht und die Patienten bald selbst behandelt. Es wird schön sein, wieder ein volles Wartezimmer zu sehen." Er blieb an der Tür stehen, kam zurück und küßte seine Mutter auf die Stirn.

„Wir müssen uns an alles gewöhnen“, meinte er, und sie wußte, daß er ihre Gedanken kannte: Wie bitter würde es sein, einen Fremden in den Ordinationsräumen, die sie für ihn geschaffen hatte, zu begrüßen, und wie hilflos waren doch die Menschen Leid und Veränderungen ausgeliefert.

FÜNFZEHNTES KAPITEL

Als Jonathan Ferrier im St.-Hilda-Hospital ankam, erwartete ihn ein besorgter Robert Morgan, der ihn grollend anblickte. Jonathan erschien ihm zu unbekümmert und nachlässig, und Robert konnte in keiner Weise begreifen, daß dies die Pose war, die Jonathan annahm, wenn ihn manche Dinge zu sehr bedrückten, oder wenn er zu erschöpft war. „Nun, wie kommen Sie mit unseren gemeinsamen Patienten zurecht?“ fragte Jon. Er wartete die Antwort nicht ab. „Wie Sie wissen, werden Sie nach dem Vierten meine Ordination und meine ambulant behandelten Patienten vollständig übernehmen. Ich habe die alte Miß Forster überredet, Ihnen zu assistieren. Sie wird am Fünften hier sein. Ja, und ich werde kommen, um Sie einzuführen. Die ganze Stadt weiß, daß die Ordination am vorerwähnten Tag geöffnet ist. Übrigens, ich hoffe, Sie werden sich nicht in den Hospitalkrieg, den man in dieser Stadt führt, verwickeln lassen.“

„Hospitalkrieg?“ fragte Robert.

„Zwischen St. Hilda und den ‚Freunden‘. Sie sind jetzt überfüllt und brauchen dringendst neue Trakte, aber dennoch wetteifern sie um Patienten! Und versuchen gegenseitig, ihrem Ruf zu schaden. Halten Sie sich aus allem heraus. St. Hilda möchte die gut zahlenden Patienten, obwohl es auch die anderen aufnehmen muß, und die ‚Freunde‘ hätten gerne, daß die Reichen ihr Defizit und ihre Wohltätigkeitslisten auffüllen, denn das Übergewicht liegt hier bei den Armen. Sie loben ihr Personal ständig über den grünen Klee. Erzählen Sie mir bloß nicht, Sie hätten keine Gerüchte gehört!“

„Nun ja“, sagte Robert. Er blickte in Jonathans spöttisch funkelnde, dunkle Augen und fügte hinzu: „Ich hasse Streit. Ich ziehe es vor, Kompromisse zu schließen.“

„Um Gottes willen, nur das nicht! Beziehen Sie ein für allemal Stellung. Erklären Sie beiden, sie sollten sich zum Teufel scheren, gleichgültig, was sie Ihnen auch für eine Begünstigung versprechen mögen. Manchmal vergißt der Ärztestab, daß er ausschließlich dazu da ist, die Kranken zu pflegen und nicht, um einen Rang zu bekleiden. Wenn Sie Kompromisse schließen und dabei beide beschwichtigen, werden auch beide Sie hassen. Sagen Sie ihnen einfach, Medizin interessiere Sie mehr als die Streitereien rivalisierender Doktoren und halten Sie sich daran. So habe ich es gemacht."

„Ich mag keine Feindseligkeiten", sagte Robert unbehaglich.

„In Ordnung. Unterbreiten Sie mir also Ihren Vorschlag, wie Sie die Sache anpacken wollen."

Sie saßen in dem kleinen Aufenthaltsraum im dritten Stock des Sankt-Hilda-Hospitals. Der leichte, schwüle Juliwind brachte ihnen keine Kühlung.

Robert dachte nach. Sein erhitztes junges Gesicht wirkte verlegen, die blauen Augen blickten unglücklich drein.

„Nun, ich dachte, ich würde sagen — ich würde sagen —, daß es zu früh für mich ist, um —"

„Um was zu tun?" Jonathan begann sich zu amüsieren. Er lockerte seine straff gebundene Krawatte und kreuzte die Beine.

„Ich dachte, ich würde sagen, daß ich mich als Neuankömmling lieber aus allen örtlichen Zwistigkeiten heraushielte, um einfach meine — nun, meine Pflicht zu tun."

Jonathan musterte ihn. „Als Unparteiischer? Wissen Sie, was Ihnen passieren wird, wenn Sie sie längere Zeit hinhalten? Sie werden in keinem Hospital willkommen sein. Wo haben Sie Ihr Rückgrat?"

Robert wurde ärgerlich. „Ich besitze ein sehr ansehnliches Exemplar. Ich kann lediglich Streitereien nicht leiden, das ist alles! Ich finde, sie sind in Hospitälern fehl am Platz."

„Wie naiv Sie sind! Egal wohin Sie gehen, Sie werden überall auf Zwietracht stoßen. In jedem Beruf. Sie müssen einen Standpunkt einnehmen, und je früher Sie das hier tun, desto besser. Zeigen Sie Ihren Mut. Was glauben Sie, wie viele der alten Knacker hier sich mit Herz und Seele der Medizin widmen? Sie streben nach einer gesellschaftlichen Position. Jeder verdammte Hundesohn auf dieser Welt will eine bevorzugte Stellung, um über seine Mitmenschen zu triumphieren. Ihre einzige Chance besteht, wie die jedes klugen Arztes darin, daß Sie den Burschen freundlich zu verstehen geben, Sie beabsichtigten Medizin und nicht Politik zu praktizieren. Man wird Sie dafür zwar nicht lieben, aber doch wenigstens tolerieren, wenn auch unter Bezweiflung Ihrer lauteren Motive. Na, tut nichts zur Sache. Ich hoffe, Sie werden es lernen. Wie steht heute das Befinden unserer gemeinsamen Patienten?"

„Sie wissen, daß Miß Meadows starb."

„Ja. Eine gute Nachricht. Ich nehme an, sie liegt in der Leichenhalle? Ich muß die Vorbereitungen für ihr Begräbnis treffen. Was noch?"

Ich glaubte, er verehrte sie, dachte Robert mit frisch aufwallendem Groll, und doch spricht er von ihrem Tod, als handle es sich um eine Bagatelle. Mürrisch — und Robert war selten schlechter Laune — erstattete er Jonathan einen kurzen Bericht über die vielen Patienten. „Übrigens, ein Freund von Ihnen wartet im Privatzimmer im zweiten Stock. Jefferson Holliday."

Jonathan setzte sich auf. „Jeff Holliday? Ich wußte nicht einmal, daß er in der Stadt ist!"

Sein dunkles Gesicht begann zu strahlen. „Wann kam er zurück?"

„Vor zwei Tagen. Er sagte, er habe versucht, Sie zu erreichen, aber ohne Erfolg. Sind Sie sein Arzt?"

„Nein. Seine Mutter ist hochgradig hysterisch und liebt den alten Louis Hedler, und Jeff hat schon immer brav auf seine Mutter gehört. Wir gingen gemeinsam zur Schule. Er war einer der wenigen Freunde, die ich jemals hatte. Der alte Jeff Holliday! Wundervoll. Ein großartiger Ingenieur. Während der vergangenen sechs Jahre lebte er in Südamerika, keine Ahnung warum. Aber ein begeisterter Kämpfer für ‚den technischen Fortschritt'. Ein Held im Verborgenen. Oder einfach auf der Flucht vor Mama, die mich als den personifizierten ‚schlechten Einfluß' haßt. Was fehlt ihm also allem Anschein nach?"

Robert runzelte die Stirn. „Offen gestanden, ich weiß es nicht. Er hat dunkle, kupferrote Flecken auf der Haut: Stirn, Handrücken, Rumpf. Rundliche Form. Schwaches Fieber. Er sagt, die Flecken kommen mit dem Fieber. Ich versuchte nicht, mich aufzudrängen", meinte Robert hastig. „Doch als er nach Ihnen fragte, erfuhr er, daß ich — Ihre Stelle übernehme. Ich ging hinunter, um ihn zu begrüßen. Einfach so und um Sie zu informieren. Aber er läßt sich, wie Sie sagen, von Hedler behandeln. Wie dem auch sei, ich habe ihn aus purer Neugier untersucht."

„Gut", meinte Jonathan. „Ein Arzt, der seine Neugier verliert, ist ein toter Arzt, selbst wenn er versucht, seine Praxis fortzusetzen. Wirkt er krank?"

„Nun, nicht sehr. Lediglich diese rötlichen Flecken, die gleichzeitig mit dem Fieber auftreten. Wenn die Temperatur sinkt, verschwinden sie. Nur etwas verstehe ich nicht. Er zeigte mir abgeheilte Stellen. Sie sind angeschwollen und ein wenig knotig, aber nicht schmerzhaft. Jetzt ist dieser Ausschlag frisch ausgebrochen, und er hat wieder leichtes Fieber."

„Wie lange geht das schon so?"

„Ungefähr ein Jahr. Er vergaß den ersten Anfall und machte um den zweiten nicht viel Wesen. Konnte in diesen südamerikanischen Ländern kein ärztliches Gutachten einholen. Hielt es für Fungus, was ihm in New York bestätigt wurde. Eine Fungusart, wie sie in feuchtheißen Ländern auftritt. Man verschrieb ihm in New York eine Salbe, ein Fungicidum. Er blieb dort zwei Wochen, hielt Rücksprache mit seiner Firma. Als er in Hambledon ankam, bemerkte er einen frischen — Ausschlag. Ausschlag ist das einzige, was mir als Bezeichnung dafür einfällt. Ich kann mich nicht entsinnen, schon einmal etwas Ähnliches gesehen zu haben — abgezirkelte, symmetrische Flecken, manche so groß wie ein Vierteldollar. Wahrscheinlich leidet er an irgendeiner halbtropischen Krankheit.“

„Ist er isoliert?“

„Nein.“

„Der gute, alte Louis!“ sagte Jonathan. „Er würde die Blattern nicht erkennen, wenn er sie sähe. Nicht, daß ich in diesem Fall an Blattern glaube. Gehen wir hinunter und sehen wir uns Jeff an.“ Er erhob sich.

„Seine Mutter ist bei ihm“, sagte Robert.

Jonathan musterte den jungen Arzt belustigt. „Ich sehe, Sie sind Mrs. Holliday begegnet.“

„Ja.“ Robert schwieg einen Augenblick. „Sie macht ihm Schwefelkompressen. Sie ist ein richtiger Managertyp, nicht wahr?“

„Und außerdem sehr reich. Eine große Wohltäterin des St. Hilda. Erbte eine Menge Geld von ihrem bedauernswerten Gatten. Wenn sie hier Umschläge mit gedämpftem Zwiebel wollte, würden die Schwestern mit heißem Zwiebel und Tüchern durch die Gegend sausen, und der alte Louis würde strahlend sagen: ‚Ja natürlich, Elsie, ja natürlich, sehr wirksam.‘ Also, auf in den Kampf.“

„Finden Sie, wir sollten uns einmischen?“ fragte Robert.

„Selbstverständlich. Wenigstens habe ich die Absicht.“

Sie gingen in den zweiten Stock hinunter und betraten einen großen, verschwenderisch eingerichteten Raum. Der Patient, ein Mann in Jonathans Alter, saß bequem in einem Stuhl nahe am Fenster, während seine Mutter vorübergehend darauf verzichtet hatte, ihm Kompressen aufzulegen, und ihm gegenüber saß. Er war ein hübscher junger Mann mit dem derben, energischen Gesicht eines Menschen, der sich viel im Freien aufhält, einer kurzen, angriffslustig geschwungenen Nase, vollen Lippen und lebhaften grauen Augen. Sein dichtes blondes Haar krauste sich in feuchten Locken auf dem mächtigen Kopf. Als er Jonathan erblickte, rief er vergnügt, „Jon! Du verdammter alter Hund, du! Konnte dich nicht erreichen, obwohl ich nichts unversucht ließ. Jon, es ist schön, dich wiederzusehen!“ Er streckte Jonathan eine sonnengebräunte Hand entgegen und stand auf. Er strotzte geradezu vor Gesundheit und Vitalität. Abgesehen von den seltsamen kreisförmigen rötlichen Flecken auf seinen Wangen und Händen, am Hals und auf der teilweise entblößten Brust konnte man an ihm keinerlei Anzeichen von Krankheit entdecken.

Die beiden jungen Männer umarmten einander linkisch, schlugen sich gegenseitig auf Schultern und Arme und ergingen sich zur Begrüßung in etlichen Obszönitäten. Sie brüllten einander unzusammenhängende Schimpfworte ins Ohr, während die affektierte, hagere Frau Anfang der Fünfzig neben ihnen den Kopf abwandte. An ihren verkrampften weißen Wangen und der zitternden Unterlippe erkannte man die geborene

Hysterikerin. Ihr graues Haar lugte unordentlich unter einem strengen schwarzen Strohhut hervor, und sie trug die lieblose schwarze Kleidung eines Menschen, der sich auf keinen Fall dem Wetter anpaßt.

Jonathan blickte, den Arm um seinen blühenden Freund geschlungen, auf sie hinab. „Wie geht es Ihnen, Mrs. Holliday?" fragte er.

Langsam und widerwillig wandte sie ihm den Kopf zu, und ihre kalten hellen Augen musterten ihn verächtlich und mit deutlichem Mißfallen. „Ausgezeichnet, Doktor", antwortete sie. Dann fügte sie hinzu: „Doktor Hedler behandelt meinen Sohn und brachte ihn gestern abend her. Es ist natürlich alles Unsinn, aber Doktor Hedler ist so — gewissenhaft. Ganz im Gegensatz zu vielen Ärzten, die ich kenne."

„Gut", meinte Jonathan. Jefferson Holliday stieg bei dieser Beleidigung seines Freundes das Blut ins Gesicht, aber Jonathan drückte seinen Arm. „Wahrscheinlich haben wir es nur mit einer dieser verdammten halbtropischen Krankheiten zu tun."

„Krankheit?" Mrs. Hollidays Stimme wurde schrill und verletzend. „Mein Sohn hat keine Krankheit! Was für eine Zumutung." Sie zerrte erregt an den Handschuhen, die in ihrem Schoß lagen, schwarze Glacéhandschuhe. „Nichts als ein Ausschlag. Das habe ich Louis gesagt. Ich sagte ihm das, ich sagte es ihm immer wieder —"

„Zweifellos", warf Jonathan ein.

„Heiße Schwefelkompressen", sagte Mrs. Holliday, „Schwefelsalbe." Sie blickte zu ihrem Sohn auf. „Ich glaube wirklich, du solltest um Freistellung vom Dienst bitten, Jefferson."

„Das beabsichtige ich." Der junge Mann strahlte Jonathan an. „Setz dich. Ja, ich habe Dr. Morgan getroffen. Er war so freundlich, zu Hause zu bleiben, um mich zu empfangen." Er verströmte heiteres Wohlbehagen und ungeheure Fröhlichkeit. „Ich habe sechs Monate Urlaub, Jon. Du errätst es nie! Ich werde heiraten."

„Nein!" rief Jonathan. „Was ist die Ursache für diese traurige Nachricht?"

„Ach geh!" sagte Jefferson lachend. „Die Tochter des Direktors meiner Firma. Du hast keine Ahnung. Eine Anthropologin, bei Gott! Sie ist wie besessen davon. Sie war eine Zeitlang mit mir in Südamerika. Wegen dieser Inkaruinen, du weißt schon. Sie studiert die Eingeborenen, sucht nach Spuren des alten Inkageschlechtes. Sie glaubt, sie hat einen Anhaltspunkt. Zauberhaftes Mädchen."

„Ganz bestimmt", sagte Jonathan und dachte an eine abgehärtete, weit ausschreitende Frau in kurzem Rock und Stiefeln mit einer lauten, barschen Stimme.

„Du irrst dich", meinte Jefferson. Er langte nach einer kleinen gerahmten Photographie, die auf einem mit Blumenvasen geschmückten Tisch neben ihm lag, und hielt sie Jonathan entgegen. Dieser sah das

Bild eines zarten jungen Mädchens mit dunklem Haar, einem ernsten, lächelnden Gesicht, weichen Lippen und ungewöhnlich schönen großen Augen. Der Kragen ihrer weißen Bluse stand offen und enthüllte so einen besonders zarten, schlanken Hals, den eine feine Perlenkette schmückte. „Elizabeth Cochrane", sagte Jefferson stolz. „Sie hat einen Spleen. Sie glaubt an die Wiedergeburt und ist überzeugt, einmal eine Inkaprinzessin gewesen zu sein."

„Das ist ein Umschwung", meinte Jonathan, während er die Photographie betrachtete. „Meistens glauben sie, daß sie Kleopatra oder zumindest Königin Elizabeth waren." Das Bild beeindruckte ihn. Das Mädchen hatte etwas Hilfloses an sich, das in ihm die unangenehme Erinnerung an jemanden hervorrief, doch konnte er sich im Augenblick nicht genau besinnen. „Ein hübsches Mädchen", sagte er.

„Sie ist wundervoll", erklärte Jefferson, der das Photo sogar noch zärtlich anblickte, nachdem er es aus der Hand gelegt hatte. „Nach unserer Hochzeit wollen wir diese ganze Forschungsarbeit aufgeben — wenigstens nach einem Jahr oder so. Meine Aufgaben in Südamerika sind beendet. Wir haben getan, was wir konnten. Nun liegt es an den Leuten selbst. Allerdings habe ich nicht viel Hoffnung. Es fehlt ihnen an amerikanischer Geschäftigkeit und Entschlußkraft. Was wir als Unternehmungsgeist schätzen, finden sie lächerlich."

„Vernünftig", sagte Jonathan. Er musterte die rötlichen Flecken auf der Haut seines Freundes. „Wann bekamst du dieses Leiden?"

„Vor einem Jahr."

„Doktor Hedler ist sein Arzt!" warf Mrs. Holliday mit schriller Stimme ein. Sie rückte krampfartig auf ihrem geraden Stuhl hin und her, als stünde sie unmittelbar vor einem Anfall. Obwohl die großen Fenster offenstanden, stank es in dem heißen Raum nach Schwefelsalbe.

„Mama", bat Jefferson.

„Das ist mir gleich!" schrie Mrs. Holliday. „Ich will nicht, daß er Dinge sagt — Dinge —"

„Mama", sagte Jefferson.

„Laß gut sein", meinte Jonathan. „Ich bin einfach neugierig. Hast du etwas dagegen, wenn ich mir die Sache ansehe? Rein wissenschaftlich, nicht als Arzt."

Mrs. Holliday sprang auf wie ein ungestümes junges Mädchen und stürzte hektisch aus dem Zimmer. „Da geht sie hin, um den alten Louis zu holen", sagte ihr Sohn in kläglichem Ton. „Kann sie dir Unannehmlichkeiten bereiten, Jon?"

„Nicht mehr, als ich ohnedies schon habe", antwortete Jonathan. „Kommen Sie her, Bob. Wir wollen das gemeinsam untersuchen."

Die beiden Ärzte beugten sich über den nachsichtig lächelnden Patienten und prüften die Hautflecken sorgfältig. Einer davon war merklich angeschwollen und knotig. Jonathan drückte. Jefferson zuckte zusammen. „Schmerzen? Wie alt ist dieser Fleck?"

„Es ist ein neuer, an der gleichen Stelle wie ein alter, der verheilte."

Jonathan betastete die Umgebung des Knötchens und drückte das Fleisch ab. „Schmerzen?"

„Nein." Der junge Mann runzelte die Stirn. „Eigentlich fühle ich hier gar nichts."

Jonathan zog Jefferson Hollidays Augenlider hoch und starrte auf die Netzhaut. Er untersuchte die Mund- und Nasenschleimhäute. Sein normalerweise dunkles, blasses Gesicht wurde bleich und finster. Er schüttelte den Kopf und warf Robert Morgan einen Blick zu. „Nun?"

„Ich kann keine Diagnose stellen", sagte der junge Robert. „Ich habe eine solche Hauterkrankung noch nie gesehen. Und Sie?"

Aber Jonathan antwortete nicht. Um seinen Mund lag ein Zug wie von Übelkeit. Er zog sein Taschenmesser hervor und schabte sorgfältig und zart die Oberfläche eines Fleckchens ab, wobei er bemerkte, daß der Patient anscheinend keinen Schmerz fühlte. Er hielt Robert die Klinge hin. „Gehen Sie ins Laboratorium, färben Sie das und sehen Sie es sich an", sagte er. Zu Roberts Erstaunen zitterte seine Hand ein wenig. „Die Farbe für Tuberkel."

„Mein Gott!" rief Jefferson zutiefst erschrocken und lehnte sich zurück, um seinem Freund ins Gesicht zu sehen. „Du glaubst doch nicht, daß ich Hauttuberkulose habe, um Gottes willen! Hör zu, ich habe keinen Husten. Ich bin gesund wie ein Pferd."

„Nein", erwiderte Jonathan, „ich glaube nicht, daß du Hauttuberkulose hast." Ich wünschte, das wäre alles, was dir fehlt, Jeff, dachte er, ich wünschte es zu Gott.

„Oder Krebs?" fragte der Patient mit dem Versuch eines Lächelns.

„Nein. Wie kommst du auf die Idee?" Jonathan setzte sich und starrte zu Boden. „Unter welchen Bedingungen hast du in Südamerika gelebt?"

„Bedingungen? Oh, manchmal recht hart und primitiv. Meistens. Wir hatten ein Zeltlager, wo Elizabeth und die anderen sich aufhielten, außer wenn sie gelegentlich eine Expedition unternahmen. Aber ich mußte oft ins Landesinnere, zu den Eingeborenen. Manchmal, während der Regenzeit, schlief ich in ihren Hütten. Manchmal im Dschungel, unter dem Dach, das wir uns eben schneiden konnten. Mit dem Machete. Warum? Denkst du, ich habe irgendeinen Parasiten?"

„Möglich", sagte Jonathan. „Hast du noch jemand anderen mit diesen Hautverunstaltungen gesehen?"

Der junge Mann dachte nach. „Ja. Zwei oder drei. Ein Kind. Eine Frau. Einen alten Mann. Ich lebte nämlich während der Regenzeit mehrere Wochen lang in ihrer Hütte, bevor wir ins Freie und zum Fluß zurück konnten. Warum? Habe ich etwas Ansteckendes?"

„Vielleicht", antwortete Jonathan. „In milder Form."

„Mein Gott! Elizabeth!" sagte Jefferson. Sein gebräuntes Gesicht wurde blaß. „Ist es etwas, das ich auf sie übertragen könnte?"

„Ich würde mir deshalb keine Sorgen machen. Noch seid ihr nicht verheiratet."

Nun errötete der junge Mann tief. „Wenn du denkst, daß ich mir eine Geschlechtskrankheit geholt habe, dann ist das, unter uns gesagt, möglich. Mein Gott, ich kann den Gedanken nicht ertragen! Diese Frau in der Hütte: Sie war jung, und damals hatte sie keine Flecken. Jon, schließlich bin ich doch ein Mann — Wie heißt das Arsenzeug, das sie verwenden?"

„Du denkst an Syphilis", sagte Jonathan. „Ich glaube nicht, daß wir es damit zu tun haben, obwohl sie unter Indianern immer endemisch aufgetreten ist. Hier infizierte sich der weiße Mann das erste Mal. Aber quälen wir uns nicht, solange wir nichts Bestimmtes wissen."

„Wozu brauchtest du dein Taschenmesser?"

„Ich nahm eine Probe deiner Hautzellen."

Ein grausames, bedrückendes Schweigen senkte sich über den Raum. Jefferson war wieder blaß. Er blickte seinen Freund unverwandt mit einem Ausdruck ungewisser Furcht an. Er entsann sich der alten Geschichten über Jonathan Ferrier. Ein Fanatiker. Stets auf der Suche nach dem Schlimmsten. Alles kompliziert, nichts einfach. Einer dieser modernen Wissenschaftler, die in der geringfügigsten Angelegenheit Schwierigkeiten finden.

„Mikroskop?" fragte der junge Ingenieur, wobei er versuchte, ein seltsames Zittern, das seinen ganzen Körper befiel, unter Kontrolle zu halten. „Wird es etwas zeigen?"

„Ich hoffe nicht", antwortete Jonathan. Er betrachtete von neuem die Photographie Elizabeth Cochranes und fühlte Übelkeit in sich aufsteigen.

Die breite Tür schwang auf. Mrs. Holliday kehrte in strahlendem, rachsüchtigem Triumph zurück. Sie stürzte ins Zimmer, gefolgt von Louis Hedler. „So!" rief sie. „Schluß mit diesem Unsinn!" Sie schnaufte laut und triumphierend, ging dann zu ihrem Sohn und legte ihm die Hand auf die Schulter. Doktor Hedler schenkte Jonathan mechanisch ein breites Lächeln und sagte, „Wir sind glücklich über Hortense, Jon. Natürlich verdanken wir das alles dir und der erfahrenen Pflege, die ihr zuteil wird. Ich sprach heute morgen mit dem alten Humphrey — Nun, tut nichts zur Sache. Wir alle sind dir dankbar, Jon, glaube mir. Na ja. Was erzählt mir Elsie da? Du willst mir meinen Patienten wegnehmen?" Sein nachsichtiges Lächeln hielt an.

„Nein", sagte Jonathan. „Keine widerrechtliche Aneignung. Reine Neugier."

„Neugier!" rief Mrs. Holliday. „Meinem Sohn Fragen zu stellen! Das ist unmoralisch!"

Doktor Hedler legte seine Hand begütigend auf ihren sichtbar zitternden Arm. „Komm, Elsie. Wir wollen ruhig sein. Jon ist ein sehr begabter — ja, wirklich — sehr begabter Arzt, und Jeff ist schließlich sein Freund; Ärzte werden neugierig, weißt du. Alles in Ordnung, meine Liebe, alles in Ordnung. Ja, ich freue mich geradezu. Ich höre stets gern eine fremde Meinung." Er strahlte Jonathan an, obwohl seine großen braunen Froschaugen argwöhnisch und vorsichtig wirkten. „Nun, was hältst du davon? Nichts Ernstes, natürlich. Eine dieser unangenehmen halbtropischen Fungusarten. Stimmt's? Einige Flecken heilen bereits ab. Was ist deine Meinung?"

„Ich habe eine Gewebeprobe ins Laboratorium hinunter geschickt", sagte Jonathan.

„Gewebeprobe? Warum? Oh, um die Fungi zu zeigen?" Doktor Hedler war erleichtert. Er wandte sich an Mrs. Holliday. „Pilze haben nichts Gefährlicheres an sich, meine Liebe. Sie sind so gefährlich wie — äh — Blasen auf den Füßen. Es besteht kein Anlaß zur Besorgnis."

Aber Mrs. Holliday starrte Jonathan böse und haßerfüllt an. „Sieh ihn dir an! Er ist nicht deiner Meinung, Louis! Er heckt etwas Schreckliches über meinen Jungen aus! Etwas Schreckliches. Hindere ihn daran, Louis!"

„Aber Elsie. Wie kann ich jemanden am Denken hindern?" Doktor Hedlers Stimme glich einer lindernden Salbe. „Gedanken können bekanntlich niemandem schaden."

„Doch, ich glaube schon!" rief die hysterische Frau mit leidenschaftlichem Nachdruck. „Man kann mit Gedanken schreckliche Dinge anrichten! Ich hörte, man könne jemandem sogar den Tod bringen —"

„Wir wollen nicht abergläubisch sein", meinte Louis. „Hier, meine Liebe, setz dich. Sei ganz ruhig."

Doch Mrs. Holliday zog ihren Stuhl so weit wie möglich von Jonathan fort und ergriff dann mit ihrer kalten, schweißbedeckten Hand die ihres Sohnes. Sie umfaßte sein Gesicht mit einem verzweifelten Blick und sagte: „Du darfst nicht darauf hören, mein Liebling, du darfst nicht darauf hören! Es ist alles Lüge! Du weißt, was dieser Mann ist, du weißt, was er ist!"

„Mama", unterbrach sie Jefferson.

Ihre Stimme wurde beinahe kreischend. „Jefferson! Sag ihm, er soll gehen! Jefferson, du darfst nicht auf ihn hören! Du mußt ihn auslachen!" Sie lachte plötzlich wild auf und sah Jonathan voll leidenschaftlichem Haß und wütender Verachtung an. Herausfordernd warf sie den Kopf zurück, biß sich auf die Lippen und brach in neuerliches Gelächter aus. „Louis! Schick ihn fort!"

Louis Hedler befand sich in furchtbarer Verlegenheit. Er konnte Jonathan nicht tadeln. Hatte er nicht erst am Vortag der kleinen Hortense Nolan das Leben gerettet? Andererseits wollte er Mrs. Holliday nicht verärgern, der das Hospital so viel verdankte. Er blickte Jonathan in die Augen und erkannte dessen unsentimentales Mitgefühl. Das Blut stieg ihm in die prallen Wangen. „Einen Augenblick noch, Elsie", sagte er. „Wir wollen nur den Befund des Laboratoriums abwarten. Kannst du mir verraten", wandte er sich an Jonathan, „wonach wir suchen, Jon?"

„Ich suche nicht nach irgend etwas Bestimmtem", erklärte Jonathan. „Ich versuche nur, etwas — auszuschließen."

Doktor Hedler war erleichtert. „Was?"

„Warten wir ab."

„Ich spielte mit dem Gedanken, ihn zu isolieren", meinte der ältere Arzt tastend.

„Und die Journalisten können jeden Moment hier sein!" bemerkte Mrs. Holliday mit wildem Stolz. „Sie wollen Jefferson interviewen! All die wundervollen Dinge, die er in Südamerika vollbracht hat!"

Jonathan sagte: „Sie dürfen dieses Zimmer nicht betreten, bevor wir Bescheid wissen."

„Bevor wir was wissen?" fragte Doktor Hedler. Seine Zuversicht sank von neuem. „Hast du den Verdacht, es könnte sich um eine ansteckende Krankheit handeln?"

„Ich bin nicht ansteckend!" sagte Jefferson entsetzt. „Ich war doch zwei Wochen mit Elizabeth und ihrem Vater in New York, und monatelang in Südamerika! Mein Gott, Jon, du meinst doch keine — Ansteckung?"

„Ich weiß es nicht", antwortete Jonathan. „Da kommt Bob Morgan. Nun werden wir Gewißheit erlangen."

Aber Robert trat nicht ein. Er blieb an der Türschwelle stehen, und alle Farbe war aus seinem frischen jungen Gesicht gewichen. Er winkte Jonathan stumm, und Jonathan erhob sich unbefangen und sagte: „Möchtest du uns hinausbegleiten, Louis?"

„Warum? Warum?" kreischte Mrs. Holliday. Sie sprang auf. „Ich lasse mich nicht abschieben! Ich will dabei sein! Niemand kann mich daran hindern!"

Jonathan sah sie nicht an. Er schritt zur Tür, blickte sich um. Louis nahm den Arm der zitternden Frau und schob sie vor sich her. „Selbstverständlich, Elsie, du mußt es hören —"

„Was ist mit mir?" fragte Jefferson ironisch. „Ich bin ja lediglich der am meisten Betroffene. Aber nehmt keine Rücksicht auf mich, Jungs, geht nur!"

Jonathan blieb an der Schwelle stehen. Dann ging er langsam bis zur Mitte des Raumes. Er blickte auf seinen Freund hinab. „Du hast recht, Jeff. Du solltest es vor allen anderen wissen. Ich gehöre nicht zu den Ärzten, die einem Patienten Neuigkeiten irgendwelcher Art vorenthalten. Kommen Sie, Bob, kommen Sie herein. Wir wollen uns beraten." Robert Morgan warf ihm einen flehentlichen Blick zu, aber Jonathan vermied es hartnäckig, ihn anzusehen. „Wir haben einen erwachsenen, intelligenten Mann vor uns, Bob", sagte er. „Einen tapferen Mann. Er sollte es wissen, gleichgültig worum es sich handelt."

„Ganz recht", pflichtete Louis ihm bei und drückte Mrs. Holliday liebevoll wieder in ihren Stuhl.

Robert Morgan trat ein. In seinen Augen lag Verzweiflung. Er sprach nur zu Jonathan. „Jeder Zweifel ist auszuschließen. Ich habe bis jetzt nur Dias gesehen, aber ich bin völlig sicher." Er unterbrach sich und blickte Jonathan flehentlich an. „Die Hansen'sche Krankheit."

Jonathan spreizte die Beine und holte tief Atem. Die Haut spannte sich über seinen Backenknochen. Mrs. Holliday sah feindselig von einem zum andern und ergriff die Hand ihres Sohnes. „Was? Was?" schrie sie. „Was ist das? Die Hansen'sche Krankheit? Was ist das?" Wieder heftete sie einen haßerfüllten Blick auf Jonathan. „Was meint dieser dumme, schlechte Mensch?"

Louis war bestürzt. „Die Hansen'sche Krankheit", wiederholte er langsam. „Ich fürchte — bist du sicher, Jon?"

„Bob ist sicher. Das Laboratorium sollte es besser nicht erfahren — und auch sonst niemand. Verstehst du mich, Louis?"

Doktor Hedler war höchst verwirrt. Er wandte sich an Robert. „Die Hansen'sche Krankheit. Die ist mir, fürchte ich, noch nicht untergekommen. Ist das was Neues, was Tropisches?"

„Es ist so alt wie die Hölle", gab Jonathan ihm zur Antwort. „Soll ich dir den altvertrauten Namen nennen, Louis?"

„Das ist keinesfalls nötig", sagte Louis rasch. „Ich verstehe dich schon. Du weißt ja, man soll Patienten nicht beunruhigen." Er sah Jonathan ins Gesicht.

„Ich würde auch ganz gern wissen, was die Hansen'sche Krankheit ist", meldete sich Jefferson zu Wort.

„Vielleicht könntest du Mrs. Holliday überreden, ins Wartezimmer zu gehen und sich dort eine Schale Tee oder so etwas Ähnliches geben zu lassen."

„Nein!" kreischte Mrs. Holliday. „Nein, sage ich, Sie werden meinem Jungen keine Lügen erzählen, ihn zu Tode hetzen mit Ihren Lügen, Lügen, Lügen! Sie gemeiner, elender Kerl! Sie — Sie Mörder! Wir wissen es alle, was Sie mit Ihrer Frau gemacht haben, was Sie mit diesem armen kleinen Mädchen, Martha Best, gemacht haben, wir wissen es alle —"

„Mama", sagte Jefferson.

Zornbebend wandte sie sich ihm zu, erhob sich, nahm ihn in ihre Arme und preßte sein Gesicht gegen ihre flache Brust. Über seinen lohfarbenen

Kopf richtete sie ihren haßerfüllten Blick auf Jonathan und spuckte ihn an. „Hinaus mit Ihnen, Sie Mörder", schrie sie, „hinaus mit Ihnen!"

„Elsie!" sagte Louis Hedler.

„Oh, ich nehme ihn nach Hause, ich nehme ihn gleich mit!" ächzte die Frau. „Fort von euch Mördern! Keinen Penny siehst du mehr von mir, Louis, keinen Penny!"

Jonathan trat auf sie zu; mit beherrschter, aber unwiderstehlicher Gewalt zwang er ihre Arme zur Seite und schob sie von ihrem Sohn weg. „Kommen Sie ihm nicht nahe", sagte er. „Berühren Sie ihn nicht." Er stieß sie zurück, und sie schwankte ein wenig, und Louis ergriff sie am Arm.

„Das verstehe ich nicht", sagte Louis. „Es kann doch nicht so ansteckend sein, Jon. Hör auf, zu schreien, Elsie. Bitte, meine Liebe, Jon, das kann doch nicht so ansteckend sein."

Jonathan betrachtete ihn in bitterem Schweigen. „Louis", fragte er ihn dann, „weißt du, was die Hansen'sche Krankheit ist?"

„Gewiß."

„Du lügst. Ich hätte es mir denken können. Bring diese Frau hinaus und setze sie irgendwo hin und dann komm zurück."

Er wandte sich an Jefferson, dessen Gesicht in den letzten Minuten seltsam hager und still geworden war, und legte seinem Freund die Hand auf die Schulter. „Jeff", sagte er, „veranlasse deine Mutter, zu gehen, dich auf fünf Minuten allein zu lassen. Bitte, Jeff."

Doch Mrs. Holliday hatte sich von Louis losgerissen und stand nun steif und hysterisch in der Mitte des Zimmers, den Kopf nach vorne gereckt, die Hände zu Fäusten geballt. „Niemand wird mich aus diesem Zimmer weisen, damit Sie lügen können und immer nur lügen und meinen Sohn in Todesangst versetzen! Ich bin seine Mutter, und ich werde ihn vor Mördern zu beschützen wissen!"

Jonathan hatte in der vergangenen Nacht und am Vormittag zu viel mitgemacht, und nun raubten ihm die wiederholten hämischen Beschimpfungen der Alten seine Selbstbeherrschung. Mit bewußter Grausamkeit sagte er zu ihr: „Sehr schön. Ich will Ihnen die altvertraute Bezeichnung des Leidens nennen, an dem Ihr Sohn erkrankt ist, Mrs. Holliday. Er hat — Lepra."

„Oh, mein Gott!" flüsterte Robert und wandte sich ab. Doch keiner hörte ihn.

Louis Hedler glotzte Jonathan an und schien sich nur mit Mühe aufrecht halten zu können. „Lepra", wiederholte er mit krächzender Stimme.

„Lepra?" sagte Jefferson Holliday. Er ließ den Kopf sinken und blieb stumm.

Dann drang ein entsetzlicher, markerschütternder Schrei aus Mrs. Hollidays Brust. Sie fiel über Jonathan her. Sie stieß ihm ihre zu Krallen gekrümmten Finger in Augen und Ohren, in Nase und Mund. Sie keuchte und ächzte wie eine Wahnsinnige. Sie kämpfte mit ihm, und als er versuchte, sie zu bändigen, beschimpfte sie ihn auf so obszöne Weise, daß der entsetzte Louis Hedler seinen Ohren nicht traute. Keuchend setzte sie den Kampf fort. Schließlich stieß Jonathan sie von sich, und Robert fing die Schwankende auf. Aber sie war außer sich, tobend und rasend wie ein zerstörendes Naturereignis. Am Ende gelang es Robert, sie aus dem Zimmer zu zerren.

„Gnade uns Gott", flüsterte Louis Hedler und sah, wie Jonathan sich das Blut vom Mund wischte. „Oh Jon. Das kann doch nicht sein. Verzeih mir. Mir ist nicht ganz gut. Ich muß mich setzen. Jefferson. Wir haben keine Gewißheit —" Er streckte den Arm aus, um die Hand des so schwer betroffenen jungen Mannes zu ergreifen, zuckte dann zurück und schob seinen Stuhl zur Seite.

„Ich habe die Gewißheit", sagte Jefferson, und seine Stimme klang ganz gefaßt. „Ich hätte es wissen sollen. Ich sah das Kind — dort unten ist es nicht so selten. Nicht so arg wie in Afrika oder Asien, aber doch ziemlich häufig."

Sein Blick wanderte zu der Photographie auf dem Tisch hinüber; er nahm sie zur Hand und begann zu weinen. „Elizabeth", schluchzte er, „liebe Elizabeth." Dann stellte er das Bild zurück und sah Jonathan an.

„Was machen wir jetzt?" fragte er. „Aber sag mir zuerst eines: besteht irgendwelche Gefahr für Elizabeth?"

„Nein", antwortete Jonathan. „Dazu bedarf es einer dauernden Verbindung, einer intimen Beziehung. Du hast die nodöse Form, Jeff. Manchmal nimmt die Krankheit einen sehr raschen Verlauf, manchmal — dauert es Jahre. Je schneller du dich einer Behandlung unterziehen kannst, desto besser."

Er brachte es nicht über sich, seinen tapferen Freund anzusehen, denn nun hatte er auch die Heiserkeit in seiner Stimme wahrgenommen und wußte, daß auch der Hals schon angegriffen war. „Ich habe zwei Fälle in New York gesehen", fuhr er fort. „In Amerika ist die Krankheit gar nicht so selten, wie allgemein angenommen wird. Doch die panische Angst, die man vor ihr empfindet, besteht nach wie vor. Jeff, in Louisiana gibt es eine Anstalt. Du mußt sofort hinfahren. Es gibt da eine alte indische Droge, die man jetzt verwendet — Chaulmoograöl. Es bringt die Krankheit oft zum Stillstand. Vorderhand ist kein Heilmittel bekannt, Jeff, aber vielleicht finden sie es noch. Du mußt ohne Aufsehen abreisen. Irgendwie mußt du auch deine Mutter dazu bringen, den Mund zu halten. Es tut mir leid, daß ich den Kopf verloren und es ihr gesagt habe — dafür gibt es keine Entschuldigung. Aber in den letzten Stunden habe ich — es tut mir leid. So oder so mußt du es erreichen, daß sie Schweigen bewahrt. Du weißt, wie die Leute sind. Die Stadt würde von

Panik erfaßt, das Krankenhaus hysterisch werden, und das darf nicht sein. Die Leute wissen ja nicht, daß die Hansen'sche Krankheit nur sehr wenig ansteckend ist und auch nur durch stetigen Kontakt. Aber eine Panik können wir uns nicht erlauben. Hast du je einen Mob gesehen?"

„Ja. Oft." Jefferson sprach ganz teilnahmslos, von seiner persönlichen Tragödie noch zu überwältigt. „Ich weiß, was Mobs imstande sind. Ich habe sie in verschiedenen Teilen Südamerikas erlebt." Er preßte die Augenlider zusammen. „Was soll ich Elizabeth sagen?"

„Du könntest ihr die Wahrheit sagen. Soviel ich weiß, kann man nach Louisiana gehen, um denen nahe zu sein, die — das haben, was du hast — und sie besuchen. Wenn ihr genug an dir liegt."

Jon zögerte mit der Antwort. „Ich habe von Fällen gehört, bei denen die Krankheit zum Stillstand gebracht wurde. Nicht von vielen, aber doch von einigen."

Jefferson hob den Kopf. „Nein, das kann ich Elizabeth nicht antun. Ich kann von ihr nicht verlangen, daß sie ihr Leben an mich verschwendet. Nein. Ich werde ihr schreiben — ich werde ihr alles mögliche erzählen, nur nicht die Wahrheit. Hoffentlich wird sie mich hassen. Das wird ihr helfen, darüber hinwegzukommen."

Jonathan ging zu ihm, legte seinen Arm um die Schultern des Freundes und beugte sich über ihn. Jefferson lachte kurz auf. „Bekomme ich jetzt ein Glöckchen umgehängt? ‚Unrein, unrein!' Hast du keine Angst, Jon?"

„Es gibt eine Menge Dinge, vor denen ich Angst habe. Da komme ich jetzt erst langsam drauf. Aber vor dir und deiner Krankheit nicht."

„Auch ich habe Angst. Angst vor der Zukunft. Ein Aussätziger. Ist das nicht zum Lachen?"

Louis Hedler hatte sich mittlerweilen wieder gefaßt. „Nicht, daß ich deine Diagnose in Zweifel ziehen wollte, Jon, aber sollten wir nicht einen Arzt in Philadelphia oder New York konsultieren? Ich kann es gar nicht glauben — Lepra! Ein Aussätziger! Was soll aus dem Krankenhaus werden, wenn das bekannt wird?"

„Konsultiere, wen du willst", antwortete Jonathan. Er war von Hedlers Fügsamkeit überrascht. „Ich fürchte nur, es wird nichts an den Tatsachen ändern. Aber ich will einem Freund in New York schreiben, einem Spezialisten für Tropenkrankheiten; Lepra ist ja in Amerika weiter verbreitet, als man wahrhaben will. Dann können wir alles in die Wege leiten, um Jeff nach Louisiana zu bringen, wo diese Fälle zu Dutzenden behandelt werden. Sieh zu, Louis, daß niemand im Krankenhaus es erfährt, sag es niemandem, nicht einmal Kollegen. Denk bloß an die Zeitungen!"

„Wo soll ich hin? Was soll ich tun?" fragte Jefferson völlig niedergeschlagen.

„Du kannst gleich nach Hause fahren", beruhigte ihn Jonathan. „Hab keine Angst, Jeff, hab keine Angst. Du kannst niemanden anstecken. Wir werden dich wissen lassen, wann du abreisen kannst. Tue alles, damit deine Mutter die Zunge im Zaum hält. Wir müssen an eine ganze Stadt, einen ganzen Staat denken."

„Es ist mir noch nie gelungen, sie zum Schweigen zu veranlassen."

Er hob seine Hand, und Jonathan nahm sie und hielt sie fest. Jefferson begann abermals zu weinen, das trockene Schluchzen aus tiefster Seelenqual. „Werde ich große Schmerzen haben?" stammelte er.

„Vermutlich", erwiderte Jonathan. „Nervenschmerzen. Eine Zeitlang. Ich will dich nicht belügen."

„Und ich werde für immer von aller Welt abgeschlossen sein."

„Ich sage dir, Jeff, sie erzielen dort unten wunderbare Erfolge. Oft gelingt es ihnen, den infektiösen Prozeß zum Halten zu bringen und der Krankheit Einhalt zu gebieten, so daß viele Patienten nur ambulant behandelt werden und mit Gatten und Gattinnen in der Nähe der Anstalt leben und sogar Kinder bekommen. Der Erreger ist bekannt und damit das halbe Problem gelöst; es ist nur mehr eine Frage der Zeit, bis man die Heilung gefunden haben wird. Ich bin ziemlich sicher, daß man die Krankheit bei dir noch zum Halten bringen kann. Sie ist noch nicht so weit fortgeschritten, daß sie dir permanenten Schaden zugefügt hätte.

Du wirst dort alle Arten von Menschen vorfinden: Männer, Frauen, Kinder, Lehrer, Ärzte, Missionare, Leute wie du selbst, aus allen Kreisen der Bevölkerung. Ich habe davon gehört. Es heißt, es wäre der hoffnungsvollste Ort auf dieser Erde. Du kannst dort viel für die anderen tun, Jeff."

Doch Jeffersons Kopf war in ungläubiger Verzweiflung vornüber auf seine Brust gefallen.

„Laß mich Elizabeth schreiben", schlug Jonathan vor. „Wie du sagst, ist sie ein intelligentes Mädchen. Sie hat das Recht, selber eine Entscheidung zu treffen. Laß sie entscheiden, ob sie dich da hinunter begleiten und bei dir bleiben will. Es geht auch um ihr Leben, nicht nur um deines."

„Ich habe nicht das Recht, diese Entscheidung von ihr zu verlangen." Jefferson hob ein wenig den Kopf. „Stell dir doch vor — soll sie sich von der Welt abschließen, um mit einem — einem Aussätzigen dahinzuvegetieren? Mein Gott!"

„Und dennoch: die Entscheidung liegt bei ihr. Gib mir ihre Adresse, und ich schicke ihr noch heute ein Telegramm. Das ist besser als ein Brief. Es ist nicht das Ende der Welt für dich, Jeff. Das kommt erst, wenn man dir die Erdklumpen auf den Sarg fallen läßt." Ich bin gerade der Rechte für solche Sprüche, dachte er.

„Ein Telegramm an Elizabeth?" fragte Jefferson, und zum ersten

Mal schwang etwas Hoffnung in seiner Stimme. „Ich wäre dir sehr dankbar, Jon, wirklich. Was aber, wenn sie nicht kommt? Wenn sie es nicht ertragen kann, weiter an mich auch nur zu denken?"

„Dann hast du einen oberflächlichen Menschen verloren, und das ist kein großer Verlust."

Plötzlich sah er Mavis' Gesicht deutlich vor sich, doch diesmal war die Vision nicht so qualvoll wie sonst. Er empfand nur Abscheu vor sich selbst und erkannte ganz klar, daß sie eine wertlose Puppe gewesen war und seinen Schmerz nicht verdient hatte. Wie hatte er sie nur je begehren können? Er hatte sie so lange Jahre vor ihrer Heirat gekannt und sich stets geweigert, sie auch nur einen Augenblick lang so zu sehen wie sie wirklich war. Als er sie dann durchschaute, hatte er fast den Verstand verloren. Das brüllende Lachen zum Beispiel, das ihr schon in ihrer Kindheit eigen war! Sie hatte es nie vor ihm verborgen, ihm nie vorgetäuscht, anders zu sein, als sie sich gab. Er hatte einer Traumgestalt nachgejagt, nicht Mavis.

Etwas Lähmendes war plötzlich von ihm abgefallen; er fühlte sich ein wenig leichter als zuvor. Es war ein anregendes und zugleich schmerzhaftes Gefühl, und noch konnte er nicht ermessen, ob es ihm behagen würde.

„Was meintest du?" fragte er.

„Du hast mir ein wenig Hoffnung gegeben, Jon. Ich dachte zuerst an Selbstmord."

„Das sollte dich nicht bedrücken. Es gibt keinen intelligenten Menschen, der nicht schon einmal daran gedacht hätte. Die Welt ist nun einmal kein lieblicher Ort. Das wissen wir doch. Sie ist ein verdammt häßlicher, grausamer und qualvoller Aufenthaltsort, aber wir müssen uns irgendwie damit abfinden." Was mir selbst nie gelungen ist, dachte er traurig. „Ich sah heute morgen einen jungen Mann, der seinen Glauben verloren hatte, alles, was er in dieser Welt besaß, und darum sterben wollte. Sein Elend ist größer als deines, Jeff, denn jetzt muß er einen Weg finden, um ohne das leben zu können, was ihm allein wertvoll war — oder es wiederfinden."

„Glaubst du, daß ich etwas — wiederfinden kann?"

„Ich glaube, das können wir alle", erwiderte Jonathan und war von seinen Worten überrascht.

Auch Doktor Hedler empfand ein Gefühl der Überraschung und starrte Jonathan an, der seine Gegenwart vergessen hatte. Sieh mal einer an, dachte der alte Arzt, der Junge ist gar nicht so hart und brutal, wie wir dachten, und ich persönlich schäme mich, daß ich so von ihm dachte.

Sie verließen das Krankenzimmer und standen in der Halle. „Jon", sagte Doktor Hedler, „geh nicht fort aus Hambledon. Ich weiß, ich weiß! Ich war ebenso unanständig wie die anderen auch, lieber Junge, so wie die anderen, wenn nicht noch unanständiger. Verzeih mir, wenn du kannst."

„Der gute alte Louis", sagte Jonathan, schüttelte den Kopf und ging. Am gleichen Abend sandte er Elizabeth ein ausführliches, seitenlanges Telegramm. Er hatte wenig Hoffnung. Frauen waren nicht besonders intelligent; empfindsam wohl, aber es waren oberflächliche Empfindungen. Sie waren dem Instinkt nach selbstsüchtig und tiefer Gefühle nicht fähig. Um Mitternacht erhielt er Elizabeths Antwort:

„KOMME SOFORT NACH HAMBLEDON ZU JEFF UND WERDE IHN NACH LOUISIANA BEGLEITEN STOP SANDTE IHM GLEICHLAUTENDES TELEGRAMM STOP WIR MÜSSEN ZUSAMMENARBEITEN UM IHM ZIEL ZU GEBEN FÜR DAS ES SICH ZU LEBEN LOHNT STOP DANKE IHNEN GOTT SEGNE SIE"

Wer hätte das gedacht! Das mußte fürwahr ein ungewöhnliches Geschöpf sein. Wie viele Frauen waren bereit, ihr heiteres, junges Leben zu opfern, um einen Mann in die Einsamkeit, in Elend und Verzweiflung zu begleiten? Wie viele Frauen können so lieben?

Als er Jefferson am nächsten Tag in seinem Haus besuchte, wurde er von dem jungen Mann fast jubelnd begrüßt. „Ich habe etwas entdeckt, Jon. Wenn ich Elizabeth so ansah, fragte ich mich oft, was ich so einem Mädel zu bieten hätte! An mir muß doch was dran sein, findest du nicht?" Er lachte.

„An uns allen ist was dran", antwortete Jonathan. „Bis zu einem gewissen Punkt", fügte er einschränkend hinzu.

SECHZEHNTES KAPITEL

„An jedem Vierten Juli erzählst du mir das gleiche", klagte Marjorie, während sie in der Küche mit der Köchin die Picknickkörbe vorbereitete. „ ‚Stammesbräuche. Sentimentaler Unsinn. Chauvinismus.' Kenn' ich alles schon. Vielleicht hast du recht. Aber es werden Kinder und junge Menschen da sein. Sie haben ein Recht darauf, stolz auf ihr Land zu sein. Wie sagt Sir Walter Scott?

‚Wo gibt es einen Mann, die Seele so gebrochen,
Daß niemals zu sich selbst er hätt' gesprochen,
O meine Heimat, du mein Heimatland?' "

„Mutter", sagte Jonathan, „glaubst du wirklich, die Reden des Bürgermeisters und dieses geriebenen Campion werden die jugendlichen Gemüter inspirieren, ihren Gesichtskreis erweitern und sie stolz machen?

Was Campion betrifft, verzapft er doch nur Lügen und Gemeinplätze. Unter den gegebenen Umständen weiß ich wirklich nicht, warum ich dich begleite. Eine Abschiedsvorstellung, sozusagen."

So groß und luftig die blau und weiß gekachelte Küche auch war, so machte sich die sommerliche Hitze doch schon früh am Tag bemerkbar. Es roch nach gebratenem Hühnchen, Kartoffelsalat, frischem Brot, Kuchen und Kaffee. Jonathan griff nach einer Hühnerkeule und begann daran zu knabbern. Das war so gar nicht die Art ihres steifen und konventionellen Sohnes, daß Marjorie mit freudiger Überraschung aufblickte. Etwas hatte Jonathan verändert, ihn ein wenig gelockert. Er schleckte sich die Finger ab wie ein kleiner Junge. Sie konnte sich nicht erinnern, ihn je dabei beobachtet zu haben. Er hatte sich nie besonders für seine Nahrung interessiert und pflegte das ihm Vorgesetzte mit der Hast eines Menschen zu verschlingen, der nur ißt, um zu überleben.

„Ich denke eben an ein Wort Thomas Macaulays", bemerkte Jonathan, während er seine Blicke müßig über die auf weißen Servietten aufgehäuften Hühnchen schweifen ließ. „Über Amerika. ‚Eure Verfassung ist eitel Segel und nicht Anker. Entweder ein Caesar oder ein Napoleon wird im zwanzigsten Jahrhundert mit fester Hand die Zügel der Regierung ergreifen, oder die Republik wird von den Barbaren unter Euch so verwüstet werden wie das Römische Reich im fünften.' Das sagte und schrieb er 1857, vor vierundvierzig Jahren. Jetzt leben wir im zwanzigsten Jahrhundert. Er scheint ein sehr guter Prophet gewesen zu sein. Etwas klopft an Amerikas Tore, und es ist nichts Gutes. Nichts Hoffnungsvolles."

„Macaulay war ein Pessimist", versetzte Marjorie und strich mit dem Handrücken eine Strähne ihres feinen dunklen Haares zur Seite. „Hast du vergessen, was Abraham Lincoln schon früher einmal sagte? ‚Müssen wir befürchten, ein militärischer Gigant aus Übersee könnte den Ozean überqueren und uns mit einem Schlag vernichten? Niemals! Die vereinten Armeen Europas, Asiens und Afrikas mit allem Geld der Welt (unser eigenes ausgenommen), mit einem Bonaparte als Heerführer, könnten sich den Weg zum Ohio nicht erzwingen oder den Fuß auf die Blaue Kette setzen, und wenn sie es tausend Jahre lang versuchten.' "

„Du hast etwas vergessen", sagte Jonathan und griff endlich nach einem Hühnerflügel. „Lincoln hat noch einen Satz hinzugefügt: ‚Die Verräter werden in unserem eigenen Lande stehen.' Die neuen Vandalen. Der gleiche Mob, der die Tuilerien stürmte und die Straßen von Paris aufriß. Die gleichen Menschen, die in Deutschland Bismarck unterstützten und den Sozialismus, den er bei Karl Marx lernte. Bismarck! Das war wohl ein Tyrann. Fast so schlimm wie der französische Kommunarde Robespierre während der Kommune im Jahre 1795."

„Präsident McKinley ist ein vernünftiger Mann", meinte Marjorie.

„Jon, wenn du Kartoffelsalat haben willst, setz dich nieder und nimm dir einen Teller. Fisch dir das Ei nicht mit den Fingern heraus. Das ist nicht hygienisch.“ Aber sie war hoch entzückt.

„Meine Hände sind immer hygienisch“, sagte Jonathan. „Präsident McKinley. Ja, ein vernünftiger Mann. Aber dieser zügellose Vizepräsident, den er sich da ausgesucht hat: Roosevelt! Der liebe, alte, wilde Teddy! Sollte er einmal Präsident werden, es wäre ein Unglück für Amerika! Nur so ein reicher und verwöhnter Mann ist imstande, die sogenannten Massen in den Himmel zu heben; wahrscheinlich weil er nichts von ihnen weiß. Das Volk denkt viel realistischer. Ich mache natürlich einen Unterschied zwischen Volk und Mob, und das amerikanische ist im großen und ganzen ein recht gesundes Volk. Und was wäre, wenn ich mir die heutigen Feierlichkeiten schenkte?“

„Und ich soll allein gehen? Harald ist nicht da — na ja, der kam sowieso nie mit. Willst du, daß die Leute mich bemitleiden, besonders diese abscheuliche Mrs. Morgan, die sich soviel auf ihren Sohn einbildet? Und die Kitcheners und ihre nette kleine Tochter Maude?“

„Und Jenny“, fügte Jonathan hinzu.

Marjorie beugte den Kopf über das Brot, das sie eben aufschnitt, und seufzte. Oh, du lieber, dummer Jon, dachte sie. „Ja, Jenny“, sagte sie. „Sie hat dem Personal den Tag freigegeben, sie ist ganz allein und war mir geradezu erschütternd dankbar für meine Einladung. Das arme Kind hat sowenig Freude. Das kommt daher, weil sie so eine rauhe Schale hat. Sie ging in Hambledon zur Schule und kennt keinen Menschen. Ihr ganzes Leben opferte sie dem Vater, der dann schließlich nie auf seiner Insel lebte. Über diesen Schmerz kommt sie einfach nicht hinweg — und in Harald, das weißt du ja, sieht sie den Eindringling, der überhaupt kein Recht auf die Insel hat.“

„Doch nicht den Eindringling“, sagte Jonathan. „Sei nicht naiv, Mutter.“

Er zog ein schiefes Gesicht und verließ die Küche.

Er ging in sein Konsultorium hinüber, schritt durch die heißen, geschlossenen Räume und blieb schließlich vor dem Aktenschrank stehen. Er haßte seine tote Frau nicht mehr. Sie war im Nebel des Unwirklichen verschwunden. Aber er haßte alle jene, die es ihm unmöglich machten, in der Stadt zu bleiben, ihn mit Drohungen, Lügen, Unterstellungen, Mißtrauen, Gehässigkeit und Feindseligkeit aus ihrer Mitte jagten. Er hatte den Menschen dienen wollen, und sie stießen ihn zurück. In einer Lade fand er eine Whiskyflasche und tat einen tiefen Schluck, ohne ein Glas zu verwenden.

Er trat an ein Fenster, von dem aus er den Fluß und einen Teil jener lächerlichen Insel, Herzensfried, sehen konnte. Dann kam ihm ein seltsamer Gedanke. Was war so lächerlich an eines toten Mannes Traum von Schönheit? Man sollte die unschuldigen Träume von Frohsinn und Anmut nicht geringschätzen. Das ‚Schloß' war ein Anachronismus, wie fast alle sündenlosen, weil ruhevollen, friedlichen und glückseligen Träume. Mit Liebe und Zärtlichkeit hatte Peter Heger einen Garten Eden für Frau und Tochter geschaffen. Wer durfte des sehnenden Traumes eines Menschen, seiner Vorstellung von Schönheit, spotten, wie lächerlich sie auch anderen scheinen mochten? Und wo lag die wahre Grenze zwischen schön und absurd?

Vielleicht hatte Peter Heger die Welt seiner Zeitgenossen nicht ertragen können und versucht, ihr zu entfliehen, indem er sich einen Zufluchtsort schuf. Sollte man nicht annehmen, daß die meisten Menschen sich einen solchen Zufluchtsort schaffen mußten, wenn sie weiterleben wollten?

Mein Lebensschiff hat keinen Hafen, dachte Jonathan Ferrier, und hatte ihn nie. Er blickte auf die Flasche in seiner Hand und stellte sie nieder. Er starrte sie an. Seit meinem einundzwanzigsten Jahr nur diesen. Wer war der größere Narr, Peter Heger oder ich? Auch ich konnte meine Welt nicht ertragen. Peter versuchte zumindest, sich ein Refugium zu schaffen. Ich habe es nie versucht. Wer war der dumme Feigling?

Wieder blickte er zur Insel hinüber und sah vor sich das Gesicht Jenny Hegers, der ‚Lilith' von Hambledon. Er sah ihr Gesicht und ihre leuchtenden blauen Augen und die edle Stirne und das schwarze Haar und ihre ungestümen Gesten und linkischen Bewegungen. Unbändige, jähe Wut überkam ihn. Sie und sein Bruder hatten den unschuldigen Traum eines Menschen entweiht und seinen Namen zum Gegenstand des Spottes in der Stadt gemacht. Ein heftiger Schmerz durchzuckte ihn und wurde fast unerträglich, und er setzte von neuem die Flasche an den Mund und trank. Das Telephon klingelte.

„Jon", sagte Marjorie, „es ist Zeit, mir zu helfen, die Körbe auf den Wagen zu laden."

Es klang so banal inmitten seines Trübsals, daß er lachte.

„Du siehst sehr gut aus", bemerkte Marjorie, als er ihr half, die Körbe im Kutschwagen unterzubringen. „Der blauweiß gestreifte Blazer gefällt mir. Aber warum tragt ihr Männer diese hohen steifen Kragen, besonders an einem so heißen Tag? Und warum steife weiße Manschetten und Manschettenknöpfe und Kragenknöpfe und diese lächerliche dünne Krawatte?"

„Warum tragt ihr Frauen Fischbeinkorsette und laßt eure Kleider im Staub schleifen? Die Mode, Mutter, die Mode." Er nahm seinen Strohhut ab und wischte sich die Stirne. Er musterte seine Mutter anerkennend; sie staunte. Sie konnte sich nicht entsinnen, daß er ihr je zuvor so bewundernde Blicke zugeworfen hätte. Sie trug ein zartes, grau und rosa gemustertes Batistkleid und einen breiten Strohhut mit weichen grauen Blumen und grünen Blättern. Ihr aristokratisches Antlitz, das dem Jonathans so ähnelte, war von der Hitze gerötet, und ihre haselnußbraunen Augen blickten sanft und nachdenklich, während sie ihn anlächelte. Aber unter den Augen entdeckte er dunkle Schatten, und ihre Lippen waren blaß und ein wenig verzogen. Jonathan runzelte die Stirne. „Nimmst du auch das Digitalis, das ich dir gegeben habe?" fragte er.

„Wenn ich daran denke. Mach bitte jetzt kein Aufhebens. Vergiß für heute, daß du Arzt bist. Es ist so ein wunderbarer Tag. Am Vierten Juli ist es fast immer so."

„Leider. Es ermutigt die Lügner und Demagogen, sich aus ihren Verstecken hervorzuwagen." Aber er blickte sie immer noch prüfend an. Er schien sie in ungewöhnlich hellem Licht zu sehen, und aus irgendeinem Grund nahm seine innere Unruhe zu. Sie deckte einen der Körbe sorgfältig mit weißen Servietten zu, und er bemerkte das leichte Zittern ihrer Hände. „Wir fahren nicht eher, bis du nicht wieder ins Haus gegangen bist und dein Digitalis genommen hast", sagte er. Er legte seine Hand auf das seidige Schulterblatt seiner Lieblingsstute, und das Tier wandte den Kopf und steckte die Schnauze in seine Finger.

„Also schön", gab Marjorie nach. „Aber ich fühle mich wirklich wohl." Sie ging langsam den Pfad hinauf, und ihre schlanke Gestalt schien ihm allzu matt. Abermals legte er die Stirne in Falten. Er hatte für seine Mutter die übliche Sorge des Arztes empfunden, und seine Sorge verstärkte sich nun. Er zündete sich eine Zigarette an und blickte, ohne sie zu sehen, die breite, ruhige Straße auf und nieder. Unter der Glut des Himmels warfen die Bäume tiefe blaue Schatten. Die Sonne prallte auf die Hausdächer, die Fenster funkelten, ein Geruch von feuchtem Staub und frisch geschnittenem Gras lag in der stillen Luft, und die Blätter glitzerten, wenn das Licht auf sie fiel.

Er wurde des fernen Knatterns der Knallfrösche gewahr, des Geruches von Räucherstäbchen in der heißen Brise und gelegentlicher munterer Aufschreie von Kindern. Er hörte das Knallen der großen Schwärmer und Frauenlachen in einem Garten. Hier und dort flatterten rot-weißblaue Fähnchen im Wind. Es war sehr friedlich, sehr fröhlich, sehr strahlend, wie die Nation ihren Unabhängigkeitstag feierte. Es erinnerte Jonathan an seine Knabenzeit, da er hier auf dem Gehsteig gesessen hatte oder eben diesen beflaggten Pfad entlang gegangen war, Frösche angezündet und Räucherstäbchen glimmen hatte lassen, während überall die Fahnen entrollt wurden. Noch heute sah er seinen Bruder Harald achtsam hinter sich hergehen und bei jedem Knall zusammenzucken. Harald begeisterte sich mehr für das abendliche Feuerwerk im Stadtpark. Er hielt sich die Ohren zu, sooft Jonathan einen Riesenschwärmer explodieren ließ. „Man kann dabei blind werden", pflegte er sich zu verwahren, wenn Jonathan den Schwärmer ein bißchen zu lang in der Hand hielt und die Zündschnur schon beinahe abgebrannt war. Dann entsetzte er sich vor der Explosion, lief den Hang hinauf, und Jonathan lachte.

Immer schon hatte er die Geborgenheit gesucht, dachte Jonathan, und der alte Abscheu überkam ihn. Nichts, das Anlaß zu Streitigkeiten geben konnte, nichts Polemisches, nichts Gefährliches für das Kindchen. Bequemlichkeit und Entgegenkommen. War er ein Feigling gewesen? War er es heute noch? Seltsam: die Menschen schienen Feiglinge zu lieben, Tapferkeit und Mut zu hassen. Mit Pfeifen und Trompeten und Fahnen und Feiern und patriotischen Liedern, ja sogar im Krieg mochten sie tapfer genug sein. Aber Zivilcourage und Prinzipien, das war wieder etwas anderes. Es gab keine Männer mehr, die bereit gewesen wären, für ihren Gott zu sterben; Tom Paine und Erasmus und Savonarola würde man heute gar nicht mehr zu Worte kommen lassen und ebensowenig die Verfasser der Zentralistischen Schriften oder den alten Tom Jefferson. „Regierungen sind unweigerlich Feinde ihrer Völker“, hatte schon Cicero gesagt, und Jefferson war der gleichen Meinung gewesen. Niemand dachte mehr daran, und vor allem nicht jene Sorte Menschen, die Feiglinge liebten.

„Was stierst du in die Gegend?“ fragte Marjorie, die neben ihm stand.

„Habe ich das getan?“ Er half ihr in den Wagen, und sie ließ sich mit einem Seufzer nieder. „Ich dachte gerade, daß die Amerikaner keinen Schneid mehr haben. Sie schreien allerortens nach ‚Reformen‘ in der Gesetzgebung und sollten doch mit den Reformen bei sich selber anfangen.“

„Eine neue Welt bringt neue Probleme mit sich und verlangt nach neuen Lösungen“, erwiderte Marjorie. „Sagt das Mr. Roosevelt nicht immer?“

„Das sagen die Regierungen, seitdem die Welt besteht“, entgegnete Jonathan und nahm die Zügel auf. „Es ist der erste Schritt zur Tyrannei. Die alten Probleme ändern sich nicht, denn die menschliche Natur läßt sich nicht ändern.“

„Außer durch die Religion“, wendete Marjorie ein. Jonathan schnaubte verächtlich. Er hielt die Zügel fest, während er die Stute die Straße hinuntertraben ließ, denn es galt, mutwilliger Kinder zu achten, die einem nervösen Pferd einen Frosch zwischen die Beine werfen konnten. Marjorie winkte Freunden und Bekannten am Straßenrand, und zwischen den Häusern konnten sie bereits den glitzernden Fluß und die grünen und blauen Flanken der Berge erblicken.

„So friedlich, so ruhevoll!“ rief Marjorie aus. „Wir haben in diesen Tagen für so viel zu danken! Keine Kriege mehr, nur Überfluß und Hoffnung und Friede und Betriebsamkeit. Wir sind ein gesegnetes Volk.“

Abermals schnaubte Jonathan. „Ich würde nicht damit rechnen, daß es so bleibt. Wir fangen schon an, unsere Muskeln zu spannen, wie die alten Römer. Wir unterscheiden uns nicht sehr von ihnen."

Doch Marjorie lächelte in der sonnigen Stille, die nur von den kurzen Explosionen der Feuerwerkskörper und dem warmen Rascheln der Bäume im heißen Wind gestört wurde. „Es geht uns jetzt so gut. Grover Clevelands Depression ist vorbei", sagte sie. „Die Menschen sind von dem neuen Jahrhundert so begeistert, so hoffnungsvoll."

„Die Marzipanbirne würde dir gefallen", entgegnete Jonathan und lenkte das Pferd die Straße zum Platz hinunter. Nun konnten sie schon die Fahnen sehen, die sich an den hohen Masten im Winde blähten, und in der Ferne das Summen der Menge hören. Das langgezogene, dumpfe Brüllen einer Kanone auf dem Rasen des Rathauses erklang, das den Beginn der Festlichkeiten ankündigte. Die deutsche Blaskapelle setzte mit einem martialischen Lied ein, einem Marsch von Sousa, und es gab reichen Beifall.

Jonathan band das Pferd in der Nähe eines im Schatten liegenden Wassertrogs an. Die Stute schnaubte angstvoll. Andere Pferde, die die ganze Straße lang angepflockt waren, antworteten ihr. Jonathan streichelte sie, sprach ihr gut zu und gab ihr ein Stück Zucker. Das Tier sah ihn mit klugen Augen an. Ein Polizist schlenderte herbei. „Ich paß' schon auf, Herr Doktor", sagte er und legte vor Marjorie die Finger an die Mütze. „Keine Frösche in dieser Straße." Er lachte. „Dafür viel Pferdemist."

Jonathan half seiner Mutter aus dem Wagen und blickte ihr wieder ins Gesicht. Die Röte war verschwunden, aber sie schien zunehmend erschöpft. Er nahm die zwei großen Körbe auf und ließ sie die zwei kleineren tragen. Sie gingen zum Platz hinunter. Die Fenster der oberen Geschosse der Häuser, die inmitten breiter Rasenflächen standen, waren vor der Sonne mit Läden verschlossen und die geräumigen Veranden leer. Jonathan mußte an die stillen, sonnigen Sommersonntage seiner Knabenzeit denken, da die Stadt zwischen strahlendem Licht und einsamen Schatten zu schweben schien und nichts zu hören war als hin und wieder der Hufschlag eines Pferdes auf den Pflastersteinen. Wie endlos waren ihm diese Sonntage vorgekommen! Vom Morgengrauen bis zur Abenddämmerung — es waren lange Tage, ruhig und friedlich. Friedlich? Er konnte sich nicht entsinnen, je wahren Frieden empfunden zu haben, selbst als Kind nicht; immer nur Unruhe und ein heftiges, wenn auch nebelhaftes Sehnen. Schon während des Hochamts, dem er mit seinem Vater beiwohnte, erfüllt vom Duft des Weihrauchs, von dem feierlichen Gesang und dem verlorenen Klang der Glocken, hatte diese Unrast eingesetzt. Nach ihrer Heimkehr folgte die üppige Mahlzeit im großen Eßzimmer mit den gegen die Sonne verhangenen Fenstern;

dann hatten die Eltern sich niedergelegt — und die Einsamkeit begann und die immer bedrückendere Ruhelosigkeit. Es gab keine spielenden Kinder auf den Straßen. Schläfrig plauderten die Vögel in den heißen, staubigen Bäumen, und die Sonne, die hier und dort das Laub durchbrach, brannte wie Feuer auf Wege und Steine hernieder. Endlose, unerträgliche Stunden. Um seinem Vater Freude zu bereiten, las er sonntags nur religiöse Bücher und kleine Traktate, starrte auf die bunten Bilder, die die fromme Lektüre erträglicher gestalten sollten, langweilte sich zu Tode und empfand schließlich seine Unruhe fast wie einen körperlichen Schmerz.

Wonach hatte es ihn verlangt? Er versuchte sich zu erinnern, doch fand er nichts in seinem Gedächtnis außer jenem unbestimmten Sehnen. Wonach verlangte es ihn jetzt? Nach nichts. Nach nichts.

„Jon!" rief eine Stimme hinter ihnen und Jonathan fuhr zusammen und drehte sich zugleich mit seiner Mutter um. Rundlich und strahlend stand Vater McNulty da; seine hellen Augen leuchteten und sein jugendliches Gesicht glänzte von Schweiß. Auch er hatte ein mit einem blaukarierten Tuch bedecktes Körbchen in der Hand. Er lachte sie an. „Es war sehr liebenswürdig von Ihnen, mich einzuladen, Mrs. Ferrier", begrüßte er sie und schüttelte ihr die Hand. Seine abgetragene Tracht hatte eine leicht grünliche Tönung. „Ich habe jetzt mein eigenes Pferd und einen Wagen!" rief er aus. „Senator Campion bestand darauf. Fünfhundert Dollar! Ich brauche nur zweihundert draufzuzahlen. Der Senator ist wirklich ein großzügiger Mann. Er kommt auch für die Mietstallung auf."

„Wie nett", sagte Marjorie.

„Beee-strickend, wie Teddy sagen würde", meinte Jonathan. „Warum organisieren Sie sich die restlichen zweihundert nicht bei ihren reichen Pfarrkindern?"

„Wie reizend vom Senator", warf Marjorie schnell ein. „Ist das heute nicht ein herrlicher Tag?"

„Wunderbar", bestätigte der junge Priester und wischte sich die feuchte Stirne unter dem schwarzen Hut. „Ich habe nicht viel mitgebracht, Mrs. Ferrier. Meine Tante läßt Ihnen für die Einladung danken, aber sie hat wieder einmal Kopfschmerzen. Bedauerlich. Aber sie hat einen sehr schönen Schokoladekuchen gebacken."

„Ich liebe Schokoladekuchen", sagte Marjorie. „Mit dem eisgekühlten Tee wird er prächtig schmecken." Sie blickte ihn liebevoll an. Er war ein so netter junger Mann, so unschuldig, so liebenswürdig. Sie hoffte nur, die Kitcheners würden ihm nicht die kalte Schulter zeigen oder diese abscheuliche Mrs. Morgan. Man las in diesen Tagen so unfreundliche Dinge über die ‚aus Rom drohende Gefahr' in den Zeitungen. In der Asphaltpresse, wie Jon sie nannte. Es war noch keine zwei Wochen her, daß man drei vor kurzem zugezogenen irischen Familien hier in Hambledon die Fenster ihrer elenden kleinen Hütten eingeschlagen und unflätige Worte auf den Gehsteig geschmiert hatte. Niemand hatte den Zwischenfall verurteilt, außer Jonathan in einem empörten Brief an das Lokalblatt, was seiner Beliebtheit nicht gerade zuträglich gewesen war.

Vater McNulty schlenderte mit ihnen dahin, wobei er mit kindlicher Ehrerbietung das Wort an Marjorie richtete. „Ich nehme gern an solchen Feiern teil", meinte er. „Kleinstädte sind viel herzlicher als große, und persönlicher."

„In der Tat", sagte Jonathan. Das süße Aroma der Schokolade stieg ihm in die Nase.

„Jon, bitte", sagte Marjorie.

„Viel gütiger und brüderlicher", fuhr Jonathan fort. „Und liebevoller."

Der seltsam scharfe und mitfühlende Blick, den der Priester Jonathan zuwarf, überraschte Marjorie, denn er war weder jung noch unschuldig. Dann versanken alle in trübes Schweigen und nur das Geräusch ihrer Schritte begleitete sie.

Nun lag der Platz vor ihnen. Dicht besetzte Picknicktische waren über die Rasenfläche verteilt, lachend und schreiend liefen die Kinder umher. Trotz der alten Bäume und des freien Raums in der Mitte, wo sich das bronzene Denkmal General Shermans erhob, war es hier um vieles heißer. Das Rathaus, Hambledons Stolz, stand weit zurückgesetzt auf seinem grünen Rasenhügel. Seine weißen griechischen Säulen glänzten in der Sonne, die Fahnen wehten, und die Stühle auf seinen breiten Stufen erwarteten die Honoratioren. Auch ein vorderhand noch unbemanntes Lesepult wartete. Flaggen und Wimpel rankten sich zum brennend blauen Himmel empor, und in ihrem Holzpavillon neben General Sherman spielte die deutsche Blaskapelle mit heller Begeisterung. Kinder warfen Frösche in die Luft, ihre Eltern plauderten an gedeckten Tischen, Babies kreischten, junge Mädchen in bunten Kleidern und Hüten spazierten an den Schaufenstern vorbei, und die jungen Männer in Blazern und steifen Strohhüten sahen ihnen nach. Eine Flut von Licht ergoß sich auf die Kapelle, ließ Tuba und Trompete blendend golden aufleuchten, und die wohlgenährten Musiker in Uniform mit Augengläsern und blonden Schnurrbärten bliesen so gewaltig drein, daß ihre Gesichter scharlachrot anliefen. Trommeln dröhnten, Flöten schrillten, Frauen unterhielten sich gemächlich von Tisch zu Tisch, Männer lachten heiser. Sie hatten Jacken und Kragen abgelegt und unter den hohen Ulmen tranken einige heimlich Bier aus gekühlten Flaschen. Andere saßen auf den Stufen der Presbyterianerkirche, die auf der anderen Straßenseite dem Rathaus gegenüber stand, und tranken sogar ganz unverhohlen und forderten ihre Freunde, die sich in einiger Entfernung Kühlung zufächelten, durch Rufe auf, es ihnen gleichzutun. Es war ein heiteres, lebhaftes Bild, voll von Lärm und Stimmen und schmetternder Musik und leuchtenden Farben. Auf und ab schwankten die Blumenhüte der Damen und ließen die erhitzten Gesichter abwechselnd in der Sonne aufleuchten und in Schatten tauchen. Schon war die Hitze durchsetzt vom Geruch zertretenen Grases, von Schießpulver und Essen und Staub und schwitzenden Leibern.

Auf Ehrenplätzen neben dem Musikpavillon saßen in langen Reihen Männer mittleren Alters in blauen Uniformen, die Große Armee der Republik, die Veteranen des Bürgerkriegs, und hinter ihnen die jungen Veteranen des Spanisch-Amerikanischen Kriegs mit ihren verwegenen Rough-Rider-Hüten. Sie allein schienen am Frohsinn nicht teilzuhaben, saßen ernst und vor Hitze schier verschmachtend da, starrten General Sherman wie eine Stammesgottheit an und mißbilligten offensichtlich das lärmende Tun und Treiben ringsum. Viele der jungen Veteranen, besonders die, die kaum dem Knabenalter entwachsen waren, trugen Schnurrbärte à la Teddy Roosevelt zur Schau, manche sogar sein Pincenez. Die Bürgerkriegsveteranen wiesen mit braunen, roten, blonden, grauen oder dunklen Bärten prächtigeren Haarschmuck auf; hier und dort kennzeichnete ein weißer Bart einen älteren Offizier. Alle trugen sie ihre Zierdegen, viele auch Ordensbänder und Tapferkeitsmedaillen, zu viele hatten Krücken und Stöcke neben sich liegen, und vereinzelt sah man auch blinde Veteranen mit schwarzen Augenbinden.

„Weißt du, wo unser Tisch steht, Jon?“ fragte Marjorie Ferrier. Vater McNulty hatte ihr einen ihrer Körbe abgenommen, ohne daß sie sich dagegen gewehrt hätte.

„Ich glaube, eine Krähe zu sehen“, antwortete Jonathan und deutete mit dem Kopf in eine bestimmte Richtung. „Jawohl, es ist Mrs. Morgan.“

„Aber, Jon“, sagte Marjorie.

Sie schritten zwischen den Tischen durch und Marjorie lächelte und grüßte, aber Jon ging allein mit dem Priester. In Jonathans Gesicht konnte man Widerwillen lesen, in dem des Priesters Scheu und Schüchternheit. Nur vereinzelt wurde Vater McNulty gegrüßt; verlegen erhoben sich die Männer, die Kinder verstummten; dann setzten sich die Männer wieder, sahen ihre Nachbarn eine Weile nicht an, schienen sich für etwas entschuldigen zu wollen, und taten so, als ob das Essen auf den Papptellern sie ganz in Anspruch nähme. Unter betäubender Lärmentwicklung gab die Blaskapelle ‚The Stars and Stripes Forever‘ zum besten. Die Menge brüllte vor Begeisterung, und viele standen auf, um Hambledons Honoratioren besser zu sehen, die nun auf den Stufen des Rathauses ihre Sitze einnahmen. Hüte und Mützen wurden in die Luft geworfen, Kinder schrien und ununterbrochen explodierten die Frösche. Die Kanone donnerte und der Rauch stieg in gelben Spiralen zum Himmel. Die Veteranen standen auf und salutierten. Die Fahnen schienen noch begeisterter zu flattern, die Sonne noch leuchtender und heißer zu werden, und die verschiedenen Gerüche an Stärke zuzunehmen.

„Ich weiß wirklich nicht, warum ich das Jahr für Jahr mitmache", sagte Jonathan, während er sich zwischen Tischen durchzwängte und bemüht war, kleinen Kindern und den auf dem Gras abgestellten Tellern und Gläsern auszuweichen.

„Es ist alles so unschuldig und harmlos", meinte Vater McNulty. „Es müssen ja Tausende von Menschen gekommen sein. Sie sind alle glücklich."

Jonathan sah ihn scharf an. „Glücklich, glauben Sie?"

„Vielleicht naiv", räumte der Priester ein und blieb stehen, um einen linkischen Gruß zu erwidern. „Öffentliche Feiern rühren an die innersten Gefühle des Menschen."

Der Lärm wurde immer heftiger. „Wie ich sehe, ist der alte Campion in all seiner Pracht und Herrlichkeit eingetroffen", sagte Jonathan. „Bereiten Sie sich auf die übliche ausgereifte Rede voll Ruhm und Ehre vor. Beatrice ist auch da, geziert wie immer. Francis ist nicht zu sehen."

„Er ist gestern abend nach New York abgereist", entgegnete der Priester. „Er geht nach Frankreich."

„Gut", sagte Jonathan, „das wird die richtige Erziehung für ihn sein."

„Er geht in ein Kloster in den Alpen."

Jonathan hielt den Schritt an. „Was Sie nicht sagen! Haben Sie das eingefädelt?"

„Jon, bitte", mischte Marjorie sich ein, der die dunkle Färbung im Gesicht ihres Sohnes nicht entgangen war. „Ach, da sind wir schon. Wie nett es hier ist!"

Die Kapelle ging von martialischen zu flotteren Weisen über. ‚Sag mir, du schöne Maid', flehte sie mit schrillen Trompetenklängen, und die Leute begannen zu singen, zu jubeln und zu lachen. Der Tisch der Ferriers stand ein wenig abseits, im tiefen Schatten, und nur wenige Kinder tummelten sich auf dem Rasen. Eine peinliche Stille lag über dem Tisch. Zwei Herren erhoben sich: der junge Robert Morgan und Mr. Albert Kitchener. Robert schien ungewöhnlich rot im Gesicht, er hatte ein breites, ausdrucksloses Lächeln aufgesetzt und Verwirrung sprach aus seinen blauen Augen. Er schien Jonathan heute noch mehr als gestern einem freundlichen Teddybären zu gleichen. Er trug einen grauen Sommeranzug aus Alpaka und ein blaugestreiftes Hemd, und sein hoher weißer Kragen und die gestärkten Manschetten schienen zu glitzern.

Mr. Kitchener und seine Frau Sue waren entfernte Verwandte und einander auf beachtliche Weise ähnlich, indem sie beide rosigen Backäpfeln glichen, einschließlich des zimtfarbigen Haares. Mr. Kitcheners sehr langer und buschiger Schnurrbart war von der gleichen Farbe. Beide waren klein und rundlich und lieb und von ansprechendem Äußeren, mit kristallklaren grauen Augen, Grübchen am Kinn und rötlichen Wangen und verbreiteten eine Atmosphäre wohltuender Herzenseinfalt, Gelassenheit und Zutrauen um sich. Ihre zweiundzwanzigjährige Tochter Maude, ihr einziges Kind, war ebenso klein und rosig und mit einem Grübchen behaftet wie sie selbst, ein wenig plump, aber darum nicht weniger liebenswert. Ihr kastanienbraunes Haar drang in dichten schimmernden Wellen unter ihrem breiten Gazehut hervor. Sie trug ein Kleid aus mit Zweigen besticktem Musselin mit Spitzenkragen und Spitzenmanschetten und anscheinend war die Kleidermacherin von dem jungmädchenhaften Modell so begeistert gewesen, daß sie das gleiche auch für Sue Kitchener angefertigt hatte, nur daß die zweigförmigen Verzierungen in Blaßlila gehalten waren. Alle drei boten ein Bild altväterlicher Zufriedenheit, als ob sie in ihrem ganzen Leben keine einzige schlaflose Nacht verbracht hätten. Mr. Kitchener war ein erfolgreicher Anwalt, der keine Strafprozesse führte. Er besaß eine behagliche Kanzlei mit fünf Schreibern und einem Assistenten und hatte ein beträchtliches Vermögen geerbt. Jonathan Ferrier mochte die drei Kitcheners gut leiden, fand ihre Gesellschaft jedoch langweilig, wenn auch angenehm und beruhigend. Ganz offensichtlich war er auch ihnen lieb, denn Albert Kitchener schmunzelte ihn freundlich an und schüttelte ihm herzlich die Hand, Mrs. Kitchener tat es ihm nach, und Maude warf ihm einen unbestimmten, geistesabwesenden Blick zu und verzog den Mund zu einem scheuen Lächeln. Jonathan wunderte sich ein wenig über ihre Zerstreutheit, fand aber bald die Ursache heraus. Das Mädchen war von Robert Morgan bezaubert und während sie Jonathan noch anlächelte, richtete sie ihren verwirrten Blick auf Robert.

Mrs. Morgans Lächeln, das blasse, kalte, verschmitzte Lächeln eines von Natur aus bösartigen Weibes, wurde nur noch kälter, als sie die Neuankömmlinge herablassend begrüßte, ohne dem Priester auch nur einen Blick zu gönnen; sie ignorierte ihn, selbst als er ihr vorgestellt wurde. Weder Jonathan noch seine Mutter zeigten sich überrascht, daß sie für diesen heißen Tag sehr unpassend gekleidet war. Mit dem kurzen Überwurf, der ihre eckigen Schultern umhüllte, konnte sie sich offensichtlich in ihrem schwarzen Seidenpopelinkleid nicht wohl fühlen; dazu trug sie eine Witwenhaube und weiße Rüschen oberhalb des mit Beinstäbchen versehenen Kragens, der so hoch war, daß er in ihr verwelktes Fleisch zu schneiden schien. Ihre hellen Augen unterzogen Jonathan einer strengen, ja verächtlichen Musterung, um anschließend noch etwas strenger auf Jenny Heger zu verweilen.

Jenny war, wie Jonathan sogleich bemerkte, unvorteilhaft wie immer gekleidet. Sie trug eine blauweißkarierte Hemdbluse, einen Rock aus schwerem blauen Segeltuch, schwarze Knöpfelschuhe und einen breiten schwarzen Lackledergürtel. Ihr Hut, ein großes, plumpes Wagenrad aus Stroh, mochte sie wohl prächtig vor der Sonne schützen, diente aber sonst keinem Zweck und vor allem nicht dem, ihre Erscheinung attraktiver zu gestalten. Die Hände im Schoß zusammengepreßt, saß sie schweigend auf ihrem Platz, nachdem sie Vater McNulty vorgestellt worden war, und starrte auf den Tisch. Im Gegensatz zu den anderen Damen trug sie keine Handschuhe; ihre Finger waren sonnverbrannt und ihre Nägel nicht leicht gefärbt wie die von Mutter und Tochter Kitchener. Doch all dies konnte den weißen Schimmer ihres Antlitzes nicht trüben, die außergewöhnliche Bläue ihrer Augen, die ernste Anmut ihrer rosigen Lippen, den kühnen Schwung ihrer Nase und die Masse des glitzernden schwarzen Haares, das ungebärdig unter ihrem Hut hervorlugte und in einem breiten Knoten auf ihrem Nacken ruhte. Nicht einmal der gestärkte, breite, blauweißkarierte Kragen ihrer Hemdbluse konnte die Schlankheit ihres langen Halses verbergen, die Umrisse ihrer herrlichen jungen Schultern, die klassischen Linien ihres Busens. Im Vergleich zu ihr sah die hübsche kleine Maude, seit eh und je eine von Hambledons Dorfschönen, in ihrem rosafarbenen, mit Zweiglein bestickten Musselinkleid, weißen Handschuhen, Spitzen und bezauberndem Hut, beinahe gewöhnlich aus.

Jonathan fühlte, wie all die anderen in Gegenwart dieses seltsamen Mädchens wie bunte Bildchen auf zwei Dimensionen zusammengedrängt wurden und wie inmitten des freundlichen Geplauders selbst ihr Schweigen faszinierte. Das störte ihn, wie immer, ganz fürchterlich, und was ihn noch mehr störte, war, daß sein Hals sich heiß und feucht anfühlte und daß seine Hände steif zu werden begannen. Sie sprach nichts zu ihm und er nichts zu ihr. Aber Marjorie sagte: „Jon, setz dich doch neben Jenny; ich muß mich unbedingt neben Albert niederlassen. Ich habe ihm eine Menge zu erzählen."

„Ich würde lieber Maude gegenüber sitzen", hätte Jonathan widersprechen wollen, denn das Mädchen ergötzte ihn immer wieder mit ihrer erheiternden Albernheit, ihrer gedämpften Konversation und ihrer Überzeugung, daß die Welt ein wahrhaft liebenswerter, romantischer und erregender Ort war. Doch Marjorie lächelte bereits Mrs. Morgan zu, die den Kopf beugte, als gelte es, eine Hofdame huldvoll willkommen zu heißen, und Mrs. Kitchener, die Vater McNulty mit liebenswürdiger Geste eingeladen hatte, sich neben ihr niederzulassen. Leider bekam er auf diese Weise Mrs. Morgan zu seiner linken Nachbarin, die daraufhin demonstrativ zur Seite rückte, um ihm Platz zu machen. Jonathan warf ihr einen tadelnden Blick zu und war einigermaßen überrascht zu sehen, daß Jenny das gleiche tat. Ihrer Nähe fast unerträglich bewußt, saß er neben ihr. Sorgsam bemüht, nicht an sie anzukommen, empfand er, wie immer, eine unbeschreibliche Spannung nicht nur in den Händen, sondern in seinem ganzen Körper, und ein seltsam entnervendes Gefühl. Er hatte nie versucht, eine Erklärung dafür zu finden, doch oft gedacht, es wäre Abneigung, ja Abscheu vor dem, was sie trotz ihrer Jugend war, vor dem Mangel an fraulichen Reizen und gesellschaftlicher Routine und vor ihrer häßlichen Kleidung. Er wußte nicht, daß Jenny seit langem in der Überzeugung lebte, äußerst unattraktiv, linkisch, reizlos und unerwünscht zu sein. Hätte er es gewußt, er würde es nicht geglaubt haben. Er konnte nicht ahnen, daß Peter Heger die verwirrende Schönheit seiner Tochter schon erkannt hatte, als sie noch ein Kind gewesen war. Von krankhafter Eifersucht getrieben, hatte er ihr ganz bewußt eingetrichtert, daß sie auf keinen Bewerber würde rechnen können, da sie, wie er sagte, anders als die anderen jungen Mädchen wäre und eigentlich sein Sohn hätte werden sollen. Jenny, die ihren Vater anbetete, hatte ihr ganzes kurzes Leben nie an seinen Worten gezweifelt, selbst wenn sie sich in den Spiegel sah. Ihr Vater, meinte sie, hatte ihre körperlichen Mängel erkannt und sie vor der Härte einer Welt beschirmen wollen, die niedliche Larven mit Grübchen vorzog; schon als Kind war sie zu hochgewachsen und zu mager, und ihre Hände und Füße waren zu groß.

Nur Harald Ferrier nannte sie ‚lieblich', und das hielt sie für Spott. Wenn er sie unbedingt heiraten wollte, so natürlich nur, um die Insel unbehindert verlassen und unbeschränkt fernbleiben zu können; das Geld würde dann wohl Jenny, praktisch aber auch ihm gehören.

Marjorie Ferrier war es gewesen, die im Laufe der Jahre in langen, mitfühlenden Gesprächen mit dem Mädchen herausbekam, wie es um Peter Hegers Vernarrtheit in seine schöne Tochter stand, und um seinen Wunsch, sie für sich zu behalten und von der Welt abzusondern. Es gab keinen Abgrund in der menschlichen Natur, mit dem Marjorie nicht vertraut war, und was sie nicht aus Erfahrung wußte, erriet sie intuitiv. So zart und geschickt sie nur konnte, hatte sie versucht, Jenny zu überzeugen, daß sie auffallend schön war, doch das Mädchen besaß kein Selbstvertrauen und noch keine innere Stärke. Sie hatte Marjories Rat, sie sollte sich anziehender kleiden, dankbar entgegengenommen, aber mit herzzerreißender Schlichtheit geantwortet: „Wozu, Tante Marjorie? Das würde auch nichts helfen. Außerdem will ich ja gar nicht heiraten, und ich bin nicht gern in Gesellschaft anderer Leute. Sie erschrecken mich. Ich ziehe die Insel und den Garten und meine Bücher vor, und denke lieber an Vater und pflege seine Rosen. Du weißt ja, daß ich in der Schule in Hambledon nicht sehr beliebt war. Ich war um einen Kopf größer als die anderen Mädchen und wurde immer ausgelacht. Ich bin immer noch so groß wie die meisten Männer. Nein, nein, ich muß mit dem zufrieden sein, was ich habe."

Doch was Jenny hatte, zählte nicht, stellte Marjorie betrübt fest, und das lag daran, daß sie so reinen Herzens, so jammervoll aufrichtig, so mutig — wenn auch am falschen Platz — und so unerschütterlich unberührt war. All die Bücher, die sie gelesen hatte, ihr Studium, ihre Überlegungen vermochten nicht in jenen Marmorturm einzudringen und in ihr die Flamme der Sehnsucht und des Verlangens zu zünden. Marjorie war so weit gegangen, Jenny einige Bücher von Zola und andere von gleicher sinnlicher Kraft zu senden. „Sehr interessant", hatte Jenny später dazu bemerkt, „aber ein wenig unfein und außerdem sind es ja französische Bücher oder italienische oder rumänische oder russische — und sie kamen mir irgendwie unwirklich vor. Maupassant? Nun ja. War es unbedingt nötig, über solche Dinge zu schreiben?" Die arme Jenny war ziemlich rot geworden und hatte verwirrt das Thema gewechselt.

Peter Heger hätte der Teufel holen sollen, dachte Marjorie und hoffte, es gäbe eine besondere Hölle für Väter, die die Seelen ihrer Kinder so verformten, ihre natürlichen Impulse erstickten und sie belogen.

Marjorie beobachtete Jonathans Gesicht; um seinen Mund traten die weißen Linien hervor, und seine Backenknochen schienen kantiger als sonst. Er führte ein anscheinend zwangloses Gespräch mit dem jungen Dr. Morgan, der so in Jenny versunken war und sie so fasziniert anstarrte, daß es wirklich keinen Anlaß gab, warum Jonathan so überreizt und steif dasitzen sollte, als ob er aufspringen und weglaufen wollte. Doch Marjorie lächelte insgeheim und hoffte auf eine schreckliche Katastrophe oder etwas Ähnliches, die Jonathan seine eigenen Gefühle enthüllen sollte, die er schon längst selbst hätte entdecken müssen. Wie er nur dasaß! Starr und förmlich wie Jenny, den Strohhut von der schweißnassen Stirne zurückgeschoben, mit zuckenden Wangen- und Lippenmuskeln, die Hände verkrampft im Schoß, lauschte er — als ob sein Leben davon abhinge! — des jungen Roberts Binsenwahrheiten mit übertriebener Aufmerksamkeit. „Aha, aha, ja, ja", sagte er immer wieder in emphatischem Ton und schließlich merkte das sogar der gedankenverlorene Robert, drehte ihm den Kopf zu und meinte: „Wie? Ach ja, sehr interessant." Er schien verwirrt, verfiel in Schweigen und starrte Jenny von neuem hilflos an, die seiner nicht mehr achtete als eines Vogels.

Marjorie bemerkte, daß Robert, wie man sagte, von Amors Pfeilen getroffen worden war. „Miß Heger", richtete er nun das Wort an Jenny, Jonathan unterbrechend und ohne auf seine Bemerkungen einzugehen, „ich sehe oft auf Ihre wunderbare, auf Ihre reizende Insel hinüber." Seine Stimme schwankte. „Ich wünschte, Sie würden mir erlauben, Sie bald wieder einmal zu besuchen."

Jenny schreckte hoch. Langsam wandte sie den Kopf und begegnete seinem Blick. Wie eine Flamme schoß die Röte von ihrer Kehle in die weißen Wangen. „Ich —", begann sie und schluckte. Sie wußte nicht weiter. „Sie könnten vielleicht — vielleicht einmal —"

„Bald?“ fragte er erwartungsvoll und errötete gleichfalls, von seiner Anmaßung überrascht.

Sie versuchte zu lächeln, konnte aber nur nicken und gleich wieder in die Ferne sehen, an Mrs. Morgan vorbei, die stark erschüttert und aschfahl geworden war, und vorbei an dem lärmenden Treiben, das sie umgab. Maude Kitchener, die neben Robert saß, sah bestürzt drein. Zaghaft berührte sie seinen Arm und gedankenverloren wandte er sich ihr zu; seine blauen Augen leuchteten. „Wir beschäftigen den gleichen Gärtner, der auch auf der Insel arbeitet“, sagte sie in ihrer süßen Stimme. „Unsere Gärten sind sehr ähnlich. Ich hoffe — ich hoffe —“ und das arme Mädchen erschrak vor ihrer Kühnheit. Sie war glückselig neben Robert gesessen. Einst, vor seiner Verbindung mit dieser abscheulichen Mavis Eaton, hatte sie geglaubt, in Jonathan verliebt zu sein, doch da war sie noch sehr jung gewesen. Ja, sie hatte nach Mavis' Tod wieder an ihn gedacht und von ihm geträumt. Doch heute hatte sie Robert kennengelernt und war bezaubert gewesen. Wie ein strahlendes Licht, eine Art fiebernder Glut, war er auf der Szene erschienen, und ihr Herz hatte sich gar sonderbar benommen; alles schien perfekt und harmonisch und sie bebte voll köstlicher Erregung. Für ihre Ohren spielte selbst die polternde deutsche Blaskapelle die bezauberndsten Weisen, gefühlvoll und verräterisch.

„Sehr nett“, erwiderte der verträumte Robert, der ihr Gestammel gar nicht gehört hatte. Worauf er fortfuhr, Jennys Gesicht, das sie ihm nun wieder abgewendet hatte, verzückt zu betrachten.

Erst jetzt kam das alles auch Jonathan zu Bewußtsein. Er sah das hilflose Sehnen in den Zügen des jungen Arztes, die leidenschaftliche Spannung und das sklavische Verlangen, und er sah Jenny neben sich, ihre kalte Zurückhaltung und ihr augenfälliges Unbehagen. Jonathan konnte es nicht glauben. Hatte sie mit Harald nicht genug, mußte sie es auch noch darauf anlegen, diesen Brocken rosiger Unschuld zu betören? Und was gab es schon Betörendes an dieser Vogelscheuche? Sie sollte sich doch zumindest wie eine junge Frau kleiden und nicht wie eine alte, abgerissene Hexe. Dann wunderte er sich über seinen Gedankengang, versuchte, seine Überlegungen zu analysieren und geriet noch mehr in Wut. Er hätte Jenny bei den Schultern nehmen mögen und sie halten und als er sich dieses erschreckenden Wunsches bewußt wurde, verspürte er eine körperliche Übelkeit und fühlte sich zutiefst erschüttert.

Marjorie erhob sich. „Wollen wir jetzt das Tischtuch auflegen? Sue, Liebste, streich es doch zu Mrs. Morgan hin glatt. Ich hoffe, daß es allen schmecken wird, was wir mitgebracht haben.“

„Es wird sicherlich entsprechen“, entgegnete Mrs. Morgan in geschraubtem Ton und glättete eine Falte des Tischtuchs zu Vater McNulty hin. Dieser plauderte mit Mrs. Kitchener und fand in ihr eine angenehme und liebenswürdige Gesprächspartnerin. Mrs. Morgan war äußerst beunruhigt. Was war nur in Robert gefahren? Warum starrte er dieses entsetzliche junge Weib so an? Die ganze Stadt wußte, wer sie war und sprach von einem ‚Skandal'. Sie, Jane Morgan, hatte genug gehört. Danke, es reichte! Das Mädchen war schon immer schlecht gewesen, von allem Anfang an. Da war doch dieser Lehrer gewesen, als sie erst sechzehn war, hier in Hambledon, in Miß Chiltenhams Schule. (Jane hatte die Geschichte erst gestern gehört.) Der Lehrer hatte die Stadt unter ungeklärten Umständen heimlich verlassen, doch das Mädchen war seelenruhig in der Schule verblieben! Geld! Das erklärte alles. Das Geld der Hegers; damit konnte man alles kaufen, selbst Immunität vor Schande und einer empörten Stadt. Wie schamlos sie doch war! In ihrer eigenen Mutter Haus auf dieser Insel schamlos, ohne Rücksicht auf die Gefühle anständiger Christenmenschen, mit dem Mann ihrer toten Mutter in wilder Ehe zu leben! Schamlos, schamlos! Und da saß Marjorie Ferrier, eine geborene Farmington, von den Farmingtons aus Philadelphia, Mutter eines Mörders, der sich seiner gerechten Strafe nur entziehen hatte können, weil er reich und mächtig war, und Mutter eines anderen Sohnes, der mit der Tochter seiner verstorbenen Frau lebte und dessen sündhafte und ehebrecherische Gottlosigkeit zum Himmel stank! „Wir verstehen Marjorie nicht", hatte eine von Janes neuen Freundinnen ihr kürzlich anvertraut und dabei traurig den Kopf geschüttelt. „So eine anständige Familie! Aber wir haben gehört — es ist natürlich alles nur Klatsch, verstehen Sie? —, sie hätte den armen, lieben, netten Adrian mit ihrer Gefühlskälte und Herzlosigkeit buchstäblich in den Tod getrieben. Es war ja allgemein bekannt, daß ihr nur an Harald etwas lag. Nun ja, es war natürlich grauenhaft, aber blaues Blut bleibt eben nicht immer blau. Dafür sind die Ferriers das beste Beispiel. Ja, und darum muß Marjorie es zulassen, daß dieses Flittchen ihr Haus betritt. Vielleicht" — gedämpftes Lachen — „hofft sie, ihren Sohn Harald — diesen dummen Maler — dazu überreden zu können, das Mädel zu heiraten und damit an ihr Geld zu kommen, oder zumindest dem Skandal ein Ende zu machen."

Marjorie und Mrs. Kitchener und Maude deckten den Tisch, legten Bestecke und Servietten auf und stellten Gläser hin. „Kalte Limonade", kündigte Marjorie an, „ein Erdbeerpunsch nach altem Rezept — die liebe Maude hat das gern — und für die Herren eisgekühltes Bier."

„Robert trinkt nichts", sagte Jane Morgan und warf Marjorie einen tadelnden Blick zu. Marjorie lächelte. „Vielleicht macht er heute eine Ausnahme", entgegnete sie mit ihrer ruhigen, melodischen Stimme. Jane sah zu Robert hinüber, aber der starrte immer noch diese gräßliche Schlampe an. Was war nur los mit ihm? Konnte es sein, daß das Böse, dem er hier zum ersten Mal begegnete, ihn dermaßen entsetzte und in seinen Bann zog? Der arme unschuldige Junge! Sie würde heute abend auf feine Weise die Sprache darauf bringen müssen. „Ich trinke gern Bier", sagte Robert, wandte aber den Blick nicht von Jenny ab, die sich wieder in so weiter Ferne zu befinden schien wie der elfenbeinfarbene Mond, der geisterhaft am sonnigen Himmel stand.

War es nur ein Jahr her, daß Mavis hier zusammen mit der Familie gesessen hatte? ging es Marjorie durch den Kopf. Nur ein Jahr, an einem ebenso heißen, strahlenden und lärmenden Tag? Mit all den anderen Honoratioren hatte sie mit Jon auf jenen breiten Stufen des Rathauses den Reden gelauscht. Wie schön war sie an jenem Tag gewesen, ganz in Gold und Rosa und weißen Spitzen und mit weißem Sonnenschirm und weißen Spitzenhandschuhen und weißen Slippern, wie hatte sie gelacht und den Männern kokett auf die Arme geklopft und gelacht und gelacht und gelacht und neben ihr Jon, verkrampft und finster und schweigsam und brütend. Wie Sonnenblumen sich der Sonne entgegenrecken, so wandten die Menschen sich Mavis zu, begierig, teilzuhaben an ihrer Schönheit, ihrem Lachen, ihren heiteren Späßen und ihren vertraulichen Klapsen und entzückten sich über ihre Schmeicheleien und fröhlichen Neckereien. Wie geblendet scharwenzelten sie um diese goldene und weiße Rose von Mädchen herum, das mit seinem mit rosa Blumen und Bändern besetzten Tüllhut ein strahlendes Bild bot. Ihr alberner Onkel, der die Szene aus der Nähe beobachtete, lief vor Wonne und Liebe hochrot an und selbst Flora, diese traurige Hopfenstange, wurde ganz sentimental. Aber das wurden auch alle anderen — außer Jonathan Ferrier. Und nun waren all diese Schönheit und Lebenslust, das Feuer und das Lachen für immer dahin und keiner würde je wieder das unbändige Gelächter hören oder den leichten Schlag ihrer Hand verspüren.

Marjorie seufzte. Sie konnte es einfach nicht bedauern, daß Mavis tot war, sie, die den Ferriers eine solche Heimsuchung gewesen war und sie in solches Unglück gestürzt hatte. Dennoch: es war traurig, wenn junge Menschen starben, wie schlecht und herzlos und habgierig und verlogen sie auch gewesen sein mochten. Seit Mavis' Tod strahlte Hambledon weniger hell, auch wenn es eine falsche, kalte Helle gewesen war.

Jonathan sah auf Jennys Hand hinab, die neben ihm auf dem Tisch lag. Sie hatte keinen Finger gerührt, um seiner Mutter behilflich zu sein, und das ärgerte ihn, denn er konnte nicht wissen, daß Jenny unsagbar schüchtern war. Er starrte auf die lange, schlanke, von der Sonne golden gebräunte Hand. Und dann packte ihn das Verlangen, seine eigene auf die ihre zu drücken, so stark zu drücken, daß sein Fleisch und ihr Fleisch zu einem Fleisch verschmelzen würden, eins und unteilbar für alle Zukunft. Solch stürmisches Verlangen nach dieser Vereinigung sprang in ihm auf, daß er abermals einen körperlichen Schmerz empfand und abgrundtiefen Ekel vor sich selbst und frischen Haß für das Mädchen.

Glaubte sie also, auch ihn betören zu können? Im Vergleich zu ihr war Mavis ein unschuldiges Schulmädchen, eine Amateurin gewesen. Lachte sie ihn heimlich aus? Wußte sie von seinem wilden Drang? Er betrachtete ihr Profil, so ernst und entrückt, und glaubte, ein zufriedenes Glitzern in ihren Augenwinkeln zu bemerken. Sie war noch nicht einundzwanzig und schon lüstern und geil und schamlos und routiniert. Er senkte den Blick wieder auf die bewegungslose Hand und erkannte ihre Verletzbarkeit und Hilflosigkeit nicht.

Warum schaut Dr. Morgan mich nicht an? fragte sich Maude Kitchener. Warum starrt er Jenny Heger so an? Sie ist nicht einmal hübsch; eigentlich recht unscheinbar. So groß, so kalt und so blaß. Sie, Maude, hatte nie auch nur ein Wort von all dem geglaubt, was man sich über Jenny erzählte, und Sue ebensowenig, denn man konnte nichts Schlechtes von ihr denken. Jenny war immer ein zurückhaltendes Mädchen gewesen und in peinlichste Verlegenheit geraten, wenn man sie unerwartet anredete. Sie war immer unvorteilhaft gekleidet, aber eine ausgezeichnete Schülerin gewesen, die die besten Noten bekommen hatte. Die herzensgute Maude hatte versucht, sich mit dem scheuen, schweigsamen Mädchen anzufreunden und anfangs hatte Jenny auch schüchterne Dankbarkeit gezeigt, dann aber jeglichen gesellschaftlichen Umgang zu meiden begonnen und so Maude und einige andere Mädchen verscheucht, die gern Freundschaft mit ihr geschlossen hätten. Doch warum starrte dieser junge Doktor Morgan Jenny so an und schenkte ihr, Maude, keinen Blick?

Alabaster ist sie, und Feuer! dachte Robert etwas abgeschmackt. Der Gedanke gefiel ihm und er wiederholte ihn für sich mit großem Vergnügen und Sentimentalität. Alabaster und Feuer. Das war eine treffende Beschreibung für Jenny, seine Jenny, seine schöne unbekannte Jenny, die wie eine klassische Statue inmitten dieses heißen und lärmenden Durcheinanders verweilte, mit Dingen beschäftigt, die nicht von dieser Welt waren. Endlich fühlte sie seine brennenden Blicke, wandte sich ihm zu, sah seine freundlichen blauen Augen und errötete; sie versuchte zu lächeln und brachte nur eine Grimasse zustande.

Wie schön ist es doch, dachte Mrs. Kitchener, wenn gute Freunde sich so zusammenfinden. Alle sind fröhlich und ausgeglichen, selbst die arme Jenny. Der Gedanke machte sie so glücklich, daß sie ihren Gatten, der neben ihr saß, anlächelte und seine warme Hand drückte; zärtlich drückte er sie wieder. Schöne, schöne, herrliche Welt, dachte Sue.

Wie bedauerlich ist es doch, daß sich die Menschen nicht einmal bei einem so harmlosen Anlaß zusammensetzen können, ohne daß geistige Blindheit, Böswilligkeit, Haß, Mißverstehen und bitteres Sehnen unter der glatten Oberfläche sichtbar werden, dachte der junge Priester, dessen weise Augen alles beobachtet hatten.

„Jetzt könnten wir eigentlich essen", sagte Marjorie, „bevor noch diese fürchterlichen Reden anfangen."

Die Blaskapelle ließ plötzlich einen Tusch erklingen, denn Emil Schuman, der Bürgermeister, begrüßte neu eingetroffene Gäste und Damen mit großen Hüten und Sonnenschirmen auf den Stufen. Louis Hedler und Humphrey Bedloe waren gekommen und andere Ärzte von den beiden Krankenhäusern und einige Geistliche und Oberst Jeremiah Hadley, sechzig und grauhaarig, aber groß und stattlich in seiner blauen Unionsuniform mit den Medaillen; er hatte bis vor kurzem der Großen Armee der Republik angehört. Er verneigte sich vor den Damen, nahm neben dem Senator und seiner Schwester Platz, kreuzte die Arme über der Brust und richtete seinen Blick auf die Veteranen, die gegenüber auf der anderen Seite des Platzes saßen. Sein strenges Gesicht wurde weich und für eine kurze Weile senkte er den Kopf.

„Ich habe gehört", sagte Jane Morgan und heftete ihre kalten Augen auf Marjorie, „daß sich die vornehmen Leute heute im Park am Fluß treffen — ohne den Lärm und die brüllenden Kinder und die unteren Schichten der Bevölkerung".

„Ja", bestätigte Marjorie und legte die warmen Brötchen auf eine Silberplatte. „Aber hier ist der traditionelle Ort und die traditionelle Feier. Wir halten das Picknick hier jedes Jahr ab, schon seit der Zeit vor dem Bürgerkrieg, als Hambledon noch ein Dorf und keine Stadt war. Sie werden bemerken, daß Senator Campion hier ist und der Bürgermeister und andere bedeutende Leute; ich habe allerdings läuten gehört, daß sie sich nach den Reden zu den anderen am Flußufer begeben werden."

„Das ist ja auch nicht zu verwundern", meinte Jane Morgan. „Dieser schreckliche Lärm! Und diese entsetzliche Kapelle! Warum können sie auch nicht einen Augenblick still sein?"

Voriges Jahr saß ich mit Mavis da drüben auf den Stufen, dachte Jonathan. Ich war einer der ‚Honoratioren' der Stadt. Heute bin ich der Paria, der Ausgestoßene, der Niemand, der Verschmähte und Verachtete. So lange man einem Menschen keine Schuld nachweisen kann, soll er als unschuldig gelten, heißt es, doch diese Weisheit scheint noch nie jemand ernst genommen zu haben. Mavis. Er blickte zum Rathaus hinüber und sah Mavis, sprühend und strahlend und lachend inmitten der festlichen Versammlung, wie sie Bewunderern heiter zunickte, ihren weißen Spitzenfächer öffnete, um dahinter ein unartiges Lächeln zu verbergen, während ihre blauen Äuglein blinzelten und flirteten. Sie hatte ihn ignoriert, wie sie ihn immer ignorierte, doch wenn ein flüchtiger Blick auf ihn fiel, lag Spott darin und Verachtung und offene Abneigung. Wie sehr er sie auch durchschaute und verabscheute, stets ließ ihn dieser Blick erschauern. Er brachte ihn nicht aus der Fassung, schüchterte ihn nicht ein und betrübte ihn nicht. Er rief nur die Erinnerung an die vergeudeten Jahre mit Mavis wach, an seine anfängliche Vernarrtheit in sie, seine unheilvolle Liebe und Leidenschaft, seine Hoffnungen und sein Sehnen.

Heute empfand er keinen Haß mehr gegen seine tote Frau, nur ein tiefes Bedauern, daß er diese Jahre in stolzem Schweigen ertragen hatte. Stolz. War es sein Stolz gewesen, daß er geschwiegen und nichts getan hatte? Hätte er etwas getan — irgend etwas —, Mavis könnte noch am Leben sein, nicht in seinem Haus, sondern irgendwo anders, und er würde nicht hier sitzen müssen, immer noch verdächtig, ein gemeinsames Verbrechen begangen zu haben. Er hätte sich sogar scheiden lassen können. Er hatte, während er mit Mavis zusammen lebte, oft daran gedacht — aber mit welcher Begründung? War es die Angst vor einem Skandal gewesen, die ihn abgehalten hatte? Ich war ein Feigling, dachte er. Was hatte der verdammte Priester ihm einmal gesagt? „Jon, du bist ein tapferer Mann, aber kein mutiger. Ich erinnere mich da an ein Zitat — ich weiß nicht mehr, von wem: ‚Mut ist der Preis, den das Leben fordert, wenn es dir Frieden gewähren soll. Wer das nicht weiß, wird sich nie befreien können — von der Last der kleinen Dinge.' "

Vielleicht hatte er recht, dachte Jonathan verärgert. Ich besaß wahrscheinlich nie viel Mut und das ist eine verdammt böse Sache, wenn man da erst mit fünfunddreißig draufkommt, wenn das halbe Leben schon vorbei ist! Ich habe immer schon vor der Wahrheit gekniffen; so als ich meinen Vater in dem Glauben bestärkte, er wäre ein kluger Mann und meine Mutter brutal und gefühllos — und ich hatte die Situation akzeptiert, die ein mutiger Mann nicht eine Sekunde lang ertragen hätte.

Das Brüllen der Menge, das Knallen der Feuerwerkskörper, die Kapelle — das ganze Schreien und Singen und Lachen — alles schwand aus seinem Bewußtsein, und er war wieder im Gerichtssaal, vor Richter und Geschworenen, hörte dem Staatsanwalt zu, betrachtete die langweiligen Gesichter, die sich von ihm abwandten, die grausamen, verschlagenen Gesichter, während der rußige Schnee sanft zischend gegen die schmutzigen Scheiben fiel. Er hatte vor keinem Angst gehabt und sogar grimmig gelächelt, als der Staatsanwalt ihn einen „rücksichtslosen, grausamen, blutrünstigen Mörder seiner schönen jungen Frau und seines ungeborenen Kindes" nannte. „Ein berechnender, gefühlloser Mörder! Meine Herren! Soll der Angeklagte, schuldloses Blut an seinen Händen, diesen Saal als freier Mann verlassen und leben dürfen? Wollen Sie es wagen, ihn freizusprechen und ihm so Gelegenheit geben, sich über Sie und unsere große, edle, freie amerikanische Justiz lustig zu machen?"

Nein, er hatte keine Angst gehabt. Ich hätte Angst haben sollen, dachte er jetzt. Einen Riesenbammel hätte ich haben sollen. War ich nur deshalb so furchtlos, weil ich felsenfest davon überzeugt war, daß ein Unschuldiger niemals eine ungerechte Bestrafung erleiden würde? Ich habe anderen Menschen ihre Naivität vorgeworfen. Bei dem Prozeß war ich der Naive. Wir leben in einer schrecklichen Welt. Das wußte ich eigentlich schon als Kind, aber bis jetzt habe ich es nicht richtig geglaubt.

Er blickte zu seiner Mutter hinüber. Lächelnd, ruhig, stolz und anmutig saß sie da, stets auf das Wohl ihrer Gäste bedacht, doch er sah ihre kränkliche Blässe, die Schatten unter ihren Augen, die Zeichen in Geduld ertragenen Leidens rund um ihren fein geschwungenen Mund. Er schämte sich. Er wußte keine Worte, die er ihr sagen, mit denen er ihre Verzeihung hätte erbitten sollen. Nie hatte er auf sie gehört, hatte sie zurückgestoßen, bevor sie noch sprach, obwohl sie immer im Recht gewesen war. War er das gewesen, was seinen Widerstand hervorgerufen hatte? Die Gelassenheit, mit der sie die Prüfungen des Lebens akzeptierte, die zu akzeptieren ihm, der weder blind noch dumm war, so unglaublich schwerfiel?

Ich bin auch meines Vaters Sohn, dachte er spöttisch. Auch ich mußte mein kleines Spielzeug haben, auch ich wollte betrogen sein. Ich bin schon ein rechter Narr.

Die Kapelle setzte schmetternd mit „Heil, Columbia, du glückliches Land!“ ein, und die schwitzenden Massen erhoben sich und jubelten und sangen kräftig mit und zündeten Frösche an und die Sonne brannte und die Luft war schwer vom Geruch nach Essen und Bier und Staub und zertretenem Gras und Schießpulver.

Auch Jonathan stand auf. Dabei schwankte er zufällig gegen die sich ebenfalls erhebende Jenny, griff instinktiv nach ihr, als sie taumelte, und sein Arm lag um ihre Hüfte und ihre Wange kam seinen Lippen nahe. Wie Statuen standen sie, bewegungslos verharrend, und dann hob sie ganz langsam ihre blauen Augen zu den seinen empor und wurde noch bleicher als zuvor. Sie konnten ihre Blicke nicht voneinander abwenden. Er fühlte das Mädchen unter seiner Hand erbeben und sah überrascht und in tiefer Erregung ein Leuchten über ihr Gesicht gleiten und er sah, daß ihre Lippen sich öffneten.

Er ließ seinen Arm fallen. „Verzeih“, murmelte er. Aber auch er zitterte. Er sah sie nochmals an, doch nun hatte sie den Kopf zur Seite gedreht und blickte zum Rathaus hinüber. Jenny, dachte er. Ich muß es mir eingebildet haben. Doch nicht Jenny! Nicht Jenny, seines Bruders Geliebte! Er konnte keinen klaren Gedanken fassen.

SIEBZEHNTES KAPITEL

In all seiner überladenen Stattlichkeit, seiner kastanienbraunen Stattlichkeit, folgte Senator Kenton Campion dem Bürgermeister zum Vortragspult, und alles jubelte und klatschte, denn er war sehr beliebt. Seine Erscheinung, sein Geld, die kleinen Skandälchen, die man sich über ihn erzählte, sein Lächeln, sein joviales Wesen und seine stets gute Presse — all das war es, was die Stadt an ihm liebte. Er verbeugte sich vor der Menge, dankte mit ernster Miene den militärisch grüßenden Veteranen, verneigte sich vor den Honoratioren und breitete wie ein liebender Vater die Arme aus, um die schreienden und jubelnden Massen zum Schweigen zu bringen. Seine Schwester Beatrice strahlte wie die Sonne hinter ihm und vergoß Tränen des Stolzes, die sie mit einem Spitzentuch fortwischte.

Gütig lächelnd wartete der Senator, bis die ihm zujauchzende Menge zur Ruhe kam. Er trug einen langen Gehrock und würdevolle, gestreifte Hosen, einen weißen Rollkragen und eine breite, schwarze Krawatte, auf der eine diamantene Stecknadel prunkte. Sein kastanienbraunes Haar leuchtete in der Sonne. Er war jeder Zoll der Senator, der Würdenträger, der verehrte Landesvater, der Sohn seines Volkes, die es vorzog, in der Kleinstadt Hambledon zu wohnen, statt in Philadelphia, wo er von Rechts wegen residieren sollte. Die Menge betete ihn an. Er, der Vertraute von Präsidenten und Gouverneuren, ließ sich alljährlich herab, hier zu ihnen zu sprechen, und nicht als hochgestellte Persönlichkeit, sondern als einer von ihnen, ein Fürst unter seinen Rittern; kein herablassender Gönner, sondern ein Mann, der in seinen Mitbürgern sich selbst ehrte.

Seine klangvolle, einschmeichelnde Stimme hallte über den ganzen Platz.

„Liebe Freunde", begann er, „liebe Nachbarn, liebe Brüder und Schwestern! Wieder einmal bin ich, euer Diener, an diesem glorreichen Vierten Juli, dem edlen Tag der Unabhängigkeit und Befreiung von Tyrannei und Bedrückung, gekommen, um an euch das Wort zu richten, demütig und dankbar für die Liebe, die ihr mir entgegengebracht, für die Beweise eurer Gunst, mit denen ihr mich überhäuft, und das Vertrauen, das ihr mir geschenkt habt. Wie kann ich zum Ausdruck bringen, was mir das als Mensch bedeutet, meinem Herzen, meiner unsterblichen Seele, und allen meinen Gefühlen und Empfindungen?" Er schlug sich mit der Faust auf die breite Brust.

„Oh, Gott!" murmelte Jonathan und goß sich ein frisches Glas Bier ein. Aber keiner hörte ihn, denn abermals jauchzte die Menge, klatschte und schwenkte ihre Fähnchen, und die Kapelle blies einen rauschenden Tusch. Selbst die zynischen Freunde des Senators auf den Stufen des Rathauses applaudierten und nickten sich beifällig zu. Jonathan beobachtete sie und schnaubte verächtlich. Er stützte den Kopf in die Hand; nicht um Langeweile vorzutäuschen, sondern um sich selbst zu beherrschen, die aufwallende Leidenschaft zu verstehen, die sich seiner bemächtigt hatte, als Jenny in seinem Arm gelegen war, um seine Abscheu, sein Entsetzen, seine Verzweiflung und seinen Ekel hinunterzuschlucken, und jenes Gefühl von Trauer zu analysieren, das er jetzt empfand, aber in dieser Stärke noch nie empfunden hatte. Jenny saß wieder neben ihm, starr und mit leerem Blick wie zuvor.

Mittlerweile war der Senator der Rührung und überschäumenden Begeisterung, wieder einmal hier unter seinen lieben Freunden weilen zu dürfen, Herr geworden. Die Arme mit Nachdruck erhoben, die weißen Hände hin- und herschwenkend, um die Bedeutung seiner Worte zu unterstreichen, setzte er seine Rede fort. Er sprach überzeugend und eindringlich, und die Menge verfiel in tiefes Schweigen. Jonathan hatte einige blumenreiche Passagen überhört.

„An diesem glorreichen Tag, unserer Freiheit geweiht, unserer heiligen Ehre, unserem Adel und Heldentum als Amerikaner, unserer Abstammung von stolzen und furchtlosen Männern, unseren Schwüren vor Gott und unserem Lande, und eingedenk der Gelöbnisse des Friedens und der Liebe und der freundschaftlichen Beziehungen, die wir vor der Menschheit abgelegt haben, spreche ich heute zu euch aus der Tiefe meines vollen Herzens, um euch auf das Geschick vorzubereiten, das euch in diesem herrlichen, erregenden, sonnenbeschienenen Jahrhundert erwartet, auf euer Geschick, so gewaltig, wie es die Welt noch nicht gesehen hat!"

„Wie ist das?" murmelte Jonathan und vergaß jetzt alles andere und konzentrierte sich auf die Rede des Senators, die seltsam anders klang als jede andere, die er an diesem Tag je gehalten hatte.

„Unser Geschick!" rief der Senator und seine Stimme brach und schwang sich erneut auf in strahlende Höhen. „Unser unwandelbares Geschick, eingemeißelt in die Steintafeln der Jahrhunderte, vom Beginn aller Zeiten eingeschrieben im Herzen Gottes, prophezeit in den heiligen Schriften! Dies ist unser Land, das neue Jerusalem, das neue Israel, das Land, wo Milch und Honig fließt, die neue Welt! Oh, welcher Ruhm, welche Herrlichkeit erwarten uns, welche Vollendung, welche Anerkennung, welche Führerschaft, welche umwälzenden Erfindungen — in diesem neuen, unserem Jahrhundert, diesem jungen Jahrhundert, das die himmlischen Heerscharen in unsere Hände gelegt haben!"

„Was Teufel!" rief Jonathan und machte eine ungestüme Bewegung. Aber keiner hörte ihn. Robert Morgan starrte immer noch wie verzaubert auf Jenny, die in eine nebelhafte Ferne starrte, Jane Morgan starrte auf ihren Sohn, Maude starrte Robert an, und Marjorie, von Hitze, Lärm und Krankheit geschwächt, saß gegen einen Baum gelehnt und schlummerte friedlich auf ihrer Bank. Die Kitcheners, bemüht, nicht einzuschlafen und dem großen Mann am Rednerpult mit Höflichkeit zu begegnen, lauschten halb benommen, ohne auch nur ein Wort zu verstehen oder gar daran Anstoß zu nehmen. Nur Jonathan und der Priester hörten zu, und Vater McNultys Gesicht spiegelte Unbehagen und Bedenken wider.

„Sind wir auf unser Geschick vorbereitet?“ fragte der Senator und ließ seine brennenden Augen über die Menge schweifen. „Haben wir inbrünstig genug gebetet, haben wir uns Gott geweiht, haben wir genügend verstanden und genügend geopfert, um im Angesicht der Geschichte dieses, unseres Geschickes wert zu sein, dieses Geschickes, das die Imperien Griechenlands und Ägyptens und Babyloniens und Persiens und Roms in den Schatten stellt? Ja, und auch das vergängliche Imperium Großbritanniens, das herausfordernde Imperium Deutschlands und Österreich-Ungarns, und das der kleinen gelben Männer im Pazifik! Haben wir gebetet, Freunde? Haben wir die Bedeutung des Szepters begriffen, das der Herr uns entgegenstreckt, der Krone, die uns ungezählte Millionen Heimatloser und Entrechteter anbieten, sehen wir den juwelenbedeckten Pfad, der uns ins russische Imperium führt, die Palmenblätter, die die heidnischen Gewürzinseln zu unseren Füßen ausbreiten, hören wir das Flehen der geknechteten Massen — überall in der Welt?“

„Mein Gott!“ sagte Jonathan ganz laut und sah sich um, sah die Schleier vor den Augen der Kitcheners, sah seine schlummernde Mutter, Jennys unverändertes Profil, sah den starrenden Robert, die starrende Maude und die starrende Jane. Keiner antwortete ihm. Dann begegnete er den beunruhigten hellen Augen Vater McNultys und einige Sekunden lang blickten sie einander in tiefer Verwirrung an. Die Menge, verwundert zwar, aber doch begeistert, brüllte dem Senator ihre Zustimmung entgegen. Das Wort „Imperium“ mißfiel ihnen, denn man hatte sie in der Schule gelehrt, es sei ein verderbliches und fragwürdiges Wort, sinnverwandt mit jener europäischen Gewaltherrschaft, der Amerika 1775 entronnen war. Sie wußten, daß sie ihrer Mißbilligung für dieses unheilvolle Wort Ausdruck verleihen sollten, und das taten sie und lauschten dem Senator mit gespannter Aufmerksamkeit.

Er erkannte das mit lächelnder Genugtuung. „Laßt mich Amerikas größten Dichter zitieren“, schrie er, „Walt Whitman — über Amerika! ‚Ich höre Amerika singen, ich höre seine vielfältigen Jubellieder!‘ Oh, diese bewegenden, triumphierenden, herrlichen Worte! ‚Ich höre Amerika singen!‘ Ergreifende Worte! Es singt, unser großes demokratisches Reich; von Küste zu Küste, von Grenze zu Grenze singt es von Macht und Ruhm im Namen der Freiheit für alle! Waren wir taub gegen diese erhabenen Worte? Sind wir der persönlichen Bereicherung so ergeben, daß wir taub sind gegen unser Geschickt?

Nein! Nein! Tausend Male nein! Wir wissen, wer wir sind, wir kennen das uns offenbarte Geschick! Laßt doch die Feiglinge sich entsetzen, die Zimperlichen winseln, die Schwächlinge sich verbergen! Wir kennen den Weg, den es einzuschlagen gilt! Sollen wir zurückweichen, der klammernden Hände achten, den verräterischen Stimmen lauschen, innehalten auf unserem großen Marsch in die Zukunft? Tausende Male nein!"

Die Menge, verwunderter als je zuvor, dennoch aber von den mitreißenden Worten entzückt, antwortete mit einem donnernden „Nein!" Aber die Veteranen hatten sich vorgebeugt und Oberst Jeremiah Hadley saß aufrecht und starrte den Senator wie einen Basilisken oder eine Gorgo an.

„Wir sind ein großes, gewaltiges, friedliches Land, ein Land, das in den letzten Jahren vom Krieg verschont geblieben ist, wenn wir vom kurzen spanisch-amerikanischen Konflikt absehen, der uns durch untragbare Provokation aufgezwungen wurde und den wir entscheiden mußten, um Kuba und andere unterdrückte Länder zu befreien. Doch das gehört nun der Geschichte an. Das Morgengrauen eines neuen Jahrhunderts ist da, der Tag, da Massen von Automobilen sich bald auf unseren Straßen drängen und mehr und breitere Straßen von uns fordern werden, als Rom sie kannte, dessen Straßen die halbe Welt umspannten. Das Morgengrauen ist da und der Tag, da eine schwache Regierung in Washington aufstehen und neue Verantwortungen für das neue Reich, das neue Amerika übernehmen muß!"

„Allmächtiger!" rief Jonathan, doch nur der Priester hörte ihn, und vielleicht Jenny.

Strahlend nahm der Senator den stürmischen Beifall entgegen und wenn er Hunderte von verwirrten Gesichtern sah, achtete er ihrer nicht, so wie er auch Oberst Hadleys finsteren Blicken und der Unruhe unter den Veteranen nicht achtete. Die Masse, die naive, leichtgläubige Masse, die so leicht zu täuschende Masse, die auf große Töne und klingende Worte hereinfiel, lieh ihm ihr Ohr.

„Möge die Welt sich in acht nehmen!" fuhr der Senator fort. „Amerika ist auf dem Vormarsch! Das Wachstum unserer Nation erschallt wie Donnerklang. Amerika, die verschämte, tölpelhafte Maid, ist zu einer riesenhaften Gestalt geworden, die mit gewaltigem Selbstvertrauen auf ein erstauntes Europa hinabblickt. Hinter den Millionen Morgen fruchtbaren Landes, den rauchenden Fabriken und Werken, den gewaltigen Städten, wie die Welt ihresgleichen nicht kennt, wird die Kraft unserer mächtigen Arme sichtbar! Unwiderstehlich kocht das Blut in unseren Adern! Die Stärke von Jahrhunderten bewegt unsere Herzen. Kein Wunder also, daß Europa aufhorcht, wenn wir einen Jubelruf ausstoßen, freudig und herausfordernd und jung!"

„Das will ich glauben", sagte Jonathan. „Und hoffentlich hört Europa genau her. Die ganze Welt täte gut daran, die Ohren aufzusperren. Die Zahl dieser Scharlatane ist heute in Washington Legion."

„Ja", stimmte der Priester bei und sah bestürzt auf den Senator.

Jonathan dachte an das, was der junge Francis Campion ihm anvertraut hatte, und dumpfe heiße Wut stieg in ihm auf. War es wirklich möglich, fragte er sich, daß ein Mann aus Machthunger, aus Geldgier, aus Haß gegen die menschliche Rasse, gegen sein Vaterland konspirierte? Ja, es war durchaus möglich. Die Trümmer versunkener Zivilisationen waren mit den Namen solch ruchloser Männer verquickt, die ihrer Welt Zerstörung und Tod gebracht und sich daran, von teuflischem Ehrgeiz oder wahnwitziger Besessenheit getrieben, ergötzt hatten. Satanismus. Oft hatte Jonathan sich über das Wort lustig gemacht. Widerstrebend und verwirrt fragte er sich nun, ob er damit recht getan hatte.

„Welch herrliche Erbschaft gilt es anzutreten!" jauchzte der Senator. „Ich habe von Demut gesprochen. Doch laßt uns nicht länger demütig sein! Wären wir es, wir würden damit Gottes Pläne durchkreuzen! Und welche Pläne sind das? Laßt mich einen bedeutenden englischen Dichter zitieren — wenngleich ich die Engländer nicht gerade bewundere. Sein Name ist Tennyson, und er war ein großer Prophet, als er vor einigen Jahrzehnten schrieb:

‚Menschen, Brüder, an der Arbeit, schaffen täglich neues Gut.
Gebt Euch nicht damit zufrieden, fasset festen, frischen Mut!
Denn ich blickte in die Zukunft, die des Menschen Aug' umspannt,
Sah Visionen einer Welt und Wunder, die uns unbekannt;
Sah den Horizont sich weiten, mächt'ge Flotten zogen auf,
Reiche Ladung in den Bäuchen, Ballen groß und klein zu Hauf;
Hört' die Rufe hoch am Himmel, hob erschreckt den Blick empor,
Sah die Schiffe der Nationen kämpfen vor dem Himmelstor;
Stürmisch braust' der warme Südwind, schlug die Welt in seinen Bann,
Zerrt' und riß an den Standarten, die kein Herrscher je ersann;
Bis des Krieges Trommeln stumm, des Krieges Fahnen abgestellt
In der Menschheit Parlament, im Verband der ganzen Welt!' "

Der klangvolle Wohllaut der Dichtung begeisterte die Menge mit Ausnahme der Veteranen und Oberst Hadleys, Jonathan Ferriers und des Priesters. Die Menschen waren von der Resonanz und Harmonie begeistert, gaben brüllend ihrer Zustimmung Ausdruck und verstanden kein Wort. Den einfachen Leuten genügte die Musik; die unheilvollen Töne entgingen ihnen.

„Und wer soll dieses Parlament der Menschheit, den Verband der ganzen Welt beherrschen?" rief der Senator und rannte wie ein Tiger auf seiner Treppenstufe auf und ab. „Amerika! Amerika! Wer will uns das streitig machen? Wer wollte es wagen, uns das streitig zu machen?"

„Ich hoffe zu Gott, daß sich in Europa oder Amerika jemand findet, der bei gesundem Verstand ist", meinte Jonathan.

„Hört mir zu, meine lieben Freunde und Landsleute!" donnerte der Senator. „Die mächtigen Flotten am Horizont sind keine Trugbilder, keine Träume mehr! ‚Hört' die Rufe hoch am Himmel — sah die Schiffe der Nationen kämpfen vor dem Himmelstor!' Welch visionäre Kraft, doch welche Wahrheit auch! Es sind jetzt neunundfünfzig Jahre her, daß ein großer französischer Schriftsteller, Victor Hugo, über eben diese Maschinen sprach, die schwerer sind als die Luft, und an denen wir jetzt in Amerika arbeiten: ‚Im gleichen Augenblick werden die Grenzen verschwinden und alle Schranken fallen; die ganze chinesische Mauer rund um die Industrie, den Fortschritt und die Völker, wird einstürzen. Der Mensch, der bis dahin auf der Erde gekrochen ist — er wird frei sein. Einem Schwarm von Vögeln gleich wird die Zivilisation umherfliegen und umherwirbeln und sich gleichzeitig auf dem ganzen Erdenrund niederlassen. Es wird keinen Haß mehr geben, keine sich und andere verzehrende Selbstsucht und keine Kriege mehr! Ein neues Leben wird erstehen, aus Harmonie und Licht gefügt!'

Das, meine Freunde und Landsleute, sagte Victor Hugo vor neunundfünfzig Jahren, anno 1842! Welch eine Weissagung! Und wer wird sie wahrmachen? Amerika! Unsere Himmelsflotte wird vor dem Himmelstor kämpfen — um der gesamten Menschheit Frieden und Freiheit zu bringen! Die Kosten mögen enorm sein, die Leiden groß, aber wir müssen unser Geschick erfüllen und dürfen die göttliche Verheißung nicht anzweifeln! Das Parlament der Menschheit, der Verband der ganzen Welt! Wo wird seine alabasterne Hauptstadt stehen? Wer wird sein Kaiser sein? Wer sein heldenhafter Friedenskünder, der über die Nationen zu Gericht sitzt, ihre Huldigungen und Tribute entgegennimmt, der ganzen Welt seine gütigen Gesetze auferlegt und seine Standarte in allen Ländern und Inseln unter der Sonne flattern läßt? Washington ist diese alabasterne Hauptstadt; Kaiser und Friedenskünder ein demokratischer Herrscher, dessen Herz für die gesamte Menschheit schlägt und der Ehrfurcht vor Tradition und Gott empfindet. Das ist das herrliche Amerika, das neue Rom, das gesegnete Reich, das seine zahlreichen Völker unter seine strahlenden Fittiche nimmt und ihnen ewigen Frieden und Wohlstand, frohe Lieder, Feste und Liebe schenkt!"

Jonathan, der aufmerksam zugehört hatte, war die Lust zum Spotten vergangen; er war zutiefst erschrocken. Hambledon war nur eine kleine Stadt und der Redner nur ein Senator. Wiederholte er nur, was sich ehrgeizige, haßerfüllte, machtbesessene Männer in diesen Tagen in Washington zuflüsterten? Würde er sich erdreisten, so unverfroren vor diesen einfachen Leuten zu sprechen, wenn man in Regierungskreisen nicht schon noch unverfrorener gesprochen hätte?

„All dies“, rief der Senator aus, „läßt sich vielleicht mit Überredung und friedlichen Mitteln erreichen. Wenn nicht, muß zu strengeren Maßnahmen gegriffen werden, um eine Welt zu retten, die stündlich kleiner wird und näher an uns heranrückt. Wie können wir das zustande bringen? Denkt daran: wir tun dies nicht für uns — ehrgeiziges Streben ist uns fremd —, sondern für jene, die Jesus so sehr liebte, für die Armen, die Hungrigen, die Entrechteten, die Obdachlosen, die Unterdrückten und die Umherirrenden fremder Länder. Wir können es durch Macht zustande bringen, und Macht kostet Geld.

Bald, liebe Freunde, wird dem Kongreß ein Verfassungsänderungsgesetz vorgelegt werden, das die Einführung einer Einkommensteuer zur Folge haben wird. Wir hatten eine solche Steuer während des Bürgerkriegs und später während des Spanisch-Amerikanischen Krieges, aber dann gelang es einer einfältigen und habgierigen Minderheit — der nichts an unserem Geschick lag —, sie wieder aufheben zu lassen.

Welche Torheit! Welcher Mangel an Vaterlandsliebe! Welcher Mangel an Liebe für die gesamte Menschheit! Sollen wir zwischen unseren zwei Ozeanen hocken und uns mit unserer eigenen Wohlbeleibtheit zufriedengeben, während Hunderte Millionen Menschen dahinvegetieren und uns flehentlich bitten, sie von ihren Tyrannen zu erlösen? Tausendmal nein! Nein! Unser Geschick ruft uns! Ist uns unser Wohlstand mehr wert als die Aufgaben, die uns die Geschichte stellt? Nein! Nein! Opfer! Pflicht! Einigkeit! Das ist der Ruf der Zukunft — unser Ruf! Die Sonne geht im Westen auf, meine Freunde! Die Sonne geht im Westen auf! So wie wir von der Unterdrückung erlöst wurden, ist es unsere Pflicht, auch andere zu erlösen, welche Nation auch immer unsere Hilfe erflehen sollte. Unser Gold darf uns nichts bedeuten, ja vielleicht nicht einmal unser Leben und das Leben unserer Söhne. Mit Gold und Blut werden wir das Parlament der Menschheit, den Verband der Welt errichten und niemand wird uns daran hindern!“

„Er ist verrückt“, sagte Jonathan zu Vater McNulty.

„Nein, das glaube ich nicht“, erwiderte der Priester und sein rundliches, junges Gesicht war blaß. „Ich frage mich, in wie vielen anderen kleinen Städten heute solche Reden gehalten wurden.“

„Ich wünschte, ein paar Auslandskorrespondenten hätten das gehört“, meinte Jonathan.

„— ein wahrhaft demokratisches Reich!“ schrie der Senator. „Vielleicht werden wir es nicht mehr erleben, wohl aber unsere Söhne. Wir dürfen unser Geschick nicht verleugnen!“

„Gott steh uns bei“, sagte Jonathan.

„Amen“, sagte der Priester.

Die Menge tobte vor Erregung und Begeisterung, obgleich nur wenige die Prophezeiungen des Senators verstanden hatten und was sie Amerika verhießen. Sie stürmten über den Platz, um Campions Hand zu schütteln und strahlend langte er hinunter, um jede ihm ungeduldig entgegengestreckte Hand zu ergreifen, würdevoll zu danken und sich mit einem freundlichen Wort zu verabschieden. Und wem er die Hand geschüttelt hatte, fühlte sich geehrt und gestärkt, ohne recht zu wissen, warum. Verwirrt lächelte er seinen Nachbarn zu, klopfte ihnen auf die Schulter und meinte: „War das nicht eine wundervolle Rede?“ Keiner sagte: „Was hat er eigentlich gemeint?“ Es genügte ihnen, ein Teil der schwitzenden, verzückten Menge zu sein, der Menge, die der Senator so liebte. Es genügte ihnen, im Geist der Hingabe und Brüderlichkeit mit den anderen mitzuschreien.

„Wieder so etwas wie die Tuilerien“, kommentierte Jonathan, und nur der Priester hörte ihn. „Von wo wird denn wohl unser Cäsar oder unser Napoleon kommen? Mit Fahnen und Trommeln wird er bestimmt nicht anrücken. Mit frommen Reden wird er sich vorstellen, der glattzüngige Leisetreter, ein langweiliger kleiner Wicht voller ‚Liebe‘. Und Haß und Blutdurst und Ehrsucht. Kein stolzer Cäsar, kein kleiner Korporal. Wahrscheinlich ein Eunuch.“

„Was hast du gesagt, Liebster?“ fragte Marjorie, die eben aufwachte und ein wenig fröstelte. Die Kitcheners schliefen mit offenen Augen, doch Jane Morgan beobachtete immer noch den geistesabwesenden Robert. Dieser sah Jenny an, die jetzt Jonathan anblickte, während Maude Robert anstarrte.

„Nichts, Mama“, antwortete Jonathan und Marjorie blinzelte, als sie das kindliche Wort hörte. Machte ihr Sohn sich über ihr unfreiwilliges Schläfchen lustig? Nein, er lächelte sie an, wie er sie noch nie zuvor angelächelt hatte. Doch seine Augen waren schmal und nachdenklich, als ob er ganz andere Dinge im Kopf hätte.

Trompeten erklangen. Applaus, Jubel und Zurufe erstarben. Oberst Hadley näherte sich dem Vortragspult.

Groß, hager und schweigsam stand er da und die Menge begann wieder zu klatschen, wenn auch nicht mehr mit der gleichen Begeisterung. Man kannte ja diese alten Soldaten. Die kamen immer mit dem gleichen langweiligen Zeug, nicht wie der Senator, der Gefühle zum Aufwallen bringen konnte, bis man sich groß und stark und mächtig vorkam. Außerdem waren die Leute voll von Bier und Essen und Kuchen und Limonade und träge von der Sonne und von der Hitze und wollten heimgehen. Hinter dem Oberst steckten die Honoratioren die Köpfe zusammen, die Damen fächelten sich Kühlung zu und gähnten und man hörte das Kratzen der Stühle auf den Steinstufen.

Der Bürgermeister stellte den Oberst vor, obgleich ihn jedermann kannte. „Unser großer Held aus dem Bürgerkrieg“, sagte der kleine dicke Bürgermeister Emil Schuman. „Er möchte uns einige Worte zum

Vierten Juli sagen. Einige Worte“, fügte er hinzu und warf dem Oberst einen flehenden Blick zu. Er fuhr sich über die schweißnasse Stirne und dann über seinen blonden Schnurrbart.

Die Leute begannen schon die Tische zu verlassen, sammelten ihre Sachen zusammen und riefen die Kinder herbei. Die Kapelle spielte lauter. Die Leute zögerten, ließen sich an fremden Tischen nieder und gähnten. Viele aber strömten über den Platz, zogen Wägelchen hinter sich her oder liefen ihren schreienden Kindern nach.

Dann erklang die Stimme des Obersten, mannhaft, stark, ruhig und fest und selbst die Leute auf der Straße blieben stehen und warteten, trotz Sonne und Hitze.

„Landsleute“, begann er, „Ihr habt soeben eine zündende Rede unseres Senators für Pennsylvanien, Mr. Kenton Campion, gehört.“ Er hielt inne. Er hob seine schlanke Hand. „Ich habe in meinem Leben viele Reden gehört, meine Freunde, aber noch keine so gefährliche, so wahnsinnige, so grausame, so unverantwortliche und so unheilvolle.“

Seine Stimme schallte über den plötzlich stillen Platz und es war eine tiefe, tragische und schreckliche Stille. Die Menschen kamen auf den Gehsteig herauf, um besser zu hören, und dann auf den Rasen. Das Gescharre und Gewisper und Gelächter und Gekicher auf den Stufen hinter dem Obersten verstummte auf einen Schlag. Der Bürgermeister saß kerzengerade auf seinem Stuhl.

„Ich kann's nicht glauben“, sagte Jonathan. „Der alte Jerry!“

„Ein Reich“, fuhr der Oberst fort, „muß teuer bezahlt werden: mit einem Angriff auf andere Nationen, mit Schweiß und Schmerzen, mit Blut und Tränen, mit Gold und Tod, und mit Sklaverei. Das steht immer am Ende: Sklaverei. Ohne dieses Verbrechen gegen Gott und die Menschen, ohne Bankrott, ohne Krieg, ohne Armeen, ohne Ketten, ohne Drohungen, ohne Gefängnisse, ohne Exekutionskommandos — ohne all das läßt sich ein Reich weder begründen noch bewahren.

Amerika ist ein friedliches Land. Es kennt keine Begehrlichkeit — noch nicht. Es verfolgt keine internationalen Absichten — noch nicht. Es legt keinen Wert darauf, anderen Nationen seine Regierungsform — so frei sie auch sein mag — aufzudrängen — noch nicht. Amerika ist bereit, andere Länder nach ihrem Willen leben und gedeihen, aufblühen oder zugrunde gehen zu lassen. Sein einziges Bestreben ist es, der ganzen Welt ein Vorbild des Friedens, der Freiheit und der Demokratie zu sein. Bis zum heutigen Tag, meine Freunde, bis zum heutigen Tag. Amerika beherzigt die Mahnungen George Washingtons, mit anderen Nationen friedlichen Handel zu treiben, sich jedoch auf keine ausländischen Verwicklungen und gefährlichen Bündnisse einzulassen. Es hat seine Lektion aus der Geschichte gelernt — daß jede Einmischung in die Angelegenheiten anderer Länder, auf welche scheinheiligen Parolen immer sie sich auch stützen mag, vielleicht den Weg zur Macht darstellt, sicher aber den Weg zur Zerstörung, zur Vernichtung und zur Katastrophe. Es ist der Weg rücksichtsloser und ehrgeiziger Männer, die den Adel in den Herzen freier Bürger zu üblen Zwecken mißbrauchen, Männer, die nach Reichtümern streben und über ihre Mitmenschen herrschen wollen.

Hört mich an, Landsleute! Das Volk, das sich aufmacht, um ein Reich zu erobern — mit heldischen Schlachtrufen und Trommeln und prächtigen Bannern — versinkt in seinem eignen Blut. Das ist die Gerechtigkeit Gottes. Es ist die Rache einer geschändeten Menschheit. Gleich dem Senator habe auch ich einen Blick in die Zukunft geworfen. Zwei Wege stehen uns offen: Friede, innere Harmonie, beständige Wachsamkeit. Oder — Krieg und Blut und Bankrott und Verstrickung in den endlosen Hader anderer Nationen. Die Entscheidung liegt bei uns. Ich für meinen Teil kann nur beten, daß wir bei Verstand bleiben und nicht Lügnern, Scharlatanen und Ehrgeizlingen Gehör schenken. Denn die, die darangehen wollen, ein Reich zu erobern, verlieren den Verstand, betrinken sich an Gemeinplätzen und schlagen auf die Trommeln des Wahnsinns. Rings um sie häufen sich die Gefallenen, die jungen Gefallenen, die man dann zu Helden erklärt. Aber das sind sie nicht. Es sind Opfer des Molochs; sie waren es immer und werden es immer sein.

Ich bin Soldat. Ich folgte dem Ruf des Vaterlandes zu den Waffen. Der Norden gewann den Krieg, an dem auch viele teilnahmen, die heute hier bei uns sind. Und was haben wir jetzt? Eine geteilte Nation. Wie lange wird es dauern, bis diese Wunden geheilt sind und das Blut unserer Brüder vergessen ist? Wie lange wird es dauern, bis die Männer von Gettysburg vergessen und ihre Kanonen von Rost zerfressen in den Boden versunken sind? Was hat uns dieser Krieg eingebracht? Es hieß, wir müßten die Sklaverei bekämpfen, aber die Sklaverei war schon im Verschwinden begriffen, und wenige Jahre später wäre sowieso damit Schluß gewesen. Es hieß, wir müßten kämpfen, um die Vereinigten Staaten zusammenzuhalten, aber hätte es nicht im Norden wie im Süden agents provocateurs gegeben, die Vereinigten Staaten wären in ihrer Einheit nie bedroht gewesen."

Er machte eine Pause. Dann sagte er: „Wem meine Worte nach Verrat zu klingen scheinen, mag seine Konsequenzen daraus ziehen."

Er ließ den Kopf sinken. „Das war es nicht, worüber ich heute zu Euch sprechen wollte. Es war mein Wunsch, mit Euch den Frieden, die Sicherheit und die Größe unseres freien Landes, unseres gesegneten Landes zu feiern. Doch ich vernahm Worte uralten Unheils und ich fühlte ein Schwert in mein Herz eindringen. Ich kann nur mahnend meine Stimme erheben: Der Weg des Reiches führt in den Tod. Gott erlöse uns von allem Übel."

Es gab keinen Applaus, als er sich abwandte. Er kehrte nicht auf seinen

Platz zurück. Er schritt die Stufen hinunter, erreichte den Gehsteig, drehte sich zur Seite und ging davon. Die Menge folgte ihm mit erstaunten Blicken. Die Leute flüsterten miteinander. Die Honoratioren machten empörte Gesichter. Sie schüttelten die Köpfe und lächelten verächtlich. Einige umringten den Senator und beugten sich zu ihm nieder, um ihm ihr Bedauern über die ihm zugefügten Beleidigungen auszudrücken. Er lachte unbekümmert. „Diese alten Soldaten!" meinte er nachsichtig.

Die Kapelle setzte mit dem „Sternenbanner" ein, und alles sang mit, von dem Gefühl beseelt, daß etwas höchst Unheilvolles und sehr Bedrohliches geschehen, aber doch alles gut ausgegangen war. Jetzt konnte man ruhig nach Hause gehen und sich ausruhen, auf der Veranda sitzen und zufrieden gähnen, die Kinder ins Bett schicken und sich zum Abendessen einen Kaffee kochen.

Sie sprachen freundlich vom Senator. Nur wenige erwähnten den Oberst.

„Eine deiner besten Reden", sagte Dr. Louis Hedler zum Senator. „Ich habe Bryan gehört, der spricht nicht halb so überzeugend wie du."

„Danke, Louis", entgegnete der Senator, während er seiner Schwester die Treppe herunterhalf und liebenswürdig wartete, bis sie einen kleinen Schwatz mit ihren Freundinnen beendet hatte. „Dieser Hadley! Schon ein bißchen senil, wie?"

„In deinem Alter, Kenton", konnte Louis Hedler sich nicht enthalten, ihm zu erwidern. „Er ist jetzt in den Ruhestand versetzt worden."

„Hm, ja, Louis. Es ist ein Glück für unser Land, daß die meisten Soldaten nicht so denken wie er. Täten sie es, die Barbaren hätten uns schon lange überrannt."

„Jetzt müssen wir noch warten, bis sie sich im Land selbst erheben", sagte Louis. Kenton lachte. „Dann massakrieren wir sie. Wir Senatoren werden es nicht den alten Römern gleichtun, die sich feierlich in den Senat begaben und stumm warteten, bis die Vandalen über sie kamen und ihnen die Köpfe abschnitten. O nein. Wenn unsere eigenen Barbaren sich einmal stark genug fühlen sollten, loszuschlagen, werden wir eine Regierungselite haben, die nicht mehr auf die Zustimmung der Öffentlichkeit oder Abstimmungen oder sonst was zu warten braucht, um zu handeln. Da wird es dann keine öffentliche Meinung mehr geben, nur mehr eine Regierungsmeinung. Das ist ein neues Zeitalter, Louis, ein neues Zeitalter!"

„Mir gefällt's nicht", sagte Louis. „Na ja, ich bezweifle es, daß wir beide noch ein despotisches Amerika erleben werden. Dafür sollte man Gott danken."

„Ja, das sollte man. Du wärst dir beinahe auf den Saum getreten, meine Liebe", warnte der Senator seine Schwester, Beatrice Offerton.

Er verneigte sich vor der Dame, die mit Beatrice plauderte, und wandte sich wieder Louis zu. Ein eigenartiger Glanz lag über seinen Augen, als wären sie von einer Glasur bedeckt. „Darf ich fragen, Louis, wann der junge Ferrier Hambledon verläßt?"

„Jon?" Louis' Froschgesicht verfärbte sich. „Ich weiß es nicht, Kenton. Ich weiß es nicht. Offen gestanden, Humphrey und ich bemühen uns, ihn zum Hierbleiben zu bewegen. Schließlich wurde er ja frei —"

Doch alle Herzlichkeit war aus dem Gesicht des Senators geschwunden; sein Blick war kalt und rachsüchtig. „Louis, ich will diesen Mann nicht mehr in unserer Stadt haben. Auch nicht in unserem Staat. Ich habe Einfluß in Pittsburgh und Philadelphia. Er wird an keinem Krankenhaus mehr arbeiten können. Fort mit ihm, Louis."

Louis hatte den Starrsinn von seinen teutonischen Vorfahren geerbt und den Senator nie recht leiden können, wie eng befreundet sie auch gewesen sein mochten. „Vor wenigen Tagen", erwiderte er, „hat er Hortense Nolan das Leben gerettet, Kenton, und ihre Eltern sind die besten Freunde, die du in dieser Stadt hast. Er hat mehr Menschen gerettet, als ich sagen kann. Er ist ein ausgezeichneter Arzt und Chirurg, und wir brauchen ihn —"

„Fort mit ihm, Louis", unterbrach ihn der Senator mit ruhiger und tödlicher Stimme. „Ist das klar? Fort aus deinem und aus Bedloes Spital. Weißt du, was er meinem Sohn angetan hat? Er hat es ihm unmöglich gemacht, in seinem Seminar zu verbleiben. Ich war von vornherein gegen das Seminar, aber als nachsichtiger Vater beugte ich mich vor Francis' Entschluß. Dann kam dieser Ferrier und brachte ihn beinahe um, schwatzte ihm den Kopf mit den unmöglichsten Dingen voll, und jetzt ist der Junge nach Frankreich geflüchtet. Ich habe noch mehr über seine Fälle gehört. Ist die kleine Martha Best nicht zum Beispiel unter höchst mysteriösen Umständen gestorben? Und erst gestern hast du, Louis, meiner lieben, guten Freundin Elsie Holliday Beruhigungsmittel verabreicht, weil dein Ferrier ihren Sohn, den jungen Jefferson, irgendeiner Behandlung wegen und auf Grund einer Diagnose, die von niemandem bestätigt wurde und die wahrscheinlich falsch ist, aus der Stadt und aus seinem Heimatstaat vertrieben und in irgendein Pesthaus am Golf von Mexiko gesteckt hat."

Louis' Gesicht spannte sich. „Paß mal auf, Kenton! Das sind alles schmutzige Lügen, die man dir da erzählt hat. Die kleine Martha litt an einer sehr seltenen Krankheit, an Blutkrebs. Sie ist unheilbar, und Jon hat sie sofort richtig diagnostiziert. Mein Gott, Mann! Das war höhere Gewalt, ein Naturereignis! Dafür kannst du doch Jon nicht verantwortlich machen. Von deinem Jungen weiß ich nichts. Ich wußte nicht einmal, daß Jon sein Arzt —"

„Das war er auch nicht. Ohne daß man ihn gerufen oder eingeladen hätte, drang er in mein Haus ein und sprach allein mit meinem Jungen, und bevor wir uns noch versehen konnten, seine liebe Tante und ich, war er schon unterwegs nach Frankreich und weiß Gott, wohin. Ist das vielleicht ethisch, wenn ein Arzt darauf besteht, einen Patienten gegen seinen Willen, gegen den Willen seiner Familie zu behandeln? Und was ist mit Jefferson Holliday?"

Louis zauderte. „Ich kann dir darauf keine genaue Antwort geben, aber er leidet an einer Krankheit, die das Gesetz als ‚ekelerregend und ansteckend' bezeichnet. Das muß dir genügen, Kenton."

Der Senator schmunzelte und warf einen versteckten Blick auf seine Schwester, die immer noch plauderte. „Geschlechtskrankheit, was? Na ja, junge Leute. Da gibt es doch jetzt diese Arsenkuren. Hör mal, Louis, wenn man alle jungen Männer aus den Städten vertriebe, weil sie einen Tripper oder Syphilis haben, würde keiner übrigbleiben."

Er klopfte Louis auf die Schulter. „Fort mit ihm, Louis. Ist das klar? Komm, Beatrice, wir haben gerade noch Zeit, zum Park hinunterzufahren und mit unseren Freunden zu Abend zu essen und dann das Feuerwerk zu sehen."

Louis sah ihm nach, zündete sich dann langsam eine Zigarre an, schritt langsam die Treppe hinunter und ließ seine Blicke über den mit Abfall bedeckten Platz schweifen, der nun schon beinahe verlassen dalag. Das glühende Gold des Spätnachmittags schimmerte durch die Baumkronen und spiegelte sich in den Schaufenstern. „Ja, Kent", murmelte Louis Hedler vor sich hin, „das ist klar. Für dich. Aber es gibt auch noch andere Leute."

Marjorie und die anderen Damen hatten sich diskret „zur Erfrischung" ins Innere des Rathauses zurückgezogen und die Herren zum gleichen Zweck den Keller der nahegelegenen Presbyterianerkirche ausgesucht. Beim Tisch traf man sich wieder. „Wir sind praktisch allein", sagte Jonathan vergnügt.

„Nun, wir haben ja noch den Schokoladekuchen, den Vater McNulty uns mitgebracht hat, und Eis für den Tee gibt es auch noch", meinte Marjorie. Sie ließ sich erschöpft auf die Bank fallen. „Wird es nicht schon ein wenig kühler? Wie spät ist es, Jon? Ich hab' meine Uhr daheimgelassen."

„Fast sechs. Campion hat so lange gefaselt, daß du eingeschlafen bist, Mutter, wie fast alle anderen an unserem Tisch auch. Was ist das doch für ein gefährlicher Possenreißer und Schwindler! Wie war Ihr Eindruck, Bob?"

„Mein Eindruck?" fragte Robert und wurde sehr rot. „Ehrlich gesagt, Jon, ich höre Politikern nicht gerne zu. In Philadelphia habe ich genug davon bekommen. Ich habe die Worte des Senators an mir vorbeifließen, aber nicht in mich eindringen lassen." Bei diesen Worten wurde er womöglich noch röter, und Jonathan wäre beinahe mit Lachen herausgeplatzt, denn der junge Arzt warf einen verschreckten Seitenblick auf Jenny Heger, die gar nicht zuhörte und ihre Scheu vor Fremden soweit überwunden hatte, daß sie Marjorie half, die sauberen Gläser mit Tee und Eis zu füllen.

„Sie haben nichts versäumt", beruhigte ihn Jonathan. Die Herren hatten noch nicht Platz genommen. Jonathan, Robert Morgan, der Priester und Mr. Kitchener standen in einer kleinen Gruppe beisammen.

„Ich habe auch nicht zugehört", sagte dieser. „Wozu auch? Vor den Wahlen ist es arg genug. Haben Sie zugehört, Sir?" wandte er sich freundlich an Vater McNulty.

„Ich fürchte, ja", antwortete der Priester. „Ich fand es sehr beunruhigend. Ich habe noch nie so eine Rede gehört, wenngleich ich, seitdem wir nun im zwanzigsten Jahrhundert leben, solche Andeutungen in Leitartikeln verschiedener Zeitungen gefunden habe. Es liegt eine Art Begeisterung in der Luft —"

„Na, das ist doch nicht so schlimm", meinte Mr. Kitchener.

„Eine Verrücktheit, die auf uns zukommt", sagte Jonathan. „Mir fällt gerade ein, was Henry James kürzlich sagte; in fünfzig Jahren würde unsere Welt ziemlich kaputtgegangen sein. Ich glaube ihm. Manche dieser alten Herren geben recht gute Propheten ab."

„Wie meint er das mit dem Kaputtgehen?", fragte Mr. Kitchener und sah seine Tochter an.

„Kriege, Revolutionen, Nihilismus. Wir haben den Gestank in Amerika schon zu spüren bekommen. Kommende Ereignisse kündigen sich durch ihren Gestank, nicht nur durch ihre Schatten an. Die People's Party. Teddys Progressisten. William Jennings Bryan. Eugene Debs. Ich habe in letzter Zeit viel über Debs gelesen. Gott sei Dank werde ich in fünfzig Jahren vierundachtzig und tot sein."

„Aber unsere Enkel", sagte Mr. Kitchener, und es klang sehr unglücklich.

Jonathan zuckte die Achseln. „Ich werde keine haben, und das ist ein Segen. Sollen unsere Enkelkinder sehen, wie sie weiterkommen. Bis dahin ... Nun, vorderhand geht es ja in der Welt noch einigermaßen friedlich zu, obschon ich daran zweifle, daß es lange so bleiben wird, wenn ich an unsere Campions in Washington denke."

„Kriege?" fragte Robert. „Können Sie sich vorstellen, daß Amerika in einen Krieg hineingezogen werden könnte? Unmöglich."

Doch Jonathan hatte sich mittlerweilen nach Jenny umgedreht. Mit dem Rücken zu ihm beugte sie sich über den Tisch, und er sah ihre hohe schmächtige Gestalt, ihre schlanke Taille und den billigen karierten Baumwollstoff, der sich um ihre zarten Schultern spannte. Marjorie fing seinen Blick auf, und die Herren, nun allesamt beunruhigt, kehrten zum Tisch, zu Tee und Kuchen zurück. Doch Jenny saß nun weit gegenüber

Jonathan neben Marjorie, und auch die anderen Damen hatten ihre Plätze gewechselt, so daß Jonathan jetzt zwischen Mrs. Kitchener und Maude zu sitzen kam. Maude war darüber gar nicht erfreut, denn Robert saß gegenüber neben Jenny und sah Maude überhaupt nicht an.

Sie aßen und tranken lustlos und sahen müßig den dicken Männern der Blaskapelle zu, wie sie ihre Instrumente wegräumten. Die heiße Abendluft war so still, daß die Tischgäste die gutturalen Stimmen der Musiker herüberhören konnten. Sie hörten auch das trockene Rascheln der Blätter und die abfahrenden Wagen auf den Straßen jenseits des Parks. Männer räumten die Fähnchen und die Stühle von den Rathausstufen weg und die rot-weiß-blauen Banner, und andere Männer gingen über den Rasen und schafften den ärgsten Abfall fort. Alle ließen sich Zeit. Ein Mann lachte. In der Ferne bellte ein Hund. Auf dem blutroten Himmel sank die Sonne tiefer und tiefer. Von irgendwoher kam der Duft von alten Rosen und Heu und überdeckte sogar den Geruch der heißen Steine und den frischen Hauch, der vom Fluß herüberwehte.

„Wie friedlich es doch ist", sagte Marjorie. „Ich bin von Sonne und Luft ganz benommen. Sicher werde ich einschlafen, bevor wir noch zu Hause sind. Ich habe den Tag genossen, trotz des Senators. Wenn wir daheim sind, mußt du mir erzählen, was er gesagt hat, Jon."

„Ich hab's vergessen", antwortete ihr Sohn. Nun hatte die alte quälende Unruhe wieder von ihm Besitz ergriffen, die hoffnungslose Leere, das Weglaufenwollen, ohne ein Ziel vor Augen zu haben, die brennende Suche nach dem Sinn des Lebens und seiner Erfüllung, die er schon als Kind gekannt hatte. Er sah das goldene Glitzern in den Baumkronen und die blauen Schatten darunter, und seine Unrast wandelte sich zu stechendem Schmerz, und seine Gedanken verloren sich im Dunkel. Er heftete seine Blicke auf Jenny, die sich schüchtern mit Mrs. Kitchener unterhielt, und abermals spannte sich alles in ihm, und er erbebte. Trauer und Bitterkeit überkamen ihn und heftiger Zorn. Diesmal aber empfand er Zorn über sich selbst, denn endlich wußte er, was ihn fast vier Jahre lang gepeinigt hatte.

„Robert?" sagte Mrs. Morgan. „Ich glaube, jetzt ist es wirklich Zeit, daß wir uns auf den Heimweg machen. Du weißt ja, meine Arthritis."

Robert schien sich auflehnen zu wollen, aber dann seufzte er. „Also schön, Mutter." Er erhob sich und verbeugte sich vor Marjorie. „Mrs. Ferrier, es war sehr liebenswürdig von Ihnen, uns einzuladen, wirklich sehr liebenswürdig. Sie haben soviel getan, damit wir uns in unserer neuen Heimat wohlfühlen. Ich hoffe, daß Sie uns oft besuchen werden, sobald wir eingezogen sind."

„Mein Freund, ich habe nichts getan", sagte Marjorie, und aus ihren haselnußbraunen Augen sprach Zuneigung.

Robert stand da und zauderte. Er wünschte sich so sehr, Jenny möge ihn ansehen, ein Wort sprechen, oder nur einfach lächeln. Als ob sie es gefühlt hätte, blickte sie über den Tisch hinüber, denn er war indessen zu seiner Mutter getreten, um ihr aufzuhelfen, und schenkte ihm ein blasses, verschüchtertes Lächeln; dann drehte sie wieder den Kopf zur Seite. Das war genug für den jungen Mann. Er verabschiedete sich sehr herzlich von allen.

„So ein netter junger Mann und seiner armen Mutter so zugetan", sagte Sue Kitchener. „Das Schicksal hat sie so hart geprüft. Eine wahre Märtyrerin. Ist er — ich meine, hat er —"

„Wenn du wissen willst, ob irgendwo ein Mädchen im Dunkel lauert, die Antwort lautet: nein", half Jonathan ihr aus der Verlegenheit. „Er ist frei, und ich hoffe, er bleibt es auch."

„Aber, Jon", sagte Marjorie und gähnte tief und genüßlich.

Sue kicherte. „Ich hoffe, er findet sich ein nettes Mädchen, und zwar hier in Hambledon." Zärtlich lächelte sie ihre Tochter an, und Maude errötete.

„Und ich habe noch Danksagungsgottesdienst", sagte Vater McNulty, „obwohl ich nicht glaube, daß heute noch viele kommunizieren kommen werden."

Er stand auf, verabschiedete sich und trabte davon. Alle sahen ihm nach, selbst Jenny Heger. „Jedenfalls war es anständig von Kenton, ihm zu Pferd und Wagen zu verhelfen", meinte Marjorie. „Wahrscheinlich hat er es wegen Francis getan." Sie sah Jonathan fragend an, erhielt jedoch keine Antwort.

„Ich fürchte, wir müssen auch gehen", sagte Sue Kitchener. „Wir wollen noch ein leichtes Abendbrot zu uns nehmen — soweit wir Platz finden — und dann zum Fluß hinuntergehen und das Feuerwerk anschauen. Gehst du auch, Marjorie?"

„Ich glaube nicht. Ich bin wirklich sehr müde. Jonathan?"

„Sicher nicht", erwiderte er.

„Schade. Ich dachte, du hättest mit Jenny gehen wollen."

Jonathan war sprachlos. Die Idee war grotesk. Die Kitcheners verabschiedeten sich. Der letzte goldene Schimmer war aus den Bäumen verschwunden, die Hitze hatte nachgelassen, und die Ferriers blieben mit Jenny allein. Wie immer, saß das Mädchen in angstvoller Stille da, den Kopf gebeugt und die Hände im Schoß.

Doch als Marjorie begann, Teller und Gläser und Servietten zusammenzuräumen, stand Jenny sogleich auf und begann ihr mit schnellen und geschickten Händen zu helfen. Jonathan packte alles in die Körbe. „Jenny", sagte Marjorie, „wird mit uns zum Fluß fahren. Sie hat ihr Fahrrad daheim gelassen."

„Ach nein, ich kann laufen!" rief das Mädchen. „Ich laufe gern. Es ist ja nicht weit."

„Unsinn. Ein junges Mädchen allein auf der Straße — es wird jetzt schon dunkel — ein Feiertag auch noch dazu, das könnte zu Mißverständnissen Anlaß geben", meinte Marjorie.

„Mutter, wir leben im zwanzigsten Jahrhundert", sagte Jonathan. „Heutzutage werden junge Damen verstanden und nicht mißverstanden. Stimmt das nicht, Jenny?"

Als sie nicht antwortete und nur noch eiliger wurde, fügte er hinzu: „Jetzt spricht man doch allenthalben von der ‚neuen Frau', der freien Frau, der unter allen Umständen erlaubt ist, nach ihrem Gutdünken zu verfahren. Kühn und frei, wie ein Mann."

„Sei nicht ungemütlich, Jon", mahnte Marjorie. „Jenny, ich will nichts mehr hören. Du fährst mit uns, wenn es auch mit den Körben nicht allzu bequem sein wird. Werden deine Dienstboten schon zurück sein, wenn du auf die Insel kommst?"

„Nein", platzte das Mädchen heraus. „Ich habe ihnen bis morgen früh freigegeben. Es sollte ja auch für sie ein Feiertag sein."

Marjorie ließ entsetzt die Hände in den Schoß fallen. „Jenny! Du willst die Nacht ganz allein auf der Insel verbringen? Daran ist doch gar nicht zu denken! Das ist viel zu gefährlich. Jeder kann hinüberrudern und dich belästigen, wenn nicht gar ausrauben. Du brauchst nichts mehr zu sagen. Du bleibst heute nacht bei uns."

„O nein!" Es war ein verzweifelter Aufschrei. „Ich habe keine Angst, Tante Marjorie. Wenn ich allein bin, habe ich keine Angst." Sie hob den Blick in die blaue Dämmerung empor, als ob sie weinen wollte. „Ich möchte allein sein", fügte sie hinzu. „Das wollte ich nicht sagen, Tante Marjorie, ich meinte nur — ich meine —"

Jonathan hatte all dem teils mißmutig, teils belustigt zugehört. Benützte sie Haralds Abwesenheit dazu, sich mit einem anderen Mann auf der Insel zu treffen? Ihre Verwirrung schien darauf hinzudeuten.

„Ich will nichts mehr hören", sagte Marjorie. „Wenn dir etwas zustieße!"

„Mir stößt nichts zu", antwortete Jenny. „Es ist noch nie etwas passiert, und ich bin schon oft so allein gewesen."

So, so, dachte Jonathan. Eine Geschichte fiel ihm ein, die jetzt in Hambledon die Runde machte und angeblich von einem der Dienstmädchen stammte. Es hätte, so wurde berichtet, Harald des öfteren frühmorgens beobachtet, wenn er Jennys Schlafzimmer verließ, und sogar ein- oder zweimal auch Jenny, wenn sie im Morgengrauen aus Haralds Zimmer kam. Es war eine reizende Geschichte. Und es gab noch eine andere — Jenny schenke ihre Gunst nicht nur Harald; sie wäre ihm nie treu gewesen. Das Mädchen war erst zwanzig Jahre alt, doch es gab in ganz Hambledon wohl kaum eine Frau mit schlechterem Ruf.

Wer hatte ihm nur vor wenigen Tagen kichernd die Geschichte erzählt?

Er konnte sich nicht erinnern. „Aber ich verbürge mich dafür", hatte der Betreffende gesagt, „es ist wahr." Dann fiel es ihm ein. Einer der jungen Ärzte hatte es ihm in der Halle des St.-Hilda-Krankenhauses zugeflüstert. Jenny hatte das Mädchen entlassen; es arbeitete jetzt für seine Mutter. „Der Dienstbote hatte zuviel gesehen", waren die Worte des Arztes gewesen. „Aber diese Schlampe von einer Heger! Die würde ich selbst gerne —" Von Wut und Haß erfüllt, hatte Jonathan sich entfernt. Er konnte die obszöne Geste des jungen Arztes nicht sehen, wohl aber erraten.

Mit verzweifelter Entschlossenheit schob Jenny jetzt Marjories Einwände beiseite. „Ich habe wirklich keine Angst. Ich möchte wirklich allein sein. Ich habe Schlösser an den Türen. Laß mir bitte meinen Willen, Tante Marjorie."

„Ich bin schon zu müde, um mich deiner Halsstarrigkeit zu widersetzen", sagte Marjorie streng. „Und ich bin sehr böse mit dir, Jenny. Jon wird mich zu Hause absetzen und dich zum Fluß bringen. Und dann", fügte sie mit klarer, harter Stimme hinzu, „wird er dich hinüberrudern und alle Zimmer kontrollieren und die Umgebung absuchen und warten, bis du dich eingeschlossen hast. Und jetzt will ich nichts mehr von dir hören. Ich bin sehr müde. Ich möchte heute nacht schlafen und mir keine Sorgen über dich machen müssen. Jon?"

Es machte ihm Freude, sie noch verwirrter zu machen, als sie schon war. „Mit dem größten Vergnügen, liebe Jenny", sagte er und machte eine leichte Verbeugung vor ihr. Sie sah ihn verzweifelt an, um ihren Mund zuckte es, und er fühlte sich freudig erregt.

ACHTZEHNTES KAPITEL

Es war schon fast dunkel, als Jonathan seiner Mutter aus dem Wagen half und sie zum Haus begleitete. „Lauf schnell zurück", flüsterte Marjorie ihm zu. „Ich gehe allein ins Haus. Es würde Jenny gleichschauen, aus dem Wagen zu springen und davonzulaufen. Bitte sei nett zu ihr, Jon. Hänsle sie nicht immer."

„Nett? Jenny will nicht, daß man zu ihr nett ist. Sie ist sich selbst genug. Sie ist eine sehr hochnäsige und grämliche junge Dame, die nach ihrem eigenen Kopf geht. Laß mich dir wenigstens die Tür aufschließen."

Marjorie stand im beleuchteten Eingang und sah dem davonfahrenden Wagen nach. Anscheinend hatte Jenny sich geweigert, den Rücksitz zu verlassen und saß immer noch zwischen den Körben, auf die Marjorie vergessen hatte. Das sah dem armen Kind ähnlich. Intelligent, begabt, stolz, aber verschüchtert und furchtsam. Intellekt oder gar Intelligenz, dachte Marjorie, ist für eine Frau nicht genug. Eine Frau ist eben kein Mann, auch wenn jetzt so viele militante Frauen dieser Ansicht huldigen und behaupten, der Unterschied wäre nur gering. Sie begreifen nicht, daß dieser kleine Unterschied das Wichtigste von der Welt ist. Auch zwischen Blei und Gold, habe ich mir sagen lassen, ist der Unterschied nur gering — bis es auf den Markt kommt. Selbst wenn man im Geist einer Frau ihren „Unterschied" nimmt, ist sie immer noch kein Mann. Selbst wenn man ihnen ihre Fortpflanzungsorgane nimmt, sind sie keine Männer. Der geheimnisvolle, unerbittliche „Unterschied" bleibt, dachte Marjorie. Eine Frau, die sich auf geistiger Ebene von einem Mann nicht unterscheiden läßt, mag zur Verräterin an ihrer Rasse werden.

Die Kutsche rumpelte durch die stillen, einsamen Straßen. Die Laternen waren schon angezündet, und die gelben Flammen brannten stetig, denn es ging kein Wind. Ein paar schläfrige Stimmen wehten aus dunklen Veranden herüber, Schaukelstühle knarrten, und gelegentlich hörte man eine Mutter mit ihrem saumseligen Kindern schelten. Das erfrischte Gras hauchte seinen süßen Duft aus, die Bäume murmelten leise, und ganz in der Ferne fuhr eine der wenigen Straßenbahnen Hambledons klappernd dem Flußpark zu. Es war ein friedlicher Sommerabend.

Jonathan kutschierte schweigend dahin, vergaß jedoch keinen Augenblick auf das Mädchen hinter ihm. Er wußte, daß sie ihn haßte; bis jetzt war ihm nie daran gelegen, den Grund zu erfahren. Er hatte sie als Kind gekannt, und als Backfisch und als junges Mädchen, doch erst die, wie er annahm, noch unberührte Sechzehnjährige war ihm plötzlich aufgefallen. Das war sechs Monate nach seiner Heirat. Zurückhaltend, schüchtern, nervös lächelnd, wenn man das Wort an sie richtete, hatte sie ihn an einen jungen weißen Schwan erinnert, der einsam in einem Teich dahinzog. Damals lebte ihre Mutter noch, die törichte Myrtle, die kurz zuvor Harald geheiratet hatte. Nein, diese Ehe war es nicht gewesen, die das zarte junge Wesen in eine gefühllose Hexe verwandelte. Anfangs hatte sie zweifellos geglaubt, ihre Mutter habe gegen das geheiligte Andenken ihres Vaters verstoßen, doch später in Myrtle ein Kind gesehen, dem man geben mußte, wonach es begehrte, wenn man es glücklich machen und in Sicherheit wiegen wollte. Erst mit dem Tod ihrer Mutter hatte Jenny sich verändert. Er hatte Myrtle längere Zeit mit Digitalis behandelt, doch sechs Monate vor ihrem Tod war ihr Zustand kritisch geworden. Jonathan hatte ihr schonend beigebracht, daß ihre Tage gezählt waren. Zu seiner Überraschung hatte die einfältige Frau weder hysterisch noch rührselig reagiert und das Unabwendbare mit Fassung aufgenommen. Aber Jonathan durfte weder dem lieben Harald noch der liebsten Jenny davon Mitteilung machen. Es würde sie um den Verstand bringen. Jonathan war noch überraschter gewesen, hatte er doch Myrtle nie für fähig gehalten, mit ihrem Schicksal allein fertig zu werden.

Myrtles Tod veränderte Jenny mit einem Schlag. Das Mädchen, das mit ihrer süßen, kräftigen Stimme — wenn man sie mit freundlicher Beharrlichkeit dazu drängte — so zart sprechen und trotz ihres gesetzten Wesens selbst ein wenig lachen konnte, wurde nun kalt und hart und schweigsam. Es war natürlich das Testament ihrer närrischen Mutter, das sie so veränderte. Wahrscheinlich fühlte sie sich betrogen. Merkwürdig — oder doch nicht so merkwürdig in Anbetracht der menschlichen Natur —, wie Geld selbst ein junges Mädchen verändern konnte. Dennoch war sie trotz ihrer Jugend Haralds Geliebte geworden, und sogar, wenn man den Gerüchten Glauben schenken wollte, schon kurz nach dem Tod ihrer Mutter. Tat sie es, um Harald auf der Insel zurückzuhalten? Blieb er ihr länger als sieben Monate fern, würde das ganze Geld Jenny zufallen; aber vielleicht hatte sie es nicht nur auf das Geld, sondern auch auf Harald abgesehen.

Bis heute war es Jonathan nicht gelungen, dieses geheimnisvolle Dunkel zu erhellen. Es gab da noch unsichtbare, undurchdringliche Aspekte, deren Bedeutung sich nicht erfassen ließ. Gewiß, in Gegenwart Dritter bewahrte sie eisiges Schweigen und wechselte kein Wort mit Harald; sprach er sie auf eine Weise an, daß sie nicht ausweichen konnte, maß sie ihn mit Blicken, die tiefsten Abscheu verrieten. Es war alles so schwer zu verstehen. Gewiß, sie hätten sich verabreden können, um durch ihr Benehmen Dritte zu täuschen, doch es gab Zeiten, da Jenny den Blick nicht von ihm wenden konnte und jede seiner Bewegungen wie eine Besessene verfolgte, da sie jedem seiner Worte aufmerksam lauschte und sie vermutlich abwog und analysierte. Abwägen und analysieren; das war schon in ihrer Kindheit Jennys Art gewesen. Nachdenklich und gedankenvoll hatte sie selbst die müßigste Frage beantwortet, als hätte sie das Problem erst einer reiflichen Überlegung unterziehen und sich Gewißheit verschaffen müssen, daß ihre Antwort in jeder Hinsicht korrekt war. Wenn andere in ihrer und Haralds Gegenwart sprachen, schien sie taub, legte völlige Gleichgültigkeit an den Tag, wurde aber sofort wieder lebendig, sobald Harald den Mund auftat.

Nur eine verliebte Frau konnte sich so benehmen und so übertrieben auf jede Geste, auf jedes Wort eines Mannes reagieren.

Jonathan dachte an das erste Mal zurück, da er in Jenny, dem jungen, zur Frau heranwachsenden Mädchen, kein Kind mehr gesehen hatte, und sie in sein jämmerliches Klosterleben mit Mavis eingedrungen war. Es war ein Frühlingstag gewesen, und er hatte Myrtle und Harald auf der Insel besucht — sie waren noch nicht lange verheiratet — und Jenny, die aufopfernde Tochter, putzte ihres Vaters Rosen aus. Sie hatte sich nie hübsch angezogen; es schien, als versuchte sie ganz bewußt, von ihrer stets sorgfältig und elegant gekleideten Mutter abzustechen. Jonathan durchstreifte den Besitz und machte sich, wie üblich, im stillen darüber lustig, als er in der bläßlichen Frühlingssonne plötzlich Jenny vor sich sah, die sich besorgt über die dampfende schwarze Erde beugte und hier und dort einen Schnitt machte, zart und behutsam wie ein Chirurg, der eine Operation zu Ende führt. Sie trug ein braunes Wollkleid und einen häßlichen braunen Mantel; in der windig-kühlen Frische fiel ihr Haar in langen schwarzen Wellen über Schultern und Rücken.

Sie blickte erstaunt auf, denn sie hatte ihn nicht kommen hören, und plötzlich fiel das Sonnenlicht auf die feinen blassen Umrisse ihres Gesichts, die an geschnitzte Jade erinnernden rosigen Lippen, und die wie blaue Saphire funkelnden Augen. Immer noch vorgebeugt, das Messer in der Hand, drehte sie den Kopf, und ein plötzlicher Windstoß erfaßte ihr langes schwarzes Haar und umhüllte sie mit einer wallenden Wolke aus tiefen Schatten und glitzernden Lichtern. Sie glich einer Nymphe, dachte er — kein sehr origineller Gedanke, mußte er zugeben —, ein sanftes Lächeln um ihren Mund, scheu, sprungbereit, Erde an den Händen, der unreife Leib schlank und biegsam wie eine junge Weißbirke.

„Hallo, Jenny", begrüßte er sie. „Ich dachte, du wärest heute in Hambledon."

„Nein. Nein, Onkel Jon", erwiderte sie, und zum ersten Male war er sich der Verheißung ihrer vollen süßen Stimme bewußt. Sie richtete sich auf und warf den Kopf zurück, um der Masse ihres Haares Herr zu werden. „Ich wußte auch nicht, daß du da bist. Ich — ich putze meines Vaters Rosen aus. Ich fürchte, ich habe mir schon zu lange damit Zeit gelassen. Der kalte Winter hat viele Triebe zerstört. Ich glaube, seine liebste ‚Old-fashioned' ist tot." Sie blickte traurig auf den Busch nieder. Jonathan betrachtete ihn genau. „Nein", sagte er. „Da sind ein, zwei Blätter, ganz kleine, neben der toten Gabelung. Du brauchst nur den oberen Teil wegschneiden."

Freudig beugte sie sich mit ihm nieder, um den Busch näher zu untersuchen. „Vier Blätter!" rief sie. „Wie habe ich sie nur übersehen können! Es ist so ein schöner Busch; die Blüten sind wie kleine Kohlköpfe, und ihr Aroma ist viel stärker als das der anderen. Vater hatte sie am liebsten."

Er sah jetzt ihr Profil, kindlich und strahlend und sanft lächelnd. Sie schnitt sehr geschickt. Ihre Lippen waren halb geöffnet, und er sah ihre kleinen, regelmäßigen Zähne, so ungleich Mavis' Zähnen, die in ihrem breiten Lachen so groß und freigebig zur Schau gestellt wurden und so weit vorstanden, daß sie fast an ein Pferdegebiß erinnerten. Jennys Zähne glichen weißem Elfenbein, waren kaum zwischen ihren Lippen zu sehen und waren dennoch vollkommen und weiblich. In den letzten Jahren schienen allzu viele Mädchen Zähne zu produzieren, die besser zu jungen Stuten gepaßt hätten, und waren noch stolz darauf, was den

Beschauer seltsam berührte. Jonathan fand es unerklärlich, daß zwei so notorische Plebejer wie Myrtle und Peter Heger eine solche Tochter hervorbringen hatten können.

Das Haar fiel Jenny über die Wangen, als sie sich niederbeugte, um einen letzten Schnitt zu machen; es umhüllte sie wie ein leuchtend schwarzer Mantel, lebendig und weich und schimmernd in der Sonne. Dann richtete sie sich auf und warf unbefangen das Haar zurück und lachte Jonathan entzückt an, als hätte er ihr ein kostbares Geschenk überreicht. Ihr Lachen brach durch die golden-grüne Stille des frühlingshaften Gartens, ein musikalisches, scheues Lachen, so ganz verschieden von Mavis' rauhem, lärmendem Herausplatzen.

Jenny, dachte Jonathan, während er ungezwungen dastand, die kalten Hände in den Hosentaschen, die gewichsten Stiefel kotig, und sie anlächelte. Süße Jenny. Durch seine Ehe hatte er vergessen, daß es solche Mädchen wie Jenny in der Welt gab, zart, einfach, aufrichtig, sanft und scheu, die glücklich waren, wenn sich herausstellte, daß ein toter Busch nicht tot, sondern begeisternd und ganz und gar lebendig war. Das war keine habgierige Kokette, keine Lügnerin, keine Intrigantin, keine Rafferin mit kleinen Augen und großem, grinsendem Mund, gefühllos und grausam. Jennys Mutter war reich, doch das berührte Jenny nicht, und ihre Freude an einer Rose mußte einer Mavis unverständlich sein.

Sie trat von dem Rosenbeet zurück, ihr Schuh blieb in der nassen Erde stecken, und sie hüpfte auf einem Bein. Jonathan holte ihn heraus und merkte nicht, daß er wesentlich größer war als Mavis' zierliche Slipper. Er reinigte den Schuh im frischen Gras und bestand galant darauf, ihn Jenny an den Fuß zu stecken. Um nicht zu fallen, stützte sie sich mit der Hand auf seinen gebeugten Rücken, und ein feuriger Schauer durchzuckte seine Schultern und dann seinen Körper. Einen Augenblick lang konnte er sich nicht bewegen. Dann zog er den alten Schuh mit zitternden Händen über den derben braunen Strumpf und bemerkte erst jetzt, daß der Fuß des Mädchens, wenn auch groß, so doch wundervoll schlank und herrlich geformt war. Sie murmelte etwas, doch er konnte sie nicht verstehen. Er war noch zu sehr von seiner Reaktion auf ihre Berührung betroffen, sein Fleisch glühte, ein ungläubiges Staunen befiel ihn, ein überschwengliches Glücksgefühl, wie er es noch nie empfunden hatte, und vor Seligkeit wollten ihm schier die Sinne vergehen.

„Danke, Onkel Jon", sagte Jenny. Tiefrot im Gesicht, richtete er sich auf. „Ich wünschte, du würdest mich nicht ‚Onkel Jon' nennen, Jenny. In Wirklichkeit bin ich ja gar nicht dein Onkel. Nenn mich doch Jon."

Sie sah ihn prüfend an. „Aber Onkel Jon", entgegnete sie dann in ihrer scheuen, ungezwungenen Art, „du bist doch um so vieles älter als ich! Ich bin erst sechzehn. Das wäre doch nicht respektvoll."

„Was sind schon fünfzehn Jahre unter — Freunden?" fragte er; es sollte unverfänglich klingen, denn sein Atem flog. „Du nennst Harald ja auch ‚Harald‘, und er ist nur zwei Jahre jünger als ich. Sei doch nicht so, Jenny!“

Sie musterte ihn mit der ihr eigenen Feierlichkeit. Die Bläue ihrer Augen beherrschte ihr ganzes Gesicht, das makellose Gesicht völliger Reinheit und Unschuld. Doch dann, nach einer Weile, änderte sich ihr Ausdruck. Sie schien bestürzt, sehr verängstigt und verwirrt, drehte den Kopf zur Seite, und ihre Wangen wurden flammend rot. Ohne ein Wort stürzte sie davon und lief auf ihr lächerliches Schloß zu. Ihr langes schwarzes Haar flatterte ihr nach wie ein Mantel und schimmerte in der Sonne.

Jonathan sah ihr nach. Er war zu sehr mit seinen eigenen Gefühlen beschäftigt, um sich den Kopf darüber zu zerbrechen, warum das Mädchen davongelaufen war, warum sie sich verfärbt hatte und warum sie verstummt war.

Er sah sie an jenem Tag nicht wieder. Doch als er nachts wach neben der friedlich schlummernden Mavis lag — sie schlief damals noch nicht in einem anderen Zimmer —, ging ihm Jenny nicht aus dem Sinn. Als Arzt wußte er theoretisch eine ganze Menge von den Menschen und ihren Gefühlen, doch, wie der junge Vater McNulty später einmal feststellen sollte, er war seinem Wesen nach überraschenderweise ein einfacher Mann, der die Kunst noch nicht gemeistert hattte, sein Wissen mit persönlicher Objektivität zu verquicken. Hätte ein Freund ihm von so einem Erlebnis berichtet, er würde sich mit breitem Lächeln so dazu geäußert haben: „Das ist doch ein ganz klarer Fall. Du hast dich in das Mädchen verliebt und wahrscheinlich überhaupt zum ersten Male verliebt. Daß du mit einer anderen verheiratet bist, ist dein Pech.“

In den folgenden Tagen nahm seine Ehe eine Wendung zum Schlechten, und Mavis' Drängen nachgebend, fuhren sie im Sommer nach Europa. Er hatte sich dazu in der verzweifelten Hoffnung bereit erklärt, Mavis ändern, die Ehe retten und seine Frau überreden zu können, ihm Kinder zu schenken.

Fast ein Jahr verging, ehe er Jenny wiedersah, und auch dann nur aus der Ferne. In den folgenden Jahren, bis zum Tod ihrer Mutter, sah er sie genau dreimal. Er würde spöttisch gelacht haben, hätte man ihm gesagt, er wäre ein aufrechter Mann. Dennoch versuchte er lange Zeit hindurch, auf Mavis einzugehen und sie zu ändern, aber auch den Tag mit Jenny aus seinem Gedächtnis zu löschen. Er hatte sich von seiner Kirche entfernt, deren sittliche Lehren und moralische Prinzipien jedoch tief in sich einsinken lassen. Er drängte jeden Gedanken an Jenny sogleich zurück und wußte nicht, daß die tiefe Melancholie, die ihn nie verließ, ihren Ursprung in jenem Frühlingstag im Schloßgarten hatte.

Bis zu diesem vierten Juli 1901, diesem friedlichen, heißen Tag in einem friedlichen, fröhlichen und geschäftigen Land, hatte er es nicht gewußt. Jetzt erinnerte er sich wieder an jene Begegnung mit all ihrer süßen Bitterkeit und Sehnsucht, mit ihrem herben Taumel und ihrer Leidenschaft. Ein Gefühl überkam ihn, als ob ihm etwas unglaublich Neues und Schönes zugestoßen wäre, seine ganze düstere Welt erhellt und ihn, zumindest für ein paar Stunden, jung, erwartungsvoll und unerträglich glücklich gemacht hätte.

Doch das Mädchen im Garten und das Mädchen hinter ihm in der Kutsche waren nicht mehr dieselben. Jene war unschuldig und liebenswert gewesen, diese war befleckt und unrein. Das war ihm lange Zeit unverzeihlich und hassenswert erschienen. Eine Sekunde lang, als er sie nachmittag im Arm gehalten hatte, war sie Jenny aus dem Garten gewesen, die sechzehnjährige Jenny, und ihr Blick hatte ihm jenen Tag wieder ins Gedächtnis gerufen.

Der Wagen näherte sich dem Fluß, und am Ende der langen Straße glitzerte das dunkle Wasser, und die Insel zeichnete sich gegen den Himmel und die jenseits liegenden Berge ab.

„Du kannst mich hier aussteigen lassen“, sagte Jenny. Ihre Stimme klang heiser und tief.

„Du hast doch meine Mutter gehört“, entgegnete Jonathan. „Ich habe ihr versprochen, dich nach Hause zu bringen, auf deine Insel, und darauf zu sehen, daß alle Türen verschlossen sind.“ Er wandte sich nicht nach ihr um. Die Arme um sich geschlungen, als fröre sie, kauerte Jenny auf den Kissen. Sie schluchzte lautlos vor sich hin, ein bohrender Schmerz brannte in ihr und zerrte an ihrer Kehle, ein vertrauter Schmerz, zusammengesetzt aus Trauer und Verzweiflung, Sehnsucht und Einsamkeit und fürchterlicher Verlassenheit. Die Tränen liefen ihr über die Wangen und fielen auf die blauen und weißen Karos ihrer Hemdbluse. Durch den feuchten Nebel ihres Jammers blickte sie auf Jonathans stolzes Haupt; dann schloß sie die Augen und preßte die Lippen zusammen.

Zu ihrer Linken stieg die erste Leuchtkugel des Feuerwerks zum Himmel. Grün und rot erblühte sie wie eine riesige Rose, barst mit donnerndem Krachen, das weithin über das Wasser hinrollte, in funkelnde Sterne, die den Himmel grell erhellten, auf dem der Mond seine elfenbeinerne Bahn zu ziehen begann. Jenny war zu sehr von ihrem Kummer in Anspruch genommen, um das Schauspiel zu bewundern, doch Jonathan sah es und dachte an den letzten vierten Juli, da er und Mavis an der fröhlichen Party der Honoratioren im Park am Fluß teilgenommen hatten. Wie üblich, hatte man Mavis den Ehrenplatz eingeräumt, und jedes Aufleuchten des Feuerwerks erhellte ihr strahlendes Gesicht, ihr lächelndes Gesicht, den goldblonden Kopf, den sie unaufhörlich hin und her warf, ihre schnellen und lebhaften Gesten. Von Liebe und Bewunderung umgeben, schien sie sich zu unterhalten, und ihr französisches Parfum umgab sie wie eine Wolke köstlicher Fraganz; es schien ein Teil ihrer selbst zu sein, ihres geschmeidigen, schönen Körpers und ihres weißen Spitzenkleides. Sie hatte Jonathans letztes Geschenk, ein Halsband aus Aquamarinen und Perlen, umhängen, und es schien ihrem durchsichtigen Fleisch Farbe und Wärme zu geben.

Doch in der gleichen Nacht, allein mit ihm in ihrem Ankleidezimmer, das Gesicht verzerrt, brach hemmungslose, kalte Wut in ihr auf. Das war nichts Neues. Sie geriet häufig in Raserei, wenn sie mit Jonathan allein war. Sie hatte ihn aus dem Zimmer gewiesen, er aber stand da, schweigend und düster und starrte sie ungläubig an, was sie noch mehr in Rage brachte, denn sie wußte schon, daß er die charmante Dame der Gesellschaft mit dem unbeherrschten Zankteufel, der seine Frau war und der über eine gar grausame Zunge verfügte, nicht in Einklang bringen konnte. Wie ließ sich die Frau seines Herzens mit diesem habgierigen und leeren Weib vereinbaren? Er war ständig von verzweifeltem Staunen erfüllt.

In einem Morgenmantel aus weißer Spitze und Satin saß sie vor ihrem Putztisch; ihr goldenes Haar fiel ihr über die Schultern, und ihr Gesicht war aschfahl und häßlich wie der Tod. Sie schrie ihn an und schlug mit den Fäusten auf den Tisch; ihre Augen strahlten funkelnden Haß.

„Du bist so ein Narr! Ein langweiliger Tölpel! Weißt du denn, wie langweilig du bist, wenn du wie ein Idiot unter deinen Freunden sitzt und nichts redest oder, wenn du schon redest, widerliche Bemerkungen machst? Lästiger Kerl! Alter Trottel, blöder, blöder alter Trottel! Wenn du nicht so blöd wärst, hättest du diese dumme, langweilige Stadt schon längst verlassen! Die können mir lang was erzählen von deinen ‚hervorragenden geistigen Fähigkeiten', ich weiß es besser! Ich weiß, wie blöde du bist, wie lästig, wie umständlich, wie fade, weiß, daß du kein Gespräch führen kannst und keinen Spaß verstehst! Du hältst mich hier in dieser gräßlichen Stadt fest, in diesem gräßlichen alten Haus, unter diesen gräßlichen Menschen, und weißt nichts anderes zu sagen, als daß das dein ‚Heim' ist und daß es deine ‚Leute' sind! Und ich soll hier vor Langeweile sterben und mich zu Tode gähnen? Wie soll ich mich hier unterhalten — noch dazu mit dir? Antworte mir! Gib mir doch eine Antwort, wenn du kannst!"

Langsam und ohne jede Gefühlsregung konnte er jetzt sprechen. „Es tut mir leid, daß ich dich langweile. Ja, das ist mein ‚Heim'. Das ist meine Stadt. Das sind meine ‚Leute'. Das weißt du. Du wußtest es von Anfang an. Ich habe dich zu Tagungen nach New York und Philadelphia und Boston und Chicago mitgenommen. Du weißt von den Anboten, die ich von großen Krankenhäusern und Kliniken erhalten habe —"

Mit wachsender Wut hörte sie ihn an; heftig hob und senkte sich ihr Busen. Wieder schlug sie mit den Fäusten auf den Tisch. „Und wie lange bleibst du in diesen wundervollen Städten? Ein paar Tage, höchstens eine Woche, läßt dir von berühmten Männern schmeicheln, die dich hinterrücks auslachen! Die wissen, was du bist: ein unbedeutender Kleinstädter, ein Schwindler, ohne jeden Ehrgeiz, ohne jede Phantasie! Du kannst nicht einmal richtig tanzen. Du bist ein Tölpel, ein Bauer, ein Einfaltspinsel, ein Narr! Ich wollte, ich wäre gestorben, bevor ich dich geheiratet habe!"

„Das wollte ich auch." In seiner Stimme lag verhaltene Wut, mörderische Wut, wie sie ihn nur selten überkam — und auch dann nur Mavis gegenüber. „Ich wollte, du — oder ich — wären gestorben, bevor wir geheiratet haben. Bei Gott."

Das machte sie verstummen. Sie öffnete die Fäuste und hob den Blick zu ihm. Was sie sah, erschreckte sie. Der Spiegel zeigte ihren blassen, herabhängenden Mund. Ihre kleinen Augen öffneten sich weit, von wachsamer Angst erfüllt. Sie klammerte sich an die Tischkante, und ihre rosige Zunge schoß hervor, um ihre Lippen zu befeuchten, die plötzlich trocken waren. Dann kniff sie die Augen zusammen und beobachtete ihn.

„Weißt du, wie oft ich dich schon töten wollte, Mavis?" fragte er. „Weißt du, woran ich denke, wenn ich nachts nicht schlafen kann? Ich denke daran, wie ich dich töten könnte. Gift? Dir die Kehle durchschneiden? Dich ersticken? Dich erwürgen? Du forderst mich immerzu heraus, Mavis, du führst mich in Versuchung."

Sie wußte, daß er die Wahrheit sprach. Ein Keuchen entrang sich ihrer Kehle, sie sprang auf und wich Zoll um Zoll rücklings vor ihm zurück. Ihr Morgenrock schimmerte im Lampenlicht. „Ich — ich hab's nicht so gemeint", wisperte sie und preßte die Hände gegen ihre glatten Schenkel. „Mir ist halt so langweilig hier — ich bin nachts allein, wenn du auf Krankenbesuch oder im Spital bist. Ich weiß, du bist Arzt — ich weiß — ich weiß — aber ich bin jung!" Trotz ihrer Furcht wurde das Wispern zu einem gehässigen Winseln. „Ich bin keine alte Schachtel, die ans Sterben denkt. Aber in diesem Haus geh ich ein. Ich werde alt vor meiner Zeit. Ich bin erst dreiundzwanzig, aber ich fühle mich wie dreihundertzwanzig. Ich gehe aus, und es ist immer dasselbe, dieselben alten Leute, dasselbe dumme Geschwätz. Kein Spaß —"

„Das Leben ist kein ‚Spaß' ", unterbrach er sie. Er versuchte vergeblich, seine Wut hinunterzuschlucken. „Das solltest du wissen. So jung bist du nicht mehr. Als wir heirateten, wußtest du ganz genau, daß du es nie fertigbringen würdest, mich von Hambledon fortzulocken. Ich habe dir gegeben, was ich konnte, dir alles gekauft, was dein Herz begehrte, dich oft in die großen Städte mitgenommen, und ich bin mit dir ins Ausland gefahren. Das hat dir alles nicht genügt." Doch den Frauen von Mavis'

Schlag würde nie etwas genügen, nichts würde sie je befriedigen, nichts die unheimlichen Begierden stillen, mit denen sie geboren wurden. „Spaß." Nur dafür lebten sie. Die modernen Frauen, hieß es, wären von „Lebenslust" besessen. Aber es war eine leere und oberflächliche Lust, die nach Flitterwerk verlangte und nach endloser Belustigung und endloser Unterhaltung, nach Tanz und auserlesenen Speisen und Wein und Geld. Vor allem Geld, aber auch Bewunderung und Schmeichelei und Kriecherei.

Was verleitete sie zu der Annahme, sie wären das alles wert, die Anbetung, den Schmuck, die eleganten Equipagen und Pelze und Seiden, und die Aufmerksamkeit und Verehrung der Männer? Oder waren sie nicht imstande, sich diese schonungslose Frage selbst zu stellen? Es genügt ihnen, zu fordern. Die Welt war ihr Diener, nur für ihren Genuß und ihr Vergnügen geschaffen.

„Du willst mir nicht einmal ein Kind geben, du oberflächliches, hirnloses Geschöpf", fuhr Jonathan fort, „du selbstsüchtige Imitation einer wirklichen Frau. Aber dafür sollte ich dir dankbar sein. Du wärst mir eine schöne Mutter! Was für eine Art von menschlichem Wesen würdest du zur Welt bringen? Ja, dafür sollte ich dir dankbar sein."

Er starrte sie aus zornsprühenden schwarzen Augen an. „Ich hätte dich schon umbringen sollen, als ich herausfand, was an dir dran ist. Vielleicht tu ich's noch. Fordere mich nicht wieder heraus." Sie sah die Mordlust in seinem Gesicht, im bleichen Schimmer seines Gesichts, das Glitzern seiner Zähne, seinen wilden Blick. Sie wich noch weiter vor ihm zurück, wirbelte dann plötzlich um ihre eigene Achse, ein goldenweißer Kreisel, rannte in ihr Schlafzimmer, schlug, von unverhüllter Panik erfaßt, die Tür hinter sich zu und schloß ab. Dann lehnte sie sich mit fliegendem Atem dagegen und lauschte nach einem Geräusch hinter der Tür. Doch Jonathan entfernte sich, und sie hörte, wie er in sein Zimmer ging. Jetzt war alles sanftes rosiges Lampenlicht in ihrem Schlafzimmer, das sie in Rosa und Blau und Silber eingerichtet hatte. „Das erzähle ich Onkel Martin", flüsterte sie rachsüchtig. „Ich bin hier nicht mehr sicher." Sie hatte keine Angst mehr. Sie war nur erstaunt. Er sollte dafür büßen, daß er sie so beleidigt hatte, sie, Mavis Eaton, die jeden — jeden — hätte heiraten können. Das war doch nicht zu glauben! Dieser böse alte Mann, dieser widerliche alte Mann, der sie betrogen hatte, indem er sie heiratete, und der sie in dieser gräßlichen, langweiligen Stadt gefangenhielt, die sie haßte und in der man sie nicht schätzte!

Während er Jenny nun zum Fluß hinunterfuhr, erinnerte sich Jonathan an die Nacht, da er seine Frau hatte töten wollen, da nur wenige Worte mehr aus ihrem Mund eine entsetzliche Reaktion in ihm ausgelöst hätten. Doch sie besaß die Schläue des Tieres, das sie war, und hatte ihn nicht wieder provoziert.

Die Raketen trieben lärmende und regenbogenfarbene Blüten am dunklen Himmel, und vom Flußpark her drang schwach Musik und helles Frauenlachen an ihr Ohr. Vor ihnen, wo die Straße zu Ende war, strömte still und dunkel das Wasser, und jenseits ragte die schattenhafte Masse der Insel empor, ohne daß auch nur ein einziges Licht zu sehen gewesen wäre. Jonathan wandte sich an das schweigsame Mädchen hinter ihm. „Hast du nicht soviel Verstand gehabt, eine Lampe brennen zu lassen?"

Jenny antwortete nicht. Sie wußte, sie würde in haltloses Schluchzen ausbrechen, sobald sie den Mund auftat. Sie sah zu den flimmernden Raketen und Leuchtkugeln auf und lauschte der Musik, die kaum das unzusammenhängende Gestammel ihres Jammers zu übertönen vermochte. Zum ersten Male drehte Jonathan den Kopf zur Seite und warf einen Blick über die Schulter. Er konnte das Mädchen kaum sehen, das da auf dem Rücksitz kauerte, aber er nahm die Umrisse ihres schmächtigen Körpers und ihres Gesichtes aus, das dem Himmel zugekehrt war. Sie war nur ein stummer Schatten, und doch überkam ihn ein seltsames Gefühl. Die Wehmut der Einsamkeit sprach aus diesem Schatten, der Hunger nach Liebe, ein wortloses Sehnen.

Unsinn, sagte er sich. Dennoch war er überrascht. Was hatte die abweisende Jenny Heger wohl veranlaßt, an jener lärmenden Festlichkeit teilzunehmen und sich unter Leute zu begeben, die sie seit Jahren ablehnte, die jetzt offen über sie lachten und sich schmutzige Geschichten über sie erzählten? Er war überrascht, und die Überraschung hatte die alte Traurigkeit und Bitterkeit im Gefolge. Sie weiß, was ich von ihr weiß, dachte er, sie weiß, was sie ist, und sie weiß, wie man in der Stadt von ihr spricht. Vor allem aber weiß sie, was ich von ihr denke, und darum ist sie immer so grob und schroff mit mir und rennt davon, wenn ich sie nur ansehe.

Sie erreichten das Ufer, und Jonathan stieg ab, um das Pferd anzukoppeln. Wie ein Pfeil schoß Jenny an ihm vorbei und die flache Böschung hinunter, und einen Augenblick später saß sie bereits in einem der drei wartenden Ruderboote. Sie hatte das Boot kraftvoll über die Uferkante geschoben und stieß bereits ab, als er über die sich schon weitende Kluft schwarzen Wassers sprang, halb ins Boot fiel und sich auf einem Knie aufrichtete. „Du verdammte Närrin, du halsstarrige!" rief er. „Komm da herüber. Gib mir die Ruder." Das Boot schaukelte hin und her, Wasser spritzte herein und Jonathan fluchte. Er griff nach den Rudern, und das Mädchen hob eines hoch, und der silbrige Mond spiegelte sich auf dem nassen Holz. Er erkannte, daß sie ihn schlagen wollte, und wußte, daß sie es tun würde. Er setzte sich achtern und sagte: „Also schön. Ich bewundere mannhaftes Betragen."

Sie ruderte mit jugendlicher Kraft, schnellte vor und drückte die Beine durch; sie bewegte sich in vollendetem Rhythmus, und das Boot flog über das stille Wasser dahin. Im Osten spiegelte sich das Feuerwerk im Fluß; überbunte Farbflecke, orange, scharlachrot, golden und blau, vermengten sich in geisterhaftem Zusammenspiel mit den zu Boden schwebenden Lichtern. Das Boot knarrte behaglich, die Ruder tauchten lautlos in die dunkle Strömung. Jenny wandte ihre Aufmerksamkeit dem Feuerwerk zu, und Jonathan sah ihr Gesicht, die glatte weiße Stirne unter der Krempe ihres großen häßlichen Hutes. Es war das Gesicht eines Kindes.

Die schwarze Masse der Insel zeichnete sich nun deutlich gegen die Berge ab, und an den Flanken der Berge konnte Jonathan die hinankletternden Lichter in den Fenstern der Häuser sehen. Die warme Nachtluft liebkoste seine Wangen, und er roch die Blumen und Tannen der Insel und ihre warme Erde. Jenny aber sah immer noch dem Feuerwerk zu; sie schien ihren unwillkommenen Passagier vergessen zu haben und bewegte die Ruder langsamer. Einmal waren sie tiefrot von dem Feuer, das sich auf ihnen spiegelte, dann wieder tiefblau. Jenny seufzte. Sie nahm ihren Hut ab und warf ihn auf den Boden, wo er zu Jonathans Füßen zu liegen kam. Ihr schwarzes Haar flatterte in der Brise, löste sich aus den hastig geschürzten Knoten und fiel ihr über die Schultern.

Knirschend erreichte das Boot den Anlegeplatz. Jenny hielt sich nicht damit auf, es an Land zu ziehen und anzubinden. Sie sprang über die zwei Fuß Wasser hinweg und lief die Böschung hinauf. Jonathan fluchte wieder, band das Boot an und suchte nach dem kleinen Holzkästchen, in dem die Laternen aufbewahrt wurden. Als er eine gefunden und angezündet hatte, war Jenny schon fort. Wie eine Eule fand sie ihren Weg in der Nacht. Er lief ihr nach und war ihr bald auf den Fersen. Sie verlangsamte ihre Schritte, blieb ihm aber immer um ein paar Meter voraus; trotz ihrer langen Röcke eilte sie dahin wie ein fliegender Schatten. Als er sie einholte, hatte sie die Haustür bereits aufgesperrt. Sie keuchte ein wenig. „Mehr ist nicht nötig. Danke." Ihre Stimme zitterte.

„Ich werde das verflixte Haus durchsuchen, wie meine Mutter es mir angeschafft hat", sagte er. „Gott und die Welt hätte tagsüber oder sogar jetzt noch herüberrudern können. Hast du denn gar keinen Verstand?"

Sie lehnte sich gegen die breite Bronzetür, auf der sich das gelbe Licht der Laterne fing, und verstellte ihm störrisch den Weg. Schließlich trat sie mit einem resignierten Seufzer in die Halle; ihre Schritte hallten auf dem schwarz-weiß gemusterten Marmorboden. Sie zündete eine Lampe an, die auf einer spanischen Kommode stand; ihr Schein fiel auf die lächerlichen Rüstungen an den mit Walnuß verkleideten Wänden und warf lange Schatten auf die mittelalterliche Treppe. Die bunten Fenster auf dem ersten Treppenabsatz schimmerten in Rot und Purpur und Rot und Gelb.

„Danke", sagte Jenny und sah ihn an. Wie immer, roch es muffig in der Halle, als ob die Zeit stillgestanden hätte, und der leichte Wind, der durch die offene Tür kam, bewegte die an der Wand hängenden Banner. Jennys Gesicht war kalt und still; sie starrte Jonathan mit entsetzlicher Bitterkeit an.

„Noch nicht“, entgegnete er. „Ich muß dieses Mausoleum noch durchsuchen.“ Er wußte, daß diese Bemerkung sie schmerzen würde, aber er war nicht auf den tiefen, zuckenden Schmerz vorbereitet, der sich auf ihrem Gesicht abzeichnete, und er war überrascht über das Beben ihrer Lippen. Sie machte kehrt und lief mit klappernden Absätzen die Treppe hinauf. „Komm herunter, wenn ich fertig bin“, rief er ihr nach. „Du mußt dann den Riegel vorschieben.“ Oben klappte eine Tür zu, und ein Schlüssel drehte sich im Schloß. Er lachte kurz auf. Er sah sich um, fand einen Kandelaber, zündete die Kerzen an, hob ihn hoch und kam sich sehr lächerlich vor. Hier gab es natürlich weder Gas noch Strom. Das ärgerte ihn, und er schüttelte den Kopf. Er durchschritt einen Gang und gelangte ins Speisezimmer; er sah sich vorsichtig um. Das Kerzenlicht fiel auf die spitz zulaufende getäfelte Decke, ließ die damastenen Wände erglühen, brach sich an den durch einen schmalen Mittelpfosten geteilten Fenstern, glitt eilig über den breiten alten Tisch und den herrlichen Aubusson-Teppich, brachte das auf dem langen Büfett großzügig zur Schau gestellte Silber zum Funkeln und erhellte die Höhlung des weißen granitenen Kamins. Alles war totenstill, muffig und erstarrt.

Dann betrat er den großen Salon im Turmflügel, und wieder war alles ruhig, und der Schein der Kerzen zeigte nichts als die orientalischen Teppiche, den grünen Damast an den Wänden, die Tapisserien an den Fenstern und das frivole französische Mobiliar in Gold und Samt und Seide. Das Licht erweckte die Gesichter der Porträts an den Wänden zu plötzlichem Leben; mit kalten, wachsamen Augen schienen sie Jonathan zu folgen, als er tiefer in den Raum eindrang. Er stolperte über eine samtene Fußbank und fluchte laut, stieß mit einem Ellbogen gegen das Glas einer Vitrine, und beinahe fiel ihm der Kandelaber aus der Hand. Sekundenlang fühlte er den Ellbogen nicht. Leider war das Glas nicht gebrochen. Unvermittelt überkam ihn eine Anwandlung, dieses Unrecht gutzumachen; dann mußte er über sich selbst lachen. Sorgfältig darauf bedacht, auf dem gewachsten Holz nicht auszurutschen, stieg er die Treppe hinauf. Er befand sich jetzt im zweiten Geschoß; ein langer, enger, mit orientalischen Teppichen belegter Gang lag vor ihm. Er kannte Haralds Studio, ging hin und öffnete die geschnitzte Holztür. Der Geruch von Farbe und Terpentin lag in der stickigen Luft, und das Licht fiel über Staffeleien und gegen die getäfelten Wände gelehnte Bilder. Er hörte den Fluß unten geheimnisvoll vorbeirauschen; es war ein unheimliches Geräusch. Er kletterte über eine schmälere Treppe ins dritte Geschoß hinauf, wo das Dienstpersonal wohnte und schlief und durchsuchte alle Räume und selbst Schränke und Kleiderkammern. Aus unerklärlichen Gründen war die Stimme des Flusses hier lauter zu vernehmen; vom Park her kamen immer noch die Explosionen des Feuerwerks. Jonathan kehrte ins zweite Geschoß zurück, ging den Gang entlang und öffnete einige Türen, darunter auch die zu Haralds großem und geschmackvoll eingerichtetem Schlafzimmer, in dem er mit Myrtle geschlafen hatte. Er hatte es nicht der Mühe wert gefunden, die Faltensäume und Rüschen und rosa Drapierungen zu entfernen, und der Raum besaß immer noch eine trübe, weibliche, stumm ergreifende und verlassene Atmosphäre. Nach einer schnellen Durchsuchung anderer Räume fand Jonathan seine Annahme bestätigt, daß kein Fremder im Haus war. Er versuchte eine letzte Tür am Ende der Halle. Sie war verschlossen. Das also war Jennys Zimmer. Die altmodische Klinke war aus Bronze und sauber poliert; sie ließ sich niederdrücken, doch die feste Tür öffnete sich nicht.

Er polterte lärmend ins Erdgeschoß hinunter. Er durchsuchte das Frühstückszimmer mit seinen einfachen, aber schönen Amish-Möbeln, ging dann ins Damenzimmer und rümpfte die Nase über die dunkle Eiche und den Chintz. Schließlich kam er in die Bibliothek und stellte den Kandelaber auf den Tisch; er zündete zwei oder drei Öllampen an. Eng, kalt und hoch, von Bücherregalen eingefaßt, mit dunkelblauen, schwarzen und tiefroten Sofas und Stühlen ausgestattet, war dies wohl der düsterste Raum des Hauses; die Luft war unerträglich dumpfig. Flakkernd beleuchteten die Lampen die goldumrahmten Porträts bärtiger Herren und steifer Damen des viktorianischen Zeitalters. Er öffnete ein Fenster, und die langen, karmesinroten Vorhänge bauschten sich ins Zimmer.

Wo blieb nur das dumme Mädel? Sie mußte ihn doch beim Herunterkommen gehört haben. Warum war sie nicht da, um hinter ihm abzuschließen? Er wollte sie schon rufen, als sein Blick auf einige Bücher fiel, die neben Papier und Bleistift auf einem der schwarzen Eichentische lagen. Er griff nach einem sehr dünnen, in weiches Leder gebundenes Buch. Villon. Es öffnete sich in seiner Hand und er sah, daß es oft gelesen worden war; hier und dort waren Verse, vielleicht besonders ergreifende, angestrichen. Sein Auge blieb an einem haften:

„In meinem Herzen sprießt ein Baum;
Der Liebe Pfropfreis Wurzeln schlug.
Doch seine Knospen blühen kaum
Und seine bittre Frucht heißt Trug.“

Stimmt genau, dachte er und klappte das Buch zu. Er zog ein schiefes Gesicht und fuhr sich mit der Zunge über die Lippen. Das war also einer von Jennys Lieblingsversen! Harald hatte sich nie für Poesie begeistert.

Jenny war die Leserin. Er ließ das Buch auf den Tisch fallen und nahm ein anderes zur Hand. Emily Dickinson. Auch hier war einiges angestrichen.

„Trüber Winternachmittag
Gibt fahlen, düstren Schein;
Martert meine Seele gleich
Einem Totenhain."

Sieh mal an, dachte Jonathan, melancholisch sind wir auch?

„Ich lauscht mit meinem ganzen Sein
Des Himmels Sphärenklang
Und blieb doch stumm und ganz allein,
Verzweifelt, traurig, bang."

Mit einem Schlag wurde die Stille, die Jonathan umgab, entsetzlich drückend und düster. Traurig plätschernd schlugen die Wellen ans Ufer, und ohne es zu wollen, dachte er an das einsame Mädchen, die in eines Toten Traum lebte und solche Verse liebte. Er legte das Buch behutsam nieder. Seine Hand berührte den brüchigen, abgegriffenen Einband eines anderen. Elizabeth Browning.

„Wie ich dich liebe? Oh, auf manche Weise —"

„Sentimentale Phrasendrescherei", sagte er laut, und der alte Zorn bemächtigte sich seiner. Er sah Jenny vor sich, wie sie in dieser feuchtkalten Bibliothek saß, sich mit verträumtem Augenaufschlag diese flammenden und melancholischen Liebesgedichte zu Gemüte führte — und an Harald dachte. Las sie sie ihm vielleicht an Winterabenden vor, ehe sie Hand in Hand mit verschmitztem Lächeln zusammen die Treppe hinaufstiegen? Aber er konnte sich nicht vorstellen, daß Jenny in Haralds Anwesenheit verschmitzt oder überhaupt lächelte.

Er nahm noch ein Buch zur Hand, eine Gedichtsammlung. Er schlug es auf und fand Verse von Matthew Arnold und las:

„Ach, Liebster, laß uns ewig Treu' bewahren
In einer Welt, in der ein Land
Von Träumen sich uns scheint zu offenbaren —
Doch kennt kein Hoffen sie, kennt
Frohsinn nicht, nicht Glück —"

Diese Stelle hatte Jenny noch stärker angestrichen. Mit dem Buch in der Hand stand Jonathan da und entsann sich seiner Hochzeitsnacht, da er Mavis diese Zeilen zitiert hatte. Er sah Mavis' durchscheinendes Gesicht, ihren breiten, lachenden Mund und ihre großen, weißen Zähne, und er hörte die mürrischen Worte, mit denen sie das Gedicht abgelehnt hatte, und ihre verdrießliche Bemerkung, daß es ihr nicht gefiel. Nun ja, heutzutage fand man das kindisch — wie alle Wahrheiten. Mit dumpfer

Niedergeschlagenheit dachte er an Jenny, die diese Verse ebenso liebte wie er selbst.

Er legte das Buch zurück, und sein Auge fiel auf ein Heft. Neugierig schlug er es auf. Noch nie hatte er Jennys Handschrift gesehen, und er verspürte einen scharfen Stich. Die Schrift war klein, aber weder schulmädchenhaft noch gekünstelt. Jedes Wort war klar und kräftig geschrieben, ja sogar eckig und steif. Es waren Gedichte und einige davon höllisch schlecht und stümperhaft; offenbar Jennys eigene poetische Ergüsse. Sein Auge blieb an einem hängen, und während er las, fror ihm das Lächeln auf den Lippen ein.

„Die Welt hatt' ich bis in ihr Mark getroffen
Und als sie schluchzte, wie die Harfe weinte,
Erkannt ich meinen Liebsten, sah auf ins Antlitz Ihm —
Erhaben, friedlich wie der Morgen und so still.
Von Staunen voll berührt ich Seine Hand und sagte:
‚Stets hab ich Dich gesucht und nun endlich gefunden.' "

Mein Gott, dachte Jonathan, schüttelte den Kopf und runzelte verwirrt die Stirn. Es war ein jugendliches, leidenschaftliches Gedicht. Ausdruck tiefer Liebe und bedingungsloser Hingabe, und an Gott gerichtet, wie alle solchen Gedichte es sein sollten. Es störte Jonathan. Er zwang sich, andere Zeilen zu lesen, unfertige Gedichte, einzelne Sätze:

„Am Himmel sah ich ziehen in süßem Rausch
Die weißen Wolken des April, der Vögel Flügel —"
„Die Tage reifen Weins und reifer Äpfel,
Der Mittagssonne blauen Schein —"

Er schloß das Heft und klatschte es auf den Tisch. Und während er das tat, vernahm er ein jähes Atemholen und danach ein Rascheln. Er wandte sich schnell um und sah Jenny in der Tür stehen. Fassungslos starrte sie ihn an, als traute sie ihren Augen nicht.

Sie trug nur ein langes Nachthemd aus leichtem, weißem Baumwollstoff mit einem kindlichen Spitzenkrägelchen, ihr Haar fiel in Wellen über den schmalen Rücken, ihre blauen Augen glitzerten weit offen, und sie war barfüßig.

„Ich dachte, du wärst schon gegangen", sagte sie.

Dann sah sie an sich selbst hinab und wurde blutrot.

NEUNZEHNTES KAPITEL

Die Stimme des Flusses schwoll an zu mächtigem Brausen, einer gewaltigen Sturzflut gleich, und Jonathan und Jenny standen da und sahen sich an. „Jenny“, begann er, „ich wollte nicht — ich wartete nur auf dich. Ich bat dich doch, herunterzukommen und hinter mir abzuschließen.“ Er hörte seine eigene Stimme, dumpf und schwerfällig, verzehrende Hitze drückte ihm die Kehle zusammen, seine Schläfen klopften, und unerträgliches Verlangen durchzuckte ihn wie ein flammendes Schwert. Das Gefühl war so stark, daß er ein wenig einknickte, und er wußte jetzt, daß er dieses Mädchen nie vergessen, immer geliebt und begehrt hatte.

„Jenny“, sagte er und trat einen Schritt auf sie zu.

Angstvoll wich sie zurück und bedeckte, in der uralten Geste des erschreckten Weibes, mit gekreuzten Armen ihre Brüste. Sie preßte ihre langen Schenkel aneinander. Nie war sie ihm so schön erschienen, nicht einmal im Garten, nie so lieblich und begehrenswert, als jetzt in ihrer Verwirrung, da die Farbe aus ihrem Gesicht wich und ihre Lippen sich in Verlegenheit und Scham teilten.

„Jenny“, wiederholte er und trat abermals einen Schritt näher. Sie schauderte zurück und stieß einen kleinen Schrei aus. Sie drehte sich um doch schon hatte er sie erreicht, packte sie an den Handgelenken und wirbelte sie herum. Sie versuchte, ihm Widerstand zu leisten. Er hatte gewußt, daß sie stark war, aber sie wehrte sich wie ein Mann. Sie bog sich nach hinten, um ihre Hände zu befreien, und er beugte sich über sie, hielt sie mit aller Gewalt fest und versuchte, sie auf den Mund zu küssen, doch sie drehte den Kopf zur Seite, so daß seine Lippen nur ihre Wange berührten. Sie stieß einen spitzen Schrei aus, einen Schrei wilden Zorns. Wieder schwenkte sie den Kopf, und die zarte Wolke ihrer Haare bedeckte sekundenlang ihr Gesicht und fiel über die Schultern zurück. Ihre nun freiliegende weiße Kehle schimmerte im Lampenlicht; wieder beugte er sich über sie und preßte seinen Mund in die weiche, warme Mulde.

Jennys Leib nach hinten gewölbt, hingen sie aneinander. Sie schien den Kampf aufgegeben zu haben. Er fühlte die ganze duftige Länge ihres Körpers gegen seine Kleidung gepreßt, den Druck ihrer Brüste, und die schlanke Starre ihrer Handgelenke, die er hinter ihrem Rücken umklammert hielt. „Jenny, süße Jenny“, rief er und küßte sie von neuem und war, von heißem Verlangen getrieben, entschlossen, dieses Mädchen zu nehmen, und es jetzt zu nehmen. Sie leistete keinen Widerstand. Ihr Fleisch haftete an seinem, schlaff und matt, und begierig und rücksichtslos fordernd suchte er nun ihren Mund. Er begann zu keuchen, zog sie tiefer ins Zimmer, und ihre stolpernden Füße folgten ihm. „Süße Jenny“, flüsterte er und ließ ihre Handgelenke los und tastete nach ihrer Brust und fand sie und hielt sie fest. Ein von der Sonne gewärmter Apfel lag in seiner Hand, und der Duft ihres Fleisches stieg ihm in die Nase, frisch und jung und aufreizend.

Und dann kam ungestümes Leben in sie. Mit ungeahnter Kraft befreite sie sich von der Hand, die ihre Brust umklammerte. Sie packte ihn an den Schultern und stieß ihn fort. Er war so überrascht, daß er zurücktaumelte.

Durch dicke Tränen traf ihn ein einziger, wütender, blauer Strahl des Hasses; zwischen den bleichen Lippen sah er ihre zusammengebissenen Zähne. Von wilder Lust getrieben, wollte er sich von neuem auf sie stürzen, und als er sie schon beinahe erreicht hatte, hob sie die Hand, holte weit aus und schlug ihm mit aller Kraft ins Gesicht. Sie sprang zurück und starrte ihn an; ihr Busen hob und senkte sich in wahnsinniger Erregung.

„Mörder!“ schrie sie. „Mörder!“

Ihre Stimme hallte von den Wänden. Es war der häßlichste und entsetzlichste Laut, den er je gehört hatte. Sie hatte keine Angst mehr. Die Hände zu Fäusten geballt, bebte sie vor Wut.

Er verspürte einen brennenden, pochenden Schmerz, wo der peitschende Schlag ihrer Hand ihn getroffen hatte. Doch der Schlag erhöhte nur noch sein wildes Verlangen, und nun drängte es ihn, ihr den gleichen Schmerz zuzufügen, sie zu bändigen, sich auf sie zu werfen und sie zu besitzen, brutal und sofort.

Hätte sie ihn nur geschlagen und ihn nicht mit jenem entsetzlichen Wort beschimpft, vielleicht würde er sich beherrscht haben. Aber er war seiner Sinne nicht mehr mächtig. Tiefes Rot überzog sein dunkles Gesicht, und seine Züge verfinsterten sich.

„Ich bin dir nicht gut genug — das ist es doch, nicht wahr?“ sagte er langsam und in feindseligem Ton. „Das gehört nur für meinen Bruder, nicht wahr?“ Und mit einer Geste, die er noch vor keiner Frau gebraucht hatte, deutete er auf ihre Lenden. „Oder auch noch für ein paar andere?“

Jennys bleiches Gesicht rötete sich vor Entsetzen; ihre Lippen zuckten. Sie öffnete den Mund, um nach Luft zu schnappen. „Für deinen Bruder? Für Harald?“ Sie konnte es nicht glauben. Sie starrte ihn an. Sie hatte überhaupt nichts verstanden. Und dann begriff sie. Sie stieß einen wilden Schrei aus. „Hinaus mit dir! Du Mörder, du — du —! Du Ungeheuer, du schmutziges!“

Sie drehte sich um und lief aus dem Zimmer; den Bruchteil einer Sekunde später nahm er ihre Verfolgung auf. Sie rannte den Gang zur Halle hinunter und erreichte die im düsteren Lampenschein daliegende Treppe. Sie raffte ihr Nachthemd und hastete wie ein erschrecktes junges Tier die Stufen hinauf; die langen weißen Beine schimmerten. Er stürzte ihr nach und versuchte einen ihrer Knöchel oder einen Zipfel des flatternden Hemdes zu fassen, doch sie war schneller als er, und ihr langes Haar wogte wie eine Fahne hinter ihr her.

Die Lust, die er bisher empfunden hatte, war nichts im Vergleich zu der drängenden Leidenschaft und verzehrenden Wut, die ihn jetzt beseelten, dem Verlangen, sie zu besitzen und sie für das, was sie ihm ins Gesicht geschrien hatte, grausam zu züchtigen. Sie hörte sein heiseres Keuchen hinter sich und lief noch schneller, nachdem sie das obere Geschoß erreicht hatte. Außer sich vor Angst, Entsetzen und Haß stürzte sie den Gang hinunter, auf ihr Zimmer zu.

Sie stieß die Tür auf und versuchte, sie hinter sich zu schließen, doch seine Hand stemmte sich dagegen. Sie kämpften um die Tür, und Jonathan begann mit geschlossenem Mund zu lachen. Ihre Kraft setzte ihn in Erstaunen; er schwitzte. Es war ein lächerlicher Kampf, die Tür schwang hin und her; sie warf sich mit der Schulter dagegen und hätte fast ihr Ziel erreicht, und es kostete ihn beträchtliche Anstrengung, sie daran zu hindern. Er hörte ihren lauten, schnaubenden Atem, ihre gestammelten Worte, aber er sagte nichts. Er war nur darauf bedacht, diesen Kampf zu gewinnen, der ihm langsam absurd vorkam. Die Tatsache, daß sie ihm versagte, was sie seinem Bruder so freizügig gewährte, verletzte seinen männlichen Stolz zutiefst. „Sei nur nicht so spröde, Mädchen!“ rief er aus.

Mit aller Kraft warf er sich gegen die Tür, die zurückschwang und Jenny ins Zimmer schleuderte, das nur von einer Lampe neben ihrem Bett schwach beleuchtet war. Schon war Jonathan bei ihr und faßte sie am Arm. Mit der anderen Hand griff er nach dem Ausschnitt des Nachthemds und riß es mit einem Ruck bis zu den Knien entzwei. Bevor sie sich noch bewegen konnte, schlossen sich seine Hände um ihre schlanke Taille; er zog sie an sich und küßte sie in verzücktem Verlangen auf den Mund. Sie wehrte sich wie rasend und trat ihn mit ihren nackten Füßen, doch er lachte, seine Finger preßten sich in das warme Fleisch ihres Körpers, und sein Mund hielt den ihren gefangen. Er fühlte, wie ihr Atem sich mit dem seinen vermengte und ächzte: „Jenny, Jenny, Jenny!“ Er empfand seine Ekstase wie schmerzliche Pein. Er drängte sie nach rückwärts auf das Bett zu, und sie kämpfte mit wachsender Verzweiflung. Das zerrissene Nachthemd hinderte ihn, und in einer schnellen Bewegung fetzte er es ihr vom Leib, und sie war nackt.

Unaufhaltsam drängte er sie zum Bett, ihre Knie beugten sich dem Druck, und sie fiel rücklings auf die weiße Enge und er auf sie, immer noch seinen Mund auf den ihren gepreßt. „Süße Jenny“, flüsterte er und versuchte unbeholfen mit dem Knie ihre Beine auseinanderzuzwängen.

Dann wölbte sich ihr Leib in einem letzten verzweifelten Bemühen, und so groß war ihre Anstrengung, daß sie ihn fast von sich geschleudert hätte. Noch halb über sie gespreizt, fiel er zur Seite, das Licht der Lampe erhellte ihr Antlitz — und er sah.

Was er sah, war Todesangst, echte, ungekünstelte Angst, jungfräuliche Angst. Er hatte sie in seinem Leben nur einmal, mit neunzehn Jahren, erlebt; er dachte ungern an diese Episode zurück und schämte sich, wenn er sich daran erinnerte. Das war es und konnte nichts anderes sein: die verängstigte Frau, die sich dem Unbekannten gegenüber sah, davor zurückschauderte und sich anschickte, ihre Unschuld mit dem Leben zu verteidigen.

Er hielt sie fest, ohne sich zu bewegen, und sah in ihren Augen die entsetzliche, zitternde Furcht und den blauen, matten Nebel und ihre schlaffen Lippen und hörte das Klappern ihrer Zähne. Er beugte sich über sie. Jede Begierde war von ihm gewichen; Scham und Reue überkamen ihn.

„Jenny“, sagte er, „mein Gott, Jenny.“

Sie hob ihren Blick zu ihm und lag ganz still da. Tränen quollen aus ihren weit geöffneten Augen, und sie stieß einen winselnden Ton völliger Niederlage aus. Mit zärtlicher Sorge und zitternden Händen zog er die Decke herauf, um ihre Blöße zu bedecken. Dann stand er auf und sah auf sie hinunter. Die Decke, unter der sich ihr mädchenhafter Körper abzeichnete, bis unter das Kinn geschoben, lag sie mit geschlossenen Augen da und weinte.

Betäubt, wütend über sich selbst und beschämt wie nie zuvor in seinem Leben, sah er sich im Zimmer um, das in seiner stillen Einfachheit einer Klosterzelle glich. Die Wände waren weiß gestrichen und der polierte Boden bis auf einen kleinen Teppich kahl. Ein Schreibtisch, zwei einfache Stühle, ein bemalter Schrank und eine einzige Lampe vervollständigten das Mobiliar. Es gab keine Verzierungen zu sehen, nichts weiblich Niedliches wie Bänder, Seide oder Taft, kein Duft von Parfum. Es gab nicht einmal einen Putztisch mit einem Spiegel. Es schien überhaupt kein Spiegel vorhanden zu sein. Es war die Zelle einer Nonne, und das Bett das schmale Lager einer Asketin.

Wenn Harald je in diesem Bett geschlafen hatte, war er allein darin gelegen! Das war der törichte und demütigende Gedanke, der Jonathan durch den Kopf schoß, während er ungeschickt seine Kleidung in Ordnung brachte und glättete, die er bei seinem Ringen mit Jenny, bei dem Versuch, sie zu vergewaltigen, zerknittert hatte. Er empfand Abscheu vor sich selbst. Er hätte eine von Jennys Händen, die jetzt so schlaff auf der Decke ruhten, in die seinen nehmen, neben ihr niederknien und sie um Verzeihung für sein tierisches Betragen bitten wollen, das ihm jetzt unglaublich und ungeheuerlich schien. Wie hatte er das nur tun können? Wie hatte er die Lügen über sie glauben können? Der Haß, den er gegen sich selber empfand, vermengte sich jetzt mit Mitgefühl und unendlicher Liebe für das Mädchen.

„Jenny", sagte er, „ich würde es dir nicht verübeln, wenn du mir nie verzeihen könntest. Nein, vergib mir das nie. Ich schäme mich so, Jenny." Seine Stimme klang so demütig, wie sie in seinem ganzen selbstbewußten und selbstsicheren Leben nicht geklungen hatte. „Ich wollte, es gäbe eine Möglichkeit, dir zu sagen ... doch die gibt es wohl nicht."

Er stützte sich mit den Handflächen auf das Bett und beugte sich mit steifen Armen über sie. Sie weinte immer noch mit geschlossenen Augen. „Ich will dir nur eines sagen, Jenny: ich liebe dich. Seit jenem Tag im Garten, als du sechzehn warst, liebe ich dich. Denke daran, Liebste, und vielleicht wirst du mir irgendeinmal verzeihen können." Doch sie weinte fort und schien ihn nicht zu hören.

„Jenny? Ich liebe dich aufrichtig, mein Alles. Das ist keine Entschuldigung für das — was ich tun wollte. Ängstige dich nicht, Jenny. Ich gehe jetzt. Warte, bis du meine Laterne durchs Fenster siehst." Er warf einen Blick auf die schmucklose Öffnung in der Wand. „Wenn du siehst, daß ich fort bin, geh hinunter und schließe ab. Jenny?"

Doch sie antwortete nicht. Reglos lag sie da, das schwarze Haar völlig zerzaust über das Kissen gebreitet. Neben ihrem Mund wurde eine Beule sichtbar, und als er sie bemerkte, haßte er sich noch mehr und mußte sich zurückhalten, um nicht einen zarten Kuß darauf zu drücken. Der leidenschaftliche Drang, das zu tun, war stärker als jedes Verlangen, das er nach ihr empfunden hatte; er zögerte. Dann richtete er sich auf und verließ das Zimmer.

Jenny hörte, wie er sich langsam und müde die Treppe hinunterschleppte und die Halle durchquerte. Dann öffnete sich die Bronzetür, und sie hörte, wie er sie hinter sich verschloß. Sie sah den schwachen Schimmer der Laterne durch das Fenster, und hörte ihn den gepflasterten Gehweg entlang gehen, bis seine Schritte verklangen.

Sie setzte sich auf, sprang aus dem Bett, lief an das Flügelfenster und riß es auf. Die flackernde Laterne entfernte sich, zwinkerte zwischen Büschen und Bäumen hindurch, bis sie ihren Blicken entschwand.

Sie ließ den Kopf auf das breite Fenstersims sinken und brach in qualvolles Schluchzen aus. „O Jon, Jon, Jon! O Jon!" Sie weinte lange Zeit, bis sie zu Boden glitt. Sie drückte ihre Wange gegen die kalte Mauer und jammerte immer wieder: „Jon, Jon!" Sie war erschöpft und völlig trostlos. Nackt auf dem Holzboden ausgestreckt, schlief sie endlich ein; als sie erwachte, dämmerte es.

Als Jonathan leise sein Vaterhaus betrat, hoffte er, daß seine Mutter inzwischen zu Bett gegangen sein würde, doch kaum hatte er die matt silberglänzende Halle betreten, als er ihre Stimme aus dem Frühstückszimmer vernahm. „Jon? Bist du's? Ich bin hier und trinke eine Tasse Tee. Komm, leiste mir Gesellschaft."

Er stieß eine leise Verwünschung aus und zauderte. Dann ging er ins

Speisezimmer, schenkte sich im Halbdunkel einen Whisky mit Soda ein und trug sein Glas in den Raum, wo seine Mutter auf ihn wartete. Sie sah sehr müde aus, lächelte ihn aber liebevoll an. „War auf der Insel alles in Ordnung?“ fragte sie. Dann stieß sie einen kleinen Schrei der Bestürzung aus: „Jon! Was ist mit deiner Wange passiert? Sie ist ja ganz geschwollen und rot, und dieser lange Kratzer?“

Lügen war ihm ungewohnt, und so befühlte er sein Gesicht und versuchte, eine Antwort zu finden. „Ach, das“, sagte er schließlich. „Ich habe mir den Kopf an etwas gestoßen. Es war ja so teuflisch dunkel auf der Insel.“

Marjorie sah ihn nachdenklich an und lächelte innerlich. Jenny! Ein tiefes Glücksgefühl durchzuckte sie. Konnte es sein, daß er sich endlich selbst eingestanden hatte, was sie seit Jahren von ihm und Jenny wußte? Ihre müden Augen begannen zu leuchten. „Setz dich, mein Lieber, und plaudere noch ein wenig mit mir, bevor ich zu Bett gehe. Ich hatte einfach nicht die Kraft, mich zu bewegen. Ich brauchte den Tee und ein bißchen Ruhe. Es war ein so lauter Tag, nicht wahr?“

Widerstrebend hatte er auf einem Stuhl in diesem reizenden und erholsamen Raum Platz genommen, konnte sich aber nicht aufraffen, seiner Mutter ins Gesicht zu sehen; er beschäftigte sich angelegentlich mit seinem Glas und runzelte die Stirne. „Schrecklicher Tag“, stimmte er seiner Mutter zu.

„Ich möchte meinen“, sagte Marjorie, „daß dein junger Robert sich, wie wir zu sagen pflegten, in Jenny verknallt hat; aber Jenny bemerkt das gar nicht. So ein unschuldiges Kind. Sie hat es nie gelernt, zu flirten, oder auch nur einfach jung und fröhlich und sorglos zu sein. Das arme Geschöpf. Daran war nur dieser abscheuliche Peter Heger schuld, weißt du. Wäre es nicht nett, wenn Robert und sie — was hast du, Jon?“

„Das ist doch Unsinn!“ versetzte Jonathan. Die schmalen weißen Wülste zeichneten sich um seinen Mund ab. „Mutter, du kennst Jenny doch recht gut. Sie ist oft hier. Gibt es jemanden in ihrem Leben?“

Marjorie machte ein betont argloses Gesicht. „Doch, ja. Es gibt jemanden, für den sie tiefe Zuneigung empfindet. Er ist natürlich um einiges älter als sie, würde aber ausgezeichnet zu ihr passen. Sie liebt ihn schon sehr lange. Ich weiß, das Wort ‚Liebe‘ liegt dir nicht, du hältst es für absurd und behauptest, das gäbe es gar nicht, aber es gibt kein anderes Wort für die Gefühle, die Jenny für diesen Mann empfindet.“

„Wie heißt er? Kenne ich ihn?“

„Sie hat seinen Namen nie erwähnt, und ich habe sie nie danach gefragt, und ich weiß es nur, weil ich eine Frau bin, wenngleich dich wahrscheinlich auch das überraschen wird. Doch es gibt gewisse Dinge, die keine Frau vor einer anderen verbergen kann, und dazu gehört die Liebe. Ich kenne die Anzeichen.“

Jonathan trank das halbe Glas in einem Zug hinunter. Er schüttelte das Glas. Seine schwarzen Augenbrauen zogen sich zusammen. Der Gedanke, daß Jenny in einen anderen verliebt war, ließ sich kaum ertragen. Er hatte heute versucht, sie mit Gewalt zu nehmen, sie auf die gemeinste Art beschimpft und mißhandelt und sie in dem Bewußtsein verlassen, daß er sich nie mehr bei ihr sehen lassen könne und es auch nicht besser verdiente.

„Es könnte doch sein, daß du dich irrst, Mutter. Hast du eine Ahnung, wer er ist?"

„Ja."

Er starrte sie durchdringend an. „Wer?"

„Warum fragst du Jenny nicht selbst?"

Er erhob sich und begann langsam auf- und abzugehen. „Wenn sie es dir nicht gesagt hat, würde sie es mir schon gar nicht sagen. Lächerlich. Weiß es Harald?"

„Nein", antwortete Marjorie bedächtig, „er weiß es nicht. Wie ich dir schon sagte, möchte er Jenny heiraten. Aber so oft ich noch davon sprach, hast du mich ausgelacht."

Jonathan blieb stehen und sah sie an. „Wer hat diese abscheulichen Lügen über Jenny in Hambledon verbreitet, Mutter?"

Wenn Marjorie noch Zweifel gehegt hatte, jetzt waren sie endgültig verflogen, und sie lachte fast vor Freude. „Ich weiß es nicht, Jon." Doch sie senkte die Augen und betrachtete ihren Tee.

„Weiß Jenny — von diesem gemeinen Gerede?"

„Jenny?" Marjorie war schockiert. Sie stellte die Tasse zurück. „Sie hat keine Ahnung! Du kennst Jenny nicht sehr gut, Jon. Sie ist so rein und unverfälscht wie ein Kind. Sie würde es nicht glauben können, daß schlechte Menschen sich gemeine Lügen über andere ausdenken. Sie würde es einfach nicht glauben. Es würde sie ins Herz treffen. Sie meidet die Menschen, weil ihr ihr Vater, als sie noch ein Kind war, einredete, sie sei reizlos und häßlich; kein Mensch würde sie je lieben — außer ihm, natürlich — und darum müsse sie immer bei ihm bleiben."

Marjorie errötete, ließ ihren Blick jedoch unverwandt auf Jonathan ruhen. „Ich bin keine einfältige, altmodische Frau, Jon. Ich bin in keinem mit Samt ausgeschlagenen Schmuckkästchen aufgewachsen und zusammen mit Mutters Perlen auf einem dunklen und verborgenen Platz weggeschlossen worden. Mein Vater war für die ‚neue Frau' durchaus eingenommen — und für die ‚Vorurteilslosigkeit', wie er das nannte. Meiner persönlichen Meinung nach ging er dabei sogar ein wenig zu weit. Auf Grund der völlig unschuldigen Dinge, die Jenny mir über ihn erzählte, weiß ich eine ganze Menge von Peter Heger. Ich glaube, er —"

Ein verächtliches Lächeln spielte um Jonathans Mund. „Hatte er blutschänderische Pläne mit unserem kleinen Gänschen?"

„Nun, ja. Man hört das Wort nicht oft; es ist kein ‚nettes' Wort und paßt nicht in eine gepflegte Konversation. Aber genau das war es. Jenny erzählte mir einmal, er habe ihr ‚geschmeichelt', indem er ihr sagte, sie sähe genau so aus wie seine Mutter, ihre Großmutter, die in Deutschland starb, als er noch ein Knabe war, und daß er immer davon geträumt habe, seiner Mutter ein Schloß zu bauen. Da sie nun tot sei, baue er es für Jenny, damit sie darin leben könne, so wie er geträumt hatte, daß seine Mutter darin leben würde."

„Ich folge seinem Gedankengang", sagte Jonathan. „Ganz klar."

„Jenny fand das rührend. Sie ist ja so ein schlichtes junges Mädchen. Es gibt Momente, da könnte ich schwören, Jenny glaubt, daß Kinder durch Osmose entstehen oder sonst wie."

Jonathan mußte laut herauslachen. Er setzte sich neben seine Mutter und sah sie mit aufrichtiger Zuneigung an. „Das glaubt Jenny wohl nicht", sagte er dann und wurde wieder ernst. „Nein, nein, das glaubt sie sicher nicht."

Also hast du ihr etwas beigebracht, dachte Marjorie. Deinem Aussehen nach zu urteilen, muß es eine anstrengende Lektion gewesen sein.

„Jedenfalls", fuhr Marjorie fort, „glaubte sie ihrem Vater. Das hat sie so abnormal schüchtern gemacht; sie fürchtet, den Menschen durch ihre ‚Häßlichkeit' zu nahe zu treten. Und dann war sie auch noch größer als ihre Mitschülerinnen, und wir leben ja heute in der Zeit der kleinen Lieblinge mit Grübchen, im Amorsbogen geschwungenen Lippen, und dem ‚Köpfchen, nicht höher als mein Herz'. Ihr seid schon eine dumme Rasse, ihr Männer! Na, davon wollen wir jetzt nicht sprechen. Sie lebte weiter auf der Insel, nachdem ihr Vater gestorben war. Er hatte das Schloß ja für sie gebaut und nicht, wie man allgemein annahm, für Myrtle. Sie fühlt sich nicht nur verpflichtet, dort zu leben, sie liebt diese bauliche Monstrosität. Ich glaube nicht, daß Jenny je auch nur daran gedacht hat, ein Mann könnte sie begehren —" Sie unterbrach sich, denn Jonathan warf ihr einen grimmigen Blick zu.

„Jetzt denkt sie daran", sagte er. „Also schön. Ich muß dir etwas gestehen, bevor Jenny es dir erzählt; oder bevor du dir Sorgen machst, warum sie dich auf einmal nicht mehr besuchen kommt. Heute abend habe ich versucht, sie zu vergewaltigen. Verstehst du?"

Obwohl Marjorie so etwas vermutet hatte und von der Neuigkeit entzückt war, war sie sich wohl bewußt, daß der Anstand es erforderte, daß sie darauf im entgegengesetzten Sinne reagierte. Sie richtete sich auf, stellte eine empörte Miene zur Schau und rief aus: „Jon! Wie konntest du! Ein hilfloses junges Geschöpf! Wie fürchterlich, wie entsetzlich! Nie hätte ich das von dir geglaubt!"

Er machte eine verdrießliche Handbewegung. „Na schön, ich bin ein Lump, ein Hund, ein Schuft, ein Schurke, ein Rohling — du kannst die

Liste nach Belieben fortsetzen. All das bin ich. Ich erreichte mein Ziel nicht. Jenny wehrte sich wie eine Wildkatze, wie eine Löwin. Zum Teil war es ihre Schuld. Sie nannte mich — etwas. Damit hat sie das Ganze heraufbeschworen; vielleicht auch nicht. Und wenn wir schon so offen miteinander reden, sollte ich dir eigentlich auch noch sagen, daß sie mich überzeugt hat, daß sie ein, wie unsere zimperlichen Zeitgenossen das ausdrücken, ‚reines' Mädchen ist. Daraufhin ließ ich dann von ihr ab. Hätte ich die kleine Balgerei fortgesetzt, ein, zwei Minuten später würde ich diese Tatsache höchstpersönlich entdeckt haben, und das wäre natürlich nicht wieder gutzumachen gewesen."

„Ja", stimmte Marjorie ihm bei, „nie wieder. Frauen lassen sich nicht gerne vergewaltigen."

„Denkst du, liebe Mama. Ich bin kein kleiner Junge. Ich habe viele Frauen gekannt. Aber Jenny hätte es nicht gefallen, wenn die Untertreibung gestattet ist. Sagtest du, du wüßtest den Namen des Mannes, in den sie verliebt ist?"

„Das habe ich nicht gesagt." Marjorie überlegte, was Jonathan ihr erzählt hatte, und fühlte sich nun doch ein wenig beunruhigt. Würde Jenny ihrem Sohn je verzeihen? Ja, früher oder später würde sie ihm vergeben. Sie mochte sich sogar in einen Spiegel sehen und sich betrachten und sich fragen, was es an ihr gab, das Jonathan so erregt und veranlaßt hatte, über sie herzufallen. Wenn eine Frau entdeckte, daß sie Reize besaß, die einen Mann veranlaßten, über sie herzufallen, würde sie ihn allein darum lieben — wenn sie das nicht schon vorher getan hatte —, weil er sie begehrte. Es lief alles recht ordentlich, dachte Marjorie. Sie gähnte behaglich und sah ihren Sohn ernst an.

„Du hast dich abscheulich benommen, Jonathan. Das weißt du selbst, ich brauche es dir gar nicht erst zu sagen. Wenn Jenny mir nicht zugetan wäre, sie könnte dich anzeigen. Das ist eine ernste Sache. Arme Jenny. Was hat dich übrigens dazu gebracht, so den Kopf zu verlieren?"

„Das tut nichts zur Sache", antwortete er. „Männer verlieren ja immer ihre Köpfe, wenn's um die verflixten Weiber geht — bildlich und wörtlich gemeint." Er lächelte. „Du hast uns Männer eine dumme Rasse genannt. Völlig richtig. Wir wollen sagen, ich hätte den Kopf verloren. Jenny ist eine sehr schöne Frau, eine sehr begehrenswerte Frau, und ich war heute in einer meiner Stimmungen, und da war Jenny allem Anschein nach willig — aber das verstehst du wohl nicht."

„O doch. Trotzdem war es abscheulich von dir. Jenny ist erst zwanzig und eigentlich jünger als ihr Alter, und du bist ein erfahrener Mann von fünfunddreißig und Witwer. Du könntest beinahe Jennys Vater sein. Bei gewissen Kulturformen würdest du es sein." Sie unterbrach sich und sah ihn aufmerksam an. „Hast du bei diesem heiteren Schabernack auch nur einen Augenblick an Mavis gedacht?"

Er starrte sie verständnislos an. „Mavis?" Er sah noch verständnisloser als sonst drein. Gott sei Dank, dachte Marjorie, damit ist es jetzt vorbei. „Was hat Mavis damit zu tun?"

„Nichts, absolut nichts!" Beinahe hätte Marjorie aufgejubelt. „Komm, laß mich dir diesen häßlichen Kratzer waschen. Ich nehme an, daß das Jennys Handschrift ist, und dann hast du ihn reichlich verdient."

Er nahm sich ein frisches Glas Whisky ins Schlafzimmer mit, betrachtete es mit Widerwillen und stellte es nieder. Er ging ans Fenster und sah in die heiße, windstille und jetzt ruhige Nacht hinaus, da die Festlichkeiten geendet hatten und das Feuerwerk schon vergessen war. Er versuchte, einen Blick auf den Fluß zu erhaschen, dessen Wasser die Insel umschlossen hielten, und dachte an Jenny. Dann dachte er an Mavis.

Diesmal aber überkamen ihn Schmerz und Verzweiflung nicht mehr, und als er sich jetzt in Gedanken mit ihr beschäftigte, konnte er sich kaum mehr ihres Anblicks entsinnen, obwohl noch nicht einmal ein Jahr seit ihrem Tod vergangen war. Nur ihr lärmendes Lachen klang ihm noch in den Ohren. Er war überrascht. Er erinnerte sich ihrer wie eines Menschen, dessen er seit Jahren nicht gedacht und den er kaum gekannt hatte. Er stand da und harrte geduldig der seelischen Pein, die ihn nun packen sollte, wie sie ihn immer gepackt hatte, doch vergeblich. Wo ihr Bild gelebt hatte, war jetzt ein leerer, aber kein quälender Raum. Ein Raum, so schien es ihm, der für einen neuen Gast hergerichtet wurde, da der erste für immer gegangen war. Mavis besaß die Macht nicht mehr, ihn leiden und hassen zu machen.

Er war wie berauscht vor Erleichterung und Dankbarkeit. Er war von Mavis geheilt. Er konnte jetzt sogar mit einer Art vagen Mitleids an sie denken, sich ihre Jugend und ihren tragischen Tod ins Gedächtnis zurückrufen, und das Grab, das er nie besuchte, das jedoch stets von ihrem Onkel, ihrer Tante, und anderen Menschen, die sie geliebt hatten, mit Blumen bedeckt wurde. Er ging in ihren Ankleideraum und dann in ihr Schlafzimmer, zündete eine Lampe an und betrachtete die schöne Einrichtung und die zierlichen Möbel. Der Duft ihres Parfüms wehte ihm entgegen; nie mehr würde er sie begleiten. Er schloß die Tür ihres Zimmers, wie man die Tür nach jemandem schließt, der nie mehr erwachen wird.

Jetzt konnte er an Jenny denken. Es war möglich — obwohl er es nicht wirklich glaubte —, daß er sie nie wiedersehen, oder, selbst wenn er sie sah, sie nie wieder mit ihm sprechen würde. Er hatte sich auf eine unverzeihliche Weise gewalttätig gegen sie benommen, wenngleich Frauen einem Mann solches Betragen meist nicht nachtrugen. Der Gedanke, sie könnte einen anderen lieben, schien ihm völlig irrelevant und nicht wert, sich überhaupt damit zu beschäftigen. Was wußte die kleine Jenny denn schon von der Liebe? Er würde Mittel und Wege finden, um sich ihr von neuem zu nähern. Sie würde ihm einfach nicht ausweichen können! Er lachte in sich hinein. Und dann, viele Monate später — aber nicht allzu viele — würde sie sich gezwungen sehen, ihn ernst zu nehmen, und anfangen, über ihn nachzudenken. Wie lange es wohl dauern würde? Ein Jahr vielleicht, wenn er es so lange ertragen konnte. Seine süße Jenny! Er erinnerte sich, wie er sie in den Armen gehalten, ihren Mund berührt, ihren warmen Atem eingesogen und — wie konnte er darauf nur einen Augenblick vergessen? — wie sie sich sekundenlang nicht gewehrt und es zugelassen hatte, daß er ihren Hals küßte.

Lächelnd wandte er sich vom Fenster ab. Er fühlte sich jung wie nie zuvor, jung, wie er es nicht einmal als Knabe gewesen war, verjüngt, erregt, prickelnd vor Erwartung. Zum ersten Male schien es ihm wahrscheinlich, daß es im Leben tatsächlich Augenblicke gab, da das Leben lebenswert, ja sogar begeisternd schön sein konnte. Er war fünfunddreißig und nicht mehr gar so jung; nie mehr würde er jene vollkommene Glückseligkeit kennen oder auch nur daran glauben. Dennoch aber konnte ihm das Dasein noch einiges an Zufriedenheit, erstrebenswerten Zielen und schönen Stunden geben. Ein Ziel aber vor allem, und das war mehr als genug für einen Menschen und um vieles mehr, als dem Großteil der Menschheit je vergönnt war.

ZWANZIGSTES KAPITEL

Als Jonathan am nächsten Morgen pfeifend sein Büro betrat, fand er wie erwartet Robert Morgan bereits eifrigst mit dem Studium der Krankenberichte beschäftigt, die ihm die ältliche Tippmamsell auf den Schreibtisch gelegt hatte. Robert erhob sich sogleich, wie immer leicht errötend, und sagte: „Guten Morgen. Ich wollte eigentlich nicht Ihren Schreibtisch benützen, solange Sie noch hier sind, aber die Dame legte die Blätter hierher und . . .“

„Geht in Ordnung“, sagte Jonathan. Robert starrte auf das Heftpflaster in Jonathans Gesicht. „Ein Unfall?“ fragte er.

„Nein. Eine kleine Balgerei mit einer recht lebhaften Dame . . .“

Er scheint heute ziemlich heiter und guter Dinge zu sein, dachte Robert Morgan. Er sah zu, wie Jonathan die Seiten überflog, und nickte dann.

„Wir haben den gestrigen Tag sehr genossen, meine Mutter und ich“, sagte Robert. Jonathan hob schnell den Blick. Seine Augen waren klar, von ganz durchsichtigem Blau, so als ob er lang und fest geschlafen hätte. „Gut, Bob.“ Es klang energisch. Er war der Lehrer, und dies würde ein rein dienstliches Gespräch werden. Nachdenklich pfiff Jonathan vor sich hin, als er die Berichte las. Aber er setzte sich nicht an seinen Schreibtisch. Stillschweigend hatte er ihn dem Jüngeren überlassen.

„Ich sehe, Sie haben bereits die Ziegen von den Schafen getrennt", meinte er, „die Hypochonder von den authentisch Kranken. Aber unterschätzen oder gar verachten Sie die Ziegen nicht zu sehr. Sie bilden den Rückhalt der ärztlichen Praxis, sie sind das Bankkonto des Arztes. Denn Geld haben sie verläßlich und immer. Und außerdem sind sie interessant. Sie erfinden die ungewöhnlichsten und faszinierendsten Krankheiten und Symptome — und bezahlen Sie noch für Ihre faszinierte Anteilnahme. Ein Rat: Nehmen Sie ihnen nicht offen jede Freude daran, bagatellisieren Sie nicht ihre Leiden, verlieren Sie nicht die Geduld! Und vor allem, haben Sie es nicht zu eilig, Ihnen zu versichern, sie seien gesund wie ein junger Hund. Ein kluger Arzt tut so etwas niemals. Die Leute werden nur ihr Geld einem sympathischeren Arzt hintragen. Und was wird mit Ihnen sein? Erschöpft und zermürbt werden Sie sein durch die Leiden der wirklich Kranken, die vor lauter Elend keinen Gedanken für die prompte Honorierung des Arztes übrighaben — wenn sie überhaupt jemals bezahlen."

Robert lachte. Doch er wurde gleich wieder ernst. Jonathan sprach weiter: „Der Unterschied zwischen einem Hypochonder und einem wirklich Kranken ist der, daß der erstere wünscht, sich krank zu fühlen und es auch zu sein — nicht zu ernsthaft krank natürlich — und daß sein Arzt ihn ernst nimmt und seinem Leiden die nötige Aufmerksamkeit schenkt, während der wirklich Kranke das beruhigende Gefühl haben will, er sei gesund — oder werde es bald sein — und zudem bei seinem Arzt in besten Händen. Der Hypochonder brütet sentimental über den Tod nach, der Kranke mag nichts davon hören, gerät beim Gedanken daran in schlotternde Angst und will versichert werden, daß er noch lange zu leben habe. Daran halten Sie sich! Beobachten Sie genau das Gesicht des Patienten, während Sie sich mit ihm beschäftigen und mit ihm reden. Hat er eine Träne im Augenwinkel, bevor Sie noch begonnen haben, ihn zu untersuchen, ist er ein leichter Fall. Blickt er Sie flehend oder ängstlich an, dann suchen Sie die nackte, häßliche Wurzel des Übels, und Sie werden sie finden."

„Sie sind nicht wenig zynisch", sagte Robert, nun wieder lachend. „So etwas hätte man im Johns Hopkins nicht zu hören bekommen. Da gab es sogar einige Ärzte, die behaupteten, Hypochonder wären wirklich krank — seelisch krank. Ihre Krankheit werde verursacht durch psychische Schwierigkeiten."

„Ein Mann", erwiderte Jonathan, „oder gar eine Frau, in kargen Verhältnissen hat keine seelischen Schwierigkeiten. Beide haben einfach keine Zeit für eine solche Krankheit, außer sie sind wirklich geisteskrank. Ein Hypochonder aber, Sie werden es merken, ist im allgemeinen höchst intelligent, in bester geistiger Verfassung und von erfreulicher Zahlungskräftigkeit. Er kann sich jeden Urlaub und alles für sein körperliches

Wohl leisten. Der Kranke dagegen zeigt in den meisten Fällen keinerlei seelische Krankheitssymptome. Er ist zu sehr damit beschäftigt, sein Leben zu fristen, seine Rechnungen zu bezahlen und seinen Arbeitsplatz zu behalten. Ich spreche jetzt nicht von der echten Angst, die einen wirklich töten kann; dieser begegnen wir nur sehr selten, und sie entsteht nicht aus Überfluß, Langeweile, Unzufriedenheit und ungestilltem Verlangen nach den verschiedensten Vergnügungen, wie die Pseudoangst des Hypochonders. Jemand hat mir einmal gesagt, wenn ein Mann ‚göttliches Mißvergnügen' empfindet, fehle ihm nichts anderes als ein neuer Chef oder eine andere Freundin. Sie werden dieses ‚göttliche Mißvergnügen' nie bei einem ehrlich Kranken finden. Der will nur gesund werden und an seinen Arbeitsplatz zurückkehren. Der eingebildete Kranke verlangt von seinem Arzt, daß er ihm sagt, er sei überarbeitet, brauche lange Erholung, am besten eine ausgedehnte Seereise, womöglich mit einer Begleiterin, die nicht seine Frau ist."

Robert schüttelte den Kopf und lächelte. „Sie sind doch ein Zyniker."

„Nein. Aber ich kenne die Menschen, und was ich über sie weiß, ist nicht geeignet, mich in einen Zustand zufriedener Heiterkeit zu versetzen."

Robert blickte vorsichtig zu der geschlossenen Tür, hinter der sich das Klappern der Schreibmaschine recht nachdrücklich in Erinnerung brachte. „Ich habe es gestern bemerkt. Sie schienen sich nicht besonders zu amüsieren."

„Ehrlich gesagt, nein."

Wieder stieg leichte Röte in Roberts Wangen, und er heftete seinen Blick angestrengt auf eines der Formulare. „Ihnen schienen die meisten Leute nicht sehr zu gefallen. Nicht einmal die hübsche junge Dame, Miß Jenny Heger."

Jonathan, der in einem bequemen Sessel Platz genommen hatte, der sonst Patienten vorbehalten war, wollte sich eben eine Zigarette anzünden. Langsam blies er das Streichholz aus.

„Jenny? Meine Stiefnichte, wenn Sie es so nennen wollen? Was ist mit Jenny?"

Seine Stimme hatte sich so plötzlich verändert, daß Robert förmlich erschrak. „Ich meine", sagte er, „sie ist besonders — nun, reizend, gewinnend. Jeder Mann müßte bezaubert sein."

„Und ich war nicht bezaubert?"

Robert wandte den Kopf und sah ihn an. Die Schärfe des Tones war ihm unverständlich, und nun musterte Jonathan ihn mit einem Blick, der nur kalte Mißbilligung bedeuten konnte. Robert war verwirrt.

„Ich hätte nicht so persönlich werden sollen. Entschuldigen Sie. Nun, was diese Mrs. Summers betrifft . . ."

„Nein, reden Sie weiter über Jenny."

„Über Jenny gibt es nichts mehr zu sagen, Jon." Er erinnerte sich an sein erstes Zusammentreffen mit Jenny auf der Insel. Und an Jonathans Verhalten ihr gegenüber und an seine rätselhaften, spöttischen Bemerkungen. Vor allem mußte er wieder an all die häßlichen Geschichten denken, die seine Mutter ihm bei jeder sich bietenden Gelegenheit emsig erzählte. Aufgebracht hatte er diese Geschichten über Jenny von sich gewiesen, aber das bezeichnende, maliziöse Lächeln seiner Mutter schmerzte und verletzte ihn tief. Er konnte schwerlich seine Mutter ins Gesicht schlagen, hätte es aber jetzt gerne an Jonathan vollführt. Er sagte: „Ich wollte mich bloß höflich für einen netten Tag und nette Gesellschaft bedanken." Plötzlich stieg in ihm ein ihm völlig ungewohntes Gefühl des Zorns auf. „Es beleidigt Sie wohl, wenn ich Miß Jenny hübsch und anziehend finde?"

„Warum zum Teufel sollte es mich beleidigen?"

Robert legte das Blatt langsam und bedächtig vor sich hin und starrte darauf. Dann sagte er in sehr bestimmtem Ton: „Ich finde Miß Jenny sehr hübsch und anziehend. Ich hoffe, sie erlaubt mir, sie auf der Insel zu besuchen. Ich hoffe, sie findet mich nicht abstoßend, und außerdem hoffe ich, sie läßt sich von mir bald ins Konzert oder Theater einladen. Es gibt doch Konzerte und Theater in dieser Stadt, oder habe ich mir da zu viel erwartet?"

„Keineswegs. Wir haben ein recht anständiges kleines Orchester. Sie nennen sich Symphoniker. Oder gar Philharmoniker? Sie werden nicht zur Gänze durch Subventionen erhalten, aber fast." Jonathan hatte nun ein etwas gezwungenes Lächeln aufgesetzt. „Die Mitglieder der Deutschen Blaskapelle, die gestern aufspielte, gehören dem Orchester an, und dann sind da noch einige junge Leute vom College in Scranton, die, wie einige Damen behaupten, sehr begabt sein sollen. Manchmal erkennt man, was sie spielen. Ich habe sie ein Chopin-Nocturne spielen gehört, das ihnen nicht gänzlich den Garaus machen konnte, aber ein Brahms kann sie in die Hysterie treiben. Doch sie haben wenigstens Mut. Wenn sie auch im Blech und bei den Schlaginstrumenten etwas zu stark sind — das gibt dem Ganzen wenigstens eine herzhafte Klangfarbe, was wieder gesund für die Blutkörperchen ist. Am besten spielen sie Sousa, und ganz ohne Übertreibung, ich möchte das Orchester sehen — auch eures in Philadelphia —, das mehr aus dem „Sternenbanner"-Marsch herauszuholen vermag als unsere Jungen. Was das Theater betrifft, so gastieren hier im Sommer New Yorker Ensembles, in dritter Besetzung allerdings, und auch die Volksbildung schlägt im Sommer ihre Zelte auf dem äußerst fruchtbaren Boden unserer Gegend auf. Einmal kam sogar Sarah, die Göttliche, hier durch und gab eine einmalige Vorstellung. Sogar New York kann das nicht alles bieten, ganz zu schweigen von den Ringling Brothers und Barnum und Bailey im Frühjahr. Verlockend, nicht?"

Trotz seines Zornes mußte Robert lachen. „Ich sehe, dies ist eine sehr kultivierte und kunstliebende Stadt. Es wird mir ein Vergnügen sein, Miß Jenny zu einem dieser extravaganten Kunstgenüsse einzuladen.“

„Soviel ich höre — wie lautet doch die reizende züchtige Formulierung, deren sich die Damen so gerne bedienen? —, gehört ihr Herz einem andern.“

Robert blickte ihn in unverhehlter Bestürzung an. „Wem?“ Das wüßte ich selber gern, dachte Jonathan. „Wer weiß? Es gibt da nur Gerüchte. Jedenfalls ist diese junge Dame ebenso untadelig wie unnahbar. Ähnlich wie ein Stachelschwein. Übrigens, wissen Sie, wie Stachelschweine sich paaren?“

Jonathan wollte eben eine obszöne Beschreibung vom Stapel lassen, als das Telephon läutete. Robert sah Jonathan fragend an, doch dieser nickte ihm auffordernd zu, und Robert nahm den Hörer auf. „Doktor Morgan“, sagte er mit jugendlicher Würde. Er runzelte die buschigen Brauen. „Ja, Doktor Morgan. Ich bin Doktor Ferriers Nachfolger, wissen Sie. Ach ja, Mr. Kitchener! Ich habe Ihre Stimme nicht gleich erkannt. Sie wollen Doktor Ferrier sprechen? Bitte, Sir.“ Und er hielt Jonathan den Hörer hin. Dieser deckte die Muschel mit der Hand zu und sagte: „Ein Arzt sollte nicht jeden x-beliebigen Rechtsverdreher mit Sir anreden, außer es handelt sich um einen älteren, angesehenen Anwalt, einen sehr reichen, alten Patienten oder um den Präsidenten der Vereinigten Staaten.“ In den Hörer sagte er: „Ja, Al, hoffentlich niemand krank bei dir zu Hause?“

„Nein, nein, Jon, Gott sei Dank“, hörte man Kitcheners warme, freundliche Stimme. „Es handelt sich um einen Freund, einen sehr teuren, geschätzten Freund, Doktor Elmo Burrows. Du hast vielleicht von ihm gehört, ich glaube aber nicht, daß du ihn kennst. Ein hervorragender Gelehrter, eine der Kapazitäten des Englischen Instituts der Universität New York. Sehr verdienstvoll; hat mehrere einführende Arbeiten über Chaucer und einige weniger bekannte Dichter des Mittelalters verfaßt. Sehr verdienstvoll, bekam etliche Preise, wurde mehrmals zitiert . . .“

„Von anderen Gelehrten, nehme ich an“, warf Jonathan ein. Mr. Kitchener lachte. „Nun ja. Es ist so wie in anderen Berufen. Ein Gelehrter zitiert den anderen. Wer sollte es sonst tun? Elmo ist ein bescheidener Mann. Vor einigen Monaten nahm er ein Jahr Karenzurlaub und bezog hier in der Gegend ein hübsches kleines Haus, das er, zusammen mit einem kleinen Sümmchen, von seiner Frau geerbt hat. Er schreibt an einem Roman über Chaucer.“

„Nun, das ist ein Thema, das überall in dieser Gegend die Flammen der Begeisterung entfachen wird“, sagte Jonathan. „Ich sehe schon unsere plumpen Großbürger, unsere Bauern und Fabriksarbeiter zu Millionen das Buch kaufen.“

„Nun, er ist kein Booth Tarkington oder Frances Hodgson Burnett, das ist sicher", kicherte Albert Kitchener. „Und schon gar nicht ein Jack London, Joseph Conrad oder Mark Twain. Ich kenne ihn seit Jahren. Der gute Elmo. Seine Tochter führt ihm den Haushalt, ein gutes Kind, gut zu ihrem Vater, weicht nicht von seiner Seite. Sie ist auch seine Sekretärin und Assistentin. Ein kluges Kind, und so alt wie Maude. Sie sind sehr enge Freunde, die Mädchen. Sie heißt Elvira, ein altmodischer Name, meine Mutter hat so geheißen. Sie hat einen guten Einfluß auf Maude. Selbst als Maudes Vater muß ich gestehen, daß mein Kind manchmal etwas gleichgültig ist. Elvira weckt ihre Interessen."

Jonathan gähnte und blickte immer böser. „Sehr erbaulich", sagte er. „Elvira ist krank, nehme ich an? Anämisch wahrscheinlich?"

„Nein, Jon, laß mich erklären. Es handelt sich um Elmo. Bis vor zwei Wochen war alles in Ordnung. Dann hatte er einen Schlaganfall."

„In welchem Spital liegt er?"

„Das ist es ja. Er ist in keinem Spital."

„Also nur ein leichter Schlaganfall, eh? Wer ist sein Arzt?"

„Das ist es ja schon wieder. Er hat in Hambledon keinen Arzt."

Jonathan richtete sich in seinem Sessel auf. „Kein Spital, kein Arzt, und der Mann hatte vor zwei Wochen einen Schlaganfall? Und wer zum Teufel hat gesagt, daß es ein Schlaganfall ist?"

„Elvira. Nun warte einmal, Jon. Das war kein schönes Wort, das du da am Telephon gebrauchtest. Die Zentrale könnte mithören, und man kann nicht vorsichtig genug sein, die netten Mädchen dort nicht zu beleidigen. Elvira hat es mir gesagt, gerade heute morgen. Sie beginnt sich Sorgen um ihn zu machen . . ."

„Die teure Elvira", sagte Jonathan. „Und wer hat es Elvira gesagt?"

„Niemand. Sie ist ein intellektuelles Mädchen, eine von diesen modernen Frauen. Sie hat sich ein oder zwei Jahre mit Krankenpflege beschäftigt, nicht wirklich ernsthaft, nur für den Notfall. Sie hat eine Menge Leute mit Schlagfluß gesehen. Jedenfalls, wie dem auch sei, ich ging gleich hinüber zu ihrem Haus, Rose Hill Road 237, gar nicht weit vom Friedhof, du kennst ja die Straße, sehr hübsch gelegen, sehr exklusiv — hast du die Nummer? — ja, das war heute morgen, und da fand ich Elmo, absolut still und bewegungslos, im Bett, als ob er tot wäre. Er hatte den Schlaganfall vor zwei Wochen, legte sich ins Bett und stand seither nicht mehr auf, und vor fünf Tagen konnte er dann auch nicht mehr sprechen, obwohl Elvira sagt, er verstehe jedes Wort, das sie sagt." Mr. Kitchener räusperte sich. „Er kann den Nachtstuhl benützen, den Elvira für ihn gekauft hat und den er neben dem Bett stehen hat, aber das ist auch schon alles. Er kann etwas Milchbrei essen, und Fleischbrühe, oder Gemüsesuppe, Kakao, aber nichts sonst. Zwei Wochen lang. Und er will nicht einmal das. Jon, ich mach' mir wirklich Sorgen um ihn."

„Das solltest du auch. Offenbar zwei Gehirnschläge innerhalb zweier Wochen. Warum um Gottes willen hat dieses dumme Ding vor zwei Wochen nicht einen Arzt gerufen?“

„Ich sagte es dir ja. Sie hat Erfahrung in Krankenpflege, und sie hat auch ihre Mutter bis zu deren Tod betreut. Sie sagte mir, sie wisse genau, was in solchen Fällen zu tun sei. Aber nun macht sie sich etwas Sorgen, denn er spricht nichts mehr. Ich habe ihr von dir erzählt, und sie gibt ihre Zustimmung, daß du hinübergehst und siehst, was da zu machen ist. Das tut sie mir zuliebe“, fügte Mr. Kitchener listig hinzu.

„Wie du weißt, Al, verlasse ich bald diese Stadt, und Doktor Morgan wird mich ab nun vertreten. Er übernimmt alle meine alten Patienten — die, die mir noch geblieben sind — und auch alle neuen. Ich werde ihn hinüberschicken.“

„Jon“, sagte Mr. Kitchener. „Doktor Morgan ist ein netter Junge, und wir haben ihn alle gern, aber er ist ja noch fast ein Knabe. Und außerdem, das ist doch seine erste Praxis, nicht wahr? So etwas spricht sich herum. Für Elmo möcht ich nur dich haben, er ist als Mensch und Gelehrter einfach zu wertvoll, solche Leute haben wir nicht zu viele in Amerika.“

Jonathan schnaubte vor Zorn. „Also gut. Ich schicke sofort eine Ambulanz vom St.-Hilda-Krankenhaus und werde ihn mir dort ansehen, nachdem er eingeliefert worden ist.“

Mr. Kitchener sagte: „Da ist noch etwas, Jon. Elvira will nicht, daß er ins Spital kommt. Sie sagt, sie hat ‚zu viel‘ gesehen. Ein sehr entschlossenes, resolutes Mädchen. Sie sagt, wenn sie ihrem Vater gegenüber nur eine Erwähnung machte, wäre er genauso dagegen. Aber sie ist bereit, ein oder zwei Krankenschwestern aufzunehmen, wenn du darauf bestehst, das ist aber auch schon alles.“

„Verdammt noch einmal, ich behandle niemand extern, der zwei Schlaganfälle hinter sich hat!“ brüllte Jonathan. „Er braucht ständige, umfassende fachmännische Behandlung, nicht die zarten Händchen Elviras. Macht ihn fertig zum Abtransport.“

„Jon, jetzt sitzt du aber auf dem hohen Roß. Ich bin hier bei Elmo und versuche die ganze Zeit, Elvira zu überreden, ihren Vater ins St.-Hilda-Krankenhaus zu bringen, aber sie bleibt hart. Jon, Elmo wird hier zugrunde gehen, wenn er keine ärztliche Hilfe bekommt, und da ich Elvira alles über dich erzählt habe, wird sie keinen anderen Arzt ins Haus lassen. Es war schwer genug, ihr das abzuringen. Sie hat kein Vertrauen zu den Ärzten.“

„Je mehr ich von Frauen sehe und höre“, sagte Jonathan in ohnmächtigem Grimm, „desto mehr glaube ich, daß der Allmächtige die Männer hätte zu bisexuellen Wesen machen sollen, wie die Schnecken. Aber das wäre wohl kein Spaß mehr, was?“

„Ich hoffe, die Zentrale hat nicht mitgehört", sagte Kitchener, ließ aber ein vergnügtes Kichern nachfolgen.

Jonathan hängte den Hörer in die Gabel und wandte sich zu Robert. „Kommen Sie. Keine Ordination bis zwei. Vielleicht sollten Sie einmal eine von den Frauen kennenlernen, die man Doktors kleine Helfer nennt. Dabei sollte man sie besser Doktors Nemesis nennen. Sie können weit mehr Schaden anrichten, als eine gelernte Krankenschwester je nützen kann."

„Sie vergessen", sagte Robert, indem er seinen Strohhut aufsetzte, „daß ich eine herrschsüchtige Mutter mein eigen nenne."

Auf dem Weg zum Hause von Elmo Burrows gab Jonathan Robert zahlreiche Ratschläge die Frauen betreffend, von denen wohl kaum einer in den einschlägigen Standardwerken zu finden war. Robert fand die einen lächerlich, die anderen lasziv.

„Das Zeitalter der Ritterlichkeit", sagte Jonathan, „gab vor, die Frauen zu vergöttern und für zu kostbar zu halten, als daß sie der Öffentlichkeit ausgesetzt werden dürften. In Wahrheit geschah das nur, damit sie unberührt blieben, während die wilden Mannen irgendwo Sarazenen umbrachten oder auf der Suche nach dem Heiligen Gral waren — welch letzteres eine hübsche poetische Umschreibung für etwas ist, was eigentlich nichts als gewöhnlicher Landraub war. Als schließlich die hölzernen Totschläger aufkamen, erfanden die Knaben den Keuschheitsgürtel. Nun wurden die Frauen nicht mehr vergöttert. Bis Königin Victoria kam — Gott hab sie selig —, die es fertigbrachte, aus dem glücklichen Völkchen Englands Industriekapitäne und Fabrikssklaven zu machen und das Land in eine Trübsal zu stürzen, die fast der unter dem Regiment Cromwells gleichkam. Die Regency-girls mit ihren hauchdünnen Kleidchen aus Musselin — ohne was darunter — pflegten diese Fähnchen vor dem Auftritt in Wasser einzuweichen, womit sie eine Wirkung erzielten, die man heute selbst in den miesesten Bumslokalen der Bowery in New York oder im Hurenviertel von Hambledon polizeilich verbieten würde. Victoria fand, sie habe nicht die erforderlichen körperlichen Qualitäten für derartige Schaustellungen. Und so führte sie die Bewegung an, die in ihrem Gefolge den Petticoat, den Schnürleib, das eiserne Korsett, die Keuschheit und die Vergötterung der Frau hatte. Ein trostloses Regime, doch braucht man, wie Disraeli sagte, nur ein Dach über England zu bauen, und schon ist es ein einziges Freudenhaus. Aber man heuchelt weiter, die Frauen hätten weder Pfeffer in der Seele noch Blut in den Adern und daß ein anständiges Mädchen für einen kleinen Ringkampf im Heu nicht zu haben sei. Wir tun ihnen unrecht. Die Frauen wollen nicht vergöttert werden. Und sie wollen nicht einmal das Wahlrecht oder die Gleichberechtigung. Sie sind ganz einfach unzufrieden — und es ist ihnen nicht zu verdenken —, daß man sie in den Himmel hebt und für zu erhaben hält, sich mit den Widerlichkeiten des Geschlechtsverkehrs abzugeben. Gib einer heißblütigen Frau einen heißblütigen Mann — solche sind leider in diesem neuen Jahrhundert etwas knapp geworden —, und sie wird alles zum Teufel wünschen: Stimmrecht, Gleichberechtigung oder Hand-in-Hand-in-die-Zukunft-Schreiten."

„Sie sprechen natürlich aus Erfahrung", sagte Robert. „Die Suffragetten würden Sie als einen Saboteur lynchen."

„Ich habe gar nicht gern, daß Männer sich lustig machen, wenn diese armen Geschöpfe vorbeimarschieren. Sie sollten sie lieber zu sich nach Hause einladen und ihnen in der Horizontale eine ordentliche Instruktion erteilen. Ist Ihre Mama für das Stimmrecht der Frauen?"

„In dem Zusammenhang, in dem Sie davon sprachen, lehne ich eine Antwort ab. Ich bin ein ergebener Sohn und habe Achtung vor meiner Mutter", antwortete Robert.

„Ich setze große Hoffnungen in Sie, wirklich", sagte Jonathan. „Wenn Sie jemals heiraten, und ich hoffe, Sie tun es nie, dann behandeln Sie sie zärtlich, aber mit Festigkeit, und erzählen Sie ihr nie etwas. Unterweisen Sie sie ausgiebig in der Liebe, und sie wird Ihnen ewig zugetan sein. Ich habe bei meiner Frau den Fehler gemacht zu glauben, sie habe mir außer ihrem nackten weißen Körper noch etwas zu geben. Das verzieh sie mir nie, und ich kann es ihr gar nicht übelnehmen."

„Sie diffamieren die eine Hälfte der Menschheit", lachte Robert.

„Sie werden sich noch verzehren vor Mitgefühl. Die bewußten Wesen diffamieren uns auch, und das mit weit mehr Phantasie als wir. Haben Sie schon einmal Frauen über ihre Männer reden gehört? Dies sollte ins Erziehungsprogramm für Jünglinge aufgenommen werden, ehe man sie heiraten läßt. Glücklicherweise geschieht es nicht. Andernfalls würde keiner von ihnen jemals heiraten. Es war und ist der Primitive, der die Frau mit Tabus umgab. Und er wußte, was er tat, wenn die Frau auch dagegen Einwand erhob. Der moderne Mann hat die Ehrfurcht vor der Frau abgelegt, und das ist seine Tragik. Es geht nichts über ein paar todeswürdige Tabus, um die Schlafenszeit zur lustigsten Zeit des Tages zu machen."

Sie näherten sich der Rose Hill Road, die eine breite, ruhige und verkehrsarme Straße war, denn an ihrem Ende lag ein alter Friedhof, dessen weiße Mauern in der heißen Julisonne leuchteten. Die Häuser dieser Straße wurden von ihren Bewohnern als „Landhäuschen" bezeichnet, wahrscheinlich deswegen, weil sie so ungeheuer teuer waren, daß ihre Besitzer sich mit diesem Euphemismus über die hohen Kosten hinwegtrösten wollten. Alle waren aus gelbbraunem Stein gebaut, dies, um „bescheidene Behausungen" vorzutäuschen, doch jedes von ihnen war umgeben von großen Rasenflächen, stand verborgen hinter hohen, dikken, schattigen Bäumen und besaß einen reichen, üppig bepflanzten

Garten. In diesen Landhäusern hatte ein Architekt seinen Traum alter englischer Bauernhäuser verwirklicht, die es nun schon seit hundertfünfzig Jahren nicht mehr in dieser Form gab. „Er konnte sich nie dazu entschließen, die Dächer mit Stroh zu decken", sagte Jonathan, als sie an den Häusern vorbeifuhren und Robert bewundernd die von Blumenduft umschwebten Schattenplätze und die üppigen Rasenflächen musterte. „Es muß ihm das Herz gebrochen haben, als Kompromiß Dachziegel nehmen zu müssen. Dafür hat er sich dann an den unnötig hohen Schornsteinen ausgetobt, sehen Sie? Und die putzigen kleinen Öffnungen in den Hecken. Ich habe gehört, daß er hinten sogar Irrgärten angelegt hat, doch das kann auch bloß üble Nachrede sein. Landhaus oder nicht, jeder Bewohner dieser Häuser leidet an Anglophobie, wie übrigens wir alle in Amerika heute, nicht wahr? Irgendwie habe ich aber das Gefühl, daß das bald ein Ende haben wird. Wir werden England und sein Empire eines Tages für unsere eigenen ehrgeizigen Pläne brauchen, und dann gnade Gott dem britischen Weltreich! Es wird überall in der Welt einen Union Jack nach dem anderen vom Fahnenmast holen müssen. Alles natürlich im Namen der Freiheit, was eigentlich heißt, der Befreiung von der Zivilisation. Amerika wird in edler Geste die Bürde des weißen Mannes auf sich nehmen — und Dukaten in sein Säckel häufen und seine Macht vergrößern. Große Zeiten für Zyniker brechen an! Die Zeichen kündigen sich an. Haben wir nicht schon Kuba und die Philippinen ‚befreit'? Aber das sind nur kleine Fische. Warten Sie nur, bis wir die ganze verdammte Welt befreien werden!"

„Das ist ein böser Traum", sagte Robert.

„Man soll nie die Angstträume der Menschen einfach abtun", entgegnete Jonathan. „Sie sind die einzigen echten Prophezeiungen. Da sind wir endlich. Ist das nicht das Hübscheste, was man je gesehen hat?"

Das „Landhäuschen", ein einfacher Bau mit nicht weniger als zwölf großen Räumen, nistete inmitten einer Gruppe hoher Ahornbäume, weit entfernt vom Kopfsteinpflaster der Straße. Ein mit verschiedenfarbigen Fliesen belegter Pfad wand sich zwischen gestutzten Hecken und üppigen Blütenbüschen hindurch. Überall zwischen dieser Blütenpracht hatte eine ordnungsliebende Schere mitleidslos ihre Spuren hinterlassen. Am Ende des Pfades befand sich ein kleines Gittertürchen, das ganz ohne Zaun wie verloren inmitten des Weges stand und keine andere Funktion zu erfüllen schien, als dem Grundstück den Anschein der Geborgenheit zu verleihen. Jonathan stieß es auf, und sie schritten über eine Steinterrasse, die voll von Topfpflanzen war und auf der weißgestrichene eiserne Gartensessel herumstanden, auf die sich niemand setzte, der auch nur einigermaßen Rücksicht auf seine Hinterbacken zu nehmen gewillt war. Eine mit Schnitzereien versehene Holztür, an der ein auf Hochglanz polierter bronzener Löwenkopf prangte, strahlte geradezu animalische

Wärme aus. Absolute Stille umgab das Haus. Nur manchmal, wenn der laue Wind durch die Bäume strich, hörte man ein sanftes Rauschen, und im Hintergrund verriet das gelegentliche Klippen einer Schere die Gegenwart eines emsigen Gärtners. Heftig bediente Jonathan den Türklopfer, und wie zum Protest echote dieses Klopfen durch die Straße und störte wahrscheinlich sogar den ewigen Schlaf der Toten auf dem nahen Friedhof.

Die Tür wurde von einem nett aussehenden kleinen Mädchen geöffnet, das sie mit einem höflichen Knicks einließ. Sie standen in einem mit Steinen ausgefaßten, großen Vorraum. Englische Möbel bildeten die Einrichtung, wertvolle alte Teppiche lagen auf dem Steinfußboden. Aus dem düsteren Hintergrund trat Albert Kitchener auf sie zu. Mit ihm kam Maude, frisch wie eine Knospe in ihrem blauen Seidenkleid, dessen Krausfalten sich anmutig über ihre zarten Rundungen spannten. Durch die offene Tür fiel ein Lichtstrahl auf ihr kastanienbraunes Haupt, spielte lebhaft auf ihren rosigen Wangen und enthüllte einen Grübchenmund, ein weißes Kinn und große, sanfte Augen. Eine kleine Puppe, dachte Jonathan bei sich. Er hatte eine Schwäche für schöne Frauen. Robert verbeugte sich ernst, zeigte jedoch keinerlei Bewunderung, was Jonathan ärgerte, der seinerseits zart ihre Wange tätschelte und warm ihre Hand hielt. Sie lächelte ihn an, hatte aber offenbar nur Blicke für Robert, während warme Röte in ihre Wangen stieg. Sieht er nicht diese anmutigen Hüften und die vollen Brüste? fragte sich Jonathan. Und die Grübchen auf ihren Armen? Ein süßer Happen für jeden Mann, auch wenn dieser momentan anderweitig engagiert war. Er ist wahrscheinlich einer von diesen treuherzigen Naivlingen.

„Schön von dir, daß du kommst, lieber Jon", empfing Mr. Kitchener die beiden jungen Männer mit strahlendem Lachen und schüttelte ihnen die Hand. „Hallo, Doktor Morgan. War das nicht ein netter Tag gestern? Maude, sag doch bitte Elvira, daß unsere Freunde hier sind." Er geleitete sie in einen vornehm-geräumigen Empfangsraum, dessen Unglück die zusammengestoppelte viktorianische Einrichtung war: überall diese aufpolierten Tische, dann Vasen, Polsterstühle, Sessel mit Roßhaarfüllung, ein Kamin in dunklem Marmor und schwere, dunkelblaue Brokatdraperien über Vorhängen aus Handwebe. „Entzückend, nicht wahr?" sagte Mr. Kitchener. „Und sehr authentisch. Mrs. Burrows erbte es von ihren Eltern, die es als Sommerwohnung benützten, wenn sie nicht in Boston lebten. Und Elmo hat es von ihr geerbt. Ihm gefällt es nicht, bedauerlicherweise, aber er hat eben einen sehr strengen Geschmack, wie alle Intellektuellen."

„Doktor Johnson ist ein saftiges Exemplar von einem Lustmolch", sagte Jonathan, „und doch hatte er den Ruf, einer unserer ersten Intellektuellen zu sein. Meiner Meinung nach vermag ein Mann um so mehr Wein, Weib und Gesang zu schätzen, je mehr er ein Intellektueller ist. Der falsche Intellektuelle, der Poseur gibt vor, das asketische Leben jedem anderen vorzuziehen. Vermutlich kommt das von einer Atrophie ..." Er hielt plötzlich inne, denn Maude kam mit einem Mädchen ins Zimmer, das sie etwas gekünstelt als „meine liebste Freundin, Miß Burrows" vorstellte.

Maude hatte eine angenehme, hohe Stimme, und sie sprach immer, als ob sie etwas außer Atem wäre. Elvira Burrows dagegen hatte eine klare, bestimmt-klingen-wollende Knabenstimme. Sie war größer als Maude und trug ein gestärktes graues Baumwollkleid mit schmucklosem Kragen und rüschenlosen Ärmelenden. Diese Ärmel umhüllten selbst an diesem feuchtheißen Tag die Arme bis zu den Handgelenken, und der Saum ihres Kleides fiel faltenlos-steif bis zum Boden, ohne dem Blick auch nur die Spur einer Fessel oder einer Wadenrundung freizugeben. Aber ihr schwarzer Ledergürtel umschloß eine erregend leichte Hüfte, und die grimmige Reihe schwarzer Knöpfe, die sich vom Kragen bis zu den Sohlen hinzog, folgte aufreizend der sanft-hügeligen Topographie des Körpers und ließ genau erkennen, wo der Mädchentorso in die unsichtbaren Schenkel überging. Es spricht viel für die körperlichen Hüllen, dachte Jonathan, der alle diese interessanten Tatsachen eingehend in sich aufnahm. Sie hat eine blendende, wenn auch sehr schlanke Figur, dieses Mädchen. Er riß sich von der Figur los, die so scharf und bewußt geformt wirkte, um sich Elviras Gesicht zuzuwenden. Ihr Gesicht war oval und bleich, ihre Züge waren scharf, wenn auch von überraschender Harmonie, ihre Brauen wie gemeißelt, und unter dichten schwarzen Wimpern blickten harte graue Augen. Der Mund war es, den Jonathan besonders bewunderte: er war fast ohne Farbe, jedoch edel geformt. Kein Amorettenmund, schmal und üppig zugleich, wie es als vornehm galt, keine „Honiglippen". Elviras Mund war lang und schmal, verriet Festigkeit und hatte deutliche Mundwinkel. Ihr Haar war nicht in der jetzt üblichen Weise aufgesteckt, so nach Pompadour-Art, mit Kämmen, falschen Locken und Haargekräusel. Es war dunkelbraun, glatt aus dem klassisch-strengen Gesicht gekämmt, sorgfältig geknotet und auf ihrem kleinen Kopf zu einer strengen Krone vereinigt.

Neben ihr wirkte Maude plötzlich wie eine jener scheußlichen Zierpuppen, die jetzt so beliebt waren, diese fetten, kleinen, nackten Püppchen, völlig geschlechtslos mit ihrer kokett gekrümmten Locke aus Porzellan oder Steingut. Elvira war eine Aristokratin, unbeugsam, gleichgültig gegenüber allem modischem Beiwerk. Sie war ganz Selbstbehauptung und Selbstsicherheit. In ein paar Jahren, dachte Jonathan, wenn ihre Jugend schwand, würde aus ihr eine Hexe werden: Schrecken aller männlichen Anverwandten, (weiblicher) Oberherr des vereinsamten, unglücklichen weiblichen Teils der Familie. Außer es erbarmte ein mutiger junger Mann sich ihrer, und das recht bald, und führte sie in zartere Freuden ein als die des Beherrschens von allem und jedem, was ins Blickfeld ihres unbarmherzigen Auges geriet. Offenbar hatte sich bis jetzt kein Mutiger gefunden. Und das war schade, denn solche Frauen konnten, wie Jonathan aus eigener Erfahrung wußte, sehr leidenschaftlich werden, wenn man ihre Liebe weckte. Er selbst zog trockene Weine den süßen vor, und er wußte, wie geschmackvoll das Fleisch der Granatäpfel rund um deren steinernen Kern war. Für einen Augenblick verspürte er das starke Verlangen, Elviras bedauernswerten Zustand, wenn auch nur zeitweise, aus reinem Mitgefühl in einen besseren überzuführen.

Sie sah ihn und Robert Morgan mit dem Ausdruck kalten Argwohns und offener Mißbilligung an. „Ich danke Ihnen, meine Herren", eröffnete sie ihnen mit klarer, emotionsloser Stimme, die jeder weiblichen Wärme und Sanftheit entbehrte. Sie schüttelte ihnen geschäftsmäßig die Hand, kurz und schnell. „Ich möchte betonen, daß Ärzte nicht sehr hoch in meiner Achtung stehen."

„Auch nicht in meiner", sagte Jonathan mit einem so betont unterwürfigen Lächeln, daß jene mageren Wangen sich aus irgendeinem Grund mit blasser Röte überzogen. „So", sagte sie, und die edlen Nüstern dieses Rassepferdes bebten leicht. Sie hielt inne und musterte ihn schärfer und mit womöglich noch größerer Mißbilligung. Dieses Mädchen war keine dumme Gans. Ihr kalter Blick schweifte über ihn hinweg wie der einer Lehrerin über einen Schüler, den man ihr als unerziehbar bezeichnet hat und der nur mit harter Zurücksetzung und Bestrafung behandelt werden dürfe. Und ihr entging nicht seine gepflegte, wenn auch unerklärliche Wohlhabenheit, seine Eleganz, seine vornehme Art zu stehen und seine tadellose Kleidung. Dann blickte sie ihm fest in die Augen, runzelte leicht die Stirn und wandte sich ab. Ihr Mund hatte etwas Farbe angenommen, so als ob jemand einen heftigen Kuß darauf gedrückt hätte.

„Nur die beharrlichen Bitten von Papas teurem Freund, Onkel Albert, haben mich schließlich bewogen, einer ärztlichen ...", sie unterbrach sich, und ein verächtlicher Zug glitt über ihr Gesicht, „... Konsultation zuzustimmen. Papa braucht niemanden außer mir und einer Krankenschwester. Nun sind Sie einmal da, meine Herren." Sie waren wieder im Vorraum angekommen, und sie ging nun voran, mit raschelndem Rock und klappernden Absätzen.

Sie führte sie durch ein bedauernswertes Schreibzimmer, das so in Samt, Brokat, Tapeten, Glasvitrinen, Roßhaar und Draperien erstickte, daß man sich einer Travestie der viktorianischen Epoche gegenüber glaubte. In einem mit Orientläufern belegten Treppenhaus aus Ziegelmauern ging es hinauf ins obere Stockwerk, wo stickige Schlafzimmer lauernd auf sie zu warten schienen. Es war düster hier. Die Vorhänge hielten die wenigen Sonnenstrahlen ab, die durch das Ahornlaubwerk hindurchdrangen, und es war merklich kühl. Jonathan und Robert folgten ihr knapp auf den Fersen, hinter ihnen keuchte Mr. Kitchener die Treppe herauf. Die Stufen waren steil, wieder eine dieser „Landhaus"-Imitationen, und Jonathan, der einen Blick Roberts auffing, machte eine bedauerliche Geste in Richtung auf Elviras rundes, völlig eingemachtes Hinterteil, was Robert zu einem mißbilligenden „Ts, ts" veranlaßte. Hinter den vieren kam Maude. Beim Stufensteigen hob sie ihre Röcke weit über ihre Knöchel empor. Robert blickte sich nicht um, und so entging ihm dieser entzückende Anblick.

Leicht und ungezwungen öffnete Elvira eine der Türen und betrat das Zimmer, ohne die hinter ihr Kommenden zum Eintreten aufzufordern. Der Raum hatte sehr gut gewählte Größenverhältnisse, seine Wände waren weiß getüncht, und die Flügelfenster öffneten sich der würzigen Luft und dem grünen Laubgerank. Müde, leuchtende Düsternis füllte den Raum. In der Mitte stand ein großes Bett aus geschnitztem Ebenholz mit einem Baldachin aus weißem Musselin. Darin lag völlig bewegungslos eine hagere Gestalt. Nur wenig hob und senkte sich die Bettdecke. Dieser Raum war nicht so angeräumt, er enthielt nur einen Nußholzschrank mit Marmorfüßen, zwei Schaukelstühle, einen kleinen Schreibtisch aus Rosenholz und ein oder zwei Tischchen. Den dunkel gebohnerten Holzboden bedeckte ein Brüsseler Teppich.

Elvira stand hoch aufgerichtet neben ihres Vaters Bett und berichtete den eintretenden Ärzten: „Mein Vater hatte zwei Schlaganfälle", begann sie in sachlichem Ton, und Jonathan suchte unwillkürlich nach dem Notizblock in ihrer Hand. „Den einen vor zwei Wochen, wodurch er am ganzen Körper mit Ausnahme der Hände fast vollständig gelähmt wurde. Er hat noch Kontrolle über seine Beine und seine ..."

„Körperfunktionen, wie ich hoffe", unterbrach Jonathan sie. „Sehr wichtig, diese Funktionen."

Miß Elvira wurde weiß im Gesicht, und ihre Augen glitzerten, nicht aus Bestürzung und Verlegenheit, sondern in kalter Wut. Sie wiederholte präzise: „Seine Körperfunktionen. Er hat die Kontrolle über sie, Doktor. Wollen Sie mich, bitte, einige Augenblicke lang nicht unterbrechen. Ich werde es kurz machen, Doktor." Das letzte Wort klang wie ein Fluch, wie ein Wort, das eine Dame nur im äußersten Fall über die Lippen bringt. „Er war imstande, mir seine Wünsche mitzuteilen, wenn auch stockend. Bis vor zwei Tagen. Offenbar hatte er einen zweiten Schlaganfall, der sein Sprechvermögen lähmte. Er kann überhaupt nicht reden. Wir verständigen uns durch leichte Gesten seiner Hände. Aber er kann genau verstehen, was ich sage, glücklicherweise. Er nimmt wenig Nahrung, und zwar nur flüssige, zu sich. Ich gebe ihm abends Kamillentee, um ihm eine angenehme Nacht zu gewährleisten. Er schläft die

Nacht durch ohne jeden Zwischenfall. Er bewegt sich nicht, ausgenommen, um den Nachtstuhl zu benützen, den Sie neben seinem Bett stehen sehen.“ Sie schwieg, als ob man ihr plötzlich das Wort abgeschnitten hätte, und blickte die beiden Ärzte ungerührt an.

Robert richtete zum erstenmal das Wort an sie und verbarg nicht seine Ungehaltenheit. „Und Sie haben nicht daran gedacht, einen Arzt zu rufen, Miß Burrows?“

Sie antwortete ihm, blickte dabei aber Jonathan an. „Nein. Sie kennen bereits meine Meinung über Ärzte. Diese Meinung liegt nicht in Unwissenheit, sondern in Erfahrung begründet. Der Zustand meines Vaters ist für mich nichts Neues. Er braucht nur erstklassige Pflege, passive Bewegung seiner — seiner Gliedmaßen — und absolute Ruhe. Mit der Zeit wird man wissen, ob er die Kontrolle über die Muskulatur und die Sprache wiedererlangt oder dazu verurteilt sein wird, sein Leben lang ans Bett gefesselt zu bleiben.“

„Natürlich“, sagte Jonathan und gab gleichzeitig Robert, der sichtbar vor Wut kochte, einen Wink, „wissen Sie, welche Medikamente zu verabreichen sind?“

„Ich bin Anhängerin der Naturheilmethode“, sagte Elvira mit Festigkeit. „Löwenzahnwurz für die Anregung der Muskulatur, Sassafraslorbeer für das Blut. Fingerhut für den Kreislauf. Heiße Milch und Honig für die Gehirntätigkeit. Zitrone zur Anregung des Appetits. Schwefel zur Reinigung des Verdauungskanals. Zimtrinde, in heißem Tee gekocht, zur Beruhigung. Ingwer in heißem Wasser gegen gastrische Anfälle. Sodabäder. Fußbäder.“

„Ich denke“, sagte Jonathan, „daß ich für die Entziehung Ihrer Pflegelizenz werde einkommen müssen, Miß Burrows. Das natürlich aus purem Neid. Habe ich nun Ihre Erlaubnis, den Patienten zu untersuchen? Aus reinen Gründen konsultativer Art, selbstverständlich. Danach werden wir den Fall medizinisch diskutieren.“

Elvira warf ihm einen tödlichen Blick zu und überließ ihnen mit einer hochmütigen Geste den Kranken. Mit gefalteten Händen stand sie daneben, in ihrem Blick den Ausdruck kalter Verachtung. Robert näherte sich auf einen Wink Jonathans dem Bett von der anderen Seite. Die beiden Ärzte beugten sich über den bewegungslos daliegenden Mann und begannen ihn zu untersuchen. Voll Geringschätzung sah ihnen Elvira eine Weile zu, dann ging sie zum Fenster und blickte stumm hinaus, als ob niemand außer ihr und ihrem Vater im Zimmer wäre. Mr. Kitchener und Maude waren beim Eingang stehen geblieben. Elvira beachtete sie gar nicht.

Der abgezehrte, hagere Mann auf dem Krankenlager war kaum älter als fünfzig, hatte dichtes braunes Haar, ein Gesicht, dessen Leichenblässe an einen Totenschädel erinnerte. Aber es war der Kopf eines

Aristokraten: feine Vertiefungen und Höcker, eine stark hervortretende Nase, ausgeprägte Flächen. Seine Augen, grau wie die Elviras, lebhaft, klug und alles bewußt in sich aufnehmend, blickten Jonathan trübe an. Doch dann lächelte er plötzlich schwach, und Jonathan mochte ihn sofort, wie er selten jemand mochte. Elmo Burrows hatte buschige Augenbrauen, die ständig in Bewegung waren. Als Jonathan ihn sachkundig untersuchte, hoben sich diese Augenbrauen in wissender Übereinstimmung. Dann, nach ein oder zwei Sekunden, zeigte sein Gesichtsausdruck Traurigkeit, Sorge und Verzweiflung. Sein Kopf rollte zur Seite, und er lag nun völlig schlaff und ohne jede Bewegung in den Kissen.

Je länger die Untersuchung dauerte, desto ernster wurde Jonathan. Er sagte zu Elvira: „War Ihr Vater im Koma? War er nach seinem ersten Schlaganfall bewußtlos?"

Sie antwortete undeutlich vom Fenster her, wo sie in das Laubwerk der Bäume starrte. „Keineswegs. Es war nur so, daß er eines Morgens nicht aufstehen konnte. So sagte er mir. Er konnte nur mit Mühe Arme und Beine bewegen. Zuerst dachte ich, es wäre Arthritis, aber er hatte keine Schmerzen in den Gelenken, und diese waren nicht geschwollen. Am nächsten Tag hatte er noch größere Mühe, sich zu bewegen, und so ging das weiter."

„Er klagte nicht über Schwindel, Übelkeit und Kopfschmerzen?"

„Nein, keinesfalls. Wir sind nicht anfällig für Krankheiten, die durch Diätfehler verursacht werden."

„Er hatte keine Genicksteife?"

„Nein. Mein Vater hat weder eine Verkühlung noch einen Katarrh gehabt."

Die Gliedmaßen des Patienten waren nicht schlaff, aber auch nicht abgemagert; sie waren so rundlich wie die eines gesunden Menschen, der nur etwas mager ist. Sie griffen sich kalt an. Jonathan schlug mit der Handkante schnell und hart auf den Bizeps, und der Arm fuhr mit einem Ruck zur Seite. Er tat dasselbe mit dem anderen Arm und den Beinen, und in jedem Fall reagierte das betreffende Glied, und der Patient gab schwache Zeichen eines Protestes von sich. Puls, Temperatur und Atmung waren absolut normal für einen Bettlägerigen, der nicht wirklich krank oder in Lebensgefahr war. Der Blutdruck war normal. „Wie alt ist Ihr Vater, Miß Burrows?"

„Er ist nicht ganz neunundvierzig."

„Einwandfreier Blutdruck", sagte Jonathan zu Robert, der immer verlegener wurde, je länger die Untersuchung dauerte. „Etwas niedrig für sein Alter, aber einwandfrei. Und keinerlei Anzeichen eines kürzlichen Infarkts oder aurikularer Fibrillose. Keine spasmischen Anfälle. Reflexe träge, aber doch innerhalb der Grenze des Normalen. Er scheint unterernährt zu sein . . ."

„Ich habe ihn auf flüssige Diät gesetzt", sagte Elvira, ohne sich umzudrehen. „Er hat Schluckbeschwerden und zeigt keinerlei Appetit." Ihre Stimme klang unbeteiligt.

Der Kranke lag die ganze Zeit mit geschlossenen Augen da, als ob er bewußtlos wäre. Nun aber schaute er Jonathan mit einem gänzlich verstörten, ratlosen Blick an. Jonathan beugte sich erneut über ihn. „Können Sie mich hören, Mr. Burrows? Gut. Ich sehe, Sie können Ihren Kopf etwas bewegen. Können Sie sprechen? Nein? Können Sie gut sehen? Gut. Keine Schmerzen?"

Die grauen, eingesunkenen Augen blickten noch angstvoller. „Kopf? Beine? Arme? Nacken? Rücken? Brust? Nein? Gut. Nun, wo tut es weh?"

Mr. Burrows Augen verloren plötzlich jeden Glanz, er drehte den Kopf zur Seite und senkte die Lider. Jonathan richtete sich auf und sah nachdenklich seinen Patienten an. „Keine Paralyse", sagte er zu Robert. „Keine Deviation des Blickes, keine lateralen Anzeichen. Nervenreaktionen innerhalb des Normalen. Keine zerebralen Symptome irgendwelcher Art, nicht einmal leichte Meningitis, wie ich zuerst vermutete. Aphasie, ja, ich möchte wissen, welcher Art."

„Mit einem Wort", sagte Elvira bitter, „Sie finden, mein Vater ist bei bester Gesundheit! Er hat keinen Schlaganfall erlitten, und doch kann er nicht aufstehen und nicht reden!"

„Ich habe nicht gesagt, Ihr Vater sei bei bester Gesundheit", sagte Jonathan. „Ganz im Gegenteil. Ich würde gerne in einem anderen Zimmer mit Ihnen sprechen, Miß Burrows. Komm, Robert. Al, Maude, würdet ihr, bitte, bei dem Patienten bleiben?"

Die beiden jungen Männer folgten der energischen Dame in den Vorraum. Dort stand sie nun, kalte Verachtung im Blick. „Für das Wenige, was Sie mir aus Ihrer medizinischen Ignoranz zu bieten haben, wird es wohl genügen, wenn wir gleich hier die Sache erledigen?"

Jonathan ging kurz entschlossen auf die nächstbeste Tür zu. „Das ist mein Zimmer, wenn ich bitten darf — Doktor."

„Keine Aufregung", sagte Jonathan. „Ich bin in mehr Schlafzimmern von Damen gewesen, als Sie sich denken können, geladen und ungeladen, als Arzt und, sagen wir, als Besucher."

„Sie brauchen nicht lasziv zu werden, auch wenn ich nicht eine von Ihren sentimentalen Gänschen bin, sondern eine moderne Frau des zwanzigsten Jahrhunderts, mit freien, offenen Ansichten . . ."

„Und ich wette, Sie kennen auch das ganze Vokabular des Unanständigen", unterbrach sie Jonathan im Ton der Überraschung und Bewunderung. „Wenn Sie also nicht wünschen, daß wir Ihr Schlafzimmer gewaltsam besetzen, wohin sollen wir also gehen?"

Elvira sah so aus, als wolle sie den beiden Herren jeden Augenblick die Tür weisen, doch dann preßte sie die Lippen zusammen, schritt durch die Halle zu einer Tür und stieß sie auf. Mit einer herrischen Gebärde winkte sie sie herein. Auf ihren vorstehenden Backenknochen zeigten sich grellrote Flecken. „Und", setzte Jonathan fort, „ich wette, Sie kennen auch alle Ersatzausdrücke für die unaussprechlichen Wörter. Wenn nicht, so bin ich gerne bereit, Sie zu instruieren, mein Fräulein, ganz nach Ihrem Belieben. Allein."

„Ich zweifle nicht daran, daß Sie es tun würden!" sagte Elvira, und ihre Augen blitzten in kalter Empörung. „Bitte, Doktor, wollen Sie eintreten? Das ist einmal das Wohnzimmer meiner verstorbenen Mutter gewesen."

Robert fand Jonathans Bemerkungen kaum entschuldbar, und doch konnte er ein Lächeln nicht unterdrücken. Sie war wirklich rein und unschuldig, mit modernen Prätentionen. Ein Glück, daß sie Jonathans schmutzige Anspielungen nicht verstanden hatte. Niemand war unschuldiger als eine junge Dame, die vorgab, emanzipiert und ohne Hemmungen zu sein. Die wirkliche Schlampe drückte sich weit gezierter aus, zeigte sich bei der kleinsten spaßhaften Bemerkung beleidigt und war in Gegenwart fremder Männer schüchtern. Elvira war dagegen ein tapferer Grenadier.

Der Raum, den sie betraten, war dumpf und stickig. Es roch nach Kampfer und Lavendel, schweren Möbelstoffen und Mottenkugeln, alten Teppichen und unbequemen Möbeln. Die Spiegel über dem Ankleidetisch waren verhängt, die wenigen Bilder mit der Vorderseite zur bräunlich schimmernden Wand gedreht. Ein kleines Fenster ließ etwas von den Bäumen draußen sehen, nicht mehr. Es war ein ungemütliches Zimmer, und Jonathan beschloß, stehenzubleiben. Elvira setzte sich wie eine Befehlshaberin kurz entschlossen auf einen armlosen Schaukelstuhl.

„Ich muß ein paar sehr ernste Fragen an Sie richten, Miß Elvira", sagte Jonathan und setzte seine widerwärtigste Miene auf. (Diesen Gesichtsausdruck hatte er stets mit Erfolg bei neurotischen, hysterischen oder eigensinnigen Frauen angewendet, und es hatte immer geholfen, sie zu beruhigen und gefügig zu machen. Elvira lächelte nur spöttisch und wartete.)

„Ich will, daß Sie mir ganz offen antworten — wie das alle jungen Damen Ihres Alters zu tun pflegen", fügte er hinzu.

Sie senkte den Kopf.

„Meine allererste Frage: Wann starb Ihre Mutter?"

Zum ersten Male schien Elvira verblüfft. „Meine Mutter? Was hat der Tod meiner liebsten Mutter mit Papas Krankheit zu tun?"

„Ich stelle die Fragen, Miß Elvira. Sie wollen doch nicht, daß Ihr Vater stirbt? Und er geht ohne Zweifel einem langsamen, aber sicheren Tod entgegen. Wenn Ihnen daran liegt, daß er wieder gesund wird, verschwenden Sie bitte nicht meine Zeit."

Das Mädchen war totenblaß geworden, und ihre Augen flackerten vor Angst. Doch sie hatte sich weiter in der Gewalt. „Ich glaube nicht, daß er stirbt, nicht im geringsten. Aber ich will Ihre Fragen so kurz und schnell ich kann beantworten. Mama starb vor elf Monaten, in New York, in unserem kleinen Haus in der Stadt. Ganz plötzlich. Sie hatte so gesund ausgesehen, obwohl man bei ihrem Alter, zweiundvierzig, mit allem Möglichen rechnen mußte. Ältere Leute ... bekommen vielerlei Leiden. Ich nehme an, Sie sind da auch meiner Meinung, Doktor? Wie dem auch sei, sie hatte noch gut zu Abend gegessen. Ich selbst hatte das Essen zubereitet, und da ich sehr für Gesundheitsdiät bin, kann ich Ihnen versichern, daß es ein gesundes, bekömmliches Abendmahl war."

„Ich bin sicher, daß es das war", sagte Jonathan. „Was war es denn?"

„Gebackener Reis mit Nüssen und Spinat in Butter gedünstet und zu Laibchen geformt."

Jonathan wand sich sichtlich. Elviras Gesicht zeigte wieder Farbe, das Mädchen schien von heißer Begeisterung gepackt. „Wir begannen mit einer leichten Brühe, grüne Bohnen, leicht gewürzt mit Muskat und Thymian."

„Ja, das genügt", sagte Jonathan schnell. „Ich sehe, daß dieses Gericht Ihrer Mama nicht geschadet haben kann, falls sie ganz gesund war. Sie war doch gesund, nehme ich an?"

„Ich bin nicht ganz sicher, daß mir Ihr Ton gefällt, Doktor", sagte Elvira, die sofort die Richtung der Attacke erkannt hatte. „Oder Ihre Anspielungen darauf, daß meine Mutter gesunde Gerichte nur dann ohne Schaden essen konnte, wenn sie selbst völlig gesund war. Ich will dies hingehen lassen und Ihre Bemerkungen Ihrem durch Vorurteile belasteten Denken zuschreiben. Meine Mutter sagte, sie habe das Mahl außerordentlich genossen, und das freute mich, denn ich hatte sie schon längere Zeit dazu zu bringen versucht, vernünftigere Nahrung zu sich zu nehmen. Sie liebte üppige Gerichte, Kadaver ..."

„Kadaver!" rief Jonathan mit etwas zu gespieltem Entsetzen.

„Sie wissen sehr gut, was ich meine, Doktor. Die unschuldigen Kadaver unschuldiger Tiere, die geschlachtet werden, um unsere Begierden zu stillen."

Jonathan öffnete den Mund zu einer sehr undelikaten Äußerung, besann sich dann jedoch eines Besseren. „Richtig", sagte er statt dessen. „Fahren Sie bitte fort."

„Ich weiß", sagte Elvira mit klarer und ruhiger werdender Stimme, „daß Sie wirklich nicht an Mamas Diät interessiert sind. Jedenfalls wachte sie um Mitternacht auf, rief mich und sagte mir, sie habe eine akute Magenverstimmung. Sie fühle sich sehr elend, so, als ob man sie vergiftet habe."

„Was ohne Zweifel der Fall war", sagte Jonathan fast unhörbar.

„Was sagten Sie, Doktor? Macht nichts, es ist überhaupt nicht wichtig, obwohl es sicherlich wieder eine Unverschämtheit war. Sie sind ein rüder, ungehobelter Mensch. Sie müssen mir schon erlauben, so offen zu sein. Ich gab Mama meine erprobten Rezepte, Ingwer in heißem Wasser, Tee mit Brechweinstein. Das genügt in den meisten Fällen. Mama hatte solche Anfälle auch schon früher gehabt, und unter meiner Aufsicht und Behandlung genas sie immer völlig. Aber sie hörte nicht auf zu jammern. Sie bat mich, einen Arzt zu holen. Um sie zu beruhigen — ich selbst habe ja, wie Sie wissen, kein Vertrauen zu den Ärzten —, rief ich einen an. Ich brauchte lange, bis ich mit Hilfe der Vermittlung einen fand, der in der Nähe wohnte, und so verging mehr als eine Stunde, bis er eintraf."

Sie schloß plötzlich krampfartig die Augen, und ihr unbewegter Mund zuckte leicht. Dann öffnete sie wieder die Augen. „Der Arzt sagte, Mama habe eine Herzattacke gehabt und liege im Sterben. Ich weiß nicht, was er ihr eingab, es muß ein mörderisch starkes Mittel gewesen sein. Eine halbe Stunde später war sie tot. Er war schuld. Wäre er nicht gekommen, Mama wäre heute noch am Leben und bei uns."

Jonathan fühlte Mitleid mit diesem verstockten Kind. „Wie hat Ihr Vater den Tod Ihrer Mutter aufgenommen?"

„Ich sagte es ihm erst am Morgen. Er war die ganze Woche über sehr überanstrengt gewesen und brauchte Ruhe. Ich blieb bei Mama sitzen, bis ich sicher war, daß Papa unten beim Frühstück saß und vor seinem Weggang zur Universität die Zeitung las. Das war um ungefähr acht Uhr."

„Und Sie blieben die ganze Nacht allein bei Ihrer toten Mutter?"

„Ja." Zum ersten Male war die junge Stimme nicht spröde. Elvira senkte für einen Augenblick den Kopf. „Als ich es Papa sagte, sagte er nichts, überhaupt kein Wort. Er saß nur in seinem Sessel und schaute in seine fast geleerte Kaffeetasse. Dann faltete er bedächtig die Zeitung zusammen und ging hinauf zu Mama. Oben schloß er die Tür von Mamas Zimmer hinter sich — so, als ob er nie eine Tochter gehabt hätte — und kam nicht eher wieder heraus, bis der Mann von der Beerdigungsanstalt eintraf. Ich war erleichtert, ihn wieder zu sehen. Er hatte keine einzige Träne vergossen, während mein Gesicht und meine Augen vom Weinen angeschwollen waren. Er war ganz ruhig, fast so, wie er immer war. Beruhigend sprach er auf mich ein, legte mir seine Hand aufs Haupt und sagte immer wieder: ‚Es wird alles gut, Elvira.' Er war ein Turm der Stärke für mich. Wir beide waren zu Mama wie Vater und Mutter gewesen . . ."

„Hatten Ihre Eltern einander sehr geliebt?"

„O ja, sehr. Mama wirkte etwas jung für ihr Alter. Sie war nie sehr gesetzt, obwohl sie eine gute Erziehung genossen hatte und überdurchschnittlich intelligent war. Sie und Papa hatten immer ihre kleinen privaten Scherze. Papa ist sonst sehr nüchtern, aber Mama brachte ihn dazu, wie ein Junge zu lachen. Es verging kaum ein Abend, ganz gleich wie das Wetter war, an dem sie nicht zusammen einen Spaziergang unternahmen. Sie pflegten in unserem Wagen an Sonntagen weite Fahrten zu machen — bis zum Central Park sogar —, allein, und manchmal nahmen sie sich das Essen mit. Wenn sie zurückkamen, waren sie von der Sonne gebräunt, hatten Grasflecke auf den Kleidern, lachten wie kleine Kinder und waren glücklich."

Nun zitterte ihre Stimme, aus ihrer Kehle drangen krampfartige Laute, als sie angestrengt versuchte, ihren Schmerz zu verbergen. Sie sah Jonathan nicht an, sondern hielt ihren Blick zu Boden gerichtet, und mit ihren langen, schönen, klugen Händen verknüllte sie ein weißes Leinentaschentuch.

Mit fast sanfter Stimme fragte Jonathan: „Hatte Ihr Vater nahe Anverwandte?"

„Nein, er hatte niemanden. Er wurde früh Waise, hatte keine Geschwister und nur einige entfernte Vettern, die er selten sah. Sie lebten Hunderte von Meilen entfernt, und es war nicht einmal zu einer Korrespondenz zwischen ihnen und meinem Vater gekommen. Er hatte niemanden außer meiner Mutter und mir." Sie hielt inne. „Manchmal glaube ich, er hatte nur meine Mutter!" Ihre Stimme brach.

„Das stimmt sicher nicht", sagte Jonathan. Er mußte an den stillen Gelehrten denken, dessen einzige Freude und Erheiterung von seiner Frau kam. „Ich bin sicher, daß er wußte — und weiß, daß er die beste und ergebenste Tochter hat."

Überrascht und ungläubig sah sie ihn an, aber sein Gesicht drückte soviel Mitgefühl aus, daß sie nun schnell die aufsteigenden Tränen hinunterwürgte. „Danke", murmelte sie. „Ich hatte nur Mama und Papa und mich selbst, keine Brüder und Schwestern, wenn ich auch viel früher als meine Eltern eigene Wege gegangen bin. Ich glaube, daß menschliche Kontakte und weitgespannte Verbindungen sehr wichtig sind und Teil der Menschlichkeit und des Lebens sind. Ich gehöre mehreren karitativen Vereinigungen an, und wir tun viel Gutes."

„Ich zweifle nicht daran", sagte Jonathan und unterdrückte das aufkommende Gefühl der Ungeduld. „Ihr Vater hat also den Tod Ihrer Mutter sehr ruhig und gefaßt aufgenommen."

Das Mädchen zögerte etwas. „Ja. Er tat allerdings etwas Seltsames. Er ging nicht zur Beerdigung. Am Morgen des Begräbnisses verschwand er und blieb zwei Tage verschollen. Ich ging nicht zur Polizei. Schließlich wußte ich doch, daß Papa nichts verbrochen hatte, kraß ausgedrückt, Sie verstehen. Ich hatte ihn in meinem ganzen Leben nicht gebrochen gesehen. Er hatte ein ausgeglichenes Temperament, immer die gleiche Art, die Dinge zu sehen und stand immer mit sich selbst in Einklang. Einmal mußten wir befürchten, er werde das Augenlicht verlieren; das war vor vier Jahren. Mama grämte sich fast zu Tode, und wir machten einiges mit. Aber Papa war nicht aus dem Gleichgewicht zu bringen. Mama wurde fast verrückt vor Freude, als der Arzt uns mitteilte, er habe sich in seiner Diagnose geirrt. Nur Papa lächelte bloß. Er blieb stets kontrolliert. Ich glaube ihm darin etwas zu ähneln."

„Ja", sagte Jonathan, „Immerhin verschwand er am Tag des Begräbnisses und blieb zwei Tage weg. Welchen Eindruck machte er, als er zurückkam, was sagte er?"

„Er war sehr bleich und erschöpft, aber ruhig wie immer. Er gab keinerlei Erklärung, und ich verlangte auch keine von ihm. Nie wieder sprach er über Mama. Nicht ein einziges Mal in elf Monaten. Es war, als hätte sie nie gelebt, als hätte er sie nicht gekannt und als wäre sie niemals in diesem Haus oder in dem Haus in New York gewesen. Er ging wieder zur Universität, und dann beschloß er, ein Jahr Urlaub zu nehmen, um diesen Roman über Chaucer zu schreiben. Mein Vater ist ein hervorragender Mann", fügte sie in pathetischem Stolz hinzu. „Er hat viele Ehrungen und Preise von berühmten Leuten und Komiteen erhalten. Er hält Vorträge in London, Paris und Berlin, er ist ein brillanter Linguist und spricht mehrere Sprachen perfekt. Überall wo er hinkam, bereitete man ihm Ovationen. Seit Jahren trug er sich mit dem Gedanken, dieses Buch zu schreiben, und er diskutierte mit Mama fast jeden Abend darüber. Darin waren sie fast wie Kinder. Ich bin froh, daß ich ihm wenigstens in diesem Punkt ein Ersatz sein kann."

„Hat er nie das Grab besucht?"

Betroffen sah das Mädchen ihn an. „Es ist eigenartig, daß Sie diese Frage stellen! Nein, er ist nicht zum Grab gegangen. Er hat nicht einmal gefragt, wo sie begraben liegt. Und ich habe ihn auch nie gebeten, mit mir hinzugehen, denn er schien sich so von seinem Schmerz zu erholen, daß ich die noch nicht ganz verheilte Wunde nicht wieder aufreißen wollte."

Die etwas abgedroschenen Phrasen störten Jonathan nicht, sie erweckten durch ihren echten Ausdruck des Schmerzes und der Kindesliebe in ihm lediglich das Gefühl der Trauer. Dieses Mädchen war nicht so stark, als es zu sein glaubte. Sie war auf ihre Weise ebenso einsam und verwaist wie ihr Vater. Was fehlte diesen so unabhängig und ausgeglichen scheinenden Menschen? Waren sie tatsächlich zu sensibel, um das Leben ohne die schützende Macht der Liebe ertragen zu können und ohne die Stärke, die ihnen andere vermittelten? Waren sie zu stolz, ihre Schwäche einzubekennen? Fühlten sie sich zum Sterben in Einsamkeit verurteilt, wenn diese einzige Kraft ihres Lebens versiegte?

„Und Ihr Vater schien bei bester Gesundheit, fand stets Schlaf seit dem Tod Ihrer Mutter?"

Das Mädchen dachte nach. „Nein", antwortete sie schließlich. „Natürlich klagte Papa nie. Er war nie sehr kräftig, aber jetzt ist er ganz abgemagert. Sie haben es gesehen. Er ißt wenig, selbst von seinen Lieblingsgerichten. Jede Nacht höre ich ihn stundenlang in seinem Zimmer auf und ab gehen, stumm. Ich dachte immer, er denke über sein Buch nach. Er hat doch sicher über sein Buch nachgedacht, glauben Sie?" Ihre Stimme klang plötzlich mädchenhaft und zugleich beschwörend, denn sie hatte begriffen, worauf Jonathan hinauswollte, welche Qualen ihr Vater vielleicht erduldet hatte.

Jonathan ging zu ihr hin und nahm ihre Hand in die seine. „Miß Elvira", sagte er, „ich wünschte, Sie wären meine Schwester. Wirklich. Ich brauchte eine Schwester wie Sie. Und ich hätte gerne eine Tochter, die genau so ist wie Sie. Bitte, sehen Sie mich nicht so ungläubig an; ich meine wirklich, was ich sage. Wissen Sie, was Ihrem Vater fehlt? Er will aus Schmerz über den Tod Ihrer Mutter sterben. Er hat alles von sich gewiesen: Sie, sein Buch, seine Arbeit, seine Studenten, seine Freunde. Er hat sich in eine Höhle verkrochen und stirbt in der Stille und Einsamkeit. Verstehen Sie das?"

„Ja." Jetzt weinte sie und merkte es gar nicht.

„Was für ein Mensch war Ihre Mutter?"

„Oh, sie war lieb und gut. Eine kleine Frau, nicht so groß wie ich." Das Mädchen schneuzte sich ungeniert. „Untersetzt, etwas dicklich. Vater nannte sie sein Vögelchen. Und sie war wie ein Vogel. Nicht zirpend, aber fröhlich und singend. Sie neckte mich immer damit, daß ich keinen Humor hätte, und ich glaube, ich habe wirklich keinen. Nicht daß Mama oberflächlich gewesen wäre. Sie nahm das Leben wie es war, und die Welt war für sie immer schön, auch dann, wenn sie es ganz offenbar nicht war. Sie war auch sehr religiös. Sie wollte, daß jeder — Gott lieben sollte. Papa und ich sind Agnostiker, und doch, manchmal, nach allem was Mama dachte und sagte, glaubte ich, daß es einen Gott geben müsse. Und ich denke, auch Papa stellte manchmal ähnliche Überlegungen an. Aber das war alles vorbei, als Mama starb. Es war, als wäre plötzlich alles mit Grau überzogen, als gäbe es keine Farben mehr in der Welt."

Robert hatte die ganze Zeit über still und mitfühlend zugehört. Er war überrascht, wie Jonathan das Mädchen zu trösten vermochte, das doch zuerst ein einmaliges Exemplar einer rechthaberischen, engstirnigen Mädchenseele zu repräsentieren schien. Man lernt nie aus, dachte er.

„Ihr Vater", setzte Jonathan fort, „versucht verzweifelt, seinen Schmerz zu verdrängen, zu unterdrücken, zu besiegen. Er ließ ihn nie an die Oberfläche gelangen, und so ist die Wunde immer noch da, leidet er immer noch, vielleicht mehr als am Anfang. Es vergiftet seinen Körper, es bringt ihn um. Und er will sterben. Er weiß nicht, wofür er noch länger leben sollte."

Das Mädchen war wie zerschmettert. „Und ich dachte immer, er wäre so tapfer, und versuchte stets, es ihm gleichzutun. Und dabei hat Papa die ganze Zeit . . ."

„Und auch Sie", sagte Jonathan.

„Nein", schluchzte Elvira, „ich bin nicht so wichtig. Papa muß am Leben bleiben. Er wird gebraucht, er kann nicht ersetzt werden. Warum versteht er das nicht?"

„Ich fürchte, weil er dachte, er habe nie jemand anderen gehabt als Ihre Mutter. Ich weiß, das klingt hart. Aber wenn Sie offen Ihrem Schmerz Ausdruck gegeben hätten, hätte er Sie getröstet und mit Ihnen gelitten, und Sie beide hätten aneinander Trost gefunden. Er denkt, Sie wären stark und brauchten ihn nicht und auch sonst niemanden. Ist das nicht höchst lächerlich?"

„Aber ich bin gar nicht stark!" platzte sie heraus und sah völlig verdutzt und beschämt drein. „Ich bin lächerlich. Wissen Sie, Doktor, daß ich mich immer bemüßigt fühlte, meine weltfremden Eltern vor der Umwelt zu schützen!"

„Eines Tages", sagte Jonathan, „werden Sie eine wundervolle Frau und Mutter sein, und ich wünsche, sie kriegen ein Dutzend Kinder, vorausgesetzt, daß Sie sie nicht bis in den Tod hinein verwöhnen. Ich beneide den Mann, der Sie zur Frau nimmt, wenn ich auch hoffe, daß er nicht einer von der Sorte sein wird, die beschützt sein will.

„Nein", protestierte Elvira, „Papa braucht mich. Ich muß mein Leben ihm opfern."

Nicht, wenn ich es verhindern kann, dachte Jonathan und strich leicht über Elviras Hand, die er noch immer in der seinen hielt. Er sagte: „Haben Sie Alkohol im Haus? Nein. Nun gut, ich habe ein Fläschchen Brandy in meiner Tasche. Elvira, haben Sie nun Vertrauen zu mir?"

Sie blickte ihn zögernd an. Dann sagte sie: „Ich glaube schon, Doktor!" Und lächelte schwach durch den Tränenschleier.

Zu Robert sagte Jonathan nun: „Würde es Ihnen etwas ausmachen, hier bei Elvira zu bleiben? Ich möchte mit ihrem Vater sprechen."

Er ging wieder hinauf in das Krankenzimmer und bat Mr. Kitchener und Maude, hinauszugehen. Dann zog er sich einen Sessel an Doktor Burrows Bett heran und goß langsam eine tüchtige Portion Brandy in ein Glas. „Ich möchte, daß Sie das bis auf den letzten Tropfen austrinken", befahl er. „Alles auf einmal. Nicht Schluck für Schluck." Und dabei lächelte er freundlich.

Dr. Burrows nickte langsam verneinend mit dem Kopf. Jonathan umfaßte seine Schultern, setzte ihn auf und stopfte ihm ein Kissen hinter den Rücken. „Sie haben die Wahl: Sie können es schlucken, oder ich gebe es Ihnen als Klistier. Beides hat dieselbe Wirkung, doch eins von beiden ist weniger vergnüglich und etwas undelikat."

Der Schatten eines Lächelns huschte über das hagere, weltferne Gesicht. Jonathan setzte das Glas an Elmos Mund und hielt es dort so lange, bis auch der letzte Tropfen ausgetrunken war. Es dauerte ziemlich lange. Das Quantum war auch mehr als anständig gewesen. Elmos Gesicht zeigte nachhaltige Wirkung, und Jonathan ließ ihn in die Kissen zurücksinken. „Etwas Wasser? Obwohl es eine Schande wäre, das Bouquet auf solche Weise zu zerstören. Kein Wasser? Sehr gut."

Er lehnte sich in seinem Sessel zurück, kreuzte die Beine und schaute auf die Uhr. Dann stand er auf, ging im Raum herum, nahm da oder dort ein Buch aus dem Regal und blätterte es durch. „Ist Chaucer nicht etwas zu gepfeffert für unschuldige amerikanische Gehirne?" fragte er. „Bedenken Sie, wir haben Anthony Comstock und eine Menge anderer kleiner Cromwells im Lande. Wir sind ein entsetzlich naives Völkchen und einfältig dazu, und auch nicht besonders hell. Es hat sich bei uns noch immer nicht herumgesprochen, daß auch Damen Beine, einen Dickdarm und eine Harnblase haben, und wir sind dennoch begierig nach Wissen um unseren Körper. Wir wollen immer noch nicht zugeben, daß diese Welt ein Hort des Bösen ist, ein Ort der Blutrünstigkeit, ja sogar des Schreckens. Wir glauben lieber, die Welt ist schön und lieblich, voll von lachenden Kindern und aufopferungsvollen Frauen und von Regenten, die stets nur die Interessen des Volkes im Auge haben. Geschichte, so habe ich vor einigen Wochen in irgendeiner Veröffentlichung gelesen, ist das auf den ersten Seiten des Buches der Geschichte beschriebene Böse. Aber von nun an wird auf den Seiten nur Gutes zu berichten sein: das Glück aller Rassen und Völker, Bruderliebe, Feste, Hände, die sich über Kontinente hinweg einander entgegenstrecken, Frühlingserwachen, Lieder, Lieder, Lieder. Keine Zaren mehr, keine Könige, keine Imperatoren, keine Kaiser. Ein einziges Liebesfest in Eintracht lebender Nationen. Das habe ich gelesen. Wissen Sie, wie ich so etwas nenne?"

Dr. Burrows folgte ihm mit Augen, die auf geheimnisvolle Weise immer klarer wurden. Er schüttelte den Kopf. Und so sagte Jonathan es ihm in knappen, dafür um so saftigeren Ausdrücken. Dr. Burrows lag einen Moment lang still da. Dann lachte er. Es war ein leises, unsicheres Lachen, aber es war ein Lachen.

„Nun noch einen Drink", sagte Jonathan, und dieses Mal protestierte Dr. Burrows nicht. Er hob sogar die Hand und führte das Glas zitternd an den Mund. „Ah", sagte er, als der letzte Tropfen geleert war.

Jonathan setzte sich wieder nieder. „Ein wirklich lebensechtes Buch über Chaucer, ganz ohne lateinische Passagen, um die unschuldigen Gehirne nicht zu sehr zu belasten und mit dem Altsächsischen in entsprechend kraftvoller, saftiger Sprache übersetzt, so daß auch das unschuldigste Kind es versteht — die Canterbury Tales sind auch für mich eine meiner liebsten Lektüren —, das wäre ein spektakulärer Erfolg in Amerika. Natürlich würden die Zensoren nach einem solchen Buch heulen und nach Ihnen, und Sie hätten wahrscheinlich das aufregende Erlebnis zu gewärtigen, für einige Zeit im Gefängnis zu landen. Jeder Richter, jede emanzipierte Frau, jeder selbstgerechte Mann würde Ihren Kopf fordern. Ist es nicht eigenartig, daß so viele die anderen vor der Korruption bewahren wollen, und dabei sind die einzig wirklich Korrupten die Politiker, die Regierungen, die Lügner, die Heuchler? Das ist die wahre Korruption! Nichts was echt und ehrlich ist, ist an sich korrupt. Wie hat der heilige Paulus gesagt? Was aus dem Menschen kommt, beschmutzt ihn, nicht was in ihn eingeht."

Und dann sprach Elmo zum ersten Male seit Tagen, und er tat es mit fester Stimme. „Ich bin ganz Ihrer Meinung, Doktor. Ich stimme Ihnen vollinhaltlich zu. Sie wissen nicht, welche Kämpfe ich mit meinen Studenten auszutragen habe. Sie sind gänzlich uninformiert, arglos werden sie täglich mit der wahren Korruption konfrontiert und erkennen sie nicht, bis es zu spät ist. Dann denken die meisten von ihnen, es sei die schönste Sache von der Welt, nicht die übelste."

„Wir brauchen viele mutige Männer für den Kampf gegen die ständig wachsende Korruption im Lande", sagte Jonathan. „Dies wird ein korruptes Jahrhundert. Alle Anzeichen deuten darauf hin. Aber ich werde Ihnen meine Ansichten und Befürchtungen ein andermal darlegen. Sie wissen natürlich, daß Sie nie einen Schlaganfall hatten?"

„Ich weiß." Elmos Augen hatten nun wieder Glanz, und seine Gesichtsfarbe hatte sich belebt. Er rückte sich selbst in den Kissen zurecht. „Es war nur ..." Er sprach nicht weiter.

„Sie wollten nicht mehr weiterleben ohne Ihre Frau. Ich weiß. Ich habe mit Ihrer Tochter lange gesprochen. Ein wunderbares Mädchen. Nur eine unter tausend ist so wie sie. Amerika würde anders dastehen, hätte es einige Millionen mehr von dieser Sorte."

Sorge und Kummer waren in Elmos Gesicht zurückgekehrt.

„Elvira? Sie ist stark und tapfer. Sie bedarf keiner Hilfe, sie findet mit sich selbst das Auslangen."

„Sie braucht Sie", sagte Jonathan, und nun lächelte er. Aber er wurde gleich wieder ernst. „Ich habe mit ihr gesprochen. Es ist komisch, aber sie denkt, Sie wären der Starke, Unbeugsame, der nur seiner selbst bedarf. Ist es Ihnen nie in den Sinn gekommen, daß das arme Kind schrecklich unter dem Verlust der Mutter leiden könnte? Sie versucht, Haltung zu bewahren — Ihretwegen —, damit Sie sich keine Sorge um sie machen und nicht von Ihrer Arbeit abgelenkt werden."

„Elvira?" Elmo war verblüfft, sein Interesse an der Sache wuchs. „Ja, Elvira. Ich nehme an, Ihrem einsiedlerischen Denken ist nie der Gedanke unterlaufen, sie könnte um ihre Mutter trauern, sie könnte vielleicht gar ihre Mutter geliebt haben. Nein, Sie haben nur an sich selbst gedacht.

Haben Sie jemals einen Vaterblick auf Elvira geworfen, oder war sie für Sie bloß ein Nebenprodukt Ihrer Ehe? Sie ist eine Person mit Eigenleben, selbstlos, ergeben, aufopfernd, und bereit, ihre Zukunft aufzugeben, nur um Ihnen zu dienen. Was glauben Sie, was aus Elvira wird, wenn Sie sich auf diese Weise töten?"

„Daran habe ich nie gedacht", sagte Elmo und wandte sein Gesicht ab. Nach einer Weile sagte er: „Sie wissen nicht, was es heißt, die Frau zu verlieren, Doktor, noch dazu eine solche Frau. Wir waren ein Atem, ein Fleisch, ein Gedanke."

„Das klingt sehr poetisch", sagte Jonathan. „Aber es ist nun einmal nicht wahr. Wir leben allein in unserem Fleisch. Nicht einmal unsere Nächsten haben Anteil an unseren innersten Gedanken, und wenn ich es recht bedenke, so ist das verdammt gut für uns alle."

Wieder huschte ein Lächeln über Elmos Gesicht, diesmal schon etwas deutlicher.

„Und es erhält unseren Geist verhältnismäßig rein. Ich bin ein Chirurg, Doktor Burrows. Ich bin in Dutzenden von Operationssälen gestanden. Sie würden staunen, was die sanftesten, frömmsten, vornehmsten, zurückhaltendsten, wohlerzogensten und am süßesten flötenden Damen im Ätherrausch alles sagen. Sehr erbaulich. Zuerst war ich schockiert. Jetzt nicht mehr. Nichts schockiert mich mehr, auch nicht wenn eine Frau ihre Kinder umbringt, oder ein Kind seine Mutter. Wir sind von geradezu abstoßender Menschlichkeit, und ich weiß nicht, wie Gott uns noch länger ertragen kann."

„Das frage ich mich auch", sagte Elmo. Dann verfiel er wieder in seine Melancholie. „Mein Leben ist in Stücke gegangen. Es hat weder Zweck noch Ziel noch Hoffnung."

„Darüber will ich nicht mit Ihnen streiten", sagte Jonathan. „Mein Ziel, als ich jünger und ehrgeiziger war, bestand darin, Leben zu retten, Leiden zu heilen. Ich setze immer noch alles dafür ein, Leiden zu heilen. Aber Leben zu retten? Ich weiß nicht. Wozu?"

Elmo war überrascht. Er setzte sich mühsam auf und sah Jonathan scharf und prüfend an. „Ist ein Leben nicht wert, gerettet zu werden, jedes Leben?"

„Ich weiß es nicht. Und Sie?"

„Es will mir scheinen", sagte Elmo, „daß das Leben eines rechtschaffenen Mannes in dieser erbärmlichen Welt wert ist, erhalten zu werden! Ein gutes Leben ist die einzige erlösende Kraft in dieser Welt, die einzige Inspiration." Seine Stimme war nun kraftvoll und tönend, voll Wärme und Nachdrücklichkeit. „Es ist die einzige Erlösung. Wenn in diesem Leben dazu noch ein Genius wohnt, ein Talent, dann sind wir reich beschenkt, es unter uns zu haben. Man vermag nur ein schwaches Abbild von dem zu geben, was der Mensch wirklich sein kann, wenn er zum

Übermenschen wird.“ Er zögerte. „Mit Hilfe der Gnade Gottes“, fügte er ruhiger hinzu.

Jonathan ließ ihm einige Zeit zum Nachdenken. Dann sagte er: „Ihre Frau war für Sie eine Inspiration. Sie war eine gute Frau. Sie waren eine Inspiration für sie und für Ihre Tochter, die Sie anbetet. Sie sind ein guter Mensch. So. Und jetzt soll ich Sie mit Ihrer Selbstsucht hier liegen und sterben lassen, wenn die Welt Sie so braucht, jene Welt, die Ihrer Meinung nach wert ist, erhalten zu bleiben?“

Elmo versuchte, ein Lächeln zu unterdrücken. „Sie haben eine hervorragende Redegabe, Doktor.“ Dann seufzte er.

„Leben wir doch einfach in der Täuschung, daß es einen Zweck, einen höheren Zweck des Lebens gibt“, sagte Jonathan, „einen Zweck, den wir noch nicht kennen. Wir leben doch stets in der Täuschung, in der Illusion. Die Welt ist ein großes Geheimnis, und je mehr Geheimnisse die Wissenschaftler ihr entreißen, um so geheimnisvoller, unergründlicher — und aufregender wird sie. Wir sind einer Sache auf der Spur, ich kann nicht sagen welcher. Nennen Sie es Gott, wenn Sie wollen. In den furchtbaren Zeiten, die uns bevorstehen und die viele von uns bereits voraussehen, dürfen wir nie das höhere Ziel aus den Augen verlieren und ebenso nicht das Wissen um das Geheimnis des Lebens und unseren Glauben, welcher immer es auch sein mag — oder die Menschheit wird völlig den Verstand verlieren. Die Sache ist die: Wollen Sie überhaupt der Armee der geistig Normalen angehören?“

„Ich glaube, ich brauche noch einen Drink“, sagte Elmo. Jonathan gab ihm noch einen. Elmo nippte mit abgewendeten Augen und tief in Gedanken versunken.

„Was glauben Sie, daß Ihre Frau jetzt von Ihnen denkt?“ fragte Jonathan.

„Grace? Aber Grace ist tot.“

„Wie wissen Sie das?“

„Doktor! Sie als Arzt können mich so etwas fragen? Wir sind beide keine Kinder.“

„Nun, sagen wir es anders: Wir wissen es nicht. Niemand ist jemals aus jener anderen Welt zu uns zurückgekehrt, wenn uns auch berichtet wird, daß der Eine wieder gekommen ist. Wir können nicht beweisen, daß es einen Gott gibt, aber wir können auch nicht beweisen, daß es keinen gibt. Der böse Mensch hofft, es gibt keinen, der gute klammert sich um so heißer an die Hoffnung, Gott existiert. Wessen Hoffnung ziehen Sie vor?“

Elmo lächelte. „Sie sind ein Christ, nicht wahr?“

„Ich? Niemand hat bisher eine solche Beschuldigung auf mein Haupt geladen. Ich habe nie einen Christen kennengelernt. Bis auf ein oder zwei. Und doch: wäre diese Welt nicht schöner und sicherer, wenn es zwei oder drei Millionen anständige Christen in ihr gäbe? Gibt man zu, daß die Welt schöner und sicherer wäre, dann hat das Christentum uns einiges zu sagen, nicht wahr? Vielleicht könnten Sie dann und wann dieser Sache auf den Grund gehen, wenn Sie nicht gerade Chaucer preisen oder in den Hörsälen gegen den Unverstand ankämpfen. Eine wissenschaftliche Untersuchung ohne Vorurteile und innere Beteiligung, ausgehend vom günstigen Standpunkt der Skepsis."

Elmo verschränkte die dünnen Arme hinter seinem Kopf und dachte nach. Die Augen hielt er gesenkt, die Lippen in Nachdenklichkeit geschürzt. Schließlich sagte er: „Sie haben mir eine erregende Aussicht eröffnet, Doktor, mag sie sich schließlich auch als kindisch erweisen. Und doch ist sie es wert, verfolgt zu werden. Alle die alten und neuen Religionen. Es muß einen Ursprung des Glaubens geben ... Oder eine Triebkraft in der Natur. Ich persönlich will mir eine Welt ohne Gott nicht vorstellen. Wie schon Voltaire sagte ..."

„Ja, ich weiß. Ein kluger Kopf. Aber ich habe eine traurige Nachricht für Sie, Dr. Burrows. Wir nähern uns rasend schnell der Zeit, da die Menschen Gott vertreiben werden. Seit mehr als zweihundert Jahren ist das evident, und die Zeit rast immer schneller dahin. Haben Sie sich je gefragt warum?"

„Nein. Warum?"

„Das weiß ich leider auch nicht." Jonathan stand auf. „Ich gehe jetzt und hole Elvira, Ihre tüchtige junge Tochter. Sie wird sich freuen."

Er ging hinaus und betrat wenig später das Zimmer, in dem er Elvira mit Robert zurückgelassen hatte. Sie unterhielt sich sehr ernsthaft mit Robert. Als sie Jonathan erblickte, fuhr sie auf und fragte: „Wie geht es Papa?"

„Kommen Sie und sehen Sie selbst", sagte Jonathan, nahm sie bei der Hand und führte sie wie ein Kind hinauf in das Zimmer ihres Vaters.

Elmo war inzwischen aufgestanden. Er saß in Morgenrock und Hausschuhen in einem Stuhl. Wie gebannt blieb Elvira an der Schwelle stehen und starrte ungläubig ins Zimmer.

„Papa!" rief sie. Ihr Gesicht verschwamm in der freudigen Rührung, und dann war sie nur mehr das hilflose kleine Mädchen und nicht mehr die junge Dame mit „Meinungen" und „Überzeugungen". „Liebe kleine Elvira", sagte Elmo und breitete die Arme aus. Schluchzend eilte sie zu ihm hin und kniete an seiner Seite nieder, und er nahm sie in die Arme. Sie weinten beide, und Jonathan schloß leise die Tür und ging zu Robert zurück.

„Lazarus wurde vom Tode erweckt", sagte er. „Und auch dieser hier begann bereits in seinem Totenhemd zu stinken."

„Also reine Hysterie?" sagte Robert, als sie zu Mr. Kitchener und Maude in die Halle hinunterstiegen.

„Sind wir nicht alle auf die eine oder andere Art hysterisch?“ stellte Jonathan die Gegenfrage. „Arme, verdammte Welt. Dabei verwende ich klugerweise diesen Terminus auch nicht.“ Er fügte hinzu: „Irgendwie glaube ich, daß Elvira in Hinkunft nicht mehr so auf Gesundheitsdiät versessen sein wird. Gleichzeitig hoffe ich, sie wird keine Emanzipierte bleiben.“

„Ein wirklich nettes Mädchen“, sagte Robert. „Eine gute Seele.“ Jonathan blieb auf dem Treppenabsatz stehen. „Nun, das ist wohl das Despektierlichste, was man über eine nette junge Dame sagen kann!“

EINUNDZWANZIGSTES KAPITEL

Als die beiden Ärzte in die Praxis zurückfuhren, sagte Jonathan: „Burrows beweist genau, was ich vorhin sagte: daß es nur die in finanzieller Sicherheit Lebenden sind, die unkontrollierbar unter ‚psychischem Druck‘ leiden. Oh, die Armen haben auch ihre Sorgen, aber diese Sorgen kreisen um das tägliche Brot, um das Dach über dem Kopf, um die Kleidung und um das Überleben — lauter ehrenwerte Dinge. Wenn Burrows nach dem Tode seiner Frau hätte Sachen verhökern müssen, um den Arzt und das Begräbnis bezahlen zu können, wenn er hätte eine Frau für seine Kinder aufnehmen und dazu noch, so hart es ihn auch getroffen hätte, weiterleben und weiterarbeiten müssen, wäre er bald, wenn schon nicht ganz mit der Welt ausgesöhnt, so doch zu sehr unter der Last des Alltags gestanden, um sich zu kränken. Er hätte einfach keine Zeit dazu gehabt. Weil er aber Geld hatte und noch einiges dazuerbte, hatte er Zeit, sich in seinen selbstsüchtigen Schmerz zu verkriechen, und ließ seine Tochter und alles andere, sein eigenes Leben inbegriffen, einfach fahren. Es ist doch eigenartig: Alle jene, die das Leben wirklich lieben, müssen im Schweiße ihres Angesichts arbeiten, um dieses Leben fristen zu können; und sie haben keine Zeit übrig. Alle die aber, die wenig arbeiten, viel Zeit übrig haben und sich keine Sorgen zu machen brauchen, von wo der nächste Dollar kommen wird, sind im allgemeinen diejenigen, die das Leben unerträglich finden und die Freude als etwas nicht Existierendes bezeichnen. Das sind auch die Leute, die düstere Gedichte, düstere Theaterstücke und wirre — und revolutionäre — Philosophien lieben.

Es waren nicht die Arbeitenden Frankreichs: die Bauern, Grubenarbeiter, Handwerker, die 1789 die Französische Revolution auslösten. Es waren nicht die Hungernden. Es waren die Müßiggänger, die rastlosen, unzufriedenen und gelangweilten Nichtstuer, die Leute mit dem Goldfranc in der Tasche, die Gebildeten — kurz die Leute, die mit ihrer Zeit nichts anzufangen wußten und die nichts hatten, worüber sie sich hätten

Sorgen machen müssen, in deren Seele sich der Schmerz einnisten konnte. Weltschmerz ergreift nur jene, die keine Schwielen an den Händen haben, die nie einen Pflug geführt, ein Segel gerefft, eine Maschine bedient oder die Zügel eines Arbeitspferdes gehalten haben. Karl Marx ist das Musterbeispiel für dieses moderne Jahrhundert. Sie werden merken, daß die, die sich am meisten für seine Lehre begeistern, sich auch nicht die Spitze ihres kleinen Fingers durch anständige Arbeit beschmutzen. Woodrow Wilson, Professor für Jurisprudenz und Wirtschaftspolitik an der Princeton-Universität, ist bekannt für seine besonders revolutionären und sozialistischen Gedanken; und der einzige rechtschaffene Stoff, dem er je in die Nähe kam, ist Tinte. Wenn ich zu bestimmen hätte, ich würde keinen Mann unterrichten oder ein Buch schreiben lassen, niemanden für einen höheren Posten als den des Unteraufsehers bei der Müllabfuhr in Vorschlag bringen, der nicht vorher Handarbeit — und das aus Lebensnotwendigkeit — auf einer Farm, in einer Fabrik oder in einem Bergwerk verrichtet hätte. Die am lautesten nach ‚Freiheit für die arbeitende Klasse' rufen, verachten die Arbeiter am meisten, und es waren die Abolitionisten der Nordstaaten, die nie einen Neger gesehen, geschweige denn angestellt hatten, die am lautstärksten das Ende der Sklaverei herbeiwünschten. Diese Leute lieben ‚Ideen', die ihnen keinen Cent kosten. Man lasse sie doch einmal für ihre Ideen bezahlen, und sie werden rasch ihre Meinung ändern. Ideen, so behaupten sie, dürften nicht in einen Topf geworfen werden mit dem, was sie so schön als das ‚schmutzige Geld' bezeichnen; das würde der Reinheit dieser Ideen Abbruch tun."

„Und doch", warf Robert ein, „tat Ihnen Miß Elvira leid."

„Mir tun alle Opfer menschlicher Ideen leid. Ich muß sie von diesem bedeutenden Vater entfernen, der zweifellos ein Muster an Seelengröße ist, dem man aber aus diesem Grunde nicht trauen darf."

Robert lachte und schüttelte den Kopf. „Ich verstehe Sie nicht."

„Sie verstehen niemanden, und mich hat noch nie jemand verstanden."

Er schien in bester Stimmung zu sein, und Robert, der von den Dingen nichts ahnte, die sich zwischen dem miesen Feiertag gestern und dem heutigen Tag ereignet hatten, glaubte, Jonathan sei ein launenhafter Mensch, dessen Stimmungen wechselten wie das unbeständige Aprilwetter. Flatterhaft, dachte Robert. Von ihm selbst hatte noch nie jemand behauptet, er habe je eine eigene Meinung über etwas gehabt. In dieser Hinsicht war Jonathan überzeugt, Robert werde ein ausgezeichneter Arzt und ein gewissenhafter, wenn auch konservativen Methoden anhängender Chirurg werden, der nie eine neuartige Behandlung einführen oder eine einzigartige Operation wagen würde. Er würde nie leichtsinnig handeln, aber auch nie mit seinen Ideen anderen vorangehen. Ein guter, gesunder Schlag der Junge, kein Genius und kein Neuerer. Er würde durch seine Hingabe und Genauigkeit vielen das Leben retten, würde aber einen Sterbenden nie durch ein Wagnis vor dem Tod zu bewahren versuchen. Der goldene Mittelweg hatte viel für sich. Doch er öffnete nicht das Tor zu neuen Welten, neuen Horizonten, brachte die Sterne nicht näher heran und ließ den Menschen nicht neue Dimensionen des Denkens oder Seins erkennen.

Das Wartezimmer war überfüllt, als sie zurückkamen. Jonathan grüßte alte Patienten freundlich und hatte ein Lächeln für jeden neuen. „Nun sind wir wieder mitten im Geschäft", sagte er zu Robert, als sie im Ordinationszimmer waren. „Es ist wie in alten Zeiten. Hören Sie sich mein besprochenes Band an. Jetzt überlasse ich Sie hier Ihrem Schicksal und mache im Krankenhaus meine Runde." Und er ging pfeifend aus dem Zimmer.

Alles bot sich seinem Auge so frisch, ungebraucht und interessant dar, und jeder, der ihm im St.-Hilda-Krankenhaus begegnete, dachte bei sich, ihn nie bei besserer Laune gesehen zu haben, wenigstens nicht seit der Zeit vor seiner Heirat mit Mavis Eaton. Er war in der Tat in leutseliger Stimmung, was bei ihm eine Seltenheit war. Er summte vor sich hin. Auf dem Gang sah er einen von den jungen Gynäkologen, und er trat auf ihn zu. Doch der junge Philip Harrington sprach zuerst: „Jon, darf ich dir zu der Operation gratulieren, die du an Mrs. Nolan durchgeführt hast? Man sagt, du hättest ein wahres Wunder vollbracht. Wie du weißt, habe ich es abgelehnt, sie zu behandeln, nachdem ich erfahren hatte, was der alte Schaefer mit ihr angestellt hat."

„Ich wollte mich auch heraushalten", sagte Jonathan. Dann sah er sein Gegenüber prüfend an. „Phil, du bist bekanntlich noch nicht verheiratet. Und du bist dreißig — oder einunddreißig? Du hast mir einmal gesagt, du würdest erst heiraten, bis du eine Frau gefunden hättest, die jung, hübsch, reich und intelligent sei und eigene Ideen habe. Stimmt das?"

„Stimmt", sagte der junge Arzt lächelnd. Er war groß, kräftig und sehr blond, hatte ein gutmütiges Gesicht und ein sanftes Wesen.

„Ich habe genau das Mädchen für dich gefunden", sagte Jonathan. „Scharf wie Pfeffer, herb wie alter Wein, treu und ergeben wie Penelope, geduldig wie Griselda, unschuldig wie ein Engel, schön wie die Venus, reich wie die Tochter des Krösus, ausdauernd wie ein Holzfäller, keine Intelligenzbestie, aber mit starken Grundsätzen, klar wie Honig und mit einer Figur, die einem Eunuchen die Hoden zum Nachwachsen bringen könnte. Wie gefällt dir diese Kombination?"

Doktor Harrington lachte. „Warum hängst du dich nicht selbst an, Jon?" fragte er.

Jonathan warf sich in die Brust. „Mein Herz ist schon vergeben. Wäre es das nicht, ich würde die junge Dame wie ein Kentaur umkreisen, obwohl ich dir versichere, daß sie keine gewöhnliche Zuchtstute ist."

Doktor Harrington war neugierig geworden. „Und was bringt dich auf den Gedanken, daß ein solches Fabelwesen einen armen Doktor auch nur eines Blickes würdigt, der immer noch die Schulden abstottert, die er während seines Studiums machen mußte?"

„Ich habe es dir schon gesagt. Sie hat hohe Grundsätze. Und außerdem ist der Gedanke an Geld in diesem reizenden kleinen Kopf noch nie zu Hause gewesen. Ich kenne diese weltfremden Geschöpfe, obwohl sie natürlich denkt, sie wäre ‚aufgeschlossen' und ‚modern'. Ihr Vater ist ein bedeutender Gelehrter und hat mehr Geld, als er weiß und sie weiß. Verkleide dich als Gralsritter und gehe zu ihr. Und sie wird mit dir auf deinem weißen Schimmel davonreiten, wenn du ihr nur ein Wort sagst. Sie liebt es, ‚zu dienen', und wenn ich diese Phrase im allgemeinen hasse, im Falle Elviras klingt sie mir durchaus natürlich, weil sie aus einem hübschen, ungeküßten Mund kommt."

„Und was ist mit diesem Mund los, daß man ihn nie küßte?" fragte Doktor Harrington mißtrauisch.

„Ergebene Kindesliebe, Aufopferung standen dem immer im Wege. Schrecklich, nicht wahr? Aber ihre Mutter ist kürzlich gestorben, ihr Vater ist erst neunundvierzig. Und wenn er wieder heiratet, was unvermeidlich ist: was für ein Schicksal wartet dann auf Elvira? Sie bleibt nicht nur ungeküßt, sondern auch unge . . ."

„He", unterbrach ihn Harrington, da eben zwei Krankenschwestern an ihnen vorbeigingen. „Halte dich etwas zurück." Dabei grinste er diebisch.

„Jemand muß Elvira retten", sprach Jonathan weiter. „Und wenn du es nicht bist, dann wird es irgendein Landstreicher sein, denn sie hat keine Ahnung, was ein Mann eigentlich ist. Ist das nicht ein Segen? Mir ist es lieber, sie ist in erfahrenen, gewissenhaften Händen, die sie leicht und sicher zum Ehebett geleiten und in allen Dingen instruieren, die eine gute Ehefrau wissen muß."

„Ich kenne das eine Ende der Frau, was das andere betrifft, so bin ich nur Amateur", sagte Doktor Harrington.

„Für Elvira weißt du genug", beruhigte ihn Jonathan. „Sie wird dich für einen richtigen Wüstling halten — und dafür anbeten. Sie gehört zu der Sorte Frauen, die sehr feurig werden können. Und das sind doch schließlich die süßesten von allen? Nun?"

„Wie treffe ich sie?"

„Ganz einfach. Ihr Vater litt an hysterischer Paralyse und Aphasie. Ich habe ihn mit Brandy innerhalb einer halben Stunde geheilt." Doktor Harrington hob die Brauen. „Es ist eine Tatsache", sagte Jonathan. „Seine Frau liebte ihn sehr, und er liebte sie. Und du wirst es schon erlebt haben: Wenn ein Mann eine gute und treue Frau verliert, hat er nichts Eiligeres zu tun, als eine zu finden, die der Verlorenen gleicht —

meistens mit Erfolg. Meine gelehrte Unterhaltung im Verein mit dem Brandy brachte ihn fast sofort aus dem Bett heraus, und ich würde mich sehr irren, wenn er nicht in sechs Monaten wieder verheiratet ist, falls er nicht schon in dieser Minute den Gedanken zur Heirat gefaßt hat. Ist er verheiratet, ehe Elvira sich verlobt, verliebt oder zumindest irgendwie gebunden hat, wird sie sich im Stich gelassen fühlen und eine alte Jungfer bleiben. Alles, was du zu tun hast, ist daher, in meinem geschätzten Namen vorbeizuschauen und dich nach dem Befinden des Alten zu erkundigen."

„Ich bin Gynäkologe und kann zwar mit Elvira einen flotten Schottischen aufs Parkett legen, doch, fürchte ich, wird das mit ihrem Papa nicht gehen", sagte Doktor Harrington, der nun Feuer zu fangen begann. „Nun sag mir, wie ich erklären soll, daß dein Vertreter nicht gekommen ist? Wie soll ich überhaupt mein Kommen erklären?"

„Du hast keine Phantasie", schüttelte Jonathan den Kopf. „Du kommst nicht als Arzt, sondern als mein Freund, als mein Abgesandter. Mein Vertreter ist zu überlastet, um Routinebesuche zu machen. Außerdem darfst du bei deinen ersten Annäherungen nicht sagen, was du da wirklich machst. Sie wird dann Details wissen wollen und nachher im medizinischen Wörterbuch nachsehen. Ich bin sicher, sie hat eines. Nichts macht eine Frau mehr kopfscheu als ein Mann, der ihr zuviel über die Frauen weiß. Leidenschaftliches Begehren ist schön; Frauen lieben Wüstlinge. Aber klinisch, nein. Sie hegen den Verdacht, der Mann sei kein heißer Liebhaber, und während er sich ihnen nähert, fragen sie sich, ob ihr Körper für ihn nicht nur ein reines Studienobjekt ist. Und das ist dann der Tod jeder Liebesromanze. Küsse sie einige Male, wage ein paar Berührungen, und dann offenbare ihr deine verbrecherischen Neigungen, und beweise ihr, daß du zuerst Mann und dann erst Arzt bist. Überzeuge sie davon, daß du es mindestens ebenso gut kannst wie ein Bierkutscher und daß du es nicht erwarten kannst, den Beweis für diese Behauptung zu erbringen. Das wird nicht schwer sein. Diese intellektuellen Frauen können einen Mann wirklich entflammen und zufriedenstellen, und das nicht nur auf geistiger Ebene!"

„Du hast eine überzeugende Art zu argumentieren", sagte Doktor Harrington. „Das klingt alles so verlockend."

„Elvira wird dich schon verlocken", sagte Jonathan. „Übrigens, sie hat mir gesagt, sie habe keine hohe Meinung von den Ärzten. Möglicherweise wird sie versuchen, dich zur Homöopathie oder zur Gesundheitsdiät zu bekehren. Oder was es sonst noch an Naturmethoden gibt. Unterdrücke dann, bitte, einen Aufschrei. Sage ihr, daß du eine Naturmethode kennst, in der du Experte bist, und sie wird wollen, daß du sie ihr demonstrierst — nach der Hochzeit natürlich. Aber du bist erfinderisch genug, ihre Phantasie zu wecken. Mit ein paar deftigen Ausdrücken und einigen zarten Berührungen machst du das im Handumdrehen. Selbst das netteste Mädchen trägt schmutzige Erwartungen in sich: die mußt du an die Oberfläche ziehen."

„Hinweg von mir, Satan", sagte Philip Harrington. „Wo wohnt sie?"

Nachdem diese gute Tat zur Linderung des Seelenschmerzes einer jungen Dame getan war, eilte Jonathan den Korridor entlang. In der Nähe des Ärztezimmers traf er Doktor Louis Hedler. „Louis", sagte er, „ich habe mir die junge Hortense Nolan angesehen. Sie erholt sich prächtig, und in etwa einem Jahr kann sie wieder ein Baby kriegen. Aber laß um Gottes willen den jungen Harrington sich um sie kümmern, oder einen Mann von ähnlichen Qualitäten. — Was ist denn los?" fügte er hinzu.

Hedler sah ernst und gemessen drein. „Komm ins Ärztezimmer, Jon", sagte er. „Dort sind wir ungestört. Ich habe privat mit dir zu reden." Er setzte sich gewichtig nieder und betrachtete Jonathan unheilverkündend. Jonathan kannte diesen Blick zur Genüge. Louis hatte ihm etwas Unangenehmes mitzuteilen, was ihm stets großes Vergnügen bereitete. Traurig, dachte Jonathan, daß ein dankbarer Mensch nicht dankbar bleiben kann. Er setzte sich ebenfalls, richtete sorgfältig seine Bügelfalten und schlug ein Bein über das andere. „Nun, was habe ich wieder angestellt, daß der Olymp Asche auf mein Haupt streut?"

„Du hast nichts getan, nichts wirklich Falsches, Jon. Du wirst dich erinnern, daß du neulich laut und öffentlich über Chirurgen gewettert hast, die operieren, obwohl mehr als nur der bloße Verdacht besteht, daß sie Drogen einnehmen?"

„Ich erinnere mich. Jemand, der unter der Einwirkung von Morphium, Heroin oder irgendeinem anderen Opiumderivat steht, sollte unter keinen Umständen ein Skalpell in die Hand nehmen, noch sollte er auch nur die harmloseste ärztliche Handreichung versehen. Die ärztliche Diagnose eines solchen Mannes dürfte von niemandem anerkannt werden. Wir sind hier kein Schlachthaus, und Gott weiß: es hat genug solcher Chirurgen gegeben, die geschlachtet haben — auch in unmittelbarster Vergangenheit."

„Nun gut, Jon. Ich war immer der Meinung, daß du zu hart urteilst. Du hast sehr neumodische Ansichten über die Gefahr, die süchtige Ärzte für ihre Patienten darstellen. Ich kann diese deine Meinung nicht teilen. Bis jetzt ist nicht erwiesen, daß diese Drogen schädlich sind oder die Leistungsfähigkeit des Menschen herabsetzen. Ein Arzt steht meistens unter mehr oder weniger starker geistiger Anspannung. Wenn er etwas einnimmt, das ihm hilft, sich zu entspannen, so ist das eine große Hilfe und zugleich ein Segen. Ich bin sicher, daß es echte Süchtige gibt, aber ich bin immer der Meinung gewesen, daß sie keinen Schaden anrichten und daß die unglücklichen Vorfälle in den Operationssälen hier im St. Hilda und drüben bei den ‚Freunden' auch passiert wären, wenn ein nicht süchtiger Chirurg das Messer geführt hätte. Und habe dieser Meinung auch schon vor dem Direktorium Ausdruck verliehen."

„Ganz falsch", sagte Jonathan hochrot vor Zorn. „Ich habe selbst die beiden letzten sogenannten unglücklichen Vorfälle untersucht. Es handelte sich um leichte Operationen ohne jede Komplikationen. Die Opfer — sie waren Opfer, denn sie wurden von Männern operiert, die unter Drogeneinwirkung standen — starben völlig unnötig. Ich arbeite gegenwärtig in einem Komitee mit Ärzten aus allen Teilen der Vereinigten Staaten zusammen. Wir wollen die Regierung zur Vorlage eines Gesetzes bewegen, das die wahllose Verabreichung von Suchtgiften durch Ärzte an Patienten verbietet und gleichzeitig süchtige Ärzte so lange an der Ausübung ihres Berufes hindert, bis sie geheilt sind."

Louis lächelte nachsichtig. „Ich bezweifle, daß selbst ein Politiker so dumm sein sollte, der Erlassung eines solchen Gesetzes zuzustimmen", sagte er. „Meiner Meinung nach sind diese Drogen ebenso harmlos und ungefährlich wie Aspirin oder Speisesoda. Ich habe sie nie ausprobiert — noch bin ich dem Alkohol verfallen." Und er sah nach diesen letzten Worten Jonathan bedeutungsvoll an. Dieser lachte kurz auf.

„So, jetzt erzählt man also auch noch herum, ich sei ein Säufer? Woher kommen diese schönen Nachrichten? Die gute Mavis?"

Louis war schockiert. „Jonathan! Wie kannst du so von einem lieben Menschen reden, der einmal deine unglückliche Frau war?"

„Nun komm schon, Louis. Mavis hat dieses Gerücht ausgestreut. Ich gebe zu, sie hatte etwas, wo sie einhaken konnte. Aber ich betrete nie einen Operationssaal, wenn ich innerhalb der vorhergehenden sechs Stunden etwas getrunken habe, und ich trinke nie in der Nacht vor einer Operation, außer ein kleines Bier oder ein Gläschen Wein. Ich trinke wenig in Gesellschaft, das weiß jeder. Nur Mavis kann herumerzählt haben, daß ich dem Wein ebenso tüchtig zuspreche wie der liebe Nächste, falls ich nachher keine beruflichen Verpflichtungen habe. Du willst doch nicht damit sagen, daß Alkohol für einen Nichtalkoholiker ebenso gefährlich ist wie Narkotika?"

„Ich betrachte sie alle als Narkotika." Louis gab sich überlegen.

„Das gilt auch von der Gefräßigkeit", sagte Jonathan. „Alles, was bis zum Exzeß getrieben wird, ist gefährlich. Aber die Drogen sind eine spezielle Sache für sich. Sie haben keine Grenze in sich. Ein Mann, der bei Tisch alles in sich hineinschlingt, dessen er habhaft werden kann, gelangt an einen Punkt, wo er nicht mehr essen kann, ein Trinker gerät an einen Grad der Betäubung, wo er keinen Schaden mehr anrichten kann. Nicht so der Rauschgiftsüchtige. Mehr verlangt nach mehr, das Verlangen steigt und steigt, bis der Mann schließlich stirbt oder verrückt wird. Ich bin kein Scharlatan, Louis, ich mache mich nicht selbst zum Richter über meine Mitmenschen. Jeder soll sich um seine eigenen Angelegenheiten kümmern. Jeder kann sich meinetwegen mit Alkohol, Frauen, Drogen oder Schlemmerei zugrunde richten. Das ist seine Sache. Wenn er aber zu einer Gefahr für die Unschuldigen wird, die ihm im Operationssaal auf Gnade oder Ungnade ausgeliefert sind oder ihm in seiner Praxis ihr vollstes Vertrauen schenken, dann hat er dort nichts mehr verloren, und seine Sache wird zu der unseren." Er machte eine Pause. „Ein Mann, der betrunken ist, kann das wohl schwerlich vor seinen Patienten verbergen, und sein Wartezimmer wird sehr bald leer sein. Welcher Laie aber ist imstande zu erkennen, daß sein Arzt rauschgiftsüchtig und daher unfähig ist?"

Louis hörte mit wachsendem Mißbehagen zu. Jonathan fuhr mit gesteigerter Wut fort: „Ein süchtiger Arzt unterliegt dem Selbstbetrug, das Einnehmen der Droge sei nur eine angenehme und harmlose Art, sich von seinen nervösen Spannungen zu befreien, und so verschreibt er die Droge ohne Zögern auch seinen Patienten gegen Kopfweh, Rückenschmerzen, eine wehe Zehe, Seelenkummer oder ein Abszeß auf dem Hintern. Und dem Patienten steht es frei, das Rezept immer wieder und wieder zu verlangen und das Zeug auch anderen zu geben. Hast du nicht die letzten Warnungen gelesen, Louis? Vier von zehn Ärzten sind süchtig und also eine Katastrophe für ihre Patienten. Drei von fünfzehn Laien in Amerika sind ebenfalls süchtig. Das sind die Tatsachen, Louis, gesammelt von verantwortungsvollen Ärzten und den zuständigen Senatoren und Kongreßmitgliedern in Washington übermittelt. Und es wird nicht lange dauern und wir werden ein Suchtgiftgesetz haben!"

Louis sagte noch immer nichts. Jonathan stand auf, schob die Hände in die Taschen und ging einige Male im Raum auf und ab. Dann blieb er vor dem älteren stehen. „Louis, wir haben Patienten hier gehabt, die süchtig waren, unglückliche Männer und Frauen, süchtig geworden durch die Drogen, die ihnen ihre Ärzte verschrieben hatten. Du hast etliche gesehen, wenn wir sie für die letzten Stunden isoliert haben. Viele von ihnen sterben unter Krämpfen, alle leiden furchtbare Qualen. Wir müssen sie ganz langsam entwöhnen, und nicht immer sind wir dabei erfolgreich. Die armen Teufel werden hier als ‚geheilt' entlassen, und ein paar Tage darauf stehen sie in der Apotheke mit einem Rezept, das ihnen ein Arzt verschrieben hat, der sich der Wahrheit einfach verschließt, oder das sie von einem anderen Süchtigen bekommen haben. Hast du nicht die Artikel im letzten Fachjournal gelesen?"

Louis rückte unruhig auf seinem Sessel hin und her. „Es wurde auch vor Aspirin gewarnt. Erwachsene und Kinder nahmen Überdosen und starben."

„Louis, um Gottes willen, begreife doch! Aspirin macht nicht süchtig. Wer einige Tabletten nimmt, auch wenn er dies regelmäßig tut, verfällt nicht dem Zwang, die Dosis zu erhöhen. Man stirbt an jeder Überdosis

— auch an einer Überdosis Wasser, das weißt du. Die Sucht aber ist keine bloße Überdosis. Sie ist ein nagender, tödlicher, zerstörerischer Appetit, der zu seiner Befriedigung immer mehr und mehr haben will, bis der Befallene tot ist, selber tötet oder den Verstand verliert. Juristen liefern alarmierende Berichte, daß die Rauschgiftsucht eine der häufigsten Ursachen von Verbrechen ist. Und du sprichst über Aspirin!"

Louis nahm aus einem silbernen Behälter eine Zigarre und zündete sie langsam und bedächtig an, ohne dabei Jonathan anzusehen. Als die Zigarre richtig zog, sagte er: „Du warst es, Jon, der darauf bestand, daß sechs unserer besten Chirurgen und zehn unserer besten praktizierenden Ärzte die Rechte entzogen wurden. Du hattest deine ‚Beweise', dein Zahlenmaterial und deine Zitate. Du hast das Direktorium beeindruckt; du warst leidenschaftlich in deiner Argumentation. Die Majorität nahm deinen Standpunkt ein. Sie wurden aus dem Ärztestab entfernt. Acht von ihnen waren gute Freunde von mir."

„Das tut mir leid, Louis, aber ich mußte es tun. Persönlich mochte ich diese Männer. Aber das Leben ihrer Patienten wog mehr."

„Du hättest dich vielleicht nicht als ein solcher Tugendbold gebärdet, wenn unter ihnen ein guter Freund von dir gewesen wäre. Da hätte das Pferd plötzlich eine andere Farbe angenommen."

„Nein, Louis, es hätte nicht. Private Gefühle hören dort auf, wo das Gemeinwohl beginnt."

„Gut. Freut mich, das zu hören", sagte Louis Hedler. Er lächelte, und Jonathan mochte dieses Lächeln nicht. Louis erhob sich. „Ich bedaure, dir mitteilen zu müssen, daß Tom Harper, einer unserer talentiertesten und geachtetsten Chirurgen — und einer deiner besten Freunde — glaube ich, — du hast ihm während der letzten beiden Jahre seines Studiums Geld geliehen — süchtig ist."

„Tom Harper?" Jonathan war wie vom Schlag gerührt.

„Derselbe. Hatte er es nicht sehr schwer bei seinem Studium? Sein Vater verkaufte die Farm, um das Studium zu finanzieren. War sie nicht schon verpfändet? Jedenfalls war die Summe nicht sehr hoch, die nach dem Verkauf übrigblieb. Tom mußte neben dem Studium arbeiten, um das Studiengeld bezahlen zu können. Seine Eltern starben in großem Elend — war es nicht Unterernährung? Aber Tom ist einer von jenen Ärzten, die zu diesem Beruf geboren sind und die keinen anderen Beruf ausüben können. So opferte sich seine Familie für ihn auf. Noch während seiner chirurgischen Ausbildung heiratete er. Ein nettes Mädchen, eine unserer Krankenschwestern. Auch sie arbeitete für ihn. Eine verzweifelte Lage. Er war bereits sechsunddreißig, als sie heirateten. Dann kamen Kinder . . . Sehr fatal. Gleich vier. Man sollte denken, ein Arzt könnte es sich besser einrichten. Wie alt ist er jetzt? Mitte Vierzig? Ja. Traurig. Laß mich nun die Tatsachen berichten, Jonathan, und die Fehler, die ihm im Operationssaal unterliefen. Vielleicht wirst du dann etwas toleranter, wie ich es mir gewünscht hätte, daß du bei meinen Freunden gewesen wärest."

Jonathan konnte es nicht glauben. Aber mit sichtlichem Vergnügen lieferte ihm der ältere Arzt mitleidlos die schrecklichen Beweise.

„Hier herein", sagte Jonathan zu Tom Harper. Sie gingen in eines der Untersuchungszimmer. Der fensterlose Raum war weiß gestrichen und enthielt einen Tisch, ein Schreibpult, zwei Sessel und einen Instrumentenschrank. Doktor Harper setzte sich, und Jonathan merkte seine unnatürliche Wachsamkeit. Er schloß die Tür und versperrte sie.

„Was soll das?" fragte Tom. „Willst du, daß uns niemand stört?"

„Allerdings", sagte Jonathan. Er blieb bei der Tür stehen und musterte von dort aus seinen Freund aufmerksam: dessen langen, dünnen Körper, die ungewöhnlich zarten Handgelenke unter den steifen Manschetten mit den billigen Manschettenknöpfen, die abgetragenen, aber sauber geputzten Schuhe, den dünnen Stoff seines altmodischen, mindestens acht Jahre getragenen Anzuges. Aber mehr noch als das haftete sein forschender Blick an dem knochigen, gelblichen Gesicht, an den tiefen Schatten unter den klaren grauen Augen, an den tiefen Furchen um den Mund, an der eigenartigen Fahle des hellbraunen Haares. Die asketische Nase schien besonders scharf und spitz, und der sonst so fröhliche Mund, der so viel Sympathie, Mitgefühl und Geduld in Worte zu fassen vermochte, war blutleer. Die Enden des kleinen braunen Schnurrbartes waren gewichst. Aus irgendeinem Grunde erregte das Jonathans Mißfallen. Er preßte die Lippen aufeinander und sah seinen Freund finster an. „Ich will nicht um die Sache herumreden, Tom. Du weißt, ich sitze im Direktorium. Der gute alte Louis Hedler hat mir mitgeteilt, daß mehr als begründeter Verdacht besteht, daß du Morphium aus unseren Beständen nimmst, zu denen alle unsere Ärzte bekanntlich leichten Zugang haben, weil es kein Gesetz gibt, das es ihnen verbieten würde. Für mich gibt es für deine Handlungsweise nur eine einzige Erklärung. Sag mir, ob ich recht habe."

Schweiß glänzte auf Tom Harpers blassem Gesicht, obwohl es im Raum nicht heiß war. Die Schweißtropfen auf seiner Stirn wurden zusehends größer. Tom sagte nichts. Jonathan ging zu ihm hin, nahm sein Kinn fest in die Hand und drehte das Gesicht gegen die Deckenbeleuchtung. Er sah ihm in die Augen und registrierte die kleinen Pupillen, schaute auf die Hände und sah deren Zittern. Zornig ergriff er Toms Arm, schob den Rockärmel hoch, öffnete die abgewetzte, säuberlich gestärkte Manschette und rollte den an mehreren Stellen ausgebesserten Ärmel des Hemdes hoch. Die Nadeleinstiche waren nicht zu übersehen. Jonathan ließ den leblosen Arm fallen. Doktor Harper hatte alles widerstandslos über sich ergehen lassen. Schlaff hing er in seinem Sessel.

„Vor einer Woche", begann Jonathan, und sah zu, wie sein Gegenüber langsam und wie im Traum den Hemdärmel wieder hinunterrollte, „hast du einen alten Mann operiert, Finley. Die Gallenblase. Eine unangenehme, blutige, gefährliche Sache, ich gebe es zu. Aber du bist berühmt wegen deiner Cholezystektomien, Tom. Du wagst Dinge, die ich mich nie trauen würde, aber du machst es mit leichter Hand, und vor allem mit Erfolg. Du hast bis jetzt keinen Patienten verloren. Sogar aus Philadelphia kommen die Leute, um sich von dir operieren zu lassen. Ich war oft genug Zeuge, wenn du das Skalpell führtest. Der alte Finley war eine Routinesache, keine Entzündung, keine Komplikationen. Das Operationsfeld war ziemlich offen, wie man mir gesagt hat. Und doch hast du ihm den Gallenkanal vermurkst. Als man dich bereits dringlich auf die daraus folgernden Symptome aufmerksam machte, sagtest du, es wäre nichts. Und der Mann starb. Du sollst die Sache recht leicht abgetan haben."

Doktor Harper befestigte mit umständlicher Genauigkeit seine Manschette. Den Kopf hielt er gesenkt. Die Schweißperlen fielen nun von seiner Wange zu Boden. Jonathan vermeinte das Tropfen zu hören.

„Der alte Finley ist nicht der einzige Fall, nicht wahr? Einfache Operationen — gar nicht deine gewohnt schwierigen Fälle —, und vier Patienten starben im vergangenen Monat. Louis bestand auf einer Autopsie, was bei uns ungewöhnlich ist. Er hatte dich schon seit Monaten im Verdacht. Und bei jedem Fall fanden sich Anzeichen fehlender Sorgfalt, Dummheit, unfaßbarer Stümperei. Louis mag dich nicht, Tom. Für ihn bist du einer von uns, und daher mußte man wachsam sein, dich beobachten, dich, wenn möglich, triumphierend entlarven und öffentlich mit Schimpf und Schande übergießen. Aber Louis, und darin muß man ihm Gerechtigkeit widerfahren lassen, ist nicht gewillt, einen Chirurgen operieren zu lassen, wenn der Verdacht besteht, daß dieser süchtig ist. Rauschgiftsucht unter Ärzten und Chirurgen ist heutzutage nichts Ungewöhnliches, und jeder nennt es ‚harmlos'. Wenn sie herumpfuschten, ohne daß ihnen der Patient unter den Händen wegstarb, oder wenn sie es trotz der Droge schafften, sagte Louis nie etwas. Er ließ sie weiter operieren. Aber nun scheint es, daß er genau den Grenzstrich zieht. Hast du gar nichts zu sagen, Tom?"

Doktor Harper sprach wie aus weiter Entfernung, so als ob alles bereits gleichgültig geworden wäre. „Ich habe mein Bestes getan. Ich weiß nicht, wie es passieren konnte — ich hatte keine Ahnung von den Autopsien. Ich hatte schon einen Verdacht — ja, ich hatte einen Verdacht, wie es passiert sein konnte. Ich wollte gar nicht operieren." Seine Stimme erstarb, als ob er todmüde wäre.

„Und warum hast du?" Jonathan war wütend und entsetzt zugleich und konnte sich nur mit Mühe zurückhalten, nicht loszutoben. „Du hast fünf unschuldige Leute umgebracht! Und da operierst du noch! Du bist ein Mörder, Tom. Wenn wir innerhalb unserer Zunft nicht dichthielten, würde dir zumindest eine Anklage wegen Vergehens gegen die Sicherheit des Lebens blühen. Warum hast du das getan, zum Teufel, sag mir das? Obwohl du wußtest, daß du süchtig bist und keine sichere Hand mehr hast?"

„Wollt ihr mich rausschmeißen?" Doktor Harper fuhr mit der Hand über die schweißbedeckte Stirn und starrte konsterniert auf den nassen Handrücken. „Das werdet ihr doch nicht tun, Jon." Er schüttelte mehrmals den Kopf. „Das werdet ihr nicht tun." Und er begann zu weinen. Jonathan fühlte Abscheu und Erbitterung in sich hochsteigen. Tom ließ den Kopf auf die Brust sinken und stammelte: „Jon, das werdet ihr doch nicht tun. Ich habe doch Thelma und die vier Kinder."

Jonathan setzte sich und schob die zu Fäusten geballten Hände heftig in die Taschen. „Tom, genau das werde ich tun. Ich werde gegen dich ein Disziplinarverfahren eröffnen, zusammen mit Louis, und du wirst so lange nicht operieren, solange wir nicht die Gewißheit haben, daß du völlig entwöhnt bist. Und du wirst keinen Operationssaal eines anderen Spitals mehr von innen sehen."

Der in sein Unheil Verstrickte weinte weiter leise vor sich hin, als ob er gar nicht zugehört hätte. „Das werdet ihr mir nicht antun, Jon. Ich brauche das Geld. Ich bin sechsundvierzig. Fünftausend Dollar habe ich in den vergangenen sechs Monaten verdient, fünftausend! Und viertausend gingen weg, um alte Schulden zu begleichen. Für nächste Woche habe ich sechs Operationen angesetzt, hundert Dollar eine — das sind sechshundert Dollar insgesamt. Ein Vermögen. Ich muß das Geld haben, Jon." Er sprach mit verzweifelter Eindringlichkeit.

„Du wirst keine davon machen. Du wirst niemanden mehr umbringen, hier nicht und auch anderswo nicht." Jon verkündete es langsam und bedeutungsvoll, denn sein Instinkt sagte ihm, daß weder wilde Verwünschungen noch Drohungen diesen Mann noch erschüttern konnten, daß da etwas viel Schrecklicheres als das Morphium am Werk war, was diesen Unglücklichen zugrunde richtete. „Hör mich an, Tom, wenn du kannst. Versuch, dich darauf zu konzentrieren! Schau mich an, verdammt noch einmal, und hör mit diesem weibischen Geflenne auf! Tom, ich bin dein Freund. Ich weiß, wie schwer du und Thelma es gehabt habt."

„Nein", sagte Doktor Harper. „Du weißt nichts, Jon. Schau mich an, ich bin ein toter Mann."

„Das glaub' ich nicht."

„Ja, es ist so. Die Bestie, wie du es immer nennst, hat mich in den Krallen. Ich habe Magenkrebs."

„Wer hat dir das gesagt?" Jonathans Stimme klang brutal, er wollte das Gehörte nicht zur Kenntnis nehmen.

„Jon, ich bin doch Arzt. Du weißt doch, wie wir sind. Wenn wir den Verdacht haben, daß etwas mit uns nicht in Ordnung ist, wenn da einige auffallende Symptome sind, sind wir die letzten, die ärztlichen Rat einholen. Und außerdem haben wir gar keine Zeit dazu. Wir wissen, was es darüber zu wissen gibt, und das macht uns zu Feiglingen. Nicht die Unwissenheit macht uns zu Feiglingen, wie die alte Spruchweisheit sagt. Es ist das Wissen. Vor einigen Monaten hat es angefangen. Längere Zeit hatte ich Schmerzen in der Magengegend verspürt, und ich sagte mir: ‚Wenn du so weitermachst, wirst du dir ein Magengeschwür einwirtschaften', und ich nahm die üblichen neutralisierenden Mittel. Ich begann abzunehmen, und Thelma sagte, ich arbeite zuviel, was auch stimmte. Du weißt, all die Schulden. Dann hatte ich keinen Appetit mehr, erbrach häufig, und ungefähr vor drei Monaten kam zum erstenmal der typische kaffeebraune Auswurf. Ich untersuchte mein Blut. Anämisch. Schließlich fand sich dann Blut im Stuhl. Der klassische Fall, kein Zweifel möglich. Meine Mutter starb an Krebs, du weißt es. Ich schlafe sehr schlecht, außer — ich nehme . . ."

Er machte eine hilflose, matte Bewegung mit seinen beiden dünnen, zittrigen Händen und ließ sie dann auf die Knie fallen.

„Du kennst die Prognose, Jon."

„Darf ich dich untersuchen?" Jonathan konnte es immer noch nicht glauben. Tom Harper stand wortlos auf und entkleidete sich. Entsetzt nahm Jonathan die Reihe der sich deutlich abhebenden Rippen auf Toms Brust wahr und die furchtbar dünnen Beine, die nur mit einer Hautschicht bedeckt zu sein schienen. Tom legte sich auf den Untersuchungstisch, und Jonathan untersuchte ihn gründlich, nur Fragen stellend, wenn es nötig war. Dann sagte er plötzlich: „Wenn wir doch Radiumbestrahlung hier hätten!"

„Und wenn wir hätten? Es wäre nur für die Ärzte interessant, nicht für mich, Jon. Nun?"

„Zieh dich an." Jonathan wusch sich lange die Hände, nur um etwas zu tun zu haben und sich zu beruhigen. Er trocknete sich die Hände mit einem frischen Handtuch ab und setzte sich nahe zu seinem Freund.

„Ich nehme an, du weißt, daß du bereits Metastasen in der Leber hast? Und in den supraklavikularen Lymphknoten und im Peritoneum?"

„Ich weiß. Als Arzt und als Patient."

„Warum um Gottes willen bist du nicht vor Monaten zu mir gekommen?"

„Um von dir die Wahrheit zu erfahren?"

„Ich habe zwei seltene Operationen gesehen, Tom — Magenresektionen. Ich kann das auch machen. Ich habe in New York bei einer assistiert."

Tom lächelte traurig. „Wie lange überlebte es der Patient?"

„Ein Jahr. Aber ein anderer lebt noch. Es geht ihm nicht gerade glänzend, aber er lebt."

„Wenn er Arzt wäre, könnte er seinen Beruf ausüben?"

„Nein. Ehrlich gesagt, nein."

„Du siehst", sagte Tom, „es hätte keinen Wert für mich, selbst wenn ich am Leben bliebe. Was mache ich ohne die Medizin? Ich kann nichts anderes. Und ich habe eine Frau und Kinder. Jedenfalls weißt du's jetzt. Mit Morphium kann ich mich durchbringen. Es macht den Schmerz erträglich. Ich will noch so viel Geld verdienen, daß ich Thelma ein wenig Spielraum verschaffen kann. Für fünftausend Dollar habe ich eine Lebensversicherung abgeschlossen. Mehr konnte ich mir nicht leisten. Die Buben werden keine Starthilfe haben, aber sie sind wenigstens gesund. Ich muß weitermachen, Jon. Ich kann jetzt nicht aufhören."

Jonathan sah auf seinen schmalen, blank gewichsten Stiefel hinunter. Er schwang ihn vor und zurück und spitzte die Lippen, als ob er pfeifen wollte. Er schien auf lässige Art nachdenklich, doch in Wahrheit überlegte er schnell. Tom Harper zog sich fertig an. Auch er wusch sich mechanisch die Hände, um sich dann damit seufzend sein dichtes braunes Haar zu glätten.

„Tom", sagte Jonathan, „du bist doch auf dem Land aufgewachsen. Du hast doch, bis du an die Universität gingst, auf dem Hof deines Vaters gelebt. Vor zwölf oder vierzehn Jahren hat er dann den Hof verkauft, damit du weiterstudieren konntest. Aber du verstehst etwas von der Landwirtschaft.

Ich besitze drei Höfe. Einer davon umfaßt etwa zweihundert Morgen. Ich habe dort einen Pächter, der in seinem eigenen Haus wohnt. Der Hof selbst ist ziemlich groß und behaglich, hat Fließwasser und wurde renoviert. Es ist ein sehr altes, aber schönes Bauernhaus. Ein Gemüsegarten ist dabei. Dreihundert Stück Vieh, Holsteiner. Meine Zuchtstiere haben eine Menge Auszeichnungen gewonnen und meine Kühe auch. Der Hof ist mit allem ausgestattet. Ich beziehe ein gutes Einkommen daraus, selbst nachdem ich dem Pächter seinen Anteil ausbezahlt habe — und es ist ein sehr großzügiger Anteil. Er ist ein guter Mann, hat Familie, und sein Haus ist nicht weit vom Haupthaus. In drei Kilometer Entfernung steht eine gute Schule. Die Hauptstraße ist in der Nähe — keine Stunde Fahrt bis Hambledon. Einen Kilometer zur Kirche. Hügeliges Gelände.

Ich will, daß du auf diesen Hof ziehst, Tom, und Thelma — die ja auch ein Landkind ist — und ihre vier Kinder mitnimmst. Ein gesundes und ruhiges Leben für euch alle. Und ich garantiere dir und bin bereit, es dir schriftlich zu geben: Thelma kann den Hof bewohnen, solange sie lebt, sofern sie nicht wieder heiratet; die Kinder ebenso, bis sie heiraten oder einen Beruf ergreifen. Das Einkommen aus dem Hof, nach Abzug des Anteils des Pächters, gehört dir, solange du lebst, und

Thelma, solange sie lebt oder bis sie wieder heiratet — was sie ja vermutlich nicht tun wird. Es gibt keine Pferdefüße dabei; es ist alles so, wie ich es eben gesagt habe.

Es gibt bei deinem Leiden temporäre Remissionen, Tom. Ein friedliches Leben ohne Anstrengungen und die Gewißheit, daß für eure Kinder gesorgt ist — aus dem Einkommen kann Thelma ja etwas für ihre Erziehung zurücklegen —, wird dein Leben vielleicht um ein paar Monate verlängern. Vor allem wirst du Seelenruhe haben. Außerdem werde ich mich in den nächsten Tagen darum kümmern, daß alles angeschafft wird, was auf dem Hof noch fehlt, einschließlich Saatgut, Dünger, neue Maschinen und so weiter. Dafür komme ich auf. Du wirst also keinerlei Sonderausgaben haben. Sollte Thelma vor dir sterben, können deine Kinder unter den gleichen Voraussetzungen dort wohnen bleiben. Na, was hältst du davon?“

Tom antwortete nichts. Er sah Jonathan nur in gequälter Betäubung sprachlos an; in seinem ausgemergelten Gesicht arbeitete es. Er rang unaufhörlich die Hände.

„Ein Stück weiter die Straße hinunter liegt das Dorf Russelville. Dort lebt der alte Dr. Jonas und praktiziert, so gut er kann. Aber er ist ein tüchtiger Mann, ein richtiger Dr. Butzemann. Hie und da, wenn du dich wohl fühlst, kannst du ihm aushelfen — gelegentlich. Keine nächtlichen Besuche natürlich, auch keine Entbindungen und Operationen. Einfache Diagnosen. Die Landbevölkerung kennst du ja.

Deine Sucht, Tom, ist auf deine Schmerzen zurückzuführen, und ich weiß, daß du sie nur mit Morphium lindern kannst. Nimm dir also einen guten Vorrat mit, einen reichlichen Vorrat, verwende es jedoch nur, wenn es gar nicht mehr anders geht. Du weißt ja genauso gut wie ich: solange ein Krebspatient es noch halbwegs aushält, sollte man die Dosen so niedrig wie möglich halten. Sonst hilft es später gegen die Schmerzen nicht mehr — bis zum Tode nicht mehr. Und den wollen wir doch, soweit es geht, hinausschieben — um Thelmas und deiner Kinder willen. Ohne Aufregungen, ohne ärztliche Pflichten, wird es dir am Land möglich sein, die Dosen lange Zeit niedrig zu halten und dir die wahre Wohltat des Morphiums — für das Ende aufzusparen.“

Er erhob sich. Er konnte es nicht über sich bringen, seinem Freund ins Gesicht zu schauen. „Soll ich es Thelma sagen? Wäre dir das lieber? Oder soll ich dich jetzt begleiten, und wir sagen es ihr zusammen? Thelma ist eine vernünftige Frau.“

„Jon“, sagte Doktor Harper, und seine Stimme klang rauh und heiser.

„Ja, Tom?“

„Ich muß dir etwas erzählen, Jon. Ich kann dein Anbot nicht annehmen, bevor ich dir das erzählt habe. Vielleicht wirst du es zurückziehen. Ich könnte es dir nicht verübeln.“

Jonathan lächelte. „Na schön, schieß los. So wichtig wird es schon nicht sein."

Tom warf den Kopf zurück; sein hagerer Hals ragte aus dem steifen weißen Kragen hervor. Er starrte zur Decke und stöhnte. Dann bedeckte er sein verzerrtes Gesicht mit den Händen und sprach durch sie hindurch.

„Bevor du verhaftet wurdest — einige Wochen vorher —, war es allgemein bekannt, daß du dich zur fraglichen Zeit — nicht in Hambledon aufgehalten hattest. Ich ging zu Humphrey Bedloe und sprach mit ihm unter vier Augen. Ich erklärte ihm feierlich, ich würde, sollte er das, was ich ihm mitgeteilt hatte, weitererzählen, oder mich vor Zeugen befragen, glatt ableugnen — selbst vor Gericht.

Jon, ich sagte Humphrey Bedloe, ich hätte dich hier in Hambledon an dem Tag gesehen, da deine Frau ihrem Onkel von der Abtreibung erzählte, die zu ihrem Tod führte."

Wie vom Donner gerührt, stand Jonathan in der Mitte des Zimmers, und sein Gesicht nahm einen furchterregenden Ausdruck an.

„Humphrey setzte den Sheriff davon in Kenntnis, ohne meinen Namen zu nennen. Er wußte, daß es seine Pflicht war. Er sagte nur, er habe einen ‚Hinweis' erhalten. Auf Grund dieses ‚Hinweises' wurdest du verhaftet, Jon. Es ist kaum zu glauben, daß so etwas ohne eidesstattliche Erklärung und Befragung durch die zuständigen Behörden geschehen konnte, aber es geschah. Diese Stadt haßt dich, Jon. Sie hat dich immer schon gehaßt — die große Mehrheit, wenn schon nicht deine Patienten — und zum Teil sogar die. Sie waren bereit, das Ärgste von dir zu glauben. Einfach aus Neid, und weil du — du hast manchmal eine verletzende Art an dir und kein Verständnis für Lügen und Heuchelei und Anmaßung und Bosheit, ohne die die meisten Menschen nicht auskommen. Und du sagst den Leuten, was du über sie denkst, und das ist unverzeihlich."

Er ließ die Hände wieder auf die Knie fallen und senkte völlig gebrochen den Kopf.

„Meine Mitteilung an Doktor Bedloe und Martin Eatons Stellungnahme — das genügte. Eines allein hätte vielleicht nicht diese Wirkung gehabt. Aber mein ‚Hinweis' — der wog schwer, Jon."

„Was hast du Bedloe im einzelnen erzählt?"

„Ich — nun, ich sagte ihm, ich hätte in der Nachbarschaft zu tun gehabt und dich nicht weit von deinem Haus gesehen. Ich sagte, ich hätte dich in Gedanken versunken am Flußufer entlang gehen sehen. Du — du hattest eine Tasche bei dir — ein Gepäckstück — und warst zum Bahnhof unterwegs. Bedloe zweifelte nicht an meinen Worten. Ich hatte ihm nie Anlaß gegeben, mir nicht zu glauben, und er hat auch heute noch keinen Grund, mir zu mißtrauen. Nimm es ihm auch nicht übel, daß er dich suspendierte, bevor noch Anklage gegen dich erhoben wurde. Daran war ich schuld."

„Du Schweinehund", sagte Jonathan mit fast mitfühlendem Staunen. „Du Hurensohn."

Er ging zur Tür und schloß sie auf. „Ja", fuhr Tom fort, „ja, ja. Ich bin noch viel schlechter. Du löschtest die fünftausend Dollar, die ich mir von dir lieh. Du nanntest es ein ‚Geschenk an die Medizin', eine ‚öffentliche Pflicht'. Genau das wollte ich darin sehen; ich ließ den Gedanken in mir nicht aufkommen, daß es die größte Freizügigkeit und Wohltat war, die ein Mensch dem anderen erweisen kann. Ich redete mir ein, daß du nur deine Pflicht tatest, daß sozusagen ich dein Wohltäter war und nicht umgekehrt. So sind die Menschen, Jon, so sind sie, und ich glaube, das hast du nie begriffen."

Jonathan wandte Tom Harper den Rücken zu. Er legte seine Hand auf die Klinke und begann sie niederzudrücken.

Vor wenigen Wochen noch, vor Tagen vielleicht, hätte er sie niedergedrückt und das Zimmer verlassen. Das wäre das Ende der Episode gewesen, und es wäre nichts weiter zu tun geblieben, als dafür zu sorgen, daß Tom Harper entlassen werde und seine Patienten aufgäbe. Doch in letzter Zeit hatte sich etwas Dunkles, Schattenhaftes, noch Unbekanntes in den Hintergründen seiner Seele entkrampft und gelöst. Er blieb an der Tür stehen und drehte sich zu Tom Harper zurück.

„Warum? Sag mir bloß, warum. Ich möchte es wissen."

Ein verzweifelnder Seufzer entrang sich Toms Brust. „Mein Vater verkaufte seinen Hof, um mich studieren zu lassen. Nach der Hypothek blieb nicht viel übrig. Dein Vater kaufte den Hof vor etwa vierzehn Jahren. Er gehört jetzt dir. Du warst immer reich, das kam auch noch dazu. An der Universität mußtest du nicht Hunderte einsame, dunkle Nächte durchstehen, da du dich fragtest, ob du's schaffen würdest oder nicht, da du hungertest, da du dir keinen Schlaf leisten konntest, weil du arbeiten mußtest, um etwas dazuzuverdienen. Es war nicht deine Schuld, Jon, daß ich das durchmachen mußte, und mein Vater auch, aber so war es eben. So sind die Menschen. Ich nahm deine fünftausend Dollar — so sind die Menschen."

„Ja, das stimmt", gab Jonathan zu. „Ich hatte schon immer eine niedrige Meinung von der Menschheit, und du, Harper, hast sie jetzt um ein paar tausend Klafter tiefer sinken lassen. Ich war um zehn Jahre — oder noch mehr — jünger als du. Ich wußte nicht, wann mein Vater die Höfe erworben hatte, die er mir hinterließ. Deine Anschuldigungen gehen ins Leere, Harper. Mein Vater kaufte den Hof, weil er ihm von einem Makler angeboten wurde. Er wußte nicht, warum der Hof verkauft wurde, und es kümmerte ihn nicht. Warum auch? Wäre es nicht deines Vaters Hof gewesen, würde es ein anderer gewesen sein. Mein Vater liebte das Land. Ich wußte nichts davon. Mein Vater war der einzige, der diesen Hof kaufen wollte und den geforderten Preis bezahlte. Er war weder hartherzig, noch bewußt grausam. Aber du dachtest das, nicht wahr?"

„Ich zwang mich dazu, so zu denken, Jon. Ich muß wahnsinnig gewesen sein. Thelma hält dich für den wunderbarsten Menschen in der Welt, und manchmal fühlte ich mich versucht, ihr zu sagen: ‚Wenn du nur wüßtest, mein Schatz!' "

„Jedenfalls hast du etwas für dein Ego getan! Damit stellst du dich mit Jonathan Ferrier auf eine Stufe und sogar noch höher. Das Komische ist, für mich warst du nie ‚tiefstehend', Harper; ich habe dich nie als minderwertig angesehen! Für mich warst du immer ein überdurchschnittlich guter Arzt und Chirurg. Wir standen zum mindesten auf gleicher Stufe. Ich war stolz darauf, dir helfen zu können — denn du gehörtest einem Berufsstand an, der mir der wichtigste auf Erden zu sein scheint.

Jetzt, da ich einige Musterstücke kennengelernt habe, bin ich nicht mehr davon überzeugt. Und dazu hast du dein Scherflein beigetragen, Harper, ein gehöriges Scherflein."

„Ich weiß, Jon, ich weiß. Du kannst mir alles sagen. Ich verdiene es nicht besser."

Der Kranke ließ den Kopf auf die Brust fallen. Voller Haß und Bitterkeit betrachtete ihn Jonathan und dachte: er möchte, daß ich Mitleid für ihn empfinde, ihm auf die Schulter klopfe, herzlich lache und ihm sage, da wäre doch nichts dran und mein Anbot mit dem Hof bliebe natürlich aufrecht!

Dann kam ihm ein anderer Gedanke. Tom Harper war nicht unter Zwang gestanden; nur sein Gewissen hatte ihn dazu getrieben, ihm seine Schuld zu beichten. Er hätte nur schweigen — und annehmen müssen. Dennoch hatte er bewußt den vielleicht einzigen Ausweg aus seiner verzweifelten, katastrophalen Lage aufs Spiel gesetzt. Um seine Ehrenhaftigkeit wieder herzustellen, um sein Unrecht gutzumachen, hatte er sich selbst, seine Frau und seine Kinder geopfert.

Langsam kam Jonathan wieder ins Zimmer zurück. „Warum hast du mir das jetzt überhaupt erzählt?"

„Ich mußte es — nach deinem Anbot. Glaubst du denn, ich hätte es annehmen können — selbst für Thelma und die Kinder — und vergessen, was ich dir aus Neid, Böswilligkeit und Gehässigkeit angetan habe, wo du doch völlig ohne Schuld warst und mir nichts als Wohltaten erwiesen hast?"

„Ich verstehe", sagte Jonathan und starrte stirnrunzelnd auf den Boden.

„Die Menschen denken nicht mit dem Verstand", murmelte Tom Harper. „Sie denken mit ihren Empfindungen, ihren Gefühlen. Darum ist die Welt, wie sie ist. Ich nahm deine Freundschaft hin und alles, was sie in sich schloß, doch weil du reich bist und ich arm war und bin, darum, glaube ich, haßte ich dich, während ich dich gleichzeitig verehrte und hochschätzte und mich dir freundschaftlich verbunden fühlte. Kompliziert, nicht wahr?"

„Nicht so sehr. Wir sind eine ziemlich problematische Rasse, und ganz plötzlich beginne ich, so halb und halb an das Dogma von der Erbsünde zu glauben."

Es war ganz absurd, doch unvermittelt kam ihm ein Satz aus einem alten Gebet in den Sinn, das er als Kind gelernt hatte: „Und vergib uns unsere Schuld, wie auch wir vergeben unseren Schuldnern."

Ein wunderschöner Gedanke, aber wirklichkeitsfremd und, in gewissem Sinne, sogar falsch. Wer ein entsetzliches Verbrechen nicht verzeiht, das an ihm begangen wurde und unter Umständen seinen Tod zur Folge gehabt haben könnte, dem werden also seine kleinen läßlichen Sünden auch nicht verziehen? Verrückte Idee, dachte Jonathan widerstrebend belustigt. In einer vernunftbegabten Welt sollte die Gerechtigkeit Maß für Maß walten. Die Alten waren da vernünftiger: Aug um Auge, Zahn um Zahn. Wenn ich mich recht entsinne, erwartet man jetzt von einem, er sollte den Schweinehunden das ärgste Unrecht verzeihen und obendrein noch zu Gott beten, auch Er möge ihnen vergeben. Für Christus war das sicherlich das Richtige, aber der Mensch ist kein Gott. Kein Wunder, daß es praktisch keine Christen mehr in der Welt gab. Das Ganze war vernunftwidrig und unlogisch und widersprach der menschlichen Natur.

„Also schön, erhebe dich nur von deinen Knien", sagte Jonathan in einem Ton, in dem tiefste Verachtung lag. „Ich erteile dir Absolution. Du kannst den Beichtstuhl verlassen. Jetzt wollen wir zu Thelma gehen. Und wenn du ihr auch nur ein Wort von dem sagst, was du mir erzählt hast, wirst du es für den Rest deines Lebens bedauern. Du wirst Thelma nicht mit deinem Verbrechen belasten, damit du dich auch noch in ihrer Verzeihung suhlen kannst und am Ende gar noch in ihrem Mitleid!"

„Jon", sagte Tom, „das schwöre ich dir, und du weißt, daß ich nicht mehr lange zu leben habe: ich hätte nie zugelassen, daß du verurteilt wirst. Ich bildete mir ein — ich muß verrückt gewesen sein —, die Haft würde dir, wie man sagt, einen Dämpfer aufsetzen, und dich weniger überheblich und stolz und anmaßend machen. Ich weiß, das warst du alles nicht. Ich dachte, du wärst es. Denn, so wahr mir Gott helfe, an deiner Stelle wäre ich es gewesen — ich und zehntausend andere."

„Halt doch den Mund", versetzte Jonathan. „Ich weiß nicht, wer dir verziehen hat. Ich jedenfalls nicht. Ich werde tun, wozu ich mich erbötig gemacht habe, aber nicht deinetwegen, Harper. Wenn es nur um dich ginge, ich ließe dich verrecken und würde keinen Gedanken mehr an dich verschwenden. Aber warum sollten deine unschuldige Frau und deine Kinder leiden?" Sein dunkles Gesicht war rot vor Wut.

„Weiß du, daß du mir damit Buße für den Rest meines Lebens auferlegst, Jon? Ob du es je über dich bringen kannst, mir zu verzeihen?"

„An einem langen Sommertag, wenn ich alt und senil bin, Harper. Wenn du schon längst tot und vergessen sein wirst — selbst von mir."

„Haben Sie schon gehört, was Jon Ferrier diesem armen Tom Harper angetan hat — einem seiner besten Freunde? Stellen Sie sich vor, nur weil Tom hie und da ein bißchen Morphium genommen hat, wurde er gezwungen, seinen Dienst im Krankenhaus aufzugeben!" So äußerten sich Jonathans Kollegen und „Freunde", schüttelten den Kopf und gluckten mitleidsvoll. „Jon war ja immer schon ein rachsüchtiger Mensch. Ich werde nie vergessen, wie er es vor Gericht ablehnte, für Jim Spaulding einzutreten, als der arme Jim von diesem nichtsnutzigen Arbeiter wegen Pfuscherei verklagt wurde, weil er ihm den falschen Arm amputiert hatte. Jim war so gut wie ruiniert. Vor Gericht erklärte Jon, Jim müsse mit seinem letzten Heller Schadenersatz leisten! Jim, einer der besten Chirurgen im ganzen Land! Und wer war denn schon dieser Arbeiter mit dem fremdländischen Namen? So ist Jon! Höchste Zeit, daß er aus der Stadt verschwindet."

Später liefen Gerüchte um, Jonathan habe Tom Harper als Taglöhner auf einem seiner Höfe beschäftigt, und Hambledons Neid und Haß machten sich immer lautstärker Luft. Senator Campion tat sich dabei besonders hervor. Er vermerkte den Vorfall in seinem kleinen schwarzen Notizbuch und lächelte zufrieden.

ZWEIUNDZWANZIGSTES KAPITEL

Als Jonathan sechs Tage später sein Konsultorium betrat, freute er sich für Robert Morgan. Im Wartezimmer war jeder Stuhl besetzt, Robert im Untersuchungszimmer voll beschäftigt, und selbst in der Halle standen wartende Patienten. Er ging in sein Büro; Robert folgte ihm und sagte: „So ein Andrang! War das immer so?"

„Ja. Nett, nicht wahr? Die Nachricht, daß Sie unverheiratet und wohlhabend sind und gut aussehen, muß sich herumgesprochen haben, denn ich habe da draußen eine ganze Anzahl gut gekleideter Mamas gesehen, die zweifellos alle über heiratsfähige Töchter verfügen. Zwei oder drei junge Damen sind auch da." Jonathan nahm den Hut ab und fuhr sich mit dem Taschentuch über die gefurchte Stirne. „Vier Uhr und der abendliche Rush hat noch gar nicht eingesetzt."

Robert griff nach einer Visitenkarte, die auf dem polierten Tisch lag. „Hier haben wir eine junge Dame, die mich interessiert. Eine Mrs. Edna Beamish. Hübsch, und hat anscheinend Geld. Sie will sich nur von Ihnen untersuchen lassen. Sie deutet an, es handle sich um etwas ganz Besonderes."

„Noch nie von ihr gehört." Jonathan nahm die Karte und las die Adresse. „Kensington Terraces. Das ist eines der wenigen Etagenhäuser, die wir in der Stadt haben — unfreundliche Dinger, Vorboten der glänzenden Zukunft, da die Menschen im Ameisenhaufen leben werden. Dieses ist noch eine recht nette Anhäufung von sehr teuren Wohnungen — warum nennt man sie jetzt ‚Appartements'? Wohnungen. Ich war mal dort. Sehr luxuriös, von Gärten umgeben. Hm. Edna Beamish. Zweiundzwanzig Jahre alt. Haben Sie eine Ahnung, was mit ihr los ist?"

„Nein. Ich finde, sie sieht sehr gut aus, sehr hübsch und elegant, und hat eine natürliche, gute Farbe. Etwas auffallend. Ich sagte ihr, Sie würden keine neuen Patienten nehmen, aber sie meinte, sie hätte soviel von Ihnen gehört und wollte nur mit Ihnen sprechen. Schauen Sie sich sie halt einmal an. Sie scheint mit Glücksgütern gesegnet zu sein." Robert schmunzelte. „Es zahlt sich aus, und sie macht mir den Eindruck, sie hätte nicht allzuviel dagegen, wenn ich sie einladen würde, einen sittsamen Abend mit mir zu verbringen."

Jonathan ging ins Wartezimmer. „Mrs. Beamish?" sagte er und sah sich unter den Wartenden um. Eine anmutsvolle junge Dame erhob sich. Sie trug ein einfaches, aber offensichtlich teures, eng anliegendes blaßlila Seidenkleid, das in einer Masse raschelnder Volants ihre Knöchel umhüllte, und, dazu passend, einen breiten blaßlila Seidenhut mit rosafarbenen Rosen. In ihren weißbehandschuhten Händen hielt sie einen mit Rüschen versehenen Sonnenschirm in der Farbe ihres Hutes und Kleides — oder sollte man das eher als Toilette bezeichnen? fragte sich Jonathan. Sie besaß einen wahrlich attraktiven Busen, auf dem eine lange Kette von in Gold gefaßten Amethysten ruhte; die gleichen Steine schmückten ihre Ohren.

Ihr dichtes, blondes Haar war ausgezeichnet frisiert. Sie hatte ein kleines, schelmisches Gesicht, sehr pikant und lebhaft, mit großen, hellbraunen Augen und langen Wimpern, und Grübchen in ihren rosigen Wangen. Mit verführerischem Lächeln musterte sie Jonathan schnell von Kopf bis Fuß. „Mrs. Beamish", murmelte sie und seufzte.

Jonathan war verblüfft. „Ich nehme keine neuen Patienten, Mrs. Beamish", sagte er. „Das hat man Ihnen schon gesagt. Aber Doktor Morgan wird sich Sie ansehen." (Bei der Figur, ein reines Vergnügen.) Er wies sie mit einer Handbewegung an, ihm vorauszugehen, und sie rauschte mit seidigem Geknister und in einer Wolke starken und aufreizenden Parfums, das Jonathan angenehm in die Nase stieg, an ihm vorbei.

Sobald sie mit ihm allein im Büro war, drehte sie sich um, stellte abermals ihre Grübchen zur Schau, seufzte und lächelte. „Ach, Herr Doktor!" Ihre Stimme war hell und einschmeichelnd. „Es tut mir schrecklich leid, aber ich konnte einfach nur zu Ihnen kommen — nach all dem, was ich von Ihnen gehört habe." Die feinen Wimpern flatterten wie Motten und warfen zarte Schatten auf ihre vollen Wangen. „Wirklich!"

„Das ist doch Unsinn", sagte Jonathan und nahm ihre Figur nochmals in Augenschein. „Die Stadt ist voll guter Ärzte, und Doktor Morgan ist einer der Besten. Er gibt es selbst zu."

Sie trillerte entzückt und klopfte Jonathan kokett mit dem Sonnenschirm auf den Arm. Sie schüttelte den Kopf. „Nein, Herr Doktor, ich will nur Sie haben. Wie ich hörte, ist Doktor Morgan unverheiratet —" Sie ließ diese wundervollen Wimpern schamhaft über die Augen fallen.

„Ach", sagte Jonathan, „das bin ich auch. Ich habe übrigens noch nie das Vergnügen gehabt, Sie zu sehen."

„Ich lebe erst seit wenigen Monaten in Hambledon", entgegnete die junge Dame und machte eine kleine Geste mit der Hand, wodurch sie das Parfum neuerlich in Bewegung brachte. „Ich habe eine schwache — Brust. Man hat mir in Scranton gesagt, daß mir die Luft hier guttun würde."

Und eine sehr attraktive Brust, dachte Jonathan beifällig. „Lächerlich. Natürlich ist Scranton qualmiger, aber nicht allzusehr. Sie kommen also aus Scranton?"

„Ja. Aber ich bin dort auch nicht sehr bekannt, Herr Doktor. Wissen Sie, ich komme aus einer ganz kleinen Arbeiterfamilie. Arm, aber ehrlich. Ich habe gut geheiratet. Einen Herrn aus — aus Chicago. Er war zu Besuch in Scranton, und es gefiel ihm dort — und so heirateten wir."

„Und Hambledon gefällt ihnen besser?"

Sie seufzte abermals, und ihr lebhaftes Gesicht legte sich in Trauerfalten. „Ich bin Witwe."

„Verzeihen Sie", sagte Jonathan. Ihr Seufzen war betörend.

„Eine einsame Witwe."

„Oh, das bezweifle ich!" bemerkte Jonathan galant. Aber sie schüttelte den Kopf und ließ ihn einen versteckten Blick auf ihre Wimpern und ihr Stumpfnäschen werfen. Ein bezaubernder Fratz! Jonathan begann sich ein Bild von der Dame zu machen und bezweifelte aufrichtig, daß sie so untröstlich war und daß sie den Vorschlag zurückweisen würde, irgendwo ein stilles, vertrauliches, kleines Abendessen mit gutem Wein einzunehmen. Er kannte genau das richtige Lokal, und kannte es gut.

„In einer fremden Stadt ist es für eine Frau allein sehr schwer, nette

Leute kennenzulernen", meinte Mrs. Beamish mit einem leidenden, aber verführerischen Blick. Jetzt hörte Jonathan auch den Akzent heraus: gewöhnlich und unkultiviert, aber dennoch ansprechend. Bei einer so hübschen Frau war Gewöhnlichkeit nicht zu verachten; im Gegenteil.

„Nun", sagte er und sah auf die Karte, als ob er etwas überlegen müßte, „wenn Sie darauf bestehen, Mrs. Beamish. Aber ich warne Sie — wenn Ihr Leiden eine längere Behandlung erforderlich macht, muß ich Sie an Doktor Morgan weitergeben."

„Sie sind ein Schatz!" rief sie aus. Robert kam mit einem Patienten aus dem Untersuchungszimmer und schien erstaunt und erfreut, Mrs. Beamish zu sehen. „Ich werde Mrs. Beamish untersuchen", erklärte Jonathan mit ernster Stimme und zwinkerte Robert zu. „Wenn Sie nichts dagegen haben, Herr Kollege. Dann gehört sie Ihnen."

„Es wird mir ein Vergnügen sein", sagte Robert. Das Mädchen kicherte aber nicht unangenehm, und warf Robert einen koketten Blick zu. Jonathan öffnete die Tür und ließ die junge Dame vorgehen. Robert sah ihnen nach, schüttelte den Kopf und lächelte.

„Machen Sie sich bitte frei", forderte Jonathan sie auf, legte seinen Rock ab und zog eine weiße Jacke an. Mrs. Beamish inspizierte den peinlich sauberen Raum mit dem großen Tisch in der Mitte und den bedrohlichen Reihen von Wandschränken mit furchterregenden Instrumenten. Sie schien etwas eingeschüchtert. „Freimachen?" fragte sie.

„Na, ich kann Sie doch schwerlich untersuchen, solange Sie Ihr Kleid und Ihr Korsett anbehalten, nicht wahr?" entgegnete Jonathan. „Ich gehe inzwischen in das andere Sprechzimmer, während Sie zumindest das Kleid ausziehen und das Korsett lockern."

In ihren weißen Unterröcken aus Seide und Spitze und dem Kamisol, das nur aus Bändern und Stickerei bestand, schien sie ihm noch verführerischer, als er wenige Minuten später zurückkam. Der Busen kam sehr gut ohne die Fischbeinstäbe aus. Sie hatte auch den Hut abgenommen, und ihr Haar war hell und flaumig. Höchst lecker, dachte Jonathan. Er setzte sich neben sie und nahm eine ihrer kleinen, rundlichen Hände in die seinen. „Also, jetzt erzählen Sie mir mal, was Ihnen fehlt", sagte er. „Ist es wieder die Brust?"

Sie senkte den Blick. „Eigentlich nicht, Herr Doktor. Ich fürchte, es ist eine Frauensache. Innerlich."

„Dort ist es meistens", scherzte Jonathan. „Ich hab's noch nie woanders gefunden. Also, meine liebe Mrs. Beamish, ich bin Arzt, und sicher wurden Sie auch schon von anderen Ärzten aus diesem oder jenem Grunde untersucht. Wollen wir die Schamhaftigkeit für ein paar Minuten beiseite lassen und auf den Kern der Sache kommen?"

Sie lachte zimperlich, beantwortete seine Fragen aber recht bereitwillig. Sie hatte rechts oft Schmerzen, jeden Monat. „Vermutlich nur der

Follikelsprung", meinte Jonathan. „Zuweilen ein wenig schmerzhaft." Ja, aber es war ein furchtbarer Schmerz! Sie schrie vor Schmerz, wirklich. Nichts half dagegen. Das ging tagelang so. Sie konnte nicht schlafen, nicht liegen und nicht essen. Es war entsetzlich. Sie wurde ganz blaß.

Ovarialzyste? dachte Jonathan. Er stellte weitere Fragen. Ihre Antworten klangen vage. Die Kenntnisse, die sie von ihrer eigenen Anatomie besaß, waren auf groteske Weise mangelhaft. Als er vom Eierstock sprach, starrte sie ihn verständnislos an. „Sie wissen doch", sagte er scherzend, „wo die Eier sind."

„Eier? Ich bin doch keine Henne, Herr Doktor!"

„Trotzdem legen Sie jeden Monat ein Ei, glauben Sie mir", entgegnete er lächelnd. Sie machte ein beleidigtes Gesicht. Er gab ihr einen freundlichen Klaps auf ihre seidig glatten Schenkel. „Ich werde Sie jetzt untersuchen. Legen Sie sich bitte auf den Tisch. Und hier sind die Steigbügel. Stecken Sie Ihre Füße da hinein."

„Steigbügel?"

„Sind Sie noch nie so untersucht worden?"

„Nein, es war immer nur meine Brust."

„Die schauen wir uns nachher auch noch an. Seien Sie doch nicht so steif. Legen Sie sich nieder. So, brav. Decken Sie sich mit diesem Tuch zu. Und jetzt die Füße hinauf. Ich werde Ihnen nicht weh tun."

Doch sie starrte die Hegarstifte voller Entsetzen an, obwohl er sie mit einem Tuch halb versteckt hielt. Sie preßte die Knie zusammen. „Es wird nicht weh tun", versprach Jonathan. „Höchstens ein bißchen unangenehm, aber Sie sind ja jetzt ein großes Mädel, und Sie waren doch verheiratet."

Sein belustigter Tonfall beruhigte sie, und sie ließ die gewissenhafte Untersuchung über sich ergehen, ohne mehr als ein- oder zweimal zusammenzuzucken. Nach der ersten Aufregung schien sie ihre Schamhaftigkeit verloren zu haben, konzentrierte ihre Aufmerksamkeit auf die Hegarstifte und ließ sich auch durch Jonathans Untersuchung nicht stören.

„In Ordnung", sagte er nach etwa fünf Minuten. „Sie können sich jetzt aufsetzen." Er legte die Instrumente in eine Spülschüssel zum Sterilisieren. Die Frau tat, was ihr geheißen, und breitete das Tuch über ihre Beine. „Ich habe gute Neuigkeiten für Sie", fuhr Jonathan lächelnd fort, „wenn es auch bedauerlich ist, daß Ihr Mann sie nicht mehr hören kann. Sie sind im dritten Monat schwanger."

„Oh!" rief Mrs. Beamish aus, fiel auf den Tisch zurück und brach in Tränen aus. „Oh! Oh, der arme Ernst! Er hat es nie gewußt und wünschte sich doch so sehr ein Baby! Er ist erst vor zwei Monaten gestorben, Herr Doktor."

„Das tut mir leid", murmelte Jonathan mit aufrichtigem Bedauern für den verstorbenen Mr. Beamish und sich selbst. „Jetzt müssen Sie sich schön pflegen, soviel wie möglich ruhen, und tapfer sein und jeden Tag spazierengehen. Ich werde Ihnen ein kleines Büchlein geben —"

Plötzlich brach Mrs. Beamish in eine rasende Folge von gellenden, qualvollen Schreien aus, so laut, daß man sie sogar im Wartezimmer hören konnte. Während Jonathan sie verblüfft und bewegungslos und maßlos erstaunt anstarrte, wälzte sie sich brüllend auf dem Tisch hin und her.

„Herr Doktor, bitte, bitte, bitte! Sie bringen mich ja um! Au! Au!"

Jonathan, der wie versteinert dastand, überhörte das Klopfen an der Tür und Robert stürzte aufgeregt ins Zimmer. „Was ist denn los?"

„Hysterisch", stieß Jonathan endlich hervor. „Sie ist Witwe und schwanger. Von ihrem Mann, nehme ich an. Hören Sie auf", wandte er sich an Mrs. Beamish.

„Mein Gott, man hört sie ja bis auf die Straße!" sagte Robert erschüttert.

Jonathan gab der jungen Frau eine Ohrfeige; sie wurde sofort ruhig. Tränen liefen ihr über die Wangen. Sie warf Robert einen flehenden Blick zu. „Er hat mir dabei schrecklich weh getan", schluchzte sie. „Schrecklich weh getan. Ich wußte nicht, daß es so arg sein würde."

„Unsinn", sagte Jonathan. „Sie haben ja die ganze Zeit keinen Mucks getan. Los jetzt. Ziehen Sie sich an." Und zu Robert gewendet: „Völlig normales Pelvis. Gesundes Weibsstück."

Stirnrunzelnd betrachtete Robert die Frau. „Es wäre vielleicht besser, wenn Sie sie mir überließen", meinte er. Doch die Frau, zitternd und leise weinend, kleidete sich eilig an. Ohne sich den Hut aufzusetzen, noch die Handschuhe anzuziehen, stürzte sie unter lautem Schluchzen wankend aus dem Untersuchungszimmer, stürmte an der erstaunten Sekretärin und den Patienten vorbei, die sie mit weit aufgerissenen Augen anstarrten, und rief, bei der Tür angelangt aus: „Er hat mich beinahe umgebracht und dabei hat er gesagt, es würde nicht weh tun!" Dann ergriff sie die Flucht.

„Du lieber Himmel!" meinte Robert, „Was sollte das bedeuten?"

Jonathan zuckte die Achseln. „Es kommt alles mögliche vor. Sie hat einfach durchgedreht, als sie erfuhr, daß sie schwanger ist. Ihr Mann ist vor kurzem gestorben. Sie wird sich beruhigen. In einer Woche wird sie wieder da sein." Er hörte draußen einen Wagen vorfahren und sah durchs Fenster. „Und eine sehr hübsche Kutsche hat sie auch. Zwei schöne Stuten."

Robert hatte ein unbehagliches Gefühl. „Sie haben sie nie vorher gesehen? Wo hat sie sich versteckt gehalten?"

Jonathan erklärte ihm die Umstände. „Mir gefällt die Geschichte trotzdem nicht", sagte Robert beunruhigt. „Wenn sie mit dem Geschrei einen anderen Arzt aufsucht, könnte das Ihrem Ruf schaden."

Jonathan lachte. „Meinem Ruf kann nichts mehr schaden. Nein, nein. Die kommt wieder. Schon allein Ihretwegen.“

Doch Mrs. Beamish kam nicht wieder, und ein paar Tage später hatten die beiden jungen Ärzte den Vorfall völlig vergessen. Nicht vergessen hatten ihn die ältliche Sekretärin und die Patienten im Wartezimmer. Für Menschen, die ein eintöniges Leben führten, war es ein dramatischer Vorfall gewesen. Übles Gerede verbreitete sich in der Stadt.

Marjorie Ferrier las alle Zeitungsberichte über Haralds Ausstellung in Philadelphia und weinte fast vor Freude und Traurigkeit. „Wunderbar“ sagte sie zu ihrem Sohn. „So ein schöner Erfolg! Ich bin glücklich, daß deine Bilder solchen Anklang gefunden haben und du so viele verkauft hast. Wir müssen diese Ausschnitte an die Lokalblätter schicken.“

„Dreitausend Dollar“, sagte Harald. „Nicht übel. Es waren nämlich Sammler aus New York da, die wissen, in welche Richtung die Malerei geht. Für ein Bild bot man mir übrigens fünftausend — fünftausend! —, aber ich lehnte ab.“

„Warum denn bloß?“

Er lächelte. „Ich habe es für dich aufgehoben. Du solltest es haben. Es war das einzige Porträt, eines der wenigen, die ich überhaupt je gemalt habe.“

Er hob eine große Leinwand vom Boden auf, entfernte vorsichtig die Umhüllung aus Sackleinen und setzte das Gemälde dem intensiven Julilicht des Frühstückszimmers aus.

Es war ein Porträt Jenny Hegers; es zeigte sie im Profil vor einem leicht umbrischen Interieur in vollem, aber gedämpftem Sonnenschein. Sie trug ein bläulich-weißes Kleid keiner bestimmten Stilrichtung, das ihren Hals und eine glatte Schulter freiließ. Ein schmales, hohes Flügelfenster mit einem Mittelpfosten stand weit offen, und das Mädchen schien in keine besondere Richtung zu blicken; nur in ein kaltes, grelles Licht, ein ödes, leeres Nichts. Kein Schatten, kein Umriß irgendeines Objekts lag in diesem unbarmherzigen, fast blendenden, gleichermaßen trostlosen und gespenstischen Glanz. Ihr Ausdruck war nachdenklich, ruhig und sehr still, als ob sie wüßte, daß sie in eine unfruchtbare Glut blickte, in der sich nichts je bewegen oder zum Leben erwachen würde. Wild und ungebärdig umrahmte das schwarze Haar ihr Antlitz, als hätte sie es hastig zur Seite geschoben, um voller Hoffnung ans Fenster zu eilen, dann aber, von der trostlosen Wirklichkeit überwältigt, enttäuscht über den Rücken fallen lassen. Als hätte sie es glätten wollen, hielt sie eine Hand erhoben und hatte sie in dieser schlichten Geste, auf halbem Weg zur Wange, belassen. Ihr Mund war nur leicht gerötet und in kindlicher Verwunderung und Trauer halb geöffnet; das Blau ihrer Augen schien in der unendlichen Helle zu schimmern.

Das Bild hinterließ einen Eindruck von Kälte, entsagender, einsamer Schwermut, verlorenem Glauben und sinnlosem Verrat. Harald hatte sich nicht an den traditionellen, schmeichelnd-sanften Stil gehalten. Die Farben waren herb, kräftig und kühn und voller Lebenskraft und Leidenschaft, packend und erregend, und Ausdruck starker Gefühle, die sich auch auf den Betrachter übertrugen.

„Oh", rief Marjorie aus und mußte einige Male kräftig blinkern, „wie herrlich! und — wie schrecklich! Wie hast du die arme Jenny da eingefangen! Wann ist sie dir Modell gestanden?"

„Überhaupt nicht. Für mich braucht sie nicht Modell zu stehen, Mutter."

„Nein", sagte Marjorie, die Augen immer noch unverwandt auf das Bild geheftet, bezaubert und tief bewegt, „das braucht sie wohl nicht. Nein, das braucht sie wohl nicht. Es ist Jenny so ähnlich und drückt so viel aus. Ich — nun, ich muß gestehen, ich wußte nicht, wie sehr du —"

„Wie sehr ich sie liebe und wie gut ich sie verstehe?" Ein leichtes Lächeln umspielte Haralds Lippen, doch seine Augen verrieten nichts. „Ich dachte, du wüßtest es. Jedenfalls, es gehört dir, Mutter, weil du Jenny so gern hast. Ich möchte, daß du es behältst."

Ich will es in den Salon hängen, dachte Marjorie, doch gleich darauf überkam sie ein beunruhigender Gedanke. Jonathan durfte nie zu Gesicht bekommen, wie sein Bruder Jenny gemalt hatte. In ihrem plötzlichen Kummer war Marjorie den Tränen nahe. Harald lehnte das Gemälde behutsam an die Wand; er schien von seiner Tätigkeit ganz in Anspruch genommen. Dann stand er vor dem Porträt, sah darauf hinunter, den Kopf gesenkt, als ob er seine Mutter vergessen hätte. „Ich habe eben diesen Gesichtsausdruck so oft an ihr beobachtet", sagte er. „Jenny — führt ein verpfuschtes Leben. Wie eine Einsiedlerin — und sie ist doch erst zwanzig. Das ist Petes Schuld. Und Myrtle brachte Jenny nicht diese starke Liebe entgegen, die Jenny für ihre Mutter empfand. Myrtle war starker Gefühle und Bindungen überhaupt nicht fähig. Sie nahm die Zuneigung, die man ihr schenkte, gnädig und gütig an, schätzte und erwiderte sie. Aber Liebe — nein. Sie war nicht sehr intelligent, aber sie hatte eine liebenswürdige Art. Ich konnte sie gut leiden. Ehrlich. Ich versuchte sie dazu zu überreden, etwas für Jenny zu tun, sie ins Ausland zu schicken, um mit Altersgenossinnen in Berührung zu kommen und sie damit zu veranlassen, sich netter anzuziehen, und auf ihre sanfte, überzeugende Art hat Myrtle sich auch bemüht."

Harald lachte kurz auf. „Würde sie Jenny aufgefordert haben, sich aufzuhängen, das Mädchen hätte nicht entsetzter sein können! Nein, sagte sie. Sie müsse bleiben — um für Mama zu sorgen und über des lieben Papas Schloß und Rosengarten zu wachen. Besonders über den Rosengarten. Ich habe Frauen gekannt, die von Männern und Schmuck,

Vergnügungen, Lastern und Leidenschaften besessen waren, aber keine, die von einem Rosengarten besessen gewesen wäre! Und du?"

„Nein", erwiderte Marjorie und fühlte sich den Tränen noch näher. „Vielleicht bedeutet der Rosengarten Jenny etwas — oder er erinnert sie an jemanden, der ihr ganz besonders teuer ist. Sie sucht ihn immer wieder auf."

„Wahrscheinlich Pete. Was war das doch für ein vulgärer kleiner Fettklotz! Und uninteressiert an allem, was nicht sein närrisches Schloß betraf."

Er wandte sich seiner Mutter zu; in seinem geröteten Gesicht lag ein flehentlicher Ausdruck. „Ich habe dich schon einmal gefragt: kannst du bei Jenny ein gutes Wort für mich einlegen?"

„Ich habe dir schon damals geantwortet, daß ich das nicht kann." Marjorie schüttelte den Kopf und sah ihren Sohn mitleidig an. „Lieber Harald, ich glaube, du solltest dich anderweitig umsehen."

„Ich will nur Jenny haben, Mutter; ich werde nie eine andere lieben. Ich bin nicht mehr gar so jung; ich bin dreiunddreißig, alt genug, um zu wissen, was ich will." Er setzte sich neben sie und nippte an seinem Glas. Er sah seine Mutter nachdenklich an. „Mir ist gerade etwas eingefallen. Gibt es da etwas, das du mir bisher verschwiegen hast? Du bist so sicher, daß Jenny sich nie mit mir aussöhnen oder mich in Erwägung ziehen wird."

Marjorie zauderte. „Vielleicht gibt es jemanden. Jenny hat mir nichts gesagt, aber sie — sie benimmt sich auf eine Weise, die mich vermuten läßt, daß es tatsächlich jemanden geben könnte."

„Das ist unmöglich. Jenny geht nirgends hin, trifft sich mit niemandem und hat in all den Jahren kein halbes Dutzend Männer kennengelernt." Harald lächelte zuversichtlich. „Es ist etwas anderes. Die Erinnerung an Pete."

Marjorie schwieg. Haralds helle Brauen fielen über seine Augen, während er sie mit steigendem Mißtrauen ansah. „Hast du diesbezüglich eine Idee, Mutter?"

„Jenny hat nie zu mir davon gesprochen."

„Das war es nicht, was ich dich gefragt habe, Mutter. Ich fragte dich, ob du eine Idee hast."

„Ich bin keine Gedankenleserin, Harald."

„Das nicht, aber du weichst mir aus." Er lächelte sie liebevoll an.

„Harald, ich kann nicht ohne jede Grundlage Mutmaßungen anstellen. Und Jenny hat —"

„Dir nie etwas gesagt. Ich weiß. Hast du sie irgendwo mit jemandem anderen gesehen?"

Marjorie sah auf das Porträt hin. „Sie hat mit mir an den Feierlichkeiten zum Vierten Juli teilgenommen — mit mir und Jon und

Dr. Morgan — so ein netter Junge — und den Kitcheners und Mrs. Morgan."

„Na, das muß eine heitere Gesellschaft gewesen sein! Die Kitcheners erinnern mich an zarte, gefüllte Hühnerbrust, in Rahm gekocht, und dementsprechend würzig. Mrs. Morgan ist, wie ich höre, ein Drachen, und der junge Morgan, trotz seines knabenhaften Charmes, ziemlich harmlos. Unsere Jenny, die dauernd Pascals ‚Pensées' liest und Molière, Walter Pater, den heiligen Augustinus und weiß Gott noch was, kann doch nicht an Dr. Morgan interessiert sein."

„Ich glaube, er ist in sie verschossen", sagte Marjorie und war froh, daß Harald einen Namen nicht erwähnt hatte. „Beim Huhn, beim Bier, beim Schokoladekuchen und beim eisgekühlten Tee, er starrte sie an, wie verhext — vom Kartoffelsalat, den Brötchen und den jungen Zwiebeln ganz zu schweigen. Er sieht nach einem jungen Mann mit ausgezeichnetem Appetit aus, rührte aber kaum etwas an, und als er Schokoladecreme auf die Finger bekam, schleckte er sie einfach ab — und starrte Jenny dabei entzückt an."

Harald lachte, als er die Szene bildlich vor sich sah.

„Und wie reagierte unsere göttliche Astarte darauf?"

„Nun, du weißt ja, wie ungekünstelt und weltfremd Jenny ist und wie wenig ihr ihre Schönheit bedeutet — sofern sie überhaupt weiß, daß sie sie besitzt. Sie errötete unaufhörlich. Ich fürchte, Robert machte sie nervös."

Harald hörte auf, zu lachen. „Wenn ein Mann eine Frau nervös macht, selbst wenn er sich nur die Finger abschleckt oder an einem Brathuhn knabbert, ist das eine ernste Sache. Aus Nervosität kann Interesse werden, und aus Interesse auch noch mehr. Hat sie ihn schon früher oft gesehen?"

„Das weiß ich wirklich nicht. Harald. Du weißt, daß Jenny ein-, zweimal die Woche in die Stadt kommt und auf diesem erbärmlichen Rad herumfährt, wo sie doch ihren eigenen Wagen haben oder sich einen mieten könnte. Es ist schon möglich, daß sie Robert dabei auf der Straße oder in einem Laden getroffen hat. Er ist auf der Suche nach einem bestimmten Spiegel, den seine Mutter sich wünscht, und nach ein paar alten Bildern, womöglich von London im Nebel. Das entspricht Mrs. Morgans Geschmack."

Doch Harald ließ sich nicht ablenken. Er runzelte seine glatte Stirne und überlegte. „Er gehört zu jenen goldblonden Lämmern, die die mütterlichen Instinkte in einer Frau ansprechen. Die dann unter Umständen ihre Tage mit einem blauen Bändchen im Haar beschließen, das Mutti ihnen geknüpft hat."

„So zart, schwach und weibisch ist er nicht, Harald. Eine gewisse Halsstarrigkeit und Männlichkeit und noch andere maskuline Eigenschaften sind ihm nicht abzusprechen. Ich lud ihn wegen Maude Kitchener ein, die von seinem Anblick so bezaubert war, wie er von Jenny."

„Und von wem, glaubst du, war Jenny bezaubert?"

Marjorie war von dieser klaren und plötzlichen Frage peinlich berührt. „Das weiß ich allerdings nicht, mein Lieber — wie ich dir schon sagte. Es ist nur so ein — schwaches Gefühl, das ich habe. Aber kannst du dir vorstellen, Jenny könnte von jemandem so bezaubert sein, daß sie von ihm träumen würde, wenn er gar nicht bei ihr ist?"

„O ja", erwiderte Harald im gleichen scharfen Ton, „durchaus. Das würde sehr gut zu ihr passen. Und weil du jetzt damit angefangen hast — ich habe sie in diesem geistesabwesenden Zustand schon erlebt, da sie stundenlang Löcher in die Luft starrte. Erinnert mich an das alte Gedicht von der Dame, die von ihrem Liebesdämon träumt. Fragt sich nur, wer ist der Dämon?"

Marjorie seufzte. „Müssen wir uns wirklich so lange über die arme Jenny unterhalten?"

„Mutter", antwortete Harald, „ich denke fast die ganze Zeit an sie." Er saß neben ihr, und obwohl er in Zurückhaltung und Selbstbeherrschung seinem Bruder sehr ähnlich war, sprach er jetzt doch um vieles eindringlicher als sonst. „Ich kann nicht mehr so weitermachen, daß ich immer wieder versuche, Jenny dazuzubringen, ihre Einstellung zu mir zu ändern. Sie muß sich endlich darüber klar werden, daß — na ja, daß ich sie liebe und daß sie mir gehören muß. Ich habe es ihr schon Dutzende Male gesagt! Man könnte glauben, es will ihr einfach nicht in den Schädel. Darum dachte ich, du würdest mir helfen können und bei Jenny ein Wort —"

„Das kann ich nicht, Harald. Du weißt, daß ich mich nie einmische und überhaupt kein Talent für Andeutungen und Einflüsterungen habe. Außerdem möchte ich Jenny nicht vor den Kopf stoßen, indem ich den Anschein erwecke, als wollte ich mich um ihre Angelegenheiten kümmern." Sie biß sich leicht auf die Lippen. „Vielleicht werden wir es schon bald erfahren, wenn es etwas zu erfahren gibt."

„Dann würde es für mich zu spät sein. Verheimlichst du mir nicht etwas?"

„Du bist jetzt seit drei Tagen wieder daheim, nicht wahr, Harald? Du hast Jenny gesehen. Hast du ihr diese Zeitungsausschnitte gezeigt?"

Zum ersten Male sah sie jetzt ganz deutlich Jonathan in ihm, konzentriert und über ihren Versuch, das Thema zu wechseln, verärgert. „Ich habe sie gesehen", antwortete er mit Jonathans harter und ungeduldiger Stimme. „Ich habe mit ihr gesprochen. Ich hätte genauso gut zu einer Statue sprechen können, einer Statue, die mich ganz besonders abstoßend findet — sofern Statuen etwas empfinden können. Ihr die Ausschnitte zeigen? Sie würde sie mir ins Gesicht schleudern. Und was zum Teufel habe ich je getan, daß sie mich so haßt?"

„Hast du schon einmal daran gedacht, Harald, daß ein junges Mädchen wie Jenny es ein wenig — na ja, anstößig finden könnte, sich mit einem Mann zu vermählen, der mit ihrer Mutter verheiratet war?"

„Nicht in diesem Fall. Nach Myrtles Tod sagte ich ihr ganz offen, daß wir — wie drückt man sich da vornehm aus? — nicht als Mann und Frau zusammengelebt hatten, obwohl wir augenscheinlich ein Bett teilten."

Marjorie wußte nicht, ob sie laut auflachen oder sich entsetzt zeigen sollte. Sie machte große Augen. „Meine Güte, das wußte ich ja gar nicht. Wie — wie verwirrend! Wozu habt ihr eigentlich geheiratet?"

„Sehr einfach." Harald lächelte wieder. „Ich brauchte Geld und Myrtle einen höflichen, aufmerksamen Mann, der ihr Schmeicheleien sagte, mit dem sie reisen und protzen konnte — und einen gutaussehenden, um den sie andere Frauen beneiden würden. Mit Jenny konnte sie nicht reisen. Schließlich mußte selbst eine so phantasielose Frau wie Myrtle einsehen, daß es etwas ungemütlich sein würde, mit Jenny zu reisen und sie in die Gesellschaft einzuführen. Myrtle war ja sogar um ein beträchtliches älter als Pete. Sie war fast vierzig, als Jenny geboren wurde. Sie war eine dieser netten, harmlosen, liebenswürdigen kleinen Frauen, wie sie Männer von Petes Schlag — geschäftige, aggressive, entschlossene Kerle — anbeteten. Aber nach einem Kind — war es für Myrtle des Schäkerns genug. Also trafen wir ein freundschaftliches Übereinkommen. Sie liebe die Kunst, sagte sie. Sie wolle meine Kunst fördern. Sie brauche einen fröhlichen Begleiter — das war ich. Und sie konnte mich gut leiden und hatte mich gern, und ich konnte sie gut leiden und hatte sie gern und fand nicht das Geringste an ihr auszusetzen. Ich gebe zu, ihr Testament war ein Schock für mich — unter diesen Umständen."

Marjorie war fasziniert. „Und was hat Jenny dazu gesagt, als du ihr das alles erzähltest?"

„Sie hätte mich am liebsten umgebracht, und wenn du mich erschlägst, ich weiß nicht, warum. Weißt du's?"

„Gewiß. Sie nahm an, du hättest ihre Mutter des Geldes wegen geheiratet."

„Das hab' ich ja auch. Wenn es auch nicht ganz so kraß war."

Stille Heiterkeit funkelte in Marjories Augen. „Weißt du, Harald, du wirst es nicht glauben, aber manchmal bist du ebenso kurzsichtig wie Jonathan. Nicht sehr oft, denn du weißt viel mehr über die Menschen als er und läßt dich von ihnen weder überraschen noch niederschmettern, wie es dem armen Jon immer wieder geht. Nichtsdestoweniger war es ein bißchen naiv, Jenny das alles zu erzählen."

„Das glaube ich nicht. Sie ist ein aufrichtiger Mensch, und so war ich eben aufrichtig. Und von Natur aus bin ich gar nicht so plump; vergleiche mich also bitte nicht mit Jon. Er ist wie ein Vorschlaghammer und stürzt sich auf jeden, der ihm nicht genug redlich und tugendhaft ist, oder auch nur die kleinen menschlichen Schwächen aufweist, von denen wir alle — er natürlich ausgenommen — nicht frei sind. Darum war auch seine Lage schwieriger, als es nötig gewesen wäre. Er hätte vor Gericht nichts anderes zu tun brauchen, als sich respektvoll, liebenswürdig, maßvoll und aufrichtig zu verantworten und darauf bedacht zu sein, den Richter und die Geschworenen von seiner Gutmütigkeit und freundlichen Veranlagung zu überzeugen. Statt dessen ließ er keine Gelegenheit vorübergehen, ohne ihnen seine Verachtung zu bezeugen. Waren das noch Menschen, die da zu glauben wagten, er hätte Mavis das getan? Er war empört über sie. Es fehlt ihm an Schläue, an der Fähigkeit, über scharfe Kanten hinwegzugleiten. Er versteht es nicht, diplomatisch vorzugehen."

Ein Sonnenstrahl berührte sein rötliches Haar und glitzerte auf seinen weißen Zähnen, und wieder einmal, wie schon so oft, war Marjorie von seinem einnehmenden und charmanten Wesen beeindruckt.

„Ja, ich weiß", stimmte sie ihm zu. „So war er schon als Kind."

„Man kann in dieser Welt nicht herumgehen und allen Leuten die Wahrheit sagen", sagte Harald. „Das ist eine sehr, sehr schlechte Gewohnheit, und wer sie nicht ablegen kann, verdient die Schläge, die Gemeinheiten und den Haß. Abgesehen davon, woher will Jon wissen, daß all das, was er von den Leuten denkt, auch den Tatsachen entspricht? Mich nannte er zum Beispiel vor Jahren einen Lautenspieler —"

„Einen Lautenspieler?"

„Ja, einen müßigen Sänger poetischer kleiner Liedchen, um die Damen zu unterhalten. Vielleicht war es nicht gerade dieses Wort, aber so schätzte er mich ein. Da er nichts davon verstand oder verstehen wollte, nahm der allmächtige Jonathan Ferrier meine Malerei nie ernst. Für ihn war ich so unbedeutend wie — wie Mavis, und ebenso unnütz. In der Welt unnütz zu sein, war für ihn eine Kardinalsünde, eine der schwersten. Ich schlenderte durch die Randzonen dieser schmutzigen, betriebsamen Welt; ich lachte, wenn ich todernst hätte sein sollen. Ich bummelte dahin, wenn er meinte, ich müßte laufen. Es fehle mir an Entschlußkraft, sagte er. Er platzte förmlich vor Entschlußkraft — bis er Mavis heiratete; dann begann er, wie Dante, in einem dunklen Wald umherzuirren. Aber du kannst dich darauf verlassen: seine verteufelte Entschlußkraft brodelte trotzdem in ihm weiter. Er konnte ohne sie nicht leben."

„Ja, ich weiß", sagte Marjorie.

„Er hat nie erkannt, daß der einzige Lebenszweck — wenn es überhaupt einen gibt — darin besteht, sich so gut wie möglich zu vergnügen und so wenig Schmerz wie möglich zu erdulden. Wir leben in einer sehr interessanten und schönen Welt, und ich liebe es, in ihr umherzustreifen und sie zu malen, so wie ich sie sehe, und mich unter Menschen zu mischen — ich hab' die Menschen gern und kann ohne sie nicht leben — und mit ihnen zu essen, zu trinken und zu lachen. Das tut keinem weh, das macht Spaß, und ich glaube, wenn es so einen Plan für uns hier unten gibt, dann sieht er bloß vor, daß wir uns in dieser Welt, die zum Vergnügen geschaffen wurde, auch vergnügen sollen. Weiß Gott, es gibt Verlockungen genug dazu."

„Und das war immer schon der Zankapfel zwischen dir und Jon."

Harald rückte auf seinem Stuhl herum. „Zum Teil. Damit fing's jedenfalls an. Außerdem ist er egozentrisch. Weißt du, daß er glaubt, dir wäre nie etwas an ihm gelegen? Daß du deine ganze mütterliche Zuneigung auf mich vereinigst?" Das erstaunte Gesicht seiner Mutter brachte ihn zum Lachen.

„Nicht doch, Harald!"

„Aber ja! Ich beobachtete ihn, als wir Jungen waren, und zog ihn immer damit auf. Er wollte von allen und allem der Mittelpunkt sein."

„Jon liebte nur seinen Vater."

„Glaub nur das nicht, Mutter. Er bemühte sich sehr, unseres lieben Papas zarte Gefühle nicht zu verletzen, aber du warst der Gegenstand seiner Zuneigung. Er glaubte, die deine nicht zu besitzen, und entschied daher, es wäre nicht sehr intelligent von dir, den goldenen Präsentierteller, den er dir anbot, nicht anzunehmen; wo der Teller doch sein Herzblut enthielt oder so etwas Ähnliches. Vielleicht seinen Kopf."

Marjorie konnte es immer noch nicht glauben und lächelte Harald zweifelnd an. „Vielleicht siehst du Jon so falsch, wie er dich. Ihr beide wart doch immer unverträglich. Ich habe das Gefühl, ihr sucht alle zwei krampfhaft nach etwas Greifbarem, dessentwegen ihr euch hassen könnt. Dabei ist das Ganze nur eine Frage von — eine Frage von —"

„‚Ich mag Sie nicht, Herr Doktor Kragen;
Warum, weshalb, kann ich nicht sagen.‘ "

„Genau", sagte Marjorie. „Das ist nicht ungewöhnlich zwischen Brüdern — oder anderen Menschen."

Harald erhob sich. „Wann verläßt er mit seiner ätzenden Zunge nun Hambledon? Um irgendeine andere Gemeinde heimzusuchen?"

„In Kürze, nehme ich an; sobald Doktor Morgan sich ein bißchen eingearbeitet hat. Es ist eigenartig; in letzter Zeit spricht er nicht viel davon." Und während Marjorie ihren Sohn ansah, wurden ihre braunen Augen dunkler, tiefer und wachsamer.

Auch sein liebenswürdiger Blick wandelte sich. Er ging wieder zu dem Porträt zurück, tat, als ob er es aufmerksam betrachte und sagte schließlich in gleichgültigem Ton: „Ich wünschte, er würde bald fahren. Es wäre besser für ihn. Viel besser. Und sicherer. Vor allem sicherer."

Marjorie schwieg. Als Harald sich ihr wieder zuwandte, las er nur Schmerz in ihren Zügen und unendliche Müdigkeit. „Meinst du, Hambledon hätte ihm seine Entschlußkraft genommen?" fragte sie nach einigem Nachdenken.

„Nein", antwortete Harald. „Das meine ich überhaupt nicht. Ich meine Mavis."

DREIUNDZWANZIGSTES KAPITEL

„Wo, in Gottes Namen, hast du diesen Anzug gekauft?" fragte Jonathan an einem sehr warmen Sonnabend im Spätjuli. Er musterte Robert, dem er vor wenigen Tagen das Duwort angetragen hatte, und lachte.

„Ihr Provinzler", antwortete Robert. „Ich habe ihn im vergangenen Frühling in New York gekauft. Es ist die Eifersucht, mein lieber Mann, die deine Wangen erblassen läßt, und der Neid, der deine Urteilskraft trübt. Deine Äußerung war beleidigend. Beachte die Paßform, die Machart, die Qualität."

„Ich kann nicht", erwiderte Jonathan. „Ich bin von deinem Glanz sowieso schon halb geblendet. Was haben denn die Patienten dazu gesagt?"

„Von Scheu erfüllt, vor Ehrfurcht gestorben."

„Ich kann's mir vorstellen", sagte Jonathan. Roberts Anzug war aus einem leichten Wollstoff gefertigt, dessen riesenhaftes Plaidmuster aus Schwarz, Weiß, einem Spritzer Grün, hier und dort einem roten Faden, und sogar einer schüchternen Andeutung von Orange bestand. Dazu trug er einen hohen weißen Kragen, dessen Spitzen sich knapp unter dem Kinn nach außen öffneten. Die Pracht wurde von einer großzügigen Seidenkrawatte im gleichen Plaidmuster gekrönt, auf der eine mit einer riesigen Perle besetzte Krawattennadel prangte. Seine spitzen hohen Schuhe glänzten wie schwarze Kohle. Gelbe Lederhandschuhe und ein perlgrauer, weicher Filzhut vervollständigten das Bild. Er drehte sich langsam herum, um Jonathan die ganze Herrlichkeit seiner Erscheinung genießen zu lassen, zwirbelte seinen rotblonden Schnurrbart und warf sich großspurig in Positur.

„Nicht einmal der lüsterne kleine Perry Belmont hat es je gewagt, sich so zu kleiden", sagte Jonathan. „Du schaust aus wie ein zu groß geratener Jockey. Jetzt brauchst du nur noch ein Auto. Ich denke übrigens auch daran, mir eines aus England kommen zu lassen."

Robert war beeindruckt. „Kennst du Perry Belmont persönlich?"

„Ich kenne nicht nur den pummligen kleinen Wollüstling, sondern auch die meisten seiner Damen, die ganz verrückt nach ihm sind — weshalb, ist mir ein Rätsel. Er hat etwas von einem Nero an sich, einen wilden Blick und eine Knollennase. Mag sein, daß das die Damen anzieht. Kleine Männer scheinen sie zu bezaubern, besonders wenn die kleinen Korporäle ein napoleonisches Aussehen haben — und das hat Perry." Jonathan schüttelte den Kopf. „Er war Botschafter in Spanien, was ihn eine Stange Geld gekostet hatte, und entwurzelte dort, wie ich hörte, die Senoritas wie ein Wirbelsturm die Bäume. Wenn sie Perrys nur ansichtig wurden, legten sie sich nieder und hoben die Röcke auf. Zumindest erzählt er das.

Voriges Jahr waren wir beide bei Cornelius K. G. Billings, dem Rennstallbesitzer, eingeladen. Wir sind Mitglieder im New York Riding Club. Ich hatte von Cornelius eine Stute um fünfzehntausend Dollar gekauft, die keine fünftausend wert war. Man soll einem reichen Mann nie vertrauen — er zieht einem mit Vergnügen die Haut ab und verkauft sie dann als Saffianleder. Nun, Cornelius gab dem ganzen Club ein Bankett bei Sherry's, dem berühmten Restaurant. Hatte er doch tatsächlich den ganzen Boden mit richtigem Rasen bedecken lassen! Wir kamen zu Pferd, zu Pferd wurden wir in Aufzügen in die Bankethalle gebracht, und zu Pferd wurde uns Kaviar und Champagner und auf silbernen und goldenen Tellern und Schüsseln ein von den besten Köchen der Welt zubereitetes Dinner serviert. Natürlich waren Lakaien da, die den Pferdemist wegräumten und den Rasen spritzten. Da saßen wir nun in Gesellschaftskleidung auf unseren preisgekrönten Tieren — es war wohl die perverseste, empörendste, kindischste und unzivilisierteste Veranstaltung, an der ich je in New York teilgenommen hatte. Wie ich erfuhr, kostete sie Cornelius an die fünfzigtausend Dollar, womit man irgendwo ein kleines Krankenhaus für Tuberkulose hätte errichten können. Die einzigen wirklichen Aristokraten unter den Anwesenden waren die Pferde. Es war mir peinlich für sie — ich hätte mich bei ihnen entschuldigen wollen. Bei meinem eigenen Pferd tat ich das auch."

„In New York habe ich eine Menge über solche Veranstaltungen gelesen", sagte Robert, „und über die sogenannten Vierhundert. Das ist alles Wasser auf William Jennings Bryans Mühlen — das verschwenderische Ausgeben enormer Summen, die luxuriösen Paläste, der protzige Schmuck, das Laster — und die Geschlechtskrankheiten. Das ist nicht bloß Torheit — es ist einfach billig. Der Arbeiter muß froh sein, wenn er zwölf oder fünfzehn Dollar in der Woche verdient! Kein Wunder, daß die Hälfte seiner Kinder — oder noch mehr — sterben, bevor sie noch fünf Jahre alt sind! Und mit vierzig ist er ein alter Mann."

„Stimmt", sagte Jonathan. „Aber wir wollen den Arbeiter auch nicht in den Himmel heben. Ich gebe zu, in Amerika ist seine Lage schlechter als irgendwo anders in der Welt — ausgenommen vielleicht Ägypten, Arabien und das dunkelste Afrika. Doch auch er ist ein Mensch und beginnt, laut und bitter über seinen Zustand Klage zu führen. Ich freue mich darüber und würde das Erstehen starker Gewerkschaften begrüßen — aber lasse ihn Macht erringen, und er wird sie genauso mißbrauchen wie die Blaublütler, wie sie sich gerne nennen, in London, Paris oder Berlin. Es ist immer wieder die menschliche Natur. Auf die kann man sich nicht verlassen. Na ja. Wer ist denn die glückliche junge Dame, die sich heute von deinem Aufzug betören lassen wird?"

Sorgfältig zog sich Robert seine gelben Handschuhe an. Augenscheinlich waren sie nie zuvor getragen worden. „Miß Jenny Heger", antwortete er und wandte seine volle Aufmerksamkeit den Handschuhknöpfen zu, die sich anscheinend widerspenstig erwiesen. „Ich schrieb ihr vorige Woche und fragte an, ob sie Lust hätte, in meiner Gesellschaft den Fluß entlang zu fahren und eine Mahlzeit im Freien einzunehmen."

„Jenny?"

„Miß Jenny. Wir stehen noch nicht auf so vertrautem Fuß. Ich erhielt ein liebenswürdiges Antwortschreiben, in dem sie meine Einladung annahm. Ich muß gestehen, ich war überrascht und erfreut."

Jonathan lehnte sich gegen seinen Schreibtisch und kreuzte die Füße. „Ich glaube es nicht", sagte er. „Jenny hat noch nie die Einladung eines jungen Mannes angenommen."

„Meine hat sie angenommen." Robert fühlte sich überaus erleichtert, daß Jonathan sich weder besonders interessiert noch gar verärgert zeigte. Warum sollte er auch? Robert hätte es nicht verstehen können; er wußte nur, daß jede Erwähnung von Jennys Namen Jonathan bisher immer noch zu unerklärlichen Gefühlswallungen oder schlüpfrigen Bemerkungen veranlaßt hatte. Er lächelte und sah Jonathan an, der sich eine Zigarette anzündete. „Ich weiß, sie ist eine sehr schüchterne junge Dame, und ich werde versuchen, ihr Vertrauen zu gewinnen."

Jonathans glänzende schwarze Augen glitten nachdenklich über den Anzug und das Zubehör. „Damit, fürchte ich, wirst du ihr Vertrauen nicht gewinnen; du wirst sie zu Tode erschrecken. Und was ist, wenn ein Notruf aus dem Krankenhaus kommt?"

„Hast du vergessen?" fragte Robert. „Du warst so freundlich, mir anzubieten, in einem solchen Fall für mich einzuspringen, da ich ja seit meiner Ankunft noch keinen freien Tag hatte. Und wir Ärzte brauchen Erholung, hast du selbst gesagt, sonst können wir unseren Patienten bald nicht mehr helfen."

„Hab' ich das gesagt? Wie unvorsichtig von mir!" Er schien belustigt. „Du wirst die arme Jenny arg in den Schatten stellen. Soviel ich weiß, besitzt sie kein einziges hübsches Kleid."

Robert ließ seine Hand über die feine goldene Uhrkette gleiten und nahm die Uhr heraus. Er fühlte sich immer erleichterter. „Meine Mutter“, sagte er, „machte einmal die Bemerkung, es wäre doch merkwürdig, daß Miß Jenny sich keine Gesellschaftsdame nimmt, eine ältere Frau, in loco parentis, sozusagen.“ In Wirklichkeit hatte die Bemerkung seiner Mutter anders gelautet: „Es ist ein Affront gegen die guten Sitten des ganzen Gemeinwesens, daß diese junge Frau ein so schamloses Betragen an den Tag legt, die öffentliche Meinung und die Gefühle ehrenhafter junger Damen geringschätzt, und nicht ein älteres weibliches Wesen mit makelloser Vergangenheit und Ansehen in der Stadt zur Seite hat, die sie vor Klatsch bewahren würde.“ Robert errötete, als er daran dachte, und Jonathan bemerkte es.

„Jenny? Eine ältere Frau als Gesellschaftsdame?“ Jonathan lachte. „Ich kann dir versichern, daß Jenny sehr wohl imstande ist, allein auf sich aufzupassen.“

„Aber schließlich lebt außer dem Dienstpersonal auch noch dein Bruder, immerhin noch ein junger Mann, im gleichen Haus mit ihr.“

„Reicht er als Beschützer nicht aus?“

Der Ausdruck, wie Robert einmal gehört hatte, war zweideutig. Ein leichter Zorn gegen Jonathan stieg in ihm auf. „Was meinst du mit Beschützer?“ wollte er wissen.

„Na, was denkst du wohl, was ich meine? Er ist ihr Stiefvater, der Mann ihrer verstorbenen Mutter. Gewöhne dir nicht an, von den Menschen schlecht zu denken, Bob.“

„Ich denke bestimmt nicht schlecht von ihr!“ rief Robert aus und fühlte, wie etwas sich in seiner Brust zusammenschnürte. „Seit dem Vierten Juli habe ich Miß Jenny nur ein paarmal auf der Straße und in Geschäften gesehen. In meinem ganzen Leben habe ich keine reizendere und unschuldigere junge Dame kennengelernt!“ Er glühte vor Begeisterung. „Wir haben ein wenig geplaudert, ein paar Worte nur; sie ist sehr scheu, furchtsam und unbeholfen. Ich — ich mag Miß Jenny sehr! Ja, sehr. Ich hoffe, sie wird mich ernst nehmen.“

Jonathan stieß einen leisen Pfiff aus. Er betrachtete Robert, aber nicht freundlich, und dann nachdenklich. „Wir haben also Fortschritte erzielt, nicht wahr?“

„Ich hoffe es, hoffe es sehr!“ erwiderte Robert, blies ein unsichtbares Stäubchen von seinem Hut und schickte sich an, zu gehen. Dann verfiel er auf einen anderen Gedanken. „Warum ergänzt dein Bruder nicht ihr Einkommen? Sie wäre dann in der Lage, die Insel zu verlassen und einen — einen gesicherten Wohnsitz zu nehmen.“

„Soviel ich weiß, hat er ihr das schon angeboten. Aber sie lehnte ab. Ich hab' es dir ja erzählt. Sie betrachtet ihn als Eindringling, als verbrecherischen Schurken, der ihre Mutter des Geldes wegen heiratete —

und damit hat sie recht. Harald leugnet es auch gar nicht ab, und es war keine schlechte Ehe. Sie sieht die Insel als ihr Eigentum an, wie es das ihres Vaters war, und wacht darüber. Sie wird sie nie verlassen, solange nicht einer kommt, sie mit einem Sandsack niederschlägt, ihr die Augen verbindet und sie fortschleppt. Irgendwie kann ich mir dich nicht in dieser Rolle vorstellen."

„Kaum", stimmte Robert ihm zu. „Aber wenn sie heiratet, könnte sie sich anders besinnen."

„Mein prächtig aufgeputzter Freund", entgegnete Jonathan. „Ich würde mir an deiner Stelle keine großen Hoffnungen machen. Jenny und meine Mutter sind miteinander fast so vertraut wie Mutter und Tochter, und meine Mutter hat mir einige Male angedeutet, daß Jennys Herz einem geheimnisvollen Fremden gehört."

Robert erblaßte, und Jonathan runzelte die Stirne. „Wenn dem so wäre, würde sie meine Einladung nicht angenommen haben."

„Vielleicht ist der Betreffende unerreichbar", meinte Jonathan.

„Ein Grund mehr, um sie ein wenig zu unterhalten", sagte Robert und machte sich in seiner ganzen Eleganz auf den Weg.

Seit jenem Abend, da er so nachhaltig versucht hatte, sie zu vergewaltigen, war Jonathan Jenny nicht mehr begegnet. Unter dem Vorwand sich amüsieren zu wollen, indem er seinen Bruder hänselte, war er oft zur Insel hinübergerudert. Wenn er Harald antraf — was nicht oft der Fall war —, schien Jenny nicht anwesend zu sein; zumindest ließ sie sich nicht blicken. Ein- oder zweimal hatte er ganz beiläufig nach ihr gefragt; Harald hatte die Achseln gezuckt und geantwortet, sie wäre „in der Stadt" oder sie fühle sich nicht wohl oder „Weiß der liebe Himmel, ich habe keine Ahnung, wo sie steckt!" In letzter Zeit schien Harald weniger ungezwungen, weniger unbekümmert und mehr in seine eigenen Gedanken versunken. Er war unruhig. Soweit man das von einem so heiteren und umgänglichen Menschen sagen konnte, brütete er. Auf Grund dessen, was er von Marjorie erfahren hatte, fand Jonathan das sehr interessant. „Was Jenny betrifft, lieber Bruder", hätte er ihm zurufen wollen, „kannst du ruhig aufgeben, und das sollte ich vielleicht auch, nur, Gott verdamm mich, ich werd's bis zu meinem letzten Stündlein nicht tun!"

Jonathan wußte nicht, ob und wann sie Marjorie besuchte, und war auf Vermutungen angewiesen. Marjorie erwähnte das Mädchen nicht und hatte nur einmal kurz bemerkt, daß Jenny nicht so oft wie früher kam. Das war verständlich, da sie wahrscheinlich fürchtete, er könnte unerwartet im Haus auftauchen.

Über eines empfand er ungeheure Erleichterung: ganz offensichtlich hatte Jenny Harald nichts von seines Bruders Angriff auf sie erzählt. Es wäre ihr ein leichtes gewesen. Auf ihr Drängen hin hätte Harald ihm verbieten können, die Insel noch einmal zu betreten. (Es wäre interessant gewesen, festzustellen, ob er zum ersten Male in seinem Leben imstande gewesen wäre, sich in Wut zu reden und Beschimpfungen und Drohungen auszustoßen!) Aber aus einem geheimnisvollen Grund hatte Jenny ihm nichts erzählt, und schon das allein war ermutigend. Sie hatte ihm auch nicht geschrieben und ihn ersucht, nicht mehr zu kommen, und es ihm auch durch Marjorie nicht bestellen lassen.

Aber er hatte sie nicht gesehen. Das Ärgerliche daran war, daß Robert Morgan sie auf der Straße und in Geschäften getroffen hatte, während er Einkäufe für seine Mutter machte, und daß sie tatsächlich auf seine harmlose Einladung eingegangen war. Die tiefere Bedeutung dieser Geste nagte an Jonathan. Er hatte Robert sehr gern; er empfand für ihn jene starke brüderliche Zuneigung, die er für Harald nie empfunden hatte. Es verletzte seinen Stolz und die gute Meinung, die er von sich selbst hatte, daß ihm an diesem heißen Sonnabendnachmittag viele für seinen jungen Ersatzmann und auch für Jenny gar nicht schmeichelhafte Gedanken durch den Kopf gingen.

War Jenny schon immer schwer zu fassen gewesen, so war sie das nun in erhöhtem Maß. Jonathan hatte sich eine geschickte Strategie zurechtgelegt: er würde im Garten, wo sie ja immer arbeitete, ganz zufällig auf sie stoßen, oder im Schloß, wenn sie allein war, und sie, wenn nötig, mit Gewalt zwingen, ihm zuzuhören. Doch Jenny wich ihm aus. Er bekam sie nicht einmal flüchtig zu sehen. Er war kein geduldiger Mann. Er hatte sie morgen aufsuchen wollen — oder vielleicht noch heute. Er hatte noch nie vergeblich um eine Frau geworben und sogar eine geheiratet — die einzige, auf die er erpicht gewesen war. Für seine diesbezüglichen Bestrebungen verfügte er über eine gewinnende Mischung aus schmeichlerischer Ungeduld, noch schmeichlerischerem Drangsalieren und männlicher Sanftheit. Außer Jenny hatte ihn noch keine Frau glatt abgewiesen — verheiratete, höchst ehrbare Damen nicht ausgeschlossen. Er brauchte sich ihre Gunst nicht mit Geschenken zu erkaufen, nicht einmal die strahlender Kurtisanen, die es gewohnt waren, horrenden Liebeslohn zu fordern. In Hambledon war er vorsichtiger, wenn auch nicht immer. Den Damen New Yorks und Philadelphias war er wohlbekannt, oft zu wohl.

Er hatte keinen Augenblick daran gezweifelt, daß seine Werbung um Jenny Heger erfolgreich sein würde. Wie er jetzt wußte, liebte er sie und hatte noch nie zuvor eine Frau geliebt. Er wollte ihr alles bieten: sich selbst und die Ehe. Selbst wenn er hinter einem besonders schwierigen Weibsbild gewesen war, hatte er nie von Ehe gesprochen, noch hatte er Mavis je „Liebling" genannt, wie ihm das bei Jenny ganz von selbst über die Lippen gekommen war.

Da kam nun dieser naive Jüngling Robert Morgan mit seinem prächtigen Gewand daher und schaffte es tatsächlich, Jenny zu etwas zu bewegen, das sie noch jedem anderen abgeschlagen hatte. Wie war das nun mit dem Mann, dem angeblich Jennys Herz gehörte — oder sollte Marjorie sich so geirrt haben? Konnte es sein — nein, das war unmöglich! —, daß Robert Morgan jenen Fremden bei Jenny ausgestochen hatte? Völlig absurd. Jenny war ein intelligentes Mädchen; undenkbar, daß sie sich zu einem Mann von nur beschränktem Ideenreichtum hingezogen fühlen könnte. Aber bei Frauen wußte man nie. Sie waren der exzentrischsten Ab- und Zuneigungen fähig.

Das Telephon klingelte.

Eine hohe, atemlose Frauenstimme drang stürmisch an Jonathans Ohr. „Jon? Jon! Prissy Witherby. Oh, Jon, ich stehe Todesängste aus!"

„Das wundert mich nicht. Du bist ja mit Jonas verheiratet. Ist irgendwas Besonderes los, Prissy?"

„Jon, bitte, komm sofort zu mir! Er fährt irgendwo spazieren — das macht er jeden Tag. Aber ich halte das nicht mehr aus! Ich verliere noch den Verstand!"

Hätte er das von einer anderen Frau gehört, Jonathan würde nachsichtig gelächelt haben, doch Priscilla Witherby, die gewesene Dirne, besaß den gesunden Menschenverstand und den Wirklichkeitssinn ihres früheren Standes, und Hysterie war ihr fremd. „Was hat er denn jetzt wieder im Sinn?"

„Ich weiß es nicht! Darum ängstige ich mich ja so. Aber ich bin sicher, daß er etwas im Schilde führt. Seit er aus dem Krankenhaus zurück ist, sitzt er herum und grinst, wie so eine dicke Spinne sitzt er da und heckt etwas aus — oh, ich weiß, es klingt phantastisch, aber du kennst ihn ja."

„Ich kenne ihn. Ich komme, so schnell ich kann, Prissy. Wie lange bleibt er denn gewöhnlich aus?"

„Bei diesem Wetter zwei bis drei Stunden. Jack fährt ihn im Park herum." Sie hielt den Atem an und schluchzte. „Vor fünfzehn Minuten ist er fort. Wir hätten genügend Zeit, um zu reden."

Nachdem er sein Gespräch mit Prissy beendet hatte, dachte Jonathan über Jonas Witherby nach, die sanfte, lächelnde, genießerische Verderbtheit in Person. Die gütige Verderbtheit mit den zärtlichen Augen und der honigsüßen Stimme. Ein verflucht gefährlicher Patron! Jonathan sah die tote Frau vor sich, die zugrunde gerichteten Söhne, all die Opfer dieses entarteten Ungeheuers, dieses Mannes, von dem niemand glauben würde, er spräche, sähe oder höre Böses — dieses Mannes, der durch Täuschung fast eine ganze kleine Stadt dazu gebracht hatte, keine Zweifel an seiner Güte und Tugend und lauterem Mitgefühl zu hegen. Sollte Jonas Witherby je vor Gericht für oder gegen einen Menschen Zeugnis ablegen, Richter und Geschworene würden seiner liebevollen Stimme lauschen, in sein engelsgleiches Antlitz blicken und ihm unweigerlich Glauben schenken. Jonathan wollte sich schon zu Prissy auf den Weg machen, als er die Glocke im Wartezimmer läuten hörte. Verärgert und stirnrunzelnd ging er an die Tür. Außer bei Voranmeldungen und Notrufen wurde Sonnabendnachmittag nicht ordiniert.

Zwei Jonathan unbekannte, gutangezogene Herren Mitte dreißig standen im Wartezimmer. „Es tut mir leid", sagte Jonathan schroff. „Doktor Morgan ist nicht hier; Sonnabendnachmittag sieht er Patienten nur nach Voranmeldung."

Einer der Herren, ein groß gewachsener, freundlicher Mann mit pfiffigen, hellen Augen, dichtem, blondem Haar und humorvollem Gesichtsausdruck, überreichte Jonathan seine Karte. „Doktor Ferrier? Freut mich. Mein Name ist Stokeley, Bill Stokeley aus Scranton." Jonathan las: WILLIAM SEBASTIAN STOKELEY, RECHTSANWALT. „Und dieser Herr", sagte Mr. Stokeley, „ist Doktor Henderson Small, auch aus Scranton". Jonathan erhielt eine zweite Karte.

„Nun, was kann ich für Sie tun?" fragte Jonathan.

„Wir möchten gerne über eine Ihrer Patientinnen mit Ihnen sprechen, Herr Doktor", antwortete Mr. Stokeley, „und für ihre Untersuchung bezahlen. Soviel ich weiß, haben Sie ihr nie eine Rechnung geschickt."

„Wie hieß die Dame?"

„Mrs. Edna Beamish."

Jonathan überlegte. Der Name klang ihm bekannt, aber er konnte sich an die Patientin nicht erinnern. Er schüttelte den Kopf. Die zwei Herren sahen sich befriedigt an. „Sie können das nicht wissen", sagte Jonathan, „aber ich habe — vielmehr ich hatte — eine große Praxis. Meine Patienten kamen nicht nur aus Hambledon, sondern auch aus Dörfern und Städten der Umgebung, ja sogar aus Scranton und Philadelphia. Mein Nachfolger, Doktor Morgan, hat sie bereits zum größten Teil übernommen. Ich bin nur noch so lange hier, bis er sich eingearbeitet hat. Dann verlasse ich die Stadt."

„Zur Zeit ihres Besuches bei Ihnen wohnte Mrs. Beamish im Kensington Terraces."

Jonathan schüttelte abermals den Kopf, ging dann an seinen Karteischrank, öffnete ihn, zog eine Karte heraus und studierte sie. Dann lachte er. „Oh, Edna! Jetzt erinnere ich mich. Sie war vor etwa einem Monat hier. Reizende junge Dame. Sie ließ mich meine Untersuchung nicht zu Ende führen, wurde ein bißchen — unruhig —, machte eine Szene und lief davon. Verständlich, daß sie ein wenig durcheinander war, denn ich entdeckte, daß sie im dritten Monat schwanger war. Ihr Gatte war vor kurzem gestorben und würde daher sein Kind nie sehen. Ich schickte ihr keine Rechnung, weil ich meine Untersuchung nicht zu Ende führen konnte." Er sah den Anwalt an.

„Ich bin hier, um ihre Rechnung zu bezahlen, Herr Doktor", sagte Mr. Stokeley. „Meine Kanzlei, müssen Sie wissen, verwaltet den Nachlaß ihres verstorbenen — Gatten. Ernest Beamish. Darum schickt sie uns alle Rechnungen, und wir begleichen sie. Sie ist noch sehr jung und unerfahren und nicht in der Lage, den ziemlich beträchtlichen Nachlaß zu verwalten. Ihr Gatte bestellte uns zu Testamentsvollstreckern." Er lächelte. „Wir fungieren sozusagen in loco parentis. Und als sie nun vor zwei Wochen ihren Wohnsitz neuerlich in Scranton aufschlug, erzählte sie uns, daß sie Sie konsultiert hätte, ohne bisher eine Rechnung von Ihnen erhalten zu haben."

„Zerbrechen Sie sich doch über die Rechnung nicht den Kopf", entgegnete Jonathan. „Ich erwartete Mrs. Beamish zu einer weiteren Untersuchung, allenfalls zur vorgeburtlichen Pflege beziehungsweise zur geburtshilflichen Assistenz durch meinen Nachfolger. Da sie nicht wiedergekommen ist, sind weder Mrs. Beamish noch Sie verpflichtet, eine Rechnung zu zahlen, und ich werde sicherlich auch keine schicken."

Neugierig sah er Dr. Henderson Small an, einen kleinen, schmächtigen, unauffälligen Mann, würdevoll und mit düsterem Blick. „Sind Sie Mrs. Beamish' behandelnder Arzt, Herr Kollege?"

„Ich war es", antwortete Dr. Small in vielsagendem Ton.

„Ist sie Ihnen auch davongelaufen?" Jonathan lächelte.

Mr. Stokeley griff in das Gespräch ein. „Mrs. Beamish ist eine — eh — etwas schwierige Mandantin. Ich hatte mit Doktor Small heute zufällig in der Stadt zu tun, und da wollten wir die Gelegenheit benützen und Sie um eine Rechnung ersuchen."

„Es gibt keine Rechnung", sagte Jonathan. Langsam wurde ihm die Sache zu dumm. Es war ein schöner, warmer Nachmittag. Er wollte auf einen seiner Höfe hinausreiten und sehen, wie es einem kleinen Füllen ging, das alle Anzeichen erkennen ließ, sich zu einem beachtlichen Rennpferd zu entwickeln. „Wenn das alles ist, meine Herren —"

„Wie ich schon erwähnte, Herr Doktor", erwiderte Mr. Stokeley verbindlich, „sind wir für Mrs. Beamish in loco parentis tätig. Sie bedarf offensichtlich ständiger Behandlung. Doktor Small ist kein Gynäkologe. Er ist praktischer Arzt und kein Geburtshelfer. Er sagte Edna, er besitze wenig Erfahrung in der Obstetrik — so nennt man doch die neue Wissenschaft von der Geburtshilfe, nicht wahr? Ja. Sie bestand jedoch auf einer Untersuchung, und er entdeckte eine — kleine — Abnormität." Mister Stokeley lächelte Jonathan freundlich an. „Er verwies sie an einen Geburtshelfer in Scranton, doch ist sie bis heute seinem Rat nicht gefolgt. Haben Sie übrigens irgendeine Abnormität festgestellt, Herr Doktor?"

„Keinerlei", antwortete Jonathan. „Zumindest nicht bei der Untersuchung des Beckens, die ich mit der unter den Umständen möglichen Gründlichkeit durchführte. Sie war etwas zimperlich und überempfindlich — bei jungen Damen nichts Außergewöhnliches." Erst jetzt bemerkte er, daß Doktor Small sich in einem kleinen Büchlein Notizen machte. „Wozu tun Sie das?" fragte er.

„Reine Formsache, Herr Doktor.“ Mr. Stokeley war äußerst liebenswürdig. „Wissen Sie, das Vermögen ist recht ansehnlich und ein — eh — direkter Erbe wäre natürlich von entscheidender Wichtigkeit. Wir tragen die Verantwortung für Edna. Nun, Herr Doktor. Hätten Sie etwas dagegen, Dr. Small genaue Angaben über das Ergebnis Ihrer Untersuchung zu machen?“

Es war schon fast zwei. Nach seinem Besuch bei Prissy würde Jonathan noch eine gute Stunde brauchen, um auf seinen Hof zu kommen. Er warf einen Blick auf die Uhr.

„Ich habe keine Abnormität gefunden“, erwiderte er mit wachsender Ungeduld. Er sah den zurückhaltenden Doktor Small an. „Und Sie?“

„Keine Abnormität in der Beckengegend“, antwortete dieser, „aber etwas Nebensächliches an der Pankreas. Wir wollten Ihre Meinung hören, bevor wir Mrs. Beamish zu einem fachkundigen Kollegen in Scranton schicken beziehungsweise darauf bestehen, daß sie zu ihm geht.“

„Das ist nicht nötig“, versetzte Jonathan, der immer ungeduldiger wurde. „Die Patientin war eine gesunde junge Frau weißer Hautfarbe, in etwa der zehnten Woche schwanger, Witwe, ohne irgendwelche Anzeichen überstandener Krankheiten. Sie klagte über ‚schreckliche Schmerzen‘ im rechten unteren Quadranten des Abdomens, womit sie anfangs auch ihren Besuch bei mir begründete. Das ist bei der Ovulation nichts Außergewöhnliches. Ich untersuchte sie auf eine Ovarialzyste und fand alles normal. Dann untersuchte ich sie auf chronische Appendicitis und konnte auch da nichts feststellen. Ich wollte dann noch sehen, ob etwas mit der Niere —“

Dr. Small unterbrach. „Bei der Beckenuntersuchung haben Sie also keine Abnormitäten wahrgenommen?“

„Nein. Sagten Sie nicht, Sie wären zu dem gleichen Resultat gelangt?“

Mr. Stokeley warf Doktor Small einen merkwürdig unfreundlichen Blick zu, und dieser antwortete sogleich: „Ich sah keine Spuren einer natürlichen — einer natürlichen Abnormität.“

Jonathan fand das unklar. „Wir sprechen üblicherweise nicht von ‚natürlichen Abnormitäten‘, Herr Kollege. Ein Widerspruch in sich.“

„Und nach der Semantik“, stimmte Doktor Small zu.

„Richtig. Was meinten Sie also?“

„Ach“, mischte Mr. Stokeley sich ein, „an einem so schönen Tag wollen wir doch nicht in eine medizinische Diskussion eintreten! In einer halben Stunde geht unser Zug.“ Er streckte Jonathan überschwenglich die Hand entgegen. „Sie haben also für Ihre Untersuchung keine Bezahlung erhalten?“ fragte er in seiner volltönenden, aber schleppenden und eindringlichen Stimme.

„Ich sagte Ihnen schon, nein.“ Doktor Small notierte.

Mr. Stokeley lachte und schüttelte den Kopf. „Diese Edna! Immer beklagt sie sich, sie hätte nicht genug Taschengeld. Ich will offen zu Ihnen sein, Herr Doktor. Sie behauptet, sie hätte Ihnen zweihundert Dollar für die Untersuchung bezahlt! In bar und nicht mit Scheck, wozu wir sie immer wieder ermahnen."

Jetzt mußte auch Jonathan lachen. „Hätte ich die Untersuchung beendet, wie es meine Absicht war, ich würde ihr eine Rechnung über zehn, vielleicht fünfzehn Dollar geschickt haben. Ich fürchte, unsere kleine Edna versucht, Ihnen Geld aus der Tasche zu locken. Sie hat mir keinen Cent bezahlt, und ich habe ihr nie eine Rechnung geschickt. Wenn Sie mich jetzt entschuldigen wollten —"

„Danke, Herr Doktor, danke", sagte Mr. Stokeley mit überströmender Freundlichkeit. „Ich werde unsere Edna wirklich schelten müssen. Ich habe mir ja sowas gedacht. Guten Tag, Herr Doktor."

Die zwei Herren gingen, und Jonathan sah, daß ein Lohnkutscher sie draußen erwartete. Der Wagen fuhr dem Bahnhof zu. In seiner Eile vergaß er sofort die ganze Episode. Es war ja schließlich nichts Ungewöhnliches. Schwangere Damen waren verständlicherweise über ihren Zustand besorgt. Schon wollte er die Karteikarte wieder zurückstecken, als er innehielt. Mrs. Beamish würde weder seine noch Robert Morgans Patientin werden. Er zerriß die Karte und warf sie fort. Er hielt seine Kartei gern sauber und auf dem laufenden und frei von unnützen und überholten Unterlagen. Pfeifend verließ er das Haus. In letzter Zeit pfiff er oft. Trotz allem, was er seit seiner Heirat ertragen und erlitten hatte, empfand er seit neuestem ausgesprochene Lebensfreude.

Nie zuvor, schien es ihm, hatte das Essen so verführerisch geduftet und so gut geschmeckt, hatte der Wein soviel Gehalt und Schwere besessen, war der Schlaf so tief und das Erwachen so erfrischend gewesen. Bis jetzt hatte die Welt der Menschen die Wohltaten der Seife, des Wassers und des Morgenkaffees nicht richtig zu schätzen gewußt, ja, sie war — er selbst miteingeschlossen — ihrer gar nicht würdig gewesen. Manchmal lachte er über sich selbst, kam sich fade und nüchtern vor, ein Mann in mittleren Jahren, der plötzlich — zum ersten Male — den Zauber der Frauen entdeckte! Die goldene Jugend! Für ihn war sie gar nicht golden gewesen. Seit seinem siebzehnten Lebensjahr war es eine Zeit der Beklemmung, der Verzweiflung, des Unbehagens, eine Zeit schattenlosen Lichts und freudloser Tage gewesen. Nun sollte er seine wahre Jugend empfangen — aus den Händen eines widerspenstigen, wilden, leidenschaftlichen und rührend unschuldigen Mädchens, das ihn haßte. (Im Gegensatz zu anderen Männern seiner Zeit zollte Jonathan Ferrier unschuldigen Gemütern keineswegs ungeteilte Bewunderung. Er liebte keusche Frauen, doch auch solche mit einem Hauch von weltlichem Sinn.)

Es war herrlich zu leben, und es drängte ihn, dieses einzigartige Gefühl auch weiterhin zu genießen.

Er stand schon auf der Straße, als ein uniformierter Bote auf ihn zukam. „Doktor Ferrier?“ fragte der Junge, legte die Hand an die Mütze, übergab Jonathan einen unfrankierten, aber versiegelten Brief, stieg auf sein Rad und fuhr davon. Jonathan betrachtete die Schrift auf dem Umschlag. Sie war ihm nicht vertraut. Das ist eine verstellte Schrift, schoß es ihm aus irgendeinem Grund durch den Kopf. Vielleicht waren es die kunstvollen Schnörkel oder ein „t“, das nicht so gekreuzt war wie ein anderes, oder ein schiefrundes Kreislein über einem „i“, während die folgenden nur ein kurzes Strichlein oder gar keinen i-Punkt aufwiesen, was die Schrift gekünstelt erscheinen ließ. Jonathan öffnete den Brief.

„Mörder!“ schrie es ihn an. „Wenn du bis spätestens 1. September nicht aus der Stadt verschwunden bist, werden wir dich geteert und gefedert auf einer Stange hinausreiten lassen! Weißt du noch, wie du in effigie neben dem Gerichtsgebäude aufgehängt wurdest, nachdem sie dich zu Unrecht vom Mord an deiner Frau freigesprochen hatten? Das nächste Mal wird das Seil um deinen Hals und nicht um den einer Puppe geschlungen sein. Nimm dich in acht! Alle deine Verbrechen sind uns bekannt.“

Jonathan konnte es nicht glauben. Einer ersten Regung folgend, hätte er lachen und den Brief zerreißen wollen, denn nur ein Wahnsinniger konnte ihn geschrieben haben. Doch die Schrift, mehr noch als der Wortlaut, verriet eine Bösartigkeit, einen tiefen, unversöhnlichen Haß, einen persönlichen Haß, der ihm bis ins Mark drang. Nach seinem Freispruch hatte er Hunderte von gehässigen Briefen erhalten und nicht nur aus Hambledon, sondern auch aus Philadelphia und Pittsburgh, ja sogar aus New York und Boston. Er hatte zuerst gewütet und dann gelacht und die Briefe zerrissen und sogleich vergessen. Ein vernünftiger Mensch schenkte den hinterhältigen und boshaften Anonymi dieser Welt keine Aufmerksamkeit, wenn er nicht selbst verrückt werden wollte. Dieser Brief aber erregte seine Aufmerksamkeit wie noch keiner. Ein Einwohner Hambledons hatte ihn abgeschickt. Jonathan ging in sein Büro zurück und rief den Botendienst an.

Eine jugendliche Männerstimme antwortete ihm. Es wäre ein sehr arbeitsreicher Sonnabend gewesen, berichtete die Stimme, viele Leute wären dagewesen und hätten Päckchen und Briefe aufgegeben, und die Sendungen wurden nicht registriert, außer wenn man eine Rückantwort erwartete. Jawohl, Sir, er erinnerte sich an einen Brief für Doktor Jonathan Ferrier! Aber war es eine junge Dame oder ein Herr gewesen, die den Brief gebracht und bezahlt hatte? Jonathan wartete und konnte fast sehen, mit welch neugierigen Ohren die Zentrale mithörte. Der Teufel sollte die Telephonistinnen holen! In letzter Zeit belauschten sie ständig seine Gespräche; er würde sich beschweren müssen. Die junge Männerstimme schien nachzusinnen, wenn man sich das vorstellen konnte. Dann entschuldigte sie sich. Sie konnte sich wirklich nicht entsinnen. Es war jemand gewesen, natürlich, aber wer? Sie hatte keine Ahnung, und es tat ihr sehr leid. Es klang aufrichtig. Jonathan legte auf. Er ging an seinen Aktenschrank, öffnete ihn, nahm eine Flasche Whisky heraus und tat einen kräftigen Schluck. Wieder einmal überkam ihn das Verlangen, mit seinen bloßen Händen zu töten. Das Glas in der Hand, stand er da und stützte sich mit dem Ellbogen auf den Schrank. Wieder war sein Gesicht starr und hart und bleich unter der dunklen Haut. Er trank weiter. Dann fiel ihm ein, daß er Priscilla Witherby versprochen hatte, sie schnellstens zu besuchen. Er stellte die Flasche weg, versperrte den Schrank und verließ zum zweiten Male das heiße, stickige Konsultorium.

Er begab sich in die Mietstallung, um sein Pferd zu holen, und wechselte geistesabwesend einige Worte mit dem Reitknecht, der ihm verwundert nachsah. Was war denn jetzt wieder mit Doc Ferrier los? Es war schon lange her, daß er diesen Ausdruck auf seinem Gesicht nicht mehr gesehen hatte. In Hambledon nannte man ihn einen harten Mann, und der Reitknecht wollte es gern glauben. Nein, Sir, er wünschte Doktor Ferrier nicht in die Quere zu kommen!

Sorgsam darauf bedacht, das Tier im Schatten der hohen Rüster stehen zu lassen, pflockte Jonathan sein Pferd vor dem schmucken weißen Ziegelhaus des reichen alten Jonas Witherby an. Er ging den gepflasterten Weg hinauf: die rosafarbenen, blaßblauen und gelben Steine waren zu einem sehr kunstvollen Muster zusammengefügt. Doch heute schien ihm alles bösartig, kränkend und zu scharf in den Konturen, den Schattierungen und den Nuancen. Schon oft hatte er nach Rache gedürstet. Jetzt verlangte er danach mit einem so entsetzlichen Hunger, wie er ihn, außer einige wenige Male bei Mavis, noch nie empfunden hatte. Die leuchtende weiße Türe mit ihrem blank geputzten Bronzeklopfer öffnete sich, und Priscilla stand vor ihm. Sie nahm ihn bei der Hand und zog ihn rasch in die geräumige, schöne Halle mit ihrem Duft nach Jasmin, einem Duft, den Priscilla liebte und mit dem sie sich stets umgab.

„Lieber Jon!“ Sie war atemlos. (Priscilla rang immer nach Luft, ob sie nun unsagbar überrascht, empört, entzückt, überwältigt, erstaunt, bestürzt oder entsetzt war. Ihre Bewunderer fanden es faszinierend.) „O Jon, mein Lieber, ich fürchtete schon, du hättest mich vergessen! Ich hielt die ganze Zeit durchs Fenster nach dir Ausschau!“ Sie seufzte. Sie hatte eine nette, liebe Stimme, die klang wie die eines ganz jungen Mädchens oder eines atemlosen Kindes. „Komm in den Salon, da ist es schön kühl und angenehm! Ich habe deinen Lieblingswhisky. Du siehst jedes Mal besser aus, ich schwöre es dir! Und du solltest immer nur Reitdreß und Stiefel tragen und eine Peitsche in der Hand halten!“ Sie brach in Tränen aus. „Jon, ich halt's nicht mehr aus, keine Minute mehr, keine einzige Minute mehr!“

Sie stellte sich auf die Zehen, fiel ihm um den Hals, küßte ihn gefühlvoll auf die Lippen, drückte ihn innig an sich und verbarg ihr Gesicht an seinem Hals. Er hielt sie an den Armen und schob sie dann zart fort. „Also, Prissy, hat der alte Bastard dir Arsenik in den Kaffee getan?"

Prissy war mindestens zweiunddreißig und mit vierzehn Jahren eine Hure geworden — eine sehr vergnügliche, verständnisvolle und kostspielige. Sie war eine kleine Frau, klein selbst für eine Zeit, die kleine Frauen bevorzugte. Sie war die perfekte Miniatur eines Weibes, liebevoll geformt, ein Porzellanfigürchen in sanften, hellen Farben, schimmernd mit porzellanenen Lichtern. Sie strahlte einen gepflegten Glanz aus, der sich wie durch Zauberkraft auf ihre Kleidung übertrug. Sie war immer grazil und sauber, parfümiert und elegant und modisch gekleidet. Jetzt trug sie ein fließendes, mit rosa Tupfen gesprenkeltes Linonkleid mit einer rosa Schärpe; ihr helles, leuchtendes Haar war mit einem breiten, rosafarbenen Satinband zurückgebunden. Sie trug sogar rosafarbene Pantoffel, unglaublich klein, schmal und spitz, und am Rist des Fußes glitzerte ein Seidenstrumpf. Da sie eine Dame von Geschmack war und anspruchsvoll obendrein, legte sie nur selten mehr Schmuck an als kleine Perlen in ihren reizenden Öhrchen und den großen Diamant, den der alte Jonas ihr geschenkt hatte. Ihre zartgeformten Züge waren kindlich, arglos und offen, und ihre großen, blaßblauen, von goldenen Wimpern umrahmten Augen leuchteten so unschuldig wie die eines Kindes. Sie erinnerte viele ihrer Liebhaber an eine Lilie, und das sprachen sie offen aus, aber Jonathan, obgleich er ihr sehr zugetan war, hatte immer eine zotige Bemerkung daran geknüpft. Der alte Jonas war oft bei ihr gewesen, bevor er sie heiratete, und hatte nie etwas Derbes oder Abstoßendes an ihr entdeckt. Nun ja, es gab eben nichts so Kultiviertes, hatte er häufig und beifällig geäußert, wie eine Hure, die sich ihres Wertes bewußt war, sich achtete und an ihrem Beruf Gefallen fand. Man hatte Prissy nie „gezwungen, ihren unbefleckten, lilienweißen Leib zu verkaufen", wie man sich damals ausdrückte. Sie hatte sich, wie Jonathan wohl wußte, nach reiflicher Überlegung und durchaus sachlich für ihr Lebenswerk entschieden. Du meine Güte, die Männer gefielen ihr! Was war da so verwerflich daran? Und wenn die Herren ihr ein kleines Geschenk machen wollten, einen winzigen Pelz etwa oder hübsche Unterwäsche, die lieben Guten, wen ging das was an? Schon lange bevor sie unbegreiflicherweise den alten Jonas heiratete, war sie mit Rücksicht auf ihre Einlagen in den Banken Hambledons mit tiefen Verbeugungen und äußerstem Respekt empfangen worden. Prissy war vernünftig. Sie war auch sittsam und ließ es nie zu, daß jemand in ihrer Gegenwart eine „unartige" Bemerkung machte oder eine pikante Geschichte erzählte. Zu all dem war sie auch noch intelligent.

Sie verfügte über beträchtliche Vermögenswerte in Hambledon, einschließlich einer aufstrebenden Holzfirma, und besaß den Ruf einer geriebenen Geschäftsfrau. Sie war ein öffentliches Ärgernis. Die Damen haßten sie, obschon sie seit ihrer Heirat oft in die „besten" Häuser eingeladen wurde. „Jonas wegen", entschuldigten sich die Gastgeberinnen. „Der liebe, gute, alte Jonas!" Sie waren überzeugt, daß Prissy Jonas eingefangen hatte. Die Herren allerdings waren genau der entgegengesetzten Meinung und gaben ihrer ärgerlichen Verwunderung oft und laut Ausdruck. War der alte Jonas Prissy auf die Schliche gekommen, hatte er sie in der Hand? fragten sie sich, Jonathan nicht ausgenommen. Jonathan war so ziemlich davon überzeugt, obwohl Prissy es energisch ableugnete. Er war sehr reich, sie hatte ihn gern gehabt, ehrlich, und hatte geglaubt, er wäre lieb und gut, und schließlich und endlich mußte eine Frau doch an ihre Zukunft denken, nicht wahr? Prissy war nie die sagenhafte „Hure mit dem goldenen Herzen".

Der Salon war äußerst geschmackvoll eingerichtet — von Prissy. Sie hatte das ursprüngliche unförmige Mobiliar entfernt, und nun war der Raum mit seinen kleinen heiteren und farbenfreudigen Stühlen und Sitzbänken und ein paar wirklich guten Bildern an den Wänden Prissys getreues Spiegelbild. Sie ließ Jonathan Platz nehmen, goß ihm ein großes Glas ein, während frische Tränen anmutig über ihre Wangen rollten, zögerte, warf den Kopf zurück, und füllte auch ein Glas für sich.

„Na, Prissy, wo brennt's?" fragte Jonathan, nachdem er einen Schluck aus dem Kristallglas gemacht hatte. „Ich habe heute nachmittag noch einen Termin."

„Du kennst doch Jonas", sagte Prissy und wischte sich mit der Spitze eines rosigen Fingers, nicht größer als der eines Kindes und dem Aussehen nach ebenso verwundbar, eine Träne fort. „Seitdem er aus dem Krankenhaus zurück ist — Jon, du hast doch nie geglaubt, daß ich versucht habe, ihn zu vergiften, nicht wahr?"

„Nein, meine Liebe. Nie geglaubt, aber gehofft, du würdest es tun."

Prissy kicherte. „Ich hab' auch schon daran gedacht, aber ich bin ja nicht dumm. Du kannst dir ja vorstellen, wen sie als ersten verdächtigen würden — und vielleicht mit gutem Grund, wo er doch soviel Geld hat. Aber der wird noch tausend Jahre alt, Jon! Tausend Jahre! Er ist so schlecht — er lebt nur, um mir eins auszuwischen."

„Dir — und anderen auch."

„Also." Prissy seufzte. „Jon, ich weiß, du wirst mir nicht glauben. Aber ich bin ganz sicher, daß Jonas wirklich vergiftet wurde. Und ich bin sicher — von ihm selbst. So, jetzt kannst du mich auslachen."

Jonathan schüttelte langsam den Kopf. „Nein, meine Liebe. Ich werde dich nicht auslachen. Ich bin derselben Meinung. Der alte Teufel hat natürlich nicht so viel genommen, daß er daran sterben könnte. Gerade genug, um sich mit seiner Vergiftung interessant zu machen — und die Leute zu veranlassen, Fragen zu stellen. Über dich."

„Aber warum, Jon, warum?" Sie begann wieder zu weinen.

„Er will, daß die Leute sich an seine ‚Krankheit' erinnern. Wie ich höre, redet er ununterbrochen davon, damit sie es nicht vergessen. Sollte er jetzt doch noch sterben, wird man gemeine Mutmaßungen anstellen. Es wird dir nichts Konkretes nachgewiesen werden — aber man wird sich den Mund zerreißen. Vielleicht kommt es zu einem Prozeß über das Testament. Vielleicht hat er diesbezüglich schon Vorkehrungen getroffen. Vielleicht steht etwas drinnen, was dir abträglich ist; ich wäre nicht überrascht. Vielleicht hat er dir nichts hinterlassen, indem er angibt, er hätte immer schon den Verdacht gehegt, du wolltest ihn umbringen, und nur das schnelle Eingreifen eines Arztes habe deine Pläne zunichte gemacht. Im Einweisungsprotokoll steht vermerkt, er wäre mit ‚Vergiftungserscheinungen' eingeliefert worden. Aber er hat sich im Krankenhaus nicht erbrochen, und so gab es keine Beweise. Mach nicht so ein trauriges Gesicht, Prissy. Allerdings erklärte der liebe, gute, unschuldige, alte Herr, er hätte nichts gegessen, was du nicht auch gegessen hast, und sicherlich handle es sich nur um eine ‚akute Verdauungsstörung'. Er vergoß echte Tränen, als ich ihn ausfragte. Ich war nicht der diensthabende Arzt, als er eingeliefert wurde. Ich war nicht da. Vielleicht hat er das so eingerichtet, aus Angst, ich könnte ihn durchschauen.

Doch er brauchte jemanden, der eine Vergiftung befürchten würde, und dazu war ich ihm recht. Er wollte keine Beschwichtigungshofräte sehen; die würden schlechte Zeugen abgeben. Er hat es sehr geschickt eingefädelt. Kein objektiver Tatbestand. Ich sah ihn erst achtundvierzig Stunden nachdem er — als dringender Fall! — ins Krankenhaus eingewiesen worden war. Er litt ganz offensichtlich an den Nachwirkungen einer Vergiftung — was für eine Art, ließ sich nicht mehr feststellen. Meiner persönlichen Meinung nach war es Arsen."

„Ich verstehe immer noch nicht, warum er das hätte tun sollen."

„Wie alle diese Scheinheiligen, die immerzu die Bruderliebe im Munde führen, haßt er die Menschen. Ich weiß nicht, warum, liebe Prissy. Es gibt Aspekte der menschlichen Seele, denen ich auch heute noch verständnislos gegenüberstehe. Mag sein, die Bruderliebeapostel haben Angst, man könnte sie bei ihrem schwelgerischen Hassen ertappen und sich von ihnen abwenden — wo sie die Zuneigung, die andere ihnen entgegenbringen, doch so schätzen! Wahrscheinlich kennen sie sich selbst sehr genau und verachten sich im geheimen und sehen ihre einzige Verteidigung gegen die Schrecken ihres Daseins in der Liebe und Achtung ihrer getäuschten Mitmenschen. Jeder von uns hat eine gewisse Art, sich gegen die Welt zu verteidigen. Der Bruderliebeapostel ist ganz besonders auf diese Verteidigung angewiesen; er ist ein Schwächling, kann sich damit nicht abfinden, und fürchtet, die Welt würde ihn bestrafen, wenn er ihr sein wahres Gesicht zeigte — was sie, bei Gott, auch tun sollte! Er ist eine Gefahr.

Er ist nicht nur grausam, weit grausamer als nicht so talentierte Lügner, er liebt es auch, Menschen leiden zu sehen. Er wagt es nicht, das offen auszusprechen, denn diese Menschen könnten es ihm ja heimzahlen, wie er es verdient. Also schleicht er um sie herum wie eine aalglatte Schlange, gibt liebevolle Töne von sich, während er ihnen seine Fänge ins Fleisch krallt — und die Opfer ahnen nicht, daß es einzig und allein seine Fänge waren."

Prissy hatte ihm mit zusammengezogenen Brauen zugehört. Sie schüttelte den Kopf. „Ich finde das sehr sonderbar, Jon. Ich war zu anderen Menschen immer anständig und habe immer geglaubt, sie würden dafür auch zu mir anständig sein. Bis ich Jonas kennenlernte. Warum sollten — wie nennst du sie — Bruderliebeapostel Vergnügen daran finden, andere leiden zu sehen?"

„Weil sie verrückt sind, meine Liebe, vollständig wahnsinnig. Und schlecht. In manchen Fällen laufen Schlechtheit und Verrücktheit auf dasselbe heraus. Du kennst doch die Geschichte von Jonas' Frau, die sich umbrachte, und von seinen unglücklichen Söhnen. Sie hatten Jonas nichts getan. Aber sie waren ideale Objekte für seine Bösartigkeit. ‚Reformieren' nannte er das, was er mit ihnen anstellte. Du wirst bemerken, daß es immer die Feinde der Menschheit sind, die sie reformieren wollen. Sie wollen sich den Durchschnittsmenschen gegenüber erhaben fühlen. Außerdem sind sie von Grund aus schlecht. Wie hat Christus sie doch in einer seiner weniger gütigen Anwandlungen genannt? ‚Heuchler, Lügner, Teufelsbraten.'

Das ist der alte Jonas, wie er leibt und lebt. Und so will er auch dich leiden sehen. Er hat möglicherweise gar nichts gegen dich. Ich glaube, auf seine perverse Art hat er dich gern und ist dir sehr zugetan. Aber du bist ihm bei der Hand. Sobald es ihm gelungen ist, dich unglücklich zu machen, wird er zufrieden sein und vor Freude strahlen.

Ich fürchte, er führte seine kleine Komödie mit dem Arsen nur auf, um dich zu schrecken, dir Angst vor der ganzen Stadt einzujagen, und die Stadt zu veranlassen, dich zu verdächtigen. Manche Leute tun dies bereits. Das weißt du ja.

Er ist dabei, dir geistige Verletzungen beizubringen. Er läßt dich in deinem eigenen Entsetzen braten. Ich weiß nicht, wie er das bei seiner ersten Frau angestellt hat, aber es gelang ihm, und sie legte Hand an sich, um ihm zu entkommen. Und so entkamen ihm auch seine Söhne — auf ihre Art. Du wirst meinem Rat nicht folgen, Prissy, aber ich gebe ihn dir trotzdem. Pack deine Sachen und geh! Außer du besitzt die Willenskraft, ihm heitere Gemütsruhe vorzutäuschen und bist imstande, ihm hin und wieder zuzublinzeln und ihm damit zu verstehen zu geben, daß du ihn durchschaust und durch nichts aus der Ruhe gebracht werden kannst."

„Meine Güte, Jon, ich ertrage diesen alten Teufel jetzt schon über drei Jahre! Meinst du nicht, ich hätte es mir redlich verdient, daß er mir etwas hinterläßt? Wenn ich jetzt fortginge, würde ich nichts bekommen. Obwohl ich zugeben muß, daß ich manchmal recht unruhig werde." Trotz ihrer Tränen schenkte sie ihm ein niedliches und bedeutsames Lächeln. Er gab ihr einen leichten Klaps auf die Hand. „Sicher hast du noch — Freunde", meinte er, „wenn du's einigermaßen diskret anstellst."

„Ausgeschlossen. Er läßt mich nicht aus den Augen. Wenn ich einkaufen gehe, muß ich ihm über jede einzelne Minute Rechnung ablegen. Er will wissen, was ich gekauft habe und wie schnell man mich bedient hat. Er kontrolliert mich. Jack fährt mich, weißt du, und von dem bekommt er auch Berichte. Ich weiß es."

„Es geht ihm nicht um deine eheliche Treue. Es gehört nur zu seiner Kampagne, um dich unglücklich zu machen. Ich gebe zu, du verdienst eine Belohnung für die drei Jahre — aber wahrscheinlich wird er ewig leben. Du mußt dich entscheiden, ob dir die Sache soviel wert ist."

„O Gott", rief Prissy aus, nachdem sie einen Blick durchs Fenster geworfen hatte. „Er ist schon zurück! Jetzt sieht er dein Pferd! Er weiß, daß es dir gehört."

„Tun wir, als ob wir nicht wüßten, daß er schon zurück ist", rief Jonathan. „Das wird seine erste Enttäuschung sein — daß er uns nicht beim Herumbalgen in deinem Bett überraschen kann. Nicht daß es ihm wirklich etwas ausmachen würde; für ihn hat es sich sowieso schon ausgebalgt. Wir wollen ihn mit zuckersüßem Lächeln begrüßen. Dann laß uns allein. Vielleicht kann ich ihm richtig bange machen — soweit das bei einem Bruderliebeapostel möglich ist."

Als wäre sein Herr ein äußerst gebrechlicher Mann, half der Kutscher Jonas Witherby ins Haus. Doch Jonas war lebensvoll und stark, auch wenn er es zuließ, daß Jack so tat, als sei das Gegenteil der Fall. Seidenes weißes Haar, tugendhaftes Lächeln, muntere Äuglein, so trat er strahlend und rosig ins Zimmer. „Jon, mein Junge!" rief er, streckte ihm zwei warme, weiche Hände entgegen, nahm Jonathans Hand und drückte sie liebevoll. „Wie schön, Sie zu sehen! Ist Prissy denn krank?" Er warf einen sorgenvollen und zärtlichen Blick auf seine Frau.

„Nein, sie ist nicht krank", antwortete Jonathan. „Ist das nicht fein? Ich war gerade in der Gegend und wollte nach Ihnen sehen und Sie fragen, ob Sie wohl bereit wären, mir einen Scheck für das neue Tuberkulosespital auszuschreiben, das gebaut werden soll."

Jonas gackerte fröhlich und schüttelte den Kopf, als hätte Jonathan einen wunderbaren Witz gemacht, der ihn höchlichst amüsierte. Mit einem behaglichen Seufzer ließ er sich nieder. „Ist das nicht ein prächtiger Tag heute?“ sagte er. „Tut meinen alten Knochen gut. Prissy, Liebste, würdest du mir wohl einen Drink geben? Wie immer. Ein bißchen, ein ganz kleines bißchen Whisky, aber viel kaltes Soda. Wie ich sehe, habt ihr ja in meiner Abwesenheit schon gefeiert.“

„Ja, das haben wir“, entgegnete Jonathan. „Schließlich und endlich, wie oft gehen Sie denn schon aus dem Haus?“

Jonas lachte. Ganz unvermittelt tat er so, als habe er ein wachsames Auge auf Priscilla. „Herzchen“, sagte er in einer Stimme, die schmachtend und schüchtern klang, „ist das der Whisky, den du mit Jon getrunken hast?“

Priscilla fuhr erschreckt zusammen, und ihr zartes Gesicht spannte sich. „Ja“, antwortete sie, und ihre Hand zitterte, als sie sein Glas füllte. Sie sah nicht, wie Jonathan tadelnd den Kopf schüttelte. „Wissen Sie, Jonas“, sagte er dann, während er müßig zusah, „ich würde es Prissy gar nicht übelnehmen, wenn sie Arsen hineingösse — obzwar: wo sollte sie es hernehmen?“

Immer noch beobachtete der alte Mann seine Frau mit anscheinend hilfloser Sorge. „Eh?“ machte er dann.

„Sie haben schon richtig gehört. Arsen ist bekanntlich nicht leicht zu beschaffen, obwohl man es gegen die Insekten im Garten verwendet. Natürlich nicht das reine Arsen. Das reine muß man in der Apotheke kaufen und den Erhalt schriftlich bestätigen. Das ist eine gesetzliche Vorschrift. Wie sollte Prissy also dazukommen, ohne Verdacht auf sich zu lenken?“ Jonathan lächelte den Alten freundlich an. „Vielleicht können Sie uns das sagen, Jonas?“

Auf Witherbys Gesicht malte sich kindlich-unschuldiges Staunen. „Eh? Wieder einer von Ihren Späßen, Jon? Sehr geschmacklos, muß ich sagen.“

Jonathan lehnte sich zurück und blickte zur Decke empor. „Man könnte dem Apotheker natürlich etwas über Ratten vorschwafeln. Oder das Zeug holen lassen — in einer anderen Stadt, mit falschem Namen und Adresse. Du hast dich doch hoffentlich nicht mit Jack, dem Kutscher, eingelassen, Prissy?“

„Jon! Was redest du da?“ Die arme Priscilla stand mit der Flasche in der Hand da und starrte Jonathan entsetzt an.

„Ich grüble nur so nach, Prissy. Ich bin ein großer Grübler. Und noch dazu neugierig. Was halten Sie davon, Jonas?“

„Ich könnte nicht einmal eine Ratte vergiften“, antwortete Jonas mit trauriger und zittriger Stimme. Er nahm Priscilla das Glas aus der Hand und dankte ihr mit einem höflichen Neigen des Kopfes. „Ich liebe alles Lebende.“

„Oh, das glaube ich Ihnen. Dafür sind Sie ja bekannt. Prissy, würdest du mir noch ein Glas einschenken — ja, aus dieser Flasche — und uns dann eine Weile allein lassen? Ich mache mir noch Sorgen über Jonas' Gesundheitszustand und möchte ihm ein paar Fragen stellen."

Priscilla war sehr blaß, und Jonathan sah, wie ihre Hände zitterten. Als sie ihn ansah, zwinkerte er ihr breit zu, und zum ersten Male spielte ein leises Lächeln um ihre Lippen. Als sie ihm das Glas reichte, berührten ihre Finger hilfesuchend die seinen; beruhigend drückte er sie wieder. Dann murmelte sie einige Worte der Entschuldigung und verließ den Raum. Jonas folgte ihr mit den Blicken. „Ein liebes Mädel", seufzte er und lächelte. „Wie hat sie doch meine Tage verschönert und meinem alten, müden Leib neues Leben eingehaucht!"

„Das glaube ich gern", meinte Jonathan. „Aber was hat Prissy davon?"

„Alles", erwiderte Jonas im Brustton der Überzeugung. „Alles. Meine Verehrung, meinen Schutz und, am Ende, mein Geld."

„Fein. Ich liebe so gute Ehen. Sie sind so selten. Prissy wird immer noch jung sein, wenn Sie schon bei Ihren Vorfahren versammelt sind. Es sollte Sie fröhlich stimmen, zu wissen, daß sie sich noch lange Zeit an Ihrem Geld erfreuen wird — auch wenn Sie dann nicht mehr bei ihr sind."

Ein dunkler, häßlicher Blick funkelte in den Augen des Alten, und Jonathan erkannte den tückischen, verlogenen Geist, der sich gleich wieder hinter wohlwollender Güte verbarg. „Ach ja", seufzte er, „es ist tatsächlich ein befriedigendes Gefühl, daran zu denken."

„Sie sind wirklich ein liebenswerter Mensch, Jonas, ein strahlendes Licht der Tugend in einer bösen Welt. Ein Licht des Friedens und des guten Willens gegenüber den Menschen, makellos, mitfühlend, vertrauensvoll, großmütig. Und vor allem, reinen Herzens. Jetzt, da wir allein sind, Jonas, wo haben Sie sich das Arsen beschafft?"

Mild lächelnder Haß lag in Jonas' Blicken. „Scherzen Sie doch bitte nicht über so ernste Dinge!"

„Ich versichere Ihnen, Jonas, ich scherze nicht. Seien Sie doch nicht so verdammt scheinheilig. Ich bin Arzt. Verstehen Sie das? Ich brauche doch nur ein paar Erkundigungen einzuziehen, hier und in ein paar Nachbarstädten, und ich erfahre, was ich wissen will. Es dauert einige Zeit, vielleicht muß ich auch ein paar Leute unter Druck setzen, aber ich erfahre es. Ist das klar?"

Jonas lächelte unbekümmert. „Also wirklich, Jon. Wenn jemand irgendwo Arsen gekauft hat . . ."

„Dann war es nicht Prissy. Das habe ich gewissen Leuten schon gesagt. Aber was haben Sie? Fühlen Sie sich nicht wohl?" Mit gespielter Beunruhigung sprang Jonathan auf.

Jonas winkte ihn zurück. Er zog sein Leinentaschentuch hervor und fuhr sich damit über das runzlige alte Gesicht, das nun nicht mehr rosig war. „Nein, nein, es ist alles in Ordnung. Die Sonne war so stark.“ Er keuchte jetzt. „Ich weiß nicht, was Sie meinen, Jon. Was soll das mit dem Arsen? Ich bin doch nicht vergiftet worden.“

„Das wurden Sie also nicht. Ich wußte, Sie würden das gelegentlich zur Sprache bringen. Ihr Befund lautet auf akute Magenverstimmung und eine harmlose Leberreizung. Ich habe die Eintragung selbst vorgenommen.“ Er blieb stehen. „Es wäre denn, Sie hätten nichts dagegen, wenn es bekannt werden würde, daß Sie versucht haben, sich selbst zu vergiften — weil Sie die Schlechtigkeit dieser Welt nicht mehr ertragen konnten oder so was Ähnliches — und deshalb in einem Augenblick edler Verzweiflung Arsen nahmen.“

„Ich habe daran gedacht!“ Jonas' Stimme zitterte in schmerzlicher Erregung. „Ich habe daran gedacht!“

„Nun, wir denken alle gelegentlich daran. Nur die Dummen ziehen den Selbstmord nie in Erwägung. Aber denken Sie jetzt nicht mehr daran, alter Freund. Versuchen Sie, das Leben zu genießen.“

Jonas war tief bewegt. Er sah Jonathan dankbar an. „Mein lieber Junge, wieviel Trost gewähren Sie doch einer armen alten Seele!“

„Tue ich das? Ich werde jedenfalls kein Wort über dieses Gespräch verlauten lassen, Sie arme alte Seele, wenn es nicht absolut nötig werden sollte. Und das wird ja sicher nicht der Fall sein.“

„Bestimmt nicht, Jon, darauf gebe ich Ihnen mein Wort. Schließlich würde es sich ja auch nicht gut anhören, wenn ich erwähnen müßte, mein eigener Arzt hätte angedeutet, ich hätte mich selbst vergiftet. Habe ich nicht recht?“

„Oh, da hätte ich dann schon Beweise in der Hand“, erwiderte Jonathan mit einer wegwerfenden Geste. „Namen, Daten, Beschreibungen. Können Sie sich vorstellen, wie die Leute lachen würden?“

Jonas nippte langsam und genießerisch an seinem Glas. „Jon“, sagte er und wischte sich die Lippen ab, „ich glaube, Sie können gar nicht richtig lieben.“

„Da mögen Sie recht haben“, sagte Jonathan in leutseligem Ton.

Jonas seufzte. „Ich habe mein Leben immer der Menschheit geweiht, habe sie ernährt, habe gegeben, ihr Trost gespendet ...“

„Nun, das können Sie auch weiterhin tun. Schicken Sie mir morgen einen Scheck über fünftausend Dollar für das Tuberkulosespital, von dem wir schon so lange reden.“

Sie fixierten sich. Jonathans Augen waren belustigt und hart, die des Alten gehässig.

„Fünftausend Dollar“, wiederholte Jonathan. „Zahlbar nicht an mich, sondern an das Tuberkulosespital Hambledon. Unten werden wir eine

Plakette für Sie anbringen! ‚Gestiftet von Jonas Witherby.' Dort, wo sie am meisten ins Auge fällt. Vielleicht mit einem Basrelief von Ihnen, mit Ihren edlen patriarchalischen Zügen und Ihrem gütigen Lächeln. Ist das nicht ein guter Einfall?"

Eine Träne trat aus Jonas' Auge, als er darüber nachdachte, aber das Licht des Bösen erlosch nicht darin. Er nickte. „Morgen, Jon. Ich gebe Ihnen mein Wort."

Jonathan grüßte freundlich und verließ das Zimmer. In der Halle stieß er auf die angsterfüllte Priscilla. „Keine Sorge", flüsterte er. „Ich habe ihn gestoppt. Ich hoffe es zumindest." Er drückte ihr einen zarten Kuß auf die Wange.

Nachdem Jonathan gegangen war, kletterte Jonas behende in sein Schlafzimmer hinauf. Mit öliger, salbungsvoller Stimme nannte er dem Amt eine Nummer. „Kenton?" sagte er dann. „Jonas Witherby. Ja. Wann können wir unser kleines Gespräch führen?"

Die trotz Jonathans Worten immer noch ängstliche Priscilla, die die ganzen letzten Tage schon nervös und argwöhnisch gewesen war, war ihrem Gatten unbemerkt gefolgt und drückte nun ihr Ohr gegen die Schlafzimmertür und lauschte.

KAPITEL VIERUNDZWANZIG

Jonathan ritt eilig seinem nahe gelegenen Hof zu, der jetzt von Doktor Thomas Harper verwaltet wurde. Er sprach nur selten mit seinem früheren Freund. Das geschah nicht aus hoch anhaltendem Unmut, Haß und Verachtung. Er fürchtete, Tom könnte, träte er ihm mit freundlichem Wesen entgegen, sentimental werden und sich von seinen Schuldgefühlen übermannen lassen, und so etwas war Jonathan höchst peinlich, ja geradezu unerträglich. Ein undankbarer Schurke sollte Gewissensbisse und Reue in seinem Herzen empfinden, diese aber nicht in seine alltäglichen Gespräche einfließen lassen, und schon gar nicht in jene, die er mit dem Opfer seiner früheren Bösartigkeit führte. Gegen tätige Reue war nach Jonathans Meinung theoretisch nichts einzuwenden, wenngleich eine für das Opfer gefährliche Nachwirkung nicht zu übersehen war: der reuige Übeltäter mochte wohl den sehr menschlichen Drang verspüren, seine seelische Bedrückung abzuschütteln, nach weiteren Gründen suchen, sein Opfer zu hassen, und schließlich noch bösartiger dastehen als zuvor. Und Jonathan wünschte weder mit Sentimentalität noch mit Bösartigkeit konfrontiert zu werden.

Er wollte den Hof inspizieren und mit Thelma Harper und ihren vier reizenden Kindern plaudern, denn er hatte Thelma schon als Krankenschwester im St. Hilda gekannt, als er noch ein bescheidener Medizinstudent und ihr Mann Assistenzarzt gewesen war. Bescheidener Medizinstudent? Ein armes Würstchen war er gewesen, von den Schwestern verächtlich übersehen, von den Assistenzärzten gerade noch geduldet, doch Thelma, obgleich nur vier Jahre älter als er, war freundlich und mütterlich zu ihm gewesen. Außerdem — und das war Jonathan wichtiger als alles andere — war sie eine ausgezeichnete Krankenschwester gewesen und das zu einer Zeit, da die Spitäler ihre Schwestern ganz allgemein als Packesel ansahen, sie ausbeuteten und mit äußerster Geringschätzung behandelten.

Jonathan schlug den schmalen Reitpfad ein und trabte den Fluß entlang; es war nicht nur der kühlere, sondern auch der kürzeste Weg zu seinem Hof. Das Pferd verabscheute Wasser und zeigte sich immer ängstlich, indem es seinem Reiter ein beredtes und vorwurfsvolles Auge zuwandte. „Unsinn", sagte Jonathan. „Du bist zwar verschnitten, aber so viel Mannhaftigkeit solltest du doch noch in dir haben, du Schwindler!" Mit kläglicher Resignation ließ das Tier den Kopf sinken und tänzelte gesittet weiter. „Da es den Anschein hat", meinte Jonathan nachdenklich, „als ob die Männer heutzutage, wenn schon nicht körperlich, so doch geistig verschnitten sind, sollte ich dich eigentlich nicht an das erinnern, was dir widerfahren ist. Ja, das ist eine allgemein bekannte und sehr traurige Tatsache. Nur die Jungen, die jetzt unerschrocken die westlichen Territorien besiedeln, scheinen noch Mumm zu haben, aber sobald sie sich einmal dort niedergelassen haben, sobald die Städte in die Höhe wachsen, werden sie sich selbst kastrieren. Mit Testikeln kann ein Mann in der Stadt nicht leben. Wie sagte schon Sokrates? ‚Ein Dorf bringt Helden hervor, eine Stadt Eunuchen.' Und bösartige auch noch dazu, denn Eunuchen sind immer laut, bösartig und mordlustig. Und zum Teufel mit Charles Lamb und seinem ‚jenseits von Gut und Böse'!"

Thelma hatte ihm vor kurzem geschrieben, Toms Zustand hätte sich sehr gebessert und er sei imstande, „täglich kurze Ausritte zu machen". Er dachte an die Worte des Dichters William Blake: „Grausamkeit hat ein menschlich' Herz, und Eifersucht ein menschliches Gesicht." Für solche Kernsprüche bedurfte es eines Poeten, und nur Ignoranten nannten einen Dichter dekadent oder weibisch oder drückten sich ähnlich abfällig über sie aus. Poeten waren eine sehr virile Rasse. Jonathan rezitierte einige seiner Lieblingsgedichte und blickte auf den Fluß hinaus. Die Insel lag schon hinter ihm. Leichter Nebel hob sich aus dem Wasser in die heiße Luft, und die Insel schien, einem Feenreich gleich, in den Wellen zu treiben. Jonathan dachte an Jenny und Robert Morgan und lachte in sich hinein, aber es war kein gutes Lachen. Nun würde er die so schwer zu fassende Jenny bald in die Enge treiben müssen. Schluß mit den taktvollen Annäherungsversuchen! Wie hatte Ibsen es ausgedrückt? „Man sollte sich nie die besten Hosen anziehen, wenn man für die Freiheit und Wahrheit in den Kampf zieht." Auch er würde sich nicht die besten Hosen anziehen, um für seine Liebe zu kämpfen.

Der Fluß bot heute einen verträumten Anblick. Die Strömung war kaum wahrnehmbar, die glatte Oberfläche schimmerte wie blaßblaue Seide. Mit Ausflüglern voll beladen, knatterten die Fähren von einem Ufer zum anderen; auf der Suche nach einem geeigneten Plätzchen für ein Picknick glitten Ruder- und Segelboote gemächlich dahin. Ein gelblicher Dunstschleier umgab die Sonne, und jenseits des Flusses flimmerten die Umrisse der Berge in duftigem Grün. Es war, was Landleute einen „schönen Tag" nennen, feucht und heiß, aber angenehm träge und friedlich. Vom Wasser her wie auch aus den Ufergärten erklangen Stimmen und fröhliches Lachen. Doch nun wurden die Abstände zwischen den einzelnen Häusern und Gärten immer größer, und vor ihm öffnete sich das weite Land, das nach Staub und Heu roch und jenen eigenartigen Reiz köstlicher, sinnlicher Erde ausstrahlte.

Jonathan bog in die Uferstraße ein, von der hier und dort holperige Karrenwege abzweigten. Als er sich gerade einem solchen näherte, kam ein Buggy in flottem Tempo um die Biegung gefahren. Wie nicht anders zu erwarten, bäumte sich Jonathans Pferd in jähem Schrecken auf. Einen Augenblick lang blieb es so stehen, Jonathan in den Steigbügeln und aus dem Sattel gehoben, ließ sich aber dann, nach einem kurzen Schlag mit der Reitgerte, wieder fallen. Auch der Buggy hielt jäh an, und Vater McNultys jugendliches Gesicht guckte unter dem staubigen Verdeck hervor.

„Jon!" rief der Priester aus, ließ, in grober Unkenntnis des Verhaltens von Pferden, seine Zügel los und sprang vom Wagen. „Ich habe versucht, Sie telephonisch zu erreichen! Was für ein Glück, daß ich Sie hier treffe!"

„Allmächtiger Gott", sagte Jonathan, stieg ab, ging zum Buggy hinüber, nahm die Zügel auf und machte sie fest. „Ihr Pferd kann Ihnen doch durchgehen, Sie verdammter Städter! Nur gut, daß es eine zahme Stute ist und ich keinen Hengst reite." Er stand im heißen, gelben Straßenstaub und betrachtete Vater McNulty mit einigem Mißvergnügen.

Aber Vater McNulty glühte zu sehr vor Dankbarkeit, als daß ihm das etwas ausgemacht hätte. Er packte Jonathan am Arm und deutete die enge Seitenstraße hinauf. „Sie kennen doch die McHenrys."

„Nein, ich kenne sie nicht und will sie auch nicht kennenlernen."

„Er ist der junge Verwalter des Hambledoner Sägewerks. Kommt aus Michigan."

„Wunderbar. Ich hoffe, Prissy Witherby zahlt ihm ein gutes Gehalt.

Sie war die attraktivste Dirne der Stadt, müssen Sie wissen. Sie hat sich bis auf weiteres vom Geschäft zurückgezogen. Die schönsten Beine weit und breit und was ihre sonstigen Qualitäten betrifft, wie heißt es doch in den Reklamen? ‚Eine Probe wird Sie überzeugen.' "

„Jon." Der Priester lächelte. „Versuchen Sie nicht, mich zu schockieren." Das Lächeln erstarb auf seinen Lippen. „Ich habe der jungen Mrs. McHenry einen Besuch abgestattet. Peter ersuchte mich darum. Ich fürchte, die arme junge Frau wird verrückt. Es war nichts mit ihr anzufangen. Matilda ist eine entzückende Frau."

„Kennen Sie denn keine Beschwörungsformeln für die Teufelsaustreibung? Oder funktioniert das nicht mehr in unserem wissenschaftlichen zwanzigsten Jahrhundert?" Er wollte auf sein Pferd zugehen, doch der Priester hielt ihn abermals fest.

„Jon, ich habe gebetet, ich möge Sie finden. Ich habe versucht, Sie telephonisch zu erreichen. Es ist fürchterlich dringend. Sie müssen ..."

„Ich bin kein Psychiater", unterbrach ihn Jonathan. „Von Geisteskrankheiten verstehe ich nichts. Schicken Sie sie nach Philadelphia. Ich kann Ihnen einen Spezialisten empfehlen."

„Beim jungen Campion haben Sie Wunder gewirkt."

„Ach so! Hat Matilda versucht, sich das Leben zu nehmen? Wozu haben Sie sich — wieder — eingemischt?"

„Bitte, Jon. Nein, sie hat nicht versucht, sich das Leben zu nehmen, aber sie ist so aufgewühlt, daß sie schon daran denkt. Ich fürchte, sie verliert den Verstand, und Peter ist verzweifelt. Sie haben ein reizendes kleines Mädchen, Elinor. Es ist eine Tragödie."

„Ich habe Ihnen doch gesagt, ich bin kein Psychiater. Außerdem halte ich nicht viel von ihnen. Und jetzt muß ich auf meinen Hof und wäre Ihnen zu Dank verpflichtet, wenn Sie meinen Ärmel losließen."

„Sie sind der einzige, der ihr helfen kann", sagte der Priester.

Jonathan starrte ihn an. „Sie haben selbst den Verstand verloren!"

„Ich hatte immer das Gefühl, Sie hätten Erbarmen mit den Menschen."

Jonathan brach in Gelächter aus, schüttelte den Kopf und ging zu seinem Pferd.

„Priester besitzen intuitives Wissen", sagte Vater McNulty, „und darum kann ich auch in Ihr Herz sehen."

Jonathan stellte einen Fuß in den Steigbügel und drehte sich verärgert um. „Ich habe von diesen Intuitionen gehört. Sie sind unweigerlich falsch. Ihr Vorgänger, Vater McGuire, platzte nur so vor Intuitionen in bezug auf meinen Vater, und sie entbehrten jeder Grundlage. Darüber müssen wir uns einmal ausführlich unterhalten. Im übrigen: wenn Sie einen Arzt brauchen, wenden Sie sich an meinen Nachfolger, Doktor Morgan. Der trieft so vor Erbarmen, daß mir manchmal das große

Kotzen kommt. Lassen Sie ihn doch Montag zu Matilda kommen. Im Augenblick befindet er sich auf einem Ausritt mit meiner Herzensdame. Ich hoffe, sie geben sich nicht dem vergnüglichsten aller Zeitvertreibe hin, dem einzigen, an dem was dran ist."

„Ich habe darum gebetet, Sie zu finden", sagte der Priester in einem Ton so eindringlicher Demut, daß Jonathan sich betroffen umwandte. „Und da waren Sie auch schon. Gott erhörte mein Gebet. Daran sollten Sie denken, Jon."

„Gott und ich, wir trennten uns voneinander, als ich siebzehn war", entgegnete Jonathan, „und das werde ich Ihnen auch einmal erzählen. Vielleicht mache ich aus Ihnen noch einen Agnostiker." Er stieg aufs Pferd. Vater McNulty griff nach einem der Zügel, das Pferd tat einen Schritt zurück und hätte ihn beinahe niedergestoßen, und Jonathan mußte abermals die Reitpeitsche gebrauchen.

„Himmel Herrgott!" rief Jonathan aus. „Verstehen Sie denn gar nichts von Pferden? Sie sind ja eine Gefahr. Beruhigen Sie sich ein bißchen, bevor Sie wieder in Ihren Buggy steigen."

„Ich kenne die Menschen", sagte der Priester bleich und entschlossen. Ich kenne Sie."

„Nein."

„Doch."

Jonathan blickte mit belustigter Verwunderung zu ihm hinunter. „Sie sind doch wirklich hartnäckig. Haben die Leute keinen Hausarzt?"

„Sie sind erst seit zwei Monaten hier. Das Klima sollte Matilda guttun. Bitte, Jon. Ich kann nicht bis Montag warten, und außerdem bezweifle ich, daß Doktor Morgan der armen Frau helfen könnte. Sie sollen nur ein paar Minuten mit ihr sprechen. Bitte."

„Ich nehme an, es geht ihnen wirtschaftlich gut?"

„In einem bescheidenen Maße, ja. Was . . ."

„Haben sie Bedienstete?"

„Eine Haushälterin, ein Stubenmädchen, und einen Gärtner. Was —"

„Ich weiß schon, wie die Dame zu kurieren ist", sagte Jonathan. „Und die Behandlung wird ihren Mann — diesen armen Teufel — nichts kosten. Er braucht nur das Personal zu entlassen und die junge Dame dazuzubringen, sich die Ärmel aufzukrempeln, die Röcke aufzustecken und zu arbeiten: Fußböden schrubben, saubermachen, kochen, waschen, bügeln und den Garten pflegen. Und von heute auf morgen — hokuspokus fidibus — wird sie alle ihre Wehwehchen los sein. Es gibt nichts Besseres als harte Arbeit, um einen kranken Geist zu heilen."

„Das stimmt nicht immer, Jon. Und denken wir doch auch an Elinor, dieses reizende Kind — es ist erst neun Jahre alt — und wie es darunter leidet." Flehend, aber auch ein wenig verschmitzt lächelnd, sah er zu Jonathan hinauf. „Sie erinnert mich ein bißchen an Martha Best."

„Das ist eine Lüge, und ich hoffe, Sie werden bei der Beichte nicht darauf vergessen." Jonathan seufzte und sah auf die Uhr. „Also schön, da ich Sie ja sonst niederreiten müßte. Ich werde mir die zarte, verhätschelte Dame auf genau fünf Minuten vornehmen und damit hat es sich."

Geschickter als Jonathan es erwartet hätte, wendete der Priester seinen Buggy auf dem schmalen Karrenweg und sauste in einer gelben Staubwolke davon. Jonathan folgte. Der Weg stieg an, bis er ein Plateau erreichte, auf dem sich, warm und weich in seinem Nest aus Bäumen und Sonne, ein altes, restauriertes Bauernhaus erhob, umgeben von einem gepflegten Rasen, einem weißen Lattenzaun und einem hübschen Blumenbeet neben dem Eingang. Zikaden schrillten in der glühenden Hitze, doch von menschlichen Wesen war nichts zu sehen und zu hören. Das Haus schien verlassen. Wenn die Blätter sich bewegten, fiel die Sonne auf kleine Gitterfenster und dunkles altes Holz und warf tanzende Schatten auf die gepflasterten Wege. Es war das alte Barrow'sche Anwesen, wie Jonathan jetzt erkannte, einst ein Bauernhof, seit langem verkauft.

„Binden Sie Ihr Pferd an den Baum dort", rief Jonathan. „Nur gut, daß Sie es mit einer schon etwas älteren, intelligenten Stute zu tun haben, sonst hätten Sie kein Pferd mehr. Wie ich sehe, hat sie mit Narren Geduld." Seine Stimme hallte über das einsame Land. Der Priester öffnete die breite verwitterte Tür, und sie traten in eine kühle, dämmerige Halle mit einem eingelassenen Boden, ein paar guten Bildern an den getäfelten Wänden und einem breiten Tisch im spanischen Stil mit einem Spiegel darüber. Es duftete nach Blüten und Wachs. Jonathan sah sich um. Nichts war hier vulgär oder modern, alles drückte Würde und guten Geschmack und die Selbstbeschränkung guterzogener Menschen aus. Ein Blick in die von der Halle ausgehenden Räume zeigte ihm die gleiche ruhige, gediegene Eleganz und die gleiche Knappheit an überladenem Mobiliar, einer Mischung aus frühviktorianischem und spanischem Stil. Wer immer die McHenrys auch sein mochten, es waren keine billigen Leute.

Am Ende der Halle erhob sich eine prächtige Treppe aus sehr dunklem Holz, ebenso eingelassen und glänzend wie die Böden, und jetzt ließen sich eilige Schritte vernehmen, die die Stufen herabkamen. Ein schmucker junger Mann erschien, sehr spanisch im Aussehen — iberische Hautfarbe und Züge, aber die hochgewachsene, derbe Breite der Iren — und nur mit einer Hose und kragenlosem weißem Hemd bekleidet. Sein dichtes schwarzes Haar war zerzaust, und als er der zwei Eindringlinge gewahr wurde, versuchte er eilig, es mit feinen Händen zu glätten. Jonathan fand sogleich an ihm Gefallen und schüttelte Peter McHenry mit aufrichtigem Vergnügen die Hand. „Sehen Sie, Peter,

Gott hat mein Gebet erhört", sagte der Priester. Jonathan zwinkerte Peter zu, doch dieser drückte kopfnickend seine volle Zustimmung aus.

„Wo ist Matilda?" fragte Vater McNulty.

„Ich habe ihr geraten, sich niederzulegen. Elinor ruht sich auch aus." Der junge Mann wandte sich an Jonathan. „Wir kamen wegen Matildas Gesundheitszustand aus Detroit hierher, müssen Sie wissen. Es ist ruhiger in Hambledon, es gibt Berge, und der Winter ist milder. Es ist sehr freundlich von Ihnen, daß Sie gekommen sind, Herr Doktor. Matilda ist schon seit sieben Jahren nicht mehr in Ordnung — Elinor war damals zwei Jahre alt. In Detroit konsultierten wir einen Arzt — aber er kam nicht weiter."

„Das werde ich vermutlich auch nicht", sagte Jonathan. „Sie haben doch ein paar sehr gute Ärzte in Detroit. Was ist denn nun bei Ihrer Gattin nicht in Ordnung?"

Der junge Mann war so unruhig und verwirrt, daß er seine Gäste nicht einmal aufforderte, weiterzukommen. Er starrte Jonathan an. „Die Ärzte können es nicht feststellen. Das ist ja so zermürbend. Es ist nichts Körperliches, sagen sie, und dabei hat sie hohen Blutdruck. In ihrem Alter! Mein Gott, sie ist erst achtundzwanzig! Matilda ist ein sehr ausgeglichener Mensch, sehr beherrscht und ruhig, mit heiterem Wesen. Sie kann nicht schlafen und ist immer irgendwie erregt."

„Und wahrscheinlich auch hysterisch."

„Hysterisch? Matilda?" Peter McHenry lachte kurz auf. „Das war sie nie! Niemals. Nicht einmal, wenn sie ganz niedergeschlagen ist."

„Niedergeschlagen? Und worüber klagt sie hauptsächlich?"

Peter zögerte mit der Antwort. „Eigentlich über nichts. Matilda klagt nie über etwas. Ich weiß, sie hat Heimweh und sehnt sich nach ihrer Familie — feine Leute, besser als meine, ich bin ja nur ein gewöhnlicher Ire — aber sie sagt nie etwas. Sie ist zwar die Stadt gewöhnt, aber es gefällt ihr hier auf dem Land. Nur manchmal schaut sie mich an ... irgendwie gequält, wissen Sie. Leer. Verängstigt. Als ob es etwas gäbe, womit sie nicht fertig wird, und auch gar nicht wüßte, was es ist."

Wahrscheinlich gelangweilt, dachte Jonathan. Peter McHenry tat ihm leid; er empfand Abneigung gegen seine Frau. Ire oder nicht, vermutlich war er zu gut für sie. Ein guter und intelligenter Mann — und seine Frau? Eine verwöhnte, quengelnde Närrin. „Ich würde jetzt gern Mrs. McHenry sehen", sagte er, „muß Ihnen allerdings gestehen, daß ich kein Psychiater bin — hatte nie Verständnis für ihr Abrakadabra, ihre Wiener Zaubersprüche und ihren Hohepriester Freud. Natürlich gibt es so etwas wie — na, für den Moment wollen wir's geistige Störungen nennen — aber ich habe entdeckt, daß sie fast immer körperliche Ursachen haben. Gröber ausgedrückt: auch ein völlig normaler Mensch kann unter gewissen Umständen in sinnlose Wut geraten, und fast jeder von uns kann töten, wenn die Herausforderung genügend stark ist. Wie Sie sehen, betrachte ich die Dinge sehr nüchtern."

Peter hatte aufmerksam zugehört. „Und jetzt", setzte Jonathan hinzu und warf einen resignierten Blick auf seine Uhr, „wollen wir Mrs. McHenry besuchen. Übrigens möchte ich mit ihr allein bleiben, nachdem Sie mich vorgestellt haben."

Sie stiegen schweigend die breite Treppe hinauf und erreichten einen langen Gang mit sechs Türen. Peter öffnete eine und sagte mit der falschen Herzlichkeit, die tiefe Beunruhigung verbarg: „Liebste, Vater McNulty hat seinen Freund, Doktor Ferrier, mitgebracht. Er wollte dich sehen."

Die Fensterläden waren geschlossen, und der große, rechteckige Raum lag im Halbdunkel. Auch hier sah Jonathan die elegante Mischung viktorianischer und spanischer Möbel. Auf einer Chaiselongue ruhte eine schmächtige junge Frau in einem fließenden weißen Kleid. Peter öffnete einen Fensterladen, und das grünliche Licht fiel auf ihr Gesicht, und Jonathan sah, daß Matilda McHenry seiner eigenen Mutter, in ihrer Jugend, sehr ähnelte. Es waren die gleichen klaren, haselnußbraunen Augen und edlen Züge, die Wolke weichen, dunklen Haares, der gleiche empfindsame Mund und die gleiche Zurückhaltung in der Kleidung. Sie hielt Jonathan eine schmale Hand entgegen, und als sie lächelte, war es das charmante, ein wenig reservierte Lächeln seiner Mutter.

„Die beiden hätten Sie nicht belästigen sollen, Herr Doktor", sagte sie und warf ihrem Mann und dem Priester Blicke aufrichtiger Zuneigung zu. „Ich habe ja nichts außer dieser Müdigkeit, und warum ich so müde bin, weiß ich nicht. Das geht schon seit Jahren so."

„Ich habe mein Köfferchen nicht mitgebracht", sagte Jonathan. „Die Untersuchung wird also nicht sehr gründlich ausfallen." Er sah die zwei Männer an. „Würden Sie mich jetzt bitte mit Mrs. McHenry allein lassen?" Nachdem sie gegangen waren, zog er einen Stuhl dicht an das Lager der jungen Frau heran und betrachtete sie aufmerksam. Zu blaß. Die reine, dunkle Haut hatte alle Farbe verloren, ebenso die Lippen. Blutarmut? Er beugte sich vor und zog ihr sanft die Augen hinunter, um die Schleimhaut zu sehen. Nein, keine Blutarmut. Er fühlte den Puls. Er war unregelmäßig und schnell, als ob sie lange Zeit gelaufen wäre. „Ich habe mein Stethoskop nicht bei mir", sagte er. „Ich muß auf die alte Methode zurückgreifen, mit dem Ohr zu hören." Sie nickte, und er drückte Ohr und Wange gegen ihre weiche, kleine Brust und horchte. Die Töne waren die eines Herzens unter Spannung. Hysterie.

Er stellte der jungen Frau einige kurze Fragen. Sie hatte wenig Appetit. Sie konnte nicht viel schlafen, und wenn, so unruhig. Alles machte sie müde. „So etwas kannte ich früher nicht. Erst als Elinor zwei Jahre war. Und dann — ich wurde mit den Dingen einfach nicht fertig."

Sie versuchte zu lachen. „Es rutschte mir alles durch die Finger. Und gewisse Handlungen, die man mechanisch verrichtet — ich mußte sie ganz bewußt durchführen, wie man etwas tut, was einem neu und ungewohnt ist, und man nicht recht weiß, wie man es anfangen soll. Es ist sehr schwer zu erklären. Als Mädchen war ich leistungsfähig und tüchtig. Tennis. Kricket. Golf. Schwimmen. Ein richtiger Wildfang, wie mein Vater immer sagte. Niemals krank. Und jetzt bin ich eine Last für Peter und Elinor. Aus dem geringsten Anlaß fange ich zu weinen an und weiß nicht warum."

Sie hatte eine wunderschöne Stimme, sanft und klar, doch jetzt zitterte sie, während Matilda selbstkritisch lächelte. Besessen, dachte Jonathan. Aber von wem, zum Teufel? Wovon?

„Sind Sie über irgend etwas in Sorge, das Ihren Gatten betrifft?"

„Nur daß ich ihm jetzt zur Last falle." Tränen traten ihr aus den Augen; sie schämte sich ihrer Gefühle und wandte den Kopf ab.

„Und Ihr Töchterchen?"

Rasch drehte sie sich wieder zu ihm, und ihr Gesicht leuchtete auf. „Oh, Elinor! Sie ist ein liebes Kind, wenn auch ein wenig zu empfindsam. Ich kann's verstehen; ich bin ja auch so. Sie ist sehr zurückhaltend; noch mehr als ich es als Kind war. Aber dabei so selbstsicher, so erwachsen! Ich hatte mir schon Sorgen gemacht, weil es hier keine Kinder gibt, mit denen sie spielen könnte, aber es macht ihr überhaupt nichts aus. Sie geht in eine kleine Privatschule in Hambledon — St. Agatha. Kennen Sie sie, Herr Doktor?"

„Doch. Sehr gut sogar." Wie auch nicht, dachte er. Ich spendete zweitausend Dollar, als sie gebaut wurde. „Eine sehr gute Schule. Dort hat Elinor wohl Freundinnen, nicht wahr?"

„Eigentlich nein. Ich glaube nicht. Sie hat noch nie welche erwähnt. Dinge, die anderen Mädchen wichtig sind, bedeuten Elinor nichts. Sie besucht eine Tanzschule; sie geht nicht gern und sie geht nicht ungern. Sie spielt am liebsten allein. Eine kleine alte Dame, sage ich oft zu Peter."

Jonathan blieb stumm. Immer noch hing sein Blick an Matilda.

„Als Elinor zwei Jahre alt war, dachte ich mir: das ist wirklich eine komische kleine Miß! Sie begann die üblichen Küsse und Liebkosungen einer Mutter abzulehnen und übelzunehmen. Sie entwand sich sogar Peter, obwohl ich glaube, daß sie ihn lieber hat. Er versucht auch, mit ihr zu spielen, und manchmal tut sie ihm den Gefallen." Sie lachte leise. „Nur um ihm gefällig zu sein! Dann geht sie wieder ihrer Wege."

Das brachte Jonathan auf einen Gedanken, einen höchst unerfreulichen Gedanken. „Und ihre Lehrerinnen?"

Die Mutter zögerte mit der Antwort. „Nun, sie sagen alle, Elinor wäre für ihr Alter sehr fortgeschritten. Eine ausgezeichnete Schülerin.

Im letzten Jahr allerdings — scheint sie ein wenig zurückgefallen zu sein. Sie schaut weniger in die Bücher. Die Lehrerinnen haben es noch nicht bemerkt, denn wir sind erst seit zwei Monaten hier. Peter auch nicht. Aber ich habe es beobachtet. Vielleicht bilde ich es mir auch nur ein." Ihr junges Gesicht zeigte plötzlich eine verzweifelte Spannung.

„Scheint das Kind zufrieden?"

„Ja. Jedenfalls ist sie gesund, vielleicht ein bißchen mager, aber sie war nie krank, nicht einmal die Kinderkrankheiten. Zufrieden, sagen Sie? Darüber habe ich noch nie nachgedacht, aber ich glaube nein." Mit einem Ruck setzte sie sich auf und starrte Jonathan mit wachsender Bestürzung an. „Es ist nicht so sehr, was sie tut oder sagt. Manchmal sitzt sie stundenlang da und rührt keinen Finger."

„Scheint sie sich einsam zu fühlen?"

„Nein, niemals. Ich sagte Ihnen ja schon: sie ist immer selbstsicher gewesen."

Der unerfreuliche Gedanke in Jonathans Kopf verdichtete sich zu einem Verdacht. „Spricht sie nie von ihren Schulfreundinnen und Lehrerinnen?"

„Nun ja, manchmal." Ihre liebliche Stimme verriet ein gewisses Unbehagen. „Nicht, daß sie jammert oder sich beklagt. Elinor ist nicht sehr gesprächig. Aber es fiel mir ein- oder zweimal auf, daß sie ungerecht war — zu anderen. Sie beschuldigt — nein, beschuldigen ist ein zu hartes Wort — sie spricht von anderen Kindern und von ihren Lehrerinnen, als ob sie sie haßten, und gibt mir zu verstehen, Schwester Mary Frances, die Mathematiklehrerin, verfolge sie geradezu. Das ist natürlich absurd. Kinder kommen manchmal auf seltsame Gedanken. Seltsame Gedanken", wiederholte sie leise, als spräche sie zu sich. „Sie war immer schon ein seltsames Kind. Erst vorige Woche sagte sie mir, Daddy ‚beobachte' sie und ‚denke Böses von ihr'. Wo Peter doch das Kind anbetet und ihr in allem nachgibt!"

„Findet Ihr Gatte auch, daß das Kind sich seltsam benimmt?"

„Nein, überhaupt nicht", antwortete sie mit Nachdruck. „Ich kam einmal darauf zu sprechen, aber Peter meinte, sie wäre genauso wie seine Großmutter: ruhig, überlegt, zurückhaltend. Ich glaube, er bewundert das sogar."

„Und Sie nicht?" Mrs. McHenry sah ihn mit großen, weit geöffneten Augen an, als ob die Frage sie erschreckt hätte. Dann schüttelte sie den Kopf. „Wahrscheinlich verstehe ich Elinor nicht. Ich habe ein Gefühl, ein dummes Gefühl, daß sie uns überhaupt nicht lieb hat. Ist das nicht lächerlich?"

Jonathan griff abermals nach dem schmalen Handgelenk. Der Puls hämmerte wie rasend, und ihr anmutiger Busen wogte. Sie sah ihn flehend und verzweifelt an, und er wandte voll Mitleid den Blick von ihr ab. „Wenn es Ihnen recht ist“, sagte er und legte die Hand zart wieder zurück, „würde ich jetzt gern Ihr Töchterchen sehen, Mrs. McHenry.“

Ihr Gesicht leuchtete auf. „Wollen Sie wirklich? Wie nett Sie sind! So wenige Menschen interessieren sich für Kinder! Die Leute überbieten sich jetzt zwar förmlich in Behauptungen, sie ‚liebten die Kinder‘ — aber in Wirklichkeit tun sie's nicht. Es ist nur eine moderne — und recht lästige — Pose. Aber Sie werden Elinor liebgewinnen, Herr Doktor! Den meisten Erwachsenen geht es so.“

„Wahrscheinlich, weil sie sie nicht mit lautem Betragen und lautem Geplapper ärgert“, meinte Jonathan und lächelte.

„So war Elinor nie. Wir waren nie streng mit ihr. Es war nicht nötig. Sie ist sehr gehorsam.“ Sie machte eine Pause. „Und ich — bin ich ernstlich krank, Herr Doktor?“

„Nein, ich glaube nicht.“ Jonathan stand auf und sah auf die grünen Blätter hinaus, die vor dem Fenster flimmerten. „Gefühlswallungen, nichts weiter. Kommt häufig vor. Soweit ich das heute feststellen konnte, sind Sie eine völlig gesunde junge Frau. Es war natürlich nur eine oberflächliche Untersuchung. Ich schlage vor, für heute lassen wir's dabei. Inzwischen werde ich mir Ihr Töchterchen ansehen. Nein, bleiben Sie nur.“

„Sie sind sehr liebenswürdig, Herr Doktor. Manchmal denke ich, Elinor macht sich Sorgen um mich. Sie würde es nie aussprechen. Um diese Zeit macht sie ein Schläfchen. Sonnabend nachmittag schläft sie immer, weil wir sie nachher auf eine kleine Erfrischung in die Stadt mitnehmen.“ Ein gewinnendes Lächeln spielte um ihre Lippen. „Bitte, sagen Sie ihr, daß es Mutter gut geht.“

Jonathan ging auf den Gang hinaus, wo der Priester und Peter McHenry auf ihn warteten. Er schloß die Tür hinter sich. „Wie Sie wissen“, sagte er, „konnte ich Ihre Gattin nicht gründlich untersuchen, Mr. McHenry, aber nach ihren eigenen Worten und nach dem, was ich sehen konnte, handelt es sich um kein körperliches Leiden. Etwas lastet auf ihr, und ich glaube, sie weiß selber nicht, was es ist. Was sind das doch für Fachausdrücke, die die Psychiater heutzutage so gerne gebrauchen? Ach ja. ‚Minderwertigkeitsgefühle. Schuldgefühle.‘ Na ja, mir sagt das auch nicht viel.“

Des Iren aufbrausendes Wesen brachte ihn sogleich zum Überkochen. „Matilda? Minderwertig? Schuld? Schuld! Was sollte wohl ihre Schuld sein, um Gottes willen?“

Jonathan hob besänftigend die Hand. „Sie haben mich mißverstanden. Das sind Wörter, wie sie von den Psychiatern verwendet werden, und nicht sehr sinnvoll, wenn Sie meine Meinung hören wollen. Sie erklären nämlich nichts. Aber es ist schon richtig, daß Menschen manchmal eine Aufgabe übernehmen, die sie nicht bewältigen können, oder den Umständen oder Anforderungen ihres Arbeitsplatzes nicht gewachsen sind, oder sich einem Bruder oder einer Schwester unterlegen fühlen — die halten sich dann für ‚minderwertig'. Das ist so ungefähr die Erklärung. Das Spaßige daran ist, in neun von zehn Fällen sind sie wirklich minderwertig und weiter nichts. Gar nichts Mysteriöses dran. Sie brauchen nur ein paar gute Ratschläge: ihre Hoffnungen herabzusetzen, eine bessere Meinung von sich zu haben, sich eine leichtere Arbeit zu suchen, weiter nichts, oder sich herauszuputzen, öfter einen neuen Hut zu kaufen, oder — so einfach ist das manchmal — zehn Dollar beim Pferderennen zu gewinnen. Wir alle fühlen uns hin und wieder minderwertig. Nur wenn es zur Gewohnheit wird, kann es das Gefühlsleben durcheinanderbringen und außer Kontrolle geraten lassen und einem Menschen verdammt hart zusetzen."

Peter lauschte bestürzt. „Aber das hat doch alles nichts mit Matilda zu tun!"

„Nein. Nun, manchmal ist dieses Minderwertigkeitsgefühl so unmerklich, daß der — Patient — es gar nicht erkennt. Und was das ‚Schuldgefühl' betrifft, das die Herren Psychiater so gern im Munde führen — gibt es nicht für uns alle Zeiten, da wir uns schuldig fühlen? Und manchmal haben wir sogar einen verdammt guten Grund dazu! Wir können es auf die eine oder andere Weise kompensieren — oder wir können den Menschen, dem wir Unrecht getan haben, noch mehr hassen und uns einreden, wir hätten ihn zugrunde gerichtet oder ihm das Leben vergällt, weil ihm nichts anderes gebührte. Es gibt viele Arten, sich die Hände in Unschuld zu waschen — Pilatus hat viele Nachahmer gefunden.

Aber es gibt auch noch eine subtilere Art von Schuld, unter der empfindsame, intelligente und gute Menschen oft leiden, ohne zu wissen, daß sie darunter leiden. Sie tun ihr Bestes, machen sich mit Begeisterung und Feuereifer und, ja, auch mit Liebe daran — und erreichen dennoch bei einer bestimmten Person oder in einer gewissen Situation nicht ihr Ziel. Als gewissenhafte Menschen geben sie sich dic Schuld an ihrem Mißerfolg — und das zermürbt sie. Was wollten Sie sagen?"

Denn Peters Gesicht hatte sich vor Zorn verdunkelt. „Ich verstehe kein Wort von diesem Gefasel, Sir. Ich weiß alles zu würdigen, was Matilda tut, jedes Lächeln, jede zärtliche Geste! Sie ist meine ganze Welt — um vieles mehr als Elinor oder sonst jemand. Sie hat keinen Grund zu glauben, daß ich sie nicht liebe und schätze. Wie kommen Sie auf diese verrückte Idee?"

„Nichts Bestimmtes." Jonathan lächelte unbefangen. „Ich habe es nur den Psychiatern nachgemacht und ein wenig geschulmeistert. Also, wie gesagt, körperlich ist Ihre Gattin völlig in Ordnung. Sie steht unter einem Druck. Ich hätte gern herausgefunden, wo der herkommt. Ich möchte Ihre Tochter sprechen. Kinder sind oft viel scharfsichtiger als Erwachsene."

„Bitte sehr", sagte Peter gereizt und angriffslustig. Er marschierte den Gang hinunter, klopfte an eine Tür und rief seine Tochter. Die Tür öffnete sich sogleich, und heraus trat ein schmächtiges, doch fast schönes kleines Mädchen mit dem dichten, dunklen Haar ihrer Eltern, den spanischen Zügen ihres Vaters und der damenhaften Gepflegtheit ihrer Mutter. „Ja, Daddy?" fragte sie.

Ihr Kleid war aus Spitze und Linon und erweiterte sich unterhalb ihrer schmalen Knie. Im Haar trug sie eine große blaue Schleife, an den Füßen blaue Socken und weiße Schuhe. Ein kleiner Liebling, dachte Jonathan, und versuchte, seine unheilvolle Vermutung zu unterdrücken. Er ging zur Tür des Kinderzimmers. Aus großen feuchten Augen, die im Schatten langer dunkler Wimpern lagen, sah sie ihn an und er erstarrte. In Spitälern hatte er diesen Blick schon erlebt, diesen „seltsamen", unheimlichen Blick, aber noch nie bei einem Kind. Ein Frösteln überlief ihn, und er streckte ihr seine Hand entgegen.

„Elinor", sagte er, „ich bin Doktor Ferrier. Ich habe eben deine Mutter besucht. Sie fühlt sich nicht wohl, aber sie hat mir von dir erzählt, und ich sagte ihr, ich würde dich gerne kennenlernen. Ich hoffe, du lernst mich auch gerne kennen." Er fühlte sich krank, und die Liebe, die er für Kinder empfand, machte ihn noch kränker.

Sie knickste und sagte dann mit großem Ernst: „Arme Mammi. Sie ist krank, nicht wahr? Ich weiß es schon lange. Darum ist sie so böse und manchmal auch gemein und sagt häßliche Dinge zu mir."

„Elinor!" Peter war verdutzt. „Du weißt doch, daß das nicht wahr ist!"

Sie warf ihm einen verschmitzten Blick zu. „Aber Daddy! Doch nicht, wenn du hier bist!"

Erregt wandte sich der Vater an Jonathan. „Das Kind bildet sich das ein."

Ja, dachte Jonathan, das weiß ich, mein Freund. „Ich möchte gern mit Elinor allein sprechen", sagte er laut.

„Aber nicht, wenn sie so — so — so lügt!" Peter war wütend. „Du hast noch nie jemanden angelogen, Elinor. Was hast du heute bloß?"

„Es ist sehr heiß, nicht wahr?" sagte das Mädchen mit seiner zarten Stimme und griff sich an die Stirne.

„Du weißt doch, daß Mammi dich noch nie im Leben geschlagen hat", fuhr Peter fort.

„Ich hätte gern ein bißchen Limonade, Daddy."

„Elinor! Antworte mir! Hat Mammi dich je gescholten oder dir Haue gegeben?"

„Ich glaube, ich werde jetzt hinuntergehen", sagte Elinor.

„Schämst du dich nicht?“ schrie Peter.

„Soll ich mich umziehen, wenn wir in die Stadt fahren, Daddy, oder geht's auch so?“

Peter war nahe daran, zu explodieren, aber Jonathan nahm ihn beim Arm und ging mit ihm den Gang zurück. „Einen Augenblick“, sagte Jonathan. „Haben Sie schon einmal bemerkt, daß das Kind so spricht — daß es Ihre Fragen nicht beantwortet, ganz gleich, wie oft Sie sie wiederholen?“

Peters Wut legte sich. Er kniff seine funkelnden Augen zusammen und atmete schwer. Er versuchte sich zu beherrschen. „Ja“, gab er zu, „ich habe es bemerkt. Schon einige Male. In letzter Zeit ist es schlimmer geworden. Aber Kinder sind nun einmal so. Ich bin ja selbst oft einer geraden Antwort ausgewichen, um Schelten oder eine Bestrafung zu vermeiden. Und Elinor ...“

„Hören Sie mir zu“, unterbrach ihn Jonathan, „und überlegen Sie, bevor Sie mir antworten. Weicht Elinor nur aus, wenn sie Angst hat, sie könnte aus irgendeinem Grund bestraft werden?“

„Aber wir bestrafen sie doch nie! Sie hat doch keine Angst vor uns! Warum sollte sie?“ Aber Jonathan sagte nichts und ließ Peter nachdenken. „Ja“, sagte der Vater schließlich widerwillig, „seit kurzem hat sie diese Gewohnheit. Es macht mich ganz verrückt. Ich habe schon versucht, es ihr auszureden, aber sie macht dann wieder eine sinnlose Bemerkung und geht gar nicht auf meine Vorhalte ein. Ich glaube, sie will mich nur necken — das tun ja die meisten Kinder.“

Dieses nicht, dachte Jonathan und warf einen Blick den Gang hinunter, wo Vater McNulty sich liebevoll mit Elinor unterhielt. Zorn packte ihn beim Anblick des Priesters. In welch scheußliche Lage ihn dieser Wichtigtuer gebracht hatte!

„Also schön“, sagte McHenry mürrisch, „Sie können mit Elinor allein sprechen.“

Jonathan sah einen Ausweg. „Hören Sie, mein Freund. Ich wollte nicht zu Ihnen kommen. Dieser Sprüchemacher da hat mich gezwungen, Ihr Haus zu betreten. Er hat mich richtiggehend gekidnapt. Sie brauchen nur ein Wort zu sagen und ich mache mich aus dem Staub und Sie rufen einen anderen Arzt. Mir persönlich wäre das lieber.“

Peter war klug. Er sah Jonathan scharf an. „Warum?“

„Es wäre mir lieber, wenn ein anderer Ihre Tochter untersuchte, ein tüchtigerer Mann als ich es bin.“

„Meine Tochter? Sie sind doch gekommen, um nach meiner Frau zu sehen! Meine Frau ist doch krank!“

„Nein. Es ist Ihr Kind. Ich muß Ihnen das leider sagen. Sie brauchen einen Spezialisten. Ihre Frau ist von tödlicher Angst erfaßt und von Minderwertigkeitsgefühlen geplagt, deren sie sich gar nicht bewußt ist. Aber es sitzt tief in ihrer Seele und quält sie. Sie weiß, daß etwas nicht stimmt, aber sie weiß nicht, was es ist. Ich bin wirklich nicht der Arzt, den Sie brauchen — für Ihr Töchterchen. Also — wollen wir uns Lebewohl sagen?"

„Sie haben Elinor doch noch gar nicht untersucht und fällen schon Ihr Urteil!" Der arme Vater war außer sich.

„Wollen Sie, daß ich mit ihr spreche — allein?"

„Ja! Ja" schrie Peter und deutete mit seinem muskulösen Arm auf das Kind, das immer noch an der Tür stand. „Nachher werden Sie anders reden!"

„Ich hoffe es", sagte Jonathan. Er ging wieder auf das kleine Mädchen zu, nahm ihre Hand und sagte in dem warmen Ton, den er immer bei Kindern anschlug: „Elinor, willst du mir ein paar Minuten zuhören?"

„Ich bin sehr durstig."

„Ja, ich weiß. Es dauert nicht lange." Er ging mit ihr in das hübsche Kinderzimmer und schloß die Tür hinter sich. Das Mädchen begab sich zu einem Schemel und setzte sich nieder; sie faltete die Hände im Schoß und kreuzte die schlanken Füßchen. Sie sah Jonathan ohne jedes Interesse an; er blieb vor ihr stehen und richtete seinen Blick auf ihr teilnahmsloses Gesicht und die unheimlichen Augen. So stand er einige Minuten, doch die Augen blinzelten nicht und die eingefrorenen Züge veränderten sich nicht.

„Wer tut dir weh und wer spricht häßlich von dir?" fragte er.

Der Gesichtsausdruck blieb gleich, die Augen starrten ihn an, aber das Kind hatte etwas gehört, das es in seine eigene schreckliche Wirklichkeit zurückbrachte. „Alle", antwortete sie. „Ich geh nicht gern in die Schule. Die Schwestern und die anderen Kinder wispern über mich und zeigen auf mich und reden über mich. Manchmal möchte ich sie schlagen." Zum ersten Male bewegten sich die Augen und blinkten, und ein sonderbar leidenschaftlicher Glanz leuchtete in ihnen auf.

„Und das macht dir Angst?"

„Nein, Angst habe ich nicht, Herr Doktor. Manchmal habe ich das Gefühl, ich bin gar nicht dabei ..."

„Wie in einem Traum?"

„Oder daß alle tot sind."

„Schmerzt dich das?"

„Haben Sie auch ein kleines Mädchen, Herr Doktor? So wie ich?"

„Elinor, ich habe dich etwas über deine Schule gefragt und über deine Freundinnen."

„Ich möchte nach Detroit zurück und Großmutter besuchen."

Jonathan sah ein, daß er die Glaswand nicht durchbrechen konnte. Er hatte es nicht anders erwartet. Dennoch versuchte er es nochmals.

„Was spielst du gern?" fragte er.

Wieder hatte er ihre Wirklichkeit berührt. Ihre spanischen Augen leuchteten auf. „Sie wissen nicht, daß ich eine Prinzessin bin!“ sagte sie. „Eine wirkliche Prinzessin. Man hat mich adoptiert. Sie haben mich meinen Eltern gestohlen und ich hasse sie, ich hasse sie, ich hasse sie!“ In einem leidenschaftlichen, für ein so junges Menschenkind entsetzlichen Gefühlsausbruch hämmerte sie auf den Schemel, auf dem sie saß.

Jonathan wußte, daß Kinder ihren Spaß daran haben, sich Phantasiegestalten auszudenken, aber dieses Kind schwelgte nicht in Phantasien. Elinor glaubte, was sie sagte. Er beugte sich nieder und küßte das kleine, grausam verzerrte Gesicht und klopfte auf die schmächtige Schulter. „Bleib schön ruhig hier sitzen“, sagte er. Doch sie war schon wieder in ihr dumpfes Starren verfallen und bemerkte nicht, daß er das Zimmer verließ.

Die zwei Männer standen wartend am Gang. Peter warf ihm einen Blick voll Zorn und Haß zu, doch Vater McNulty war von Jonathans Gesichtsausdruck tief beunruhigt und nahm ihn beim Arm. „Gehen wir hinunter und setzen wir uns“, sagte Jonathan, ließ beide stehen und stieg die Treppe hinab; sie folgten ihm. Er fand einen Raum, der wie ein Wohnzimmer aussah, blieb stehen und haßte seinen Beruf. Wie sollte man einem liebenden Vater beibringen, daß sein einziges Kind wahrscheinlich hoffnungslos geisteskrank war?

Vater McNulty setzte sich, doch McHenry pflanzte sich grimmig vor Jonathan auf. „Was haben Sie bei Elinor gefunden, Herr Doktor?“ fragte er höhnisch. „Bevor ich Sie noch kannte, habe ich schon in der Stadt gehört, daß Sie so eine Art haben, mysteriöse Krankheiten bei Leuten zu finden. Dann sagen Sie es ihnen, und sie sterben schon allein an der Angst. Haben Sie Elinor so etwas gesagt? Wenn Sie das getan haben ...“ und er ballte seine großen Hände zu Fäusten.

„Halten Sie den Mund“, verwies ihn Jonathan. „Ich werde Ihnen mit brutaler Offenheit alles sagen. Ihre Gattin ist nicht krank. Aber ihr Herz ist einem unerträglichen Druck ausgesetzt, dem es nicht mehr lang standhalten kann — ein Jahr noch, vielleicht. Dann wird sie sterben oder den Rest ihres kurzen Lebens als Invalidin zubringen. Ihr Kind löst diesen Druck aus. Schon als es erst zwei Jahre alt war, habe sie das Gefühl gehabt, sagte sie mir, Elinor wäre ‚seltsam‘. Hat sie Ihnen das nicht auch gesagt?“

Peter war aschfahl geworden. „Matilda? Ist etwas mit Matildas Herz nicht in Ordnung?“

„Haben Sie mir nicht zugehört?“

McHenry atmete schwer und blinkte. „Doch“, erwiderte er schließlich, „ich habe Sie gehört. Ja, Matilda hat mir gesagt, Elinor wäre ihr ‚seltsam‘ vorgekommen — selbst als sie noch ein Baby war. Ich hab’ sie ausgelacht. Das Kind ist über seine Jahre hinaus aufgeweckt, aber zurückhaltend. Es hat geistige Reife und Vorstellungskraft . . ."

„Die sich zum Beispiel darin äußert, daß sie Ihnen wilde Geschichten erzählt, wer sie in Wirklichkeit ist?"

Peters Gesicht entspannte sich zu einem liebevollen Lächeln. „Na, Sie wissen doch, wie Kinder sind. Ich selbst habe meinen Eltern einmal erzählt, ich wäre Davy Crockett und müßte in die Ferne ziehen."

„Aber Sie haben es nicht wirklich geglaubt?"

„Natürlich nicht. Aber es war eine aufregende Geschichte."

„Das Üble ist, daß Ihr Töchterchen ihre Geschichten wirklich glaubt. Und das macht den Unterschied zwischen . . ."

Entsetzen und Wut standen Peter im Gesicht geschrieben. „Wollen Sie mir vielleicht sagen, mein Mädel wäre . . . wäre . . . verrückt?"

Vater McNulty stand auf, stellte sich neben McHenry und blickte mit Angst und Bestürzung auf Jonathan.

„Der Fachausdruck", antwortete Jonathan, „lautet dementia praecox, paranoide Form. In Wien haben sie ein neues Wort dafür geprägt. Schizophrenie, Bewußtseinsspaltung."

Von wachsender Wut und einem Schock wie gelähmt, starrte McHenry Jonathan aus hervorquellenden Augen an.

„Ihre Gattin wird sterben", fuhr Jonathan fort, „wenn man ihr diese Last nicht abnimmt, obwohl sie von dieser Last nichts weiß und sich unbewußt die Schuld daran gibt, die Seele ihres Kindes mit aller mütterlichen Liebe und Zärtlichkeit nicht erreichen zu können. Das sind die Schuldgefühle, von denen wir gesprochen haben. Sooft ich einen Menschen sehe — Mann oder Frau —, der keine körperlichen Beschwerden hat, aber unter so entsetzlichem Druck steht — normale nette, gute Menschen —, schaue ich sie mir gar nicht weiter an. Ich suche die Person, die diesen Druck hervorruft, aber ich gebe nicht, wie Freud, die Schuld daran der Mutter oder einer ‚gestörten Kindheit'.

Man kann mit jemandem, der an Schizophrenie leidet, nicht auf übliche Weise Kontakt herstellen. Ein normaler Mensch kann das überhaupt nicht. Aber Ihre Frau versucht es. Und wie sie es versucht! Mein Gott! Dabei ist es völlig zwecklos. Das Kind bedarf fachmännischer Pflege. Es gibt in Philadelphia ein Privatsanatorium . . ."

„Sie sind ja verrückt", flüsterte Peter, dem nun auch vor Jonathan graute. „Sie haben den Verstand verloren. Ein Kind! Geisteskrank!"

„Der geistige Verfall Ihrer Tochter hat bereits eingesetzt", sagte Jonathan in kaltem, gleichgültigem Ton. „Ihrer Mutter ist es schon aufgefallen. Wollen Sie ihr nicht die Chance geben, geheilt zu werden? Eine sehr kleine Chance, aber immerhin eine Chance?"

„Sie haben den Verstand verloren", versetzte Peter, immer noch flüsternd. Dann schrie er wie rasend: „Verlassen Sie sofort mein Haus!"

Jonathan streifte seine Reithandschuhe über. „Ich habe Ihnen gleich zu Anfang gesagt, ich bin kein Psychiater. Meine Diagnose mag völlig falsch sein — ich fürchte nur, ich irre mich nicht. Ich habe eine Anzahl dieser Fälle in Nervenkliniken und Sanatorien gesehen."

Mit Bitterkeit wandte er sich an Vater McNulty. „Bleiben Sie noch ein wenig und sprechen Sie mit den Eltern — wenn Sie das können. Und das nächste Mal, wenn Sie glauben, daß Gott Ihre Gebete erhört hat, seien Sie doch so freundlich und bitten Sie Ihn, Er möge jemanden anderen vorschlagen. Ist das klar?"

„Jonathan!" sagte der Priester.

Doch Jonathan drehte sich um und ging aus dem Haus. Er fühlte sich krank und erschüttert und voller Wut auf den Priester und seine eigene Torheit, daß er sich von ihm hatte ködern lassen. Er stieg auf sein Pferd und warf einen letzten Blick auf das so schwerbetroffene Haus. Ja, es war betroffen. Eine schreckliche Finsternis hielt es besetzt und drang in den Geist zweier normaler, guter Menschen ein, die nicht an ihr Vorhandensein glauben wollten. Es war aber auch verdammt schwer, so etwas zu akzeptieren. Aber akzeptiert mußte es werden, sollte es nicht zur Tragödie und Katastrophe kommen. Bei Gott, das würden sie bald genug einsehen müssen.

Häuser, überlegte er, waren geheimnisvolle Resonanzböden und Reflektoren. Wenn das Böse in ihnen wohnte, manifestierte es sich in der Stellung der einzelnen Möbel, im Fall der Vorhänge, in der Luft, die einem aus den Räumen entgegenschlug; beherbergten sie das Gute, schienen die Räume hell, die Einrichtung einladend, die Vorhänge bunt und schön, wie bescheiden auch alles sein mochte. So lange war das Haus „gut" zu ihm gewesen, bis er Elinors Zimmer betreten hatte. Es war das Kind, das dem Haus von Anfang an die Atmosphäre völliger Abgeschlossenheit aufgeprägt hatte.

Es gelang ihm nicht, ein Gefühl der Mutlosigkeit und Angst abzustreifen. Schon immer hatte er einen absonderlichen Gedanken gehegt, teils schrullige Eingebung, teils — wie er sich selbst eingestand — Aberglaube: Wahnsinnige mochten bemitleidenswert sein — aber sie waren auch böse. Es war dumm, er gab es zu, aber zu oft hatte er das Böse und den Wahnsinn vereint gesehen, und nur selten das eine ohne das andere. An der Teufelsaustreibung mochte doch etwas dran sein, dachte er und mußte über sich selbst lachen. Aber vielleicht waren die ganzen Psychiater allesamt Teufelsaustreiber und wußten es nur nicht!

FÜNFUNDZWANZIGSTES KAPITEL

Robert Morgan und Jenny Heger befanden sich nur knapp einen halben Kilometer hinter Jonathan. Robert hatte das Mädchen an dem kleinen Anlegeplatz auf dem Festland getroffen, obwohl er ursprünglich beabsichtigte, zur Insel hinüberzurudern, um sie abzuholen. Als er jedoch mit seinem neuen eleganten Buggy ankam, wartete sie bereits auf ihn, schweigsam und mit schüchternem Lächeln. Er verstand nichts von Frauenkleidern, und doch erkannte er sogleich, daß es neue waren, und der Gedanke, daß sie sich seinetwegen die Mühe gemacht hatte, daß ihr so viel an ihm lag, entzückte ihn. Sie trug eine vom Kinn bis zur Taille sauber gefältelte, zarte weiße Hemdbluse mit Spitzenrüschen und einen Rock aus schwerer weißer Seide mit schwarzem Glanzledergürtel und einer glitzernden Schnalle. Ihre Füße steckten in weißen Strümpfen und Schuhen, und gelegentlich sah man ihre Knöchel, wenn der weite Rock beim Gehen ihren Bewegungen folgte. Auf dem Kopf trug sie einen neuen Hut aus blaßgoldenem, feinem Strohgeflecht mit einer Menge schneeweißer Seidenrosen, und an den Händen tatsächlich weiße Handschuhe.

Ihr edles Gesicht war sonnengebräunt, eine abscheuliche Unvollkommenheit bei jungen Damen, und sie hatte auch keinen Sonnenschirm bei sich, was einem „anständigen" jungen Mädchen unverständlich gewesen wäre. Sie war „taufeucht", wie seine Mutter „verschwitzt" umschrieb — ein beschönigender Ausdruck, der Robert lachen machte —, und wäßrige Perlen hafteten auf ihrer Oberlippe und auf ihrer Stirne. Sie duftete nach Lavendelseife und Sachet. Als sie, immer noch schweigend, auf Roberts Buggy zuschritt, bewegte sie sich wie ein eleganter junger Mann, frei und sicher, nicht geziert wie andere junge Mädchen. Sie kletterte in den Wagen, bevor er ihr noch beistehen konnte. Er dachte zuerst, daß sie seine Berührung vermeiden wollte, erkannte aber sogleich, daß sie nur ungekünstelt und ohne Hintergedanken so gehandelt hatte. Er stieg nun ebenfalls ein, ergriff die Zügel, lächelte in die tiefe, leuchtende Bläue ihrer Augen hinab und bewunderte abermals die völlige Offenheit, die in ihren Zügen lag, und das Grübchen in ihrem Kinn.

„Ich habe ein wirklich schmackhaftes Mittagessen mitgebracht", sagte Robert. „Es wurde im Hotel zubereitet. Wir sind in unserem Haus noch nicht so recht eingerichtet, meine Mutter und ich; darum wohnen wir noch im Hotel. Ich hoffe, wir werden Montag übersiedeln können. Ja. Ein gutes Essen, denke ich. Kaltes Huhn und Salat und Butterbrot und Erdbeerkuchen und Käse und eine Flasche Weißwein. Ich hoffe, es wird Ihnen schmecken."

„Ja", antwortete Jenny. Sie nahm die Tatsache, daß Robert das Essen mitgebracht hatte, als ganz selbstverständlich hin und war sich des Umstandes nicht bewußt, daß es üblicherweise die Damen waren, die für Verpflegung bei Picknicks sorgten. Das war das erste Wort, das sie aussprach, aber wenigstens lächelte sie ihn schüchtern an und musterte ihn mit der Ungezwungenheit eines aufrichtigen Kindes. Zum ersten Mal aber stieg nun die Frage in ihm auf, warum sie eigentlich seine Einladung angenommen hatte. Es entsprach so gar nicht der Art Jenny Hegers, dieser jungen, verängstigten Einsiedlerin, über die so entsetzliche Geschichten im Umlauf waren.

Sie fuhren die Uferstraße entlang. „Ein wunderschöner Tag", bemerkte Robert. „Ich bin so froh, daß Sie eingewilligt haben, mit mir zu kommen, Miß Jenny."

Sie schwieg. Sie sah auf den Fluß hinaus, als ob sie allein und auf der Insel wäre. Robert breitete die dünne Decke des Wagens über ihre Knie, um ihren Rock vor Staub zu schützen, und sie bemerkte es nicht einmal.

„Ich fand ein hübsches Plätzchen, als ich neulich einen Patienten besuchte", fuhr Robert fort. „Sehr schön, sehr abgeschlossen und sehr kühl, selbst bei diesem Wetter. Und mit Aussicht auf den Fluß."

„Das ist nett", sagte Jenny in ihrer festen, klaren Stimme und sah ihm mit ihrem lieblichen, unsicheren Lächeln ins Gesicht. „Es war sehr liebenswürdig von Ihnen, mich einzuladen, Herr Doktor."

Er zauderte und erwiderte ihr Lächeln. „Es ist mir ein Vergnügen, Miß Jenny. Ich hoffe nur, daß es nicht allein mein Vergnügen ist."

Er erkannte sofort, daß sie an Artigkeiten nicht gewöhnt war, und bemerkte belustigt, daß sie über seine Worte ernstlich nachdachte. „Mir macht es auch Spaß", sagte sie dann. „Die einzigen Picknicks, die ich bisher mitgemacht habe, waren die von Tante Marjorie. Mrs. Ferrier, wissen Sie."

„Eine charmante Dame."

„Ja."

Und nun stockte das Gespräch, zu Roberts großer Enttäuschung. Aber es genügte ihm, daß Jenny neben ihm saß und daß ihr Ellbogen manchmal seinen Ärmel berührte, wenn der Buggy über eine unebene Stelle rollte. Sie atmete Frische und Jugend und Unschuld. Und Robert wußte, daß er dieses Mädchen von Anfang an geliebt hatte, und diese Erkenntnis bewegte ihn zutiefst. Er versuchte, dem plötzlichen, drohenden Ansturm seiner Gefühle mit Unbekümmertheit zu begegnen. Er fragte sich, welche Interessen dieses geheimnisvolle Mädchen wohl hatte und was sie belustigte. Es war ihm bekannt, daß sie eine gute Erziehung genossen hatte. Sie war fünfzehn gewesen, als ihre Mutter einen Hauslehrer angestellt hatte, der ihr zwei Jahre lang zusätzliche Bildung vermittelte. (Auch darüber zerriß man sich in Hambledon den Mund.) Trotzdem hatte sie nie die Stadt verlassen und nichts von der Welt gesehen. Robert Morgan und Jenny Heger hatten nur einen Berührungspunkt, und das war

Jonathan Ferrier, über den zu sprechen nun Robert allerdings gar keine Lust verspürte.

Es war Jenny, die indirekt auf das Thema zusteuerte. Er sah, daß es ihr unangenehm, ja sogar peinlich war, ein Gespräch anzufangen, und war daher nicht überrascht, als sie stammelte: „Gefällt es Ihnen in Hambledon, Herr Doktor?"

„Ja. Sehr. Ich hätte in Philadelphia bleiben können, und man bot mir Positionen an Krankenhäusern in New York und Boston an, aber ich wollte in eine kleine Stadt gehen. Ich weiß nicht warum, Miß Jenny. Doch jetzt glaube ich es zu wissen."

Er wartete darauf, daß sie ihn fragen würde, wie er das meinte, aber sie tat nichts dergleichen. „New York", sagte sie. „Boston. Paris, London. Wien. St. Petersburg. Ich — ich denke oft daran. Ich würde diese Städte gern sehen. Ich glaube es zumindest."

„Vielleicht werden Sie eines Tages reisen." Wie schön wäre es, dachte er, mit Jenny überall hinzufahren und ihr alles zu zeigen. Zum ersten Mal würden sie alles gemeinsam genießen.

„Ja", sagte Jenny, aber es lag keine Überzeugung in ihrer Stimme. Sie schwieg eine Weile, und er merkte, wie schwer es ihr fiel, fortzufahren. „Sie werden also hierbleiben?"

„Ja." (Verflixte Einsilbigkeit!)

„Und Jon — Dr. Ferrier — will nun wirklich fortgehen?"

„Ja." (Er wußte einfach nicht, was er sonst sagen sollte.)

„Bald?"

„Ja." (Wenigstens redete sie!)

„Wohin?" Es überraschte ihn, daß sie sich für einen Mann interessierte, den sie so offensichtlich haßte. Aber vielleicht wollte sie ihn nur nicht mehr sehen.

„Das weiß ich nicht." (Warum sprachen sie nicht über ihn, Robert, oder, noch besser, über ihre gemeinsame Zukunft?) „Aber ich glaube nicht, daß er jemals nach Hambledon zurückkehren wird. Nein, nie mehr. Ich habe das Gefühl, daß seine Mutter mit ihm gehen wird, denn ich bezweifle es, daß er je wieder heiraten wird. Wie Sie wissen, hat die Stadt ihn abscheulich behandelt." Nun war er plötzlich neugierig, zu erfahren, wie sie über den Mordprozeß dachte. Doch sie schwieg, und er fuhr fort: „Es ist einfach unfaßbar, daß jemand glauben könnte, er habe seine Frau und — eh — sein Kind — getötet."

Jenny sah ihn ernst an und schüttelte den Kopf. „Das hat Jon nicht getan, Herr Doktor. Nie und nimmer. Er — er könnte es gar nicht getan haben; er war ja gar nicht hier. Natürlich ... ich habe einmal gelesen, daß jeder Mensch zu allem fähig ist. Aber Jon hat das nicht getan. Nein, er hat das nicht getan."

Er staunte über diese Mischung aus Weltklugheit und Naivität. „Ich freue mich, daß Sie das sagen, Miß Jenny. Aber Sie wissen wohl, daß wir mit dieser Ansicht ziemlich allein dastehen."

„Ja." Sie machte eine Pause. „Ich hätte Jon nicht für so einen Feigling gehalten."

„Feigling?"

„Er läuft davon. Er sollte dableiben — und kämpfen."

„Das ist auch meine Ansicht. Aber wie soll man gegen Spinnweben kämpfen — wenn sie auch noch giftig sind?"

„Ich tue es auch", sagte Jenny, und nun war ihr Gesicht blaß unter der sonngebräunten Haut.

„Ja, das ist wohl richtig", stimmte er traurig zu. Ihre eigene Überraschung ließ sie zusammenzucken. Noch überraschter aber war er, als sie unvermittelt tief errötete.

„Was meinen Sie damit?" wollte sie wissen.

„Die Gerüchte."

„Über Jon? Ich glaube kein Wort davon!" Sie sprach mit Heftigkeit.

Da erkannte er, daß Jenny nichts von den Geschichten wußte, die sie selbst betrafen, und er war bekümmert und von neuem bewegt und von dem Wunsch erfüllt, sie zu beschützen. Aber warum war ihr Gesicht jetzt so rot und ihre Stimme so herausfordernd?

„Spricht Jon manchmal von mir?" fragte sie, und jetzt bebte die Stimme.

„Jon? Eigentlich nein. Warum sollte er?"

„Oh." Die Farbe wich aus ihrem Gesicht, und sie schien erleichtert.

„Er spricht überhaupt nicht über seine Verwandtschaft."

„Ich bin keine Verwandte! Sein Bruder ist mein Stiefvater — aber ich bin mit Jon nicht verwandt!"

Sie sah auf das Wasser hinaus. „Ist das nicht wunderschön? Die Sonne auf den Segeln und die Farbe der Berge und des Flusses? Ich habe so viele Bilder von fernen Gegenden gesehen — der Rhein, die Downs von Devon, die Seine, die Riviera, der Orient. Aber nirgends scheint es mir so schön zu sein wie hier, und darum möchte ich mein Leben auf meiner Insel verbringen."

Sie sah ihn mit der ihr eigenen, rührenden Offenheit an und fuhr fort: „Die Leute glauben alle, Papa hätte das Schloß für Mama gebaut. Aber er hat es für mich gebaut. Es war unser Geheimnis, Mama sollte sich nicht übergangen fühlen." Er erriet nicht, in welche Richtung ihre Gedanken sich bewegten, aber er war bezaubert, als sie jetzt heiter lächelte und ihre kleinen, leuchtenden Zähne sehen ließ. „Mama und ich, wir hatten auch unsere Geheimnisse. Die Herren der Schöpfung, sagte sie immer, hielten nichts von intelligenten Frauen, und daher seien die Damen verpflichtet, sich dumm zu stellen, um den Männern Freude zu machen. Sie sagte auch, in Wirklichkeit würde es ein Mann seiner

Frau nie verzeihen, daß sie ihn geheiratet habe." Sie lachte zum ersten Mal, und es schien ihm ein lieblicher, kindlicher Klang. „Mama machte Papa und Harald und alle Welt glauben, sie wäre bloß eine sorglose, leichtsinnige Frau. Aber sie war eine scharfe Beobachterin."

„Wäre sie dumm gewesen", versetzte Robert, „hätte sie nicht eine Tochter wie Sie haben können."

Sie errötete und rückte ein wenig von ihm ab. Ihre Augen füllten sich mit Argwohn und Unruhe. „Was meinen Sie damit?" fragte sie.

„Nun, Miß Jenny, Sie sind die entzückendste junge Dame, der ich in meinem ganzen Leben begegnet bin!" rief er mit so offenkundiger Aufrichtigkeit, daß Jenny ihm minutenlang forschend ins Gesicht sah. Dann lächelte sie wieder.

„Meinen Sie wirklich?" fragte sie, und es klang gar nicht kokett, sie wollte es wirklich wissen.

Er hob die Hand und bekreuzigte sich zum Zeichen seiner Aufrichtigkeit, und Jenny schien ehrlich erfreut. „Wieso?" fragte sie mit verwirrender Geradheit.

„Haben Sie sich schon einmal in den Spiegel gesehen?"

„Ja. Natürlich. An mir ist nicht viel dran."

Er warf ihr einen ungläubigen Blick zu, aber sie sprach ganz aufrichtig.

„Wer hat Ihnen das erzählt, Miß Jenny?"

„Papa natürlich. Und er hatte ganz recht. In der Schule war ich ein richtiges Kalb. Sie sehen doch: ich bin lang und mager und habe große Hände und Füße — nicht einmal in hübschen Kleidern schaue ich was gleich. Ich bin weder anmutig noch charmant. Ich weiß nicht, was ich mit mir anfangen soll."

Robert hielt den Buggy im Schatten einer riesigen Ulme an, machte die Zügel fest und sah dem Mädchen voll und feierlich in die Augen. Instinktiv schreckte sie ein wenig zurück. Doch er berührte sie nicht. „Jenny", begann er, „ich will Ihnen etwas sagen. Ich habe in meinem Leben schon viele schöne Mädchen und Frauen gesehen, in den großen Städten im Osten unseres Landes, und keine von ihnen könnte sich mit Jenny Heger messen. Haben Sie sich nicht gefragt, warum ich Sie bat, heute mit mir zu kommen? Glauben Sie, ich tat es aus der Güte meines Herzens?" Er lächelte in ihre Augen, die sich langsam weiteten. „Es war reiner Egoismus. Ich wollte mit einer entzückenden Frau zusammen sein, einer wirklichen Dame — und das ist es, was Sie sind, Jenny: eine wirkliche Dame."

Sie wog seine Worte ab, ihre Echtheit und tiefere Bedeutung, und schien davon befriedigt, wenngleich der Blick, mit dem sie ihn musterte, einigen Unglauben verriet. Sie rückte ihren Hut zurecht, glättete ihre Handschuhe, biß sich auf die Lippen und ließ ihre Augen auf ihm ruhen.

„Hat Ihnen das noch nie jemand gesagt?" fragte er.

„Nein. Das heißt —", und sie zögerte, „zwei Menschen wohl, aber ich glaubte ihnen nicht. Ich glaube es noch immer nicht. Ach ja, Tante Marjorie — aber sie ist so lieb, und darum konnte ich ihr nicht glauben. Sie finden mich also wirklich nicht abstoßend?"

„Jenny!" Es drängte ihn, diese Frau mit ihrem kindlich unschuldigen Gemüt in die Arme zu nehmen und sie immer wieder zu küssen, aber er wußte, daß er sie damit erschrecken und kränken würde. Er fühlte sich ihr schon so verbunden, so voll glühender Liebe! „Sie sind so abstoßend wie eine Rose, so häßlich wie ein junger Baum, so abscheulich wie ein Schmetterling! Genügt Ihnen das?"

Sie lachte widerstrebend. „Hauptsache, daß es Ihnen genügt. Und — vielen Dank!"

Er sah, daß sie ihm vertraute, und faßte neuen Mut. „Wer waren die zwei", fragte er nach einer Weile, „die Ihnen das sagten, was ich Ihnen soeben in aller Aufrichtigkeit bestätigt habe?"

Nun wandte sie ihre blauen Augen von ihm ab und senkte sie auf die Staubdecke auf ihren Knien. „Das ist unwichtig. Der eine war Harald, der andere Jon."

„Also, Harald sollte es wohl wissen. Er ist Künstler, und Maler sind für Schönheit besonders empfänglich. Und Jon — nun, was Frauen betrifft, soll er ja ein großer Kenner sein." Er hatte sich elegant ausdrücken wollen, erkannte aber sogleich, daß sie die Bemerkung wörtlich auffaßte; sie nickte zustimmend.

„Mavis war die hübscheste Frau, die ich je gesehen habe", sagte sie. „Sie war wie die Prinzessin aus den Märchen, die ich als Kind las. Rapunzel, Dornröschen, Aschenputtel, Schneewittchen. Das war Mavis. Sie war natürlich viel älter als ich, vier Jahre. Sie war — eine blendende Erscheinung. Die Leute starrten sie an wie hypnotisiert. Ich hätte sie stundenlang ansehen mögen — aber sie saß nie still."

„Meinen Sie, daß sie ununterbrochen die Hände und den Kopf bewegte, wie es die Damen jetzt alle tun — Sie natürlich ausgenommen? Dieses Hinundherwackeln, das zeigen soll, welches Feuer in ihnen brennt?"

Sie kicherte. Sie kicherte tatsächlich. Es deuchte ihm ein anbetungswürdiger Klang. „Sie sehen wirklich aus, als ob sie Schüttellähmung hätten", meinte sie. „Nein, so war Mavis nicht. Nicht, daß sie ruhig war. Sie lachte die ganze Zeit — ausgelassen. Das war das einzig Häßliche an ihr, und es fiel mir auf, wie abträglich es ihrer Erscheinung war. Aber anderen Leuten schien es zu gefallen." Sie schüttelte verwundert den Kopf. „Man sprach immer von Mavis' Lachen, als ob es eine wunderbare Sache wäre. Vielleicht beurteilte ich sie ungerecht. Ich mag laute Menschen nicht."

„War Mavis laut?"

„Nun ja. Ich weiß, das klingt herzlos, aber es ist die Wahrheit. Sie war laut. Und so — so kuschelig. Sie kuschelte sich immer an die Leute an. Und dieses heisere Lachen!" Ihre Stimme flackerte vor aufrichtiger Entrüstung. „Bei Jon machte sie es auch so, als sie heirateten. Er tat mir leid, denn er war davon peinlich berührt. Ich fürchte, Jon ging Mavis auf die Nerven."

„Ist er vielleicht zu streng?"

„Das fiel mir nie auf." Sie schien neuerlich überrascht. „Nach Mavis' Tod kam er mir sogar frivol, leichtfertig und oberflächlich vor."

Ihre Fähigkeit, ihn immer wieder in Erstaunen zu setzen, war anscheinend grenzenlos. „Jon — frivol? Mir scheint er sehr verbittert, und die Leute halten ihn für grob. Ich weiß natürlich, daß er es nicht ist. Er ist der unglücklichste Mensch, der mir je begegnet ist. Aber so rauhschalige Männer wie Jon gehen immer so verhängnisvolle Ehen ein, weiß der Himmel warum."

Der Wagen rumpelte nun wieder dahin, und ein duftiges, trockenes Lüftchen blies ihnen ins Gesicht; Robert war von einer ungeheuren Zufriedenheit erfüllt. Das also war die Liebe! Eine Art Frieden, eine strahlende Heiterkeit, Ruhe und seelische Frische. Vor allem Frische. Alles strahlte diese Frische aus: die Sonne, die Erde, das hohe Gras am Wegrand, das stille Wasser, die Berge. Er sah die wilden Möhren im Gras und lauschte den Bienen und den Zikaden und erbebte vor der Pracht dieser Welt, wenn sie vom inneren Licht der Leidenschaft und der Zärtlichkeit erhellt wurde. Liebe war mehr als bloß fleischliche Begierde, was immer die Jon Ferriers dieser Erde davon halten mochten. Begierde machte den geringsten Teil der Liebe aus, auch wenn sie die Grundlage, die Wurzel darstellte. Darüber aber erhob sich der lebende Baum voll rosiger Früchte und jadegrüner Blätter, der immerwährende Baum, den nicht einmal der Tod zum Welken bringen konnte, denn er war unveränderlich und unwandelbar, unzerstörbar und aus jener seelischen Herrlichkeit zusammengefügt, die tief im schwermütigen, ruhelosen Geist des Menschen verankert ist.

„Ja", stimmte Jenny ihm bei, „es war unheilvoll für beide, Mavis und Jon."

Es gab Leute, die würden das Klatsch nennen, überlegte Robert Morgan. Doch Klatsch war Jenny so fremd wie einem Kind. Ohne Gehässigkeit, ohne Grausamkeit, sagte sie, was ihr in den Sinn kam. Er begann um sie zu fürchten. Sie hatte keinen Menschen auf der Welt, keinen, der sie beschützen würde. Die Ehe war ihre einzige Verteidigung, und er war mehr als bereit, ihr diese Verteidigung anzubieten.

„Jon ist verbittert, weil seine Freunde glauben, daß er Mavis auf dem Gewissen hat", sagte Jenny. „Niemand hat es mir gesagt, aber ich weiß es. Außerdem ist er keck, wenn Ihnen das Wort ‚leichtfertig' nicht zusagt.

Es mißfällt Ihnen doch, nicht wahr? Er hat vor nichts Respekt. Er achtet alles gering. So war er schon, bevor Mavis noch starb. Er hat nie einen Menschen ernstgenommen."

Zum ersten Mal kam es Robert jetzt schmerzlich zu Bewußtsein, daß ihr ganzes Gespräch sich bis jetzt nur um Jonathan Ferrier gedreht hatte. Soweit er sich erinnern konnte, hatte er nicht damit angefangen, und er war verstimmt. Er hätte es vorgezogen, Jenny von sich zu erzählen und ihr Interesse an ihm zu steigern. Bis jetzt allerdings hatte sie ein solches Interesse an ihm nicht gezeigt, wenngleich sie jetzt schon redete und nicht mehr mit einem bloßen „Ja" antwortete. Dies deutete darauf hin, daß sie Zutrauen zu ihm gefaßt hatte, und von neuem ging dem jungen Mann das Herz auf.

Unglücklicherweise näherte sich ihnen jetzt ein leichter Kutschwagen, in dem vier junge Mädchen saßen. Sie waren gerade um eine Biegung gekommen, und nun hallte ihr fröhliches Lachen durch die Luft, ihr belustigtes Quieken und die hohen, kindlichen Stimmen. Das Pferd kam flott herangetrabt, die Fransen des Segeltuchdaches schwankten hin und her, und die Mädchen hielten ihre Hüte fest. Robert hielt sich ganz rechts, um die Kutsche mit ihrer anmutigen Last vorbeizulassen, doch als die beiden Gefährte auf gleicher Höhe waren, hielt der Wagen an, und Robert erblickte die rosigen Wangen, das kastanienbraune Haar und die leuchtenden Augen Maude Kitcheners. Ihr Mund glich einer vollen Rosenknospe, doch das Lächeln erstarb ihr auf den Lippen, als sie seiner Begleiterin gewahr wurde.

„Oh, Dr. Morgan!" trillerte sie. „Wie geht es Ihnen? Darf ich Sie mit Betty Gibson und Susie Harris und Emiline Wilson bekanntmachen? Kinder, das ist Dr. Morgan — der Herr, von dem ich euch schon erzählt habe . . ." Sie unterbrach sich und wurde feuerrot. Die Mädchen betrachteten Robert mit lebhafter Neugier und verschmitztem Lächeln, und es wurde selbst dem jungen Mann klar, daß die gute Maude ihren Freundinnen gegenüber, was ihn betraf, vielleicht etwas zu offenherzig gewesen war. Die Mädchen wiederum bewunderten ganz unverhohlen Roberts prächtige Gewandung und sein Aussehen; nur wenn sie Jenny ansahen, verunstaltete ein süßliches Grinsen ihre jungen Lippen, was Robert nicht verborgen blieb. Er hatte seinen Hut abgenommen und auf die Knie gelegt.

„Haben die Damen einen netten Ausflug gemacht?" fragte er.

„Wir waren bei Emilines Tante zum Mittagessen eingeladen", antwortete Maude. Ihre süße Stimme klang gedämpft. Verlegen wandte sie sich an Jenny. „Wie geht's, Jenny?"

Jenny war wieder steif und zurückhaltend geworden. „Sehr gut, danke", antwortete sie fast stotternd.

Die anderen Mädchen richteten überhaupt nicht das Wort an sie, wandten das Gesicht ab und plauderten angeregt mit dem jungen Arzt, von dem sie schon so viel gehört hatten; vor allem von Maude, der während des ganzen Essens kein anderes Thema eingefallen war. Sie wußten nicht recht, ob sie sie bemitleiden oder ein wenig Schadenfreude empfinden sollten, daß der junge Mann, der, wie sie angedeutet hatte, von ihr „sehr beeindruckt" gewesen und praktisch am Sprung gewesen wäre, ihr einen Heiratsantrag zu machen, die Gesellschaft dieser unmöglichen Jenny Heger der Maude Kitcheners — zumindest am heutigen Tag — vorzog. Aber man wußte ja, was das für ein Flittchen war, und Gentlemen waren eben Gentlemen, selbst ein so netter, gut aussehender, junger Mann wie dieser.

Robert war nicht so stur, daß er die Geringschätzung nicht bemerkt hätte, mit der man Jenny behandelte, und darum war er es, der den Hut aufsetzte, die Zügel wieder aufnahm und sich von den jungen Damen verabschiedete. Er war es, der zuerst losfuhr und mit Befriedigung feststellte, daß die Kutsche eine Weile brauchte, um wieder in Schwung zu kommen. Maude Kitchener war die einzige Nette von allen gewesen, und er empfand ein warmes Gefühl für sie. Diese Frauen!

„Na, was sagt ihr!" Emiline Wilson war entrüstet. „Was in aller Welt sieht er nur in ihr?"

„Dreimal darfst du raten!" entgegnete Susie Harris mit neckischem Kichern. „Werde nicht anzüglich, Susie", schalt sie Betty Gibson und gab ihr einen leichten Stoß.

„Wenn ich nur das geringste Interesse an ihm hätte", erklärte Emiline in bedeutsamem Ton, „ich würde ihm die Augen öffnen, jawohl, das würde ich. Wahrscheinlich hält er sie für anständig. Armer Kerl."

„Er ist noch nicht lange hier", entgegnete Maude. „Und Jenny ist doch anständig! Seid nicht so gemein. Ihr wißt genauso gut wie ich, daß das alles Lügen sind, was die Leute über Jenny erzählen. Wir sind alle mit ihr zur Schule gegangen. Kein Wunder, wenn sie — wenn sie Dr. Morgan gefällt. Sie ist doch so schön."

„Nein!" riefen die Mädchen im Chor, um zu beweisen, daß sie treue Freundinnen waren, und Maude freute sich darüber.

„Wir leben wirklich in einer dummen Stadt", meinte Emiline. „Ich könnte wetten, außer den Ferriers hat noch kein Mensch Dr. Morgan zum Dinner eingeladen. Stimmt das vielleicht nicht?"

Mit Ausnahme Maudes mußten ihr alle recht geben. Maude wußte, daß ihre Eltern Robert schon wiederholt eingeladen hatten, aber er war immer in den Spitälern oder auf Krankenbesuch oder anderweitig beschäftigt gewesen. Doch er hatte versprochen, am kommenden Montag zum Abendessen zu kommen und Mrs. Kitchener seinen Dank für die Einladung ausgesprochen. Darum sagte Maude: „Er hat so viel zu tun, aber er kommt Montag zum Dinner zu uns."

Die Mädchen gaben Maude heiter zu verstehen, wie sehr sie sie beneideten, und alle lachten. Aber Maude erinnerte sich an den Blick, den Robert Jenny zugeworfen hatte, als sie weitergefahren waren, und hätte weinen mögen.

Wenige Minuten später fand Robert das vorgesehene Plätzchen. Er bog in eine Seitenstraße ein, die sich steil bergan wandte und auf einer kleinen, grasbedeckten Kuppe endete, die von einer gewaltigen Eiche beherrscht wurde. Unter ihnen lag Strauchwerk und Gestrüpp, hinter ihnen eine einsame Wiese und vor ihnen funkelten die blauen Lichter des Flusses in der Sonne, überragt von den grünen Konturen der Berge. Hahnenfuß und Maßliebchen und scharlachrote Kastilea drängten sich im fetten, warmen Gras, das nicht zu hoch, aber sehr dicht stand. Robert hielt Jenny die Hand entgegen, und diesmal stützte sie sich beim Aussteigen darauf; wie ein Blitz durchfuhr es ihn bei dieser ersten Berührung, und er erblaßte. Er half ihr auf den Tritt und dann zu Boden, wo sie stehenblieb, ihren weißen Rock glättete und sich mit scheuer Freude umsah.

„Gefällt es Ihnen?“ fragte er.

„Oh, es ist herrlich!“ Sie nahm ihren Hut ab, und das wie üblich hastig zusammengesteckte Haar fiel ihr zum Teil ins Gesicht. Sie versuchte, ihre Frisur wieder in Ordnung zu bringen, doch schien es ihr nicht gelingen zu wollen. Mit einem Achselzucken schüttelte sie das Haar aus und ließ es, einem Wildbach gleich, über Schultern und Rücken stürzen.

Sie half Robert, das karierte Tischtuch auf der Wiese zu verankern, denn hier unter dem Baum war es windig, und sie lachte dabei verlegen. Sie lief herum und suchte nach brauchbaren Steinen zum Beschweren, trug sie triumphierend in beiden Händen herbei, interessierte sich angelegentlich für den Proviant, verteilte die Teller und das Besteck und rieb die Becher mit einer Serviette blank. Dann setzte sie sich, kreuzte wie ein Türke die Beine und lachte wieder vergnügt.

„Picknicks sind so lustig!“ rief sie. „Mama und ich haben oft welche veranstaltet, bevor sie — Harald heiratete. Ich war damals noch ein Kind. Natürlich auf der Insel. Wir vertrauten einander alle möglichen Geheimnisse an, und die Bäume waren so dicht und die Rosengärten unbeschreiblich schön. Die Rosengärten“, fügte sie hinzu. Ihr Ausdruck veränderte sich, sie lächelte nicht mehr.

„Schöne Gärten“, sagte Robert. Als Gastgeber füllte er zuerst Jennys Teller. Sie starrte teilnahmslos auf die reichlichen Portionen, die er ihr vorgesetzt hatte. Er öffnete die Flasche und goß den blaßgoldenen Wein in die Gläser.

Jenny fuhr auf. „Wie?“ fragte sie.

„Wie? Oh, ich sagte, daß Ihre Rosengärten schön seien.“

Jenny nahm den Schenkel eines Brathuhns, betrachtete ihn geistesabwesend und fing an zu essen. Ihre düstere Laune schien vorüber zu sein, unter der Sonnenbräune stieg frische Farbe hoch. Die Fülle ihres schwarzen Haars fiel über ihre Ohren, und ihre Wimpern zeichneten spitze Schatten auf das Rot der Wange. Er hatte sie von Anfang an ihrer Schönheit und ihrer verblüffenden Unschuld wegen geliebt, jetzt liebte er sie auch wegen allem, was er sich über sie zusammengereimt hatte und wegen ihrer Einfachheit. Er hob sein Glas hoch, und ihre blauen Augen folgten ihm.

„Auf Ihr Wohl, Jenny", sagte er.

Sofort nahm auch sie ihr Glas, lächelte ihm zu und sagte: „Auf Ihr Wohl, Doktor." Es wäre ihm lieber gewesen, sie hätte ein wenig Koketterie gezeigt und ihn mit seinem Vornamen genannt. Trotzdem war er zufrieden. Er hatte zunächst nicht damit gerechnet, daß sie so auf ihn eingehen und sich über dieses Picknick so kindlich freuen werde. Er schaute auf den Fluß, der nicht so blau war wie Jennys Augen, er roch das Harz ganz nahe, würzig und erregend, und das Gras strömte einen heißen Duft aus, süßer als irgendein künstliches Parfum. Jenny gehörte dazu. Sie war allein mit ihm in diesem leuchtenden Schweigen. Es gab keinen Dritten.

Sie trank den Wein rasch. „Köstlich", sagte sie. „Ich mag ihn sonst nicht, aber dieser schmeckt mir. Ist es ein französischer Wein?"

Er reichte ihr die Flasche, um sie das Etikett lesen zu lassen, und war erfreut, sie beeindruckt zu sehen. „Was, 1890!" sagte sie. „Elf Jahre. Das ist lange her."

„Für Sie vielleicht. Sie waren damals doch erst neun Jahre alt, Jenny. Aber ich war viel älter."

Sie warf einen Blick auf sein junges Gesicht und seinen prächtigen Schnurrbart, und er erkannte eine andere Jenny, belustigt und voll heimlichem Spott. Sie lächelte ihn offen an und schüttelte ihren Kopf. Der Wind zauste ihr Haar. „Sie sind wirklich sehr jung", sagte sie, und er wußte nicht, ob er sich darüber freuen oder ärgern sollte. „Sie glauben, daß die Welt gut ist, nicht wahr? Erinnern Sie sich an die Worte Macchiavellis: ‚Ein verdienter, welterfahrener Mann freut sich allmählich weniger über das Gute und ärgert sich weniger über das Schlechte, das er in der Welt sieht.' "

Er bedachte das und nickte schließlich. „Glauben Sie nicht auch, daß die Welt gut ist?"

„Nein, das glaube ich wirklich nicht. Die Leute meinen, daß ich dumm und ungebildet sei, aber das ist nicht wahr. Ich lausche; ich höre; ich sehe; ich denke; ich lese. Ich gehe allein spazieren. Ich bin nie einsam — mit mir selbst. Ich beobachte die Vögel. Nichts kann mich sehr überraschen."

Irgend etwas ließ Robert an Jonathan denken, er wußte nicht warum. Der Gedanke kam nirgendwoher und brachte ihn aus der Fassung.

„Nur ein Dummkopf könnte Sie für dumm und ungebildet halten, Jenny."

Wieder zeigte sie ihm dieses verhaltene und belustigte Lächeln. „In dieser Welt muß man ständig schwatzen und irgend etwas Dringendes oder unglaublich Wichtiges tun oder sich in großer Eile irgendwohin begeben oder irgendwoher kommen, dann gilt man für klug und gebildet. Beschränkt sich aber jemand auf sich selbst und mag nicht das Durcheinander, nur seine eigenen Gedanken und die Arbeit, die er gern tut, dann heißt es, er sei verrückt oder ein Menschenfeind oder geradezu kein Christ." Sie warf ihr Haar zurück. „Sie haben vergessen oder nie gewußt, was Shakespeare in ‚Wie es euch gefällt' schreibt: ‚Und so von Stund zu Stunde reifen wir, um dann von Stund zu Stunde zu verfaulen.' Wenn Sie ein wenig daran dächten, würden Sie es nicht so eilig haben — Niemand auf dem Weg nach Nirgendwo, und rührend bemüht, jemand zu sein, der ein Ziel hat. Aber sehr wenige Leute sind ‚jemand'."

Er hatte nicht vermutet, daß sie einer so langen Rede fähig sei, aber als er die Röte auf ihren Wangen und das leere Glas sah, wußte er, daß der Wein ihr die Schüchternheit genommen hatte und daß es die wahre Jenny war, die bei ihm saß, und er blinzelte verstohlen.

Er füllte ihr Glas nach. Sie sah ihm zu. „Was mich betrifft", sagte sie, „ich bin zufrieden, ein Niemand zu sein, der nirgendwohin geht. Das Angenehme daran ist, daß man nicht das Gefühl hat, man müsse ein Ziel haben — und es gibt ja auch kein Ziel."

Wieder wechselte ihr Ausdruck, und sie schaute in plötzlicher Melancholie nieder in ihr Glas. „Nirgends", wiederholte sie. „Gar nirgends."

„Aber, Jenny! Sie sind jung, und die Welt steht Ihnen offen."

„Nein", sagte sie. „Ich fürchte, sie hat sich für mich nur einmal geöffnet, als ich sechzehn war, ungefähr drei Minuten lang. Drei ganze Minuten. Und dann war sie wieder zu. Das war alles — und wird alles bleiben."

„Erzählen Sie", sagte er, denn er wollte immer noch mehr über dieses rätselhafte Mädchen wissen.

Sie schüttelte den Kopf. „Da gibt es nichts zu erzählen. Ich habe es mir nur eingebildet."

Sie nahm den Teller von ihrem Knie fort und trank rasch den Wein. Bei einer weltgewandteren Frau wäre das eine theatralische Geste gewesen, auf Wirksamkeit berechnet. Bei Jenny war es der Ausdruck einer plötzlichen Verzweiflung. Wieder dachte Robert ohne ersichtlichen Anlaß an Jonathan Ferrier.

„Jenny", sagte er, „warum gehen Sie nicht für einige Zeit fort und schauen sich an, was Sie sehen müßten?"

„Oh, das kann ich nicht, Doktor, ich könnte meine Insel nicht verlassen. Sollte allerdings Harald sie jemals für immer verlassen — was er gewiß nicht tun wird —, dann dürfte auch ich eine Weile fort.“

Für Robert hörte sich das seltsam an, und er runzelte die Stirn. „Wissen Sie“, sagte Jenny mit großem Ernst, „ich könnte ihm die Insel nicht allein überlassen. Nicht wahr?“

„Warum nicht?“

„Weil sie nicht mehr dieselbe wäre, wenn ich zurückkäme.“

Er begriff nicht. „Einmal, wenn Sie heiraten, werden Sie die Insel verlassen und höchstens für einen Besuch zurückkommen.“

„Nein. Ich werde die Insel nie verlassen. Und ich werde nie heiraten.“

Wie ein Nebelschleier legte es sich für Robert über die Erde. Alle Helligkeit war verschwunden. „Sie werden anders denken, Jenny, wenn Sie einen Menschen finden, der Sie liebt.“

Erschreckt und betroffen sah er, wie sich ihre Augen mit Tränen füllten. Sie schüttelte den Kopf, stellte das leere Glas auf das Tischtuch. Es rollte von ihr fort, und sie sah ihm nach.

„Hat denn noch nie jemand zu Ihnen von — nun, von Liebe gesprochen?“

Sie schüttelte nur immer wieder den Kopf.

Der Wind wurde stärker, er hob die Blätter, und ein Strahl hellen Sonnenlichts fiel auf Jennys Haar. Wie zauberhaft ist doch die Sonne auf dem Haar einer Frau! dachte Robert.

Er hätte gern gesagt: „Ich liebe dich, Jenny, meine süße Jenny. Laß mich dir sagen, wie sehr ich dich liebe.“ Aber er wußte, daß es zu früh war. Er würde sie nur fortschrecken und wieder in ihr Schweigen zurückscheuchen. Es gab noch jemanden, den er kannte und der so war. Jonathan Ferrier. Das geringste Zeichen einer wärmeren Zuneigung oder eines persönlichen Interesses, das ihm jemand zeigte, trieb ihn zu einer seiner abschätzigen Bemerkungen oder löste einen verletzenden Aphorismus aus. Er wies eine Berührung so zurück, wie Jenny sie fürchtete und zurückweisen würde. Die Ähnlichkeit gefiel Robert wenig.

Er beschloß, das Thema zu wechseln. „Was lesen Sie am liebsten, Jenny?“

Sie hatte die Tränen, die ihr gegen ihren Willen gekommen waren, zurückgedrängt. „Gedichte“, sagte sie. „Ich mag Homer — auf Griechisch und Ovid — auf Lateinisch.“

Robert war beeindruckt. Bei jeder anderen Frau hätte ihn dieses Geständnis abgestoßen, aber bei Jenny war es ganz natürlich und ein Teil ihres Wesens.

„In Übersetzungen geht so viel Wesentliches verloren“, sagte sie. „Finden Sie das nicht auch?“

„Ich fürchte, mein Latein reicht nur für die Medizin“, sagte er.

Sie lachte plötzlich, blickte mit der Offenheit um sich, die er so rührend und lieblich fand, und schaute dann auf das Wasser hinaus. „Hat Ihnen Tante Marjories Picknick am vierten Juli gefallen?“ fragte sie schließlich.

„Sehr. Sie ist eine entzückende Dame.“

„Die Rede war lächerlich“, sagte Jenny.

„Tatsächlich? Ich fürchte, ich habe nicht sehr gut aufgepaßt. Aber Jon und Pater McNulty fanden sie ‚unheilschwanger‘. Ich glaube, alle Politiker sind unheilschwanger.“

Jenny hatte einen langen Grashalm in die Hand genommen und zog ihn durch die Finger. Sie hielt ihren Kopf gesenkt, so daß er ihr Gesicht nicht sehen konnte.

„Wird es für Sie nicht sehr schwer sein, Jons ganze Praxis zu übernehmen, wenn er geht?“ fragte sie. „Ich habe gehört, es sei eine große Praxis.“

„Ich hoffe mein Bestes zu tun“, sagte er und hörte den spröden Klang in seiner Stimme.

„Ja“, sagte Jenny. Sie wickelte den Halm um ihre Finger und zog heftig daran.

„Vielleicht wird er ab und zu kommen und mir helfen, wenn er kann.“

Sie blickte so plötzlich auf, daß er zusammenfuhr. „Hat er Ihnen das versprochen?“

„Nein, das nicht. Wenn er ginge, sagte er, sei er mit der Stadt und allem Volk darin ein für alle Male fertig.“

„Aber Sie haben das Gefühl, daß er wiederkommen wird?“

„Nein, das habe ich nicht, Jenny. Warum sollte er auch? Er hat nicht die Stadt im Stich gelassen: Die Stadt hat ihn im Stich gelassen, ohne guten und triftigen Grund.“

„Hat er gesagt — vor kurzem erst gesagt —, daß er nie mehr zurückkommen wird?“

„Heute morgen erst.“

Er hörte, wie Jenny tief einatmete. „Aber er hat doch sein Haus und seine Güter.“

„Ich habe gehört, daß er für seine Güter einen Käufer sucht, nur für eines nicht. Das Haus gehört eigentlich seiner Mutter. Nein, er wird nicht wiederkommen. Er wird noch vor dem ersten September fahren, sagte er mir vor ein paar Tagen.“

„In vier Wochen“, sagte Jenny.

„Ja.“

Das Gespräch langweilte und beunruhigte ihn auf unerklärliche Weise. Er legte sich ins Gras zurück und verschränkte die Arme unter dem Kopf. Er wußte nicht, warum er sagte: „Aber vielleicht nimmt er auch jemanden mit. Jede Woche mindestens einmal besucht ihn eine Dame, der er sich anscheinend mit großem Vergnügen widmet. Ich weiß, daß es keine Patientin ist. Wenn er mit ihr spricht, gebraucht er seine ‚private' Stimme."

Jennys über ihn gebeugter Kopf verdunkelte ihm plötzlich den Himmel.

„Eine Frau?" sagte sie, und ein dunkler Schatten lag auf ihrem Gesicht. „Eine Frau besucht ihn?"

„Ja. Ich weiß nicht, wer sie ist. Ich weiß nur, daß er sie ‚meine Liebe' anspricht."

„Oh." Dann sagte Jenny mit schwacher Stimme: „Vielleicht denkt er daran, sie zu heiraten."

Robert gähnte absichtlich. „Wer weiß? Warum legen Sie sich nicht auch in dieses weiche, dichte Gras, bevor wir zurückgehen?"

Sie zögerte keinen Augenblick. Sie streckte sich an seiner Seite aus, und er konnte ihren leichten Atem hören und ihr Profil sehen. Es war blaß und ohne Ausdruck. Dann schloß sie die Augen, und ihr Kopf glich dem Haupt einer gestürzten Statue. Er fühlte die Eindringlichkeit dieses Bildes, die Einsamkeit des Verlorenen und Zerbrochenen. Etwas hatte diesen friedlichen Tag, der so voll Leben und froher Erfüllung begonnen hatte, gestört, und er wußte nicht, was es war.

Er sah ihre Hand nahe seiner Hüfte, hob vorsichtig einen Arm unter dem Kopf hervor und bewegte seine Hand auf die ihre zu, dann seine Finger. Er erwartete, daß sie ihre Hand fortziehen würde, aber das war nicht der Fall. Sie öffnete die Augen nicht, rührte sich nicht. Ihre Finger lagen kühl und gelöst unter den seinen, aber auch das war diesmal genug für ihn, nur ihre Hand zu halten und von seiner Liebe erfüllt zu sein. Er wünschte, sie müßten nie nach Hause gehen und könnten eine Ewigkeit hier so verbringen, mit dem Wind, der über sie hinwehte, und dem dunklen Grün des Baumes, der sich über ihnen wölbte, mit den Schmetterlingen auf der Wiese und dem leisen Murmeln des sonnenbeschienenen Flusses, das nur ganz wenig die würzige Luft rührte.

Er nickte ein. Eine Art Traum oder seltsame Erscheinung überkam ihn. Er glaubte zu erwachen, Jenny war fort, und es war Herbst und die braunen und roten Blätter fielen um ihn, und der Fluß toste, und er, Robert, war voll kalter Trauer, weil er wußte, daß er Jenny nie mehr sehen werde und daß sie für immer fortgegangen sei.

Er schreckte plötzlich hoch. Jenny war wirklich nicht an seiner Seite, aber sie hatte das Geschirr und das Tischtuch fortgeräumt und ordentlich in dem Korb verstaut und stand nun, schaute auf den Fluß und steckte ihr Haar auf.

Ihr Rücken war ihm zugekehrt. Er konnte die Linien ihrer schlanken, hochgewachsenen Gestalt sehen, die geschmeidige Anmut ihrer Taille, die edlen Formen ihrer Schultern und Arme. Sie hatte ihn vergessen. Er erriet nicht im entferntesten, woran sie dachte, aber er wußte, daß sie in ihre Träume oder Gedanken verloren war, wie vorhin er in die seinen. Jetzt befestigte sie die Spangen im Haar. Ihre Arme fielen herab. Sie seufzte und drehte sich zu ihm.

„Mir scheint, ich bin eingeschlafen", sagte er.

„Ja."

„Es muß spät geworden sein."

Jenny sah auf die Uhr, die sie am Gürtel trug. „Fünf Uhr", sagte sie. Ihr Gesicht war ganz ruhig und ausdruckslos, aber als er in ihre Augen sah, lächelte sie wieder ihr schüchternes Lächeln. „Es ist spät."

„Nicht sehr." Er zögerte. „Jenny, wollen Sie mit mir zu Abend essen?"

Sie antwortete rasch: „Nein, das ist nicht möglich!"

Er fragte nicht warum. Er stand auf, nahm seinen Rock und zog ihn an, strich die Falten glatt. Er setzte seinen Hut auf. Jenny beobachtete ihn, und als er sie ansah, lächelte sie freundlich, wie man einem Kind zulächelt, das man gern hat. „Ich möchte Ihnen für den schönen Tag danken, Doktor", sagte sie.

„Jenny, warum nennen Sie mich nicht Robert — oder Bob?"

„Gern. Robert." Noch nie, kam ihm vor, hatte er seinen Namen so gehört. Er war entzückt. Sie gingen zu dem Wägelchen und sahen, daß das Pferd seinen ganzen Hafer gefressen hatte. Dann stiegen sie in das Gefährt und fuhren heimwärts. Auf halbem Weg nach Hambledon sagte Robert: „Sie haben Ihren Hut vergessen! Wir werden gleich umkehren."

„Nein, nein. Bitte. Es macht gar nichts, wirklich nicht."

Das ist ihr Ernst, dachte Robert. Hatte sie etwas mit ihrem Hut und den neuen Kleidern getan? Der Gedanke schien Robert sehr abwegig, aber er konnte ihn dennoch nicht abschütteln.

Den restlichen Weg fiel es ihm schwer zu sprechen, und Jenny schwieg auch. Die Welt war nicht mehr so voll Wärme, aber noch war er fest entschlossen, Jenny bald — und zwar sehr bald — wiederzusehen.

„Wollen Sie mit mir in nächster Zukunft wieder einen Ausflug machen, Jenny?"

„Ja. O ja."

Er war so überglücklich, daß er sich am liebsten zu ihr hinübergebeugt und sie auf die Wange geküßt hätte, aber sie schaute in die Gärten, an denen sie vorbeifuhren, und schien von dem Anblick ganz gefangen. Sie kamen zu dem kleinen Anlegeplatz, kaum mehr als ein paar Planken, wo die Inselboote warteten. Es war nur mehr eines da. „Harald muß zu Hause sein", sagte Jenny, und sie schien enttäuscht zu sein.

Robert half ihr aus dem Wagen, als sie das muntere Klappern von Pferdehufen vernahmen und gleich darauf auch Jonathan Ferrier da war, der auf sie mit einem breiten Lächeln heruntersah. Er berührte den Hut mit der Reitpeitsche und erkundigte sich: „Wie war das Picknick?"

„Großartig“, erwiderte Robert und fühlte dabei weniger Sympathie als sonst für Jonathan. „Hier, Jenny, nehmen Sie meine Hand.“ Sie tat es schweigend, und er beobachtete sie beim Aussteigen, als ob jede ihrer Bewegungen für ihn eine ganz besondere Bedeutung hätte.

„Wie hat es dir gefallen, Jenny?“ fragte Jon.

Jenny war heruntergesprungen. Sie wußte nicht, wohin sie schauen sollte. Als würden sie gegen ihren Willen angezogen, hoben sich ihre Augen zu Jonathan. Und dann sah Robert die tiefe, häßliche Röte in ihrem Gesicht, die dicken Tränen in ihren Augen und ihr zitterndes Kinn. So stand sie wie versteinert, und sie und Jonathan konnten die Blicke nicht voneinander wenden, und Robert sah es und wußte nun alles.

Endlich ging Jenny auf das Boot zu, und Robert folgte ihr auf Beinen, die wie aus Blei waren. Ja, jetzt wußte er es. Er wußte, warum Jenny mit ihm gegangen war. Sie war gekommen, um ihn, Robert, von Jonathan Ferrier sprechen zu hören und alles Neue über ihn zu erfahren. Ihn konnte sie in aller Offenheit nach Dingen fragen, von welchen sie sonst nicht reden durfte.

„Lassen Sie mich Sie hinüberrudern, Jenny“, sagte Robert, und seine Stimme klang dumpf.

„Nein, bitte, ich rudere gern“, sagte das Mädchen, ohne ihn anzusehen. Sie sprang in das Boot. Noch immer vermied ihn ihr Blick. Aber in dem Augenblick, als sie wegruderte, sah sie wieder zu Jonathan hinüber, und die Röte war noch immer in ihrem Gesicht und ihre Lippen bebten. Robert schaute ihr nach, bis sie nur mehr ein schwarzer Schatten auf dem goldschimmernden Wasser des abendlichen Flusses war. Er hatte Jonathan vergessen. Als er sich umdrehte, war Jonathan noch immer da, hoch zu Roß.

„An deiner Stelle“, sagte Jonathan, „würde ich Jenny nicht zu ernst nehmen.“ Dann klopfte er Robert kurz, aber kräftig mit der Reitpeitsche auf die Schulter und ritt weiter.

Der scherzhafte Schlag schmerzte Robert. War er nur scherzhaft gewesen — oder freundschaftlich? Robert blickte Jonathan nach, bis er verschwunden war. Jenny, dachte er, Jenny, ich werde dich nicht aufgeben. Ich weiß nicht, was das alles zu bedeuten hat, Jenny, aber das ist nicht der richtige Mann für dich, und du bist für ihn nicht die richtige Frau. Ich gebe nicht auf, Jenny. Ich habe dir Besseres und Lebendigeres zu geben als ein verbitterter Mann, der bald kein Zuhause mehr haben wird. Ich kann dir Jugend bieten, Hoffnung, Frieden, ein wenig Frohsinn und Lachen und Reisen, und ich verfüge über all meine Liebe und habe keine schrecklichen Erinnerungen. Davor werde ich dich schützen.

SECHSUNDZWANZIGSTES KAPITEL

Jonathan hatte eben den Operationssaal im St.-Hilda-Spital verlassen, wo er Robert Morgan bei einer Operation zugesehen und ihm assistiert hatte. In einem Korridor traf er den jungen Philip Harrington. Der Gynäkologe legte ihm beide Hände auf die Schultern und sagte: „Du kannst mir gratulieren!"

„Gratuliere", sagte Jonathan. „Wozu? Nein, laß mich raten. Du hast Elvira Burrows unter die Haube gebracht."

„Nicht so schnell, Jon. Du müßtest Elvira besser kennen."

„Um Himmels willen! Hast du deine Zeit vergeudet?"

„Ach, geh schon! Dir haben wir es auf jeden Fall zu verdanken, daß wir verlobt sind. Wir werden am ersten September heiraten, und du sollst Brautführer sein."

„Hast du gemeint, ich würde dir gratulieren? Wäre da nicht eher mein Beileid am Platz?"

„Na, warst es nicht du, der das alles ausgekocht hat?"

„Stimmt. Ich muß von Sinnen gewesen sein, so etwas einem netten, lieben, unschuldigen Junggesellen anzutun. Elvira hat wenigstens einen Haufen Geld und wird noch mehr erben, wenn ihr Papa stirbt — und dann ist da natürlich das Haus."

Philip Harrington fing zu lachen an. „Mit Papa hast du recht gehabt. Ein paar Tage, nachdem du ihn mit Kognak und deinen unfehlbaren Ratschlägen kuriert hast, verkroch er sich für eine Weile in New York, um für sein verdammtes Buch über Chaucer zu forschen. Ich habe ein paar Kapitel gelesen. Blütenweiß. Chaucer war ein loser Knabe, aber Papas Zitate sind allesamt purgiert. Ich habe ihn darüber ausgefragt, und er behauptete, daß er zuerst „die Wißbegier der kindlichen Seelen" beschäftigen wolle, damit sie dann ihre eigenen Forschungen über Chaucer treiben. Ich sagte ihm, daß die kindlichen Seelen durchwegs geil seien und Bravheit sie zu Tode langweilt. Na, wie dem auch sei. Auf irgendeiner Party in New York traf er auf eine gebildete Witwe — mit Geld und mit dem, was er ‚bemerkenswerte Geistesgaben' nennt. Papa arbeitet schnell, die Dame hat ihm ihr Photo gegeben, bevor er nach Hambledon zurückfuhr. Ein hübsches, molliges Figürchen mit einem hübschen, runden Gesicht. Ungefähr fünfundvierzig. Elvira und ich brauchen kein Vergrößerungsglas, um zu sehen, wie sich die Romanze entwickelt, und wir freuen uns sehr für Papa. Elvira wollte mit unserer Hochzeit warten bis Papa verheiratet ist. ‚Das sieht besser aus', sagte das liebe Kind, und schließlich ist Mama noch kein volles Jahr tot. Aber ich hielt ihr entgegen, daß es viel besser aussehen würde, wenn wir so bald als möglich ins Bett kämen, und da war sie mit mir einer Meinung."

„Hast du es ihr so brutal eröffnet?"

„Mein Lieber, als Elvira und ich während Papas Abwesenheit ein paar lauschige Abende zusammen verbrachten, schloß sie eines von den Gästezimmern auf, eines mit Doppelbett, und putzte es prächtig heraus. Zieh keine voreiligen Schlüsse. Wir haben nicht am Honigtopf genascht — erst bis nach der Hochzeit, und du kannst sicher sein, daß Elvira den Pfarrer und alle seine Zeugnisse sehr genau unter die Lupe nehmen wird, um dafür zu sorgen, daß das Band nicht nur nach dem Gesetz geschlungen, sondern mit einem Doppelknopf verknotet ist."

„Ein herrschsüchtiges Mädchen", sagte Jonathan.

Phil Harrington sah mit einem leisen, träumerischen Lächeln in die Ferne. „Oh, das würde ich nicht behaupten. Das würde ich wirklich nicht behaupten." Jonathan fand, daß er einem Esel glich.

„Ich glaube, ich werde am ersten September nicht hier sein", sagte er.

„Aber, zum Kuckuck, das ist doch schon in drei Wochen! Warum hast du es so eilig?"

„Bob Morgan hat jetzt so ziemlich meine ganze Praxis übernommen, so daß ich keinen Grund habe zu bleiben. In Ordnung! Ich werde bis zur Hochzeit warten — und auf den ersten Kuß der Braut."

Jetzt machte Phil Harrington ein sorgenvolles Gesicht. „Jon", sagte er, „du hast mir immer gesagt, daß ich nicht viel Phantasie habe, und daß Phantasie für einen Chirurgen wie mich verderblich sei. Kann sein, daß ich mir jetzt doch Dinge einbilde, eine neue Eigenschaft. Ich würde gern mit dir unter vier Augen reden. Gehen wir in den Aufenthaltsraum."

Der Aufenthaltsraum der Ärzte war leer, denn es war Zeit zum Lunch, und die beiden jungen Männer nahmen in bequemen Sesseln bei den Fenstern Platz.

„Erzähle mir nicht", sagte Jonathan, „daß du ein anderes Mädchen am Hals hast und nicht anbringst."

„Sei bitte einmal vernünftig", sagte Phil. „Es geht um dich, nicht um mich."

Seit seiner Verhaftung war Jonathan eine plötzliche, vom Magen ausgehende Übelkeit, wie er sie nie zuvor in seinem aufrechten Leben gekannt hatte, wohlvertraut geworden. Er zündete eine Zigarette an und beobachtete Phil Harrington. „Na, sprich schon", sagte er.

„Ich wollte bei Gott, ich könnte dir mit Tatsachen und Protokollen und mit ‚er sagte' und ‚sie sagten' und dergleichen kommen, und mit genauen Daten, aber das kann ich leider nicht, Jon. Ich fing an zu ahnen, daß etwas in der Luft lag, als die anderen Knaben plötzlich zu reden aufhörten, sobald ich in ihre Nähe kam, weil sie wissen, daß ich dein Freund bin, und ein und das andere Mal hörte ich deinen Namen fallen. Es braut sich etwas zusammen. Dauernd bedenkt man mich mit Seitenblicken, grinst mich an und erkundigt sich bei mir über dein Wohlergehen, als ob sie dich in den Kliniken nicht genausooft sähen wie ich."

„Hm“, sagte Jonathan.

„Bei den ‚Freunden‘ ist es noch weniger zu übersehen“, fuhr Phil fort. „Ich würde mir bei Gott wünschen, ich könnte dir irgend etwas Konkretes berichten, aber ich glaube, da braut sich für dich etwas zusammen, Jon.“

Jonathan dachte an den gemeinen Brief, der ihm durch Boten zugestellt worden war. „Ich würde mir keine Sorgen machen, Phil“, sagte er. „Schließlich kann ich nicht ein zweites Mal wegen desselben Vergehens angeklagt werden, egal was sie behaupten oder welche Beweise sie zu haben glauben. Eine doppelte Blamage. Wie dem auch sei, in ein paar Wochen werde ich fort sein, für immer. Das sollte sie zufriedenstellen.“

„Sie wissen, daß du gehen wirst, Jon. Aber diese Sache ist erst vor kurzem ausgekocht worden.“ Er wartete und schaute finster auf seine großen, geschickten Hände. „Es ist schlimmer als seit Monaten, wenn das überhaupt möglich ist. Die Burschen, die dich nie mochten, zeigen so eine Art von Frohlocken. Du kennst sie. Es sind dieselben, die über deinen Freispruch außer sich waren.“

„Ich weiß.“ Das niedergeschlagene Gefühl und die Übelkeit in Jonathans Magengegend wurden stärker. Zugleich stieg ein heftiger, bitterer Zorn in ihm hoch, und die weißen Falten um seinen Mund traten hervor.

„Niemand kann mir etwas anhaben“, sagte er. „Finanziell bin ich von meinem Beruf unabhängig; ich bin ein reicher Mann mit gut angelegten Kapitalien und Vermögen. Diesen Nerv können sie bei mir nicht verletzen. Meinem Ruf können sie nicht schaden, denn ich habe hier keinen, und überhaupt: Zum Teufel mit dem ganzen Ruf. Meine Patienten können sie mir nicht wegnehmen, weil ich meine Praxis verkauft habe. Was also können sie mir tun?“

„Ich hasse Mutmaßungen“, sagte Phil.

„Nun, was ‚mutmaßt‘ du?“

„Hilf du mir, Jon, ich weiß es nicht. Ich habe nur so ein Gefühl. Vielleicht ist mir eine Phantasie gewachsen, seit ich mit Elvira zusammen bin. Sie ist ein sehr schwieriges Mädchen und hat mir Bücher zum Lesen gegeben, die ich nie vorher in der Hand gehabt oder von denen ich vorher nicht einmal gehört habe. Edgar Allan Poe ist einer ihrer Lieblinge — und jetzt auch der meinige, und man kann Poe nicht lesen, ohne seine Phantasie zu erhitzen oder eine zu kriegen.“

„Ich wette, daß ‚Schlangengrube und Pendel‘ dir Spaß gemacht hat.“

„Ich schwitzte nur so, das kannst du mir glauben.“ Phil lächelte kurz. Er stand auf, vergrub die Hände in den Taschen seiner saloppen Hose und stampfte mit schweren Schritten auf und ab. Jonathan dachte, daß Phil einer der wenigen Menschen von Hambledon war, die er vermissen würde. Phil blieb vor ihm stehen und sah ernst auf ihn herab. „Ich wittere Gefahr", sagte er. „Es ist diese Art von innerem Geruch, den ich bei einem Patienten rieche, bevor ich noch das Skalpell nehme. Ein Gefühl, daß irgend etwas schiefgeht, obwohl alle Anzeichen vorher dafür gesprochen haben, daß es eine sehr simple und ereignislose Operation wird. Letzte Woche war eine junge Frau bei mir, bei der alle Untersuchungen erwarten ließen, daß es sich nur um eine Eierstockzyste handeln werde und der Uterus sauber und gesund sei. Aber als ich das Skalpell nahm und auf ihr bewußtloses Gesicht hinuntersah — ein hübsches, gesundes Gesicht, auch recht rundlich —, da wußte ich, daß da etwas weniger Erfreuliches im Gang war. Und, bei Gott, ich hatte recht. Das arme Mädchen hatte ein Karzinom, und das verfluchte Zeug hatte sich ausgebreitet — hinaufzu."

„Und du meinst also, daß etwas Krebsiges um mich herum vorgeht?"

„Lach nicht, aber genau das meine ich."

„Ohne ein einziges Wort oder einen Hinweis als Beleg."

Phil setzte sich, streckte die Beine vor sich aus, schob seine breite, rote Unterlippe vor und fixierte seine Stiefel, die seit seiner Bekanntschaft mit Elvira wie Spiegel glänzten. Ein Sonnenstrahl fiel auf sein dichtes, blondes Haar, und er sah mit seinem großen, runden Gesicht, das voll Jugend, Frische und Leben war, wie ein bekümmerter Schuljunge aus.

„Nun, da gab es nur eine Sache vor ein paar Tagen. Ich ging am Büro des alten Louis vorüber, er unterhielt sich mit jemandem hinter der verschlossenen Tür und brüllte dabei, und wir versuchen immer etwas zu hören, wenn Louis brüllt. Er brüllte also, und ich schnappte deinen Namen auf, aber das war auch schon alles, abgesehen davon, daß er noch sagte: ‚Glauben Sie es nicht.' Wenn ich nicht schon einige Zeit ein ungutes Gefühl gehabt hätte, würde ich nicht einen Gedanken darauf verschwendet haben, aber so ging ich in die Vorhalle zurück und wartete. Und dann kam aus Louis' Büro ein alter Mann mit weißem Haar und Zuckergesicht und dieser Schweinehund von Senator Campion. Der alte Louis stand auf der Schwelle und beäugte sie düster und knallte dann die Tür hinter ihren Absätzen zu."

„Ein Punkt für Louis", sagte Jonathan, aber seine Stimme klang abwesend. „Das war alles?"

„Wenn ich mich recht erinnere, hörte ich Louis sagen, daß etwas ‚beamish' sei. Das ist doch eines der von Lewis Caroll erfundenen Worte aus ‚Alice im Wunderland'. ‚Beamish' heißt, glaube ich, soviel wie fröhlich, lächelnd, leuchtend: alles zugleich, und nach dem Ton von Louis' Stimme paßte das anscheinend nicht. Er bellte ärgerlich, und warum sollte er das getan haben, wenn die Dinge so ‚beamish' waren?"

Jonathan fuhr plötzlich in die Höhe. „Beamish?" wiederholte er. „Hat er über eine — Frau gesprochen? Vielleicht über eine meiner Patientinnen?"

Phil schüttelte den Kopf. „Ich weiß es nicht, Jon. Ich weiß nur, daß Louis wie vor einem Schlaganfall aussah dort unter der Tür und Campion so rosig wie nur etwas und grinsend, und der alte Mann —"

„Hast du vielleicht einmal Jonas Witherby kennengelernt?"

„Witherby?" Phil dachte nach. „Oh. Einmal. Vor ein paar Jahren. Ich habe Photos von ihm in der Zeitung gesehen, wie er dies und das fördert oder einen Grundstein legt. Ja, wahrhaftig, es war Witherby!" Er machte eine kurze Pause. „Schau, Jon, vielleicht hat es gar nichts zu bedeuten. Vielleicht habe ich mir nur eingebildet, daß Louis deinen Namen genannt hat. Ich bin deinetwegen in den letzten Wochen wie auf Nadeln gesessen."

„Vielleicht", sagte Jonathan. Er zuckte mit den Achseln. „Hab keine Angst. Ich werde nicht zu Louis gehen und ihn etwas fragen, was dich in Schwierigkeiten bringen könnte. Vielleicht hat es gar nichts zu bedeuten."

„Bestimmt", sagte Phil. „Ja — und das letzte, was Campion sagte, bevor hinter ihm die Tür zugeknallt wurde, war: ‚Wir werden dir erst einmal die eidesstättige Aussage bringen, das ist nicht mehr als recht und billig.' "

„Nun, man soll den Teufel nicht an die Wand malen, wie man so sagt."

„Hätte man mich nicht so blöd angegrinst und hätten deine Feinde nicht so nach dir gefragt, so wäre ich nicht so nervös, Jon. Aber vielleicht sehe ich Gespenster. Du weißt, wie es in einem Spital zugeht, bei der Belegschaft und unter den anderen Ärzten. Man hört die leisesten Gerüchte — meist ohne einen Funken Wahrheit — und verbreitet sie in Windeseile. Ich kenne keine ärgeren Tratschmäuler als Ärzte. Sie tun das wahrscheinlich zur Entspannung oder so."

„Und bei den ‚Freunden' ist es noch schlimmer?" fragte Jonathan und dachte dabei an Humphrey Bedloe.

„Ja, konzentrierter, aber doch eben nur dieses — Gefühl. Willst du, daß ich mich auf die Spur setze?"

Die Vorstellung, daß der schwerfällige Phil Harrington als spitzfindiger Aushorcher auftreten könnte, ließ Jonathan lächeln. „Mach' dir keine Sorgen, Phil. Halte nur deine Ohren offen. Obwohl ich mir nicht denken kann, was zum Teufel sie mir jetzt antun könnten."

„Natürlich, Jon, natürlich. Zerbrich dir auch nicht den Kopf. Übrigens: Du erinnerst dich doch an Moe Abrams, diesen schicken Judenjungen, den Internisten, der sich hier für Neurologie spezialisiert. Er stand in deinem Schatten, bis er sich entschloß, Geburtshilfe aufzugeben und zur Neurologie zu wechseln. Er ist bei Newcome, und dann geht er zurück auf die Fakultät, um weiterzustudieren. Hat er dir nicht bei Hortense Nolan oder in einem ähnlichen Fall geholfen?"

„Ja. Er würde einen guten Geburtshelfer abgeben, aber letzthin erzählte er mir, daß es ihm ‚weh tue', die jungen Mütter leiden zu sehen, und ich konnte ihm das nicht ausreden. Er muß das haben, was die Freudianer einen Mutterkomplex nennen, oder einen ähnlichen Dachschaden. Was ist mit ihm?"

„Ich hätte fast darauf vergessen. Ich höre nicht viel auf Tratschereien. Er wollte wissen, ob er dir irgend etwas erzählen solle, aber er fürchtet sich. Er bringt sich ja schwer genug durch — finanziell, meine ich — und hat höllisch Angst, daß man ihm weh tut. Man kann ihm keinen Vorwurf machen. Er sagte, es wäre ihm lieber, wenn ich es dir erzählen und seinen Namen nicht nennen würde, aber wie kann ich das?"

„Ich wäre der letzte, der Moe Schwierigkeiten bringen möchte", sagte Jonathan. „Ich werde ihn nicht einmal wissen lassen, daß wir dieses Gespräch miteinander hatten. Was hat er gesagt?"

„Nun, du kennst doch den alten Newcome, der wie ein alter englischer Minister aussieht, mager und schlaksig und würdig, und ein Monokel trägt und mit englischem Akzent spricht, seit er zwei Jahre in Oxford war. Trotzdem ein guter Neurologe. Er hat vor fünf Jahren damit angefangen. Er rief Moe hinein, um bei einem Fall zuzuhören, den er gerade hatte, ein kleines Mädchen. Er rief auch einen zweiten Assistenten, der sein letztes Jahr auf der Internen macht. Du kennst ihn auch: Walt Germaine. Listig wie ein Fuchs. Die Eltern der Kleinen hatten sie hergebracht. Sie hieß McHenry —"

„McHenry!"

„Du kennst sie? Hol's der Kuckuck, das tut mir aber leid, Jon."

„Weiter!" sagte Jonathan, und seine Stimme klang so gefährlich, wie Phil sie noch nie gehört hatte.

„Moe sagte, Newcome habe das Kind untersucht und sich die Befunde angesehen, die zwei Nervenärzte aus Pittsburgh über das Mädchen verfaßt hatten. Ein hübsches Kind, sagte Moe, und sehr still und würdevoll. Es war auch ein Befund von Doktor Berryman vom hiesigen Gesundheitsamt dabei, du kennst ihn ja, ein vernünftiger Mann. Berryman hatte festgestellt, daß das Kind blutarm sei und mehr Sonne und frische Luft und vielleicht einen Aufenthalt am Meer brauche, und dann hatten die Eltern das Kind nach Pittsburgh gebracht, um es gründlicher untersuchen zu lassen. Moe las die Befunde. ‚Leichte Anämie, entsprechend der beginnenden Pubertät. Kein pathologischer Befund. Patient ungewöhnlich zurückhaltend, aber ausgeglichen und seinen Eltern ergeben, in der Schule allgemein beliebt. Keine nervliche Schädigung. Keine Anzeichen von geistiger Anomalie. Keine Halluzinationen. Geistig beachtlich über dem Durchschnitt. Etwas überspannt, was aber das Resultat der guten Erziehung ist. Folgsam. Keine störenden Charaktereigenschaften.' In dieser Tonart ging es weiter. Die Mutter weinte und küßte das Kind. Es war der Vater, der den Kopf verlor. Er verlangte Louis zu sehen, packte daher die Befunde und zwang den alten Newcome, mit ihm hinunter in Louis' Büro zu gehen, und er war außer sich vor Wut, sagte Moe, und er würde dich wegen irgendeiner Sache zur Rechenschaft ziehen. Ganz ohne Zusammenhang. Und dann trampelten sie hinunter zu Louis' Büro. Das ist alles."

In Jonathans Augen glänzte kalter, schwarzer Zorn. Er berichtete Phil in Kürze über sein Zusammentreffen mit den McHenrys. „Ich bin kein Psychiater", fügte er hinzu. „Das habe ich McHenry von Anfang an gesagt. Dieser blöde Priester hat mich in das Haus verschleppt. Ich sagte ihnen allen, daß ich vielleicht nicht recht habe. Ich schlug McHenry vor, mit dem Kind nach Philadelphia zu gehen und erfahrene Psychiater zu konsultieren und einen Aufenthalt in einem Sanatorium in Erwägung zu ziehen."

Phil war Arzt und sagte daher: „Hast du wirklich geglaubt, daß das Kind an dementia praecox leidet, wie McHenry von dir behauptet?"

„Ja, das habe ich. Aber noch einmal: Ich kann mich ohne weiteres geirrt haben. Das fällt nicht in mein Fach. Aber Neurologen! Warum hat dieser Idiot nicht meinen Rat befolgt und ist mit ihr zu einem Psychiater gegangen? Vielleicht habe ich nicht recht. Wer von uns hat in seiner Praxis keinen Fehler gemacht? Das Mädchen ist nicht meine Patientin. Ich war gerufen worden, um ihre kranke Mutter zu untersuchen, welche die Eigentümlichkeiten ihrer Tochter um den Verstand bringen. Ich hätte mich um meinen eigenen Kram kümmern und McHenry raten sollen, mit seiner Frau — allein — eine Weile Urlaub zu nehmen, und damit gut. Nicht so Jon Ferrier, der Seelenbader! Der Teufel soll mich holen! Nun, Louis weiß, daß ich kein Psychiater bin, so kann er mir das nicht nachtragen. Was hat übrigens Louis gesagt?"

„Moe wurde nicht aufgefordert, an der Aussprache teilzunehmen. Aber er hörte, wie McHenry in der Halle tobte und ankündigte, er werde dich auf Schadenersatz wegen seelischer Schmerzen klagen, und sagte etwas davon, daß er auch das St.-Hilda-Spital klagen werde, weil zur Belegschaft du gehörst und im Aufsichtsrat sitzt."

„Der kann mich —", sagte Jonathan. „Dieser Rattler soll mich nur klagen. Ich hätte ihm die Visage einschlagen sollen, als er mich in seinem Haus beleidigte, und diesem Priester auch gleich. Es war nett von Moe, daß er dir davon erzählt hat, Phil. Ich weiß es zu schätzen und werde niemandem ein Wort sagen."

„Ich könnte mir denken", sagte Phil, „daß die Sache über dich und die McHenrys die Runde gemacht hat. Nicht daß es von Moe ausgegangen wäre: Er fürchtete sich sogar, es mir zu erzählen. Vielleicht war es Newcomes Assistent oder Newcome selbst. Du weißt, daß er dich nie gemocht hat."

„Das stimmt. Er war einmal darauf versessen gewesen, einem Mann den Schädel zu öffnen, um nach einem ‚Tumor' zu suchen. Der Mann war verrückt vor Kopfschmerzen und Kopfdruck und fürchtete sich halbtot vor der Gehirnoperation — was ich ihm nicht verübeln kann. Dann brachte ihn seine Frau zu mir." Jonathan lachte kurz und bitter auf. „Weißt du, was ihm gefehlt hat? Er war achtundvierzig und weigerte sich, zum Lesen Brillen aufzusetzen! Er war ein stadtbekannter Steiger und ist es noch immer, obwohl er verheiratet ist. Er wollte den Eindruck eines Naturburschen machen und fürchtete, daß Brillen das schöne Bild zerstören würden, selbst wenn er sie nur beim Lesen trüge. Er hatte auch zu hohen Blutdruck, das war kein Witz mehr. Einer von diesen Strebern, die in ihrem Beruf nach oben keuchen und sich zur Ruhe setzen wollen, ‚solange sie noch jung sind'. Ich redete also mit dem Burschen, sagte ihm, daß er die Gläser nur im Schoß der Familie und hinter verschlossenen Türen in seinem Büro tragen müsse und riet ihm, ein wenig kürzer zu treten, sonst werde er bald einen Schlaganfall oder einen Infarkt haben — und was täten dann seine Mädchen? Ich gab ihm auch ein leichtes Beruhigungsmittel, setzte ihn auf salzlose Diät, befahl ihm, fünf Kilo abzunehmen und mehr Bewegung zu machen — um seine Schönheit aufzumöbeln und seinen Teint aufzufrischen — und schickte ihn seines Weges. Er dankte überschwenglich und vergißt mich nie zu Weihnachten und bei jeder anderen Gelegenheit, die er sich ausdenken kann.

Der Trottel hat dann allerdings nicht nur Newcome besucht, um ihm mitzuteilen, daß die Operation abgesagt sei, sondern sich damit gebrüstet, daß Newcome nicht recht gehabt habe und hat mich dabei viel und falsch zitiert. Newcome hat mir die Beleidigung nie verziehen, und in gewisser Hinsicht verüble ich es ihm nicht. Ich beschwere mich nie und erkläre nie: Das ist eine alte Lebensregel meiner Mutter, und sie hat recht. Darum vergab ich mir auch hier nichts und erzählte Newcome nicht, was ich diesem Esel wirklich gesagt hatte."

„Ärzte", sagte Phil philosophisch. „Du weißt ja, wie sie sind."

„Das weiß ich sehr wohl, mein Freund. Auch ich habe falsche Diagnosen gestellt — Dutzende! —, und wenn der Patient dann irgend jemanden anderen konsultierte, der die richtige Diagnose stellte und der andere Arzt teilte es mir mit, beschimpfte ich mich selbst: Aber ich war dafür dankbar. Aber Newcome ist zu egoistisch für so etwas. Er macht nie einen Fehler. Ich fürchte allerdings, daß er diesmal einen gemacht hat, so gern ich hoffen möchte, daß er recht hat."

Er klopfte auf Phils riesiges Knie. „Selbst wenn ich bei Elinor McHenry eine falsche Diagnose gestellt haben sollte: Was wäre so Schlimmes dabei? Louis ist an falsche Diagnosen gewöhnt. Er hat ein paar — und mehr! — ganz ungeheuerliche am Kerbholz. Er weiß, daß wir nicht unfehlbar sind. McHenry soll darüber nachdenken, wie er mich klagen will, wenn es ihm Spaß macht. Mit was für einer Begründung?"

„Schon die Einleitung eines Verfahrens ist nicht angenehm, Jon, selbst wenn es dann eingestellt wird."

„Ich habe mein Maß an Unannehmlichkeiten gehabt — und gerüttelt voll! Mich kann wirklich nichts mehr erschüttern."

Er ging in wahrhaft mordlustiger Stimmung zu den Ordinationsräumen zurück. Er sagte sich, daß er sich etwas einbilde, aber jetzt erinnerte er sich auch daran, daß ihm tatsächlich während der letzten zwei oder drei Wochen seine Kollegen entweder ausgewichen waren, ihn nur kühl gegrüßt hatten oder doch in den Gängen nicht mehr für einen kurzen Tratsch bei ihm stehengeblieben waren. Er hatte gemeint, daß das deshalb gewesen sei, weil er schon nicht mehr einer der Ihren war und fortging. Er hatte unter ihnen wenige, wirklich sehr wenige, richtige Freunde. Er hatte gedacht, sie würden ihn wie immer behandelt haben, wenn er sich zum Bleiben entschlossen hätte. Aber er war ein Gast, der vor der Abreise stand, und sie blieben zu Hause: Was hatten sie jetzt noch gemein? Keinen Spitalsklatsch mehr, kein Assistieren bei Operationen, keine Konsilien, keine gemeinsame Basis.

Er hatte gemeint, daß das alles war. Aber Phil Harrington hatte bewirkt, daß er wieder diese dumpfe, bohrende Übelkeit in den Gedärmen spürte. Er war davon überzeugt, daß es in seinem Fall besser gewesen wäre, er hätte nichts davon gewußt. Gewarnt zu sein ist gewiß ein Vorteil für einen Soldaten, der auf seinem Posten bleibt, aber nutzlos für einen, der mit seinen Bataillonen schon in sicheres Gebiet abzieht. „Sollen sie alle zum Teufel gehen", dachte er. „Was können sie mir anhaben?"

Dann fiel ihm wieder „beamish" ein. Edna Beamish, die reiche, hysterische junge Witwe, die so sehr darauf aus gewesen war, ihre Rechnung zu bezahlen, und die zu behandeln er sich geweigert hatte? Er dachte an den Arzt und den Anwalt, die ihn besucht hatten. Was weiter? Er hatte für eine unvollständige Untersuchung kein Geld angenommen. Phil hatte sich vielleicht verhört. Er hatte vor einer geschlossenen Tür gehorcht. Ein gefährliches Ding, so eine verschlossene Tür. Möglicherweise hatte Louis überhaupt nicht „beamish" gesagt. Vielleicht „squeamish", soviel wie „angewidert"? Campion konnte unschwer jedermann anwidern, und jetzt erinnerte sich Jonathan, daß Louis nicht hatte wollen, daß man Campion zum Senator bestellte, und an das Parlament geschrieben hatte, daß er einen besseren Mann wüßte. Jonathan lachte laut auf. Campion hatte das wahrscheinlich nie vergessen, setzte jetzt Louis in irgendeiner Angelegenheit unter Druck, und Louis war „squeamish". Der alte Witherby und Campion waren dicke Freunde. Zweifellos hatte

Campion den Alten zu seiner Unterstützung mitgebracht. Was Jonathans Namen betraf, den Phil erwähnt gehört haben wollte, so konnte es genausogut ein halbes Dutzend anderer „Johns" und jeder andere als Jonathan Ferrier gewesen sein.

Die Sache mit den McHenrys war wieder etwas anderes. Jonathan konnte die Erinnerung an die unheimlichen Augen des Kindes nicht loswerden, an diesen Eindruck einer heimlichen Unruhe in ihm und in seiner Umgebung. Er konnte auch die Zerstreutheit der Mutter und die mahnende Beschleunigung ihres Herzschlags nicht vergessen. Bei seinem Eintritt gab ihm Miß Forster, die alte Jungfer an der Schreibmaschine, ein Telegramm. Jonathan konnte Telegramme aus Prinzip nicht leiden. Er öffnete es, und sein Vorgefühl wurde bestätigt:

„MUSS IHNEN MIT BEDAUERN MITTEILEN DASS MEIN GUTER MANN JEFFREY HOLLIDAY VERGANGENE NACHT IM SANATORIUM IN LOUISIANA STARB STOP UNVORHERGESEHENE KNOETCHEN HATTEN SEINEN KEHLKOPF BEFALLEN UND OBWOHL VERZWEIFELTE VERSUCHE UNTERNOMMEN WURDEN ERSTICKTE ER PLOETZLICH STOP DANK IHNEN WAR ES IHM GUT GEGANGEN STOP VIEL BESSER ALS ZU ERWARTEN GEWESEN STOP WAERE DIESER UNFALL NICHT GESCHEHEN HAETTEN WIR GLUECKLICH WIE IMMER GELEBT STOP ABER WIR HATTEN DIESE WOCHEN ZUSAMMEN UND SIE MUESSEN MIR FUER MEIN LEBEN AUSLANGEN STOP JEFF MUSS HIER BEGRABEN WERDEN WIE SIE WISSEN STOP BETEN SIE FUER IHN UND FUER MICH AUCH STOP ELIZABETH"

Jonathan stand da mit dem Telegramm in der Hand und dachte an seinen Freund und die tapfere Frau, die ihn geheiratet hatte, und er fühlte sich krank vor Trauer. Erst vor zwei Tagen hatte er einen Brief von Jeffrey erhalten, einen überschwenglichen Brief voll Hoffnung und Zufriedenheit und dem sicheren Glauben, daß er einmal geheilt werde.

Jonathan dachte an Jeffreys hysterische Mutter, Elsie Holliday. Sie tat ihm leid. Sie hatte alles verloren. Sie durfte nicht einmal den traurigen Vorzug genießen, ihren Sohn ein letztes Mal im Sarg zu sehen, denn sie konnte nicht zeitgerecht zu seinem Begräbnis in den dunklen Sümpfen Louisianas kommen.

Die alte Jungfer räusperte ihre keusche Kehle. „Eine verschleierte Dame wartet in Ihrer Ordination auf Sie, Herr Doktor. Ich sagte ihr, daß Sie vor sechs nicht ordinieren, aber sie ließ sich nicht abweisen. Sie sagte, daß sie mit Ihnen befreundet sei und es sich um eine private Sache handle."

Jonathan begab sich in den inneren Ordinationsraum. Die junge Dame, die auf ihn wartete, war klein und zierlich und trug ein dunkelblaues Leinenkostüm, eine weiße, gerüschte Bluse und einen dunklen Strohhut, über den sie einen dichten, schwarzen Schleier gezogen hatte, der ihr Gesicht verbarg. Aber er erkannte sie sofort.

„Prissy!" rief er. „Nimm doch dieses dumme Zelt von deinem Gesicht weg. Man erkennt dich damit nur noch besser."

Sie warf den Schleier zurück, und er sah nun, warum sie ihn trug. Ihr Gesicht war sehr blaß. Sie hatte seit ihrer Heirat mit Jonas Witherby auf ihre Schminktiegel verzichtet, und ihre Augen waren von Schlaflosigkeit, nicht von Tränen, gerötet. Er setzte sich neben sie und nahm ihre schwarzbehandschuhte Hand. Die Hand zitterte. „Jetzt erzähl' mir nicht, daß der alte Gauner wieder zufällig eine Portion Arsen geschluckt hat und draufgegangen ist! Das wäre eine gute Nachricht."

Sie versuchte zu lächeln. Ihr hübscher Mund war sehr blaß und trocken. „Nein, Jon, Lieber, das ist es leider nicht. Ich kann nur ein paar Minuten bleiben. Oh, ich wollte, er wäre tot! Wie konnte ich nur so dumm gewesen sein, ihn zu heiraten? Nur wegen des Geldes — als ob ich nicht genug hatte! Du nennst es Geiz, Jon."

„Es war der alte Wunsch aller Frauen nach Achtbarkeit, obwohl Gott allein weiß, warum sie sich darüber den Kopf zerbrechen, solange es ihnen gut geht und sie sich gut unterhalten. Na, was gibt's Prissy? Du bist doch nicht krank?"

„Nein." Sie suchte in ihrer Handtasche, nahm ein parfumiertes Taschentuch heraus und preßte es gegen ihren Mund. Sie sah voll Schmerz auf ihn. „Es geht um dich, Jon."

Er zog die Brauen zusammen, und wieder stieg diese laue Übelkeit in seiner Magengegend hoch. „Was ist denn jetzt los?"

„Erinnerst du dich daran, wie du letzthin zu Jonas kamst und ich mich so vor ihm fürchtete? Nun, als du weggegangen warst, stieg er hinauf in sein Schlafzimmer und schloß die Tür hinter sich. Ich weiß nicht, warum ich ihn beim Telephonieren belauscht habe. Ich habe das nie vorher getan. Er rief Senator Campion an und sagte, daß sie etwas zu bereden hätten. Und dann sagte er: ‚Wir müssen es aber ganz, ganz sicher machen, Kent, und mit allen Mitteln einen richtigen Fall aufbauen, so daß Ferrier ein für alle Male erledigt ist.' Das hat er gesagt, Jon. ‚Ein für alle Male erledigt, und nicht nur im Bundesstaat, sondern im ganzen Land.' " Sie schluckte kurz nach Luft. Dann nahm sie eine kleine Golddose, in der sie ihre türkischen Zigaretten mit dem Veilchenparfum hatte, und Jon zündete ihr eine davon an. Trotz seines Ärgers und seiner Ratlosigkeit erinnerte er sich an den Duft dieser Zigaretten in Prissys kleinem Haus, in ihrem geschmackvollen, hübschen Salon, wo sie ihre Freunde, ihre wahren Freunde, empfing.

„Ach, Jon, was hast du diesem alten Schwein denn getan, daß er dir Böses will? Ja, du hast mit ihm gewitzelt und dich in seiner Gegenwart über ihn lustig gemacht, aber er hat immer darüber gelacht und schien es zu genießen."

„Ich glaube nicht, daß er das getan hat, Prissy, und es war auch nicht meine Absicht. Ich ließ ihn wissen, daß es hier jemanden gibt, den seine frommen Lügen, sein süßes Gerede, seine christliche Duldsamkeit, sein mildes Getätschel und seine sanfte Stimme nicht täuschen." Er erhob sich, ging langsam auf und ab, blieb dann hinter seinem Schreibtisch stehen, sah ausdruckslos auf ihn nieder und entfernte mit einem Finger ein Stäubchen. Prissy beobachtete ihn voll Unruhe und liebender Angst. „Ein Mann kann dir vergeben, wenn du ihn bei einem Diebstahl oder auch bei einer großen Lüge ertappst, oder wenn du ihn bei einem Geschäft übers Ohr haust oder ihn unterbietest oder ihn ausraubst, sogar wenn du mit seiner Frau durchgehst oder seine Tochter schändest. Aber er wird dir nie vergeben, wenn du ihn bei einer Heuchelei ertappst oder ihn ins Gesicht hinein einen scheinheiligen Schurken nennst. Wenn man es recht bedenkt, hat er doch sein ganzes Leben dazu verwendet, seinen Ruf als Heiliger aufzubauen und das schöne Bild mit Kränzen zu umwinden und mit einem Heiligenschein zu vergolden. Er hat ihm die Füße gewaschen, bis sie lilienweiß waren, und jedes idiotische Fältchen seines Engelshemdes zurechtgestrichen. Von Kind auf hat er seinen heiligmäßigen Tonfall so fleißig geübt, wie ein Sänger seine Stimme, bis jeder Laut voll Musik und andächtiger Himmelslust war und rund wie ein Orgelton. Und dann kommt ein selbstmörderischer Narr wie ich daher, wirft die Gipsfigur um: Sie birst, und heraus kriecht, für jedermann sichtbar, das schwarze, übelriechende Gewürm der reinen Fäulnis. Nein, Prissy, das vergibt ein Mann nie."

„Aber, Jon, ich habe eine Menge schlechter Männer gekannt, und die genossen es sogar, wenn man ihnen sagte, daß sie schlecht seien —"

„Nicht aber einer, der sich für das höchstpersönliche Ohr unseres Herrgotts ausgegeben hat. Dein alter Jonas ist eine Landplage, das brauche ich dir nicht zu sagen. Er hat mit seiner Süße und seiner milden, liebenswürdigen Stimme mehr Menschen umgebracht als ein Irrsinniger mit Gift oder einem Schießprügel. Und sogar seine Opfer werden dir tremolierend versichern, daß Jonas ‚so ein gütiger Mensch, ein wahrer Heiliger' sei! Nicht, weil er seine Finger in der Sache hatte, ist das Unglück geschehen, bist du verzweifelt, deiner Existenz beraubt, zerbrochen oder von drohenden Schatten bis zum Wahnsinn getrieben. O nein! Nur du selbst bist schuld daran. Jonas hat alles getan, um dir zu helfen. War er denn nicht immer zur Stelle — schnurrend und schwänzelnd und seufzend und voll guter Ratschläge? Natürlich war er es."

„Ich würde gern wissen, wie man einen Mord begeht und ohne Strafe davonkommt!" flüsterte Prissy durch ihre aufeinandergebissenen Zähne. Sie schlug mit den behandschuhten Händen auf ihre niedlichen Knie. Ihre großen, blauen Augen blitzten.

„Das möchte ich auch. Ich habe schon oft gedacht, daß das Gesetz mit Mördern sehr ungerecht verfährt. Mordlust ist als Instinkt nicht weniger tief in der menschlichen Seele verwurzelt als der Selbsterhaltungstrieb oder der Geschlechtstrieb, und sie ist genausoviel wert und vielleicht auch genauso gesund. Schließlich haben unsere Vorfahren sich ihr mit Hingabe gewidmet und sich nichts Schlechtes dabei gedacht. Trotz aller Religion liegt das noch auf dem Grund unserer Zivilisation verborgen, und wer es leugnet, ist entweder ein Feigling, der vor der Wahrheit Angst hat, oder er schämt sich dafür."

Jon kam wieder zu ihr und setzte sich.

„Jon, was, glaubst du, wird der alte — Schuft gegen dich zu unternehmen versuchen?"

„Ich weiß es nicht, mein Schatz. Ich wollte, ich wüßte es."

„Warum gehst du nicht zu ihm und fragst ihn?"

„Soll ich etwa dir Unannehmlichkeiten bereiten? Nein, Prissy. Und er würde mich sowieso nur mit seinen lieben, ratlosen Augen anschauen, mit diesem wunderbaren Unschuldsblick, und ganz bestürzt und verzweifelt sein. Vielleicht würde er gar in Tränen ausbrechen! Nein, Prissy, du darfst nicht einmal daran denken, ihn zu verlassen. Er kann nicht ewig leben. Auch der Teufel möchte schließlich sein Teil bekommen, und eines schönen Tages — ich hoffe bald! — wirst du eine reiche, lustige Witwe sein."

Sie war so innig um ihn besorgt, daß er sich zu einem Lächeln zwang und wieder ihre Hand ergriff. „Liebste Prissy, ich kann nicht in eigener Sache kämpfen. Was du mir gesagt hast, ist mir nicht neu. Sie können intrigieren und Pläne schmieden, aber sie werden mich nicht treffen, Liebling."

„Bist du sicher, Jon?"

„Ganz sicher."

Sie küßte ihn, und auch er gab ihr einen scherzhaften Kuß. Dann begleitete er sie — wieder verschleiert — hinaus, und Miß Forster unterbrach neugierig ihr Maschinengeklapper. Als Jon in sein Ordinationszimmer zurückwollte, sagte sie: „Herr Doktor, vor drei Wochen habe ich zwei hohe Schecks für Ihr Konto hinterlegt, die Sie für die Untersuchung zweier Damen im November vorigen Jahres bekamen, vor — vor —"

„Vor meiner Verhandlung, meine Liebe. Ja. Wann ist das Geld eingelangt?"

„Oh, ich habe ganz vergessen: Es waren keine Schecks. Es war Bargeld.

Hätte ich es auf Doktor Morgans Konto überweisen sollen, weil er Ihre Praxis gekauft hat?" Sie schien den Tränen nahe zu sein, denn sie war Jonathan sehr ergeben.

„Nein. Es waren Honorare für die Zeit vorher. Wieviel war es denn?"

„Das eine waren fünfzig Dollar, das andere fünfundsiebzig." Sie sah in ihrer Kartei nach. „Eine Miß Louise Wertner und eine Miß Mary Snowden. Ich bestätigte ihnen die Rechnungen, und sie nahmen sie mit. Dann wollte ich es in ihren Karteikarten eintragen, aber es waren keine in Ihrem Ordner." Sie sah ihn besorgt an. „Herr Doktor, ich weiß, daß Sie alte Karteikarten und Ordner wegwerfen, aber Sie sollten damit wenigstens drei Jahre warten. Man kann nie wissen."

„Was kann man nie wissen? Wir haben keine Einkommensteuer mehr, die irgendeinen Krieg finanzieren soll. Es hat keinen Sinn, die Ordner vollzustopfen." Er erinnerte sich, auch die Aufzeichnungen über Edna Beamish fortgeworfen zu haben. Aus irgendeinem Grund fühlte er sich beunruhigt.

„Na, wie auch immer", sagte Miß Forster mißbilligend. Sie war sehr pedantisch. „Erinnern Sie sich an diese jungen Damen, Herr Doktor?"

„Von November bis jetzt, wo damals der Laden hier tagtäglich bis unters Dach voll war? Und ich hatte auch noch andere Sachen im Kopf, wenn Sie sich erinnern. Es war eine Zeit, die man sehr wohl als ‚Zerreißprobe' bezeichnen könnte."

„Ja. Aber Sie müssen Sie öfter gesehen haben, bis so hohe Rechnungen aufliefen."

„Schauen ganz beachtlich aus, was? Sie waren doch auf meinem Papier geschrieben?"

„Gewiß, Herr Doktor. Mit dieser Oliver habe ich sie geschrieben. Das ‚d' schlägt nie richtig an. Es verpatzt bei den Briefen und Befunden den ganzen Eindruck und —"

„Fechten Sie das mit Doktor Morgan aus. Nörgeln Sie, bis er Ihnen eine schöne neue Underwood kauft. Nach all den Jahren mit der Oliver haben Sie eine verdient."

Sie dankte mit einem dürftigen Lächeln, und er ging wieder in sein Zimmer, setzte sich und begann zu überlegen. Er vergaß Miß Forster und ihre Kümmernisse. Jonathan bedachte, was Phil Harrington und Prissy ihm erzählt hatten. Unbestimmtes, aber unangenehm. Zweifellos schmiedeten seine Feinde irgendwelche Pläne, aber er konnte sich nicht vorstellen, wo er ihnen eine Angriffsfläche böte. Aber wer ist schon gegegen Bosheit gefeit, dachte er schließlich. Er zuckte die Achseln. Jetzt fand er ein bitteres Vergnügen darin, Mutmaßungen darüber anzustellen, was seine Feinde einschließlich Kenton Campion vorhaben könnten. Sie wußten, daß er aus der Stadt vertrieben wurde oder es doch nicht mehr aushalten konnte, in ihr zu leben. Was wollten sie noch? Seine

Zulassung war ihm mit dem Freispruch neuerlich erteilt worden. (Die Ärztekammer hatte kein Recht gehabt, vor der Erledigung des Falles auf der Entziehung zu bestehen, und er hätte den Leuten deshalb ein paar unangenehme Minuten bereiten und sie auch wegen böswilliger Schädigung auf Schadenersatz klagen können, aber er war nur zu froh gewesen, diese Sache hinter sich zu haben, obwohl die Zeitungen sich nicht entblödet hatten — Recht hin, Recht her — die Nachricht von der Entziehung in Balkenlettern zu bringen.)

Fehldiagnose. Beabsichtigte irgendein früherer Patient, Mann oder Frau, ihn wegen einer Fehldiagnose zu klagen? In einem solchen Fall hatte der Anwalt an den betreffenden Arzt heranzutreten und zunächst einen außergerichtlichen Vergleich vorzuschlagen, „um den Ruf zu schonen und Kosten zu sparen". Davon abgesehen konnte er sich an keinen unzufriedenen Patienten erinnern, auch nicht an einen, der sich beklagt hätte.

Jonathans friedloses Herz sehnte sich nach Ruhe. Er dachte daran, daß er als Knabe hatte Priester werden wollen. Seine Mutter hatte den Wunsch einfach absurd gefunden und ihm ihre Meinung offen gesagt. Ein paar Jahre später hatte er ihre Ansicht geteilt. Jetzt dachte er wieder daran. Selbst in einer Leprakolonie oder auf einer Missionsstation im schwärzesten Afrika wäre das Leben für ihn viel ruhiger verlaufen, als er es seit seiner Jugend kannte. Es hätte keine Zweifel gegeben, nur Gewißheit. Keine Liebe zu Mavis, nur Liebe zu Gott. Wenn er Mavis nicht geheiratet hätte, wäre sie jetzt noch am Leben und vermutlich das Kreuz eines anderen Mannes oder — wie zum Hohn — vermutlich dessen Entzücken. Damals hatte er Gott mit einer tiefen und fast schrecklichen Liebe geliebt, abgründig in ihrer Macht. Er erinnerte sich an das Entzücken voll ruhiger Leidenschaft, an das unangefochtene Wissen und den stolzen Glauben. Voll Sehnsucht dachte er an die ekstatischen Augenblicke bei der Messe, wenn die Hostie dargebracht wurde, an die grenzenlose Dankbarkeit beim Empfang der heiligen Kommunion und den Schmerzensruf im Inneren: „Herr, ich bin nicht würdig, daß Du eingehst unter mein Dach —" Die Hochämter, die rauschende Musik, der Weihrauch, die unirdischen Farben auf den weißen Wänden, wenn die Sonne durch die gemalten Fenster fiel, die erhabene Würde der Liturgie, die Ehrfurcht, das Knien, das gesenkte Haupt — Ja, das war vollkommene Gewißheit gewesen, jenseits von Zweifel und Skepsis.

Noch vor jener Episode auf der Wanderfahrt durch den Staat hatte Jonathan seine Auseinandersetzung mit Gott gehabt, da er gleichsam Aug in Auge dem Allmächtigen gegenüberstand, dem bisher all seine Liebe und Ehrfurcht gegolten hatte. Und mit einem Male waren alle Fragen an diesen Gott und all sein Glaube versiegt, urplötzlich und nicht wie bei Francis Campion gleich einem langsam versickernden Wasserlauf. Konnte das echter Glaube gewesen sein, der in einer einzigen Stunde in ihm erstorben war? Oder war es nur jugendliche Verblendung gewesen, einer jener schnell kommenden und rasch wieder vergehenden Begeisterungsstürme junger Menschen? Im Leben eines jeden Mannes, so hatte er in einer frommen Schrift gelesen, kommt die Stunde der großen, schrecklichen Auseinandersetzung mit Gott, die einem unauslöschlich im Gedächtnis haften bleibt: danach glaubt man entweder um so tiefer und bis an den Tod, oder man gibt sich einem bloßen Lippenbekenntnis zu einer Idee hin, die man längst nicht mehr in sich trägt.

Vater McGuire hatte ihm gesagt, sein Glaube wäre nicht so abgrundtief von ihm gefallen, wäre es echter, tiefer Glaube gewesen. Aber hier irrte der Priester. Der größten, innigsten Liebe und dem stärksten Glauben droht der unwiderruflichste Tod. Es ist die lauwarme Begeisterung, die sich im Glauben und in der Liebe am längsten zu halten vermag, und wenn dieser Glaube und diese Liebe auch bläßlich und ohne inneres Feuer sind, so leben sie doch und verrotten nicht wie der zerschmetterte Kadaver einer hinweggeworfenen Liebe oder eines abgeschüttelten Glaubens.

Erst jetzt hatte diese Welt wieder drei Dimensionen, war sie wieder voll Leben und Jugend. Diese Auferstehung hatte Jenny bewirkt.

Liebe war etwas Ganzes, Unteilbares. Man konnte nicht tief und ganz lieben und dann einem Teil dieser Liebe entsagen, weder in der Liebe zu Gott noch in der Liebe zu einem Menschen. Eine Frau, die einem Mann mehr bedeutet als das Leben, der er vertrauen kann und in deren Hände er sein ganzes Selbst legt, bringt ihm unvermeidlich die Größe Gottes ins Bewußtsein, gibt ihm das schöne Gefühl, daß die Unendlichkeit des Alls erfüllt ist von der Glorie Gottes. Darin lag aller Seelenfriede, alle Unverwundbarkeit, alle Stärke.

Ich wünschte, es wäre mir gegeben, eben jetzt, dachte Jonathan. Und es war ihm, als sähe er undeutlich vor sich einen Garten des Friedens auftauchen, an dessen Ende ihn diesmal nicht ein tiefer Abgrund erwartete.

„Zum Teufel mit den Campions und ihrem ganzen Verein", sagte er laut.

Er mußte wieder an Jeffrey Holliday denken, und als er nun für Vater McNulty den Scheck ausfüllte, legte er eine Notiz bei: „Sie kennen Jeff, glaube ich. Betrachten Sie meinen Scheck auf fünfundzwanzig Dollar als ein Angebot, und schließen Sie ihn in Ihre Gebete ein. Übrigens, ich habe von Ann Meadows, einer Patientin meiner früheren Lehrerin und lieben alten Freundin, ein großes Haus in der Fordham Street geerbt, ganz in der Nähe von St. Leo. Es gehört Ihnen. Es kann als Nonnenheim dienen, das Sie ja schon lange durchsetzen wollen. Vorausgesetzt, Sie bekommen einen Bankkredit, um diese verdammte Pfarrschule ins Leben zu rufen. Dies soll aber für Sie kein Anlaß sein, mir mit weiteren Bitten um Unterstützung in den Ohren zu liegen!"

Durch das bloße Schreiben dieses etwas vorlauten Briefchens an einen jungen Mann, auf den er wirklich stolz war und den er sehr schätzte, hob sich seine Stimmung auf unerklärliche Weise. Er würde Jenny festnageln und sie zu einer raschen Heirat überreden. Und dann mit ihr von Hambledon weggehen.

Leise vor sich hinpfeifend ging er in sein Ordinationszimmer. Hier war alles rein, weiß und geräumig. Im Nebenraum stand in der linken hinteren Ecke einer seiner blitzenden Glasschränke. Er war voll von Instrumenten, inbegriffen chirurgische Werkzeuge der kompliziertesten Art. Diese hatte ihm sein Vater zu Beginn seines Studiums gekauft, und auf jedes war auf der glänzenden Stahloberfläche in Lateinschrift sein Name eingraviert. In der damaligen Zeit hatte jeder Chirurg seine eigenen Instrumente mit dem eingravierten Namenszug, die er ständig mit sich führte. Mittlerweile hatten die meisten Spitäler einen eigenen Fundus an chirurgischen Bestecken, was einen bemerkenswerten Fortschritt im Sinne aseptischer Operationspraktiken darstellte. Diese glitzernden Dinger, für die sein Vater stolz ein Vermögen ausgegeben hatte — sie hatten silberne Griffe und steckten in silbernen Futteralen —, waren nun unnötig, ebenso die große Tasche aus Saffianleder, in der sie ursprünglich transportiert worden waren. Außerdem waren sie längst überholt. Jonathan hatte sie ganze vier Male im Laufe seiner ärztlichen Praxis benützt. Oft hatte er daran gedacht, sie irgendeinem armen Chirurgen in einem Ordenshospital zu schicken, und nun hielt er die Zeit für gekommen, die ganze Ausrüstung einem Missionsspital zu schenken.

Da sie für Jonathan so kostbar war, trug er den Schlüssel zum Glasschrank stets bei sich. Er stand vor dem gläsernen Behälter und starrte auf die säuberliche, blitzende Reihe. Dieses Instrument zum Öffnen des Schädels: seine Form hatte sich durch Jahrtausende nicht verändert, es war ein genaues Abbild jenes Instruments, das die alten Ägypter verwendeten. Tolle Burschen, diese Mediziner des Altertums! Die moderne Medizin hatte ihnen nicht viel voraus. Sie hatten schon eine besondere Zange für schwere Geburten in Verwendung gehabt. Diese war erst vor ein paar Jahren wiedererfunden worden. Das Christentum hatte wahre Wunderwerke vollbracht, indem es den Moralstatus des Menschen hob, zur Abschaffung der Sklaverei beitrug, die Stellung der Frau in der Gesellschaft verbesserte, sich um die Kinder kümmerte, die Bildung auf den kleinsten gemeinsamen Nenner emporhob — was im günstigsten Fall sehr anfechtbar war —, aber es hatte ohne Zweifel das Vermächtnis der Alten auf dem Gebiete der Medizin zuschanden gemacht. Es hatte jahrhundertelang die Ärzte zu Hebammen und Badern degradiert, oder zu Quacksalbern, zu armseligen und hungernden Handlangern, die nichts als Verachtung verdienten. Die medizinische Kunst war in gefährliche Nähe der Zauberei gerückt worden oder galt, im günstigsten Fall, als ein

Überrest des Heidentums. „Gute“ Christen wurden nicht krank, es sei denn, sie waren „Sünder“, und je schwerer die Krankheit, desto größer die Sünde. Man hätte glauben mögen, der Schwarze Tod müßte mit all diesen Vorurteilen aufgeräumt haben, aber er tat es nicht — bis fast in die unmittelbare Gegenwart. Wahrscheinlich verdanken wir die Tatsache, daß doch einige Menschen am Leben geblieben sind, dem Geschick all der „perfiden“ jüdischen Ärzte, die durch die Jahrhunderte in religiöser Überzeugung und aus Menschenfreundlichkeit den unheilvollen Entschluß faßten, die Menschheit am Leben zu erhalten. Dafür hatten sie nur Haß geerntet, was ihnen ganz recht geschah, wenn man es recht besah.

Wie hieß es doch in der Genesis: Denn alles Trachten in der Menschen Herzen war böse immerdar. Ja. Und William Hazlitt sagte in diesem Zusammenhang: Es gibt kein gemeineres, dümmeres, memmenhafteres, armseligeres, eigensüchtigeres, boshafteres und undankbareres Tier als die Masse. Sie ist der größte aller Feiglinge, denn sie fürchtet sich vor sich selbst. Wie richtig. Diese Masse war es gewesen, die ihn bereits verdammt hatte, bevor man ihn noch eingesperrt oder einer Schuld überführt hatte und die nicht nur enttäuscht gewesen war, als man ihn von jeder Schuld freisprechen mußte, sondern die ihn nun auch noch aus Reue und Scham aus seiner Heimatstadt vertrieb. Er wußte immer noch nicht, warum. Nach und nach hatten ihm jene, denen sein Schicksal naheging, hinterbracht, daß er vielleicht etwas diplomatischer sein sollte, taktvoller, nicht so offen und ehrlich, und größere Bereitschaft zeigen sollte, offensichtliches Versagen, offensichtliche Unfähigkeit zu vertuschen. Letzteres schon aus „christlicher Nächstenliebe“. Doch diese „christliche Nächstenliebe“ würde vielen wehrlosen Patienten unter den Händen diplomierter Fleischer das Leben kosten, und unter ihrem schützenden Mantel würden schandbare soziale Ungerechtigkeiten begangen werden.

Jonathan Ferrier war Mitglied und Mitbegründer der Gesellschaft zur Abschaffung der Kinderarbeit in Hambledon. Er hatte sich um viele Kinder gekümmert, die in den Fabriken verletzt oder verstümmelt worden waren. Er war gekommen, wenn sie in ihrem Blute lagen. Und er hatte den Fabriksherren gegenüber keine feinen Worte gebraucht, keine Schönfärberei, um ihre empfindlichen Gefühle zu schonen, noch hatte er „christliche Nächstenliebe“ gepflegt. Er hatte sie einfach als Mörder der Unschuldigen bezeichnet. Er hatte unter Aufwendung beträchtlicher Geldmittel aus seiner eigenen Tasche andere Vereinigungen ins Leben gerufen, Senatoren, Gouverneure und Kongreßleute immer wieder auf die Sache gehetzt und große Anzeigen in den Zeitungen erscheinen lassen. Die Gesellschaft hatte enormen Zuwachs an Mitgliedern, und man sagte bereits voraus, daß in kürzester Zeit die Kinderarbeit verboten werden würde. Unnötig zu sagen, daß Jonathan von denen, deren Moral und deren Geldbeutel er so tief beleidigt hatte, nicht geliebt wurde.

Als er jünger gewesen war, hatte er ehrlich geglaubt, daß jede gute Sache stark genug wäre, sich durchzusetzen und daß jede rechtschaffene Idee nicht unterdrückt werden könne und schließlich den Sieg davontragen müsse. Er war nun nicht mehr so sicher, aber leider waren Reste dieser Anschauung in seinem Gehirn zurückgeblieben, und das ließ ihn immer wieder seine Zunge mit Schärfe gebrauchen, verleitete ihn zu verächtlichem Gehabe Heuchlern gegenüber und ließ seinen wachen Geist nie ruhen.

Seine Gedanken kehrten wieder in die Wirklichkeit zurück, und er fand sich vor dem Glasschrank in seinem Ordinationszimmer stehen.

Da bemerkte er eine Lücke auf dem Regal. Eines der Instrumente fehlte. Er untersuchte die Tür des Schranks; sie war versperrt. Aber jemand hatte ein Instrument vom Regal genommen. Er ging nachdenklich in den anderen Raum und suchte dort. Es war Unsinn, Robert zu verdächtigen. Dieser hatte viel zu hohe Ansichten von der Unantastbarkeit des Privateigentums, und außerdem benötigte er diese Instrumente nicht. Im anderen Raum befanden sich nur Instrumente für den täglichen Gebrauch, keine ausgesprochen chirurgischen Behelfe. Jonathan runzelte die Stirn. Wann hatte er zuletzt den Glasschrank geöffnet? Vor einem Jahr? Vor zwei Jahren? Einmal im Jahr nahm er die Instrumente heraus, um sie abzustauben. Hatte er das im vergangenen Jahr getan? Er konnte sich nicht mehr erinnern.

Nachdenklich starrte er auf die leere Stelle und überlegte. Jemand hatte durch Zusammenschieben der länglichen Werkzeuge die Lücke zu verbergen gesucht. Aber das fehlende Instrument hatte auf dem weißen Satin seinen Abdruck hinterlassen einen langen, dünnen Abdruck. Was war es? Langsam ließ Jonathan im Geist alle Instrumente Revue passieren. Dann wußte er es. Es war eine Kürette.

Warum sollte jemand eine Kürette haben wollen, und wer hatte sie genommen? Es war ein scharfes, gefährliches Ding. Man mußte damit mit äußerster Vorsicht umgehen, wenn man die Reste einer Frühgeburt entfernte und dabei nicht die Gebärmutter durchbohren wollte. Der Gebrauch der Kürette bedurfte besonderer Übung. Nur im Falle einer drohenden Sepsis oder wenn die Gefahr einer Blutung bestand, bediente man sich ihrer.

Genauestens untersuchte Jonathan den Abdruck. Eine feine Staubschicht lag darüber. Also war das Instrument schon vor geraumer Zeit weggenommen worden. Er ging zu Miß Forster hinaus und sagte: „Hat jemand unerlaubt das Ordinationszimmer betreten, als ich oder Doktor Morgan nicht da war?"

„Warum, nein, das würde ich nie erlauben, Doktor! Ich kenne meine Vorschriften. Natürlich war da die verschleierte Dame, die vorgab, mit Ihnen befreundet zu sein . . ."

„Nein, meine Liebe. Es muß mindestens einige Monate zurückliegen."

„Niemals!" sagte Miß Forster mit äußerstem Nachdruck. „Warum? Fehlt etwas, Doktor? Schließlich gibt es auch Räuber . . ."

„Die natürlich im Besitze meines Schlüssels waren, ein einziges Instrument aus dem Glasschrank nahmen, dann sorgfältig die Tür wieder versperrten und den Schlüssel an seinen Platz legten."

Miß Forster war dem Weinen nahe. Jonathan klopfte ihr beruhigend auf die Schulter, sagte ihr, daß es seine Schuld sei, und ging hinaus. Er setzte sich aufs Pferd und ritt hinaus auf seine Farm.

SIEBENUNDZWANZIGSTES KAPITEL

Grauer, in der Hitze flimmernder Dunst lag über den Städten des Tales. Seit fast drei Wochen war kein Regen gefallen, das Wasser des Flusses floß seicht und träge dahin, die Nebenflüsse waren ausgetrocknet, und die rundgeschliffenen Kieselsteine des Flußbettes lagen glitzernd im Sonnenlicht. Die Grasflächen waren bis zur Bräune verdorrt, aber oben in den Bergen, wo Quellen und tiefe Gebirgsbäche immer noch flink talwärts schossen, war das Gras grün, und die Blumen schwelgten in brennendem Rot. Eine angespannte, atemlose Erwartung stand in der unbewegten Luft, so als ob jeden Augenblick eine Feuersbrunst ausbrechen wollte. Trotz unentwegter Voraussagen eines Regens rührte sich nichts, und das Blattwerk der Bäume welkte und fiel zu Boden. Fast jeden überkam krankhafte Mattigkeit, und die Kinder befiel die ‚Hundstagsmüdigkeit', wie ihre Mütter es nannten, und sie starben scharenweise.

„Wir sagen ihnen immer wieder", sagte Robert völlig ausgepumpt zu Jonathan Ferrier, „sie sollen die Milch und das Wasser abkochen, das sie ihren Kindern geben, und Butter und leicht verderbliche Nahrung kühl aufbewahren, aber sie lächeln nur wissend und sprechen von ‚Sommercholera' oder ‚Sommermüdigkeit'. Und dabei siechen ihre Kinder dahin und sterben an Entkräftung durch Diarrhoe und Erbrechen. Diarrhoe ist immer noch die häufigste Todesursache bei Kindern und auch bei Größeren, und wir können die Leute nicht dazu bringen, vorsichtig zu sein."

„So haben auch Lister, Pasteur und Semmelweis viel zu lange gegen die Dummheit und Apathie der Öffentlichkeit ankämpfen müssen", sagte Jonathan. „Seit Jahren trete ich dafür ein, man sollte doch von Tuberkulose befallenes Vieh schlachten, und man nennt mich den ‚Feind der armen Bauern', der diese aus reiner Laune ihrer wertvollen Herden berauben will. Ich habe versucht, das Gesundheitsamt zu einem Verbot des Verkaufs von nicht pasteurisierter Milch zu veranlassen und das Pasteurisieren überhaupt allgemein als obligat einzuführen. Und was bin ich? Ein von der Neuerungssucht befallener Geck. Ich habe von diesem Haufen Irrer, der Medizinischen Gesellschaft, einen Verweis erhalten, und sie versuchten, mir vor einem Jahr das Diplom abzuerkennen. Wenn es ein Gesetz gibt, das diese idiotische Welt befolgt, dann ist es das, die Leute nicht zu ‚stören'. Man bringe sie um Gottes willen nie aus ihrer interesselosen Beschaulichkeit, verschweige ihnen jede politische Betrügerei, gebe nie einem Nationalhelden einen Tritt in den Hintern, bitte sie nie darum, etwas für die Allgemeinheit zu tun, verlange nie von ihnen, einen Finger für die Hygiene zu rühren, gebe nie den offiziellen Stellen, besonders denen in Washington nicht, einen Wink, sich eine Sache einmal aus der Nähe zu besehen. Man predige nie das Unheil! Man sage nie die Wahrheit! Das ist der Weg zu einem ruhigen, heiterbeschaulichen Leben."

„Nun, der heilige Paulus hat gesagt, man solle nie die Dornen ausreißen", sagte Robert und wischte sich über sein ungewöhnlich bleiches, von Hitze und Müdigkeit gezeichnetes Gesicht. „Diese Dornen sind eben immer die öffentliche Meinung und der Wille des Volkes."

„Ha", stieß Jonathan hervor. „Mit anderen Worten heißt das, man soll nicht gegen die Bürokratie ankämpfen wollen. Ich kämpfe fast mein ganzes bisheriges Leben gegen die Bürokratie, und es ist das einzige Vergnügen, das ich mir leiste, außer daneben die eine oder andere Dame. Es mag zwar sinnlos sein, den Bürokratismus besiegen zu wollen, aber es hält das Blut gesund, und hie und da landet man dann doch einen Uppercut. Wie viele Kinder sind dir diese Woche gestorben?"

„Acht."

„Und alles, was wir ihnen geben können, ist Tinctura opii und gute Ratschläge für ihre Mütter. Die Kinderspitäler sind überfüllt, und selbst dort kochen sie die Milch und das Wasser nicht ab. Es ist doch merkwürdig. Eines Tages werden wir hier eine ganz hübsche Typhusepidemie haben, wenn niemand etwas unternimmt, daß das Wasser schon an der Quelle gereinigt wird oder wenn die Leute es vor Gebrauch nicht abkochen. Wir Ärzte reden uns die Seele aus dem Leib, um die Leute zu unterweisen, wie sie am Leben bleiben können, und sie zeigen ihr unveränderliches Lächeln und kratzen ab. Und fahren direkt zur Hölle. Ist dir bekannt, daß der als ‚bedeutend' geltende Chirurg Sir John Erichsen im Jahre 1873 folgendes gesagt hat: ‚Es kann nicht immer noch neue Gebiete geben, in die das Skalpell vordringt. Es muß Bereiche des menschlichen Körpers geben, die zumindest dem Chirurgen für immer verschlossen bleiben werden. Daß wir diesen Punkt fast erreicht haben, darüber kann kein Zweifel bestehen. Unterleib, Brust und Gehirn wird der weise, human denkende Chirurg unangetastet lassen müssen.' Und doch haben die weisen Knaben vor Tausenden Jahren sich in diese Bereiche vorgewagt, und viele ihrer Patienten überlebten es. Nun wagen auch wir es. Trotz menschlicher Dummheit. Und wir machen kleine, aber sichere Fortschritte. Wir haben nun die spinale Anästhesie, die James Leonard Corning 1885 in New York fand, und wir schenken langsam auch den Mendel'schen Gesetzen Beachtung. Eines Tages werden wir imstande sein, ohne Gefahr Bluttransfusionen durchzuführen. Ja, wir kommen weiter. Und wir haben nun auch ein Staatliches Gesundheitsministerium, und so können wir hoffen, daß bald das Blutgemetzel ein Ende haben wird, das Dummheit und Unwissenheit laufend anrichten. Aber du kannst sicher sein, daß menschliche Unvernunft gleich giftigen Pilzen dort neu in die Höhe schießt, wo sie eben ausgerottet wurde. Der Mensch lernt nicht aus seinen Fehlern."

„Ich sehe, du bist kein Utopist."

„Natürlich nicht. Kein vernünftiger Mensch war es je. Das setzte eine grundlegende Veränderung der menschlichen Natur voraus, doch diese hat sich, so weit die Geschichte zurückreicht, um kein Jota geändert. Außerdem wäre das entsetzlich langweilig. Stell dir eine Welt vor, in der jeder glücklich ist. Glück hat nie Großes hervorgebracht: kein großes Gemälde, kein großes literarisches Werk, keine große Idee, keine große Plastik, keine große Symphonie. Glück stand bei keiner großen Erfindung Pate. Es war stets nur die Ursache für geistige Stuhlverstopfung. Hingegen aktiviert das Unglück, das ‚göttliche Mißvergnügen', die menschlichen Energien, den menschlichen Schöpfergeist, daneben weckt es leider auch, wie ich zugeben muß, die Bestie im Menschen. Wenn es uns auch das Antlitz Gottes enthüllt, so zeigt es uns auch die Fratze des Teufels in ihren grellsten Farben. Dennoch ziehe ich die Aktivität dem Glück vor. Erinnerst du dich an die Worte Emersons: Jede Reform ist nur die Maske für eine weitere, schrecklichere, die noch nicht wagt, ihren wahren Namen zu nennen. Wie wahr. Aber ich bin für Leben und Fortschritt, sei er gut oder schlecht.

„Bilderstürmer", sagte Robert seufzend und bat den nächten Patienten herein.

„Nun, wenn man Emersons Gedanken weiterverfolgt, dann kommt man zu dem Schluß, daß eines Tages die alten Idole fallen und an ihre Stelle schreckliche Moloche treten werden."

Auf der Insel, entlang des ruhig und seicht dahinfließenden Stromes, war es kühler als auf dem Festland. Die leichte Brise, die hier ständig wehte, kräuselte das Blattwerk der Bäume und verschaffte sich auch Eintritt durch die geöffneten Fenster. Aber das Wasser schimmerte messingen, wirkte wie gegossenes Blei und schien Hitze auszustrahlen. Der Himmel schien entrückt, zeigte ein blasses Blau und leuchtete wie im Widerschein eines fernen Brandes. Die Quellen, die die Erde speisten, hielten das Gras frisch und die Bäume in dichtem Laubgrün. Aber jeder Stein brannte vor Hitze, und das kleine Schlößchen flimmerte im Dunst, als ob in seinem Inneren ein Feuer wütete. Staubsäulen standen über den ausgetrockneten Pfaden, und von den Teichen stieg fauliger Geruch empor. Die Boote lagen auf den Ufersteinen im Trockenen und mußten weit ins Wasser hineingeschoben werden, ehe sie auf der Wasseroberfläche trieben.

Jenny saß in der Bibliothek und las. Die Jalousien waren halb geschlossen. Der große, dämmrige Raum vermittelte einem das Gefühl der Kühle, aber Jennys Haut klebte an der Lederpolsterung des Sitzes, und ihr Gesicht war feucht. Sie trug einen leichten braunen Leinenrock und eine Hemdbluse, deren Kragen offen war. Das Haar hatte sie wegen der Hitze hoch aufgesteckt, es bildete über ihrem bleichen Gesicht einen hohen, unordentlich wirkenden Höcker. Hierher kam Harald nie, und so betrachtete sie diesen Raum als eine Art letzter Zuflucht, wenngleich es auf der Insel viele versteckte Buchten gab, wo sie sich oft aufhielt und von denen Harald nichts wußte, weil er sich für die Umgebung seines Domizils nicht interessierte.

Die Tür ging auf, und zu Jennys Überraschung und Ungehaltenheit trat Harald ein. Sein nicht unangenehm wirkendes Gesicht zeigte Reserviertheit, wenngleich er gewinnend lächelte, als Jennys ärgerlicher Blick den seinen traf. Er hielt einige Papiere in der Hand. Als Jenny aufsprang, um den Raum zu verlassen, sagte er: „Bitte, nur einen Augenblick. Das ist sehr wichtig — für dich, Jenny. Für dich. Das sind Entwürfe für einen Vertrag."

„Wende dich an meine Rechtsanwälte", sagte Jenny, schloß ihr Notizbuch und wollte gehen.

„Das habe ich bereits. Und diese Papiere sind das Ergebnis. Jenny, es ist wirklich sehr wichtig."

„Nichts, was du zu sagen hast, ist wichtig . . ." sagte sie, aber sie blieb im Raum und sah ihn finster an, als er näher kam.

Es ist nicht, was ich sage, sondern was deine und meine Anwälte gesagt haben." Er setzte sich an den Tisch. „Setz dich, bitte." Seine hellbraunen Augen blickten sie ernst und fragend an, und Jenny war gegen ihren Willen beeindruckt. Steif setzte sie sich auf den Rand ihres Sessels und legte die fest gefalteten Hände in den Schoß. Starr hielt sie den Blick auf einen Punkt seiner hohen weißen Stirn gerichtet und wartete in stummer Abwehr.

Harald studierte die Papiere, ohne Jenny anzusehen. „Jenny, du weißt, daß ich diese Insel nicht liebe. Ich habe immer jene Bestimmung im Testament deiner Mutter gehaßt, die von mir verlangt, daß ich mindestens sieben aufeinanderfolgende Monate im Jahr auf der Insel leben müsse, andernfalls ich des netten Einkommens verlustig gehen würde, das

das Grundstück abwirft, das nach meinem Tod an dich fallen wird. Mein derzeitiges Einkommen beläuft sich auf dreißigtausend Dollar im Jahr, manchmal auch um einiges mehr, je nach den Dividenden der Aktien. Das ist eine Summe, auf die man nicht gern verzichtet."

„Du willst verzichten?" Jenny war erstaunt. „Du meinst, du willst die Insel verlassen — für immer?"

„Das hängt ganz von dir ab, Jenny."

Sie konnte es nicht glauben. Die angespannten Züge ihres jungen Gesichtes lösten sich in Verwunderung und zitternder Hoffnung. Diese Veränderung erfüllte Harald mit echtem Schmerz und tiefer Trauer. Wieder sah er aufmerksam auf die Blätter in seiner Hand und bewegte sie knisternd hin und her.

„Wie du weißt, Jenny", begann er schließlich, und seine Stimme war plötzlich ganz sanft, „habe ich mir als Maler einen Namen gemacht. Das interessiert dich nicht, ich weiß. Aber ich bin in Philadelphia glänzend angekommen. Ich habe schöne Aufträge. Ich kann verkaufen, was ich male. Aber ich will nicht hier leben, der Platz ödet mich an. Ich weiß, das kränkt dich, aber es ist nun einmal so. Als deine Mutter noch lebte, waren wir sehr wenig hier. Wir reisten. Wir waren ungebunden. Wir hatten eine schöne Zeit . . ."

Jenny gab einen seltsamen Laut von sich. Harald sah auf und bemerkte Bitterkeit in Jennys Gesicht und das Erlöschen jeden Lebens in ihren Zügen.

„Ja, es stimmt, Jenny. Deine Mutter und ich waren sehr glücklich zusammen, auch wenn du es nicht glauben willst. Obwohl es eine Vernunftehe war, waren wir beide zufrieden damit. Ich liebte deine Mutter sehr. Was hast du gesagt?" fragte er, als sie wieder diesen erstickten Laut von sich gab.

„Bemühe dich nicht, Harald. Mich interessieren diese ‚glücklichen Zeiten', die du mit meiner Mutter verbracht hast, nicht. Fahr lieber fort, mir dein wichtiges Geschäft vorzutragen. Du sagtest, du wollest von hier fortgehen."

„Ja." Die Traurigkeit lastete nun auf ihm wie schwere Müdigkeit, und das Verlangen, sie zu besitzen, war das größte, das er je in sich verspürt hatte. „Wenn ich von hier fortgehe, verliere ich damit das Einkommen aus dem Grundbesitz. Ich bin bereit dazu, unter einer Bedingung. Ich habe hier einen Vertragsentwurf — ein Vertrag mit dir. Du bist noch minderjährig, aber die Anwälte werden in deinem Namen handeln, wenn du deine Zustimmung gibst." (Er wußte, daß das nicht stimmte.)

„Wenn ich für immer von hier weggehe, bekommst du sofort Verfügungsgewalt über die Millionen, die dir deine Mutter in sicherer Anlage hinterlassen hat. Ich will es kurz machen. Wenn du mir als Verfügungsberechtigte über dieses Vermögen dreihunderttausend Dollar überschreibst, will ich eine Verzichtserklärung unterschreiben und dir das Geld und das Grundstück überlassen. Verstehst du mich?"

„Ja." Sie war völlig überrascht und begann vor Hoffnung und in aufkommender Freude zu zittern.

Ist es hoffnungslos? fragte er sich. Jenny, Jenny! Er sagte: „Willst du jetzt die beiden Vertragsentwürfe lesen, den für mich und den für dich?"

„Bitte." Sie streckte ihre Hand danach aus, und er reichte ihr die beiden Blätter über den Tisch. Ihre Hände zitterten, aber sie las klar, bewußt und ohne Unterbrechung zu Ende. „Ich, Jenny Heger, erkläre hiermit, daß ich an Harald Farmington Ferrier aus dem Grundbesitz meiner verstorbenen Mutter Myrtle Schiller Heger Ferrier als Abfindung die Summe von dreihunderttausend Dollar bezahlen werde, wofür der Genannte alle seine Eigentumsrechte an dem Grundstück an mich abtritt und sein Domizil auf Herzensfried verläßt und mir zur Nutzung überläßt. Der Genannte wird keinerlei Ansprüche mehr stellen und erklärt unter Eid, daß er auf eigenen Wunsch und nach freiem Willen die obgenannten Rechte an mich überträgt."

Da stand noch eine ganze Menge, und Jennys Augen überflogen den Text, immer noch eine Falle befürchtend. Dann las sie Haralds Vertragsentwurf. „Nach Empfang der Summe von dreihunderttausend Dollar aus dem Vermögen meiner verstorbenen Frau Myrtle Schiller Heger Ferrier übertrage ich hiermit alle Eigentums- und Nutzungsrechte an dem genannten Grundstück und an dem Besitz Herzensfried an Miß Jenny Heger. Ich werde meinen bisherigen Wohnsitz verlassen und nicht mehr zurückkehren ..."

Jenny tat einen langen, hörbaren Atemzug. Ihre tiefblauen Augen leuchteten jetzt fast wie Kobalt, und sie brachte fast ein Lächeln zuwege.

„Morgen", sagte er, „gehen wir zu den Anwälten und wollen vor Zeugen die beiden Verträge unterzeichnen. Bist du einverstanden?"

„Ja, ja!" Sie sagte es ungestüm.

Er streckte seine Hand nach den Papieren aus, und sie gab sie ihm. Still saß er da und blickte sie an. Ihr Gesicht war weich und gelöst, sie sah jung und schön aus, und sie war so, als träumte sie einen wilden Traum. Lange sah er sie an. Woran dachte dieses rätselhafte, so junge, naive und weltfremde Wesen, was machte ihr Gesicht so unsagbar schön, was ließ ihre Lippen aufblühen gleich einer Rose?

„Es ist dir bewußt, daß dies ein großes Opfer für mich ist, Jenny?" sagte er schließlich. Sie fuhr auf. Einen Augenblick sah sie ihn benommen und wie aus dem Schlaf gerissen an.

„Ein Opfer?"

„Ja. Dieses Geld entspricht kaum dem Einkommen für einen Zeitraum von zehn Jahren. Ich werde dann erst dreiundvierzig sein, vorausgesetzt, ich gebe nur dreißigtausend im Jahr aus, wie ich es bisher getan habe.

Dann ist das Geld weg. Weißt du dieses Opfer zu schätzen, Jenny? Ich bin bei guter Gesundheit und könnte auf dieser Insel bis in meine Siebziger leben, und das Vermögen würde regelmäßig Gewinn abwerfen, ja das Einkommen würde sich wahrscheinlich erhöhen. Das wären Hunderttausende, wenn nicht mehr. Und doch bin ich bereit, darauf zu verzichtten — um dir eine Freude zu machen."

„Ich — ich dachte, dieser Platz hier ödet dich an . . ."

Er lächelte, und seine braunen Augen blickten freundlich. „Das stimmt. Aber immerhin kann ich fünf Monate im Jahr hingehen, wo ich will — und zugleich das Einkomen und damit meine Sicherheit zu behalten. Für dreißigtausend im Jahr nimmt man eine Menge auf sich!"

Sie war verwirrt, blickte ihn finster an und versuchte zu verstehen. „Du hast mir den Aufenthalt hier verleidet, Jenny."

„Verleidet?" Unschöne Flecken erschienen auf ihren Wangen.

„Ja. Doch für dreißigtausend im Jahr nimmt man auch Ungemach und Schmerz auf sich. Was sind dagegen die Freiheit und zehn Jahresraten?"

„Warum tust du es dann?"

Er legte die Papiere auf den Tisch und blickte auf sie nieder, sein Gesicht zeigte einen Ausdruck der Schwermut, wie sie ihn nie an ihm gesehen hatte. Zum ersten Mal beleidigte der Anblick dieses glatten, regelmäßigen Gesichtes sie nicht, versetzte sie die Masse dieses wirren, sich kräuselnden roten Haares nicht in Aufruhr. Doch immer noch zitterte sie vor Verlangen, ihn nie wieder sehen, nie mehr seine Stimme oder seine Schritte vernehmen zu müssen.

Langsam begann er zu sprechen. Immer noch schaute er wie abwesend auf die vor ihm liegenden Papiere. „Jenny, ich habe gesagt, du hast mir das Leben hier verleidet. Du warst häßlich zu mir, unfreundlich und fast wild — seit dem Tod deiner Mutter. Vorher warst du freundlich und hast sogar mit mir gelacht. Vielleicht verbitterte dich ihr Testament. Ich kann dich eigentlich in gewisser Hinsicht dafür nicht tadeln. Unter ähnlichen Umständen wäre es mir ebenso ergangen. Es war ein Affront dem einzigen Kind, der einzigen Tochter, gegenüber. Und deine Mutter hat dich sehr gern gehabt. Ich habe nie dieses Testament verstanden. Ich wollte Myrtle veranlassen, es zu ändern . . ."

„Ich weiß!" Ihr Gesicht überzog sich mit dunkler Röte. „Ich weiß, du hast mitangehört, wie sie in der Halle zu mir sagte, daß sie wisse, sie habe mir Unrecht getan und werde ihr Testament ändern! Und das war zwei Tage vor ihrem Tod!"

Er zeigte keine Überraschung, denn seine Mutter hatte ihm dies schon vor Monaten enthüllt. „Ja, das ist wahr, Jenny. Und ich war froh darüber."

„Froh!" Sie sprang auf, beugte sich steif nach vor und stieß in höchstem Zorn durch die Zähne: „Du warst so froh darüber, daß ihr beide, du und dein Bruder, den Plan faßtet, meine Mutter umzubringen, bevor sie noch das Testament ändern könne! Ich hörte euch beide! Und er hat es getan, er hat es getan! Der Mörder!"

Er wurde leichenblaß. Langsam erhob er sich und stand ihr nun gegenüber. Er versuchte zu sprechen, befeuchtete seine Lippen und setzte erneut an. Seine Stimme war ihm selbst fremd, als er nun sagte: „Du bist völlig verrückt. Du hast den Verstand verloren." Seine Augen wurden hart und bernsteinfarben.

Sie machte eine unbestimmte, heftige Geste.

„Glaubst du, mich kümmerte das Geld? Glaubst du, das Testament meiner Mutter hat mich beleidigt? Es war ihr Geld, nicht meines. Sie konnte damit tun, was sie wollte. Es bedeutete mir nichts, gar nichts! Aber ihr Leben bedeutete mir etwas. Und sie wurde getötet, damit sie das Testament nicht ändern konnte. Du kannst lügen und wieder lügen — und du warst immer ein erbärmlicher Lügner! —, das wird die Wahrheit niemals ändern!"

Unwillkürlich schaute er zur verschlossenen Tür, sein bleiches Gesicht wirkte krank und völlig verändert. „Jenny, sprich um Gottes willen leiser!" Er zitterte nun ebenfalls. „Wie kannst du nur so etwas von mir und Jon denken? Das war es also, was zwischen uns war, seit deine Mutter tot ist. Jenny, du bist verrückt. Glaub mir, ich bin sicher, du bist verrückt."

„Verrückt!" sie warf ihren Kopf so weit und heftig zurück, daß an ihrem Hals die Muskeln wie starke Seile hervortraten. Sie lachte, und dieses Lachen klang schrecklich. „Das ist alles, was du jetzt in deiner Schuld sagen kannst. Und du weißt, du bist schuldig! Du und dein Bruder, der Doktor!"

Er packte ihren Arm und hielt ihn fest, und als sie sich seinem Griff entwinden wollte, zog er sie noch näher zu sich heran. „Jetzt hör mir einmal zu, du Närrin", sagte er mit verhaltener Stimme. „Hör mir zu und vergiß für einige Augenblicke deine verrückten Ideen. Deine Mutter starb an einer Herzattacke. Seit Monaten wußte sie, daß sie sterben müsse, aber sie wollte nicht, daß du und ich es erführen, und bat meinen Bruder um Stillschweigen. Sie war eine tapfere Frau. Sie wollte nicht, daß wir uns vor der Zeit Sorgen um sie machten. Eine tapfere Frau. Sie wußte, sie könnte jeden Augenblick sterben, aber sie sagte nichts. Ich lasse sie nicht durch deine verrückten Ideen beleidigen, Jenny, ich werde es nicht zulassen!"

Wie wahnsinnig zerrte sie an seinem Arm, der sie immer noch festhielt. Er ließ sie los, sie taumelte zurück und mußte sich an der Lehne des Stuhls festhalten, um nicht der Länge nach hinzufallen. Er stand da und sah sie an mit einem unbeugsamen Blick, und sein Gesicht war das

Gesicht eines Fremden, kalt, entschlossen, verachtungsvoll. Trotz ihres rasenden Zorns und ihres übermächtigen Hasses wurde sie ruhig.

„Ich werde dich von einem Arzt untersuchen lassen, Jenny, und dich wegbringen lassen, damit man dich von deiner Besessenheit heilt. Ich meine es ernst! Aber bevor ich das tue, möchte ich wissen, wie du auf diese verdrehte Idee kamst. Dein Gesicht ist verdreht, Jenny, es ist absonderlich, abnorm, nicht mehr menschlich."

„Gut, ich werde es dir sagen!" schrie sie, und nun rannen Tränen über ihre Wangen, und ein Würgen drang aus ihrer Kehle. „Es war in der Nacht, als sie starb. Dein Bruder kam, um sie zu untersuchen. Dann ginget ihr hinunter in die Halle und flüstertet miteinander, und ich machte mir um Mutter Sorgen. Ich wußte, daß sie krank war, aber nicht sehr krank. Jon behandelte sie. Er kam fast jeden Tag. Ich dachte, ihr wolltet etwas vor mir verbergen, und so schlich ich die Stufen hinunter, ihr bemerktet mich nicht, und ich hörte euch unten in der Halle flüstern."

Sie unterbrach sich, schluckte, keuchte. Leid und Schmerz vieler Jahre saßen ihr in der Kehle und schnürten ihr den Atem ab. Sie faßte sich an den Hals, würgte krampfhaft und stöhnte.

„Weiter", sagte Harald mit der unnachgiebigen Stimme seines Bruders.

„Ich — hörte nicht alles, aber genug! Ich hörte ihn sagen: ‚... ich habe ihr eine Injektion gegeben. Gib ihr nicht die Digitalis-Tabletten, die sie immer nimmt. Wirf sie weg. Die Injektion wird genügen.' "

Haralds Gesicht ähnelte nun dem seines Bruders. Es war hart, verschlossen und müde.

„Weiter", sagte er ruhig.

„Sie brauchte Digitalis, um sich am Leben erhalten zu können. Und ihr habt es ihr weggenommen. Ich konnte es nirgends finden! Dann — zwei Stunden später — starb sie, — nach dieser Injektion!"

Jenny bedeckte ihr Gesicht mit den Händen.

Er wartete. Sein Gesicht war schweißnaß. Als Jenny schließlich ihre Arme sinken ließ, sah er den abgrundtiefen Schmerz, die abgrundtiefe Verzweiflung in ihrem Antlitz, aber er blieb ungerührt.

„Hat deine Mutter nach Digitalis verlangt, Jenny?"

„Nein! Aber ich gab es ihr jeden Abend vor dem Einschlafen. Und ich konnte es nicht finden. Ich wollte sie danach fragen, aber das —, die Injektion, die ihr dein Bruder gegeben hatte, machte sie schläfrig. Ich glaube, sie lag im Koma. — O Gott, ich weiß es nicht! Sie wachte nicht mehr auf."

Harald schüttelte langsam den Kopf, setzte sich benommen nieder und starrte wortlos zu Boden.

Das Mädchen schluchzte. Ihr ganzer Körper wurde durch das schwere Schluchzen geschüttelt. Sie klammerte sich an der Stuhllehne fest und beugte den Körper in ihrem Schmerz tief zu Boden. Schließlich rührten ihre Schmerzlaute Haralds Unbewegtheit, er sah sie an und fühlte Mitleid für sie.

„Jenny", sagte er, „in jener Nacht, als Jon kam, stellte er fest, daß sie fast hinüber war. Zuerst dachte er daran, sie in ein Spital überführen zu lassen, aber dann kam er zu dem Schluß, daß sie nicht transportfähig sei. Sie hatte den ganzen Tag über große Schmerzen gelitten und kein Wort gesagt, du erinnerst dich doch? Aber ich sah, daß es ihr viel schlechter ging, und so sandte ich nach Jon, und er kam. Er sagte, es gäbe nur eine Sache, die er versuchen könne, etwas Neues. Adrenalin. Sie lag im Sterben. Jon blieb bei ihr, bis sie sich etwas erholt hatte, aber noch in ihrem Zimmer sagte er mir, daß sie nicht am Leben bleiben würde, obwohl natürlich etwas Hoffnung bestünde. Er wollte am nächsten Morgen wiederkommen. Aber wie du weißt, starb sie noch in der Nacht."

„Du lügst, du lügst! Du wolltest nur ihr Geld! Nur wegen des Geldes hast du sie geheiratet, wegen ihres Geldes!" Und plötzlich hielt sie verblüfft inne. „Und — du hast sie töten lassen! Sie mußte sterben, bevor sie ihr Testament ändern konnte!"

„O Jenny, du Närrin. Jenny, du erinnerst dich, daß der Lei . . . deine Mutter am nächsten Morgen ins Hospital gebracht wurde? Du warst so gebrochen, daß du nicht fragtest, warum. Aber ich wußte es. Jon wollte eine Autopsie. Autopsien sind für die Ärzte wichtig. Ich gab meine Einwilligung. Nachher tat es mir leid wegen Myrtles Körper — Aber, mein Gott, jetzt bin ich froh! Und wie froh ich bin! Deine Einwilligung war nicht erforderlich. Der Gatte ist maßgebend. Das Herz deiner Mutter wurde eingehend untersucht, von mindestens fünf Ärzten einschließlich Jon. Es war ein klassischer Fall eines Infarkts. Ich glaube, das ist ein großer Blutklumpen im Herzen. Ihre Herzkrankheit hatte eigentlich nichts damit zu tun. Es hätte jedem passieren können. Für sie mit ihrem schwachen Herzen war es natürlich schlechter. Sie wunderten sich, wie sie die Zeit überleben konnte, bis Jon kam. Einer der Ärzte schrieb über den Fall sogar in einer Fachzeitschrift — mit Bildern."

„Du lügst", flüsterte Jenny. Es war nur mehr ein Flüstern. Aber ein glasiger Ausdruck des Schreckens breitete sich auf ihrem Gesicht aus.

Harald seufzte und zuckte mit den Schultern. „Jenny, die Berichte liegen im Hospital auf, du als Tochter kannst sie jederzeit lesen. Geh morgen ins St.-Hilda-Krankenhaus, sprich mit Doktor Hedler und bitte ihn um die Berichte. Er wird dich nicht abweisen können. Oder —", und er lachte leicht geringschätzig, „glaubst du, alle Ärzte einschließlich Doktor Hedler wären mit Jon und mir unter einer Decke? Vielleicht glaubst du gar, ganz Hambledon habe sich damals verschworen, um deine Mutter umzubringen."

Jenny sank im Sessel in sich zusammen. Sie sah ihn mit großen Augen an. Ihr Gesicht war grau vor Entsetzen. Sie brachte kein Wort heraus.

„Zu denken", fuhr Harald fort, „und das auf Grund eines unbedeutenden Verdachts und ein paar aus häßlicher Neugier aufgefangener Worte, daß mein Bruder, ein angesehener Arzt, sich mit mir verschwören könnte, um deine Mutter zu töten? Wozu? Für etwas Geld? Sie liebte mich, Jenny. Ich weiß, sie wollte ihr Testament ändern. Die Hälfte des Grundbesitzes sollte dir gehören, die andere Hälfte mir. Und keine verdammte Klausel, die mich sieben Monate im Jahr an diese entsetzliche Insel binden würde. Ich habe es mit ihr durchbesprochen, Jenny, bevor sie es noch dir mitteilte."

Immer wieder schüttelte er den Kopf, dann stützte er die Ellenbogen auf die Knie und legte den Kopf in seine Hände.

„Es ist alles Peters Schuld", sagte er wie im Selbstgespräch. „Er verdrehte dir den Kopf mit allen möglichen Ideen. Er schloß dich vom Leben und von den Menschen ab, und ich habe den abscheulichen Gedanken, er hatte dabei etwas Bestimmtes im Auge. Du wärest seine Prinzessin, sagte er immer. Deine Mutter erzählte es mir. Du wärest sein Liebling. Er wollte dich niemals hinaus ins Leben lassen, in ein normales, gesundes Leben, denn da hättest du die Dinge gesehen, wie sie sind, hättest eine Welt entdeckt, die man dir bisher vorenthalten hatte. Du hättest ihn schließlich verlassen wegen eines anderen, eines anderen Mannes. Kannst du mir folgen, Jenny, kannst du die abwegigen, schmutzigen Gedankengänge deines Vaters begreifen? Sieh mich nicht so an, Jenny. Nach all den Beschuldigungen gegen mich müßtest du mir leid tun, aber ich will jetzt noch nicht Mitleid für dich empfinden. Ich will dich auslachen, dich ein wenig schmähen, obwohl ich weiß, daß du nichts dafür kannst. Es sind die Phantasien deines Vaters, die er in dich einpflanzte, damit du ihn nie verlassen solltest. Er baute vor dir und um dich eine Welt des Bösen und des Übels. Du solltest Angst vor anderen Menschen haben, in jeder Ecke einen Drachen vermuten, jedem mißtrauen. Und alles nur, um dich abzuschließen vor der Welt und dich für sich selbst zu reservieren."

Er ließ die Arme sinken. „Ich habe einige Briefe, die deine Mutter an mich schrieb, als ich in New York war. Wir waren damals schon verlobt. Sie schrieb, sie hoffe, das normale Leben, das wir beide zusammen mit dir führen würden, könnte dich ändern und innerlich befreien, ein für allemal. Ich gebe dir diese Briefe heute abend zum Lesen. Ich hätte sie dich niemals lesen lassen, aber ich glaube, du verdienst diese Strafe."

Er stand müde und erschöpft auf. Er sah auf das Mädchen nieder, dessen Kopf auf die Brust gesunken war. Wie sehr wünschte er, das schwarze Haar zu berühren, das wie Glas leuchtete. Er wollte sie in den Armen halten, sie trösten, sanft, ohne Leidenschaft. Sie war plötzlich für ihn nur ein hilfloses Kind. Jenny, Jenny, dachte er. Es wird vorübergehen. Du bist jung und wirst dich wieder erholen. Und dann habe ich vielleicht Hoffnung, wenn der Alptraum vorbei ist, unter dem du gelebt hast.

Aber Jenny dachte nur an Jon. Jon, Jon, wie kann ich dir je wieder in die Augen sehen? O Jon, kannst du mir je wieder vergeben? Ich muß außer mir gewesen sein. Ich war bereit, von Harald das Schlechteste zu denken. Wie konnte ich aber solches von dir denken?

In dieser Nacht, als sie endlich in ihr Zimmer hinaufging, immer noch zitternd von der Aufregung, fand sie die Briefe ihrer Mutter auf dem Tisch. Und sie las sie alle und weinte.

Wenn Jenny in dieser Nacht kein Auge zutat, so fand auch Harald Ferrier lange keinen Schlaf.

Seine Geste gegenüber Jenny, den Besitz ihrer Mutter betreffend, war wenigstens teilweise ehrlich gemeint. Er fand die Insel immer abscheulicher, und die Monate, die er hier zuzubringen gezwungen war, nannte er seinen Freunden gegenüber immer ‚meine Zuchthausstrafe'. Sie entsprach nicht seinem modernen Geschmack, seinen modernen Lebensgewohnheiten, und er fand sie bedrückend. Solange er sich hier aufhielt, war er unruhig und störrisch. Schon seit seiner frühesten Kindheit haßte er Hambledon und hatte stets von einem Leben in kosmopolitischer Atmosphäre geträumt. So freundlich, nett und gewinnend seine Art auch war, er hatte nur wenige Bekannte und keinen wirklichen Freund in Hambledon, denn es war ihm nicht gegeben, sich rasch an Menschen und Gruppen anzuschließen. Außerdem neigten die meisten Leute dazu, in Fragen der Politik oder der Moral heftig Partei zu ergreifen und sich über viele Dinge aufzuregen, und Harald war weder parteiisch noch leicht aufzuregen. Er fand beides langweilig. Er ging immer den angenehmen, freundlichen Weg, genoß das Leben, akzeptierte eher, als daß er ablehnte und nahm nie einer Sache gegenüber einen allzu festen Standpunkt ein.

Aber er liebte Jenny. Zuerst fand er die Idee amüsant und ungewöhnlich. Später, als er zum erstenmal darunter litt, fand er den Zustand der Verliebtheit störend und aufregend zugleich. Er wollte das Mädchen wirklich haben, aber ohne die Insel. In dem Anerbieten, den Grundbesitz an sie abzutreten, lag auch der Wunsch, die Insel loszuwerden. Immer hatte er geglaubt, ihre heftige, konstante Abneigung seit dem Tode ihrer Mutter rühre daher, daß sie voll Wut darüber war, von ihrer Mutter so ungenügend bedacht worden zu sein. Er selbst schätzte trotz seiner angenehmen, dem Zufall überlassenen Lebensweise Geld über alles und konnte sich nicht vorstellen, daß andere keinerlei Interesse daran haben könnten. Indem er ihr den Grundbesitz überantwortete, hoffte er, ihre Abneigung zu überwinden und damit den Grund aus der Welt geschafft zu haben, aus dem sie ihn zurückwies. Wie sein Bruder hatte er die Frauen stets bereit zu Liebesromanzen gefunden, und er hatte keinen Grund anzunehmen, Jenny bilde darin eine Ausnahme.

War sie ihn nicht wie ein wilder junger Adler angefallen, mit scharfen Fängen, spitzem Schnabel und ungezügelter Wildheit? Sein nächster Schritt nach der Annahme seiner Vorschläge wäre die zarte Erinnerung daran gewesen, daß er sie liebte. Er hatte alles genauestens geplant wie einen Bühnenauftritt. Die Welle der Dankbarkeit, die sie bei dem Gedanken überkommen würde, das ganze Geld ihrer Mutter zu erhalten und die Insel dazu, hätte sie weichmachen sollen. Sie hätte ihn ernst genommen, wäre zu der Überzeugung gelangt, Geld bedeute ihm nicht so viel wie sie selbst. Keine Frau hätte umhin können, geschmeichelt zu sein und gerührt von solcher Ergebenheit und solcher Opferbereitschaft, um so mehr, als das Hindernis der Liebe aus dem Weg geräumt war. Nach ein paar Tagen — denn Jenny war ein Mädchen, das sich Gedanken machte — würde sie warme Gefühle für ihn hegen und bereuen, daß sie ihn so gemein und ungerecht behandelt hatte. Und was nachfolgen würde, wäre gewissermaßen unvermeidlich.

Seine Rolle im Drehbuch war bis auf den Buchstaben genau einstudiert gewesen. Und dann hatte sich das Drehbuch als nicht bühnengerecht erwiesen. Jenny hatte wohl zuerst reagiert, wie er von ihr erwartete, daß sie reagierte, doch dann war sie von Haralds Text abgewichen und hatte extemporiert. Das Stück ging zuschanden, die Darsteller gaben von sich, was ihnen gerade einfiel — unter totaler Mißachtung der Wünsche und Vorstellungen des Autors — Harald Ferrier. Er hatte eine Komödie geschrieben, und es war eine Tragikomödie daraus geworden.

Er lag auf seinem Bett — oder besser auf Myrtles Bett, und schmachtete in der Hitze, die keine baldige Abkühlung erhoffen ließ. Er starrte die heißen Sterne und den heißen Mond an und wußte nicht, ob er fluchen oder lachen sollte. Armer alter Jon. Nicht genug damit, daß man ihn zweier Morde beschuldigte, war er heute nacht auch noch eines dritten beschuldigt worden. Und dieser dritte war auf so absurde Weise im Gehirn dieses armen, dummen Mädchens entstanden, daß sogar Jon es entsetzlich komisch finden würde. Irgendwann einmal, wenn ich mit Jenny verheiratet bin, dachte Harald und wälzte sich auf seinem heißen Kissen herum, werde ich es ihm erzählen. Er hat keinen Sinn für Humor, er hat nur einen brutalen Witz. Doch er würde es ebenso komisch wie unglaublich finden.

Harald hatte nicht im geringsten die Absicht, den Grundbesitz seiner verstorbenen Frau an Jenny zu überschreiben und die Insel aufzugeben, falls Jenny sich seinen anderen Vorschlägen gegenüber ablehnend verhalten würde. Wenn sie ihn zurückwies, würde er die Verträge nicht unterzeichnen. Seine kleine Ansprache über die Anwälte, die angeblich nur auf ihr Kommen warteten, wollte ihr nur einen Schock versetzen. Sie sollte ihn anders sehen: als Heroen, Opferbereiten, Liebenden, Ergebenen, Liebenswerten. Nun, morgen war auch noch ein Tag. Er würde größten Schmerz über ihre Anschuldigungen zeigen, ihr nicht so bald vergeben, was ihr hinwieder Zeit geben würde, die „Sache" zu überdenken.

Jennys Anschuldigungen hatten ihn getroffen, erschreckt und aufgebracht. Aber nicht für lange. Er wußte mehr über die menschliche Natur mit ihren krassen Irrtümern als sein Bruder, und nichts vermochte ihn zu überraschen oder völlig umzuwerfen. Sehr bald hatte sich seine Konsterniertheit in Amüsiertheit verwandelt, mehr und mehr hatte er Mitleid für dieses Wesen gefühlt, das den furchtbaren Verdacht so lange in seinem kleinen, naiven Herzen mit sich herumgetragen hatte. Jenny, dachte er, wenn ich deine Mutter aus dem Weg hätte schaffen wollen, wäre ich mit weit mehr Raffinesse ans Werk gegangen und hätte nicht einmal Jon ins Vertrauen gezogen, ganz zu schweigen davon, daß ich ihn gebeten hätte, mir dabei zu helfen. Wie wenig kennst du die Menschen!

Seine ruhigen, umgänglichen Lebensgeister kehrten langsam wieder, und er schlief ein, noch im Einschlafen den Gedanken hegend, daß er, ganz gleich ob Jenny ihn heiratete oder nicht, auf jeden Fall das Einkommen aus dem riesigen Grundbesitz ihrer Mutter beziehen würde. Doch der Gedanke, Jenny könnte ihn wirklich zurückweisen, kam erst gar nicht in ihm auf. Schließlich, wer wollte sie schon haben? Wer wollte ein Mädchen heiraten, das ohne Einkommen war und die bloße Hoffnung hatte, irgendwann in ferner Zukunft einen großen Besitz zu erben? Junge Männer interessierte die ferne Zukunft nicht. Sie interessierte nur das Heute und das Jetzt.

Mit Jenny als seiner Frau würde er nicht nur die Frau besitzen, die er mit all seiner Leidenschaft und Liebe begehrte, sondern auch das geliebte Geld. Die verdammte Insel würden sie verkaufen oder verpachten. Leicht und ohne Widerstand überließ er sich einem friedlichen Schlaf. Er träumte, die Insel wäre von einem Hurrikan verwüstet worden, und er und Jenny beobachteten von Bord eines Luxusdampfers aus, wie sie, in riesige Schollen gespalten, davontrieb.

ACHTUNDZWANZIGSTES KAPITEL

In düsterer Stimmung wanderte Robert Morgan durch das Haus seiner Mutter, das er für sie gekauft hatte. Es war ein schönes, stattliches Haus und nicht befallen von der viktorianischen ‚Holzseuche', wie Jonathan es nannte, der diese Art der Verzierungen verabscheute und Robert beigebracht hatte, das gleiche zu tun. Aber Jane Morgan, die gerade in einem solchen viktorianischen Haus aufgewachsen war, fand es schön, ‚verfeinert' und kultiviert. Sie hatte die schwersten, häßlichsten Möbel, die sie von ihren Vorfahren geerbt hatte, nach Hambledon geschleppt und das Haus damit eingerichtet. An den Fenstern hatte sie die dunkelsten, undurchdringlichsten Draperien angebracht, die sie noch dazu mit dunklen Posamenten versehen hatte. Die hellen, glänzenden Fußböden bedeckten nun schwere, dunkle Teppiche. Die Fensterläden ließ sie stets halb geschlossen, und so war aus einem hellen, freundlichen Haus ein düsterer, kalter Ort geworden. In jeder nur möglichen Ecke häuften sich „Antiquitäten" zweifelhaften Werts, und an den dunkel getäfelten Wänden drängten sich Vitrinen, in denen sogenannte „objets d'arts", wie Jane vermeinte, aufbewahrt waren, bei denen es sich aber um Imitationen von Meißener und Dresdener Porzellan handelte, wie sie in verschwenderischer Fülle in Sèvres hergestellt werden. Die marmornen Kaminsimse waren mit schwerem Samt in Rot, Braun oder Dunkelblau belegt, von deren Rändern plumpe Quasten baumelten, und auf diese Samtunterlage hatte sie die verschiedensten Dinge plaziert: Uhren mit vorgetäuschter Vergoldung, falsches Staffordshire-Geschirr, hohe, gespenstisch und deprimierend geformte Vasen mit schwerer Vergoldung, Muscheln, kleine Porzellanschalen, Kristallbehälter mit getrockneten Blumen oder Weidenkätzchen.

Sogar die großen Spiegel hängt sie auf, die nun nichts als dunkle Schatten, traurige Bilder und verschlossene Türen reflektierten. Der einzige Eindruck hier war Düsternis und Begräbnisstimmung. Es schien, als wäre dies nicht das Haus, das Robert gekauft hatte: mit luftigen, hellen, sauberen Räumen, glänzenden Fensterscheiben und Türen, die in den Garten führten.

Nach der zweiten Nacht, die sie im Haus verbracht hatte, sagte Jane Morgan zu ihrem Sohn: „Robert, die Vögel sind sehr störend in dieser Stadt, wirklich sehr störend. Sie wecken mich zeitig in der Früh und sind eine Belastung für meine angegriffenen Nerven. Seit wir unglücklich genug waren, uns hier einzunisten, habe ich keine Nacht mehr als acht oder neun Stunden geschlafen."

Robert war deprimierter denn je. War ihm nie aufgefallen, wie plump und primitiv der Geschmack seiner Mutter war? Er hatte in Hambledon andere Häuser gesehen, die hell und bequem waren. Auch das Haus der

Kitcheners, das, wenn es auch nicht die Eleganz und den Charme des Domizils der Ferriers besaß, doch durch seine geschmackvollen Farben Wärme, unschuldige Fröhlichkeit und Behaglichkeit ausstrahlte. Wie konnte er eigentlich auch nur davon träumen, Jenny Heger hierher einzuladen, in dieses Haus, von dem er als ‚dem Haus meiner Mutter' sprach? Seine Mutter hatte mit Bedacht, wenn nicht mit Bosheit, jede Perspektive, jede Anmut zerstört.

Er sagte: „Mutter, ich finde die Vögel gar nicht störend. Und du bist auch nicht krank. Es ist nicht normal, mehr als acht oder neun Stunden zu schlafen."

„Robert! Hast du vergessen, daß ich schwer leidend bin, daß ich Arthritis habe?"

„Keines deiner Gelenke ist geschwollen."

„Du hast meine Gliedmaßen nicht gesehen, und auch nicht meine Füße, noch spürst du die Schmerzen, die ich in der Schulter und im Rücken verspüre. Ich verstehe dich nicht. Ich habe alles getan, um es dir recht zu machen, habe mich mit dieser kleinen Stadt einverstanden erklärt und mit diesem Wohnsitz, den ich von Anfang an nicht mochte. Da waren andere Wohnsitze, die weit mehr . . ."

„Häuser", sagte Robert.

Jane erhob ihre Stimme befehlend. „Ich wiederhole, ich verstehe dich nicht, Robert! Wir sprechen von den Vögeln. Können wir sie nicht fangen oder zwei Katzen anschaffen, damit diese sie verjagen? Wie der Allmächtige so lärmend laute Kreaturen erschaffen konnte, die den Frieden der Menschheit stören, geht über meine Fassungskraft! Einmal habe ich diese Tiere bewundert, aber das tue ich nicht mehr. Sie sind so zu nichts nütz . . ."

„Mutter", sagte Robert, „wenn alle Vögel der Erde plötzlich ausgerottet würden, würde dies die Menschheit nicht länger als sieben Jahre überleben. Das ist eine wissenschaftlich erwiesene Tatsache. Du magst auch diese schönen Bäume nicht, und ich glaube, auch darüber hast du dich bereits gewundert, warum Gott sie erschaffen hat. Wenn die Bäume von der Erde verschwänden, hätten wir bald nur noch Wüste, in welcher wir nicht leben könnten. Der Regen würde ausbleiben, das Gras verdorren, die Welt würde öd und leer. Nur der Mensch", sagte er mit erhobener Stimme, „könnte vom Erdboden verschwinden, ohne daß ihn auch nur ein lebendes Wesen vermissen würde. Um die Wahrheit zu sagen: es ist der Mensch, der das nutzloseste Wesen auf dieser Erde ist!"

Jane sah ihn scharf an. „Ich muß sagen, Robert, du sprichst wie dein lieber Freund, Doktor Ferrier. Lästerlich. Hat der Allmächtige nicht den Menschen geschaffen, damit er die Welt beherrsche und alles regiere? Alles andere könnte verschwinden — und sehr oft wäre das ein Gewinn — und der Mensch würde noch immer triumphierend am Leben sein."

„Durchaus nicht“, widersprach Robert. „Er wäre tot, und manchmal, wenn ich meine lieben Mitmenschen treffe, denke ich, es wäre ein erfreulicher Abschluß. Da du, wie ich sehe, wieder einmal aus der Bibel zitierst, laß mich dich erinnern, daß darin auch geschrieben steht, Gott schuf Land, Meer und Himmel, die Wälder, Seen und Flüsse und die Lebewesen auf der Erde, bevor er ihnen den Menschen aufbürdete, und er segnete sie zuerst. Falls er dem Menschen die Vorherrschaft über die schuldlosen Geschöpfe gegeben hat, dann nicht, damit er sie sofort zerstöre oder verletzte, sondern damit er sie beschütze. Denn während sie ganz sicher schön sind, ist es der Mensch ebenso sicher nicht.“

„Das ist Gotteslästerung!“ schrie Jane voll Entsetzen.

„Ich bin soweit, zu glauben“, sagte Robert und blickte sich nochmals in dem großen, düsteren Raum um, den Jane zum Wohnzimmer bestimmt hatte, „daß der Mensch durch seine bloße Existenz eine Gotteslästerung ist.“

„Das ist nicht christlich, Robert!“

Robert amüsierte sich. „Nach deiner Auffassung mag es nicht christlich sein, Mutter, aber es ist ganz sicher wahr. Überall auf der Welt beginnen sich die Städte auf das Land auszubreiten. Wenn sie wenigstens schön wären, wenn sie die Welt respektierten und schätzten und ihre Reichtümer bewahrten, würde es nicht soviel ausmachen, obwohl mich der Gedanke schaudern macht, daß es dann in Zukunft keine beschaulichen Zufluchtstätten geben wird, keine geheiligte Stille, sondern nur noch die mißtönenden Stimmen der Menschen. Aber wahrscheinlich werde ich bis dahin nicht mehr da sein, und das ist einer der Vorteile der Sterblichkeit.“

„Übrigens“, fuhr Robert fort, der sich mehr und mehr amüsierte und für die Zerstörung seines schönen Hauses revanchierte, „glaube ich, die Bibel erwähnt, daß allein der Mensch korrupt, sündig und lasterhaft ist, daß er nur um des Mordes willen mordet, und praktisch unheilbar ist. Nicht einmal die Schlange oder der Tiger — ja nicht einmal die Stechmücke oder die Zimmerfliege werden mit so nachdrücklichen Worten verdammt. ‚Der Mensch ist von Geburt aus sündig, und schlecht von Jugend auf.‘ Ich kann mich nicht erinnern, so etwas je von Kaulquappen, der primitiven Laus oder der Wanze gehört zu haben. Nur vom Menschen.“

Jane begann auf eine eigenartige Weise süßlich zu lächeln. „Ich merke, daß dein Freund wirklich deine christliche Einstellung verändert hat, Robert. Aber — und dafür bin ich sehr dankbar — er wird nicht mehr sehr viel länger hier sein!“

„Stimmt“, sagte Robert und bemerkte, daß er Jonathan, trotz allem, was sich scheinbar mit solcher Leichtigkeit zwischen ihnen beiden zugetragen hatte, mehr vermissen würde, als er sich vorgestellt hatte, je einen anderen Menschen zu vermissen. Da er jung und optimistisch war, hatte er den Schock über jene Begegnung schon fast überwunden. Er hatte Jenny ein paar Mal auf der Insel getroffen; sie war auf eine schüchterne Art freundlich gewesen, hatte ihn mit offensichtlicher Freude und Zutrauen begrüßt. Er hatte begonnen zu hoffen. Sie hatte mit ihm nicht mehr über Jonathan gesprochen, und Jonathan hatte sie in der letzten Zeit auch nicht erwähnt.

„Ein Wanderer über den Welten. Das wird er sein, Robert."

„Wahrscheinlich, auf kurze Zeit. Ich weiß, daß er viele ausgezeichnete Angebote aus New York, Philadelphia und Boston hat. Ein Spital hat ihm sogar ein Primariat angeboten und ein anderes die Leitung der chirurgischen Abteilung."

Robert wandte sich ihr schnell zu. „Was willst du damit sagen?"

„Mein lieber Robert, er wird niemals eines davon annehmen können." Sie lächelte mit tiefer Genugtuung. „Ich pflege deinetwegen gesellschaftliche Kontakte, Robert, um die Leute für dich einzunehmen. Bei diesen Zusammenkünften mit den Damen unserer kleinen, armseligen Stadt habe ich — Andeutungen gehört."

„Worüber?" Robert war jetzt aufgeschreckt und verstört.

„Das darf ich dir nicht sagen", antwortete seine Mutter und preßte die Lippen fest zusammen. „Außerdem bin ich nicht jemand, der klatscht, noch akzeptiere ich vertrauliche Mitteilungen."

Robert betrachtete sie schweigend mit gerunzelter Stirne. Er hatte in den letzten Wochen gespürt, daß in dieser Stadt irgend etwas in Zusammenhang mit Jonathan nicht in Ordnung war, aber es als Einbildung abgetan. Er wurde von den neuen Kollegen freundlich empfangen, stellte aber fest, daß sich der Ausdruck der Gesichter veränderte, sobald er den Namen Jonathans erwähnte, und daß das Thema fallengelassen wurde. Er war zu dem Schluß gekommen, daß Jonathan durch seine Abreise für die medizinische Welt, in der er sich in Hambledon bewegte, nicht mehr von Bedeutung war. Es war eine kleinbürgerliche Stadt, der Jonathan jetzt nicht mehr angehörte.

„Es ist schrecklich, in die Hände des lebendigen Gottes zu fallen"; zitierte Jane voll Vergnügen.

„Ja, wirklich", sagte Robert. „Mutter, wenn du irgend etwas über Jonathan gehört hast, so bestehe ich darauf, daß du es mir erzählst, denn er ist mein Freund."

Sie nickte grimmig. „Er ist mit niemandem befreundet, sondern stellt sich gegen jeden, und daher freut es mich sehr, daß er wirklich bald abreist, oder daß man ihn vielleicht zwingen wird, zu gehen. Das ist es, was ich gehört habe, Robert, das ist aber schon alles, was mir die entrüsteten Damen erzählt haben, die auch andeuteten, daß er wahrscheinlich niemals mehr irgendwo die Erlaubnis zum Praktizieren erhalten werde. Sicherlich —"

„Um Gottes willen!“ schrie Robert plötzlich. „Worüber redest du, zum Teufel? Was für einem verrückten Weibergewäsch hast du da zugehört?“

Seine Mutter erhob sich langsam, mit ungeheurer Würde, die Augen vor solcher Wildheit gesenkt; dieses eine Mal vergaß sie sogar ihre Stöcke und verließ in tiefem Schweigen den Raum, als ob Herolde vor ihr herzögen. Robert beobachtete erbittert ihren Abgang. Er kannte seine Mutter. Sie würde ihm nichts erzählen. Er hatte sie zutiefst beleidigt. Jetzt würde sie tagelang nicht mit ihm sprechen, außer in den allerdringendsten Fällen, bis er schließlich gezwungen sein würde, sich zu entschuldigen, oder aber bis sie ihr eigenes Schweigen nicht mehr ertragen würde können.

Er warf die Haustür hinter sich zu und trat in das heiße Sonnenlicht des Morgens; es schien ihm, als ob er aus einem feuchten Grab befreit worden sei. Aber er war sehr verstört und beängstigt. Er überlegte, ob er Jonathan davon berichten sollte. Er erinnerte sich, daß Jonathan in der letzten Zeit ziemlich fröhlich und freundschaftlich gewirkt hatte und daß er weniger kurz angebunden war. Jonathan, der im Gegensatz zu Robert Hambledon kannte, würde es sicherlich in der Zwischenzeit bemerkt haben, falls ihm eine Gefahr, irgendeine unfaßbare Gefahr, drohen sollte. Er beschloß, das bösartige Geschwätz seiner Mutter nicht weiterzugeben. Was hatte sie schließlich wirklich gesagt, außer, daß sie die Bemerkungen von boshaften Frauen wiederholt hatte?

Aber seine Sorge um Jonathan beseitigte die letzten Reste von Feindschaft und Entfremdung, die er seit jenem Tag am Fluß gespürt hatte, und seine Gefühle für ihn waren wieder brüderlich und voll Respekt. Falls er von niemandem in Hambledon vermißt werden würde, Robert Morgan würde ihn vermissen. Vielleicht, so dachte Robert, wird er mich rufen, wenn er sich irgendwo anders niedergelassen hat. Hambledon gefällt mir sehr gut, aber wenn Jon mich ersuchte, zu ihm zu kommen, würde ich gehen.

Senator Kenton Campion stieg aus seiner eleganten Kutsche, das heißt, aus der Kutsche seiner Schwester. Er betrachtete Doktor Martin Eatons großes, schrecklich häßliches Haus und dachte wie immer, daß es, falls „Pike's Peak“ tatsächlich einen lächerlichen Anblick bot, im Interesse der Öffentlichkeit nach einer Zwangsenteignung abgerissen werden sollte. Es war nicht ärger als andere Häuser an der Uferstraße, überlegte er, und es hatte tatsächlich besonders hübsche Gartenanlagen und Lindenbäume, und es besaß hinten eine prächtige Aussicht auf das Wasser und ein ausgedehntes Gelände; trotz allem war es gräßlich anzusehen und ein beleidigender Anblick für jedes Auge, das vor Häßlichkeit zurückschreckte.

Er stand am Gehsteig und blickte zu den albernen kleinen Türmen und absurd winzigen Erkern empor und zu dem schrecklichen Fenster aus

Buntglas, das mitten aus der kastanienbraunen Holzfassade herausglotzte und die ekelhaft gelbe Färbung der Fensterläden und Schindeln noch zu betonen schien. Gräßlich, einfach gräßlich, dachte der Senator, stieg die Stufen zu den kühlen Schatten der tiefen, langen Säulenhalle empor und zog an der Glocke. Er war fast immer gut aufgelegt. Das Haus der Eatons erhöhte noch dieses Wohlgefühl, weil es gar so abstoßend, so überladen, so anmaßend und so ganz ohne Anmut war. Seine Augen strahlten wie poliertes Glas. Ein Mädchen führte ihn in den großen Salon, der mit Prozellan, Elchgeweihen, Uhren, Vasen und dunklen Samtmöbeln vollgestopft war und dessen Fensterläden natürlich zum Schutz gegen die Strahlen der Morgensonne geschlossen waren. Herinnen war es dämmerig, aber nicht kühl. Der Senator tastete sich seinen Weg zur Mitte des Raumes, betrachtete überlegend einen tiefen Stuhl, entschied sich dann aber dagegen. Er war zu behäbig, um sich in solche Polster sinken zu lassen.

Flora Eaton trat hastig ein. Sie trug eine Gartenschürze, ihr dünnes, farbloses Gesicht war feucht und ihr dunkles Haar noch feuchter und zerzaust. Sie warf ihre Gartenhandschuhe weg und kam weiter in den Raum herein; ihr getupftes Baumwollkleid wirbelte um ihre eckige Gestalt. „Mein lieber, lieber Kenton!" rief sie. „Wie freue ich mich, dich zu sehen! Wie geht es der lieben Beatrice? Bitte, entschuldige mein Aussehen. Meine Wicken und der Phlox, du weißt ja, gedeihen gar nicht gut bei diesem Wetter. — Martin wird sich auch so freuen, dich zu sehen! Möchtest du Eistee, Kenton, oder —" und ihre Lippen verzogen sich zu einem unartigen Schnalzen — „ein kleines Gläschen irgend etwas?"

„Ein kleines Gläschen irgend etwas, liebe Flora", sagte der Senator strahlend und umschloß ihre dünnen, fleckigen Hände mit seinen dicken, warmen. „Wo ist Martin?"

Flora war wie immer atemlos und zappelte herum, wie es gerade Mode war. Sie wackelte mir den Fingern, nickte mit dem Kopf und zuckte mir den Schultern. Der Senator verabscheute diese Mode, welche von den hübschen jungen Damen des Florodora-Sextetts übernommen worden war. Bei jungen Mädchen war diese lebhafte Munterkeit nicht so abstoßend, wenn auch ermüdend; eine Dame in Floras Alter jedoch sollte es besser wissen, dachte er im stillen. Sie machte ihn nervös. Woran erinnerte sie ihn nur — sie und andere Damen dieser Art? An irgendeine Krankheit. Ja, an die Parkinsonsche Krankheit.

Flora unterrichtete ihn unter heftigem Atmen, daß sich ihr Gatte wie jeden Morgen in seinem Studierzimmer befände, aber sie würde ihn sofort rufen, und sie könnten einen gemütlichen kleinen Tratsch machen. Ihre großen, tiefliegenden schwarzen Augen rollten bedeutungsvoll, ihre großen weißen Zähne glitzerten, ihre Ellbogen, Hände, Hüften und Schultern zuckten, und sie wippte andauernd auf den Zehenspitzen auf und ab.

„Aber nein, meine liebe Flora", rief der Senator aufgeräumt. „Ich würde dich doch nicht einen Moment länger von deinem schönen Garten abhalten wollen. Ich hätte mich vorher anmelden sollen. Ich gehe zu Martin ins Studierzimmer. Langweilige Geschäfte, weißt du, meine Liebe, langweilige Geschäfte, die sich nicht für die Ohren einer Dame eignen. Ich kenne den Weg. Bemühe dich nicht, meine Liebe, bemühe dich nicht." Er klopfte ihr liebevoll auf die knochige Schulter und ging für einen Mann seiner Statur und Größe sehr schnell hinaus. Flora blickte ihm schmachtend nach. Er war so gut, so lieb, so süß, so vornehm. Sie fand ihre Handschuhe und hetzte in den Garten zurück, den sie für den Nachmittagstee vorbereitete.

Der Senator stieg die Stufen hinauf. Auch hier war alles durch Fensterläden verschlossen und düster, die abgesperrte Luft roch nach Wachs, erhitztem Firnis und aromatischem Staub. Er ging an mehreren Räumen mit versperrten Türen vorbei, bis er zum Studierzimmer kam, wo er schnell anklopfte. „Martin?" fragte er. „Kent Campion. Kann ich dich auf ein paar Minuten sprechen?"

Er hörte ein Knarren, ein heiseres Murmeln, dann ein Schlurfen, das sich ihm näherte. Die Tür ging auf, und die große, eingefallene Gestalt des kranken Arztes erschien auf der Schwelle und starrte ihn stumpf an. Das einst fette Gesicht war nicht mehr rund; es war innerhalb eines Jahres eingesunken. Der kahle Kopf leuchtete nicht mehr; die Haut war gelb und trocken geworden. Die freundlichen blauen Augen von früher hatten sich in farblose Schlitze verwandelt. Nur die große Nase und die dicken Lippen waren geblieben, Ruinen unter Ruinen. Martin stützte sich auf zwei Krücken, seine linke Seite war fast gänzlich gelähmt.

Trotz der Hitze trug er einen wollenen Morgenmantel, zerdrückte Hosen, ein grau-weiß-gestreiftes Hemd ohne Kragen und Hosenträger. Er zitterte, wie er so auf seine Krücken gestützt dastand. Langsam und sorgfältig sagte er: „Guten Morgen, Kent. Komm herein." Er hatte sein Sprechvermögen so ziemlich wieder zurückerhalten. Er schlurfte langsam in den dämmrigen Raum zurück, der mit Eichenmöbeln, Lederstühlen, häßlichen Lampen und einer dunkelblauen Seidentapete ausgestattet war. Hier hatte er früher Besprechungen mit anderen Ärzten über einen ungewöhnlichen Fall oder einen reichen Patienten geführt. Jetzt war seine wertvolle medizinische Bibliothek, die sich die Eichenwände entlangzog, unbenützt und verstaubt. Der Teppich wies keine Fußeindrücke auf, denn es kamen nur mehr wenige hierher. Seit dem tragischen Tod seiner Nichte war Martin zum Einsiedler geworden; in diesem Raum trank er in einsamer Stille, las ‚leichte' Bücher und Illustrierte und hing unentwegt seinen eigenen trostlosen, quälenden Gedanken nach.

Der Senator blickte sich flüchtig um. Mitleid war nicht eine seiner

Stärken, aber jetzt fühlte er Mitleid. Er erinnerte sich an fröhliche, gesellige Tage in dieser Bibliothek, an Männerwitze und vergnügtes Lachen, während ein großes Feuer im schwarzen Marmorkamin loderte und der Winterschnee gegen die hohen Fenster peitschte. Jetzt hörte man nur ferne Geräusche, und auf dem Schreibtisch, der einmal mit medizinischen Büchern und Fachzeitschriften überladen war, standen nur eine Flasche, ein Glas und ein Krug Wasser.

Noch immer strahlend, setzte sich der Senator in die Hähe des Schreibtisches und dachte, aber nur für einen flüchtigen Moment, daß ihn eigentlich ein schmutziges Geschäft hergeführt hatte, und wünschte, es wäre nicht notwendig. Aber es war wirklich notwendig. Außerdem erwies er ja Martin in gewissem Sinn einen Gefallen. Zweifellos hatte der völlig vernichtete Arzt seit einem Jahr von Rache geträumt und war zusammengebrochen, weil er sie nicht stillen konnte. Sein lieber Freund Kent Campion würde das nun in die Hand nehmen. So fühlte sich der Senator wieder erleichtert. „Ja, ja Martin. Ich will wirklich etwas trinken. Danke." Er beobachtete, wie der verkrüppelte Mann nach einem anderen Glas langte, es prüfend hochhob und mit Whisky und Wasser füllte. „Danke", wiederholte der Senator, beugte sich vor und nahm das Glas. „Wie geht es dir, alter Freund?"

„Ich warte auf den Tod", sagte Martin sehr langsam.

Der Senator lachte herzlich. „Ach du liebe Zeit, wie morbid du bist. Aber du machst natürlich nur einen Witz. Du bist noch ein junger Mann, Martin. Die Welt liegt vor dir. Zwei Jahre jünger als ich. Warum sitzt du nicht in deinem Garten, in deinen herrlichen Anlagen? Bei diesem Wetter sehr angenehm, mit den kühlen Brisen vom Fluß her."

Der Arzt hatte sich sorgfältig und mühsam niedergesetzt. Er stellte die Krücken weg und legte die rechte Hand über die gelähmte Linke, die jetzt einer Klaue ähnelte. Er blickte den Senator mit Augen an, die so tief eingesunken und zusammengezogen waren, daß sie leblos und ohne jede Farbe zu sein schienen.

„Mir ist alles gleich", sagte er. Er hob die Flasche. Als der Senator ihm helfen wollte, winkte er müde ab. Er füllte sein Glas und fügte nur einen Spritzer Wasser dazu, hob es dann an seine Lippen und trank wie ein Verdurstender. Der Senator beobachtete ihn und wunderte sich, daß er so viel trinken konnte; dabei war es sicherlich nicht das erste Glas an diesem Tag.

Er sagte mit seiner üblichen Heiterkeit: „Jetzt müssen wir uns aber wieder zusammenreißen, Martin, unbedingt. Für unsere — äh — Freunde, für unsere — äh — Gemeinde, für all jene — äh —, die wir lieben. Wir sind nicht ‚irgendwer'. Wir werden verehrt, bewundert, gebraucht. Wir —"

„Halt den Mund, Kent", sagte die müde Stimme, und die rechte Hand hob die Flasche wieder über das Glas. „Was willst du? Du willst immer etwas."

„Das ist aber nicht freundlich", meinte Kent Campion und lachte schallend. Er trank von seinem Glas und versuchte, die vielen Fingerabdrückte darauf zu übersehen. „Wir haben so viele frohe Stunden hier in diesem Zimmer verbracht, Martin, so viele frohe Stunden. Du fehlst uns. Diese Stunden fehlen uns. Wir werden sie wieder erleben. Ich verspreche es dir — wenn das alles vergessen und — äh — abgeschlossen ist."

Eine breite, magere Schulter hob und senkte sich unter dem Morgenmantel. Aber nun hefteten sich die sterbenden Augen wachsam auf den Politiker. Sie bohrten sich durch die Dämmerung, und der Senator, der wie alle Politiker dafür sehr empfänglich war, fühlte, wie er sich auf ihn konzentrierte, spürte die plötzliche Wachsamkeit. Er zog den Stuhl näher an den Schreibtisch heran. „Ich bin hier, um dir die Genugtuung zu verschaffen, von der du seit Monaten träumst; seit Monaten, Martin. Und dann wird ein Wunder geschehen, und dein Herz wird wieder Ruhe finden und deine Gesundheit wiederhergestellt werden."

„Weiter", forderte die schwankende Stimme, aber sie klang lebhafter.

„Jonathan Ferrier", sagte der Senator.

Er erwartete jetzt beim Klang des verhaßten Namens ein Zeichen von Erregung, ein rasches Atmen, ein Zittern der nicht gelähmten Gesichtshälfte, einen Ausruf, einen schwachen Schrei, vielleicht ein Ballen der gesunden Hand, eine unwillkürliche Bewegung. Aber nichts Derartiges geschah. Martin Eaton fuhr fort, ihn einige endlose Momente lang mit jenen furchterregenden Augen anzustarren, und sagte kein Wort. Schließlich wandte er den großen Kopf, der in seiner gelblichen Kahlheit schimmerte, und blickte gegen die verschlossenen Fenster. Es schien, als habe er seinen Besucher vergessen.

„Jonathan Ferrier", wiederholte der Senator und fragte sich, ob Martins Verstand geschwunden war und er diesen Namen vergessen habe.

„Ich habe dich verstanden", sagte Martin, blickte noch immer gegen die Fenster und bewegte sich nicht.

Der Senator hüstelte. „Der Mann, von dem wir noch immer annehmen, daß er deine Nichte und ihr ungeborenes Kind umgebracht hat." (Was zum Teufel war eigentlich los mit ihm?)

Martin sagte mit undeutlicher Stimme wie von weit her: „Glaubt man das noch immer?"

„Selbstverständlich, selbstverständlich, lieber Freund! Man hat nie angenommen, daß er unschuldig sei. Es gehen Gerüchte, er hätte einige Geschworene bestochen . . ."

Martin schloß wieder die rechte Hand über der linken. Er rieb langsam, langsam das tote Fleisch und sah den Senator nicht an. Sein aschgrauer Mund zitterte unkontrolliert, und der Senator war befriedigt, denn nun sah man ihm seine Sorgen und seinen untröstlichen Schmerz ganz deutlich an. Dann sagte Martin: „Er hat die Geschworenen nicht bestochen. Es waren Ehrenmänner."

Der Senator runzelte die Stirne. „Na ja, du kennst die Gerüchte, Martin. Ich selbst habe sie nie beachtet. Aber wer kann die Redereien aufhalten? Und — alte Geschichten? Aber wir wissen, daß Ferrier schuldig war. Du weißt es auch. Bist du nicht im Gerichtssaal aufgestanden, als das Urteil verkündet wurde, und hast du nicht ‚nein! nein! nein!' gerufen?"

Die eingefallene Brust, einst so mächtig und stark, hob sich sichtbar, und der Senator lächelte leise. So brannte der alte Haß doch noch immer, trotz des toten, unbeteiligten Gesichtes, trotz des abgewandten Hauptes und der verschleierten Augen.

„Ja", sagte Martin, „das habe ich getan."

„Du hast also gewußt, daß er schuldig war." Der Senator blickte ihn erwartungsvoll an.

Es herrschte lange eine schmerzende Stille. Dann murmelte Martin: „Er war schuldig."

„Nun", sagte Campion und seine Stimmung hob sich wieder, „dann habe ich ein paar Neuigkeiten für dich. Hörst du, Martin? Ja. Ich habe erfahren, daß Ferrier beschlossen hat, doch in Hambledon zu bleiben, weiterhin zu zerstören und zu verletzen, wie es ihm paßt. Um uns seine Verbrechen ins Gesicht zu schleudern. Aber wir — sollen wir derzeit ‚wir' sagen? — haben beschlossen, daß unsere kleine Stadt durch seine Gegenwart nicht länger entehrt und beschämt werden soll. Wir — haben uns bemüht, daß ihm sein Diplom auf immer und für überall aberkannt wird. Wer wird ihn aufnehmen und ihm Privilegien gewähren, wenn der souveräne Gliedstaat Pennsylvanien es ihm nicht länger gestattet, zu praktizieren, sondern ihn davonjagen will?"

Jetzt wandte sich das zerstörte Antlitz beinahe rasch dem Senator zu, und zum ersten Mal stand ein hartes Brennen tief in den Höhlen der verlorenen Augen, ein starkes, intensives Brennen. Der Senator nickte heftig.

„Ja, lieber, alter Freund, ja."

„Er ist Arzt", sagte Martin.

Das war nicht ganz die Antwort, die der Senator erwartet hatte. „Nun ja", sagte er mit einer Handbewegung. „Er wird es bald nicht mehr sein." Er beobachtete Martin, während er sich eine seiner schweren Zigarren anzündete und das Streichholz in einen bronzenen Aschenbecher legte. Wie gebannt verfolgte Martin jede seiner Bewegungen. „Mit deiner Hilfe, Martin."

Martin starrte auf die Zigarre. Seine Lippen begannen wieder zu zittern. Der Senator fuhr fort: „Alles, was du erlitten hast, wird gerächt werden. Die arme, liebliche Mavis wird gerächt werden. Ich verspreche dir das, mein Freund, ich verspreche es."

Da begann sich, zur Bestürzung des Senators, der große, zerstörte Kopf ablehnend von einer Seite auf die andere zu drehen. „Er ist Arzt", sagte Martin nochmals.

Der Senator befeuchtete seine Lippen. „Ja. Aber was für ein Arzt! Und wie hat er dir die väterliche Liebe gedankt, die du ihm entgegengebracht hast, deine Gönnerschaft, deine Beziehungen, dein Gefühl des Stolzes, deine Güte! Er hat alles mit Haß vergolten — und mit der Ermordung jenes lieblichen Geschöpfes, das sein Glück und die Freude deines Herzens war."

Jetzt überzog ein feuchter Schleier den brennenden Blitz in Martins Augen.

„Nein", sagte Martin.

Der Senator nahm die Zigarre aus dem Mund, stieß eine Rauchwolke aus und fragte sanft: „Was ‚nein'?"

„Du bekommst meine Hilfe nicht", sagte Martin.

Der Senator hob seine dichten, kastanienbraunen Augenbrauen. „Aber, Martin, warum nicht?"

Die zitternden Lippen festigten sich, und abermals bewegte sich der Kopf in langsamer Ablehnung.

„Komm", sagte Kenton Campion und lächelte. „Ich weiß, daß es für dich schmerzlich ist, mein lieber Freund. Ich weiß, daß du den alten Kummer nicht wieder ausgraben willst. Aber du mußt tapfer sein. Hast du Mavis vergessen? Ah, wer könnte diese Erscheinung voll Schönheit, Lachen und Lebensfreude vergessen. Auf keinen Fall ihr — Onkel, der sie innig geliebt hat. Der sie angebetet hat. Sei tapfer, Martin, das ist der letzte Kampf, und Mavis wird gerächt."

„Was willst du von mir?" fragte Martin.

„Ich werde Louis Hedler und Humphrey Bedloe hierher bringen; sie sollen deine Aussage bezeugen, die du vor Gericht nicht gemacht hast. Wir haben schon lange in Erfahrung gebracht, daß du etwas weißt, das Ferrier überführt hätte, aber du hast es verheimlicht, vielleicht wegen deines alten — Interesses — an seiner Mutter. Alte Freundschaften. Ein weiches Herz, das genug gelitten hat. Dein Herz. Ja, wir wissen, daß du absichtlich in einer wichtigen Angelegenheit nicht ausgesagt hast, daß du geschwiegen hast. Ich will nicht, daß du es länger für dich behältst, lieber Freund. Ich will, daß du es deinen Freunden erzählst, damit du endlich dein Herz erleichtern kannst, damit jener Mörder endlich der Gerechtigkeit überliefert wird."

Die Antwort war ein heiseres Flüstern: „Ne bis in idem."

„Ja, ich weiß", sagte der Senator ungeduldig und winkte wieder mit der Zigarre ab. „Er kann nicht noch einmal wegen desselben Verbrechens vor Gericht gestellt werden. Aber deine Aussage wird Hedler überzeugen, der sich trotz allem, was er von der Hand Ferriers erdulden hat müssen, ein wenig sträubt, uns zu erlauben, zwei prominente Mitglieder des staatlichen Medizinischen Rates von Philadelphia herzubringen. Sie haben bereits viele — sollen wir sagen Beweise? —, aber deiner wird der überzeugendste sein."

„Beweise?"

„Oh, nicht von jenem Verbrechen, aber von anderen. Genügend, um Ferrier aus dem Land zu treiben. Bis ans Ende der Welt."

Wieder waren die Augen zwei glühende Kohlenstücke. Die langsame Stimme sprach ohne Betonung: „Was hat er dir angetan, Campion?"

Der Senator schreckte auf und sah den zusammengebrochenen Arzt scharf an. Sein Lächeln gefror. „Genug, Martin, genug jetzt. Er hat mir ein großes Unrecht angetan. Auch ich möchte mich revanchieren. Aber ich will dich nicht mit meinen Schwierigkeiten belasten. Deine genügen vollkommen. Wann soll ich die Zeugen zu dir bringen?"

Huschte ein bitteres, sardonisches Lächeln über Eatons' sterbende Lippen? Der Senator konnte es nicht sagen. Aber er hörte das eine Wort: „Nein."

Der Senator war verärgert, verblüfft, er konnte es nicht glauben. Es lag solch eine Endgültigkeit in diesem Wort, solch eine Kraft.

„Nein, Martin? Nach all dem, was er Mavis, was er dir aus Grausamkeit, Bösartigkeit und Haß angetan hat?"

„Bitte geh, Campion", sagte Martin.

Die Augenbrauen des Senators hoben sich wieder und verharrten dort. Er betrachtete angestrengt das glühende Ende seiner Zigarre. Er lächelte nachdenklich. Sein großer roter Mund bewegte sich und zog sich zusammen, als ob er an etwas besonders Köstliches dächte.

„Du willst uns nicht helfen, Martin?"

„Nein, nein. Dabei bleibt es."

Der Senator seufzte. Er lehnte sich in den Lederstuhl zurück und betrachtete eingehend die Decke. „In meinem Beruf", sagte er, „ist es äußerst wichtig, die Herzensgeheimnisse der Menschen, ihre Gedanken, Gefühle und Wünsche zu kennen. Mavis war ein liebes Mädchen. Aber sie hatte ihre Fehler, ihre kleinen Verwirrungen, ihre unbedeutenden Schwächen. Immer wurde sie von dir beschützt, verteidigt und liebevoll überwacht. Sie stand dir näher als irgend etwas in der Welt; sie war dein alles. Niemals hast du ein Wort gegen sie geduldet, nicht einmal von der lieben Flora, die ein Muster von einer Frau ist. Ja, ja, ich habe meine Ohren immer offen gehalten. Ich vergesse niemals etwas. Für dich war Mavis ein Engel ohne Schattenseiten, der verehrt und angebetet werden sollte; ihr Name war heilig. Du wärst für Mavis gestorben."

Ein gleichmäßiges, heiseres Atmen begann den abgeschlossenen, verstaubten Raum zu erfüllen. „Ja“, sagte Martin Eaton, und wieder krampfte sich die lebende Hand auf dem Schreibtisch zusammen. „Das ist wahr.“

„Kein häßliches Wort sollte Mavis jemals berühren, sie verletzen oder gar sie beschmutzen.“

„Nein“, sagte Martin. Sein Atem ging lauter und schneller.

Der Senator seufzte und schüttelte den Kopf. „Martin, es bricht mir das Herz, dir das zu sagen. Aber wenn du uns nicht hilfst, muß ich bei meinem ernsten Streben nach Gerechtigkeit den Namen Mavis' in die Öffentlichkeit bringen und ihn dem öffentlichen Gelächter, Spekulationen und Verleumdungen preisgeben. Und deinen auch.“

Die große, zerbrochene Gestalt hinter dem Schreibtisch bewegte sich zitternd, als ob sie von einer wütenden Faust erfaßt worden wäre. Die toten Lippen öffneten und schlossen sich schweigend. Die eingefallenen Augen öffneten sich weit und loderten.

Habe ich den elenden Kerl doch noch aufgerüttelt, dachte der Senator mit Vergnügen. Er fuhr fort, den Kopf zu schütteln und seufzte. „Du weißt, wie Frauen tratschen, Martin. Meine Frau war eine sehr enge Freundin deiner Schwägerin, Hilda Eaton. Sie vertrauten einander restlos und schrieben einander sehr lange Briefe. Sie waren wie Schwestern; nein, sie waren mehr als das. Meine Frau war vor Schmerz ganz erschüttert, als Hilda starb. Meine liebe, weichherzige Henriette. Liebe, gute Seele. Ich tröstete sie wie ein guter Ehegatte. Und da hat sie es mir erzählt.“

„Was?“ Das Wort war ein heiseres Krächzen.

„Daß“, sagte der Senator mit scheinbarem Taktgefühl, „Mavis deine Tochter war, nicht die deines Bruders. Mavis war die Folge eines — äh — Ehebruches. Ich verurteile dich deswegen nicht, alter Freund. Aber Hilda sah Marjorie Ferrier tatsächlich ähnlich, nicht wahr, und du hast Marjorie Ferrier immer — verehrt — und wolltest sie heiraten. Seien wir dankbar dafür, daß dein Bruder starb, ohne es erfahren zu haben, und daß ihr Mavis adoptiert habt, du und Flora, und sie so öffentlich zu deiner Tochter gemacht habt, wie sie es von Natur aus schon war. Das war vornehm und liebevoll, Martin, und ich bewundere dich deswegen. Nein, nein. Kein anderer, außer dir und mir, weiß die Wahrheit, und die Wahrheit ist hinter meinen Lippen versiegelt und wird niemals aufkommen. Außer du zwingst mich dazu. Ich dulde keine abschlägige Antwort, Martin.“

Er betrachtete den zusammengesunkenen Mann jetzt mit einem bösen Glanz in seinen Augen, und sein breites Lachen klang unheilvoll.

Es war, als ob Martin Eaton gewaltsam seine letzten Kräfte zusammenraffte. Er sagte, und seine Stimme klang fast normal und laut: „Du hast keinen Beweis. Ich werde dich auf Verleumdung klagen." Kalte, haßerfüllte Glut brannte in seinen Augen.

„Aber natürlich habe ich einen Beweis, Martin. Du mußt verstehen, ein Politiker sammelt alle kleinen Angelegenheiten, die ihm einmal in der Zukunft nützlich sein könnten, ganz gleich, wie unbedeutend sie sind. Später erweisen sie sich vielleicht als Goldklumpen. Ich habe daher Henriette überredet, das Ganze für mich in ihrer eigenen Handschrift niederzuschreiben, als eine Art ‚Beichte', weil sie die Wahrheit so lange zurückgehalten hatte. Henriette war eine sehr tugendhafte Seele. Sie war darüber nicht gerührt, daß Hilda sich in dich verliebt hatte und daß du sie liebtest. Meine liebe Henriette hatte gewisse strenge Ansichten. Sie fand, daß du die hübsche Hilde ‚betrogst', als du sie von ihrem Gatten weglocktest. Soll ich noch weiter ausführen? Ich überredete Henriette daher, ihre eigene Entrüstung über das Schicksal ihrer geliebten Freundin niederzuschreiben und auch, daß sie sich nicht getraut hätte, den wahren Vater des Kindes bekanntzugeben. Sie verurteilte weder Hilda noch den betrogenen Ehemann noch Flora; nur dich —" und der Senator schmunzelte nachsichtig, „als den Verführer der Unschuld, den Einbrecher in ein glückliches Heim, den Räuber." Der Senator lachte leise. „‚Du sollst nicht begehren deines Nächsten Weib.' Für meine Henriette war dieses Verbrechen ärger als Mord, es stand über allen anderen Geboten. Hilda hatte nicht Ehebruch begangen, nein, so etwas machte eine Freundin Henriettes nicht! Sondern du hattest dich ihr aufgedrängt. Wie Henriette zu diesem Ergebnis kam, bleibt ein großes Rätsel, aber du kennst ja die keuschen Herzen der Frauen." Er seufzte salbungsvoll. „Sie können nicht glauben, daß eine gute Frau ihren Gatten betrügen würde, niemals, außer sie wäre dazu ‚gezwungen' worden."

Er kreuzte die Arme über seiner gemusterten Seidenweste und sah den schreckerfüllten Arzt mit scheinbarer Traurigkeit und Wohlwollen an. „Martin, wenn du uns nicht hilfst und uns sagst, was du weißt, wird der Name Mavis' für immer überschattet sein. Dir ist es gleich, was mit dir selbst geschieht, aber nicht, was mit Mavis geschieht. Du hast die Wahl: Der gute Ruf Mavis' oder die Bestrafung Jonathan Ferriers." Er richtete sich in seinem Stuhl auf. „Wie kannst du dich weigern, uns zu helfen, bei dem, was du über ihn weißt? Wie kannst du dich zugunsten ihres Mörders weigern, Mavis die Gerechtigkeit widerfahren zu lassen, nach der sich ihre Seele sehnt. Ich kann es nicht glauben! Ich kann es nicht verstehen!" Voll Zorn schlug er mit seiner fleischigen Faust auf den Schreibtisch.

Das Gesicht des Arztes war ein graues Abbild äußerster Seelenpein. Sein Mund war geöffnet und verkrampft, man konnte seine Zähne in dem dämmrigen Licht schwach schimmern sehen. Sein tiefes Keuchen tönte rauh durchs Zimmer. Er starrte den Senator voll äußerster Angst,

Abneigung und Verzweiflung an. Der Senator starrte mit strenger, entrüsteter Miene zurück.

Dann öffnete die lebende Hand sehr langsam eine Lade, entnahm ihr ein Stück weißes Leinen und legte es auf den Schreibtisch. Die beiden Männer betrachteten es schweigend. Schließlich wies der Arzt mit schwacher Hand darauf, der Senator beugte sich vor und nahm es in die Hand. Durch das Stück Leinen blitzte es metallisch hell. Der Senator breitete das Tuch auf und fand in seiner Hand ein seltsames Werkzeug oder Instrument. Er neigte sich vor, um es genauer zu betrachten. Ein Messer? Ein gebogenes Messer? Irgend etwas Medizinisches? Dann sah er auf dem silbernen Griff in fließender Schrift den Namen Jonathan Ferrier.

„Was ist das?" fragte er. Er bemerkte, daß das Ende rostig und mit alten Flecken beschmutzt war.

„Kürette", sagte Martin Eaton mit ersterbender Stimme.

„Kürette?" Was ist das?"

„Ein Instrument. Chirurgie. Um den Bauch einer Frau auszuschaben." Das Atmen klang immer schriller.

„Ah!" schrie der Senator auf.

„Mavis' Blut. Da", sagte Martin Eaton. „Sie brachte es mir. Gab es mir. Bevor sie starb."

Er sank in seinen Stuhl zurück und stöhnte. Er rollte den Kopf hin und her, seine Augen starrten auf die Decke. „Es wurde an ihr verwendet. Ihr Blut. Sie brachte es mir. Er — er hatte es weggelegt. Sie nahm es." Er zeigte blind auf das Tuch, und nun prallte der Senator zurück. Das Tuch zeigte alte rostfarbene Flecken.

„Du guter Gott", sagte der Senator mit gepreßter Stimme. Er hatte einen Beweis gefordert, aber nicht einen so schrecklichen wie diesen. Er rollte die Kürette behutsam wieder ein. Dann sagte er mit echtem Ekel in der Stimme: „Und er verwendete es an diesem hilflosen Mädchen, um es und sein Kind zu töten!" Er hatte es vorher nicht geglaubt, aber jetzt glaubte er es, oder zwang sich, es zu glauben.

Die lebende Hand des Doktor Eaton stürzte sich auf das Tuch mit dem Instrument, ergriff es und warf es in die Lade zurück. Die Lade wurde sofort versperrt. Die zwei Männer blickten einander an, der Arzt unter heftigem Keuchen, als ob er lange Zeit gegen etwas Gräßliches gekämpft hätte, der Senator mit Neugierde.

Campion stand mit sichtbarer Genugtuung auf: „Ich danke dir, Martin", sagte er. „Bitte, verzeih, daß ich dich so bedrängt habe; es war notwendig, und ich bin sicher, du weißt das. Sehr notwendig, Mavis' wegen, deinetwegen und wegen ganz Hambledon. Sobald die Zeugen kommen können, werde ich dich benachrichtigen, und sie werden dich dann persönlich fragen wollen."

„Hinaus", flüsterte Doktor Eaton und schloß die Augen.

Verbindlich lächelnd ging der Senator. In der Halle unten traf er nur das Mädchen, das ihn respektvoll zur Tür geleitete.

Nachdem der Senator gegangen war, saß Martin Eaton viele Minuten lang in seinem Stuhl, öffnete und schloß seine rechte Hand und starrte ins Nichts. Sein heftiges Keuchen verebbte, aber sein Mund blieb teilweise geöffnet. Er begann sich in seinem düsteren Studierzimmer umzusehen, als wäre er noch nie hier gewesen, und betrachtete alles sehr genau. Dann sagte er laut: „Mavis, Mavis." Seine Augen füllten sich wieder mit Tränen. Dann stammelte er: „Jon, Jon."

Sein Blick fiel auf das Telephon, er streckte den Arm danach aus, doch dann erinnerte er sich an den Senator und ließ die Hand fallen. Aber er fuhr fort, es lange Zeit anzustarren, sehr lange Zeit, und sein kranker Geist war in Aufruhr.

Dann stöhnte er: „Hilda, Marjorie. Marjorie!"

NEUNUNDZWANZIGSTES KAPITEL

Jenny Heger ging zögernd auf die Terrasse, wo Harald Ferrier rauchend seine Morgenzeitung las. Sie sah ihn eine Weile schüchtern an, bevor er ihre Anwesenheit bemerkte. Dann blickte er lächelnd auf, erhob sich, legte die Zeitung weg und deutete auf einen Stuhl in der schimmernden goldenen Hitze des Morgens. Sie schüttelte den Kopf und faltete die Hände vor sich auf dem rauhen braunen Kleid.

„Ich nehme an", sagte sie mit sehr gepreßter Stimme, „daß du mir nie mehr verzeihen wirst?"

„Jenny", erwiderte er mit äußerster Sanftheit, „ich war niemals böse auf dich. Ich war nur traurig, daß du so etwas von mir denken konntest." Seine braunen Augen lächelten sie voll echter Liebe an. „Aber ich war ein wenig verletzt. Deshalb habe ich es abgelehnt, mit dir zu unseren Rechtsanwälten zu gehen und jene Verträge zu unterschreiben. Ich wollte nachdenken, um über meine Kränkung hinwegzukommen."

Jenny seufzte und sah ihn verstohlen an. „Ich habe auch nachgedacht", sagte sie mit derselben unsicheren Stimme. „Mama war nicht sehr fair zu dir und war sich dessen bewußt. Ich möchte daher das tun, was sie hätte tun sollen, und was sie auch getan hätte, wenn sie am Leben geblieben wäre. Der Vertrag, den du ausgearbeitet hast, war nicht fair. Und darum — wenn es dir recht ist — wollen wir zu unseren Rechtsanwälten gehen und das Vermögen gleichmäßig aufteilen. Dann bist du frei. Ich weiß nur nicht, wie groß das Vermögen eigentlich ist. Ich habe noch niemals darüber nachgedacht. Aber es muß ziemlich viel sein."

„Ja, Jenny. Einige Millionen Dollar, und durch die Investitionen wächst es weiter an." Er lächelte immer noch, aber er war auf der Hut. „Gleichmäßig auf uns beide verteilt, würde es noch immer ein gutes, ja ein hohes Einkommen bedeuten, bis ans Ende unserer Tage, ohne daß wir das Erbe unserer Nachkommen antasten."

„Das freut mich", sagte Jenny voll Demut. „Also kannst du gehen. Ich werde hier bleiben auf der Insel meines Vaters und werde imstande sein, sie so zu erhalten, wie er es wollte. Wir können zu unseren Anwälten gehen, wann immer du willst, Harald."

Er war erheitert, ließ es sich aber nicht anmerken und sagte: „Jenny, ich möchte mit dir reden. Bitte, Jenny, setz dich auf eine Minute. Es wird nicht lange dauern."

Sie schämte sich zu sehr ihrer früheren Vorurteile und Verdächtigungen, als daß sie abgelehnt hätte. So ließ sie sich auf der äußersten Kante eines Korbsessels nieder, errötete ein wenig und blickte abwartend auf das sanfte Blau des rauschenden Flusses. Über die Insel wehte eine leichte Brise und brachte den Duft von Pinien und geschnittenem Gras, von Blumen und Wasser. Jennys Augen waren die eines Kindes, neugierig, genügsam, fragend. Der leichte Wind zauste die schwarze Masse ihres lose fallenden Haares, welches mit einem blauen Band nachlässig aus dem Gesicht gehalten wurde. Jenny, dachte Harald, Jenny. Er hatte sie noch niemals so gesehen, ruhig, ohne Verkrampfung und Feindseligkeit. Einmal hatte er gedacht, daß sie sehr einfältig und völlig unkompliziert sei, aber jetzt wußte er, daß Jenny eine schwer zu erfassende Persönlichkeit war und sehr verschwiegen.

„Jenny", bat er, „willst du mir nur ganz kurz zuhören, ohne aufzuspringen und davonzulaufen?"

Sie sah ihn mit der ihr eigenen Offenheit an. „Ich habe aufgehört, davonzulaufen", antwortete sie. „Ich bin mein ganzes Leben lang davongelaufen, aber jetzt ist das vorbei."

Er wußte, daß es wahr war. Sie hatte ihre scheue Angst vor allem und jedem vor kurzem verloren und es umgab sie jetzt eine Atmosphäre von stolzer Zurückhaltung. Ihre Augen wichen nicht mehr ängstlich dem Blick anderer aus, sie errötete nicht mehr sehr leicht, noch wich sie neugierigen, forschenden oder belustigten Fragen aus. Jenny war zur Frau geworden. Sie hatte Mut gewonnen, und Harald zweifelte nicht, daß sie jetzt jeder Feindseligkeit oder Verhöhnung mit Stärke und berechtigter Verachtung entgegentreten konnte. Dieser Teil ihres Charakters war zu lange unterdrückt worden. Harald hatte sie sogar im Haus lachen gehört und mit einem Kätzchen im Gras spielen gesehen.

„Das freut mich", sagte Harald. „Es gab niemals einen Grund für dich, davonzulaufen. Als ich ein Kind war, rannte ich gewöhnlich auch davon. Das war sehr dumm."

„Du hast das auch gemacht?" Sie lächelte ihn interessiert an.

„Ja, wirklich. Ich wollte, daß mein Vater mich liebte, und daß ihm meine Bilder gefallen sollten. Ich fand ihn einfach wunderbar. Aber ich bemerkte, daß er niemals wirklichen Geschmack besessen hatte, wie zum Beispiel meine Mutter. Er mochte stereotype Kunst, denn er hatte keine Phantasie, um etwas anderes zu schätzen. Als ich ihm daher meine früheren Versuche zeigte, sah er gewöhnlich gequält drein. Er hatte eine besondere Art, gequält und sehr taktvoll und schmerzlich berührt zu schauen. Er war ein dummer Mann. Mein Bruder Jon bemerkte das nie. Er dachte, Papa wäre der Höhepunkt von allem, die letzte Weisheit, und so mochte er unsere Mutter nicht, weil sie sich gegen Vater stellte. Jon mag meine Bilder nicht, weil Papa sie nicht mochte."

Jenny runzelte nachdenklich die Stirn: „Das klingt gar nicht nach — Jon."

„Oh, es ist aber wahr! Jon hat auch keine Phantasie!"

Jenny sagte nichts. Sie blickte auf ihre Hände hinunter. Harald lächelte weich. „Die einzigen auffassungsfähigen Leute in unserer Familie, Jenny, sind meine Mutter und ich. Jons Vorstellung von etwas Interessantem und Schönem ist eine Leiche." Er lachte nochmals. „Er schätzte zum Beispiel Mavis' Schönheit niemals richtig ein und hat sie überhaupt nicht verstanden."

„Da gab es niemals etwas zu verstehen", sagte Jenny mit ihrer früheren Grobheit. „Das habe ich schon vor vier Jahren gewußt, als ich noch sehr jung war. Es war Jons Fehler, daß er dachte, sie hätte — hätte — nun andere nicht so offensichtliche Vorzüge. Aber sie hatte nichts, das nicht offensichtlich war. Sie war einfach Mavis."

Harald war überrascht. Es war nicht sicher, ob ihm diese scharfsinnige Jenny gefiel.

„Was meinst du damit?" fragte er.

Jenny wurde tatsächlich ganz lebhaft. „Mavis war wirklich sehr einfältig. Sie wollte dasselbe, was Kätzchen wollen: essen, spielen, Vergnügen, Schlaf, Spaß, ein weiches Nest, um sich zusammenzurollen und um gestreichelt, verzärtelt und verhätschelt zu werden. Bewunderung und Liebkosung. Und nichts dafür geben. Um ihren Luxus zu kämpfen, der, wie sie glaubte, ihr zustand."

Harald überdachte das und betrachtete konzentriert eine Jenny, die er noch nie kennengelernt hatte. Er wußte, daß es stimmte, was sie sagte. Es mißfiel ihm nur, daß Jenny sich nicht von Mavis hatte täuschen lassen.

„Mavis haßte jeden, der nicht nachsichtig gegen sie war und der irgend etwas Wirkliches und Menschliches von ihr erwartete", fuhr Jenny fort.

Wie wahr, dachte Harald. Aber wie schön sie war! Er sagte: „Du überraschst mich sehr, Jenny. Du bist lieblos."

„Nein“, entgegnete Jenny und kehrte zu ihrer alten Ernsthaftigkeit zurück. „Ich spreche nur die Wahrheit, die auch Jon nach und nach herausgefunden hat.“

„Wieso weißt du, daß er es bemerkt hat?“

Jenny schaute weg. „Ich weiß es eben.“

„Er hat Mavis abscheulich behandelt.“

Jenny hob ihre tiefblauen Augen wieder zu ihm auf. „Wieso weißt du das? Hat sie dir das erzählt?“

Harald erstarrte in seinem Stuhl, aber seine Hände schlossen sich fest um die Lehnen.

„Ich weiß, daß du oft mit ihr beisammen warst“, sagte Jenny.

„Wieso weißt du das, Jenny?“ Er war fürchterlich beunruhigt und setzte sich nun gerade auf.

„Ich sah euch beide nachts im Gespräch am Fluß.“

Harald atmete langsam und sorgfältig ein. Seine Finger verkrampften sich um die Stuhllehnen. Während er Jenny scharf beobachtete, sagte er: „Sie brauchte jemanden, dem sie sich anvertrauen konnte. Und ich brachte ihr Mitgefühl entgegen.“

„Das nehme ich an“, sagte Jenny, und ein Blick in ihr argloses Gesicht überzeugte ihn, daß ihm von diesem Mädchen keine Gefahr drohte. „Es war alles sehr traurig“, fügte sie hinzu. „Aber es tut mir mehr Jons wegen leid.“

Harald zog sein parfumiertes Taschentuch heraus und strich sich sorgfältig über die Stirne. Er sagte: „Mavis hatte, obwohl du das vielleicht nicht glauben wirst, viel Kunstinteresse.“

„Das ist nett“, entgegnete Jenny gleichgültig. Sie hatte das Thema Mavis schon abgeschlossen. „Aber du wolltest etwas mit mir besprechen, nicht wahr?“

„Ja.“ Harald überwand seine Furcht. Sie hatte ihn auf der sonnenbestrahlten Terrasse wie der Schatten eines schwarzen, rächenden Flügels überfallen, aber jetzt war sie fort. Die Hände zwischen den Knien gefaltet, beugte er sich mit einem charmanten, anziehenden Lächeln zu Jenny. Dann wurde er ernst.

„Jenny, bis jetzt hast du es nie geglaubt, wenn ich dir sagte, ich wolle dich heiraten.“

Sie erstarrte. Ihr Gesicht wurde kalt und abweisend.

„Jenny, normalerweise wird es nicht als Beleidigung aufgefaßt, wenn ein Mann einer Frau seine Liebe erklärt.“

„Ich — das mag schon stimmen.“ Sie schob sich auf den äußersten Rand des Stuhles.

„Glaubst du mir nicht?“

Es war lächerlich, aber sie überlegte wirklich, ihre Gedanken wanderten in die Vergangenheit. Harald wurde sich seines Lächelns bewußt.

Jenny war verlegen, und ein zartes Rot stieg in ihre weichen blassen Wangen. „Ich glaube dir. Nur“, sagte sie, „ich wollte, du würdest nicht mehr darüber reden.“

„Warum nicht? Es ist sehr wichtig für mich, Jenny, und es hat nichts mit dem Geld zu tun.“

„Nein, nein. Es betrifft nicht das Geld“, sagte Jenny. Ihre Farbe vertiefte sich. „Es tut mir leid, daß ich das jemals geglaubt habe.“

„Nun, Jenny? Was sagst du?“

Sie blickte auf ihre verschlungenen Finger im Schoß und war sehr betrübt.

„Ich — ich kann nicht in dieser Weise an dich denken.“

„Wegen deiner Mutter?“

„Nein. Es — ist etwas anderes.“

„Jenny, ich habe beobachtet, daß der junge Doktor gelegentlich herüberrudert, um dich zu treffen. Jons Nachfolger. Du nimmst ihn doch nicht ernst, oder?“

„Er ist sehr freundlich.“ Jenny sagte es sehr unglücklich.

„Und sehr unreif“, meinte Harald nachsichtig.

„Das ist nicht wahr“, sagte Jenny hitzig. „Freundlichkeit bedeutet nicht Narrheit. Ich spreche gerne mit ihm. Er kennt keine — Heimlichkeiten. Er ist ehrlich. Ich bin gerne in seiner Gesellschaft. Wir haben dieselben Interessen.“

„Genug, um ihn zu heiraten?“

Jenny antwortete nicht. Sie wirkte sehr bedrängt. Als sie merkte, daß Harald noch immer lächelnd auf ihre Antwort wartete, antwortete sie: „Ich habe nicht daran gedacht, ihn zu heiraten.“

„Nun, das ist ermutigend. Was hast du gegen mich, Jenny?“

„Ich habe es dir gesagt. Ich kann nicht in dieser Weise an dich denken.“

Sie stand auf und sah unglücklich aus. „Du sollst mich nicht fragen. Nie mehr. Ich könnte dich niemals heiraten, Harald.“

Er stand auch auf. „Jenny, würdest du es dir wenigstens überlegen, um mir Gerechtigkeit zuteil werden zu lassen?“

Sie blickte um sich, als suchte sie ein Versteck. „Ich kann nicht daran denken.“

„Aber es gibt niemanden anderen, Jenny, nicht wahr? Ich liebe dich schon so lange. Wir könnten so glücklich zusammen sein.“

„Du mußt mich entschuldigen“, rief Jenny, und bevor er noch etwas sagen konnte, war sie in ihrer alten Manier davongerannt. Er sah ihr nach, wie sie die Terrassenstufen hinunter in den Garten flog. Er fühlte sich ermutigt. Sie hatte ihn wenigstens nicht gleich abgewiesen und auch beträchtliche Verwirrung und Kummer gezeigt. Das mußte etwas bedeuten. Für einen Mann, der eine Frau so verwirrte und sie so verjagte, sprach viel zu seinen Gunsten. Außerdem bedauerte sie ihn, weil sie ihm in Gedanken Unrecht getan hatte, und Mitleid war der erste Schritt zur Liebe.

Als Howard Best das große Büro von Doktor Louis Hedler im St.-Hilda-Spital betrat, fand er dort nicht nur den Arzt, sondern auch Vater McNulty vor. Sie reichten einander die Hände, und Howard setzte sich. Er sah, daß Louis sehr ernst war und daß seine großen Froschaugen vor Bestürzung glänzten. Louis sagte: „Danke, daß du gekommen bist, Howard. Ich weiß, es ist spät, gerade Zeit fürs Abendessen. Aber ich wollte, daß du und Vater McNulty herkommt, wenn es im Spital nicht so wimmelt wie gewöhnlich und in den Korridoren kein Gedränge herrscht und nicht zuviel Neugierde geweckt wird. Das ist eine sehr ernste und private Angelegenheit. Privat", betonte er und sah langsam jeden einzelnen bedeutungsvoll an.

„Sie können sich auf meine Diskretion verlassen", versprach der Priester, und seine goldenen Augen blickten aufgeregt.

„Ja. Und du, Howard?"

„Gib mir einen Dollar", lautete Howards Antwort. Doktor Hedler starrte ihn einen Moment lang an, dann zog er seine Börse heraus, entnahm ihr eine Dollarnote und legte sie vor Howard, welcher sagte: „Ich bin Rechtsanwalt. Du hast mir eben eine Anzahlung geleistet. Daher ist alles, was du mir anvertraust und alles, was ich in diesem Raum höre, absolut privat und geheim." Sein gütiges, jungenhaftes Gesicht hörte zu lächeln auf. Er steckte den Geldschein in seine Tasche und setzte sich mit seiner geschmeidigen Gestalt in dem Lederstuhl zurecht. Er konnte in der Ferne die schimmernden Berge sehen, die sich purpurn vom Abendhimmel abhoben. Das Wetter war noch immer sehr heiß, obwohl es schon Ende August war.

„Howard", sagte Louis, „du warst doch Jon Ferriers Rechtsanwalt, nicht wahr?"

„Ja. Hier in Hambledon. Ich war es, der den Antrag auf einen anderen Gerichtsbezirk stellte. In Anbetracht der feindlichen Einstellung der Stadt gegen Jon wurde dem auch stattgegeben. Ich erreichte, daß man Philadelphia zum Gerichtsbezirk bestimmte und verschaffte ihm dort die besten Rechtsanwälte." Sein Gesicht wurde so ernst wie das von Louis. „Warum, Louis?"

Doktor Hedler blickte auf die dicke Mappe auf seinem Schreibtisch und seufzte. Er rieb sich die Augen, starrte durch das Fenster, und seine Finger klopften auf die Mappe. „Stimmt es", fragte er, „daß Jon nicht noch einmal desselben Verbrechens angeklagt werden kann?"

Howard setzte sich aufmerksam auf. „Was, zum Teufel, soll das heißen, Louis?"

Louis sagte: „Aber es würde Jon ruinieren, nicht wahr, wenn neue Beweise dafür auftauchten, daß er wirklich die Abtreibung an Mavis — vielleicht sogar absichtlich — verpfuscht und sie und sein ungeborenes Kind getötet hätte? Es könnte bewirken, daß ihm sein Diplom überhaupt aberkannt wird?"

„Vermutlich", sagte Howard und war jetzt so aufgeregt wie der Arzt. „Aber du weißt ja mehr als ich. Komm, Louis! Erzähle"

„Laß mich vom Anfang an beginnen", sagte Louis und fuhr sich mit dem Taschentuch über das Gesicht. Er zündete sich eine Zigarre an, und Howard bemerkte, daß seine Hände leicht zitterten. Er öffnete die Mappe und starrte grimmig darauf, während er von Zeit zu Zeit mit dem Kopf nickte. „Es beginnt mit Kent Campion."

Jetzt richtete sich der Priester in seinem Stuhl hoch auf, und er und Howard hefteten ihre Blicke auf den Arzt.

„Jon", begann Louis, „beging einen schweren Fehler, als er vor ein paar Jahren anfing, ehrgeizige Politiker in Washington zu beschimpfen. Er trat der Liga der Anti-Imperialisten bei, deren Gründer George S. Boutwell, ein ehemaliger Senator von Massachusetts und Finanzminister unter Grant, war. Ich erinnere mich, daß Boutwell sagte: ‚Unser Kampf zur Befreiung Kubas darf nicht zu einem imperialistischen Krieg ausarten. Sollte Amerika jemals die Weltherrschaft anstreben, wie es die meisten Nationen tun, wird man die geplanten Reformen in unserer Innenpolitik fallenlassen und die Rechte der Bundesstaaten drastisch einschränken. Man wird uns eine Zentralregierung vor die Nase setzen, uns im Inland die Freiheit nehmen und im Ausland Abenteuer suchen. So wird der amerikanische Traum erlöschen — auf allen Schlachtfeldern der Welt —, und eine Nation, in Freiheit geboren, wird den Amerikanern diese Freiheit zerstören und die unterworfenen Nationen tyrannisieren.' Boutwell verwendete auch, falls ich es korrekt wiederhole, ein Zitat Thoreaus: ‚Falls ich erführe, daß sich ein Mann meinem Haus nähert, um mir Gutes zu tun, würde ich um mein Leben fliehen.' Und er fuhr fort: ‚Jedes ehrgeizige Wollte-gern-Weltreich posaunt es aus, daß es die Welt erobert, um ihr Friede, Sicherheit und Freiheit zu bringen, und daß seine Söhne nur für die höchsten und edelsten Ziele geopfert werden. Das ist eine Lüge, eine uralte Lüge, und trotzdem wachsen noch immer Generationen heran, die daran glauben!' "

Howard zögerte und strich über sein langes Kinn. Dann sagte er: „Ich gehöre auch der Liga der Anti-Imperialisten an. Ich trat ihr bei, als dieser schurkische Rechtsanwalt Albert Beveridge, der jetzt Senator von Indiana ist, schrie: ‚Wer wagt es, Amerika jetzt aufzuhalten, jetzt, da wir endlich ein Volk sind, stark genug für jede Aufgabe, mächtig genug für jeden Ruhm, den das Schicksal gewähren kann?' Und weiter: ‚Unser Traum ist der Traum von der Expansion Amerikas, bis alle Meere und Völker unter der Blume der Freiheit aufblühen — der Fahne der

Vereinigten Staaten von Amerika!' Er war nicht der einzige, Louis. Sogar die pazifistischen Populisten applaudierten ihm! Ja. Und daher trat ich der Liga bei. Aber ich wußte nicht, daß Jon Mitglied war."

„Es scheint", sagte Louis mit schiefem Lächeln, „daß er nicht nur beitrat, sondern auch Tausende von Dollars hineinsteckte und kleine anonyme Flugblätter dafür schrieb. Campion erfuhr davon. Seit damals haßt er Jon und nennt ihn unamerikanisch, unpatriotisch, einen Zweifler an unserem Geschick und so weiter. Sogar einen Verräter. Meines Wissens allerdings strebt die Liga nur den Frieden im In- und Ausland an sowie die Durchführung notwendiger sozialer Reformen, wie zum Beispiel und durchaus berechtigterweise die Beendigung des Kampfes zwischen Arbeitgeber und Arbeitnehmer, die Stabilisierung der Währung, die Aufhebung einer ungerechten Besteuerung, die Verbesserung der Lebensbedingungen des amerikanischen Negers und der Indianer im Westen, das Verbot der Kinderarbeit sowie die Bestrafung und Verbannung aller korrupten Politiker. Ich zitiere selbstverständlich deine Liga."

„Das sind unsere Ziele", sagte Howard, „lauter würdige und ehrenwerte Ziele".

„Ja. Aber das hilft Jon nicht. Er hat sich in dem Hurraschreier Campion und seinen Anhängern schreckliche Feinde geschaffen, obwohl er das nicht weiß. Ich glaube außerdem, daß es da noch etwas anderes gibt — etwas Persönliches. Campion hat sich beklagt, daß Jon seinen Sohn dazu verleitet hat, das Priesterseminar zu verlassen und ins Ausland an irgendeinen verrufenen Ort zu fliehen, wo er von seinem Vater nicht erreicht, getröstet und unterstützt werden kann."

Der Priester rief ärgerlich aus: „Das ist ganz und gar falsch, Doktor. Ich hoffe, daß ich keinen Vertrauensbruch begehe — nun, auch wenn ich es tue —, aber Jon hat dem jungen Francis Campion das Leben gerettet. Ich weiß, wo Francis ist. Er könnte Ihnen die Wahrheit bestätigen, nicht diese Lügen."

„Dann schaffen Sie ihn her", sagte Louis. „Bringen Sie ihn zurück, so rasch als möglich."

„Er ist in Frankreich", erklärte der Priester. „Ich will ihm heute nacht noch telegraphieren."

Louis seufzte. „Im besten Fall wird er in zehn Tagen zurück sein. Senden Sie nach ihm, Vater. Noch heute nacht."

„Ich will noch mehr tun", sagte der Priester. „Ich werde in meinem Kabel erklären, warum es notwendig ist, daß Francis nicht nur sofort zurückkehrt, sondern daß er mir auch ein Telegramm schicken soll, in dem er die — äh — Irrtümer seines Vaters widerlegt. Das müßte in weniger als vier Tagen nach meinem Telegramm hier sein." Sein junges Gesicht war höchst verstört.

Howard war ebenso verstört und fragte: „Was soll das alles, Louis?"

Louis blickte auf seine Mappe nieder. „Ich versuche, die Grundlage für das zu geben, was ich euch erzählen muß." Er faltete seine Hände auf dem Schreibtisch und blickte Howard in die Augen.

„Jon war schon immer ein streitsüchtiger und umstrittener Mensch, sogar in seiner Kindheit. Das wissen wir alle. Ja, noch ärger, er war immer ehrlich." Er warf einen kläglichen Blick auf seine Gäste. „Es hat Zeiten gegeben, da hätte ich ihn mit Begeisterung niedergeschlagen. Es gab Zeiten, in denen ich ihm praktisch alles vorwarf. Er hat kein Taktgefühl, keine Diplomatie. Unglücklicherweise hat er außerdem meistens recht, und das ist unverzeihlich, nicht wahr? Du erinnerst dich an die kleine Martha, Howard."

„Ja, Gott verzeihe mir, ich erinnere mich."

„Siehst du ihn oft, Howard?"

„Nein. Ich nehme an, er hat mir vergeben. Zumindest hat er mir das gesagt. Aber er vergißt nicht leicht. Er ist ein unnachgiebiger Mann, der ein Unrecht nicht vergißt. Wir — Beth und ich — haben ihn wiederholt zu uns eingeladen, aber er lehnte ab in seiner groben Art. Er teilte uns mit, er wünsche nichts mehr mit Hambledon zu tun zu haben. Ja, ich weiß, er ist verbittert. Meine Eltern aber laden Mrs. Ferrier ein, und sie nimmt ihre Einladungen an; wenn sie jedoch selbst abends Gäste einlädt, hat Jon immer eine Entschuldigung für seine Abwesenheit. Er wird Hambledon nicht verzeihen — nicht daß ich ihn dafür tadle. Aber was sind das für ‚neue Beweise', Louis, die du erwähnt hast? Was haben sie mit Jon zu tun?"

„Um es kurz zu sagen, Howard, Campion hat Jon die Blutrache erklärt, alles sehr ruhig und rechtschaffen, natürlich, und zum Besten der Stadt. Die Verschwörung ist schon seit einiger Zeit im Gang. Der Senator und eine Reihe anderer Leute — du wärst überrascht, wer aller — wollen Jon nicht nur aus der Stadt vertreiben, sondern ihn überhaupt um sein Doktordiplom bringen. Und ihn neuerlich gerichtlich verfolgen lassen."

„Aber das können sie nicht tun", rief Howard. „Er kann nicht nochmals wegen des angeblichen Mordes vor Gericht gestellt werden!"

„Nein, vielleicht nicht. Aber er kann vor Gericht gebracht werden, weil er Abtreibungen vornimmt, nicht wahr?" Louis zog eine Schreibtischlade auf, nahm ein schmales Stück beflecktes Leinen heraus und legte es auf die Platte. Dann öffnete er es schweigend, und die anderen zwei Männer sahen ein langes gebogenes Instrument. „Eine Kürette", sagte Louis. „Zum Ausschaben der Gebärmutter. Sie wird für legale — und für illegale Zwecke verwendet. Sie ist lebensrettend bei einer plötzlichen Fehl- oder Frühgeburt, wird aber auch für unerlaubte Eingriffe verwendet. Schau sie dir an, Howard."

Voll Abscheu hob Howard das Instrument auf, dann sah er die Aufschrift am silbernen Griff. „Jonathan Ferrier!“ Der Priester warf einen Blick darauf und schrak zurück.

„Ja. Ich habe auf Wunsch des Senators mit Martin Eaton, Mavis' Onkel gesprochen. Ich besuchte Martin in seinem Haus. Er gab mir diese Kürette. Er sagte, Mavis hätte sie ihm gegeben, nachdem Jon die Abtreibung an ihr vorgenommen hatte. Sie erzählte ihm, Jon hätte darauf bestanden, die Abtreibung in der Nacht vor seiner Abreise nach Pittsburgh vorzunehmen. Er wollte keine Kinder. Es brach ihr das Herz —“

Howard sah ihn wild an und strich sich mit seiner sommersprossigen Hand durch das buschige, rötlich gelockte Haar. Seine hellen Augen traten aus den Höhlen. „Also das ist die teuflischste Lüge, die ich je gehört habe. Ich glaube, der alte Eaton lügt. Er hat die Aussagen der Ärzte dieses Spitals gehört, Louis, und die Aussage der Ärzte in Pittsburgh, daß Jonathan schon zwei, drei Tage vorher dort war“ — Er schlug mit der Faust auf den Tisch. „Um Christi willen, Louis! Wie konntest du ihre Lügen nur einen Moment lang glauben? Deine eigenen Chirurgen, deine eigenen Ärzte in diesem verdammten Spital haben ausgesagt, daß die Abtreibung zumindest 48 Stunden, nachdem Jonathan Hambledon verlassen hatte, vorgenommen wurde!“

Louis schüttelte langsam und schmerzerfüllt den Kopf: „Ich weiß, ich weiß, Howard. Beruhige dich, bitte. Aber warum hat der alte Martin — alt, er ist um Jahre jünger als ich — wirklich so gelogen? Ich habe seine feierliche Erklärung hier in dieser Mappe. Er ist selbst Arzt. Er war hier in diesem Spital mit Mavis und hatte, bevor sie starb, zugegeben, daß Jon sich schon seit einigen Tagen in Pittsburgh aufhielt. Ich habe es selbst gehört, während wir noch versuchten, ihr Leben zu retten. Er war ganz außer sich. Als sie starb, sagte er wirklich immer, immer wieder: ‚Er ist schuldig! Ohne Frage schuldig!‘ Nun, wir können das seinem Gemütszustand zuschreiben. Das Mädchen muß ihn angelogen haben — er war allein bei ihr, als sie starb. Das ist die einzige Erklärung.“

„Nichts in der Welt“, erklärte Vater McNulty heiser mit bewegter Stimme, „nicht einmal sein eigenes Bekenntnis könnte mich davon überzeugen, daß Jon jemals mit einem solchen Verbrechen etwas zu tun gehabt hat, mit einem so schrecklichen Verbrechen.“

„Auch mich könnte nichts in der Welt davon überzeugen, Vater“, sagte Louis. „Ich kenne Jon. Ich habe ihn viel öfter gehaßt als geliebt, und ich wollte ihn aus meinem Ärztestab draußen haben und ihm alles mögliche antun, wenn er mich offen beleidigte und mich ‚Doktor Butzemann‘ nannte.“ Er lächelte traurig. „Aber ich wußte, daß er ein guter Mensch ist, auch wenn ich ihm die Kehle durchschneiden wollte.“ Er zögerte. „Das — Komitee — suchte auch Doktor Humphrey Bedloe von den ‚Freunden‘ auf. Ihr kennt ja den alten, hochtrabenden Humphrey. Ich möchte erwähnen, daß sich das Komitee aus Senator Campion, Mister

Witherby und Doktor Schaefer — den Jon mit gutem Grund einen Schlächter und Mörder genannt hat — und aus einigen prominenteren Bürgern der Stadt zusammensetzt, die mit Jon schon einmal innerhalb oder außerhalb des Spitals in einer seiner wenigen gütigen Stimmungen, milde ausgedrückt, zusammengestoßen sind.

Nun, sie besuchten also den alten Humphrey und zeigten ihm die Kürette, und er war entsetzt. Er gab zu, daß er Jon von seinem Stab und dem Kollegium ausgeschlossen hatte, schon bevor er angeklagt war. Er gab ferner zu, daß er ‚übereilt' gehandelt und niemals wirklich an Jons Schuld geglaubt hatte. Dann zeigten sie ihm die Kürette, und es traf ihn fast der Schlag. Dann erst rückte er damit heraus, daß er jemanden kenne, der ihm mitgeteilt hätte, Jon an dem Tag in der Stadt gesehen zu haben, an dem die Abtreibung vorgenommen wurde."

Die großen Froschaugen wanderten von einem Gesicht zum anderen. „Auf Grund dieser mysteriösen Aussage — obwohl du das niemals erfahren hast, Howard — wurde Jon in Hambledon verhaftet. Humphrey weigerte sich, den Namen des Mannes anzugeben, aber als das Komitee ihm jetzt zusetzte — mit seinem Beweisstück —, platzte er mit der Geschichte heraus. Es war Tom Harper."

Howard starrte ihn ungläubig an. „Tom Harper, der jeden Moment an Krebs sterben kann und dem Jon jetzt so wunderbar hilft?"

„Derselbe", bestätigte Louis. Sie sahen ihn sprachlos und betrübt an. „Natürlich kann es nicht wahr sein", fuhr der Doktor fort. „Ich habe meine eigenen Informationsquellen und weiß daher, daß sie zu Tom gingen. Es gab da ein Gerücht, daß Jon sehr grob und grausam zu ihm gewesen wäre, ihn aus der Praxis getrieben und ihm, was noch grausamer war, einen ‚Knechtsposten' als Aufseher auf einem seiner Höfe gegeben hätte. Ich sehe schon, ihr kennt beide die wahre Geschichte. Auf jeden Fall hat Tom zugegeben, Humphrey angelogen zu haben, weil er Jon seinen Erfolg neidete. Er war sehr unglücklich. Wie ich hörte, versuchten sie, ihn zu einer falschen Aussage zu bewegen. Thelma, seine Frau, erzählte es mir. Aber er weigerte sich absolut und drohte, zu Jon zu gehen und ihm die ganze Geschichte zu erzählen." Louis' Seufzer war sehr tief. „Unglücklicherweise ist Tom heute um sechs Uhr früh an einem schweren inneren Blutsturz gestorben. Wir haben nur Thelmas Wort, daß Tom dem Komitee gestand, Humphrey angelogen zu haben. Das Gerücht von Jons ‚Grausamkeit' gegen diesen unglücklichen Mann bleibt bestehen. Wollte Thelma Jon helfen, so käme, zu Jons Ungunsten, heraus, daß er mit Tom und ihr einen Vertrag abgeschlossen hat, einen sehr großzügigen, ja überraschend edelmütigen und großherzigen, in dem er den beiden auf Lebzeiten den Ertrag des Hofes überläßt. Jon hat auch für die künftige Erziehung ihrer Kinder gezahlt. Um die Wahrheit zu unterdrücken, spricht das Komitee bereits von ‚Bestechung'."

„Du lieber Gott", stöhnte Howard, „was für Menschen leben doch auf dieser Welt!"

Louis war so verstört, daß er nicht vermeiden konnte zu sagen: „Sei nicht so hart gegen das Menschengeschlecht, Howard. Wir — auch du — sind ein Teil davon. Du wirst dich an den Tag erinnern, an dem Jon dir über die kleine Martha, deine Tochter, berichtete. Ich glaube, du selbst hast ihn ‚Mörder' genannt. Das wurde pflichtschuldig in der ganzen Stadt wiederholt."

Der Priester sah Howard voll Mitgefühl an. Howard sagte: „Das habe ich verdient. Das habe ich wirklich verdient. Ich dachte, es wäre die Wahrheit. Oder vielleicht dachte ich es auch nicht. Vielleicht schrie ich es nicht so sehr Jon als der Gefahr entgegen, die Martha bedrohte."

„Wir alle versuchen, uns zu entschuldigen, auch ich", meinte Louis Hedler. „Ich bin sicher, das ist für Sie eine bekannte Tatsache, nicht wahr, Vater?"

„Sehr bekannt", erwiderte der Priester. „Sogar bei der Beichte versuchen sich die Leute zu verteidigen. Ja, sogar manchmal auf dem Sterbebett." Er sah plötzlich viel älter und müder aus als sonst. Louis entnahm der Mappe ein Blatt Papier und studierte es. „Ja", sagte er und legte seine Hände über das Blatt.

„Ich weiß nicht, ob du Peter McHenry kennst, Howard. Vater McNulty kennt ihn jedenfalls. Anscheinend hat Vater McNulty Jon einmal praktisch auf der Uferstraße gekidnappt und zu Matilda McHenry gebracht —"

Howard setzte sich sehr gerade in seinem Stuhl auf. „Ich kenne die McHenrys", erklärte er. Seine blassen Augen begannen in zorniger Erwartung zu funkeln.

„Gut, dann weißt du vielleicht, daß Mrs. McHenry von sehr angegriffener Gesundheit ist, und zwar schon seit Jahren. Jon untersuchte sie, dann verlangte er ihr Kind, ein kleines, neunjähriges Mädchen namens Elinor, zu sehen, denn wie er sagte, war er überzeugt, daß Mrs. McHenrys Krankheit psychologischer und nicht physischer Natur war. Peter protestierte dagegen, daß Jon das Kind untersuchte, ja nur mit ihr sprach, aber ich nehme an, Jon bestand darauf —" Er blickte auf den Priester, der zögerte.

„Er hat nicht wirklich darauf bestanden", sagte er dann. „Sie müssen verzeihen; es ist so schmerzhaft, an die Ereignisse dieses Tages zu denken. Es war alles so ungerecht gegen Jon, und es war meine Schuld, ich hatte ihn beschwatzt, die McHenrys aufzusuchen. Es stimmt, Peter protestierte — zuerst. Dann, falls mich mein Gedächtnis nicht gänzlich im Stich läßt — gab er widerstrebend nach."

„Ja", fuhr Louis fort. „Er erklärte Mr. McHenry, sein Kind sei ein pathologischer Fall — und die unbewußte Ursache für die Krankheit seiner Mutter, obwohl niemand, nicht einmal die junge Mutter, jemals einen solchen Verdacht gehegt hatte." Louis blickte Howard durchbohrend an. „Mr. McHenry war genauso wütend wie du, Howard, als Jon dir über Martha berichtete. Die Wahrheit ist schwer zu vertragen, nicht wahr? Jedenfalls", fuhr Louis fort, als Howards Gesicht sich dunkelrot verfärbte, „brachten sie das Kind zu Neurologen nach Philadelphia, glaube ich, und alle Ärzte, die es untersuchten, sagten, das Kind sei völlig normal. Dann kam Mr. McHenry zu mir und schrie, Jon sei ein Unruhestifter und ein unfähiger, herzloser Lügner, und verlangte, daß er aus dem Ärztestab und dem Kollegium ausgeschlossen werde. Er war in Begleitung von Senator Campion und Mr. Witherby. Er erklärte, sein Kind wäre überhaupt nicht Jons Patientin gewesen, Jon wäre nicht zu ihm gerufen worden, hätte jedoch auf der Untersuchung bestanden, seine laienhafte Ansicht zum besten gegeben, den Eltern entsetzlichen Schmerz und furchtbares Leid zugefügt — und sich in jeder Hinsicht unmoralisch betragen." Er hob das Blatt vom Schreibtisch auf. „Das ist Mr. McHenrys eidesstattliche Erklärung, die er vor drei Wochen abgegeben hat."

Da sprach der Priester mit blassen Lippen: „Ich glaube, Peter wird die Erklärung wieder zurückfordern, Doktor Hedler."

„Ja?"

„Sehen Sie", sagte der Priester, und es standen Tränen in seinen Augen, „die kleine Elinor provozierte einen Zwischenfall, den nicht einmal Peter übersehen konnte. Einer der Gärtnerjungen neckte sie eines Tages, wie eben Knaben kleine Mädchen necken, und sie hob eine Sense auf und — nun, sie versuchte, ihn zu töten. Als ihr Vater, der sich in der Nähe befand, ihr diese Sense wegnehmen wollte, wandte sie sich gegen ihn und schrie, daß er nicht ihr Vater wäre, daß er und Matilda sie ihren wirklichen Eltern gestohlen hätten. Sie war ganz — wild. Wie von Sinnen. Sie schlug mit der Sense auf ihn ein; dann, als er versuchte, sie zu fassen, lief sie auf das Haus zu und kreischte, sie würde ihre falsche Mutter töten. Peter rannte hinter ihr her. Sie fingen sie bei der Tür ein, und sie war — nach Peters eigenen Worten — wie ein Dämon. Dann brach sie zusammen. Als sie ein paar Stunden später wieder aufwachte, behauptete sie, sich an den Vorfall überhaupt nicht mehr zu erinnern, aber Peter sagte, in ihren Augen war etwas, ein schlauer, wachsamer Ausdruck, der ihn fast noch mehr ängstigte als ihre Gewalttätigkeit. Ein paar Tage später brachte er das Kind zu dem Psychiater, den Jon ihm empfohlen hatte." Der Priester blickte auf seine Schuhe hinunter. „Dementia praecox, wie es Jon diagnostiziert hatte. Paranoide Art. Das Mädchen ist jetzt in einem privaten Sanatorium untergebracht."

„Schrecklich", sagte Louis. „Die armen Eltern." Aber seine Stimme klang ein bißchen erleichtert. Er schrieb schnell etwas auf das Papier. „Vielleicht können Sie Mr. McHenry veranlassen, daß er zugibt, sich bei seiner eidesstattlichen Erklärung geirrt zu haben, und daß er nun die Wahrheit sagt."

„Ganz sicher kann ich das", entgegnete Vater McNulty. „Ich glaube, er hat Jon geschrieben und ihn um Verzeihung gebeten, aber Jon hat ihm niemals geantwortet. Sie kennen — Jon", und er blickte auf Howard. „Sehr unbeugsam und stolz. Peter hätte die Erklärung schon zurückgezogen, Herr Doktor, wenn er daran gedacht hätte. Aber er ist jetzt ganz außer sich und muß seine Frau trösten."

„Aber sicher, sicher", sagte Louis, aber es klang nicht sehr teilnahmsvoll. Er hob ein anderes Blatt in die Höhe. „Eine ähnliche Erklärung von Elsie Holliday. Sie beklagt sich, daß Jon nicht der Arzt ihres Sohnes Jeffrey gewesen sei, sondern nur ein Freund. Jon habe sich trotzdem in den Fall eingemischt, schwört sie, und darauf bestanden, ihn zu untersuchen. Ich darf Ihnen leider nicht mitteilen, was seine Diagnose war, aber Jeff starb kurz darauf in einem Sanatorium in einem anderen Staat, an der Krankheit, die Jon richtig diagnostiziert hatte. Trotzdem bleibt sie dabei, daß Jon Jeffrey ohne die Erlaubnis von Jeffreys Ärzten und unter Protest seiner Mutter untersucht hat. Sie behauptet, auch Jeffrey hätte seine Einwilligung verweigert. Natürlich ist das nur eine technische Einzelheit, aber eine sehr unerfreuliche, und wenn die Tatsachen so sind, wirft das kein günstiges Licht auf Jon. Aber es wird kaum genügen, um ihm das Diplom abzuerkennen. Gleichwohl, wir kennen die Stadt, und wir kennen Jons Feinde, die immer wieder auf die Skandale um ihn hinweisen; und das ist nur einer mehr, wie auch das Gerücht um Harper, die Anklage von Peter McHenry, die er unter seinen Freunden verbreitet hatte, bevor er feststellte, daß Jon absolut recht hatte. Eines kommt zum anderen. Alles in allem liest es sich sehr bedenklich, obwohl im einzelnen gesehen nichts dahintersteckt. Höchstens ein Anlaß für einen Verweis, wenn überhaupt."

„Und das alles, gekrönt von dem, was Martin Eaton jetzt beschwört, und von der Kürette, ist eine feine Geschichte", sagte Howard und verzog schmerzlich den Mund.

„Ja, ja wirklich. Martins Geschichte und die Beweiskraft dieser Kürette sind vernichtend, obwohl wir die Tatsachen kennen. Ich wünschte, Tom Harper lebte noch und könnte das Gerücht zerstören, an das der Senator und der alte Witherby aus vollem Herzen glauben. Oder zumindest so tun, als ob sie es glaubten. Übrigens hat mir der alte Jonas erzählt — erzählt? Geschworen! —, Jon habe ihn, ohne jeden Beweis und auf Grund einer Nachuntersuchung, beschuldigt, einen Selbstmordversuch begangen zu haben. Jon war nicht dabei, als man Jonas ins Spital brachte. Ich glaube, er befand sich nicht in der Stadt. Er ist aber der Hausarzt der Familie. Er kehrte ein, zwei Tage später zurück und nahm sich um Jonas an. Also, es war ja wirklich unbesonnen von Jon, seinem Patienten später zu sagen, daß er glaubte, er habe Selbstmord begehen wollen. Wir alle kennen den alten Jonas. Seine einzige große Angst ist die Angst vor dem Tod. Er will ewig leben. Ich weiß nicht, was dahintersteckt, oder was Jon veranlaßt hat, Jonas dieses Vergehens zu beschuldigen, aber jedenfalls ist es auch eine unangenehme Geschichte. Sie könnte auch ernsthafte Folgen haben, müßt ihr wissen, denn es gehört zu den ärztlichen Pflichten, einen Selbstmordversuch zu melden. Jon hat das nicht getan."

„Das stinkt", sagte Howard. „Das stinkt zum Himmel."

„Ganz meiner Meinung", sagte Louis. „Aber jeder in Hambledon ist überzeugt, daß der alte Jonas ein Heiliger ist, und man würde sein Wort gegen Jons Wort stellen, dan man nicht so sehr als Heiligen betrachtet." Louis lächelte flüchtig. „Ich habe Jonas' Erklärung hier: ‚Als guter Christ, wie alle meine Freunde bestätigen können, verwahre ich mich absolut gegen Doktor Jonathan Ferriers Beschuldigung, daß ich versucht hätte, mich mit einer Dosis Arsen zu töten. Das ist bis zum Äußersten verleumderisch, etc., etc.' "

„Weißt du", sagte Howard, „ich komme mir wie in einem verrückten, bösartigen Traum vor."

„Nach meiner Erfahrung", meinte Doktor Hedler, „ist dies eine sehr bösartige Welt. Was sagte Pope über sie? ‚Wo jeder Anblick erfreut und nur der Mensch schlecht ist.' Ja wirklich."

Howard dachte nach. „Um auf diese — Kürette zurückzukommen. Jeder könnte sie aus Jons Kasten genommen haben. Er steht im Untersuchungszimmer." Er brach ab.

„Aber man wird fragen, warum Mavis, wenn sie einen unbekannten Abtreiber aufsucht, eine Kürette mitgenommen hat. Er hätte doch selbst welche besitzen müssen."

„Vielleicht hat er von ihr verlangt, daß sie eine von Jon mitbringt."

„Das ist eine Möglichkeit, ja. Aber man wird das kaum glauben, weißt du. Die Leute werden fragen: ‚Klagt Doktor Ferrier wirklich einen Arzt, einen Abtreiber an, er habe das Instrument eines anderen Mannes verlangt? Sind Abtreiber nicht vorsichtiger, oder will Doktor Ferrier andeuten, daß gegen ihn eine von langer Hand vorbereitete Verschwörung im Gange ist und daß der Abtreiber Mavis absichtlich getötet habe, um ihn in Schwierigkeiten zu bringen?' Das werden sie sagen und Jon kein Wort glauben. Nicht einmal wir glauben es, nicht wahr?"

Howard schüttelte niedergeschlagen den Kopf. „Nein, ich glaube das auch nicht. Mavis ist tot. Ich glaube, wir werden nie den wirklichen Tatbestand erfahren."

„Es ist nichts so fein gesponnen . . .", meinte der Priester.

„Es tut mir leid, Ihnen die Illusionen zu nehmen, Vater", antwortete Louis. „Mord bleibt oft für immer unaufgeklärt."

Dann runzelte er die Stirne. „Ich komme jetzt zu den wirklich ernsten Sachen, und diese können nicht erklärt werden und sie sind absolut belastend, falls sie wahr sind. Hier habe ich die Aussage von einer Mrs. Edna Beamish aus Scranton, früher wohnhaft in den Kensington Terraces in Hambledon. Sie erklärt, Jon habe an einem bestimmten Tag — das Datum habe ich hier — versucht, an ihr in seiner Ordination eine Abtreibung vorzunehmen. Sie wäre zu diesem Zweck zu ihm gekommen, schwört sie, denn sie sei eine junge Witwe und wollte nicht ein Kind gebären, das keinen Vater mehr hat. Sie gibt sich sehr bußfertig. Sie behauptet, sie wäre vor Schmerz über den Tod ihres Mannes so außer sich gewesen, daß sie kaum wußte, was sie tat. Die Schmerzen jedoch, die sie in Jons Ordination ertragen mußte, hätten sie so laut aufschreien lassen, daß sie nicht nur im Wartezimmer, sondern auch auf der Straße gehört wurde. Sie hätte solche Pein erlitten und wäre so außer sich vor Angst gewesen, daß sie ihn nicht fortfahren ließ, sondern weglief. Er hätte 200 Dollar verlangt, schwört sie. Anschließend wäre sie nach Hause gefahren. Unglücklicherweise — und dafür liegt die Aussage eines Arztes in Scranton vor — war die ihr zugefügte Verletzung so arg — irgend etwas über eine komplette Ausdehnung der Gebärmutter —, so daß sie tatsächlich später eine Fehlgeburt hatte. Das geschah zwei Tage später in Scranton während eines Besuches bei Freunden. Der Arzt, der in seiner eigenen Aussage beschwört, daß an der jungen Dame eine Abtreibung versucht wurde, ist ein Mann von hohem Ansehen und Stand. Er war gezwungen, sie zu operieren. Sie erlitt einen Blutsturz. Es ist zu bezweifeln, ob sie bei einer Wiederverheiratung imstande sein wird, Kinder zu bekommen. Der Schaden, der ihr von dem Abtreiber zugefügt wurde, war so arg und die daraus resultierende Entzündung so ausgedehnt."

Louis betrachtete die zwei entsetzten Männer. „Meine Herren, das war ein Verbrechen. Dafür gibt es keine Beschönigung. Es war ein richtiges Verbrechen. Die junge Dame war ungefähr im dritten Monat schwanger. Darüber hinaus haben wir die Aussagen von Patienten, die an diesem Tag in seiner Ordination waren. Diese Aussagen wurden nur sehr ungern gemacht, und wie Campion und seine Gesellschaft diese Patienten ausfindig machen konnten, ist mir ein Rätsel. Aber hier werden die Aussagen von einfachen, ehrlichen Menschen mit gutem Ruf in Hambledon beschworen, die Jon lieben und diese Aussage nur unter Druck abgegeben haben. Sie bezeugen die Schreie der jungen Dame, ihre qualvollen Proteste und ihre Beschuldigungen, daß Jon ihr ‚weh getan' habe. Sie beschreiben ihre Verwirrung und ihre Äußerungen, als sie ‚aus dem Behandlungszimmer floh'.

Die Aussage von Mrs. Beamish wurde an Senator Campion gesendet, der, als ihr Senator, darüber empört war. Anscheinend hatte ihn eine warme Freundschaft mit dem verstorbenen Mr. Ernest Beamish verbunden, den er geschätzt hatte. Kenton zog daher Erkundigungen ein. Angesichts dieser Tatsachen können die Aussagen der jungen Dame und ihres Arztes als echt gewertet werden.“

„Ich glaube es nicht“, murmelte Howard. „Etwas stinkt wieder.“

„So wie ich Jon kenne, glaube ich es auch nicht“, sagte Louis.

„Ich glaube es nicht“, sagte der Priester und schauderte.

„Dessenungeachtet“, fuhr Louis fort, „liegen die Aussagen aus dem Spital, die Aussage des diensthabenden Chirurgen und die Tatsache vor, daß Mrs. Beamish tatsächlich in Jons Ordination gewesen ist und daß andere Patienten sie wirklich schreien gehört haben und fliehen sahen. Außerdem haben wir hier auch noch die Aussage vom Testamentsvollstrecker des Gatten von Mrs. Beamish und von jenem Arzt in Scranton, wonach sie Jon unter dem Vorwand aufsuchten, daß er Anspruch auf Bezahlung seiner Rechnung habe. Er tat so, erklärten sie, als ob er sich an Mrs. Beamish nicht erinnere, habe aber dann zugegeben, sie zu kennen und ihnen erzählt, sie sei im dritten Monat schwanger gewesen, wäre aber, bevor er die ‚Untersuchung‘ beenden konnte, davongestürmt, ohne sich aufhalten zu lassen; daher schulde sie ihm nichts.“ Louis brachte ein gequältes Lächeln zustande. „In Anbetracht der Tatsachen klingt es absurd. Kein anderer Arzt hätte es unterlassen, eine Rechnung auszustellen. Schließlich hatte er sie ja teilweise untersucht. Auch wenn die Untersuchung nicht abgeschlossen wurde, hat er ja immerhin eine gewisse Zeit aufgewendet. So steht Jon auch hier sehr schlecht da.“

„Aber er muß doch eine Karteikarte über Mrs. Beamish angelegt haben“, meinte Howard Best, der Rechtsanwalt. „Und kein Abtreiber führt Kartei über seine Patienten.“

„Richtig. Hoffen wir, daß er die Karteikarte noch hat. Natürlich hat so eine Karte vor Richter und Geschworenen nicht sehr viel Gewicht, aber wenigstens ein bißchen. Gehen wir weiter.

Hier habe ich zwei Aussagen von zwei anderen jungen Frauen, einer Miß Louise Wertner, Näherin in Hambledon, und einer Miß Mary Snowden, Hutmacherin, ebenfalls in Hambledon. Die jungen Damen — falls man sie so nennen kann — waren in ihren Aussagen über ihre vorehelichen Vergnügungen sehr indiskret. Eines der Mädchen ist 19, das andere 21 Jahre alt, beide aus sehr armen Verhältnissen. Wie sie behaupten, haben sie ‚Gerüchte‘ in Zusammenhang mit Doktor Ferrier gehört und sind in ihrer Not zu ihm gegangen, und er hat sich gerne bereit erklärt, an ihnen Abtreibungen vorzunehmen, ja er habe sogar erklärt, er verabscheue Kinder, und er tadle die Mädchen nicht für ihren Wunsch, diese ‚Bürde‘ loszuwerden.“

Die hervorstehenden Augen beobachteten die zwei schweigenden Männer auf der anderen Seite des Schreibtisches; beide sahen ohnmächtig und verzweifelt aus.

„Die jungen Damen kennen einander nicht. Aber eine zahlte 50 Dollar für die angebliche Abtreibung, die andere 75 Dollar. Jonathan hatte seine Sekretärin angewiesen, ihnen Rechnungen nach Hause zu schicken, eine am 10. November 1900, die andere am 21. November desselben Jahres. Ich habe diese Rechnungen hier. Sie gingen kürzlich in seiner Ordination ein. Die Sekretärin erkannte die Rechnungen, akzeptierte das Geld und bestätigte den Erhalt. Würden Sie sie bitte anschauen, meine Herren?"

Sie untersuchten die belastenden Rechnungen und die Quittungen. Howard legte sie schweigend auf den Tisch zurück, faltete die Hände und studierte sie. Dann sagte er: „Es gibt keinen Beweis dafür, daß Jon sie wirklich abgetrieben hat, wie sie behaupten, oder?"

„Irgendwie schon. Beide hatten ein paar Tage später leicht schmerzende Nachwirkungen. Sie gingen zu verschiedenen Ärzten, deren Aussage ich hier habe; diese beschwören, daß die Mädchen schwanger gewesen waren und daß an ihnen erst kürzlich eine Abtreibung vorgenommen worden war. Es sind angesehene Ärzte. Keiner wußte, daß Jon der ‚Verbrecher' war. Einer von ihnen gehört dem Stab dieses Spitals an, Doktor Philip Harrington. Ich habe Philip hergerufen, und ohne ihm etwas von dem Inhalt der Aussagen zu berichten, fragte ich ihn über seine Patientin, Miß Wertner, aus. Er bestätigte sofort, daß an dem Mädchen erst kürzlich eine verbrecherische Abtreibung vorgenommen worden war, daß ihr Zustand niemals ernsthaft war, daß sie aber über Krämpfe geklagt hätte. Sie blieb einen Tag lang im Spital. Sie beide kennen Phil Harrington. Da ich bereits eine Aussage des anderen Arztes hatte, bat ich Phil, ebenfalls eine zu machen, und das tat er. Er wird demnächst heiraten. Er sagt, er würde gerne diesem Verbrecher begegnen, der die beiden Embryos getötet hat, und selbst mit ihm abrechnen."

Howard sagte mit monotoner Stimme: „War das nicht indiskret von Jon, den Mädchen Rechnungen zu schicken, falls er wirklich diese Operationen an ihnen gemacht hat?"

„Nicht, wenn man es recht bedenkt. Die Mädchen hatten kein Geld. Sie taten ihm leid, oder aber er wollte sie aus diesem oder jenem undurchsichtigen Grund abtreiben. Oder er wollte seine verbrecherische Tätigkeit verbergen und sandte ihnen daher Rechnungen über eine ‚komplette Durchuntersuchung', wie es auch tatsächlich auf den Rechnungen heißt. Da ist noch etwas: der normale Betrag für eine solche Untersuchung bei Patienten, die sich in so armen Verhältnissen befinden, ist meistens viel kleiner. Die besten Ärzte verlangen fünfzehn Dollar, da solche Untersuchungen einige Tage und mindestens eine Stunde pro Tag dauern. Meistens wird ein Arzt nur ein paar Dollar verlangen, nach dem Grundsatz, von den Armen weniger, dafür von den Reichen umso mehr zu fordern."

„Wie kommt es, Doktor, daß Sie im Besitz dieser zwei Aussagen sind?" fragte der Priester, der schon ganz elend aussah.

„Es gilt die Regel, Vater, daß, wenn ein Mädchen zum Arzt geht und dieser feststellt, daß sie erst kurz zuvor einen Abortus gehabt hat, er das melden muß. Phil meldete es dem Kollegium von St. Hilda, der andere Doktor meldete es den ‚Freunden'. Das geschieht zum Schutz des behandelnden Arztes, der dann bei der Untersuchung einen Zeugen haben muß. So ist auch das Gesetz. Es ist notwendig, daß man diese verachtenswerten Kreaturen verfolgt, diese verbrecherischen Abtreiber, die das Leben junger Mütter in solch schreckliche Gefahr bringen. Die Mädchen sterben häufig, wissen Sie. Die beiden Mädchen fürchteten sich sehr, Jon anzugeben; aus Angst vor den gesetzlichen Folgen, denn sie sind ja an einem Verbrechen beteiligt. Es wurde ihnen zugestanden, daß, falls sie den Namen des abtreibenden Arztes angäben, sie geschützt und nicht strafrechtlich verfolgt werden würden. Trotzdem kehrten sie in ihre armseligen Wohnungen zurück, um sich die Sache zu überlegen. Dann legten sie beide ihre Aussagen nieder und sandten sie, eine in dieses Spital, die andere zu den ‚Freunden'."

Howard dachte lang und angestrengt nach. Dann sagte er: „Ich glaube es nicht. Du kannst es eine gefühlsbetonte Feststellung nennen, wenn du willst, aber ich glaube es nicht. Mein juristischer Spürsinn sagt mir, daß es eine Lüge ist, was sie da über Jon erzählen."

„Ich glaube es auch nicht", sagte Louis, und Howard und der Priester schenkten ihm dankbar ein schwaches Lächeln. „Aber da sind noch immer diese bestätigten Rechnungen und die Aussagen der Ärzte. Was würdest du ganz objektiv gesehen dazu sagen, Howard?"

Der junge Mann zögerte. Dann gab er zu: „Schuldig."

„Eben!" seufzte Louis.

„Campion weiß von dieser zweiten und dritten Abtreibung nichts?"

„Selbstverständlich nicht. Er weiß nur von Mrs. Beamish." Louis schloß die Mappe. „Campion und sein Anhang fordern, daß ich ein paar Mitglieder des Staatlichen Medizinischen Rates einberufe, um mit ihnen die ‚Tatsachen' durchzugehen. Die ‚Tatsachen', die er mir gegeben hat. Nun, Howard, als Jons Freund und als sein ehemaliger Rechtsanwalt, was rätst du mir zu tun?"

Howard fuhr sich unglücklich über die rotbraunen Locken, dann betrachtete er lange seine Nägel, schließlich kratzte er sich am Knöchel.

„Wieviel Zeit läßt dir Campion, den Staatlichen Medizinischen Rat einzuberufen?"

„Zehn Tage."

„Dann mußt du um eine längere Frist bitten. Ich werde die ernsten Fälle überprüfen, die Fälle Beamish, Wertner und Snowden. Die anderen Aussagen sind nur bösartig und nicht einen Gedanken wert. Außer

Jons Kürette. Ich werde versuchen, Eaton zu besuchen, obwohl er Jons erbitterter Gegner ist. Wir erinnern uns ja noch alle an die Zeitungen aus Philadelphia, die ausführlich darüber berichteten, wie er ‚nein, nein!‘ rief, als das Urteil ‚Nicht schuldig‘ verkündet wurde. Dann traf ihn der Schlag. Wir wissen auch, daß er Jon wie seinen Sohn liebte und glücklich war, als Jon seine Nichte Mavis heiratete. Jeder wird sagen, Männer richten sich nicht grundlos gegen solche ‚Söhne‘. Der Grund scheint auf der Hand zu liegen. Aber — ist er wirklich so handgreiflich?“

„Ich verstehe dich nicht, Howard.“

„Unter den Juristen gilt die Regel, das Offensichtliche so lange zu ignorieren, bis es schwarz auf weiß als eidesstattliche Erklärung oder als Bekenntnis niedergeschrieben ist. Und sogar dann sind wir noch argwöhnisch. Deshalb untersuchen wir alles eingehendst und sind oft so erfolgreich in der Verteidigung eines Falles. Sehr oft ist das Unglaubliche die wahre Erklärung.“

„Ich hoffe, du klammerst dich nicht an Strohhalme“, sagte Louis. „Willst du Jon davon berichten?“

Howard überlegte lange Zeit. Dann schüttelte der den Kopf. „Nein, das würde ihn nur wütend, ja sogar gefährlich machen. Du kennst Jon. Nein. Ich möchte erst einige wertvolle Gegenbeweise haben, bevor ich mit ihm spreche. Und, bei Gott, ich werde sie bekommen.“ Angriffslustig schob er sein langes scharfes Kinn nach vorn.

Louis schwieg einige Minuten. „Du weißt“, sagte er schließlich, „daß ich meine eigene Stellung hier gefährde, indem ich dir das alles erzählt habe, Howard. Es ist alles streng vertraulich, wie mich Campion gewarnt hat, und als einziger Laie ist er sehr einflußreich im Rat. Auch er bereitet den Prozeß gegen Jon vor. Er will Jon und dem Staatlichen Medizinischen Rat mit allen stichhaltigen Tatsachen und Beschlüssen entgegentreten. Er will, daß alles unbarmherzig wie ein Messerschnitt verläuft.“

„Das ist typisch für ihn, dieses verfluchte, rasende Stinktier“, sagte Howard voll Bitterkeit. „Solche Menschen können ehrliche Männer nicht ertragen, Männer, die sich ihnen entgegenstellen. Ich trete lieber einem Tiger gegenüber als einem Politiker, der meine Unterstützung haben will.“ Er sah auf den bleichen, stillen Priester. „Vater, was denken Sie von all dem?“

„Ich glaube, daß Jon von gemeinen, rachsüchtigen Feinden umgeben ist, die alles daransetzen, ihn zu vernichten. Daß er sich diese Feinde geschaffen hat, liegt in seiner Natur, aber auch in ihrer.“

„Nun, Vater, aber er hat auch Freunde, einschließlich Louis hier. Louis“ — Howard lächelte ihm zu —, „ich hätte das nie von dir gedacht!“

„Vielleicht“, meinte Louis Hedler und lächelte freudlos zurück,

„hättest du auch jetzt nicht viel Grund, so von mir zu denken, Howard, wenn ich nicht finanziell unabhängig wäre. Es ist sehr merkwürdig und traurig, aber wahr, daß die bloße Tatsache der finanziellen Unabhängigkeit einen Menschen tapfer machen kann, während ein anderer in nicht so glücklicher Lage überhaupt nicht tapfer wäre."

„Mut ist immer der Preis, den das Leben zur Wahrung des Friedens verlangt", meinte der Priester.

„Ein edles Wort, Vater, und vielleicht wahr. Aber wenn ein Mann alles in seinem Leben für ein ruhiges Gewissen aufs Spiel setzt, hat er oft Grund genug, diese Vornehmheit zu bereuen. Helden werden in Märchenbüchern und in der Geschichte gefeiert, aber sogar in der Geschichte finden sie häufig ein trauriges, ruhmloses Ende. Später werden sie natürlich gepriesen, aber wenn sie im Grab liegen, nützt es ihnen nichts mehr."

„Dann erinnert sich nur noch Gott", bemerkte der Priester, und Louis sah verlegen drein. Er dachte, daß er vielleicht zu glauben beginnen könnte, falls es gelingen sollte, Jon vor dem zu retten, was für ihn geplant war.

DREISSIGSTES KAPITEL

Heute, dachte Jonathan Ferrier, will ich Jenny erwischen, und wenn ich Hambledon und die Insel mit meinen bloßen Händen zerlegen müßte. Er hatte in der letzten Zeit nicht gut geschlafen, teils wegen der unvermindert andauernden Hitze und der bedrückend heißen Tage, teils weil er eine starke Niedergeschlagenheit in sich fühlte, die ihn nie verließ, je näher der Tag seiner Abreise von Hambledon kam. Er wußte daß er unter den gegenwärtigen Zuständen, die von Tag zu Tag schlechter statt besser wurden, in der Stadt nicht bleiben konnte, aber eine tiefe Traurigkeit hatte sich seiner bemächtigt, die er nicht wie sonst wegphilosophieren oder weglachen konnte. Dann war da auch noch Jenny, die nicht zu fassen war; ihr Ausweichen hatte ihn zuerst irritiert, war aber nun eine Quelle ungeduldigen Ärgers geworden. Er hatte Gerüchte gehört, daß Robert Morgan sie trotz der deutlichen Warnung, die er von Jonathan erhalten hatte, immer häufiger besuchte; man hatte ihn sogar bei öffentlichen Veranstaltungen mit ihr zusammen gesehen, wie zum Beispiel bei Chautauqua, ja sogar im Zirkus. Jonathan fiel es immer schwerer, freundliche und spöttische Bemerkungen an den tüchtigen Robert zu richten, der nicht mehr von Jenny sprach.

Er war mindestens dreimal pro Woche auf der Insel gewesen, meistens zwischen 5 und 6 Uhr am Nachmittag, und Jenny war jedes Mal „nicht zu Hause", wie Harald und die Diener zu berichten wußten, oder absolut unsichtbar und nicht zu finden. Jonathan hatte daran gedacht, ihr in einfachen Worten zu schreiben, aber er befürchtete, Harald würde seine Handschrift erkennen. Das konnte er nicht in Kauf nehmen. Oder — was noch ärger wäre — Jenny könnte sich weigern zu antworten. (Feig? dachte Jonathan. Nein, sie war alles andere als feig.)

Zeitig in der Früh, bei Sonnenaufgang, beschloß er, Jenny zu Mittag auf der Insel aufzusuchen, bevor sie Zeit hatte, sich zu verstecken oder was immer sie sonst jedesmal unternahm, wenn er kam.

Er stand am Fenster seines Schlafzimmers und blickte nach Osten. Er hoffte auf Regen, aber er sah nur einen strahlenden Stern, der durch die dunklen, hängenden Zweige einer mächtigen Weide schimmerte und roch den herben, staubigen Geruch des verschmachtenden Landes. Die Berge schienen zu zittern und nach Feuchtigkeit und Kühle zu lechzen; ihr Grün hatte sich in ein verbranntes Braun verwandelt. Wenn schließlich wirklich ein starker Regenguß niederginge, würde Hambledon in seinem Flußtal in derselben Lage sein wie manche spanische Städte in wasserarmen Ebenen, über die plötzlich Überschwemmungen und Springfluten hereinbrachen. Selbst der Spiegel des Flusses sank merklich jeden Tag. In der Nacht schien alles schwach nach Atem zu ringen.

Jonathan fluchte, als er in seine Kleider fuhr, die sofort, sobald sie seinen Körper berührten, vom Schweiß feucht waren. Er würde seine Spitalsbesuche sehr früh hinter sich bringen und die Arbeit des jungen Morgan überprüfen. Er rief Robert zu Hause an und sagte kurz angebunden: „Ich will in dieser Hitze nicht länger unterwegs sein, als es unbedingt notwendig ist, Bob; ich möchte daher am Vormittag so früh als möglich in die Spitäler gehen. Bist du auch dort?"

Robert gähnte und warf einen Blick auf die Uhr neben seinem Bett. „Um Gottes willen", meinte er, „es ist ja erst ein Viertel vor sieben. Du fängst sonst nicht vor neun an. Meinetwegen. Ich treffe dich bei den Spitälern. St. Hilda zuerst?"

„Was sonst?" fragte Jonathan und legte auf. Alles und jedes reizte ihn wieder bis aufs Blut, und er wartete nur darauf, daß ihn auch die tiefe Niedergeschlagenheit von neuem erfaßte. Sie überfiel ihn, als er die Stufen hinunter zum Frühstückszimmer ging, wo alles vorbereitet war. Nur Marjorie fehlte noch. Jonathan setzte sich und betrachtete düster die Schüssel mit warmen Pflaumen. Er läutete. Das kleine Stubenmädchen kam herein. „Haben wir nicht ein Stück kalte Wassermelone, Mary", erkundigte er sich, „oder eine Zuckermelone, oder vielleicht eine Orange vom Eis?"

„Zum Frühstück, Herr Doktor?" fragte das Mädchen überrascht. „Es hat aber doch immer Pflaumen zum Frühstück gegeben oder gedünstete Feigen."

„Ich beginne ab heute ein neues Leben", sagte Jonathan. „Bringen Sie mir daher kaltes Obst, falls wir eines haben."

„Es wird Ihren Magen ruinieren, Herr Doktor", meinte das Mädchen. Er konnte ein Lächeln nicht unterdrücken.

„Es ist mein Magen, Mary, und wenn ich in meinem Alter einen Brechdurchfall bekomme wie ein kleines Kind, so ist das meine eigene Schuld, nicht wahr?"

Ein paar Minuten später erschien, völlig in Schweiß gebadet, die dicke Köchin. „Herr Doktor", fragte sie voll Zweifel, „hat Mary Sie auch richtig verstanden? Sie möchten rohes — rohes! — Obst zum Frühstück — und kalt? So etwas habe ich noch nie gehört."

„So hören Sie es eben heute, meine Liebe."

„Es ist wider die Natur, Herr Doktor!"

Jonathan betrachtete sie freundlich. „Emily, fast mein ganzes Leben lang habe ich mich gegen die Natur gestellt, aber jetzt geht es erst richtig los."

Mit abgewandtem Gesicht, in dem sich Zweifel und ein wenig Angst ausdrückten, brachte Mary ein kleines Stück kalter Melone, und er machte sich mit Vergnügen und ungewöhnlichem Appetit darüber her. Mary beobachtete ihn verstohlen durch die hin- und herpendelnde Tapetentür und erwartete, daß er jeden Moment von heftigen Krämpfen befallen werde. Dann brachte sie ihm Eier, Schinken, Kaffee und Marmelade. Jetzt kam auch Marjorie die Stufen herunter. „Du bist heute aber zeitig auf, Jon", sagte sie. Sie wirkte noch blasser und schmaler als sonst.

„Ich habe mir überlegt, daß es besser ist, wenn ich früh beginne und vor der ärgsten Hitze fertig werde", meinte er und führte sie an ihren Platz.

„Hast du etwa kaltes Obst gegessen?" fragte sie und blickte ungläubig auf die Melonenreste.

„Ja, und es war herrlich! Warum darf frisches Obst nur am Ende einer Mahlzeit serviert werden? Falls ich bis zum Abend nicht tot umfalle, habe ich wieder einmal mit einer Lüge dieser medizinischen Taglöhner aufgeräumt, mit der Lüge, daß frisches Obst auf leeren Magen Durchfall, Ruhr, Koliken, Dickdarmkatarrh und ähnliche Krankheiten verursacht. Ich habe sowieso nie daran geglaubt. Nimm dir auch ein Stück."

„Es sieht sehr einladend aus", gab Marjorie zu, und als Mary eintrat, erschütterte auch sie mit ihren Wünschen das Küchenpersonal neuerlich. „Du liebe Zeit", stöhnte Marjorie und tupfte sich mit dem Taschentuch die Stirne. „Es ist sehr heiß, nicht wahr? Ich kann mich nicht erinnern, daß es jemals in Hambledon so heiß war. Wenn das Wetter umschlägt, wird es ziemlich arg werden."

Sie erzählte ihm, daß sie in ein paar Tagen nach Philadelphia fahren wollte, um alte Freunde und entfernte Verwandte zu besuchen. „Vielleicht fahre ich auch nach Atlantic City, um einen Blick aufs Meer zu werfen und es ein wenig kühler zu haben. Ich habe mich nie richtig daran gewöhnt, in so einer Stadt mitten im Land zu leben."

„Wenn ich mich von hier absetze, könntest du doch wieder in dein Haus nach Philadelphia zurückgehen", schlug Jonathan vor. „Wenn ich dann ein wenig herumgewandert bin, lasse ich mich vielleicht auch dort nieder."

Marjories Lippen zitterten, als sie lächelnd meinte: „Das wäre sehr nett, Liebling. Ich muß es mir überlegen. Schließlich habe ich hier so lange gelebt, fast ein Menschenalter, und ich kenne Hambledon schon von Kindheit an. Trotzdem habe ich es als meine Heimat angesehen, so sehr ich das Haus deines Vaters liebe. Aber jede Veränderung ist für eine Frau in meinen Jahren schwierig."

„Mit 55 oder 56 ist man noch nicht alt", sagte Jonathan. Er blickte seine Mutter an und bemerkte ihre Blässe und Niedergeschlagenheit. „Wenn du schon in Philadelphia bist, könntest du doch Doktor Hearndon besuchen."

„Vielleicht", meinte Marjorie, die schon vorher beschlossen hatte, zu dem Herzspezialisten zu gehen. Ihr Körper wirkte mager unter der hellen, bestickten Batistbluse und dem hohen Spitzenkragen, der bis an ihr Kinn reichte.

„Warum zieht ihr Frauen euch im Sommer nicht vernünftiger an?" fragte Jonathan ein wenig unsicher. Die Blässe und der erschöpfte Ausdruck seiner Mutter beunruhigten ihn. „Dieser dicke Rock schaut ja wie ein Panzer aus."

„Dein steifer Stehkragen ist noch ärger", behauptete Marjorie. „Ich hoffe, du wirst mich nicht zu sehr vermissen, wenn ich in Philadelphia bin. Übrigens, Harald fährt mit mir. Ich wollte, Jenny käme auch mit. So allein auf der Insel, obwohl sie angeblich ein paar neue Freunde gefunden hat." Marjorie sah ihren Sohn offen an.

„Falls du Bob Morgan meinst", erwiderte Jonathan, „der ist ganz harmlos."

„Sie waren mehrere Male bei den Kitcheners zum Abendessen eingeladen", bemerkte Marjorie. „Die arme kleine Maud. Sie ist schrecklich in Robert verliebt, und er wäre auch der Richtige für sie, aber wahrscheinlich merkt er es gar nicht, dumm wie Männer sind."

Jonathan stand auf. „Ich bin überzeugt, daß Maud ihm das auf die bekannte weibliche Art beibringen wird", meinte er und ging hinaus. Er trat in das heiße Licht des Morgens hinaus und betrachtete das zerknitterte Laub der Bäume, das verbrannte Gras und den Staub im Rinnsal und zwischen den Pflastersteinen. Der Tag versprach eine Hölle zu werden.

Über den Rasen blickte er zu seiner Ordination hinüber, die noch immer fest verschlossen und still dalag. Seine Arbeitsräume waren für ihn mehr ein Heim gewesen als das Haus seines Vaters, das seine Mutter so elegant und bezaubernd eingerichtet hatte. Die Möbel der Ordination waren von ihm ausgesucht worden, jedes Stück hatte er eigenhändig an seinen Platz gestellt. Auch seine Untersuchungsräume hatte er eingerichtet. Jeder Winkel, jedes Fenster war ihm bis ins kleinste vertraut. Die Sonne spiegelte sich in den blanken Fenstern und schimmerte auf den polierten Holztüren. Die Räume gehörten ihm nicht mehr. Sie waren jetzt in fremden Händen. Sie hatten ihn im Stich gelassen und vertrieben. Zum ersten Mal seit vielen Tagen dachte er an Mavis und war unangenehm überrascht, als er wieder den alten mörderischen Haß gegen seine Frau wie einen Schlag in die Magengrube empfand. Er hatte geglaubt, das alles schon überwunden zu haben. Schnell lief er die Stufen der langgestreckten Veranda hinunter und ging zu den Ställen.

Er entschied sich heute für seinen leichten, zweirädrigen Wagen, der ihn ein wenig vor der stechenden Sonne schützen würde. Er fuhr durch die dampfenden Straßen. Es war noch sehr früh am Morgen, aber er hörte bereits aus den offenen Fenstern das unmelodische und — in seinen Ohren — obszöne Schrillen der neumodischen Phonographen, welche die jüngsten Schlager spielten. Edison war wirklich ein Genie und ein wahrer Segen für seine Landsleute, aber warum er den Phonographen erfunden hatte, blieb für Jonathan, der billige Schlagermusik verachtete, ein Rätsel. Mindestens drei Phonographen leierten lautstark denselben abscheulichen Schlager: „Im Mondschein verlieb' ich mich so gern —!"

Ein finsterer Trümmerhaufen war dieses Jahrhundert. Wer hatte es das Zeitalter des Lichtes genannt? Die wunderbarsten Dinge hatte man für die nächste Zukunft prophezeit. Den Vierstundentag (jetzt arbeiten die Männer noch zehn bis zwölf Stunden am Tag); ab 1914 ein Flugzeug für jede Familie; wahrscheinlich noch zu unseren Lebzeiten würde es keine Krankheiten und keine Armut mehr geben, dafür große, luftige Häuser um ein Spottgeld für jeden; weite Parklandschaften um jede Stadt herum; Automobile, die ab 1920 über riesige Straßen mit einer Geschwindigkeit von mehr als 100 Meilen pro Stunde dahinrasen würden; ab 1925 eine Lebenserwartung von 120 Jahren und — neben anderen charmanten Geschenken der Politiker — absoluten Frieden und nie wieder Krieg. „Freiheit, Gleichheit, Brüderlichkeit!" predigten sie und behaupteten, die „neue Welt" stehe schon vor der Tür. „Nie wieder Haß und Fanatismus, nie wieder Tyrannei und Gewaltherrschaft, nie wieder Hunger! Nur noch Liebe und Licht! Ein Jahrtausend des Glücks hat begonnen!"

Jonathans Charakter ließ ihn nicht an solche Versprechungen der Politiker, an solche Wunschträume glauben. Mit Ibsen war er der Meinung, daß „niemand etwas wirklich Wertvolles besitzt, wenn jeder alles hat". Er zweifelte aber keine Sekunde, daß die Politiker sehr bald Mittel finden würden, um ein Land mit grandiosen Geschenken zu bestechen und ihren eigenen Zwecken dienstbar zu machen, und eines der Mittel würde die persönliche Einkommensteuer sein, ein Übel, das in der Vergangenheit unvermeidlich jeden Staat zerstört hat. Es war ein lächerliches Schauspiel: Die Politiker kauften die Körper und Seelen der Leute mit dem Geld, das sie ihnen aus der eigenen Tasche gestohlen hatten! Aber die Menschheit lernt nie dazu, noch nie hat sie aus der Geschichte gelernt. Sogar im Angesicht der letzten, unvermeidbaren Katastrophe fragte sie bestürzt: „Wie konnte das geschehen?"

Die alten Tyrannen und Gewaltherren würden bald wieder auferstehen. Das war der Lauf der Geschichte. Die Welt war für die Rückkehr der großen Drachen reif. Und die würden pünktlich sein. Hoffentlich nicht, solange ich lebe, dachte Jonathan, aber vermutlich werde ich nicht so ein Glück haben. Die Phonographen — oder Grammophone, wie sie von manchen Leuten genannt wurden — schienen ihn mit ihrem Geleier zu verhöhnen wie kleine, kreischende Dämonen.

Robert Morgan war noch nicht beim St.-Hilda-Spital, als Jonathan, bereits in schlechter Stimmung, dort ankam. Aber er traf Philip Harrington, der keine Gelegenheit versäumte, seinen Freund daran zu erinnern, daß er bei seiner bevorstehenden Hochzeit mit Elvira Burrows sein Beistand sein werde und Jonathan alberne Neuigkeiten von seiner Braut erzählte. „Dieses Mädchen!", berichtete er heute Jonathan voll Stolz. „Du solltest ihre Bettwäsche sehen!"

„Habt ihr sie schon vor der Hochzeit ausprobiert?" fragte Jonathan. „Wie glatt sie ist?"

„Sei nicht ekelhaft", sagte Philip.

„Falten in einem Leintuch bringen jedes Mädchen aus der Fassung", meinte Jonathan. „Nichts für ungut, aber das ist so und kann in den Flitterwochen zu einem Fluch werden. Was ist denn los?"

Philips großes gutmütiges Gesicht hatte sich verdüstert. „Doktor Brinkerman — wieder einmal."

„Der alte Claude? Was hat er denn jetzt angestellt?"

„Er erzählt jedem, daß ich einen Uterus nicht von einem Leinensack unterscheiden könnte. Aber daran habe ich mich schon gewöhnt. Du weißt, was er von uns jüngeren Ärzten hält, dieses ekelhafte, mürrische Scheusal, groß wie ein Kasten, bösartig wie ein gereizter Stier und anmaßend wie eben in Ignorant."

„Mir gefallen deine Vergleiche", meinte Jonathan. „Du solltest Elviras Papa deine Hilfe anbieten. Aber was hat dieses Schwein — um bei deinen Vergleichen zu bleiben — wieder einmal angestellt?"

„Eine junge Mutter, das erste Baby war wie üblich zu Hause auf die

Welt gekommen, und dann aber ging etwas schief. Frühgeburt mit starken Nachblutungen. Ihr eigener Arzt brachte sie rasch ins Spital und rief Claude, der sich selbst hier als Obergynäkologe bezeichnet. Ich und meine Freunde sind für ihn nur Fleischhauer oder Studenten im ersten Jahr. Also, er operierte das Mädchen, um — wie er sagte — ihr das Leben zu retten, und entfernte den Uterus — bei einem 22jährigen Mädchen! Ist das nicht nett? Und — was das Schönste ist — weil er schon dabei war, entfernte er auch die Eierstöcke und verwandelte die knapp Zwanzigjährige so in eine späte Vierzigerin."

„Waren die Eierstöcke entzündet?"

„Natürlich nicht. Und mit einiger Geschicklichkeit hätte er auch den Uterus retten können. Aber du kennst Brinkerman. Der Marquis de Sade hätte seine helle Freude an ihm gehabt. Er haßt die Frauen."

„Warst du im Operationssaal dabei?"

„Ja, und ein paar andere auch. Ich versuchte einzugreifen. Eine Minute lang glaubte ich, er würde mich mit dem Skalpell kastrieren. Das hätte Elvira hart getroffen, von mir ganz zu schweigen, und darum sagte ich nichts mehr. Du kennst den alten Louis, wie er für die Etikette zwischen alten und jungen Ärzten kämpft."

„Hast du es Louis erzählt?" fragte Jonathan voll Ekel.

„Ja, ich glaubte, er werde mich in der Luft zerreißen. Aber irgend etwas beschäftigt ihn in den letzten Tagen. Er geht mit einem Entschluß schwanger. So war er sehr milde und geistesabwesend. Das einzige, was er sagte, war: ‚Halten wir doch Frieden! Claude hat wahrscheinlich nach bestem Wissen und Gewissen gehandelt.' "

„Der gute alte Louis", meinte Jonathan. „Die Goldenen Brüder halten zusammen. Wahrscheinlich wissen sie, daß sie sonst einzeln gehängt würden. Ich würde gern den Strick beistellen. Nun, was geschehen ist, ist geschehen. Leider. Denk nicht länger darüber nach."

„Ich brauche deine Hilfe", bat Philip. „Claude hat heute einen neuen Fall eingeliefert bekommen. Eileiterschwangerschaft. Er wird dieses Mädchen so todsicher verpfuschen wie das andere. Ich sehe ihn direkt vor mir, wie er sich gerade die Lippen leckt. Claude ist großartig im Verpfuschen."

„Das kommt daher, daß er ein junges Mädchen als zweite Frau hat, die Prissy Witherby ein paar reizende Tricks beibringen könnte. Alle anderen Frauen büßen für Ethelyn. Ich habe mir schon oft gedacht, daß Ärzte ihre ersten Versuche auf die nächsten Verwandten und besten Freunde beschränken sollten, bevor sie eine Praxis aufmachen. Das würde sie nicht nur Diskretion und Sorgfalt lehren, sondern auch helfen, ihre geheimen Aggressionen loszuwerden. Wenn ein Arzt erst einmal ein paar eigene Frauen diskret umgebracht hat, wäre er mit allen anderen versöhnt und würde sie lieben."

„Ich wäre froh, wenn du die Sache ernster nehmen würdest", meinte Philip. Die beiden jungen Männer schwiegen einen Moment, um vorbeieilenden Ärzten zuzunicken.

„Ich bin todernst, Phil. Ich kann dir nicht helfen, und du weißt es. Brinkerman haßt mich wie den Teufel, was deshalb so merkwürdig ist, weil ich niemals eine Gelegenheit hatte, ihm in die Quere zu kommen — außer zweimal, aber das schon vor fünf Jahren. Ich erklärte ihm damals, daß er unfähig sei."

„Daraufhin muß er dich natürlich lieben, wenn er nicht ein sehr kurzes Gedächtnis hat."

„Das war vor fünf Jahren. Jetzt sehe ich ihn kaum. Wir sprechen nicht miteinander, aber unsere Blicke sind umso sprechender. Hin und wieder treffen wir in Gesellschaften zusammen, das heißt, solange ich noch unter Leute ging, und wir waren überaus höflich zueinander. Wie sollte ich in seinen Operationssaal gelangen?"

„Du könntest den alten Louis bitten — wegen einer wissenschaftlichen Arbeit."

„Wirst du nicht dabei sein?"

„Schon. Aber ich fürchte den alten Bastard wie den Tod. Er sieht dich an wie die rächende Nemesis, falls du es wagst, eine Bemerkung oder gar eine Meinung zu äußern, dieses fette Schwein. Aber dich kann er nicht einschüchtern."

„Es wäre nicht anständig. Er würde mich wahrscheinlich sofort hinausweisen."

„Louis hat noch das letzte Wort, wenn er auch neuerdings an irgendeinem Problem herumknackt. Brinkermans Ruf bei uns jungen Ärzten wird immer schlechter, und wir erzählen es auch weiter. Das ist nicht günstig für St. Hilda. Louis weiß das, oder sollte es zumindest wissen. Jon, um Gottes willen: Es ist eine ganz junge Frau, gerade erst 20!"

„Ich weiß nicht, ob mich das etwas angeht", überlegte Jonathan. Er dachte voll Abscheu an Doktor Brinkerman. Er wußte mehr über den alten Arzt als Philip Harrington. Ja, er war ein Sadist, ein lüsterner Frauenhasser, hoffnungslos in seine ausgelassene, junge Frau verliebt, ein Besessener. Für ihn, einen Mann von 52 oder 53 Jahren, waren alle hübschen, jungen Frauen heimliche Huren, obwohl seine Schwäche für sie bekannt war. Er hatte eine Art, die Schwesternschülerinnen zu kneifen oder an sich zu pressen, daß es weh tat, dann lachte er über ihre schmerzverzogenen Gesichter und versicherte sie seiner Bewunderung. Sie fürchteten ihn und mieden ihn; sie rannten schon, wenn sie seine laute, lärmende Stimme hörten oder seine riesige Gestalt sahen. Sie hatten Angst, ihn in den Gängen oder an stillen Orten zu treffen. Er hatte das, was die Mädchen ein „Dreckmaul" nannten, und geschickt quälende Finger. Er konnte einer jungen Frau in seinem Untersuchungszimmer mehr

Schmerzen zufügen als ein Inquisitor. Trotzdem hatte er, aus unbekannten Gründen und zum großen Erstaunen der jungen Ärzte, den Ruf eines guten Arztes und Chirurgen. Wegen seines Reichtums und Einflusses, glaubte Jonathan, und weil er ein schamloser Egoist war.

Jonathan fand Louis Hedler in seinem Büro. Bei seinem Eintritt erschrak er über den kummervollen, niedergeschlagenen Ausdruck in Louis' Gesicht und seine träge Haltung. Noch überraschter war er, als Louis ihm fast väterlich zulächelte, statt ihm wie sonst drohend entgegenzublicken. „Jon, mein Junge", rief er.

„Was ist los, Louis? Bist du krank?"

„Aber nein. Setz dich, Jon. Ich bin nur — besorgt — wegen eines Arztes aus unserer Anstalt." Die hervorstehenden braunen Augen studierten Jonathan mit einem eigenartigen Ausdruck. „Ein netter Mann, ziemlich jung. Ich fürchte, er ist ein wenig in Schwierigkeiten — durch eigene Schuld zum Teil. Voreilig, heftig, manchmal ein wenig indiskret. Aber ich habe ihn liebgewonnen." Louis lächelte. „Unter uns, er beleidigt mich oft, doch ich muß zugeben: Wo er recht hat, hat er recht, und zwar absolut recht. Wenn man mir vor einem oder zwei Jahren gesagt hätte", fuhr Louis fort, „ja sogar noch vor sechs Monaten, daß ich mir einmal um ihn Sorgen machen würde, hätte ich fürchterlich gelacht."

„Du klingst ja ganz abgeklärt, Louis. Wer hat dich so weich gemacht?"

Louis betrachtete ihn, dann lächelte er rätselhaft. „Ich glaube nicht, daß du ihn kennst, Jon. Nein sicher nicht." Er strich sich über die Lippen. „Du kommst doch nie hierher, ohne daß du Streit, Unruhe und Sorge bringst. Was gibt es heute?"

„Alle drei." Er erzählte Louis über Doktor Brinkerman und Philip Harrington. Er wußte nicht, warum Louis' Gesicht immer bestürzter wurde, je länger er sprach. „Falls du also nichts dagegen hast", meinte Jonathan, „würde ich gerne im Operationssaal dabeisein."

„Das ist unmöglich! Du weißt, wie sehr Claude dich haßt."

„Nur weil wir eine Meinungsverschiedenheit hatten? Einmal, vor langer Zeit? Hat hier nicht jeder mit jedem von Zeit zu Zeit seine Meinungsverschiedenheiten? Ich will nicht sagen, daß Claude mich liebt, aber er hat sicher den Zusammenstoß mit mir vergessen."

Im Gegenteil, dachte Louis, ganz im Gegenteil! Er lächelte spöttisch. „Ein paar von euch gescheiten jungen Burschen waren es doch, Jon, die darauf bestanden haben, daß der operierende Chirurg das Privileg haben sollte, jedem die Anwesenheit zu verweigern, den er nicht dabeihaben möchte, oder? Früher einmal konnte jeder Arzt, der sich dafür interessierte, den Operationsraum betreten und nach Herzenslust zuschauen. Aber nicht bei euch Jungen. Alle für keimfreie Wundbehandlung und gegen Theateratmosphäre."

Louis blickte lächelnd in das straffe, starke Gesicht ihm gegenüber und in die dunklen, belustigten Augen. „Touché, Louis. Aber wir haben recht. Übrigens, wer ist die junge Dame, und wer ist ihr Hausarzt, der sie hergeschickt hat?"

„Hm", überlegte Louis. Dann schüttelte er den Kopf und sagte: „Mrs. Jason Hornby. Behandelnder Arzt Summers Bayne, ein Freund von dir."

„Herrlich", antwortete Jonathan und benützte, ohne um Erlaubnis zu fragen, das Telephon am Schreibtisch, um Doktor Bayne anzurufen. „Summers, ich wäre gerne dabei, wenn Claude Brinkerman deine Patientin, Mrs. Jason Hornby, heute um 2 Uhr operiert", bat er auf seine gewinnendste Art. „Oh, die Operation ist schon um zehn? Noch besser, ich bin jetzt im St. Hilda. Weißt du, Dr. Phil Harrington kann nicht dabeisein." Jonathan zwinkerte Louis mit seiner schwarzen Augenbraue lächelnd zu. „Phil hat mich daher ersucht, an seiner Stelle dabeizusein. Es gibt allerdings eine kleine Schwierigkeit, Summers. Der alte Claude liebt mich nicht so sehr, wie er sollte. Würdest du erwähnen, daß ich auf deinen Wunsch hier bin, falls er mich ablehnt? Übrigens, wer hat Brinkerman ausgesucht?" Jonathan lauschte mit gerunzelter Stirne. „Ich gebe dir ganz recht", sagte er dann. „Ich würde mir von ihm nicht einmal die Hühneraugen schneiden lassen. Sorg dich nicht, Summers. Ich bin ja dort und du auch. Wir lassen ihn nicht irgendwelche ausgefallenen Stiche machen oder um die Vena Cava herumtanzen. Er liebt die Vena Cava ja so besonders, und warum ihn das Kuratorium nicht hinauswirft, kann dir vielleicht nur der alte Louis mitteilen." Jonathan zwinkerte seinem empörten Vorgesetzten zu. Er legte den Hörer auf und sagte: „Die junge Dame hat Brinkerman selbst gewählt. Sie hat darauf bestanden, was konnte der arme Summers also tun? Er war sehr erleichtert, als ich ihm sagte, ich würde dabeisein."

„Du bist ein impertinenter Gauner, Jon."

„Oh, das weiß ich. Übrigens, warum wirfst du Brinkerman nicht hinaus?"

„Jon, er ist ein erfahrener Chirurg, wenn auch manchmal ein wenig — radikal. Er ist genauso erpicht auf keimfreie Wundbehandlung wie du. Und wenn er manchmal ein falsches Urteil fällt: Wer von uns kann behaupten, daß er sich noch nie geirrt hat? Wenn der durchschnittliche Laie genau wüßte, was für schwachen Händen und was für einem unsicheren Urteil er sich vertrauensvoll ausliefert, dann gäbe es keine Spitäler und keine Operationssäle mehr."

„Und viele Menschen würden noch am Leben sein, statt friedlich auf irgendwelchen lieblichen Friedhöfen zu vermodern. Das ganz im Vertrauen."

„Du behandelst es aber sehr oft nicht so ‚vertraulich', Jon." Louis war sehr beunruhigt. „Ich wollte, ich könnte es dir ausreden. Ich habe keine Gründe, warum ich es nicht will, daß du dabei bist. Du hast genug Feinde, Jon, und Brinkerman ist einer, der seine Feinde hegt und nie vergißt, bis er ihnen die Kehle durchgeschnitten hat."

„Er kann mich nicht noch mehr hassen als jetzt."

Louis betrachtete ihn schweigend, dann sagte er mit einem merkwürdigen Ton in der Stimme: „Du hast ganz recht."

Jonathan ging hinaus, um Philip Harrington mitzuteilen, daß er ihn vertreten werde. „Du bist dringend abberufen worden." Philip war erleichtert. „Mrs. Hornby ist eine nette, reiche junge Dame, sonst würde Brinkerman sie nicht angeschaut haben. Ist es nicht ein Glück für viele Leute, daß sie sich manche Operationen nicht leisten können? Armut hat bisher mehr Leben gerettet als Reichtum, und wenn das nicht Ketzerei ist, was dann?"

„Du hast recht", sagte Jonathan und begab sich auf seine Runde durchs Spital. Um 9.30 Uhr befand er sich im Waschraum neben dem Operationsraum und reinigte sich pfeifend seine Hände, als Claude Brinkerman wie ein gereizter Minotaurus hereinstürzte. „Was zum Teufel soll das heißen, Ferrier, daß Sie im Fall Hornby mein Assistent sind?"

„Hat man Ihnen nicht gemeldet", fragte Jonathan sehr milde, „daß Philip einen dringenden Fall hat? Er bat mich daher, ihm einen Gefallen zu tun und —"

Das harte, gerötete Gesicht spiegelte kaum unterdrückten Haß und Wut, und die kleinen blassen Augen funkelten mörderisch. Jonathan, der sich der gegenseitigen Abneigung und des Mißtrauens bewußt war, staunte dennoch über diesen spontanen und heftigen Angriff, denn der Anlaß zu ihrem ehemaligen Disput war ganz unbedeutend gewesen. Aber Brinkerman schien außer sich zu sein, als er jetzt, vor Wut schäumend, dem jüngeren Mann gegenüberstand. Er schloß und öffnete seine riesigen Fäuste in den Hüften, und seine mächtige Brust dehnte sich. Wenn Jonathan sein ärgster Todfeind gewesen wäre, hätte er nicht deutlicher seine sinnlose Brutalität und seinen schwelenden Zorn verraten können.

„Ich will Sie nicht haben!" schrie Brinkerman. „Ich will keinen Mör-" Er unterbrach sich und schluckte sichtbar peinlich berührt. Aber seine Wut wuchs. „Ich will Sie nicht! Ist das klar?"

„Summers Bayne hat mich gebeten", sagte Jonathan. „Er hat das Recht dazu. Oder wäre es Ihnen lieber, auf Phil Harrington ein oder zwei Stunden zu warten, bis er seinen dringenden Fall erledigt hat? Die Operation ist ja kein solcher absoluter Notfall, wenn ich richtig verstanden habe?" Er sah Brinkerman an. „Wie wollten Sie mich nennen, Claude?" Er schüttelte seine nassen Hände, und es war etwas Furchterregendes in seinen Augen, als er jetzt den anderen Chirurgen anblickte,

Doktor Brinkerman starrte zurück, ein merkwürdiges, boshaftes Funkeln glitt über sein breites, grobes Gesicht, und sein langer dünner Mund verzog sich.

„Dann kann man nichts machen", sagte er. Die Farbe auf seiner purpurnen Stirne begann langsam abzuklingen. „Ferrier", erklärte er mit gedämpfter Stimme, „ich kann Sie nicht leiden, habe Sie nie gemocht. Und ich traue Ihnen nicht, habe Ihnen nie getraut."

„Ich kann diese liebenswerten Gefühle nur erwidern, Brinkerman."

„Mir können Sie im Saal nicht helfen, Ferrier!"

„Aber vielleicht der Patientin", entgegnete Jonathan, und wieder prallten ihre Blicke so hart wie Kiesel aufeinander.

„Stellen Sie damit meine beruflichen Fähigkeiten in Frage?"

„Bezweifeln Sie meine, Brinkerman?"

„Ich lehne Sie ab", antwortete der andere Arzt wieder mit erhobener Stimme.

„Summers will es aber. Louis weiß auch davon."

Doktor Brinkerman verstummte plötzlich. Dann lächelte er dünn. „Der alte Louis wird bald Grund genug haben, das zu bedauern", meinte er.

Jonathan zuckte die Achseln und fuhr fort, seine Hände zu reinigen. Zwei junge Schwestern nahe der Tür, die von den beiden Männern ganz vergessen worden waren, lächelten einander bedeutungsvoll zu, dann blickten sie Doktor Brinkerman, den sie an sich verabscheuten, mitfühlend an. Jonathan beobachtete es im Spiegel und schüttelte den Kopf. Diese Mädchen wären mit Brinkerman nicht allein im Raum geblieben, aber hier gab es einen zweiten Mann, den sie noch weniger leiden konnten, und dieser Mann war Jonathan Ferrier, der ihnen nicht den leisesten Anlaß dazu gegeben hatte, ihn zu hassen. Selbst wenn er oft mit ihnen grobe Witze gemacht hatte, zeigte er ihnen doch seinen Respekt für ihren Beruf und war häufig gütig zu ihnen. Aber er war ein „Fremder" für sie, sogar für die eine, die nur eine naturalisierte Amerikanerin war. Er betrachtete ihre Zeichen der Anteilnahme für Doktor Brinkerman. Dadurch ermutigt, zwickte Doktor Brinkerman eine von ihnen grob in die Brust, als er zu einem anderen Waschbecken ging. Sie zuckte zusammen, Tränen des Schmerzes brannten in ihren Augen, aber sie versuchte, ihn weiter anzulächeln.

Die menschliche Natur, dachte Jonathan, der das beobachtet hatte und in großer Versuchung war, Claude Brinkerman zu verprügeln, werde ich nie verstehen. Ich gehöre der „unbeliebten Minderheit" an, wie Mama mir einmal gesagt hat, als ich noch ein Kind war. Ja, wirklich, auf Minderheiten wartet meistens die Hölle. Aber wie kam es zu diesen unbeliebten Minderheiten, auf Grund wessen Urteils, auf Grund welchen Beschlusses? Wer hat das Recht, festzusetzen, wer der allgemeinen, „in Liebe verbundenen" Menschheit angehört und wer nicht? Nach welchem Maß wird hier gemessen? Persönliche Integrität, Wert, Ehre, Intelligenz, Nächstenliebe, Güte, Harmlosigkeit, Berufung, Sittsamkeit? Meiner Erfahrung nach werden diese Tugenden bei der Majorität sehr wenig geschätzt, sie können also nicht die Grundlage für eine positive Beurteilung sein.

Er bemerkte wieder durch den Spiegel, daß Doktor Brinkerman ihn noch immer ansah, mit neugierigen, befriedigten, haßerfüllten Augen. Und sein Instinkt für Gefahr war erwacht. Aber was für eine Gefahr war das? Was für einen Schaden konnte ihm Brinkerman antun? Er betrachtete den dicken roten Hals, ein Hals, so muskulös und schwer wie der eines Bullen, und die fleischigen seifigen Hände. Er zweifelte nicht daran, daß Brinkerman ihn mit Vergnügen umgebracht hätte, was auf Gegenseitigkeit beruhte. Trotzdem wunderte er sich. Wann immer er Brinkerman auf den Korridoren getroffen hatte, was ziemlich selten der Fall gewesen war, tauschten sie nur kühle Verbeugungen aus und nicht mehr. Diese neue wilde Gewalttätigkeit war unerklärlich.

„Ich möchte, daß Sie wissen, Brinkerman", erklärte Jonathan, „daß ich mich nicht in diese Situation gedrängt habe, sondern daß meine Anwesenheit gewünscht wurde."

„Ich bin mir dessen bewußt, Ferrier. Ich werde mir Summers bei Gelegenheit vorknöpfen."

Jonathan überlegte, dann sagte er: „Auch ich habe Freunde."

„Sie würden sich wundern", meinte Brinkerman dazu und lachte heiser.

Jonathan runzelte die Stirne. Er erinnerte sich, was ihm Philip Harrington erst kürzlich mitgeteilt hatte, und daran, wie ihn frühere Freunde jetzt behandelten, wenn sie ihn auf den Gängen oder in den Aufenthaltsräumen trafen. Aber er zwang sich zu lächeln, denn er wußte, daß ihn Brinkerman scharf beoachtete.

„Man weiß es nie", sagte er. „Aber ich habe genug Freunde, um Summers zu schützen, und ich genieße den Ruf, daß ich für meine Freunde eintrete." Er trat auf eine Schwester zu, die seine trocknenden Hände einpuderte und ihm in die Gummihandschuhe half. „Außerdem ist Summers' Bruder Senator und mit dem Gouverneur sehr gut, haben Sie das gewußt? Ich glaube auch, daß dieser Bruder im Gesundheitsausschuß sitzt. Falls ich mich irre, stellen Sie mich bitte richtig."

Doktor Brinkerman hatte das vergessen. Er warf Jonathan neuerlich einen bösen Blick zu, schwieg aber. Die junge Schwester, die Jonathan geholfen hatte, hielt sich mit sichtlichem Mißfallen zurück und vermied, ihn anzuschauen. Wieder wunderte sich Jonathan über die menschliche Natur, denn er wußte, daß Doktor Bayne bei den Schwestern sehr beliebt war und daß Brinkermans häßliche Drohung gegen ihn den Mädchen nicht recht gewesen sein konnte. Jonathan gab bei sich der Menschheit wieder einen schwarzen Punkt.

Die Patientin war schon vorbereitet, als die zwei Chirurgen den Operationssaal betraten. Doktor Bayne hatte sich bereits zur Operation fertig gemacht, er warf einen fragenden Blick auf Jonathan, und Jonathan blinzelte ihm zu. Die Patientin lag bereits in Narkose. Jonathan betrachtete ihr hübsches Gesicht, das Antlitz eines Kindes, dann blickte er Doktor Brinkerman an, der ebenfalls die weichen, kindlichen Züge studierte. Aber sein Blick war der lüsterne und hungrige Blick eines Sadisten.

Zweifelsohne war er ein fähiger Chirurg, der sein Skalpell mit Präzision, Geschick und Leichtigkeit handhabte, die auch schon Jonathans Bewunderung erregt hatte. Es war eine Routinesache. Die Tuba war vergrößert und angeschwollen, aber weder übermäßig entzündet, noch eingerissen. Das Mädchen hatte Glück. Doktor Brinkerman schnitt die Tuba sauber heraus und sagte dann, ohne Doktor Bayne und Jonathan zu beachten, zu den Turnusärzten: „Ich werde jetzt genau untersuchen, ob auch der Uterus und der andere Eileiter Deformationen aufweisen. Ich bin nicht ganz sicher, ob ich nicht auch ihn und den Uterus herausnehmen muß."

Die Männer tauschten besorgte Blicke. „Aber ich sehe doch", meldete sich Jonathan, „daß der Uterus und der andere Eileiter in bester Verfassung sind und daß für einen so ausgedehnten Eingriff keine Ursache vorhanden ist."

Doktor Brinkerman hielt inne, hob langsam seinen Kopf, und seine blassen Augen funkelten böse. „Bin ich der Chirurg oder sind Sie es, Ferrier?"

„Ich bin Ihr Assistent, wenn Sie es so nennen wollen, aber ich habe wie Sie den hippokratischen Eid geleistet. Wenn Sie das Fortpflanzungssystem dieses Mädchens zerstören, werde ich alles daransetzen, daß Sie nie wieder jemanden operieren."

Er sprach sehr klar, scharf und voll Sicherheit, obwohl ihm bewußt war, daß er damit etwas tat, was nicht wieder gutzumachen war: er hatte bewußt und vor Zeugen den operierenden Chirurgen beleidigt und seinen Ruf angetastet. Aber dieses junge Mädchen, das so ahnungslos, so vertrauensvoll und hilflos am Operationstisch lag, bedeutete ihm mehr als alle möglichen Folgen, obwohl ihm klar war, daß sie vielleicht schwerwiegend sein würden. Aber nur die ärgsten Drohungen konnten diesen Sadisten zurückhalten, und darum hatte Jonathan sie eingesetzt.

„Allein dafür könnte man Ihnen Ihr Diplom aberkennen", sagte Brinkerman mit schrecklicher Stimme.

Jonathan lachte. „Ich möchte sehen, wie Sie das anstellen wollen. Ich werde Zeugen gegen Sie bringen. Zum Teufel mit der Berufsethik, wenn damit Pfuscher geschützt werden. Nun? Nähen Sie das Mädchen zusammen, oder wollen Sie es verbluten lassen?"

Er nickte Doktor Bayne zu, und ohne Brinkerman aus den Augen zu lassen, ging er zu der Schüssel mit der Tuba, tauchte seine Hand in Wasser und taufte den bloßgelegten Embryo. Einige der jungen Ärzte lächelten nachsichtig, aber zwei sahen ernst drein, und Doktor Bayne bekreuzigte sich. Doktor Brinkerman lachte abfällig und machte halblaut eine unschickliche Bemerkung zu der Schwester neben ihm. Aber das Mädchen war den Tränen nahe.

„Nach Ihren beleidigenden Bemerkungen, Ferrier", erklärte Doktor Brinkerman, „habe ich keine andere Wahl, als Sie beim Kuratorium anzuzeigen. Darüber hinaus werde ich wegen Ihrer Einmischung und offenbaren Einschüchterungsversuche alle Schuld auf Sie schieben, falls die Patientin irgendwelche unglückliche Nachwirkungen haben sollte."

Jonathan kehrte zum Tisch zurück. „Ich werde mich selbst vorsehen und jede Ihrer Maßnahmen verfolgen, Brinkerman. Spielen Sie daher dem Mädchen nicht irgendeinen üblen Streich, den ich Ihnen nicht vergeben könnte. Es heißt, daß Sie darin Übung haben." Er warf einen Blick auf Doktor Bayne, dessen Augen seine Sorge und Angst widerspiegelten. „Sei nicht zu ängstlich, Summers", besänftigte er ihn. „Beobachte nur das Mädchen sorgfältig."

Doktor Brinkerman sah aus, als ob ihn jeden Augenblick der Schlag treffen würde. Seine Hand zitterte. Jonathan wagte nicht, ihm die Nadel wegzunehmen, denn er glaubte, daß seine Hand durch das Wasser verunreinigt worden war, auch wenn es wahrscheinlich sterilisiertes Wasser war, in das er sie getaucht hatte. Er setzte aber nicht sehr viel Vertrauen in die Sterilisierung des Operationssaals. Aber er beobachtete jede Bewegung Doktor Brinkermans. Der ältere Chirurg besaß erstaunlich viel Selbstbeherrschung, wenn er wollte. Er erholte sich, sein Gesicht bekam wieder die normale Farbe, und er beendete die Naht ohne einen weiteren Zwischenfall. Dann riß er sich wütend die Handschuhe von den Händen, verließ den Saal und knallte die Tür zu.

„Wenn er könnte, würde er dich umbringen, Jon", stellte Doktor Bayne fest, während die Turnusärzte und die Schwestern das Mädchen behutsam in Tücher und Decken einwickelten und hinausrollten. „Er ist ein schlechter Mensch."

„Und ein Mann, dem man nicht erlauben sollte, irgendeine Frau unter Fünfzig zu operieren", meinte Jonathan.

„Jon, sei vorsichtig."

„In unserem Beruf ist es ein Verbrechen, auf die zarten Gefühle eines Kollegen zu viel Rücksicht zu nehmen", stellte Jon fest. „Ich habe niemals einen Brinkerman gedeckt und auch nicht die geringste Absicht, es jemals zu tun."

Er erwartete, in Louis Hedlers Büro gerufen zu werden, aber obwohl er noch eine ganze Stunde im Spital blieb, erhielt er keinen Anruf. Da ging er zum Fluß und fuhr zur Insel hinüber.

Als Jon die halbe Strecke über das ungewöhnlich ruhige Wasser des Flusses gerudert war, fiel ihm die metallisch glühende, fast safrangelbe Färbung des Himmels auf. Sie spiegelte sich in den kleinen blauen Wellen des Wassers nicht mit der Klarheit des Sonnenlichts, obwohl auch die Sonne heiß genug schien, sondern stumpf. Er blickte den Fluß hinab und sah den weißen Turm der kleinen Kirche auf dem Festland, und aus irgendeinem Grund erschien er ihm traurig, einsam und fehl am Platz. Das sind nur meine Depressionen, dachte er. Er hatte den Turm schon unzählige Male gesehen, aber noch nie hatte er auf ihn den Eindruck der Verlorenheit und Einsamkeit gemacht.

Was für Pläne hatte ich für diese Stadt, dachte er. Ich wollte einen Röntgenapparat für eines der Spitäler und einen Vorrat an Radium. Ich wollte berühmte Ärzte rufen, damit sie unseren Hohlköpfen Vorlesungen hielten. Ich hätte eine Tuberkulosenstation am St. Hilda errichtet und ein Krebsforschungslaboratorium. Das alles wollte ich, der große Samariter, für Hambledon tun, um ein kleines, aber kompaktes modernes medizinisches Zentrum aufzubauen, auf das nicht einmal Boston herabzuschauen gewagt hätte. Gott weiß, wie sehr wir — ich meine: sie — es brauchen. Vorbei die Träume, vorbei, alles vorbei, außer Jenny.

Er hatte seine Krawatte und den hohen, steifen Kragen abgenommen und seinen Mantel ausgezogen, trotzdem war er in Schweiß aufgelöst, als er die Insel erreichte und das kleine Boot am Ufer befestigte. Er stellte fest, daß der Fluß schon wieder gesunken war und neue Steine trocken dalagen. Er blickte zum Himmel empor. Wenn dieses verrückte Wetter aufhörte, würde die Hölle losbrechen. Claude Brinkerman hatte er bereits völlig vergessen. Als er jetzt zum Schluß hinaufkletterte, waren seine Gedanken nur mit Jenny Heger beschäftigt. Den Mantel hatte er über den Arm gelegt, den Hut trug er in der Hand. Er brauchte die Sonne nicht zu fürchten, denn seine Haut war von Natur aus dunkel und von der Hitze noch gebräunt. Er begann zu pfeifen.

Der Glimmer in den Steinmauern des Schlosses funkelte und glitzerte in dem metallenen Sonnenlicht, als ob das ganze Gebäude aus einer Mischung von Zement und Diamanten errichtet worden wäre. Jonathan sah die kleinen Türme, die schlanken, hohen Fenster und die Bronzetür. Er fühlte die Stille rund um ihn, die nur ab und zu vom müden Zwitschern eines Vogels unterbrochen wurde. Nicht einmal ein Gärtner arbeitete irgendwo in der Nähe; die ganze liebliche Insel machte einen so verlassenen Eindruck, als ob ihre schlafenden Bewohner aufgewacht und für immer fortgegangen wären.

An der Tür berichtete der alte Albert Jonathan mit einem merkwürdig schlauen Blick, daß Mr. Ferrier nicht zu Hause wäre. Nein, Herr Doktor, ich weiß wirklich nicht, wo er ist, meinte er. Miß Jenny? Es wurde vermutet, daß sie nach Hambledon gegangen sei, aber wir wußten es nicht sicher. Ob Doktor Ferrier etwas zu trinken wünsche? Doktor Ferrier lehnte ab und ging verdrossen weg. Wo, zum Teufel, war das Mädchen, wenn sie die Insel nicht verlassen hatte? Es gab natürlich alle möglichen kühlen Plätze. Dann erinnerte sich Jonathan, daß er nur ein Boot am gegenüberliegenden Ufer von Hambledon bemerkt hatte. Das bedeutete, daß es von Harald dort zurückgelassen worden war, bevor er in die Stadt ging. Mit dem Boot, das Jonathan benützt hatte, waren jetzt drei auf der Insel. Er begann zu lächeln. Wenn Harald wieder zum anderen Ufer des Flusses kam, würde er keine Möglichkeit haben, herüberzurudern, außer er gab Signale, die von jemandem bemerkt würden. Vielleicht war er den ganzen Tag weg, vielleicht auch den Abend, und bis dahin würde Jonathan schon wieder am Festland sein und ihm das Boot wieder gebracht haben.

Jenny hatte sich also wieder einmal auf der Insel versteckt. Jonathan begann die Suche. Er kannte die Insel ziemlich gut, denn er hatte sie schon immer spannend und komisch gefunden. Er durchstreifte die ganze Insel, schaute in jede versteckte Höhle, in jeden hohlen Baum. Eine leichte Brise brachte den frischen Duft der Pinien mit sich. Nachdem er die eine Seite der Insel durchforscht hatte, wobei ihm immer heißer geworden war und er sich mehr und mehr ärgerte, versuchte er sein Glück auf der anderen. Er sah die Berge, die sich klar vom gelblichen Himmel abhoben. Sie wirkten ockerfarben oder bronzen, mit Ausnahme der scharfabgezirkelten grünen Flecken, wo der Rasen rund um die Häuser wuchs, die von dieser Entfernung weiß und winzig aussahen. Wieder dachte er an die Ebenen und Berge in Spanien, und was hier geschehen würde, wenn es zu einer Überschwemmung käme und das Wasser im Tal anstiege. Trocken genug war es.

Sein Pfeifen wurde ein wenig schriller, und nun antworteten verärgert einige Vögel. Das Licht auf dem Fluß blendete. Er sah stumpf und ölig aus und war mit einem metallischen Blau vermischt. Kleine Flußwege schlängelten sich durch die „Pseudowälder", wie Jonathan die Gruppen von kostbaren, seltenen Bäumen nannte, doch jetzt war er für den Schatten dankbar, den sie ihm kurz boten, während er hindurchschritt. Er spürte den würzigen, sinnlichen Geruch der feuchten Erde und der alten abgefallenen Blätter und den üppigen Duft der wenigen wilden Blumen, die hier wachsen durften. Er sah den kleinen künstlichen Teich, in dem Peter Heger tropische Fische hatte halten wollen. Er war nun mit Seegras bedeckt, das auch seltsam aussah, und das abgestandene Wasser stank. Aber ein paar Wildenten segelten auf der Oberfläche dahin.

Die Steinmauern, die den Großteil der Insel umgaben, waren von grünglänzenden Efeublättern oder von Kletterrosen überwachsen. Obwohl die Rosenzeit schon seit Wochen vorbei war, fand sich doch da und dort noch eine scharlachrote Blüte, die wie Blut in der Sonne wirkte. Plötzlich, wie auf ein Signal, begannen die Zikaden laut durch die heiße Stille zu schrillen. Jonathan kam an einem einzelnen Apfelbaum vorbei und bemerkte, daß der eine oder andere Apfel schon rot und reif aussah. Er pflückte einen und biß hinein. Aber er hatte sich geirrt. Die Frucht war noch grün, und er warf sie weg.

Er blieb stehen, um sein Gesicht abzuwischen; seine Augen wanderten vom Fluß über die Mauern, und dann entdeckte er eine Höhle, die praktisch vollständig von Geißblattbüschen und ungeschnittenem Gesträuch verdeckt war. Er sah, wie sich etwas Gelbes rasch und vorsichtig hinter den Büschen bewegte, dann war es wieder still. Er hatte Jenny gefunden. Wenn er nicht den Apfel gekostet und dann fortgeworfen hätte, würde er diese natürliche Grotte übersehen haben, einen kleinen, höhlenartigen Raum, der sich in den ansteigenden Rücken der Insel hineinwölbte. Ein Vorhang von wilden Glyzinien fiel wie ein zerschlissenes Banner über den Eingang. Er war sicher, daß Jenny sein Näherkommen und auch sein Pfeifen gehört hatte. Jetzt kauerte sie auf einem großen Stein in der Grotte wie ein gejagtes Wild, das sich vor den Jägern verbergen will. Darüber ärgerte sich Jon mehr als über alles andere.

Er schob sich durch die Büsche und hob die Glyzinien zur Seite. Wirklich kauerte Jenny umgeben von Büchern und Papieren auf dem Stein. Sie trug ein hemdähnliches, einfaches Baumwollkleid und blickte ihm schweigend, mit bleichem Gesicht entgegen. Ihre Augen waren sehr groß und blau, und plötzlich streifte sie ein kleiner Sonnenstrahl. Sie gab kein Zeichen des Erkennens. Sie saß bloß da und betrachtete ihn, nicht mit Abneigung oder Unwillen, aber auch ohne irgendeine andere Gemütsbewegung.

„Hallo, Jenny“, sagte er, und trotz seiner Verstimmung klang seine Stimme sehr sanft. Er war selbst über die Erregung erstaunt, die ihn beim Anblick des Mädchens erfaßte, über die zärtliche Sehnsucht und das Verlangen nach ihr. Er stand da und betrachtete sie lächelnd. Nach einem kurzen Moment drehte Jenny den Kopf weg, und ihr schöner Mund begann zu zittern. Er sah ihr Profil, und es war ihm teurer als alles, was er je gekannt hatte; er wollte seine Hände um ihr Gesicht schließen, es herumdrehen und küssen, diesen Mund, die langen schwarzen Wimpern, den schlanken weißen Hals. „Jenny“, bat er. Sie trug ihr schwarzes Haar nicht aufgesteckt. Es floß über ihre Schultern auf den Rücken herunter, wie das Haar eines sehr jungen Mädchens.

Er fürchtete, sie würde aufspringen und an ihm vorbeilaufen, wie sie am 4. Juli gelaufen war, und so verstellte er unauffällig mit seinem großen Körper den Eingang. Aber sie bewegte sich nicht. Sie preßte in ihrem Schoß eine Hand auf die andere und hielt ihr Gesicht abgewendet. Nur ihre Wimpern begannen zu zucken, als wollte sie jeden Moment in Tränen ausbrechen. Jonathan konnte sehen, wie sich ihre Brust unter dem einfachen gelben Stoff hob und senkte.

Sehr langsam, um sie nicht zu erschrecken, ließ er den Glyzinienvorhang fallen, und sofort herrschte leichte Dämmerung in der Grotte. Jonathan trat näher an Jenny heran. Sehr vorsichtig setzte er sich auf die saubere dunkle Erde und legte die Arme um seine Knie, während er Jenny nicht aus den Augen ließ. Sie sah ihn nicht an. Er schaute auf ihr Knie neben seiner Wange und wünschte nichts sehnlicher, als seine Wange daranzulehnen. Sein Blick ruhte auf den groben Nähten an ihrem Kleid, auf den Umrissen ihres langen Schenkels und der Wade und wanderte bis zu ihrem hochgewölbten Fuß in dem derben Schuh.

„Seit Wochen versuche ich, dich zu treffen, Jenny", sagte er. „Aber du hast mich gemieden. Ich wollte wissen, ob du mir verziehen hast."

„Ich habe dir verziehen", sagte sie zu den steinernen Wänden der Grotte. Ihre Stimme war so leise, daß er sie kaum hörte.

Dann erinnerte er sich an etwas im Zusammenhang mit jener Nacht, das er ganz vergessen hatte. Als er Jenny auf das Bett geworfen und sie ihn so heftig abgewehrt hatte, hatte er ihre große Angst vor dem Unbekannten geahnt, das mit solcher Brutalität und Gewalttätigkeit über sie hereinbrach. Aber er hatte noch etwas anderes gespürt. Sie war vor ihrem eigenen Wunsch, sich zu ergeben, zurückgeschreckt. Sie hatte befürchtet, daß ihre Beine unter seinem Gewicht nachgeben, daß sich die Muskeln ihrer Schenkel für einen kurzen Augenblick lösen könnten. Da nun hatte sich ihr Körper im äußersten Widerstand aufgebäumt und ihn weggestoßen, und sie war in Tränen ausgebrochen.

All diese Wochen war er überzeugt gewesen, er könnte Jenny dazu bringen, ihn zu lieben. Er war erstaunt und überglücklich, als er jetzt erfaßte, daß er von Jenny geliebt wurde, obwohl sie ihn abgewehrt und mit ihm gekämpft hatte. Sie wollte nur nicht, daß er sie im Kampf gewann, ja fast durch eine Vergewaltigung. Und natürlich nicht ohne den Segen der Kirche, dachte er nachsichtig.

„Ich bin froh, daß du mir verzeihst", sagte er. „Aber ich habe dir ja gesagt, Jenny, mein Engel, daß ich dich schon so lange liebe. Hast du das nicht gewußt?"

„Nein", erwiderte sie.

„Und du hast mir auch in jener Nacht nicht geglaubt?"

Sie wandte ihren Kopf noch mehr von ihm ab und ließ ihr Kinn auf ihre Schulter fallen. „Nein, ich habe dir nicht geglaubt."

„Und jetzt?"

Sie warf die schwere Masse ihres schwarzen Haares zurück. Er betrachtete ihre sonnengebräunte, schmale Hand, die so anmutig wirkte wie die seiner Mutter.

„Willst du es mir nicht sagen, Jenny?"

Sie preßte jedoch nur ihre Lippen fest aufeinander. Sie erinnerte ihn an ein scheues, aber störrisches Kind, und er lächelte wieder.

„Jenny, ich werde von hier fortgehen. Ich werde nie mehr zurückkommen." Er konnte die grünen Pflanzen um ihn herum riechen, die Erde, und ganz schwach die Seife, die Jenny benützt hatte, den natürlichen warmen Duft ihres Körpers und ihres Haares. Er legte seine Hand auf ihren Fuß. Er spürte ein Zucken, aber zu seiner Freude zog sie ihn nicht weg. Seine Freude schwand jedoch, als er merkte, daß ein paar Tränen ihre weichen blassen Wangen hinunterrollten.

„Ich möchte dich mitnehmen, Jenny", bat er. „Ich liebe dich schon seit Jahren. Ich möchte dich heiraten. Bald. Morgen, wenn es geht. Ich möchte dich von Hambledon wegführen, irgendwohin, wo wir Frieden finden können. Ich möchte dir die ganze Welt zeigen, mein Liebling."

Er hatte noch nie so zu einer Frau gesprochen, und noch niemals hatte er eine solche Zärtlichkeit verspürt, vermischt mit Sehnsucht, Sanftheit, ja sogar Frieden. Er fühlte die Wärme ihres Fußes unter seiner Hand und durch die Baumwollstrümpfe. Er wollte ihn küssen. „Bitte, weine nicht, Jenny. Bitte, antworte mir."

Fast flüsternd sagte sie: „Gestern hat mich Robert Morgan gebeten, ihn zu heiraten", und sie hob ihren Arm, um sich mit dem Handrücken wie ein kleines Kind die Tränen wegzuwischen. Noch immer sah sie ihn nicht an.

„Bob Morgan?" Fast hätte er laut aufgelacht. „Dieser Junge! Nun, ich bewundere seinen Geschmack, wenn ich auch seine Unverschämtheit ablehnen muß."

Sie drehte sich rasch zu ihm, und über ihre Wangen zog ein leichtes Rot. Ihre Augen blitzten vor Ärger. Er hatte immer den Verdacht gehabt, daß Jenny viel Temperament besäße, und jetzt sah er sich bestätigt.

„Was heißt unverschämt?" schrie sie. „Ich kann dir nur sagen, Jon, daß er auf jeden Fall um vieles besser ist als die Ferriers!" Ihre Stimme klang sehr klar und deutlich. Er war wieder begeistert von ihr. Sanft drückte er ihren Fuß und ließ einen Finger über ihren schlanken Knöchel hinaufgleiten und liebkoste ihn. Er spürte, wie ihre Haut unter seiner Berührung zurückzuckte, aber sie stieß ihren Fuß nicht weg, wie er erwartet hatte.

„Oh, ich bezweifle nicht", erklärte er, „daß fast jeder Mensch besser ist als wir. Wir sind eine nichtsnutzige Rasse. Harald ist ein Idiot, und ich habe den schlechtesten Ruf in der Stadt, wie du wahrscheinlich festgestellt hast. Wir sind keine Prunkstücke am Heiratsmarkt, da gebe ich dir ganz recht. Ich frage mich, wie du es als meine Frau aushalten wirst.

Du tust mir wirklich leid." Jetzt umschloß seine ganze Hand ihren Knöchel. Er war neugierig, wie viel höher er sich wagen durfte. Es war ein wunderbar erregender Gedanke. Dann wurde es ihm bewußt, daß sie sehr still war. Als er aufblickte, bemerkte er, daß sie furchtsam und verwirrt ausschaute, als ob ihre ganze Aufmerksamkeit auf den Knöchel konzentriert wäre, den er umschloß. Er beobachtete sie ganz genau, dann legte er seine Wange an ihr Knie. Es verkrampfte sich, zuckte zusammen, aber sie zog es nicht weg, seine Hand schob sich zu der schlanken runden Wade hinauf, die warm, fest und doch weich in seiner Hand lag.

Ein tiefes Rot ließ das Gesicht des Mädchens erglühen. Ihre Augenlider zuckten, dann senkten sie sich leicht. Sie begann wieder lautlos zu weinen. Sehr langsam hob sich Jon auf seine Knie und blickte in ihr zuckendes Gesicht, dann nahm er sie in seine Arme, zögerte einen Moment, bevor er seine Lippen in die Mulde an ihrem Halsansatz preßte. Ihr Kopf fiel hilflos zurück. Er fühlte das heftige Pochen ihres Pulses gegen seinen Mund.

„Jenny, Jenny", flüsterte er. Ihr Körper in seinen Armen war so jung und weich. Er senkte seinen Kopf und preßte ihn gegen ihre Brust. Sie bewegte sich kurz, dann hielt sie wieder ganz still. Er fühlte ihre verzückte, jungfräuliche Leidenschaft. Sie fürchtete sich nicht, obwohl sie zu zittern anfing. Die Dämmerung in der höhlenartigen Grotte begann sich vor seinen Augen zu verdichten, sie schien mit unerträglicher Spannung, Freude und Glück erfüllt zu sein und den Atem anzuhalten. Die Stille wurde durch nichts unterbrochen außer dem Zirpen der Zikaden in der Ferne, dem schwachen Flüstern der Bäume, und alles wurde von den Sinnen übersteigert, der Duft der Erde, der Blätter und ihrer jungen Haut.

Erfüllt von der immer stärker werdenden Sehnsucht, überlegte sich Jonathan, daß es schlechtere Orte gab, um eine geliebte Frau zu besitzen, die bereit war, sich hinzugeben. Er küßte wieder ihren bloßen Hals. Seine Hand nestelte an den Knöpfen ihres Mieders; es waren kleine einfache Knöpfe, die ihm aber groß wie Teller vorkamen. Er öffnete einen, zwei, drei, dann packte sie seine Hand, und ihr Griff war sehr fest.

„Nein", sagte sie. Sie fing zu weinen an, nicht aus Angst oder Protest, es klang eher sehr verzweifelt.

Er hörte sofort auf. Er hielt sie so sanft wie vorher, dann zog er ihren Kopf an seine Schulter und ließ sie weinen. Was anderes hatte er sich von diesem unerfahrenen Mädchen erwartet? Er bangte davor, alles ruiniert und ihre frühere schlechte Meinung von ihm noch bestärkt zu haben. „Jenny, mein Liebling", flehte er. „Es tut mir leid. Aber ich liebe dich mehr als mein Leben. Jenny. Ich will dich nicht mehr ärgern oder beunruhigen. Bis wir verheiratet sind. Jenny?"

„Ich kann dich nicht heiraten", schluchzte sie und netzte mit ihren Tränen sein Hemd. „Ich will, Jon, aber ich kann nicht."

„Warum nicht?“ fragte er übermütig.

„Ich habe dir etwas Schreckliches angetan!“

Er überlegte. Dann lächelte er ein wenig und zog sie noch fester an sich heran. „Um Gottes willen, Jenny. Was könntest du mir so Schreckliches antun, ein Kind wie du?“

Sie bewegte verzweifelt ihren Kopf auf seiner Schulter hin und her. „Ich kann es dir nicht sagen, Jon. Bitte, geh weg. Vergiß mich für immer. Geh weit, weit weg.“

In diesem Moment wurden sie von einer fremden Stimme voll munterem Hohn unterbrochen.

„Ich hasse es, diese rührende Schäferszene zu beenden!“ sagte Harald Ferrier vom Eingang der Grotte her. „Es gibt nichts Bezaubernderes als wahre Liebe, nicht wahr? Und was für eine Szene! Alle Elemente einer dramatischen Verführung: Hingabe einer Unberührten, Zittern in der lieblichen Stimme, männliche Kraft, Schmeicheleien — alles da. Ich hätte Dramatiker werden sollen. Ich hätte ein Vermögen erworben.“

Jenny schoß buchstäblich aus Jons Armen in die Höhe, er ließ sie los und stand auf. Furchtbare Wut stieg in ihm hoch, und ein tiefes Rot übergoß sein dunkles Gesicht. Er sah seinen Bruder nachlässig beim Eingang der Grotte lehnen, wie er sein breites, einnehmendes Lächeln zur Schau trug. Harald zwinkerte.

Dieses lüsterne Zwinkern, dieses nachsichtige Lächeln ließ Jonathan plötzlich eine heftige Verlegenheit und zugleich Wut empfinden, eine Art jugendlicher Scham. „Was, zum Teufel, machst du hier?“ schrie er.

Harald hob seine rötliche Augenbraue und strahlte. „Wie bitte?“ fragte er, als sei er überrascht. „Ich glaube, ich wohne hier. Zumindest habe ich es bisher angenommen. Stimmt es nicht?“

„Du spionierst uns nach!“ brüllte Jon und kam sich albern vor.

„Das tut mir leid. Vielleicht hätte ich auf das große Finale warten sollen, aber ich gebe zu, ich war dafür zu zimperlich. Es hätte doch ein Finale gegeben?“ Er blickte auf Jenny, die auf dem Stein kauerte und ihr Gesicht abwandte. „Ich bin über dich sehr erstaunt, Jenny“, sagte er mit scheinbarem Tadel in der Stimme. „Ein anständiges Mädchen wie du.“ Er betrachtete wieder seinen Bruder sehr freundlich, und seine Augenbraue zuckte. „Du bist mir ein richtiger Schürzenjäger, Jon. Kein Mädchen ist vor dir sicher, nicht einmal ein unberührtes Bißchen wie Jenny. Ich sollte wirklich sehr zornig sein. Schließlich bin ich ihr natürlicher Beschützer. Zumindest hättest du die Etikette wahren und um ihre Hand ansuchen sollen, statt sie dir so wild anzueignen — wenn ich es milde ausdrücken darf.“

Jonathan hätte ihn auf der Stelle töten können. Er haßte ihn, kam sich aber auch lächerlich, verächtlich und ziemlich blöde vor.

„Knöpf dein Kleid zu, Jenny, Liebes“, fuhr Harald in väterlichem

Ton fort. „Ziemlich übertrieben, wie weit es offen steht. Du solltest beim Anziehen sorgfältiger sein. Zieh auch den Rock hinunter. Ich glaube, es gehört sich nicht für junge Damen, daß sie sich fast bis zum Schenkel entblößen — noch dazu bei hellem Tageslicht. Aber das passiert bei einer Balgerei, habe ich mir sagen lassen."

Jonathan ballte seine Fäuste. Sein Gesicht war noch immer von einer tiefen Röte überzogen. Dann blickte er seinem Bruder in die Augen und merkte, daß sie kein bißchen lächelten, sondern hart blitzten und daß ihr sonst so ansprechendes Nußbraun sich in eine häßliche Erdfarbe verwandelt hatte.

Harald lachte weich und sah Jonathan offen ins Gesicht. „Beenden wir diese Komödie! Es betrübt mich, fröhliche Menschen in einer — indiskreten — Situation zu überraschen. Aber ich hörte Stimmen — und ich habe dich ja gesucht, Jon. Man teilte mir mit, daß du noch auf der Insel seist. Man glaubte, daß ich in Hambledon wäre, aber ich hatte mich im Schloß niedergelegt. Daher machte ich mich auf die Suche nach dir. Es war keineswegs meine Absicht, dir und Jenny meine Gegenwart aufzudrängen. Hättet ihr beiden euch nett und höflich unterhalten, auf freundschaftliche Weise, wie es üblich ist, wenn ein Gentleman eine Dame besucht, oder Tee miteinander getrunken — Jenny, hast du die Teetassen vergessen? —, wäre ich wieder eine kurze Strecke zurückgegangen, hätte etwas Lärm gemacht und gerufen, um euch auf mich aufmerksam zu machen. Aber in den Geräuschen, die ich hörte, war etwas — ein Balgen, Küssen? — das mich beunruhigte." Er breitete, Verständnis heischend, seine Hände aus. „Was konnte ich anders tun, als herbeizueilen, um Jennys Ehre zu retten, die augenscheinlich in höchster Gefahr war, sie zu bewahren vor — wie nennen es die Damen? — ‚vor einem Schicksal, das ärger ist als der Tod'. Jenny, du solltest mir dankbar sein!"

Das arme Mädchen knöpfte sein Kleid zu.

„Du hast deinen Spaß gehabt", sagte Jonathan, der sich nur mit Mühe davor zurückhalten konnte, ihn zu schlagen. „Jetzt könntest du uns wieder in Frieden lassen."

„Damit du die Verführung dieses unschuldigen hilflosen Mädchens fortsetzen kannst?" Harald schauderte in gespieltem Entsetzen zurück. Er grinste und zeigte seine schönen Zähne. „Nicht ich", erklärte er und schlug sich theatralisch auf die Brust, „als Beschützer meiner Stieftochter."

Obwohl sein Mund lächelte, entging Jonathan nicht der häßliche Ausdruck in seinen Augen und er wußte: Er haßt mich so wie ich ihn. Er würde mich genau so leicht töten wie ich ihn. Eine hübsche Situation!

„Du brauchst Jenny nicht zu beschützen", erklärte Jonathan. „Wir werden heiraten, und zwar sofort."

„Vorher oder nachher?" fragte Harald.

„Ach, scher dich zum Teufel", antwortete Jonathan wütend. Er blickte auf Jenny, die allzu still und erschrocken dasaß. „Jenny? Ich werde meine Mutter bitten, daß sie dich einlädt, bei ihr zu wohnen, bis wir heiraten. Du kommst doch, nicht wahr, Jenny?"

Harald schüttelte traurig den Kopf. „Ich fürchte sehr, sie wird nicht wollen, Jon. Wirklich, ich fürchte sehr."

Jonathan beachtete ihn nicht. Aus irgendeinem perversen Grund hatte er Lust, schallend zu lachen. Er wollte Jenny auch trösten und sie zum Lachen bringen. „Schon morgen, Jenny?" fragte er.

„Nein, lieber Bruder", antwortete Harald, als Jenny weiter schwieg. „Jenny hat ihre Gründe, nicht wahr, meine Liebe? Einen sehr rechtschaffenen, triftigen Grund. Jenny ist die Anständigkeit in Person, zumindest war sie es bis vor einer halben Stunde. Du mußt wissen, Jon", Haralds Stimme nahm einen traurigen Tonfall an, „daß Jenny dachte, du seist ein Mörder, und erst vor kurzem habe ich sie aus reiner Herzensgüte eines Besseren belehrt."

„Was?!" sagte Jonathan. „Du lügst!"

„Aber nein! Frag doch Jenny selbst! Sie glaubte, daß du ihre Mutter ermordet hast. Ja, ja! Wie vieler Morde bezichtigt man dich doch, Blaubart war dagegen ein Dilettant. Was du für einen Ruf besitzt! Und was für ein schwarzes Gesicht du plötzlich hast, Großpapa."

Jonathan blickte ihn mit einem schrecklichen Ausdruck an, aber Harald war zu sehr in Fahrt, um besonders auf der Hut zu sein. Trotzdem trat er einen Schritt zurück. „Warum fragst du Jenny nicht selbst?"

Jenny hatte sich sehr steif auf den Stein aufgesetzt. Sie stieß ihr Haar zurück. Ihr Gesicht wirkte sehr bleich in dem grünlichen Dämmerschein der Grotte.

„Jenny?" fragte Jonathan und wandte sich von seinem Bruder ab.

„Es ist wahr", sagte sie mit gepreßter Stimme. „Es war sehr dumm von mir. Ich — ich dachte, du — und Harald — hättet euch verschworen, gemeinsam meine Mutter ihres Geldes wegen zu ermorden." Plötzlich schlug sie die Hände vors Gesicht. „Wie konnte ich nur so dumm und unwissend sein? In jener Nacht, gerade bevor sie starb, dachte ich, daß die Injektion, die du ihr gegeben hast — ich wußte nicht, daß sie schon im Sterben lag und daß du versuchtest, sie zu retten."

„Und die ganze Zeit", erklärte Harald mit liebevoller Stimme, „glaubte das arme Kind, wir wären ein brüderliches Mörderpaar. Von mir hat Jenny nicht ganz so schlecht gedacht; sie glaubte, ich wäre nur an diesem einen Mord schuld, oder ich wäre der Anstifter. Du warst der wahre Schurke. Mit deiner todbringenden kleinen Nadel."

„Oh, Gott", stöhnte Jonathan. Er starrte das Mädchen voll Widerwillen an. Dann fragte er scharf: „Jenny, du kannst doch nicht wirklich so verrückt gewesen sein, das ist doch nicht möglich, oder?"

Sein Ton ließ sie zusammenzucken. Sie konnte nur dasitzen mit ihrem verhüllten Gesicht und schmerzerfüllt den Kopf schütteln. Auch als Jonathan Mantel und Hut aufhob und an seinem Bruder vorbei hinausstürmte, blickte sie nicht auf. Harald zündete sich eine Zigarette an und rauchte sie mit Genuß. Kurz vor dem Ausgang der Grotte blieb Jonathan stehen und sagte voll bitterer Verachtung: „Deswegen bist du mir immer davongelaufen, Jenny, wie eine gejagte Maus! Wenn du dir nicht dieses wilde Wahngebilde eingeredet hättest, wärst du dann in jener Nacht mit mir ins Bett gegangen?"

„Oho", machte Harald. „Was für ein liebliches Bild steigt da vor mir auf. Wann war ‚jene Nacht', Jenny? War unser Jon zu feurig, hat er dich zu sehr bedrängt? Er hat kein Feingefühl, weißt du."

Jonathan hob seine harte braune Hand und schlug dem Bruder quer über das Gesicht, so daß Harald gegen die Grottenwand fiel. Dann ging er endgültig. Die Geräusche seines wütenden Abganges hallten noch einige Minuten lang in der Stille.

Jenny weinte. Harald rauchte und beobachtete sie freundlich, bis sie nicht mehr weinen konnte. Sie suchte in ihrer Tasche nach einem Taschentuch und blies heftig wie ein Kind hinein. „Die Natur kann sich sehr dramatisch und heldenhaft geben", dozierte Harald, „zum Schluß wird sie unweigerlich komisch. Erst weinen wir uns das Herz aus, dann müssen wir die Nase putzen oder auf die Toilette gehen. Sehr banal. Jenny, das hier ist keine so große Tragödie, wie du jetzt glaubst. Du hast Jon heute von seiner schlechtesten Seite kennengelernt, wenn das überhaupt möglich ist. Er wartet niemals Erklärungen ab, niemals. Er bildet sich seine Meinung und hört sich nie eine Verteidigung an. Denk nur, was für einem Leben du entkommen bist, Jenny."

Sie putzte sich die Nase und blitzte ihn voll Qual und Ärger an.

„Ich weiß, mein Liebling, du gibst mir die Schuld. Aber ich habe es zu deinem Besten getan. Schau, schließlich hast du Jon vorher gar nicht so ungerecht behandelt. Vielleicht wußtest du es nicht, aber es laufen ein paar böse Gerüchte über dich in Hambledon, und er —"

„Über mich?" schrie Jenny und sprang auf die Beine. „Mich?"

„Über dich, meine Süße. Daß du meine Geliebte bist und wahrscheinlich auch ein Spielzeug für mehrere andere Herren."

„Oh, was du für ein schmutziger Lügner bist", schrie Jenny und stürzte sich auf ihn.

„Jenny, beruhige dich, bitte." Sein spöttischer Ton ließ sie einhalten. „Jon glaubte diese Gerüchte, jedes einzelne. Er hat viele obszöne Witze über dich nicht nur in meiner Gesellschaft, sondern auch vor anderen Herren gemacht. Er hat sie mit einiger Zurückhaltung sogar meiner Mutter gegenüber erwähnt. Wenn du mir nicht glaubst, frage sie. Du kannst auch andere Leute in Hambledon fragen."

Jennys lange schwarze Wimpern zitterten naß und glanzlos. Obwohl immer wieder Tränen über ihr Gesicht herunterströmten, dachte sie nach. Sie erinnerte sich an das heimliche Lächeln, das sie immer in Hambledon ertragen mußte, seit ihre Mutter gestorben war, und daran, wie sie von manchen gemieden und kurz abgefertigt wurde. Sie war schon immer ganz besonders schüchtern gewesen. Sie hatte geglaubt, daß ihre besondere Schüchternheit diesen halbversteckten Spott hervorgerufen habe, den sie in der Stadt festgestellt hatte, und daß die Abneigung durch ihre mehr und mehr hervorkommende Reizlosigkeit gefördert wurde. Ihr Vater hatte ihr eingeredet, daß sie keine „Anmut" besitze. Als sie heranreifte, gewöhnte sie sich an die Vorstellung, ein „Bauerntrampel" zu sein, der die abfälligen Bemerkungen und die Gleichgültigkeit verdiente. Sie erinnerte sich auch an Jonathans seltsame Bemerkungen, die sie nicht verstanden hatte.

Und an jenem 4. Juli hatte Jonathan sie im Haus ihres Vaters, wo ihre Mutter gestorben war, überfallen, als sie ganz allein und ohne Beschützer war. Sie hatte vergessen, was er ihr in der Bibliothek gesagt hatte, und nachher, als sie miteinander in ihrem Zimmer kämpften. Später fühlte sie sich zu schuldbeladen und beschämt, als daß sie noch daran gedacht hätte. Aber jetzt erinnerte sie sich wieder, wie er sie spöttisch gefragt hatte, warum sie ihm etwas vorenthalten wolle, was sie seinem Bruder so großzügig gewährte, und eiskaltes Entsetzen durchfuhr sie. Sie dachte daran, daß sie ihm ins Gesicht geschlagen hatte, wie er jetzt Harald geschlagen hatte. Wie hatte sie das vergessen können! Wie hatten ihr seine offene Verachtung für sie, sein Spott, sein lachender Vorwurf, daß sie spröde sei, entfallen können!

Ihr Gesicht wurde dunkelrot, als sie es jetzt Harald zuwandte, der sie anlächelte und ein Taschentuch mit seinen Lippen befeuchtete, es sorgsam gegen seine Wange preßte und dann auf Blut untersuchte. „Denkst du an einen Beweis, Jenny?" fragte er. „Wenn ja, freut es mich. Falls Jon jemals Respekt gehabt hätte, würde er sich dir in jener Nacht nicht so aufgedrängt haben, wie ich es mir gut vorstellen kann, und er hätte es auch heute in der Grotte nicht neuerlich versucht, nur weil er vermutete, daß du allein auf der Insel seist, fern vom Haus und von meinem Schutz. Er behandelte dich wie eine Schlampe, Jenny, eine Dirne, eine Hure. Sicher bist sogar du verständig genug, um das zu bemerken. Ein Gentleman versucht nicht, ein junges Mädchen so grob zu verführen, noch dazu eine wie du, außer er hält sie seines Respekts nicht für würdig. Seine Heiratsanträge — Jenny! Hättest du dich — hm — ergeben — er würde dir nachher ins Gesicht gelacht haben, mild ausgedrückt. Glaube mir, ich kenne meinen Bruder. Er hat einen schlechten Ruf bei Frauen."

„Jon konnte so etwas wirklich von mir glauben?" murmelte Jenny in traurigem Erstaunen.

„Jenny, Jenny, hast du nicht gehört? Ist es nicht ganz klar, daß er wirklich daran geglaubt hat, ja noch immer glaubt? Ist dir sein Benehmen nicht Beweis genug?“

„Oh!“ stöhnte Jenny, legte ihre Hand an die Wange und drehte ihr verweintes Gesicht voll Scham, Sorge und bitterer Einsamkeit zur Seite.

„Ich weiß, daß dich das hart trifft, meine Liebe“, erklärte Harald frohlockend. „Aber es ist besser, du erfährst es jetzt als später, wenn ich nicht zu deiner Hilfe herbeistürzen kann. Denk doch daran, was du sonst alles erleiden hättest müssen! Jon ist ein schlechter Mensch, Jenny. Er war grausam zu seiner Frau Mavis und trieb sie in den Tod, obwohl du das nicht wahrhaben willst. Er ist grausam zu Frauen, einfach grausam. Eine Frau hat für ihn nur einen Zweck. Die weibliche Bevölkerung dieser verdammten Stadt betet ihn an, soweit sie keinen Grund hat, ihn zu hassen. Ist das nicht seltsam? Ich will meine Bescheidenheit einen Moment beiseiteschieben und feststellen, daß er im Vergleich zu mir weder Charme hat noch gut aussieht.“

„Ich hasse euch beide“, schrie die arme Jenny. „Ich verachte euch beide!“ Dann schob sie ihr Haar aus dem Gesicht und schritt auf den Ausgang der Grotte zu. Aber Harald schüttelte lächelnd den Kopf und gab den Weg nicht frei.

„Du verachtest nicht mich, süße Jenny. Du verachtest, was ich dir gesagt habe. Ist das fair — mir gegenüber? Du hast mir schon einmal in deinen Gedanken schrecklich unrecht getan, und ich habe dir verziehen. War das nicht großmütig? Wer sonst würde eine solch grauenvolle Beschuldigung so leicht vergeben, wenn nicht jemand, der dich liebt?“

„Bitte“, flehte Jenny mit gebrochener Stimme. „Bitte, laß mich gehen! Ich — ich kann es nicht länger ertragen. Bitte!“

„Aber selbstverständlich“, sagte er sanft und trat zur Seite. Sie ging rasch an ihm vorbei, und er hörte sie laut aufschluchzen, als sie auf das Schloß zurannte.

„Mein lieber Jon“, dachte Harald. „Aug um Aug, Zahn um Zahn. Ich glaube, daß mir bei deinem Schlag ein Zahn die Wange von innen verletzt hat. Auf jeden Fall bin ich sicher, daß du Jenny das letzte Mal gesehen hast — und sie dich auch. Soll ich dich zur Hochzeit einladen? Das muß ich mir lange und gründlich überlegen.“

EINUNDDREISSIGSTES KAPITEL

Entsetzt und ungläubig blickte Miß Amelia Forster auf Howard Best, der ihr in dem leeren Wartezimmer gegenübersaß. Es war Samstagnachmittag, Robert Morgan befand sich in den Spitälern, und von Jonathan fehlte jegliche Spur. Howard kannte sie gut, sein Vater war ein Schulfreund von ihr gewesen, und enge Freundschaft verband sie mit seiner Familie. Er hatte sie angerufen und gebeten, ob er sie in Jonathans Ordination etwas fragen dürfte. Als Tochter eines Geistlichen und Mitglied der „Frauenhilfe" war Miß Forster gewöhnt zu gehorchen. Sie dachte daher nicht einen Moment daran, einzuwenden, daß sie ein Picknick mit der Familie ihrer Schwester verabredet habe. Auch klang Howards Stimme so ernst und drängend, daß sie der Stimme ihres Vaters in seinen strengen Momenten glich.

So saß also Howard an diesem heißen, dämmerigen Nachmittag gegen Ende August mit ihr allein beisammen. Er gab ihr eine vorsichtige Schilderung des Teils der Geschichte von Louis Hedler, der die Ordination und sie selbst betraf, und bat sie, die Angelegenheit streng vertraulich zu behandeln.

Sie bgann leise zu weinen, und ihre dünne weiße Nase rötete sich. Sie legte ihre Brille ab und rieb sich die Augen. Ihre steifen Keulenärmel aus Musselin machten ein paar Augenblicke lang einen verwelkten Eindruck. Dann klopfte sie heftig auf ihren grauen Pompadour, setzte sich steif auf und faltete die mageren Hände auf ihrem Pult. „Howard", sagte sie sehr ruhig, „Sie wissen, daß das alles Lügen sind, soweit es Doktor Ferrier betrifft."

„Ja, Amelia, ich weiß es. Aber es wird schwierig sein, auch die anderen davon zu überzeugen."

„Aber zu denken, daß Doktor Ferrier, der so freundlich und gütig ist — ein wenig pedantisch vielleicht, aber das gefällt mir bei Herren —, daß er das Opfer von so viel Haß, Bosheit, Lügen und Grausamkeit sein soll. Zu denken, daß es eine Verschwörung gibt, um ihm sein Diplom abzuerkennen —"

„Und ihn ins Zuchthaus zu bringen", setzte Howard fort.

Amelia schnappte nach Luft. „Was für eine schlechte, böse Welt!"

„Ich habe noch nie das Gegenteil gehört. Aber es darf Sie nicht überraschen. ‚Die Kinder der Finsternis sind weiser in ihrem Tun als die Kinder des Lichtes.' Steht es nicht so in der Bibel?"

„‚Das Böse gedeiht wie ein grüner Lorbeerbaum' ", sagte die Tochter des Geistlichen. „‚Der Reichtum eines vermögenden Mannes ist seine starke Stadt. Ich habe Knechte auf Pferden reiten und Prinzen als Knechte auf der Erde wandern sehen'. Mit Geld erreicht man alles! Ja, das steht in der Bibel — und da fragt man sich —"

„Ich frage mich die ganze Zeit", meinte Howard. „Aber wir glauben auch, daß eine persönliche Auslegung der Bibel zu großem Irrtum führt, Amelia. Bitte, fühlen Sie sich nicht beleidigt oder gekränkt. Wir wollen uns nicht über die Lehren der Sekten streiten. Bitte, schauen Sie sich diese bestätigten Rechnungen an, die eine vom 19., die andere vom 21. November letzten Jahres, ausgestellt auf die Namen Miß Louise Wertner und Miß Mary Snowden, beide aus dieser Stadt und lautend auf 50 bzw. 75 Dollar. Haben Sie diese Rechnungen vor ganz kurzer Zeit bestätigt?"

Miß Forster prüfte die Rechnungen sehr genau durch ihre Brille und sagte dann mit Bestimmtheit: „Ja, wirklich. Ich erinnere mich gut an die jungen Damen, sie waren beide ziemlich klein und blaß."

„Haben Sie sich an sie erinnert? Von früher her?"

„Nein. Aber der Doktor hat eine große Praxis, wie Sie wissen. Es ist unmöglich, sich alle zu merken, die hier kommen und gehen, vor allem wenn es keine regelmäßigen Besucher sind. Meines Wissens habe ich diese jungen Damen nie vorher gesehen, bis zu dem Tag, an dem sie diese Rechnungen bezahlten." Sie deutete mit dem gekrümmten Zeigefinger darauf.

„Ich verstehe." Howard dachte melancholisch nach. „Und das ist Ihre Handschrift?"

„Selbstverständlich. Und die Rechnungen wurden auf dieser Olivier geschrieben, auf meine Art. Sie sind nicht gefälscht, Howard", und der Schatten eines Lächelns huschte über ihr Gesicht. „‚Komplette Durchsuchung' ".

„Diese Rechnungen wurden also im November weggeschickt, an diesen Tagen, nachdem Jon die Mädchen untersucht hatte?"

Miß Forster runzelte die Stirne. „Aber nein, Howard. Die Mädchen brachten keine Rechnungen mit."

Howard richtete sich auf und hielt den Atem an. „Was heißt das, Amelia?"

„Sie kamen hierher, die eine ein paar Stunden vor der zweiten, und beide behaupteten, sie hätten vergessen, ihre Rechnungen mitzubringen, aber der Betrag wäre so und so und die Rechnungen hätten auf dieses und dieses Datum gelautet. Ich nahm natürlich das Geld, tippte neue Rechnungen, bestätigte sie und —"

„Vor drei Wochen?" schrie Howard und sprang mit einem wilden Ausdruck in seinem Gesicht hoch.

Miß Forster starrte ihn etwas furchtsam an. „Ja, ja", stammelte sie. „Ich habe es Ihnen doch erzählt, Howard. War es falsch, das Geld zu nehmen, da sie keine Rechnungen hatten? Es wäre doch abwegig zu glauben, daß jemand zu mir kommt und sagt, er schulde dem Doktor Geld, und sich auch noch bereit erklärt zu zahlen, wenn er gar nichts schuldig ist. Und Sie dürfen wirklich nicht —"

„Warten Sie.“ Howard war atemlos vor innerem Jubel. Er setzte sich und betrachtete Miß Forster mit einem glücklichen Lächeln. „Lassen Sie mich wiederholen: Ihres Wissens haben Sie die beiden jungen Damen nie zuvor gesehen, sondern sie kamen vor kurzer Zeit, erzählten Ihnen, daß sie Jon Geld schuldeten, nannten den Betrag und gaben an, daß sie die Rechnungen vergessen hätten? Aber die neuen Rechnungen wurden auf letzten November datiert?“

„Das stimmt“, bestätigte Miß Forster.

„Und vor drei Wochen — genau damals — haben Sie die neuen Rechnungen ausgestellt?“

„Richtig.“

„Und Sie bestätigten Sie auf der Stelle und erhielten das Geld?“

„Sicher.“

„Soweit Sie sich also erinnern, haben Sie im November niemals Rechnungen ausgestellt, welche auf diese Beträge lauteten?“

„Nein, soweit ich mich erinnern kann, aber es ist schon so lange her, fast neun Monate. Als ich das Geld erhielt, ging ich die Karteikarten der jungen Damen heraussuchen, um die Beträge zu notieren, damit nicht neue Rechnungen geschickt werden.“

„Liebe Amelia! Lassen Sie mich diese Karteiblätter sehen.“

Ihre Wimpern zuckten heftig. „Aber es waren keine vorhanden, Howard.“

„Es waren keine da?“ fragte Howard ungläubig, aber in seinem Inneren lächelte er bereits.

„Nein, wirklich nicht. Es hat mich auch ein wenig beunruhigt. Ich berichtete es dem Doktor später, aber er regte sich darüber nicht auf. Wissen Sie, er vernichtet oft die Karteikarten, die nicht mehr gebraucht werden. Ich halte das für alles andere als korrekt, aber bei seiner Praxis würden wir Lagerhäuser brauchen. Und wenn Rechnungen bezahlt sind und die Patienten nicht innerhalb von sechs Monaten oder eines Jahres wiederkommen, zerstört er die Blätter und —“

„Wie oft macht er das?“

„Gelegentlich. Er sagt, es ist nicht mehr nötig, einmalige alte Krankengeschichten aufzuheben, denn es gibt ja keine Einkommensteuer mehr —“

Howard war noch immer atemlos. Er lehnte sich in seinem Stuhl zurück und betrachtete Miß Forster liebevoll. „Es war daher nicht ungewöhnlich, daß Sie die Karteikarten dieser jungen Damen nicht fanden?“

„Nein. Obwohl er natürlich die Karten meist nicht wegwirft, bevor die Rechnungen bezahlt sind — außer er hat beschlossen, dem Patienten nichts zu verrechnen — er ist ja so gütig, wissen Sie, Howard, so gefühlvoll, so mitleidig zu den Armen —“

„Ja, ja, das verstehe ich, Amelia. Wenn man es von Ihnen verlangt, würden Sie beschwören, daß diese Rechnungen, obwohl auf November datiert, von Ihnen auf Wunsch erst vor drei Wochen wirklich geschrieben worden sind, weil die Patienten angaben, die Originalrechnungen vergessen zu haben, aber trotzdem die Beträge zu wissen?"

„Schwören, Howard?" Miß Forster war erschüttert.

„Sie wissen, was eine eidesstattliche Erklärung ist."

„Ja, selbstverständlich. Aber in dieser Stadt hat noch niemand jemals an meinem Wort gezweifelt, und darum —"

„Liebe, süße Amelia! Wenn ich in meinem Büro eine eidesstattliche Erklärung für Sie ausarbeite, werden Sie sie beschwören — oder bekräftigen, daß sie wahr ist, daß alles wahr ist, was Sie mir eben erzählt haben?"

„Das will ich." Miß Forster blickte sehr entschlossen. „Aber ich verstehe nicht, was das bedeuten soll. Sie haben mir nur mit ein paar Worten über eine böswillige Verschwörung gegen Doktor —"

Howard sah sie nachdenklich an. „Diese jungen Damen, Amelia, haben bereits Erklärungen abgegeben, daß Jon sie hier in seinem Operationsraum an den bewußten Tagen im November abgetrieben hat."

Miß Forsters dünner, farbloser Mund fiel herunter und ihre weitgeöffneten Augen starrten Howard an, dann überzog ein dunkles Rot ihr trockenes Gesicht. Sie schaute weg und blinzelte heftig.

„Ich habe geglaubt, Sie hätten verstanden, als ich Ihnen sagte, daß bestimmte weibliche Wesen ausgesagt haben, Jon hätte an ihnen vorgenommen, was man einen verbotenen Eingriff nennt."

„Nein, das habe ich nicht verstanden", erklärte Miß Forster steif. „Ich dachte, Sie meinten Operationen, die eigentlich in einem Spital durchgeführt werden sollten, bei denen Doktor Ferrier aber beschlossen hatte, sie ohne Anästhesie durchzuführen ... Das ist sehr arg, wissen Sie, und nicht zu entschuldigen, wenn es wahr wäre, aber —"

„Ich sprach von sogenannten verbotenen Operationen."

Miß Forster erhob sich sehr erregt. „Sie müssen mich entschuldigen, Howard. Mir ist nicht gut. Ich muß mich einen Moment niederlegen."

Howard erhob sich gleichfalls. Er nahm ihren Arm. „Es tut mir leid, Amelia. Ich verstehe. Aber jetzt begreifen Sie, was das alles wirklich bedeutet. Schon gut, meine Liebe, weinen Sie, wenn es notwendig ist, aber versuchen Sie zuzuhören. Erfassen Sie die Ungeheuerlichkeit dieser gefährlichen Vorwürfe gegen Jon?"

„Ja, ja. Aber sicher könnte niemand so schlecht sein? Diese Mädchen ... sie waren so blaß, arm und sehr sanft, und sie sprachen so nett mit mir und entschuldigten sich, daß sie die Rechnungen nicht mitgebracht hatten, und ich dachte noch, wie wohlerzogen sie waren, wenn man ihren Stand bedachte, an dem kein Zweifel bestand."

Howard lächelte über die gezierte Ausdrucksweise. Er legte seine Arme sanft um Miß Forster.

„Wie ist das möglich, Howard, daß so armselige kleine Dinger so böse sein können?"

„Nun, ich habe gehört, daß sich böse Geister oft hübsch verkleiden."

„Ich — mein Vater — wir haben nicht an böse Geister geglaubt, Howard. Es gibt sie bestimmt. Denken Sie nicht daran. Aber wenn es Ihnen hilft, dann gebe ich Ihnen mein Wort dafür, daß die Mädchen sich nicht das alles selbst ausgedacht haben. Ich glaube, ihre Namen wurden bestimmten Leuten angegeben. Das hat wenig zu bedeuten, liebe Amelia. Wahrscheinlich wurden sie irgendwie gezwungen, mit Gewalt oder Drohungen, daß sie diesen Meineid leisteten. Wir werden es vielleicht nie erfahren."

Sie putzte ihre Nase, die schon ziemlich angeschwollen war, und nickte stumm. Sie hatte noch immer nicht ganz die Tragweite der Verschwörung gegen Jonathan Ferrier erfaßt, obwohl sie langsam die Umrisse erkannte.

„Und Montag, Amelia, kommen Sie in mein Büro, um die Erklärung zu — bestätigen?"

„Ja — aber was für eine Entschuldigung soll ich dem Doktor sagen? Ich kann nicht lügen, Howard, und ich habe Ihnen versprochen, Doktor Ferrier nichts von all diesen — Sachen — zu erzählen."

„Sie müssen ihm sagen, daß Sie eine geschäftliche Angelegenheit bei einem Rechtsanwalt zu erledigen haben, die nur ein paar Minuten beansprucht. Schließlich ist es bis in mein Büro ja nur ein Spaziergang von zehn Minuten."

In neuer Erregung schlug sie ihre Hände fest zusammen. „Oh, Howard, wie schrecklich, so etwas unserem Doktor antun zu wollen! Diese Leute gehören bestraft, bestraft, bestraft!"

„Erinnern Sie sich an eine Mrs. Edna Beamish, Amelia?" fuhr Howard fort.

Sie runzelte die Stirn und dachte nach. Dann nickte sie: „Oh, ja, eine sehr hysterische Dame."

Sie erzählte Howard, was er schon wußte, und ihre Stimme wurde laut vor Unwillen. „Was für ein vulgärer Auftritt! Stürzt heraus mit dem Hut in der Hand und fuchtelt wie wahnsinnig mit dem Schirm herum! Also, ich muß schon sagen!"

„Sie machte nicht den Eindruck, gerade große Schmerzen oder Qualen erlitten zu haben?"

Amelia sah ihn erstaunt an. „Wieso? Keine Spur. Ich habe sie zwar schreien gehört, daß der Doktor ihr sehr weh tue, worauf Doktor Morgan sofort in den Untersuchungsraum ging — er befand sich gegenüber in der Halle, und ich sah ihn, weil ich so erschrocken war, daß ich die Tür öffnete und ihre Stimmen hörte. Doktor Ferrier lachte gerade wie über einen Witz, und Doktor Morgan fluchte ein wenig. Das habe ich gehört. Kaum war ich wieder an meinem Schreibtisch, als zu meiner höchsten Überraschung diese Dame ins Zimmer stürzte und uns alle anschrie, die Patienten und auch mich, daß der Doktor sie verletzt habe. Mir kam fast das Lachen, denn er hat noch nie jemandem weh getan."

„Sie sind eine Perle, Amelia." Howard klopfte ihr auf die Schulter. „Ich werde das auch in die Erklärung einbeziehen." Dann fiel ihm noch etwas ein. „Wissen Sie, ob Jon noch die Instrumente aufbewahrt, die ihm sein Vater gegeben hat?"

„Ja, in einem verschlossenen Schrank."

„Niemand außer ihm selbst hat dazu einen Schlüssel?"

„Niemand. Nicht einmal Doktor Morgan, der ihn aber gar nicht brauchen würde. Es gibt noch einen zweiten, ziemlich kompletten Schrank im anderen Untersuchungszimmer, für den hat Doktor Morgan den Schlüssel. Dort sind aber keine chirurgischen Instrumente, sondern nur solche für Untersuchungen. Unsere Spitäler sind sehr modern, wie Sie wissen."

Howard ging in den weißen, verlassenen Untersuchungsraum und besah sich Jonathans Schrank. Er sah die kostbaren Instrumente auf ihren weißen Seidenpolstern. Er stellte fest, wo die Kürette gelegen war, und bemerkte die dunklen Staubkörner in der leeren Vertiefung. Wer hatte Jonathans Instrument herausgenommen? Wer hatte Zugang zu seinem Schlüssel? Darauf gab es nur eine Antwort: Seine Frau. Howard stand da und starrte geistesabwesend durch die Glaswände des Schrankes, während er sich sein Kinn rieb. Mavis. Mavis also hatte das Instrument genommen. Die Frage war, warum? Mavis war eine dumme junge Frau gewesen. Sie würde den Namen oder den Zweck einer Kürette sicher nicht gekannt haben, außer man hatte es ihr erklärt.

Miß Forster wartete auf ihn, denn sie mußte die Ordination absperren.

„Amelia", wandte er sich an sie, „es waren doch verschiedene Patienten, Männer und Frauen, an dem Tag hier in der Ordination, als Mrs. Beamish schreiend davonrannte und Jon beschuldigte, sie ‚verletzt' zu haben. Gewisse Leute haben sie ausfindig gemacht, und sie haben — sehr unwillig — Erklärungen über die Angelegenheit abgegeben, soviel sie davon noch wußten. Bis jetzt ist es mir noch nicht klar, wie sie die Namen von Jons Patienten an diesem Tag feststellen konnten."

Miß Forster starrte ihn an, dann beugte sie sich vor. „Aber natürlich, Howard. Ich glaube, ich kann Ihnen das erklären, zumindestens glaube ich es. Ein Herr, der sich als Polizeibeamter ausgab — ich zweifle nicht, daß er einer war, denn er zeigte mir seine Ausweise —, erzählte, daß irgendeine Dame ihre Handtasche mit einem beträchtlichen Geldbetrag hier in der Ordination zurückgelassen habe. Ich erinnerte mich nicht im leisesten an die betreffende Dame. Es waren so viele an jenem Tag dagewesen, ganz besonders viele. Er gab mir das genaue Datum an, und ich suchte ein paar Karteiblätter heraus und gab dem Beamten die Namen von vier, fünf Leuten. Später fiel mir ein, daß es der Tag war, an dem Mrs. Beamish hier war. Der Polizist meinte, daß vielleicht eine Dame irrtümlich die Tasche an sich genommen habe, oder ein Herr in der Meinung, sie gehöre seiner Frau. Ich erinnere mich, daß ich ganz verwirrt war, denn mit Ausnahme von Mrs. Beamish waren an jenem Tag keine wirklichen Fremden da, die zu den beiden Doktoren wollten. Und es waren keine Diebe darunter, das weiß ich. Ich sagte dem Beamten meine Meinung und erklärte —"

„Würden Sie ihn wiedererkennen?"

Miß Forster überlegte, dann schüttelte sie den Kopf. „Nein, ich glaube nicht. Ein sehr unauffälliger kleiner Mann. Howard, glauben Sie, daß es ein Schwindler war? Glauben Sie, daß er mich angelogen hat?"

„Ich glaube nicht, daß es ein Schwindler war", erwiderte Howard grimmig. „Aber er hat Sie angelogen. Er wollte die Namen für eidesstattliche Erklärungen gegen Jon. Den Patienten wird er wahrscheinlich erklärt haben, daß Mrs. Beamish irgendwelche Ansprüche an Jon stellt, und daß er versuche, Jon zu schützen. Sie mögen daher, bitte, das und jenes über die Frau bestätigen, die da geschrien hat, Jon wolle sie verletzen. Ich kann mir jetzt sehr gut vorstellen, warum sie sich sträubten: nicht weil sie glauben, Jon zu schaden, sondern weil sie wie alle anderen normalen Staatsbürger eine Aversion gegen Behörden haben." Er dachte einen Moment nach. „Natürlich, so war es! Und ich habe bis jetzt etwas ganz anderes vermutet. Nichts ist, was es scheint, Amelia."

Wieder auf der Straße bestieg er seinen Wagen. Lange saß er da und dachte scharf nach. Er hatte vorgehabt, zu den „jungen Damen" zu gehen, die ausgesagt hatten, daß Jon verbotene Eingriffe an ihnen durchgeführt habe, aber jetzt verwarf er diese Idee. Sie hatten unbekannte, mächtige Freunde, daran war nicht zu zweifeln. Einflußreiche Persönlichkeiten standen schattenhaft hinter ihnen, und natürlich würden diese sofort alles erfahren.

Es hat schon etwas für sich, in einer so kleinen Stadt wie Hambledon zu leben, dachte er, als er losfuhr. Fast jeder kannte Miß Forster, deren Ahnen zu den Gründern der Stadt gehört hatten. Sie und ihre Familie genossen höchstes Ansehen, und obwohl sie jetzt in ziemlich ärmlichen Verhältnissen lebten, würde niemand das Wort einer Forster anzweifeln. Ihr Bruder war Priester in der Kirche seines Vaters und hatte überall einen guten Ruf. Miß Forsters Wort und ihre eidesstattliche Erklärung würden bei jedem Gericht anerkannt werden, sogar Campion wußte das. Howard überlegte nochmals. Der Senator hatte behauptet, die kleine Näherin und die Putzmacherin nicht zu kennen, auch sie sagten nichts über eine Bekanntschaft mit ihm, aber Howards juristischer Spürsinn versicherte ihm, ohne den geringsten Beweis allerdings, daß eine solche Beziehung vorhanden sein müsse. Trotzdem wagte er es nicht, sie direkt oder indirekt daraufhin anzusprechen, denn sie würden bestimmt voll Entsetzen zu jenen laufen, die den Meineid von ihnen verlangt hatten.

Im geeigneten Moment aber würde man sie einander gegenüberstellen. Howard hatte da einen bestimmten Plan im Auge, der immer festere Umrisse annahm.

Howard Best war mit der Polizei in Scranton gut bekannt, und der Polizeichef war einer seiner besten Freunde, denn sie kannten einander schon von Kindheit an. Er ging also zu William Simpson und bat ihn um eine vertrauliche Unterredung. „Es ist eine ziemlich unbedeutende Sache“, fing er an. „Eine kleine Klage gegen Mrs. Edna Beamish, die früher in Scranton lebte. Ich habe es aus Freundschaft übernommen.“ Obwohl sie Freunde waren, war Howard zu sehr Jurist, um allzu direkt und offen zu sein.

William Simpson lächelte. „Oh, Edna. Ein Mädchen, das vom rechten Pfad abgekommen ist, wie wir sagen. Eine hübsche, kleine Schlampe. Das hübscheste kleine Ding, das jemals seine Röcke gehoben hat, um seine Ware dem besten Kunden vorzuführen — im richtigen Viertel.“

Howard stimmte herzlich in sein Gelächter ein. „Eine von dieser Sorte, eh? Und ich habe immer gehört, sie sei mit einem reichen Mann in Scranton verheiratet gewesen, einem Earnest Beamish?“

„Nun, das stimmt auch. Ein alter Narr, dieser Earnest. War sein ganzes Leben lang unverheiratet, dann sah er Edna und beschloß, daß er das Mädchen seiner Träume gefunden habe. Sie war nicht billig, die kleine Edna. Nicht eine gewöhnliche Hure. Sie hatte auch Stil und bezaubernd nette Manieren. Fast wie eine Dame. Sie heiratete ihn, als sie achtzehn war, ist aber vorher schon drei Jahre im Geschäft gewesen.“

„Sehr unternehmungslustig“, sagte Howard und versuchte, sein brennendes Interesse zu verbergen. „Nimm dir eine Zigarre. 25 Cents das Stück. Was dieses Land braucht —“

„Ja, ich weiß. Eine gute Zigarre um 5 Cents. Was ist das eigentlich für eine kleine Forderung an Edna? Der alte Earnest hat ihr doch ziemlich viel Geld zurückgelassen, als er vor zwei Jahren starb und —“

Howard setzte sich auf. „Vor zwei Jahren?“

„Genau.“ Der Polizeichef kicherte in sich hinein. „Vielleicht hat ihm Edna zuviel zugemutet.“ Nun aber richteten sich die scharfen Augen gedankenvoll auf Howard. „Heraus mit der Sprache. Erzähl mir die Wahrheit. Warum willst du etwas über Edna Beamish wissen?“

Howard ärgerte sich über sich selbst. Aber er lächelte und fuhr mit der Hand durch die Luft. „Es ist nur eine kleine Angelegenheit, Bill. Sie lebte in Hambledon, und es handelt sich um einen Konfektionsartikel, eine Putzmacherin klagt, sie hätte noch eine Rechnung offen.“

Der Polizeichef zog den Mund zusammen und warf einen zweifelnden Blick auf Howard. „Gut ausgedacht. Aber Edna hat nie in Hambledon gelebt, soviel ich weiß, und ich halte mich über den Tratsch in dieser Stadt ständig auf dem laufenden."

„Aber das ist unmöglich, Bill. Ich habe die Rechnung in meinem Büro, lautend auf 35 Dollar."

William Simpson schüttelte seinen Kopf und begann aus irgendeinem Grund in sich hinein zu lachen. Howard betrachtete ihn aufmerksam. „Howard, irgend jemand erlaubt sich einen Witz mit dir. Ich wiederhole: Edna hat niemals in Hambledon gelebt. Ich habe den alten Earnest Beamish gut gekannt. Wir spielten miteinander Poker. Auch er hat nie in Hambledon gelebt. Sie hatten in der Stadt ein sehr hübsches Haus, sehr elegant, und gaben nette Parties, ich war auch dabei. Nachdem Earnest gestorben war —"

„Ja?"

Aber Simpson rauchte weiter und schüttelte in lautlosem Lachen den Kopf. Dann sagte er in bewunderndem Ton: „Diese Edna."

„Was ist mit ihr?"

„Ich dachte", erwiderte der Chef, „daß dein einziges Interesse an unserem Tausendschönchen sich auf die Ansprüche einer Putzmacherin beschränkt, Howard, ich schäme mich für dich — einen so berühmten Rechtsanwalt wie du —, daß du eine so lächerliche Geschichte erfunden hast. Ich habe dich höher eingeschätzt. Hast du kein Vertrauen zu einem alten Freund?"

Howard betrachtete ihn lange und aufmerksam. „Ich möchte etwas über ihre Beziehungen zu Senator Campion wissen, einem der zwei Senatoren unseres unglücklichen Landes."

William Simpsons Gesicht wurde verschlossen. Sorgfältig stäubte er die Zigarrenasche in den Aschenbecher. „Warum hast du das nicht von Anfang an gesagt", fragte er, „statt mir einreden zu wollen, daß du glaubst, Edna hätte in Hambledon gelebt?"

„Das hat sie wirklich. Sie wohnte an einem Ort, der sich Kensington Terraces nennt. Nicht so lange, wie sie angibt, aber immerhin ein paar Wochen. Vor kurzem. Erst vor ganz kurzer Zeit."

„Eines der Dinge, die ein Mann in der Politik sehr schnell lernt", sagte der Polizeichef bedächtig „ist — wenn er überleben will —, nicht über mächtige Politiker zu sprechen. Das heißt, er soll keine Gerüchte über sie weitergeben. Aber, zum Teufel, ein paar Leute wissen es, daher will ich es dir auch sagen, aber du darfst es nicht verwenden, Howard."

Howard zögerte. „Möglicherweise muß ich aber, Bill. Ich will es so diskret als möglich behandeln und werde versuchen, mir auf Grund deiner Angaben Informationen zu verschaffen, ohne die Quelle bekanntzugeben."

„Ich kenne euch Rechtsanwälte", erwiderte der Polizeichef und blickte Howard kühl an. „Wenn es um eure Klienten geht, würdet ihr euren besten Freund verraten — gegen gute Bezahlung natürlich. Du warst nicht gerade besonders nett zu mir, warum sollte ich es jetzt zu dir sein?"

„Aus keinem anderen Grund, als weil ein anständiger, ehrlicher Mensch unschuldig im Zuchthaus sitzen wird, ganz abgesehen vom Verlust seines guten Rufes und dem Berufsverbot, falls ich mich nicht beeile und einige Informationen einhole — nicht nur über unsere kleine Edna."

„Oh. Warum hast du mir das nicht gesagt? Hat Edna ihn in Schwierigkeiten gebracht?"

„Ja. Sie hat einen Abortus, eine Abtreibung gehabt, erst vor ganz kurzer Zeit."

„Ha!" rief der Chef und begann wieder zu lachen. „Das wird aber dem Senator nicht gefallen, wenn sich Klein-Edna so gut unterhält, wenn er nicht da ist. Schleicht sich da heimlich aus Washington davon, um sich in einem Kaff wie Hambledon zu amüsieren. Allerhand! Das wird aber Papa nicht gefallen, nein, ganz und gar nicht!"

„Ich glaube auch nicht, daß ihm das angenehm sein wird", stimmte Howard ihm zu. Er lachte scheinbar herzlich mit, aber in seinem Inneren jubilierte er.

„Und die kleine Edna stellte fest, daß sie ein Brötchen in ihrem Ofen hatte, das nicht vom Senator stammte, ja?"

„Vielleicht war es von ihm."

„Ich habe aber geglaubt", wandte der Polizeichef ein und bemühte sich, wieder ernst zu werden, „du wolltest andeuten, Edna habe diese Brötchengeschichte mit deinem Freund in Hambledon gehabt?"

„Sagen wir so: Edna hat ein paar Bemerkungen fallen lassen, daß mein Freund dafür — verantwortlich ist."

„Ich kann das kaum von Edna glauben! Sie kann ihren Mund nur zu gut halten!" Die Augen des Polizeichefs blickten wieder hart und argwöhnisch.

„Oh, du hast mich falsch verstanden. Sie beschuldigt meinen Freund, an ihr eine Abtreibung durchgeführt zu haben."

„Edna? In aller Öffentlichkeit? Der Senator wird sie umbringen! Er ist ein echter Hambledoner. Bewahrt sich sein Ansehen strahlend und fleckenrein. Heraus damit! Was soll das Ganze?"

„Es ist alles, so wie ich es dir erklärt habe. Würdest du mir nun raten", bat Howard mit dem Ausdruck größter Ernsthaftigkeit und Unschuld, „es dem Senator zu erzählen?"

„Du guter Gott, nein! Er würde Edna umbringen, falls es jemals herauskäme, was er mit ihr in Washington treibt. Sie ist die jüngste seiner kleinen Freundinnen, und hat es bisher am längsten zustande gebracht, ihn zu halten. Ganz wenige in Scranton wissen davon. Die wissen aber auch, daß sie in des Teufels Küche landen würden, wenn der Senator sie dabei erwischt, daß sie Skandalgeschichten über ihn verbreiten. Ein mächtiger Mann, der Senator, und einer, der seine Freunde niemals vergißt, aber auch seine Feinde nicht. Howard, ich möchte damit nichts zu tun haben!“

„Es muß aber doch in Washington bekannt sein.“

„Man weiß vieles in Washington, aber man spricht nicht darüber.“

Howard stand auf, tat enttäuscht und niedergeschlagen. Er seufzte. „Gewiß, Bill, ich hätte an deine Stellung denken müssen, schon bevor ich zu dir kam. Du hast mir nichts gesagt und ich werde dich nichts fragen. Ich kann verstehen, daß es für dich wichtig ist, Diskretion zu wahren.“

Sie schüttelten einander die Hände und der Polizeichef war sehr erleichtert. Erst nachdem Howard ihn verlassen hatte, begann William Simpson darüber nachzudenken, ob Howard es mit seinen letzten Worten auch wirklich ehrlich gemeint habe, und ob er selbst nicht ein wenig auf der Leitung gestanden war. Inzwischen überlegte Howard, wie er am besten das Verhältnis zwischen Edna Beamish und dem Senator und die Tatsache beweisen könnte, daß sie von ihm schwanger war, und daß sie sich an einen unbekannten Arzt entweder in Hambledon oder Scranton gewandt hat, der zu einem verbotenen Eingriff bereit war. Er mußte auch in Erfahrung bringen, warum sie in Hambledon und in der Ordination Jonathan Ferriers aufgetaucht war. Und das alles, obwohl er nun längst eine ziemlich genaue Vorstellung hatte — was ihm keinen geringen Schrecken verursachte —, welchen Umständen und welchem Zweck Edna Beamish ausgeliefert gewesen war. Als pragmatisch denkender Anwalt — und — paradoxerweise — ehrenhafter Mann hatte er stets die verschwörerischen Lehren sowohl der Geschichtswissenschaft als auch der Verhaltenslehre mit Vorsicht aufgenommen, aber nun mußte er offen zugeben, daß in Jonathan Ferriers Fall beide etwas für sich hatten, ja daß die Vorgänge unter beiden Gesichtspunkten nicht nur möglich, sondern auch wahrscheinlich waren.

Howard dachte viel über Senator Campion nach. Er wußte, daß der Senator persönlich Hambledon für ein Nest und die Leute dort für einfältig hielt. Wir werden ihm zeigen, wie primitiv er selber ist, dachte Howard, als er im Zug saß und nach Hause fuhr. Was für ein schmutziges, dilettantisches Komplott er sich da ausgedacht hat! Doch Howard hatte die Erfahrung gemacht, daß Amateure nicht selten eine Frechheit entwickelten, die gewiegteste Intriganten vor Neid erblassen ließ, und daß diese Leute gerade durch ihre plumpen Methoden überzeugend wirkten.

Während der nächsten paar Tage stellte Howard weitere diskrete Nachforschungen an, die ihn in dem gleichen Maße, da sie seine Annahmen bestätigten, auch aufs äußerste erbitterten.

ZWEIUNDDREISSIGSTES KAPITEL

Flora Eaton sagte: „Howard, es ist sehr nett von Ihnen, Martin zu besuchen, aber es geht ihm nicht gut, und er braucht Ruhe."

„Ja, ich verstehe, Flora. Aber es ist eine wichtige Angelegenheit für jemand, der auch Martin wichtig ist."

Sie saßen in dem riesigen Arbeitszimmer des häßlichen Hauses am Fluß, und Flora sah Howard Best mißtrauisch von der Seite an, zog nervös ihren grauen Faltenrock zurecht und biß an ihren Lippen herum. „Howard, Martin fühlt sich seit dem Besuch von Senator Campion elend. Besuche scheinen ihn besonders anzustrengen."

Howard richtete sich schnell auf. „Der Senator war hier?"

„Ja. Er ist so besorgt um Martins Befinden, die beiden sind gute Freunde. Aber es war zuviel für Martin, zuviel Aufregung. Er brach fast völlig zusammen, nachdem Kenton gegangen war, und ich mußte den Arzt rufen. Der sagte, er dürfe nicht mehr gestört oder angestrengt werden und vertrage keinerlei Aufregungen. Schließlich, es ist noch nicht einmal ein Jahr seit . . ."

„Ich weiß, ich weiß! Aber ich bin sicher, daß mein Besuch ihn aufrichten kann, Flora, bestimmt!"

„Eine rechtliche Angelegenheit?"

„In gewisser Hinsicht ja. Ich weiß, daß Martin sich mit einer Sache beschäftigt, und es wird ihm eine Erleichterung sein, wenn er sich mir anvertrauen kann. Flora, bitten Sie ihn, mir fünf Minuten zu widmen."

Noch immer mißtrauisch, erhob sie sich und verließ den Raum. Howard fühlte sich in gehobener Stimmung und sah dem Kommenden einigermaßen erregt entgegen. Campion war also hier gewesen und hatte Martin Eaton in „Aufregung" versetzt. Welche Drohungen hatte er gebraucht, um Martin zu veranlassen, dieses verdammte Instrument an Louis Hedler auszuliefern? Die Sache begann in der Tat aufregend interessant zu werden. Trotz der herabgelassenen Jalousien und der dichten Vorhänge war es heiß hier, und Howard, der immer unruhiger wurde, mußte immer öfter den Schweiß von seiner Stirne wischen. Er konnte von hier das leise Rauschen des Flusses hören, das Zirpen der Grillen und in der Ferne das Bellen eines Hundes. Die Welt war so friedlich, oder sie könnte es sein, wenn der Mensch nicht wäre.

Flora Eaton kehrte zurück. Sie war immer noch unsicher und zögerte. „Ich habe mit Martin gesprochen, Howard. Er schreibt seit einiger Zeit und ist sehr erschöpft. Aber als ich ihm sagte, Sie wären es, stimmte er zu, Sie für einige Minuten zu empfangen. Bitte, bleiben Sie nicht lange, ja? Er braucht Ruhe."

Howard erhob sich. „Er schreibt? Schreibt er ein Buch?"

Flora lächelte geziert und machte eine einfältige Geste. „Ich bin nicht befugt, darüber Auskunft zu geben, Howard.“ Es war klar, daß ihr dieser Gedanke eben erst jetzt kam. „Aber es ist umfangreich, nicht nur ein Brief. Eine sehr diskrete Angelegenheit!“

Howard Best hatte Martin Eaton seit Monaten nicht gesehen. Der Anblick dieses einst mächtigen, robusten Mannes traf ihn wie ein Schlag, sogar jetzt, in diesem Augenblick höchster Angespanntheit. Der dumpfe Geruch des Raumes mischte sich mit einer nicht näher bestimmbaren Ausdünstung, wie sie Krankheit und Tod an sich haben. Martin war ein sterbender Mann, gebrochen, eingefallen, mit ausgehöhlten Wangen und erschreckender Gesichtsfarbe. Ausdruckslos blickte er Howard entgegen, als dieser den Raum durchquerte und auf den Schreibtisch zuschritt. Stumm wie ein langsam zu Staub zerbröckelnder Buddha in einem in Vergessenheit geratenen Tempel saß er da.

Howard erfaßte solches Mitleid, daß er vergaß zu lächeln und nicht wartete, bis er zum Platznehmen aufgefordert wurde. Er setzte sich Martin gegenüber an den Schreibtisch und sagte: „Verzeih, Martin. Ich weiß, du bist krank. Ich würde es nicht verlangen, wäre die Sache nicht so dringend und so wichtig und beträfe sie nicht . . .“

„Ich weiß“, sagte eine schwache, tonlose Stimme, „du warst immer Jon Ferriers bester Freund. Du hast einen anderen Prozeßort beantragt und bist damit durchgekommen. In Philadelphia hast du ihm die besten Anwälte besorgt.“

Howard betrachtete ihn genau und suchte in seiner Stimme Anzeichen von Haß, Feindschaft oder Verachtung zu entdecken. Aber nichts dergleichen war zu bemerken. Der Ton war frei von jeder Erregung, ohne jede Schärfe, ohne jeden besonderen Nachdruck.

„Und so weiß ich auch“, sprach Martin weiter, „warum du gekommen bist. Es ist wegen Jon Ferrier.“

„Ja“, sagte Howard. „Er ist in schrecklicher Gefahr. Und er ist unschuldig. Ich weiß, du glaubst das nicht, aber es ist wahr.“

Martin Eaton blickte auf den Schreibtisch nieder, und nun sah Howard die sorgfältig aufeinandergelegten, eng beschriebenen Blätter. Martin hielt immer noch eine Feder in der Hand.

„Ich weiß nicht, was die Wahrheit ist“, sagte Martin, „oder was Lüge. Ich weiß es nicht mehr. Ich weiß nicht einmal mehr, was Schuld ist.“

„Martin, im Innersten weißt du es, daß Jon Mavis nicht getötet hat.“

„Du irrst.“ Die Stimme wurde lauter, blieb aber weiter unbewegt. „Er hat sie getötet. Ich wußte es. Ich habe es immer gewußt.“

Ein Schauder durchfuhr Howards Wangen und Hände. Er sah Martin scharf an. Dann sagte er: „Getötet. Wie?“

Zum ersten Male lächelte Martin. Es war ein müdes, schmerzliches Lächeln. „Ihr Anwälte. Ich habe eine schlichte Behauptung von mir gegeben, die jeder verstanden und akzeptiert haben würde. Nicht aber ihr. Ich sagte, Jon Ferrier ist schuld an Mavis' Tod; das müßte doch genügen. Ich lüge nicht. Und du fragst wie?"

Howard faßte wieder Hoffnung. Martin hob die Hand, die die Feder hielt. „Kenton Campion war hier, und er hat mir alles erzählt. Es ist also nicht mehr nötig, daß du mir diese abscheuliche Geschichte von dem Komplott gegen Jon erzählst. Ich nehme an, du hast sie von Louis Hedler. Der arme Louis. Ich weiß, es gibt auch noch andere Verästelungen dieser Verschwörung, die nicht mich und Mavis betreffen. Spar dir also die Worte, Howard." Er schaute wieder auf den Schreibtisch nieder und tat einen langen, hörbaren Atemzug.

„Ich habe die ganze Geschichte niedergeschrieben, damit ich sie nicht mit ins Grab nehme und neues Übel entstehen kann. Ich bin froh, daß du gekommen bist. Ich überlegte schon, wem ich sie anvertrauen könnte. Es fehlen nur noch ein paar Zeilen, dann bin ich fertig. Dann kannst du sie selbst lesen und ersparst dir und mir weitläufige Erklärungen und Worte. Ich bin in den letzten Tagen so müde und so gehetzt."

Howard fühlte die Bedeutung dieses Augenblicks. Still saß er da, als die Feder kratzend über das Papier eilte. Er beobachtete, wie sie eingetaucht wurde, schrieb und wieder in die Tinte tauchte. Die gelähmte Hand lag bewegungslos auf dem Papier. Die Fensterläden waren hier offen und ließen die heiße, flimmernde Luft herein, die durch das Zimmer strich, die beschriebenen Seiten raschelnd hob, den Staub in Bewegung brachte und die Ecken der Möbel in schwachen Schimmer tauchte. Das riesenhafte, vom Tode gezeichnete Gesicht Martin Eatons spannte sich, grauer Schweiß stand auf der fahlen Stirn und auf den eingefallenen Wangen.

Etwas spricht für diesen Mann, der seinen Tod mit Würde zu tragen weiß, dachte Howard Best, der nach keinem Mitleid verlangt, nach keiner Beschönigung der Wahrheit. Howard hatte nicht den leisesten Zweifel, daß dieses Dokument eine böse Tat wiedergutmachen und einem Menschen ersparen würde, endgültig in Schande und Unrecht zu versinken.

Martin legte die Feder nieder und starrte die letzten Absätze an, die er geschrieben hatte. Er sagte: „Ich habe dies in Form einer eidesstattlichen Erklärung niedergelegt. Ich habe gedacht, du könntest als Notar oder Zeuge fungieren." Er sah nun Howard an und hob mit deutlicher Anstrengung die Brauen. Und jetzt glänzte in seinen Augen zum letzten Male unbezwingbarer Lebenswille und Entschlossenheit. „Es ist mir nicht leichtgefallen. Ich weiß, es wird anderen zum Verhängnis werden. Aber es kommt die Stunde, wo der Mensch tun muß, wonach es ihn verlangt. Nichts sonst." Er nickte, deutete auf die Papiere, und Howard streckte den Arm aus und nahm sie. Martin lehnte sich in seinem Stuhl zurück und schloß die Augen.

Der Text war erstaunlich klar und überlegt formuliert, so daß auch nicht ein Wort mißgedeutet werden konnte. Die Schrift war klein, aber wie gestochen, manchmal leicht zittrig, jedoch kein Satzzeichen fehlte, jeder Großbuchstabe war gesetzt.

„Ich, Martin Joseph Eaton, River Road, Hambledon, im Staate Pennsylvania, gebe diese Erklärung heute, am 29. August 1901, auf eigenen Wunsch und nach eigenem, freiem Willen, in meiner eigenen Schrift, wie jederzeit nachgeprüft werden kann, ab, damit Jonathan Ferrier, Bürger dieser Stadt, nicht länger das Opfer falscher Anschuldigung, von Gehässigkeiten, Schimpf und Schande und öffentlicher Schmähung sein möge, wie er sie seit dem 5. November 1900 erleidet. Es stand in meiner und in der Macht eines Mannes, dessen Namen hier genannt sein soll, diesen Irrtum richtigzustellen, aber ich habe es aus Gründen unterlassen, die ich im folgenden darlegen möchte.

Die Toten stehen jenseits unseres kleinlichen Hasses und unserer kläglichen Verspottungen, und dies hätte ich längst wissen müssen. Den Namen eines Toten zu schützen — falls dieser im Leben Elend und Verzweiflung gesät hat —, ist nicht nur fruchtlos und sentimental, es ist auch nicht im Sinne des Verblichenen, und vielleicht wünscht es dieser auch gar nicht. Wenn Gott der Gott der Liebe ist, dann ist er auch der Gott der Gerechtigkeit und des Zornes, und ich will nicht eher sterben, bis ich nicht diese Zeilen niedergeschrieben habe, die niedergeschrieben werden müssen.

Meine Nichte Mavis Alicia Eaton war nicht meine Nichte. Sie war die Tochter der Frau meines Bruders Jerome, Mrs. Hilda Eaton.

In meinen Jugendtagen und jungen Mannesjahren liebte ich Marjorie Farmington, jetzt Mrs. Adrian Ferrier. Aber sie heiratete Adrian Ferrier, und ich glaubte, ich könnte nie mehr eine andere Frau lieben. Dann lernte mein um zwei Jahre jüngerer Bruder Jerome in Pittsburgh, wo er Lehrer für Geschichte war, eine junge Dame aus guter Familie und mit Vermögen kennen. Ihr Name war Hilda Gorham. Sie ähnelte geradezu erstaunlicher Weise Marjorie Ferrier. Ich lernte sie erst kennen, nachdem sie meinen Bruder geheiratet hatte, denn ich war zur Zeit der Hochzeit in Heidelberg, um dort ein Jahr lang zu studieren. Als ich zurückkehrte, sah ich Hilda zum erstenmal, und es war mir, als habe mein Leben sich mit einem Male erneuert. Hilda sagte mir später, sie habe sich sogleich in mich verliebt. Doch hatte sie keinen Grund, meinen Bruder zu verlassen, sie war ihm sehr zugetan, und so beschlossen wir, ihn nicht zu verletzen, denn er war ein Mann von seltener Güte, Vertrauensseligkeit und Unschuld.

Es gibt keine Entschuldigung für meine Liebe zu Hilda und für alles das, was wir später taten. Die Liebe, sagt man, trage ihre Ursache in sich selbst. Sie trägt auch in sich alles Leid und allen Schrecken. Als

Mavis geboren wurde, war es Jerome, der sie stolz in seinen Armen hielt und als seine Tochter ansah, und nicht ich. Er war weltfremd und schöpfte nie Verdacht, wie er es unter den gegebenen Umständen hätte tun sollen, über die ich mich nicht weiter verbreiten will."

Howard war tief bewegt und fühlte Mitleid und Mitgefühl in sich aufsteigen. Er schaute von den Seiten auf, aber Martin lag in seinem Sessel zurückgelehnt, so als ob er friedlich und gelöst schliefe.

„Mein Bruder, Hilda und Mavis lebten weiter in Pittsburgh, und ich sah sie nur gelegentlich. So war es mir auch möglich, mein Gleichgewicht und meinen inneren Frieden zu bewahren und Hilda in ihrem Stillschweigen zu bestärken. Ich sah auch das Kind selten, aber ich liebte es mit einer leidenschaftlichen Anbetung, die nur der Gottheit vorbehalten bleiben sollte. Ich hätte mit Freuden mein Leben für es geben mögen. Als ihre Eltern plötzlich starben, wußte ich, daß ich sie in mein Haus nehmen mußte. Ich hatte inzwischen meine liebe Flora geheiratet, an der es nun sein wird, außerordentliche Kränkung zu erleiden, wenn dieses Dokument an die Öffentlichkeit gelangt, was unvermeidlich ist. Ich bedurfte ihrer Hingabe und Anhänglichkeit, denn ich bin immer ein einsamer Mensch gewesen. Ich glaube, daß unsere Ehe eine glückliche war, und ich habe Flora keinen Grund zum Mißtrauen gegeben.

Auch sie liebte Mavis, die das schönste Kind war, das ich je gesehen habe. Sie stimmte mit Freuden zu, daß wir sie als unser eigenes Kind annehmen sollten, denn Flora konnte selbst keine Kinder bekommen. Sie behandelte Mavis mit all der Liebe einer Mutter für ihr Kind.

Für mich zumindest war Mavis die Vollkommenheit selbst, nicht nur, was ihre Erscheinung betrifft, sondern auch in ihrem Charakter und in ihrem Liebreiz. Wenn ich sie auf meinen Knien hielt und liebkoste, konnte ich kaum an mich halten vor Freude und Entzücken. Und als sie zum Mädchen und schließlich zur Frau heranwuchs, wurde mein Stolz mit jedem Tage größer, meine Sorge für sie drückender. Alle, die Mavis gesehen und gekannt haben, werden ihre Schönheit, ihre gewinnende Art, ihr frohes Lachen, ihre Faszination bezeugen können. Dies ist nicht bloß das Gefasel eines Vaters, sondern die Wahrheit."

Wieder warf Howard einen Blick auf Martin Eaton, aber dieser hatte sich nicht bewegt. Mein Gott, wie wird diese Erklärung die Stadt erschüttern, dachte er. Und es war kein angenehmer Gedanke. Howard zögerte etwas, ehe er weiterlas.

„Ich habe stets eine Vorliebe für junge Menschen gehabt, besonders solche von der Schönheit und dem Charme von Mavis oder von der Hingabe, Intelligenz und Ehrenhaftigkeit Jonathan Ferriers. Er war nicht nur der Sohn der von mir so geliebten Marjorie, er hatte auch ihren Charakter und ihre Geradheit, wenn auch nicht ihren Humor und ihre Toleranz. Von frühester Kindheit an war er von unnachgiebiger Art und ein glühender Verfechter der Gerechtigkeit und des Stolzes. Dies sind bewundernswerte Tugenden, aber sie können in Übertriebenheit ausarten. Oft sagte ich ihm, als er noch sehr jung war, er könne in dieser Welt nicht erwarten, absolute Ehre, absolute Wahrheit und absolute Gerechtigkeit anzutreffen, aber ich mußte entdecken, daß er mir keinen Glauben schenkte. Und ich weiß, daß er wütend war, als er gezwungen wurde, die Existenz von Bosheit, Übel und Grausamkeit in unserer Mitte zur Kenntnis zu nehmen. Im Herzen Jonathans herrschte große Unduldsamkeit, und das ist sein Kreuz, das er zu tragen hat. Er hat dadurch viel Haß gegen sich erzeugt, wenn ich auch zugeben muß, daß er sich unduldsam zeigte gegen alle Verlogenheit, Doppelzüngigkeit, Lüge, Heuchelei, Ungerechtigkeit, Hartherzigkeit und Gefühlsduselei. Ich sagte ihm oft, es sei wunderbar, gegen diese Übel aufzutreten, daß er aber seine Gefühle mäßigen solle, wenn er diesen Übeln begegnen sollte, denn es ist der Fluch der Menschheit, daß sie dort nicht verdammen darf, wo die Verdammnis — wenn dies die beste aller Welten ist — nötig wäre. ‚Die Wahrheit, wenn sie zertreten wird, erhebt sich wieder', ist ein schönes Wort, doch es gilt nicht immer, und wenn sich die Wahrheit erhebt, dann stehen ganze Jahrhunderte mit gaffendem Munde davor wie vor einem Wunder."

Amen, dachte Howard, und tiefe Traurigkeit überkam ihn.

„Von allem Anfang an sah ich, daß Jonathan ein glänzender Arzt sein würde, und so führte ich ihn diesem schönsten Beruf zu, den ein Mann außer dem des Priesters noch ergreifen kann. Schon als Kind war er tief beeindruckt, wenn ich ihm sagte, daß einst alle Ärzte Priester gewesen seien und alle Priester Ärzte. Der Gedanke faszinierte ihn, und er erkannte sofort, daß zwischen diesen beiden Berufen die engsten Beziehungen bestanden. Denn ein Mensch kann sich nicht mit dem Körper befassen und dabei die Seele völlig außer acht lassen, noch kann er sich mit den geistigen Werkzeugen beschäftigen, ohne dabei den Körper als Heimstätte dieser Werkzeuge näher in Augenschein zu nehmen.

Ich war sein Fürsprecher. Jonathans Vater billigte nicht allzusehr die Berufswahl seines Sohnes. Doch will ich hier nicht näher Adrians Haltung kritisieren. Einzig die Tatsache wundert mich bis heute, daß Marjorie ihn heiratete. Marjorie ihrerseits glaubte fest daran, daß Jonathan ein ausgezeichneter Arzt werden würde. Aber sie war auch der Meinung, Jonathan werde seinen Stolz, seine Intoleranz und seine Unnachgiebigkeit zügeln müssen, wenn er einigermaßen behaglich unter den Menschen leben wolle. Nur fürchte ich, daß wir beide bei unseren Versuchen, Jonathan davon zu überzeugen, nicht viel Erfolg hatten."

Sehr schonend ausgedrückt, dachte Howard, und zum ersten Male, seit er diese traurige Geschichte zu lesen begonnen hatte, spielte ein Lächeln um seine Lippen.

„Ich liebte Jonathan wie meinen Sohn. Als er mir sagte — Mavis war damals erst fünfzehn —, er wolle sie zur rechten Zeit heiraten, war ich glücklich darüber. Die beiden, die ich so liebte, würden, so lange ich lebte, meine Kinder sein. Der Tag ihrer Hochzeit ist mir im Gedächtnis wie ein schönes Gemälde, vollkommen und ohne Flecken. Ich werde diese Erinnerung in die Ewigkeit hinübernehmen, wenn es für uns eine Ewigkeit gibt.

Ich möchte nicht, daß alle, die dies lesen, glauben, ich wäre Mavis' Fehlern gegenüber völlig blind und taub gewesen. Ich wußte, daß sie eigensüchtig war und manchmal launenhaft, dazu anspruchsvoll, aber es machte mir Freude, ihre Wünsche weit über alle Notwendigkeit hinweg zu erfüllen. Und ich wußte, auch Jonathan würde dies tun, zumindest glaubte ich das. Ich gab sie ihm nicht wie ein Vater seine Tochter einem Manne gibt, sondern überantwortete sie ihm als einem jüngeren Vater, der sie lieben und schützen sollte, wenn ich nicht mehr am Leben sein würde. Es war ein fataler Irrtum, und ich habe keine Erklärung dafür und auch keine Entschuldigung, obwohl ich weiß, daß es lächerlich war. Ein Gatte verlangt von seiner Frau mehr als ein Vater von seiner Tochter und sieht ihre Fehler klarer, ihre Tugenden nüchterner. Das alles wurde mir erst am Tage ihres Todes klar.

Alles schien bei dieser verheißungsvollen Heirat in bester Ordnung, bis ich nach fast einem Jahr bemerkte, daß Jonathan manchmal wie geistesabwesend war und sich ungewöhnlich zerstreut und nervös zeigte. Aber er war neu in seiner Praxis, und so dachte ich, dies sei die Ursache. Mavis war wie immer lebenslustig, strahlend, stets lachend oder mit einem heiteren Zug um den Mund. Wenn es mir manchmal schien, sie sei für eine Ehefrau etwas zu oberflächlich und sorglos, schrieb ich das ihrer Jugend und Unerfahrenheit zu. Sie sagte mir, wie sehr sie Jonathan liebe, und ich hatte keine Möglichkeit, das Gegenteil zu erfahren — denn es war nicht die Wahrheit. O Mavis."

Wieder lösten diese Worte fast unsagbare Trauer in Howard aus, der sie aufnahm, als wären sie direkt an ihn gerichtet und nicht für irgendeinen Leser geschrieben. Die Hitze im staubgeschwängerten Raum war merkbar größer geworden, das Licht blendete, und der heiße Wind legte sich schwer auf die Lungen. Martin Eaton rührte sich nicht. Er schien weit weg zu sein, wohin keine Sehnsucht, kein Schmerz und keine Verzweiflung gelangen konnten.

„Ich fühle mich schwächer werden", schrieb der Sterbende weiter, „und ich muß mich kürzer fassen, um nicht zu sterben, bevor dies vollendet ist. Als die Jahre vergingen, die wenigen Jahre dieser Ehe, sah ich, daß Jonathan sich mehr und mehr seinem Beruf widmete und seine Frau darüber zu vernachlässigen schien. Doch schien mir dies nicht ungewöhnlich für einen Arzt. Ärzte geben im allgemeinen nicht gerade die besten Ehemänner ab. Wenn sie wirklich Berufene sind — und nur Berufene sollten sich der Medizin verschreiben —, können sie sich nicht gänzlich der Frau und den Kindern widmen. Ein Teil ihres Lebens gehört ihren Patienten, das darf nicht abgeleugnet werden. Manchmal sagte ich zu Jonathan, er solle die Medizin nicht mit solchem Eifer und solch einziger Hingabe betreiben und einige Gedanken auch an Mavis verwenden. Stets stimmte er mir zu, doch heute erinnere ich mich, daß er dann immer das Thema wechselte und ein Schatten über sein Gesicht zog.

Zwei Jahre vor ihrem Tod klagte Mavis mir gegenüber einmal, daß Jonathan keine Kinder wolle. Das geschah bei der Gelegenheit, als ich ihr zart andeutete, daß ein Kind, oder auch zwei oder drei, das Glück ihrer Ehe vollkommen machen würden. Ich war sehr beunruhigt über ihre Antwort. Ein- oder zweimal ließ ich Jonathan gegenüber eine Bemerkung fallen, doch er antwortete mir nur mit einem Lächeln, einem seiner derben Späße, einem Achselzucken und wechselte das Thema.

Heute weiß ich die Wahrheit — Mavis gestand sie mir auf dem Totenbett —, daß es nicht er war, sondern sie selbst, die keine Kinder wollte. Sie wollte nur für sich da sein, die Angebetete aller, die sie kannten. Sie wollte keine Konkurrenz, noch hatte sie Mutterinstinkte.

Die letzten drei Jahre ihrer Ehe lebten Mavis und Jonathan getrennt voneinander und hatten keinen ehelichen Verkehr."

Howard konnte sich nicht eines Ausrufes der Überraschung enthalten, der abrupt in die sonnige Stille des Zimmers einbrach. Aber Martin rührte sich nicht, er schien noch mehr in seinem Stuhl in sich zusammenzusinken.

„Das alles entdeckte ich erst viel später. Dazwischen lag eine Zeit, in der ich mehr und mehr die Last der Jahre zu verspüren vermeinte und Hilda, die Mutter meiner Tochter, nicht vergessen konnte. Ich griff zum Whisky, um mich abzulenken und meine innere Ruhe wiederzugewinnen. In Hambledon ist das bekannt. Ich führe es als Entschuldigung dafür an, daß ich erst zwei Jahre vor Mavis' Tod das Versagen ihrer Ehe merkte. Mavis schien noch launischer, noch selbstvergessener in ihren Wünschen und Forderungen, noch ungeduldiger. Bei zahlreichen Gelegenheiten überschüttete sie in meiner und in Gegenwart anderer Jonathan mit Hohn. Ich kenne bis heute nicht genau die Ursache dieser Spötteleien, aber Jonathan wies sie nie zurecht. Er blieb stumm, und für einen hitzigen, herrschsüchtigen Mann wie ihn war das bemerkenswert.

Dann, etwas mehr als ein Jahr vor ihrem Tod, erzählte mir Mavis, Jonathan habe mehrmals gedroht, sie zu töten, einmal habe er sie sogar in einem Anfall von Wut an der Kehle gefaßt. Ihre Furcht vor Jonathan war nicht gespielt, ich wußte, wann Mavis log und wann sie die Wahrheit sagte. Sie hatte wirklich Angst vor ihm. Ich sagte, ich würde mit ihm reden. Ich war entsetzt und außer mir vor Zorn. Doch sie flehte mich an, nichts zu sagen."

Die etwas altmodische Ausdrucksweise störte Howard nicht. Er war völlig konsterniert und erschrocken. Er griff nach seiner Pfeife und zündete sie an. Er tat einige Züge und überflog noch einmal die unfaßbaren Zeilen. Dann las er weiter.

„Ich versuchte, sie näher auszufragen. Ich kannte Jonathans unbeherrschte, voreilige Art, sein völliges Außerachtlassen jeglicher Folgen, wenn er in Wut geriet. Aber Mavis gab nur ausweichende Antworten. Sie sei nicht sicher, was es wäre, das Jonathan so erzürne. Aber sie glaube, es liege daran, daß sie um so vieles jünger sei als Jonathan und weniger ernst und daß er zuviel von ihr erwarte. Ich war erleichtert, Gott helfe mir. Ich stimmte ihr bei, es wäre wahrscheinlich das die Ursache seines Zorns, und ich hoffte, die Zeit würde die Dinge wieder einrenken. Sie versicherte mir, ich habe recht. Sie werde nicht mehr darüber sprechen. Doch merkte ich, daß, wenn sie Jonathan ansah, in ihrem Blick Haß, Trotz, Herausforderung und Furcht standen.

Jonathan hatte meine Mavis unglücklich gemacht, hatte in ihr diese Charakterzüge geweckt, die häßlicher waren als andere, hatte sie dazu gebracht, ihn zu fürchten. Sie war ein kleiner goldener Vogel und er ein finsterer, böser Falke. Heute sehe ich, daß diese Heirat nicht nur für Mavis, sondern auch für Jonathan ein Unglück gewesen war und unvermeidlich zur Katastrophe führen mußte. Aber Jonathan war älter, weiser, und er war ein Mann. Daher ist er, nur er, schuld am Tode von Mavis."

Wieder und wieder las Howard diesen Satz, und seine Verwirrung nahm zu.

„Ja, er ist schuld, wenn er auch nicht getan hat, wessen man ihn beschuldigt. Es war nicht sein Kind, das Mavis unter dem Herzen trug, sondern das Kind seines Bruders Harald Ferrier."

Mein Gott! dachte Howard in Abscheu und Fassungslosigkeit. Er ließ die Blätter aus seinen Händen gleiten und ging zum Fenster. Doch er sah nichts von dem schönen Garten, nichts von Flora, die inmitten der Zinnien stand, und nichts von der blau schimmernden Fläche des Flusses. Er wollte einem plötzlichen Impuls nachgeben und die Blätter zerreißen, und nur der Gedanke, daß sie erhalten bleiben mußten, wenn Jonathan gerettet werden sollte, hielt ihn davon ab. Er kehrte zu seinem Sessel zurück. Er zündete seine Pfeife an, die inzwischen ausgegangen war. Das Anstreichen des Zündholzes auf seiner Sohle klang im Zimmer wie eine Schußdetonation, und er schrak auf. Doch Martin schien zu schlafen.

„Am 30. Oktober 1900 wurde Jonathan nach Pittsburgh zu einer Konsultation abberufen. Er hatte sich im Lauf der Zeit einen weitbekannten Namen gemacht. Er blieb dort bis zum Nachmittag des 5. November. Daran besteht kein Zweifel, denn es wurde von den glaubwürdigsten Personen unter Eid ausgesagt.

Am 3. November 1900 kam Mavis zu mir, schwerkrank und unter starken Blutungen leidend. Sie brachte Jonathans Kürette mit und sagte, ihr Gatte habe am 29. Oktober an ihr eine Abtreibung vorgenommen. Er habe erneut erklärt, er wolle keine Kinder haben. Da sie offensichtlich in Lebensgefahr schwebte, brachte ich sie ins Krankenhaus. Hätte ich die Wahrheit gekannt, hätte ich dieses Verbrechen, diese Infamie in meinem Haus versteckt gehalten. Ich will hier nicht von meinem Schmerz, meiner Verzweiflung, meiner Wut und meinem Haß schreiben. Ich schreibe hier nur nieder, daß Mavis erklärte, ihr Gatte habe an ihr am Tage seiner Abreise, am 29. Oktober, in seinem eigenen Ordinationszimmer eine Abtreibung vorgenommen.

Als ich im St.-Hilda-Krankenhaus, wo man ihr jede Hilfe angedeihen ließ, die sie brauchte, an ihrem Bett saß, schwor ich ihr, sie zu rächen. Ich wußte, daß sie sterben würde. Sie hatte eine schwere Infektion, und um die Sache noch zu verschlimmern, stellte man an ihr Zeichen der Verstümmelung fest, absichtlich ihr zugefügte Verletzungen, als sei hier ein Verrückter am Werk gewesen, der sie haßte. Von kompetenten, verläßlichen Kollegen wurde mir sodann der Hinweis erteilt, daß nach Mavis' Zustand zu schließen der Abortus nicht früher als am 1. November stattgefunden haben könne, eher nähmen sie an, erst am 2. November. Die Sepsis, wiewohl sie sich rasch ausbreitete, sei noch nicht so weit fortgeschritten, als das der Fall wäre, hätte man die Abtreibung am 29. Oktober vorgenommen. Dadurch wußte ich, daß Mavis mich angelogen hatte. Aber in jenen Stunden des drohenden Todes wollte ich sie nicht näher ausfragen. Sie war todkrank, verblutete langsam, hatte hohes Fieber und litt heftige Schmerzen. Ihr Uterus war an mehreren Stellen durchbohrt, die Vagina zerschnitten. Das habe entweder ein Amateur oder ein Teufel getan, sagte man mir.

Als ich wußte, der Tod stünde unmittelbar bevor, es könne höchstens noch eine Stunde dauern, schickte ich alle Fremden aus dem Zimmer. Sie war die ganze Zeit über bei vollem Bewußtsein gewesen. Ich nahm ihre fieberheißen Hände in die meinen und sagte: ‚Mavis, vor Gott mußt du mir jetzt die Wahrheit sagen, denn du wirst sterben und sollst nicht mit einer Lüge auf den Lippen vor Gottes Thron treten.'

Das arme Kind hatte fürchterliche Angst. Lange kämpfte sie mit sich, dann gestand sie endlich.

Jonathan, sagte sie, habe sie schon lange zurückgewiesen, und sie lebten nicht mehr wie Mann und Frau. Er setze sie herab, mache ihr ständig Vorwürfe, nenne sie eine Närrin und spreche ihr jeglichen Verstand ab. Sie habe einfach glücklich sein wollen, wollte stets angebetet werden, schöne Kleider tragen, verwöhnt und wie ein liebenswertes Kind behandelt werden, dem man nichts abschlagen kann. Es war kläglich. Mavis war eine Frau, fast vierundzwanzig, und redete fast wie ein fünfjähriges

Kind. Oft habe sie nach Hause wollen, in die Arme ihrer Adoptiveltern, denn sie sei einsam gewesen, von ihrem Gatten ungeliebt und unerwünscht in dessen Haus."

Lüge, nichts als Lüge, dachte Howard. Sogar angesichts des Todes konnte sie das Lügen nicht lassen. Sie mußte in der Erinnerung der Menschen so tadelfrei und strahlend bleiben, wie sie ihnen im Leben erschienen war. Howards ganzes Mitgefühl galt dem schwer getroffenen Vater und dem verleumdeten Gatten dieser feigherzigen jungen Frau, die sogar mit einer Lüge gestorben wäre, hätte ihr Vater sie nicht so bedrängt.

„Ich hörte dieser schwachen, ersterbenden Stimme zu, die einst so überschäumend fröhlich gewesen war, und verstand zuerst gar nicht ganz. Sie sagte mir, sie habe anderswo die Liebe und Bewunderung gesucht, die ihr Jonathan vorenthalten habe. Ich erinnere mich nicht genau! Ich weiß, sie sprach von mindestens vier Männern, aber ihre Namen sind mir aus dem Gedächtnis entschwunden. Ich war sprachlos vor Entsetzen und stumm vor Schmerz. Mavis suchte sich und ihre damalige verzweifelte Lage erklärlich zu machen, und ich konnte nichts anderes tun, als dieses Kind in den Armen zu halten, zu weinen und dieser wichtigen Beichte zuzuhören.

Ihr letzter Liebhaber, der Vater des Kindes, das sie sich nehmen ließ, war Harald Ferrier. Als sie Gewißheit über ihren Zustand hatte, machte sie Harald davon Mitteilung, und Harald erklärte, sie müsse es sich nehmen lassen. Er sagte ihr, obwohl er sie gern habe, liebe er sie nicht und habe daher nicht die Absicht, sie zur Scheidung von ihrem Gatten zu veranlassen, um ihn zu heiraten. Außerdem sei er einer anderen versprochen. Er habe diese Liaison mit Mavis als einen ‚Sommernachtstraum' betrachtet, um seine eigenen Worte zu gebrauchen, und habe nicht angenommen, Mavis nehme die Sache ernster als er. Doch könne man diesen Irrtum wieder ins rechte Gleis bringen. Ich will mich nicht weiter über die moralische Verkommenheit und Bestialität dieses Menschen verbreiten, eines Menschen, den man in der Stadt für liebenswert, freundlich, tolerant und begabt hielt, und über seine kleinen Verrücktheiten, die hinlänglich bekannt waren. Ich überlasse das Urteil über ihn Gott.

Er sagte Mavis, er habe von einem sehr fähigen und in Hambledon geschätzten Abtreiber gehört, der sich Damen, die in derselben Lage wie sie gewesen seien, dienlich erwiesen habe. Das Gespräch, so erzählte mir Mavis, habe in Ferriers Haus in Abwesenheit Marjorie Ferriers stattgefunden und zu einer Stunde, da die Bediensteten Ausgang hatten. Mavis hatte nach Harald geschickt, um sich mit ihm zu beraten. Als man übereingekommen war, daß sich Mavis das Kind nehmen lassen solle, rief Harald in Gegenwart von Mavis diesen Schurken, diesen Mörder an. Sie hatte Angst, war aber in keiner Weise gebrochen. Sie gab zu, sie habe Harald außerordentlich attraktiv gefunden, ihn aber nicht geliebt. Der Abtreiber sagte zu. Er setzte die Sache für den nächsten Tag oder so an. Mavis wußte in ihrem Zustand nicht mehr genau zu sagen, wann das gewesen war. Sie wußte nur, daß Jonathan mindestens zwei Tage lang auswärts zu tun gehabt habe. Der nahende Tod verwirrte bereits ihren Geist.

Und dann stellte der Abtreiber eine Bedingung. Er bat Mavis, Jonathans Kürette zu bringen, die er einmal in dessen Glasschrank gesehen hatte. Das war noch zu einer Zeit gewesen, da die beiden Freunde gewesen waren. (Ich glaube mich zu erinnern, daß sie später eine Meinungsverschiedenheit hatten, die Kälte und Abneigung zwischen ihnen hervorrief.) Ich bin der Meinung, daß der Abtreiber um dieses Instrument bat, weil er für den Fall, daß sich Komplikationen ergaben, die Verantwortung abschieben wollte. Ich lehne es ab zu glauben, daß er das Instrument mit der Absicht verwendete, Mavis zu verletzen oder gar zu töten, um Jonathan in einen Fall schwerer Körperverletzung oder Tötung hineinzuziehen. So schlecht kann ein Mensch nicht sein."

Nein? dachte Howard, und tiefste Bitterkeit überkam ihn. Vieles, was ihm nicht im Traum eingefallen wäre, von seinen Mitmenschen zu glauben, lag nun enthüllt vor ihm.

„Der Name des Mörders muß hier niedergelegt werden. Es war Claude Brinkerman."

Nein! dachte Howard, und dann sagte er laut: „O nein." Denn seine eigene Frau, Beth, erwartete nun freudig ihr drittes Kind und war daher bereits etwas über den Tod ihres kleinen Mädchens Martha hinweggekommen. Sie hatte unter Jonathans Obsorge ihres Sohnes entbunden, da Jonathan nun aber wegzugehen beabsichtigte, hatte sie sich für Brinkerman entschieden, der als Geburtshelfer im besten Ruf stand, fähig und geschickt zu sein. Wenn zahlreiche seiner Patienten starben, so hielt man dies für Unglücksfälle und nicht für ein Versagen des Arztes. Und außerdem, Frauen hatten immer ihre mysteriösen „inneren Leiden", was sie, so sagte man, ihren engen Korsetts und den schweren, langen Röcken zu verdanken hatten.

Einige Augenblicke höchster Bestürzung vergingen, ehe Howard weiterzulesen vermochte.

„Mavis wußte, wo Jonathan die Schlüssel zu seiner Ordination aufbewahrte. So konnte sie die Kürette aus dem Glasschrank nehmen, die ihr Jonathan selbst lange Zeit vorher einmal beschrieben hatte. Sie schloß den Schrank wieder ab und legte die Schlüssel an ihren Platz zurück.

Wie soll ich das Entsetzliche weiter berichten, das nun geschah und das mir selbst noch so lebhaft und schmerzlich im Gedächtnis ist? Mavis starb. Das ist für mich vielleicht das einzige, was von Belang ist.

Im Krankenhaus war man bereits davon unterrichtet, daß Jonathan an ihr eine Abtreibung vorgenommen hatte. Sie hatte es immer wieder laut aus sich herausgeschrien, vor den Ärzten und Schwestern und vor mir. Einige wußten, daß es nicht stimmen konnte. Aber Jonathan hat viele Feinde. Diese waren nur zu bereit, die schreckliche Lüge zu glauben, selbst wenn man ihnen sagte, es sei nicht möglich. Sie verbreiteten es in der Stadt. Ich hatte am Abend zuvor ein Telegramm an Jonathan abgesendet, er möge sofort zurückkommen, Mavis sei schwer erkrankt, und man fürchte für ihr Leben. Er kam nur drei Stunden nach ihrem Tode hier an. Er hatte den nächsten Zug genommen.

Warum habe ich nicht früher Jonathan und den anderen diese Geschichte mitgeteilt? Warum ließ ich es zu, daß man ihn wegen Mordes an seiner Frau und an einem ungeborenen Kind anklagte — obwohl ich wußte, daß dieses Kind nicht von ihm war und daß er meine Tochter nicht verletzt hatte. Warum schrie ich im Gerichtssaal ‚Nein, nein!', als man den Freispruch verkündete?

Die diese Zeilen lesen, haben Mitleid mit einem Vater, der seine Tochter über alle Maßen, über alle Vernunft und gegen die göttlichen Gesetze liebte. Ich glaubte Mavis, als sie sagte, Jonathan habe sie zurückgestoßen, habe sie unglücklich gemacht, habe sie fast aus dem Hause getrieben. Er hatte mein Kind zuschanden gemacht, und das war unverzeihlich. In ihrem Unglück suchte sie anderswo Liebe, und wenn das falsch war, so ist es doch verständlich und verzeihlich. Aber sie war so lebensfroh, so anhänglich! Liebe war ein Teil ihres Lebens. Sie konnte ohne sie nicht leben und ohne die Bewunderung anderer. Sie wollte nur tanzen, singen, eben leben, und gerade das wurde ihr von ihrem Gatten verwehrt und von dem, der sie ermordete.

Ihr Name durfte vor allem nicht in den Schmutz gezogen werden. Ich gelobte, den Namen, an dem in Hambledon und Umgebung niemand auch nur den Schimmer eines Tadels knüpfte, rein und unbefleckt zu erhalten. Kein böser Skandal sollte mit ihm in Verbindung gebracht werden. Kein Spott sollte sich über ihn ergießen. Wie sie gelebt hatte, sollte sie im Tod bleiben: geliebt, bewundert, wegen ihrer Jugend und Schönheit bekannt, wegen ihrer Fröhlichkeit und ihres Lachens von allen gern gesehen. Die Wahrheit aus meinem Munde hätte diesen Namen für immer der Schande preisgegeben. Welcher Vater wollte das dem Namen seiner Tochter antun?

Wenn ich gesprochen hätte: hätte man Jonathan an Morden die Schuld gegeben, die er nicht begangen hatte? Schuldig vor Gott? Ich weiß es nicht. Ich glaube, ich hätte sprechen sollen, wie ich es jetzt hier zu Papier bringe. Denn da war auch der Gedanke an Marjorie Ferrier, Jonathans Mutter, die ich oft mit Hilda in einer Person vor mir habe, denn ich liebe sie beide. Ich durfte Marjories Sohn nicht umkommen lassen, das weiß ich jetzt.

Ich muß es noch einmal sagen: Hätte Jonathan meine Tochter geliebt, wie ich sie liebte, wäre er ihr ein zweiter Vater gewesen, hätte er sie mit seiner ganzen Liebe umgeben, so wie ich es tat, sie wäre nicht vom rechten Weg abgekommen, sie wäre jetzt am Leben. Nochmals: Ich halte ihn für nicht ganz schuldlos an ihrem Tode.

Noch zwei Dinge habe ich zu sagen. Das eine, um meine Aussage zu erhärten und die Möglichkeit auszuschließen, daß man das Schuldbekenntnis eines alten Mannes anzweifle. Ich habe geschrieben, daß im Hause der Ferriers niemand war außer Harald Ferrier und meiner Tochter, als der Tag der Abtreibung festgesetzt wurde. Das stimmt nicht, es war noch jemand da: Marjorie Ferrier. Sie hatte beabsichtigt, am Nachmittag auszugehen, und Mavis hatte angenommen, sie würde allein im Haus sein. Aber Marjorie, die schwer herzleidend ist, mußte sich hinlegen. Auch sie glaubte, sie wäre allein im Haus. Als sie Stimmen hörte, ging sie hinunter und wurde insgeheim Zeuge des Gespräches zwischen ihrem Sohn Harald und Mavis.

Marjorie hat mir darüber berichtet. Sie fürchtete, noch in der Halle ohnmächtig zu werden. Aber sie vermochte hinauf in ihr Zimmer zu gelangen und sank dort auf ihr Bett. Man holte einen Arzt für sie. Sie wußte nicht, was sie tun sollte. Zu Mavis etwas zu sagen, wagte sie nicht, denn diese war völlig außer sich. Noch weniger wagte sie sich auszudenken, was für Folgen eine Mitteilung dieser Tatsachen an Jonathan gehabt hätte. Ohne Zweifel hätte er seine Frau aus dem Hause gejagt. Marjorie wußte, daß Jonathan und Mavis nicht mehr wie Mann und Frau lebten. Wie, wenn Jonathan erfuhr, daß seine Frau von seinem Bruder ein Kind erwartete? So beschloß sie, die eine Abtreibung einfach für indiskutabel hielt, dennoch, die ‚Inkulpaten', wie sie mein Kind und dessen Liebhaber nannte, ihrem Schicksal zu überlassen und selbst zu schweigen. ‚Zum Heile aller', sagte Marjorie zu mir nach dem Tode von Mavis. ‚Ich schwieg, denn mein Sohn Harald ist eben auch mein Sohn. Und wenn ich seine Tat nicht billige, sondern verdamme, muß ich daran denken, was geschehen würde, wenn Jonathan es erführe. Ich muß auch an Jonathan denken.' Viel später sagte sie zu mir: ‚Wenn Jonathan für ein Verbrechen, das er nicht begangen hatte, zum Tode verurteilt worden wäre, dann wäre ich zu dir gekommen und hätte von dir verlangt, die Wahrheit zu sagen.'

Marjorie kennt nicht die ganze Wahrheit. Nach dem Tode von Mavis kam sie zu mir und teilte mir mit, Mavis habe ihr gesagt, Jonathan habe in seinem Ordinationszimmer an ihr eine Abtreibung vorgenommen. Marjorie wußte, daß dies eine Lüge war, und sie wollte nicht, daß ich diese Lüge glauben sollte.

Auf seltsame Weise sind wir so nach Jonathans Freilassung zu schweigenden Mitwissern geworden. Wir dachten beide, es sei so am besten, für die Ferriers und für Mavis. Aber Marjorie hat Angst davor, Jonathan könnte die Wahrheit erfahren und seinen Bruder töten, nicht wegen dessen ehebrecherischem Verhalten, sondern weil er ihm durch sein Schweigen solches Ungemach zugefügt habe und auch nichts sagte, als man ihn einsperrte. Jonathan ist ein gewalttätiger Mensch, das weiß ich. Er ist unnachgiebig und unversöhnlich. Ich kann Marjories Befürchtungen verstehen.

Und nun noch zur zweiten Sache. Dieser Brief muß noch aus einem anderen wichtigen Grund geschrieben werden. Senator Kenton Campion kam kürzlich zu mir und sagte mir, er wisse, daß mir die ‚Wahrheit' bekannt sei, daß nämlich Jonathan Frau und Kind ermordet habe. Er verlange, daß diese ‚Wahrheit' an den Tag käme. Er will Jonathan aus verschiedenen Gründen vernichten, und andere Übelwollende wünschen dies ebenfalls. Falls ich mich weigerte, die ‚Wahrheit' zu sagen, würde er herumerzählen, daß Mavis meine Tochter gewesen sei. Um Mavis zu schützen, gab ich Louis Hedler die Kürette, die ich von Mavis bekommen hatte, und ließ ihn glauben, was er wollte. Mavis ist für mich immer noch das einzige Wesen auf der Welt, das mir etwas bedeutet.

Ich kann jedoch nicht zulassen, daß man Jonathan weiterhin verdammt. Ich kann nicht zulassen, daß er weiterhin das Opfer einer Untat bleibt. Ich weiß nicht, was für Gefühle ich jetzt ihm gegenüber habe. Ich habe mich so lange Zeit in völliger Verwirrung befunden. Aber es ist möglich, daß ich ihn noch immer liebe. Er hat nie versucht zu beweisen, daß Mavis kein Kind von ihm erwarten konnte. Wollte er Mavis schützen oder mich?

Die Menschlichkeit ist etwas, was nicht einmal der Mensch selbst zu begreifen vermag. Wir tun die scheußlichsten Dinge aus Liebe. Wir begehen Entsetzliches, um uns und andere zu schützen. Wir erlauben, daß das Übel der Welt täglich anwächst und machen keinen Versuch, es aufzuhalten. Wir haben Angst. Wir sind feige. Wir haben das Menschentum nicht mehr in uns, mit dem wir in diese Welt gesetzt werden. Wo ist es? Wir haben es verloren, wir verlieren es täglich: durch Leichtsinn, durch falsche Hoffnung, durch Selbstbetrug, durch Verfolgen falscher Ideale, aus Angst, aus weibischer Furcht, durch Nötigung.

Durch Schweigen verdammen wir, lügen wir, wenn es erforderlich wäre, daß wir redeten. Für solche Kleinmütigkeit gibt es keine Vergebung.

Ich bitte Marjorie Ferrier um Verzeihung, daß ich mein Schweigen gebrochen habe. Sie wird schließlich erkennen, daß ich es für Jonathan getan habe und nicht aus Schwäche oder Furcht vor dem Tode. Über die Folgen meines Tuns kann ich nichts sagen. Ich sorge mich um nichts mehr, außer um Flora, meine Frau, die durch die Jahre mein treuer Freund und Gefährte war und die nach meinem Tode ein schweres Los zu tragen haben wird. Die Zeit ist gekommen, Jonathan von jeder Schuldenlast zu befreien und ihn vor dem Komplott zu schützen, das gegen ihn im Gange ist. Ich vergebe ihm, möge auch er mir vergeben. Und möge er sich der Jahre erinnern, da er mir wie ein Sohn war.

(gezeichnet) Martin Joseph Eaton, Doktor med."

Die unbarmherzige, flimmernde Hitze im Raum war noch unerträglicher geworden. Howard konnte vor Erregung und physischer Beklemmung kaum atmen. Leicht legte er die Blätter auf den Tisch zurück, sann einen Augenblick darüber nach, was er gelesen hatte, und sagte dann ruhig: „Martin? Ich bin fertig."

Die erloschenen Augen hoben sich langsam und sahen mit verwirrtem Ausdruck zu dem jungen Mann hin. Dann kam wie aus der Tiefe seines Körpers ein Stöhnen, und er richtete sich mit ganzer Anstrengung in seinem Sessel auf. „Ja", sagte er. Sein Blick und sein Gehaben hielten Howard davor zurück, etwas zu der schmerzensreichen Geschichte zu bemerken. Mit steigendem Mitgefühl dachte Howard, daß in dieser traurigen Affäre Jonathan nicht der einzige war, der unter seinem Stolz zu leiden hatte.

„Ich möchte es notariell beglaubigt haben", sagte Martin. „Ich habe Zeugen hier, oder willst du deine eigenen beibringen? Es muß jedenfalls vor Zeugen geschehen."

„Ja", sagte Howard. „Ich werde es für morgen arrangieren."

Martin schüttelte das steinerne Haupt, und zum letzten Male sollte Howard ihn lächeln sehen. „Ihr Anwälte", sagte er. „Bei euch geschieht alles ‚morgen'. Morgen. Aber es muß noch heute sein. Jetzt. Warum fasziniert euch das Morgen so? ‚Die langsamen Mühlen der Gerechtigkeit ...' Ruf dein Büro an. Laß Zeugen holen, dein Siegel herbringen. Jetzt gleich."

Er sah Howard befehlend an. „Wenn ich heute nacht sterbe, war dies alles umsonst."

Warum nicht wirklich gleich? Howard rief in seinem Büro an, und dann blieb er bei Martin sitzen, und sie tranken wortlos Whisky. Zwischen ihnen lagen die Papiere wie etwas, das sein eigenes pulsierendes Leben in sich hat. Da wäre so vieles gewesen, was Howard diesem sterbenden Vater hätte sagen wollen. Er wollte ihm sagen, daß er immer noch ungerecht gegenüber Jonathan war, wenn er sagte, dieser habe seine Frau zurückgestoßen, sie schlecht behandelt. Er wollte sagen, daß nicht wenige Mavis' wahren Charakter gekannt hatten, von ihren Liebesaffären wußten, daß einige wenige, wenn nicht mehr, um ihre Herzlosigkeit, Verschlagenheit, Bösartigkeit und Eigensucht wußten. Aber das hätte Martin Eaton nicht beruhigt, sondern ihn in noch größere Verzweiflung gestürzt.

Innerhalb von fünfzehn Minuten erschienen zwei seiner Gehilfen, schwitzend vor Hitze und Diensteifer. Einer hatte das Siegel bei sich. Howard erlaubte ihnen nicht, die Schriftstücke zu lesen; er ließ Martin jedes einzelne Blatt mit den Anfangsbuchstaben seines Namens versehen, woraufhin er die beiden Gehilfen unterzeichnen ließ. Diese warfen neugierige Blicke auf die beschriebenen Blätter, doch Howard war flink. Was er brauchte, war ihre Kenntnisnahme, daß Martin jedes Blatt unterzeichnete und an den Schluß ebenfalls seine Unterschrift setzte. Hierauf gebot er Martin, die Hand zu heben und zu schwören, daß alles, was er geschrieben habe, wahr sei, und daß er diese eidesstattliche Erklärung auf eigenen Wunsch, nach seinem eigenen freien Willen und mit eigener Hand niedergeschrieben habe. Sodann versah er jedes Blatt sorgfältig mit seinem Siegel. Es wäre nicht unbedingt nötig gewesen, aber Howard kannte Jonathans Feinde.

Martin kicherte, als er die Feder aus der Hand legte und nickte Howard ermunternd zu, als dieser sein Glas von neuem füllte. „Campion", sagte er mit seiner trockenen, rasselnden Stimme. Er schaute in sein Glas, dann hob er es und sah Howard an. „Auf die Gerechtigkeit", sagte er und lachte zum letzten Male in seinem Leben.

Als Howard sein hübsches Haus betrat, das in jener Straße stand, über die sich Jonathan so spöttisch ausgelassen hatte, sagte er zu seiner Frau Beth: „Bitte, stell mir jetzt keine Fragen, verlange keine Erklärungen. Du darfst nicht mehr zu Claude Brinkerman gehen. Wir müssen jemand anderen finden, wenn du dein Baby bekommst."

„Aber, Howard, er ist der Beste", sagte Beth überrascht und sah ihn forschend an. „Ich habe so viele meiner Freunde an ihn empfohlen."

„Tu das nie wieder!" sagte er mit solchem Nachdruck, daß sie ihn erstaunt anstarrte.

„Aber, Howard! Du siehst so zerstreut aus. So bleich, so bekümmert, so — ernst. Ist etwas nicht in Ordnung, Liebster?"

„Und ob. Beth, tu, was ich dir sage. Ich weiß Dinge, die du nicht weißt. Ich habe schreckliche drei Stunden hinter mir. Ich kann dir nichts sagen. Tu, was ich sage."

Sie starrte ihn noch immer an, während in ihrem Kopf bereits die wildesten Vermutungen umgingen. Dann sagte sie: „Gut, Howard, du wirst deine Gründe haben. Ich wünsche, du hättest mir das früher gesagt. Erst im vorigen November habe ich meine kleine Hutmacherin zu ihm geschickt, ein so talentiertes Mädchen, das mit Bändern und Federn so gut umzugehen wußte. Sie machte mir den Hut für Weihnachten, er gefiel uns beiden so, daß ich erlaubte, daß sie ihn für einige Tage in ihrem Fenster ausstellte. Dir hat er auch gefallen, erinnerst du dich? Rehfarben, aus Filz, mit gelben Bändern und orange Federn, sehr kleidsam, und du sagtest noch . . . Was ist, Howard?"

„Beth!" Er war aufgesprungen. „Wie heißt deine kleine Hutmacherin?"

„Warum, warum nur, du bist so sonderbar, und wie du mich ansiehst! Was soll das schon ausmachen? Es ist Mary Snowden."

Howard klatschte in die Hände und knirschte sichtlich triumphierend mit den Zähnen. „Ich wußte, daß ich diesen Namen schon einmal gehört habe, bei Gott! Beth! Warum hast du das Mädchen zu Claude Brinkerman geschickt?"

„Du liebe Güte, Howard! Was du für Fragen stellst! Was hast du davon, wenn du es weißt, es ist etwas undelikat. Sie war in fraulichen Schwierigkeiten."

„Zum Teufel, was ist das?"

Beth schlug ihre hübschen Augen nieder. „Innen", sagte sie und preßte ihre Lippen zusammen.

„Aber, um Gottes willen, Beth, was ist es? ‚Innen' ist eine ganze Menge, das weiß ich selbst. Bitte, Beth, vergiß eine Sekunde lang, daß du eine Dame bist. Du hast keine Ahnung, wie ernst das ist. Reden wir offen: War das Mädchen schwanger?"

„Howard! Wie kannst du so etwas Entsetzliches von einem armen, begabten, guten und fleißigen Mädchen sagen! So nett — fast eine Dame. Wohlerzogen. Klug. Natürlich war sie nicht schwanger! Sie ist nicht verheiratet!"

„Beth, mein Schatz, ich liebe dich. Du bist ein Schatz, ein wahrer Schatz. Ich wollte, ich könnte dir sagen, wie sehr du mir geholfen hast." Er küßte sie. Sie drängte ihn sanft zurück, so daß sie ihm ins Gesicht sehen konnte.

„Geht es dir wirklich ganz gut, Howard?"

„Prima, würde Teddy Roosevelt sagen. Vergangenen November, sagst du, hast du Mary Snowden zu Claude Brinkerman geschickt?" Er zögerte. „Kennst du vielleicht durch einen ganz unwahrscheinlichen Zufall eine Näherin Louise Wertner?"

„Die kenne ich tatsächlich", erwiderte Beth. „Sie ist mit Mary befreundet. Nicht so begabt, auch nicht so originell. Ich gebe ihr nur gewöhnliche Näharbeiten, Änderungen an alten Kleidern, Bettwäsche zum Flicken und ähnliches. Sie kommt oft, um in unserem Nähzimmer zu arbeiten, vor allem im Frühling und im Herbst. Du mußt sie selbst gesehen haben, mindestens ein oder zwei Male: Ein sehr schwächliches, stilles Mädchen, das immer die Augen gesenkt hat und seine Lippen anfeuchtet. Ein armes Ding. Beide Mädchen sind nicht besonders erfolgreich, obwohl ich Mary, die eine bessere Einschätzung verdienen würde, unterstütze —"

„Beth, du hast gesagt, daß diese Mädchen sich kennen. Gut?"

„Ich nehme es an. Aber was hat das bei solchen Leuten schon zu bedeuten? Warum sind die Mädchen für dich so wichtig?"

„Bitte, Beth, hat auch Louise Wertner einmal ein Frauenleiden gehabt?"

„Aber, Howard, sei nicht komisch! Wie soll ich das wissen? Mary hat es im vergangenen November nur deshalb mir gegenüber erwähnt, weil ich bemerkte, daß sie schlecht aussehe." Beth zögerte. Eines, dachte sie, hat Howard mit allen anderen Ehemännern gemein: Eine gewisse Kleinlichkeit. Aber es gab etwas, das seit mehreren Monaten ihr zartes Gewissen bedrückte, und deshalb seufzte sie. „Howard, ich habe von Mary vier Hüte gekauft, aber die Rechnung war nicht so hoch, wie ich dir sagte. Ich ließ sie von Mary sozusagen wattieren. Schau, sie brauchte fünfzig Dollar — und ich half ihr aus. Ich hoffe, du bist mir nicht böse? Sie ging zu Claude, und das war sein Honorar für eine einfache, eine sehr einfache — Behandlung — in seiner Ordination. Sündteuer für arme Leute, aber er hat eben seinen Ruf. Bist du böse?"

„Nichts könnte mir lieber sein", sagte Howard überzeugend. Die Mädchen sollten sich also nicht gekannt haben? „Kauf dir morgen ein Dutzend Hüte — oder wenigstens einen."

In dieser Nacht starb Martin Eaton friedlich im Schlaf. Eine Autopsie wurde nicht vorgenommen, denn sein Zustand war bekannt, und sein Arzt nahm an, daß er wieder einen Schlaganfall erlitten hatte. Von ganz Hambledon wunderte sich nur Howard Best ein wenig. Erst war er beunruhigt, dann erfreut. Martin Eaton hatte diese Welt verlassen, die ihm wenig Glück geschenkt und in seinen letzten Jahren alles genommen hatte.

Niemand erwartete, daß Jonathan Ferrier beim Totenamt anwesend oder unter den Trägern der Bahre sein würde. Dies war auch nicht der Fall.

DREIUNDDREISSIGSTES KAPITEL

„Ich habe Angst, dich allein zu lassen", sagte Marjorie Ferrier. „Ich weiß nicht, was schiefgegangen ist, aber irgend etwas stimmt ganz sicher nicht. Ist es Jenny?"

„Die liebe Jenny? Nein."

„Ich glaube dir nicht. Seit dem Tag, an dem du mir gesagt hast, daß du zu Jenny gehen wirst, bist du ein anderer Mensch — und einer, der mir Angst macht!"

„Mama, bitte, darüber will ich nicht sprechen. Ist es dir noch nicht aufgefallen, daß ich ein erwachsener Mensch bin?"

Marjorie betrachtete ihn voll tiefer Sorge, wie er da ihr gegenüber beim Frühstückstisch saß. Seit drei Tagen hatte er fast nichts gegessen, aber er trank wieder — und diesmal mit stärkerer Entschlossenheit als je zuvor. Er hatte die Tage auf seinen Gütern verbracht, zwei zum Verkauf angeboten, war nicht öfter als ein einziges Mal in die Kliniken gegangen, hatte Robert Morgan nur zweimal besucht und das nur ganz kurz in den Ordinationsräumen. Die Möbel in seinem Schlafzimmer waren bedeckt mit Kleidern und anderen Dingen. In der oberen Diele stand ein gewaltiger Schrankkoffer, den Marjorie auf ihrer Hochzeitsreise verwendet hatte. Seine Papierkörbe waren jeden Morgen randvoll gefüllt mit zerrissenen Briefen, alten Akten und Notizbüchern. Koffer und Taschen standen halbgefüllt rundherum an den Wänden. Ein Haufen abgelegter Kleider wuchs in einer Ecke an. Wenn es nicht Jons Abschied bedeuten würde, hatte Marjorie traurig gedacht, würde ich mit Freuden zusehen, wie endlich dieser Kram aus den Laden, Kästen, Schränken und vom Dachboden geräumt wird!

Aber er würde fahren, und zwar bald, und von Jenny war nicht mehr die Rede. Marjorie hatte erst kürzlich dem Mädchen geschrieben, daß sie für eine Woche oder länger nach Philadelphia müsse und es für Jenny im Haus der Ferriers in Hambledon sicherer sein werde, wenn Harald auch fortfahre. Bisher hatte Jenny nicht geantwortet. Streit zwischen einem Liebespaar? Es war absurd, etwas Derartiges von Jonathan anzunehmen, der fast sechsunddreißig war, oder von Jenny, deren angeborene Zurückhaltung einen offenen Streit unmöglich machte. Dann mußte es also etwas Ernstes sein, und Marjorie fühlte sich ganz schwach und elend, wenn sie daran dachte. Waren ihre Hoffnungen wieder zunichte geworden? Sollte dieses Haus für immer leer bleiben? Sie sah es mit Brettern verschlagen, mit dunklen Fenstern in Schnee und Wind verloren, stumm und verlassen — schlimmer noch: Sie sah es von Fremden bewohnt.

Es war ein festes, aber häßliches Haus gewesen, in das sie als Braut gekommen war. Die Häßlichkeit hatte am Mobiliar gelegen, an den kleinen und dennoch hohen, schachtelartigen Zimmern, an dem Mangel an Fenstern und an der allzu strengen Anlage der Gärten. Sie hatte Wände abreißen, die Täfelung streichen lassen und mit Geschick innerhalb von einigen Jahren das Haus von den schweren Möbeln befreit, hatte Fenster für düstere, kleine Winkel in den Gängen und in vielen der Zimmer geschaffen und dem Haus Anmut, Stil, Farbe und Eleganz gegeben. Aber bis in diese letzten Tage hatte sie zu dem Haus keine besondere Beziehung gehabt, sie hing nicht sehr daran. Jetzt wurde ihr plötzlich bewußt, daß die Jahre ihre eigenen Wege ins Herz graben, und der Gedanke, dieses Haus zu verlassen, tat ihr erstaunlich weh. Gewiß waren da die ganzen Monate seit der „dummen Sache“ gewesen, wie es von ihren Freunden zartfühlend umschrieben wurde, und sie hatte um Jonathans Absicht, Hambledon für immer zu verlassen, gewußt und sie gutgeheißen. Aber in einer Weise, die ihr nun recht merkwürdig vorkam, hatte sie nicht wirklich daran geglaubt, daß Jonathan gehen und sie einsam in diesem Haus zurückbleiben werde, das sie all die Jahre geliebt hatte, ohne es zu wissen. Es war für sie kein Haus mehr, sondern ein Heim, und der Übergang vom einen zum anderen war so unmerklich gekommen wie der Abendnebel. Ihre früheren Sorgen und ihre Überzeugung, daß Jonathan um seiner selbst willen Hambledon verlassen müsse, waren fast vergessen.

Sie konnte hier nicht allein bleiben. Wochenlang hatte sie das Haus voll geheimer Freude und Vorahnung unter die Lupe genommen. Die neue Zimmerflucht würde für Jenny und Jonathan da sein, ein neuer Kamin aus weißem Marmor in ihrem Schlafzimmer. Da gab es Zimmer, die sie mit Entzücken betrachtete, weil sie für ihre Ohren erfüllt waren vom Geschrei und dem Gelächter kleiner Kinder. Sie hatte einen Teil des Gartens für die Kinder einrichten wollen, geschützt und eingezäunt, mit Schaukeln und Sandkisten und hölzernen Schaukelpferden und Puppen. Jetzt war das alles dahin wie ihre närrischen Wünsche, und das Haus schien auf ihrem Herz wie ein trauriges Gewicht, wie ein Vorwurf zu lasten. Es vernagelt, verschlossen und verriegelt zurücklassen würde unmöglich sein, denn es war ein Lebewesen mit einer eigenen Persönlichkeit: heiter, ruhig, sanft und dennoch widerstandsfähig. Zu wissen, daß Fremde es bis in jeden Winkel, jede Tür und jeden Gang kennen würden, oder an fremde Augen zu denken, die aus den Fenstern schauen würden, das war unerträglich.

Noch unerträglicher aber war die äußere und innere Veränderung ihres Sohnes. In unglaublich kurzer Zeit war er sogar noch magerer geworden, als er bei seiner Entlassung aus der Haft gewesen war, noch schweigsamer, kurz angebunden und spöttisch, wenn man ihn zu reden zwang. Er schien sehr krank zu sein. In den schlimmsten Jahren mit Mavis hatte er nicht so verkrampft und zerstreut gewirkt, und war nicht in seinen Augen dieses harte Glitzern eines beginnenden Wutausbruchs gewesen. Eine solche Wut steckte selbst dann in ihm, wenn er die alltäglichsten Fragen beantwortete oder stellte. Es war, als ob etwas in ihm zurückgestaut wäre, aber nicht tief genug. Manchmal fing Marjorie zu stottern an, wenn sie mit ihm sprach, weil sie Angst hatte, diesen latenten Sturm zu entfesseln.

Am Tag, als sie nach Philadelphia abreisen sollte, hatte sie von ihren Sorgen gesprochen, und er hatte wieder wie früher zu ihr scherzend „Mama“ gesagt. Sie sprach nicht von seinem Trinken, das hemmungsloser war als jemals während seiner Ehe oder seit der Gerichtsverhandlung. Es war eine traurige Trinkerei, die ihm keine Erleichterung brachte, sondern eher den wachsenden Zorn in ihm zu fördern schien. Sie wagte nicht dagegen zu sprechen, nicht einmal liebevoll. Ihre Angst war zu groß.

An jenem Nachmittag nach dem ersten, vergeblichen Versuch, zu ihm durchzudringen, fuhr Marjorie ab. Sie kam schlank und elegant in ihrem hellen Reisekostüm, den breiten Hut verschleiert, die Treppe herab und knöpfte langsam ihre weißen Glacéhandschuhe zu. Der Fiaker wartete vor der Tür. Jonathan ging ruhelos in der Halle auf und ab, wo es trotz der Geräumigkeit heiß war. „Jon, mein Lieber", sagte sie, „ich habe gesehen, daß du einpackst, und da habe ich etwas in dein Zimmer gelegt, das mir sehr lieb ist und von dem ich möchte, daß du es mitnimmst."

„Sei nicht sentimental", sagte er, aber er beugte sich über sie und küßte sie flüchtig auf die Wange, die sie ihm bot, eine Wange mit dem zarten Parfüm ihres französischen papier-poudre, des einzigen Schönheitsmittels, das sich eine Dame erlauben durfte. Es erinnerte ihn an die Tage seiner Kindheit, als er sie aus einiger Entfernung betrachtete und liebte, aber zu stolz war, um zu ihr zu gehen, wenn sie, mit dem kleinen Harald auf den Knien, im Garten oder im Frühstückszimmer saß. Wenn sie ihre Hand nach ihm ausstreckte, dachte er: hat sie bis jetzt auf mich vergessen, dann will jetzt ich nicht! Er lief fort und warf einen heimlichen, finsteren Blick zurück. Immer war sein lieber, närrischer Vater da, zu dem er laufen konnte — und das tat er auch regelmäßig —, aber der Druck seiner Arme, die nichts von ihm wollten, und der Klang seiner sanften, verzeihenden Stimme hatte nie die Sehnsucht nach der Mutter stillen können.

Jetzt sah sie zu ihm mit ihren schönen, braunen Augen auf, die er immer bewundert hatte. Nun haßte er sie, weil sie ihn an seinen Bruder erinnerten. Sie sah ihm prüfend ins Gesicht, und ihre blassen Lippen preßten sich vor Sorge und Trauer zusammen.

„Ich hoffe, daß ich Erfreuliches höre, wenn ich zurückkomme", sagte sie.

Er lächelte sie auf seine abschätzige, undurchdringliche Weise an. „Was willst du hören?"

Sie seufzte. „Wenn du mich nicht verstehen willst, Jon, kann ich nichts machen. Ich muß gehen. Ich wollte, du kämst mit mir. Du siehst so — müde aus. Ich habe dir ja erzählt, daß Harald schon in Philadelphia ist, um vor Weihnachten eine neue Ausstellung vorzubereiten."

„Ich lasse ihm Weidmannsheil wünschen", sagte er.

Sie zögerte. „Jon, ich bin besorgt, wenn Jenny mit den Hausleuten ganz allein bleibt. Wärst du so gut und würdest ein paar Mal hinüberschauen, wenn ich nicht da bin, und —"

„Nein."

„Jon, um Gottes willen!" Rasch, mit gesenktem Kopf, ging sie aus der Halle hinaus in den grellen Tag. Als sie in den Fiaker stieg, sah er, wie sie ihre Tränen abtupfte. Er fluchte laut. Er war sich bewußt, daß er sie hätte zum Bahnhof bringen sollen, daß er ihr wenigstens in den Fiaker hätte helfen müssen, aber er war bis oben voll schwarzem Haß und kochender Wut. Er ging hinauf in seine Zimmer, wo es fast noch heißer war als im Parterre, und da, verführerisch auf seinem Bett, lag ein Bild Jennys.

Er näherte sich langsam dem Bett und schaute auf das einsame, sehnsuchtsvolle Gesicht des jungen Mädchens, das sein Bruder gemalt hatte, auf ihre erhobene, stille Hand und in die ruhigen, traurigen Augen. Sie war zu einem Fenster gelaufen, als ob sie auf den Ruf eines lieben Menschen antworten wollte und nichts gefunden hätte als Leere und das kalte, nackte Chaos.

„Jenny", sagte er. Er setzte sich neben dem Porträt auf das Bett nieder und blickte es an, berührte es sanft mit der Hand. „Jenny, wie hast du so etwas von mir denken können? Du warst so voll Glauben, weil du mich doch gekannt hast, seit du ein Kind warst, ein kleines Mädchen. Und doch hast du ohne jeden vernünftigen Anlaß das Schlimmste glauben wollen, aus einer Art angeborener Bosheit heraus oder aus einer kranken Phantasie. Das Schlimmste glaubt man von einem Menschen erst, wenn man ihn insgeheim verabscheut. Liebe oder auch Freundschaft zwingt dazu, das Beste zu hoffen oder zu glauben oder doch die Gnade des Zweifels zu üben, wenn auch die Gegenbeweise vorliegen."

Während er auf das Porträt sah, dachte er auch nicht eine Sekunde daran, diese Grundsätze etwa auf sich selbst anzuwenden. Er erinnerte sich nicht an die Lügen über Jenny, die er geglaubt hatte, an diese unerhörten Verleumdungen. Er erinnerte sich nicht, wie er zu dem schmutzigen Gelächter, das sich gegen sie richtete, geschwiegen hatte. Kein einziges Mal hatte er sie verteidigt oder an ihr „die Gnade des Zweifels geübt".

So betrachtete er zuerst das Porträt voll Trauer und Verzweiflung, dann aber brach die Wut aus ihm hervor. Er packte das Bild und zertrümmerte es auf seinem Knie. Die Leinwand riß und zerstörte das gemalte Antlitz. Er stand auf und schleuderte das zerstörte Gemälde durch das Zimmer. Es prallte gegen die Wand, der Rahmen brach. Er hörte sich atmen, schnell und geräuschvoll, wie ein sattes Tier. „Ich wollte, du wärst es selbst, Jenny" keuchte er. Er nahm die Whiskyflasche von der Kommode und tat einen tiefen Zug. Sein Atem ging schwer, er war schweißüberströmt, das Herz tobte und von der Stirn rann es ihm naß in die Augen. Er prostete dem Porträt zu, das in Fetzen auf dem Boden lag. „Süße Jenny", sagte er. Die Wut war jetzt von ihm gewichen, diese Wut, die sich durch so viele Jahre hochgestaut hatte, seit seiner Kindheit. Er hatte sie gegenüber Mavis gefühlt, oft auch gegenüber seinem Bruder und noch öfter gegenüber den Kollegen, aber er war noch nie so von Sinnen gewesen wie eben vorhin.

Der Alkohol fing an zu wirken, und er taumelte zum Bett hin. In seinem Hirn liefen die Gedanken unzusammenhängend durcheinander: Gram, Hoffnungslosigkeit, kreischende Dissonanzen, Zorn, Mordlust, Sehnsucht, blinde Wut. Passagen aus Gedichten trieben dazwischen, und er begann, sie mißtönend zu singen, wobei er sie mit kühnen Auslegungen zierte. Plötzlich fiel ihm ein Gedicht aus seinen Collegejahren ganz klar und deutlich ein, und er sagte: „Milton! Ja, verdammt: Milton war das!"

Und dann deklamierte er:

„Wenn ich bedenke, wie mein Licht vergeht,
bevor mein Tag in dieser dunklen, weiten Welt nur halb zu Ende
und wie ich dies Talent, das zu vergraben Tod bedeutet,
nutzlos in meinen Händen hielt, obwohl die Seele
geneigter war, dem Herrn damit zu dienen,
und wenn ich nun die Rechnung ehrlich —"

Er unterbrach sich und sagte mit schleppender, heiserer Stimme: „Mein Licht ist vergangen." Dann begann er schallend zu lachen, schlug sich auf die Knie und wälzte sich in einem Anfall von entsetzlicher Lustigkeit im Bett, wie besessen von Selbstverachtung, Haß und geiferndem Hohn.

Er fand sich flach am Rücken liegend, die Hände ins Haar gewühlt, und sein Körper bebte vor unkontrollierbarer Lachlust. „All diese vertanen, dummen, gottverdammten — Jahre!" keuchte er plötzlich. „All diese Stunden, Wochen, Monate, Jahre! All diese Bücher! Eine ganze Prozession, und alle grinsen mich an. Sie verklumpen sich, gestikulieren, tanzen! Ah, was würde ich alles gegen Krankheit und Schmerz tun! Hingegeben wie ein Priester meine heiligen Hände auf das fiebernde Fleisch legen, es besänftigen, heilen! Was für ein —" Er füllte das Zimmer mit obszönen Flüchen, bis sogar die Hausleute, die während der Mittagshitze ausruhten, sich angstvoll anblickten, als sie dieses Gebrüll hörten, das durch Türen und Wände drang, und ein paar von den Kraftausdrücken aufschnappten. „Halt dir die Ohren zu", sagte die Köchin zu dem jungen Stubenmädchen. „Es gehört sich nicht für ein junges Mädchen, solche Worte mitanzuhören, und wenn der Doktor nicht fast um seinen Verstand gekommen wäre — wer wollte ihn dafür tadeln? —, würde er bestimmt nicht so schreien."

„Er ist wieder betrunken", sagte Mary und wischte ihr feuchtes Gesicht mit einem Tuch ab. „Er ist jetzt immer betrunken."

Dann löschte der Rausch alles in Jonathan aus. Schweißgebadet lag er auf dem Bett. Er trug keine Erinnerung an diese Stunden der äußersten, sprachlosen Verzweiflung davon. Die Sonne fiel auf seinen Körper, er fühlte sie nicht. Sie wanderte über ihn hin, berührte seine Füße, hob eine kurze Weile die Wand ins Licht und zog sich zurück. Ihre sengenden gelben Strahlen tauchten Gras und Bäume in Glut, als sie im Westen sank. Allmählich folgte eine heiße, purpurne Dämmerung, dann eine warme, samtige Nacht voll ruheloser Sterne. Jonathan bemerkte das alles nicht, ihn hatten Träume übermannt, schrecklich, chaotisch, beängstigend, erfüllt von Furcht und Hoffnungslosigkeit. Einmal träumte er von Jenny. Er sah sie in einer grauen Steinwüste, am Hang eines aschenfarbenen Berges, wie sie einen gewundenen Pfad entlanglief, der sich wie eine Schlange hob und senkte. Ihr schwarzes Haar flatterte, die Arme waren ausgebreitet, und ihr Mund hatte sich zu einem Schmerzensschrei geöffnet. Er versuchte, zu ihr zu laufen, sie einzufangen, zu halten, zu beruhigen, aber sie war ihm immer ein paar Schritte voraus, und schließlich fiel er in einen stockfinsteren, bodenlosen Schacht.

Er hörte ein lautes, befehlendes Pochen, und jemand rief: „Jon, Jon! Ich weiß, daß du da drinnen bist! Wach auf! Sag doch was!"

„Verschwinde!" ächzte er. Ein Licht traf seine Augen, schmerzte unerträglich, und er blinzelte tränend. Sein Kopf war wie eine Trommel, die jemand mit eisernen Prügeln bearbeitet, und drohte zu platzen. Er hob seine Hände und hielt ihn. Im Mund und im ganzen Körper war eine trockene, brennende Übelkeit.

„Jon! Laß mich hinein! Es ist wichtig! Mach auf!" Dann fluchte die Stimme und sagte: „Verdammt, er hat die Tür verriegelt!" Man rüttelte an der Tür. „Jon!"

Jonathan sah jetzt schon klarer, und was er in seinem verworrenen Zustand erblickte, machte ihn völlig ratlos. Er befand sich in seiner erleuchteten Ordination, nicht im Haus und auch nicht im Bett. Er konnte sich nicht erinnern, wie er hierher gekommen war. Irgendwer oder irgendwas war hier Amok gelaufen, denn zerrissene Bücher, die aus seiner medizinischen Bibliothek stammten, lagen über den ganzen Boden verstreut, Ordner waren geöffnet, ihr Inhalt lag herum. Der Patientensessel war umgestürzt und zur Seite geschleudert worden. Seine eingerahmten Zeugnisse waren von der Wand gerissen und zerschlagen. Die Radierung, die er von seinem Vater bekommen hatte, ein rührseliges, aber ergreifendes Bild mit dem Titel „Der Arzt" lag auch am Boden; nicht nur das Glas war gebrochen, das Bild selbst war zerfetzt worden. Die hellgrünen Vorhänge, welche Marjorie besorgt hatte, waren von den Fenstern gerissen und lagen als leuchtende Haufen unter dem Licht der einzigen Lampe auf dem Schreibtisch.

„Um Himmels willen", murmelte Jonathan, als er diese wahnwitzige Zerstörung erblickte. Plötzlich begriff er mit Entsetzen, wer in seiner Raserei das alles angerichtet hatte: Er selbst war es gewesen! Er konnte sich nicht erinnern, wie er hierher gekommen war, auch nicht an die Stunden, in denen er hier wie ein Vandale gehaust hatte, und nun packte ihn die Angst, er könnte in irgendeinem Augenblick, von dem er nichts wußte, verrückt geworden sein, und er fragte sich, was er wohl sonst noch angestellt hatte.

„Jon“, schrie die Stimme, und an der Tür rüttelte es noch heftiger. Jonathan stemmte sich aus seinem Sessel hoch und begann sofort hilflos zu taumeln. Mit einem Krach landete er an einer Wand und kam fast zu Fall. Er schüttelte den Kopf, um ihn ein wenig zu klären. Dann fing er an, vorsichtig seinen Weg durch das Trümmerfeld zu bahnen, durch die Glassplitter, die zerfetzten Bücher, die Rahmen von Bildern und Zeugnissen und die überall verstreuten Papiere. Er kam zur Tür und stellte verblüfft fest, daß er sie gegen das Wartezimmer hin abgesperrt hatte, obwohl dieser Riegel, den es seit Jahren gab, noch nie von ihm verwendet worden war.

Er brauchte seine ganze Kraft, um ihn zurückzuschieben. Dann wurde die Tür aufgerissen, und Robert Morgan stand auf der Schwelle. Robert starrte ihn an und sagte dann leise: „Um Gottes willen!“

„Was willst du?“ fragte Jon und vertrat ihm den Weg. Aber Robert sah über seine Schulter, Entsetzen malte sich in seinem Gesicht, und sein rotgoldener Schnurrbart sträubte sich. Langsam wandte er sich wieder zu Jonathan und sagte: „Hast du das getan?“ Er wußte, daß das eine dumme Frage war, denn jetzt konnte er den Alkohol riechen. Jonathans graues, schweißgebadetes Gesicht, sein zerzaustes schwarzes Haar und das durchnäßte Hemd legten ein klares Zeugnis dafür ab, was sich in diesem Raum abgespielt hatte. Er sah, daß Jonathan an einer Hand geblutet hatte; die bräunliche Kruste lief in Runzeln über den ganzen Handrücken.

„Mein Gott“, sagte Robert.

„Hübsch, was?“ sagte Jonathan. „Und jetzt verrate mir, was du zum Teufel hier willst?“

Robert konnte seinen Anblick in diesem Zustand nicht ertragen und sah hilflos auf seine Schuhe nieder. „Dich. Doktor Hedler will dich in seinem Büro sehen. Es ist sehr wichtig. Im St. Hilda. Er muß dich sofort sehen und hat mich gebeten, dich abzuholen. Das Telephon wollte er nicht verwenden, die Mädchen im Central horchen alle ab. Es ist sehr wichtig — Jon! Er wartet auf dich.“

„Richte Louis aus, er möge sich zum Teufel scheren. Ihr alle könnt euch zum Teufel scheren“, sagte Jonathan. „Was soll für mich noch wichtig sein? Leb wohl, Bob, du wirst mich nicht wiedersehen.“

Robert sah ihn kurz an, und seine blauen Augen verdunkelten sich. „Doch, das werde ich — wenn du nicht jetzt mit mir kommst. Mein Wagen steht draußen. Ich werde dich wiedersehen, Jon, und zwar sehr bald: Im Zuchthaus!“

„Was?“ Jonathan fuhr mit der Hand über sein feuchtes Gesicht und starrte dann auf seine Verletzung. „Wovon redest du? Sei ein braver Junge, Bob, und geh nach Hause!“

„Zuchthaus“, sagte Robert. „Hörst du nicht? Zuchthaus! Und für lange, sehr lange — wenn du uns nicht hilfst, daß wir dir helfen können. Beim Sheriff liegt ein Haftbefehl für dich bereit, der sofort nach dem Ersten unterzeichnet werden soll. Er hält ihn nur noch auf Louis' Bitte zurück."

„Du mußt verrückt geworden sein", stellte Jonathan bestürzt fest.

„Nein, du bist es, du tobsüchtiger Narr", rief Robert. „Sieh doch, was du hier angerichtet hast!"

„Was hat das zu tun mit — Wovon redest du, zum Teufel?" schrie Jonathan. „Sheriff, Haftbefehl! Hast du den Verstand verloren?"

„Nein, du", wiederholte Robert. Er war ganz blaß geworden. „Begreife doch: Deine Freunde warten auf dich. Es gibt etwas, das du sofort erfahren mußt. Nein, ich werde es dir nicht sagen, du brauchst mich gar nicht so anzuglotzen. Du mußt es selbst hören. Kannst du dich nicht rasch ein wenig zusammenrichten?" fügte Robert in schierer Verzweiflung hinzu. Er packte Jonathan am Arm und schüttelte ihn. „Geh ins Badezimmer und wasch dich! Sofort! Du mußt mit mir kommen!"

Jonathan zog die Brauen zusammen. Er rieb seinen hämmernden Schädel. Was hatte der Narr gesagt? Zuchthaus? Er stierte Robert nach, der in den Waschraum nebenan gegangen war und schon das Wasser in die Waschmuschel laufen ließ. „Ich werde dich abwischen, wenn du es nicht selbst fertigbringst", sagte Robert. Er kam mit einem nassen Handtuch aus dem Waschraum zurück und warf es Jonathan ins Gesicht. „Du solltest dich schämen", sagte er mit einer Stimme, die auf einmal jungenhaft und brüchig klang. „Schämen!"

Dieses Wort endlich drang zu Jonathan durch. Er preßte das nasse Handtuch gegen sein Gesicht, rieb sich das Blut von den Händen und versuchte zu lächeln. Dann ging er in den Waschraum, schloß die Tür hinter sich, und Robert hörte, wie er sich übergab. Bis er wiederkam, sah Robert sich kopfschüttelnd in dem Zimmer näher um. Noch vor ein paar Monaten hätte er nichts davon verstanden, jetzt wußte er zuviel. Er hatte schon immer gewußt, daß Jonathan Ferrier ein Choleriker war und seine Natur nur lange Zeit unterdrückt hatte. Was war die Ursache des Ausbruchs gewesen? Robert seufzte. Die Antwort schien ihm klar. Aber wenn nicht das gewesen wäre, dann eben etwas anderes. Der seit bald einem Jahr schwelende Aufruhr hätte sich endlich nicht mehr eindämmen und zurückstauen lassen. Ein Raubtier kann nur für begrenzte Zeit in Schach gehalten werden, dann springt es an.

Jonathan kam aus dem Waschraum, grau, aber ruhig, und kämmte sein feuchtes Haar. Er sah sehr krank aus, war aber wenigstens so gefaßt, wie man es von ihm erwarten konnte. „Wo ist mein Rock?" fragte er. „Da ist er. Da schau an: Ich muß wohl mit ihm geschlafen haben. Und wo ist mein Kragen und meine Krawatte?"

„Hier", sagte Robert und nahm beides vom Schreibtisch. „Ich nehme an, du kannst dich an nichts mehr erinnern. Gut schauen wir aus: ein Mann in deiner Stellung, der sich sinnlos besäuft!"

„Versuche es auch einmal, du Sonntagsschüler", sagte Jonathan. „Was meinst du? Der alte Louis will mich in seiner Ordination sehen? So spät noch? Wie spät ist es übrigens?"

„Neun. Was ist mit deiner Uhr los?"

Sie baumelte an ihrer Kette, und die beiden Männer stellten fest, daß auch sie zertrümmert war. „Die Uhr meines Großvaters", sagte Jonathan, löste sie von der Kette und legte sie auf den Schreibtisch. „Eine Repetieruhr. Neun? Was macht Louis in seiner Ordination?"

„Ich habe dir gesagt, daß er auf dich wartet, mehr erfährst du von mir nicht. Es wäre schön, wenn du ein wenig Dankbarkeit empfinden könntest. Mach weiter!" Er schaute zu, wie Jonathan an seinem Kragenknopf herumfingerte und kam ihm geschickt zu Hilfe. Er sah Jonathans Augen dicht vor den seinen, glänzend schwarz und weiß, trotz seines Zustands, und Jonathan lächelte ihn beinahe sanft an. „Du bist ein guter Junge, Bob", sagte er. „Du wirst mir immer sympathischer. Was hat Louis vor? Hat wieder jemand im Operationssaal eine Schlächterei veranstaltet? Wenn das der Grund ist, habe ich nicht die Absicht, einen Finger zu rühren."

„Los!" sagte Robert, dem plötzlich die Geduld riß. „Du schaust zwar aus wie ein Landstreicher, aber das läßt sich nicht ändern."

Es war halb zehn, und das St.-Hilda-Spital lag ruhig im heißen Dunkel der Nacht. Da und dort glühten Lichter. Jonathan und Robert gingen schweigend zu Louis Hedlers Büro. Sie begegneten nur einer einsamen Schwester und einem Turnusarzt, der ihnen neugierig nachschaute. Robert stieß die Tür auf und sagte: „Da ist er endlich. Ich fand ihn stockbesoffen und mußte ihn erst aufmöbeln."

„Ein Samariter", sagte Jonathan. In dem Zimmer erblickte er nicht nur Louis Hedler, der wie ein fetter, gereizter Frosch hinter seinem Schreibtisch hockte, sondern auch Pater McNulty und Howard Best, die beim Schreibtisch in Ledersesseln saßen. „Was soll das?" fragte Jonathan.

„Komm herein, Jon", sagte Louis und maß ihn mit einem furchterregenden Blick. „Ich gebe zu, du siehst sehr adrett aus. Hat Robert dich aus einem Mülleimer gezogen? Bitte, Robert, sperren Sie die Tür hinter Jon ab! Ein paar Minuten wenigstens wollen wir nicht gestört werden." Wieder sah er Jonathan groß an. „Ist der Whisky immer dein Heil und deine Stärke? Ist das deine Antwort auf das Leben?"

„Verrate mir eine bessere", sagte Jonathan. Er beobachtete Robert, wie er die Türe versperrte, und zog die Brauen hoch, als Robert den Schlüssel entschlossen in seine Tasche steckte.

„Servus, Jon", sagte Howard Best. Er stand auf, kam herüber und hielt ihm die Hand hin. Sie hatten sich in den letzten Monaten gelegentlich gesehen, aber Jonathan war nie sehr freundlich gewesen und hatte sich mit ihm nie länger unterhalten. Wieder stieg der Zorn in ihm hoch, er blickte auf die ausgestreckte Hand, ergriff sie aber nicht. Howard ließ sie fallen, und sein gutes Gesicht rötete sich. „Wie du willst, Jon", sagte er. „Anscheinend willst du nie klein beigeben."

„Warum sollte ich? Möchtest du mir jetzt gefälligst verraten, was das alles —"

„Nein, du gibst nie klein bei", wiederholte Howard. „Ein hochmütiger, rabiater Kerl bist du, Jon. Ein nachträgerischer — na, ich will nicht sagen, was mir auf der Zunge liegt, weil es auf deine Mutter zurückfallen würde, die ich achte — was ich von dir nicht ohne Vorbehalt sagen kann. Was ist eigentlich mit dir los?" Howard hatte angefangen zu schreien. „Du und dein verdammter cholerischer Stolz, deine Selbstgerechtigkeit! Ich gebe zu, daß ich dich grob angefaßt habe, aber, zum Teufel, warst nicht du selbst zu aller Welt immer nur grob? Ha! Hast du nie jemanden grundlos beschuldigt?"

„Ja, das hat er getan", antwortete Robert Morgan, der neben Louis' Schreibtisch stand. „Und selbstgerecht ist er auch. Er hat alles geglaubt, was in der Sadt über Miß Jenny Heger zusammengelogen worden ist. Einiges davon hat er mir sogar weitererzählt und dazu gelacht. Aber das kann einen Jonathan Ferrier nicht erschüttern! Wenn er etwas glaubt, dann hat es wahr zu sein und wenn es die widerlichste Lüge wäre. Er allein fällt das Urteil, und niemand wagt, dagegen zu berufen." Das Gesicht des jungen Mannes war ruhig und entschlossen, er sah dem verdutzten Jonathan gerade ins Auge.

„Ich habe heute mit Jenny gesprochen", fuhr Robert fort und wandte nun den Kopf ab. „Ich wollte sie heiraten. Sie ist die liebenswerteste junge Frau, die ich kenne. Sie war — nun, sie war zerstreut. Es hatte den Anschein, daß sie etwas Unerfreuliches über Jon dachte, aber sie verriet mir nicht, was es war. Sie erzählte mir jedoch, daß er bösartigen Tratsch über sie geglaubt, sie nie verteidigt und sich ihr gegenüber einfach unglaublich benommen habe. Wenn — wenn ich mehr Mann wäre, würde ich ihm wahrscheinlich die Zähne dafür ausschlagen, daß er so, wie er es tat, über Jenny gedacht und geredet hat."

Jonathans Gesicht hatte sich verschlossen, die Muskeln traten in harten Kanten hervor. Der Ekel, den er in seiner Ordination gespürt hatte, war nichts im Vergleich zu dem, was er jetzt fühlte. Er dachte an Jenny und griff sich an die Stirn. „Ich muß mich setzen, wenn ihr nichts dagegen habt." Er sah einen leeren Stuhl und ging mit sehr vorsichtigen Schritten zu ihm, ließ sich nieder und blickte auf die Kante des Schreibtisches. Er war sich des anklagenden Schweigens bewußt. „Jenny hat dir das alles erzählt?"

„Ja. Sie ist ein sehr zurückhaltendes Mädchen, wie du wissen solltest, sehr unverdorben und gehemmt. Ein liebenswertes Mädchen.“ Roberts Stimme zitterte leicht. „Sie würde es mir nicht erzählt haben, wenn ich sie nicht — vielleicht zum zehnten Male — gebeten hätte, meine Frau zu werden. Ich sah, daß sie sich in einem sehr erregten Zustand befand. Ich würde gern erfahren, was du ihr angetan hast, Jonathan.“

Jonathan dachte nach, dann blickte er auf und lächelte schwach. „Wenn du willst, kannst du mir die Zähne ausschlagen, Bob.“

Louis Hedler lachte, auch der Priester, der bis dahin nichts gesprochen hatte, und Jonathan streckte Howard Best freimütig seine Hand hin. „Ich verdiene nicht, daß du mir die Hand gibst, Howard, aber gib sie mir trotzdem.“

„Es bringt mich fast um“, sagte Howard. „Es bringt mich wirklich fast um.“ Aber er nahm die Hand. „Und ich wette, daß es auch dich fast umbringt, so etwas wie Menschenliebe zu zeigen.“

Jetzt ergriff Pater McNulty das Wort. „Ich erinnere mich, daß Aristoteles in seiner ‚Poesie‘ erwähnt, daß der Held einer Tragödie ein ehrenhafter und bewundernswerter Mensch sein und dazu irgendeinen schwerwiegenden Charakterfehler haben muß, der die Tragödie bewirkt. Das stimmt haarscharf auf Sie, Jon.“

„Gut, ich gestehe, daß ich ein Schwein und an allem, was mir zugestoßen ist, selbst schuld bin, daß es meine Schuld, meine übergroße Schuld war. So heißt es doch in der Konfessio, nicht wahr, Vater?“ Jonathans Gesicht glühte wieder, und Zorn funkelte in seinen Augen. „Man hat mich zweier Morde angeklagt, so daß ich Monate im Gefängnis saß und dann vor Gericht stand: Alles meine Schuld! Die Stadt hat geglaubt, daß ich schuldig sei, mich vertrieben und Lügen über mich verbreitet: Meine Schuld! Ich habe nie etwas anderes wollen als Gutes tun: Das war meine übergroße Schuld. Für all das gibt es natürlich keinen Pardon. Solche Sünden werden nicht vergeben.“

„Schon genug, Jon“, sagte Louis Hedler.

Aber Vater McNulty betrachtete Jonathan mit trauriger Strenge. „Sie sind dieser ehrenhafte und bewundernswerte Mann, von dem Aristoteles gesprochen hat. Aber Sie haben einen schrecklichen Charakterfehler. Sie verlangen, daß jedermann vollkommen sei. Sie haben kein Mitleid mit den menschlichen Schwächen. Sie verachten die Menschen —“

„Ah! Ich soll also jedem der Hunde, die jahrelang meinen guten Namen beschmutzt haben, vergeben und ihn unter Tränen küssen und mich bei ihm für den Dreck bedanken? Vater, ich habe Sie nie für übermäßig klug gehalten, aber ich meinte, daß Sie ein wenig Verständnis hätten.“

„Danke.“ Das Gesicht des jungen Priesters hatte sich gerötet, und seine hellen Augen blitzten. „Niemand erwartet von Ihnen, daß Sie vor den Verleumdern, die Ihnen soviel angetan haben, den Schweif einziehen, auch nicht vor denen, die Sie wegen Verbrechen angeklagt haben, die Sie nicht begangen haben. Aber Sie haben sich selbst Feinde geschaffen —"

„Und das war vermutlich auch mein Fehler." Jonathans rauhe Stimme wurde lauter. „Ich hatte nur keine Geduld mit Verlogenheit, Unfähigkeit, Heuchelei und Hochstapelei. Aber ich hätte wohl Verständnis für sie aufbringen sollen? Ich hätte den Lügnern, Pfuschern, Heuchlern und Hochstaplern mit einem milden Lächeln entgegentreten und ihnen sagen sollen, wie reizend sie doch sind?"

„Nein." Der Priester seufzte. „Kein anständiger Mensch hätte das von Ihnen erwartet. Aber es ist etwas anderes, Falsches zu bessern oder mit einem Prügel loszuziehen. Das aber ist Ihre Methode, Jon."

„Und eine gründliche." Jonathan lachte kurz. Niemand lachte mit.

„Vorsichtig muß man sich in der Welt bewegen", sagte Louis Hedler. „Nicht heimlich, sondern vorsichtig. Hat nicht Nietzsches Zarathustra gesagt: ‚Inmitten deiner Feinde geh mit schlafendem Schwert'? Das ist deine Art nicht, Jon, und sie war es nie. Du hast nie gelernt, dich zurückzuhalten."

„Habt ihr mich geholt, um mir das zu sagen?" fragte Jonathan und stand auf. „Dann gehe ich wieder nach Hause, wenn ihr nichts dagegen habt."

Louis sprach weiter, als ob Jonathan nichts gesagt hätte. „Niemand verlangt von dir, daß du ein Übel stillschweigend duldest oder es gar selbst erleidest und ruhig bleibst. Aber es ist nicht nötig, daß man einem Menschen vor Zeugen hineinsagt, was man über ihn denkt — oder was er wirklich ist. Du solltest einen — sagen wir: stärkeren Selbsterhaltungstrieb zeigen."

„Vielen Dank für deinen guten Rat", sagte Jonathan. „Bob, sperr diese Tür auf, wenn ich bitten darf."

Robert Morgan tat nichts dergleichen.

Jonathans Züge verzerrten sich. „Hat nicht Christus die Händler aus dem Tempel hinausgeprügelt? Wenn ich mich recht erinnere, hat er auch gegen ein paar seiner Zeitgenossen recht unsanfte Worte gebraucht, wie ‚Lügner, Heuchler, Kinder des Teufels'."

„Sie haben keine besondere Ähnlichkeit mit Christus", sagte der Priester.

„Aber Sie meinen, ich hätte ein Kreuz verdient? Oder doch etwas wie diese Standpredigt? Mir scheint, ich bin unter falschen Voraussetzungen hierher gekommen. Ich hörte etwas von Sheriffs und Zuchthaus reden." Er warf einen wütenden Blick auf Robert. „Offen gestanden: Ich war den ganzen Tag besoffen, und euer Laufbursche da hat mich gestört. Das werde ich mir merken."

„Ich zitiere noch einmal Zarathustra", sagte Louis. „‚Inmitten deiner

Feinde geh mit schlafendem Schwert.' Mit einem Schwert, Jon, das immer bereit ist, im Notfall gebraucht zu werden, aber nicht dauernd und bei jedem geringfügigen Anlaß; mit Verständnis gebraucht, wenn das möglich wäre. Das alles war die Einleitung zu dem, was wir dir zu sagen haben: Du hast dir Todfeinde geschaffen. Es gibt Menschen, die Freunde sammeln, und andere, die Feinde sammeln. Das ist Geschmacksache. Du hast dich verzweifelt bemüht, mich zu deinem Feind zu machen, Jon. Du hast hart und emsig daran gearbeitet, mit bewundernswürdiger Ausdauer. Du hast dich richtig hinein verbohrt."

Jonathan konnte ein Lächeln nicht zurückhalten. „Ich fürchte, du hast recht, Louis. Na gut, ich bitte um Vergebung. Hat man mich dazu geholt? Sollte ich meine Sünden beichten, Absolution erteilt bekommen und in aller Güte meiner Wege geschickt werden?"

„Nicht nur. Laß mich weiterreden. Du hast dich genauso redlich bemüht — vielleicht noch redlicher —, auch andere zu deinen Feinden zu machen. Ich gebe zu, daß es sich bei den meisten um abscheuliche Figuren handelt, aber allein schon aus diesem Grund hättest du ihnen im eigenen Interesse ausweichen sollen. Oder, wenn das nicht möglich war, auf andere Weise mit ihnen umgehen sollen als nach der Prügelmethode, die der Vater erwähnte. Auch andere Menschen sind zu Unrecht angeklagt worden, und als sie von ihrem Verdacht gereinigt waren, freute sich alles. Nicht in deinem Fall, Jon. Die Leute waren enttäuscht. Warum? Vielleicht, weil die Mehrzahl der Menschen von Natur schlecht und böse ist und aufrichtige Männer nicht ertragen kann, und zum Teil auch deshalb, weil sie ohne triftigen Grund gereizt worden sind. Sei dem wie immer: Wir sind hier nicht zusammengekommen, um uns über Moral und Theologie zu unterhalten. Es geht um dich!"

Er warf Robert, Howard Best und dem Priester einen Blick zu. „Wir hier sind deine aufrichtigsten Freunde, Jon. Bessere hast du nicht. Es ist keiner unter uns, den du nicht beleidigt oder verhöhnt hättest, sei es auf deine gewohnte übellaunige Art oder durch scheinbare Nachsicht. Aber wir besitzen ein größeres Herz als du. Wir schauen über dein verletzendes und aggressives Benehmen und deine reizenden Manieren hinweg und rufen uns ins Gedächtnis, daß du ein guter Mensch bist, der seinen Beruf liebt, aber an den Mängeln seiner Tugenden leidet und blindlings und schutzlos durch eine Schlangengrube stolpert. Vollkommen schutzlos: Das warst du immer, Jon. Hilflos gegen Grausamkeit, Bosheit und Schadenfreude. Nicht einmal deine Feinde hast du erkannt. Nie warst du auf deiner Hut. Du besitzt unser Mitgefühl. Wenn du jetzt deinen Stuhl näher an den Schreibtisch rückst, werde ich dir etwas zu lesen geben. Eine üble Lektüre, Jon."

Er reichte Jonathan ein Bündel Papiere. „Protokolle über Aussagen von Jonas Witherby, Mrs. Holliday und Peter McHenry, und ein paar ähnliche mehr. Sobald du sie gelesen hast, wirst du allerdings gegen den Schluß zu viel — interessantere — Aussagen finden. Laß dir Zeit, mein Junge!"

Jonathan sah Howard Best an und runzelte die Stirn. „Protokolle. Ich rieche den Anwalt."

„Bitte, Jon", beschwichtigte Louis Hedler.

„Satansbrut", stellte Jonathan fest.

„Danke für das übliche Kompliment", sagte Howard Best, aber er lächelte dazu.

Jonathans schöngeformte, dunkle Chirurgenhände zitterten noch von den Folgen des Alkoholexzesses. Er blickte mißtrauisch um sich und begann dann zu lesen. Die Freunde beobachteten sein angespanntes Gesicht. Er las, was gerade in seine Hand kam, und die erste Aussage stammte von Jonas Witherby. „Er hat mich nicht nur eines Selbstmordversuches beschuldigt, sondern mich zu erpressen versucht, ihm Geld für eine angeblich geplante Tuberkulosenabteilung des St.-Hilda-Spitals zu geben."

„Der alte Kretin!" sagte Jonathan und zuckte die Achseln. „Quatsch. Er hat keinen Selbstmordversuch unternommen. Er wollte den Anschein erwecken, daß Prissy ihn zu vergiften versucht habe. So ein Blödsinn."

Louis Hedler zündete sich eine Zigarre an, Howard und Robert eine Pfeife, der Priester eine Zigarette. Es war jetzt still in dem großen, hübschen Büro. Die Lampen spendeten ein mildes Licht, die Fenster standen offen, und der Nachtwind bewegte die Vorhänge. Der Rauch kräuselte sich gegen die hohe weiße Decke. Jonathan fuhr fort zu lesen und sprach dabei halblaut mit sich selbst.

Ein Blitz züngelte über die Gipfel. Der Wind wurde stärker. Sie konnten nun das Ächzen eines Nachtzuges hören, als er sich durch das Tal schlängelte. Um diese Zeit war das Spital voll gedämpfter Geräusche: das Rollen eines Wagens, plötzlich eiliger werdende Schritte, das rasche Klappern von Absätzen, das Öffnen und Schließen einer Tür, ein plötzlicher Schrei, Stöhnen, eine beruhigende Stimme. Der Priester hörte es und Howard Best, während die drei Ärzte so an diese Geräusche gewöhnt waren, daß sie ihnen gar nicht mehr bewußt wurden.

Beim Lesen wurde Jonathan immer blasser. In seinem Gesicht spannte sich jeder Muskel, es wurde schmaler und länger. Seine schwarzen Wimpern und Brauen und das dichte dunkle Haar hoben sich in lebhaftem Kontrast davon ab. Sie sahen ihn die bestätigten Rechnungen von Louise Wertner und Mary Snowden prüfen. Er las noch einmal ihre eidesstattlichen Erklärungen, auch die von Edna Beamish. Er sah auf, räusperte sich und sprach dann mit sehr ruhiger Stimme.

„Das sind alles Lügen. Jede einzelne ist eine Lüge. Bei Mrs. Beamish führte ich lediglich eine Voruntersuchung durch, informierte sie über ihren Zustand und dann —" Er unterbrach und schaute in die stillen

Gesichter. „Was die anderen Damen betrifft, kann ich mich an gar nichts erinnern. Ich weiß nicht, warum sie diese Rechnungen schickten. Ich — ich habe sie nie angerührt. Wenn ich sie gründlich untersucht hätte, könnte ich mich erinnern. Diese Rechnungen sind außerordentlich hoch. Mehr als fünf oder zehn Dollar verlange ich von Damen dieser Kreise für eine vollständige Untersuchung nie."

„Sie behaupten, daß es Abtreibungen waren", sagte Louis Hedler. „Das kostet mehr."

Jonathan wandte sich jetzt ausschließlich dem anderen Arzt zu. „Nie in meinem Leben habe ich eine Abtreibung vorgenommen. Nie habe ich bei einer Frau die Kürette verwendet, wenn es nicht unumgänglich notwendig war, um die Folgen einer Fehlgeburt zu entfernen, ein Leben zu retten oder eine Diagnose stellen zu können. Glaubst du mir das?" Er wirkte vollkommen erschüttert, erst jetzt begannen seine Augen zu flackern, und um seinen Mund zeigten sich fahle Furchen.

„Wir glauben dir", sagte Louis Hedler. „Wenn wir es nicht tun würden, wärest du jetzt nicht hier. Aber da ist noch eine Aussage oder eidesstattliche Erklärung, die mir Martin Eaton gegeben hat, der vor zwei Tagen gestorben ist und heute begraben wurde. Er gab sie mir vor Zeugen in meiner Gegenwart."

Jonathans Hände zitterten so, daß das Papier raschelte. Er las Martin Eatons erste Erklärung, las sie weiter, stieß einen schwachen Laut aus, las sie noch einmal. Er legte sie nieder. Der Blick, mit dem er Louis Hedler betrachtete, sprühte vor Zorn.

„Eaton lügt. Mag sein, daß er entgegen allen Beweisen Mavis geglaubt hat. Er war in sie vernarrt. Sie hat immer gelogen, geschwindelt und betrogen. Jetzt ist sie tot. Ich wollte, sie wäre gestorben, bevor ich sie jemals sah." Es klang um so grausamer, als seine Stimme dabei so ruhig blieb. „Ich habe bei ihr nie eine Kürette verwendet — weder meine noch die von jemand anderem. Jetzt wollte ich, ich hätte sie wirklich umgebracht."

Wortlos öffnete Louis die Schublade seines Schreibtisches, hob eine Leinenhülle heraus, legte sie vor Jonathan und nickte. Jonathan nahm den Stoff, öffnete ihn und hatte seine Kürette in der Hand. Ungläubig starrte er sie an. Louis sagte: „Das gab mir Martin, nachdem er die Aussage gemacht hatte. Ich muß dazu sagen, daß er sie nur zögernd gab."

Jonathan hielt sie in der Hand. „Ich erklärte ihr einige von den Instrumenten. Sie war immer auf alles neugierig, merkte sich aber selten etwas. Als ich ihr den Zweck des Instruments erklärte, riß sie in gespielter Angst Mund und Augen auf. Dann wurde sie zärtlich. Sie war immer zärtlich — gegen alle. Das war mindestens zwei Jahre, bevor sie starb." In seiner leisen Stimme schwang plötzlich kalte Wut und Haß. Er würgte, sein Mund klaffte. „Ich brauche einen Drink", sagte er.

„Robert, geben Sie bitte Jon etwas zu trinken", sagte Louis. Robert trat zu einem Schrank, füllte ein Glas mit Wasser und brachte es Jonathan. Starr, als ob es ein Schierlingsbecher wäre, betrachtete er das Glas und stellte es dann auf dem Schreibtisch von Louis ab. „So etwas habe ich nicht gemeint."

„Ich zweifle nicht daran", sagte Louis.

Wieder sah Jonathan jedem der Anwesenden prüfend ins Gesicht. Schließlich fragte er: „Hält einer von euch mich für einen Lügner?"

„Nein", sagten alle. „Nein, nein."

Louis faltete seine Hände über den Papieren. „Bei fast allem hat Kenton seine Hand im Spiel, das weiß ich. Er war derjenige, der darauf bestand, daß ich Abgeordnete der Ärztekammer kommen ließ. Sie werden Dienstag hier sein. Sie werden dir den Auftrag erteilen, dich für ein Verhör bereitzuhalten. Auch der Bezirksrichter wird da sein — mit einem Haftbefehl, Jon."

Ein böses Lächeln lag auf Jonathans Gesicht. „Ich hätte mir sowas denken können", sagte er. „Wie du selbst bemerkt hast, besitze ich einfach zu viele Feinde." Er überlegte. „Campion. Dieser Verräter, der sein Land verschachert hat. Es paßt ganz genau zu ihm. Letzten Endes kommt alles von Mavis, ist es nicht so? Sie war der Anfang."

Sie fühlten den Geist Mavis Eatons im Zimmer, triumphierend und prahlerisch, sogar Robert Morgan, der sie nie gesehen hatte und nur aus Beschreibungen kannte. Jonathan wiederholte: „Ich wollte, ich hätte sie wirklich getötet. Wenigstens hätte ich jetzt diese Genugtuung."

„Mavis war nicht der Anfang", sagte Louis Hedler. „Du selbst warst es, als du geboren wurdest. Campion, diese Weiber, Martin Eaton und alle anderen, die gegen dich ausgesagt haben, hätten sich nicht des Meineids schuldig gemacht, wenn sie dir nie begegnet wären. Du warst der auslösende Faktor, Jon. Warte!" Louis hob die Hand. „Ich möchte dir gern etwas klarmachen. Ich kann dich in keinem Punkt schuldig finden. Daß Campion ein Schuft ist, weiß ich seit Jahren. Aber ich habe noch nie erlebt, daß er jemanden so gehaßt hätte, wie er dich haßt — und er ist ein gründlicher Hasser. Fast sollte man dir gratulieren." Zum ersten Male lächelte Louis.

Jonathan sagte: „Sie werden haben, was sie wollten. Ich werde auf Grund dieser Eide und der Aussagen dieser Huren verhört werden. Das wird mein Ende sein. Ich hätte schon vor Monaten gehen sollen." Zwischen seinen ausgedörrten Lippen blitzten plötzlich die Zähne.

Louis nickte Howard Best zu, der aus seiner Aktentasche ein dickes Bündel Papier zog. Bedächtig sagte Louis: „Da bin ich nicht einer Meinung mit dir, Jon. Während du damit beschäftigt warst, dir immer mehr Feinde zu machen, immer mehr Leute gegen dich einzunehmen, waren Freunde, die an dich glaubten, eifrig am Werk. Sehr eifrig sogar."

Howard grinste breit. „Ich habe einen Großteil meiner Zeit dir und deinem Mißgeschick gewidmet, Jon. Vor einiger Zeit rief Louis mich und Vater McNulty zu sich und zeigte uns diese eidesstattlichen Erklärungen. Seither war ich emsiger als eine Biene. Lies jetzt das hier! Dann darfst du eine Verbeugung vor mir machen, und vielleicht werde ich dir verzeihen, daß du mich in den letzten Monaten geschnitten hast. Vielleicht."

Jonathan sah ihre lächelnden Gesichter. Er war noch immer erschüttert. Er nahm das Papierbündel und begann zu lesen. Louis hatte die letzte Aussage des toten Martin Eaton vorsorglich weggelegt.

Es war Peter McHenrys hinterhältige Rechtfertigung und neuerliche Aussage, welche Jonathan nun überflog und voll Verachtung fortschob. „Elinor, dieses arme Ding", sagte er. Aufmerksam las er die „Bestätigung" von Amelia Forster. Er begann zu lächeln, schließlich lachte er triumphierend: „Das ist die Erklärung für die Rechnungen! Liebe, gute Amelia! Ich muß ihr sofort eine Rente aussetzen. Nein, sie ist unersetzlich. Gott segne unsere Amelia! Und die Aussagen meiner übrigen Patienten: Ich begreife sehr wohl, daß sie mich damit vor der falschen Beschuldigung, ich hätte diese Hure von einer Beamish verletzt, schützen wollten. Manchmal, wenn sich etwas Menschlichkeit zeigt — was selten genug vorkommt —, habe ich doch noch Hoffnung für die Menschheit."

Dann las er die Niederschrift, die Howard Best von dem Interview mit William Simpson, Polizeidirektor von Scranton, gemacht hatte. Er fluchte vor Freude und brach in lautes Gelächter aus. „Ei, ei! Sie war also das Bettkätzchen von Campion! Auf sowas hätte ich eigentlich selber kommen können. Jetzt ist mir alles klar. Um mich hineinzuziehen, schickte er sie zu mir und dann zu irgend jemand anderem, der ihr wirklich die Abtreibung gemacht hat. Es wäre wunderbar, wenn wir diesem Mörder auf die Spur kämen. Möglicherweise könnte er mir auch etwas über Mavis erzählen."

„Lies weiter", sagte Howard, der sich freute, daß Jonathans blasses Gesicht plötzlich wieder Farbe bekam. „Du bist erst mit der Suppe fertig. Warte bis zum Hauptgang."

Jonathan las weiter. Howard hatte zu folgenden Erklärungen von Louise Wertner und Mary Snowden selbst eine eidesstattliche Erklärung abgegeben. Er stellte fest, daß er die jungen Damen im Namen des Gesetzes „überredet" habe, ihren früheren Eiden, die sie unter Zwang abgelegt hatten, abzuschwören und neue zu leisten, die nun absolut wahr seien. (In seiner eigenen eidesstattlichen Erklärung verschwieg Howard, daß er die Mädchen einzeln besucht, sich als Beamter des Gerichtshofes ausgegeben und damit die ungebildeten Mädchen eingeschüchtert hatte. Er hatte ihnen Schutz vor gerichtlicher Verfolgung versprochen oder zumindest Strafmilderung für ihre Beteiligung an der Abtreibung, wenn sie jetzt bei der vollen und reinen Wahrheit bleiben würden.)

Den Namen des Abtreibers gaben sie aus Angst vor Repressalien in den Erklärungen nicht preis, stellten aber fest, daß sie ihn Howard Best genannt hätten, damit er bei Gericht auf Verlangen eingesehen werden könne.

Sie bezeugten, daß sie zu verschiedenen Zeitpunkten des Jahres 1900 an sich Abtreibungen „unehelichen Nachwuchses“ vornehmen ließen und daß sie unverheiratet seien. Sie haben fünfzig beziehungsweise siebenundfünfzig Dollars dafür bezahlt. Obwohl sie nachher „unbedeutende Beschwerden“ hatten, glaubten sie, daß die Sache damit abgetan sei. Da habe sie am 15. Juli 1901 der Abtreiber in ihren Wohnungen aufgesucht und erklärt, daß er von ungenannter Seite wegen verbotener Eingriffe „in Untersuchung“ stünde und im Fall einer Verhaftung ihr Erscheinen bei ihm nicht verschweigen können würde. Er würde aussagen, daß sie seine Mitwirkung an dem Verbrechen durch ihren Appell an sein Mitleid erreicht haben. „Ich“, hatte er ihnen gesagt, „bin ein reicher Mann. Ich könnte mit einer Geldstrafe davonkommen. Aber ihr würdet jahrelang ins Gefängnis wandern und dann auf die Bahn geraten, die ja eigentlich die eure ist.“

Allerdings, so berichteten die verschreckten und eingeschüchterten Mädchen, habe ihnen der Abtreiber versprochen, seine Beziehungen zu „ungenannten Persönlichkeiten“ auszunützen, wenn sie Eide ablegen würden, daß Jonathan Ferrier, Arzt in der River Road, Hambledon, Bundesstaat Pennsylvania, diese „verbrecherischen Handlungen“ an ihnen vorgenommen und dafür ungeheuerliche Gebühren gefordert habe. Nachdem sie sich vorher seiner Abwesenheit vergewissert hatten, mußten sie in seine Ordination gehen und der Sekretärin weismachen, daß sie diese Summe Geldes schuldig seien, aber die Rechnung vergessen hätten. Sie mußten die Sekretärin bitten, die Rechnung auf die Zeit der angeblichen Abtreibung vorzudatieren, und sie dann bestätigen lassen. Die Sekretärin war ihren Anweisungen gefolgt, „in aller Unschuld und gutem Glauben, der Geschichte vertrauend, die ihr erzählt wurde“.

Dann folgten die eidesstattlichen Erklärungen.

Die Mädchen gestanden den Meineid, baten um Nachsicht und Verständnis für ihre Lage und für ihre „begreifliche Angst“ vor einem Mann, der reich und einflußreich genug sei, um sie in großes Unglück zu bringen. Sie fügten auch noch hinzu, daß jede von ihnen nach Ablieferung der eidesstattlichen Erklärungen an Doktor Louis Hedler vom St.-Hilda-Hospital in Hambledon von diesem Mann fünfzig Dollar „in Anerkennung ihrer Verdienste“ bekommen habe.

Ein seltsamer Ausdruck lag auf Jonathans Gesicht, den keiner der Anwesenden je an ihm gesehen hatte und den sie nicht zu deuten wußten. Es war nicht Widerwillen oder Zorn, eher Mitleid, voll Erbarmen und Traurigkeit, fast sanft.

„Diese armen Geschöpfe“, sagte er, mit gesenktem Kopf auf die Aussagen starrend.

Die andern sahen sich begreiflicherweise erstaunt an und zogen belustigt die Brauen hoch. „Was soll mit diesen jungen Dingern geschehen?“ fragte Jonathan. „Wenn der Fall vor Gericht gebracht wird — was er muß —, werden die Mädchen dafür ins Gefängnis kommen? Das möchte ich nicht. Ich verzichte darauf.“

Howard kicherte. „Wer sagt was von Gericht?“

Da sprühte wieder Zorn aus Jonathans Augen. „Ich verlange es! Ich will volle Rehabilitation. Ich will Genugtuung!“

„Die wirst du erhalten“, sagte Louis. „Jetzt kommt aber erst die Pièce de résistance.“ Er hielt jetzt Martin Eatons letzte Worte in den Händen, eigentlich eine Abschrift, da er das Original dem unberechenbaren Jonathan nicht anvertrauen wollte. Louis wurde sehr ernst. „Jon, es ist ein furchtbares Ding, das ich da habe — die Abschrift einer sehr langen eidesstattlichen Erklärung. Sie ist pathetisch und tragisch. In gewisser Hinsicht wird es dir nähergehen als alles, was dir jemals widerfahren ist. Sogar mehr als deine Verhaftung und das Verfahren, fürchte ich. Ich möchte, daß du dich zusammennimmst und es ruhig liest. Ich möchte, daß du für diesen Mann ein Teil des Mitleids abzweigst, das du für Louise Wertner und Mary Snowden gehabt hast, die weniger Recht hatten, dir etwas anzutun als dieser Mann. Sie standen unter Druck. Dieser Mann nicht. Er schrieb es eigenhändig, um ein Unrecht gutzumachen. Er entblößte seine Seele und die Seele eines Wesens, das er mehr als alles andere liebte — nur um dir zu helfen. Er gibt zu, daß er dir Unrecht getan hat und erklärt seine Beweggründe. Nun hat er es richtiggestellt.“ Jonathan hatte aufmerksam zugehört. Seine Augen verschwanden fast unter den gerunzelten Brauen.

„Jon“, sagte Louis, „da ist noch etwas in dieser Aussage, das dir sehr nahegehen wird, und ich möchte dich schon jetzt bitten, daß du dich beherrschst. Versprich mir, über die Sache Stillschweigen zu bewahren, bis alles andere sich entschieden hat. Wenn du mir das nicht versprechen kannst, werde ich es dich nicht lesen lassen.“

„Ich verspreche es.“ Jonathans Stimme war knapp. Er hatte die Hände um die Lehne seines Sessels gekrampft.

Louis zögerte. Er war sehr feierlich. Dumpfe Spannung herrschte in dem warmen Zimmer. Hinter den Fenstern zuckten Blitze. Im Spital war es totenstill.

Louis fuhr fort. „Indem ich dir diese eidesstattliche Erklärungen zeigte, gefährdete ich meine Stellung hier, Jon. Ich habe es aus Rücksicht dir gegenüber getan — trotz der verflossenen Meinungsverschiedenheiten. Wir haben uns alle auf Glatteis gewagt, mit Ausnahme vielleicht von Vater McNulty, den ich um Rat bat, als ich zum ersten Male von dem Komplott gegen dich erfuhr. Es handelt sich um etwas sehr Vertrauliches. Nichts von alldem hätte dir, deinem Rechtsanwalt oder sonst jemandem bis nach der Verhandlung vor der Ärztekammer eröffnet werden sollen. Jetzt kannst du den Ernst der Situation verstehen. Du begreifst, was wir alles aufs Spiel gesetzt haben. Wenn du etwas tust oder etwas von dem verrätst, was du gelesen hast und noch lesen wirst, wenn du irgendwelche Namen nennst oder dich auf eigene Faust an irgend jemandem rächen willst, bevor die Zeit reif ist: dann bringst du uns um. Ist das deutlich genug?"

„Es ist", sagte Jonathan. Er fing wieder zu schwitzen an.

Louis schaute die anderen an. „Ich habe diese Sachen Vater McNulty und deinem Freund und Stellvertreter Robert Morgan gezeigt. Sie alle habe ich zu Rate gezogen und um ihre Meinung gebeten, besonders Howard. Sie sagten in aller Offenheit, daß ich dir trotz des Risikos diese Erklärungen zeigen solle, denn sie kennen deinen Charakter. Sie wollten, daß du liest, was du gerade gelesen hast — und nun auch noch das. Du sollst genug Zeit haben, um dich zu beruhigen, zu sammeln und klare Gedanken zu fassen. Wenn du vor den Mitgliedern der Ärztekammer und deinen Feinden als Wüterich, mit deiner gewohnten Rücksichtslosigkeit und Draufgängerei auftreten würdest — was unvermeidlich gewesen wäre, wenn du das alles nicht gewußt hättest —, würde man dich zwar von den angeblichen Verbrechen freisprechen, aber du würdest einen derart unwürdigen Eindruck hinterlassen, daß du für den Rest deines Lebens ein gezeichneter Mann wärest. Die Kammer schätzt Ärzte nicht, die ihren Kopf verlieren und drohen und toben. Dein Ruf wäre unwiderbringlich verloren. Ist das klar, Jon?"

„Louis", sagte Jonathan sichtlich gerührt. „Ich will nichts tun, das irgend jemandem hier schaden könnte. Vor Dienstag oder auch noch nachher wird niemand je erfahren, daß du mich diese Sachen vorher hast lesen lassen." Er zog plötzlich eine Grimasse, um der wachsenden Spannung Herr zu werden. „Ich bin dein ergebenster Diener, Louis."

„Ich weiß nicht, was ärgerlicher ist an dir, deine Wutausbrüche, dein Sarkasmus oder dein Humor, wenn man das überhaupt als Humor bezeichnen kann." Aber auch Louis lächelte und schüttelte den Kopf.

„Das Sicherste wäre", meinte Howard, „ihn hier an Ort und Stelle zu fesseln und zu knebeln, bis Dienstag in diesen Kasten zu sperren und nur — immer geknebelt und gefesselt — zur dringlichsten Notdurft herauszulassen."

„Zum Brüllen lustig", sagte Jonathan. Er war wieder blaß geworden. „Kann ich jetzt lesen?"

„Lesen Sie es mit einem offenen Herzen", sagte Vater McNulty. „Der Mann war schwach und auf tragische Weise verrückt."

Jonathan zog ein peinlich berührtes Gesicht. „Für solche Männer habe ich nie Mitgefühl gehabt", sagte er. „Außer für meinen Vater. Er heilte mich von aller Sentimentalität, denn es gab niemand Sentimentaleren als ihn. Ich sehe, daß diese Aufzeichnungen mit der Maschine geschrieben sind. Habt ihr nicht gesagt, daß sie handgeschrieben seien?"

„Das Original ist es", sagte Louis. „Aber wir haben Gründe, die du nach Lektüre dieser Erklärung sicherlich verstehen werden wirst, dir das Original jetzt nicht auszuhändigen."

Jonathan sah ihn stirnrunzelnd an, aber Louis deutete nur auf die Papiere, und Jonathan begann zu lesen. Als er sah, daß es die letzte eidesstattliche Erklärung von Martin Eaton war, fluchte er laut und verächtlich, dann wurde er ruhig.

Sie alle beobachteten Jonathan. Niemand rauchte, alle saßen aufrecht und starr auf ihren Sesseln. Es war, als hätten sie ein kräftiges, unberechenbares Raubtier vor sich und registrierten jede Bewegung des Auges, jedes Sträuben der Mähne, jedes Zucken eines Muskels, um daraus die Richtung seines Angriffs erkennen zu können. Sein Wimpernzucken, der verkrampfte Mund, die zusammengezogenen Brauen, die Farbe seines Gesichtes, das alles ließ sie fast mit Sicherheit darauf schließen, welchen Abschnitt er gerade las. Sie sahen alles: Staunen, Haß, Widerwille, Spott, Unglauben, Schwermut, Zorn, auch Überraschung.

Sie wußten, daß er den Bericht über Mavis Tod las, als sich jeder Muskel in seinem Körper zusammenkrampfte und sein Mund hart und verächtlich verzerrte. Sie wußten, daß es der Name seines Bruders war, der ihn ordinär fluchen ließ. Dann blickte er auf, sah durch sie hindurch. Ein unheimlicher Ausdruck lag in seinen Augen und um seinen Mund. Er war zu gelassen. Sie hatten sich gegen ihn vorgebeugt und beobachteten ihn gespannt. Die Stille im Zimmer wurde unerträglich. Irgendein Wort, ein Fluch, selbst ein Wutausbruch wäre ihnen willkommener gewesen. Es wäre natürlicher gewesen als diese Ruhe, diese perverse Nachdenklichkeit, dieses Fehlen jeder Gefühlsbewegung.

Dann legte er die Papiere auf seine Knie, zündete eine Zigarette an und rauchte. Immer noch starrte er blind in jedes Gesicht, dann auf die Wände, die Decke und den Fußboden. Sie bemerkten, daß er völlig gedankenlos rauchte. Etwas Ungeheuerliches ging in ihm vor, etwas Dunkles, Gefährliches, das weder das Ohr noch einen anderen menschlichen Sinn zu erreichen imstande war. Seine Gefühle gingen über menschliche Ausdruckskraft, sie waren zu heftig, um ausgedrückt werden zu können. Seine Nasenflügel zitterten, als ob er unter Sauerstoffmangel litte. Seine Augen wurden schmal, als er die Papiere wieder aufnahm und weiterlas.

Ich bat ihn um Mäßigung, dachte Louis, aber jetzt würde ich Toben vorziehen. Mir wäre lieber gewesen, er hätte — natürlich nur vorübergehend — den Verstand verloren.

Er hatte zu Ende gelesen. Sehr langsam und behutsam legte er die Blätter auf Louis' Schreibtisch und drückte die Zigarette aus. Er beobachtete die letzten Rauchringe, als wäre das von allergrößtem Interesse. Schließlich sagte er: „Du hast das Original, in seiner Handschrift?"

„Ja, das habe ich", sagte Louis.

„Wo ist es?"

„An einem ganz sicheren Ort." Louis war sich bewußt, daß es tatsächlich sehr angebracht gewesen war, von einem Rechtspfleger Abschriften machen zu lassen und Jonathan die eidesstattliche Erklärung Martin Eatons nicht zu geben.

„Es muß vernichtet werden." Nichts hätte gleichgültiger sein können als Jonathans Stimme.

„Das habe ich kommen sehen", sagte Louis. „Nein. Ich will dich nicht um deine Gründe fragen. Ich mißtraue ihnen. Dein Stolz. Dein Stolz, der dich vor Gericht schweigen ließ. Jonathan, du bist nicht der erste Mann, der von seiner Frau betrogen wurde, und wirst auch nicht der letzte sein. Möglicherweise hast du dir mit deinem Schweigen das Leben gerettet, weil keine Motive für ein Verbrechen gegeben waren."

Jonathan sagte: „Ich wollte dem alten Knacker Eaton sein Idealbild von Mavis bewahren. Ich erinnere mich an das Verhältnis zwischen uns, als ich noch ein Bub war, und wie er mir half in den ganzen Jahren meiner — Er hat von Anfang an alles gewußt! Er wußte, wie es wirklich um uns stand. Trotzdem hat er nie etwas gesagt, nur ‚Nein, nein' geschrien, als das Urteil verkündet wurde."

„Denken Sie daran", sagte Vater McNulty, „daß er in seinem Kummer und Schmerz glaubte, daß Sie am Tod Ihrer Frau nicht ganz unschuldig waren. Sicherlich war es sinnlos und verrückt, aber wer ist ganz frei von Schuld? Etwa Sie, Jon?" Der Priester lächelte traurig. „Ich weiß, daß es viel von Ihnen verlangt ist, für diesen verblendeten Vater Mitleid zu empfinden."

Aber Jonathan war wieder in tiefes Brüten versunken, innerlich weit weg von ihnen allen. Robert Morgan, jung und unkompliziert, war irgendwie erleichtert, Jonathan so beherrscht zu sehen. Aber Howard Best, der Priester und Louis Hedler, die Jonathan viel besser kannten, waren voll Sorge. Unruhig betrachteten sie den Schweigenden.

„Niemand sonst darf Eatons Brief sehen", sagte Jon nach einer langen Pause.

„Jon", sagte Louis Hedler, „ich will deine Gründe für diesen Wunsch nicht wissen. Ich weiß, daß der Brief das einzige Mittel ist, um den Verleumdungen, der Feindschaft und dem Haß dieser Stadt gegen dich ein Ende zu setzen. Auch von dem bloßen Verdacht, Mavis getötet zu haben, mußt du gereinigt werden.

Und dann ist da noch etwas", sagte Louis und seine Froschaugen funkelten vor innerer Erregung. „Brinkerman darf nicht nur das Diplom aberkannt werden, er muß auch wegen der Verbrechen an deiner Frau und den zwei Mädchen angeklagt werden. Gott allein weiß, wieviel andere er noch verstümmelt, abgetrieben und umgebracht hat. Ich weiß, daß er seine Frau abgöttisch liebt und daß sie sehr extravagant ist. Wahrscheinlich geht das schon die längste Zeit so. Er muß entlarvt, bestraft und an weiteren Verbrechen gehindert werden.

Da ist auch Senator Campion. Ich bin mir noch nicht ganz klar darüber, wie man es anstellen soll, ihn als den Initiator des Komplotts gegen dich zu überführen."

„Sein Sohn Francis wird morgen ankommen", sagte der Priester. „Ich habe ihn holen lassen, um Ihnen zu helfen. Unter diesen Umständen werden wir vielleicht den Brief gar nicht brauchen, es sei denn als Druckmittel gegenüber dem Senator."

„Um die Krise zu beschleunigen", fügte Howard Best mit Genugtuung hinzu, beobachtete dabei Jonathan aber noch immer besorgt. „Senator Campion hat dir einen tollen Tiefschlag versetzt. Du hättest nie mit dem Bewußtsein leben können, daß Hambledon — vielleicht ganz Pennsylvanien und wahrscheinlich auch andere Städte — dich für den Mörder deiner Frau hielten. Seit der Verhandlung hast du dich wie ein Mann benommen, der keine Sorgen hat, aber ich kenne dich zu gut, Jonathan. Ich weiß, daß du aus Hambledon, wo du geboren bist, nicht fort willst —"

Jonathan erhob sich langsam und stellte sehr beiläufig fest, was Hambledon und seine Bewohner ihn könnten. Er ließ sich recht beredt und scheinbar belustigt darüber aus. Aber seine Augen sprachen eine andere Sprache. Er war sich dessen, was er sagte, nur halb bewußt. Der Aufruhr in seinem Inneren wurde immer stärker.

Louis unterbrach ihn. „Du vergißt, daß hier ein Priester sitzt, Jon."

„Oh, das habe ich alles schon einmal gehört", sagte der junge Vater McNulty. Sein rosiges Gesicht hatte jetzt alle Farbe verloren, und trotz seines Lächelns sah er aus, als ob ihm übel wäre. Robert Morgan wand sich vor Verlegenheit und war ganz rot im Gesicht. Howard Best tat, als hätte er nichts verstanden.

„Ich meine", sagte Louis, „es ist jetzt fast Mitternacht, und wir sollten aufbrechen." Er blickte auf Jonathan, der, die Hände in den Hosentaschen, bei einem offenen Fenster stand und hinaussah.

„Jon?" sagte Louis Hedler. Er bemühte sich, sein Mitleid nicht durchklingen zu lassen. „Bitte, denk daran, daß du in einem Monat an diese Nacht nur mehr denken wirst, wenn dich ein Zufall daraufbringt. In einem Jahr wirst du überhaupt nicht mehr daran denken. In zwei Jahren wird sie dir wie ein böser Traum vorkommen, fast ganz vergessen. Du bist noch jung. Ein ganzes Leben liegt vor dir." Er zögerte. „Jon, würdest du einmal überlegen, ob du der Leiter unserer Chirurgischen Abteilung werden willst?"

„Ja, ich habe mir viel zu überlegen", antwortete Jon, als hätte er die Frage nicht begriffen. Er drehte sich um. Sein Gesicht war ruhig und blaß. Nacheinander sah er die Männer an. „Ich nehme an, daß ich euch zu Dank verpflichtet bin. Schick mir eine Honorarnote, Howard."

„Scher dich zum Teufel", sagte Howard Best.

„Ach, Louis", fügte Jonathan hinzu. „Mir fehlen die Worte. Ich kann es noch immer nicht glauben." Und nun lächelte er wirklich.

Aber Louis, der ihn aufmerksam betrachtete, lächelte nicht. „Jon", sagte er, „du hast uns dein Ehrenwort gegeben. Du hast noch nie dein Wort gebrochen, was immer auf dem Spiel stand. Du darfst nichts Übereiltes tun, auch nicht im Zorn. Wir haben uns selbst und unseren guten Ruf in deine Hand gegeben. Wir haben dein Ehrenwort."

„Ich werde es nicht brechen", sagte Jonathan. Dann war es, als ob ihn ein innerer Krampf schüttelte, er ballte die Fäuste und schloß für eine Sekunde die Augen. „Ich überlasse euch Brinkerman und Campion, wenigstens für den ersten Angriff. Dienstag vormittag werde ich euch hier im St. Hilda im Besprechungszimmer treffen. Um wieviel Uhr?"

Louis wechselte einen Blick mit Howard Best und sagte ruhig: „Ich werde dich die genaue Zeit noch wissen lassen."

Er stand auf. „Jetzt, meine ich, könnten wir dir den Drink geben, den du vorhin verlangtest." Er ging zu einem Schrank und nahm eine Flasche Brandy und mehrere Gläser heraus. „Das wird uns allen guttun."

„Nein", sagte Jonathan.

„Ich werde dich nach Hause fahren", schlug Robert Morgan vor.

Aber der Priester schaltete sich ein: „Das würde gern ich übernehmen, Doktor Morgan. Ich möchte mit Jonathan ein paar Worte unter vier Augen sprechen — auch über Francis."

Zur allgemeinen Überraschung sagte Jonathan nichts dazu. Er war in seinen Wachtraum zurückgesunken. Er dachte nicht einmal daran, den Männern, die ihn gerettet hatten, die Hand zu geben, und sie wunderten sich nicht. Sie schüttelten einander flüsternd die Hände, als ob ein Toter im Zimmer läge oder eine Bombe, bei der man aufpassen mußte, daß sie nicht explodiere. Dann berührte der Priester Jonathans Arm, und sie gingen zusammen fort. Die anderen sahen sie gehen, waren froh darüber, aber auch besorgter als zuvor.

„Mir gefällt das nicht", sagte Howard zu Louis Hedler.

„‚Nicht gefallen' ist mild ausgedrückt", sagte der Arzt. „Ich habe Jonathan gelegentlich in bedrohlicher Stimmung erlebt, aber so war er noch nie."

Der Priester kutschierte seinen kleinen Wagen durch die dunkle, schweigende Stadt. Wenige Lichter brannten, und es war sehr still. Noch immer sah man Blitze über den schwarzen Bergen. In der Luft lag ein trockener, verbrannter Geruch nach welkem Laub, Staub und heißen Steinen.

Jonathan schwieg. Er schwankte wie ein Bewußtloser in dem Wagen hin und her, und der Priester fuhr langsam dahin und betete um ein rechtes Wort. Er begriff, daß Jonathan sich weder bewußt war, daß er in seinem Wagen saß, noch daß es Nacht war, und er hatte Angst. Schließlich sagte er: „Francis ist auf mein Telegramm sofort gekommen."

Jonathan antwortete nicht. Er suchte nach seinen Zigaretten, zündete sich eine an, blickte starr auf sie, und der Priester konnte in dem Augenblick, als das Zündholz aufflammte, sein verzerrtes Gesicht erkennen. Dann tauchte es wieder in die Nacht zurück. Der Priester fühlte einen schweren Druck auf seiner Brust, und die Furcht stieg wieder in ihm hoch. Er sprach langsam und ruhig.

„Jon, wir sind alle Menschen und können irren, und darum geschieht es so oft, daß wir im Unrecht sind. Möglicherweise — vielleicht wahrscheinlich — war es falsch, daß wir heute abend so mit Ihnen sprachen und von Ihnen verlangten, daß Sie sich in Zukunft mehr zurückhalten mögen. Vielleicht ist es auch nicht richtig, daß Ihr eigener Charakter an einem Gutteil des Unglücks schuld ist, das über Sie gekommen ist. Wie konnten wir es wagen, so überheblich und selbstsicher zu sein?" Er seufzte. „Ich glaube, es war unsere Sorge um Sie, die uns so sprechen ließ, denn keiner von uns meinte im Ernst, daß Sie Ihre Prinzipien verleugnen, heucheln und in jeder Lage verbindlich lächeln sollten. Das wäre einfach feig, und Sie haben uns mit Recht widersprochen. Diese konzilianten Leute sind es, die mit ihrem Schweigen, ihrem Lächeln und ihrer Besonnenheit viel Böses verschulden, denn wer nicht offen dagegen aufsteht, stimmt zumindest durch sein Schweigen zu."

„Die Meinung der anderen hat mir nie viel ausgemacht. Jetzt schon gar nicht mehr", sagte Jonathan in einem beunruhigend gleichgültigen Ton.

Der Priester blickte vor sich hin und sagte: „Trotzdem ist es in weniger wichtigen, moralisch indifferenten Fällen besser, sich taktvoll zu benehmen."

Wieder schwieg Jonathan, und der Priester wußte, daß seine Worte an ihm vorbeigegangen waren. Er hatte sein Bestes versucht, es war zwecklos. Er konnte nur noch beten. Trotzdem bemühte er sich noch einmal. „Jonathan, wenn es in dieser Stadt nicht so viele Menschen gäbe, die Sie lieben und achten, wären Sie heute nacht und in den nächsten Tagen in einer schrecklichen Lage. Denken Sie an die Menschen, die Sie gern haben."

„Keine Sorge", sagte Jonathan. „Ich werde nichts Unbedachtes tun — noch nicht."

„Ich erinnere mich an eine Strophe aus einem sehr kitschigen Gedicht", fuhr Vater McNulty fort.

„‚In unserem kurzen Erdenleben
müßt' es keinen Schurken geben,
nur das eig'ne falsche Herz
ist der Grund von Leid und Schmerz.' "

„Jon, ich weiß, daß Sie, wenn überhaupt, nicht leicht verzeihen. Aber wenn Sie an die Menschen denken, die Ihnen Schlimmes angetan haben, dann vergessen Sie nicht, daß sie ebenso schwach wie böse sind. Viele waren verwirrt von ihren Begierden, ihren Charakterfehlern und vielleicht auch von ihren eigenen, persönlichen Tragödien. Doktor Eaton war ein sehr unglücklicher Mensch. Ganz zuletzt hat er noch versucht, Sie zu rehabilitieren — und am Tag darauf ist er gestorben."

„Ich hoffe nur", sagte Jonathan, „daß sein Tod nicht leicht war."

Der Priester antwortete nicht. Sie kamen zu dem dunklen Haus der Ferriers, Jonathan stieg aus dem Wagen und ging zur Tür, ohne ein weiteres Wort zu verlieren. Seine Gestalt verschwand im Schatten der Veranda. Der Priester fuhr weiter, die Wagenräder rasselten auf dem Buckelpflaster, die Hufe klapperten im Takt, und aus den Bäumen sank der Staub.

Jonathan ging über den Rasen zu seiner Ordination hinüber. Das Licht in seinem Zimmer brannte noch. Er ging hinein und blickte auf die Zerstörung, die er angerichtet hatte. Es war, als ob er die Ausgeburt eines schlechten Traums vor sich sähe, aber in ihm träumte es noch schlimmer. Irgendwie mußte er sich jetzt klarwerden, was er tun sollte. Er legte Mantel, Hut und Kragen ab und ging an die Arbeit. Er hob die Bücher auf und füllte alle Papierkörbe mit Glassplittern und Papierfetzen. Lange brauchte er dazu, obwohl er rasch und fast geräuschlos arbeitete. Dann nahm er aus einem Wandschrank einen Besen und kehrte, so gut er konnte, den Teppich, rückte die Möbel zurecht und hing die Vorhänge, die er heruntergerissen hatte, wieder auf.

Später ging er zum Wohnhaus hinüber und, ohne Licht zu machen, hinauf in sein Zimmer. Dort zündete er die Gaslampe an. Ihr sanfter, gelber Schein beleuchtete auch hier ein Trümmerfeld. Er fand Jennys Porträt, strich die Leinwand glatt und sah in das junge, traurige Gesicht.

„Jenny", sagte er leise, „früher wäre ich für dich ein Unglück gewesen. Jetzt wäre ich eine totale Katastrophe. Leb wohl, meine Geliebte."

Er konnte nicht schlafen und begann wieder zu packen. Dann aber hörte er auf, verließ das Haus und ging durch die Straßen. Seine Schritte hallten unter den einsamen Bäumen, bis im Osten der Morgen graute und ein heißer Wind aufkam. Endlich stieg er wieder in sein Schlafzimmer hinauf, nahm ein starkes Beruhigungsmittel und fiel in einen tiefen, traumlosen Schlaf.

VIERUNDDREISSIGSTES KAPITEL

Sehr früh am nächsten Morgen fuhren Doktor Louis Hedler und Howard Best nach „Pike's Peak", der Residenz des Senators Kenton Campion. Als der Wagen des Arztes höher in die Berge gelangte, wurde es kühler, und hier gab es endlich auch ein wenig Grün und Schatten. Der Himmel hatte noch immer diese merkwürdige, safrangelbe Färbung, obwohl es erst neun Uhr war. Sie sahen die schönen Häuser inmitten der geschorenen Rasenflächen, hörten das Zischen von Gartenschläuchen, die gedämpften Stimmen von Gärtnern, munteres Hundegebell und Kinderlachen. Aber die Straßen waren weiß vom Staub, und jede Mauer leuchtete schmerzhaft grell in der Sonne.

„Als ich ihn gestern abend, bevor wir Jon Ferrier sahen, anrief, tat er ganz unbeteiligt", berichtete Doktor Hedler. „Ich sagte ihm, daß es wichtig sei, und ich ihn noch heute vormittag — und nicht in meiner Ordination — sehen müsse, aber er war nicht im mindesten interessiert oder neugierig."

„Wahrscheinlich vermutet er, daß du für Jon ein gutes Wort einlegen willst", meinte Howard. „Er hat dir doch recht offen gedroht."

„Das hat er. Kent ist ein gemeiner Schuft, aber das ist jetzt egal. Ich stimme dir zu, daß diese Angelegenheit ohne Aufsehen, Zeugen, Journalisten und ohne die Ärztekammer bereinigt werden muß. Ich will dir von Herzen beipflichten, was immer du über Campion sagst, aber wir müssen auch zugeben, daß er seine Lage genau einzuschätzen versteht. Er weiß, wann er angreifen kann und wann er sich zurückziehen muß. Wir wollen Jon nicht gegen diese ganzen Leute in den Krieg schicken — darüber waren wir uns einig. Gestern abend hat er fast schon den Verstand verloren, und Gott weiß, was er gerade jetzt denkt oder auskocht. In seinem Interesse müssen wir ihn heraushalten und die Sache in aller Stille zu einem Ende führen. Sobald Campion den Braten riecht, den wir für Brinkerman spicken, wird er sich so rasch distanzieren, daß du ihn im nächsten Augenblick überhaupt nicht mehr siehst. Kent kann keinen Skandal brauchen."

„Und er soll für dieses gemeine Komplott gegen Jon keinen Denkzettel bekommen? Nicht übel!"

„Nicht wahr? Aber manchmal muß man einen Gauner laufen lassen, um einem Unschuldigen wie Jon zu helfen. Ich hoffe, daß Jon das eines Tages richtig einschätzen wird, jetzt hat er wohl kaum die Ruhe dazu. Unser Jon kann auf seine Weise sehr rachsüchtig sein. Für diese Morgenarbeit wird er uns keinen Dank wissen. Vielleicht später."

Die Stadt lag unter ihnen und flirrte schon vor Hitze, und der Fluß glänzte wie Messing. Doktor Hedler fühlte sich beengt in seinem braunen Besuchsanzug, und da er auch dick war, begann er zu schwitzen. Er schob den Strohhut weit nach hinten auf seinem runden Schädel und sog an seiner Zigarre. „Wird es dir möglich sein, den Haftbefehl für Jon außer Kraft zu setzen?"

„Er ist noch nicht unterzeichnet. Ich habe dir schon gestern abend gesagt, daß ich das Gefühl habe, Campion wird nichts Eiligeres zu tun haben, als den Sheriff wegen der Außerkraftsetzung anzurufen und ihm zu versichern, daß plötzlich alles in bester Ordnung sei. Oh, er wird seine Spuren sehr geschickt und gründlich verwischen, da kannst du sicher sein!"

Louis seufzte. „Mich bedrückt die Vorstellung, daß ein solcher Verbrecher ohne jeden Kratzer davonkommen soll. Fast noch ärger ist mir der Gedanke, daß dieser Mensch wieder nach Washington zurückkehren wird, um dort so fröhlich, salbungsvoll und hochverehrt wie zuvor sein Unwesen zu treiben. Vielleicht werde ich in nächster Zukunft einmal mit dem Gouverneur unter vier Augen sprechen und ihm ein paar Dokumente zeigen. Vielleicht wird Campion nicht wieder bestätigt, vielleicht wird er sogar zurückberufen. Aber das würde die Presse aufmerksam machen. Jon könnte da hineingezogen werden. Die Reporter sind von einer penetranten Neugier. Ich muß mir das überlegen."

„Wir müssen mit Jon sehr vorsichtig umgehen", sagte Howard. „Wenn er vernünftiger wäre, könnten wir mit ihm über die Sache reden und unseren eigenen Schlachtplan entwickeln. Ich glaube, daß ihm die Eröffnungen über seinen Bruder, diesen widerlichen Dilettanten, endgültig den schwankenden Boden unter den Füßen weggezogen haben. Alles andere hätte er vielleicht noch verhältnismäßig gefaßt hinnehmen können."

„Marjorie Ferrier tut mir leid mit zwei solchen Söhnen", sagte Louis. „Sie widerlegt unsere schöne Theorie, daß ein Großteil von dem, was einem geschieht, seinen Grund in der eigenen Natur hat. Marjorie war immer eine große Dame, eine großartige Frau, tolerant, warmherzig, mutig und intelligent, eine wahre Persönlichkeit. Sie hat nie mit jemandem Streit gehabt."

„Vielleicht", meinte Howard, „ist das schuld an der ganzen Misere. Nachgerade scheint mir, daß Toleranz genau soviel Unglück verursachen kann wie Intoleranz."

„Ich bin neugierig, was Jon jetzt tun wird", sagte Louis, als sie sich dem Landsitz Campions näherten.

„Auf jeden Fall das Verkehrteste", sagte Howard pessimistisch.

Das zierliche Dienstmädchen an der Türe bestätigte ihnen, daß sie erwartet würden. Sie gingen durch die prächtige Marmorhalle in das Zimmer mit den Fenstertüren, durch die man in die Gärten und auf die purpurnen und bronzenen Berge sah. Dort trafen sie auf den jungen Francis Campion, der in seinem schwarzen, priesterhaften Gewand auf sie gewartet hatte. Er schien müde und abgespannt, lächelte aber. „Ich bin etwas früher angekommen“, sagte er. Schüchtern gab er ihnen die Hand und schaute sie besorgt an. „Wie geht es Doktor Ferrier?“

„Den Umständen entsprechend schlecht“, sagte Howard. Francis seufzte. Langsam ging er hin und her durch den Raum, ein magerer, junger Mann mit feingeschnittenen Zügen.

„Vater McNulty hat mir ein langes Telegramm geschickt“, sagte er, „und hier war noch ein Brief von ihm für mich hinterlegt. Ich kann es kaum glauben. Eine entsetzliche Geschichte.“ Er schaute sie an. „Ist das alles auch wahr?“

„Leider. Und noch viel schlimmer“, antwortete Louis Hedler. „Ich weiß nicht, wieviel der Vater in ein Telegramm und einen Brief hineinschreiben konnte, aber seither hat sich allerhand ereignet, und eines war schlimmer als das andere.“ Er zögerte. „Vielleicht werden Sie bei unserem Gespräch mit Ihrem Vater nicht zuhören wollen, da es ihn doch so unmittelbar betrifft?“

„Ich bleibe“, sagte der junge Mann entschlossen. „Auch ich habe meinem Vater einiges zu sagen. Wenn es notwendig sein sollte, werde ich es in Ihrer Gegenwart tun. Ich war ein Feigling. Ich möchte ihn nicht verletzen, aber ich muß vor allem an mein Land denken. Möglicherweise wird man verhindern können, daß sein Name in den Zeitungen zerfetzt wird. Es liegt ausschließlich bei ihm.“

Howard und Louis warfen sich einen Blick zu, und dann lächelte Howard und seufzte befriedigt. „Sie gefallen mir, Francis“, sagte er und rieb sich die Hände.

Sie hörten Schritte, gemessene, lässige Schritte, und Senator Campion trat ein, strahlend, kastanienbraun, gerötet von Schlaf und gutem Essen. Er glich einem umfänglichen, mittelalterlichen Cherub, fett und ansehnlich zugleich, mit sich und der Welt zufrieden. Wahrscheinlich hat er wie ein Säugling geschlafen, dachte Howard Best, so lange und so ungestört. Als Vollblutpolitiker begrüßte er seine Besucher mit herzhafter Freundlichkeit, schüttelte ihnen liebenswürdig die Hände und lächelte dazu, während er sie mit seinen wachsamen, kalten Augen beobachtete.

„Wie ich sehe, hat Francis euch schon begrüßt“, sagte er und legte die Hand auf die schmale Schulter seines Sohnes. Als Francis sich zurückzog, schaute der Senator nicht einmal hin. „So eine nette Überraschung — und ganz unerwartet! Du mußt uns jetzt entschuldigen, Francis. Meine Freunde haben mit mir eine sehr private Angelegenheit zu besprechen, die mit aller Diskretion erledigt werden soll.“

„Nein“, sagte Francis, „ich glaube, daß auch ich davon betroffen bin.“

Die dichte, braune Braue hob sich, der Senator wendete sich langsam auf seinem Absatz und sah den Sohn groß an. „Du? Wie könntest du davon betroffen sein, mein Junge?“ Francis' mageres junges Gesicht wurde hart. Sein Blick war nicht länger schüchtern, sondern hielt dem des Vaters stand.

„Woher weißt du, daß es mit Ferrier zusammenhängt?" fragte der Senator und war nicht mehr ganz so rosig.

„Wir haben es ihm erzählt", sagte Howard schnell.

„Ach." Die Augen des Senators wendeten sich zu Howard, sie blickten scharf und drohend. „Das war sehr unvorsichtig von Ihnen, Howard. Da es sich um eine Rechtssache handelt, haben Sie sich standeswidrig benommen, und die Anwaltskammer wird vermutlich —"

„Ich benehme mich immer standeswidrig, wenn es gilt, Unschuldige zu schützen", sagte Howard. „Sie nicht, Senator?"

„Die Unschuld Ihres Klienten ist nicht ganz so eindeutig, Howard. Ist er überhaupt Ihr Klient?"

„Ja."

„Wie konnte es dazu kommen? Woher haben Sie oder er von dieser Sache erfahren, über die bisher nur hinter verschlossenen Türen gesprochen wurde?"

„Jon sind Gerüchte zu Ohren gekommen", sagte Howard. „Nicht mehr als Gerüchte. Sie haben ihn veranlaßt, mich aufzusuchen."

„Gerüchte." Der Senator betrachtete Louis ein paar lange Sekunden. „Aus einer über jeden Verdacht erhabenen Quelle, nehme ich an?"

„Über jeden Verdacht erhaben. Absolut vertrauenswürdig. In einer kleinen Stadt wie der unseren redet sich bald etwas herum, Senator. Beispielsweise ein paar Bemerkungen verängstigter Mädchen. Indiskrete Damen flüstern sich Geheimnisse zu. Ein Kollege schnappt ein halbes Wort auf: Skandal — oder Gefahr. Ein zweiter Kollege wird Zeuge einer privaten Unterhaltung und erzählt dem davon, den es interessieren könnte. Manche Leute geben in aller Stille eidesstattliche Erklärungen ab, aber ihre Angestellten schwatzen. Und alles kommt Jon zu Ohren. Natürlich nichts wirklich Greifbares, aber doch genug. Er kommt daher zu mir und bittet mich, seine Interessen wahrzunehmen. Genügt Ihnen das?"

„Ich glaube, daß Sie lügen", sagte der Senator, aber er beobachtete dabei noch immer Louis Hedler.

„Oh, in, sagen wir, einer Stunde", Howard warf einen Blick auf seine Uhr, „wird es darauf nicht mehr im mindesten ankommen. Dann werden Sie sich nicht mehr ärgern, sondern dankbar sein, daß wir um Ihren Rat fragten. Bevor wir Schritte unternahmen."

„Bevor Sie Schritte unternahmen", wiederholte der Senator.

„Genau. Wir haben eine Schwäche für Sie, Kent. Tatsächlich. Darum haben wir nicht die Presse informiert und ohne weiteres Haftbefehle ausstellen lassen und erwähnt, daß Sie in die Angelegenheit verwickelt sind, sondern sind gekommen, um mit Ihnen zu sprechen."

„Ich weiß nicht, wovon Sie reden", rief der Senator, und in seinem auf Louis gerichteten Blick flackerte schiere Mordlust.

„Ich schon", sagte Howard lächelnd. „Ich war beispielsweise vor kurzem in Scranton und habe dort Freunde besucht. Dabei entdeckte ich, daß diese Freunde wiederum mit einer gewissen Mrs. Edna Beamish eng befreundet sind, und — Sie kennen doch die Leute, Senator — sie erzählten mir, daß auch Sie ein sehr enger, sehr lieber, sehr vertrauter Freund dieser Edna seien. Ein überaus vertrauter Freund."

Der Senator hatte sich merkwürdig verfärbt. Er warf einen kurzen Blick auf seinen Sohn, der aufmerksam zuhörte. „Was soll daran sein?" fragte Kenton Campion. „Ich war ein guter Bekannter ihres Mannes."

„Sie beide kennen auch Doktor Brinkerman, nicht wahr?" Howard beobachtete ihn scharf, damit ihm kein Anzeichen von Schuldbewußtsein oder Furcht entginge. Er besaß keinen Beweis dafür, daß Edna Beamish mit dem Arzt zu tun gehabt hatte, stieß aber absichtlich in dieser Richtung vor.

Das Gesicht des Senators wirkte nun wie aus weichem Schmalz geknetet, weißgrau und feucht. Aber er war nicht umsonst Politiker. „Ich kenne Claude Brinkerman", sagte er. „Haben Sie etwas dagegen?"

Howard zuckte die Achseln. „Auch ich kenne Brinkerman und weiß alles über ihn. Es hat sich herumgesprochen. Um seiner Frau ein Leben zu ermöglichen, an das sie nie gewöhnt war, verlegte er sich auf Abtreibungen. Von einem ausgezeichneten Gewährsmann weiß ich auch, daß Mrs. Beamish Grund für einen Besuch bei Brinkerman hatte — so, wie ich weiß, daß Sie beide sich sehr nahestehen: in Washington. Die Leute reden eben, wie ich vorhin erwähnte. Aus guter Quelle habe ich auch erfahren, daß Mrs. Beamish unlängst eine Fehlgeburt hatte: So reimt sich die Geschichte zusammen."

„Ferrier führte die Abtreibung an ihr in seiner Ordination durch", sagte der Senator, und sie sahen, wie die angeschwollenen Adern an seinem dicken Hals pulsten. „Wir haben Beweise und eidesstattliche Erklärungen darüber."

Howard schüttelte freundlich den Kopf. „Nein, Sie besitzen keinen Beweis, Senator. Wir hingegen können beweisen, daß Edna Ihre Freundin war. Freundinnen kommen oft in Schwierigkeiten und müssen ihre Zuflucht bei Brinkermännern suchen. Möchten Sie, daß ich in Gegenwart Ihres Sohnes weiterspreche?"

Francis hatte wie gebannt zugehört. Sein Gesicht war weiß vor Entsetzen. Er wandte sich zu seinem Vater. „Edna? Edna? Sie war es, die ich in deinem Haus gesehen habe, als ich vor einem Jahr unangesagt nach Washington kam! Sie hielt sich in deinem Schlafzimmer auf, Vater." Francis' Mund verzerrte sich vor Schmerz und Ekel. „Edna reiste bald und recht überstürzt ab. Aber ich habe alles über dich gewußt, Vater, und es hat mich nicht überrascht. Von deinen Freundinnen wußte ich, seit ich sechzehn war. Ich weiß zwar nicht, wie die anderen hießen, aber ich hörte, wie du Edna an diesem Morgen mit ihrem Namen nanntest und ihr auftrugst, so rasch als möglich zu verschwinden."

Howard grinste triumphierend zu Louis Hedler hinüber, der während der letzten Minuten einiges ausgestanden hatte, und Louis grinste zurück.

„Du dreckiger, kleiner Spion", fauchte der Senator, und der Haß war offen in sein Gesicht geschrieben, als er seinen Sohn ansah.

„Ja, das bin ich, und ich bin froh darüber, denn so habe ich eine Menge über dich erfahren, Vater. Soviel, daß ich oft lieber gestorben wäre."

„Wärst du es doch!" Der Senator wandte sich zu den zwei anderen. „Ich meine, wir sollten jetzt Platz nehmen und uns in aller Ruhe ein wenig unterhalten, meine Herren."

„Ganz meine Meinung", sagte Howard bereitwillig. „Schließlich ist eine Dame hineinverwickelt, Mrs. Edna Beamish. Sie war an einem Verbrechen beteiligt und hat dann noch munter einen Meineid geschworen, indem sie ihre Erklärung gegen Jon abgab. Ja, es spricht sich alles herum. Die Leute haben ihre Augen und Ohren überall!" Howard lächelte den wütenden Senator liebenswürdig an. „In Anbetracht der weiblichen Natur und insbesondere der Natur von Damen wie unserer kleinen Edna zweifle ich, daß sie schweigen würde, wenn man sie verhaftete. Aber Sie kennen sie doch selbst am besten, nicht wahr, Senator?" Howard strahlte vor guter Laune.

Wieder blickte der Senator auf seinen Sohn, und aller Widerwillen, den er jahrelang unter väterlichem Wohlwollen verborgen hatte, brach aus ihm heraus. „Verschwinde!" sagte er.

„Nein", widersprach Francis. „Ich bleibe. Und wenn du mit diesen Herren dich in dein Zimmer einschließt, werden sie mir nachher alles berichten. Das werden Sie doch tun, meine Herren?"

„Gewiß", antwortete Howard. „Ich muß alles vorkehren, um meinen Klienten Jon Ferrier zu schützen. Überdies wird sehr bald alles in den Zeitungen stehen — und nicht nur in den Lokalblättchen, denn Ihr Vater, Francis, ist ein sehr bedeutender Mann. Da können Sie es dann selbst lesen."

„Die Presse", sagte der Senator und ließ sich schwer in den Sessel fallen. „Wollen Sie mir drohen, Best?"

„Das will ich tatsächlich", sagte Howard. „Die Journalisten lieben doch so eine delikate, kleine Romanze! Die süße Edna mit Senator Kenton Campion — und einem Engelmacher! Schau, schau! Und die Amerikaner sind noch immer so engherzig, wie Sie, Senator, bestimmt wissen." Er setzte sich und sah dem Senator vergnügt ins Gesicht.

„Schluß mit den Lügen!“ sagte der Senator. „Kommen wir zu den Tatsachen: Du, Louis, trägst für das hier die Verantwortung. Du hast eine vertrauliche Mitteilung weitergegeben, die dir von der Ärztekammer zugegangen ist — ganz abgesehen davon, daß du mit diesem Schnüffler über meine Privatangelegenheiten gesprochen hast.“

„In ein paar Minuten“, sagte Howard ohne jeden Spott, „werden Sie froh und sehr dankbar sein, daß eine gewisse Person mir ihr Vertrauen geschenkt hat. Kommen wir also zu den Tatsachen, Senator! Ich habe hier in meiner Mappe zahlreiche Schriftstücke. Ich nehme nicht an, daß Sie sie mit Vergnügen lesen werden, aber Sie werden sie bestimmt interessant finden.“

„Vielleicht wird es dich auch interessieren, Kent“, fügte Louis, der sein Selbstvertrauen wiedergewonnen hatte, hinzu, „daß heute vormittag ein Haftbefehl für Claude Brinkerman ausgestellt werden soll. Ein Mensch wie Brinkerman wird nicht den Mund halten. Wenn er mit den Tatsachen konfrontiert wird, wird er vielleicht reden, um einen Milderungsgrund einzuhandeln. Ich habe gehört, daß du mit ihm eng befreundet, nicht nur oberflächlich bekannt warst, Kent. Das war auch der Grund, warum er zwei junge, verängstigte Mädchen dazu verleitete, einen Meineid zu schwören und Jon Ferrier zu beschuldigen, daß er an ihnen verbotene Eingriffe durchgeführt habe. Aber lies selbst.“

Sogar in diesem riesigen „Zweiten Salon“, wie Beatrice Offerton den Raum nannte, war es schon heiß, und die schwarzen und weißen Marmorfliesen spiegelten in der Morgensonne, deren Strahlen durch die Fenster fluteten. Strahlenkränze umgaben die kleinen Statuetten auf ihren schlanken Sockeln aus weißem und schwarzem Marmor, und dasselbe Licht glühte in rosigen Alabastergruppen auf Tischen und Konsolen. Es hellte die Samtfarben der Sofas und vergoldeten Fauteuils auf, belebte die stumpfen Tönungen der Wandteppiche und verwandelte die ziselierten Metallränder der Marmortische in lauteres Gold. Das Licht war so intensiv, überall funkelnd, spiegelnd und leuchtend, daß es dem Auge weh tat, und man konnte ihm auch nicht entkommen, wenn man durch die Fenster auf die in der Hitze brütenden Berge sah.

Senator Campion nahm die Papiere, die Howard ihm hinhielt. Howard saß neben Louis auf einer mit rosa und goldener Seide bespannten Sitzbank, aber der Senator blickte nur auf den jüngeren Mann. Als Claude Brinkermans Name abermals gefallen war, hatte sich das gesunde Rot seiner vollen Lippen in bläuliches Purpur verwandelt; die blauen Augen hatte er halb geschlossen, so daß man ihre Färbung kaum erkennen konnte. Seine Wangen zitterten eine Sekunde lang, und eine Locke seines dichten kastanienbraunen Haars fiel ihm über die schweißbedeckte Stirn. Dann setzte er seinen Kneifer auf die große, wohlgeformte Nase und begann zu lesen.

Er las mit der mißtrauischen Gründlichkeit des Politikers, der vor tückischen Formulierungen und geschickt verdrehten Sätzen auf der Hut ist, und blätterte ab und zu zurück, um einen Absatz auf einer bereits gelesenen Seite noch einmal durchzusehen. Er besaß von Natur aus Haltung und Selbstkontrolle und hatte beides noch weiter kultiviert, seit er in die Politik gegangen war. Die drei Männer beobachteten ihn. Sein Sohn Francis stand beim Fenster, aber bis auf seine Blässe und die Schweißtropfen auf seinem Gesicht zeigte er keine Erregung. Irgendwo tickte eine große Uhr vor sich hin, ein Gärtner hatte draußen zu mähen angefangen, ein Brunnen rauschte und die Zikaden erhoben ihren schrillen Gesang gegen den versengten Himmel.

Endlich nahm der Senator behutsam seinen Kneifer ab, ließ ihn wieder an dem im Knopfloch befestigten Kettchen baumeln und legte die Papiere auf einen eingelegten Tisch neben sich. Er faltete die Hände über seiner geblümten Weste und sah Howard Best an. „Und was hat das mit mir zu tun?"

Einen Augenblick brachte er Howard damit aus der Fassung. Dann lächelte der Anwalt. „Alles dreht sich nur um Sie, Senator! Sie werden doch nicht Martin Eatons Bemerkungen über Sie überlesen haben! Sie allein sind schon recht — belastend. Und Sie haben doch gewiß verstanden, daß wir über die hübsche Edna und die Abtreibung, die Sie für sie arrangierten, informiert sind. Es hört sich auch reizend an, daß Sie Brinkerman verleitet haben, zwei seiner zugänglicheren Patientinnen herauszusuchen, um sie einen Meineid gegen Jon Ferrier schwören zu lassen. Und schließlich waren auch noch mehrere Angehörige des Anstaltspersonals Ohrenzeugen, als Sie und Jonas Witherby bei Louis waren und ihn einzuschüchtern versuchten. Ich will doch annehmen, daß das eine ganze Menge mit Ihnen zu tun hat, Senator! Und es ist nicht einmal alles. Wir haben noch mehr auf Lager, wollen aber damit bis zuletzt warten. Wir werden doch nicht so dumm sein, Ihnen alle Karten vorzuweisen."

Wieder verengten sich die Pupillen des Senators. Sein Blick ruhte nachdenklich auf Howard, und Howard wußte, daß er überlegte, ob dieser Anwalt da lüge oder die Wahrheit sage. Dann redete Francis: „Es kommt noch dazu, was ich aus Gesprächen meines Vaters mit seinen Kollegen aufschnappte, wenn er glaubte, daß ich im Bett, aus dem Haus oder gar nicht in der Stadt sei. Ich habe Jon Ferrier einiges davon erzählt. Es würde eine saftige Skandalgeschichte für die Zeitungsleser abgeben. Ich bin entschlossen, sie ihnen nicht vorzuenthalten."

Der Senator drehte den großen, kastanienbraunen Schädel und blickte auf seinen Sohn. Nicht einmal jetzt zeigte sich Furcht in seinem Gesicht, aber seine fleischigen Nasenflügel zitterten, eine böse Grimasse trat hervor und verschwand wie der Glanz einer Messerklinge.

„Vor wenigen Monaten erst", fuhr Francis voll bitterer Trauer fort, „fragte ich Jon, ob ich weitersagen solle, was ich wußte, und Jon meinte, er würde es nicht tun, wenn es sich um seinen Vater handelte. Das hast du Jon zu verdanken, Vater! Aber jetzt bin ich bereit, jedem Journalisten alles zu erzählen, mit Namen und Daten: Daß du an einem internationalen Komplott beteiligt bist, in dem es um Munition und künftige Kriege geht — aus Geldgier und Machthunger!"

Louis Hedler hielt den Atem an, und Howard starrte den Senator voll Ekel an. Der Senator jedoch sah nur auf seinen Sohn.

„Du lügst", sagte er mit harter, klarer Stimme.

„Das ist der übliche Einwand von Lügnern gegen die Wahrheit", sagte Francis, wandte sich ab und blickte wieder aus dem Fenster.

„Kent", begann nun Louis, „du und ich, wir sind gleich alt. Du weißt, daß ich ein reicher Mann bin. In dieser Hinsicht bin ich unangreifbar. Du kannst mir nichts anhaben. Willst du dich bei der Ärztekammer über mich beschweren? Glaubst du, daß mir das noch etwas ausmachen würde? Im Vergleich zu dem, was ich Jon Ferrier erspart habe, ist mein erzwungener oder freiwilliger Rücktritt nichts."

„Ich dachte, du könntest ihn nicht riechen", sagte der Senator.

„Viele seiner persönlichen Eigenheiten waren und sind mir noch heute zuwider. Aber ich weiß auch, daß er ein auf puritanische Weise anständiger Mensch ist — trotz seines wohlerworbenen Rufs bei den Damen in dieser Stadt. Er ist tüchtig, ein ausgezeichneter Arzt und erfahrener Chirurg. In aller Stille hat er für Hambledon so viel geleistet, daß die Leute ihn auf ihren Schultern tragen würden, wenn sie davon wüßten." Er wartete eine Sekunde. „So, wie sie für dich einen ganz anderen Namen haben werden, wenn ihnen eröffnet wird, was wir wissen."

Die Mundwinkel des Senators zuckten, aber es war kein Lächeln. Er war ein harter Gegner. „Ich weiß, daß man ihn haßt. Auf mich blickt man — sagen wir: mit Bewunderung und Achtung. Ich werde diese Sache niederschlagen, Ferrier aus der Stadt vertreiben und als Sieger aus dem Kampf hervorgehen. Zweifelt ihr daran?"

„Du vergißt, was ich weiß, Vater", bemerkte Francis vom Fenster her.

Der Senator lachte laut auf. „Du! Ein Kerl, der sich erst letzten Juni aufhängen wollte! Ein entsprungener Seminarist, ein Trottel! Ein winselnder Habenichts! Die Zeitungen würden gar nicht zu drucken wagen, was du ihnen zu sagen hast."

„Das ist allerdings interessant", stellte Louis Hedler fest. „Du läßt uns dreien also keinen anderen Ausweg, als mit den Beweisen, die wir dir gezeigt haben, und mit den anderen, die du noch nicht kennst, zum Gouverneur zu gehen. Ich werde sofort der Ärztekammer telegraphieren, daß sie ihre Leute zurückhalten soll, bis ich beim Gouverneur war."

„Ich stelle mir vor", setzte Howard fort, „daß sich die Presse sehr wohl für das interessieren wird, was Louis und ich und Francis gemeinsam zu erzählen haben, und auch dafür, was der Gouverneur dazu sagen wird. Ich habe gehört, daß er Ihrer nicht mehr recht froh ist, und daß Sie in Washington mächtige Feinde haben. Es gibt junge, ehrgeizige Senatoren in Pennsylvanien mit reichen und einflußreichen Familien und Freunden, die nur auf Ihren Sessel warten. Ich bin sicher, daß unser Abgeordnetenhaus, das Sie bestellt hat, Sie anhören wird, wenn sie der Gouverneur erst einmal von allem in Kenntnis gesetzt hat, was wir gegen Sie vorzubringen haben: Ihre Lügen, Anstiftung zum Meineid, Beziehungen zu einem notorischen Abtreiber und dergleichen mehr."

Das Gesicht des Senators bekam einen brutalen Ausdruck. Zwar hatten sich seine Züge nicht verzerrt, aber seine Backenknochen und die Adern an seinen Schläfen traten stärker hervor.

„Wir sind nicht deinetwegen zu dir gekommen", sagte Louis, „wir sind nicht gekommen, weil wir dich schonen wollen, oder weil wir einen Vergleich aushandeln oder gar erbitten möchten. Wir sind Jonathan Ferrier und seiner Mutter Marjorie und dem Andenken Martin Eatons zuliebe gekommen und auch jener beiden armen Mädchen wegen, die du dazu gebracht hast, sich in Gefahr zu begeben, damit sie deinen Haß befriedigen können. Und vielleicht auch Mrs. Edna Beamish's wegen, die sicherlich zumindest wegen Meineides angeklagt werden wird. Soviel ich höre, ist sie nicht nur reich und daher imstande, sich gute Anwälte zu nehmen, sondern auch eine sehr resolute Dame. Wenn sie sich von dir verraten sieht, wird sie empört sein und an sich selbst zu denken beginnen. Es gibt also einige Leute, die wir schützen wollen, vor allem aber Jonathan Ferrier, der ohnehin schon so viel gelitten hat. Wir hoffen, ihn dazu überreden zu können, seine Feinde — darunter dich — nicht anzuzeigen. Das können wir jedoch nur mit deiner Hilfe erreichen, die du uns hoffentlich gewähren wirst, um einen Skandal zu vermeiden, der den ganzen Staat erschüttern würde."

„Wir sind sogar bereit, Sie in Frieden nach Washington zurückkehren zu lassen", sagte Howard, „obwohl das unseren patriotischen Gefühlen widerspricht. Jonathan zuliebe sind wir dazu bereit."

„Ich habe nie gewußt, daß er so gute Freunde hat", sagte der Senator in einem Ton, der tiefste Verachtung ausdrückte.

„Schade, daß du das nicht gewußt hast", meinte Louis Hedler. „Hättest du es gewußt, so wärst du deiner Sache nicht so sicher gewesen und wärst nicht so unbesonnen vorgegangen."

Der Senator saß stumm da und drehte die Daumen. Noch nie hatte ihm jemand Widerstand entgegengesetzt oder ihm zu widersprechen gewagt. Er schluckte ein paarmal, als stecke ihm etwas Widerwärtiges im Hals.

„Ihr interessiert mich", sagte er. „Wie wollt ihr, in dem unwahrscheinlichen Fall, daß ich auf diese Erpressung eingehen sollte, mit der Situation fertig werden? Ich nehme an, daß Ferrier diese ... gefälschten Papiere bereits gesehen hat."

„Nicht alle", sagte Louis, während er sich fragte, wie lange er wohl noch vorgeben müsse, von noch schrecklicheren Dingen als die in den Papieren enthaltenen zu wissen. „Aber was er weiß, genügt, um mich seit gestern abend fürchten zu lassen, daß er hierher kommen und dich umbringen könnte. Gott sei Dank war er zu Tode erschöpft und hat uns sein Wort gegeben, nichts zu unternehmen, bevor wir ihm entweder die Erlaubnis dazu geben oder die Sache applaniert haben. Andernfalls", sagte Louis lächelnd, „hätte Jon gestern vielleicht tatsächlich einen Mord begangen. Du kennst seinen Jähzorn."

„Und du glaubst, einen Verrückten wie ihn bändigen zu können?"

„Ich glaube, das kann ich", sagte Louis und wünschte, es wäre wahr. „Es gibt gegen niemanden Beweise, außer denen, die wir in der Hand haben. Jon ist vernünftig genug, um zu wissen, daß er ohne Beweise keine Anklage erheben kann, und wenn er es nicht wissen wollte, werden wir es ihm klarmachen."

„Und das Beweismaterial?"

„Das wird an einen sicheren Ort gebracht. Kopien gehen an mich und an Howard. Sie werden im Fall unseres Todes vernichtet oder — wenn nötig — veröffentlicht. Jon wird kein Beweismaterial besitzen."

Der Senator überlegte. Er sah bald den einen, bald den andern der beiden prüfend an, aber es war nicht zu enträtseln, was er dachte.

„Du hast die drei Frauen vergessen — Edna und die beiden Mädchen. In wessen Händen befinden sich die Protokolle ihrer zuletzt abgegebenen wahren Aussagen?"

„Die von Louise Wertner und Mary Snowden sind in meinen Händen, denn ihre Aussagen wurden vor mir und auf mein Zureden gemacht", sagte Howard. „Wenn wir uns über diese Sache einigen können wie vernünftige Leute, dann brauchen Sie, Senator, nur Mrs. Beamish zu veranlassen, ihre Klage zurückzuziehen. Ihre Aussage ist die einzige, die vor dem Sheriff gemacht wurde und in dessen Hand ist. Wenn ich es bloß gewußt hätte", rief Howard und lächelte liebenswürdig. „Ich hätte Mrs. Beamish von allem Anfang an abgeraten, angesichts der Information, die ich über sie besitze."

„Und auf wessen Klage vor dem Sheriff wird Brinkerman dann verhaftet werden?"

„Auf Grund der Anklage von Mrs. Beamish. Sie ist verantwortlich, nicht ich. Aber sie hat ja Weisungen befolgt, nicht wahr? Und was die Aussagen der Mädchen anbelangt — die wurden Louis übergeben, und zwar sowohl die falschen, die sie auf Befehl ablegten, als auch die späteren wahren, in denen sie den Meineid zugeben."

Wieder dachte der Senator nach. Er zog seine bläulichen Lippen ein und stülpte sie wieder vor. Dann begann er mit seinem Kneifer auf den Tisch zu klopfen.

„Sie brauchen bloß Ihren guten Freund, den Sheriff, der Ihnen seine Stellung verdankt, anzurufen und ihn — natürlich in freundlichster Weise — zu ersuchen, er möge die Klage der Mrs. Beamish als gegenstandslos betrachten und den Haftbefehl gegen Jonathan Ferrier vernichten."

„Und Brinkerman? Sie sagen, er wird verhaftet werden."

Louis sah den Senator an. „Er wird verhaftet werden — es sei denn, daß Mrs. Beamish ihre Klage zurückzieht, und daß du den Sheriff bittest — mit einem belustigten Lachen natürlich — ihr die falsche Aussage freundlichst verzeihen zu wollen. Es schaudert mich bei dem Gedanken", fuhr Louis mit ernstem Gesicht fort, „einen solchen Menschen der Bestrafung zu entziehen, die er verdient hat. Aber Jon Ferrier zuliebe werde ich dem Sheriff Martin Eatons letzte — wahre — Aussage nicht zu lesen geben. Was Jon dazu sagen wird, weiß ich nicht. Aber er wird wiederum keine Beweise besitzen. Das verspreche ich dir. Wir haben ihm nicht einmal erlaubt, eine Abschrift von Martins Aussage zu behalten."

„Ihr seid nicht ganz aufrichtig zu mir", sagte der Senator. „Ihr droht mir, deutet, um mich einzuschüchtern, an, daß ihr bereits etwas gegen mich und Brinkerman unternommen habt. Ist das fair, ist das gerecht?"

Howard konnte sich nicht zurückhalten. Er warf den Kopf zurück und brach in ein Lachen aus, das ihn fast zu ersticken drohte. „Senator", stieß er hervor, „ich könnte mich totlachen, wenn ich die Worte fair und gerecht aus Ihrem Munde höre."

„Aber Howard!" sagte Louis.

Francis kam vom Fenster her. Sein schönes Gesicht war verzerrt. „Sie haben wirklich die Absicht, diesen Mann nicht bloßzustellen, wie er es verdient?" fragte er mit zitternden Lippen.

„Mein lieber Junge", sagte Louis, „manchmal muß man schweigen, um andere zu schützen, selbst wenn es einem gegen den Strich geht, selbst wenn man einen Geschmack von Galle im Mund hat. Ist es dir nicht wichtiger, Jon zu schützen, als deinen Vater zu ruinieren?"

„O nein", sagte der Senator. „Dieses blasse Würmchen versucht seit Jahren, mich zu ruinieren, nach seiner eigenen Aussage."

Mit einem kaum hörbaren Klagelaut wandte sich Francis um und stürzte aus dem Zimmer. Louis und Howard sahen ihm voller Mitleid nach. Dann sagte Louis: „Wenn das wahr wäre, hätte er es schon längst getan, statt an dem, was er von dir weiß, fast zugrunde zu gehen, Kent. Ich kenne ihn von Kindheit an. Er hat dich angebetet. Was hast du getan, um dir die Liebe deines einzigen Sohnes zu verscherzen, Kent?"

Der Senator zog die Augenbrauen zusammen, und sein Mund begann wieder zu zucken. Aber er gab keine Antwort.

„Nun", sagte Howard, „der Sheriff dürfte jetzt in seinem Büro sein. Ich nehme an, daß Sie unten in der Halle ein Telephon haben, Senator. Dürfen wir Sie begleiten, um zu hören, was Sie sagen, und um die Gewißheit zu haben, daß gegen Jon nichts unternommen wird?"

„Noch etwas muß besprochen werden", sagte Louis, „und zwar das Wichtigste. Howard und ich haben ausführlich darüber diskutiert. Jeder weiß, daß du mit Adrian Ferrier befreundet warst, und daß du Marjorie sehr hochschätzest. Und ich glaube, es ging auch ein Gerücht, daß du stets erklärtest, Jon sei an Mavis' Tod unschuldig. Wie sehr würden die guten Leute von Hambledon — und die Zeitungen des ganzen Landes — dich bewundern, wenn du erklärtest, daß du persönlich eine Untersuchung des Falles durchgeführt hättest, und daß du glücklich seist, Jons Unschuld bestätigen zu können."

„Nein", antwortete der Senator mit Entschiedenheit.

Louis seufzte. „Dann werden wir trotz allem eine Kopie von Martin Eatons letzter Aussage, die dich und Brinkerman belastet, der Presse übergeben müssen."

„Verdammt noch mal", sagte der Senator mit ganz leiser Stimme. „Ist es nicht genug, daß ich eventuell — ich betone, eventuell — bereit wäre, den Sheriff um das zu bitten, was ihr verlangt?"

„Nein, das ist nicht annähernd genug", sagte Howard. „Zwingen Sie uns nicht, die Sache an die Öffentlichkeit zu bringen. Bedenken Sie", fuhr er listig fort, „daß Sie durch die von uns vorgeschlagene Erklärung Jonathans Absicht durchkreuzen können, alles publik zu machen. Sie wissen, wozu dieser Mann in seinem Zorn fähig ist, und er hat wirklich viel gelitten. Wenn Sie der Presse eine solche Erklärung übergeben, wird der arme Jon furchtbar enttäuscht sein, und es ist gar nicht nett von uns, daß wir ihm das antun wollen."

„Verdammt noch mal", wiederholte der Senator und erhob sich. Er sah die beiden Männer durchdringend an. „Ich habe in Philadelphia und in Washington eine Menge Gauner kennengelernt, aber ihr beide seid die gewissenlosesten von allen."

Wieder lachte Howard laut auf, und diesmal stimmte auch Louis ein. Der Senator schien nicht im geringsten beleidigt oder verlegen. Nach ein paar Sekunden lachte er ebenfalls kurz und trocken auf. Er hob die Hand und wies nach der Tür. „Gehen wir hinunter zum Telephon." Dann fügte er hinzu: „Ich glaube, ich werde nachher sofort nach Washington zurückkehren."

„Eine sehr kluge Idee", meinte Howard, während sie die schimmernden Marmorstufen hinuntergingen. „Man kann nicht wissen, was Jonathan Ferrier tun wird."

„Ich schlage vor“, sagte Louis Hedler, „daß du Brinkerman davor warnst, sein gesetzwidriges Treiben fortzusetzen. Was mich anbelangt, werde ich ihm nahelegen, aus dem Ärzteteam des Spitals auszuscheiden, indem ich ihm einiges von dem andeute, was ich weiß. Mehr kann ich leider nicht tun.“ Er seufzte. „Ich bin in einer scheußlichen Situation. Ferrier wäre nicht so vorsichtig wie ich, aber er ist ja auch viel jünger und hat keine so große Erfahrung mit Menschen.“

FÜNFUNDDREISSIGSTES KAPITEL

Am Montag rief Louis Hedler Jonathan Ferrier zu Hause an. Mit seiner sanftesten Stimme sagte er: „Jonathan, es gibt einen Aufschub. Die Mitglieder des staatlichen Ärzteausschusses werden frühestens in einer Woche kommen.“

„Warum?“

„Das haben sie mir nicht gesagt, Jon.“ Nach einer Pause fuhr Louis fort. „Jon, ich hoffe, du überlegst dir diese Sache sehr gründlich und sorgfältig.“

„Louis“, sagte Jonathan, „du bist übertrieben vorsichtig. Ja, ich überlege mir die Sache, und wie!“

„Das habe ich gefürchtet“, sagte der ältere Arzt. „Und zu welchem Entschluß bist du gekommen?“

„Wenn diese Leute nicht bald erscheinen, fahre ich nach Philadelphia und spreche mit ihnen.“

„Aha, wenn Mohammed nicht zum Berg kommt und so weiter ... Ich würde dir davon abraten, Jon.“

„Ich habe gestern auf Phil Harringtons Hochzeit ein Gerücht gehört, daß Brinkerman ‚plötzlich aus der Stadt abberufen wurde und sich vielleicht anderswo niederlassen werde‘. Davon weißt du wohl nichts, Louis, oder doch?“

„Ich weiß es. Aber das ist kein Gespräch, das sich telephonisch führen läßt, Jon. Du wirst rechtzeitig alles erfahren.“

„Irgendwie“, sagte Jonathan, „habe ich das komische Gefühl, daß Mäuschen oder vielleicht auch Ratten im Dunkeln umherschleichen, ganz leise und heimlich, damit ich sie nicht höre.“

„Ich schätze deine Vergleiche, mein Lieber, aber ...“

„Es heiß auch, daß Campion nach Washington ‚zurückberufen‘ wurde, und das ist merkwürdig, denn, soviel ich höre, geht Präsident McKinley nach Buffalo, um auf der Panamerican-Ausstellung eine Rede zu halten. Ich habe mich von Campions Abreise überzeugt, indem ich bei ihm anrief. Was weißt du darüber, Louis?“

„Ich bin nicht Campions bester Freund, Jon. Warum gehst du nicht für ein paar Tage irgendwohin, um dich auszuruhen?"

„Und warum gehst du nicht zum Teufel, Louis?" Jonathan knallte den Hörer auf die Gabel. Louis schüttelte den Kopf. Jonathans Stimme hatte ziemlich normal und beherrscht geklungen, aber Louis ließ sich dadurch nicht täuschen. Er hatte Angst vor dem Augenblick, da er gezwungen sein würde, diesem zügellosen Menschen gegenüberzusitzen und ihm zu erklären, daß er seine Rachepläne aufgeben müsse, und zwar zu seinem eigenen Besten. Louis rief Howard Best an und berichtete ihm von seinem Gespräch mit Jon, ohne Namen zu nennen.

„Es ist gut, daß unser Freund oben auf dem Hügel den Takt hatte, abzureisen", sagte Howard. „Ich fürchte, unser anderer Freund wollte ihn besuchen, um einen Riesenkrach zu machen oder Schlimmeres. Wann wird der große Lächler die Geschichte den Zeitungen übergeben?"

„Mittwoch."

„Ich bin neugierig, wie unser kleiner Spielgefährte reagieren wird."

„Das will ich mir lieber gar nicht vorstellen", sagte Louis. „Ich habe das Gefühl, daß ich meine Schwägerin in Scranton vor dem Mittwoch wieder einmal besuchen sollte."

„Beth hat Verwandte in Wilkes-Barre, die uns schon seit langem immer einladen. Wir sehen uns, wenn wir beide wieder zurück sind, Louis."

„Ja. Übrigens, die Mitglieder des Ärzteausschusses müssen irgend etwas läuten gehört haben, wahrscheinlich von seiten des großen Lächlers selbst, denn sie zeigten volles Verständnis, als ich andeutete, es werde vielleicht überhaupt nicht nötig sein, daß sie hierher kommen. Sie waren offenbar nicht im geringsten überrascht, als sie mein Telegramm erhielten, denn ihre Antwort war äußerst liebenswürdig und ließ sogar eine gewisse Gleichgültigkeit erkennen."

„Ah, dann geht alles in Ordnung. Auf Wiedersehen, Louis. Gute Reise!"

Jonathan trank nicht. Er war sich bewußt, daß er einen klaren Kopf behalten müsse, wenn er seine Pläne ausführen wollte. In der Zwischenzeit beschäftigte er sich mit dem Packen seiner Koffer. Anwärter auf zwei seiner Farmen hatten sich gemeldet. Er bemühte sich, nicht zu intensiv nachzudenken, um nicht den Verstand zu verlieren. Er beschäftigte sich mit Äußerlichkeiten. Er besuchte die Farm, auf der Thelma Harper mit ihren Kindern lebte, und ließ sich zu seinem eigenen Erstaunen überreden, zwei Tage zu bleiben. Er ritt über die herbstlichen Felder, führte lange Gespräche mit den Pächtern, spielte mit Thelmas Kindern und vermochte zu seiner Überraschung ohne Alkohol oder Medikamente einzuschlafen. Er hörte von Thelma, daß Senator Campion versucht hatte, ihren Gatten zu einer falschen Zeugenaussage gegen ihn, Jonathan, zu überreden, worauf er zur Verwunderung der jungen Witwe bloß lachte, als hätte sie ihm einen guten Witz erzählt. Sie kannte Jonathan gut. Er schien ruhig und gelassen, scherzte sogar manchmal mit ihr, aber sie sah seine Augen und war beunruhigt. Sie kochte ausgezeichnete Gerichte für ihn, aber obwohl er mit ihr und ihren Kindern am Tisch saß und alle neckte, aß er fast nichts. Nachts hörte sie ihn lange auf und ab gehen, bevor er sich zu Bett begab.

Alles, was Jonathan in den letzten Monaten allmählich gelernt hatte — Toleranz, Mitleid, Güte, Verständnis, Anpassung — war wieder dahin. Seine Seele war ein einziges Geschwür aus kaltem und brennendem Haß. Als er nach Hambledon zurückkehrte, besuchte er weder seine Ordination noch die Spitäler. „Ich möchte nichts als allein sein", sagte er am Telephon zu Robert. „Ich habe eine Reihe von Dingen zu erledigen, Anordnungen zu treffen . . ." Von den Nachforschungen, die er begonnen hatte, sagte er nichts.

Er geht also wirklich fort, dachte Robert. Hoffentlich hat er keinen Revolver im Haus, seine Stimme hat mir nicht gefallen.

Jonathan ritt jeden Tag das Flußufer entlang, ohne jedoch je einen Blick auf die Insel zu werfen. Das wagte er nicht. In einem kleinen Kiefernwäldchen legte er sich ins staubige Herbstgras, blickte, ohne irgend etwas zu sehen, zum Himmel auf und versuchte an nichts zu denken. Alles hat seine Zeit, sagte er sich. Jetzt ist nicht die Zeit zu denken. Noch nicht.

Die Hitze und die Trockenheit wollten kein Ende nehmen und wurden immer ärger. Täglich hoffte man auf Abkühlung, betete um Regen, sehnte die herbstliche Frische herbei. Der Wasserstand des Flusses sank tiefer und tiefer, die Quellen versiegten, kleine Teiche und Bäche trockneten aus. Jeden Abend begann das Wetterleuchten, Wind setzte ein, aber es gab keinen Donner, keinen Regenschauer, kein Gewitter, obwohl hin und wieder ein fernes Grollen in den Bergen zu hören war.

Jeden Tag hielt sich Jonathan streng an ein Programm, das er sich selbst auferlegt hatte. Er stand auf, aß sein frugales Frühstück, las seine Zeitung. Dann machte er einen langen, anstrengenden Ritt und schlief vielleicht ein wenig im Gras. Nach Hause zurückgekehrt, las oder schrieb er Geschäftsbriefe, konferierte mit Banken und Anwälten. Dann nahm er sein einsames Abendessen ein und warf hin und wieder einen Blick auf den leeren Platz seiner Mutter. Nach dem Abendessen las er im Arbeitszimmer seines Vaters, und manchmal fuhr er mit einem Ruck auf, wenn ihm bewußt wurde, daß eine lange Zeit vergangen war, ohne daß er eine Seite umgewendet hatte. Dann stand er auf und ging zu Bett.

Er lebte wie ein zum Tode Verurteilter, der nur noch wenige Tage vor sich hat. Seine Gedanken waren gänzlich abstrakt und oberflächlich. Er erlaubte sich nicht, an Jenny Heger zu denken. Nachher würde er ins Ausland gehen, für ein Jahr vielleicht oder länger. Er hatte seine Kreditbriefe. Nach seiner Rückkehr würde er — wohin gehen? Er wußte es nicht. Dieses Jahr lag vor ihm. Wenn er zurückkäme, war noch immer Zeit, daran zu denken, wie er sich den Rest seines Lebens einrichten würde. Erst bei diesem Gedanken empfand er ein Vorgefühl von den Qualen, die er in Zukunft zu erdulden haben würde. Sein Leben war zerstört, vorbei. Ein Mensch ohne Hoffnung, ohne Pläne, ohne wirkliches Ziel ist eigentlich tot, sagte er sich.

Als Robert eines Morgens traurig und bedrückt zum Frühstück herunter kam, sagte seine Mutter mit Genugtuung: „Wir sind bei Mr. und Mrs. Kitchener zum Diner eingeladen, Robert."

„Gut." Er sah sich in dem dunklen, heißen Eßzimmer um, dessen Fenster wie immer fest geschlossen waren, um nur ja keinen Windhauch oder Sonnenstrahl einzulassen. Auf Sonne legte er zwar derzeit keinen Wert, denn er hatte noch nie eine so lange Periode der Hitze und Trokkenheit erlebt. Und es war kein Ende abzusehen. Täglich färbte sich der Himmel gelblicher, als hätte er die Gelbsucht. Ein- oder zweimal am Tag zogen große schwarze Wolken auf und verdunkelten die Erde. Aber es regnete nie, und bald kam die Sonne wieder heraus, so glühend wie zuvor. „Was hast du gesagt, Mutter?" fragte Robert.

Jane Morgan verzog ihre dünnen Lippen. „Ich wollte, du würdest mir zuhören, Robert. Ich habe gesagt, daß Maude Kitchener sehr von dir angetan zu sein scheint."

Robert dachte an Jenny Heger, und wie immer krampfte sich sein Herz in einem Gefühl von Liebe, Sehnsucht und Hoffnungslosigkeit zusammen. Er hatte sie seit längerer Zeit nicht gesehen. Er nahm an, daß sein Besuch ihr in diesen Tagen nicht willkommen wäre, vielleicht nie mehr sein würde.

„Du hast deinen Toast nicht angerührt, Robert", sagte Jane vorwurfsvoll. „Ich weiß nicht, was in letzter Zeit mit dir los ist. Ich habe das Gefühl, daß dich irgend etwas bedrückt. Ich hoffe, es geht alles nach deinen Wünschen hier in dieser kleinen Stadt."

„Sie ist nicht so klein, Mutter. Ja, es geht alles nach meinen Wünschen. Ich habe jetzt Jons gesamte Praxis übernommen." Er blickte auf den langsam erkaltenden Kaffee in seiner Tasse, machte jedoch keine Anstalten, davon zu trinken. „Ich wollte, er ginge nicht fort."

„Er ist dazu gezwungen", sagte Jane Morgan mit säuerlicher Befriedigung. Robert warf ihr einen raschen Blick zu.

„Was meinst du damit?"

„Robert, es handelt sich um Klatsch, und du weißt, daß ich auf Klatsch nicht höre, geschweige denn ihn weiterverbreite. Aber ich bin mit

Mrs. Beatrice Offerton jetzt ziemlich befreundet. Eine sehr angenehme und hübsche Dame. Riesig demokratisch, aber doch sehr beeindruckt von unserer gesellschaftlichen Stellung in Philadelphia. Sie kennt Philadelphia, und wir haben gemeinsame Freunde entdeckt. Vielleicht überrascht es dich, Robert, daß Mrs. Offerton eine sehr niedrige Meinung von diesem abscheulichen Menschen hat."

Robert ahnte, daß er endlich etwas Interessantes zu hören bekommen würde, falls er seine Mutter nicht drängte. Er wartete. Jane lächelte vielsagend. „Ja", sagte sie. „Du erinnerst dich, daß ich ihn nie leiden konnte, ihm nie getraut und nie an seine Unschuld geglaubt habe. Mrs. Offerton stimmt völlig mit mir überein. Sie hat mir ungefähr vor einer Woche erzählt oder eigentlich besser gesagt angedeutet, es seien neue Beweise aufgetaucht, aus denen hervorgeht, daß er seine Frau tatsächlich ermordet hat."

Robert lächelte. Seine Mutter fand dieses Lächeln äußerst sonderbar.

„Du bist nicht meiner Ansicht, Robert?"

„Natürlich nicht. Besucht Mrs. Offerton ihren Bruder nie in Washington?"

„Nein."

„Er ist momentan dort." Robert hob die Zeitung auf, die sorgfältig gefaltet neben seinem Teller lag. Auch seinem Vater hatte Jane die Morgenzeitung so neben den Teller gelegt. Sie wäre nie auf die Idee gekommen, einen Blick hineinzuwerfen, bevor der „Hausherr" sie gelesen hatte. Jane ärgerte sich, daß ihre Mitteilung auf Robert offenbar keinen Eindruck gemacht hatte. Er sah in letzter Zeit nicht gut aus. Er hatte abgenommen. Irgend etwas schien ihn zu bedrücken. Sie hatte ihn des öfteren die Nummer Jon Ferriers verlangen hören, aber offenbar kam „dieser Mensch" nie ans Telephon, und Robert sagte dem Mädchen mit bedrückter Stimme, was sie ihrem Herrn ausrichten solle. Hatten die beiden einen Streit gehabt? Sie hoffte es. Sie wollte nicht, daß der Ruf ihres Sohnes durch die Verbindung mit „diesem Menschen" geschädigt werde. Sie beobachtete Robert, während er die Zeitung entfaltete, und sie fand, daß seine Geschtsfarbe nicht mehr so gesund war wie früher, und daß seine Augen einen melancholischen Ausdruck angenommen hatten. Ja, Verantwortung zu tragen, war schwer für einen jungen Menschen. Er würde sich bald daran gewöhnen. Und Gott sei Dank war dieses reizende Mädchen, Maude Kitchener, da, die es offensichtlich auf ihn abgesehen hatte. Jane zuckte zusammen. Robert hatte einen Freudenschrei ausgestoßen und las jetzt mit vergnügtem Grinsen irgend etwas in der Zeitung.

„Großer Gott, hast du mich erschreckt", sage Jane. Aber Robert lachte laut auf. Er reichte ihr die Zeitung, und seine blauen Augen glänzten vor Freude.

„Lies das, Mutter", rief er. „Du wirst bemerken, daß die Nachricht auf der ersten Seite der ‚Hambledon Daily News' aus Washington kommt und von gestern datiert ist."

Jane öffnete ihr Brillenetui, setzte die Brille auf, sah ihren Sohn argwöhnisch an und las dann die Überschrift des Artikels, auf den er hinwies. Sie lautete: „Senator erklärt Doktor Jonathan Ferrier aus Hambledon, Pennsylvanien, völlig frei vom Verdacht des Mordes an seiner Frau."

„Oh!" rief Jane ungläubig und warf einen Blick auf den Kopf der Zeitung, wie um sich zu vergewissern, daß man sie nicht hereinlegen wolle. Dann begann sie zu lesen, was unter der Überschrift stand. Ihre schmalen, trockenen Lippen zogen sich zusammen, als ob sie weinen wolle.

„Senator Kenton Campion, Seniorsenator des Staates Pennsylvanien, hat heute in Washington eine Pressekonferenz einberufen, zu dem Zweck, den Namen seines Freundes und Landsmannes Doktor Jonathan Ferrier, der im Dezember vorigen Jahres unter der Anklage stand, seine Frau Mavis Eaton-Ferrier im Zuge einer Operation ermordet zu haben, von jedem Makel reinzuwaschen. Man wird sich sicherlich an den Fall erinnern, denn er hat zufolge der gesellschaftlichen Stellung Doktor Ferriers und seiner Frau sowie wegen der Brutalität des Verbrechens in den gesamten Vereinigten Staaten größtes Aufsehen erregt.

Doktor Ferriers Anwalt in Hambledon, Mr. Howard Best, hatte die Verlegung der Gerichtsverhandlung an einen anderen Ort beantragt, mit der Begründung, daß die Voreingenommenheit der Bevölkerung von Hambledon gegen Doktor Ferrier eine gerechte Beurteilung des Falles nicht gegeben erscheinen lasse. Die Verhandlung wurde nach Philadelphia verlegt, und Doktor Ferrier wurde schließlich freigesprochen. Die Anwälte Cranbury und Oldsman verteidigten Doktor Ferrier während des langen, dramatischen und an Überraschungen reichen Prozesses. Der Fall ist bis heute nicht aufgeklärt, da seither keine andere Person der Tat angeklagt oder verhaftet wurde.

Alle großen Städte der Vereinigten Staaten entsandten Berichterstatter zu dem Prozeß, der vier Wochen dauerte und bei dem sowohl die Verteidigung wie die Anklagebehörde eine Unzahl von Zeugen aufmarschieren ließen. Es wurde keinerlei Motiv für die Tat entdeckt, und die Geschworenen entschieden sich nach außergewöhnlich langer Beratung für Freispruch. In einem bestimmten Zeitpunkt glaubte der Richter Henry Morrissey bereits, daß die Geschworenen zu keiner Einigung gelangen würden, und daß er gezwungen sein würde, den Prozeß mit anderen Geschworenen neu aufzurollen. Der Vertreter der Anklage war Mr. Nathan Campbell aus Philadelphia, der nach dem Urteil seiner Enttäuschung beredten Ausdruck gab.

Doktor Ferrier kehrte nach Hambledon zurück und nahm seine ärztliche Tätigkeit wieder auf, entschloß sich jedoch später, seine Praxis zu verkaufen und die Stadt zu verlassen, was, Gerüchten zufolge, darauf zurückzuführen war, daß die Bevölkerung von Hambledon nicht an Doktor Ferriers Unschuld glaubte und ihm feindselig gegenüberstand.

Aus diesem Grunde sah sich Senator Campion, wie er heute erklärte, veranlaßt, selbst Nachforschungen aufzunehmen, um Doktor Ferrier von jedem Verdacht zu reinigen. Senator Campion ist mit Doktor Ferrier und seiner Familie seit langem befreundet. ‚Das hat jedoch', so erklärte der Senator unserem Berichterstatter, ‚bei meinem Entschluß, den Ruf eines ehrenhaften Mannes und verdienten Bürgers meiner Heimatstadt Hambledon wiederherzustellen, keine Rolle gespielt. Ich habe also vor einigen Monaten in aller Stille begonnen, auf eigene Faust Nachforschungen anzustellen, um die Wahrheit ans Licht zu bringen.

Die Nachforschungen waren privat und wurden durch die angesehensten Bürger und durch erfahrene Berufsdetektive geführt. Es wurden keine Kosten gescheut, nichts wurde unversucht gelassen, kein Hinweis blieb unbeachtet, selbst den tollsten Behauptungen wurde nachgegangen. Niemand, der auch nur in dem entferntesten Zusammenhang mit dem Fall steht, wurde übergangen. Die an der Untersuchung beteiligten Personen fanden kaum Zeit zum Schlafen. Am Ende kamen sie zu der Überzeugung, daß es nicht die Spur eines Beweises für Doktor Ferriers Schuld gibt.

Zu den am eingehendsten Befragten gehörte Doktor Martin Eaton, Onkel und Adoptivvater der verstorbenen Mrs. Jonathan Ferrier, der während der gesamten Dauer des Prozesses im Gerichtssaal anwesend war. Doktor Eaton kränkelte seit dem Tod seiner Nichte, und die Nachforschungen haben ergeben, daß er sich während der letzten zwei Wochen des Prozesses in einem Zustand der Verwirrung und Verzweiflung befand. Als der Freispruch verkündet wurde, soll er angeblich ausgerufen haben ‚Nein, nein!' Dann brach er im Gerichtssaal zusammen. Er hatte einen Schlaganfall erlitten.

Vor drei Wochen sagte Doktor Eaton zu einer der von mir mit den Nachforschungen betrauten Personen, daß ihn nur sein schlechter Gesundheitszustand daran gehindert habe, seiner Überzeugung von der Unschuld Doktor Ferriers Ausdruck zu geben. Dann habe ich ihn selbst befragt', fuhr Senator Campion fort, ‚und ihn beschworen, mir die Wahrheit zu sagen, worauf er mir erklärte, daß er Doktor Ferrier niemals für schuldig gehalten habe, daß er die Behauptung der Verteidigung, Doktor Ferrier sei zur kritischen Zeit in Pittsburgh gewesen, voll anerkannt und die unter Eid geleistete Aussage prominenter Ärzte, die mehrere Tage in Doktor Ferriers Gesellschaft verbracht hatten und während zweier Operationen, die dieser an bekannten Bürgern Pittsburghs ausführte, anwesend gewesen waren, nie bezweifelt habe. Seinen zweideutigen Ausruf ‚Nein, nein!' erklärt Doktor Eaton damit, daß er in seinem Schmerz und seiner Verwirrung geglaubt habe, die Geschworenen hätten Ferrier schuldig gesprochen. Deshalb sei er auch zusammengebrochen. Seither ist er ein schwerkranker Mann gewesen, der ans Haus gefesselt war und fast mit keinem Menschen sprach, so daß er auch keine Ahnung hatte, daß die Bevölkerung von Hambledon noch immer an Doktor Ferriers Schuld glaubte. Sobald ihm dies durch meine Nachforschungen zum Bewußtsein gebracht wurde, erklärte er mit aller Bestimmtheit, daß er Doktor Ferrier niemals auch nur für einen Augenblick eines so abscheulichen Verbrechens für fähig gehalten habe!

Doktor Eaton bestätigte auch mit Nachdruck, daß Jonathan und Mavis Ferrier in glücklichster Ehe gelebt hätten und daß keine andere Frau im Spiel gewesen sei. Leider hat die Nachricht, daß Doktor Ferrier von seinen Landsleuten noch immer für schuldig gehalten wurde, Doktor Eaton derartig erregt, daß er einen zweiten Schlaganfall erlitt, an dem er am 1. September verstarb. Er hinterläßt seine Frau Mrs. Flora Eaton und mehrere Cousins und Cousinen in Philadelphia, jedoch keine Kinder.

Ich bin entzückt', sagte Senator Campion, offenbar mit Absicht ein Lieblingswort seines Freundes, des Vizepräsidenten Theodore Roosevelt gebrauchend, ‚daß dieser traurige Fall ein so glückliches Ende genommen hat und daß Doktor Jonathan Ferrier endgültig und vollständig rehabilitiert erscheint. Zwar ist der wirkliche Täter noch nicht gefunden, aber das liegt nicht in meiner Hand. Das einzige, was ich jetzt noch erhoffe, ist, daß Doktor Ferrier seinen Landsleuten ihr ungrechtes und unfaires Verhalten vergeben möge, daß er in Hambledon bleiben, seine Stellung an den beiden dortigen Spitälern behalten und allen Einwohnern der Stadt sein großes Können ebenso uneingeschränkt zur Verfügung stellen möge wie vor dem Prozeß. Sein Vater Adrian Ferrier, einer der angesehensten Bürger von Hambledon, führte seine Abstammung auf die Gründer des Staates Pennsylvanien zurück, und seine Mutter Marjorie entstammt der bekannten Familie Farmington aus Philadelphia.'

Die Freude und Befriedigung über das Ergebnis seiner selbstlosen Nachforschungen, die er auf eigene Kosten durchführte, waren Senator Campion deutlich anzumerken. Er erklärte, daß er das nicht nur getan hatte, um den Ruf eines lieben und hochgeachteten Freundes von jedem Verdacht reinzuwaschen, sondern auch, um wieder einmal zu beweisen, daß die Gerechtigkeit in Amerika nicht tot sei, sondern sich in all ihrer Glorie erhebe, wenn nach ihr gerufen werde, und daß, im Gegensatz zu so manchem anderen Staat, in der Republik der Vereinigten Staaten von Amerika kein Unschuldiger verurteilt werden könne. Man wird sich daran erinnern, daß Senator Campion ein glühender Verfechter des Spanisch-Amerikanischen Krieges war und sich der Reitertruppe seines Freundes Theodore Roosevelt anschließen wollte, was ihm jedoch seines Alters wegen verwehrt wurde."

Während seine Mutter las, hatte Robert sie mit boshaftem Vergnügen beobachtet. Wiederholt warf sie einen Blick auf den Kopf der Zeitung, als hoffe sie noch immer, daß es sich um einen Scherz handle. Eine ungesunde Röte stieg in ihre eingefallenen Wangen, und schließlich begann sie mit der Zunge über die Lippen zu fahren, ein Zeichen, daß sie sich etwas Bösartiges ausdachte. Schließlich hob sie den Kopf und begegnete Roberts lachenden Augen.

Sie sagte: „Oh, was für ein edler, gütiger Mensch!"

„Du meinst Jon?"

„Robert! Natürlich meine ich Senator Campion. So zu lügen, so viel Geld auszugeben, sich als Senator seines Staates so zu erniedrigen, sich in so selbstloser Weise dem Klatsch und allerlei bösartigen Mutmaßungen auszusetzen!"

Robert versuchte den Sinn dieses Ausspruches zu ergründen, was ihm jedoch nicht ganz gelang. Er läutete um frischen Kaffee. Er machte den Eindruck, als hätte er sich in der letzten Viertelstunde verjüngt. „Mutter, an deiner Stelle würde ich Mrs. Offerton gegenüber lieber nicht behaupten, daß ihr Bruder gelogen habe. Du könntest wegen Ehrabschneidung gerichtlich belangt werden."

Jane erschrak. „Ich habe es doch nicht so gemeint, Robert. Wie du mir immer das Wort im Mund umdrehst. O Gott! Ich nehme an, daß dieser schreckliche Mensch jetzt in Hambledon bleiben wird."

„Ein untadeliger Ehrenmann wie Senator Campion hat erklärt, daß Jon schuldlos und über jeden Verdacht erhaben ist. Was verlangst du noch? Eine persönliche Botschaft des Erzengels Gabriel? Ich weiß nicht, warum du Jon als ‚schrecklichen Menschen' bezeichnest. Du hattest und hast keinen Grund, schlecht von ihm zu denken. Der Senator hält große Stücke auf ihn, und wenn du mit Mrs. Offerton befreundet bleiben willst, rate ich dir, ihr zu sagen, daß du mit der Ansicht ihres Bruders völlig übereinstimmst."

In besserer Laune als seit Tagen begab sich Robert in seine Ordination, wo ihn Miß Forster begrüßte, indem sie unter Freudentränen ihr Exemplar der Zeitung schwenkte.

Zur gleichen Stunde las auch Jonathan die Zeitung. Die Buchstaben verschwammen vor seinen Augen, und er fühlte eine zunehmende Beklemmung in der Brust. Mechanisch stellte er fest, daß sein Blutdruck im Steigen begriffen war. Er las zu Ende, lehnte sich in seinen Stuhl zurück und starrte blind auf das Büffet des Frühstückszimmers. Er fühlte die Adern im Hals klopfen, er spürte den Druck im Kopf. Ein brennender Schmerz schoß durch seine linke Brustseite und dann den Arm hinunter.

Er zwang sich, ruhig und gleichmäßig zu atmen, bis der Krampf vorüber war. Dann brach ihm der Schweiß aus den Poren.

Er stand auf und ging zum Telephon in der Halle. Er rief das Sankt-Hilda-Spital an und verlangte Louis Hedler. Man teilte ihm mit, Doktor Hedler habe gestern plötzlich nach Scranton fahren müssen, weil eine Verwandte erkrankt sei. Jonathan lächelte verzerrt. Er rief Howard Bests Kanzlei an und war nicht überrascht zu hören, daß Mr. Best mit seiner Frau eine kurze Erholungsreise nach Wilkes-Barre angetreten habe. Kaum hatte er den Hörer aufgelegt, als das Telephon läutete. Mary, das Stubenmädchen, kam in die Halle gelaufen. „Mary", sagte Jon, „heute vormittag werden viele Anrufe kommen. Bitte sagen Sie allen Leuten, daß ich verreist bin."

Mary hob den Hörer ab und führte, etwas erstaunt, den Auftrag aus. Jonathan sah den Apparat an. Er würde die „Hambledon Daily News" anrufen und erklären, daß Senator Campion gelogen habe, daß seine ganze Darstellung falsch sei und daß er, Doktor Ferrier, sich ein Vergnügen daraus machen würde, den wahren Sachverhalt zu berichten, falls man ihm einen Reporter schicken wolle. Er streckte den Arm aus, um den Hörer abzuheben, ließ ihn jedoch wieder sinken. Louis Hedler und Howard Best hatten ihn aus irgendeinem Grund hereingelegt. Wen wollten sie schützen? Jemanden, den sie fürchteten? Campion? Plötzlich durchzuckte ihn blitzartig die Erkenntnis, daß er es war, den sie schützen wollten. Sein Gesicht lief rot an. Wieder wollte er nach dem Hörer greifen, und wieder sank seine Hand zurück. Er hatte diesen unglaublichen Schuften sein Wort gegeben, daß er nichts unternehmen würde, bevor sie ihm die Erlaubnis dazu gaben.

Er ging in das entzückende Boudoir seiner Mutter, setzte sich auf eines der kleinen seidenbezogenen Sofas und rauchte eine Zigarette nach der anderen. Wild kreisten die Gedanken in seinem Kopf. Er war erfüllt von Haß, Enttäuschung, Wut, Demütigung. Diese Schufte glaubten, sich etwas sehr Schlaues und Kluges ausgedacht zu haben, sie waren überzeugt, daß nun alles in bester Ordnung sei. Um Aufsehen und Skandal zu vermeiden, um Mavis und Martin Eaton zu schonen, hatten sie beschlossen, Campion und Brinkerman straflos ausgehen zu lassen. Jonathan hätte einen Mord begehen können.

Sie trauen mir nicht, dachte er und mußte zugeben, daß sie allen Grund hatten, ihm nicht zu trauen. Er ging ins Eßzimmer und füllte ein Glas halbvoll mit Whisky. Stehend trank er davon und überlegte. Nein, er würde sich nicht den Mund stopfen, sich nicht seine Rache nehmen lassen. Sie konnten sich nicht ewig vor ihm verstecken. Der Augenblick würde kommen, da er ihrer hafhaft werden würde. Dann würde eine Explosion ganz Hambledon erschüttern, sie würde von einem Ende des Staates zum anderen zu hören sein, ebenso wie diese lächerliche und verächtliche

Lügengeschichte den ganzen Staat in Aufruhr gebracht hatte. Er würde Campion ein für allemal ruinieren, er würde Brinkerman vernichten. Dann, als der Whisky ihm zu Kopf stieg, brach er in Lachen aus. Eigentlich sollte er Brinkerman dankbar sein. Er hatte Mavis umgebracht. Ich sollte ihm einen Orden verleihen, sagte er laut.

Er blickte durchs Fenster und sah Robert Morgan über den Rasen auf das Haus zukommen. Der scheinheilige, rotblonde Bär von einem Pfadfinder! Er hatte alles gewußt. Er hatte die Zeitung gelesen. Jon trank den Rest des Whiskys aus seinem Glas und wartete. Nach ein paar Minuten erschien Mary und fragte leise: „Sind Sie zu Hause, Doktor?"

„Ja, Mary", sagte er mit seiner sanftesten Stimme. „Für Doktor Morgan bin ich immer zu Hause. Lassen Sie ihn eintreten, bitte, und schließen Sie dann die Tür."

Das Mädchen warf einen Blick auf das Glas in Jonathans Hand, ging hinaus und holte Robert. Er trat ein, und Jonathan, der eben sein Glas frisch füllte, sah, daß der junge Mann gleichzeitig freudig erregt und ängstlich war. „Komm, Bob", sagte Jonathan. „Willst du auch einen?"

„Um neun Uhr früh? Nein, danke." Robert schwieg einen Augenblick und sah Jonathan zu, der einen tiefen Zug aus dem Glas tat. Dann begann er: „Ich sehe, daß du die Morgenzeitung gelesen hast."

„Ja. Eine reizende kleine Geschichte, nicht wahr? Ist sie auf Hedlers Mist gewachsen?"

„Ich weiß nicht mehr als du", antwortete Robert, „nämlich nur das, was du an jenem Abend in Louis Hedlers Ordination gelesen hast. Ich hatte schon lange vorher gewisse Gerüchte gehört, die ich schließlich Louis mitteilte. Er weiß, daß ich dein Freund bin, und zog mich ins Vertrauen. Meine Mutter kennt Mrs. Offerton, und so hörte ich allerlei, und da dachte ich schließlich, daß Louis es auch erfahren müsse. Er wußte bereits mehr als ich."

„Und Campion bekommt jetzt einen Heiligenschein?"

„Darüber weiß ich gar nichts." Robert sah Jon herausfordernd an. „Aber wenn schon? Ist das nicht die beste Lösung? Sehr geschickt von Louis und Howard! Was willst du denn? Campion in den Schmutz zerren? Ich gebe zu, daß mir das auch das liebste wäre. Aber was hättest du davon? Noch mehr Skandale, Verleumdung, Haß, Verwirrung, Sorgen, Schwierigkeiten? Denkst du denn gar nicht an deine Mutter?"

„O doch. Ich erinnere mich sehr gut an sie. Ich werde mich immer an Mama erinnern, nach allem, was sie mir angetan hat." Jons schwarze Augen waren blutunterlaufen und furchteinflößend. „Ich erinnere mich auch an meinen Bruder. Aber mit diesen beiden werde ich später abrechnen. Zuerst kommen Campion und Brinkerman an die Reihe."

„Brinkerman wurde von Louis aus dem Spital entlassen und ist aus Hambledon weggezogen. Wußtest du das nicht?"

„Ja. Und seine Verbrechen sollen ungesühnt bleiben. Ein angenehmer Gedanke vor dem Einschlafen."

„Er hat seine Frau zurückgelassen und sein Haus. Alles. Er wird nie mehr als Arzt praktizieren."

„Das soll mich offenbar über alles hinwegtrösten, was er mir angetan hat."

„Ja, das soll es. Er ist ein Mörder, er hat Menschen zu Krüppeln gemacht, aber er ist auch Arzt. Bedenke, was es für ihn bedeuten muß, nie mehr als Arzt tätig zu sein. Louis hat ihm gedroht, daß er alles an die Öffentlichkeit bringen werde, falls er erfahren sollte, daß Brinkerman irgendwo praktiziert."

„Darauf braucht Louis nicht zu warten. Bob. Sobald Louis zurückkommt und ich von meinem Versprechen entbunden bin, bringe ich die Geschichte in alle Zeitungen."

Robert seufzte und ließ sich schwer in einen der Sessel neben dem Eßtisch fallen. „Zu welchem Zweck?" fragte er.

„Verdammt noch mal, hast du keinen Verstand und keinen Charakter, bist du kein Mann? Soll ich mich damit abfinden, daß die Wahrheit vertuscht wird? Soll ich alles vergeben und vergessen?"

„Wenn es sich nur um dich handeln würde", sagte Robert, „dann fände ich es vollkommen in Ordnung, daß du diese Schurken entlarvst. Aber da sind die andern. Deine Mutter, dein Bruder, die beiden Mädchen, die da ausgesagt haben, um dich zu schützen, da ist das Andenken Martin Eatons, um nur einige wenige zu nennen. Und vor allem geht es um dich selbst. Was versprichst du dir davon, wenn du dich von neuem dem Gerede der Leute aussetzst und deinen besten Freunden Howard und Louis Schaden zufügst? Hältst du dich für einen kleinen Samson?"

„Glaubst du, daß ich mir auch nur das geringste aus dieser Stadt und ihren Einwohnern mache?" Jonathan warf sein Glas quer durchs Zimmer.

„Nein", sagte Robert sehr langsam. „Ich glaube, daß du dir aus niemand und aus nichts etwas machst, nicht einmal aus dir selbst." Er folgte mit den Blicken dem Glas, das über den dicken Teppich zu Jonathan zurückrollte. Als es bei ihm angelangt war, trat Jon heftig mit dem Fuß darauf. Robert fühlte eine leichte Übelkeit, angesichts dieser Äußerung sinnlosen Zerstörungstriebes.

„Es gibt noch jemanden, an den du denken sollst", sagte er. „Francis Campion, der Tausende von Meilen hierher gereist ist, um dir zu helfen. Ich habe gehört, daß er dich dutzendemal anzurufen versucht hat, aber du gehst ja nicht ans Telephon.

Weißt du, daß er deinetwegen seinen Vater vor Louis und Howard bloßgestellt hat? Daß er drohte, deinetwegen seinen Vater anzuzeigen?"

„Ein vernünftiger Junge", meinte Jonathan. „Ich muß ihn anrufen, um mich zu bedanken und ihm das Rückgrat zu stärken."

„Und wie, glaubst du, fühlt er sich jetzt, nachdem er seinen Vater bloßgestellt hat?" fragte Robert mit leiser Stimme.

„Erleichtert."

„Das glaubst du doch selbst nicht, Jon. So ist er nicht. Stell dir vor, es wäre dein Vater! Wenn du wirklich tust, was du vorhattest, wird eine ganze Stadt und nicht nur dieses Glas hier kaputtgehen. Und vor allem du selbst. Das möchte Louis verhindern. Er ist bereit, Campion und Brinkerman entkommen zu lassen, um dich zu schützen — vor dir selbst. Er kennt dich."

„Da du anscheinend so viel weißt", sagte Jonathan finster, „könntest du mir vielleicht erklären, wie es ihnen gelungen ist, Campion dazu zu bringen, daß er diese Schweinerei in die Zeitung gab."

„Howard hat darüber etwas angedeutet. Sie haben ihm gedroht. Was sonst hätten sie tun sollen? Sie wollten dich ein für allemal von allen Verdächtigungen reingewaschen haben. Es hätte nicht genügt, Campion einfach zu ruinieren. Die Leute hatten sich immer ihren eigenen Reim auf die Geschichte gemacht, und weil sie Campion lieben und dich ganz offensichtlich nicht, würden sie in ihm das Opfer deiner Rachsucht gesehen haben. Ich nehme an, sie haben ihm geschildert, wozu du imstande wärst, aber auch — was vielleicht entscheidender war — wie gerne ohne weitere Fragen die Leute seine Geschichte akzeptieren würden — zu deinem Vorteil. Sie würden Campions Großzügigkeit gegenüber seinem jungen Freund bewundern, sie würden ihn noch mehr schätzen als zuvor. Was wieder zu deinem Vorteil wäre, weil niemand an seinem Wort zweifeln wird. Dir würden sie nicht glauben."

„Campions Heiligenschein soll also wieder auf Hochglanz gebracht werden. Ist das euer Plan?"

„Nicht ganz", antwortete Robert und lächelte leise. „Eigentlich ist beabsichtigt, deinen Heiligenschein zu kitten, der — du verzeihst — ziemlich ramponiert ist."

„Ich bin gerührt", sagte Jonathan. „Ich bin tief beeindruckt. Aber keiner von euch hat bedacht, was ich fühle, was ich möchte, was ich verdiene, was ich bekommen sollte."

„Ich glaube doch", erklärte Robert, „daß wir auch das in Betracht gezogen haben."

Jonathan sah ihn scharf an. „Das klingt mir ein wenig zweideutig."

Robert stand auf. „Du willst immer etwas heraushören, was gar nicht gemeint ist."

„Sobald Louis und Howard zurück sind, werde ich die Presse informieren."

„Die Zeitungen würden sich auf eine so saftige Geschichte stürzen:

Skandale, Mord, Abtreibungen, Meineid, Verleitung zum Meineid, Ehebruch, Beschmutzung einer Persönlichkeit des öffentlichen Lebens — alles da. Das gebe ich gerne zu, Jon. Aber sie werden auch Beweise verlangen. Hast du irgendeinen Beweis?"

Mit weit geöffneten Augen starrte Jonathan ihn an. „Beweise?"

„Ja. Eidesstattliche Erklärungen, zum Beispiel die Aussage des sterbenden Martin Eaton, die Aussage der Mädchen, die Erklärung von Mrs. Beamish. Oh, ich bin überzeugt, du könntest ein Gericht dazu veranlassen, von Louis diese Aussagen zu fordern. Aber was machst du, wenn Louis abstreitet, daß es jemals solche Erklärungen gegeben hat? Louis ist eine ziemlich angesehene Persönlichkeit, wie du weißt, und man wird ihm eher glauben als dir."

Versöhnlich lächelte er Jonathan an, obwohl er noch immer sehr besorgt war. „Wir haben jede Möglichkeit in Erwägung gezogen, um dich vor den eventuellen Folgen deines liebenswürdigen Temperamentes und deiner maßlosen Reizbarkeit zu bewahren."

Jonathan stand auch auf, nahm für sich ein zweites Glas, füllte es halb an, dann machte er einen tiefen Schluck. Seine Augen blitzten drohend.

„Louis möchte, daß du in Hambledon bleibst. Hier bist du geboren und vor dir deine Eltern. Selbst wenn du es bestreitest, weiß Louis, wie sehr du diese Stadt liebst und wie tief du hier verwurzelt bist. Er weiß, was du alles versucht hast, für Hambledon zu tun. Er weiß, was es für dich bedeutet, von hier wegzugehen. Er hat das alles doch nur für dich getan!"

„Der gute Louis", murmelte Jonathan.

Robert zögerte. „Da ist noch jemand, den ich bis jetzt nicht erwähnt habe: Jenny Heger."

Jonathan nahm das Glas vom Mund. „Laß Jenny aus dem Spiel. Es gibt für Jenny und mich keine gemeinsame Zukunft. Ich habe genügend Einsicht und klaren Verstand, um zu erfassen, was es für Jenny bedeuten würde, wenn ich sie heiratete."

„Frauen sind anders, Jon. Es geht mir gegen den Strich mitanzusehen, wenn ein Mädchen wie Jenny jemanden wie dich heiratet. Tatsächlich glaube ich nicht, daß ich es hier in der Stadt länger aushielte, wenn du Jenny heiratest." Robert sprach nun sehr ruhig. „Es würde mich zu sehr schmerzen. Aber es wäre Jennys Wunsch, und sie hat das Recht, sich zu entscheiden."

Jonathan lächelte ein wenig. „Ich überlasse dir Jenny zu treuen Handen, Bob."

„Ein normaler Mensch würde so etwas nicht sagen, aber du bist ja nicht normal. Außerdem ist Jenny kein Gebrauchsartikel, den man verhökert oder an die richtige Adresse abliefert. Sie ist ein Mensch, eine

Frau mit ihren eigenen Gefühlen und Wünschen. Sie hat mir vor kurzem gesagt, daß sie dich niemals vergessen könne und niemanden anderen heiraten wird. Frauen sind eben seltsam."

Nun, da er von Jenny gesprochen hatte, ertrug er es nicht, noch länger zu bleiben. Jonathan konnte ihn über den Rasen zu der Ordination gehen sehen. Der Kopf mit dem rotgoldenen Haar war gesenkt. Robert bewegte sich wie ein Mensch, der seinen Schmerz wie eine schwere Last trägt.

Jonathan hörte das Telephon läuten, es läutete und läutete. Schließlich vernahm er Marys gequälte junge Stimme: „Nein, der Herr Doktor ist nicht zu Hause. Kann ich etwas ausrichten?"

Er nahm die Whiskyflasche und sein Glas mit hinauf und sperrte die Tür ab.

SECHSUNDDREISSIGSTES KAPITEL

Nicht nur Pennsylvanien war von der sogenannten „Gelben Dürre" betroffen. Auch Teile von Virginia, Maryland und vom Staate New York litten darunter. Anfangs hatten die Zeitungen den „Luftdruck" als Ursache angegeben, womit gar nichts erklärt war, nun berichteten sie, daß der wahre Grund „Störungen" im Karibischen Meer und beginnende Hurrikane seien. Ein Hurrikan hatte schon die Westküste Floridas erreicht, ein zweiter, stärkerer „bewegte sich auf die Ostküste des Atlantik" zu. Von Kap Hatteras wurde gemeldet, daß bis weit über Atlantic City hinaus das Wasser rapid steige. Die Gemeinden in den tiefer gelegenen Gebieten wurden gewarnt und ersucht, sich für eine Evakuierung bereit zu halten. Natürlich nahm das niemand ernst. Jede Aussicht auf Sturm, Regen und die daraus entstehende Abkühlung wurde hoffnungsvoll begrüßt.

Dann aber traten die Sorgen der Bauern und die Neuigkeiten über den bevorstehenden Hurrikan ganz in den Hintergrund. Präsident William McKinley war von einem Attentäter auf der Pan-Amerikanischen Ausstellung in Buffalo angeschossen worden. Vizepräsident Theodore Roosevelt begab sich sofort nach Buffalo, wo der verwundete Präsident lag. Von hier aus richtete er an das ganze Land Bulletins voll Hoffnung und Zuversicht, daß „alles in Ordnung sei".

Sogar Jonathan Ferrier, der, von Haß und Rachsucht erfüllt, nur über seinen eigenen Plänen brütete, vergaß beim Lesen dieser Nachricht für ein paar Stunden auf seine Sorgen. Gott bewahre uns vor Teddy, dachte er, Teddy mit seinen Fortschrittsideen, mit seiner überschwenglichen Begeisterung für „Amerikas wahre Bestimmung". Er war ein guter Mensch, aber ein wenig naiv und zu sehr in Hoffnungen und Träumen versponnen. Er glaubte an die Möglichkeit, die menschliche Natur zu ändern, das einzige, das sich in Jahrtausenden nicht geändert hatte und nie ändern würde.

Der Mensch zu Zeiten Platos, in den Tagen der Pharaonen, in der Höhlenzeit, unter der Herrschaft Roms, Griechenlands und Byzanz', in den Tagen der alten Perser und Araber, er war der gleiche wie heute gewesen, hatte dieselben Schwächen und Fehler gehabt, dieselben Sympathien und Antipathien, dieselben Wünsche, dieselben Leidenschaften und Borniertheiten, dieselben Alpträume und Hirngespinste. Die alten Philosophen hatten von der „Veränderlichkeit der menschlichen Natur" gesprochen, aber sie hatte sich nie verändert. Nur der Religion war es manchmal gelungen, den Panzer aus Grausamkeit und Sentimentalität, Krieg, Habgier, kindlichem Fortschritts- und Wunderglauben, von der Befriedung böser Götter und Visionen ewigen Friedens und ewiger Brüderlichkeit zu sprengen. Die Religion war jedoch jedesmal besiegt zurückgeworfen worden und wartete auf eine neuerliche Krise in der Geschichte des Menschen, um wieder die Brustwehr zu reinigen, um regenbogenfarbenen Schaum gegen die Steinmauer zu werfen, um den schwelenden Haß zu löschen.

Aber das wußte Teddy Roosevelt nicht. Er glaubte unerschütterlich daran, daß der Mensch durch „gerechte" Gesetze und durch die Regierung geändert werden kann. Das Recht hatte niemals den Menschen sehr oder gar auf längere Zeit beeinflußt, würde ihn auch nie beeinflussen, denn es berührte nicht die wesentlichsten geistigen Wurzeln, die allein die Religion erreichen kann. Marotten und Phantasiegebilde, „neue Ideen", „neue Wege", um Phänomene zu beobachten, und neue Wege, um mit ihnen fertig zu werden, das alles war so alt, es war so oft erprobt und für ungeeignet befunden worden, daß es intelligente Männer zum Lächeln brachte, wenn sie auf die Teddy Roosevelts stießen und auf ihre mitleiderregenden Hoffnungen und ihren starken Glauben an die „Zukunft".

Auf ein paar Stunden vergaß Jonathan alles andere und dachte über den Mann nach, der eventuell Präsident der Vereinigten Staaten von Amerika wurde, falls McKinley seinen ernsthaften Verletzungen erlag. Er vergaß sogar zu trinken. Er ging sogar bei Sonnenuntergang hinaus, um den Himmel zu beobachten, und zum ersten Mal fühlte er sich unsicher. Der riesige Sonnenball glich einer glühenden Orange und erfüllte den ganzen Westen. Alles schien düster und drohend. Sogar die Berge, die dunkel abgerundet dalagen, erschienen unbedeutend angesichts dieses schwülen Panoramas, das zugleich schwefelfarben und gelb war und drohende Gefahr und Unwetter ankündigte. Die untergehende Sonne brannte darin flammend wie ein großes Auge mit verschwommenen Umrissen. Die Luft war verbraucht, heiß und ohne jede Bewegung, die Erde glich mit ihren tiefen Rissen und dem vielen Staub verbranntem Brot. Vor Jonathans Auge begann eine große Phalanx von schwarzen Wolken über den Rand der Berge in das ungeheure Meer von Purpur und Orange herauszuquellen; aus ihr schossen blendende Blitze. Dann kam das lange Dröhnen des Donners, dem fast unmittelbar ein ungeheurer Windstoß folgte. Das Rascheln der ausgetrockneten Bäume klang scharf und schmerzhaft, das bronzefarbene Gras beugte sich, und ein bläulicher Schatten lief hastig über die Erde.

Jonathan war von diesem Schauspiel, das seine eigene Gemütsverfassung und seine Gedanken widerspiegelte, fasziniert. Er ging in den Garten seiner Mutter, der einen Blick auf den Fluß gewährte. Das Wasser war flüssiges Messing, und die Insel hob sich schwarz gegen den Sonnenuntergang und die hereinfallenden Schatten ab. Dann kam der Regen. Riesige dicke Tropfen platschten rasch hintereinander herunter. Blitze flackerten über das ganze Land, und der Donner heulte rauh von den Bergen her. Jonathan rannte ins Haus zurück, erfüllt von primitivem Jubel und dem Wunsch nach Zerstörung.

Die Köchin und das Mädchen eilten schon durchs ganze Haus, schlossen die Fenster, kämpften mit den Holzläden, fingen die vom Wind aufgebauschten Vorhänge ein. Von einer Sekunde auf die andere war es im Haus dunkel, und der Sturm brach los. Jonathan wollte vor Frohlocken schreien, während er nun den beiden Frauen half. Im dämmerigen Licht konnte er ihre angsterfüllten Gesichter sehen. „Es ist nur ein Sturm", beruhigte er sie zwischen zwei Donnerschlägen.

Der Wind wurde immer heftiger, der Regen strömte die Fenster hinunter, glucksend und gurgelnd gingen die Straßenkanäle und Dachrinnen über. Der Lärm war ohrenbetäubend. Zu dritt zündeten sie im Haus der Ferriers Gaslampen an. Der gelbe Schimmer und die Ruhe herinnen ließen den gigantischen Tumult draußen umso ärger erscheinen. Blendende Feuergarben durchbrachen für Sekunden die vorzeitig hereingebrochene Dämmerung, unmittelbar darauf folgten Explosionen von ungeheurer Lautstärke. Trotzdem hoben sich noch immer einige Berge von dem ockerfarbenen Licht im Westen ab. Jonathan, der neben dem Fenster stand, konnte kaum die Bäume auf dem Rasen sehen, die sich zusammenkrümmten wie in Agonie, sie warfen ihre belaubten Arme in die Höhe und nach allen Seiten und stöhnten unter den neuen Anstürmen des Gewitters. Sie taumelten, wanden sich, dehnten und streckten sich bald nach der einen, bald nach der anderen Seite, wie angstverzerrte, nebelhafte Schatten in der Hölle. Manchmal schienen sie zu schwanken und in ihren Grundwurzeln zu erzittern. Dann brachen unter wütendem Geschrei und Stöhnen ganze Äste ab, und Schößlinge wurden herausgezerrt und über den Rasen gefegt. Jonathan ging in die beleuchtete Küche und fand dort seine beiden Angestellten. Sie saßen Seite an Seite und hielten einander an den Händen. „Da haben wir ja nun den versprochenen Hurrikan", sagte er. Seine sorglose Haltung, sein Mangel an Ängstlichkeit ermutigte sie, aber nur so lange, bis der nächste ungeheure Donnerschlag das alte stämmige Haus erschütterte und ein fliegender Ast gegen die Wand schlug wie eine riesengroße Peitsche.

„So etwas hab' ich noch nie erlebt", meinte die Köchin.

„Das geht vorbei", beruhigte sie Jonathan. Das blendende Licht eines Blitzes beleuchtete die Küche heller als die künstliche Beleuchtung. Die beiden Frauen sahen sein Gesicht und schraken davor zurück.

Aber es ging nicht vorbei. Die Stunden verrannen, doch das wahnsinnige Unwetter wurde immer stärker, der Wind immer rasender, Bäume stürzten um, der Fluß schwoll an, das sepiafarbene Land wurde überflutet. Überall stand Wasser, das die Erde nicht mehr aufsaugen konnte. Um Mitternacht wurde der Sturm noch ärger, falls das überhaupt möglich war. Zwischen den Explosionen des Donners konnte man nun die Glocken läuten hören und das Rumpeln der Feuerwehrwagen, denn trotz der Regenmassen färbte sich der Himmel da und dort dunkelrot. Die Luft hatte sich nicht abgekühlt. Es schien im Gegenteil um Mitternacht noch heißer zu werden, speziell in dem abgeschlossenen Haus. Jonathan wanderte frohlockend von einem Raum in den anderen, lauschte und versuchte durch die vom Regen gepeitschten Fenster zu spähen. Dann schlug der Blitz in einen Schornstein ein, und die beiden Frauen in den höher gelegenen Schlafzimmern kreischten, als die Ziegel vom Schieferdach herunterstürzten und sie plötzlich den durchdringenden Ozongeruch spürten. Jonathan raste die Stufen hinauf zum östlichen Ende der Halle und sah die Ziegel im Zucken der Blitze hinunterrollen. Er suchte nach Anzeichen von Feuer, aber das Haus hatte schon früher Stürme überstanden, seine Ziegelwände waren undurchdringlich. „Es ist alles in Ordnung. Nur ein kleiner Kamin", rief Jonathan den beiden Frauen zu.

Der nächste Blitz zeigte ihm, daß der Sturm mindestens drei der alten Rieseneichen gefällt hatte und daß der Boden mit Blättern, Zweigen und Ästen bedeckt war. Die Hitze war erdrückend. Vorsichtig öffnete Jonathan einen Fensterladen und roch sofort den scharfen Geruch von Elektrizität in der geladenen Luft. Voll Vergnügen atmete er ihn ein, obwohl ihm der Regen ins Gesicht prasselte. Es weckte in ihm sehr deutliche Erinnerungen an ein anderes Unwetter, als er noch ein Kind gewesen war. Es hatte zwei Tage gedauert, das ganze bebaute Land war überflutet worden. Tausende Stück Vieh waren auf den Feldern ersoffen, die Ernte war weggeschwemmt, und eine Typhusepidemie hatte die Stadt Hambledon heimgesucht. Zwei sehr kleine Inseln im Fluß waren damals völlig vom Wasser überflutet und zerstört worden. Die größte Insel, heute „Herzensfried“ genannt, war fast vollständig überschwemmt worden, und vier vagabundierende Familien hatten den Tod gefunden. Das Wasser auf der Insel war sogar mehrere Tage lang nicht auf seinen ursprünglichen Stand zurückgesunken und ließ dann klebrigen Schlamm und einen Trümmerhaufen zurück, was die Insel noch zwei Jahre später als Ausflugsziel und Picknickplatz ungeeignet machte.

Jonathan stand am Fenster. Er hatte den Sturm vergessen. Er dachte an die Insel und an Jenny, die dort ganz allein mit einem oder zwei Angestellten war. Zum ersten Mal seit jenem Tag, da er sie in der Grotte verlassen hatte, dachte er ernsthaft an Jenny. Sie hatte ihn in seinen Träumen verfolgt. Aber er war sich bewußt gewesen, daß er, falls er die Angelegenheiten in Hambledon zu einem Abschluß bringen wollte, Jenny von seinen Gedanken ausschließen mußte.

Jetzt konnte er die Insel sehen, wie damals in seiner Kindheit bei einem ähnlichen Sturm, und zum ersten Mal, seit er Jenny verlassen hatte, gewann sein bisher unterdrücktes vernünftiges Ich die Oberhand. Er wußte, daß er die Insel von seinem Haus aus jetzt um Mitternacht und bei diesem Sturm nicht sehen konnte, trotzdem ging er zum Ostflur und blickte durch das Fenster in Richtung auf den Fluß. Er wartete auf den nächsten Blitz, damit er das Wasser erhelle, aber als er wirklich aufstrahlte, wurde nur der Regen beleuchtet und in einen furchterregenden silbernen Wasserfall verwandelt, der einer lebenden Wand glich. Es schien, als ob zwischen den einzelnen Donnerschlägen kein Abstand wäre.

So ungeheuer war der Sturm, daß die Lichter der Stadt aus diesem oder jenem Grund ausgegangen waren und Hambledon in seinem Tal einem zerbrochenen Haufen Geschirr im schwarzen Schoß der flammenden, triefend nassen Bergen glich. Das dumpfe Dröhnen des Sturmes vermischte sich mit dem Krachen des Donners, so daß das ganze Universum in Aufruhr und Chaos eingefangen zu sein schien.

Während Jonathan noch im Ostflur stand, riß kreischend ein geschlossener Laden von einem großen Fenster ab. Das Glas gab nach und über dem brüllenden Unwetter konnte man es mit scharfem, dünnem Klang zersplittern hören. Jonathan lief hinunter, um das gebrochene Fenster zu suchen, und bemerkte, daß ein schwacher bläulicher Dunstschleier, als Folge des Blitzschlages in den Schornstein, alle Zimmer erfüllte. Endlich fand er das Fenster. Es war eines der vier im Wohnzimmer seiner Mutter. Wie ein Miniaturwasserfall prasselte der Regen herein. Der Teppich war vor Feuchtigkeit ganz dunkel, und der Parkettboden schwamm. Vorsichtig, um sich nicht an den Splittern im Fensterrahmen zu schneiden, beugte sich Jonathan in die regenschwere Nacht hinaus, faßte nach dem Laden und zog ihn unter Aufbietung aller seiner Kräfte wieder vor das Fenster, aber es riß ihm fast die Arme aus den Gelenken. Er verriegelte den Laden wieder. Der Wind wütete dagegen, raste durch die Öffnungen, daß sie klapperten und zitterten. Doch sie hielten stand. Keuchend beobachtete Jonathan sie, während er sich das Wasser von Gesicht und Händen wischte. Sein Kopf dröhnte von dem pausenlosen infernalischen Lärm.

Er stand in dem stillen Raum, der nur durch die zahllosen Blitze erhellt wurde und von der Katastrophe draußen abgeschnitten zu sein schien; seine reizenden Möbel, die schrägkantigen florentinischen Spiegel, die glitzernden Prismen und seine hellgetäfelten Wände strömten Ruhe aus. Der leise Duft von Gewürzen, Rosen und Lavendel hing in der Luft, das Lampenlicht fiel weich auf die grünen Brokattapeten und ließ Glas und Silber spiegeln. Er blickte um sich und dachte: „Ich werde dieses Zimmer nie mehr sehen, aber ich fürchte, ich werde es für immer in Erinnerung behalten." Zum ersten Mal überfiel ihn abgrundtiefe Einsamkeit und Verzweiflung.

Er wußte nicht, was er tun sollte. Es hatte keinen Sinn bei diesem ohrenbetäubenden Lärm in dem bedrohten Haus, in diesem entsetzlichen einsamen Haus, zu arbeiten. Noch unmöglicher war es, zu lesen oder nachzudenken. Er begann durch das Haus zu streifen, langsam, sehr langsam, er betrachtete jeden Gegenstand, alle Winkel und Ecken, die Gänge und Stufen, wie ein Geist, der ein innig geliebtes Haus wieder besucht. Er kam selbst auf diesen traurigen Vergleich, angeregt durch den leichten bläulichen Nebel, der alles wie ein übernatürlicher Schleier bedeckte. Er trat in das Studierzimmer seines Vaters, aber hier wirkte die Ruhe im Haus unecht, genauso wie diese „Ungezwungenheit" zu Adrians Lebzeiten nicht echt gewesen war. Jonathan überblickte forschend den ganzen Raum, er war nicht mehr nachdenklich, sondern nur noch traurig. Einen Moment lang glaubte er die Erscheinung seines Vaters in seinem Lieblingsstuhl dort drüben zu sehen, so wie er immer gewesen war, gezwungen heiter, krampfhaft nachdenklich. Zum ersten Mal lächelte Jonathan über diese Erscheinung nicht mit nachsichtiger, wenn auch spöttischer Zuneigung. Sanft schloß er die Tür hinter sich, als er das Studierzimmer verließ, und spürte tiefstes Mitgefühl mit dem gezierten, naiven Mann, der hier überhaupt nie studiert hatte und der niemals zu einer anderen Gemütsempfindung fähig war als zur Angst.

Sein Kopf begann sich langsam zu klären, und er fühlte, daß er jetzt mit einiger Mäßigung und mit etwas Verstand zu denken begonnen hatte. Er ging in seinen überfüllten Raum, in dem sich Koffer und Schachteln stauten, setzte sich in einen großen Flügelstuhl und horchte auf den Sturm, der schwächer zu werden schien. Ich will nachdenken, nahm er sich vor und versank sofort in tiefen Schlaf, denn er war völlig erschöpft von dem Tumult, dem Haß, dem Ärger und der Qual der letzten Tage.

Als er wieder erwachte, war es Morgen, und bleiches, farbloses Sonnenlicht fiel still in sein Zimmer. Er suchte nach seiner Uhr, dann erinnerte er sich, daß sie noch zur Reparatur beim Juwelier war. Als er auf den Wecker auf seinem Nachtkästchen schaute, sah er, daß es halb zehn Uhr war. Er hatte sieben Stunden geschlafen und war jetzt verkrampft, seine Glieder schmerzten ihn, und am ganzen Körper spürte er einen nervösen Juckreiz. Er stand auf und trat ans Fenster. Der Sturm hatte entsetzlich gewütet, überall lagen abgebrochene Äste und zerschmetterte Bäume, und ein dicker grüner Teppich von heruntergefallenen Blättern bedeckte den Boden. Die Gartenanlagen seiner Mutter waren verwüstet. Alle Herbstblumen lagen flach auf die aufgewühlte Erde gepreßt. Die Blumenbeete und die meisten Sträucher, sogar die Fliederbüsche, waren vernichtet. Auch hier waren Bäume gestürzt, zarte Bergeschen, junge weiße Birken, ein oder zwei große Blautannen. Aber in dem stillen Sonnenlicht, das so schwach und zaghaft durchbrach, sangen die Vögel die letzten Lieder in diesem Sommer, und der Himmel leuchtete mattblau. Der Hauptansturm des Unwetters hatte diesen Teil des Staates passiert, und obwohl die Luft reingewaschen war, hatte man noch immer das unbestimmte Gefühl einer Gefahr. Überall auf niederen Stellen in den Grünflächen und auf der Straße standen tiefe himmelblaue Lachen.

Über die Gärten, Grünflächen und Häuser hinweg konnte Jonathan den Fluß sehen, kobaltblau und aufgewühlt rauschte er dahin. Es war natürlich nur Einbildung, aber es kam ihm vor, als ob die Insel, deren westlichsten Punkt er sehen konnte, in das Wasser hineingesunken war, das in den letzten Stunden enorm gestiegen war. Jonathan sagte sich selbst, daß es nur einen normalen Stand erreicht hatte. Er fragte sich, ob das „Schloß“ und die Bäume dort auch solchen Schaden erlitten hatten.

Und dann plötzlich schien es ihm unglaublich, daß er von hier fortgehen sollte, ohne Jenny. Er stützte seine Hände auf das Fensterbrett. Er wußte, daß er sich beherrschen mußte. Für Jenny gab es keinen Platz in seiner Zukunft, denn sein Dasein war schon jetzt dunkel und triste, ohne jede Hoffnung, und er würde leiden müssen bis ans Ende seiner Tage oder bis — Da kam ihm der Gedanke an Selbstmord. Der Impuls war so plötzlich und zwingend, daß es ihm für ein paar Sekunden den Atem benahm. Es erschien ihm die einzige Lösung. Ein Leben ohne Jenny und seine Arbeit war kein Leben für ihn. Er starrte zur Insel hinunter und sagte „Jenny, Jenny“ vor sich hin. Er liebte Jenny zu sehr, um sie mit sich fortzunehmen und sie an seinem zerstörten Leben teilhaben zu lassen. Denn niemals wieder würde er seinen Beruf als Arzt ausüben, nie mehr einen Handgriff für einen Menschen in Not tun. Er hatte Schluß gemacht mit seiner Selbsttäuschung, daß irgendein Mensch, ja sogar er selbst, es wert wäre, gerettet zu werden.

Ich nannte andere unreif und kindisch, dachte er, während ich selbst es die ganze Zeit war. Ich glaubte heimlich daran, daß irgendwo Anstand, Ehre und Selbstlosigkeit existieren, trotz allem, was ich anderen gesagt hatte. Ich verachtete andere ihrer Sentimentalität wegen, während ich die ganze Zeit sentimental gegen Qual, Elend, Verzweiflung und Armseligkeit revoltierte. Ich lachte über die Treuherzigkeit Bob Morgans, aber ich selbst war die ganze Zeit noch argloser als er. Ist das etwa nicht verachtenswert? Ich glaube, ich hatte gar nicht die Absicht, die Stadt zu verlassen. Ich glaube, ich wollte nur, daß es ihnen leid tut, daß sie zu mir kommen und mich um Verzeihung bitten. Prahlerisch machte ich Anstalten abzureisen und wartete. Aber da gab es nichts zu warten. Doch während ich als einziger voll Hoffnung ausharrte wie ein abgeschleckter Bauernlümmel mit gespreizten Beinen und dem Finger im Mund, verschwor sich die Stadt rachsüchtig gegen mich. Warum? Ich glaube, nicht einmal die Stadt weiß es, und bei Gott, ich weiß es auch nicht. Vielleicht ist mein Charakter nicht sehr gefällig, wie Louis Hedler und andere behaupten, aber ich habe niemals einen Menschen ungerecht behandelt, nie jemanden betrogen, nie ihn böswillig verletzt. Ich habe mich selbst gegeben und wurde zurückgewiesen.

Habe ich zu viel erwartet? War ich einer von jenen, über die Aristoteles schrieb: „Die ärgerlichen Ankläger der Menschheit sind die wahren Freunde der Menschheit“? Ich weiß es nicht. Ich weiß nur, was immer ich erwartet habe, es ist nicht Realität geworden. Kann man aber die Wahrheit erfassen und weiterleben? Falls es andere können, ich nicht, fürchte ich. Ich fürchte, ich bin so schwach wie mein Vater. „Mut ist der Preis!“ Mir fehlt er.

Er kehrte in sein Zimmer zurück und blickte auf die Taschen und Koffer. Eine Welle der Erschöpfung überwältigte ihn und das Gefühl entsetzlicher Einsamkeit und Verlorenheit. Gewaltsam drängte er Jenny aus seinen Gedanken. Er zog sich aus, badete und rasierte sich, dann zog er sich wieder an, und das alles in einem unwirklichen Nebel, den er begrüßte, da er ihn vom Denken abhielt. Aber der Schmerz der Verlorenheit blieb. Er ging hinunter, um zu frühstücken und fand eine zitternde Mary vor, die ihm mitteilte, daß sie fürchtete, der Sturm der letzten Nacht wäre das „Ende der Welt gewesen“. Jonathan lächelte sie freundlich an. Wie welk er aussah und wie blaß, dachte sie. „Ich fürchte sehr, Mary“, sagte er, „daß die Welt nicht so glücklich war.“ Mary zog sich in die Küche zurück und erzählte der Köchin, daß der „Doktor so einen seltsamen Eindruck macht“, und die Köchin antwortete wie immer in diesen Tagen: „Er hat eben Sorgen.“

Es gab keine Post, die Züge hatten große Verspätungen, und die Zeitung umfaßte heute nur zwei Seiten und enthielt ausschließlich Meldungen über den Sturm und Berichte darüber, daß er in einigen Staaten entsetzlich gewütet hatte. Präsident McKinley erholte sich laut Presse von seiner Wunde.

„Was fange ich heute an?“ dachte Jonathan. Er ging hinaus und war überrascht, daß die Luft innerhalb einer Stunde wieder drückend geworden war. Er fühlte sich sehr müde und traurig. Der Gärtner kam zu ihm und jammerte über die Zerstörung seiner und Marjories mühevoller Arbeit. „Das wird Mrs. Ferrier nicht gefallen“, sagte der alte Mann und sah Jonathan vorwurfsvoll an. „Es schaut schlecht aus, sehr schlecht. Das Wasser im Fluß steigt auch. Es wird Flut geben. Einige Farmen sind bereits überschwemmt, sagt man, und Vieh sei ertrunken.“ Er blickte zum Himmel hinauf und zu den vom Wind getriebenen Wolken. „Man sagt, es sei alles vorbei, aber das stimmt nicht. Ich weiß es. Ich habe lange genug gelebt und kenne das Wetter.“

Die Hände in der Hosentasche wanderte Jonathan mit ihm über die aufgeweichte Erde. „Übrigens, Jim“, fragte er, „was hältst du vom Leben?“

Jim drehte sich langsam um und schaute ihn an. Sein gebräuntes runzeliges Gesicht hatte einen feierlichen Ausdruck. „Nun, Herr Doktor, ich nehme an, man muß es einfach nehmen, wie es ist, nicht wahr?“

Jonathan war verwirrt: „Aber warum?“

Jim zuckte mit den Achseln. „Warum nicht?“ fragte er. „Was soll der Mensch sonst tun?“ War das eine dumme Antwort oder eine kluge?

„Ich werde dir helfen, aufzuräumen“, erklärte Jonathan. „Es ist alles verwüstet und ruiniert, aber ich glaube, daß wir alles wieder in Ordnung bringen werden. Wir können sogar neue Bäume anstelle der alten pflanzen. Wir können die Gartenanlagen frisch bepflanzen und die toten Äste zusammenklauben.“

Der alte Mann, der sich zu einem wertvollen, beschädigten Strauch hinuntergebeugt hatte, richtete sich mühsam wieder auf und lächelte Jonathan an. „Nun, das habe ich ja gerade gesagt, Doktor.“

Robert Morgan, der auf dem Weg in die Ordination war, blieb auf den Stufen stehen, blinzelte und konnte seinen Augen nicht trauen. Weit weg auf der anderen Seite der Rasenanlage konnte er Jonathan Ferrier in Hemdsärmeln Seite an Seite mit dem alten Gärtner arbeiten sehen, er füllte einen Schubkarren mit Trümmern, handhabte den Rechen, zerrte die toten Zweige weg. Dann kämpfte er heftig mit einer Heugabel gegen schweres Gebüsch. Er blieb stehen, um sich eine Zigarette anzuzünden und blickte gegen den Himmel. Sieh einer an, dachte Robert und ging leise lächelnd in die Ordination.

Zu Mittag war der Himmel wieder bronzefarben und die Hitze entsetzlich. Heftige Windstöße begannen die im Rinnsal liegenden Zweige und Blätter aufzuwirbeln. Um zwei Uhr war der Himmel tiefschwarz und kochend. Blitze zuckten auf, und der Donner murrte unzufrieden in den Bergen. Um drei brach der Sturm los.

Gerade als die ersten Tropfen zu fallen begannen, erreichte Marjorie Ferrier in der Halbdämmerung in einem Mietwagen ihr Haus und hastete herein, hinter ihr nach hetzte der Kutscher mit ihrem Gepäck.

Nach einem sehr leichten Lunch hatte sich Jonathan so niedergeschlagen und betäubt gefühlt, daß er in sein Zimmer gegangen war. Er hatte sich quer über das Bett geworfen und fühlte sich ganz benommen. Er hörte daher nicht, daß seine Mutter zurückkehrte. Er hörte nicht die einleitenden Kanonaden des Gewitters. Er schlief tief bis um fünf Uhr, dann wachte er auf und sah rund um sich wieder das grelle Zwielicht. Ein infernalisches Brüllen lag in der Luft.

Jemand hatte das offene Fenster geschlossen und die Läden vorgezogen. Jons Gesicht, sein ganzer Körper war naß von Schweiß, sein Mund ausgedörrt, und er fühlte sich schwach und benommen. Einen Moment lang wußte er nicht, wo er sich befand, wie spät es war, und wie es überhaupt dazu gekommen war, daß er hier lag.

Er setzte sich betäubt und blinzelnd auf und wischte sich das Gesicht ab. Lauschend blickte er um sich. Schließlich erhob er sich, badete in kaltem Wasser und setzte sich wieder, um zu rauchen und nachzudenken. Irgend etwas war mit ihm geschehen, aber er wußte nicht was. Er wußte nur, daß ihn eine Art Tod überwältigt hatte, eine Ära des Nichtfühlens oder Nichtdenkens.

Das Zimmer wurde zunehmend dunkler, je mehr der Sturm anwuchs, trotzdem zündete er über eine Stunde lang die Lampen nicht an. Er versuchte zu lesen, aber der Sturm lenkte seine ohnehin sehr schwache Aufmerksamkeit ab, und so begnügte er sich zu lauschen. Plötzlich brach der Regen ab, doch Donner, Blitz und Wind verstärkten sich noch. Es klopfte an seiner Tür, dann öffnete sie sich.

„Jon?“ fragte Marjorie.

Sie stand sehr blaß und still auf der Schwelle, ihr dunkles Haar bauschte sich weich um ihre Wangen, als ob sie geschlafen hätte. Ihr Mund hatte keine Farbe, und ihre Augen waren groß und glänzend in dem Lampenlicht, als ob sie Fieber hätte. Sie hatte ihren Reiseanzug ausgezogen und trug nun einen graublauen Morgenmantel aus Kattun und Pantoffel.

Jonathan in seinem Stuhl blickte die Mutter schweigend an und rührte sich nicht, aber die Muskeln spannten sich hart um seinen Mund, und seine Arme schlossen sich fest um die Armlehnen des Stuhles. Marjorie blickte ihn forschend an und sah, daß die schwarzen Brauen auf seiner Stirne zusammenstießen und daß seine Augen wie schwarzes Feuer glänzten.

„Jon?“ fragte sie nochmals und befeuchtete ihre Lippen. „Als ich heimkam, schliefst du, und ich wollte dich nicht wecken.“

Sie trat weiter in das Zimmer herein, der fieberhafte Glanz in ihren

Augen verstärkte sich, und sie atmete ein wenig rascher, als ob sie sich fürchtete. Fest faltete sie die Hände ineinander. Dann sagte sie mit leiser Stimme: „Ich weiß alles, Liebling. Ich habe es gestern abend in Philadelphia in den Zeitungen gelesen. Es ist alles vorüber, Jon, es ist alles vorüber."

„Ja", antwortete er und stand auf. „Es ist alles vorüber."

Sie starrten einander an, und die Stille wurde nur durch das heftige Brüllen draußen unterbrochen. Die Lampen flackerten, und irgendwo krachte ein loser Laden gegen eine Wand.

„Ich muß mit dir reden, Jon", bat Marjorie.

„Und was willst du mir sagen, Mama? Noch mehr Lügen? Noch mehr süße Ausreden? Du und der alte Martin seid ja sehr schlau ans Werk gegangen, nicht wahr? Eine komische Verschwörung in aller Stille."

Ein Ausdruck tiefer Erregung und großen Leides flog über Marjories Gesicht. Sie setzte sich neben der Tür nieder, als hätten sie die letzten Kräfte verlassen. „Ja", flüsterte sie. Er konnte sehen, wie sich ihre Lippen bewegten, aber er konnte sie nicht hören. Er trat näher an sie heran, damit sie alles höre, was er sagte, und sein Blick war so furchterregend und fremd für sie, daß sie sich zusammengekauert von ihm wegdrehte wie vor einem gefährlichen Unbekannten. Sie konnte den Ausdruck in seinem Gesicht und in seinen Augen nicht ertragen.

„Hast du das Gewäsch in den Zeitungen geglaubt?" fragte er.

Sie versuchte vergeblich zu antworten, dann hustete sie und hob ihre zitternde Hand an die Kehle. „Ich — spürte, daß da noch etwas mehr dahintersteckte", erwiderte sie.

„Ja, wirklich, Mama, da war noch viel mehr dahinter! Aber du weißt sehr viel davon, nicht wahr? Es genügt nun, wenn ich dir sage, daß der alte Martin, bevor er starb, noch eine letzte Aussage und ein Bekenntnis abgelegt hatte, und zum Schluß erzählte er die Wahrheit, die ihr, er und du, gewußt habt. Die Wahrheit, Mama!"

Sie schluckte, doch trotz ihres Entsetzens sah sie ihn fragend an.

„Und noch eine ganze Menge mehr, die du nicht weißt, falls das möglich ist. Aber das werde ich dir nicht erzählen. Vielleicht wird es Howard Best ein Vergnügen sein, dich aufzuklären." Seine Stimme, die normal rauh wirkte, hatte einen Klang, den sie nie zuvor gehört hatte, und ihre Angst wuchs.

„Wo ist denn der liebe Harald jetzt?" fragte er und beugte sich so drängend über sie, daß sie dachte, er würde sie schlagen, und in ihrer unbeschreiblichen Angst antwortete sie schnell: „Er ist gestern früh zurückgekommen, Jon!"

„Also gestern früh?" Er blickte auf sie hinunter und lächelte. „Er ist also dort mit Jenny beisammen. Er war so lange dort mit Jenny allein, und du hast von Anfang an gewußt, was für ein Mensch er ist, aber du hast dich nicht einen Moment um Jenny gesorgt — allein mit ihm, mit einem Mann wie er — so lange, als du ihn nur beschützen konntest."

„O Jon, er würde Jenny niemals etwas antun!"

„Nicht mehr, als er Mavis getan hat, meinst du?"

„Jon", sie stöhnte es fast, „wenn du wirklich alles weißt, wie du behauptest, dann mußt du auch wissen, wie Mavis war!"

„Sie war meine Frau!"

Marjorie preßte die Hand auf ihre dünne Wange, als hätte er sie wirklich geschlagen, aber sie sah ihn an, und ihre Lippen bewegten sich tonlos.

„Meine Frau", wiederholte er. „Eine närrische, kopflose Buhlerin. Ja, all das und noch mehr. Aber sie war noch immer meine Frau, als er sie nahm, als ob sie irgendeine dahergelaufene Hure gewesen wäre. Sie war noch immer meine Frau, als sie von ihm ein Kind empfing. Sie war meine Frau, als sie an dem Abortus starb, und er würde in diesem Lügengespinst weitergelebt haben, wenn Howard Best nicht gewesen wäre."

Marjorie war zu betäubt, um etwas zu sagen. Sie spürte das qualvolle Pochen ihres Herzens, sie hörte draußen die donnernden Explosionen und sah das heftige Blitzen, das sie fast blendete.

„Meine Frau", wiederholte Jonathan nochmals. „Es hat dir gar nichts ausgemacht, daß er das mir, seinem Bruder, angetan hat. Es störte euch beide nicht. Ja, nicht einmal, als ich wegen eines Verbrechens eingesperrt wurde, das ich niemals begangen hatte, zu dem ich mich nie hergegeben hätte, habt ihr irgendwie eingegriffen. Wenn sie mich für dieses Verbrechen gehängt hätten, würdest du noch immer deine hübschen Lippen fest verschlossen gehalten haben."

„O Jon!" schluchzte sie. „Das kannst du doch nicht wirklich glauben! Das glaubst du doch nicht! Wenn für dich tatsächlich eine Gefahr bestanden hätte, wenn du für schuldig erklärt worden wärst, hätten wir beide gesprochen, Martin und ich!"

„Das ist schon wieder eine Lüge", erklärte ihr Sohn und hob seine Hand, als wollte er sie tatsächlich schlagen, aber nun saß sie aufrecht da und blickte ihm voll ins Gesicht. „Es war dir ganz gleich, nicht wahr, Mama, daß ich diese Monate im Gefängnis verbracht habe, daß ich wochenlang im Gerichtssaal vor einer sensationslüsternen Menge und Reportern stehen und mir schweigend anhören mußte, wie der Staatsanwalt mich jeder möglichen Gemeinheit, die es unter der Sonne gibt, bezichtigte, wie zum Beispiel, daß ich meine Frau und mein ungeborenes Kind getötet habe? Nein, das bedeutete dir gar nichts. Du hast das alles geschehen lassen. Und als ich zurückkam, habt ihr noch immer nicht darüber gesprochen, nicht einmal zu mir! Du hast es zugelassen, daß eine ganze Stadt über mich schimpft, mich verachtet, mich davonjagen will, mir ins Gesicht ‚Mörder' sagt. Warum, Mama?"

Marjorie senkte ein wenig ihren Kopf. „Wir dachten, du wärest stark genug, es zu ertragen, Jon. Wir beobachteten, warteten und beteten. Falls eine Gefahr bestanden hätte — du wirst vergessen. Harald ist auch mein Sohn, er ist schwächer als du, dachten wir. Wir dachten, er — wir wollten ihn vor dir schützen, Jon, und dich davor bewahren, es zu erfahren. Verstehst du nicht? Willst du nicht wenigstens versuchen, mich zu verstehen? Ich habe wirklich deinetwegen geschwiegen." Sie beugte ihren Kopf noch tiefer. „Ihr seid beide meine Söhne. Durch mein Schweigen hoffte ich euch beide zu retten."

Er lachte kurz auf. „Und du hast nicht einmal im Traum daran gedacht, daß die Wahrheit einmal herauskommen wird? Sie wäre noch immer nicht ans Licht gekommen, wenn nicht Kent Campion und der Mann, der an Mavis die tödliche Abtreibung durchgeführt hat, mit anderen Leuten eine nette kleine Verschwörung geplant hätten. Gesetzt den Fall, die Verschwörung wäre erfolgreich gewesen, sag, Mama, hättest du dann gesprochen?"

Sie wurde immer blasser und blasser, während sie ihn wortlos anstarrte und ihre Hand fest gegen die Brust preßte.

„Eine Verschwörung, um mich ins Gefängnis zu bringen, auf lebenslänglich wegen angeblicher Abtreibungen", fuhr Jonathan fort. „Es wäre auch verhältnismäßig einfach gewesen, da die Leute meinen ersten Prozeß noch frisch im Gedächtnis hatten und alle überzeugt waren, daß ich wirklich schuld war am Tod Mavis'. Mavis war von Anfang an das auslösende Moment in diesem ganzen gemeinen Durcheinander, aber du hast sehr, sehr wirkungsvoll mitgeholfen, Mama, wirklich sehr wirkungsvoll, ich gratuliere dir dazu. Zweifelsohne warst du mit dir sehr zufrieden, als ich im Gefängnis saß."

Sie stand ein wenig schwankend auf. „Jon! Das kannst du doch nicht wirklich glauben! Das glaubst du doch nicht! Ich weigere mich zu glauben, daß du deine Worte ernst meinst."

„Es gibt nur noch eines", fuhr er fort, „das ich wissen möchte, und sag mir diesmal die Wahrheit." Seine Wut stieg, und sein schrecklicher Gesichtsausdruck war mehr, als Marjorie ertragen konnte. „Hast du gewußt, daß er Mavis verführt hat, bevor du hörtest, wie sie die Abtreibung an Mavis beschlossen?"

„Ja", sagte sie. „Ich habe es gewußt. Aber ich konnte Harald oder Mavis nichts sagen. Ich fürchtete, es würde sonst — Schwierigkeiten geben, und du würdest dann davon erfahren. Ich habe mich immer bemüht, dich zu schützen, Jon, dich davor zu bewahren, daß du es erfährst. Ich dachte, es würde vorbeigehen, und es war auch schon aus, alles wäre dann vorbei, und niemand würde verletzt worden sein."

„Du warst sehr erfolgreich", meinte er sanft, „in gewissem Sinn. Niemand wurde verletzt, nur Mavis starb, und ich wurde des Mordes an ihr angeklagt, und mein Name im ganzen Land beschmutzt. Harald ging seiner Wege, und alles war gut, er lebte von Myrtles Geld und versuchte, Jenny zu überreden, ihn zu heiraten, und — bei Gott, jetzt weiß ich, daß er mich die ganze Zeit offen ausgelacht hat!"

„Jon, willst du nicht versuchen zu glauben, daß alles nur geschah, um dich zu schützen?"

„Und um den lächelnden, spottenden Harald zu schützen?"

„Ja! Harald auch. Er ist gleichfalls mein Sohn."

Er sah sich im Zimmer um, und seine Augen leuchteten auf. „Jetzt kannst du ihn aber nicht mehr beschützen. Ich werde ihn jetzt suchen gehen, und ich werde ihn töten." Er ging quer durch den Raum auf eine seiner Taschen zu und hob seine Reitpeitsche auf, die er dort hingeworfen hatte, nachdem er sie das letzte Mal verwendet hatte. Marjorie erblickte sie und schrie auf. Als er sich ihr wieder näherte, ergriff sie seinen Arm und blickte zu seinem Gesicht empor, in das schreckliche Gesicht eines Fremden.

„Jon, du mußt von Sinnen sein!"

„Ja, ich glaube, das bin ich", antwortete er. „Aber das spielt keine Rolle, oder? Du kannst dich dafür bei dir selbst bedanken, Mama!"

Er schüttelte sie ab und sie fiel schwer auf ihre Knie. Sie hob ihre Hände empor wie jemand, der um sein Leben bettelt. „Jon, denk an Jenny!"

„Ich war der einzige, der immer an Jenny gedacht hat. Nicht du, nicht Harald. Nur ich."

„O Jon, du hast all die Lügen über sie geglaubt, du hast sie alle geglaubt, und jetzt sprichst du davon, daß du an sie ‚gedacht' hast!"

Er hielt inne und blickte in ihre Augen, die plötzlich überströmten.

„Ich habe viel nachgedacht, Mama. Wer hat mit all den Lügen über Jenny begonnen? Ich habe Nachforschungen angestellt, während du nicht da warst. Zumindest zwei davon habe ich auf Harald zurückführen können. Aber ich sehe, daß du auch das gewußt hast."

Marjorie auf ihren Knien schlug die Hände vors Gesicht.

„Und du hast das bei Jenny zugelassen, wie du es auch bei mir geduldet hast. Du bewahrtest dein heiteres Stillschweigen und hast niemals auch nur ein Wort zur Verteidigung gesagt."

Er trat noch einen Schritt näher. Sie richtete sich auf und griff mit beiden Händen nach der Reitgerte, die er festhielt. „Jon, du hast noch ein ganzes Leben vor dir, eine Zukunft, du und Jenny, hier oder irgendwoanders. Aber eine rücksichtslose Tat — Jon, um Gottes willen, versuch doch vernünftig zu sein, versuch zu überlegen!"

Er lächelte wieder und entwand die Gerte ihren Händen. „Ich habe überlegt, Mama. Ich habe mir tausend Sachen überlegt."

In höchster Not versuchte sie, seinen Knöchel, sein Bein zu fassen, aber er war schneller als sie. Dann sah sie sein Gesicht, schwarz und mörderisch in den flackernden Blitzen, und sie legte sich still auf den Boden und schloß die Augen.

Jonathan rannte die Stufen in die dröhnende Dämmerung hinunter, riß die Tür auf und war sofort draußen, geschoben vom Sturm und fast geblendet von den Blitzen. Aber es regnete nicht. Er rannte durch die dunklen, verlassenen Straßen, planschte durch tiefe Lacken, daß es nur so um ihn herum spritzte. Es brannten keine Lampen. Die Stadt lag geduckt unter der explodierenden Beleuchtung des Unwetters. Jon war ganz allein, als er jetzt wie ein Verrückter durch die einsamen Straßen raste, um überflutete Kurven bog und in Richtung Fluß zu dem kleinen Anlegeplatz eilte. Er war so von seinem wilden Hunger nach Vergeltung erfüllt, daß ihm die wilde Jagd gar nicht ins Bewußtsein drang.

Er stellte fest, daß der kleine Steg weggeschwemmt war, aber ein Boot lag herausgezogen am Strand. Er glitt durch eine Masse schmutzigen, klitschigen Schlamms den Strand hinunter und wäre fast in den Fluß gefallen. Er kroch zurück und kletterte keuchend, naß und verschmiert in das Boot. Seine Beine versanken in tiefem Wasser, so daß er das Boot zuerst auf die Seite neigen mußte, um es auszuleeren. Er fand die kalten, schlüpfrigen Ruder. Nun prasselte wieder der Regen herunter, von Blitzen beleuchtet und gepeitscht vom Sturm. Er stieß das Boot in den Fluß. Sofort erfaßte es der Wind und entriß es ihm beinahe, denn das Wasser war sehr tief, es toste und rauschte wirbelnd dahin. Er hatte keine Zeit zu bemerken, daß seine Hände bluteten, denn das Boot schoß in den Fluß hinaus, drehte sich im Kreis und flog in die Nacht hinein.

Es dauerte geraume Zeit, bis er es unter Kontrolle gebracht hatte. Jetzt schwitzte er und zitterte im kalten Regen. Der Fluß bäumte sich unter den Blitzen in seiner ganzen Wildheit auf, dann wurde er wieder von einer schweigenden Dunkelheit zugedeckt. Jon kämpfte mit Fluß und Boot. Über seine Schulter hinweg konnte er die dunklen Umrisse der Insel in seinem Rücken sehen, die schnell und regelmäßig von den Blitzen erleuchtet wurde, ihre Bäume schwankten auf und nieder, es sah aus, als ob ein Schiff in Not war und kurz vor dem Absinken stand. Sein Fuß tastete nach der Gerte, die er in das Boot geworfen hatte. Er biß die Zähne zusammen und erkämpfte sich weiter seinen Weg nach der Insel durch all diesen Aufruhr, den heulenden Sturm und die pechschwarze Nacht.

Er war ein starker Mann und noch jung, aber wenn ihn nicht seine Wut angetrieben hätte und seine neue Angst um Jenny, der Fluß hätte ihn hinuntergeschwemmt und das Boot überflutet. Er wäre im Wasser ertrunken. Aber die ganze Intensität seines Wesens, Enttäuschung, Ärger, Verzweiflung, das Leid der letzten Monate, die Scham der Beleidigungen, die Zurückweisungen und Verspottungen und die Hoffnungslosigkeit trieben ihn auf die Insel. Es kam ihm vor, als ob Mavis bei ihm im Boot saß und im Donner lachte. Ihr goldenes Haar flog im Wind, und ihr Gesicht lächelte fröhlich in den Blitzen auf. „Du warst eine Närrin", sagte er zu ihr, „eine dumme, gedankenlose, seelenlose Närrin. Aber das hast du nicht verdient! Nein, das nicht. Ich wollte dich töten, nicht nur einmal, aber ich hätte es niemals getan. Mavis, nein, niemals hätte ich dich getötet und dich in deinen Qualen allein sterben lassen. Wenn ich es gewußt hätte, wäre ich bei deinem Bett gesesssen und hätte dich getröstet. Wenn ich vor deinem Tod zurückgekommen wäre, ich wäre bei dir gewesen, Mavis, denn ich liebte dich viele Jahre lang, ich liebte dich sogar auf eine gewisse Weise noch nach deinem Tod, Mavis, sogar als ich dich haßte."

Zum ersten Mal konnte er trotz des Aufruhrs in seinen Gedanken und trotz seiner wilden Absichten Mitleid, Erbarmen und Reue fühlen, daß Mavis so jung hatte sterben müssen.

Der Regen spritzte ihm ins Gesicht. Er knirschte mit den Zähnen, beugte seinen Rücken und stemmte die Ruder gegen das schäumende Wasser. Das Boot schwankte zwischen den Wellen in der starken Strömung auf und ab. Seltsame Gedanken flogen ihm durch den Kopf, wie Träume, wie Auswüchse eines Alptraumes. Dann rannte das Boot auf Steinen auf. Er hatte die Insel erreicht.

Er saß zusammengekauert und durchweicht da, er kämpfte um Luft, und seinen blutigen Händen entglitten die Ruder. Schließlich konnte er aufstehen und auf das schlüpfrige Ufer springen. Er zog das Boot an Land und warf die Ruder daneben hin. Dann tastete er in der flammenden Dunkelheit nach der Reitpeitsche. Er wandte sich um und begann, den überfluteten Pfad hinaufzuklettern. Manchmal mußte er mit den Händen tasten, wenn er ihn nicht mehr erkennen konnte. Als er den höchsten Punkt erreicht hatte, waren seine Kleider von den peitschenden Sträuchern und Bäumen zerrissen. Er mußte stehen bleiben, weil sein Herz so schmerzhaft schlug. Er bemerkte, daß die Insel tief im Fluß stand und daß ihre Mauern kaum mehr eine Steinbreite über dem wirbelnden Wasser emporragten. Er stand da und betrachtete, wie sie im Blitz sichtbar wurden und wieder verschwanden, und er dachte: „In der Früh wird die Insel fast gänzlich bedeckt sein." Er ging weiter. Stolpernd und schwankend erkämpfte er sich seinen Weg zu dem schwachen Licht in der Ferne.

SIEBENUNDDREISSIGSTES KAPITEL

Harald saß in seinem Studierzimmer und las. Es gefiel ihm kein anderer Raum im Schloß, ja er konnte die anderen Zimmer nicht ausstehen, insbesondere das, welches er mit seiner toten Frau geteilt hatte. Er lauschte unsicher auf den Sturm. Er konnte sich im Gegensatz zu Jonathan nicht daran erinnern, daß die Insel schon einmal fast gänzlich überflutet war, damals war er noch zu jung gewesen. Aber er fragte sich, wie hoch das Wasser noch steigen würde, und ob die Mauern es von dem höher gelegenen Land abhalten könnten. Als das Gewitter am späten Nachmittag eine Zeitlang aufgehört hatte, war er hinausgegangen, um den Schaden zu kontrollieren, und der Sturm hatte ihn ein paar Mal fast kopfüber in den Schlamm geworfen. Der Schaden war sehr groß. Einige der schönsten Bäume waren gefällt und zerschmettert worden, die Gartenanlagen völlig zerstört. Keines der Fenster im Schloß war gebrochen, denn sie waren alle mit Mittelpfosten versehen, waren sehr tief hineingesetzt und niedrig. Aber alle Pfade waren verschwunden, jetzt flossen dort kleine Bäche, und rund um die Schloßmauern, wo es die Erde nicht aufnehmen konnte, stand das Wasser zumindest dreißig Zentimeter hoch.

Es hatte schon früher Stürme in dem Tal und in dem Staat gegeben, aber er konnte sich an keinen so argen wie diesen erinnern. Er beglückwünschte sich dazu, daß er daran gedacht hatte, gestern heimzukommen, bevor das Unwetter ausbrach, sonst hätte er in Hambledon bleiben müssen, wahrscheinlich sogar im Haus seines Vaters. Er zuckte bei dem Gedanken zusammen. Das Haus war ihm nie sympathisch gewesen, er hatte sich dort niemals willkommen gefühlt, sondern nur geduldet, wie ein Fremder, den man toleriert, weil er harmlos war, niemanden belästigte, sich nirgends einmischte, und weil er gelernt hatte zu lächeln, wenn er sich am kläglichsten fühlte. Obwohl er seine Mutter gelegentlich besuchte, fühlte er sich noch immer als Gast und glaubte nicht, daß sie ihn jemals gerne gehabt hatte, trotz ihrer sanften Art und ihrer Güte. Sie hatte sich nie um jemanden anderen gekümmert als um seinen Bruder, dachte er, auch sein Vater hatte sich immer nur um seinen älteren Sohn gesorgt. Es war ein schönes Haus, aber Harald hatte es niemals schön gefunden und es nie als sein Heim betrachtet.

Da er von Natur aus nicht rachsüchtig und leichtsinnig war, hatte er sich nie dagegen aufgelehnt. Er gestaltete sich sein eigenes Leben. Es hätte ihn glücklich gemacht, wenn er geliebt und nicht übersehen worden wäre, aber da ihm dieses Glück versagt blieb, hatte er diese Tatsache schließlich hingenommen. Seine einzigen Ziele waren jetzt Jenny und seine Malerei sowie Reisen, Bequemlichkeit, guter Wein und gutes Essen. Die Welt war ein brutaler Ort, er hatte sich daher anmutig lächelnd davon zurückgezogen, ohne sie jemals in Frage zu stellen, ohne je mit ihr zu debattieren oder sie zu bekämpfen, wie Jonathan das seit seiner Kindheit gemacht hatte. Harald akzeptierte, was die Welt ihm gestattete zu akzeptieren, er stritt nicht, denn das Leben war so, wie es war, und nur ein Narr „spuckt gegen den Wind". Wenn er sich um etwas bemühte, das ihm die Welt der Menschen verweigerte, suchte er sich etwas anderes, um das er nicht kämpfen mußte. Er hatte sich um Frauen bemüht, auch um Mavis, aber er hatte sie niemals bedrängt, ihnen niemals zugesetzt, er hatte sie niemals verführt. Sie sahen seinen kleinen Finger und nahmen lachend die ganze Hand, und er lachte mit ihnen. Er hatte immer nur hübsche Frauen begehrt, denn er haßte Mängel und Mittelmäßigkeit, seine Affären waren bunt gewesen, wenn auch nicht sehr leidenschaftlich. Er erklärte sich selbst, daß er — glücklicherweise — zu einer starken Bindung und einem heftigeren Gefühl nicht fähig sei.

Mit einer einzigen Ausnahme, Jenny Heger. Da er noch niemals von einer Frau, die er begehrt hatte, abgewiesen worden war, glaubte er, daß Jenny mit der Zeit so „vernünftig" werden würde, um eine Heirat und eine sorglose, glückliche Zukunft mit ihm zu akzeptieren. Seit jenem lächerlichen Streit in der Grotte hatte sie kaum mehr mit ihm gesprochen, aber sie war nicht böse auf ihn. Sie schien sehr zu leiden und über etwas zu brüten. Was für eine empfindsame junge Dame! Mit der Zeit würde er sie aus ihrer Schüchternheit herauslocken und ihr die Launen austreiben. Gemeinsam würden sie akzeptieren, was sich ihnen anbietet. Ein oder zweimal kam ihm der Gedanke, daß Jenny sich niemals ändern würde, dann überfiel ihn immer eine sehr reale, unerträgliche Pein, wie ein stärkeres Echo aus seiner sanft vernachlässigten, schmerzhaften Kindheit. Für einen Mann, der von Natur aus nicht sehr resolut war, legte er eine ganz erstaunliche Entschlußkraft an den Tag, wenn es sich um Jenny handelte.

Das Studierzimmer war von Öllampen erhellt wie alle anderen Räume, sie flackerten unter den Windstößen, die sogar durch die versperrten und abgesicherten Fenster ihren Weg fanden. Harald horchte auf den Sturm, und es schien ihm, daß er noch ärger geworden war. Durch die Fenster sah er die Blitze aufzucken und schrak unwillkürlich bei einigen besonders ungestümen Donnerschlägen zusammen. Er versuchte, seine Gedanken von dem Unwetter abzulenken, und blickte mit Genugtuung auf ein paar Gemälde, die an der Wand lehnten, und auf seine Staffelei, die, mit frischer Leinwand bespannt, auf ihn wartete. Er beschloß, ein neues Porträt von Jenny zu malen. Das eine hier würde er verkaufen, wie er schon häufig die Gelegenheit dazu gehabt hätte. Dann dachte er an Jenny und stand auf. Langsam wanderte er im Studierzimmer hin und her. Jenny befand sich in der Bibliothek im unteren Stock, wo sie sich immer versteckte. Er zögerte und überlegte, ob sie sich jetzt wohl fürchtete, kam aber zu der Überzeugung, daß das nicht der Fall war. Sie war auch gestern oder letzte Nacht nicht ängstlich gewesen. Er hatte versucht, mit ihr während der Mahlzeiten ins Gespräch zu kommen, aber obwohl sie antwortete, machte sie den Eindruck, als ob sie sich seiner Gegenwart kaum bewußt war. Nur einmal hatte sie ihn von sich aus angesprochen, um ihn zu fragen, wann er sie zu ihren Rechtsanwälten bringen würde, damit sie ihren Vertrag abschließen könnten.

„Geduld, Jenny", hatte er ihr geantwortet. „Übrigens habe ich gehört, daß der Rechtsanwalt, der sich am meisten damit befaßt, derzeit nicht in der Stadt ist."

Plötzlich wollte er Jenny sehen, eine brennende Sehnsucht nach ihr packte ihn. Er nahm den Sturm als Entschuldigung und rannte leichtfüßig die Stufen hinunter, ging zur Bibliothek und stieß die geschnitzte Holztür auf. Jenny saß unter einer Lampe und las. Als er eintrat, sah sie ihn ausdruckslos an.

„Ich dachte, du fürchtest dich vielleicht", sagte er mit einem herzlichen Lächeln.

„Wovor?"

„Nun, vor dem Sturm. Er klingt schauerlich, nicht wahr?"

Sie runzelte die Stirne, lauschte und dann nickte sie. Sie blickte ihn mit ihren großen blauen Augen, in denen das Lampenlicht tanzte, an und erwartete, daß er sie wieder verließ. Ungeduldig schob sie einige Strähnen ihres lose fallenden schwarzen Haares zur Seite. Sie trug eines ihrer unvorteilhaftesten Kleider, ein langweiliges, lilafarbenes Baumwollkleid mit einem kleinen, derben Spitzenkragen. Es machte ihre weiße Kehle noch weißer und nahm alle Farbe von ihren schönen Lippen.

„Der Sturm hat sehr viel Schaden angerichtet, weißt du", berichtete Harald und blieb stehen.

„Ich weiß. Aber es kann ja wieder frisch angepflanzt werden." Jenny hielt inne. „Die Rosenbeete meines Vaters sind zerstört."

„Das tut mir leid, Jenny."

Dann war wieder eine Pause, doch plötzlich hörten sie zu ihrer beider Erstaunen Schläge gegen die Eingangstür und Schreie. Sie starrten einander ungläubig an. Die Diener hatten sich schon in ihre Zimmer zurückgezogen. „Wer, in Gottes Namen, kann das sein?" sagte Harald. Er ging in die Diele hinaus, seine Schritte hallten auf dem Marmorboden. Dann zog er den Riegel an der Tür zurück. Sie schwang heftig nach innen, und er schrie auf. Jenny hörte ihn und kam gleichfalls heraus.

Wenn sie einander zuerst ungläubig angeblickt hatten, so erstarrten sie jetzt in Sprachlosigkeit, als eine zerschlagene, durchweichte, abgerissene und kotbedeckte Gestalt durch die Tür stolperte. Wasser strömte an ihr herab, so daß sich sofort Lacken auf dem glänzenden Boden bildeten. Die Gestalt atmete schwer und keuchend, mit blutenden Händen umklammerte sie eine Reitpeitsche, ihre schwarzen Augen standen weit offen und funkelten wie die eines Wahnsinnigen. Das Haar war struppig und strebte wie ein ertrunkenes Büschel in die Höhe.

„Um Gottes willen", sagte Harald und trat einen Schritt zurück. „Jon!"

Jenny stand mit gerunzelter Stirne hinter ihm und starrte die Erscheinung an. Sie hatte ihr Haar zurückgeworfen, und ihr Mund stand vor Überraschung offen. Die großen fackelförmigen Lampen, die die Wände der mittelalterlichen Diele schmückten, flackerten und beugten sich unter dem Wind, der durch die offene Tür hereinbrauste. Jonathan sah nur seinen Bruder an, sonst niemanden. Er griff hinter sich und schloß die Tür. Dann lehnte er sich dagegen und atmete keuchend. Harald blickte ihn noch immer ungläubig an, als er aber Jonathans Gesicht deutlicher sah, trat er noch weiter zurück. Seine rötlichen Brauen zogen sich über den Augen zusammen, und seine gesunde Gesichtsfarbe verblaßte.

„Was?" murmelte er. Dann fragte er in einer Art verzweifelter Eile: „Ist etwas mit Mutter passiert?"

Jonathan antwortete nicht. Er hob die Hand, die die Peitsche hielt, und fuhr sich mit ihrem Rücken über das Gesicht. Er war geisterhaft blaß, und sein Brustkorb dehnte und senkte sich unter seinem keuchenden Atem. Er stand noch immer an die Tür gelehnt, und dunkles Wasser stürzte aus seinen Kleidern. Nun zitterte er.

Jenny stand bewegungslos da und blickte Jonathan unverwandt an. Sie konnte es noch immer nicht glauben, daß er es war, sie zweifelte noch immer daran. Dann sah sie sein Gesicht, sah die Peitsche in seiner Hand und hielt den Atem an. Rasch warf sie einen Blick auf Harald, der ebenso gelähmt wie sie war.

Schließlich sagte Jonathan mit leiser, nicht wiederzuerkennender Stimme: „Während du weg warst, habe ich die Wahrheit herausgefunden." Sein Gesicht war verzerrt und entstellt, seine Augen reflektierten den unkontrollierten Haß, der in ihm brannte. „Über dich und Mavis."

Harald stieß einen leisen Laut aus, aber er wagte es nicht, die Augen von seinem Bruder abzuwenden. „Jenny, laß uns bitte allein", sagte er zu ihr.

„Nein", entgegnete Jenny. Sie war noch näher an Harald herangetreten und stand fast neben ihm.

Jonathan sah sie überhaupt nicht an. Er stand nun aufrecht da und schien die ganze Halle mit seiner drohenden Gegenwart auszufüllen, die nicht mehr menschlich war, sondern eher dem Sturm draußen glich.

„Du hast sie ganz allein sterben lassen", fuhr Jonathan fort. „Du hast dazu beigetragen, daß sie starb. Du hast die Abtreibung mit Brinkerman vereinbart. Es war dein Kind, das sie trug. Du hast sie getötet."

Jenny schrie auf und legte die Hände an ihre Wangen.

„Jon", rief Harald. Eine Sekunde lang ließen seine Augen von Jonathan ab, um die Halle nach einer Waffe abzusuchen. Einen Augenblick lang war er versucht, loszurennen und die Tür hinter sich abzusperren, aber er wußte, daß Jonathan, sogar in seiner derzeitigen Verfassung, schneller sein würde als er, und er fürchtete einen Hieb auf den Hinterkopf.

„Gib es zu", drängte Jonathan.

„Ich weiß nicht, wovon du sprichst", lehnte Harald ab. Aber nun erfaßte ihn eine panische Angst, Speichel floß ihm im Mund zusammen, so daß er rasch schlucken mußte.

„Ich spreche von Mavis", wiederholte Jonathan. „Meiner Frau Mavis. Sie ist deinetwegen gestorben. Als sie noch meine Frau war. Das muß ja ein netter Spaß für dich gewesen sein, über den du hinter meinem Rükken gelacht hast."

„Nein", stammelte Harald und verspürte die entsetzlichste Angst seines Lebens. Es kostete ihm alle Kraft, sich auf seinen zitternden Knien aufrecht zu halten und nicht auf den Boden zu fallen. „Du mußt übergeschnappt sein."

Jonathan lachte und warf den Kopf zurück, so daß sie seine Zähne in dem flackernden Lampenlicht blitzen sehen konnten. „Das bin ich", sagte er. „Dazu hast du mich gebracht. Du hast es zugelassen, daß ich eines Verbrechens angeklagt wurde, daß ich im Gefängnis dahinvegetieren mußte und daß ich vor Gericht gestellt wurde wegen etwas, das du getan hast. Das muß der schwärzeste Tag in deinem verfluchten Leben gewesen sein, als ich freigesprochen wurde."

„Ich habe nicht —" begann Harald, dann mußte er wieder schlucken, und es ging ihm durch den Sinn, daß das, was er gerade geschluckt hatte, nach Blut schmeckte.

„Lüg nicht", rief Jonathan. „Du hast dein ganzes wertloses, dummes und sinnloses Leben lang gelogen und dabei getanzt, gelacht und deine Leinwand beschmiert. Weißt du, warum ich jetzt hier bin? Um dich zu töten!"

„Jon", bat Jenny. Sie trat zwischen die beiden Brüder und blickte Jonathan bittend an.

Er streckte seinen triefenden Arm aus und schob sie zur Seite, als ob sie niemand wäre. Sie fiel gegen die Steinmauer, doch sie erholte sich sofort und warf sich wieder zwischen die beiden Brüder.

„Jon!" schrie sie. „Jon, ich bin hier!"

Er blickte sie an. „Ja, Jenny. Ich sehe dich. Jenny, hast du gewußt, daß er all jene Lügen über dich in der Stadt verbreitet hat, all diese schmutzigen Lügen?"

„Das ist mir egal!" schrie sie wieder. „Nichts hat irgendeine Bedeutung für mich, außer dir und mir, Jon!"

„Und ich interessiere mich für nichts außer dem, weshalb ich hierher gekommen bin", antwortete er. Er bemerkte, daß Harald sich vorsichtig Schritt für Schritt zurückzog. Er stürzte sich auf ihn und schlug ihm mit der Peitsche quer über das Gesicht. Harald stolperte und fiel auf die Treppe zurück. Schützend hielt er die Arme in die Höhe. Jenny faßte Jonathans Hand mit all ihrer jugendlichen Kraft und hielt sich daran fest, obwohl er versuchte, sie wegzuschleudern. Ihr Haar flog in der Luft bei ihren Anstrengungen. Sie hatte die Zähne zusammengebissen und ihr Kleid bauschte sich.

„Hilfe! Hilfe!" kreischte Harald hinter seinen schützenden Armen hervor. „Hilfe! Hilfe!" Er hörte den Kampf in der Nähe, aber er wagte es nicht zu schauen. Seine Schreie hallten aufpeitschend aus der Tiefe des dunklen Stiegenhauses wider. Er versuchte, die Stufen verkehrt hinaufzuklettern. Aber schon war Jon wieder über ihm. Die linke Hand schloß sich um seine Kehle, während die Peitsche, die Jon dem Mädchen wieder entwunden hatte, über seinem Kopf schwang.

„Töte mich nicht!" schrie Harald. Er schnellte die Hand in die Höhe und fing die mörderische Faust über ihm, während er gleichzeitig versuchte, die Hand, die sich um seine Kehle klammerte, wegzustoßen. „Um Gottes willen, töte mich nicht! Diesmal würden sie dich dafür hängen!"

Jenny hatte sich wieder gefaßt. Es gelang ihr, die Hand mit der Peitsche neuerlich zu fassen, und mit einer durch die Angst vervielfachten Kraft drückte sie sie bis zu ihrem Mund herunter und biß hinein. Sie glich einem jungen, keuchenden Tiger. Jetzt blickte Jonathan sie endlich voll an, in höchster Überraschung.

„Laß ihn in Ruh, laß ihn in Ruh!" flehte Jenny. Sie zerrte an der Hand, die Harald würgte. Jonathan war so verblüfft, daß er seinen Bruder losließ. Harald kletterte rasch ein paar Stufen hinauf. Die Peitsche hatte seine linke Wange aufgerissen, und aus dem tiefen Schnitt floß Blut. Er war ganz schwach vor entsetzlicher Angst. Noch niemals war er solcher Gewalttätigkeit begegnet. Er wußte, daß er sicherlich sterben müßte, falls ihm nicht jemand zu Hilfe kam.

Jonathan versuchte, Jenny zur Seite zu schleudern, aber sie hing wie eine Klette an ihm, das Gesicht ihm zugewandt und die Arme um seinen Hals geschlungen. Sie kämpften lautlos miteinander, und Jenny zeigte Kräfte, wie sie sie in ihrem ganzen Leben noch nicht besessen hatte. Sie wußte, sie durfte Jonathan nicht loslassen, sonst hätte sie ihn für immer verloren. Sie stöhnte immer wieder und versuchte ihn zu berühren. „Jon, Jon, mein Liebling, mein Liebling. Bitte, tu es nicht, mir zuliebe, Jon, Jon, komm zurück, Jon, schau mich an."

Er hatte eine große Handvoll von ihrem schwarzen Haar gepackt und zog damit ihr Gesicht von seiner Schulter, ihre weiße Kehle spannte sich in dem Lampenlicht und ihr Kopf bog sich von ihm weg. Sie schloß die

Augen, aber sie klammerte sich noch immer an seine Oberarme, und ihr Unterkörper preßte sich fest gegen seinen. Sie weinte verzweifelt und rief immer wieder seinen Namen. Sie wollte ihn nicht loslassen, und so mußte er jetzt auf ihre Kehle blicken und ihre Tränen sehen.

„Jenny", flüsterte er und ließ ihr Haar los. Ihr Kopf fiel wieder an seine Schulter. Sie schluchzte, und er spürte an seinem Körper, wie sie zitterte.

„Mir zuliebe", bat sie und wiederholte es nochmals, „mir zuliebe."

Er war erschöpft. Er hatte das Gefühl, er müßte zusammenfallen und direkt zu Jennys Füßen sterben. Er blickte auf seinen zitternden Bruder, dem das Blut heruntertropfte und der sich auf der Treppe zusammenkauerte, ein schlotterndes Bündel aus Angst und Entsetzen. Er war nicht so sehr von Todesfurcht überwältigt, als von dieser totalen Gewalttätigkeit, die er da gesehen und erlebt hatte.

„Gut, Jenny", sagte Jonathan mit erschöpfter Stimme. „Wein nicht so, Jenny. Es ist alles in Ordnung, mein Liebes, alles in Ordnung."

„Oh, Jon", schluchzte sie. Sie hob ihren Kopf und küßte ihn heftig auf den Mund. Er schmeckte ihre Tränen und ihre weichen Lippen.

Harald hatte sich mit Hilfe des Treppengeländers wieder auf die Beine gestellt und wischte sich mit dem Taschentuch über das Gesicht. Der Anblick von Blut hatte ihn schon immer erschreckt. Jetzt blickte er auf sein eigenes Blut und lehnte sich halb betäubt wieder an das Treppengeländer. Jonathan starrte über Jennys Schulter zu ihm empor.

„Du hättest es verdient, zu sterben", erklärte Jonathan. „Du hättest verdient, wie ein Hund zu sterben, der du ja auch bist."

Haralds Zusammenbruch hatte weniger von Angst hergerührt, als von dem, was er in den Augen seines Bruders gelesen hatte. Immer hatte er versucht, sich sein Leben so ruhig, so leicht und angenehm wie möglich zu gestalten. Er verachtete emotionelle, aufbrausende Menschen; sie erfüllten ihn mit Ekel. Ein Mann, der sich nicht so in der Hand hatte, um jederzeit beherrscht und zivilisiert zu sein, war in seinen Augen kein Mensch, sondern ein wildes Tier. Als solches betrachtete er Jonathan, und Haß flammte zwischen den Brüdern auf, so nackt und tödlich wie ein geschliffenes Messer.

„Ich mag den Tod verdient haben, wie du sagst", antwortete Harald mit schwankender Stimme, „aber du bist auch nicht mehr sehr weit davon entfernt. Du mußt verrückt sein." Er richtete sich ein wenig auf der Treppe auf und dachte nicht mehr an sein Blut. „Hör mich an, Jon, und falls du es wirklich tust, wird es das erste Mal sein, daß du jemandem zugehört hast.

Mavis war nicht deine Frau. Sie erzählte mir, daß du sie kaum ein Jahr nach eurer Hochzeit zurückgestoßen hast, du hast sie aus deinem Leben und deinem Bett vertrieben. Mavis war Mavis. Du kanntest sie so gut wie ich, vielleicht sogar besser. Du hattest kein Recht, sie zu heiraten.“ Harald hielt inne, um den letzten Donnerschlag ausrollen zu lassen. Während sie warteten, blickten sie einander wieder haßerfüllt an.

„Du hast sie nie gern gehabt“, fuhr Harald fort. Er sah sehr bleich aus und gar nicht mehr hübsch. „Du hast sie nur begehrt. Wenn du sie geliebt hättest, wärst du gütig und freundlich gewesen. Wessen Fehler war es, daß sie nicht so war, wie du sie dir vorgestellt hast? Jedenfalls nicht ihrer. Sie hatte niemals versucht, dich zu täuschen, sie hätte gar nicht den Verstand dazu gehabt. Und wenn du nicht genauso dumm wie sie gewesen wärst, hättest du das gewußt. Es war alles deine Schuld.“

„Nur weiter“, forderte Jonathan.

Haralds Gesicht wurde zum ersten Mal in seinem Leben grimmig. „Ich habe Mavis nicht gesucht, sie suchte mich. Ich hätte sie niemals berührt, wenn sie wirklich deine Frau gewesen wäre. Sie erzählte mir von dir, wie du ihr gedroht hast, sie zu töten, wie du sie beschimpft hast, was für abscheuliche Namen du ihr gegeben hast. Sie war damals ehrlich. Zwischen uns gab es keine richtige Liebe. Sie wollte sich niemals von dir scheiden lassen, um mich zu heiraten, und auch ich wollte sie nie heiraten. Es war eine Art Trost — für Mavis.“ Er fuhr sich neuerlich über das Gesicht, und wieder wurde ihm beim Anblick seines Blutes schlecht. „Ich war nicht der einzige Mann.“

„Das weiß ich“, antwortete Jonathan. Er hatte den Arm um Jenny gelegt.

„Was soll daher das alles?“ fragte Harald mit einer müden Handbewegung.

„Du hast mich im Gefängnis vermodern lassen. Du hast zugesehen, wie ich angeklagt und verleumdet wurde. Du hast mich über ein Jahr lang dieses miserable Leben führen lassen. Und du hättest doch nur ein Wort sprechen brauchen.“ Jonathans Stimme klang vor Erschöpfung und leidenschaftlicher Wut ganz rauh.

„Mein Gott“, meinte Harald, „glaubst du wirklich, ich hätte zugelassen, daß sie dich hinrichten? Wenn du das glaubst, mußt du tatsächlich verrückt sein.“

„Warum hast du dann nicht von Anfang an gesprochen?“

Harald lächelte traurig. „Weil ich das Gefühl hatte, der große Jonathan Ferrier wäre ein stärkerer Mann als ich, nicht so ein Schwächling, ein Mann mit mehr Widerstandskraft. Ich glaubte, du wärest dem gewachsen, was dir auferlegt wurde, und es würde dir nur wenig bedeuten. Ich war überzeugt, daß man dich nicht verurteilen würde, und man hat es auch nicht. Daher ließ ich den Dingen ihren Lauf. Ich glaubte, daß es zuerst ein großes Ereignis sein würde, aber nur für kurze Zeit, und dann wäre alles wieder in Vergessenheit geraten. Ich hoffte, du würdest weggehen. Was machte es daher schon aus, daß ich niemandem die Wahrheit mitteilte? Wem schadete es? Wessen Leben wurde dadurch ruiniert?"

„Meines", antwortete Jonathan.

Nun betrachtete Harald ihn mit Erstaunen. „Dein Leben!" rief er aus. „Das alles hat dich doch überhaupt nicht weiter berührt, oder doch nur sehr wenig."

Jonathan merkte, daß das wirklich seine Meinung war.

„Es bedeutete mir mehr als mein Leben", erklärte er. „Ich habe niemals viel von brüderlicher Liebe gehalten, aber die Stadt war für mich alles. Ich gab ihr alles, was ich zu geben hatte."

„Dann bist du nicht der Mann, für den ich dich gehalten habe", erwiderte Harald. Er lehnte den Kopf gegen die Treppenwand und holte tief Atem. „Du warst immer der Liebling unserer Eltern. Sie lebten nur für dich. Ich war ein Niemand. Das brachte mich schließlich so weit, daß ich tatsächlich glaubte, du seist mir überlegen, stärker als ich, fähiger, entschlußkräftiger, mächtiger. Aber sie täuschten sich in dir gerade so wie ich, und zum ersten Mal bedauere ich sie. Du hast der Stadt alles gegeben, was du zu geben hattest. Das ist das Rührseligste, was ich je gehört habe. Ich bin froh, daß unser Vater tot ist, denn er würde sich schämen, so etwas zu hören."

Er blickte auf Jonathan herab, und sein Erstaunen wurde immer größer. „Es gab Zeiten, da warst du schwermütig und hast direkt verzweifelt gewirkt. Ich dachte, das käme daher, daß man deinen Stolz verletzt hatte. Dabei hat dir diese verdammte Stadt das Herz gebrochen!" Harald lachte mit leiser Traurigkeit in der Stimme. „Eine Stadt wie Hambledon, die nicht einmal einen Viehdoktor verdienen würde!"

Jonathan schwieg. Er blickte in Jennys ängstliche Augen und drückte sie beruhigend an sich. Seine Erschöpfung wuchs. Er fühlte sich gänzlich ausgelaugt und zerstört.

„Ich wollte, daß du fortgehst", fuhr Harald fort. „Du wirst mir nicht glauben, aber ich dachte, es wäre das beste für dich, denn du hättest die Stadt schon viel früher verlassen sollen. Darin hatte Mavis recht. Und außerdem war ich daran interessiert, daß du fortgehst, weil ich fürchtete, du könntest die Wahrheit herausfinden und dann das tun, was du heute wirklich versucht hast. Einer von uns mußte gehen. Ich konnte nicht. Ich war an diese verdammte Insel gefesselt."

„Aber jetzt kannst du weggehen", warf Jenny ein, „so wie du es vorgehabt hast."

Harald blickte auf sie hinunter. „Jenny, Jenny", lächelte er. „Ich werde auch gehen. Mit dir."

Ihre Augen weiteten sich wie die eines Kindes. „Aber das habe ich niemals gesagt. Für mich gibt es nur Jon, er ist der einzige Mann, den ich jemals wollte."

Haralds Gesicht verdunkelte sich vor Schmerz. „Jenny, du hast gesehen, wie er ist. Heute abend. Glaubst du, er würde dich schonen und dich nicht hassen, wenn er in Wut ist? Dein Leben mit ihm wäre eine Hölle, und keine geringe. Mach ihm einen Strich durch die Rechnung, widersetz dich ihm, verleugne ihn, und er wird sich auf deine Kehle stürzen, wie zuvor auf meine."

„Das macht nichts", erwiderte Jenny. „Ich kann nicht anders."

„Ich werde dich nicht mit ihm gehen lassen, Jenny", beharrte Harald, „weder heute noch zu einer anderen Zeit. Um deinetwillen."

Vorher war er nicht tapfer gewesen, aber für Jenny war er es jetzt. „Du weißt, wie du bist", wandte er sich an seinen Bruder, „besser noch als ich. Wenn du irgendein Gefühl für Jenny empfindest, laß sie gehen."

Jonathan hatte widerwillig zugehört. Die düsteren, erregten Gedanken in seinem Inneren begannen zu weichen und neue drangen wie Lichtstrahlen hinein, außerordentliche Gedanken, die er in den letzten Monaten mit sich herumgeschleppt hatte, doch jetzt gereinigt, losgelöst von seinem eigenen Wesen, als ob sie ihm von jemandem anderen erklärt worden wären. Er hatte sie vernommen, sie lange abgewogen und bedacht und war von ihnen überrascht. Sie schienen ihm wie ruhige einsichtsvolle Stimmen. Sie sprachen mit Autorität und Objektivität auf ihn ein, durchbrachen sein Elend und ließen ihn wieder hoffen.

„Du hast gehört, was er gesagt hat", wandte er sich an Jenny. „Was sagst du dazu, Jenny?"

„Du bist unmöglich", antwortete das Mädchen und lehnte die Wange an seine Schulter. „Du bist der schrecklichste Mensch, den ich je gekannt habe. Wenn ich dich heirate, glaube ich, wirst du mir das niemals verzeihen."

„Wahrscheinlich nicht", erwiderte Jon. „Andererseits vielleicht doch."

Harald wandte sein Gesicht ab und ließ sich schwer auf die Stufe nieder. Er faltete die Arme auf seinen Knien und senkte den rotblonden Kopf darauf, ein Bild absoluter Niederlage und höchster Verzweiflung. „Hol dir einen Mantel und ein Tuch", forderte Jonathan Jenny auf, „denn ich bringe dich heute noch zu meiner Mutter. Die Insel ist gefährdet, das Wasser steigt." Er berührte ihre Wange. „Wenn ich es mir recht überlege, bin ich eigentlich deinetwegen gekommen."

„Ja, natürlich", antwortete sie und ging zur Treppe. Sie blieb neben Harald stehen und zögerte. „Komm mit uns, Harald", sagte sie. Dann rannte sie die Stufen hinauf und verschwand in der Dunkelheit, um sich zum Fortgehen bereit zu machen und um die Diener zu verständigen.

„Wir haben beide in ganz dummen, falschen Vorstellungen gelebt", sagte Jon. „Ich habe immer geglaubt, meine Mutter zog dich mir vor, und deswegen haßte ich euch beide. Meinen Vater habe ich immer richtig eingeschätzt. Wenn du dich erinnerst, habe ich dich gewarnt, ihn nicht zu ernst zu nehmen."

„Ich erinnere mich", sagte Harald mit dumpfer Stimme.

„Ich denke", fuhr Jonathan fort, „daß sich die Brüder Ferrier nicht durch besondere Intelligenz ausgezeichnet haben."

„Sprich nur für dich, Jon", tönte Haralds Stimme aus der Tiefe seiner gefalteten Arme heraus.

Zum ersten Mal lächelte Jonathan, und es war ein saures Lächeln. Er blickte auf die Peitsche in seiner Hand, dann schleuderte er sie quer durch die Diele, so daß sie auf einen Waffenrock klatschte, den sie ins Schwanken brachte, dann fiel sie zu Boden.

„Ich glaube nicht, daß ich dich getötet hätte", sagte Jonathan zu seinem Bruder.

Harald hob den Kopf, und Jonathan bemerkte, daß er arg mitgenommen und erschöpft aussah. „Oh", meinte Harald, „ich bin überzeugt, du hättest es getan, wenn nicht Jenny dazwischengesprungen wäre." Er berührte seine Wange und zuckte beim Anblick des Blutes zusammen. „Oder würdest du das als Liebesbeweis bezeichnen?"

ACHTUNDDREISSIGSTES KAPITEL

Robert Morgan betrat Marjorie Ferriers Schlafzimmer, wo sie eifrig von zwei lebhaften jungen Krankenschwestern vom St.-Hilda-Spital betreut wurde. Während sie auf den hohen Pölstern gebettet dalag, waren ihre Augen unverwandt auf die Tür gerichtet. Und als Robert kam, fragten sie ihn aufmerksam, obwohl sie nicht sprechen konnte. Er lächelte ihr zu, und die Mädchen schauten ihn bewundernd an. Er nahm ihre schwache Hand und fühlte den Puls, der sehr unregelmäßig schlug. „Das Rettungsboot fuhr zur Insel, um sie zu holen", berichtete er. „Wie ich gehört habe, landen sie gerade auf unserer Seite. Ich habe es Ihnen ja gesagt, Sie hätten sich keine Sorgen machen müssen, Mrs. Ferrier."

Ihre weißen Lippen formten das eine Wort: „Beide?"

Er nickte. „Drei und zwei Diener. Die Retter signalisierten fünf Personen, ich nehme an, damit ist alles geklärt."

Marjories Augen füllten sich mit Tränen. Robert drückte ihre Hand und beobachtete ihr Gesicht.

Er war von dem Mädchen gerufen worden, das Marjorie bewußtlos auf dem Boden in Jonathans Zimmer gefunden hatte. Das Mädchen hatte den stürmischen Wortwechsel und die Haustür ins Schloß fallen gehört. Dann wurde die Stille nur mehr von den Donnerschlägen unterbrochen. Vorsichtig war sie nachschauen gegangen. Gleich darauf schrie sie hysterisch nach der Köchin, die sofort Robert zu Hause anrief, der an diesem Tag nicht in die Ordination gegangen war und nicht in der Lage gewesen war, mehr als ein Spital zu besuchen. Robert erkannte, daß Marjorie, deren schwaches Herz einen gefährlichen Kollaps erlitten hatte, nicht transportfähig war und wahrscheinlich in Kürze sterben werde. Robert hatte daraufhin Vater McNulty und die Krankenschwestern holen lassen. Der Priester befand sich nun im Frühstückszimmer, horchte besorgt auf den Sturm und wartete auf eine Nachricht von den Leuten auf der Insel.

Robert war es auch, dem Marjorie erzählte, daß Jonathan wie ein Wahnsinniger aus dem Haus gestürzt war, und was für Drohungen er gegen seinen Bruder ausgestoßen hatte. Er wußte, daß nichts mehr ihren Tod hinauszögern könnte, wenn sie nicht bald von ihren Sorgen befreit würde. Er hatte getan, was er konnte. Durch die Hafenpolizei hatte er die Männer mobilisiert, die schon während des vergangenen Sturmtages Menschen aus den tiefer gelegenen Gebieten entlang dem Fluß und von zwei Inseln stromabwärts gerettet hatten. Obwohl die Polizisten überlastet und übermüdet waren, versprachen sie, Robert anzurufen, sobald das Flußboot die Rettung der Menschen auf „Herzensfried“ signalisiert haben würde. Sie hatten auch zugesagt, die Geretteten durch den nächtlichen Wolkenbruch ins Haus der Ferriers oder irgendwoanders hin zu transportieren.

„Sie werden bald da sein“, sagte Robert. Seine Augen waren vor Erschöpfung gerötet. Seit gestern Mitternacht hatte er die Verletzten und Verwundeten betreut, und jetzt war es bald wieder Mitternacht.

Marjorie war zu schwach, um zu sprechen. Sie konnte Robert nur mit den Augen danken. Dann ließ sie die Lider fallen, und ihr Kopf rollte schwach auf dem Polster hin und her. Robert hielt seine Finger leicht auf ihren Puls gedrückt, er zählte mit gerunzelter Stirn. Wenn sie starb, bevor ihre Söhne kamen, war das ganz allein Jonathans Schuld, und es würde ihm recht geschehen. Oh, natürlich hatte der verdammte Narr seine guten und gewichtigen Gründe, zu klagen und Genugtuung zu fordern, nur ein Lümmel würde das bestreiten! Aber seiner Mutter einen solchen Schock zu versetzen, ihr anzukündigen, was er beabsichtige zu tun, das war einfach unverzeihlich. Einen Moment lang hoffte Robert, daß Harald Ferrier imstande gewesen wäre, sich so gewandt zu verteidigen, daß er seinem Bruder irgendeine arge Verletzung zugefügt hatte. Gewalt muß mit Gewalt bekämpft werden, dachte Robert. Brutalität gegen Brutalität. Unter gewissen Umständen ist es einfach falsch, auch die andere Wange hinzuhalten.

Marjorie schien zu schlafen. Robert seufzte und ließ ihr Handgelenk los. Er sah sich in dem großen, bezaubernden Schlafzimmer um, nahm die französischen Möbel wahr, die blaßblauen Wände und olivgrünen Tapeten, die hellgoldenen Perserteppiche, den kleinen weißen Marmorkamin, die Stühle mit der blau-gelb-olivgrünen Seidenpolsterung, die polierten, bemalten Tische, das Kristall und die Glassachen, den zarten Duft von Gewürzen und alten Rosen. Es war ein anmutiges Zimmer, das Zimmer einer großen Dame von Welt, mit Geschmack und Zartgefühl, und es kam Robert in den Sinn, wie wenig von großer Welt seine Mutter an sich hatte, wie wenig Geschmack sie besaß und daß sie deshalb sein besonderes Mitgefühl verdiente. Er vergaß seinen Ärger darüber, daß sie sein schönes Haus zerstört hatte. Schließlich war sie alt und nicht so gebildet wie Mrs. Ferrier. Er bewunderte das hübsche französische Bett, in welchem Marjorie lag, die feinen Leintücher, die bestickten Polster, die zartgelbe Decke. Eine kleine Uhr auf dem Nachtkästchen ließ ihr Glockenspiel erklingen.

Sie mußten jeden Moment da sein. Robert ging zum Frühstückszimmer hinunter.

Der junge Priester war ebenso erschöpft wie er. Auch er hatte ohne Unterbrechung gearbeitet, die Verängstigten getröstet und ihnen geholfen, nach den Vermißten zu suchen. Hoffnungsvoll, aber doch auch besorgt blickte er auf, als Robert hereinkam.

„Sie hält sich tapfer", erklärte Robert. „Das ist alles, was ich sagen kann. Ich wünschte, sie kämen bald."

Der Priester seufzte. „Ich auch. Jonathan täte mir leid. Wenn seine Mutter stirbt, ohne ihn gesehen zu haben, wird er sich das niemals verzeihen. Er ist gegen sich selbst noch viel strenger als gegen seinen ärgsten Feind, das hat er in dem letzten Jahr oft genug bewiesen. Wenn seine Mutter stirbt — wird er sich etwas antun."

„Fast würde ich es wünschen", entgegnete Robert und dachte an die sterbende Frau im oberen Stock. Der Priester lächelte ihn traurig an, seine goldbraunen Augen strahlten im Licht der Lampe.

„Nein, das tun Sie nicht, Doktor. Wenn Jon auch ein Feind ohne Gnade ist, so ist er doch auch ein mitleidiger Freund, und zu Ihnen war er sehr gütig. Das haben Sie selbst zugegeben. Ich habe gehört, daß er Ihnen, weil er Sie mochte, die Praxis zum halben Preis verkaufte, der ihm von anderen geboten worden war. Nur Jon würde so handeln, und trotzdem steht er überall in dem Ruf, daß er jeden Dollar umdreht."

Robert zog skeptisch seine Brauen hoch. Sein Schnurrbart schien nicht so voll und flott wie sonst. Er setzte sich nieder und überlegte ein paar Minuten, dann sagte er: „Vielleicht haben Sie recht, Vater. Ich beobachtete, wie er viele seiner Patienten behandelte. Die Kinder und die alten Leute liebten ihn. Er war grob zu den Simulanten und machte mit anderen rauhe Witze. Aber die Kranken respektierten ihn. Sie vertrauten ihm, und ich glaube, das ist das Wichtigste."

„Es ist sehr wichtig, Doktor. Jon weiß mit Kranken umzugehen. Er hat nur nie gelernt, Gesunde zu behandeln. Die Hilflosen rühren sein Herz. Er ist unbarmherzig zu seinesgleichen. Ich habe mir oft gedacht, daß er ein echter Renaissancemensch ist: romantisch, poetisch, leidenschaftlich, falsch am Platz in dieser farblosen, nüchternen Zeit, die bald nur noch farbloser und nüchterner sein wird. Industrie und Technik werden dem Menschen mehr Bequemlichkeiten bieten als in den vergangenen Jahrhunderten, aber sie werden seine Seele verdunkeln. Wir haben darüber erst voriges Jahr in Rom diskutiert. Nun, Jon wird sich mit seiner Zeit abfinden müssen, denn gewiß wird sich die Zeit nicht mit ihm abfinden!"

Robert verzog sein Gesicht. „Ich kann mir nicht vorstellen, daß Jon einen Kompromiß schließt, am wenigsten mit sich selbst."

Sie lauschten auf den Sturm. „Ich glaube, er läßt nach", meinte Robert. Dann mußte er fast lachen. „Habe ich Ihnen erzählt, Vater, wie ich Jon heute früh gesehen habe? Er half dem Gärtner den Schaden beheben, den der Sturm Rasen und Büschen angetan hatte. Er räumte Äste weg und war recht guter Laune. Dennoch konnte er ein paar Stunden später wegrennen und schreien, er werde seinen Bruder töten. Was für ein Mangel an Selbstbeherrschung." Er seufzte. Er fragte sich, wie Jonathan sich in seiner eigenen Situation verhalten würde: Wenn er eine Frau liebte, die von ihm nichts wissen wollte und ihn wegen eines anderen zurückwies. Er würde wahrscheinlich den Mann niedermetzeln und sich die Frau mit Gewalt nehmen. Ich würde das nicht für ausgeschlossen halten, sagte sich Robert. Er dachte an Jenny und sank erschöpft noch tiefer in seinen Sessel. Wenn sie Jonathan heiratete, würde ihr Leben sicherlich sehr abwechslungsreich sein oder doch kaum ruhig, friedlich und ohne Aufregungen. Aber Jenny war ein Mädchen mit Charakter. Vielleicht würde sie lernen, Jonathan niederzuschreien und ihn zu beherrschen, aber Robert hegte ernsthafte Zweifel, und seine Sehnsucht nach Jenny ließ ihn sich schwach und verbraucht fühlen.

„Ich kam erst wenige Monate vor dem Tod von Jons Frau nach Hambledon", erzählte Vater McNulty. „Ich habe die junge Mrs. Ferrier nicht gekannt, sondern sie nur ein paar Mal in der Stadt im Wagen vorbeifahren gesehen. Sie war, was ältere Männer und Dichter ‚Traumfrau' nennen. Ich dachte, wie gut sie zu Jon paßte, zumindest ihrem Aussehen nach. Sie war so frühlich, sprühend, so schön und funkelnd vor Temperament. Wenn irgend jemand nicht zum Unglück bestimmt schien, so die junge Mrs. Ferrier."

„Er wird Jenny heiraten", sagte Robert mit schwacher Stimme.

Der Priester nickte. „Jedenfalls hat es mir seine Mutter vor ein paar Wochen berichtet, bevor er selbst davon wußte." Er sah Robert scharf an. „Diese Kitcheners sind wirklich nette Leute. Miß Kitchener ist eine bezaubernde junge Dame."

„Nicht wahr?" stimmte Robert gleichgültig zu. Für diesen Abend wären er und seine Mutter bei den Kitcheners zum Essen eingeladen gewesen, aber der Sturm hatte es verhindert. Plötzlich sah er Maudes hübsche Augen vor sich, ihre rotbraunen Locken, und er hörte ihre scheue, süße Stimme. Wie verschieden sie von Jenny war. Jenny war ein Wirbelwind in Blau, Schwarz und Weiß, trotz all ihrer scheinbaren Schüchternheit und Zurückhaltung. Jenny war stark. Maude war überhaupt nicht stark. Plötzlich spürte Robert mit seinem weichen Herzen ein Gefühl für sie. Stärke konnte unheimlich und furchtbar sein.

Der Priester räusperte sich und sagte: „Ich habe heute im St. Hilda gehört, daß der alte Witherby gestern nacht in seinem Bett gestorben ist."

„Ich habe auch davon gehört", bestätigte Robert und lächelte plötzlich. „Jon wird wahrscheinlich der Witwe seine Glückwünsche ausdrücken und ihr einen Korb der teuersten Blumen schicken."

„Ja, das würde ihm ähnlich sehen. Jonas muß ein schrecklicher alter Mann gewesen sein, nach allem, was ich von ihm gehört und selbst erlebt habe — und nach dem, was er Jon antun wollte."

„Korrupt", erklärte Robert. „Dabei sah er aus wie ein Heiliger."

„Während Jon einer romantischen Ausgabe des Teufels gleicht. War das eine Tür?"

Robert und der Priester erhoben sich und gingen den Gang entlang in die blaßgrüne Halle, wo der Luster sein sanftes Licht verbreitete. Hier standen schon drei Menschen, durchweicht und triefend: Jenny, Jonathan und Harald Ferrier. Alle drei machten einen erschöpften, niedergeschlagenen Eindruck. In Haralds Gesicht floß Blut aus einer tiefen Wunde auf der Wange. Sie starrten wortlos auf den Priester und Robert, dann nahm Jenny das Tuch vom Kopf und schwenkte es ziellos hin und her, während die Männer das Wasser von ihren Händen und bloßen Köpfen schüttelten.

„Was ist los?" fragte Jonathan und blickte von einem zum anderen.

„Mrs. Ferrier", erklärte Robert. Er konnte nicht anders, als mit Jonathans eigener rücksichtsloser Grobheit zu sagen: „Sie liegt im Sterben. Sie hatte einen schweren Herzanfall."

Er beobachtete, wie Jonathans schwarze Augen dunkler wurden und die Pupillen sich verengten. Harald stieß einen Schrei aus, und Jenny schluchzte leise auf.

„Irgend etwas", fuhr Robert fort, ohne Jonathan aus den Augen zu lassen, „irgend etwas hat ihr einen argen Schock versetzt. Sie ist am Boden in einem Zimmer des oberen Stockes gefunden worden, von einem eurer Mädchen, das mich anrief — ungefähr vor drei Stunden oder mehr. Ich habe für sie getan, was ich konnte, aber ich fürchte, sie wird den morgigen Tag nicht erleben."

Jenny schluchzte wieder auf und ging auf die Treppe zu, aber Jonathan erwischte sie beim Handgelenk und hielt sie fest. „Ruhig, Jenny", sagte er befehlend. Dann wandte er sich an den Priester: „Ist das wahr?"

„Ich fürchte, ja, Jon", sagte Vater McNulty voll Mitleid.

„Das hast du ihr angetan", warf Harald seinem Bruder vor, und seine braunen Augen glühten. „Du hast sie umgebracht!" Seine Wunde hatte wieder zu bluten begonnen, ein paar Tropfen rannen über sein Kinn. Sein rötliches Haar war tropfnaß, sein hübsches Gesicht erschöpft und schmerzverzerrt.

„Halt den Mund", fuhr Jonathan ihn an, und sein Gesichtsausdruck war so einschüchternd, daß Harald zurückzuckte. Dann wandte er sich an Robert. „Schnell! Was hast du mit ihr gemacht?"

Robert berichtete, und Jonathan hörte aufmerksam zu. Dann sagte er: „Sehr gut. Und jetzt will ich sie mir selbst ansehen."

„Ich glaube, daß sie ihre beiden Söhne so schnell als möglich sehen wollte", meinte Robert. „Sie möchte die Gewißheit haben, daß ihr wohlbehalten seid. Beide."

Er ließ sich durch Jonathans glänzend harten Blick nicht beirren. „Ich will euch zu ihr bringen. Vielleicht wäre es aber besser, wenn ihr beide nicht so sehr wie zwei Wasserleichen ausseht. Wir wollen nicht, daß sie einen zweiten Schock erleidet und glaubt, man hätte euch aus dem Fluß gefischt."

„Wo wir alle jetzt wären, wenn Sie sich nicht bemüht hätten", dankte Harald und war fast wieder der galante Mann, als den man ihn kannte. „Die Polizisten und die Männer vom Fluß haben uns davon erzählt."

„In Dankbarkeit können wir später ausbrechen", befahl Jonathan und ließ Jennys Handgelenk so abrupt los, wie er es zuerst erfaßt hatte. Dann stieg er die Treppe hinauf. Harald beobachtete ihn. Sein Gesicht bot keinen erfreulichen Anblick. „Sehr herrisch, mein Bruder, nicht wahr?" meinte er. „Mit allen Vorzügen der Zivilisation ausgestattet."

Jenny setzte sich auf das samtene französische Sofa an der Wand und schlug die Hände vors Gesicht. Robert wollte zu ihr hingehen und sie trösten. Aber Harald blickte sie mit unverhüllter Liebe und Traurigkeit an. „Jenny, Liebes, laß uns nicht die Hoffnung aufgeben, wenn möglich. Du bist erschöpft. Ich glaube, du solltest in eines der Gästezimmer gehen und dich niederlegen", sagte er zu ihr.

„Im Frühstückszimmer haben wir Kaffee und einen Imbiß vorbereitet", bemerkte Robert und dachte im stillen: Schau an, noch einer! „Mrs. Ferrier ruht jetzt. Im Augenblick besteht keine wirkliche Gefahr. Vielleicht sollten Sie, Mr. Ferrier, und Miß Jenny Ihre Kleider wechseln und dann wieder zu uns kommen."

„Ich werde einen von seinen gräßlichen Begräbnisanzügen tragen müssen", versuchte Harald zu scherzen. Noch immer blickte er Jenny an. „Das Wasser war auf der Insel schon zu hoch gestiegen, als daß wir uns noch mit Packen aufhalten hätten können. Jenny? Vielleicht findet eines der Mädchen etwas für dich zum Anziehen."

Das Mädchen zitterte. Sie ließ die Hände fallen, und sie sahen ihr bleiches, tränenloses Gesicht und das Leid darin. „Jon wird niemals darüber hinwegkommen", sagte sie.

„Hoffentlich nicht", meinte Harald dazu. Dann wandte er sich an Robert: „Ich will ihm nicht in die Nähe kommen. Würden Sie so freundlich sein und ihn um ein paar Kleidungsstücke für mich bitten, Doktor?"

Robert verstand die Situation. Er betrachtete Haralds verletzte Wange. „Sie haben da einen bösen Schnitt, Mr. Ferrier. Kommen Sie, gehen wir in ein Badezimmer, damit ich ihn behandeln kann." Er zögerte. „Ein Sturz vielleicht?"

Jenny starrte Harald kalt an, aber Harald antwortete fast fröhlich. „Nein, ganz und gar nicht. Das ist ein sanfter Hinweis meines Bruders, die Hände von seinem Eigentum zu lassen. Anscheinend gingen ihm die Aufmerksamkeiten gegen den Strich, die ich seiner toten Frau erwiesen habe."

Harald machte Jenny eine Verbeugung. „Aber dank deines Eingreifens ließ er sich gerade noch abhalten, mich zu töten." Er zwinkerte Robert zu. „Wenn Sie wollen, können Sie es einen kleinen brüderlichen Zwist nennen."

Vater McNulty hatte verwirrt zugehört. „Mr. Ferrier, ich weiß, daß Sie versuchen, die Angelegenheit zu bagatellisieren, aber Jons Benehmen ist kaum — kaum —"

„Zivilisiert zu nennen", beendete Harald seinen Satz.

„Oh!" schrie Jenny auf und errötete heftig. „Du gibst Doktor Morgan und Vater McNulty absichtlich ein ganz falsches Bild, Harald! Du weißt genau, wie unqualifizierbar dein eigenes Benehmen gewesen ist!"

„Eklig, diese Ferriers", sagte Harald und lächelte ihr in die Augen. „Ich möchte, daß du das in Erinnerung behältst, Jenny."

„Ganz gewiß", versprach Jenny. Sie schloß ihren Mund fest, und ihr Nacken streckte sich. Dann stand sie auf, ging schnell die Treppe hinauf und ließ eine große Lache schmutzigen Wassers zurück.

Die drei Männer schwiegen, bis sie Jenny in der oberen Halle hörten, dann sagte Harald nachdenklich: „Wenn ich nicht entschlossen wäre, dieses miserable Nest so bald als möglich zu verlassen, würde ich mir das Schauspiel der bevorstehenden Hochzeit zwischen Jenny und meinem Bruder nicht entgehen lassen. Jenny ist nicht Mavis. In vieler Hinsicht ist sie eine gute Partnerin für Jon. Ich meine das nicht als Kompliment."

„Er kann mörderisch sein", stimmte ihm Robert verständnisvoll zu. „Aber Miß Jenny ist noch ein junges Mädchen, viel jünger als er. Gehen wir ins Bad. Ich habe meine Tasche im Frühstückszimmer. Wenn Sie einen Moment warten wollen, hole ich sie."

Harald blieb mit dem Priester allein zurück. Er hatte begonnen, sein Gesicht mit seinem nassen Taschentuch abzuwischen, dann gab ihm der

Priester sein eigenes. „Danke, Vater", sagte Harald mit seiner charmanten Höflichkeit. „Es tut mir leid, daß die Ferriers einen so ungünstigen Eindruck auf Sie gemacht haben müssen."

„Ich habe sie jetzt schon mehrmals so gesehen", erwiderte der Priester mit leichtem Lächeln. „Aber noch nie in der Kirche oder im Beichtstuhl."

„Oh, wir sind einer Absolution nicht wert, kann ich Ihnen versichern, Vater."

„Das weiß nur Gott, nicht Sie."

Harald lächelte ihn strahlend an. Robert kam wieder in die Halle zurück, blieb aber beim Treppenende stehen und wartete auf ihn. Sie gingen gemeinsam die Treppe hinauf, und der Priester kehrte mit einem Seufzer in das Frühstückszimmer zurück. Der Sturm begann wirklich nachzulassen. Die letzten Donnerschläge verhallten in den Bergen, und der Regen war nur mehr ein leises Flüstern. Nur gelegentlich rüttelte der Sturm noch an den Fenstern und Türen.

Sie trafen einander vor der geschlossenen Tür zu Marjories Zimmer, Jonathan und Harald in dunklen Seidenschlafröcken, Jenny in einem Morgenmantel aus Baumwolle, den Mary für sie gefunden hatte. Sie sah aus wie ein großes, kräftiges Kind mit dem herunterhängenden Haar, naß und glänzend. Der Morgenmantel war eine Spur zu kurz und ließ ihre zarten Knöchel und einen Teil ihrer runden Beine sehen. Sie war sich ihres unziemlichen Aufzuges nicht bewußt, sondern blickte Robert mit stillem Ernst an. „Ich werde die zwei Herren zu Mrs. Ferrier führen", sagte er sanft zu ihr. „Vielleicht können Sie ein wenig später auch herein."

Jenny begehrte auf, aber Jonathan erklärte: „Sie darf sowenig als möglich gestört werden, Jenny. Sei so gut, geh hinunter und warte auf uns."

Ihre Blicke prallten aufeinander. Dann biß sich Jenny ärgerlich in die Lippen, warf ihr feuchtes Haar zurück und ging mit betont lauten Schritten die Stufen hinunter.

„Eine hochgemute junge Dame, wie ich eben gesagt habe, Doktor", murmelte Harald. „Es verspricht sehr interessant zu werden." Seine Wange war vom Blut gereinigt und mit einem antiseptischen Mittel behandelt worden. Den Schnitt verdeckte ein großes Pflaster.

Robert öffnete leise die Tür, und sie betraten das ruhige, von einer Lampe erhellte Zimmer. Marjorie war wieder wach. Sie betrachtete ihre Söhne, und ihr Mund zitterte. „Kain und Abel, Mrs. Ferrier", sagte Robert, „aber ich weiß nicht, wer wer ist."

Jonathan ging sofort zum Bett und ergriff das Handgelenk seiner Mutter, ohne ihr auch nur eine Sekunde lang in die Augen zu schauen. Was er fühlte, versetzte ihn in Alarmzustand. Der Schweiß trat ihm aus den Poren. Herrisch gab er Robert ein Zeichen, und dieser brachte ihm seine Tasche. Jonathan entnahm mit ruhiger Hand das Stethoskop. Während er sich nun über seine Mutter beugte und ihren Herzschlag kontrollierte, hob sich langsam eine schmale, zarte Hand und legte sich auf seinen Kopf. Dabei schaute sie aber Harald an und lächelte zärtlich. Ihre Lippen zuckten, als sie die Spuren seiner Wunde sah.

„Adrenalin", befahl Jonathan. Robert bereitete die Injektion vor, und die Krankenschwestern stellten sich um das Bettende. Dann machte Jonathan etwas, das sich Robert nie zu versuchen getraut hätte. Er führte die Nadel in die Brust seiner Mutter. Sie stieß einen leisen, kraftlosen Laut aus, ihre Augen schlossen sich krampfhaft, und ein grauer Schatten flog über ihr erschöpftes Gesicht.

Jonathan saß am Bettrand. Er schaute zum ersten Mal in das Gesicht seiner Mutter, während er leicht ihr Handgelenk hielt. Einmal schloß er seine Augen wie im Gebet. Harald trat auf die andere Seite des Bettes und nahm die andere Hand seiner Mutter. Er war entsetzt über ihre Kälte und Feuchtigkeit, und zum ersten Mal seit seiner Kindheit fühlte er wieder das Bedürfnis zu weinen. Seine eigene Hand war warm. Er hielt Marjories Hand fest und tröstend. Erst glaubte er, es sei nur Einbildung, als er aber wieder einen schwachen Gegendruck spürte, wußte er, daß es Tatsache war. Nun schossen ihm die Tränen in die Augen. Langsam kniete er neben dem Bett nieder und lehnte seine Stirn dagegen.

„Morphium", befahl Jonathan, „15 mg." Seine Stimme klang ruhig und leidenschaftslos. Er achtete nur auf seine Mutter.

„Ich habe ihr vor wenigen Stunden das gleiche gegeben", warnte Robert.

Jonathan wiederholte in demselben Ton seinen Befehl. Nun gehorchte Robert, obwohl ihm der Affront das Blut ins Gesicht trieb. Marjorie hatte begonnen, heftig zu atmen. Wieder horchte Jonathan das Herz ab, und seine Gesichtsfarbe wurde immer leichenhafter. Er nahm die Nadel von Robert entgegen, ohne aufzublicken, und stieß sie rasch in ihren kraftlosen Arm. Dann gebot er den Krankenschwestern: „Heiße Wärmflaschen."

„Meinst du wirklich?" begann Robert.

„Ärzte meinen nicht, sie handeln", erwiderte Jonathan.

Die Krankenschwestern eilten um die Wärmflaschen. Robert kochte vor Wut. Dann hörte er ein leises, monotones Murmeln wie ein Refrain: „Christus, erbarme dich unser, Gott, erbarme dich unser." Er sah, daß es von Harald herrührte, dessen Gesicht von der Bettkante verdeckt war. Aber noch etwas bemerkte er, das ihn fesselte. Jonathan hatte seinem Bruder einen Blick zugeworfen, und der Ausdruck in seinem Gesicht war so bitter und drohend, als ob er tödlich beleidigt worden wäre. Dennoch hörte Harald nicht auf, in seiner Angst zu beten, und Jonathan sagte nichts. So hörte man im Zimmer nur dieses Gemurmel, Marjories rasendes Atmen und das Heulen des Windes vor den hohen Fenstern.

Die Krankenschwestern kamen mit den in Handtücher gewickelten Wärmflaschen zurück. Harald schlug die Bettdecke zurück, und Robert konnte Marjories marmorweiße, eiskalte Füße sehen. Jonathan legte die Wärmflaschen um sie herum und deckte ihren langen, schlanken Körper wieder zu. Dann wartete er. Marjorie begann nun, rasch und tief zu seufzen, und bewegte den Kopf hin und her.

Dann sagte Jonathan: „Mutter? Du bist bald wieder gesund. Hörst du mich, Mutter? Wir sind hier bei dir. Ich werde dich nie verlassen, Mutter."

„Ach, Jon", flüsterte sie in tiefster Qual. „Ach, Harald!"

Sie zog ihre Hand aus Jonathans Griff und faßte nach seiner, während die andere auf dem gebeugten Haupt von Harald ruhte. Mit gedämpfter Stimme bat Harald: „Vergib mir, Mutter."

„Oh, mein Liebling", antwortete sie.

„Es tut mir leid", erklärte auch Jonathan. „Glaube mir, Mutter, es tut mir leid."

Da lächelte sie, es war ein schönes, friedliches Lächeln, und als sie jetzt ihre Augen öffnete, waren sie klar und zärtlich.

„Ich bin so glücklich", flüsterte sie. „Seit Jahren war ich nicht mehr so glücklich."

Ganz langsam kam wieder etwas Farbe auf ihre Lippen. Sie schloß die Augen und schlief ein.

„Ihr beide verdient so eine Mutter gar nicht", erklärte Robert, drehte sich um und verließ das Zimmer.

Jetzt blickten die beiden Brüder einander an, abtastend, kühl und wachsam. „Ich hoffe, die Narbe bleibt dir für den Rest deines Lebens", sagte Jonathan. Aber er lächelte. Seine Mundwinkel hoben sich dabei kaum.

„Und ich hoffe, daß Jenny dich umbringt", erwiderte Harald.

Es war bereits Mitternacht, als Jonathan in das Frühstückszimmer hinunterging. Harald, Robert Morgan und Jenny waren bei Marjorie geblieben. „Ich glaube, es gibt Grund genug, zu hoffen", wandte sich Jonathan an Vater McNulty. „Ihr Herzschlag ist kräftiger und sie schläft. Wenn sie wieder zu Kräften kommt, was ich für möglich halte, wird sie monatelang im Bett liegen müssen."

Er ließ sich in einen Stuhl fallen, während ihm der Priester eine Tasse heißen Kaffee einschenkte. Jonathan nahm sie entgegen. Er schien um Jahre gealtert und am Rande eines Zusammenbruchs.

„Aber es wird ein Wunder sein", sagte er beinahe zu sich selbst.

„Gott gewährt oft Wunder", erwiderte der Geistliche.

Jonathans dicke schwarze Augenbrauen zuckten.

„Zum Beispiel, daß ihr alle gerettet wurdet", fügte der Priester hinzu. „Auch einen Brudermord hat er zu verhindern gewußt."

„Was ich noch immer bedauere."

„Nehmen Sie doch einen Krapfen", forderte ihn der Priester auf und reichte die Platte weiter. Automatisch bediente sich Jonathan und begann zu kauen. Er hatte die Stirne noch immer gerunzelt.

„Sie und Ihr Bruder sind wirklich ein eindrucksvolles Paar", sagte Vater McNulty und nahm ein Stück Kuchen. „Ich weiß nicht, wen von euch ich mehr bewundere. Wie ich gehört habe, war Ihr Vater ein friedlicher, sanfter Mensch, und Ihre Mutter ist aus verschiedenen Gründen bemerkenswert. Es ist merkwürdig, daß sie zwei solche Söhne hat."

„Ersparen Sie mir Ihre Moralpredigt, Frank, und schenken Sie mir lieber die Schale noch einmal voll."

Der hübsche Raum war warm und hell. Der Wind war zu einer sanften Brise geworden.

„Ich nehme an, daß Ihre Talente Hambledon doch erhalten bleiben."

„Darüber habe ich noch nicht nachgedacht."

„Natürlich haben Sie das. Was werden Sie mit Doktor Morgan machen?"

„Wenn die Zeit dafür gekommen ist, werde ich es mir überlegen."

„Darf ich Ihnen meine Glückwünsche zu der bevorstehenden Hochzeit entbieten?"

Jonathan blickte rasch hoch. „Jenny?"

„Wer sonst?"

„Das hat Zeit."

„Sicherlich. Mir tut die junge Dame sehr leid."

Jonathan lachte kurz auf. „Vielleicht in einer Woche."

Schweigend aßen und tranken sie weiter. Dann sagte der Priester: „Bitte, betrachten Sie das, was ich Ihnen zu sagen habe, nicht als Moralpredigt. Ich bin sehr müde und muß heimgehen. Ich will mich daher kurz fassen. Sie haben mir gegenüber behauptet, daß Ihnen die Meinungen anderer Leute ganz gleichgültig sind. Im Gegensatz dazu haben Sie aber sehr empfindlich darauf reagiert. Sie hatten nicht die Courage gehabt, der Meinung der Leute die Stirn zu bieten, zumindest nicht in Ihrem Innersten. Ein tapferer Mann hätte sich durch die Feindseligkeit, der Sie nach dem Prozeß überall begegnet sind, nicht so sehr beeinflussen lassen. Er hätte Verständnis für die menschliche Natur gehabt, er hätte nicht so heftig reagiert, zumindest nicht gedacht, die Stadt zu verlassen, sondern Freund und Feind ein gleich ruhiges Gesicht gezeigt und im Vertrauen auf sich selbst und seine Unschuld beide mit Vernunft behandelt. Die Stadt wäre schließlich doch wieder zu Verstand gekommen."

Er wartete. Jonathan sagte nichts. So fuhr der Priester fort: „Es ist lächerlich, von den anderen zu fordern, daß sie uns verstehen und die Wahrheit über uns wissen müssen. Wie wäre das möglich? Wir können nur versuchen, unser Bestes zu geben, und das mit gleichmäßiger Geduld und innerem Vorbehalt, weil wir wissen, daß wir die anderen genauso wenig verstehen.

Jon, Sie müssen sich zu einem heiteren Gleichmut und einer Objektivität durchringen, die es Ihnen möglich macht, zugleich freundlichen Kontakt mit Ihren Mitmenschen zu pflegen und weniger leicht durch sie oder ihre Meinung verletzt zu werden. Sie haben sich viel zuviel mit den anderen beschäftigt, im guten wie im bösen Sinn. Das ist kindisch und unreif. Ein vernünftiger Mensch ist in allen Belangen maßvoll, besonders im Umgang mit den Leuten seiner Umgebung. Dazu braucht man Mut. Aber es verschafft einem auch inneren Frieden."

Jonathan senkte den Kopf. Der Priester erkannte mit Genugtuung, daß er über seine Worte nachdachte. Schließlich erklärte Jonathan: „Ich habe eben keinen lauwarmen Charakter."

„Aber nach außen könnten Sie Zurückhaltung, Ausgeglichenheit und Bestimmtheit üben."

„Und Magengeschwüre bekommen."

„Und nicht in Schwierigkeiten geraten. Das Menschengeschlecht ist nicht sehr tapfer und stark, Jon. Es ist furchtsam und wird von Tag zu Tag ängstlicher. Nur in der Masse ist der Mensch tapfer. Als Einzelperson ist er einsam, verloren und schwach. Er fürchtet sich davor, daß man von ihm Mut fordert. Das gefährdet das geringe Maß an Sicherheit, das er besitzt. Und wie unsicher ist der Mensch, Gott steh ihm bei! Er argwöhnt, daß außerhalb seines kleinen Lebens ungeheure, furchterregende Kräfte existieren, und errichtet darum einen Wall aus Zaubersprüchen, um die Angst zu vertreiben, nicht anders, als seine frühesten Vorfahren es gemacht haben. Singen unsere lutherischen Brüder nicht in ihrem schönsten Hymnus: ‚Eine mächtige Burg ist unser Gott'?"

Er erhob sich und blickte ernst auf Jonathan herab. „Ein Mann, der dem Menschen vertraut; der glaubt, daß der Mensch alles ist; der denkt, daß der Mensch fähig ist, sich an seinem eigenen Zopf hochzuziehen und aus eigenem Vermögen Tugend und Vollkommenheit zu erzielen — ein solcher Mann ist zu bedauern. Seine Dummheit und sein eitler Stolz müssen die Engel zum Weinen bringen. Und was noch ärger ist: Seine Mitmenschen werden ihm unvermeidlich viele und schmerzvolle Lektionen erteilen. Er wird sie daher zu meiden beginnen, sie hassen und verachten lernen. Beides ist schlecht."

„Irgendwo in Ihrer Predigt, Frank, mag ein Körnchen Wahrheit versteckt sein. Ich werde darüber nachdenken."

„Denken Sie gründlich darüber nach, Jon", ermahnte ihn der Priester.

Dann sagte Jonathan: „Ich habe Ihnen das nie erzählt: Mit 17 Jahren war ich schon entschlossen, Arzt zu werden. Martin Eaton bestärkte mich noch darin. Er begann, mich in die Spitäler mitzunehmen, und ließ mich in seiner Praxis dabei sein, während er Patienten untersuchte. Ich war damals erfüllt von Gott, voll verzücktem Glauben und dergleichen, trotz einiger Kratzer, die ich in noch jüngerem Alter erhalten hatte. Ich wollte ein zweiter heiliger Lukas werden. Als ich Martin auf seinen Rundgängen begleitete, lernte ich den Schmerz kennen, sinnlose, häßliche, mörderische, verheerende, hoffnungslose Schmerzen. Sinnlos. Sprechen Sie mir jetzt nicht von der Erbsünde. Ich sah den Schmerz. Gerade bei Babys, bei kleinen Kindern und bei guten alten Menschen, die — dessen bin ich sicher — niemals begangen haben, was Sie eine Todsünde nennen würden. Ich sah hilflose Qual. Und damals verlor ich, beschloß ich —"

„Daß ein Gott, der solche Qual zuließ, entweder nicht existiert, oder daß Er schlechter ist als der bösartigste Mensch?"

„Stimmt, Frank."

„Ich gehe jetzt, aber ich möchte Ihnen noch einen kleinen Rat geben. Ich bin sicher, es gibt in diesem Haus eine Bibel. Nehmen Sie sie und lesen Sie das Buch Hiobs."

NEUNUNDDREISSIGSTES KAPITEL

In den nächsten Tagen wurde das Haus der Ferriers mit Blumen und Geschenken für Marjorie und mit Glückwunschbriefen an Jonathan überschwemmt. Die Leute sagten: „Unser lieber Senator Kenton Campion hat über jeden Zweifel hinaus bewiesen, daß Sie so unschuldig sind, wie ja der Großteil von uns von Anfang an geglaubt hat. Verlassen Sie uns jetzt nicht. Wir brauchen Sie. Wir haben Sie immer gebraucht."

Noch vor einer Woche hätte Jonathan diese Briefe mit Wut und Ekel gelesen und mit beißenden, verächtlichen Bemerkungen beantwortet. Jetzt aber, nach anfänglichem Ärger, lächelte er fast nachsichtig darüber. „Sie glauben Campion", sagte er zu ein paar Freunden. „Campion, der immer ein Lügner und Marktschreier gewesen ist, und mir haben sie nicht geglaubt, obwohl ich nicht lüge. Irgendwie ist die Situation komisch, aber ich habe Hogarths Witze über Gott oder den Menschen nie besonders geschätzt. Humor dieser Art hat mich bei Menschen und Göttern immer schon angewidert. Vielleicht weil ich Possen und Prügelszenen nie schätzen konnte."

„Nun, Jon", meinte Louis Hedler. „Ende gut, alles gut."

„Für mich gibt es kein Happy-End", stellte Jonathan fest. „Ich bin eben ein waschechter Pessimist." Er sah Louis mit bitterem Spott an.

„Laß dir gratulieren zu dieser Komödie, Louis. Was mich betrifft, ich habe nichts für einen Hanswurst übrig, der den Advokaten spielt. Die Wahrheit sollte meiner Ansicht nach mit einer gewissen Würde auftreten. Ist das schon wieder naiv von mir?"

„Das kommt darauf an", antwortete Louis Hedler. „Stimmt es übrigens, daß du die chirurgische Abteilung am ‚St. Hilda' übernehmen wirst?"

„War das dein Ernst?"

„Natürlich, mein Junge. Obwohl ich einigermaßen besorgt bin, wie du die anderen Chirurgen behandeln wirst. Mit etwas weniger Brutalität, hoffe ich?"

„Nicht, wenn sie im Unrecht sind. Zuerst kommt der Patient."

„Gut gesprochen. Der Patient hat immer Vorrang. Aber es ist nicht unbedingt nötig, eine Haupt- und Staatsaktion aus einem schlichten Fehler irgendeines Chirurgen zu machen, nicht wahr?"

„Nicht, wenn er sonst ein fähiger Mann ist. Aber ich will im Ärztestab keine diplomierten Dilettanten, Louis."

Louis seufzte. „Du wärst überrascht, wie tüchtig die Dilettanten manchmal sind, und wie wenig recht die sogenannten Wissenschaftler haben. Aber wende dein eigenes Urteilsvermögen an, Jon, obwohl ich hoffe, daß es nicht zu öffentlichen Verbrennungen kommt."

Gerührt verzieh Hambledon Jonathan die Verbrechen, die er niemals begangen hatte, und vergab damit auch sich selbst. Die Stadt war bereit, ihn wieder in ihrem Schoß aufzunehmen. Manchmal bedurfte es Louis Hedlers ganzer Diplomatie und der Ermahnungen Vater McNultys, um Jonathan von einer explosiven Antwort zurückzuhalten. „Humor, Humor, Jon", sagte der Priester. „Wenn einem Menschen der Sinn für Proportion und inneren Humor fehlt, ist er ein Barbar. Er muß immer etwas Mitleid haben, auch wenn man ihm Unrecht getan hat. Denken Sie an den jungen Francis Campion. Er hat seinem Vater viel zu verzeihen, aber jetzt ist er mit ihm auf ein paar Tage in Washington, und auf einem gemeinsamen Photo scheinen sie sich gut zu vertragen. Auch Francis hat Kompromisse schließen müssen. Er wird in sein Seminar zurückkehren, und ich glaube, Sie können auf Ihren Beitrag dazu stolz sein."

„Kompromisse!" sagte Jonathan wegwerfend.

„Das Leben ist nicht halb so einfach, wie Sie geglaubt haben, Jon", behauptete der Priester. „Es fordert viel Mut und Tapferkeit."

Marjorie hatte die Krise überwunden. Und plötzlich war die Angelegenheit Jonathans für die Stadt unwichtig, denn Präsident McKinley starb in Buffalo an seinen Verletzungen und Vizepräsident Roosevelt wurde Präsident. „Jetzt haben wir also den Teddy mit seinen Phantastereien und seinem Radikalismus", bemerkte Jonathan zu dem

Priester. In seinen Augen blitzte es wieder angriffslustig. „Die Zukunft ist düster. Ich werde mitspielen müssen. Schließlich will ich Kinder haben."

Harald hatte sich vorsorglich aus dem Haus seines Vaters zurückgezogen und war in das Quäker-Hotel übersiedelt. Er konnte es nicht ertragen, Jenny und seinen Bruder zusammen zu sehen. Auf die Insel konnte er nicht zurückkehren, denn sogar der untere Stock des „Schlosses" war voll mit Schlamm und Wasser. Seine Anwälte stimmten überein, daß seine Abwesenheit von der Insel in einem solchen Notfall nicht als eine Verletzung des Testaments seiner toten Frau anzusehen sei.

Jenny hatte Jonathan von dem Vertrag berichtet, den sie mit seinem Bruder zu schließen beabsichtigte. Jonathan drängte auf eine rasche Hochzeit. Jenny aber hatte entschlossen erklärt: „Es ist noch kein Jahr vorbei und wäre nicht schicklich." Lächelnd hatte Jonathan ihr geantwortet: „Liebes Kind, du bist noch minderjährig und wirst erst im Dezember einundzwanzig Jahre alt. Du kannst also einen Vertrag nicht rechtsgültig unterzeichnen. Hat dir das niemand gesagt? Aber wenn du schnell heiratest, kann ich als dein rechtmäßiger Vormund für dich unterschreiben."

Jenny hatte scharf erwidert: „Du brauchst einen Aufpasser, nicht ich."

„Also, wozu hast du dich entschieden? Werden wir Harald von Hambledon befreien und seines Weges ziehen lassen oder ihn bis zu deiner Großjährigkeit im Dezember einsperren. Außerdem ist da noch etwas: Ich finde es irgendwie zermürbend, mit dir unter einem Dach zu leben, Liebste, und nicht in deinem Bett zu schlafen. Oder wärst du vielleicht so liebenswürdig, deine Tür in der nächsten Zeit einmal offen zu lassen?"

Jenny wurde rot. „Also gut. Am 30. September werde ich dich heiraten." Sie zögerte. „Was werden die Leute denken?"

„Zum Teufel damit, Jenny. Wir haben unser eigenes Leben zu leben."

Jenny half den Krankenschwestern bei der Pflege von Marjorie. „Liebste Jenny", sagte Marjorie freundlich zu ihr, „nun werde ich ja bald eine Tochter haben. Ich habe schon immer das Gefühl gehabt, daß du meine Tochter bist. Ich habe dich schon als Kind beobachtet und deine Mutter beneidet. Du mußt Töchter auf die Welt bringen, Jenny. Eine Mutter hat mehr von ihnen. Ein Mann versteht niemals eine Frau, aber für Frauen gibt es doch manchmal eine Chance, einen kurzen Blick in die Seele der Männer zu tun. Mutter und Tochter können dann gemeinsam über das unberechenbare, unvernünftige Treiben von Gatten, Söhnen und Vätern lächeln. Aber wir dürfen nicht zu laut lachen. Männer sind zartbesaitete Geschöpfe."

„Und sehr gefährlich", gab Jenny ihr recht. „Manchmal denke ich, daß ich überhaupt nicht heiraten sollte."

Ihre Augen blickten sehr weise, und doch sah sie so unschuldig aus in ihrer Weisheit, daß Marjorie den Tränen nahe war.

Jenny hatte Jonathan vorgeschlagen, die Insel in ein Museum zu verwandeln und damit zu dem zu machen, als was er sie schon einmal in einem seiner brutalen Witze bezeichnet hatte. „Und es wird mit Heger-Geld unterstützt werden", erklärte Jenny. „Es gibt dort so viele schöne Sachen. Es wird ein Wallfahrtsort für die Leute werden, die nie hoffen können, ein echtes Schloß in Europa zu sehen. Wir werden zu den Kostbarkeiten noch beisteuern und Wächter und Führer anstellen." Die Insel hatte für sie keine Bedeutung mehr, sie war nicht mehr der Zufluchtsort, der sie einmal gewesen war. Und Jenny überlegte, woher das wohl kam.

Jonathan schätzte vorsichtig die Kosten. „Ich glaube, daß ein großer Tuberkuloseflügel im ‚St. Hilda' und ein Flügel für Krebsforschung bei den ‚Freunden' nützlicher sein würde."

„Ich habe genug Geld", sagte Jenny mit einer großartigen Handbewegung.

„Auch wenn Harald seinen Anteil herauszieht?"

„Jon, sei nicht geldgierig. Wir können das alles leicht machen. Wozu ist das Geld da, wenn nicht zum Ausgeben?"

„Wenn du mich so unschuldig anschaust, überzeugst du mich beinahe."

„Medizin braucht man nicht nur für den Körper, sondern auch für die Seele, Jon."

Er küßte sie leidenschaftlich. „Vielleicht würdest du heute nacht meine Seele betreuen, Jenny?"

„Am 30. September", erklärte sie entschieden. „Keinen Tag früher. Ich glaube, wir sollten Vater McNulty benachrichtigen."

Mit Robert Morgan hielt Jonathan lange Konferenzen ab. „Ich möchte meine Praxis zurückkaufen, Bob. Du kannst mein Partner werden, wenn du in Hambledon bleiben willst."

„Ich weiß es nicht", sagte der junge Robert. „Die Praxis werde ich dir zurückgeben, nachdem du offenbar zu bleiben beabsichtigst." Sein freundliches Gesicht machte einen unglücklichen Eindruck. „Bob, du bist jung", entgegnete Jonathan, „und wie oft habe ich dir zitiert: ‚Menschen sind gestorben und Würmer haben sie aufgefressen' —"

„Aber nicht aus Liebe! Ja, das war ein Lieblingszitat von dir, aber ich glaube nicht, daß du nur ein Wort davon ehrlich gemeint hast. Angeblich bist du wutschnaubend auf die Insel hinübergefahren, um deinen Bruder umzubringen. Aber wenn Jenny nicht gewesen wäre, wärst du nicht so verrückt gewesen und während des Sturmes hinübergeschwommen. Du hättest dich irgendwo auf die Lauer gelegt und ihn dann vielleicht durch den Dreck geschleift — vor einem guten Publikum. Und natürlich nur, um den anderen ein Beispiel zu geben."

Jonathan lachte. „Vielleicht. Trotzdem hat mein Ruf an der Geschichte, die von ein paar ‚guten' Freunden verbreitet wurde, nicht sehr gelitten. Im Gegenteil."

„Das Volk liebt Kraftproben", sagte Robert. „Du bist altmodisch."

„Oh, da bin ich nicht so sicher", antwortete Jonathan und dachte an den neuen Präsidenten im Weißen Haus. „Die Menschen sind noch immer romantisch. Wenn eine Nation erst einmal aufhört, romantisch zu sein, dann ist sie bald auch keine Nation mehr und keine Macht in der Welt. Übrigens, weil es mir gerade einfällt: Ich habe gehört, Maude Kitchener hat ein Auge auf dich geworfen."

„Du hörst zuviel", antwortete Robert und dachte an Jenny. Er fragte sich, wie er es ertragen würde, in Hambledon zu leben und sie als Frau eines anderen zu wissen. Wenn Jenny seine Frau geworden wäre, hätte er versucht, seine Mutter nach Philadelphia zurückzuschikken und sein Haus, sein schönes Haus zu retten. Es war wirklich fast eine Hochzeit wert, um es in seiner Schönheit zu bewahren.

„Frauen sind grausam", hänselte ihn Jonathan. „Vielleicht tätest du gut daran, dich beizeiten aus dem Staub zu machen."

Robert war verärgert. „Ich werde mich nicht aus dem Staub machen", erwiderte er. „Sowenig wie du jetzt, hoffe ich. Gut also: ich werde bleiben und dein Partner werden, falls du mich haben willst. Ich hoffe nur, daß wir nicht eines Tages dahin kommen, daß wir einander umbringen."

Es war an einem kühlen Septemberabend. Vater McNulty hörte in der St.-Leo-Kirche die Beichte. Er war hier mehr als zwei Stunden gesessen und hatte mit mitleidiger Trauer der endlosen Wiederholung menschlicher Fehler, menschlicher Sünden, menschlicher Fehlbarkeit und menschlicher Arroganz gelauscht. Er war jung, aber fühlte sich alt wie der Tod oder das Leben. Außerdem war er hungrig, und seine Glieder begannen ihn zu schmerzen.

Jemand betrat den Beichtstuhl und kniete nieder. Der Priester wartete, doch der reuige Sünder schwieg. Dann sah Vater McNulty durch das Gitter einen bekannten, schmalen, dunklen Kopf und hörte mit Freude und Überraschung eine wohlvertraute Stimme.

„Segne mich, Vater, denn ich habe gesündigt —"

Der Priester seufzte. „Es war an der Zeit", meinte er und machte sich bereit, zu hören. Er wußte, daß das Beichtkind glaubte, eine besonders bemerkenswerte Geschichte zu erzählen, aber sie war alt wie der Mensch selbst, alt wie Himmel und Erde.

Leseprobe aus dem biographischen Roman von Taylor Caldwell ›EINE SÄULE AUS ERZ‹ (Heyne Taschenbuch Nr. 5161)

Das graue Licht der Morgendämmerung fiel auf Rom und enthüllte eine dünne Schneeschicht in den Straßen. Die Luft war unangenehm feuchtkalt. Von jedem Hausdach hob sich Nebeldunst und eine Rauchwolke. Wenige Menschen waren noch auf den Straßen, als Marcus und sein Bruder Quintus zu Pferde, von zwölf berittenen Soldaten begleitet, die Stadt verließen. Den Osthimmel überzog jetzt, vor Sonnenaufgang, ein stumpfer, kleckſiger Bronzeton.

Der Zug erreichte Julius Caesars Haus. Nachdem die Sklaven und Wächter am Tor einen einzigen Blick auf die Ankömmlinge geworfen hatten, stellten sie sich ihnen nicht entgegen, sondern öffneten diensteifrig das Tor und zogen sich flüsternd zurück. Der edle Marcus Tullius Cicero, Prätor von Rom, der edle Legat Quintus, sein Bruder, und die Legionsoffiziere durften nicht angehalten oder befragt werden! Der Atemhauch der Sklaven und Wächter verschmolz zu einer kleinen Wolke der Aufregung, als sie dem Zug nachblickten, der sich rasch dem Wohngebäude näherte.

Quintus, in voller soldatischer Rüstung grimmig anzusehen, sprang als erster vom Pferd, lief zu dem reliefgeschmückten Bronzetor und schlug heftig mit der gepanzerten Faust an die Tür. Das Echo des Schlages hallte vom stillen weißen Boden der Vorortgegend wider. Den Pferden drang die feuchte Atemluft aus den Nüstern. Die anderen Soldaten zügelten ihre Reittiere und nahmen in lockerer Phalanx vor dem Hause Aufstellung. Der Osthimmel leuchtete zu reiner Bronzefarbe auf. Auch Marcus stieg vom Pferde und folgte dem Bruder. Sein hageres Gesicht war in der Morgenbeleuchtung bleigrau. Seinen Mantel bedeckten Wassertröpfchen.

Die Tür öffnete sich, und der Hausmeister blickte erschrocken die beiden Männer an. Marcus sagte: „Ich bin Marcus Tullius Cicero, Prätor von Rom. Sag dem edlen Julius Caesar, er möge mich gleich empfangen!“

Der Hausmeister blickte auf die Reiter im Hof und dann auf Quintus' finsteres Gesicht. Sichtlich zitternd verbeugte er sich, ließ die beiden Brüder in das warme, dufterfüllte, von Springbrunnen friedlich durchtönte Atrium ein und verschwand rasch.

Aber vorerst erschien nicht Julius, sondern seine weißhaarige, dicke Mutter Aurelia, die sich eilig in ihre Stola gehüllt hatte. Mit angstvollen Augen starrte sie die Ankömmlinge an und rief: „Marcus! Was ist los? Um diese Stunde?"

Marcus war verdutzt. Er hatte Aurelia, die er ‚Tante' hieß, hier nicht erwartet. Er nahm ihre massige weiße Hand, küßte sie und zwang sich zu einem beschwichtigenden Lächeln. „Liebe Tante", sagte er, „wir haben nur etwas mit Julius zu besprechen. Beunruhige dich, bitte, nicht!"

„Lieber Marcus, es ist doch noch ganz früh. Und alles ist so merkwürdig! Du hast, berichtet man mir, viele berittene Soldaten mitgebracht."

Marcus bückte sich, küßte ihr die zitternde Wange und versuchte wieder zu lächeln. „Du weißt doch, Tante, auf den Straßen treibt sich heutzutage allerhand Räubergesindel herum, und wir sind fast noch im Finstern aufgebrochen. Ohne Geleit fühlt man sich in Rom nicht mehr sicher."

„Allerdings", pflichtete Aurelia mit unsicherer Stimme bei. Aber ihre klugen Augen blieben ängstlich auf Marcus geheftet. Sie faßte seine Hand und fragte fast flehentlich: „Ist etwas Schlimmes vorgefallen, mein Kind?"

„Nein, gar nichts. Wegen der frühen Stunde muß ich um Entschuldigung bitten. Aber du weißt, bei Tag habe ich Amtspflichten und meine Anwaltsgeschäfte. Deshalb mußte ich notgedrungen jetzt kommen."

„Notgedrungen jetzt?" wiederholte Aurelia. Jede Runzel ihres dicken Gesichts bebte. Aber ehe Marcus sich eine Erklärung ausdenken konnte, glitt eine junge, schöne Frau ins Atrium, Pompeja, Caesars Gattin. Langes Blondhaar floß ihr über die Schultern auf den Rücken. Sie hatte ein Gesicht wie eine Lilie, weiß und glatt, und so hellblaue Augen, daß ihnen überhaupt jeder Farbton zu fehlen schien. Sie trug ein langes, lichtviolettes, goldgesäumtes Gewand. Trotz der frühen Stunde war sie frisiert und parfümiert; Finger und Handgelenke glitzerten von Juwelen. Die Füße staken vorsorglich in goldgezierten, mit weißem Pelz gefütterten hohen Schuhen.

„Lieber Marcus", murmelte sie, als er ihr die Hände küßte, „ich freue mich sehr, dich wieder einmal zu sehen." Sie lächelte bezaubernd. Ihr Ausdruck war etwas ungeistig, aber sehr lieblich. Ihre hellen Augen strahlten ihn an. Dann seufzte sie. „Mein armer Julius ist leider nicht wohlauf. Er hat in letzter Zeit einige Anfälle gehabt."

Jetzt rief Quintus, ohne sich um den ärgerlichen Blick seines Bruders zu kümmern, mit fester Stimme: „Wir müssen ihn unbedingt sprechen.“ Aurelia führte die Hand zu ihren zuckenden Lippen und starrte Marcus mit neuerwachtem Entsetzen an.

„Es handelt sich um eine besondere Angelegenheit“, erklärte Marcus. „Darüber muß ich mit Julius reden. Ich bin überzeugt, er wird aufstehen.“

Pompeja lenkte ein: „Nun, bettlägerig ist er nicht gerade. Ich führe dich in sein Sprechzimmer, Marcus. Er wird sofort erscheinen.“

Noch immer zitterte Aurelias mütterliches Gesicht vor Angst. Sie warf ihrer Schwiegertochter einen merkwürdig strengen Blick zu und sagte dann zu Marcus: „Halt ihn aber nicht zu lange auf, mein Kind!“

„Bestimmt nicht“, versprach Marcus und tätschelte ihr liebevoll den Arm. Die Frauen führten ihn zu Julius' privatem Sprechzimmer, während Quintus hinterdreintrottete und seinen Bruder, wie so oft, innerlich der Heuchelei bezichtigte. In dieser gefährlichen Lage war doch höfliches, seichtes Geplauder mit Frauen wirklich nicht am Platz!

Als die beiden allein in den mit Bücherregalen verkleideten vier Wänden des Sprechzimmers saßen, sagte Quintus zu seinem Bruder: „Wie bringst du es nur zuwege, dich zu verbeugen und zu lächeln und Artigkeiten zu drechseln, während für dich und für Rom höchste Gefahr droht?“

„So arg ist die Gefahr nicht, daß man unschuldigen Frauen überflüssigen Schreck einjagen müßte.“

Quintus schnitt eine Grimasse. „Pompeja ist kein so unschuldsvolles Lämmchen. Angeblich sind sie und Clodius ein Liebespaar. Wahrscheinlich ist deshalb Aurelia hier im Hause erschienen.“

Die Tür öffnete sich, und Julius Caesar trat ein, in ein langes, karminrotes, an der schmalen Taille mit einem breiten, edelsteinbesetzten Goldband gegürtetes Wollgewand gekleidet. Er war abgemagert und jetzt nicht nur wie sonst schlank, sondern ausgesprochen hager. Aber er bewegte sich mit der gewohnten Geschmeidigkeit und lächelte fröhlich. Marcus blickte ihn an und bemerkte die Blässe, die er mit Frauenschminke zu verbergen gesucht hatte. Seine schwarzen Augen funkelten, waren aber eingesunken. Er ging sofort auf Marcus zu und umarmte ihn. Mit einigem Erstaunen stellte Marcus fest, daß die Umarmung nicht förmlich, sondern warm und fast dankbar war, als hätte Marcus ihn aus einer ihnen beiden bekannten Gefahr gerettet.

„Ich kann dir nicht sagen, wie ich mich freue, dich zu sehen, teurer Marcus!“ rief Julius. Er schob mit seinen mageren Händen den Freund ein Stückchen von sich und umarmte ihn dann nochmals. „Aber was muß ich hören? Du hast als Begleitung nicht nur unseren tapferen Quintus mitgebracht, sondern gleich eine ganze Schwadron Kavallerie?“

Quintus warf unvermittelt ein: „Dieser Schutz war dringend geboten.“

„So, so", murmelte Julius mit zerstreuter Stimme. Er blickte weiterhin forschend auf Marcus, der nach einer schlaflosen Nacht seine Nerven versagen fühlte und plötzlich gegen seine sonstige Gepflogenheit ungeduldig und zornig wurde.

„Julius", sagte er, „du wirst – wenigstens augenblicklich – nicht in Gewahrsam genommen. Aber wir wollen nicht weiter um den heißen Brei herumtänzeln und uns wie Falschspieler beschwindeln. Wir wollen die Würfel ehrlich werfen und zur Abwechslung einmal offen von Mann zu Mann miteinander reden. Daß du krank bist, tut mir leid. Aber wir haben keine Zeit zu verlieren."

Julius neigte den Kopf Er setzte sich, als wäre er plötzlich erschöpft und am Ende seiner Kräfte. „Nehmt Platz, bitte!" lud er ein. Marcus ließ sich in einen elfenbeinverzierten Ebenholzsessel fallen. Quintus aber blieb, die Hand am Schwertknauf, stehen.

„Ich bin wegen einiger Auskünfte gekommen, Julius", sagte Marcus und warf ihm den anonymen Brief hin.

Caesar nahm das Schreiben lächelnd, aber mit unsicherer Hand, und las es. Seine Miene erstarrte. Ein langes Zittern überlief ihn, und an seinen Mundwinkeln trat Schaum hervor. Er keuchte. Er fuhr sich mit der Hand an den Hals. Mit erstickter Stimme stammelte er: „Wasser! Geschwind!"

Auf dem dunklen Marmortisch standen ein goldener Wasserkrug und ein Becher. Marcus goß rasch den Becher voll und hielt ihn an Julius' Lippen. Die Stirn des Kranken wurde tiefrot, und die Haut schien aufzuquellen. Am Hals standen ihm die Sehnen heraus. Die Brust hob und senkte sich krampfhaft. Er schluckte, laut und sichtlich mühsam, das Wasser. Sein Körper war steif und zuckte. Dann ballten sich die Finger zu Fäusten, er beugte den Kopf vor und stöhnte immer wieder. Marcus betrachtete ihn mit widerstrebender Teilnahme. In Quintus' Miene malte sich nur Erbitterung und Unbeteiligtheit.

Lange Zeit herrschte Stille, bis auf das schwere Atmen des von seinem Anfall Heimgesuchten. Durch das Fenster drang das erste Sonnenlicht, wurde vom weißen Marmorfußboden zurückgeworfen und schimmerte auf den vergoldeten Buchrücken. Von fern her hörte man Sklaven bei ihrer Morgenarbeit singen. Endlich hob Julius den Kopf. Er war totenblaß, und die Schminke auf seinen Wangen nahm sich jammervoll aus. Aber er lächelte.

„Was soll dieser dumme Brief?" fragte er, und seine Stimme klang fast wie sonst.

„Ich weiß das nicht", antwortete Marcus. Dann fügte er kühl hinzu: „Weißt nicht du es vielleicht?"

„Ich? Der Inhalt kommt mir verrückt vor, muß ich sagen. Wer sollte denn dir etwas anhaben wollen?"

„Du vielleicht, Julius?"

Caesar starrte ihn ungläubig an. „Ich, Marcus? Habe ich dich nicht ..."

„... immer liebgehabt wie einen Bruder?" ergänzte Marcus. „Das hab ich oft genug von dir gehört. Aber Brudermord ist in der Geschichte nicht selten vorgekommen. Denk nur an Romulus und Remus! Würdest du mich gern tot wissen, Caesar?"

„Ganz und gar nicht! Ganz und gar nicht!" beteuerte Julius, und seine Stimme wurde plötzlich ein Stöhnen. „Das mußt du mir glauben."

„Gut, ich will es glauben", erwiderte Marcus. „Aber hör weiter! Es geht nicht nur um diesen Brief, der mir in der Nacht von einem geheimnisvollen Unbekannten überbracht wurde. Ich weiß manches andere. Zum Beispiel, daß unsere erwählten Konsuln am ersten Januartage ermordet werden sollen – nachdem man mich, um einen Spielverderber loszuwerden, beiseite geräumt hätte. Willst du auch das abstreiten, Caesar?"

Julius sprang plötzlich auf, stellte sich mitten im Zimmer hin und blickte um sich, als wüßte er nicht, wo er war. Er sagte: „Von dem allen weiß ich wirklich nichts. Du redest verworrenes Zeug. Den Brief hat dir irgendein Verrückter geschrieben. Ich schwöre dir ..."

„Bei deinem Schutzherrn Jupiter?"

Julius schwieg. Er hob den Kopf und blickte Quintus an, der noch immer die Hand am Schwertknauf hielt und dessen Soldatengesicht bedrohlich entschlossen aussah.

„Laß doch die Lügen und Ausflüchte, Julius!" mahnte Marcus. „Ich könnte dich auf der Stelle verhaften und in eine Kerkerzelle werfen lassen, wo du den Hochverratsprozeß gegen dich abwarten müßtest. Willst du das?"

Julius stieß einen tiefen Seufzer aus. Er tastete nach einem Sessel und sank hinein. Er begann blaßlippig zu lächeln. Er schüttelte den Kopf. „Seit jeher redest du von Komplotten und Verschwörungen, Marcus. Aber ich hielt dich für einen maßvollen, vernünftigen Menschen. Nie hätte ich gedacht, daß du eine solche hochdramatische Szene aufführen würdest, wie in einem stümperhaften Theaterstück."

„Soll ich also wirklich auf der Stelle zuerst dich verhaften und dann den Pompejus, Catilina, Piso, Curius und eure ganze Blase? Sag, Caesar!" Seine Stimme klang laut und klar und scharf durch den Raum.

Julius verzog das Gesicht, als hätte ein schmerzhafter Schlag seinen Kopf getroffen. Er sagte: „Welchen Ton schlägst du denn an? Du hast wohl vergessen, daß in Rom alle Macht fest in Crassus' Händen liegt? Ich verstehe dich nicht. Du reichst mir da einen anrüchigen anonymen Brief und erwartest von mir, daß ich ihn ernst nehme!"

„Du nimmst ihn sehr ernst", erklärte Marcus. „Gewiß beherrscht Crassus den Staat. Aber die Armee ist mächtiger als er, und er fürchtet sie. Soll ich meinem Bruder, der eine Legion befehligt, den Auftrag geben lassen, euch alle festzusetzen, damit ihr für euren Hochverrat verurteilt und hingerichtet werdet? Sieh dich vor, Caesar! Ich bin imstande, diesen Auftrag zu erwirken, das weißt du nur zu gut. Glaube nicht, daß Crassus einen Finger für euch rühren wird!"

Julius hob eine zitternde Hand und wischte sich den Schweiß von der Stirn. „Ich weiß von nichts", behauptete er. „Es besteht kein Komplott gegen die Konsuln und gegen dich. Oder wenn eines besteht, so bin ich nicht daran beteiligt und habe nie davon gehört."

„Du Lügner!" sagte Marcus gelassen. „Du schämst dich nicht, bewußt die Unwahrheit zu sprechen."

Julius schwieg. Sein Atem hallte laut in dem Zimmer.

„Deine Machtgier, Julius, wird nie ruhen. Du bist mit ihr schon zur Welt gekommen. Vielleicht wirst du das Ziel deiner Wünsche erreichen. Rom ist ja verderbt. Es mag leicht sein, daß ich dich nicht zurückhalten und den Untergang meiner Heimat nicht verhindern kann. Für die Rettung des so tief gefallenen Landes scheint es zu spät. Aber immerhin könnte ich in diesem Augenblick deinem Leben ein Ende setzen, Julius. Wenn Quintus dir das Schwert in den Leib stößt, wer wird ihn zur Rechenschaft ziehen oder ihm auch nur einen Vorwurf machen? Die bewaffnete Macht ist stärker als ihr alle, mitsamt Crassus. Und ich brauche nur mein sehr vollständiges Wissen über eure finsteren Pläne preiszugeben, und das ganze Volk wird einstimmig und begeistert meinem Bruder zujubeln." Im stillen betete Marcus, Caesar möge sich seine Worte zu Herzen nehmen und ihn nicht herausfordern.

Julius blickte seinen Jugendfreund durchdringend an, als wollte er herausbringen, ob er wirklich alles wisse, wie es den Anschein hatte, aber in Wirklichkeit nicht zutraf. Die beiden Augenpaare hielten einander stand. Quintus trat einen Schritt näher an Julius heran und zog das Schwert halb aus der Scheide.

Caesar lächelte. „Falls tatsächlich ein solches Komplott besteht – und ich bestreite das entschieden und kann über dieses Gerede nur lachen –, so weiß ich jedenfalls, wie gesagt, nichts davon. Wer hört schon auf Catilina, diesen Tollkopf? Vielleicht hat er in seiner Verrücktheit irgend etwas angezettelt, und du hast lächerlich aufgebauschte Gerüchte darüber gehört. Ich versichere dir, daß ihm das Handwerk gelegt werden wird – falls er wirklich Ränke spinnen sollte."

„Schön", erwiderte Marcus. „Das ist alles, was ich hören wollte. Hüte dich, Caesar! Der Weg zur Macht ist nicht mit Torheit und Unbesonnenheit und mit gemeinem Revoluzzertum gepflastert."

„Da pflichte ich dir vom ganzen Herzen bei", erklärte Julius. „Ich bin Soldat."

„Du bist kein wahrer römischer Soldat", widersprach Quintus in verächtlichem Tone. „Hör mir genau zu, Julius! Wenn man meinen Bruder oder die Konsuln umbringt, wird die Armee Rom besetzen. Darauf kannst du dich verlassen."

„Und das", fügte Marcus mit sanfter Stimme hinzu, „würde der Hauptstadt übel bekommen. Pflichtest du mir nicht auch darin bei, Caesar?"

„Allerdings", gab Julius zu. Er schlug sich mit den Händen auf die Schenkel und brachte ein Lachen zuwege. „Ist das eine Komödie!"

„Möge es eine bleiben!" sagte Marcus, stand auf und nahm den Mantel um. „Wenn ich davon abgesehen habe, dich und deine Spießgesellen festnehmen und dem Gericht überstellen zu lassen, so tat ich es nicht aus Angst vor euch, sondern, weil ich die Soldatenherrschaft fürchte. Man braucht sich nur an Sulla und sein eisernes Willkürregime zu erinnern. Ich denke mit einiger Zuneigung an Sulla, weil er wirklich mit Leib und Seele Soldat war. Aber es gibt Militärs, Caesar, die darin nicht im geringsten Sulla gleichkommen. Sie gelüstet es nur nach Macht. Ich habe das geringere Übel gewählt."

In der Halle traf er Aurelia. Er nahm rasch ihre Hand und drückte sie. Sie blickte ihm ins Geschit und flüsterte: „Ist alles in Ordnung, Marcus?"

„Es ist alles in Ordnung, teure Tante", antwortete er freundlich. Bei sich selber fügte er hinzu: Wenigstens für den Augenblick.

Caesar blickte den Hausherrn Crassus und seine Mitgäste Pompejus, Curius, Piso und Catilina an. „Ich habe euch gleich gesagt, daß die ganze Sache von Anfang an überhastet war. Und jämmerlich dilettantisch aufgezogen, wie auch Pompejus uns gewarnt hat. Wir haben uns bloß darauf eingelassen, weil ihr drei, Catilina, Curius und Piso, es nicht mehr erwarten konntet. Zu guter Letzt werden wir ja unser Ziel erreichen; aber kindischer, triebhafter Leichtsinn und jungenhafter Überschwang werden uns dazu nicht verhelfen. Wir müssen mit dem Anschein der Rechtmäßigkeit und mit dem Gewicht unerschütterlicher Würde operieren. Unser Vorgehen muß sich als unvermeidliche Folge allgemein menschlicher Gegebenheiten und geschichtlicher Entwicklungen darstellen. Das geht nicht von heute auf morgen. Die erwählten Konsuln zu ermorden! Hat es je eine verrücktere Idee gegeben? Ihr habt sie ausgeheckt, Piso und Curius, und habt mit euren Fieberphantasien den Catilina angesteckt. Und er hat uns unter Druck gesetzt. Nun sehen wir klar, wie albern das gewesen ist."

„Ich kann die Sache jetzt nicht mehr abblasen", murmelte Catilina mit aufeinandergebissenen Zähnen. „Ich habe schon meine Anhänger aufgeboten."

Aber Julius ließ die Bemerkung unbeachtet und lächelte kopfschüttelnd Piso und Curius zu. „An einen Erfolg in diesem Augenblick haben weder Crassus und Pompejus noch ich selber geglaubt. Ich bin froh, daß Cicero alles aufgedeckt hat. Er hat uns damit einen großen Dienst erwiesen. Immerhin wüßte ich gern, wer ihm diesen anonymen Brief geschickt hat. Außer uns hier war ja niemand in die Pläne eingeweiht."

„Vielleicht du selber, Caesar?" rief Catilina mit wütender Stimme.

„Ich?" Julius sah ihn verachtungsvoll an.

Catilina sprang auf. „Jemand muß es gewesen sein! Dem Betreffenden drehe ich den Hals um."

„Ich habe keinen Brief geschrieben", erklärte mit unerschütterter Ruhe Pompejus. „Anonyme Kritzeleien überlasse ich feigen Schurken."

Auch die anderen wiesen die Zumutung von sich.

„Jedenfalls hat er es erfahren", betonte Julius. Dann wandte er sich an Catilina: „Wer Cicero ermordet, der hetzt ganz Rom auf uns." In der Stille, die nun folgte, sagte er: „Jetzt lassen wir die Dummejungenstreiche und denken wir uns einmal einen Weg aus, wie er sich für vernünftige, mutige Männer schickt!"

Später, als er mit Crassus und Pompejus allein war, erklärte Caesar: „Ich würde Catilina auf der Stelle umbringen lassen, wenn er nicht über diesen Anhang grauenvoller Kerle geböte. Man hätte ihn, bevor er so mächtig wurde, vergiften sollen, so wie er seinerzeit Weib und Kind vergiftet hat. Jetzt müssen wir uns mit ihm abfinden."

„Und da sind auch noch seine Freunde, der blonde Piso und der Trunkenbold Curius", sagte Crassus. „Bin ich der mächtigste Mann Roms oder bin ich ein Werkzeug dieser Verbrechernaturen?"

„Ein Diktator, Herr, schleppt immer Verbrechernaturen mit sich", erwiderte Caesar. „Sie hängen sich an ihn wie Muscheln an ein großes Schiff. Aber eines Tages werden wir sie losscheuern! Sobald sie ihre Schuldigkeit getan haben!"